HEYNE BÜCHER

In gleicher Aufmachung erschienen in der Reihe
HEYNE SCIENCE FICTION & FANTASY
herausgegeben von Wolfgang Jeschke:

Das Science Fiction Jahr # 1 (1986) · 06/4260
Das Science Fiction Jahr # 2 (1987) · 06/4371
Das Science Fiction Jahr # 3 (1988) · 06/4464
Das Science Fiction Jahr # 4 (1989) · 06/4550
Das Science Fiction Jahr # 5 (1990) · 06/4640
Das Science Fiction Jahr # 6 (1991) · 06/4760
Das Science Fiction Jahr # 7 (1992) · 06/4850
Das Science Fiction Jahr # 8 (1993) · 06/4960
Das Science Fiction Jahr # 9 (1994) · 06/5080
Das Science Fiction Jahr # 10 (1995) · 06/5245
Das Science Fiction Jahr # 11 (1996) · 06/5380
Das Science Fiction Jahr # 12 (1997) · 06/5638
Das Science Fiction Jahr # 13 (1998) · 06/5925
Das Science Fiction Jahr # 14 (1999) · 06/5995
Das Science Fiction Jahr # 15 (2000) · 06/6339
Das Science Fiction Jahr # 16 (2001) · 06/6369
Das Science Fiction Jahr # 17 (2002) · 06/6390 (in Vorb.)

DAS SCIENCE FICTION JAHR

16

Ein Jahrbuch für den
Science Fiction Leser

AUSGABE 2001

Herausgegeben
von
Wolfgang Jeschke

WILHELM HEYNE VERLAG · MÜNCHEN

HEYNE SCIENCE FICTION & FANTASY

Band 06/6369

Umwelthinweis:
Dieses Buch wurde auf
chlor- und säurefreiem Papier gedruckt

http://www.heyne.de

Originalausgabe 6/2001
Printed in Germany 4/2001
Das Umschlagbild malte Jim Burns
Umschlaggestaltung: Atelier Ingrid Schütz, München
Technische Betreuung: M. Spinola
Satz: Schaber Satz- und Datentechnik, Wels
Druck und Bindung: Ebner Ulm

ISBN 3-453-17944-7

DAS SCIENCE FICTION JAHR # 16

INHALT

DAS SCIENCE FICTION JAHR # 16

INHALT

DAS SCIENCE FICTION JAHR # 16

INHALT

INTERVIEW

AUTOREN

DAS SCIENCE FICTION JAHR # 16

INHALT

DAS SCIENCE FICTION JAHR # 16

INHALT

SCIENCE FACT

BÜCHER

DAS SCIENCE FICTION JAHR # 16

INHALT

EDITORIAL

Lieber Leser,

mit Rolf Heyne, der am 8. Dezember 2000 im Alter von 72 Jahren nach kurzer schwerer Krankheit starb, hat die Science Fiction in Deutschland ihren größten und nachhaltigsten Förderer verloren. Er ist in der Szene nur sehr selten in Erscheinung getreten – etwa bei der Vernissage einiger Ausstellungen in München, die er initiierte, finanzierte und auf denen Werke der SF-Art seiner bevorzugten Coverkünstler gezeigt wurden –, aber er wirkte im Hintergrund. Er war kein SF-Fan in landläufigen Sinne, aber er schätzte diese Literatur, hatte seine Lieblingsautoren und war vor allem stolz auf seine Science Fiction-Reihe. Wiederholt wurde sie als die beste Europas ausgezeichnet – er nahm diese Ehrungen mit größter Befriedigung und Freude entgegen, denn damit hatte er ein Ziel erreicht, das er sich in jungen Jahren gesteckt hatte.

Rolf Heyne war Mitte der Fünfziger in die USA gegangen, um dort das Verlagsgeschäft von Grund auf zu erlernen. Sein Hauptaugenmerk galt der damals technisch neuartigen Taschenbuchproduktion, mit der Rowohlt seit 1950 auch in Deutschland erfolgreich Fuß gefasst hatte, allerdings auf dem Sektor der gehobenen literarischen Unterhaltung. Rolf Heynes Vorstellung sah vor, einen neuen Markt zu schaffen, das beherrschende (für viele Autoren deprimierende und für viele Titel unangemessene) Ghetto des sog. Groschenheftes aufzubrechen und für den besseren Teil der populären Unterhaltung die Publikationsform des Taschenbuches einzurichten. Dazu sollten die seinerzeit so beliebten »Illustriertenromane« als Basis, sowie Krimi, Western – und Science Fiction gehören.

Diese Spielart der Unterhaltung hatte Rolf Heyne in den USA kennen und schätzen gelernt. Zu seinen Lieblingsautoren gehörten Isaac Asimov, John Wyndham, Richard Matheson und Curt Siodmak. Zugegebenermaßen las Rolf Heyne selten Bücher (lieber Zeitungen und Zeitschriften); er war ein Büchermacher durch und durch, d. h. sein Interesse galt mehr der Gestaltung eines Buches, dem rundum gelungenen Produkt, dem Preis-Leistungs-Verhältnis und dem damit verbundenen Erfolg auf dem Markt.

Überflüssig zu sagen: Das Konzept des breiten Unterhaltungsmarktes im Taschenbuch ging auf, war ein Volltreffer; Dutzende von Verlagen sind ihm gefolgt.

Der Wilhelm Heyne Taschenbuchverlag, 1958 gegründet, expandierte zu einem Millionenunternehmen. Seit 1960 führte er auch Science Fiction im Programm, seit 1964 als ausgegliederte, eigenständige Reihe. Mit zeitweise über 16 Millionen DM Umsatz ist diese Reihe seither immer ein substanzieller Bestandteil der Basis, ein Standbein sozusagen, und ein wichtiges Segment des Programmangebots gewesen, der es gelang, nicht nur auf dem deutschen Markt ein einzigartiges Renommee mit dem Label HEYNE SCIENCE FICTION zu erwerben, das in Deutschland oft gleichbedeutend für Science Fiction überhaupt steht, sondern auch und besonders unter den Autoren weltweit Beachtung und Bewunderung zu erringen.

Daran hatte Rolf Heyne wesentlichen Anteil. »Seiner« Science Fiction galt stets ein besonderes Augenmerk; er war es, der in Zeiten der Flaute, wenn andere hektisch die Segel refften, sagte: »Jetzt erst recht.« Und wenn manch nobler Kritiker gelegentlich die Nase rümpft über den »Gemischtwarenladen«, in dem zwischen Conan und Battletech die Spitzentitel der Science Fiction-Literatur zu liegen kommen und Perlen aus dem Schotter gefischt werden müssen: Das gehörte von Anfang an zum Konzept, das Rolf Heyne voll und ganz unterstützte. Nicht nach dem Motto, »Wer vieles bringt, wird jedem etwas bringen«, sondern die Realität des Marktes nicht aus den Augen zu verlieren, dass nämlich manches nur zu machen ist, wenn man die Dinge bündelt, damit sie sich gegenseitig stützen und stärken, will sagen: So manches bedeutende Werk wäre unüber-

setzt, so mancher interessante Autor hierzulande unbekannt geblieben.

Das haben wir Rolf Heyne zu verdanken.

Wie seine Erben damit verfahren werden – der Verlag ist jetzt in den Besitz der Axel Springer-Verlagsgruppe übergegangen –, bleibt abzuwarten. Ich bin zuversichtlich (zumal allenthalben wieder ein zunehmendes Interesse an der Science Fiction zu spüren ist, nachdem es zur Jahrtausendwende arg abgeflaut war, zuviel Zukunft von zu vielen Leuten totgeredet wurde), denn ein solches Erbe, in vierzig Jahren gewachsen, kippt man nicht über Bord; dazu sind die neuen Leute zu clever und zu gewitzt. Im Gegenteil: Vielleicht tun sich im größeren Umfeld des Konzerns neue Möglichkeiten für die SF auf, die auf der schmalen Basis eines Privatunternehmens nicht zu realisieren waren.

Herzlichst, Ihr

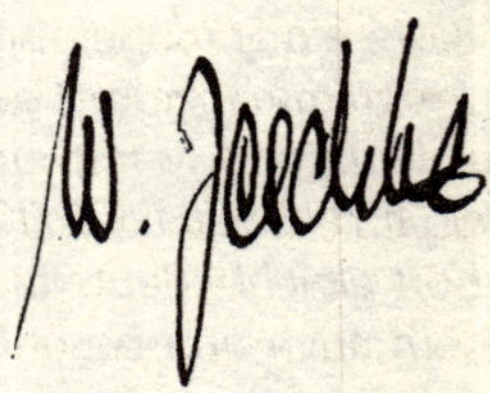

SZENE

Die deutsche SF-Szene 1999/2000

von Hermann Urbanek

1. VORBEMERKUNGEN

Nahezu allen Prognosen zum Trotz setzte sich auf dem deutschsprachigen Markt der Aufwärtstrend der phantastischen Literatur in ihrer Gesamtheit, der seit dem Markteinbruch des Jahres 1987 regelmäßig zu verzeichnen war, auch im Jahre 1999 ungebrochen, ja sogar dynamisch weiter fort und führte bei der Zahl der veröffentlichten Titel wieder zu einem neuen Rekordergebnis, das in seiner Größenordnung doch überraschend war. Es war das beste Ergebnis, das seit 1986, als das SCIENCE FICTION JAHR mit den genauen Marktanalysen und Aufschlüsselungen in die diversen Publikationsformen und Genres begann, erzielt wurde und ohne jeden Zweifel auch das beste Ergebnis in der deutschen Publikationsgeschichte überhaupt. Erstmals wurden über 1800 Titel auf den Markt gebracht, im Schnitt also 150 pro Monat, eine schier unglaublich große Anzahl. Zwei Gründe sind üblicherweise für eine Titelexplosion, wie sie auch und speziell im letzten Jahr stattfand, als Ursache möglich: Entweder eine echte Steigerung der Nachfrage, wie beispielsweise durch das Gewinnen neuer Leserschichten im Gefolge eines Multimedienspektakels, oder aber ein beinharter Verdrängungswettbewerb, der zumeist Hand in Hand mit reduzierten Auflagen und niedrigeren Verkaufszahlen geht. Letzterer ist zweifellos momentan im Gange, verbunden mit allen negativen Begleiterscheinungen, speziell im Bereich der Fantasy, während sich die Science Fiction momentan in einem Tief befindet, das auch seine Auswirkungen auf sonst gut verkäufliche Serien, Reihen und Zyklen zeigt. Das hatte 1999 schon zu Titelreduktionen und auch Einstellungen speziell in diesem Marktsegment geführt, speziell bei den Taschenbuchverlagen, die SF-Reihen im Programm hatten bzw. haben. Aber zwei Faktoren haben trotz all dieser negativen Tendenzen, die speziell im Taschenbuchbereich aufgetreten sind, für ein positives Gesamtergebnis gesorgt: Da wäre zum einen die Fülle an Kleinverlagen, die mit Nischenprodukten wie Heftroman-Neuausgaben im Buch oder als Paperback ihre Leserschaft gesucht und offenbar auch gefunden haben, und zum anderen das neue Druckverfahren »Book on Demand«, das durch die Fertigung erst auf Bestellung auch minimalste Auflagen möglich macht und dazu noch Lagerkosten vermeidet. Beide Faktoren, verbunden mit einem stärkeren Engagement der traditionellen Buchverlage und auch spezieller Anbieter wie WELTBILD mit seinen Sammler-Editionen im Phantastik-Bereich, hatten zur Folge, dass sich die im letzten SF-JAHR geäußerte negative Prognose eines Einbruchs nicht bewahrheitet hat. Zumindest nicht, was den Markt in seiner Gesamtheit betraf, denn die Entwicklung verlief bei Buch und Taschenbuch doch recht unterschiedlich: Während sich das Taschenbuch etwas besser hielt als erwartet – trotz der Reduktionen in Sachen SF, wie beispielsweise bei GOLDMANN und HEYNE, gab es statt einem erwarteten grossen Minus ein kleines Plus, das zum Teil auf BoD-Aktivitäten zurückzuführen war –, so gab es im Buchbereich, wo eine ordentliche Steigerung für 1999 vorhergesehen war, enorme Zuwächse. Offenbar hat sich das BoD-Verfahren auch in Deutschland durchgesetzt, denn der Ausstoß an SF-, Fantasy- und Horror-Titeln über diese Schiene ist schlicht enorm, die Zahl derjenigen, die ihre Werke gerne veröffentlicht sehen möchte, offenbar größer als zuvor geschätzt. Die Kleinverlage haben ihre Chancen auf dem Markt genutzt, und auch im Jugendbuchbereich gibt es ein stetig wachsendes Angebot an phantastischen Titeln, das, angeheizt durch das Phänomen HARRY POTTER, sicher noch nicht seine Obergrenze erreicht hat. Zu all dem kam, dass auch 1999 wieder einige Verlage, die sich zuvor im Genre noch nicht engagiert hatten, diesen Markt entdeckt und zahlreiche Titel publiziert haben, die zumindest im Grenzbereich zu SF, Fantasy, Horror und klassischer Phantastik angesiedelt waren.

Infolge der nach wie vor angespannten Situation bei den im Genre tätigen Taschenbuchverlagen werden diese auch in der nächsten Zukunft ihre Programme nahezu ausschließlich mit Titeln zu gängigen Zyklen und Serien sowie von verkaufsträchtigen AutorInnen von Rang und Namen bestücken, für Experimente wird noch weniger Spielraum als bisher vorhanden sein, und auch der notwendige Aufbau neuer SchriftstellerInnen wird langsamer und weniger risikofreudig erfolgen. Das heißt, das sich auch an der tristen Situation der deutschsprachigen AutorInnen und ihrer Kollegen von außerhalb des angloamerikanischen Sprachraums nichts zum Positiven ändern wird. Die Chance, ihre Werke veröffentlicht zu sehen, wird kleiner werden, speziell, was Romane betrifft, aber auch für kürzere Texte ist die Situation nicht gerade als rosig zu bezeichnen. Regelmäßig Werke deutscher Autoren im Taschenbuch oder Paperback präsentiert die Serie zum Spiel DAS SCHWARZE AUGE, die diversen bei BLITZ publizierten SF-, Fantasy- und Horror-Serien, der neugegründete Verlag MARXMÜHLE in seiner Phantastik-Edition, Jörg Kleudgen in der GOBLIN PRESS und Boris Koch in der Edition MEDUSENBLUT, während BERNT in seinen REN DHARK-Buchreihen und ZAUBERMOND in seinem erweiterten Angebot aus EDITION DK, DAS VOLK DER NACHT, DIE ABENTEURER und der ALLGEMEINEN REIHE renommierte deutsche Szene-Autoren und bisweilen auch hoffnungsvolle Newcomer zum Zuge kommen lassen. Auch für deutsche Autoren gilt natürlich der Grundsatz, dass in der Regel bekannte Namen bevorzugt werden. Zwar haben schon zahlreiche Autorinnen und Autoren aus deutschsprachigen Landen erfolgreich vielbeachtete und von der Kritik positiv aufgenommene Genre-Titel publiziert, wie Martin Eisele, Ronald M. Hahn, Horst Pukallus, Herbert W. Franke, Ernst Petz, Rainer Fuhrmann, Andreas Melzer, Thomas Ziegler, Uwe Anton, Hans Joachim Alpers, Bernd Ulbrich, Michael Szameit, Hugh Walker, Uschi Zietsch, Alexander Kröger, Michael Marrak, Andreas Findig, Thomas Görden, Rainer Castor oder Marcel Feige, es ist aber nur wenigen gelungen, die trotz aller medialen Aufmerksamkeit und Aufnahme einschlägiger Titel in die Programme angesehener Verlage nach wie vor engen Grenzen des Ghettos, in dem sich SF, Fantasy und Horror hierzulande immer noch befinden, zu überwinden, und sich auch außerhalb der Szene einen Namen zu machen, wie Wolfgang Jeschke, Carl Amery, Michael Ende, Otfried Preußler, Wolfgang Hohlbein, Harald Braem, Gudrun Pausewang, Thomas R. P. Mielke, Herbert Rosendorfer, Hanns Kneifel, P.M., Bernhard Kegel, Rafik Schami, Hans Bemmann, Kai Meyer und Andreas Eschbach. Was die Kurzgeschichten betrifft, so bot und bietet Wolfgang Jeschke in seinen internationalen Anthologienbänden immer wieder Publikationsmöglichkeiten, und auch in den von Friedel Wahren betreuten Auswahlbänden aus ASIMOVS sind regelmäßig Beiträge deutscher Autoren vertreten. Das SF-Magazin ALIEN CONTACT fühlt sich traditionell deutschsprachigen Autoren verpflichtet, und sowohl im vierzehntäglich erscheinenden Computer-Fachmagazin C'T als auch im zweimonatlichen CD-ROM-Sex-Magazin PINK! Finden sich regelmäßig Genre-Texte. Etwas besser im Vergleich dazu ist die Situation auf dem Kinder- und Jugendbuchsektor, wo sich in den letzten Jahren eine Reihe von Autorinnen und Autoren etabliert hat, die sich auf Phantastik spezialisiert haben, wie Cornelia Funke, Ursel Scheffler, Sigrid Heuck, Klaus-Peter Wolf, KNISTER, Folke Tegetthoff, Edith Schreiber-Wicke, Christine Nöstlinger, Marliese Arold, Gudrun Pausewang, Monika Pelz, Theo Schwartz, Andreas Schlüter, Peter Horn, Ralf Isau, Franz Sales Sklenitzka, Thorsten Lipinski, Helmut W. Pesch, Christopher Zimmer, Käthe Recheis und Martin Auer. Und natürlich finden sich zahlreiche deutsche Autoren in Verlagen mit Druckkostenzuschuss, wie HAAG + HERCHEN oder FRIELING und seit neuem auch bei LIBRI BOD.

2. DAS JAHR 1999 – EINE RETROSPEKTIVE

1999 war für die phantastische Literatur allgemein im deutschen Sprachraum wieder ein erfolgreiches Jahr, in dem kleineren und größeren Rückschlägen wie Titelreduktionen oder

Reiheneinstellungen viele neue positive Entwicklungen gegenüber standen, die diese wieder mehr als nur ausglichen. So reduzierten im Taschenbuchprogramm zwar beispielsweise HEYNE, GOLDMANN, BASTEI, ULLSTEIN und ECON & LIST ihr Angebot an phantastischen Titeln, dafür brachten andere Verlage wie BLANVALET, DTV, KNAUR, ARGUMENT mit ARIADNE oder FISCHER zum Teil beträchtlich mehr Titel heraus als 1998, wobei alle drei Marktführer - HEYNE mit DIANA und PAVILLON, BLANVALET mit GOLDMANN, BTB, MANHATTAN und OMNIBUS sowie BASTEI mit BLT - weniger Titel als im Vorjahr publizierten. Neu hinzu kamen PAVILLON, CORA und DINO. Auch neue Buchverlage betraten die Szene und brachten erstmals SF, Fantasy oder Horror heraus, wie SCHARDT, PASSAGEN, R&L, DER NEUE! VERLAG, EDITION PANGLOSS, MARTIN GUTWALD, HANNAH oder QUER-VERLAG. Die Zahl der Veröffentlichungen ist ordentlich gestiegen, und zwar von 1546 auf nunmehr 1803 Titel. Dieses Plus war das Ergebnis einer Steigerung sowohl bei den Taschenbüchern als auch bei den Hardcovern, wobei letztere zum überwiegenden Teil zu Buche schlug: 1999 gab es 25 Taschenbücher mehr (plus 2,7 %; jetzt 968) und 232 Hardcoverpublikationen mehr (plus 38,5 %); Jetzt 835) als im Vorjahr (943 TB und 603 HC). Einzig die Storysammlung wies, was die Titelzahl betraf, ein Minus aus, in allen übrigen Bereichen wurden 1999 mehr Titel herausgebracht als im Vorjahr. Bei den Marktanteilen legten Anthologie, Sammelband und die diversen Titel zu, während Roman und Storysammlung an Terrain verloren. Der Roman konnte aber seine dominierende Position spielend verteidigen und rangiert mit rund 77 % klar vorn, gefolgt von der Collection mit etwa 7 %. Die Phantastik, die 1998 den Spitzenplatz errungen hatte, konnte diesen gegenüber der Science Fiction nicht nur halten, sondern sogar noch ausbauen, von 3 auf 74 Titel (jetzt: 630 PH und 556 SF). Schon ziemlich weit abgeschlagen rangiert die Fantasy mit 308 Veröffentlichungen auf Platz 3, vor dem Horror mit 215 Titeln. Einzig die Phantastik verzeichnete einen prozentuellen Zuwachs, und zwar um knapp 3 %, alle anderen verloren Marktanteile: Science Fiction (minus knapp

1 %), Horror (minus 1 %) und Fantasy (minus 2 %). Das Verhältnis von neuen Titeln zu Reprints hat sich 1999 zugunsten der Neuerscheinungen verschoben. Während die Zahl der deutschen Erst- und Originalveröffentlichungen, die mit knapp 67 % ziemlich genau zwei Drittel des Gesamtausstoßes ausmachen, um 240 Titel auf 1200 gestiegen ist, gab es bei den Reprints nur einen Anstieg von 586 auf 603 Publikationen.

Unübersehbar ist schon seit etlichen Jahren der Trend zu Zyklen und Serien, sowohl bei der Fantasy als auch bei der Science Fiction und beim Horror, von deutschen wie von fremdsprachigen AutorInnen, und das Jahr 1999 machte darin keine Ausnahme. Trilogien und mehrbändige Zyklen waren ebenso auf dem Vormarsch wie Endlosserien. Nach wie vor sehr erfolgreich, wenn auch nicht mehr in dem Ausmaß wie noch vor einigen Jahren, waren wieder Reihen zu Spielen, Filmen und TV-Serien, wie sie schon seit Jahren von den Marktführern HEYNE, BLANVALET/GOLDMANN, BASTEI und VGS, aber auch anderen Anbietern herausgebracht werden, wie zu STAR TREK in allen unterschiedlichen Spielarten, von CLASSIC über THE NEXT GENERATION und DEEP SPACE NINE bis hin zu VOYAGER, STAR WARS, SHADOWRUN, BATTLETECH, DRAGONLANCE, FORGOTTEN REALMS, WARHAMMER, WARHAMMER 40 000, MAGIC – DIE ZUSAMMENKUNFT, DARK SKIES, BUFFY – IM BANN DER DÄMONEN, SABRINA – TOTAL VERHEXT!, STARGATE SG-1 oder WELT DER DUNKELHEIT.

Wie sich die einzelnen Genres aufgegliedert haben, wie sie sich in deutsche Erst- bzw. Originalveröffentlichungen und Nachdrucke bzw. Neuausgaben aufsplitteten, wie die einzelnen Taschenbuchverlage im Jahr 1999 abgeschnitten haben und in welcher Relation die einzelnen Zahlen und Ergebnisse dieses Jahres zu denen aus 1998 stehen, wird im Anschluss im Detail behandelt. Berücksichtigt wurden dabei alle bekannt gewordenen einschlägigen Publikationen des Jahres 1999 in gebundener Form, als Paperback und im Taschenbuch. Nicht aufgenommen und berücksichtigt wurden phantastische Kinderbücher mit niedriger Seitenzahl und überwiegendem Bildteil, bei denen der Text nur eine untergeordnete erklärende Rolle spielt. Bei der Zuordnung in die einzelnen Kategorien wurde die von den Verlagen selbst gewählte Genre-Bezeichnung übernommen, sofern sie sich nicht entschieden im Widerspruch zum Inhalt befand (etliche als Fantasy deklarierte Werke gehören eindeutig zur Phantastik oder zur Science Fiction und wurden auch dort zugeordnet). Als Nachdrucke galten alle Neuveröffentlichungen von Titeln, die zuvor schon in deutscher Sprache erschienen sind, sei es als Buch, Taschenbuch oder Heft, unabhängig davon, ob es sich um eine Neuübersetzung handelte oder eine erstmals ungekürzte Neuveröffentlichung. Eine Storysammlung, Anthologie oder ein Sammelband wurde nur dann als Nachdruck geführt, wenn kein einziger Beitrag eine Erst- oder Originalveröffentlichung darstellte. Als Sammelbände wurden Zusammenfassungen mehrerer Romane und/oder Storysammlungen oder Anthologien oder eine Kombination davon zwischen zwei Buchdeckeln, im Schuber oder als eingeschweißte mehrteilige Sonderausgaben bezeichnet; eine Kassettenedition allerdings nur dann, wenn sie nur geschlossen erhältlich war. Die Unterscheidung zwischen Paperback und Taschenbuch erfolgte ausschließlich vom Format her.

Eine kleinere Änderung, bedingt durch die Flut an neuen Taschenbuch-Imprints, die die großen Verlage zielgruppenorientiert auf den Markt gebracht haben bzw. noch bringen, und die Zusammenschlüsse von Verlagen zu Verlagsgruppen, gab es diesmal erstmals bei der Taschenbuch-Aufschlüsselung: Wurden bis einschließlich 1998 die einzelnen Imprints separat aufgelistet, so werden sie ab sofort unter ihren Verlagshäusern zusammengefasst, also RORORO mit WUNDERLICH, HEYNE mit DIANA und PAVILLON, GOLDMANN mit BLANVALET, MANHATTAN, OMNIBUS & BTB oder BASTEI mit BLT.

---

* Der zu Beginn des Jahres 2000 erfolgte Zusammenschluss von ULLSTEIN mit ECON/LIST wurde hier noch nicht berücksichtigt.

Tabelle 1: *Aufschlüsselung nach Publikationsform*

	Roman	%	*Anthologie*	%	*Storysammlung*	%
TB	807	44,3	58	3,2	45	2,5
Buch	589	32,7	33	1,8	83	4,6
Gesamt	1396	77,4	91	5,0	128	7,1

	Sammelband	%	*Diverses*	%	*Summe*	%
TB	30	1,7	28	1,6	968	53,7
Buch	64	3,5	66	3,7	835	46,3
Gesamt	94	5,2	94	5,2	1803	100,0

Tabelle 2a: *Vergleich nach Publikationszahl/ Titelzahl*

	Roman			*Anthologie*			*Storysammlung*		
	98	*99*	*%*	*98*	*99*	*%*	*98*	*99*	*%*
TB	781	807	+ 3,3	50	58	+16,0	66	45	–31,8
Buch	429	589	+37,3	18	33	+83,3	49	83	+69,4
Gesamt	1210	1396	+14,4	68	91	+33,8	115	128	+11,3

	Sammelband			*Diverses*			*Summe*		
	98	*99*	*%*	*98*	*99*	*&*	*98*	*99*	*%*
TB	26	30	+15,4	20	28	+40,0	943	968	+ 2,7
Buch	50	64	+28,0	57	66	+15,8	603	835	+38,5
Gesamt	76	94	+23,7	77	94	+22,1	1546	1803	+16,6

Tabelle 2b: *Aufschlüsselung nach Publikationsform und Marktanteil*

	Roman %			*Anthologie* %			*Storysammlung* %		
	97	*98*	*99*	*97*	*98*	*99*	*97*	*98*	*99*
TB	45,7	50,5	44,7	2,8	3,2	3,2	4,3	4,3	2,5
Buch	29,8	27,8	32,7	0,8	1,2	1,8	5,3	3,2	4,6
Gesamt	75,5	78,3	77,4	3,6	4,4	5,0	9,6	7,4	7,1

	Sammelband %			*Diverses* %			*Summe* %		
	97	*98*	*99*	*97*	*98*	*99*	*97*	*98*	*99*
TB	2,1	1,7	1,7	2,4	1,3	1,6	57,3	61,0	53,7
Buch	3,6	3,2	3,5	3,2	3,7	3,7	42,7	39,0	46,3
Gesamt	5,7	4,9	5,2	5,6	5,0	5,2	100,0	100,0	100,0

Tabelle 3: *Aufschlüsselung nach Genrezugehörigkeit*

	TB	%	*Buch*	%	*Summe*	%
SF NEU	205	11,4	180	10,0	385	21,4
SF REPRINT	137	7,6	34	1,9	171	9,5
SF GESAMT	342	19,0	214	11,9	556	30,8
HORROR NEU	53	2,9	91	5,0	144	8,0
HORROR REPRINT	44	2,4	27	1,5	71	3,9
HORROR GESAMT	97	5,4	118	6,5	215	11,9
FANTASY NEU	143	7,9	66	3,7	209	11,6
FANTASY REPRINT	62	3,4	37	2,0	99	5,5
FANTASY GESAMT	205	11,4	103	5,7	308	17,1
PHANTASTIK NEU	88	4,9	287	15,9	375	20,8
PHANTASTIK REPR.	208	11,5	47	2,6	255	14,1
PHANTASTIK GES.	196	16,4	334	18,5	630	34,9
DIVERSES NEU	24	1,3	63	3,5	87	4,8
DIVERSES REPRINT	4	0,2	3	0,2	7	0,4
DIVERSES GESAMT	28	1,5	66	3,7	94	5,2
SUMME NEU	513	28,5	687	38,1	1200	66,6
SUMME REPRINT	455	25,2	148	8,2	603	33,4
SUMME GESAMT	968	57,7	835	46,3	1803	100,0

Tabelle 4a: *Vergleich nach Genrezugehörigkeit*

	Taschenbuch			*Buch*			*Summe*		
	1998	*1999*	*%*	*1998*	*1999*	*%*	*1998*	*1999*	*%*
SFN	182	205	+12,6	127	180	+41,7	309	385	+24,6
SFR	143	137	-4,2	35	34	-2,9	178	171	-3,9
SFG	325	342	+5,2	162	214	+32,1	487	556	+14,2
HN	64	53	-11,2	65	91	+40,0	129	144	+11,6
HR	60	44	-26,7	10	27	*170,0	70	71	+1,4
HG	124	97	-21,8	75	118	+57,3	199	215	+8,0
FN	123	143	+16,3	47	66	+40,4	170	209	+22,9
FR	97	62	-36,1	26	37	+42,3	123	99	-19,5
FG	220	205	-6,8	73	103	+41,1	293	308	+5,1
PN	76	88	+15,8	200	287	+43,5	276	375	+35,9
PR	178	208	+16,9	36	47	+30,6	214	255	+19,2
PG	254	296	+16,5	236	334	+41,5	490	630	+28,6
DN	19	24	+26,3	57	63	+10,5	76	87	+14,5
DR	1	4	+300,0	-	3	-	1	7	+600,0
DG	20	28	+40,0	57	66	+11,8	77	94	+22,1
SN	464	513	+10,6	496	687	+38,5	960	1200	+25,0
SR	479	455	-5,0	107	148	+38,3	586	603	+2,9
SG	943	968	+2,7	603	835	+38,5	1546	1803	+16,6

Tabelle 4b: *Vergleich nach Genrezugehörigkeit und Marktanteil*

	Taschenbuch %				*Buch* %				*Summe* %			
	1996	*1997*	*1998*	*1999*	*1996*	*1997*	*1998*	*1999*	*1996*	*1997*	*1998*	*1999*
SFN	14,0	13,0	11,8	11,4	8,6	10,7	8,2	10,0	22,6	23,6	20,0	21,4
SFR	9,4	8,6	9,3	7,6	3,2	3,5	2,3	1,9	12,6	12,2	11,0	9,5
SFG	23,4	21,6	21,1	19,0	11,8	14,2	10,5	11,9	35,2	35,8	31,5	30,8
HN	5,0	3,4	4,1	2,9	1,5	2,2	4,2	5,0	6,5	5,5	8,4	8,0
HR	3,6	2,4	3,9	2,4	0,5	0,2	0,6	1,5	4,1	2,6	4,5	3,9
HG	8,6	5,7	8,0	5,4	2,0	2,4	4,8	6,5	10,6	8,1	12,9	11,9
FN	7,7	7,5	8,0	7,9	4,9	3,4	3,0	3,7	12,6	10.9	11,0	11,6
FR	3,3	3,8	6,3	3,4	2,2	1,6	1,7	2,0	5,5	5,3	8,0	5,5
FG	11,0	11,3	14,2	11,4	7,1	5,0	4,7	5,7	18,1	16,3	19,0	17,1
PN	3,3	4,9	4,9	4,9	12,7	14,9	12,9	15,9	16,1	19,8	17,8	20,8
PR	12,9	11,3	11,5	11,5	2,2	3,1	2,3	2,6	15,1	14,4	13,8	14,1
PG	16,2	16,2	16,4	16,4	15,0	18,0	15,3	18,3	31,2	34,2	31,7	34,9
DN	0,9	2,3	1,2	1,3	4,0	3,2	3,7	3,5	4,9	5,5	4,9	4,8
DR	0,0	0,1	0,1	0,2	0,0	0,0	0,0	0,2	0.0	0,1	0,1	0,4
DG	0,9	2,4	1,3	1,5	4,0	3,2	3,7	3,7	4,9	5,6	5,0	5,2
SN	30,9	31,2	30,0	28,5	31,7	34,3	32,1	38,1	62,7	65,5	62,1	66,6
SR	29,2	26,2	31,0	25,2	8,2	8,4	6,9	8,2	37,3	34,5	37,8	33,4
SG	60,1	57,3	61,0	53,7	39,8	42,7	39,0	46,3	100,0	100,0	100,0	100,0

Tabelle 5: *Aufschlüsselung der Taschenbücher nach Verlagen*

Verlag	*Anzahl 1999*	*Marktanteil %*	*Anzahl 1998*	*Marktanteil %*	*Differenz %*
Heyne/Diana/Pavillon	228	23,1	262	27,8	–13,0
Blanvalet/btb/Goldmann/ OmniBus/Manhattan	186	18,9	200	21,2	–7,0
Bastei/BLT	116	11,8	133	14,1	–12,8
Knaur	60	6,1	49	5,2	+22,4
dtv	59	6,0	47	5,0	+25,5
rororo/Wunderlich	54	5,5	27	2,9	+100,0
Fischer	41	4,1	34	3,6	+20,6
Econ	&	List	23	2,3	27
2,9	–14,9				
Ullstein	22	2,2	28	3,0	–21,5
Piper	SP	18	1,8	19	2,0
–5,0					
Insel it/Suhrkamp st	16	1,6	19	2,0	–15,8
Libri BoD	12	1,2	–	–	–
Frieling	12	1,2	–	–	–
Gulliver	11	1,1	9	1,0	+22,2
Arena	11	1,1	14	1,5	–21,4
Ravensburger	10	1,0	9	1,0	+11,1
Unionsverlag/Sansibar	10	1,0	6	0,6	+66,7
detebe	9	0,9	9	1,0	0,0
Aufbau AtV	8	0,8	5	0,5	+60,0
Ariadne	7	0,7	3	0,3	+133,3
BKH	5	0,5	1	0,1	+400,0
Reclam RUB/RBL	5	0,5	3	0,3	+66,7
Haffmans	5	0,5	2	0,2	+150,0
Schulte & Gerth/Projektion J	5	0,5	–	–	–
Aarachne	4	0,4	7	0,7	–42,8
KiWi	3	0,3	4	0,4	–25,0
Dino	3	0,3	2	0,2	+50,0
Wagenbach WAT	2	0,2	4	0,4	–50,0
Phoenix	2	0,2	1	0,1	+100,0
FiFa	2	0,2	–	–	–
Cora	2	0,2	–	–	–

Verlag	*Anzahl 1999*	*Marktanteil %*	*Anzahl 1998*	*Marktanteil %*	*Differenz %*
Brendow	2	0,2	4	0,4	-50,0
Herder	1	0,1	1	0,1	0,0
Freies Geistesleben	1	0,1	1	0,1	0,0
Maas	1	0,1	–	–	–
Männerschwarm-Skript	1	0,1	–	–	–
Eulenspiegel	1	0,1	–	–	–
Medusenblut	1	0,1	–	–	–
Bimax	1	0,1	–	–	–
Rotbuch	1	0,1	–	–	–
Guhl	1	0,1	–	–	–
Tabu	1	0,1	1	0,1	0,0
Drei Eichen	1	0,1	–	–	–
Aussaat	1	0,1	–	–	–
Institut Drachen-Haus	1	0,1	–	–	–
Elles	1	0,1	–	–	–
Pegasus Spiele	1	0,1	–	–	–
Scherz	1	0,1	–	–	–
Burgschmiet	–	–	7	0,7	–
One Way	–	–	2	0,2	–
Kröger	–	–	2	0,2	–
Gesamtsumme	963	100,0	943	100,0	+2,7

Die folgenden Grafiken zeigen die Entwicklung des Genres in den einzelnen Bereichen und aufgeschlüsselt nach Publikationsform.

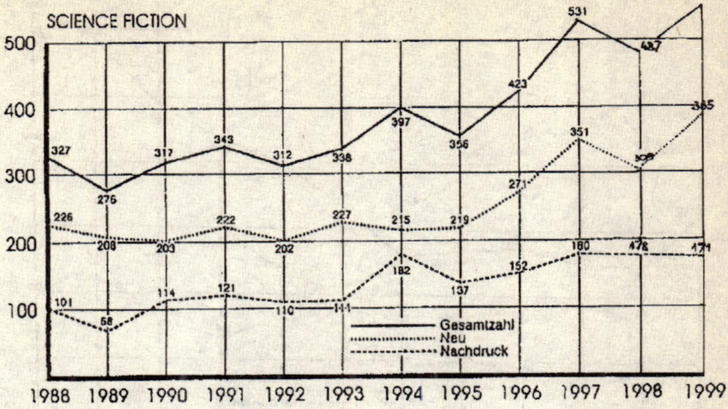
SCIENCE FICTION
500
400
300
200
100
327 276 317 343 312 338 397 356 423 531 487
226 208 203 222 202 227 215 219 271 351
101 58 114 121 110 111 182 137 152 180 178 171
Gesamtzahl
Neu
Nachdruck
1988 1989 1990 1991 1992 1993 1994 1995 1996 1997 1998 1999

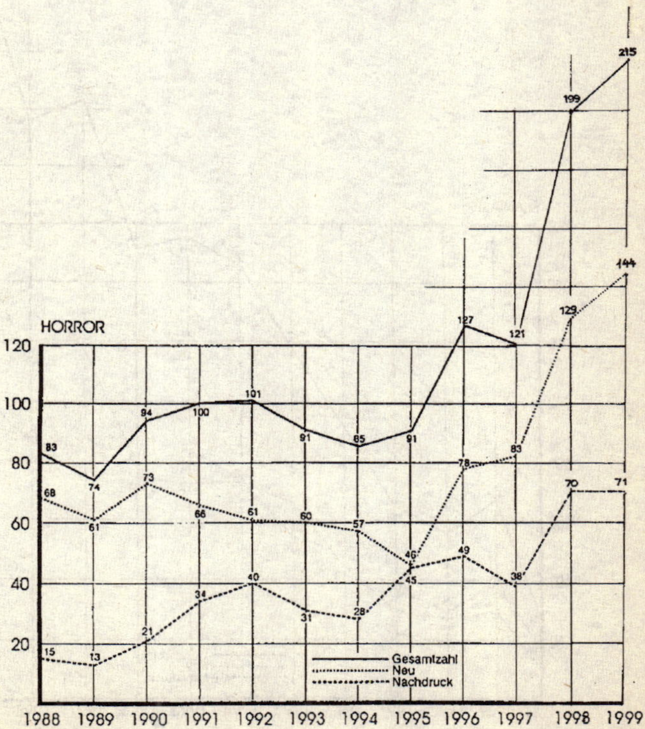
HORROR
120
100
80
60
40
20
83 74 94 100 101 91 85 91 127 121 199 215
68 61 73 66 61 60 57 46 78 83 129 144
15 13 21 34 40 31 28 45 49 38 70 71
Gesamtzahl
Neu
Nachdruck
1988 1989 1990 1991 1992 1993 1994 1995 1996 1997 1998 1999

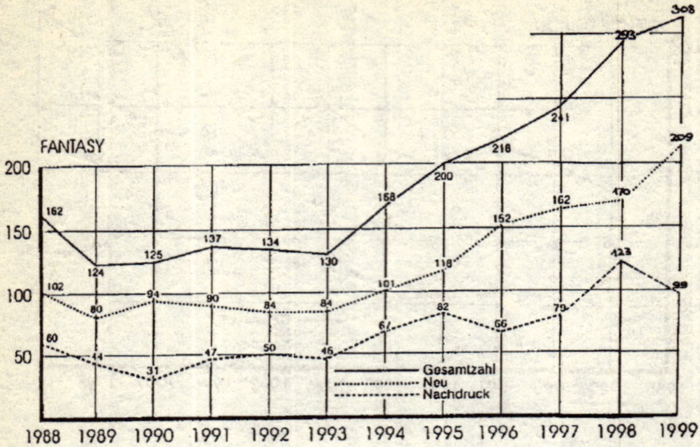
FANTASY
200
150
100
50
162
124
125
137
134
130
168
200
218
241
293
308
102
80
94
90
84
84
101
118
152
162
470
209
60
44
31
47
50
46
67
82
66
79
123
99
Gesamtzahl
Neu
Nachdruck
1988
1989
1990
1991
1992
1993
1994
1995
1996
1997
1998
1999

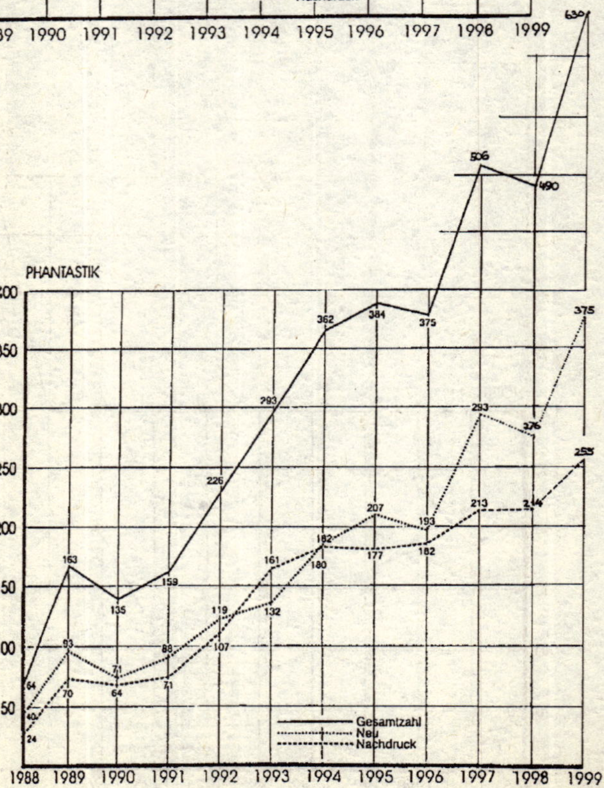
PHANTASTIK
400
350
300
250
200
150
100
50
64
163
135
159
226
293
362
384
375
506
490
630
40
93
71
88
107
132
180
207
193
293
276
375
24
70
64
71
119
161
182
177
182
213
214
255
Gesamtzahl
Neu
Nachdruck
1988
1989
1990
1991
1992
1993
1994
1995
1996
1997
1998
1999

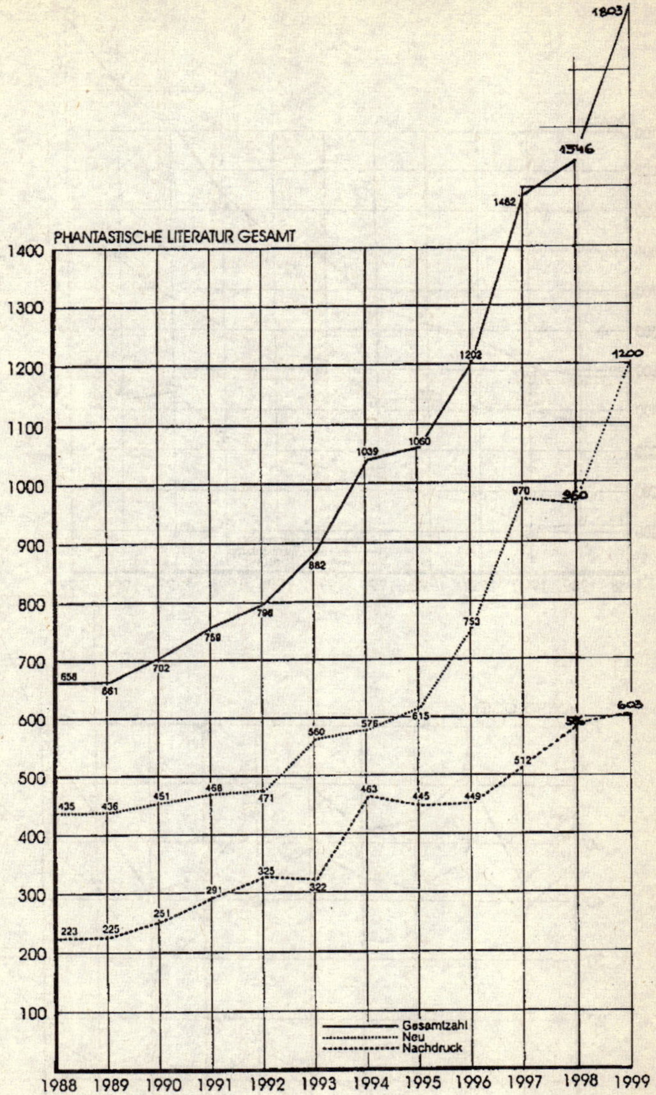
PHANTASTISCHE LITERATUR GESAMT
1400
1300
1200
1100
1000
900
800
700
600
500
400
300
200
100
1988
1989
1990
1991
1992
1993
1994
1995
1996
1997
1998
1999
658
661
702
759
796
882
1039
1060
1202
1482
1546
1803
435
436
451
468
471
560
576
615
753
970
960
1200
223
225
251
291
325
322
463
445
449
512
608
Gesamtzahl
Neu
Nachdruck

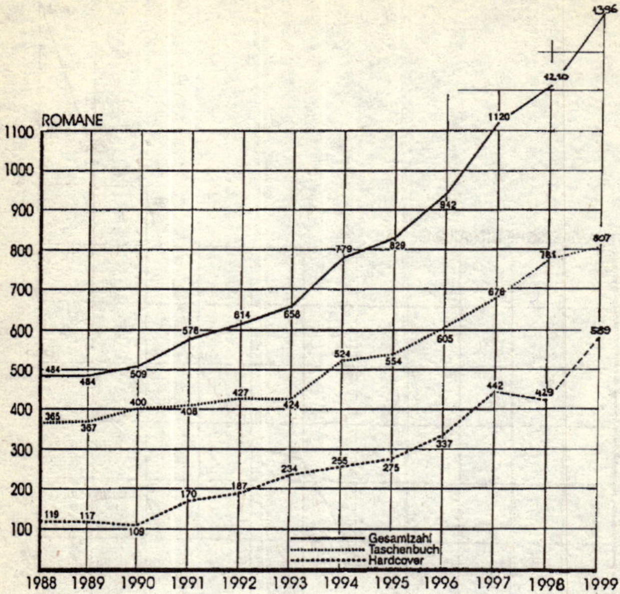
ROMANE
1100
1000
900
800
700
600
500
400
300
200
100
1988
1989
1990
1991
1992
1993
1994
1995
1996
1997
1998
1999
Gesamtzahl
Taschenbuch
Hardcover

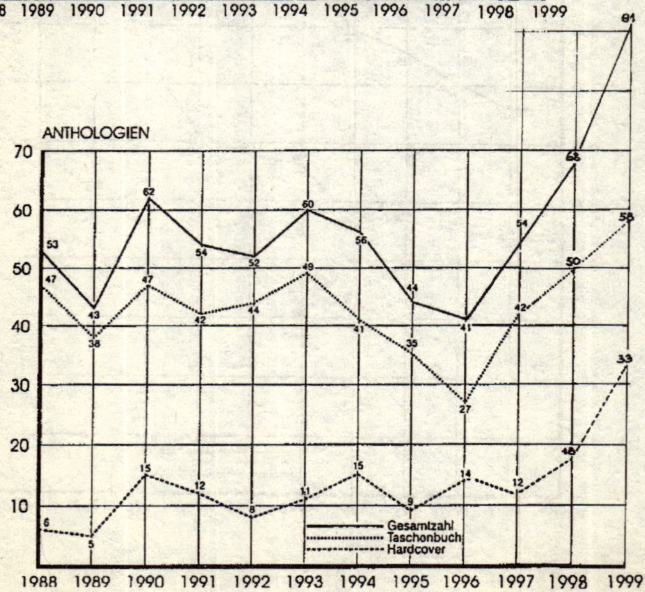
ANTHOLOGIEN
70
60
50
40
30
20
10
1988
1989
1990
1991
1992
1993
1994
1995
1996
1997
1998
1999
Gesamtzahl
Taschenbuch
Hardcover

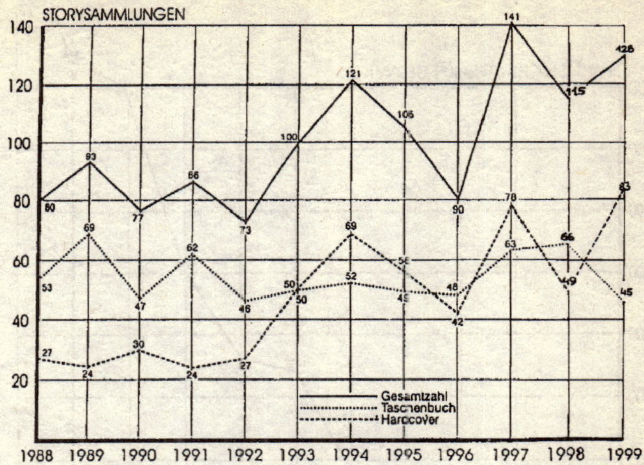
STORYSAMMLUNGEN
Gesamtzahl
Taschenbuch
Hardcover
1988 1989 1990 1991 1992 1993 1994 1995 1996 1997 1998 1999

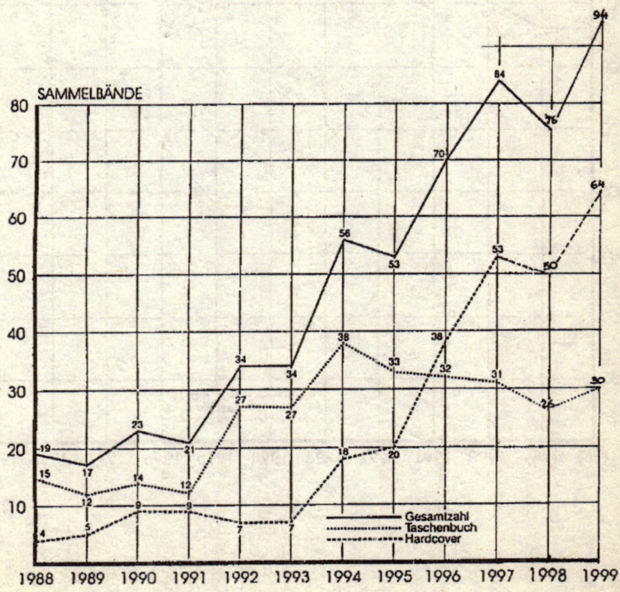
SAMMELBÄNDE
Gesamtzahl
Taschenbuch
Hardcover
1988 1989 1990 1991 1992 1993 1994 1995 1996 1997 1998 1999

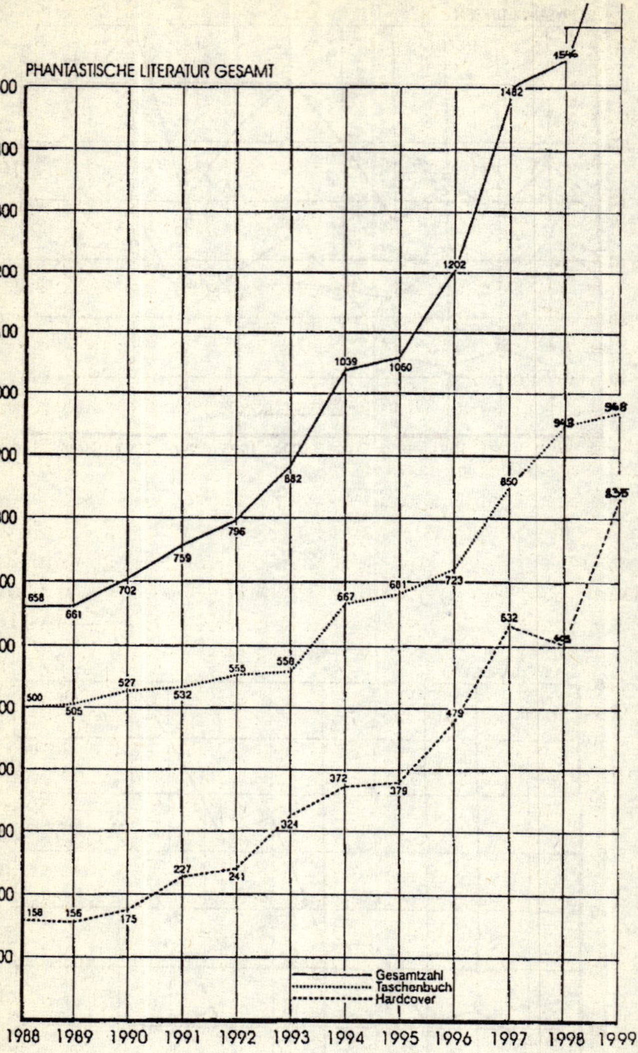
PHANTASTISCHE LITERATUR GESAMT
1500
1400
1300
1200
1100
1000
900
800
700
600
500
400
300
200
100
1988
1989
1990
1991
1992
1993
1994
1995
1996
1997
1998
1999
Gesamtzahl
Taschenbuch
Hardcover
658
661
702
759
796
882
1039
1060
1202
1482
500
505
527
532
555
558
667
681
723
850
158
156
175
227
241
324
372
379
479
632

3. FACTS UND TRENDS AUS DEN TASCHENBUCHVERLAGEN

ARIADNE

Seit Herbst 1998 erscheinen bei ARIADNE, der Belletristik-Reihe des ARGUMENT VERLAGS, unter dem Label SOCIAL FICTION vermehrt SF-Titel mit zumeist soziologischer Thematik, es sind aber auch Space Operas dabei. Im Frühjahr 2000 kamen »Jägerwelten« von Ulrike Nolte, »ABC Zhang« von Maureen F. McHugh (in Neuübersetzung), »Stadt geht los« von John Shirley und der STONER McTAVISH-Roman »Gefangene der Zeit« von Sarah Dreher auf den Markt, im Herbst wurden in der SF-Reihe sogar fünf Titel herausgebracht, nämlich »Der Opal« von Marcus Hammerschmitt, »Töchter der Morgenröte« von K. V. Forrest, überarbeitete Neuausgaben von »Schismatrix« von Bruce Sterling und »Eine Welt entfernt« von Joanna Russ sowie eine Neuausgabe von Marge Pierces Klassiker »Frau am Abgrund der Zeit«, dazu erschien im Januar 2001 im Krimi-Programm noch der Thriller »Das Ohmsche Gesetz« von Martin Muser. Herausgegeben wird die Reihe ARIADNE SOCIAL FICTION von Else Laudan und Hannes Riffel.

Neu gestartet wurde im Frühjahr 2000 die Jugendbuchreihe NACHTBRENNER, in der SF- und Fantasy-Titel dominieren. In den beiden ersten Programmen fanden sich u. a. »Virenjagd« und »Pixelbluff« von Bruce Balan (CYBER.KDZ 1 & 2), »Begegnung in der High Sierra« und »Zwischenfall an einem regnerischen Nachmittag« von Myra Cakan (LUKE HARRISON – WELTRAUMABENTEURER 1 & 2), »RanVan – Das große Spiel« von Diana Wieler, »Die Wiedergeborene« von Anne McCaffrey und »Der schwarze Dolch« von Sean Stewart. Verantwortlich für die NACHTBRENNER-Reihe ist Iris Konopik.

BASTEI

Auch im vergangenen Jahr war bei den Reihen SCIENCE FICTION, FANTASY und der BIBLIOTHEK DER PHANTASTISCHEN LITERATUR sowie bei den ebenfalls von Stefan Bauer betreuten Genre-Titeln in der ALLGEMEINEN REIHE Kontinuität angesagt, sowohl was die Zahl der veröffentlichten Titel als auch deren Niveau betraf. 1999 landete BASTEI erwartungsgemäß wieder auf dem 3. Platz, der Abstand zum Zweitplatzierten BLANVALET/BERTELSMANN ist gewachsen und betrug nunmehr 70 Titel. Wie auch bei den anderen Taschenbuchverlagen ist die Situation der deutschsprachigen Autoren mehr als nur unbefriedigend, wobei nach der positiven Entwicklung des Vorjahres jetzt wieder ein leichter Rückschlag zu verzeichnen war. Jason Dark alias Helmut Rellergerd war mit seinen Taschenbüchern um den Geisterjäger JOHN SINCLAIR mit einem Neuen Band pro Monat und mit einem Sammelband mit Nachdrucken alter Heftromane alle zwei Monate wieder überproportional vertreten. Wolfgang Hohlbeins bislang vier veröffentlichte Romane um KEVIN VON LOCKSLEY wurden zu zwei Bänden, »Kevins Reise« und »Kevins Schwur« zusammengefasst, zusätzlich erschienen die historischen Romane »Der Jahrtausendkaiser« von Richard Dübell, »König der Kelche« von Anne Garzon und »Widukinds Wölfe« von Jörg Kästner, der Thriller »Der Engel mit den schwarzen Flügeln« von Petra Hammesfahr und als Highlight der Fantasy-Roman »Die Herren der Zeit« von Helmut Pesch, die Fortsetzung des Bestsellers »Die Ringe der Macht«. Für das Frühjahr 2001 angekündigt sind »Darius der Große – König der Perser« von Hanns Kneifel, »Der Sintfluter« von James Douglas, »Kelwitts Stern« von Andreas Eschbach, »Dunkle« von Wolfgang Hohlbein und »Der Teufel und andere himmlische Liebhaber« von Jule Brand.

Interessante Genre-Titel sind regelmäßig in der ALLGEMEINEN REIHE zu finden. Zu den herausragenden Titeln, die hier erschienen sind, gehörten zuletzt »Die elfte Plage« von John S. Marr & John Baldwin, »Suvivor« von Dean Koontz, »Die dunkle Seite der Unschuld« von Benjamin Alire Saenz, »Wenn Mäuse Katzen jagen« von James Patterson, »Die Blackstone Chroniken« von John Saul, »Die Nackte von Ozymandias« von Anne Félix, »Yeti« von Nicholas Luard, »Die Säulen des Salomon« von Jon Land, die Anthologie »Halloween«, »Der zweite Tod« von David Docherty, »Das Kabinett des Magiers« von Christopher

Priest, »Der Exorzist« von William Peter Blatty und »Jenseits« von James Herbert. Für die ersten Monate des Jahres 2001 sind u. a. »Am Abgrund« von P. T. Deutermann, »Die Wiege des Bösen« von James Patterson und »Die Mission des Nostradamus« von Judith Merkle Riley zur Veröffentlichung vorgesehen.

In der Reihe FANTASY erschienen 2000 abwechselnd zwei oder drei Titel pro Monat, wobei man dazu überging, zusammenhängende Bände oder Trilogien in einem Monat herauszubringen. Bände, die zu Reihen oder Zyklen gehörten, waren erneut stark in der Überzahl. Weitergeführt wurden David Eddings' BELGARAD- und MALLOREAN-Zyklus mit »Belgarath der Zauberer« von ihm und Leigh Eddings und die DRACHENTÖTER-Saga von Barbara Hambly mit »Die dunkle Brut«, wobei Band 1, »Der schwarze Drache«, neu aufgelegt wurde, neu startete die FRÜHE DERYNI-Trilogie von Katherine Kurtz (»Camber von Culdi« und »Sankt Camber«), abgeschlossen wurden DIE TÖCHTER DER NIBELUNGEN von Diana L. Paxson mit »Sigfrids Tod« und »Gudruns Rache« und DIE SAGA VOM GROSSEN WALD von Roger Taylor mit »Valderen«, und komplett vorgelegt wurden David Gemmels DIE STEINE DER MACHT, bestehend aus »König der Geister« und »Das letzte Schwert«, DAS BUCH CORUM von Michael Moorcock in einem Band, die STURMWÄCHTER-Trilogie von Janny Wurts (»Sturmwächter«, »Schlüsselhüter« und »Schattentempel«) sowie DER MYTHOS DES ARKTUR von Gilles Servat, bestehend aus »Das Geheimnis von Bre«, »Myrdhinns Reise« und »Das Vermächtnis des Nuada«. An abgeschlossenen Titeln wurden »Druidenblut« von Esther M. Friesner und »Einmal zaubern – Touristenklasse« von Diana Wynne Jones vorgelegt. Weitere Highlights der ersten Monate des Jahres 2001 sind »Camber der Ketzer« von Katherine Kurtz (Abschluss der FRÜHEN DERYNI-Trilogie) »Die Verbannten« und »Der Träumer« von Angus Wells (DIE KINDER DES EXILS 1 & 2); »Welt ohne Ende« und »Meer ohne Ufer« von Sean Russell, die Trilogie DAS BUCH DER WORTE von J. V. Jones – »Melliandra«, »Der Thronräuber« und »Herr und Narr« – sowie der »Wald-Schrat«, der 21. XANTH-Roman von Piers Anthony.

Serien und Zyklen hatten auch bei der SCIENCE FICTION einen hohen Stellenwert, aber keinen so dominierenden wie bei der FANTASY. Mit neuen Titeln weitergeführt wurden die NICK SEAFORT-Serie mit »Admiral Nick Seafort – Der Staatsstreich«, David Webers HONOR HARRINGTON-Serie mit »In Feindes Hand«, WING COMMANDER mit »Der Preis der Freiheit« von William R. Forstchen & Andrew Keith und »Die Bedrohung« von William R. Forstchen, Peter F. Hamiltons sensationeller sechsbändiger ARMAGEDDON-Zyklus mit den Bänden 3 & 4, »Seelengesänge« und »Der Alchemist«, DIE LEGENDE VON OWEN TODTSTELTZER mit »Todtsteltzers Ehre« von Simon R. Green und auch Robert Rankins BRENTFORD-Serie mit »Armageddon – Das Musical«. Auch in Larry Nivens RINGWELT-UNIVERSUM tat sich einiges: Die KZON-KRIEGE wurden mit »Outsider« weitergeführt, dazu kamen noch »Die Welt der Ptavvs« in Neuübersetzung und »Der kälteste Ort« heraus. Zu den Höhepunkten des Jahres 2000 gehörten in der JACK VANCE-Edition der Sammelband »Planet der Abenteuer« mit allen vier Romanen um Adam Reith, in der ROBERT A. HEINLEIN-Reihe die Klassiker »Freitag« und »Methusalems Kinder« (die komplette FUTURE HISTORY in einem Band) sowie »Erstkontakt & Die Legende von Christopher Sims« von Jack McDevitt (2 SF-Bestseller im Doppelpack) und »Weltenwanderer« von Poul Anderson. Für Anfang 2001 sind des Weiteren »Emphyrio« von Jack Vance (ungekürzte Neuübersetzung), »Die Späher« von Marion Zimmer Bradley (die Romane »Die Falken von Narabedla« und »Die endlose Reise« in einem Band), die abschließenden Bände des ARMAGEDDON-Zyklus, »Die Besessenen« und »Der nackte Gott« von Peter F. Hamilton, »Ein Geschenk der Erde« von Larry Niven (RINGWELT-UNIVERSUM, erstmals ungekürzt), »Armageddon – Das Menü« von Robert Rankin (BRENTFORD) und die HONOR HARRINGTON-Anthologie »Die Siedler von Sphinx« mit Stories von David Weber, David Drake und S. M. Stirling eingeplant.

In der Horror-Serie JOHN SINCLAIR wurde auch 2000 monatlich ein neues Taschenbuch herausgebracht, dazu gab es alle zwei Monate einen dicken Sammelband mit jeweils acht früheren Abenteuern des Geisterjägers aus der Heftserie in chronologischer Reihenfolge unter Auslassung der Bände, von denen bekannt wurde, dass sie nicht von Helmut Rellergerd stammen.

Die für Oktober 1999 geplante vierbändige STEPHEN KING JUBILÄUMS-EDITION wurde aus dem Programm genommen. Im Juli 2000 kam die Sonderedition PALETTE auf den Markt, innerhalb der u. a. »Exit« von Jonathan Kellerman, »Carrie« von Stephen King, »Das Haus zwischen den Welten« von Marion Zimmer Bradley, »Moon« von James Herbert und »Die Mauern von Jericho« von Jon Land eine Neuauflage unter neuer Nummer erlebten. Im Oktober 2000 folgte HALLOWEEN, in der neben der gleichnamigen Anthologie zwölf weitere Horror-Titel auf den Markt kamen, allerdings mit alter Nummer und zumeist mit dem früheren Titelbild. Im Februar 2001 soll eine weitere PALETTE-Sonderaktion folgen, mit »Im Labyrinth des Todes« von Jon Land, »Feuerkind« von Stephen King, »Der Putsch« von Rainer Aumund und »Trauma« von Robin Cook.

BLANVALET

Die BLANVALET FANTASY, die infolge interner Umorganisationen bei BERTELSMANN die Nachfolge der GOLDMANN FANTASY unter Beibehaltung des Nummernkreises 24tausend angetreten hat und deren Herausgabe nach wie vor in den bewährten Händen von Volker Busch lag, der auch für die Genre-Titel im ALLGEMEINEN PROGRAMM von BLANVALET (wie die STAR TREK-Romane) und GOLDMANN (z. B. Terry Pratchetts SCHEIBENWELT) verantwortlich zeichnet, setzt im FANTASY-Bereich wie sein Vorgänger ausschließlich auf angloamerikanische Autoren, weshalb die Situation für deutschsprachige Autoren hier besonders trist ist.

Die BLANVALET FANTASY wird ebenso wie die Reihen der anderen Verlage fast ausschließlich von Zyklen und Serien beherrscht, wobei Romane zu Spielen im Jahr 2000 erneut einen geringeren Stellenwert als in den früheren Einplanungen spielten. Die Zahl der Veröffentlichungen blieb bei drei Titeln pro Monat, die nach wie vor ein breites Spektrum moderner und auch klassischer Fantasy boten. Weitergeführt wurden R. A. Salvatores Zyklus DÄMONENDÄMMERUNG mit »Der steinerne Arm« (3) und »Abtei im Zwielicht« (4), STERNENKRONE von Kate Elliott mit »Das Rad des Schicksals« (6), Robin Hobbs DIE ZAUBERSCHIFFE mit »Der blinde Krieger« (3) und »Die Stunde des Piraten« (4), DIE MOONDARK-SAGA von Donald E. McQuinn mit den Bänden 7 und 8, »Die Verstoßene« und »Hexengift«, Tom Ardens Zyklus DER KREIS DES OROKON mit »Das Lied des Verschwindens« (5), George R. R. Martins Bestseller DAS LIED VON EIS & FEUER mit Band 4, »Die Saat des goldenen Löwen«, die Science Fantasy ACORNA mit »Acornas Rückkehr« von Anne McCaffrey & Elizabeth Ann Scarborough und Raymond E. Feists zum MEDKEMIA-Zyklus gehörende KRONDOR-SAGA mit »Im Labyrinth der Schatten« (2), abgeschlossen wurde die Trilogie DER MAGIER VON NUMANTIA mit »Fluch der Wiederkehr« von Chris Bunch und neu gestartet wurden Steven Eriksons Zyklus DAS SPIEL DER GÖTTER mit »Die Gärten des Mondes« und die Neuherausgabe des DRACHENPRINZ-Zyklus mit den ersten vier Bänden, »Das Gesicht im Feuer«, »Die Braut des Lichts«, »Das Band der Sterne« und »Das Lied des Verschwindens«. Neue Bände erschienen auch zu DRACHENLANZE – »Der Zorn des Drachen« von Margaret Weis & Don Perrin, »Der letzte Getreue« und »Der Marionettenkönig« von Douglas Niles (DIE ERBEN DER DRACHENLANZE 5 & 6) sowie »Die blinde Priesterin« von Linda P. Baker & Nancy Varian Berberick (DIE ERBEN DER DRACHENLANZE 7) – und zu FORGOTTEN REALMS: »Kristall der Finsternis« von R. A. Salvatore (DIE VERGESSENEN WELTEN 11). Abgeschlossene Titel waren »Hüter der Nacht« von Patrick O'Leary und »Der Stein der Macht« von Chris Bunch. Für Anfang 2001 sind die Serientitel »Drachensturm« und »Die Drachenkönigin« von Margaret Weis & Tracy Hickman (DIE KINDER DER DRACHENLANZE 1 & 2), »Die Weissagung« von Holly Lisle (DER MAGISCHE SPIEGEL 2), »Wolfsgesang« von Donald E. McQuinn (DIE MOONDARK-SAGA 9), »Die Flammen des Himmels« und »Der Brand der Wüste« von Melanie Rawn (DRACHENPRINZ 5 & 6), »Die Nebelprinzessin« von Tom Arden (DER KREIS DES OROKON 6), »Schattenzeit« von R. A. Salvatore (DIE VERGESSENEN WELTEN), »Die Hexe von Shannara« von Terry Brooks (SHANNARA), »Die vergessene Stadt« von Robin Hobb (DIE ZAUBERSCHIFFE 5) und »Das Reich der Sieben Städte« von Steven Erikson (DASS SPIEL DER GÖTTER 2) und die Anthologie »Das große Lesebuch der fantastischen Katzengeschichten«, herausgegeben von Ellen Datlow eingeplant.

Im November 2000 startet anlässlich des neuen SHANNARA-Romans eine Neuherausgabe der Serie mit einem Titel pro Monat: »Das Schwert von Shannara«, »Der Sohn von Shannara«, »Der Erbe von Shannara«, »Die Elfensteine von Shannara«, »Der Druide von Shannara« und »Die Dämonen von Shannara«.

In der ALLGEMEINEN REIHE von BLANVALET standen 2000 u. a. folgende Genre-Titel auf dem Programm: »Der Ruf der Trommel« von Diana Gabaldon (HIGHLAND-SAGA 4), »Angriff bei Nacht« und »Nachteis« von Stephen Coontz, »Das Todeswrack« von Clive Cussler & Paul Kemprecos (NUMA), »Nostradamus – Die Prophezeiung« von Valerio Evangelisti, »Die Seele des Feuers« von Terry Goodkind (DAS SCHWERT DER WAHRHEIT 10), »Übermorgen« und »Des Teufels Kardinal« von Alan Folsom, »Sonnentochter« von Mark Canter, »Roter Engel« von Tess Gerritsen, »Der Ruf der Steine« von Gary Goshgarian, »Die Silberwölfin« von Alice Borchardt, »Kommando Han Solo« von Aaron Allston und »Isards Rache« von Michael Stackpole (STAR WARS – X-WING), »Verhexte Herzen« von Sandra Lee, »Wiege der Angst« von Margaret Cuthbert, »Stärker als der Sturm« von V. C. Andrews (LOGAN-SAGA 4), »Nachtflug zur Hölle« von Dale Brown, »Höllenflut« von Clive Cussler (DIRK PITT/NUMA), »Der vergessene Brief« von Richard Paul Evans, »Stein und Efeu« von Glenna McReynolds, »Indiana Jones und die Brut des Sauriers« von Max McCoy (INDIANA JONES), »Die Seherin von Knossos« und »Die Hüterin von Jericho« von Suzanne Frank (CHLOE KINGSLEY 2), »Die weise Frau« von Philippa Gregory, »Toxin« von Robin Cook, »Dämonenfeuer« von Terry Brooks (JOHN ROSS 3), »Tödlicher Zauber« und »Olivia« von V. C. Andrews (LANDRY-SAGA 4 & 5), »Wilder als ein Traum« von Teresa Medeiros, »Die Abtrünnigen« von R. A. Salvatore (STAR WARS – DAS ERBE DER JEDI-RITTER 1) und »Das Haus der Wölfe« von Donna Boyd. Für das Frühjahr 2001 zur Veröffentlichung vorgesehen sind »Der Experte« von Robin Cook, »Im Abgrund« von Jeff Long, »Das Geheimnis am goldenen Fluss« von Mark Canter, »Endymion – Pforten der Zeit« von Dan Simmons, »Geheimakte Proteus« von F. Paul Wilson & Matthew J. Costello, »Der Verrat« von Valerio Evangelisti (NOSTRADAMUS 2), »Das Karussell der Nacht« von V. C. Andrews, »In der Schwebe« von Tess Gerritsen, »Die Nacht der Wölfin« von Alice Borchardt und »Indiana Jones und das Geheimnis von Thule« von Max McCoy (INDIANA JONES).

Im Rahmen der KONSALIK-Aktion wurde im Herbst 2000 der Roman »Das Regenwald-Komplott« neu aufgelegt und im Frühjahr 2001 gibt es eine Neuauflage von »Blindes Vertrauen« von Sandra Brown und »Trügerische Ruhe« von Tess Gerritsen.

HEYNE

Wie schon in den vorangegangenen Jahren schaffte es Marktführer HEYNE auch 1999 wieder spielend, eine dominierende Position auf dem Taschenbuchmarkt in Sachen Science Fiction, Fantasy, Horror und Phantastik zu behaupten. Der Vorsprung zum Zweitplatzierten BANVALET/BERTELSMANN belief sich auf nunmehr 42 Bände, er ist also geschrumpft, und HEYNE hat es erstmals nicht mehr geschafft, fast genau so viele Genre-Bände herauszubringen wie die beiden Hauptmitbewerber BERTELSMANN und BASTEI zusammengenommen. Nach wie vor wird die FANTASY von Friedel Wahren betreut, die SCIENCE FICTION von Wolfgang Jeschke und in der letzten Zeit mit verstärkter Unterstützung von Sascha Mamczak. Die mit Frühjahr 1999 bei der SF-Reihe vorgenommene Titelreduktion auf sechs Titel wurde, zumindest von der Einplanung her, im Herbst 2000 nochmals leicht reduziert, dafür verzeichnete die FANTASY mit abwechselnd vier bzw. fünf Bänden pro Monat einen leichten Aufwärtstrend. 1999/2000 wurden in etwa zehn Titel pro Monat eingeplant, veröffentlicht wurden dann tatsächlich zwischen zehn und zwölf

Bände. Wie auch schon in den Jahren zuvor waren die Abweichungen zwischen Einplanung und tatsächlicher Auslieferung auch im letzten Berichtsjahr relativ gering, was die Titelzahl betraf, aber enorm, was die Titel an sich betraf. Gelegentlich kam zwar auch vor, dass ein Band früher als geplant erschienen ist, das war aber nicht die Regel, denn zumeist kamen die Titel mit bisweilen gehöriger Verspätung auf den Markt. Schuld daran waren einerseits zu spät einlangende Übersetzungen, andererseits aber oft auch die finanziell-strategische Überlegung, nicht zu viele umfangreiche und somit hochpreisige Titel in einem Monat geballt herauszubringen. Während die BATTLETECH-Romane etwa ein halbes Jahr hinter den Einplanungen hinterher hinken, liegt Robert Jordans DAS RAD DER ZEIT exakt auf Terminkurs. Infolge offenbar nicht kurzfristig oder nur schwer lösbarer Probleme lagen bei Redaktionsschluss folgende bereits länger angekündigte Titel noch nicht vor und sind auf unbestimmt verschoben: »Flaschengeister« und »Sesam, öffne dich« von Tom Holt, »Die Pest der Engel« von Sheri S. Tepper, »Die UFO-Aliens auf Hawaii« von Mel Gilden, »Verrat auf Kregen« von Alan Burt Akers, »König Laurins Mantel«, »Befehl aus dem Dunkel« und »Atomgewicht 500« von Hans Dominik, »Der schwarze Gott« von J. Gregory Keyes, »Ein Spitzenhund« von Jerry Jay Carroll, »Der ewige Friede« von Joe Haldeman und »Weißer Mond, roter Drache« von David Wingrove. Aus dem Programm genommen wurden »Die Nomaden von Gor«, »Die Meuchelmörder von Gor« (2 Neuausgaben) und »Die Tänzerin von Gor« von John Norman, »Die Galaktische Mission« von Judith & Garfield Reeves-Stevens und »Star Trek Timer 2000« von Ralph Sander. Erneut reduziert hat sich die Zahl der Hardcover-Ausgaben innerhalb der Reihe HEYNE SCIENCE FICTION & FANTASY. Diese Titel, zumeist von der Klassikeredition HIGH 8000, werden im HARDCOVER-Kapitel aufgelistet. Nicht gerade oft waren deutschsprachige AutorInnen bei HEYNE vertreten, und das galt auch für ihre nicht-angloamerikanischen Kollegen. Wenn man von der Serie zum Spiel DAS SCHWARZE AUGE absieht, so erschienen zuletzt »Googol« von H. D. Klein, der überraschend gut bei der Leserschaft ankam, »Ellorans Traum«

von Frances G. Hill und »Das Buch der Schlüssel«, Band 1 der DÄMONEN-Trilogie von Micha Pansi. Für 2000 sind »Die Bruderschaft von Yoor« und »Leandras Schwur«, die beiden ersten Romane der HÖHLENWELT-SAGA von Harald Evers, »Das Buch der Tore« von Micha Pansi (DÄMONEN 2) sowie »Der Schatten des Inquisitors« und »Das Blut des Inquisitors«, die beiden ersten Romane des preisgekrönten italienischen INQUISITOR-Zyklus von Valerio Evangelisti im Programm. In der ALLGEMEINEN REIHE kamen »Majestic – Die Saat des Todes« und »Die Templerin« von Wolfgang Hohlbein, »Die Sonnenpyramide« von Guy Rachet, »Hamilkars Garten« von Gisbert Haefs, »Herz im Stein« von Barbara Büchner, »Cafe Berlin & Hafen der Düfte« und »Der Löwenkult« von Harold Nebenzahl, »Der Schild des Talos« von Valerio M. Manfredi, »Die Augen der Maru« von Christopher Zimmer, »Das Geheimnis der Engelskrieger« von Kai Meyer (Abschlussband der DOKTOR FAUSTUS-Trilogie), »Der Greif« von Wolfgang & Heike Hohlbein und »Der letzte Wunsch & Das Schwert der Vorsehung« von Andrzej Sapkowski heraus, Anfang 2001 sollen »Kopfkönig« von Barbara Büchner, »Drachenfeuer« von Wolfgang & Heike Hohlbein, »Traum aus Stein« von Guy Rachet und »Die Göttin der Wüste« von Kai Meyer erscheinen.

Da sich vor allem Zyklen und Serien besonderer Beliebtheit bei der Leserschaft erfreuen, werden ihnen auch bei HEYNE traditionell überproportional viele Programmplätze eingeräumt. Bei der FANTASY kam in der langlaufenden Erfolgsserie um Robert E. Howards schwertschwingenden Barbaren CONAN »Conan der Ausgestoßene« von Leonard Carpenter (Band 53) nebst Band 14 in Neuausgabe heraus, eingeplant ist als Nächstes »Conan der Gnadenlose« von Roland Green (54), bei Robert Jordans Bestsellerserie DAS RAD DER ZEIT kam es nach Band 23, »Kriegswirren«, zu einer Zwangspause, da noch kein weiterer Roman aus den USA vorlag, mittlerweile wurden für Anfang 2001 zwei weitere Bände, »Das Herz des Winters« und »Rückkehr der Schattenfreunde« eingeplant, und von L. E. Modesitts RECLUCE-Zyklus sind, nach einigen Verzögerungen zu Beginn, zuletzt »Sturz der Engel« (6) und »Der Chaos-Pakt« (7) erschienen, als Nächstes folgen »Die Weiße Ordnung« (8),

»Die Farben des Chaos« (9) und »Der Magier von Fairhaven« (10). Neue Romane kamen auch zur britischen Spieleserie WARHAMMER heraus: »Sturmkrieger« von Brian Craig und »Schicksalsgefährten« von William King. Abgeschlossen wurden Jo Claytons SCHATTENLIED-Trilogie mit »Hüterin der Kristalle«, während der abschließende 3. Band des DERYNI-Zyklus DIE ERBEN VON SANKT CAMBER, »Sankt Cambers Schatten«, auf unbestimmt geschoben wurde. Abgeschlossen wurde auch die STURMLAND-SAGA von John Maddox Roberts mit den Bänden 3 bis 5, »Brüder des Zorns«, »Die Stahlkönige« und »Fremde Schiffe«. Mittlerweise komplett vor liegen die KÖNIGSKINDER-Trilogie mit »Tochter der Weissagung«, »Die Heilerin« und »Der falsche König« von Anne Kelleher Bush, Robert N. Charrettes aus »Prinz des Dunkels«, »König des Unheils« und »Ritter des Zwielichts« bestehende SCHATTENKRIEG-Trilogie, DIE CHRONIKEN VON YNIS AIELLE von R. A. Salvatore mit »Echo der vierten Magie«, »Im Wald von Avalon« und »Bollwerk der Dunkelheit«, der Zweiteiler MORDANTS NOT von Stephen R. Donaldson, bestehend aus »Der Spiegel ihrer Träume« und »Die Magier von Mordant« sowie die NORDMARK-Trilogie von Ulrich Drees. Neu gestartet wurden DIE CHRONIK VON AELWYN von Robert N. Charrette mit »Der Turm der Zeit«. Ansonsten wären bei der FANTASY noch die Anthologie »Die Philosophen der Scheibenwelt«, die Einzelbände »Mein Held« von Tom Holt, »Krieg der Götter« von Poul Anderson, »Wein der Götter« von John Barnes, »Die Jungfrau der Sonne« von Henry Rider Haggard, »Aus Wasser geboren« von J. Robert Keyes, »Das dunkle Herz der Zeit« von Philip Jose Farmer (TARZAN), »Schimären« von Christopher Evans, »Die Fährte des Blinden« von Glenda Noramly und »Das siebte Tor« von Garth Nix sowie »Der Drachenritter und der Wurzelkönig« von Gordon R. Dickson (DRACHENRITTER 7) zu erwähnen. Für 2000 sind neben einer Neuausgabe von Jane Gaskells ATLANTIS-Zyklus in drei Bänden – »Der Turm der Göttin«, »Im Reich der Atlantiden« und »Die Länder des Sommers« – der Erzählband »Die Regenfrau« von Ursula K. Le Guin sowie die Romane »Das Schlangenauge« und »Der magische Pakt« von Robert N. Charrette

(CHRONIK VON AELWYN 2 & 3), »Wolkensammler« von Sean Russell (Fortsetzung von »Der Erleuchtete«), »Der graue Prophet« von William King (WARHAMMER) und »Die Halle der Schläfer« von Jody Lynn Nye im Programm.

Weiter ging es 2000 auch bei der Subserie DAS SCHWARZE AUGE bzw. AVENTURIEN, und zwar mit vier Bänden pro Halbjahr, wobei einer zusätzlich als Hardcover herausgebracht wurde, »Die Nacht der Schlange« von Bernhard Hennen. Es liegen bereits über 50 Bände vor. Zuletzt erschienen »Geteiltes Herz« von Tobias Frischhhut, »Gassengeschichten«, hrsg. von Britta Herz, »Erde und Eis« von Hadmar von Wieser (ELEMENTARE GEWALTEN 2), »Sphärenschlüssel« von Jörg Raddatz & Heike Kamaris ARANISCHE NÄCHTE 1), »Die Hand der Finsternis« von Alexander Huiskes und »Zwergenmaske« von Martina Nöth, in Vorbereitung befinden sich »Koboldgeschenk« von Gun-Britt Tödter und »Blutrosen« von Heike Kamaris & Jörg Raddatz (ARANISCHE NÄCHTE 2).

Ebenfalls neue Titel, wenn auch nur sporadisch, gab es in der Taschenbuchserie zum erfolgreichsten Sammelkarten-Spiel der Welt – MAGIC – DIE ZUSAMMENKUNFT. 2000/2001 sind »Weltenwanderer« von Lynn Abbey (14) und »Strom der Zeiten« von J. Robert King (15) erschienen bzw. eingeplant.

Bei der SCIENCE FICTION wurde die 1999 durchgeführte Reduktion des STAR TREK-Programms 1999 auf einen Band pro Monat, mit sporadischer Auslieferung eines zweiten, auch im Jahr 2000 beibehalten, wobei sich alle vier Serien – CLASSIC, THE NEXT GENERATION, DEEP SPACE NINE und VOYAGER – in unregelmäßiger Folge abwechseln und auch unterschiedliche Reihen umfassende Themenzyklen präsentiert werden, wie zuletzt der Vierteiler DER DOMINION-KRIEG, bestehend aus »Hinter feindlichen Linien« von John Vornholt (TNG), »Verlorener Friede« von Diane Carey (DS9), »Sternentunnel« von John Vornholt (TNG) und »Beendet den Krieg!« von Diane Carey (DS9). Des Weiteren kamen die Einzelbände »Echos« von Dean Wesley Smith, Kristine Kathryn Rusch & Nina Kiriki Hoffman (VOY), »Saratoga« von Michael Jan Friedman (DS9), »Imzadi II« von Peter David (TNG), »Die Sonde«

von Margaret Wander Bonnano (CLASSIC), »Das Gespenst« von William Shatner (CLASSIC) und »Ich, Q« von John De Lancie & Peter David (TNG) auf den Markt. Neu gestartet wurde die ST-Reihe DIE NEUE GRENZE mit »Captain Calhoun« und »U.S.S. Excalibur« von Peter David, wobei jeder Band zwei Originalromane enthielt. Weitergeführt wurden auch die Romanserien zu den Spielen SHADOWRUN und BATTLETECH, von denen jeweils zwei neue Titel pro Halbjahr erscheinen und die es mittlerweile auf 39 bzw. 48 Bände gebracht haben. Neu gestartet wurde Ende 2000 auch eine Romanserie zum Spiel CRIMSON SKIES mit »Himmelsstürmer« und »Luftpiraten« von Loren Coleman. Die Alternativwelt-Tetralogie EIN LAND FÜR HELDEN von Phillip Mann – »Flucht in die Wälder«, »Der Monolith«, »Der Drache erwacht« und »Der brennende Wald« – ist jetzt veröffentlicht worden, dafür wurde die Parallelwelt-Trilogie HAMMER UND KREUZ von Harry Harrison & John Holm (»Der Hammer des Nordens«, »Der Pfad des Königs« und »König und Imperator«) auf 2001 verschoben. »Weißer Mond, Roter Drache« und »China am Rhein« von David Wingrove, die Bände 12 & 13 der CHRONIK VON CHUNG KUO wurden aus dem Programm genommen. Der Rest der Serie wird nicht erscheinen. Verschiebungen gab es nach wie vor auch bei den von Herausgeber Wolfgang Jeschke halbjährlich zusammengestellten internationalen Anthologienbänden, die die ganze Bandbreite der modernen Science Fiction präsentieren und gemeinsam mit den obligen »Heyne Science Fiction Jahresband« regelmäßig ein Highlight im SF-Programm von HEYNE und der gesamten deutschen SF-Szene bilden: 2000 erschienen die Bände »Das Jahr der Maus« und »Das Wägen von Luft«, für 2001 ist »Reptilienliebe« vorgesehen. Anlässlich des Jubiläums 40 JAHRE HEYNE-SF gab Wolfgang Jeschke auch die Anthologie »Fernes Licht« mit den besten Stories aus vier Jahrzehnten heraus, die im Buchhandel und bei der Leserschaft sehr gut ankam. Auf nur mehr einen Band pro Jahr reduziert wurden die deutschen Auswahlbände aus den renommierten amerikanischen SF-Magazinen ASIMOV'S SCIENCE FICTION (ausgewählt von Friedel Wahren, mit zumindest einem deutschen Beitrag pro Ausgabe) und

THE MAGAZINE OF FANTASY AND SCIENCE FICTION (zusammengestellt von Ronald M. Hahn), die es mitterweile auf 55 bzw. 101 Ausgaben gebracht haben und herausragende Geschichten aus Übersee präsentierten. Ende 2000 erschien DIE ZWEITE FOUNDATION-TRILOGIE mit »Der Aufstieg der Foundation« von Gregory Benford und »Foundation und Chaos« von Greg Bear. Aus dem exzellenten Programm des Jahres 2000, das wie gewohnt für jeden Geschmack etwas zu bieten hatte, ragten besonders die Romane »Im Herzen der Galaxis« und »In leuchtender Unendlichkeit« heraus sowie »Im Meer der Nacht« und »Durchs Meer der Sonnen« von Gregory Benford (CONTACT-Zyklus 5 & 6 sowie 1 & 2 in Neuauflage), »Cosm« von Gregory Benford, »Kirinya« von Ian McDonald, »Viren des Vergessens« von Luis McMaster Bujold (BARRAYAR), »Die Jahre der Aliens« von Robert Silverberg, »Quantennetze« von Ian Watson, »Titan« von Stephen Baxter, »Pells Ruf« von C. J. Cherryh (COMPANY WARS), »Die Chroniken von Pern: Ankunft« von Anne McCaffrey (DRACHENREITER), »Das Schiff der Visionen« von John Gribbin, »Cyberskin« von Paul Collins, »Feenland« von Paul J. McAuley und ganz besonders »Teranesia« von Greg Egan. Dazu kommen Spitzentitel wie »Begegnung mit Tiber« von Buzz Aldrin & John Barnes, »Drachenauge« von Anne McCaffrey (DRACHENREITER), sowie »Gefecht in den Wolken« von Loren Coleman (CRIMSON SKIES 3), »Die Föderation« von Judith & Garfield Reeves-Stevens (ST CLASSIC), »Mechwarrior« (3 BATTLETECH-Romane von Blaine Pardoe, Stephen Kenson und Mel Odom), »Heiliges Feuer« von Bruce Sterling, die PLANETENPIRATEN-Trilogie aus »Sassinak« von Anne McCaffrey & Elizabeth Moon, »Raumfahrergarn« von Anne McCaffrey & Judy Lynn Nye und »Das Generationenschiff« von Anne McCaffrey & Elizabeth Moon, »Heiliges Feuer« von Bruce Sterling, »Das neunte Leben« von Lisa Smedman (SHADOWRUN), »Seven of Nine« von Christie Golden (VOY), »Das Gottesspiel« von Sarah Zettel, »Das Böse« von K. W. Jeter (DS9), »Feuerflut« von Charles Sheffield und »Runner sterben schnell« von Mel Odom (SHADOWRUN), der Erzählungsband »Vakuum-Diagramme« von Stephen Baxter und »Ikarus 2001«, herausgegeben von

Wolfgang Jeschke, ein neu konzipiertes Periodikum mit Reprints von hervorragenden Stories, die schon seit langem vergriffen sind und deren Neuauflage immer wieder gewünscht wurde. Es soll der SF neue Leser zuführen, ist für ein anspruchsvolles Publikum gedacht und zudem außerordentlich preiswert. (Dafür wird der seit 1980 von Wolfgang Jeschke herausgegebene Heyne SF-Jahresband, der ja auch Originalstories enthielt, leider eingestellt.)

Nach mehrjähriger Pause 2000 endlich weitergeführt wurde die BIBLIOTHEK DER SCIENCE FICTION LITERATUR mit der von James Gunn zusammengestellten Anthologie »Von Shelley bis Clarke«, dem 11. Band der WEGE ZUR SCIENCE FICTION. Band 12 erscheint im Frühjahr 2001 unter dem Titel »Von Ballard bis Stableford«.

Infolge von Problemen bei der Beschaffung für eine optimale Edition notwendigen Unterlagen stockt es nach wie vor bei der ambitionierten Jubiläumsausgabe der Gesammelten Werke von HANS DOMINIK. Mit Verspätung erschienen ist 2000 »Kautschuk«, eingeplant für 2001/02 sind »Befehl aus dem Dunkel«, »König Laurins Mantel« und »Atomgewicht 500«.

Auch 2000 erschienen wieder zahlreiche Titel mit phantastischen oder spekulativen Elementen von renommierten Autoren des Genres, die entweder den Budgetrahmen der SF & FANTASY-Reihe gesprengt hätten oder nicht in ihr Konzept passen, wie beispielsweise Horror-Titel, in der ALLGEMEINEN REIHE. Das traf und trifft natürlich auch auf Werke zu, die aufgrund ihrer Thematik, des Bekanntheitsgrads des Autors oder aus anderen Gründen für eine größere Leserschaft außerhalb des relativ kleinen Genre-Marktes von Interesse sind und in der ALLGEMEINEN REIHE mehr Leser erreichen können. Zu den im letzten Jahr hier publizierten Titeln gehörten die STAR WARS-Romane »Schatten der Vergangenheit«, »Blick in die Zukunft« und »Der Zorn des Admirals« von Timothy Zahn (DIE HAND VON THRAWN), »Der siebte Schrein« und »Das Meer und kleine Fische«, hrsg. von Robert Silverberg (die HC-Fantasy-Anthologie in zwei Bände gesplittet), »Operation Rainbow« von Tom Clancy, »Zeit der Eulen« von Martin Hocke, »Kind der Hölle« von John Saul, »Galileo« von Clive Barker,

»Das Volk der Blitz« von W. Michael & Kathleen O'Neal Gear (DIE ERSTEN AMERIKANER), »Tod auf Zypern« von Raymond Benson (JAMES BOND 007), »Idoru« von William Gibson, »Kilo Class« von Patrick Robinson, »Der Kampf ums Herzland« von William Horwood (DIE WÖLFE DER ZEIT), »Abgrund« von Colin Forbes, »Der Sturm des Jahrhunderts« von Stephen King, »Das magische Buch« von Kim Wilkins, »Der Unsterbliche« von David Bischoff (THE CROW), »Ehrenkodex« (TOM CLANCYS NET FORCE 3), »Feindbilder« (TOM CLANCYS OP-CENTER 7) und »Todesspiel« (TOM CLANCYS SPECIAL NET FORCE 1) von Tom Clancy & Steve Pieczenik, »Waffenruhe« von Arthur C. Clarke & Michael Kube-McDowell, »Adler und Falke« von Stephan Grundy & Melodi Grundy, »Geschöpfe der Nacht« von Dean Koontz, »USS Cunningham – Im Fadenkreuz« von James Cobb, »Magic Terror« von Peter Straub, »Dämonenlicht« von Marion Zimmer Bradley, »Blutmond« von Alastair MacNeill, »Schöne Bescherungen«, hrsg. von Erik Simon & Friedel Wahren, »Schattensonne« von George Lucas & Chris Claremont (Abschlussband der Fantasy-Trilogie), »Im Sturm der Nacht« von Chet Williamson (THE CROW), »Auf geheimen Pfaden« von Gabriel King und »Zwei alte Frauen & Das Vogelmädchen« von Velma Wallis. Für Anfang 2000 sind u. a. »In der Stunde unseres Todes« von Alison Joseph, »Planspiele« von Tom Clancy & Martin Greenberg (TOM CLANCYS POWER PLAYS 4), »2001 – Odyssee im Weltraum« von Arthur C. Clarke, »Schnee im September« von Susie Moloney, »Der Stein des Jaguars« von Daniel Peters, »Höllenschlund« von Steve Alten, »Schattenbrüder« von Peter Straub, »Am Rande der Dunkelheit« von Barbara Erskine, »Vaterland & Enigma« von Robert Harris, »Planet des Zwielichts« von Barbara Hambly (STAR WARS), »Sex, Space & Rock'n'Roll« von Linda Jaivin, »Jagdfieber« von Tom Clancy & Steve Pieczenik (TOM CLANCY OP-CENTER 8), »Im Land der Unsterblichkeit« von Kage Baker, »999 – Festmahl des Grauens«, hrsg. von Al Sarrantonio, »Das Ebenbild« von David Morrell, »Die Star Wars Chronik« von Kevin J. Anderson & Daniel Wallace, »Hannibal« von Thomas Harris (HANNIBAL LECTER 3), »Schlacht der Drachen – USS Cunningham« von James Cobb, »Die verlorenen

Wälder« von Martin Hocke, »Das Volk des Nebels« von M. William Gear Kathleen O'Neal Gear (DIE ERSTEN AMERIKANER), »Das Licht ferner Tage« von Arthur C. Clarke & Stephen Baxter, »Mitternacht & Das Versteck« von Dean Koontz und »Der Gemini-Mann« von Richard Steinberg zur Veröffentlichung vorgesehen.

Eine auf 12 Bände angelegte SF- und Fantasy-Sonderedition erschien im Herbst 2000. Sie bestand aus sieben SCHEIBENWELT-Romanen von Terry Pratchett – »Wachen! Wachen!«, »Das Erbe des Zauberers«, »Das Licht der Phantasie«, »Gevatter Tod«, »Pyramiden«, »MacBest« und »Der Zauberhut« – sowie aus dem fünfbändigen PER ANHALTER INS ALL-Zyklus von Douglas Adams: »Per Anhalter durch die Galaxis«, »Das Restaurant am Ende des Universums«, »Macht's gut, und danke für den Fisch«, »Das Leben, das Universum und der ganze Rest« und »Einmal Rupert und zurück«.

In der Reihe TIPP DES MONATS erschienen 2000 die Sammelbände »Fangjagd & Der Janus-Mann« von Colin Forbes, »Das Haus der Angst & Schattenfeuer« von Dean Koontz und »Gevatter Tod & Wachen! Wachen!« von Terry Pratchett (SCHEIBENWELT), für Anfang 2001 eingeplant sind »Hagen von Tronje & Das Siegel« von Wolfgang Hohlbein, »OP-Center & Spiegelbild« von Tom Clancy & Steve Pieczenik und »Höllenfeuer & Blitze des Bösen« von John Saul.

KNAUR

In der im Sommer 1998 in den KNAUR TASCHENBÜCHERN gestartete neue und ambitionierte Fantasy-Reihe EXCALIBUR, betreut von Melissa Anderson (ein Pseudonym, das in der Regel von Ex-GOLDMANN-SF- und Fantasy-Redakteur Sky Nonhoff verwendet wird) und Gerd Rottenecker, dem ehemaligen Chefredakteur von SCIENCE FICTION MEDIA, wurden im Milleniumsjahr zwei oder drei Titel pro Monat publiziert, wobei die Herausgeber nach wie vor bemüht waren, junge Talente wie auch bei uns noch unbekannte etablierte Autoren aus den USA und Großbritannien für den deutschen Markt aufzubauen, wie Joanne Bertin, John Marco, David Drake oder Katherine Kerr. Auch bei der KNAUR FANTASY dominieren Zyklen und Serien ganz eindeutig. DAS REICH DER INSELN von David Drake wurde mit »Die Geisterbrücke« (5) und »Die Diener des Drachen« (6) abgeschlossen und K. J. Parkers Trilogie DIE FARBEN DES STAHLS mit »Die Steppenreiter«, und auch der RUNENZAUBER-Zyklus ist nach »Der Bann des Barden« (10), »Im Land des Greifs« (11) und »Der Herr der Schatten« an seinem vorläufigen Ende angelangt, da bislang noch kein neues Material vorliegt. Katherine Kerrs CHRONIKEN VON DEVERRY wurden ebenso fortgesetzt – mit Band 10, »Der schwarze Rabe« – wie der FEY-Zyklus von Kristine Kathryn Rusch, in dem »Die Nebelfestung« (4), »Der Schattenprinz« (5), »Die Erben der Macht« (6) und »Die Augen des Roca« (7) erschienen sind, oder DAS IMPERIUM VON NAR (zuletzt Band 5, »Die Heiligen des Schwertes«), und in der Saga vom LETZTEN DRACHENLORD legte Joanne Bertin zwei weitere Paperbacks vor, »Drachenherz« und »Das Lied des Phönix«. Neu gestartet wurden zum Jahresende 2000 DIE OBSIDIAN-CHRONIKEN von Lawrence Watt-Evans mit »Sommer der Drachen« sowie eine Neuausgabe von Elizabeth A. Lynns Trilogie DIE TÜRME VON TORNOR mit »Die Winterfestung«. Zudem sind noch Taschenbuch-Ausgaben des Einzelbandes »Das weiße Tribunal« von Paula Volsky, der Anthologie »Excalibur – Das Schwert von Avalon« und »Feuerbringer«, dem ersten Band der CHRONIK VON SIRKARA von Laura Resnick herausgekommen. Für das Frühjahr 2001 eingeplant sind »Himmelsgleiter« und »Sturm über Indhopal« von David Farnland (DIE HERREN DER RUNEN 5 & 6), »Festung der toten Augen« von J. V. Jones (DASS SCHWERT DER SCHATTEN 3), »Der Rat der Hexer« und »Die Träumer von Kendra« von Elizabeth A. Lynn (DIE TÜRME VON TORNOR 2 & 3), »Der Thron aus Stahl« von John Marco (DAS IMPERIUM VON NAR 6), »Die Drachenbrüder« von Lawrence Watt-Evans (DIE OBSIDIAN-CHRONIKEN 2), »Die Feuerechse« von Katherine Kerr (DIE CHRONIKEN VON DEVERRY 11), »Im Zeichen der Schwerter« von Kristin Kathryn Rusch (DAS 8. BUCH DER FEY) und »Flammenherz« von Laura Resnick (DIE CHRONIK VON SIRKARA 2).

Neu gestartet wurde bei KNAUR im Herbst die Edition MARION ZIMMER BRADLEY - DER DARKOVER-ZYKLUS, in dem alle Romane dieses Zyklus und alle dazugehörenden Anthologien erscheinen sollen. 2000 sind die Romane »Asharas Rückkehr«, »Die schwarze Schwesternschaft« und »Herrin der Falken« sowie die Anthologie »Die freien Amazonen« erschienen, wobei es zusätzlich im Oktober eine Sonderedition mit den Romanen »Herrin der Stürme«, »Die Zeit der 100 Königreiche«, »Die zerbrochene Kette«, »Hasturs Erbe«, »Sharras Exil«, »Gildenhaus Thendara«, »Der verbotene Turm« und »Die blutige Sonne« als auch die Anthologie »Planet der blutigen Sonne« gab. 2001 folgen zunächst die Romane »Die Landung«, »Die Weltenzerstörer«, »Die Erben von Hammerfell«, »Das Zauberschwert« und »An den Feuern von Hastur« sowie die Anthologie »Die sechs Monde«.

Auch 2000 wurden wieder zahlreiche interessante Titel in der ALLGEMEINEN REIHE veröffentlicht bzw. für eine Veröffentlichung vorbereitet, wie »Der Märchenring« und »Die Mondsteinmärchen« von Roland Kübler, »Im Schatten von Notre Dame« von Jörg Kastner, »Im Tal des Yeti« von Werner Kopacka, »Die Reise des Favonius« von Dominik Weiss, »Nachts unter der steinernen Brücke« von Leo Perutz, »Gretchens Faust« von Antje Swanhild, »Der Fluch der alten Dame« von Gillian White, »Buffy - Die Jagd geht weiter« von Christian Lukas & Sascha Westphal, »Die Mauer steht am Rhein« von Christian von Ditfurth, »Liebe ist die letzte Brücke« von Johannes Mario Simmel, »Herzensach« von Gunter Gerlach, »Moses - Herrscher ohne Krone« von Gerald Messadie und »Der Totenacker« von Paul Johnston (2. EDINBURGH-SF-Krimi). Im Frühjahr 2001 sollen »Attic« von Douglas Preston & Lincoln Child, »Die Seelenlosen« von Thomas Görden, »Die Tibet-Verschwörung« von Raymond A. Scofield, »Die Weisheit des Himmels« von Henri Gougaud, »Big Fish« von Daniel Wallace, »Madonna Mars« von Tobsha Learner, »Bloß gut, dass es uns noch gibt. Familie Lehmann und der 51. Geburtstag der DDR« von Jörg Mehrwald, »Die Quelle« von James A. Michener und »Zeichen und Wunder« von Melvin Jules Bukiet erscheinen.

MARXMÜHLE

Im Frühjahr 2000 gründete die Druckerei MARXMÜHLE einen Verlag, in dem ab Herbst 2000 ein Phantastik-Programm mit vier Titeln im Halbjahr erscheinen sollte. Zur Buchmesse in Frankfurt wurden zwei Bände der ersten Produktion – »Der 24. Buchstabe« von Antje Ippensen und »Der Verfluchte« von Cedric Cain – vorgestellt, aber ebenso wie die beiden anderen – zwei Titel von Peter Dubina – nicht ausgeliefert, da von allen Beteiligten die Rechte nach dem Ausscheiden von Alfred Wallon als Herausgeber zurückgezogen wurden.

SUHRKAMP

Nach dem Ausscheiden von Franz Rottensteiner wurde die PHANTASTISCHE BIBLIOTHEK in den SUHRKAMP TASCHENBÜCHERN sukzessive nahezu auf Null reduziert. 2000 wurde lediglich ein neuer Titel hier eingeplant, und zwar »Fiasko« von Stanisław Lem, ansonsten kamen an Genre-Titeln noch »Die Ein-Mann-Armee« von Moacyr Scliar, »Der Prozess« von Franz Kafka und »Unter der Sonne« von Daniel Kehlmann heraus, im Frühjahr 2001 folgt »Hard-boiled Wonderland« von Haruki Murakami.

SONSTIGE TASCHENBUCHVERLAGE

Etwas weniger einschlägige Titel als zuletzt präsentierte das kleine aber feine Programm des Wiener Verlags *AARACHNE*. Nach Franz Rottensteiners sensationellen »Weltuntergangs«-Anthologien wurden nur die Sachbücher »Galgenbett mit Arno Schmidt (co-starring: Philip K. Dick« und »Countdown mit Arno Schmidt (co-starring Harry Harrison)« von Ernst Petz sowie die Anthologien »Das große Dorfhasser-Buch«, hrsg. von Ernst Petz, und »Die Verfolgung und Ermordung des (Wilhelm) Richard Wagner«, hrsg. von Achim Wagner herausgebracht.

Phantastische Jugendbücher bilden schon traditionell einen Schwerpunkt im Taschenbuchprogramm von *ARENA*, wobei es sich zumeist um Neuausgaben von zuvor in Buchform erschienenen Titeln handelt. Bisweilen werden auch Originalveröffentlichungen und deutsche Erstausgaben publiziert, wie die Spielbuch-Abenteuer-Serie EIN FALL FÜR PHÖNIX von Antoine Pinchot (»Das Geheimnis der geraubten Stimmen«, »Gefährliche Spiegelbilder« und »Monsterjagd unter der Stadt«) oder die mittlerweile aus sechs Titeln – »Ein Alien im Spiegel«, »Monster haben keine Seele«, »Der Schrei der Termiten«, »Entführung im UFO«, »Die Rückkehr des Alien« und »Sprung ins Gestern« – bestehende SF-Serie ALPHA KIDS von Chris Archer. Zuletzt erschienen hier »2367 – Experiment Hex« von Rhiannon Lassiter, »Timofej, der Bilderdieb« von Willi Fährmann, »Die Teppichpiloten – Turboschnelle Abenteuer« von KNISTER, »Das Sternenschwert« von Federica de Cesco, »Die vergessene Welt« von Conan Doyle und »Schatten über Fraterna« von Andreas D. Hesse.

Auch im letzten Jahr standen wieder relativ wenige phantastische Titel im *AUFBAU TASCHENBUCHVERLAG* auf dem Programm. Zuletzt erschienen »Die Zwergin« von Pierre Veilletet, »Joseph Balsamo« von Alexandre Dumas, »Diebe der Schönheit« von Pascal Bruckner, »Die Schwiegertochter« von Philippa Gregory, »Swifts Vorschlag« von Nino Filasto, »Die schönsten Sagen des klassischen Altertums« von Gustav Schwab (3 Bände in Kassette), »Die Erhörung« von Thomas Lehr, »Der Untergang der Estonia« von Per Holm, »Die Weihnachtsfrau kommt – 24 etwas andere Weihnachtsgeschichten«, »Die schönsten Märchen und Legenden« von Anna Seghers. Für Anfang 2000 sind die von Tilman Spreckelsen zusammengestellte Gruselgeschichten-Anthologie »Kopflos« sowie »Der Moorkönig« von Eva Maaser, »Der graue Liebhaber« von Carl Friedman und »Die Elixiere des Teufels« von E. T. A. Hoffmann eingeplant.

Im Taschenbuchformat kam bei *AUSSAAT* »Jesus starb in Berlin« von Albrecht Gralle heraus, der das Markus-Evangelium in unsere Zeit verlagert.

Mit Band 9, »Der Einsame«, eingestellt wurde die beim *BKH VERLAG* publizierte phantastische Serie DIE SAGA VOM EISVOLK von Margit Sandemo.

Keinen phantastischen Titel gab es 2000 in BASTEI LÜBBES neuem Taschenbuchimprint *BLT,* in dem ausgewählte Titel in ansprechender Aufmachung neu aufgelegt werden, aber für das Frühjahr 2001 ist »Ein Haus in Umbrien« von Barry Unsworth eingeplant.

Weitergeführt und abgeschlossen wurde 1999/2000 bei *BRENDOW* die Taschenbuchausgabe der CHRONIKEN VON NARNIA von C. S. Lewis mit »Die Reise auf der »Morgenröte««, »Der silberne Sessel« und »Der letzte Kampf«.

In der bibliophilen Taschenbuchedition *BTB* des GOLDMANN VERLAGS kamen auch 2000 wieder Titel mit mehr oder minder ausgeprägten phantastischen oder spekulativen Elementen heraus, wie »Der Listenreiche« von Luciano DeCrescenzo, »Das Jesus-Evangelium« von Norman Mailer, »Das Rubinhalsband« von Henning Boetius, »Die Giftmischer« und »Die essbare Frau« von Margaret Atwood, »Skord von Skuleskogen« von Kerstin Ekman, »Dr. Haggards Krankheit« und »Wasser und Blut« von Patrick McGrath, »Das Manuskript des Maitre Godemer« von Jean Cantos, »In Arkadien« von Jim Crace, »Könnte Liebe sein« von Astrid Roemer, »Im Licht der Lagune« von Hanns-Josef Ortheil, »Mister Aufziehvogel« von Haruki Murakami und »Irren ist göttlich« von Agota Bozai. In den ersten Monaten des Jahres 2001 erscheinen »Das Labyrinth der Welt« von Ross King, »Der Professor des Lichts« von Marina Budhos, »Die Versuchung in der Wüste« von Jim Crace, »Die Schamanin« von Marcia Rose, »Der Coup de Berdache« von Michael Roes, »Maxim und Fjodor« von Wladimir Schinkarjow und »Shikasta« von Doris Lessing.

In vier Doppelbänden brachte der *CORA VERLAG* 1999/2000 in der Taschenbuch-Edition MYSTERY EXTREME ZONE die gesamte Horror-Serie von M. C. Sumner heraus: »Sie sind da!!! &

Die Schattenwesen« (1), »Unsichtbare Mächte & Tödliche Geheimnisse« (2), »Der Seelenfänger & Todesengel« (3) und »Verlorene Seele & Das Finale« (4).

Mit schöner Regelmäßigkeit bringt auch der *DEUTSCHE TASCHENBUCH-VERLAG – DTV* – SF, Fantasy, Horror und Phantastik in seinen diversen Reihen heraus. Zu den interessantesten Genre-Titeln in der Belletristik-Reihe DAS LITERARISCHE PROGRAMM gehörten 2000 »Herr Palomar« und »Marcovaldo oder Die Jahreszeiten in der Stadt« von Italo Calvino, »Als ich sterblich war« von Javier Marias, »Der alte Garten« von Marie Luise Kaschnitz, »Träume von Träumen« von Antonio Tabucchi, »Irrfahrt und Heimkehr des Odysseus« von Franz Führmann, »Die Ratte« von Andrzej Zaniewski, »Der glückliche Prinz und andere Märchen« von Oscar Wilde, »Wolpertinger oder Das Blau« von Alban Nikolai Herbst, »Wo die Beeren reifen« von Jewgeni Jewtuschenko, »Die hungrige Straße« von Ben Okri, »Die schönsten Sagen und Märchen« von Selma Lagerlöf und »Milad« von Rafik Schami, im Unterhaltungsprogramm GALLERIA gab es »Das dunkle Haus am See« und »Lautlose Wasser« von Sarah Smith, »Der Gehängte« von Walter Satterthwait, »Weine, Alegria!« von Cuca Canals, »Alice zwischen den Welten« von William Shanley, »Feanors Fluch« von J. R. R. Tolkien, »Unheilige Allianz« von David A. Yallop, »Märchen von starken Frauen«, hrsg. von Monika Kühn, und »Lady Cottington – Mein geheimes Elfen-Album«, hrsg. von Terry Jones, bei KULTUR & GESCHICHTE die Biographie »Oscar Wilde« von Jörg W. Rademacher und in der Paperback-Reihe DTV PREMIUM der U-Bahn-Roman »253« von Geoff Ryman. In der Reihe DTV JUNIOR erschienen 2000 die Kinder- und Jugendbücher »Tina Tortellini und das Hexenfest« von Wolfgang Pauls, »Ein total verrückter Schultag« von Gillian Cross, »Anna in der Wand« von Patrice Kindl, »Merlin und die sieben Schritte zur Weisheit« und »Merlin und die Feuerproben« von T. A. Barron (MERLIN 2 & 3), »Das große Wawuschel-Buch« von Irina Korschunow, »Der wahre Dieb« von William Steig und »Schattenkinder« von Margaret Peterson Haddix, und bei DTV – REIHE HANSER »Der Riese und die Erdbeerkonfitüre«

von Franz Hohler, »Die Mennyms auf der Flucht« und »Die Mennyms in der Falle« von Sylvia Waugh (MENNYMS 2 & 3), »Frankenstein« von Mary W. Shelley, »Die Jagd nach der Wahrheit« von Eirik Newth, »Durch einen Spiegel, in einem dunklen Wort« von Jostein Gaarder und »Wo warst du, Robert?« von Hans Magnus Enzensberger. Zur Veröffentlichung im Frühjahr 2001 vorgesehen sind im LITERARISCHEN PROGRAMM »Das Unkehrspiel« von Antonio Tabucchi, »Die Nacht des Troubadours« von Ib Michael und »Der seltene Vogel« von Jostein Gaarder, bei GALLERIA »Dracula kehrt zurück« von Freda Warrington und »Die Braut des grünen Ritters« von Vera Chapman, in KULTUR & GESCHICHTE die Biographie »Franz Kafka« von Detlev Arens, in der Paperbackreihe PREMIUM »Vor der Elfendämmerung« von Jean-Luis Fetjaine, bei DTV JUNIOR »Mein kleiner Freund Taschi« von Anna Fienberg, »Lukas und der Blechdepp« von Heidemarie Brosche, »Ritter für eine Nacht« von Christian Linker, die TEEN POWER COMPANY-Romane »Der Geist von Raven Hill«, »Die Geheimnisse des Zauberers«, »Das rätselhafte Bild«, »Schreie in der Nacht«, »Das seltsame Mädchen« und »Gefährliches Gebäck« von Emily Rodda, »Megafreunde« von Mary Hoffman und »Im Bann einer anderen Welt« von Phyllis Reynolds Naylor sowie bei DTV – REIHER HANSER »Neue Abenteuer von Eduard Speck« von John Saxby, »Der Fliegenmensch« von T. C. Boyle und »Das Urteil und andere Erzählungen« von Franz Kafka.

Literarisch besonders anspruchsvolle Titel bringt der HEYNE VERLAG im Imprint *DIANA TASCHENBUCH*. An Genre-Titeln kamen 2000 u. a. »Augen der Angst« von Andrew Klavan, »Ich, Helena von Troja« von John Erskine, »Zafara« von Michael Allin und »Die Prinzessin im Schlangenpalast« von Chitra Banerjee Divakaruni heraus, sowie im Frühjahr 2001 »Besessen« von Antonia S. Byatt und »Zirziphelas Schatten« von Peter Haff.

1999 startete bei *DINO ENTERTAINMENT* die auf 20 Bände konzipierte STAR WARS-Serie JEDI PADAWAN, in der bis Redaktionsschluss acht Bände herausgekommen sind: »Die geheimnisvolle Macht« (1), »Der dunkle Rivale« (2), »Die gestohlene Vergangenheit« (3), »Im Zeichen der Krone« (4), »Rächer der Toten« (5), »Der ungewisse Weg« (6), »Der bedrohte Tempel« (7) und »Der Tag der Abrechnung« (8). Band 1 stammte von Dave Wolverton, die übrigen schrieb Jude Watson.

DIOGENES veröffentlichte in seiner Taschenbuchreihe DETEBE zuletzt u. a. »Klein Stuart« von E. B. White, »Schwarzes Unheil« von Evelyn Waugh, »Erlesene Verbrechen und makellose Morde« und »Coole Geschichten für clevere Leser« von Henry Slesar in Neuauflage, »Der Fünfte Berg« von Paulo Coelho, die JOHN COFFIN-Krimis »Heißes Geld«, »Dunkle Stunden«, »Falsches Spiel«, »Unter Druck« und »Doppelter Boden« von Gwendoline Butler, die im fiktiven Stadtteil London II spielen, »Das Kind von morgen«, »Die Mechanismen der Freude« und »Familientreffen« von Ray Bradbury (Neuauflagen), »Fünf Wochen im Ballon« von Jules Verne, die Gruselanthologien-Klassiker »Gespenster« und »Mehr Gespenster«, hrsg. von Mary Hottinger, sowie »Noch mehr Gespenster«, hrsg. von Dolly Dolittle, »Meistererzählungen« von Saki, »Vor uns die Sintflut« und »Das enge Land« von Urs Widmer, »Der Tagträumer« von Ian McEwan, »Schnitzlers Würgeengel« und »Das Konzert« von Hartmut Lange sowie »Die Rückkehr der Zeitmaschine« von Egon Friedell. In den ersten Monaten 2001 erscheinen »Der Spion und der Bankier« von Liaty Pisany und der JOHN COFFIN-Krimi »Kalte Nacht« von Gwendoline Butler.

Mit dem Frühjahrsprogramm wurden die Taschenbuchverlage *ECON & LIST* auch de facto mit den ULLSTEIN TASCHENBÜCHERN vereinigt und neu strukturiert. So werden seit Mai 2000 Sachbücher zu Wirtschaft, Politik und Aktuellem sowie Ratgeber und spirituelle Titel unter dem Label ECON herausgebracht.

Auch 2000 sind im Unterhaltungsprogramm der *FISCHER TASCHENBÜCHER* wieder zahlreiche Titel erschienen, die dem phantastischen Genre angehören oder zumindest im Grenzbereich dazu angesiedelt sind, wie die Romane und Erzählbände »Tochter der Sonne« von Linda L. Shuler, »Doktor Luther trifft Miss Highsmith« von Ulrich Knellwolf, »Die Rache des Löwen« und »Der Löwe in Ägypten« von Peter Danielson (KINDER DES LÖWEN 3 & 4), »Galatea 2.2« von Richard Powers, »Die Wanze« von Paul Shipton, »Die Lichtung« von Jean Hegland und Band 13 der von ihr herausgegeben Anthologienreihe MAGISCHE GESCHICHTEN, »Sonnenschwester«, »Der große Kater« von Thomas Hürlimann und Tad Williams' Zyklus DAS GEHEIMNIS DER GROSSEN SCHWERTER (besteht aus den Einzelbänden »Der Drachenbeinthron«, »Der Abschiedsstein«, »Die Nornenkönigin« und »Der Engelsturm«) in Kassettenedition. Für Anfang 2001 sind »Gilgamesch« von Stephan Grundy, »Night Train« von Martin Amis, »Der goldene Pharao« von Peter Danielson (KINDER DES LÖWEN 5), »Silberschwester«, hrsg. von Marion Zimmer Bradley (MAGISCHE GESCHICHTEN 14), »Flucht aus der Zeit« von Johanna Moosdorf, »Das Rätsel der Malabar Street« von Jean-Baptiste Evette, »Das neue Leben« von Orhan Pamuk, »Maria Magdalena« von Marianne Fredriksson und »Der Tanz des Kojoten« von Ron Querry eingeplant. In Sonderaktionen wurden Titel wie »Die Räuberbraut« von Margaret Atwood, »Das Geheimnis der Maske« von Diana Norman, »Die Herrin von Avalon« von Marion Zimmer Bradley, »Die Seherin der Etrusker« von Mariangela Cerrino, »Der Sohn des Azteken« von Gary Jennings, »Solos Reise« von Joan Smith Aiken und »Märchen von Katzen«. Auch 2000 präsentierte die Kinder- und Jugendbuchreihe FISCHER SCHATZINSEL wieder phantastische Titel, und zwar »Lilli, Flosse und der Seeteufel« von Cornelia Funke, »Ein Schweinchen namens Kreuz-Ass« von Dick King-Smith und »Auch Monster brauchen ein Zuhause« von Paul van Loon.

Nach der Neukonzeption der BERTELSMANN-Taschenbuchreihen erschienen 1999 doch deutlich weniger Genre-Titel bei *GOLDMANN*, und dieser Trend setzte sich auch 2000 fort. In diesem Jahr erschienen u. a. »Der letzte Traum des Pharao« von Hanns Kneifel, »Das Ginsterhaus« von Gillian White, »Die Jägerin« von Mark T. Sullivan, »Trödelmarkt der Träume« von Michael Ende, »Das Lazaruskind« von Robert Mawson, »Titan A.E.« von

Steve Perry & Dal Perry, »Die Prüfung & Nacht« von F. Paul Wilson & Steve Lyon, »Nachtblau« von Kester Schlenz, »Killer-Parade« von Jay Bonansinga, »Der Bruchpilot« von Mark Childress, »Kleine grüne Männchen« von Christopher Buckley, »Der Keltische Ring« von Björn Larsson, »Der magische Zirkel« von Katherine Neville, »Stein und Flöte« und »Stern der Brüder« von Hans Bemmann, »Lords und Ladies« und »Helle Barden« von Terry Pratchett (SCHEIBENWELT), »Zeitbeben« von Kurt Vonnegut, »Die Aufpasser« von Matthew Lynn und »Heiliger Schein« von Gerry O'Brien. Anfang 2001 stehen »Engel der Verdammten« von Anne Rice, »Der Jakobsweg« von Shirley MacLaine, »Der Tag, an dem das Feuer fiel« von Brendan Dubois, »Seelendiebe« von Garth Stein, »Raumschiff Titanic« von Douglas Adams & Terry Jones, »Ehebruch und andere Zerstreuungen« von Tim Parks, »Bluthunde« von Don DeLillo, »Das Schiff im Noor« von Georg Precht & Richard Precht, »Die 13 1/2 Leben des Käpt'n Blaubär« von Walter Moers, »Das Hotel bei den Klippen« von Gillian White, »Dicke Fische« von Carl Hiaasen, »Insel der Unsterblichkeit« von Michael Dibdin, »Die Meister lassen morden«, hrsg. von Lawrence Block, »Das Scheibenwelt-Album« von Terry Pratchett und »Kopf an Kopf« von Jay Bonansinga zur Veröffentlichung an. In der Sonderedition ERLESENES erschienen u. a. auch »Der Pferdeflüsterer« von Nicholas Evans und »Das Montglane-Spiel« von Katherine Neville.

GULLIVER TASCHENBUCH ist der Reihentitel der Taschenbuchedition des Jugendbuchverlags BELTZ & GELBERG. 2000 erschienen hier die MISS WISS-Bände »Zauberhafte Miss Wiss«, »Zu Hilfe, Miss Wiss!«, »Gefangen, Miss Wiss!«, »Miss Miss liebt Dracula«, »Miss Wiss live« und »Miss Wiss kehrt zurück« von Terence Blacker um eine hexende Lehrerin, »Der Schatten im Norden« von Philip Pullman (SALLY LOCKHART 2), »Map-Head« von Lesley Howarth, »Flugstunden« von Nava Semel, »Land der Engel« von Kristoffer Leandoer und »Sirrahs Träume« von Arnulf Zitelmann, für Anfang 2001 sind »Zeitreise mit Miss Wiss« von Terence Blacker (MISS WISS 7) und der Cyber-Roman »The Great World Game« von Örjan Persson zur Veröffentlichung vorgesehen.

Im *H&F VERLAG SCHEIBENBERG* ist im Sommer 2000 der neueste SF-Roman von Klaus Frühauf erschienen, er trägt den Titel »Die Stadt der tausend Augen«. Sollte sich das Buch gut verkaufen, sind weitere SF-Publikationen geplant, u. a. von K. H. Tuschel.

Im Taschenbuch erschienen bei *HAFFMANS* 2000/2001 vier neue Ausgaben des literarischen Magazins DER RABE, das immer wieder phantastische Kurzgeschichten präsentiert, wie z.B. von Barbara Slawig in Band 37. DER RABE 59 war als »Der phantastische Rabe« eine dem Genre gewidmete Ausgabe mit einem »Philip K. Dick Special« und mit Texten von Laurence Sutin, Paul Williams, Eugen Egner, Barbara Slawig, H. P. Lovecraft, E. A. Poe, Ambrose Bierce u. a. Zudem kamen u. a. der Kurzgeschichtenband »Das Fiasko von Los Amigos« von Arthur Conan Doyle und der Mystery-Roman »Alexandras Augen« von Martin Ruf heraus.

In *HERDER SPEKTRUM,* dem Taschenbuchprogramm von HERDER, wurde im Herbst 2000 die um einige Geschichten erweiterte Collection »Zeit des Erzählens« von Rafik Schami herausgebracht.

Neu erschienen ist im *VERLAG DES INSTITUTS DRACHENHAUS* die SF-Storysammlung »Die Abteilung für unvorhersehbare Vorhersehbarkeiten und andere skurrile Geschichten« von Uwe Hermann.

In den bibliophilen *INSEL TASCHENBÜCHERN* sind zuletzt das Märchen »Vogel« von Hermann Hesse, »Sämtliche Werke in sieben Bänden« von Oscar Wilde als Kassettenedition, die Grusel-Kassette »Das Grauen kommt in der Nacht« (enthält »Der Doppelgänger« von Fjodor Michaeilowitsch Dostojewski, »Der Untergang des Hauses Usher« von Edgar Allan Poe, »Der Sandmann« von E. T. A. Hoffmann, »Dracula« von Bram Stoker und »Frankenstein« von Mary Shelley), »Weihnachts- und Wintermärchen« von Hans Christian Andersen und »Die Nacht vor Weihnachten« von Nikolai W. Gogol herausgekommen, im

Frühjahr 2001 folgen »Der goldne Topf« von E. T. A. Hoffmann und »Ein Traum in Rot« von Alexander Lernet-Holenia.

Sporadisch erscheinen auch in *KIWI,* der Taschenbuchreihe von *KIEPENHEUER & WITSCH,* phantastische oder spekulative Titel. 2000 standen »Die Erscheinung im Weißen Hotel« von Herbert Rosendorfer (unheimliche Geschichten zu unheimlichen Bildern von Fabius von Gugel) und »Die Weltenwanderin« von Michel Faber auf dem Programm.

Die von *LIBRI BOD* gebotene Möglichkeit der Produktion von »Books on Demand«, also erst auf Bestellung, unabhängig von der Zahl der zu fertigenden Titel, hat dafür gesorgt, dass viele angehende Autoren, aber auch etliche Profis diese Publikationsform nutzen, die nach dem gegenwärtigen Stand der Technik nur das Manko aufweist, dass damit nur Taschenbücher und Paperbacks in unterschiedlichen Formaten produziert werden können, nicht aber Hardcover. Seit das Verfahren im Herbst 1999 auf den Markt kam, wurden folgende Genre-Titel im Taschenbuchformat angeboten, wobei einige Autoren für ihre Veröffentlichungen eigene Kleinverlage gründeten: »Pulsar CP 1199«, »Der Kampf um den Mind-chip« und »Future Love« von Michael Fritzsche, »Formiculus« und »Wissenschaftlich-phantastische Geschichten II« von Peter Müller, »Geschichten aus der Dunkelheit« von Christian Kies, »Gilas' Abenteuer« von Gerrith B. Horndasch, »Orions Schwert« von Volker Schmid, »Aslarien - Der Weg in eine neue Welt« von Andrea Dillon, »YK2 - Der Jahrtausendcrash« von Kay Bex, »Hühnerleiter ins Nirwana« und »Wendelburgs Komplott« von Elfie Donnelly, »Saladins Ring« von Wolfgang Trips, »Die Legende von Abrakadabra« von Alexander Rindfleisch, »Frauen und andere Katzen« von Carola Heine, »Davids Wahn« von Benjamin Bell, »Am Ende war die Sonne« von Frances Vetter, »Dinge zwischen Himmel und Erde« von Michael Graf, »›Zigaretten für den Heiland‹, sprach der Tisch« von Nikolai Hoffmann, »Unverwundbar« von Thomas Meisinger, »Das Buch Rita oder Der Menschensohn« und »Die Pforte« von Frank Elstner, »Der Fluch des Labyrinths« von Clifford Wells, »Der Traumstehler«

von Peter Mennigen (BOOKMARK), »Black Shit« von Adalbert Töpper (ANDREAS), »Wolfsauge« von Udo M. Fischer (GO), »Land der langen weißen Wolke« von Willi Schnitzler, »Der Weg aus der Maschine zum Leben als Mensch« von Andre Ristau & Ina Schimpf (EDITION PONTE NOVU), »The Space War« von Thomas Leszim, »Familie Seltsam hat besonderen Besuch« von Marianne Westen und »Banshees!« von Stefan A. Boes.

Bei der Neustrukturierung der gemeinsamen Taschenbuchverlage ECON/ULLSTEIN/LIST kehrten die *LIST TASCHENBÜCHER* zu ihren Wurzeln zurück und präsentieren seither handverlesene Literatur und Belletristik sowie anspruchsvolle Sachbücher. Auch etliche Titel mit phantastischen oder spekulativen Elementen waren hier 2000 wieder zu finden, wie »Die Heilerin von Alexandria« von Kari Köster-Lösche, »Die Nacht der blühenden Kakteen« von Shani Mootoo, »Unsichtbare Welt« von Stuart Cohen, »Der verbrannte Stadtplan« von Kobo Abe, »Das dunkle Herz« von Timothy Findley, »Die Rechenkünstlerin« und »Der indische Baum« von Helga Glaesener, »Der Assassine« von Gerd Herm, »Das Labor des Alchemisten« von Richard Rötzer und »Buddhas kleiner Finger« von Viktor Pelewin. Für die ersten Monate des Jahres 2001 eingeplant sind »Jakob der Heiler« von Aldous Huxley & Christopher Isherwood, »Der Kontrakt des Spielers« von Carl-Johan Vallgren, »Die Reise zum Mars« von Eric Idle, »Der Magus« von John Fowles und »Das Licht der Nacht« von Pietro Citati.

Im Herbst 2000 erschien in der von Boris Koch (Augsburger Straße 14, D-86853 Langeringen) herausgegebenen Horror-Edition *MEDUSENBLUT* als Band 9 die Storysammlung »Der fünfte Erzengel« von Andreas Gruber.

Phantastische Literatur, und das vor allem in Form von Grusel und Science Fiction, hatte schon immer einen hohen Stellenwert bei *OMNIBUS*, der Taschenbuchreihe für Kinder und Jugendliche des Verlags C. BERTELSMANN. Ihr Rückgrat bildet gewissermaßen die amerikanische Grusel-Bestsellerserie GOOSEBUMPS von R. L. Stine, die sich in deutschen Landen unter dem Serientitel GÄNSEHAUT sowohl im Buch als auch als TV-Serie eine treue Fangemeinde erworben hat und nach wie vor mit einem Titel pro Monat vertreten ist. Zuletzt wurden die Bände 43 bis 50 – »Fünf x ich«, »Rache ist ...«, »Spürst du die Angst?«, »Der Ring des Bösen«, »Der Werwolf ist unter uns«, »Das Versteck der Mumie«, »Bitte lächeln!« und »Das Geisterauto« –, der Doppeldecker »Das unheimliche Sommercamp & Nebel des Schreckens« sowie das Abenteuer-Spielbuch 8, »Ein grenzenloser Albtraum«. Weitergeführt wurden auch die SF-Serie REPICA von Marilyn Kaye mit »Unheimliche Schwestern« (4), »Amy lebt gefährlich« (5), »Geheimsache Amy« (6), »Amy Extraklasse« (7) und »Mutter: unbekannt« (8) und die Fantasy-Serie REDWALL um die tapferen Mäuse der Abtei mit »Redwall: Die Suche« (2), »Redwall: Der Krieger« (3), »Mossflower: Kotir, die Burg des Schreckens« (4), »Mossflower: Am Berg Salamandastron« (5) und »Mattimeo: Slagar der Grausame« (6) von Brian Jacques. Zudem erschienen 2000 noch die zum Welttag des Buches herausgegebene Anthologie »Ich schenk dir eine Geschichte« mit neuen Freundschaftsgeschichten, »Der rote König« von Victor Kelleher, »Karlson vom Dach« von Astrid Lindgren, »Das streng geheime Spuk- und Gruselbuch« von Thomas Brezina, »Friedbert fängt die Käsediebe« und »Olga, das frechste Meerschweinchen der Welt« von Michael Bond, »Die erlesenen Abenteuer der Maus Cervantes« von Peggy Christian, »Weihrauch für den Pharao« von Hanns Kneifel, »Pumuckl – Die lustigsten Streiche« von Ellis Kaut, »Hüte dich vor Drachen« von Norbert Landa, »Anschlag auf Nantucket« von Joan Aiken (ALTERNATE ENGLAND), »Die Insel im steinernen Fluss« von Joachim Friedrich, »Winter in den Weiden« von William Horwood, »Die Großstadtprinzessin« von Sigrid Heuck und »Die Trojanerin« von Katherine Allfrey. Für Anfang des Jahres 2001 werden »Bens Geheimnis« von Edith Schreiber-Wicke, »Mattimeo: General Eisenschnabel« (7) und »Mattimeo: Lord Malkariss« (8) von Brian Jacques, »Der Fluch des Vampirs« von Angela Sommer-Bodenburg, »Das Fieber steigt«

von Marilyn Kaye (REPLICA 9), »Jakobus Nimmersatt« von Boy Lornsen, »Wer hat Angst vor Wölfchen Wolf?« von Jan Whybrow, »Die Drachenprinzessin« von Patricia C. Wrede (DIE ZAUBERWALDCHRONIK 1), »Frühling in den Weiden« von William Horwood und »Olga, das frechste Meerschweinchen der Welt: Frech wie eh und je« von Michael Bond zur Veröffentlichung vorbereitet.

PAVILLON ist der Titel eines Niedrigpreis-Taschenbuchimprints des HEYNE VRLAGS, der 1999 gestartet wurde und dessen Titel im Zweimonatsrhythmus herauskommen. Zuletzt sind hier u. a. »Schlüssel zum Jenseits« und »Auf Tauchstation« von Dean Koontz, »Schneetiger« von Desmond Bagley, »Amok« von Richard Bachman alias Stephen King, »Das Kind der Rache« und »Teuflische Schwester« von John Saul sowie »Schwarzes Herz« von Eric Van Lustbader erschienen, im Frühjahr 2001 folgen »Target 5« von Colin Forbes, »Haus der Wiederkehr« von Barbara Michaels, »Okami« von Eric Van Lustbader und »Der Transport« von Desmond Bagley.

Im Jahr 2000 setzte FANTASY PRODUCTIONS die Reihe *PHOENIX* mit neuen Taschenbüchern fort: »Triumphgebrüll« von Blaine Lee Pardoe und »Blutsverrat« von Blaine Lee Pardoe & Mel Odom, die Bände 2 und 3 der zu BATTLETECH gehörenden MECHWARRIOR-Trilogie, der in der Welt von DAS SCHWARZE AUGE spielende ARMALION-Roman »Ehre, wem Ehre gebührt« von Harald Evers und der SHADOWRUN-Band »Auf dem Sprung« von Harri Aßmann.

Im Milleniumsjahr wurden auch in der *SERIE PIPER* des *PIPER VERLAGS* wieder etliche einschlägige Titel herausgebracht, wie »Glanz und Schatten« von Susanna Kearsley, »Die Akte ODESSA & Das vierte Protokoll« von Frederick Forsyth, »Zweiundzwanzig und eine«, hrsg. von Giuseppe de Sati & Thies Ziemke, »ufo in der küche« von ze do rock, »Tantalos oder Der Fluch der bösen Tat« und »Geschichten von der Bibel – Von der Erschaffung der Welt bis Josef in Ägypten« von Michael Köhlmeier, »Die Sonntagsfrau«, »Der Palio der toten Reiter«

und »Das Geheimnis der Pineta« von Carlo Fruttero & Franco Lucentini, »Der Doppelgänger« von Fjodor M. Dostojewski, »Die Jagd nach den Mondsteinen« von Marco Buticchi, »Über jeden Verdacht erhaben« von Jan Guillou (COQ ROUGE), »Einundzwanzig und eine«, hrsg. von Linda Walz sowie die PENDRAGON-SAGA von Stephen Lawhead, bestehend aus »Taliesin – Sänger und Seher«, »Merlin – Magier und Krieger« und »Artus – Der legendäre König«. Für 2001 eingeplant sind u. a. »Aidan – Die Reise nach Byzanz« und »Viskovitz, du bist ein Tier« von Alessandro Boffa. In der Reihe PIPER ORIGINAL kam 2000 »Der Baumeister von Albion« von Edith Pargeter heraus, Anfang 2001 folgt »Das Erbe des Baumeisters«.

Im Herbst 2000 startete BERTELSMANN mit *PORTOBELLO* ebenfalls ein Niedrigpreis-Taschenbuchprogramm. In der ersten Einplanung vom August 2000 bis zum April 2001 finden sich bei quartalsmäßiger Auslieferung u. a. die Genre-Titel »Kalte Herzen« von Tess Gerritsen, »Gärten der Nacht« von V. C. Andrews, »Cyclop« von Clive Cussler, »Ignition – Feuerball« von Kevin J. Anderson & Doug Beason und »Fieber« von Robin Cook.

PROJEKTION J setzte die Serie FINALE FÜR TEENS, mit der JERRY B. Jenkins & Tim LaHaye eine Jugendbuchfassung ihres Zyklus um die letzten Tage der Menschheit verfassten, mit den Bänden 3 und 4, »In tödlicher Gefahr« und »Der Gegenspieler«, fort. Zusätzlich gab es noch eine Sammeledition der Romane »Die Finsternis dieser Welt« & »Licht in der Finsternis« von Frank E. Peretti.

Auch 2000 waren phantastische Themen wieder in beträchtlicher Anzahl in den *RAVENSBURGER TASCHENBÜCHERN* vertreten: »Tschipo in der Steinzeit« von Franz Hohler (TSCHIPO 3), »Nebel über London«, hrsg. von Mike Stocks (Gruselgeschichten aus England), »Unheimliche Besucher« von Lynn Harnett (die aus »Die Eindringlinge«, »Die Wesen« und »Die Gehirndiebe« bestehende SF-Trilogie in einem Band), »Besuch aus dem Jenseits« von Ann Phillips, »Zur Zeit der Dinosaurier«

von K. A. Applegate (zur SF-Serie ANIMORPHS gehörende MEGAMORPH-Serie 2) und »Das Fledermausschwein und andere Tiergeschichten«, hrsg. von Sybille Siegmund.

In der *RECLAM UNIVERSAL-BIBLIOTHEK* erschienen zuletzt die Auwahlbände »Erzählungen« und »Reitergeschichte und andere Erzählungen« von Hugo von Hofmannsthal, »Psycho« von Robert Bloch und »The Cement Garden« von IAN McEwan in der Reihe FREMDSPRACHENTEXTE, beim LITERATURWISSEN »E. T. A. Hoffmann« von Susanne Gröble und »Anna Seghers« von Sonja Hilziger in der Reihe LITERATURSTUDIUM. Bei *RECLAM LEIPZIG* kam im Frühjahr 2000 der Episodenroman »Das Leben der Insekten« von Wiktor Pelewin heraus, im Sommer erschienen der Geschichtenroman »Wir schießen Gummibänder zu den Sternen« von Stefan Beuse und »Das Bildnis des Dorian Gray« von Oscar Wilde.

Alexander Kröger, einer der beliebtesten SF-Autoren der ehemaligen DDR, brachte im Frühjahr 2000 im *SUSANNE ROUTSCHEK EIGENVERLAG – KRÖGERVERTRIEB* den neuen historischen SF-Roman »Saat des Himmels« und den Klassiker »Die Engel in den grünen Kugeln« unter dem neuen Titel »Falsche Brüder« heraus.

Bei *RORORO* – den *ROWOHLT-ROTATIONS-ROMANEN* – ist in den letzten Jahren die Zahl der zum Genre zurechenbaren Titel stetig angestiegen. 2000 sind in der Reihe BELLETRISTIK u. a. »Die Geschichte von der unbekannten Insel« von Jose Saramago, »Das Wittgensteinprogramm« von Philip Kerr, »Pigafetta« von Felicitas Hoppe, »Die letzten Tage des Vatikan« von Jacques Neirynck, »Die Gedanken des Bösen« von Michael Crichton, die Horror- und Gruselanthologie »Die schönen Seiten der Angst«, »Die Herrin Thu« von Pauline Gedge, »Die Farbe Lila« von Alice Walker, »Andalusischer Abgang« von Gisbert Haefs, »Die Prozedur« von Harry Mulisch, »Die Herrin von Abu Simbel« und »Im Schatten der Akazie« von Christian Jacq (RAMSES 4 & 5), »Die Frau und der Affe« von Peter Hoeg, die Anthologie »2020«, hrsg. von Uwe Britten, in der Kinder und Jugendliche über unsere Zukunft schreiben, »Das Geheimnis der Puppe« von Petra Hammesfahr, »Der Boden unter ihren Füßen« von Salman Rushdie, »R.E.M.« von Michael Marshall Smith und »Der Tempel zu Jerusalem« von Christian Jacq herausgekommen. Auch in der Kinder- und Jugendbuchreihe ROTFUCHS wurden 2000 phantastische Titel veröffentlicht, und zwar »Lola und die Piraten« von Ole Könnecke, der Roman zum Film »Der kleine Vampir« von Nick Waller & Angela Sommer-Bodenburg sowie neun weitere Romane um den kleinen Vampir von Angela Sommer-Bodenburg: »Der kleine Vampir und der unheimliche Patient«, »Der kleine Vampir in der Höhle des Löwen«, »Der kleine Vampir und der Lichtapparat«, »Der kleine Vampir und der rätselhafte Sarg«, »Der kleine Vampir und die große Verschwörung«, »Der kleine Vampir und die Klassenfahrt«, »Der kleine Vampir feiert Weihnachten«, »Der kleine Vampir und Graf Dracula« und »Der kleine Vampir«. Für die ersten Monate des Jahres 2001 stehen Veröffentlichungen wie »Nemesis« von Bill Napier, »Mason & Dixon« von Thomas Pynchon, »Das Nilpferd« von Stephen Fry, »Die Quantitätstheorie des Irrsinns« von Will Self, »Grimus« von Salman Rushdie und »Alle Namen« von Jose Saramago bei der BELLETRISTIK auf dem Programm. Die Studie »Mondsüchtig. Wernher von Braun und die Geburt der Raumfahrt aus dem Geist der Barbarei« von Rainer Eisfeld ist jetzt – überarbeitet und mit einem Nachwort versehen – in einer Taschenbuchausgabe als rororo-Sachbuch Nr. 60943 zum Preis von DM 19.90 erschienen. Der Band, den die Jury der Zeitschrift *Bild der Wissenschaft* 1997 unter die Wissensbücher des Jahres gewählt hatte, war im Heyne Science Fiction Jahrbuch 1997 ausführlich besprochen worden. Ein Bericht über Reaktionen, die »Mondsüchtig« ausgelöst hatte, erschien im Jahrbuch 1998.

Phantastische und spekulative Titel finden sich bisweilen auch bei den *SCHERZ TASCHENBÜCHERN*. Im Jahr 2000 wurden hier die Romane »Nachrichten aus einem kalten Land« von Robert Cullen, »Die Himmelsleiter« von Marco

Lalli und »Wenn der Golem erwacht« von Jörg Kastner herausgebracht, 2001 werden die von Joachim Körber zusammengestellte Krimi- und Horror-Anthologie »Teuflische Menüs« und der Roman »Vampire küsst man nicht« von David Martin folgen.

Anfang des Jahres 2000 erschienen bei *SCHULTE & GERTH* sechs frühere Hosentaschenbücher von Bernhard Palmer in zwei SF-Sammelbänden: »Weltraum-Abenteuer 1: Dr. Brockers tolle Erfindung/Raketenformel – streng geheim/Das Flugzeug ohne Flügel« und »Weltraum-Abenteuer 2: Der ungewollte Weltraumflug/Der Spion im Raumschiff/Der aufregende Mondflug«.

Im Sommer 2000 kam beim *SCHWARTEN VERLAG* die SF-Satire »Cosmo Pollite« von Andreas Winterer heraus.

In den *ULLSTEIN TASCHENBÜCHERN*, deren Programm nach der Zusammenlegung mit ECON & LIST seit Frühjahr 2000 Unterhaltung und populäre Sachthemen bietet, erschienen 2000 u. a. »Die Rache der Königin« von Britta Glodde, »Die Petrusakte« von Andreas Englisch, »Und dann der Tod« von Iris Johansen, »Es war einmal in Deutschland« von Werner Sonne & Mort Ehudin, »Moskauer Roulette« von Donald James, »Das Todesvirus« von Ken McClure, »Sharks! Gefahr aus der Tiefe« von Charles Wilson, »Die Göttin im Stein« von Gabriele Beyerlein, »Die Herrin von Camelot« von Rosalind Miles, »Die Eminenz« von Morris L. West, »In den Wäldern tiefer Nacht« von Amelia Atwater-Rhodes, »Brandzeichen« von Dean R. Koontz, »Im Namen der Präsidentin« von Rachel Canon, »Ice Station« von Matthew Reilly, »Die Kathedrale« von Nelson DeMille, »Im Honigschein der Nacht« von Margaret Burt, »Brücke über die Zeit« von Richard Bach, »Das Grundmeer« von M. H. Elisabeth, »Danse Macabre – Die Welt des Horrors« von Stephen King und »Neun Leben für die Liebe« von Sarah Hart sowie die ursprünglich bei LIST angekündigten Titel »Das Finanzgenie« von Morris L. West und »Die Maske des Fuchses« von Eva Klingler. Zur Buchmesse in Frankfurt kam als Schnellschuss »Achterbahn – Riding the Bullet« von Stephen King heraus. In den ersten Monaten des Jahres 2001 erscheinen »Die Ritterin« von Cecilia Holland, »Tödliches Spiel« von Linda Grant, »Im Getriebe der Macht« von Sabin Willett, »Die keltische Schwester« von Ansha Sagin, »Die Psychonauten« von Josef Nyary, »Der Falke des Licht« von Gillian Bradshaw und »Allahs Rache« von Werner Sonne & Mort Ehudin.

Als *UNIONSVERLAG TASCHENBÜCHER – UT* – wurden 2000 der Vampir-Roman »Temutma« von Rebecca Bradley & Stewart Sloan, der SF-Roman »Plan B« von Chester Himes und der phantastische Episodenroman »Die Nacht der Tausend Nächte« von Nagib Machfus veröffentlicht.

WAGENBACH publizierte in der *WAT*-Reihe, WAGENBACHS ANDEREN TASCHENBÜCHERN, 2000 u. a. »Kinder und Narren« und »Fast alle Mögliche« von Erich Fried, »Komische erschrockene Krieger« und »Baol«. »Die magischen Abenteuer einer fieberhaften Samstagnacht« von Stefano Benni, »Mein verrücktes Italien« von Umberto Eco, »Iguana« von Anna Maria Ortese, »Die Schlange« von Luigi Malerba, »Lügenbuch« von Giorgio Manganelli, »Das Schloss, darin sich Schicksale kreuzen« von Italo Calvini und »Wieso ich?« von Michael Krüger. Neu im Februar 2001 das Sachbuch »Dracula. Das Leben des Fürsten Vlad Tepes« von Ralf-Peter Märtin und »Der Deserteur« von Boris Vian.

Auch die jüngsten Programme des ROWOHLT-Taschenbuch-Imprints *WUNDERLICH* präsentierten phantastische Titel, wenn auch etliche weniger als in den vergangenen Jahren, wie »Spiel des Schicksals & Die sieben Dämonen« und »Haus der Erinnerungen & Bitteres Geheimnis« von Barbara Wood sowie die ÄGYPTEN-Romane »Die Herrin vom Nil«, »Das Mädchen Thu und der Pharao«, »Pharao« und »Der Sohn des Pharao« von Pauline Gedge.

4. NEWS AUS DER HEFTROMANSZENE

BASTEI

Seit nahezu anderthalb Jahrzehnten ist BASTEI der führende Verlag für Horror-Literatur im Heftformat, und diese dominierende Position konnte der Bergisch Gladbacher Verlag im vergangenen Jahr nicht nur ohne Schwierigkeiten behaupten, sondern sogar noch weiter ausbauen. Spitzenreiter war dabei nach wie vor die wöchentliche Serie um den Geisterjäger JOHN SINCLAIR, die es in der Erstauflage schon auf rund 1150 Bände gebracht hat und in der in loser Folge Mehrteiler und abgeschlossene Einzeltitel erscheinen. Die ebenfalls wöchentlich erscheinende Zweitauflage strebt mittlerweile schon Heft 700 zu. In der vierzehntäglich im Taschenheft-Format publizierten JOHN SINCLAIR SAMMLER-EDITION, in der die mittlerweile schon zu Kultstatus gekommenen alten Abenteuer des von Jason Dark alias Helmut Rellergerd konzipierten erfolgreichsten deutschen Horror-Heroen, die sein geistiger Vater mittlerweile alleine schreibt, in einer aufwendigeren und auch optisch gefälligeren Form neu präsentiert werden, liegen auch schon über 100 Titel vor. Auch sie hat sich trotz des nicht gerade unproblematischen Formats auf dem heiß umkämpften Heftmarkt durchgesetzt.

Nach wie vor mit vierzehntäglichem Abstand kommen die Romane um PROFESSOR ZAMORRA, den Meister des Übersinnlichen heraus, dessen Kämpfe gegen höllische und überirdische Gefahren starke SF- und Fantasy-Elemente aufweisen. Autor nahezu aller neuer Heftromane ist Werner Kurt Giesa, der das ehemalige Verlagspseudonym jahrelang ausschließlich für sich gepachtet hatte. Zuletzt war auch Claudia Kern mit von der Partie und Rolf Michael gab sich als Co-Autor die Ehre. Von der 1975 gestarteten und somit langlebigsten deutschen Horror-Heftserie sind bislang nahezu 700 Titel erschienen. Die Ende 1999 gestartete Zweitauflage, die PROFESSOR ZAMORRA LIEBHABER EDITION, die nicht über das Zeitschriftengrosso ausgeliefert wird, sondern nur per Abo, entweder direkt vom Verlag oder über die Romantruhe Joachim Otto,

Hermann-Seeger-Straße 33, D-50226 Frechen, zu beziehen ist und in Form von Dreifachbänden die komplette Serie lückenlos von Anfang an bringt, hat es inzwischen auf fünf Paperbacks gebracht.

Mit Heft 763 der Reihe MITTERNACHTS-ROMAN wurde die darin laufende vierwöchentliche Sub-Serie DIE UNHEIMLICHEN ABENTEUER DER JESSICA BANISTER eingestellt.

Die im Herbst 1999 gestartete Horror-Heftreihe GRUSEL-SCHOCKER kann mit Fug und Recht als legitimer Nachfolger der hochgelobten Reprint-Reihe DÄMONEN-LAND angesehen werden. Sie präsentiert ebenfalls in erster Linie Nachdrucke früherer Erfolgstitel, wobei nunmehr der Schwerpunkt nicht mehr bei der Heftreihe VAMPIR, sondern vielmehr beim GESPENSTER-KRIMI mit all seinen Subserien und bei A. F. Moorlands beliebtem TONY BALLARD liegt, die komplett und lückenlos hier nochmals veröffentlicht werden wird. Auch Werner Kurt Giesas Zehnteiler um den Geisterreporter TED EWIGK erlebt hier eine Neuauflage. Aber wie schon im DÄMONEN-LAND werden auch hier neue Titel publiziert, wie der vierbändige X-FORCE-Zyklus um ROBERT BLACK von Frank de Lorca – »Als der Krallenteufel kam«, »Satans treue Dienerin«, »Dämonenhölle Afrika« und »Die Höllenspinne« – »Die Vampir-Fänger« von Steve Salomo, »Das Haus der Satansdiener« von Jo Zybell, »Blutnacht der Skelette« und »Der Schrecken aus dem Teufelsmoor« von Philippe Pascal, »Pesthauch des Drachen« und »Der Schattenwürger« von Mortimer Grave sowie die REVEREND PAIN-Serie, bislang bestehend aus »Dämonen-Töter«, »Das teuflische Paar«, »Im Totenreich der Bluthexe« und »Schrei, wenn dich der Werwolf holt« von Steve Salomo.

Im Februar 2000 machte BASTEI einen erneuten Versuch, eine SF-Heftserie auf dem Markt zu etablieren, und mit MADDRAX, dem dritten Versuch, war man offensichtlich erfolgreich. MADDRAX schildert die Abenteuer von Matt Drax, einem US-Piloten, der beim Einschlag eines Asteroiden auf die Erde durch einen unerklärlichen physikalischen Effekt 500 Jahre in die Zukunft geschleudert wird und sich auf dieser Postkatastrophen-Welt zurechtfinden und behaupten muss, wobei ihm die Kriegerin Aruula eine unentbehrliche Gefährtin wird. Sein Weg auf der Suche nach Relikten aus seiner Zeit oder Resten der Zivilisation führt ihn zuerst quer durch Europa – er ging auf diesem Kontinent nieder – und schließlich nach Amerika oder was davon noch übrig ist. Die Mischung aus SF, Horror und Fantasy kam beim Leser gut an und machte MADDRAX zum vollen Erfolg. Überlegt wird, den Erscheinungsrhythmus von vierzehntäglich auf wöchentlich zu verkürzen. An der Serie schreiben Jo Zybell, Timothy Stahl, Brian Frost, Ronald M. Hahn, Michael J. Parrish und Claudia Kern.

Im Frühjahr 2001 startet BASTEI die neue Horror-Heftserie TORN. Sie basiert auf einer Idee von Michael J. Parrish und handelt von einem Toten, der versucht, die Erde auf verschiedenen Zeitebenen zu retten. TORN sollte ursprünglich im Rahmen der GRUSEL-SCHOCKER erscheinen, die Redaktion war aber von Konzept und Ausführung so begeistert, dass sie TORN jetzt als eigenständige vierzehntägliche Serie herausbringen.

CORA

Schon seit etlichen Jahren publiziert der CORA VERLAG u. a. Gruselromane im Taschenheft-Format, die sich in erster Linie an eine weibliche und/oder jugendliche Leserschaft richten. In den Reihen MYSTERY, MYSTERY THRILLER, SUPER MYSTERY und GRUSELBOX sind auch zuletzt wieder einige einschlägige Titel prominenter Autoren publiziert worden, wie »April, April!« von Richie Cusick oder »Tödlicher Karneval« von Benjamin Knight. In der Reihe MYSTERY SUPER THRILLER erschien der Dreifachband DAS ALBTRAUMSCHIFF von Nicole Davidson, bestehend aus »Erster Kuss«, »Todeskuss« und »Abschiedskuss«. Für 2001 vorgesehen sind u. a. die Publikation von »Doppelt killt besser«, »Der Henker wartet schon« und »Die Todeskurve« von Benjamin Knight, »Töchter der Finsternis«, »Herzblut« und »Der Kelch des Vergessens« von L. J. Smith und ein weiterer Roman von Richie Tankersley Cusick.

HARY-PRODUCTION

Neben den DISKOMAN-Diskettenausgaben hat sich die HARY-PRODUCTION (Wilfried A. Hary, Waldwiesenstraße 22, D-66538 Neunkirchen seit Ende 1998 schwerpunktmäßig auch auf die Herausgabe von Romanheft-Serien und Reihen spezialisiert, die zum Großteil zum Genre gehören. Den Reigen eröffnet hatte die zweimonatliche SF-Serie HERR DER WELTEN, die Hary bisweilen auch unter dem Pseudonym Erno Fischer publizierte. Herr der Welten – das ist John Willard, ein Sklave, der für seinen Herrn und Meister, den Sternenvogt, gefährliche Missionen durchführen muss. 13 Romane sind bislang erschienen, mit der nächsten Ausgabe startet ein Großzyklus um das Geheimnis des Sternenvogts.

Bislang ebenfalls zweimonatlich, ab Anfang 2001 monatlich, kommt die SF-Serie GAARSON-GATE heraus, ganz in der Tradition von STAR-GATE, an der Hary damals ja mitarbeitete und die er auch als Erno Fischer und W. A. Travers herausbringt. Bei Redaktionsschluss lagen elf Titel vor.

Einen Horror-Heftklassiker hat der Verlag mit TEUFELSJÄGER MARK TATE im Programm. Monatlich erscheint ein neues Heft um den aus den diversen KELTER-Horror-Serien bekannten britischen Privatdetektiv, der, unterstützt von einer Handvoll Freunde, mithilfe eines magischen Amuletts gegen jede Art von Schwarzer Magie kämpft. Ebenfalls eine reine Hary-Serie, von der 20 Titel vorliegen.

Eine der wenigen Möglichkeiten für deutschsprachige Autoren, ihre Romane, Collections, Stories und Zyklen zu publizieren, bot hingegen die Heftreihe AD ASTRA. Hier wurden im letzten Jahr die »ZOMBIE« GRAHAM-Trilogie von Stefan T. Pinternagel (»Grenzgänger«, »Graham's Curse« und »EndTot«), W. A. Travers' STERNENKRIEGER-Zyklus (»Sternenkrieger« und »Das Geheimnis der Unsterblichen«), der Zweiteiler »Tausend Jahre Frist« und »Die Entscheidung« von Arndt Ellmer, die aus den Einzelbänden »Black Mama«, »Traumtänzer GmbH«, »Welt im Draht« und »Rocky Hood« bestehende SF-Satire von Jörg Feierabend, die Collection »Ameisen« von Erno Fischer/Wilfried Hary und der Roman »Die Tiefe« von

Bernd Karwath veröffentlicht, in Vorbereitung befinden sich die Doppelbände »Sao Neto« von Alfred Bekker und »Treffpunkt Zukunft« von Wilfried Hary, die Einzelromane »Ein paradiesischer Diebstahl« von Dirk van den Boom und »Die Marselfe« von K. H. Reeg, die Trilogie »Adrian« von Marc Schneider und die Collection »Das Geschenk der Marsianer« von Neal Chadwick.

Auf 8 kleinformatige Hefte hat es die im Frühjahr 2000 aus der Taufe gehobene phantastische Krimiserie DR. NO – DER MANN AUS DEM NICHTS gebracht, die alle von W. A. Hary geschrieben wurden.

KELTER

Auf Gruselromane für Frauen hat sich KELTER in den letzten Jahren spezialisiert. So wurde nach SPUKLICHT die Reihe GASLICHT auf den Markt gebracht, in der die dort begonnene Subserie DAS MAGISCHE AMULETT von Ira Korona weitergeführt wurde, und zwar von Heft 4 an mit jeder vierten Ausgabe. Diese Subserie schildert die phantastischen Abenteuer und unheimlichen Begebenheiten, mit denen die versierte Archäologin Brenda Logan und ihr Ehemann Daniel Conners konfrontiert werden. In GASLICHT sind bislang 17 Hefte um die sympathische Protagonistin erschienen, in denen sie u. a. auf eine Voodoo-Hexe, einen Yeti, einen Rattenmann, einen verwunschenen Zirkus und einen Untoten traf.

POLLISCHANSKY

Ziemlich schleppend wurde auch 1999/2000 wieder die phantastische Abenteuer-Serie BOB BARRING von Rolf Shark im VERLAG POLLISCHANSKY (Postfach 247, Dreyhausenstraße 16, A-1142 Wien) weitergeführt. Im Herbst 1999 folgten mit »Die Gruft der McGowans« und »Der Sarg des Verhängnisses« die Ausgaben 72 und 73, ein Jahr später kamen »Der Killer von Loch Ness« (74) und »Das Auge des Gehenkten« (75) heraus. Als nächste Veröffentlichung geplant ist »Der Feine-Leute-Club« (76).

VPM VERLAGSUNION PABEL MOEWIG

Was BASTEI beim Horror ist, das ist die VERLAGSUNION PABEL MOEWIG bei der Science Fiction – der eindeutige und uneingeschränkte Marktführer in diesem Romanheftsegment. Die vierzehntäglich alternierend erscheinenden Paperback-Ausgaben der 3. und 5. Auflage von PERRY RHODAN, in denen jeweils zwei Hefte zusammengefasst wurden, haben sich nicht nur behauptet, es gab eine Steigerung der verkauften Auflage, offenbar durch die attraktiven Romane, die gerade neu herauskommen: In der 3. Auflage wird demnächst Halbzeit im actionbetonten CANTARO-Zyklus gefeiert, und in der 5. Auflage geht es gerade um die Mächtigen, die Flibustier und die Horden von Garbesch, man steht also mitten in einem der besten Zyklen der Serie. Bei der Erstauflage ist Ende 1999 der auf 200 Bände angelegte THOREGON-Zyklus zu Ende gegangen und alle Handlungsstränge wurden in einem dramatischen Finale zusammengeführt. Der Plan der sechs Superintelligenzen, ein Thoregon zu schaffen – einen Bereich Absoluten Vakuums, der außerhalb des Einflusses der Kosmokraten liegt – war schließlich von Erfolg gekrönt, auch durch die Hilfe der Sonnenwürmer aus Chearth, trotz aller Versuche der fast allmächtigen Wesenheiten jenseits der Materiequellen, ihn unter Einsatz aller Mittel, wie der Diener der Materie mit ihren Kosmischen Fabriken, die gewaltige Verwüstungen in den Thoregon-Galaxien anrichteten und u. a. die Raumflotte der LFT fast zur Gänze vernichteten, zu vereiteln. Schließlich akzeptierten die Kosmokraten die Geschehnisse und zogen sich zurück, warnten aber gleichzeitig vor einem Jahrtausend der Kriege, das den Thoregon-Völkern nun bevorstehen würde. Und dann nach dem Ende der Auseinandersetzungen verschwindet die SOL mit Atlan, Rhodans Frau Mondra Diamond und ihrem gemeinsamen Sohn Delorian im Auftrag von ES mit unbekanntem Ziel durch den Pilzdom im Zentrum des Kessels von DaGlausch, von wo aus der Puls ausgestrahlt wird, das Zeichen Thoregons. Seit diesen epochalen Ereignissen sind in der Milchstraße zwölf Jahre vergangen. Rhodan, der wieder zur Erde zurückgekehrt ist und jetzt als Solarer Resident für die politischen Entscheidungen der LFT verantwortlich zeichnet, hat den Wiederaufbau zügig vorangetrieben, es ist ihm aber nicht gelungen, Imperator Bostich zur Mäßigung zu bewegen. Nach wie vor befindet sich das Kristallimperium der Arkoniden weiterhin auf Expansions- und Konfrontationskurs und dessen Herrscher schreckt auch nicht davor zurück, bei der Annexion Topsids den dort in Verhandlungen stehenden Residenzminister Reginald Bull entführen zu lassen, um bei intensiven Verhören hinter einige Regierungsgeheimnisse der LFT zu gelangen. Den Agenten der von Monkey und Homer Adams wieder ins Leben gerufenen Neuen USO gelingt es schließlich, Rhodans alten Weggefährten zu befreien. Ein weiteres Problem, mit dem Rhodan, der von der Solaren Residenz, die dem neuen Zyklus auch den Namen gibt, aus die Geschicke der Menschheit leitet, konfrontiert wird, ist das vermehrte Auftauchen von Monochrommutanten, die zunächst in eigenen Schulen ausgebildet werden und schließlich in den Anden ihre Stadt Para-City gründen, wo es alsbald zu internen Quereleien kommt und ein geheimnisvoller Mutant von Lepso nach der Macht strebt. Als bekannt wird, dass die Mutanten, das Endprodukt von Monos' Experimenten, einem baldigen Tod anheimfallen werden, wird alles versucht, sie davor zu bewahren. Doch Bostichs Expansionsprobleme sind nicht die größte Gefahr, die der Menschheit droht. Eine rätselhafte Wesenheit mit unvorstellbaren Geisteskräften, die sich selbst Morkhero Seelenquell nennt, versucht, Rhodan und andere wichtige LFT-Politiker zu ermorden. Seine Kräfte sind so gewaltig, dass es ihm gelingt, führende Persönlichkeiten psionisch zu übernehmen, ohne dass ihre Umgebung dies bemerkt. Und während Bostich mit seinen Provokationen fortfährt und die Extremwelt Ertrus besetzen lässt, reißt Morkhero Seelenquell die Macht über die Bluesvölker an sich. Residenzminister Julian Tifflor, der sich in diplomatischer Mission in der Eastside aufhält, ist der einzige Terraner, der diese bedrohliche Entwicklung erkennt. Er versucht zu fliehen und Rhodan zu warnen, doch er gerät selbst unter Morkheros Einfluss – einem Einfluss, unter dem auch schon Bostichs engster Berater steht.

Während sich die Situation in der Milchstraße eskaliert, ist die

SOL in einem weit entfernten Bereich des Universums gelandet, in der Galaxis Segafrendo, um dort einen für ES und Thoregon lebenswichtigen Auftrag zu erfüllen. Sie erkennen schließlich, dass sie 18 Millionen Jahre in der Vergangenheit gelandet sind, ESTARTU früher die Superintelligenz dieser Galaxis war, ein Thoregon zu errichten versucht hat und die Völker Segafrendos von grausamen Invasoren bedroht werden. Trotz der Bedrohung durch die Mundänen erreichen Atlan und seine Mitstreiter nach vielen den Planeten Auroch-Maxo-55, bergen den letzten Kym-Jorier innerhalb der gesetzten Frist und werden über ein am Südpol befindliches energetisches Phänomen nach INSHARAM abgestrahlt, wo sie Zeugen eines kosmischen Geschehens werden, das ein großes Rätsel auflöst. Mit dem THOREGON-Zyklus haben die Macher der größten Weltraumserie gleich mehrere Fliegen mit einer Klappe geschlagen: Zum einen konnten sie sich auf elegante Art und Weise vom drückenden Ballast des Überbaus befreien, ohne einen Bruch mit dem Voltzschen Zwiebelschalenmodell zu bewirken oder es auch nur aufzuweichen – die Kosmokraten sind weg aus der aktuellen Handlung. Da sich die Superintelligenzen im PULS von DaGlausch aufhalten, sind auch sie weg vom Fenster und die Protagonisten können ganz auf sich gestellt agieren, ohne sie berücksichtigen zu müssen. Und sie alle, Perry Rhodan und die üblichen Unsterblichen, agieren wie in alten Tagen. Dazu kommt, dass die Lage in der Milchstrasse sehr realistisch gezeichnet ist, und man bei Robert Feldhoff, der nach dem Ausstieg von Ernst Vlcek aus der Expo-Factory mit Band 2000, nicht sicher sein kann, was er sich noch alles einfallen lässt. So gibt es in beiden Handlungsebenen genug Spannung, Action und Dramatik, um sich von den weiteren Entwicklungen überraschen zu lassen.

VERSCHIEDENES

Im Heftformat publizierte DANA die phantastische Geschichte »Der alte Schamane« von Wolfgang Sewald.

Auf Nachdrucke klassischer Heftserien und bisweilen auch deren Weiterführung hat sich HOBBY-NOSTALGIE-CLUB

KARL GANZBILLER, Föhrengasse 5, A-3434 Wilfersdorf spezialisiert. Neben reinen Abenteuer-Serien wie JÖRN FARROW, ROLF TORRING oder TOM SHARK hat der Reprint-Verlag auch Nachdrucke utopisch-phantastischer Serien im Angebot, alle in kleiner Sammlerauflage. Von Lok Mylers alias Freder van Holks zweiter SF-Serie JAN MAYEN - HERR DER ATOMKRAFT gibt es bislang die Hefte 1 - 90, von SUN KOH - DER ERBE VON ATLANTIS von Myler sind alle 150 Ausgaben lieferbar. Zuletzt hat sich Ganzbiller auf die Herausgabe von Romanen Robert Krafts im Heftformat konzentriert. Zuletzt erschienen im ungekürzten Original-Reprint die Romane DETEKTIV NOBODY - 2. BUCH, SCHATZKAMMER DES PHARAO und DIE ABGOTTSCHLANGE, weitergeführt wurde das mehrbändige Epos ATALANTA mit den Heften 31 bis 40.

Die vorbildlich aufgemachte Reprint-Edition der Kleinbandserie JIM STRONG ABENTEUER, neben FRANK KENNEY die herausragende utopisch-phantastische Krimi-Serie der Nachkriegsjahre, wurde vom ARTUS VERLAG (Birmensdorferstraße 225, CH-8003 Zürich) mit den Bänden 201 bis 204 abgeschlossen. Im Anschluss daran wurden in Miniauflage die JIM STRONG-Bände 10 und 11 sowie 36 bis 38 der regulären Heftformatausgabe herausgebracht.

Einen hervorragenden Nachdruck der zehn Ausgaben umfassenden klassischen Phantastik-Reihe AUS DEM REICHE DER PHANTASIE von Robert Kraft hat Thomas Braatz, Geb.-Weber-Weg 7, D-04285 Leipzig herausgebracht.

Heinz Mohlberg hat in seinem neugegründeten MOHLBERG VERLAG (Hermeskeiler Straße 9, D-50925 Köln) auch das Heftprogramm ausgebaut. In der REN DHARK-Fanserie, die auf ihre Weise Kurt Brands Weltraumepos nach Band 98 weitergeführt hat, sind zuletzt die Bände 112 bis 117 auf den Markt gekommen, »Wettlauf gegen die Zeit« von Thomas Martner, »Gefangen im Legendenstrom« und »KRK - Der stählerne Gott« von Clint O. Connors, »Vorstoß ins Hy-Kon« von Sigurd Koch sowie »Menschheit im Umbruch« und »Auf den Spuren der Worlaner« von Dirk van den Boom, wobei künftig vier Ausgaben pro Jahr geplant sind. Demnächst werden Janet E. Spinpen und Alfred Bekker zum Autorenteam stoßen. Neu gestartet wurde die Heftserie REN DHARK XTRA, die zweimal pro Jahr abgeschlossene Abenteuer präsentierten wird, im Sommer 2000 mit »Im Netz fremder Mächte« von Janet E. Spinpen alias Antje Ippensen.

Mit Heft 20, »Finale für Vennersoon« von Rüdiger Schäfer, endete der erste Zyklus, DIE MACHT DES GOOHR der ATLAN FANZINE SERIE, die in der PERRY RHODAN FANZENTRALE (Achim Havemann, Harlinger Straße 119, D-29456 Hitzacker) herausgebracht wird. Zusammen mit diesem kam auch ein Extraheft mit Backgroundinformationen und Inhaltsangaben heraus. Weitergeführt wurde die Serie aber nicht, wie ursprünglich geplant, im Paperback, sondern im gewohnten Heftformat: Nach einer Pause von einem dreiviertel Jahr erschien dann das erste Heft des neuen Zyklus DIE MEISTER DER TRÄNEN, »Das Sonneninferno« von Jürgen Zimmermann (Band 21), in Vorbereitung befindet sich als Heft 22 »Algain« von Rüdiger Schäfer. Ebenfalls von der PRFZ herausgebracht werden die neuen Romane der PERRY RHODAN FAN-EDITION, von denen es künftig vier pro Jahr geben soll, professionell aufgemacht und von der PR-Redaktion betreut – u. a. auch als Sprungbrett für hoffnungsvolle neue Talente gedacht. Zuletzt sind die Hefte 2 und 3 erschienen: »Sturz in die Unendlichkeit« von Rainer Hanczuk und »Testfall Delos« von Wendelin Abt.

Nach langer Pause ist im Frühjahr 2000 der 6. Band der von Wendelin Abt verfassten PERRY RHODAN-Fanromanserie DIE GRAUE ALLIANZ unter dem Titel »Der dunkle Krieger« erschienen. Mit Heft 7 wird die Serie dann abgeschlossen. Bezug. SPACESHOP Achim Havemann, Postfach 1107, D-29452 Hitzacker.

Eine weitere PERRY RHODAN-Fanromanserie ist RÄTSEL DER GALAXIEN, eine Gemeinschaftsproduktion des PRC FAMUG und des SFC BLACK HOLE GALAXY (c/o Sandra Schäfer, Cuxhavener Straße 168, D-21149 Hamburg). Sie wird von einem Autorenteam unter der redaktionellen Leitung von Marc Stiewe verfasst und hat es bislang auf 15 Ausgaben gebracht. Zuletzt erschienen sind »Ajevas Plan« von Roland Triankowski (13) sowie »Terra Nova« und »Schatten über Terrania Provis« von Martin Marheinecke (14 & 15).

In seiner ARKHAM PRESS präsentiert Guido Latz (Bergstraße 34, D-52222 Stolberg) die monatliche Print-Ausgabe der Online-Serie DÄMONENJÄGER FRANK MACLACHLAN, wobei ein Heft zwei Abenteuer der Mystery-Serie enthält. Bei Redaktionsschluss waren sechs Hefte lieferbar.

Noch 2000 soll die Ausgabe 2 von SOLEDAD – ALTERNATIVEN ZUR ALLTÄGLICHKEIT mit neuen Veröffentlichungen von Eddie M. Angerhuber (Thomas Wagner, Urbanstraße 88, D-10967 Berlin) auf den Markt kommen.

5. BERICHTE VON DER MAGAZINFRONT

Lange schon überfällig ist eine neue Ausgabe des im VERLAG THOMAS TILSNERS veröffentlichten Magazins SCIENCE FICTION MEDIA. Nun soll nach der Buchmesse 2000 ein Neustart versucht werden, diesmal wieder als Newsletter mit Infos aus den Bereichen Science Fiction und Fantasy mit Lesetipps. Info und Kontakt: Verlag Thomas Tilsner, Postfach 1829, D-83637 Bad Tölz.

Die zweite Ausgabe des REN DHARK MAGAZINS erscheint Ende 2000 im MOHLBERG VERLAG und enthält u. a. Artikel zu »Ren Dhark« (gestern und heute« einschließlich der HJB-Edition und dem »Projekt 99«), »Rex Corda« (Artikelserie über alte SF-Serien), »Raumschiff Promet« (die Originalserie und die Weiterführungen) und »Spacerock«. Für die kommenden Nummern geplant sind Beiträge über andere SF-Publikationen von RD-Autoren, die deutsche SF der 50er und 60er Jahre und Workshows zu H. J. Lührs, Manfred Schneider u. a.

Bereits im 11. Jahrgang erscheint das exzellente SF-Magazin ALIEN CONTACT, von dem bislang 38 Ausgaben vorliegen. Die im letzten Jahr publizierten Hefte präsentierten neue Kurzgeschichten von AutorInnen wie Dennis Merbach, Diane Duane, Ulrike Nolte, Erik Zimmermann, Michael Szameit, Kim Stanley Robinson, Frank Neugebauer, Peter Robert, John Shirley, Myra Cakan, Michael Marrak, Gerd Frey, Hardy Kettlitz, Stephen Baxter und Uwe Lammers & Helge Lange, Artikel und Essays von Erik Simon (»Die deutsche SF in der Krise? Schön wär's!«), Marcel Feige (zum Tod von Marion Zimmer Bradley), Brian Aldiss (Gedanken zu britischer und amerikanische SF), John Clute (über »Das Calcutta Chromosom« von Amitav Ghosh, »Mondsplitter« von Jack McDevitt und »Gottes Kinder« von Mary Doria Russell), Cornelia Mannwitz (»Die Sprache der Utopie«), Hannes Riffel & Siegfried Breuer (die Gesellschaftsutopien des P.M.), Gerd Frey (über »Star Wars – Episode I«), Bernhard Kempen (Erfahrungen eines Romanübersetzers), Hardy Kettlitz (»40 Jahre Heyne Science Fiction«) und Christian Hoffmann (die Visionen des Mohammed Mrabet), Interviews mit Greg Egan, doMANSKI und Gerd Rottenecker sowie News und Rezensionen, das alles reich illustriert und bisweilen auch mit Vierfarbcover. Bezug: Edition AVALON, Graudenzer Straße 1a, D-10243 Berlin.

Mit den Ausgaben 8 und 9 wurde das von Dr. Michael Siefener redaktionell betreute Phantastik-Magazin DAEDALOS aus dem Hause HUBERT KATZMARZ (Wilhelmstraße 3, D-53111 Bonn) weitergeführt. Diese Nummern enthielten neue und klassische Beiträge von J. Sheridan Le Fanu, H. P. Lovecraft, William Hope Hodgson, Eddie M. Angerhuber, M. R. James, Jörg Weigand, stok, Boris Koch, Michael Tillmann, Auguste Groener und Robert N. Bloch. In Vorbereitung für den Herbst 2000 befindet sich die neue Edition DAEDALOS-EXTRA, als dessen erste Ausgabe eine Sammlung mit meist bislang unveröffentlichten Stories von Eddie M. Angerhuber vorgesehen ist. Als Band 2 ist die deutsche Erstveröffentlichung von Bram Stokers Erstling »Under the Sunset« geplant.

Satire und Stories von Fans und Profis – das sind die Schwerpunkte des Magazins TERRAsse des gleichnamigen Dresdener URANIA SF Clubs unter der Redaktion von Bernd Hutschenreuther und Holger Kunadt. In den zuletzt publizierten Ausgaben »II« (Con-TERRAsse 2 zum PENTA-CON 99) und 19 fanden sich u. a. Beiträge von Angela und Karlheinz Steinmüller, Klaus Frühauf, Ekkehard Redlin, Carlos Rasch, Franz Rottensteiner, Ralf P. Krämer, Gundula Sell, Dan Radulescu, Oliver Reiche, Carsten Hohlfeld und Beate Balzer. Bezug: URANIA SF CLUB TERRAsse im URANIA Stadtverband Dresden e.V., Florian-Geyer-Straße 6, D-01307 Dresden.

Auf knapp 130 Ausgaben hat es bislang SOLAR-X, das monatlich erscheinende Fanzine des ANROMEDA SF-CLUBS HALLE (c/o Wilko Müller jr., Volhardstraße 20, D-096112 Halle) gebracht. Regelmäßig werden hier Stories deutscher und ausländischer Autoren als Erst- oder Originalveröffentlichungen gebracht, zuletzt vertreten waren Markus Pristovsek, Arnold Reisner, Stok, Bertold Krevert, Heiko Zander, Eddie M. Angerhuber, Michael Siefener, Frank Festa, Frank Neugebauer, Frank C. Petersen, Werner Karl, Frank Roger, Frank W. Haubold, Bernhard Brunner, Silke Rosenbüchler, Neal Chadwick, Friedrich Kiefl, Wilko Müller jr., Sven Klöpping, Michael Tillmann, Kate Burgauer, Andreas Gruber, Christel Scheja, Alfred Bekker, Sylvia Englert, Meriamon, jon, Jens Hofmann und Daniel Marinow. Dazu wurde ein Interview mit dem Autor W. J. Maryson publiziert. Einen Schwerpunkt bilden auch die ausführlichen und sachkundigen Rezensionen. Ende 1999 kam auch ein Index heraus, der alle Beiträge der ersten 119 Ausgaben auflistete.

Von PREHISTORIC NEWS, dem von Dr. Bernhard Kempen herausgegebenen Magazin, das sich mit prähistorischen Motiven in den Medien auseinander setzt, ist nach der Nummer 16 aus 1998 bislang keine weitere Ausgabe erschienen.

Ebenfalls noch immer nicht herausgebracht wurde die 3. Ausgabe des EDITION PHANTASIA ALMANACH, die dem Autor James Graham Ballard gewidmet sein wird. Kostenlos für alle Abonnenten der EDITION PHANTASIA (Wünschelstraße 18, D-76756 Bellheim).

Nur an Abonnenten ausgeliefert wurde Null-Nummer des Kundenmagazins MYSTERY PRESS des ZAUBERMOND VERLAGS, das Interviews mit Manfred Weinland und Ernst Vlcek präsentierte. Seither liegt das Projekt vorerst auf Eis.

Mit der Ausgabe 2/1999 vorläufig gestoppt wurde das im ARENA VERLAG publizierte GRUSEL & CO CLUBMAGAZIN, das den Mitgliedern des GRUSELCLUBS kostenlos zugeschickt wurde und u. a. News, Leseproben, Rätsel und Interviews bot. Mit neuem Konzept und unter neuer Gestaltung soll es im Herbst/Winter 2000/2001 wiederbelebt werden.

Nach vierjähriger Pause und zahlreichen Verschiebungen hat es im Frühjahr 2000 endlich geklappt: Die Ausgabe 8 des Abenteuer & Phantastik-Magazins NAUTILUS ist erschienen und im Sommer folgte die Nummer 9. Neben mannigfaltigen Infos zu Spiele- und Literaturszene wurde u. a. das 25jährige Jubiläum der D&D-Rollenspiele gefeiert, Alexander Huiskes stellte Robert Jordans Fantasy-Zyklus DAS RAD DER ZEIT und Basteis neue SF-Heftserie MADDRAX vor, Martin Ruf befasste sich in einem Artikel mit der Zeitreise-Thematik in der SF-Literatur, die Scheibenwelt-Enzyklopädie wurde mit Teil IV weitergeführt, Peer Kröger beleuchtete das Phänomen HARRY POTTER und brachte erste Infos zur geplanten Verfilmung von »Dungeons & Dragons«, Lars Schiele stellte Raymond Feists MIDKEMIA-SAGA vor, dazu wurden Infos über die Aktivitäten der führenden Spieleproduzenten präsentiert und es gab Interviews mit John Howe (Illustrator und Konzept-Designer bei der aktuellen Verfilmung von Tolkiens »Herr der Ringe«), Britta Herz (von »Das Schwarze Auge«) und dem Autor Bernhard Hennen.

MEPHISTO, das »Magazin der Dunklen Welten« aus dem Hause Martin Ellermeier (Rheinstraße 71, D-64572 Worfelden), wurde mit Ausgabe 4 auf zweimonatlichen Erscheinungsrhythmus umgestellt und brachte in jeder Ausgabe in erster Linie Beiträge zu Spielen wie VAMPIRE, SHADOWRUN, MAGUS, ANGELI, KULT und CTHULHU. In jede Ausgabe integriert, gewissermaßen ein Magazin im Magazin, ist die neueste Inkarnation des legendären Magazins NACHTSCHATTEN. Die letzten Hefte präsentierten neben Infos über Neuheiten auf dem Buchmarkt u. a. Interviews mit Edgar Franco und Michael Siefener, Stories von Boris Koch und Jörg Bartscher-Kleudgen, Artikel über Leben und Werk von Kai Meyer (von Roland Wrobel), Mario Bava (von Thomas Wagner) und William Gibson (von Oliver Faulhaber) sowie über Antihelden.

Im Herbst 1999 startete unter der Chefredaktion von Martin Ellermeier und mit Uwe Körner als Herausgeber ein zweiter Versuch, das DRAGON MAGAZINE in seiner deutschen Version auf den Markt zu bringen. Neben vielen News aus der Szene präsentieren die einzelnen Ausgaben des zweimonatlichen Periodikums, das mit Ausgabe 4 seinen Neustart erlebte, auch Module, Backgroundinfos zu den zahlreichen am Markt befindlichen Spielen, hauptsächlich von TSR, Vorstellungen neuer zumeist lizenzierter Produkte von TSR und WIZARDS OF THE COAST, sowie in jeder Ausgabe Besprechungen von Büchern und Comics.

Anfang 2000 ist die 31. Ausgabe von SAGITTARIUS erschienen. PR-Chefredakteur Klaus N. Frick präsentierte in der neuesten Nummer seines phantastischen Fanzines Artikel von Ulrich Magin (»Fliegende Nazis in Untertassen«), Klaus N. Frick (über Franziska Hundseders neues Sachbuch, zum Phantastik-Autor Michael Siefener und ein subjektiver Nachruf auf Marion Zimmer Bradley), Michael Nagula (wie er Übersetzer geworden ist und über Voraussagen in der SF) und Klaus Geus (zur Hohlwelt-Theorie), Kurzgeschichten von Frank G. Gerigk und Frank Böhmert sowie Rezensionen. Bezug: Klaus N. Frick, Hirchstraße 63, D-76133 Karlsruhe.

Im letzten Jahr ist kein neuer Band der sekundärliterarischen Reihe SF-PERSONALITY von Hardy Kettlitz im SHAYOL-Verlag (Bergmannstraße 25, D-10961 Berlin) erschienen, die Ausgabe 11 zu »Cordwainer Smith« sollte aber noch 2000 herauskommen. In Vorbereitung befinden sich Ausgaben über Edmond Hamilton, Michael Moorcock, Stanley G. Weinbaum, Charles L. Harness und Clifford D. Simak.

Sehr unregelmäßig ist im letzten Jahr das SCIENCE FICTION OCULAR, das Fanzine des SCIENCE FICTION CLUBS NORDRHEIN-WESTFAHLEN e.V. erschienen, wobei die Ausgaben 187 bis 190 überhaupt ausgelassen wurden und es zwischen Nummer 193 vom Februar und der neuesten 194 eine Pause von einem halben Jahr gab. Dass es zwischenzeitlich im Internet ein VIRTUELLES SF OKULAR gab, das auch heute noch präsent ist, konnte darüber nicht hinwegtrösten. An Inhalten präsentierten die publizierten Magazine Essays und Artikel von Prof. Dr. Richard Saage (»Utopie und Science-fiction. Versuch einer Begriffsbestimmung«), Hartmut T. Klages (»Reale Residenz. Perry Rhodan Weltcon in Mainz anlässlich Band 2000«), Uwe Pätzold (»Das Geheimnis der Majestic 12«), Andreas Irle (»Wortschmied und Weltenschöpfer. Ein Essay über Jack Vance« nebst Bibliographie) und Reinhard Gantar (»Anleitung zur Erörterung des Spielfilms MATRIX«) sowie Stories von Widukind Swafhard, Sabine Lang und Reinhard Gantar. Bezug: SFC-NRW, c/o Matthias Pätzold, Mühlenstraße 102, D-52134 Herzogenrath.

Sehr fleißig war man wieder beim ERSTEN DEUTSCHEN FANTASY CLUB e.V. (Postfach 1371, D-94003 Passau). Im letzten Jahr sind wieder einige Ausgaben des Magazins FANTASIA, darunter auch Titel der SCHRIFTENREIHE (siehe SEKUNDÄRTITEL), nebst neuen Bänden der BELLETRISTISCHEN REIHE – siehe Kapitel BUCHMARKT – herausgebracht worden. Sehr viele der neuen FANTASIA-Bände waren Sekundärwerke, und zwar 127/128 (Hättichs Filmbuch I), 133 (Tolkiana 4), 134/135 (Hättichs Filmbuch II) und 136/137 (Rzeszotniks Ende-Gedächtnisband). Die reguläre Doppelnummer 129/130 enthielt

Artikel von Eva Eppers (über die Macher der Horror-Kultfilm-Trilogie THE EVIL DEAD), Dirk Ruster (Bücher im Internet), Andreas Gruber (über Stablefords »Writing Fantasy & SF«), Michael Conrad, Sven Klöpping, Rudolf Kraus und Chris C. Reul, Erzählungen von James P. Hogan, Gerald Meyer, Christian von Aster, Ernst Wurdack, Sven Klöpping, Andrea Lederer, Horst-Dieter Radke, Sonja Rehak, Frank Neugebauer u. a., sowie Interviews mit Eddie M. Angerhuber und Andreas Eschbach, durchgeführt von Marcel Feige, und mit Michael Krüger, Verleger und Autor, in FANTASIA 131/132 fanden sich Artikel von Gustav R. Gaisbauer (über Erika Fuchs, Gewinnerin des »Deutschen Fantasy-Preises 1998«) und Gabriel Nemeth (»50 Jahre Tim und Struppi«), Erzählungen von Manfred Borchard, Carola Cwik, Ute Eppich, Matthias Falke, Hahnrei Wolf Käfer, Bertram Kuzzath, Heidi Pohl, Horst-Dieter Radke, Silke Rosenbüchler, Matthias Schütt und Andrea Stevens sowie jede Menge Rezensionen und Lyrik, während FANTASIA 138/139 Artikel von Andreas Gruber (über das Schreiben von SF und Fantasy), Bernd Karwath (»Der Verlust von Anfang und Ende«), Karin Adam (zum Phänomen »Harry Potter«), Monika Hauf (über E. A. Poe, den Meister des Grauens) und Gabriel Nemeth (zum Tod von Lee Falk), Erzählungen von u. a. Sven Klöpping, Silke Rosenbüchler, Bertram Kuzzath, Frank W. Haubold, Alexander Amberg, Gerald Meyer, Johanna Nowak, Ernst Wurdack, Alfred Bekker und Andreas Gruber, Interviews mit Hugh Walker und Al Wallon sowie Gedichte und Rezensionen präsentierte.

Die Doppelnummer 89/90 des QUARBER MERKUR, die insgesamt fünfte Ausgabe von Franz Rottensteiners unillustrierter Literaturzeitschrift, die seit 1997 im EDFC als Paperback erscheint, präsentierte Artikel von Marianne Gruber (»Science Fiction als Metapher der Hoffnung«), Florian F. Marzin (»Weltuntergangsliteratur. Die Geburt der Science Fiction aus der Katastrophe«), Heiko Fiedler (»Transiträume – Transitträume. Streifzüge durch die Echtzeitfiktionen des Alltags«), Robert Bloch (»Kokain. Eine moderne Revue«), Renate Schmalenbach (»Die verborgene Doppeldeutigkeit der Wirklichkeit. Zur Konzeption des Gespenstischen bei J. Sheridan Le Fanu. Teil 2«),

Susanne Smuda (»Der geheiligte Kosmos. Religiöse Erfahrungen in Algernon Blackwoods Roman The Centaur«), Dierk Spreen (»Kurze Geschichte der Zeitmaschine. Eine etwas spekulative Betrachtung«), Elmar Schenkel (»Paradoxie als Denkfigur. Wiederzuentdecken: Gilbert Keith Chesterton«), Eva-Maria Schütter (»Die Gothic Novel – Der Englische Schauerroman. Das Konzept von »Unschuld« und »Schuld« am Beispiel von M. G. Lewis: The Monk (1796) und Ann Radcliffe: The Italian (1797). Teil 3 & 4«), Wolfgang Burghart (»Phantastische Kinder- und Jugendliteratur aus Österreich. Ein historischer Überblick«), Sandra Uschtrin (»Sozialistische Gesellschaft und wissenschaftlich-technische Revolution in der Science-Fiction-Literatur der DDR am Beispiel ausgewählter Werke von Johanna und Günter Braun«) und Michael K. Iwoleit (»Jenseits der Tabula Rasa – Bemerkungen zur Science Fiction des Carter Scholz«) sowie zahlreiche Rezensionen auf dem SEZIERTISCH.

Der langjährigen Tradition, unveröffentlichte Romanmanuskripte und Leihbuchraritäten bzw. neue Geschichten von Profis zu veröffentlichen, blieb der Clubletter FANTASTIK NEWS von DAN SHOCKERS FANTASTIK CLUB (c/o Uwe Schnabel, Kurmainzer Straße 161, D-65936 Frankfurt am Main) auch 1999/2000 treu, nur hat sich die Herausgabe der Ausgabe 104 enorm verzögert, sodass in diesem Zeitraum nur die Nummer 103 erschienen ist. Sie enthielt neben den regulären News- und Rezensionsrubriken den SF-Leihbuch-Klassiker »Für Menschen verboten« von Jay Grams Artikel von Uwe Schnabel (über die SF-, Horror- und Grusel-Serien und Reihen des MARTIN KELTER VERLAGS und über die Weiterführung der DÄMONENKILLER-Serie durch den ZAUBERMOND-VERLAG) und Reinhard Habeck (»Das Lausbiber-Logbuch«).

Vom Jack Vance gewidmeten Fanzine FLAMMARION AUSBLICK ist nach der Nummer 2 keine weitere Ausgabe erschienen.

Vom EDFC e.V. war zu erfahren, dass DAS SCHWARZE GEHEIMNIS, das von Dr. Marco und Dr. Helena Frenschkowski herausgegebene »Magazin zur unheimlich-phantastischen Literatur«, das sich nach dem Ende der EDITION METZENGERSTEIN als eigenständigem Verlag auf der Suche nach einem neuen Verleger befunden hatte, ab sofort hier erscheinen wird. Die nächste Ausgabe 5 sollte noch 2000 herauskommen.

Neue Ausgaben sind auch vom Phantastik-Magazin DOOM erschienen, dessen Schwerpunkt beim Horror-Film liegt, das aber zahlreiche Berührungspunkte zur Literatur aufweist. Zuletzt sind von diesem Quartalsmagazin die Nummern 17 bis 21 erschienen. Diese brachten neben Besprechungen von Filmen, Büchern und Comics auch Artikel über die klassischen Horror-Autoren H. P. Lovecraft, Algernon Blackwood und Edgar Allan Poe, die Halloween-Filme, Thomas Harris Serienmörder-Trilogie und Horror im Comic, Teil 1, Interviews mit den Horror-Spezialisten Tom Savini, Ronnie Sortor, David J. Schow, William Lustig, Olaf Ittenbach und Kevin Lindenmuth sowie der Schauspielerin Nancy Allen.

Nur kurz war das Revival der Fan-Magazine MISCATONIC MIRROR und ARKHAM TALES durch die ARKHAM PRESS (c/o Guido Latz, Bergstraße 34, D-52222 Stolberg), von beiden kam nur jeweils eine Ausgabe heraus, die Nummer 24 bzw. 10.

Das Horror-Magazin SCREEM (PHANTASTISCHE WELTEN, c/o Walter Wiesheier, Badanger 33, D-91358 Kunreuth) wurde Ende 1999 mit der Ausgabe 20 in der Printversion eingestellt, danach führte der Herausgeber das Magazin noch einige Monate als Online-Mag weiter, bevor er im Juli 2000 das Handtuch warf. Die letzte Printausgabe präsentierte neben News aus Literatur und Film sowie Rezensionen Interviews mit Andreas Eschbach und Eddie M. Angerhuber und Stories von Martin Schemm, Michael Tillmann und Andreas Kasprzak. Highlights der Online-Pubikationen waren Stories von Andreas Kasprzak, Minouche, Martin Korb und Tobias Bachmann sowie ein Porträt von Sarah Michelle Geller.

1999 sind vier Ausgaben von ANDROMEDA, dem literarischen Magazin des SCIENCE FICTION CLUB DEUTSCHLAND e.V. erschienen. Die von Karl E. Aulbach & Martin Kempf zusammengestellte Ausgabe 141 präsentierte neben zahlreichen Illustrationen auch Artikel und Stories von Udo Klotz, Axel Kruse, Arno R. Behrend, Andreas Gruber, Armin Höhle, Irene Salzmann und Jürgen Marzi sowie ein Interview mit Al Wallon. In den Nummern 145 und 146 brachte Robert Hector Sekundäres zum Thema »Faszination Science Fiction«, während die Doppelnummer 143/144 unter der Redaktion von BONSAI-Macher Peter Fleissner & Dimitra Bachtsevandis ein buntes Spektrum unterschiedlichster Beiträge bot, wie Interviews mit Roger MacBride Allen, James White und Ian Watson, Gedichte, Romanauszüge und Stories von Mark Brandis, Andreas Eschbach, Harry Harrison, Alexander Kröger, Monika Niehaus-Osterloh und Ian Watson, sowie Conberichte zu TRINITY und etliche Fotoseiten vom Event nebst anderen Fachartikeln und Essays, u. a. von Hardy Kettlitz, Libuse Nesvadbova, Brian Aldiss, Thomas Roth-Berghofer, John Clute, Michael Baumgartner, Armin Möhle und Wolf von Witting präsentierte. Bezug: Peter Fleissner, Wolfgangweg 52, D-75417 Mühlacker.

Im Frühjahr 2000 hat Johannes Grenzfurthner (Dr. Karl Walleckstraße 12, A-2000 Stockerau) eine neue Ausgabe seines interessanten Magazins MONOCHROM, das sich mit den verschiedenen Aspekten der populären Kultur – aber nicht nur denen – auseinander setzt, herausgebracht. Die Nummer 11 – 14einhalb war noch umfangreicher als die zuvor publizierte Dreifachausgabe und enthielt etliche interessante Beiträge, wie »Meerschweine im Weltall. Leben und positives Denken in »The Andromeda Strain« von Michael Palm, »Maschinerie und innerer Weltraum«, Reinhard Merkers Gedanken zur New Wave der 60er Jahre, über die große Medialisierung, das LSD und Deutschlands »anale« Fans oder »Die ewige Wahrheit des Battlestar Galactica« von Sherlock & Grenzfurthner.

Mit vier neuen Ausgaben weitergeführt wurde SOL, das Magazin der PERRY RHODAN FANZENTRALE e.V. (c/o VPM,

Postfach 2352, D-76413 Rastatt). In gewohnt exzellenter Aufmachung sind zuletzt die Ausgaben 16 bis 19 erschienen, wobei die Nummer 19 den 80. Geburtstag des deutschen SF-Nestors Walter Ernsting als Hauptthema hatte. Die zuletzt publizierten Ausgaben enthielten Artikel von Martin Marheinecke (»Im Weltraum wie zur See«), Klaus N. Frick (»Band 2000 - eine neue Epoche«, »Tipps für angehende Autoren«, Teile 3-6, »Ein Schwung voller Fans« und »Walter zum Achtzigsten!«), Götz Roderer (»Die Götter der Nacht - Der Cantaro-Zyklus«), Jürgen Zimmermann & Rüdiger Schäfer (»Die Atlan Fanzineserie - ihre Wurzeln und ihre Zukunft«), Dr. Rainer Nagel (»Perry Rhodan Sammelkartenspiel, Teil III«), Oliver Johanndrees, Günter Puschmann & Georg Joergens (»Die Stahl-Orchidee«), Ulrich Krause (Uwe Anton zu Gast bei Treffen des SF-Club NRW), Ulrich Bettermann (»Der PERRY RHODAN WeltCon 2000«), Patrick Achenbach (»Leben auf der Sonne - Fiktion oder Realität?«), Hans G. Franciskowsky (»Souvenir aus Vietnam«), Dr. Hartmut Kasper (»Menschenknochen und ein Damenschuh - Rhodan muss in der Nähe sein. Über einige Materiequellen im PERRY RHODAN-Universum«), Oliver Johanndrees (»Tipps für angehende Risszeichner«, Teil 1), Harun Raffael (»Die Ilts aus der Sicht eines Biologen«), Ernst Vlcek (»Verschönerungen und Verfremdungen«, 2 Teile), Andreas Findig (»Die Mühen der Ebene«), Heiko Langhans (»Perrys Nestor, Guckys Vater und noch viel mehr«), Hubert Haensel (»Die Kosmos-Chroniken - Ein Werkstattbericht«) und Michael A. Schmidt (»Das Thoregon-Risiko«), Stories von Jochen Giesecke, Werner Höbart, Andreas Decker und Rüdiger Schäfer, Interviews mit Eckhard Schwettmann und Hubert Straßl sowie Völker-Datenblätter zu den Tazolen, Aras, Kraverkern und Swoon. Seit Nummer 19 gibt es die Beilage PHANTASTISCH!, in der auch auf andere Serien und SF-Persönlichkeiten näher eingegangen wird; u. a. fanden sich hier Artikel zu STAR GATE (von Volker Krämer), DRAGON (von Karl E. Aulbach), ASTRO CITY (von Heiko Langhans), STAR WARS (von Michael Nagula), »Der erste Artronaut« und »A. E van Vogt« (von Florian Breitsameter), REN DHARK (von Hajo F. Breuer), »Ratgeber für Zeitreisende« (von Harun Raffael), »Matrix« (von

Rüdiger Vaas) und »Alkohol in der Science Fiction« (von Robert Vogel). Im Herbst 2000 erschien die EDITION SOL Nr. 1, eine Sonderausgabe mit zehn aktualisierten Völker-Datenblättern. SOL ist im PRFZ-Jahresbeitrag enthalten.

Durchaus kritisch mit der größten Weltraumserie der Welt setzt sich die PERRY RHODAN PERSPEKTIVE auseinander, bei der es, bedingt durch kurzfristig hintereinander erfolgte Wechsel in der Redaktion zu Verzögerungen beim Erscheinungsrhythmus kam, sodass im letzten Jahr nur fünf Ausgaben herauskamen. Mit der Nummer 47 übernahm Thorsten Krietsch von Olaf G. Hilscher die Funktion des Chefredakteurs. Neben ausführlichen Kritiken zu allen Neuerscheinungen aus dem PERRY RHODAN-Kosmos, News, Conberichten und sachspezifischen Artikeln präsentierten die Nummer 46 bis 49 die Fortsetzungsromane »Zeit der Unschuld« von Werner M. Höbart und den thematisch direkt daran anschließenden Round-Robin-Roman »Wer hat Angst vorm Sternenwolf?« von bislang Werner M. Höbart und Patrick Achenbach sowie Interviews mit den Zeichnern Andreas Adamus und Oliver Johanndrees. Bezug: PRFZ, s. o.

Etliche Sonderprojekte wurden 1999/2000 in Zusammenarbeit von LIGHT-EDITION, SFC UNIVERSUM und der PR PERSPEKTIVE verwirklicht, wie BACKGROUND. BACKGROUND ist eine den Künstlern von PR gewidmetes Magazin, mit Kommentaren der Titelbildzeichner, Interviews und zahlreichen Illustrationen. Gestartet wurde diese Edition mit dem Doppelband BACKGROUND 1886-1889 & BACKGROUND 1999-1949. Bei der Weiterführung der Magazinreihe LEGENDEN DER ZUKUNFT mit den Ausgaben 5 & 6 waren auch noch der ATLAN CLUB DEUTSCHLAND und der PERRY RHODAN ONLINE CLUB mit von der Partie. Diese beiden Hefte enthielten Geschichten von Rüdiger Schäfer, Michael M. Thurner, Michaela Hein, Werner M. Höbart, Frank Borsch, Christel Scheja und Patrick Achenbach sowie ein Interview mit Frank Borsch. Bezug: Achim Havemann, s.o.

Von KOMETEN, Dr. Holger Eckhardts »Vierteljahresschrift für phantastische Literatur«, sind zuletzt die Ausgaben 8–11 erschienen. In diesen wurden die Artikelreihen ANFÄNGE DEUTSCHSPRACHIGER SCIENCE FICTION mit »Teil II – Hans Dominik« und SCIENCE FICTION IM DEUTSCHLAND DER SIEBZIGER JAHRE mit »Teil V – Der Weltraum als Tatort – Die Starking-›Trilogie‹ von Jack Vance« ebenso weitergeführt wie der Fortsetzungsroman »Am Ende der Unsterblichkeit« des Herausgebers mit den Teilen 8 bis 11. Dazu gab es noch Kurzgeschichten von Holger Eckhardt, Horst-Dieter Radke, Petra Bechstein und Michael M. Thurner sowie Artikel zu den Themen Rhodan-Lexika, Perry Rhodan Jubiläumsband 2000, SF-Film »Matrix« im Unterricht, Wolfenbütteler Autorenwerkstatt, Perry Rhodan WeltCon 2000, Matt Ruffs SF-Roman »G.A.S. – Die Trilogie der Stadtwerke«, der Schriftsteller Harry Mulisch und »Parallele Naziwelten« sowie ein Interview mit Uwe Anton. Bezug: Dr. Holger Eckhardt, Markusstraße 8, D-49143 Bissendorf.

Im Frühjahr 2000 erschien die 11. und vorerst letzte Ausgabe des ARKON LIFESTYLE MAGAZIN (Robert Lißack, Saint-Claude-Straße 21, D-72108 Rottenburg). Sie enthielt neben Rezis zu Büchern, TV-Serien, Filmen, SF-Zeitschriften und Fanzines Artikel von Robert Hector zum aktuellen Geschehen in PR und über die wieder ins Spiel gekommene USO, Berichte über den Perry Rhodan WeltCon 2000, den Buchmessecon 1999 und Trinity 1999 und einen Nachruf auf Marion Zimmer Bradley.

Eine österreichisch-deutsche Gemeinschaftsproduktion ist das Fan-Magazin NEW WORLDS (Milan Knezevic, Postfach 661, A-3100 St. Pölten & Marco Erhard, Sportplatzstraße 4, Brebersdorf, D-97535 Wasserlosen). Die neuesten Paperback-Ausgaben 32 & 33 enthielten neben News und Rezensionen zwei Fortsetzungsgeschichten von Milan Knezevic und Jörg R. Ramm, Erzählungen von Andreas Findig, Leo Lukas, Michael Marcus Thurner und Uwe Lammers, Berichte vom Leipziger BuchmesseCon und vom AustriaCon II, Teil 3 der PERRY

RHODAN-Historie und Artikel über die SF-Gruppe Wien sowie über die frühen Jahre der DDR-SF.

Auch 1999 ist wieder eine neue Ausgabe des RAUMPATROUILLE-ORION-NACHRICHTENKURIERS, dem Magazin des RAUMPATROUILLE ORION FANCLUB URACEEL (c/o Ralf Kramer, Marler Straße 14, D-46282 Dorsten) herausgekommen. Die Ausgabe 15 enthielt u. a. Berichte über die Freizeitgestaltung der ORION-Crew, die verschiedenen ORION-Romanserien und die Hintergründe dafür, warum es bis heute keine Fortsetzung gegeben hat, einen Auszug aus Roman 151 und Infos zu den weiter geplanten Abenteuern.

In letzter Zeit etwas still geworden ist es um das REN DHARK FANZINE des REN DHARK CLUBS (c/o Heinz Mohlberg, Hermeskeiler Straße 9, D-50935 Köln), von dem im letzten Jahr nur eine schmalbrüstige Notausgabe 44 erschienen ist, mit News, Con-Infos und einem Abdruck des Exposes von REN DHARK 44.

1999 präsentierte das Fanzine BADEN-WÜRTTEMBERG AKTUELL als Ausgabe 192 eine Sondernummer, die der Schriftstellerin Christel Scheja gewidmet war und neben einigen Stories auch ein Interview enthielt. Bezug: Michael Baumgarten, Scheffelstraße 23, D-70193 Stuttgart.

Fest im Fandom verwurzelt ist, wie der Titel schon programmatisch aussagt, der von Martin Kempf herausgegebene FANDOM OBSERVER. Die Ausgaben des letzten Jahres erschienen unter den wechselnden Redaktionen von Manfred Müller jr., Günther Freunek, Florian Breitsameter, Martin Kempf und Doris Dressler. Der regelmäßig Monat für Monat erscheinende FO bringt aktuelle News aus dem Fandom und der Profiszene, zu Literatur, Film und Comic, Rezensionen, Conberichte, sporadisch auch Interviews, zuletzt mit dem Aufsehen erregenden H. D. Klein, und eine ausführliche, von Dirk van den Boom betreute Fanzine-Rubrik. Bezug: Martin Kempf, Märkerstraße 27, D-63755 Alzenau.

Uwe Vöhls neues Horror-Infoblatt DAS DUNKLE ARCHIV hat es bis Redaktionsschluss auf 12 Ausgaben gebracht. Neben News und aktuellen Rezensionen präsentierte das als Loseblattsammlung mit monatlichem Erscheinungsrhythmus geplante Periodikum neue Stories von Jörg Bartscher-Kleudgen, Christian Dörge und Eddie M. Angerhuber, Interviews mit dem Kleinverleger Hubert Katzmarz und den Autoren Michael Siefener und Eddie M. Angerhuber sowie einen vierteiligen Artikel über T. E. D. Klein von Frank Duwald.

Die unter der redaktionellen Leitung von Guido Latz (Bergstraße 34, D-52222 Stolberg) stehende FANTASTIKREADER-NEWS, die Print-Ausgabe von Olaf J. Menkes (Wohlers Allee, D-22767 Hamburg) Internet-Infosite Phantastik.de, hat zuletzt die geplante monatliche Erscheinungsweise zumeist eingehalten. Das Infozine veröffentlichte neben News aus allen phantastischen Medien u. a. auch Interviews mit Wolfgang Hohlbein, Ronald M. Hahn, Manfred Weinland und Marcel Feige.

Ein Infozine der besonderen Art ist das von Dirk van den Boom (Mainzer Straße 199, D-66121 Saarbrücken) herausgebrachte Magazin THE ALIEN CRITIC. Die Erscheinungsweise ist unregelmäßig, zuletzt kamen die Ausgaben 11 sowie 12/13 heraus. In Nummer 11 ging der Herausgeber näher auf das zuvor mit Wilfried A. Hary geführte Interview ein und stellte die von ihm konzipierte und als Book on Demand produzierte SF-Paperbackserie RETTUNGSKREUZER IKARUS ein, während der Doppelband 12/13 komplett einem Interview mit Walter Appel und dessen im Herbst 2000 startender Paperbackreihe gewidmet war.

Auch 1999/2000 präsentierte die Fachzeitschrift c't – magazin für computertechnik wieder in nahezu jeder Ausgabe neue technikorientierte SF-Stories. An Autoren wurden zuletzt Uwe Hermann (»All-Time-Tours«, »Nicht kompatibel« und »Othello 2020«), Martin Schemm (»Mirage«), Carsten Elsner (»Dialog der Schwestern«), Burkhard Schröder (»Brother«), Mareen Göbel (»Vater aller Dinge«), Thorsten Küper (»Der Literat« und

»Biomasse 1 & 2«), Uwe Post (»Abschlussfeuerwerk«), Thomas Heitlinger (»Höllenqual«), Michael Wimmer (»Die Klinge«), Ewu Reltas (»Pollenangriff«), Klaus Lingen (»Natürliche Auslese«), Helge Lange (»Turbo $$$ Sitcom $$$«), Michael Sauter (»Cyber-Ad«) und Peter Triesberger (»Ein Reisebericht«) veröffentlicht.

Phantastik bildete auch 1999/2000 einen Schwerpunkt in PINK!, dem von Ex-NACHTSCHATTEN-Herausgeber Carsten Scheibe betreuten »Herren-Magazin für den PC«. Zuletzt wurden Erzählungen von Uwe Lachmann, Michael Schönenbröcher, Tino Stein, Frank Böhmert und Ralph Sander, Artikel über Joanne K. Rowling & Harry Potter, Stephen Kings neuesten Roman »Atlantis« und MADDRAX – die neue Konkurrenz für Perry sowie Buchrezensionen und Hinweise auf Neuerscheinungen in Sachen Literatur und Comic publiziert.

Im NATURDRACHEN, der ganzheitlich-naturkundlichen Zeitschrift aus dem INSTITUT DRACHENHAUS (Alte Straße 16, D-98554 Benshausen) sind ab und zu auch SF-Geschichten erschienen, alle von Uwe Hermann: »Vorsicht Stufe!«, »Der etwas andere Eildienst«, »Janes Freunde«, »Immer Ärger mit dem Tod« und »Auf himmlischen Pfoten«.

Die Ausgabe 2 vom Februar 2000 des deutschen PENTHOUSE präsentierte die SF-Story »Gunda« von Andreas Merke alias Andreas Kasprzak in gekürzter Version.

In der Nummer 4/2000 von EULENSPIEGEL wurde die phantastische Geschichte »Hasenwahn oder der Sprung über die Artengrenze« von Rüdiger Grothues veröffentlicht.

Nicht nur mit einschlägigen Filmen und TV-Serien, sondern auch mit der literarischen Komponente des Genres beschäftigte sich das neue SF-Medienmagazin STAR VISION unter der Chefredaktion von Ralph Sander und Oliver Denker, das im Sommer 2000 mit Heft 6 wieder eingestellt wurde. Die zuletzt 1999/2000 publizierten Ausgaben enthielten neben einem

Rezensionsblock von Joachim Körber Artikel über »Ursula K. Le Guin« von Joachim Körber, »SF & Sex« (3 Teile) von Ralph Sander, »Raumschiff Promet« von Manfred Rückert & Roman Sander, »Der Herr der Ringe. J. R. R. Tolkien: Leben und Werk eines Mythenschöpfers« (3 Teile) von Andreas Kasprzak, »Perry Rhodan führt ins Jahr 2000« von Joachim Körber, »Deutsche SF – Ein Schwarzes Loch?« von Usch Kiausch, »Raumpatrouille Orion« von Peter Osteried, »UTOPIA '99« von Usch Kiausch, »Die zehn besten SF-Serien aller Zeiten« von Ralph Sander, »Gezeichnete Helden« von Ralph Sander, »Babylon 5 – Blick zurück ohne Zorn« von Jutta Swietlinski und »Welcome to The Twilight Zone« von Ralph Sander, die Story »Humanic Park« von Andreas Eschbach und ein Interview mit dem Autor.

Das STAR OBSERVER SPECIAL Nr. 8 stand ganz unter dem Thema »Science & Fiction«. So fanden sich Artikel wie »Rätsel der Science Fiction«, »Die Welt von Star Trek«, »Zeittourismus«, »Autoren zwischen Sci & Fi – Die Grenzgänger Jules Verne, Isaac Asimov und Carl Sagan«, »Technik von Star Wars«, »Reise durch die Galaxis«, »Perry Rhodans Welt« und »Antike Science Fiction«, dazu gab es ein Interview mit Robert Zubrin.

Ein Porträt des Bestsellerautors Wolfgang Hohlbein nebst Kürzest-Interview brachte das Sci-Fi-Magazin SPACE VIEW in der ersten Ausgabe des Jahres 2000, in den nächsten Ausgaben gefolgt von einem interaktiven Schreibwettbewerb mit dem Autor, der zumindest bis zum Redaktionsschluss weitergeführt wurde.

Auf schon 38 Ausgaben hat es bis Redaktionsschluss das Magazin FANTASTIC SCREEN (c/o Dieter Böhm, Birkbusch 15a, D-23911 Ziethen) gebracht. Das Magazin, das in erster Linie dem phantastischen Film in all seiner Vielfalt verpflichtet ist, präsentierte bereits 1994 den SF-Horror-Roman »Die Amokfahrt der Truckmaschine« von Arnold Reisner in Fortsetzungen. Die zuletzt publizierten Ausgaben präsentierten News und Rezensionen zu Film, Comic und Literatur sowie ein Interview mit Andreas Betmann.

Für Freunde von Heftromanen aller Genres, Leih- und Serienbüchern sowie Comics ist DER ROMANHEFT-SAMMLER (ARTUS-VERLAG, Birmensdorferstraße 225, CH-8003 Zürich) konzipiert, der neben Infos über die einschlägigen Publikationen auch eine Plattform zum Meinungsaustausch bietet. Das Magazin erscheint vierteljährlich und hat mittlerweile die Ausgabe 19 erreicht. Zuletzt erschienen u. a. Sachartikel zu »Harry West«, »Signal aus dem All – Rob Ward« und »Phantom« von Andreas Ecker sowie »Romanheftautor und digitaler Verleger – Kurzportrait Wilfried A. Hary« von Thomas Kovacs.

6. HIGHLIGHTS AUS DEN BUCHVERLAGEN

Der Jugendbuchverlag AARE hatte 2000 wieder ein Genre-Buch im Programm: »Perry Panther und die Mäusemafia« von Markus Grolik.

Bei AGIMOS erschien 1999 der SF-Roman »Aufstieg und Fall Andorra la Vellas« von Hans-Peter Wiese.

Der ALTBERLINER VERLAG brachte im Herbst 1999 noch die phantastischen Romane »Der Zauberer von Oz« von L. Frank Baum und »Alabusch oder Das Herz des Vulkans« von Grit Poppe auf den Markt. 2000 setzte Andreas Schlüter seine Grusel-Serie mit dem zweiten Band, »Geisterspinne«, fort, zusätzlich erschienen noch »Hexengewitter« von Martina Dierks, »Schiff in der Wüste« von Christian Klippel sowie »Bambulos wahre Lügengeschichten« und »Bambulo auf den Hund gekommen« von Bernardo Atxaga.

Zwei SF-Titel sind bislang im neuen AMA DEUS VERLAG herausgekommen: Der Hohlwelt-Roman »Die Innere Welt – Das Geheimnis der Schwarzen Sonne« von Jan Udo Holey und »Die unterirdische Macht« von Walter Ernsting, eine Neuausgabe des in der CLARK DARLTON-Edition erstmals herausgebrachten SF-Romans »Die neun Unbekannten«.

1999 legte der AMMANN VERLAG den Roman »Das lose Glück« von Matthias Zschokke vor, 2000 erschien »Sieben Generationen Wahnsinn« von Svend Age Madsen.

Die Klassiker »Der verlorene Horizont« von James Hilton und »Der Kleine Prinz« von Antoine de Saint-Exupary wurden 2000 bei ARCHE neu aufgelegt, dazu gab es den neusten Thriller von Peter Zeindler unter dem Titel »Abschied in Casablanca«.

Der zu BELTZ gehörende Kinder- und Jugendbuchverlag ANRICH präsentierte 2000 den SF-Roman »Beutejäger« von Rachel Anderson und die Tier-Fantasies »Ein Hamster greift ein« von Dietlof Reiche (FREDDY 3) und »Silberflügel« von Kenneth Oppel.

Bei ARENA wurde 1999/2000 die ambitionierte Edition GRUSEL & CO mit »Voodoo in der alten Villa« und »Der Gruselbus auf Tour« von Paul van Loon, »Valentina und der Fluch der Vampirkatzen« von Eddy C. Bertin, »Eine Freundin für immer und ewig« von Ton van Reen und »Das Spiel des Hexers« weitergeführt, ebenso der Fantasy-Zyklus EMELAN von Tamora Pierce mit »Die magische Flotte« und »Im Tal der tausend Feuer«, neu gestartet wurde von Knister mit »Wer verflixt ist YOKO?« und »Yoko mischt die Schule auf« eine neue Serie um einen pelzigen Helden. Neu ist auch das Konzept der Edition ABENTEUERLAND, in der eine Gruppe Jugendlicher Zeitreise-, Krimi- und Gruselabenteuer erlebt. Den Reigen eröffneten »Ein filmreifer Bankraub« und »Der geheimnisvolle Katzenräuber« von Herbert Friedmann (Detektiv), »Schatzsuche auf der Totenkopfinsel« und »Verfolgung durch die grüne Hölle« von Jan Flieger (Zeitreise) sowie »Das Gespenst ohne Gesicht« und »Grusel in der alten Gruft« von Uschi Flacke (Gespenster). Zudem publizierte der Kinder- und Jugendbuchverlag in diesem Zeitraum noch »Abenteuer mit Hexe Lilli« und »Hexe Lilli und das Geheimnis der versunkenen Welt« von Knister, »Der Tag, an dem die Welt untergeht« von Jane Yolen & Bruce Coville, »Raptor – Besuch aus der Urzeit« von Paul Zindel, »Nick und das rote UFO« von Friedrun Reichenstetter, »Der mutige

Kunibert und andere Ritter- und Drachengeschichten« von Jo Pestum, »Wie Napoleon das schwarze Schaf rettete« von Christian Waluszek, »Die Biene Maja und ihre Abenteuer« von Waldemar Bonsels, »Das geheime Wissen des Alchimisten« von Rainer M. Schröder und »Oceantec 2051« von Hilari Bell.

Der Thriller »Der falsche Trip« von Gary Krist wurde im Herbst 2000 bei ARGON publiziert.

In der ARKHAM PRESS startete Anfang 2000 die von LIBRI BOD hergestellte SF-Paperbackserie RETTUNGSKREUZER IKARUS mit den Romanen »Die Feuertaufe« und »Das weiße Raumschiff« von Dirk van den Boom sowie »Der Gott der Danari« von Sykle Brandt, weitere folgen vierteljährlich.

Neben einem Sachbuch über E. A. Poe von Frank Zumbach erschien 1999 bei ARTEMIS & WINKLER der Märchenband »Schöne Lau und Baba Jaga«, hrsg. von Ursula Schulze & Ulrich Mittejiet mit Frauenmärchen der Weltliteratur.

AUFBAU präsentierte im Herbst 1999 den SF-Roman »Im Garten der sieben Dämmerungen« von Miquel de Palol, 2000 gab es eine Sonderausgabe des SF-Klassikers »Der Krieg mit den Molchen« von Karel Capek.

Der neue BoD-Verlag B&B VINETA GLOBAL FANTASIES in Göttingen startete 2000 die Abenteuer des Geheimagenten JOHN BRAMPTON in der Welt des Jahres 2035 mit »Geheimagent John Brampton kämpft für Europa«.

Bei BASTEI wurde 2000 die exzellente Hardcoverreihe BIBLIOTHEK DER PHANTASTISCHEN LITERATUR mit »Die Psychohistoriker« von Isaac Asimov, »Von Hexen und Drachen« von Wolfgang Hohlbein, »Die Keltenkriege« von David Gemmell (DIE FALKENKÖNIGIN 2) und »Der Elfenhügel« von Raymond E. Feist fortgesetzt, für Anfang 2001 eingeplant ist »Eine Tochter Trojas« von Sarah B. Franklin.

Der zu WELTBILD gehörende BECHTERMÜNZ VERLAG hat auch 1999/2000 eine Vielzahl von Genretiteln in preiswerten Sonderausgaben auf den Markt gebracht. So standen u. a. »Dunkel über Longmit« von David Farland (DIE HERREN DER RUNEN 1), »Tochter des Lichts« und »Tochter der Finsternis« von Diana L. Paxson (WESTRIA 1 & 2), »Sixtinische Verschwörung« von Philipp Vandenberg, »Das Wittgenstein-Programm« von Philip Kerr, »Der Engel mit den schwarzen Flügeln« von Petra Hammesfahr, »Der Fluch der Sphinx« von Robin Cook, »Matthias und der Teufel« von Gerald Messadie, »Die Drachenfestung« von Jane Welch (RUNENZAUBER 1), »Roter Rausch« von Frances Fyfield, »Der kalte Hauch des Flieders« von Judith Hawkes, »Die Sterne warten« von Marion Zimmer Bradley, »Das Bild – Rose Madder« von Stephen King, »Vertraue mir, wenn du kannst« von Judith Kelman, »Die nächste Welt« von Isaac Asimov, »Die Seherin der Etrusker« von Mariangela Cerrino, »Blumen der Nacht« von V. C. Andrews, »Die sieben Dämonen« und »Haus der Erinnerung« von Barbara Wood, »Die Feuer von Camelot« von Deepak Chopra, »Wodans Fluch« von Stephan Grundy, »Die Prophetin von Luxor« von Suzanne Frank und die aus den Einzelbänden »Die Salzsäule« von Leopoldo Lugones, »Der entwendete Brief« von E. A. Poe, »Die Tür in der Mauer« von H. G. Wells, »Lord Arthur Savilles Verbrechen« von Oscar Wilde und »Die leuchtende Pyramide« bestehende Klassiker-Edition FANTASIA. Eingestellt wurde die Buchreihe PERRY RHODAN – DER TRAVERSAN-ZYKLUS mit Band 6, »Invasion der Igelschiffe«, während im ATLAN – TAVERSAN-ZYKLUS die abschließenden Bände 3 und 4, »Finale für Traversan« und »Im Zentrum der Macht«, letzteres eine Originalveröffentlichung mit neuen Stories zum Thema. Als deutsche Erstveröffentlichungen kamen bei BECHTERMÜNZ »Das dunkle Herz der Nacht« und »Im Schatten von Spire Vanis« von J. V. Jones (DAS SCHWERT DER SCHATTEN 1 & 2) sowie »Die Schatten-Matrix«, der letzte DARKOVER-Roman von Marion Zimmer Bradley heraus.

Barbara Jung veröffentlicht ihre über LIBRI BOD produzierten Romane seit 1999 im Eigenverlag BEJOT. Bislang erschienen sind die Horror-Romane »Trauermarsch«, »Kreuzzug des Hasses« und »Tattoos« vor, neu gestartet wurde im Herbst 2000 der SF-Zyklus LOST PLANETS mit »Sakota's Paradise« und »Rrixsieh = Hoffnung«.

BELLEVILLE brachte 1999 den SF-Roman »Gothik« von Armin Kratzert heraus.

Neue phantastische Kinder- und Jugendbücher für alle Altersgruppen gab es auch 1999/2000 wieder bei BELTZ & GELBERG: die phantastischen Abenteuer »Melusine – Die Welt muss romantisch werden« von Andrea Hensgen, »Löcher – Die Geheimnisse von Green Lake« von Louis Sachar, »Marias Traum« von Roar Skolmen sowie die beiden ersten Bände des Zyklus DIE SCHAURIGE GESCHICHTE VON VIOLET, SUNNY UND KLAUS von Lemony Snicket, »Der schlimme Anfang« und »Der Reptiliensaal«, und der SF-Roman »Starckarm-Saga« von Susan Price.

Im BERLIN VERLAG erschienen zuletzt zwei Titel mit mehr oder minder stark ausgeprägten spekulativen oder phantastischen Elementen: die Collection »In dieser Welt und anderswo« von Jeanette Winterson und der Roman »Der blinde Mörder« von Margaret Atwood.

Zuletzt erschienen im HANSJOACHIM BERNT VERLAG, der sich fast ausschließlich auf sein Kernprogramm, die REN DHARK-Buchausgabe und das dazugehörende Umfeld konzentriert hat, die abschließenden Bände 15 und 16 der Edition, »Das Echo des Alls« und »Die Straße zu den Sternen«, mit denen ursprüngliche Heftserie in modernisierter, bearbeiteter und erweiterter Form komplett vorlag, sowie die ersten Bände der anschließenden Reihe REN DHARK – DRAKHON ZYKLUS, »Das Geheimnis der Mysterious«, »Die galaktische Katastrophe« und »Der letzte seines Volkes«, betreut von Hajo F. Breuer, an der momentan W. K. Giesa, Ewald Fehlau, Uwe Helmut Grave, Manfred Weinland und Conrad Shepherd mitarbeiten und die viermal jährlich erscheinen soll. Zusätzlich wurden die REN DHARK SONDERBÄNDE 5 – 9, »Der Todesbefehl« und »Countdown zur Apokalypse« von Ewald Fehlau, »Der Verräter« von Marten Veit, »Der schwarze Götze« von Conrad Shepherd und »Erron 2 – Welt im Nichts« von Manfred Weinland herausgebracht. Neu gestartet wurde im Frühjahr 2000 die Buchreihe PERRY RHODAN EXTRA mit »Fluch der Unsterblichkeit«, in der einmal jährlich Kurzzyklen der Heftserie, die in den Silberbänden ausgelassen wurden, vorgestellt werden. Im Frühjahr 2001 kommt Band 1 der neuen Edition REN DHARK SPEZIAL heraus, in dem zwei der alten REN DHARK TASCHENBÜCHER von Kurt Brand neu aufgelegt wurden, im jährlichen Abstand folgen zwei weitere Bücher. Die KURT BRAND EDITION wurde mit Band 3 an den neuen MOHLBERG VERLAG abgetreten.

Im Jugendbuchprogramm von C. BERTELSMANN wurden im Herbst 1999 die ersten 13 GÄNSEHAUT-Romane von R. L. Stine aus OMNIBUS als Hardcover neu aufgelegt – »Der Spiegel des Schreckens«, »Willkommen im Haus der Toten«, »Das unheimliche Labor«, »Es wächst und wächst und wächst«, »Der Fluch des Mumiengrabs«, »Der Geist von nebenan«, »Es summt und brummt – und sticht!«, »Die Puppe mit dem starren Blick«, »Nachts, wenn alles schläft«, »Der Gruselzauber«, »Die unheimliche Kuckucksuhr«, »Die Nacht im Turm der Schrecken« und »Meister der Mutanten« – und 2000 standen »Endlich Hexe!« von Marie Desplechin, »Wintersonnenwende« von Susan Cooper, »Cairo Jim und die verschwundene Stadt« von Geoffrey McSkimming, »Glücksfang« von Alan Temperley und »Das Geheimnis der Luft« von Tor Seidler auf dem Programm. Für Ende 2000 angekündigt sind mit vier Bänden – »Die Suche beginnt«, »Die grausame Gottheit«, »Der Pakt mit dem Zauberer« und »Im Angesicht des Bösen« – der Start der neuen Serie EVERWORLD von K. A. Applegate, in der Jugendliche von der Erde in ein paralleles Universum, das vor Urzeiten von mythischen Göttern erschaffen wurde, gelangen, sowie zwei Bände mit jeweils zwei bislang unveröffentlichten GÄNSEHAUT-Romanen von R. L. Stine: »Vollmondfieber & Wächter des Schreckens« und »Die Nacht der glühenden Kürbisse & Das Sumpfmonster«. Im Erwachsenenprogramm startete Christian Jacq mit »Nefer der Schweigsame« und »Die weise Frau« den Zyklus STEIN DES LICHTS, ansonsten erschienen »Das Phantom von Manhattan« von Frederik Forsyth, »Der Kandidat« von Richard North Patterson, »Das Lied von Troja« von Colleen McCullough und »Der Gesang der Wellen« von Manuel Vincent.

Mit Band 68 schlug die PERRY RHODAN BUCHAUSGABE beim BERTELSMANN CLUB einen anderen Weg ein als die ihr bis dahin als Vorlage dienenden MOEWIG-Silberbände. Anstatt mit Buch 68 den ANTI-ES-Zyklus zu starten wurde zunächst einmal der vierbändige PLOPHOS-Zyklus, bestehend aus »Der Obmann von Plophos«, »Expedition der Mausbiber«, »Panik im Sonnensystem« und »Planet der letzten Hoffnung«, der ursprünglich ausgelassen wurde, nachgeholt. Danach wurde ein gewaltiger Sprung gemacht, denn mit Band 72 startete die EDITION TERRANIA, die die Hefte ab Band 2000 präsentiert, beginnend mit »Die Solare Residenz«, »Im Bann der NACHT« und »Blockade um Sol«. Der Erscheinungsrhythmus wurde auf monatlich umgestellt. Weiters erschien im Frühjahr 2000 Wolfgang Hohlbeins SF-Roman »Das Avalon-Projekt« als Erstveröffentlichung.

In der Niederösterreichischen BIBLIOTHEK DER PROVINZ erschienen 1999/2000 der Märchenband »Der goldene Baum« von Erna Wobik, die Grusel-Bände »Professor, du siehst Gespenster« und »Tommi und die Burggespenster« von Käthe Recheis und der SF-Roman »Das heilige Gelächter« von Franz Friedrich Altmann.

Im Herbst 1999 brachte der KLAUS BIELEFELD VERLAG den phantastischen Roman »Eloise« von Stephan Melneczuk, die Storysammlung »Berenice« von Edgar Allan Poe und die von Frank Festa zusammengestellte Anthologie »The Haunting« heraus, im Winter 1999/2000 folgten die Geschichtenbände »Das Verborgene« von Eddie M. Angerhuber und »Nachtwelt« von Stefan Melneczuk.

Für den Herbst 2000 plante der neu gegründete IRENA BIELSKA VERLAG die Weiterführung der berüchtigten Horror-Serie DR. MORTON mit neuem Konzept unter dem neuen Serientitel CHRONIKEN DES BLUTES im Hardcover, das Projekt scheiterte aber an der Finanzierung.

BLANVALET publizierte 2000 u. a. »Der goldene Knabe« von Michaela Herrmann und »Der magische Steinkreis« von Diana Gabaldon.

Im KARL BLESSING VERLAG wurde im Herbst 1999 der phantastische Roman »Die Musik des Himmels« von Niall Williams veröffentlicht, im Jahr 2000 folgten die Genre-Titel »Timeline« von Michael Crichton, »Wer erschoss Jesus Christus?« von Erich Follath, »Am elften Tag, zur elften Stunde« von Henry Porter, »Der Wald der Könige« von Edward Rutherfurd, »Der Zeitmörder« von Frank Tallis und »Tollhaus der Möglichkeiten« von Kurt Andersen.

Weiterhin auf Erfolgskurs befindet sich Jörg Kaegelmanns BLITZ-VERLAG, für dessen Programm seit Sommer 1999 Frank Festa verantwortlich zeichnet, was seinen Niederschlag auch schon in Form neuer Reihen wie die Hardcoverausgaben, H. P. LOVECRAFTS BIBLIOTHEK DES SCHRECKENS und Brian Lumleys ultimativer Vampir-Serie NECROSCOPE sowie einer verstärkten Präsenz ausländischer Autoren gefunden hat. Mit Jahreswechsel 1999/2000 wurde der Auslieferungsmodus von halbjährlich auf monatlich umgestellt. Die meisten Serien und Reihen, mit denen BLITZ seine Erfolgsstory begann, befinden sich nach wie vor im Programm, lediglich die RAUMSCHIFF PROMET STERNABENTEUER und MURPHY liegen vorerst auf Eis und die Fantasy-Serie THORIN – DER NORDLANDWOLF von Alfred Wallon und Marten Munsonius wurde mit Band 3 abgeschlossen. Neu gestartet wurde im Sommer 2000 die auf fünf Bände konzipierte und von Frank Rainer Scheck betreute Edition MEISTERWERKE DER PHANTASTIK, in der die Romane »Der Puppenmacher« von Sarban, »Dagon« von Fred Chappell, »Ein Neffe aus venezianischem Glas« von Elinor

Wylie und »Lucios Geständnis« von Mario de Sá Carneiro sowie die von Scheck zusammengestellte Anthologie »Berührungen der Nacht« publiziert werden. Neu aufgelegt wurden ab Frühjahr auch bereits vergriffene Titel der EDITION METZENGERSTEIN, beginnend mit »Der persische Ghoul« von Harry S. Whitehead (METZENGERSTEIN 2), »Teatro grottesco« von Thomas Ligotti)METZENGERSTEIN 4) und »Das Reliquiar & Die Wächter« von Michael Siefener (METZENGERSTEIN 3). Im Herbst 1999 erschienen u. a. »SOS von Mira Ceti« von Kurt Brand (RAUMSCHIFF PROMET CLASSIC 7), »Von Heiligen und Mördern« von Brian Hodge (EDITION METZENGERSTEIN 11), »Der Weg nach Nipuur« von Al Wallon & Marten Munsonius (THORIN 2), »Die Handgranate Gottes« (MURPHY 3), »Knochensaat« (MACABROS 4) und »Im Todesgriff der Schreckensmumie« (LARRY BRENT CLASSIC 4) von Dan Shocker, »Die Saat des Cthulhu«, hrsg. von Frank Festa (BIBLIOTHERK DES SCHRECKENS 2), »Psychotransfer« von Ronald M. Hahn (RAUMSCHIFF PROMET - STERNENABENTEUER 3), »Die Masken des Bösen« von Manfred Weinland (LARRY BRENT - DIE GEHEIMEN X-AKTEN DER PSA 3) sowie die Hardcoverbände »Rune« von Brian Hodge und »Insel der Zauberer« von Abraham Merritt. 2000 kamen u. a. »Planet der Propheten« von Achim Mehnert & Konrad Schaef (RAUMSCHIFF PROMET - NEUE ABENTEUER 9), »Der Blutengel von Tschernobyl« von Martin Eisele (LARRY BRENT X-AKTEN 2), »In einer fremden Stadt, in einem fremden Land« (EDITION METZENGERSTEIN Hardcover-Sonderausgabe), »Das Erwachen«, »Vampirblut« und »Kreaturen der Nacht« von Brian Lumley (NECROSCOPE 1 - 3), »Lovedeath - Liebe und Tod« von Dan Simmons (EDITION METZENGERSTEIN 12), »Die Insel der Unsterblichen« (T.N.T. SMITH 5), »Im Auftrag des Sternenkaisers« (RAUMSCHIFF PROMET - NEUE ABENTEUER 10), »Der Tempel von Bagdad« (T.N.T. SMITH 6) und »Exilplanet Othan« (RAUMSCHIFF PROMET - NEUE ABENTEUER 11) von Ronald M. Hahn, »Die Blutgärten von Sodom« (MACABROS 5), »Das Grauen von Blackwood Castle« (LARRY BRENT CLASSIC 5), »Marionetten des Schreckens« (MACABROS 6) und »Schreie aus dem Sarg« (LARRY BRENT CLAS-

SIC 6) von Dan Shocker, »In den Fängen des Orff« und »Das Geheimnis der Nekroniden« von Kurt Brand (RAUMSCHIFF PROMET CLASSICS 8 & 9), »Im Schatten des Kranichs« von Andreas Merke (HARDCOVER 3), »Zeitsprung« und »Vorstoß zur Erde« von W. K. Giesa (STAR-GATE 4 & 5), »Das schwarze Schiff« von Al Wallon & Marten Munsonius (THORIN 3), »Cthulhus Rückkehr« von Robert Bloch (BIBLIOTHEK DES SCHRECKENS 4), »Söhne des Bösen« von Tom Piccirilli (METZENGERSTEIN 14), »Feuerwurm« von Ian Watson (HARDCOVER 4), »Der Schacht« von David J. Schow (METZENGERSTEIN 15) und »Der Biss des Lebenszehrers« von Martin Eisele (LARRY BRENT X-AKTEN 5) sowie die von Frank Festa herausgegebenen Anthologien »Psycho-Express« (METZENGERSTEIN 13) und »Der Lovecraft-Zirkel« (BIBLIOTHEK DES SCHRECKENS 3) heraus. Für das Frühjahr 2001 eingeplant sind u. a. »Caprona – Im Reich der Dinosaurier« von Edgar Rice Burroughs (ALLGEMEINE REIHE 19), »Spiel des Verderbens« von Clive Barker (METZENGERSTEIN 16), »Untot« und »Totenwache« von Brian Lumley (NECROSCOPE 4 & 5), »Necropolis« von Clark Ashton Smith (BIBLIOTHEK DES SCHRECKENS 5), »Alraunenfluch« von Dario Vandis (LARRY BRENT X-AKTEN 6) und »Die Macht der Andorer« von Kurt Brand (RAUMSCHIFF PROMET CLASSIC 10). 2001 starten drei neue Reihen bzw. Serien: eine von Hugh Walker herausgegebene ROBERT E. HOWARD-Reihe, eine Romanserie nach MIDGARD, dem ältesten deutschen Fantasy-Rollenspiel, bei der die ersten Romane von Ralph Sander geschrieben werden, und KAI MEYERS MYTHENWELT, eine moderne Fantasy-Saga, deren Romane nach Meyers Idee und Expose vom Amerikaner James Owen verfasst.

1999 gründete Peter Mennigen den BOOKMARK VERLAG und publizierte seither über LIBRI BOD dort auch phantastische Titel im Paperback wie »Heiter Horror Geschichten« und »Ketchup haut auf den Pudding« von Peter Mennigen und »Night Crusaders – Die andere Seite der Nacht« von Frank B. Stone.

1999/2000 präsentierte BRENDOW neben dem obligaten »Inklings-Jahrbuch« den historischen Roman »Moses – Prinz aus Ägypten« von Schalom Asch.

Im neu aus der Taufe gehobenen Buchverlag BTB, der zur Verlagsgruppe BERTELSMANN gehört, sind 2000 u. a. »Raja« von Gisbert Haefs, »Winter des Bären« von Paul Bryers, »Der Sternenseher« von Jamal Mahjoub und »Das Buch Glendalough« von Claus-Peter Lieckfeld.

Der Nürnberger BURGSCHMIET VERLAG, spezialisiert auf Bücher zu Filmen und TV-Serien, brachte 1999/2000 die Filmbücher »007 James Bond – Die Welt ist nicht genug«, »Tue Sixth Sense« von Andy Green, »Aeon« von Daniel Maximilian & Thomas Pauli und »Chicken Run – Hennen rennen« von Ellen Weiss, »Red Planet« und »The Grinch« sowie zwei Romane zu STARGATE SG-1 von Wolfgang Hohlbein, »Kreuzwege der Zeit« (3) und »Jagd ins Ungewisse« (4), heraus.

CARLSEN publizierte in seinem überaus erfolgreichen Kinder- und Jugendbuchprogramm im Herbst 1999 noch das phantastische Kinderbuch »Lola und der Tangokönig« von Ole Könnecke. Im Frühjahr 2000 wurden die Erwachsenenausgabe des Bestsellers »Harry Potter und der Stein der Weisen« von Joanne K. Rowling (HARRY POTTER 1), »Die Kinder des Mondfalken – Ko und Mana« von Peter Dickinson, der erste SAMSON + ROBERTO-Roman »Aber wir müssen doch keine Angst haben, oder?« von Ingvar Ambjornsen und Neuausgaben der James-Krüss-Titel »Sommer auf den Hummerklippen« und »Die Glücklichen Inseln hinter dem Winde« herausgebracht, im Herbst folgten der SF-Roman »Schlachten« von Melvin Burgess, das Lesebuch »Zu Land, in der Luft, auf dem Meer« von James Krüss, HARRY POTTER 2 – »Harry Potter und die Kammer des Schreckens« von J. K. Rowling – in neuer Covergestaltung sowie »Und das soll Musik sein?« von Ingvar Ambjornsen (SAMSON + ROBERTO 2). Absolutes Highlight des Herbstprogramms aber war der langerwartete 4. HARRY

POTTER-Band, »Harry Potter und der Feuerkelch«. »Das Bernstein- Teleskop« von Philip Pullman, der 3. Band des Zyklus HIS DARK MATERIALS, wurde auf das Frühjahr 2001 geschoben.

Zwei phantastische Bücher legte CLAASSEN 1999/2000 vor: »Die essbare Frau« von Margaret Atwood und »Der Gesandte« von Timothy Findley.

CORMORAN legte 1999 »Die schönsten Märchen der Welt« vor, gesammelt von Josef Guter, 2000 erschien »Das Original Dschungelbuch« von Rudyard Kipling.

Neu im Hamburger CORONA VERLAG 1999 der phantastische Roman »Das vergessene Geschenk« von Silva Montani.

Im Wiener Jugendbuchverlag DACHS kamen 2000 die phantastischen Bände »Aliens auf dem Teufelsberg« von Barbara Büchner, »Der Geist, der so gern tanzte« von Käthe Recheis, »Der liebe Herr Teufel« und »Achtung! Vranek sieht ganz harmlos aus« von Brigitte Nöstlinger und »Das Lied der Wasserflöhe« von Heinz R. Unger heraus.

Zwei neue phantastische Bücher erschienen im Herbst 1999 beim DANA VERLAG: Der Roman »Der Ruf des Einhorns« von Wolfgang Sewald und die Collection »Der Zaubervogel« von Verena Zeltner.

Pierre de Picco, ein Hamelner Dichter und Maler, veröffentlichte eine Fortsetzung zur berühmten Sage in seine Heimatstadt im EIGENVERLAG PIERRE DE PICO: »Der Rattenfänger und die Steinkinder von Hameln«.

Im Herbst 1999 wurden bei DEUTICKE der SF-Roman »Apokalüpse nau« von Rui Zink und der Horror-Roman »Austreiben« von Ernst Molden publiziert.

Die DEUTSCHE VERLAGSANSTALT – DVA – veröffentlichte 1999 die Anthologie »Mesopotamia«, herausgegeben von

Christian Kracht, und den phantastischen Roman »Das Lachen im Labyrinth« von Ulrikka Strandbygaard. Im Frühjahr 2000 erschienen der Horror-Roman »Zombie« von Joyce Carol Oates und der phantastische Erzählband »Der Mann, der nicht ankommen konnte« von Gert Heidenreich.

Auch die weiteren Programme des zu HEYNE gehörenden DIANA VERLAGS präsentierten Phantastik, zuletzt »Jagd auf Amanda« von Andrew Klavan und »Asche und Gold« von Eliette Abecassis.

Neu beim zum VERLAGSHAUS GOETHESTRASSE gehörenden DIEDERICHS VERLAG erschienen die von Hans-Jörg Uther herausgegebenen Bände »Die schönsten Weihnachtsmärchen« und »Die schönsten Märchen von Himmel und Hölle« sowie in SAGA, der Bibliothek der altnordischen Literatur die »Sagen aus Ostisland« und die »Sagen aus Westisland«.

Bei DIESTERWEG kam in englischer Sprache die Anthologie »Gothic Horror Classics« heraus.

An Genre-Büchern zu TV-Serien hatte DINO ENTERTAINMENT 1999/2000 drei neue Romane um SABRINA – TOTAL VERHEXT im Programm: »Gefährlicher Glitter« von Ray Garton (4), »Sabrina macht Geschichte!« von Joseph Locke (5) und »Magic Love« von Randi Reisfeld.

Neu bei DIOGENES 1999/2000 die Storysammlungen »Mein unbekannter Freund«, »Der Doppelgänger« und »Lolo« von Slawomir Mrozek sowie »Geisterfahrt« vom SF-Literaten Ray Bradbury, »Die Geschichte vom albernen Hans« von F. K. Waechter und »Die dunkle Seite des Mondes« von Martin Suter sowie die Kinderbücher »Goldnebel« von Anne Fine, »Wilbur und Charlotte« von E. B. White, »Tobias und der Engel« von Susanna Tamaro, »Märchen der Brüder Grimm«, »Der Winterschlafwandler« von Joan Aiken und »Pinocchio« von Carlo Collodi.

Im Kleinverlag DREI BÄREN setzte Holger Eckhardt seinen im PERRY RHODAN-Universum der fernsten Zukunft – 3 Millionen Jahre der Reformierten Galaktischen Zeitrechnung sind ins Land gegangen – spielenden Buchzyklus AM ENDE DER UNSTERBLICHKEIT mit den Bänden 9 & 10, »Das Groteskum« und »Das Geheimnis von Turm 8« fort. Bezug: Dr. Holger Eckhardt, Emilienstraße 50A, D-42287 Wuppertal.

Klassische und moderne Jugendbücher standen auch 2000 bei DRESSLER wieder auf dem Programm: »Herr der Diebe« von Cornelia Funke, »Und plötzlich war ich unsichtbar« von Marthe Jocelyn, »Mein zweites Ich« von Lael Littke, »Doktor Dolittle und seine Tiere« von Hugh Lofting, »Mary Poppins kommt wieder« von Pamela L. Travers, »Alice im Wunderland« von Lewis Carroll, »Der seltsame Fall von Dr. Jekyll & Mr. Hyde« von Robert L. Stevenson und »Das Gespenst von Canterville« von Oscar Wilde.

Bei DROEMER kamen im Herbst 2000 der SF-Roman »Riptide« von Douglas Preston & Lincoln Child und der historische Roman »Moses – der Gesetzgeber« von Gerald Messadie (MOSES 2) heraus.

Im LITERATURVERLAG DROSCHL kam im Herbst 1999 der Erzählband »Passagen« von Henri Michaux heraus.

DUMONT publizierte zuletzt die Romane »Ortegas Finale« von James Coltrane und »Gefährliche Geliebte« Haruki Murakami.

Ein neuer BoD-Print hat sich in Frankfurt unter dem Namen ECCENTRICCLUB etabliert. Unter den ersten angebotenen Titeln befand sich auch der SF-Roman »ULO – Geschöpfe des Wahnsinns« von Henning Engeln.

Im Jahr 2000 wurde vom EDFC in der BELLETRISTISCHEN REIHE die Collection »Der Tag des silbernen Tiers« von Eddie Angerhuber & Frank W. Haubold neu aufgelegt, dazu gab es

»Die Suche nach Schwert und Schild« von Robert Persson, Band 3 des Zyklus ANIMALAND (die beiden ersten erschienen bei FRIELING).

Neu in der EDITION AMADIS der Fantasy-Roman »Das Geheimnis des Schlangenrings« von Adda Rieck, der in der gleichen Welt spielt wie der 1997 ebenfalls hier veröffentlichte Vorläuferroman »Die Söhne des Lichts«.

Für jüngste Leser konzipiert ist das Programm der EDITION BÜCHERBÄR im ARENA VERLAG. An phantastischen Titeln kamen zuletzt »Die Hexe Lakritze« von Eveline Hasler, »Luno und der blaue Planet« von Frauke Nahrgang, »Das Gespenst hinter der Wand« von Irma Krauß und »Ein kleines Gespenst für Lia« von Nortrud Boge-Erli heraus.

Nixenmärchen von Isolde Lachmann erschienen unter dem Titel »Eiswasser« 1999 im der EDITION DOPPELPUNKT.

Neu in der EDITION ERGO SUM des ANNA PICHLER VERLAGS kam im Herbst 1999 der SF-Roman »Die Macht des Blassblauen« von Kurt Freundlinger heraus.

In der neuen EDITION LÜBBE erschien im Herbst 1999 der phantastische Roman »Zauberflug« von Giovanna Giordano.

Der in der EDITION MONO geplante Storyband »Schattenspiele« von Eddie M. Angerhuber wird definitiv hier nicht erscheinen.

Neu 2000 in der EDITION NAUTILUS der phantastische Roman »Mein Leben als Buch« von Peter Jacobi.

In der bibliophilen EDITION PHANTASIA erschien der ursprünglich für 1999 angekündigte 3. Band der GESAMMELTEN WERKE VON H. P. LOVECRAFT erst im Jahr 2000, zudem kamen in limitierter Auflage noch »Nick und der Glimmung« von Philip K. Dick und »Pork pie Hat« von Peter Straub heraus, sowie »Die Erzähler«, der neueste Roman von Ursula K. Le Guin, und Band 4 der LOVECRAFT-Edition. Bezug und Information: EDITION PHANTASIA, Joachim Körber, Wünschelstraße 18, D-76756 Bellheim.

Eine Sammlung von z.T. phantastischen Geschichten publizierten Andre Restau & Ina Schimpf unter dem Titel »Abenteuer auf Rico Plage« in der EDITION PONTE NOVU (LIBRI BOD).

Der SF-Roman »Hirntreiben.EEG« kam mit einiger Verzögerung im Herbst 2000 in der EDITION SELENE heraus.

In der EDITION VA BENE startete im Herbst 2000 die Serie KOMMISSAR LAGLERS FÄLLE von Helmut Neumann mit dem phantastischen Thriller »Die Bruderschaft«.

Phantastische bzw. spekulative Elemente enthielten die Romane »Der Sohn des Donnergottes« von Arto Paasilinna, »Das Skalpell« von Paul Carson, »Ein Gähnen des Teufels« von Pierre Billon und »Der Tag, an dem der Wind dich trägt« von James Patterson, erschienen im zu BASTEI LÜBBE gehörenden EHRENWIRTH VERLAG.

EICHBORN präsentierte 1999 die spekulativen Romane »Safe House« von Andrew Vachss, »Das unruhige Haus« von Sigurd Mathiesen, »Das Geheimnis des Hieronymus Bosch« von Peter Dempf und »Global Players« von Horst Ehmke, 2000 kamen die Genre-Titel »Wiener Blut« von Adrian Mathews, »Spanische Hunger- und Zaubermärchen«, »Moment of Excellence« von Matthias Eckoldt, »Der Teufelsvogel des Solomon Idler« von Peter Dempf, die von Bodo Baumunk & Thomas Wohlfahrt herausgegebene Kassettenedition »Countdown läuft« mit SF-Heftromanen von Marlene Streeruwitz, Michael Wildenhain, Kathrin Schmidt, Tobias O. Meißner, Zoran Drvenkar, Andreas Möhn und Knut Stang sowie der ZAMONIEN-Roman »Ensel und Krete« von Walter Moers.

Neue phantastische Romane erschienen 2000 in der ELEFANTEN PRESS, die im April dieses Jahres an die BERTELSMANN-Gruppe verkauft wurde: »Der Platz des Königs« von Eliacar Cansino, »Die Insel der verlorenen Zeit« von Silvana Gandolfi, »Die Hexe, die nie mehr zaubern wollte« von Lieneke Dijkzeul und »Familie Hinz und das Außerirdische« von Bernhard Hagemann.

ELLERMANN veröffentlichte im Jahr 2000 das phantastische Jugendbuch »Ein Fall für Max« von Jo Pestum.

IM EMONS VERLAG ist der Thriller »lauTlos« von Frank Schätzing erschienen.

Der Kinder- und Jugendbuchverlag ENSSLIN startete im Herbst 2000 mit »Abenteuer im Mystery Park« und »Aufstand der Geister« die neue SF-Serie GENERATION FUTURE von Andreas Schreiner.

Der EUROPA VERLAG präsentierte im Herbst 1999 Jonathan Carrolls neuesten Roman »Pauline, umschwärmt«, im Frühjahr 2000 erschien das Märchen »Herzlos« von Stella Duffy.

Der Fachverlag FEDER & SCHWERT, der die deutschen Rechte am Erfolgsspiel VAMPIRE besitzt, startete 1999 mit »Toreador« von Stewart Wieck die 13 Bände umfassende CLANSROMAN-Reihe. Die GRALSKONVENT-Trilogie von David Niall Wilson wurde 2000 mit »Von verlorenen Träumern« abgeschlossen, ebenso die BLUTFLUCH-Trilogie von Gherbod Fleming mit »Die dunkle Prophezeiung«. Die CLANSROMANE wurden weitergeführt mit »Tzimisce« von Eric Griffin und »Gangrel« von Gherbod Fleming.

1999/2000 publizierte der RITA G. FISCHER VERLAG, zumeist in de Reihe EDITION FISCHER, für Leser aller Altersstufen u. a. folgende Genre-Titel: »Das verschwundene Skelett« von Stefan Jung (SF), »Drei null null eins« von Ellengard Helwig (SF), »Kuniberts Märchenbuch« von Ingo Jahnke, »Babel und die Bibel«

von Falah El-Radhi, »Leylas Suche« von H. C. Rammloff (H), »Balduin« von Keri Moon (PH), »Gefährliche Träume«, »Verschollen in Antania« und »Der Countdown« von Astrid Nagel (MAC 2, 1 in Neuauflage & 3; PH), »Eine seltsame Mischung« von Carlotta Jarre (SF), »die blaue Kugel« von Gregor Strasshofer (SF), »Der Paranormale« von Hans-Dieter Tubandt (PH), »Salomos Siegel«, »Das Europa-Kartell«, »Annus horribilis« und »Die Zeitschleife« von Joe Thompson (alle SF), »Der Kater erzählt Märchen« von Marec Bela Steffens (PH), »Operation Casablanca« von Allan Green (SF), »Die Hüter der Morgenröte« von Verena M. Holzberg (SF), »Traumgeschichten für Erwachsene« von Ute Gärtner (PH) und »Wolken, Wind und Wassertropfen« von Franz J. Hauser (PH).

S. FISCHER publizierte 1999 »Das Märchen der 672. Nacht« von Hugo von Hofmannsthal, »Der Prozess« von Franz Kafka und »Das Glasperlenspiel« von Hermann Hesse und im Jahr 2000 die Collection »Schweres Wasser und andere Erzählungen« von Martin Amis und den Roman »Der Berg« von Gerhard Roth. Im Taschenbuchformat kam die Fantasy-Erzählung »Der Zauber von Tschardain« von Marion Zimmer Bradley heraus.

In der Jugendbuchreihe FISCHER SCHATZINSEL erschienen 1999 die phantastischen Kinder- und Jugendbücher »Drei auf der Flucht« von Paul Shipton, »Wolfgang Amadeus Maus« von Dick King-Smith und »Gewitter im Kopf« von Susan Gates.

Phantastik und spekulative Literatur auch in der FRANKFURTER VERLAGSANSTALT: Im Herbst 2000 erschien der SF-Roman »Cliehms Begabung« von Michael Wallner.

FREIES GEISTESLEBEN präsentierte 1999/2000 in einem interessanten Programm den Gruselroman »Hannahs Gespenst« von Anne Merrick und den Erzählband »Unsichtbare Wächter« von Jakob Streit sowie drei Klassiker von Rosemary Sutcliff in Neuausgabe: »Robin Hood«, »Das Hexenkind« und »Randal, der Ritter«.

Bei FRETZ & WASMUTH erschien der phantastische Roman »Auf Seelenspitzen« von Didier van Cauwelaert.

Nach dem sensationellen »Lichtjahr 7« präsentierte der FREUNDESKREIS SF LEIPZIG zum Elstercon 2000 den Begleitband »Von kommenden Schrecken«, ebenfalls als Hardcover, mit Beiträgen von Christian von Aster, Jörg Bartscher-Kleudgen, Michael Bishop, Andreas Eschbach, Frank Festa, Lothar Frenz, Peter Hertel, Wolfgang Jeschke, Boris Koch, Joachim Körber, Michael Marrak, Douglas Preston & Lincoln Child, Michael Siefener, Dan Simmons, Michael Marshall Smith und Angela & Karlheinz Steinmüller.

Nach wie vor umfangreich ist das Angebot an SF-, Fantasy-, Horror- und Märchenbänden bei FRIELING & PARTNER in Berlin. Zuletzt erschienen folgende Genre-Publikationen im Paperback: »Pflanzenliebe oder Die Verführung eines Farns« von Ulrich Steppat, »Sie wissen wohl, was sie tun« von Rosmarie Frischknecht, »Das Amulett des Meisters« von Michael Rudolf Lennartz, »Adrian im Reich der Toten« von Christine Kurz, »Nina und der Außerirdische« von Anastasia Winter, »Rhona, die Erbin des Dracula« von Matthias Elger, »Grüße aus dem Jenseits« von Michael Grießbach, »Herrscherin eines vergessenen Volkes« von Karin Korner, »Der Todeskuss des Staates« von Peter Schönau, »Der Stern vom Mond« von Gerda Maria Bühler und »Rons Welt« von Marianne Thiele.

Weitergeführt wurde in der G & G VERLAGSGESELLSCHAFT die Phantastik-Serie TIMMI TIMM von Stefan Karch mit den Bänden 7 und 8, »Der Geisterläufer« und »Meister Morphs Kammer«, neu gestartet wurde die Serie UNFASSBAR! von Markus J. Altenfels mit »Gefangen im Zeitnebel«, »Schreckensnacht im Hexentempel« und »Die Pyramide des Grauens«.

GABRIEL präsentierte 2000 wieder einige phantastische Jugendbücher, und zwar »Das Mahabharata« von Samhita Arni und »Die Nacht der sieben Wünsche« von Marjaleena Lemcke.

GERSTENBERG veröffentlichte 2000 die Jugendbücher »Motel der Mysterien« von David MacAuley, »Der Wind in den Weiden« von Kenneth Grahame, »Die Irrfahrten des Odysseus« von Adrian Mitchell, »Der Fluch des Lachens« von Jules Feiffer, »Jens-Peter und der Unsichtbare – Die besten Geschichten« von Klaus-Peter Wolf und »Frankenstein« von Mary Shelley sowie das großformatige Bilderbuch »Seltsame Flecken und befremdliche Düfte« von Terry Jones & Brian Froud.

Um einen katholischen Geheimbund, der den neuen Papst, der eigene Wege gehen will, entführt, geht es in »Alle Bosheit dieser Erde« von Hermann Schulze-Berndt, im Herbst 2000 bei GLARE erschienen.

Im GO-VERLAG veröffentlichte Udo M. Fischer alias Udo Mörsch seinen bei LIBRI BOD produzierten Fantasy-Roman »Wolfsauge«. Für den Herbst 2000 befindet sich der historische Roman »Tutanchamuns Rache« in Vorbereitung.

Mehrmals verschoben wurde bei GOLLENSTEIN der phantastische Roman »Pharos der Ägypter« von Guy Newell Boothby, doch soll er jetzt definitiv im Frühjahr 2001 herauskommen.

Bei GUDERJAHN erschien im Frühjahr 2000 der phantastisch-mythologische Roman »Das Heidenloch« von Martin Schemm.

Eine weitere phantastische Publikation gab es 1999 noch bei HAAG + HERCHEN: »Quarantäne oder die sogenannten Irrfahrten des Odysseus« von Walter Hagelberg.

Bei HAFFMANS erschienen 1999/2000 die Fantasy »Salambo« von Gustave Flaubert, die einbändige Ausgabe »Die gesammelten Geschichten & Des Teufels Wörterbuch« von Ambrose Bierce, der historisch-phantastische Roman »Die zweite Judith« von Norbert Johannimloh, der Klassiker »Die Handschrift von Saragossa« von Jan Graf Potocki und der SF-Roman »Die lebenden Steine von Jargus« von Barbara Slawig. Die Gesamtausgabe des Kurzgeschichtenwerks von Philip K. Dick wurde mit zwei Bänden, »Der Fall Rautavaara« und »Das Vater-Ding« weitergeführt, sodass nur mehr »Foster, du bist tot« zur Komplettierung fehlt.

Phantastische Literatur hatte auch 1999/2000 wieder einen besonderen Stellenwert beim literarischen Verlag CARL HANSER. So wurden zuletzt »Wenn ich du wäre« von Julien Green, »Windy erzählt« von Lars Gustafsson, »Gespenster sehen« von Marie Darrieussecq, »Das Umkehrspiel« von Antonio Tabucchi, »Unterm Bett« von Heiko Michael Hartmann, E. T. A. Hoffmanns »Erzählungen« und »Im Zeichen der Schlange« von Michael Larsen veröffentlicht. Im Jugendbuchprogramm fanden sich »Milo und die Jagd nach dem grünhaarigen Mädchen« von Rudolf Herfurtner, »Stachel-Charlie und der gestrandete Hund« von Janwillem van de Wetering, »Die Entführung der Welt« von Brigitte Schär und »Maya oder Das Wunder des Lebens« von Jostein Gaarder.

Der HAYMONVERLAG präsentierte 2000 folgende interessante Genre-Titel: Den Märchenband »Ein dunkelblauer Schuhkarton« von Jochen Jung sowie die von Semir Insayif, Roland Leeb & Alfred Rubatschek herausgegebene Anthologie »txtour 1999« mit den Siegertexten des zum zweiten Mal vom SIEMENS FORUM WIEN durchgeführten Literaturwettbewerbs.

Neben einigen Sekundärbänden zu STAR TREK, BUFFY und anderen Genre-Serien publizierte der HEEL-VERLAG, der auch das Multimedia-Magazin SPACE VIEW herausbringt, als besonderen Leckerbissen den lange vergriffenen ersten STAR TREK-Roman erstmals ungekürzt auf Deutsch: »Notruf aus dem All« von Mack Reynolds.

HERDER brachte 2000 »Meine Blumenmärchen« von Hans Christian Andersen, »Das Meer des Lebens« von Bruce Balan und »Kaito« von Hans Kruppa heraus.

Science Fiction, Fantasy und Horror bilden schon traditionell einen Schwerpunkt beim WILHELM HEYNE VERLAG, auch im Hardcoverprogramm. Bestsellerautor Kai Meyer war 1999/2000 gleich mit zwei phantastischen Romanen vertreten, und zwar mit »Göttin der Wüste« und »Das Haus des Daedalus«. Sonst kamen in diesem Zeitraum an Genre-Titeln noch »Traum aus Stein« von Guy Rachet, »Am Rande der Dunkelheit« von Barbara Erskine, »Höllenschlund« von Steve Alten, »Atlantis« von Stephen King, »Das Geheimnis von Shamballa« von James Redfield, »Mister X« von Peter Straub, »In tödlicher Mission – HMS Unseen« von Patrick Robinson, »Die Flucht des Falken« von Stephan Grundy & Melodi Grundy, »Der schwarze Orden« von Colin Forbes, »Im Bann der Dunkelheit« von Dean Koontz, »Ring der Zeit« von James Long und »Magier der Nacht« von Marion Zimmer Bradley heraus. Nach wie vor stark reduziert präsentierte sich das Hardcoverprogramm der Reihe HEYNE SCIENCE FICTION & FANTASY. So erschienen hier zuletzt »Blauer Mars« von Kim Stanley Robinson (MARS-Trilogie 3), »New York 1999« von Harry Harrison, »Der schweigende Stern« von C. S. Lewis (PERELANDRA-Trilogie Gesamtausgabe), »Die Nacht der Schlange« von Bernhard Hennen (DAS SCHWARZE AUGE) und »Morgenwelt« von John Brunner.

HINSTORFF brachte im Herbst 2000 den finnischen phantastischen Klassiker »Pessi und Illusia« von Yrjö Kokko heraus.

An Titeln phantastischer oder spekulativer Provenienz erschienen bei HOFFMANN & CAMPE zuletzt »Hannibal« von Thomas Harris (HANNIBAL LECTER 3), »Ben in der Welt« von Doris Lessing, »Olympisches Feuer« von Liza Marklund und »Geistertanz« von Mark T. Sullivan.

Bei INSEL erschien 2000 ein Originalreprint des Buchs »Der Granatapfelbaum« von Oscar Wilde.

Folgende Genre-Titel sind 1999/2000 im Wiener VERLAG JUNGBRUNNEN herausgekommen: »Lissi im Wunderland«

und »Lissi im www.land« von Monika Pelz (SF) sowie »Das Neueste von den 7 Zwergen« von Hubert Schirneck (PH).

Bei KABEL erschien 1999/2000 die historisch-phantastische ALEXANDER-Trilogie von Valeri Massimo Manfredi, bestehend aus »Der makedonische Prinz«, »König von Asien« und »Der Herrscher der Welt« sowie das Märchen »Die Perleninsel« von Ippolita Avalli.

Die phantastischen Kinderbücher »Luzie Luzifer und die verteufelte Geburtstagsparty« und »Luzie Luzifer stoppt den fiesen Freddy« von Bianka Minte-König, »Kleine Hexe Billerbex« von Anna Benthin und »Lilli lässt Gespenster tanzen« von Karin Jäckel erschienen im Jahr 2000 bei KERLE.

Um einen legendären Schatz geht es in »Das Geheimnis des Hofnarren« von Detlef Bluhm, 1999 bei GUSTAV KIEPENHEUER veröffentlicht.

Der KINDERBUCHVERLAG BERLIN präsentierte zuletzt den SF-Roman »Giganten willkommen!« von Philip Curtis und den phantastischen Roman »Borgel« von Daniel Pinkwater.

Im KLEIN & BLECHINGER VERLAG - KBV - wurde im Herbst 1999 die Anthologie »Abendgrauen« mit Schauergeschichten aus der Eifel, herausgegeben von Ralf Kramp & Manfred Lang, veröffentlicht, im Frühjahr 2000 erschien der spekulative Roman »Das geheime Leben des Ettore Majorana« von Burkhard Ziebolz.

2000 brachte KLETT-COTTA die phantastischen Romane »Ginevra - Tochter des Frühlings« von Persia Woolley, »der andere Tod« von Alain Nadaud, »Nach Island!« von Gudmundur Andri Thorsson, »Die Irrfahrten der Circe« von Sandra Petrignani, »Schwarzer Rücken der Zeit« von Javier Marias, »Der Mondredner« von Archie Weller und »Berg aus schwarzem Glas« von Tad Williams (OTHERLAND 3) heraus. Zusätzlich kam der Fantasy-Klassiker »Der Herr der Ringe« von J. R. R. Tolkien als einbändige Buch- und dreibändige Kassettenedition in neuer Übersetzung heraus.

Phantastik auch beim jetzt zu DRESSLER/OETINGER gehörenden Verlag ERIKA KLOPP: 2000 erschienen »Drachensommer« von Gudrun Reinboth und »Hände weg vom Spukpaket« von Nigel Hinton.

KNAUR präsentierte 1999 als eigenständiger Verlag den phantastischen Roman »Jenny und ihr Schutzgeist« von Lynda M. Nelson.

Bei KNAUS erschienen zuletzt die phantastischen Romane »Jetlag« von Christine Wunnicke, »Die Zeit und das Glück« von Luciano de Crescenzo und »Ein Mann, eine Frau und der Tod« von Jim Crace.

Frederik Hetmanns Fantasy-Klassiker »Madru oder Der Große Wald« wurde 2000 im KÖNIGSFURT VERLAG neu aufgelegt.

Im Jugendbuchverlag KOSMOS kamen im Frühjahr 2000 die phantastischen Romane »Todesflug« von Ben Nevis (DIE DREI???), »Labyrinth der Götter« von Andre Marx (DIE DREI???) und »Flucht in die Zukunft« (DIE DREI??? KIDS) heraus.

Der Märchenband »Das Geheimnis des gelben Vogels« von Traudi Reich kam im Herbst 1999 bei KREMAYR & SCHERIAU heraus.

Neu bei ANTJE KUNSTMANN der Thriller »Nichts als die Wahrheit« von Anne Chaplet sowie »Hackes kleines Tierleben« und »Ich sag's euch jetzt zum letzten Mal« von Axel Hacke.

Eine preiswerte Neuausgabe des Romans »Das Geheimnis der Puppe« von Petra Hammesfahr wurde 2000 bei LANGEN MÜLLER publiziert.

Bei LEIV erschien im Herbst 1999 der neue ZAUBERLAND-Roman »Der Fluch des Drachenkönigs« von Nikolai Bachnow. Im Frühjahr 2000 kam hier der OZ-Roman »Dorothy auf Zauberwegen« von L. Frank Baum heraus, im Herbst folgten der 14. ZAUBERLAND-Roman »Die falsche Fee« von Nikolai Bachnow und der lose dazu gehörende »Der böse Magier Astrozor« von Lazar Steinmetz.

Drei phantastische Titel wurden 2000 bei LENTZ veröffentlicht: »Aesops Fabeln« von Dimiter Inkiow, »Die sieben Mäuse und das italienische Abenteuer« von Heinrich Altenburg und »Das schönste Geschenk für Kaiser Knirps« von Max Kruse.

Im zu SCHWARZKOPF & SCHWARZKOPF gehörenden LEXIKON IMPRINT VERLAG kamen 2000 u. a. »Fantasy-Lexikon« von Marcel Feige und »Lexikon der Monster, Geister und Dämonen« von Norbert Borrmann sowie als Schnellschuss »Das große Lexikon rund um Harry Potter« von Friedhelm Schneidewind heraus.

Ganz groß eingeschlagen hat das neue Druckverfahren von LIBRI BOOK ON DEMAND, bei dem es möglich ist, Bücher auch in Kleinstauflagen, sogar von einem Exemplar, kostengünstig drucken und fertig stellen zu können. Einziges kleines Manko ist die Beschränkung der Publikationsform auf wenige Formate im Taschenbuch und Paperback. Die Zahl der phantastischen Titel, denen damit die Publikation ermöglicht wurde, ist recht hoch. 1999 wurden folgende Paperbacks angeboten: »Im Schatten der Wolke« von Michail Krausnick, »Leila – Am Rande des Universums«, »Wissenschaftlich phantastische Weltraumgeschichten« und »Schwarzes Loch« von Peter Müller, »Der Weg in die Vergangenheit« von Jan Raklov, »Straße der Träume« von Barbara Schnuppe, »Jürgen Heimlichs kleine Weihnachtsgeschichte für Erwachsene« von Jürgen Heimlich, »Schicksal und Bestimmung« von Bärbel Lechner & Heiner Schuch, »Bobozemzem« von Roland Schiffter, »Teuflische Experimente« von Frank-Martin Stahlberg (LILA 1), »Tiepolos Fehler« von Roman Rausch (HEIN-

LEIN & KILIAN 1), »Die Stadt – Eine Atlantis-Trilogie« von Hans Peter Albrecht und »Manche hinterlassen keine Zeugen« von Thomas Court, 2000 waren es bislang »Carmens Geheimnis« von Bernd Setzepfandt, »Das Duell«, »Die Rache« und »Verloren« von Frank-Martin Stahlberg (LILA 2–4), »Provinz Fünf« von Al Vickers, »Onja und die Zauberwarze« von Sandra Heinzelmann, »Metamorphose« und »Tödlicher Blutcocktail« von A. B. von Schmiedeberg, »Irdische Daten« von Dirk Thormann, »Superia« von Markus Stengel (PHOENIX-SAGA 1), »Netzgeschichten«, hrsg. von Sven Trautwein, »Drachenalarm« von Willi Konrad Schäfer, »Unmerkliche Meldungen« von Bernd Lindemann, »MANDALIN« von Gerome Laysor, »Land der langen weißen Wolke« von Willi Schnitzler, »Elfenmond« von Guido Krain, »Die Patienten des Doktor Goldhahn« von Bettina Szrama, »Ennes Ruh« von Ines C. Binkenstein, »Heinz' Reise« von Stefan Verhülsdonk, »Wolfsbrut« von Roman Rausch (HEINLEIN & KILIAN 2) und »Wiedersehen mit der Hexe« von Christine Preyer. Nach 13 Jahren setzte Mark Brandis seine berühmte SF-Serie bei LIBRI BOD mit neuen Romanen fort, beginnend mit »Ambivalente Zone«.

1999/2000 präsentierte LIMES »Das Schiff im Noor« von Georg und Richard Precht, »Der Engel mit den dunklen Flügeln« von Elizabeth Knox, »Der Ruf der Sterne« von Sue Harrison (Abschlussband der Trilogie) und »Die Keltennadel« von Patrick Dunne.

»Das Labor des Alchemisten« von Michael Rötzer, »Die Abfindung« von James Grippando, »Die Wagenlenkerin« von Kari Köster-Lösche, »Die Stadt unter den Steinen« von Jens Johannes Kramer, »Du süße, sanfte Mörderin« von Helga Glaeserner und »Der Puppenspieler von Murmansk« von Donald James – das waren die Neuerscheinungen bei LIST.

Phantastisch und umfangreich war auch zuletzt wieder das Genre-Angebot des Bindlacher Verlags LOEWE. Weitergeführt wurden die Reihen und Serien SIEBEN SIEGEL von Kai Meyer mit »Schattenengel« (5), »Die Nacht der lebenden Scheuchen« (6), »Dämonen der Tiefe« (7) und »Teuflisches Halloween« (8), FEAR STREET von R. L. Stine mit »Lampenfieber«, »Der Augenzeuge«, »Mörderische Gier«, »Ausgelöscht« und dem Sammler »Straße des Schreckens« und R. L. STINES SCHATTENWELT mit »Die Nacht der Verwandlung«, »Verhängnisvolle Flaschenpost«, »Fatale Neugier« und »Albtraum in 3-D«. Neu gestartet wurde im Herbst 2000 die Zeitreise-Serie DAS MAGISCHE BAUMHAUS von Mary Pope Osborne mit »Im Tal der Dinosaurier«, »Der geheimnisvolle Ritter«, »Das Geheimnis der Mumie« und »Der Schatz der Piraten«. An Einzeltiteln erschienen »Bildergeschichten mit dem kleinen Gespenst« von Katharina Kühl, »Gespenstergeschichten« von Julia Boehme, »Der Ritter mit dem Zauberschwert« von Klaus W. Hoffmann, »Das Superlöwen Abenteuerbuch« und »Lucy und das Geheimnis der Gruft« von Ursel Scheffler.

Beim GUSTAV LÜBBE VERLAG erschienen 1999 die phantastischen Romane »Der Tag, an dem ich unsichtbar wurde« von Jack Dann und »Die Königin der Wälder« von Alice Borchardt sowie die spekulativen Thriller »Purpurschatten« von Philipp Vandenberg und »Die Kinder von Eden« von Ken Follett, 2000 folgten »Die Hüter der Schatten« von Marion Zimmer Bradley, »Die Ketzerin« von Peter Berling, »Die Herrin vom See« von Diana L. Paxson, »Die Verschwörung« von David Baldacci, »Die Braut, die im Mondlicht davonflog« von Gina B. Nahai und »Das Kreuz und die Lanze« von Stephen Lawhead.

Der LUCHTERHAND LITERATURVERLAG publizierte 1999 die SF-Collection »Die Quantentheorie des Irrsinn« von Will Self und 2000 der SF-Roman »Pizzeria Kamikaze« von Etgar Keret und der phantastische Roman »Die Rückkehr der Karavellen« von Antonio Lobo Antunes.

Bei MANESSE kamen 1999/2000 »Das Bildnis des Dorian Gray« von Oscar Wilde und »Erzählungen und Prosa« von Hugo von Hofmannsthal heraus.

Neu aus der Taufe gehoben wurde im Jahr 2000 der Buchverlag MANHATTAN, in dem auch im ersten Jahr schon einige interessante Romane herauskamen: »Anonymus Rex« von Eric Garcia, »Traumstadt« von Stephen Amidon und »Der fünfte Elefant« von Terry Pratchett, der neueste SCHEIBENWELT-Hit.

Das SF-Jugendbuch »Lucie im Licht« erschien 2000 im METZ-VERLAG, Gaggenau, in dem die Protagonistin mit einer Zeitmaschine ins Mittelalter reist.

In G. MEYERS TASCHENBUCHVERLAG erschienen im Herbst 1999 als Paperbacks die Cyberpunk-Erzählung »Passagier« von Hadayatullah Hübsch & Andi Lück, die SF-Satire »Der große Sprung« von Helmut Kratochvil und die phantastische Collection »Die Geschichte vom Liederjan und dem Königreich, in dem man nicht singen durfte« von Ulrike Laubenthal, 2000 folgten die SF-Storiesammlung »Iteration« von Axel Kruse, die Satire »Guten Morgen Wahnwitz« von Jörg Jörgenson, die Science Fantasy »Am Anfang war Quasar-Magie« von Jürgen Friemel (RAGNOR 1), die von G. Meyer zusammengestellte Phantastik-Anthologie »2000« und der Fantasy-Roman »Wilde Jagd« von Björn Jagnow.

1999 kam im MG VERLAG der SF-Roman »Mjöllnirs Erben« von Markus Gerwinski heraus. Nach mehrmonatiger Pause folgten im Herbst und Winter 2000 »Tempelsturz« von Martin Hoyer (CHATARC 1), »Tri-Copias-Zyklus 1« von Ulrich Evers, »Sternenpuls 1 – Das Kompendium« von Martin Hoyer, »Das Leid der Wölfe« von Janina Radny (DIE FARBEN DER ANDERSWELT 1) und »NORKIA 1 – Ein neuer König« von Markus Rehm-Hunke.

Im Kleinverlag MIDAS PUBLISHING (Christburger Straße 48, D-10405 Berlin) kamen 2000 die phantastischen Erzählbände »Nachmieter gesucht« und »Liber Vampirorum« (erweiterte Neuausgabe) auf den Markt.

An Genre-Titeln wurden 2000 bei MIDDELHAUVE, der sich auf anspruchsvolle Jugendliteratur spezialisiert hat, »Nussknacker und Mausekönig« von E. T. A. Hoffmann, »Der Käferjunge« von Lawrence David und »Vom Schneemann, der nicht schmelzen wollte« von Henri van Daele herausgebracht, in der MIDDELHAUVE LITERATUR erschienen »Peterchens Mondfahrt« von Gerdt von Bassewitz und die Storysammlung »Glasbruch« von Daniel Krieg.

Beim Wiener MILENA VERLAG erschienen 2000 die Fantasy-Romane »Die Midlandprophezeiung« und »Die Schattengeherin« von Claudia Rath, die ersten beiden Bände einer mehrbändigen Serie, deren dritter Band für das Frühjahr 2001 unter dem Titel »Das Kind der Sterne und der Schlange« vorbereitet wird.

Neu aus der Taufe gehoben wurde von Jörg Kaegelmann im Sommer/Herbst 2000 ein weiterer Verlag namens MINOTAURUS. In diesem erscheinen die Romane zur Horror-Serie GESCHICHTEN AUS DER SCHATTENWELT von Thomas Riedel & Christian Pfeifer – bislang »Die Untoten von Blakeford« und »Xerron« – wie künftig MURPHY, der bei BLITZ ausgelagert wurde. In Vorbereitung befinden sich die Collection »Altenwelt« von Achim Mehnert und der Roman »Das Lied der Sirenen« von Markus Gerwinski.

Zuletzt erschienen beim zur VERLAGSUNION PABEL MOEWIG gehörenden MOEWIG VERLAG in der PERRY RHODAN-Buchedition die Bände »Anti-Universum« (68), »Die Hyperseuche« (69), »Gehirn in Fesseln« (70), »Dass Erbe der Yulocs« (71) und »Kontakte mit der Ewigkeit« (72), redaktionell bearbeitet von Horst Hoffmann. Die IMPERATOR VON ARKON-Trilogie im Rahmen der ATLAN-Bücher wurde mit »Monde des Schreckens« (15) und »Juwelen der Sterne« weitergeführt und abgeschlossen. Mit Band 17, »Der Kristallprinz«, startete im Herbst 2000 der KRISTALLPRINZ-Zyklus mit den Jugendabenteuern des Arkoniden aus der PERRY RHODAN-Serie. Neu gestartet wurde die ebenfalls in PR-Kosmos spielende Buchreihe KOSMOS-CHRONIKEN; bislang liegt der Pilotband »Reginald Bull« von Hubert Haensel vor. Im Herbst

2000 startete die neue Buchreihe MOEWIG FANTASTIK mit drei Bänden: »Androidenjäger« von Ernst Vlcek (TERRA ASTRA), »Kristallprinz in Not« von Hans Kneifel (ATLAN-ZEIT-ABENTEUER) und »Fluch der Schattenzone« von Hugh Walker (MYTHOR).

Im Herbst 2000 legte der HEINZ MOHLBERG VERLAG sein erstes Programm vor. Gestartet wurde es mit Band 3 der KURT BRAND EDITION, der die Romane »Der Sternenjäger«, »Leuchtfeuer in der Galaxis« und »Kontrakt mit der Hölle« enthielt. In Vorbereitung sind weitere Klassiker des deutschen Autors. Noch 2000 kommt der erste Band der Buchreihe UTOPISCH WELTEN heraus, der die ersten drei Romane des Sechsteilers »Der prokaskische Krieg« von W. W. Shols enthält. Hier werden auch die WELTRAUMREPORTER YAL-Bände neu aufgelegt, in Planung befinden sich auch Shols' SF-Krimiserie UTO-SPION und James Currys Zyklus VOLK IM RAUM.

1999 kam im Saarbrückener VERLAG NEUE ERDE der phantastische Roman »Elfensommer« von Tanis Helliwell heraus, 2000 standen Neuauflagen von »Die grüne Göttin« und »Frauen in keltischen Mythen« von Myra Caldecott auf dem Programm.

Neue Titel sind auch im VERLAG NEUES LEBEN erschienen. So wurde 1999/2000 die JULES VERNE-Reihe mit den Bänden »Nord gegen Süd«, »Abenteuer von drei Russen und drei Engländern in Afrika«, »Die Eissphinx« und »Keraban, der Starrkopf« weitergeführt.

Anlässlich des ursprünglich geplanten, dann aber abgesagten Filmstarts von »Battlefield Earth« war eine zweibändige deutsche Neuausgabe des Romans von L. Ron Hubbard geplant. Definitiv noch 2000 wird auch der abschließende zehnte Band der Dekalogie MISSION ERDE bei NEW ERA unter dem Titel »Der verdammte Planet« herauskommen.

RAINAR NITZSCHE setzte in seinem Verlag die REIHE PHANTASTIK, in der Originalausgaben zeitgenössischer deutschsprachiger AutorInnen aus den Bereichen Science Fiction, Fantasy und Phantastik veröffentlicht werden, im September 2000 mit dem Fantasy-Krimi »Die Chronos Chronik« von Timothy McNeal fort. Zur Veröffentlichung vorbereitet werden einige Erzählbände des Herausgebers in Kleinstauflage.

Im September 2000 gründeten Ronald M. Hahn und Martin Compart den VERLAG NUMMER EINS, in dem künftig im Book on Demand-Verfahren Romane, Collections und Sachbücher im Paperback herauskommen werden. Im ersten Programm finden sich u. a. der Polit-Thriller »Der Sodom-Kontrakt« von Marina Compart, das Sachbuch »Imperium Rhodanum« von Ronald M. Hahn & Horst Pukallus zum Thema PERRY RHODAN, die SF-Collection »Traumjäger« von Ronald M. Hahn und der SF-Roman »Wo keine Sonne scheint« von Ronald M. Hahn & Horst Pukallus.

»Die besten Geschichten« von Herbert Rosendorfer erschienen 1999 gesammelt bei NYMPHENBURGER. 2000 kamen »Vorstadtminiaturen« von Herbert Rosendorfer, »Eine Messe für die Medici« von Richard Dübell und »Hexenkinder« von Frido Mann.

Der VERLAG FRIEDRICH OETINGER brachte 2000 die phantastischen Jugendbücher »Schokopuddingschule – Der Geburtstagswunsch« von Hilary McKay, »Winter im Mumintal« von Tove Jansson, »Konrad oder Das Kind aus der Konservenbüchse« von Christine Nöstlinger, die Antho »Von Gestern und Morgen«, hrsg. von Alexandra Rak und »Die Todesklippe von Aratu« von Joan Aiken (ALTERNATE ENGLAND) heraus.

Im Innsbrucker Kinder- und Jugendbuchverlag OBELISK erschienen zuletzt die phantastischen Titel »Der Kater Konstantin« von Walter Wippersberg, »Coco, die Schokoladenkatze« von Vita Andersen und »Ein Fall für Max« von Jo Pestum.

Im PASSAGEN VERLAG kam 1999 der SF-Roman »Ultra Ratio« von Nicolaas de Jongh heraus.

PATMOS präsentierte 1999 den SF-Roman »Arche Nova« von Wolfgang Zöller und das phantastische Jugendbuch »Ritter für eine Nacht« von Christian Linker.

Die PERRY RHODAN FANZENTRALE legte neben dem obligaten »Perry Rhodan Jahrbuch« 1999 auch Band 1 der ATLAN FANZINE SERIE unter dem Titel »Im Zentrum Vennersoons« vor, der die ersten fünf Hefte der Heftserie in überarbeiteter Form enthielt. Band 2 mit den Heften 6-10 soll noch 2000 herauskommen.

In der EDITION JUNGE PHANTASTIK der PHANTASTISCHEN BIBLIOTHEK WETZLAR kam im Herbst 2000 die von Thomas Le Blanc mit Holger Becker, Falko Löffler & Alexander Röder betreute Anthologie »Zeitenwende« mit phantastischen Erzählungen von Studentinnen und Studenten aus Marburg heraus.

Renommierte Bürger der Stadt erzählen, wie sie sich ihre Heimatstadt in der näheren Zukunft vorstellen – in »Wetzlarer Visionen – Eine Stadt im 21. Jahrhundert«, hrsg. von Thomas Le Blanc und erschienen in der PHANTASTIK-STIFTUNG THOMAS LE BLANC.

Neue phantastische Kinderbücher aus dem Wiener PICUS VERLAG erschienen 1999: »Das Gespenst im Bett« und »Die geheimnisvolle Gespensterkutsche« von Els Rooijers.

Bei PIPER kamen der historisch-phantastische Roman »Die Frauen von Götaland« und »Die Büßerin von Gudheim« (Bände 1 & 2 einer projektierten Trilogie)von COQ ROUGE-Autor Jan Guillou, »Das Turmzimmer« von Melania G. Mazzucco und die Anthologie »Ein Fuß auf dem Mond«, hrsg. von Claus Clausen mit Geschichten über die Zeit heraus.

Der PROJEKTION J VERLAG setzte 2000 seine Endzeitserie FINALE – DIE LETZTEN TAGE DER MENSCHHEIT von Tim LaHaye & Jerry B. Jenkins mit »Apollyon« (5) und »Die Verschwörung« (6) fort. Zusätzlich erschien »Der Gesandte des Lichts« von Frank Peretti.

Im QUER-VERLAG erschien 1999 der Horror-Roman »Gaywolf« von G.-Roger Forster.

RAVENSBURGER startete im Herbst 1999 Thomas Brezinas neue phantastische Mädchenserie UNSER GEHEIMNIS mit vier Bänden: »Die Mitternachts-Party«, »Der Unheimliche Verehrer«, »Der Schönheits-Zauber« und »Ein Monster namens kleine Schwester«. 2000 wurde sie mit »Die geheimnisvolle Neue«, »Brav sein? Nein danke!«, »Der Speck muss weg!« und »Immer diese Eltern!« weitergeführt. Ebenfalls neue Titel gab es in der SF-Jugendbuchserie ANIMORPHS der amerikanischen Bestsellerautorin K. A. Applegate: »Die Flucht« (15), »Die Warnung« (16), »Im Untergrund« (17), »Die Entscheidung« (18) und »Der Ausstieg« (19). Dazu erschienen noch zahlreiche weitere phantastische Kinder- und Jugendbücher wie »Komm zur Horror-Omi!« und »Schule des Grauens« von Anthony Horowitz, »Das kleine blaue Paket« von Norma Spaulding, »Im finstren Biberbau« von Avi, »Absolut unfassbar« von Paul Jennings, »Ein Vampir auf Reisen« von Ingrid Uebe, »Mein Feind im Dunkel des Waldes« von Michael Cadnum, »Ein Roboter reißt aus« (KNICKERBOCKER-BANDE JUNIOR), »Ein Saurier mit Schluckauf« (TOM TURBO) und »Die Hütte im Koboldwald« (TOM TURBO) von Thomas Brezina, »Das monsterdicke Buch von Ätze« von Ursel Scheffler, »Tochter der Lüfte« von Waltraud Lewin, »Macht euch euren Krieg allen! Und andere absichtliche Geschichten« von Gudrun Pausewang, »Zwischen gestern und morgen« von David Almond, »Pfau, Schwein, Ziege, Hund« von Henning Pawel und »Das große Ravensburger Buch der Engel«, hrsg. von Sabine Lehmkuhl.

Bei REICHEL wurde im Jahr 2000 der Klassiker »Das Lebenselixier« von Edward Bulwer-Lytton neu herausgebracht.

Dem Weihnachts-Geschenkset, das Bastelsätze von der MARCO POLO und der SOL enthält, legt die Spielefirma RE-

VELL auch das Paperback »Das große Buch der SOL« bei, das zwei Romane von Peter Griese und die Historie des Generationenschiffs, geschrieben von Michael Thiesen, enthält.

Die neueste Storysammlung von Male S. Sembten brachte der VERLAG ROBERT RICHTER unter dem Titel »Die ein böses Ende finden« auf den Markt.

Bei RIEMANN erschien im Herbst 2000 der SF-Roman »Tödliches Klima« von Till Bastian.

Im eigenen STEFAN ALEX ROES VERLAG publizierte der Autor im Frühjahr 2000 den BoD-SF-Roman »Banshee!«.

Der neueste SF-Roman von William Gibson erschien im Frühjahr 2000 unter dem Titel »Futuremagic« bei ROGNER & BERNHARD, im Herbst folgte der phantastische Abenteuerroman »Psychopathos« von Sven Böttcher.

Im Frühjahr 2000 wurde bei ROTBUCH der SF-Roman »Die zweite Haut« von Sonja Rudorf veröffentlicht.

Bei ROWOHLT erschienen 2000 die phantastischen Titel »Norys Stories« von Nicholson Baker und »Das Schwarzlicht-Terrarium« von Thor Kunkel sowie der SF-Roman »Gegen Ende der Zeit« von John Updike.

Der zur AUFBAU-Gruppe gehörende Verlag RÜTTEN & LOENING präsentierte zuletzt »Die Könige der ersten Nacht« von Bernhard Hennen, »Hoffmanns letzte Erzählung« von Ronald Fricke und »Die Herrin der Schwalben« von Stephanie Hale.

Der zur HANSER-Gruppe gehörende Verlag SANSSOUCI veröffentlichte 1999 die Märchensammlung »Das verzauberte Feuerwehrorchester« von Miklos Meszöly und 2000 die »Ilias«-Neufassung »Achilles' Ferse oder Der Kampf um Troja« von Bernard Evslin.

Bei SAUERLÄNDER erschienen 1999/2000 die phantastischen Jugendbücher »Die Abenteuer des Herrn Krott« von Kenneth Grahame, »Cyberjonas« von Torbjon Moen, »... aber morgen ist die Erde wieder jung«, eine international zeitgleich publizierte Anthologie, »Napoleon – Ein Kater macht Geschichten« von Jacques Vriens und »Ein Fakir für alle Fälle« von Bjarne Reuter.

SF ist auch 1999/2000 im SCHARDT VERLAG erschienen: »Der globale Präsident«, »Das Virusinstitut« und »Die Freunde des Wassers« von Paul Kappler sowie »Als die Götter irrten« von Uwe Kranz.

SCHERZ veröffentlichte im Jahr 2000 die phantastischen bzw. spekulativen Romane »Der Engelspapst« von Jörg Kastner, »Der Jahrhundertmann« von James Thayer, »Dunkles Feuer« von David Kenlock und »Der Kuss der Delfine« von Yves Pascalet.

Eine Fortsetzung der prophetischen Vision »Der letzte Aufbruch« von Rick Joyner wurde unter dem Titel »Der Ruf« 1999 beim Schweizer SCHLEIFE VERLAG publiziert.

Phantastik jedweder Provenienz bildet schon traditionell einen Schwerpunkt im Programm des SCHNEEKLUTH VERLAGS, auch nach der Übernahme durch DROEMER WELTBILD. Im Herbst 1999 erschien noch »Die Kristallquelle« von Naomi & Deborah Baltuck, im Frühjahr 2000 standen »Das Mädchen« von Stephen King in zwei Covervariationen, »Das Dornenhaus« von Di Morrissey, »Der Gedankenleser« von Gunter Gross und »Die Ritter von Avalon« von Hanns Kneifel auf dem Programm. Neu im Herbst 2000 waren eine Paperback-Ausgabe des King-Titels und »Coelln – Stadt Dom Fluss«.

Wieder überaus umfangreich war 1999/2000 das Angebot an phantastischen Kinder- und Jugendbüchern beim Münchener FRANZ SCHNEIDER VERLAG. Im Herbst 1999 wurde die Buchserie zum TV-Hit SAILOR MOON mit vier Bänden – »Die

Mondprinzessin« (12), »Für Liebe und Gerechtigkeit« (13), »Bunny gibt nicht auf« (14) und »Periglias Rache« (15) – weitergeführt und abgeschlossen, zusätzlich veröffentlichte Thomas Brezina die GRUSEL-CLUB-Romane »Wenn der graue Nebel kommt« (11) und »Das Monsterhaus« (12). Im Jahr 2000 setzte Theo Schwartz die Serien BIBI UND TINA mit »Die falsche Freundin« (20) und »Das Pferd in der Schule« (21) sowie BIBI BLOCKSBERG mit »Bibi und die Piraten« (14) und »Das gestohlene Hexenkraut« (15) fort, Thomas Brezina den GRUSEL-CLUB mit »Die Zombie-Höhle« (13), »Der echte Dr. Frankenstein« (14), »Was Geschah im Schloss des Schreckens?« (15) und »Das Geheimnis der Geisterwölfe« (16), und Christopher Pike SPOOK CITY mit Band 12, »Der Drache aus den Bergen«. Neu gestartet wurden die Mystery-Reihe MISSION X von Mathew Stone mit fünf Bänden, »Operation Feuerball«, »Die Rückkehr der Seelenfresser«, »Die Insel der Aliens«, »Attacke der Geisterjäger« und »Die Nacht der Vampire«, sowie Thomas Brezinas Fantasy-Serie DRACHENHERZ mit 4 Titeln: »Kampf um das Drachenschwert«, »Der Fluch des blinden Magiers«, »Angriff der steinernen Ritter« und »Gefangen in der Feuerfestung«. Darüber hinaus kamen noch »Wer stoppt Cyber Boy?« von Dan Gutman, »Tabaluga und die Eisprinzessin« von Gregor Rottschalk, »Der Fall goldener Löwe« von Jo Pestum (ZIPP, DER ZUKUNFTSDETEKTIV 2), »Lulu, das Klassengespenst« und »Lulu im Gruselschloss« von Katharina Kühl und »Flunker, flunker, Flaschengeist« von Klaus Ippig auf den Markt.

Neu im Herbst 2000 bei SCHULTE & GERTH der Roman »Zurück« von Fabian Vogt, dessen Protagonist von Silvester 2000 an jenen Tag um ein Jahr in der Zeit zurückreist.

Der neueste Roman von Michael Marrak erschien unter dem Titel »Lord Gamma« als ALIEN CONTACT-Buch bei SHAYOL.

Der phantastische Roman »Der Notstand des General Eyer« von Helmuth Schönauer kam im Herbst 1999 bei SISYPHUS heraus, im Jahr darauf folgte der Erzählband »Letzte Weihnachten« von Ludwig Roman Fleischer mit surrealen und phantastischen Geschichten.

SMARAGD publizierte neben einigen Sachbüchern auch die Anthologien »Alte Feen-Märchen« und »Alte Elfen-Märchen«, hrsg. von Marina Grünewald, »Der Gral – Das große Geheimnis«, hrsg. von Bertram Wallrath und »Der Stein der Weisen«, hrsg. von Christoph Martin Wieland, sowie »Blaue Blume & Karfunkelstein« von Novalis.

Im Paderborner SNAYDER VERLAG kam im Herbst 1999 der SF-Roman »Testimonio« von Helga Krause heraus.

Im zur Verlagsgruppe HUGENDUBEL gehörenden SPHINX VERLAG kam im Herbst 2000 die von Claudia Schmölders zusammengestellte Anthologie »Wilde Frauen« heraus.

Der auf die Publikation von märchenhaften und phantastischen Romanen und Geschichten spezialisierte Verlag STENDEL präsentierte im Jahr 2000 den Märchenroman »Sindbad der Seefahrer« von Roland Kübler und »Die Elemente des Lebens – Märchen, Brauchtum, Aberglaube« von Sigrid Früh.

Bei SUHRKAMP wurde 1999 noch »Ka« von Roberto Calasso auf den Markt gebracht, 2000 erschienen »Der Sängerstreit« von Franz Hodjak und »Göttergeschichte« von Gerlind Reinshagen.

Der VERLAG TEBBERT (neue Anschrift: Gildenstraße 12, D-48157 Münster) brachte 1999/2000 »Der Lochmacher« von Andreas Klünter, »Der Zeitzug« von Dagmar Bachmann-Bau, »ABRI« von Mathias Hamöller, »Die Plastikfrau« von Hannes Dahlberg, »Santorini Mou oder Manche Tage kommen niemals« von Dieter G. Schatke, »Schatten über Avatar« von Saskia Kurztusch & Franziska Czybulka und »2018 Inseltraum Mondella« von Felicitas Lampe heraus.

Wieder erfreulich umfangreich war das Angebot an phantastischen Kinder- und Jugendbüchern beim Stuttgarter K. THIE-

NEMANNS VERLAG, auch wenn die Einstellung der Reihe THIENEMANNS FANTASY einen Wermutstropfen darstellte. Fortgesetzt wurden der Bestsellerzyklus des Briten Brian Jacques um die tapferen Mäuse der Abtei REDWALL mit dem Roman »Salamandastron – Die Jagd nach dem Schatz« und Dieter Winklers NETSURFER-Serie mit »Wer ist der Verräter?« (4), »Michelle in Gefahr« (5) und »52 Stunden Angst« (6), während die THEOR-Trilogie mit »Das Land der Seligen« von Sabina Trooger abgeschlossen wurde. Ralf Isau publizierte die Teile 1 und 2 des phantastischen Epos »Der Kreis der Dämmerung« und präsentierte seinen Erstling »Der Drache Gertrud« in Neuauflage, Max Kruse veröffentlichte den neuen URMEL-Roman »Urmel fährt Ballon« und Joachim Friedrich startete die Grusel-Krimiserie AMANDA X mit »Amanda und die Detektive« und »Bella und der Poltergeist«. Des Weiteren erschienen noch »Der Schatz von Atlantis« von Gabriele Beyerlein, »Traumfänger und Prinzessin Jaja« von Milan, »Der Ritter und die Geisterfrau« von Sigrid Heuck, »Jim Knopf und Lukas der Lokomotivführer & Jim Knopf und die Wilde 13« von Michael Ende, »Gruselnacht im Klassenzimmer« von Sissi Flegel, »Der dunkle Turm« von Sabine Blazy und »Der Ruf der Steppe« von Michael Stuhr.

Bei TRITON erschien Anfang 2000 das phantastische Kinderbuch »Paul Wolf und die Katze Ursula« von Peter Campa.

Die Geschichten, die etwa 12jährige SchülerInnen aus drei Ländern zum Thema »Was wird sein, wenn ich erwachsen bin«, sammelte Rudolf Gigler im 1999 bei TYROLIA publizierten Buch »Zukunft«.

Fantasy hat im Wiener VERLAG CARL UEBERREUTER schon seit Jahren einen hohen Stellenwert, dafür zeugen nicht nur die regelmäßig in der EDITION MÄRCHENMOND publizierten Titel, sonder auch die schon mehrfach ausgeschriebenen Romanwettbewerbe zum WOLFGANG HOHLBEIN PREIS. 1999 erschien noch eine Sonderausgabe des Romans »Spiegelzeit« von Wolfgang & Heike Hohlbein. Im Frühjahr 2000 folgten »Der Höhlenmaler« von Erich Ballinger, »Die Stadt unter dem Eis« (KAPITÄN NEMOS KINDER) und »Der Rabenritter« von Wolfgang Hohlbein, »Fastfood im Cyberspace« von Norbert Golluch, »Der Streuner« von Colin Dann und der EDITION MÄRCHENMOND-Roman »Das Reich der Katzen« von Alisha Bionda. Im Herbst 2000 wurde die EDITION MÄRCHENMOND weitergeführt mit »Die Priester des Feuers« von Christopher Zimmer, »Die Nebelkinder« von Jörg Kastner und »Die Stunde des roten Drachen« von Dieter Winkler (Gewinner des WOLFGANG HOHLBEIN PREISES 1999), zusätzlich gab es noch die SF-Romane »Meine letzte Nacht auf Erden« von Todd Strasser und »Die Rückkehr zur Erde« von Werner J. Egli, die ersten beiden Bände der KÄPT'N SUPERSLIP-Serie von Dav Pilkey, »Die Abenteuer des Käpt'n Superslip« und »Käpt'n Superslip und Quartett Klosett«, das politische Märchen »Jörgi, der Drachentöter« von Leo Lukas (illustriert von Gerhard Haderer) sowie die Fantasy-Romane »Unterland« (Sonderausgabe) und »Gralszauber« (Band 1 der Trilogie DIE LEGENDE VON CAMELOT) von Wolfgang & Heike Hohlbein.

1999/2000 standen bei ULLSTEIN u. a. folgende Titel auf dem Programm: »Die letzte Strophe« von Christine Brückner, »Das schwarze Herz« von John Connolly, »Das Lächeln des Delphins« von Pascale Noa Bercovitch, »Das Consortium« von Jens Bahre, »Das Wunder der Unschuld« von Catherine Ryan Hyde und »Guenevere – Der heilige See« von Rosalind Miles (GUENMEVERE 2).

Im UNIONSVERLAG erschienen 2000 die phantastischen Romane »Die Reise der Anna Odinzowa« von Juri Rytcheu und »Die Übersetzung« von Pablo de Santis.

URACHHAUS brachte 2000 die phantastischen Jugendbücher »Ein neuer Anfang« von Robert Swindells und ein Sachbuch über die Zeit von König Artus von Kevin Crossley-Holland.

Die Kölner VGS VERLAGSGESELLSCHAFT behauptete auch 1999/2000 wieder ihren Ruf als führender Hardcoververlag für

Begleitbücher zu phantastischen TV-Serien und Filmevents. Nach den Programmreduktionen der beiden letzten Jahre war 2000 Stabilisierung mit leichtem Aufwärtstrend angesagt. Bei STAR WARS wurde die Subserie YOUNG JEDI KNIGHTS mit »Gefangen auf Ryloth« (10) und »Das Vermächtnis des Imperiums« von Kevin J. Anderson & Rebecca Moesta weitergeführt, womit nur mehr drei Bände noch nicht auf Deutsch vorliegen. Wolfgang Hohlbein startete seinen Horror-Zyklus DIE CHRONIKEN DER UNSTERBLICHEN 1999 mit »Am Abgrund«, in dem 2000 bislang »Der Vampyr« und »Der Todesstoß« folgten. Als große Renner haben sich die Romane und Collections zur sensationellen Teenie-Horror-Serie BUFFY – IM BANN DER DÄMONEN erwiesen. Um die Jägerin und ihre Freunde wurden zuletzt »Willow und das Monsterbaby« von Mel Odom, »Die Angel Chroniken III« von Nancy Holder, »Verschwörung der Druiden«, »Die Diener des Bösen« und »Die Dämonin des Todes« von Christopher Golden & Nancy Holder, »Xander – Auf Liebe und Tod« von Keith R. DeCandido, »Der Gott der Finsternis« von Steve Gallagher, »Unheimliche Schwestern« von Elizabeth Massie, »Todestanz« von Laura Anne Gilman & Josepha Sherman, »Sünden der Vergangenheit« von Christopher Golden und »Die Willow-Akten« von Yvonne Navarro herausgebracht. Ebenfalls sehr erfolgreich auch die Buchreihe zu CHARMED – ZAUBERHAFTE SCHWESTERN, in der zuletzt »Schwarze Küsse« von Brandon Alexander, »Der purpurne Fluch« von F. Goldsborough, »Stimmen der Vergangenheit« von Rosalind Noonan und »Blutmond« von Wendy Corsi Staub erschienen sind. Der lange geschobene Roman »Das Omen des Hexers« von Sean Kiernan zur TV-Serie CONOR DER KELTE (ROAR) ist ebenfalls herausgebracht worden. Neu gestartet wurden Buchserien zur australischen SF-Jugend-TV-Serie OCEAN GIRL mit »Das Mädchen aus dem Meer« und »Die Sprache der Wale« von Peter Hepworth sowie zur Zeichentrick-Serie UNTEN AM FLUSS – WATERSHIP DOWN mit »Flucht in die Berge« und »Wo sind die Kaninchen?« von Judy Allen. Dazu gab es den erotischen Horror-Roman »Lilith« von Alina Reyes.

Der VERLAG DER CRIMINALE, ein Demand-Verlag, publizierte im Frühjahr 2000 den Thriller »Schafspelz« von Peter Schmidt

1999 erschien im zwei Jahre zuvor gegründeten VIRPRIV-Verlag der SF-Roman »Schlangen im Jahr des Drachen« von Monika Wunderlich, im Herbst 2000 folgten die Storysammlung »Terry und andere morbide Stories aus dem Leichenhaus« von Stephan Peters sowie, in Koproduktion mit dem KLAUS BIELEFELD VERLAG, die von Monika Wunderlich und Klaus Bielefeld zusammengestellte Anthologie »Heiligabend mit Cher«.

Im Frühjahr 2000 wurde bei VOLK & WELT der SF-Roman »Heimweh« von Tim Staffel herausgebracht.

MARION VON SCHRÖDER präsentierte zuletzt die Sachsen-Saga »Botin der Götter« von Frank Littek und den spirituellen Roman »Jonas Vertrauen« von Werner Dück.

Auch 1999/2000 konnte sich das Phantastik-Angebot von WEITBRECHT durchaus wieder sehen lassen: Wolfgang Hohlbein & Dieter Winkler präsentierten den 11. ENWOR-Roman unter dem Titel »Das elfte Buch« und Hohlbein neue Talente und bekannte Autoren in der von ihm ausgewählten »Wolfgang Hohlbeins Fantasy Selection 2000«, Gabriele Beyerlein stellte »Die Göttin im Stein« vor und Harald Braem publizierte die Fantasy-Romane »Das Blaue Land« und »Morgana«, von Michael Morgental erschien die Fantasy »Yashor« und von Sigrid Heuck »Die Inselsucherin«.

Enorm angestiegen ist 1999/2000 die Zahl der bei WELTBILD publizierten SF-, Fantasy- und Horror-Titel in preisgünstiger Sonderausgabe. Zuletzt wurden Wolfgang Hohlbeins ENWOR-Romane »Das vergessene Heer« & »Das schweigende Netz«, »Das tote Land« & »Der versteinerte Wolf«, »Die brennende Stadt«, »Der wandernde Wald« sowie »Die Rückkehr der Götter« & »Das schwarze Schiff« im Doppelpack sowie »Befehl von oben« von Tom Clancy, »Geisterland« von Sara Paretsky, »The Green Mile« von Stephen King, »Lang, bevor ich bei dir bin« von Judith Kelman, »Dunkel« von Wolfgang Hohlbein, »Engel der Verdammten« von Anne Rice, »Moses – Herrscher ohne Krone« von Gerald Messadie und »Maria Magdalena« von Marianne Fredriksson angeboten. Die SAMMLEREDITIONEN erwiesen sich als Verkaufsschlager, deshalb wurden weitere gestartet, wie JOHN SINCLAIR von Jason Dark – bislang erschienen sind »Mein erster Fall«, »Doktor Tod«, »Hochzeit der Vampire«, »Der Hexer mit der Flammenpeitsche«, »Lebendig begraben«, »Das Dämonenauge«, »Anruf aus dem Jenseits«, »Der Pfähler«, »Der Totenbeschwörer«, »Todeszone London«, »Der Sensenmann als Hochzeitsgast«, »Die Drohung«, »Das Eis-Gefängnis«, »Die Drachensaat«, »Königin der Wölfe« und »Der Moloch« –, Marion Zimmer Bradleys DARKOVER in chronologischer Reihenfolge mit »Landung auf Darkover« (1), »Herrin der Stürme« (2), »Herrin der Falken« (3) und »Die Zeit der Hundert Königreiche« (4) sowie MYTHOR mit »Der Sohn des Kometen«, »Der wahnsinnige Xandor« und »Die Peststadt«. Komplett liegt die DRAGON-Serie vor, in der zuletzt »Im Reich der Tiermenschen« (12), »Die Höhlen des Erdgeistes« (13), »Im Land des Nebels« (14), »Ubali, der Paladin« (15), »Das Auge der Götter« (16), »Schatten über Myra« (17), »Die Blutburg« (18) und »Rückkehr nach Atlantis« (19) publiziert wurden und für die Hugh Walker einen erweiterten neuen Abschlussband schrieb. Ein Sachbuch zu DRAGON ist auch erschienen, und für Abonnenten gibt es zu jeder vierten DARKOVER-Lieferung ein kostenloses Magazin im Paperback-Format.

Im Herbst 2000 kam bei WUNDERLICH der SF-Thriller »Der zweite Engel« von Philip Kerr heraus.

Im 1999 gegründeten Verlag YIN YANG MEDIA erschien 1999 über LIBRI BOD der Geschichtenband »Wüste, Liebe und Computer« von Regina Berlinghof mit auch phantastischen Texten.

ZAUBERMOND startete im Frühjahr 2000 drei neue Reihen bzw. Serien: Unter dem neuen Serientitel EDITION DORIAN HUNTER wird, beginnend mit »Im Zeichen des Bösen«, die klassische Horror-Serie DÄMONENKILLER in Buchform neu aufgelegt, mit jeweils vier Heften pro Band. Weitergeführt wird auch die ursprünglich bei BASTEI veröffentlichte Serie DIE ABENTEURER. Bereits erschienen ist als Band 1 »Erbe der Vergangenheit« von Hubert Haensel & Robert deVries. Und schließlich startete mit »Wächter der Gerechten« von Marcel Feige eine ALLGEMEINE REIHE. Im Herbst 2000 erschien Band 1 der Serie DAS VOLK DEER NACHT CLASSICS, in der Manfred Weinland die Geschichte über die Entstehung der Vampire neu schreibt. Timothy Stahl scheidet aus dem Autorenteam von DAS VOLK DER NACHT aus, an seine Stelle tritt Claudia Kern. Für Ende 2000 sind u. a. noch eingeplant: »Der Hexenkreis« von Ernst Vlcek & Neal Davenport (DORIAN HUNTER 2), »Fürsten der Finsternis« von Frank Rehfeld (EDITION DK 6), »Landru« von Manfred Weinland (DAS VOLK DER NACHT 5), »Blutskinder« von Claudia Kern (DAS VOLK DER NACHT 6), »Das Volk der Nacht« von Manfred Weinland (DAS VOLK DER NACHT CLASSIC 1, mit neuem Prolog zur Serie), »Prophet des Unheils« von Robert deVries (ABENTEURER 2) und »Apokalypse – Der Tod kommt aus dem All« von Jo Zybell (ALLGEMEINE REIHE 2, Prequel zur BASTEI-SF-Serie MADDRAX). Nach »Engelszorn« (EDITION DK 1) wird auch »Rebeccas Rache« (EDITION DK 2) neu aufgelegt.

Der traditionsreiche Wiener ZSOLNAY VERLAG, der zur HANSER-Gruppe gehört, hatte auch 1999/2000 wieder einige phantastische Titel im Programm, wie »Der Mann, der ins Gefrierfach wollte« von Karl-Karkus Gauß, »Das Jerusalem-Syndrom« von Robert Stone, »Scala Santa oder Josefine Wurznbachers Höhepunkt« von Franzobel, »Nachts unter der steinernen Brücke« von Leo Perutz und »Die vier letzten Dinge« von Andrew Taylor.

7. DISKETTENBÜCHER UND PUBLIKATIONEN AUF CD-ROM

Schon fest in der Szene etabliert hat sich in den letzten Jahren die von Wilfried A. Hary (HARY-PRODUCTION, Waldwiesenstraße 22, D-66538 Neunkirchen) entwickelte Konzept der DISKOMANE, also die Publikation von Kurzgeschichten und Romanen auf Diskette, wobei die Möglichkeit, die jeweilige Monatsproduktion im preisgünstigen Paket zu beziehen, sicherlich maßgeblich zum Erfolg der DISKOMANE beigetragen hat. Monat für Monat wird hier ein breites Spektrum durch alle Genres der Unterhaltungsliteratur geboten, wobei der Schwerpunkt schon traditionell bei der phantastischen Literatur in all ihren Spielarten liegt. So setzte Herausgeber Wilfried Hary unter diversen Pseudonymen wie Erno Fischer und Mark Tate die auf eine lange Publikationsgeschichte zurückblickende Horror-Serie um den TEUFELSJÄGER MARK TATE ebenso fort wie die SF-Serien HERR DER WELTEN und GAARSON-GATE. Aber auch andere Autoren werden mit SF, Fantasy und Horror präsentiert, wie Jörg Feierabend, Harry T. Master, Bernd Karwath, Alfred Bekker, Neal Chadwick, Alfred Wallon, Stephan Klein, Irene Salzmann, Stefan T. Pinternagel, Mario Magazin, Dirk van den Boom, K. H. Reeg, Marc Schneider und Utz R. Kaufmann.

Verzögerungen gab es leider bei den Romanfortsetzungen der ursprünglich bei PABEL mit 145 Heften publizierten SF-Serie RAUMPATROUILLE ORION in RAUMPATROUILLE ORION FANCLUB URACEEL (c/o Ralf Kramer, Marler Straße 14, D-46282 Dorsten), sodass im letzten Jahr keine neue Romandiskette ausgeliefert wurde, doch spätestens Ende 2000 soll es weiter gehen. In Vorbereitung befinden sich »Signale aus dem Hyperraum« (151), »In den Fängen der Frogs« (152), »Die Dimensionsdiebe« (153), »Das Vermächtnis der Könige« (154), »Die Schwingen der Nacht« (155) und »Explosionen in der Spirale« (156). Erst danach sind weitere Jugendabenteuer der Crew geplant: »Bröckelnde Mauern« (157/12), »Grauenhaftes Euphorit« (158/13), »In eisiger Tiefe« (159/14) und »Frieden auf Predlura« (160/15). Vorbestellungen sind möglich und erwünscht.

Ein ehrgeiziges Projekt startete FANTASY PRODUCTIONS Ende 1999 mit der Edition FANDIX, einer CD-Rom-Reihe, in der in unregelmäßigen Abständen alle auf deutsch publizierten SF-, Fantasy- und Horror-Romane in Wort und Bild präsentiert werden sollen. Den Reigen eröffnete die Heftreihe TERRA UTOPISCHE ROMANE/SCIENCE FICTION, zwischen 1957 bis 1968 mit 555 Bänden im MOEWIG VERLAG erschienen. Noch 2000 erscheinen sollen jeweils zwei FANDIX-Silberscheiben zu JOHN SINCLAIR und HEYNE SF & FANTASY, in Vorbereitung für 2001 befinden sich zwei weitere FANDIX-Ausgaben zu HEYNE SF & FANTASY, die erste über BASTEI SF und jeweils eine CD-Rom zu UTOPIA ZUKUNFTSROMAN und TERRA SONDERBAND & TASCHENBUCH. Bezug: Fantastic Shop GmbH, Postfach 1406, D-40674 Erkrath.

8. INTERNET-AKTIVITÄTEN

Das Internet wird mehr und mehr zur Plattform für angehende Schriftsteller, die alleine oder als Mitglieder von Autorenringen versuchen, erste Erfahrungen zu sammeln, Rückmeldungen zu erhalten oder mit Gleichgesinnten gemeinsame Welten zu erschaffen. Viele bereits arrivierte Autoren haben eine eigene Website eingerichtet, auf der sie Informationen über laufende Projekte, Leseproben und auch Kurzgeschichten zum kostenlosen Lesen oder Downloaden anbieten. Es gibt kaum einen wichtigen Verlag, der nicht im Internet vertreten ist und auf diesem Wege sein Programm und seine Autoren vorstellt und bisweilen zusätzlich das eine oder andere Extra bietet. Auch in Sachen Information wird den Fans auf einigen Websites alles geboten, wonach sie suchen: Verlagsnews, Interviews, Neuigkeiten aus Film und TV und vieles mehr. In der Regel bieten sie auch einen kostenlosen eMail-Newsletter an. Das Angebot ist nahezu schon unübersichtlich. Stark im Kommen sind auch diverse eBooks verschiedener Anbieter. Aus dieser Fülle nur eine kleine Auswahl:

SF-FAN.DE – Florian Breitsameters Newsdienst, bietet auch ausgewählte News, Interviews, Rezensionen und eine »Story des Monats«, zuletzt von Marcus Hammerschmitt, Uwe Hermann, Frank Borsch, Andreas Eschbach, Andreas Gruber, http://www.sf-fan.de

PHANTASTIK.DE – Olaf J. Menkes Informationsdienst, bietet einen täglichen Newsletter per Mail, mit vielen Infos, Rezensionen und Interviews. http://www.phantastik.de

EPILOG.DE – die Newssite von UFO Phantastische Buchhandlung, ALIEN CONTACT, PREHISTORIC NEWS und dem BÄRZIN, präsentiert auch Stories und Romanauszüge, erreichbar unter http://www.epilog.de

ANDREAS ESCHBACH – bietet auf seiner Homepage u. a. auch sonst nicht publizierte Stories an, wie »Das fliegende Auge« http://www.andreaseschbach.de

BJÖRN JAGNOW – stellte auf seiner http://www.bjoernjagnow.de zur Ce-BIT die Kurzgeschichte »Sublevel« ins Netz. Ansonsten jede Menge Infos über seine Publikationen.

WELTENSEGLER – ist der Titel eines Internetfortsetzungsromans von Andreas Podgurski, von dem bislang 9 Folgen vorliegen. Runterzuladen und zu abonnieren bei http://weltensegler.virtualave.net

MacLACHLAN – Frank MacLachlan, Special Agent bei einer geheimnisvollen Polizeiorganisation, kämpft in einer eigenen Serie gegen das Böse. Bislang wurden 22 Folgen bei http://www.maclachlan.de ins Netz gestellt

KERIMON – Kerimon – Das Land der vier Krater ist der Titel einer Fantasy-Serie aus der Feder von Dirk Taeger, von dessen ersten, auf zwanzig Teile angelegten Zyklus bislang acht Folgen bei http://members.tripod.de/taeger/index.html abgerufen werden können

DIE HÖHLE DES DRACHEN – Seit 1997 erscheint bei http://www.storisende.com Monat für Monat eine phantastische Geschichte in zumeist deutscher Erstveröffentlichung, von denen die früheren in der zweibändigen Anthologie »Die Drachen von Morgen« gesammelt wurden. 2000 erschienen Geschichten von Judith Raus, Douglas Smith, Ken Basarke, Uwe Hermann, Markus Ackermann.

DORGON – ist der Titel einer auf 50 Bände konzipierten und im PERRY RHODAN-Universum zur Zeit des THOREGON-Zyklus spielenden Online-SF-Serie des PROC (PERRY RHODAN ONLINE CLUB). Bislang liegen 29 Hefte vor, die die beiden ersten Teilzyklen bilden. Downloaden unter http://www.proc.org/dorgon/

RAGNAR – Jürgen Friemels großangelegte Science Fantasy-Saga RAGNAR, die in gedruckter Form in G. MEYERS TASCHENBUCHVERLAG gestartet wurde, ist auch unter http://home.t-online.de/home/juergen.friemel zu finden, wo bereits vier Bücher im Netz stehen. Autorenlinks bietet der Autor unter http://home.t-online.de/home/juergen.friemel/autoren.htm

DIE KURZGESCHICHTEN-SEKTION – Eine der großen Sites mit sehr vielen Kurzgeschichten deutscher Autoren ist http://online.prevezanos.com/kurzgeschichten/inhalt.shtml

CLOU GALLAGHER – Auf der Site http://www.clou-gallagher.de sind die Abenteuer des raumfahrenden Söldners Clou Gallagher, verfasst von Achim Hiltrop, zu finden und downzuloaden. Bislang liegen sechs Romane und elf Erzählungen vor. Bei MARXMÜHLE startet 2001 eine Printfassung.

VELYAS WELT – Eine Fantasy-Welt mit allem, was so dazu gehört, Geschichten, Karten, Historie und Bildern, präsentiert die Homepage http://www.mordor.ch/velya/index.html

NORKIA – DIE WELT DER PRISMENMAGIE – Eine phantastische Welt voll Abenteuer und Magie entwarf Martin Rehm-Hunke. Zum dort spielenden Zyklus gehören bislang vier Romane und fünf Kurzgeschichten, in denen für die Haupthandlung wichtige Ereignisse, zumeist aus ferner Vergangenheit, näher beleuchtet werden. Ein fünfter Roman befindet sich in Vorbereitung. Die Stories und Leseproben gibt es bei http://members.xoom.com/nazkor/fantasy.htm

DAS DEUTSCHE KURZGESCHICHTEN-ARCHIV – Ein Archiv deutschsprachiger SF-, Fantasy- und Horror-Geschichten ist auch zu finden unter http://home.ins.de/~stephan.oberlaender

SCIENCE FICTION & FANTASY AUF DEUTSCH ARCHIV – Das wohl umfassendste Archiv von SF-, Fantasy- und Hor'ror-Geschichten hat Markus Privostek gesammelt, aufzurufen unter http://www.physik.tu-berlin.de/~prissi/inhalt.html. Es enthält über 500 Geschichten von über 150 Autoren, darunter Eddie M. Angerhuber, Frank W. Haubold, Andreas Eschbach, Andreas Blome und Jürgen Friemel. Die Neuzugänge, u. a. von Alfred Bekker, Silke Rosenbüchler und Andreas Gruber, gibt es separat unter http://www.physik.tu-berlin.de/~prissi/neu.html

SF-ONLINE – Weitere phantastische Geschichten gibt es im Netz unter http://members.aol.com/sfonweb/

STORYLINE – STORYLINE – das ist ein Online-Magazin von Autoren für Autoren – unter http://www.storyline-net.de

ONLINEBOOKDIRECT – bietet seit Frühjahr 2000 preisgünstig elektronische Bücher an. Momentan im Programm sind Romane und Storysammlungen von Wilko Müller jr., Bernd Setzepfandt, Timothy McNeal, Miriam Sonnett, Sabine Hümmer und Frank Roger.

DÄMONENKILLER – Zwei DÄMONENKILLER-Fanstories von Chet Warner finden sich unter http://www.foltom.de/tomdk/default.html

FICTION & FANTASY E.V. – Über die eMail-Anschrift FiFa-Verlag@t-online.de kann man zwei Romane von Harry T. Master, einer SF und einer Fantasy, gegen eine geringe Gebühr als Datei beziehen.

SCIENCE FICTION UND FANTASY – Eine interessante Website ist die deutsche Autorenseite http://www.sience-fiction-und-fantasy.de. Ronald M. Hahn plaudert gewohnt launig über unterschiedliche Ereignisse im Verlagswesen, es gibt einen monatlichen Kurzgeschichtenwettbewerb und die an der Site mitarbeitenden bzw. sie unterstützenden Autoren haben Geschichten und Romanauszüge zum Downloaden bereitgestellt, darunter Ronald M. Hahn, Myra Cakan, Hans Joachim Alpers, Harald Evers, Linda Budinger, Michael K. Iwoleit, Florian Marzin, Marcel Feige, Björn Jagnow, Helmut W. Pesch, Christel Scheja und Horst Pukallus.

REN DHARK – Der BERNT-Verlag, der Kurt Brands SF-Klassiker weiterführt, hat damit begonnen, auf der Website http://www.ren-dhark.de neue Stories aus dem REN DHARK-Kosmos zu veröffentlichen. Bislang liegen Geschichten von Hubert Haensel, Uwe Helmut Grave, Manfred Weinland und Achim Mehnert vor.

SCOTT BRADLEY – Satire und Humor pur bietet Andreas Winterer mit seiner Serie um SCOTT BRADLEY, zu finden unter http://scottbradley.de Bislang gibt es fünfzehn humorige Kurzgeschichten um den siebenschrötigen Weltraum-Haudegen.

TEXTE & AUTOREN – Kurzgeschichten deutscher Autoren, darunter Stefan T. Pinternagel und Christian von Aster, präsentiert die Site http://eicnet.com/anubis/texte.htm

ROMANSUCHE – Unter http://www.romansuche.de wird Nachwuchsautoren und Verlagen ein Forum geboten, wo die Verlage unveröffentlichte Texte nach Genres geordnet finden und für eine Veröffentlichung prüfen können und Jungautoren die Möglichkeit haben, ihre Texte branchenweit anzubieten, mit Expose und Leseprobe.

BOOXTRA – Wolfgang Hohlbein publizierte seine neueste Story »Das zweite Gesicht« exklusiv beim Augsburger Online-Buchhändler BOOXTRA, wo es als DirectE-Book bezogen werden kann: http://www.booxtra.de

MADDRAX – Zwei MADDRAX-Fanstories von Jürgen Baumgarten sind auf der Homepage des Autors erschienen, zu lesen unter http://www.juergen-baumgarten.de

MYTHOR – W. K. Giesa schrieb eine MYTHOR-Story und stellte sie auf seiner Website ins Internet: http://www.wk-giesa.de

HELLMANN & ZAMORRA – Steve Kups verfasste einen PROFESSOR ZAMORRA-Fanroman und ein MARK HELLMANN-Fragment – zu lesen unter http://www.kups.de

ROCKET-EBOOK – Als Erstveröffentlichung erscheint bei Rocket-eBook der PERRY RHODAN-Roman »Im Netz der Nonggo« von Arndt Ellmer. Eine Printversion folgt dann 2001.

9. DIVERSES

TODESFÄLLE:

MANFRED WEGENER: Am 30. August 1999 starb der deutsche Autor Manfred Wegener im Rahmen einer Überprüfung des ihm einige Jahre zuvor eingesetzten Herzschrittmachers. Wegener wurde am 6. Oktober 1935 in Danzig geboren. Nach Kriegsende übersiedelte seine Familie nach Heiligenhafen an der Ostsee, wo er die Schule besuchte. Nach Absolvierung der Mittleren Reife war er als Seemann tätig, sowohl bei Überseefahrten als auch in der Binnenschifffahrt. 1957 heiratete er zum ersten Mal, dieser Ehe entstammen ein Sohn und eine Tochter. 1960 wurde er Schleusenwärter, und bei dieser Tätigkeit entstanden seine ersten Romane, beginnend mit »Der Zeitverbrecher« für die SF-Heftserie MARK POWERS. Für diese Serie schrieb er auch noch fünf weitere Bände. Bei REN DHARK war er mit zwei Bänden beteiligt, bevor er mit seinem Kollegen H. G. Francis für Bastei die SF-Serie REX CORDA konzipierte, zu der er fünf Romane selbst beisteuerte. Auch vier der unter dem Sammelpseudonym Gregory Kern publizierten COMMANDER SCOTT-Bände stammten von ihm. Weitere Romane folgten in der UTOPIA-Heftreihe, wie der Zweiteiler »Die Verdammten von Devils Port« und »Dem Tode entronnen« sowie »Die Fahrt in den Tod«, in der Reihe »Zauberkreis SF« – »Einsiedler der Ewigkeit«, »Der galaktische Bluff«, »Vorstoß in die Ewigkeit«, »Sternenstaffel Campbell«, »Die Kugel aus dem All« und »Konterschlag Centauri« – sowie in der Reihe »Gemini SF«: »Endstation Tumulus« und »Die Irrfahrt der Osiris«. Danach wandte sich Wegener anderen Genres zu und schrieb unter Pseudonymen wie Bert F. Island, G. W. Jones, Fred McMason, B. M. Shark, Fred Wagner, Fred M. Wayer, D. C. Wayne, anonym sowie unter seinem richtigen Namen an Serien wie KOMMISSAR X, FLEDERMAUS, SEEWÖLFE, PLUTONIUM POLICE, BASTEI SPIONAGE, RONCO, JOHN CAMERON, LASSITTER, FRANCO SOLO, JERRY COTTON, KOJAK und BUTLER PARKER mit. Zur Horror-Serie MARK HELLMANN steuerte er ebenfalls einen Band bei: »Die Bestie aus dem Bayerwald«. Ende der 90er Jahre wurde er wieder im SF-Bereich aktiv. Für den BLITZ-Verlag, wo sein Klassischer Doppelband unter dem Titel »Die Verbannten« neu aufgelegt wurde, schrieb er zu RAUMSCHIFF PROMET den Roman »Am Abgrund der Zeit«, eine Mitarbeit an der Weiterführung von STAR-GATE war geplant.

LUDEK PESEK: Am 4. Dezember starb der in der Tschechoslowakei geborenen Künstler und Autor Ludek Pesek in seinem

Domizil in Stafa, Schweiz an einem Herzinfarkt. Er war 80 Jahre alt. Der am 26. April 1919 geborene Pesek begann seine künstlerische Karriere als Romanautor, wobei er sich in seinen Werken mit den sozialen Ungerechtigkeit der 40er Jahre auseinander setzte. In der Folge wurde ganz Europa seine Heimat, und seine ersten SF-Romane, die sich an Jugendliche richteten, erschienen auf Deutsch beginnend mit »Die Mondexpedition« (1966). Weitere SF-Jugendbücher folgen, wie »Die Erde ist nah« (1970), »Preis der Beute« (1973), »Eine Insel für Zwei« (1974) und »Falle für Perseus« (1976). Daneben arbeitete er in den 60er und 70er Jahren für NATIONAL GEOGRAPHIC und verfasste zahlreiche Beiträge zur Weltraumkunst.

KAREL THOLE: In der Nacht zum 26. März 2000 verstarb der durch seine SF-Illustrationen weltweit bekannte Künstler Karel Thole in seinem Haus in Cannobio am Lago Maggiore in Italien. Carolus Adrianus Maria Thole wurde am 20. April 1914 in Bussum bei Amsterdam in Holland geboren. Nach der Mittel-

Karel Thole und Rolf Heyne

schule in Hilversum besuchte er die staatliche Zeichenschule in Amsterdam. 1953 reiste er erstmals nach Italien, wobei er sich seine Reise mit Zeichnungen finanzierte. Im Anschluss daran begann er in Holland als Titelbildillustrator zu arbeiten, wobei er in den nächsten Jahren an die 20 Verleger mit Bildern versorgte. 1958 schlug er sein Domizil endgültig in Italien auf, zunächst in Mailand. Thole, der mehrerer Sprachen mächtig war, prägte in den nächsten Jahrzehnten das Gesicht der SF in Europa und vor allem in Italien und Deutschland, wo seine Werke vor allem die SF- und Fantasy-Bände des Heyne-Verlags und von Mondadori zierten. 1973 wurde er auf dem World-Con in Toronto für sein künstlerisches Schaffen mit einem Sonderpreis ausgezeichnet. Seine Sehkraft ließ ab Beginn der achtziger Jahre rapide nach, sodass er 1986 seine Arbeit fast zur Gänze einstellen musste.

WINFRIED PETRI: In der Nacht vom 10. auf den 11. April 2000 starb Prof. Dr. Winfried Petri, einer der renommiertesten deutschen Übersetzer, der vor allem mit schwierigen, technischen SF-Texten und Übertragungen aus dem Russischen brillierte. Winfried Wilhelm Eduard Emil Petri wurde am 4. September 1914 in Braunschweig geboren. Sein außergewöhnliches Sprachtalent führte zu einem Studium mit Schwerpunkt orientalische Sprachen, daneben beschäftigte er sich eingehend mit Mathematik und Physik. Bis Kriegsende war Petri u. a. wissenschaftlicher Mitarbeiter an der Preußischen Akademie der Wissenschaften, Hilfsassistent an der Universität Berlin, Sachbearbeiter für astronomische Flugnavigation und Flugzeugentwicklung im Technischen Amt des Reichsluftfahrtministeriums und Fliegerhauptingenieur im Jägerstab. 1943 erfolgte die Promovierung zum Dr. phil. Er kam in amerikanische Kriegsgefangenschaft und ging nach einem Intermezzo als Grubenhilfsarbeiter unter Tage in einem Pechkohlenbergwerk an die Universitätssternwarte München. 1965 wechselte Petri nach einem Gastaufenthalt an der Akademie der Wissenschaften der UdSSR an das neugegründete Institut für Geschichte der Naturwissenschaften der Universität München, wo er 1969 habilitierte und 1971 zum außerplanmäßigen Professor er-

Winfried Petri und John Brunner

nannt wurde. Von 1977 bis 1979 leitete er interimistisch das Institut. Petri war Mitglied im SFCD und FOLLOW. 1994 wurde er vom EDFC mit dem Deutschen Fantasypreis ausgezeichnet. Zu seinen Übersetzer-Highlights zählen »Außerhalb der Erde« von Konstantin E. Ciolkovskij, »Auf drei Planeten« von Aleksandr Kazancev und »Der Asteroid« von L. S. Chatschaturjanc & E. V. Chrunov.

ALEXEI LUTOHIN: Am 31. August 2000 starb der Künstler Nikolai Lutohin bei einem Wohnungsbrand in München an den Folgen der Rauchvergiftung. Nachdem ein erster Selbstmordversuch im Oktober des Vorjahrs aus Trauer um den Tod seiner Ehefrau von einem Nachbarn verhindert werden konnte, kam bei der neuerlichen Brandlegung jede Hilfe zu spät. Er war erst zwei Monate zuvor von einem längeren Krankenhausaufenthalt in seine Wohnung zurückgekehrt. Nikolai Lutohin wurde 1932 als Sohn russischer Emigranten in Jugoslawien geboren. Er besuchte zunächst eine Privatschule und erhielt an der Hochschule in Budapest seine künstlerische Ausbildung. In der Folge illustrierte Lutohin populärwissenschaftliche Werke, Kinderbücher und Klassiker. Mitte der siebziger Jahre übersiedelte er nach München und arbeitete in den nächsten Jahrzehnten fast ausschließlich für den Pabel Verlag, für den er Titelbilder zu Reihen und Serien wie TERRA FANTASY, SUN KOH, VAMPIR TASCHENBUCH, MYTHOR und DÄMONENKILLER zeichnete. Zuletzt zierten seine Meisterwerke Horrorserien wie »Professor Zamorra« und »Grusel-Schocker«.

ROLF KAUKA: Am 13. September 2000 starb Rolf Kauka, der Erfinder von Fix und Foxi, Lupo, Mischa und anderen beliebten Comic-Figuren, auf seiner Plantage in Georgia, USA. Rolf Kauka wurde am 9. April 1917 in Markranstädt bei Leipzig geboren, studierte nach dem Abitur Betriebswissenschaft und wurde zur Wehrmacht eingezogen. Nach dem Krieg war er Mitbegründer des Heinz-Ullstein-Verlags und begann 1950, als die ersten Comics aus den USA in Deutschland herauskamen, seine eigenen Comic-Charaktere zu entwickeln. 1952 gründete er in München seinen KAUKA-VERLAG und holte sich talentierte Zeichner aus Jugoslawien, Spanien und Italien, die er in seiner Comic-Akademie ausbildete. 1953 erschien in Zusammenarbeit mit dem Erich Pabel Verlag das erste Heft der Reihe TILL EULENSPIEGEL. In Heft 10 gab es dann das erste Abenteuer zweier sympathischer Figuren, nach denen das Comic-Heft dann umbenannt wurde: FIX & FOXI. Das Comic erreichte in seiner Blütezeit eine wöchentliche Auflage vom 400.000 Exemplaren. 1973 verkaufte Kauka aus gesundheitlichen Gründen seinen Verlag an IPC und die Verlagsgruppe VNU und vermittelt ihn, nachdem die beiden sich trennten, 1979 an den Bauer Verlag. Erst Mitte der 90er Jahre griff er wieder ins Geschehen um FIX & FOXI ein, und unter seiner Aufsicht entstand die Zeichentrickserie um die beiden sympathischen Füchse. Mit zwei Romanen war Kauka auch im Genre aktiv: »Roter Samstag« und »Luzifer«.

SEKUNDÄRTITEL:

Forrest J. Ackerman: SCIENCE-FICTION; Köln 1998: Benedikt Taschen Verlag

Anonym: DAS ÜBERNATÜRLICHE. EIN EINBLICK IN EINE UNGEKLÄRTE WELT; Wien 2000, Tosa Verlag

Anonym (Hrsg.): ATLAN FANZINE SERIE – EXTRA ZUM JUBILÄUMBAND 20. EIN ARKONIDE IN BESTFORM; Hitzacker 1999, PERRY RHODAN FANZENTRALE

Anonym (Hrsg.): TOLKIANA 4: MITTELERDE UND DIE WIRKLICHKEIT. DREI ESSAYS; Passau 2000, EDFC – Reihe FANTASIA 133 – SCHRIFTENREIHE 33

Loy Arnold, Michael Farin & Hans Schmid: NOSFERATU. EINE SYMPHONIE DES GRAUENS; München 2000, Belleville Verlag

Nancy Arrowsmith: DAS GROSSE BUCH DER NATURGEISTER; Stuttgart-Wien-Bern 2000, Weitbrecht Verlag

Christian von Aster: HORROR-LEXIKON. VON ADDAMS FAMILY BIS ZOMBIEWORLD: DIE MOTIVE DES SCHRECKENS IN FILM UND LITERATUR; Berlin 1999, Lexikon Imprint Verlag im Schwarzkopf & Schwarzkopf Verlag

Ditte und Giovanni Bandini: KLEINES LEXIKON DES HEXENWESENS; München 1999, dtv 20290

Robert N. Bloch: BODO WILDBERG. LEBEN UND WERK; Giessen 1999, Munniksma Verlag

Gero von Boehm: ODYSSEE 3000. REISEN IN DIE ZUKUNFT; München 2000, Goldmann TB 15060

Norbert Borrmann: LEXIKON DER MONSTER, GEISTER UND DÄMONEN. DIE GESCHÖPFE DER NACHT AUS MY-

THOS, SAGE, LITERATUR UND FILM. DAS (ETWAS) ANDERE WHO IS WHO; Berlin 2000, Lexikon Imprint Verlag im Schwarzkopf & Schwarzkopf Verlag

Sabine Bretzinger & Klaus N. Frick (Hrsg.): PERRY RHODAN – DAS CON-BUCH ZUM WELTCON 2000 IN MAINZ; Rastatt 1999, Verlagsunion Erich Pabel-Arthur Moewig

Siegfried Breuer (Hrsg.): SIGGI STARDUST AND THE QUOTATIONS FROM EARTH. UNGEHEUERLICHE ZITATE ÜBER SF UND DIE WELT RINGSUM; Berlin 2000, ALIEN CONTACT SONDERHEFT

Kai Brodersen (Hrsg.): VIRTUELLE ANTIKE. WENDEPUNKTE DER ALTEN GESCHICHTE; Darmstadt 2000, Primus Verlag

Clemens Brunn: DER AUSWEG INS UNWIRKLICHE. FIKTION UND WELTMODELL BEI PAUL SCHEERBART UND ALFRED KUBIN; Oldenburg 2000, Igel Verlag Wissenschaft

Thomas Bücksteeg & Heinrich Dickerhoff (Hrsg.): MÄRCHENKINDER – KINDERMÄRCHEN. FORSCHUNGSBERICHTE AUS DER WELT DER MÄRCHEN; Kreuzlingen/München 1999, Heinrich Hugendubel Verlag (Diederichs Verlag)

Robert Cowley (Hrsg.): WAS WÄRE GEWESEN, WENN? WENDEPUNKTE DER WELTGESCHICHTE; München 2000, Droemer Verlag

Kevin Crossley-Holland: DIE WELT DES KÖNIGS ARTUS; Stuttgart 2000, Verlag Urachhaus

Alice Dassel: MÄRCHENINTERPRETATIONEN; Frankfurt am Main 2000, R. G. Fischer Verlag

Alexander Demandt: HÄNDE IN UNSCHULD. PONTIUS PILATUS IN DER GESCHICHTE; Köln 1999, Böhlau Verlag

Johan de Mylius (Hrsg.): HANS CHRISTIAN ANDERSEN. MÄRCHEN, GESCHICHTEN, BRIEFE; Frankfurt am Main und Leipzig 2000: Insel Verlag

Martine Hennard Dutheil de la Rochère: ORIGIN AND ORIGINALITY IN RUSHDIE'S FICTION; Frankfurt am Main 1999, Peter Lang Verlag

Dougal Dixon: GESCHÖPFE DER ZUKUNFT. DIE TIERWELT IN 50 MILLIONEN JAHREN; Königswinter 1999, HEEL Verlag

Albrecht Driesen: DAS SPIEGEL-BILD IN ERZÄHLUNGEN E. T. A. HOFFMANNS; Hamburg 1999, Libri Book on Demand

David & Leigh Eddings: DER RIVA KODEX. DIE ALTEN TEXTE BELGARIADS UND MALLOREONS; Bergisch Gladbach 2000, Bastei 28320

édition trèves & STUP Trier e.V. (Hrsg.): ZEITREISEN: STAR TREK KALENDER 2000; Trier 1999, édition trèves

édition trèves & STUP Trier e.V. (Hrsg.): HEIMLICHE FAVORITEN IN STAR TREK: KALENDER 2001; Trier 2000, édition trèves

Thomas Eicher & Bettina Gruber (Hrsg.): ALEXANDER LERNET-HOLENIA. POESIE AUF DEM BOULEVARD; Köln-Weimar-Wien 1999, Böhlau Verlag

Phil Farrand: CAP'N BECKMESSERS FÜHRER DURCH STAR TREK: DEEP SPACE NINE; München 2000, Heyne TB 06/6458

Marcel Feige: FANTASY-LEXIKON. XENA, CONAN, ARTUS & DER KLEINE HOBBIT - MYTHEN, LEGENDEN UND SAGEN DER FANTASY; Berlin 2000, Lexikon Imprint Verlag im Schwarzkopf & Schwarzkopf Verlag

Marcel Feige: DAS GROSSE LEXIKON ÜBER STEPHEN KING. DAS KOMPENDIUM DES KING OF HORROR - DIE ROMANE UND FILME, ORTE UND FIGUREN; Berlin 1999, Lexikon Imprint Verlag im Schwarzkopf & Schwarzkopf Verlag

Christian Frank, Roland Heep, Kai Krick & Josef Rother: AKTE X. DIE VERSCHWÖRUNG ENTHÜLLT! DAS INOFFIZIELLE FANBUCH ÜBER DIE SECHSTE STAFFEL DER KULTSERIE UND IHRE HINTERGRÜNDE; München 1999, Knaur TB 61495

Sylvia Funston: VAMPIRE, UFOS, MONSTER. WIE DASS UNERKLÄRLICHE ERFORSCHT WIRD; Wien 2000, Ueberreuter Verlag

Diana Gabaldon: DER MAGISCHE STEINKREIS. DAS GROSSE KOMPENDIUM ZUR HIGHLAND-SAGA; München 2000, Blanvalet Verlag

Heinz J. Galle: VOLKSBUECHER UND HEFTROMANE. EIN STREIFZUG DURCH 100 JAHRE UNTERHALTUNGSLITERATUR; Passau 1999, EDFC (Neuauflage)

Rolf Giesen & Bernhard Kempen: INVASION DES WAHNSINNS. DIE SCHLECHTESTEN SCIENCE-FICTION-FILME; Berlin 2000, epilog.de & Shayol Verlag - Epilog.Medien-Lexikon.Band.1

Rolf Giesen & Claudia Meglin: KÜNSTLICHE WELTEN. TRICKS, SPECIAL EFFECTS UND COMPUTERANIMATION IM FILM VON DEN ANFÄNGEN BIS HEUTE; Hamburg und Wien 2000, Europa Verlag

Susanne Gröble: E. T. A. HOFFMANN; Stuttgart 2000, Reclam Universal-Bibliothek 15222 - Reihe LITERATURWISSEN

Matthias Gründer: SOS IM ALL. PANNEN, PROBLEME UND KATASTROPHEN DER BEMANNTEN RAUMFAHRT; Berlin 2000, Schwarzkopf & Schwarzkopf Verlag

Marina Grünewald (Hrsg.): HEILERINNEN; Neuwied 1999, Smaragd Verlag - Reihe BIBLIOTHEK DER ANDERSWELT

Marina Grünewald (Hrsg.): HOHE PRIESTERINNEN; Neuwied 1999, Smaragd Verlag - Reihe BIBLIOTHEK DER ANDERSWELT

Marina Grünewald (Hrsg.): SCHAMANINNEN; Neuwied 1999, Smaragd Verlag - Reihe BIBLIOTHEK DER ANDERSWELT

Marina Grünewald (Hrsg.): SCHWESTERN DER GROSSEN GÖTTIN; Neuwied 2000, Smaragd Verlag - Reihe BIBLIOTHEK DER ANDERSWELT

Achim Hättich: GEHEIMNISSE IN DUNKLEN SPHÄREN BAND III: 333 PHANTASTIK- UND FANTASYFILME; Passau 2000, EDFC - Reihe FANTASIA 134/135 - SCHRIFTENREIHE 34

Robert Hector: FASZINATION SCIENCE FICTION. DIE PHANTASTISCHEN WELTEN DER ZUKUNFT. TEIL 1: GESCHICHTE, THEMENBEREICVHE, AUTOREN, FILME, FERNSEHSERIEN UND ANDERE MEDIEN; Otzberg-Lengfeld 2000, SFCD - Reihe ANDROMEDA SCIENCE FICTION MAGAZIN 145

Robert Hector: FASZINATION SCIENCE FICTION. DIE PHANTASTISCHEN WELTEN DER ZUKUNFT. TEIL 2: SF ALS LITERATURGENRE, FANDOM, SF IN DEUTSCHLAND, SF UND SCIENCE; Otzberg-Lengfeld 2000, SFCD - Reihe ANDROMEDA SCIENCE FICTION MAGAZIN 146

Ursula Heindrichs & Heinz-Albert Heindrichs (Hrsg.): ALTER UND WEISHEIT IM MÄRCHEN. FORSCHUNGSBERICHTE AUS DER WELT DER MÄRCHEN; Kreuzlingen/München 2000, Heinrich Hugendubel Verlag (Diederichs Verlag)

Paul Herrmann: NORDISCHE MYTHOLOGIE; Berlin 2000, Aufbau TB 6070 – AUFBAU BIBLIOTHEK

Sonja Hilzinger: ANNA SEGHERS; Stuttgart 2000, Reclam Universal-Bibliothek 17623 – Reihe LITERATURSTUDIUM

Petra Hundacker (Hrsg.): SCIENCE FICTION JAHRESPLANER 2000; Königswinter 1999, HEEL Verlag

Erwin Jäntsch: DAS VAMPIR-LEXIKON; München 2000, Knaur TB 77448

Wolfgang Jeschke (Hrsg.): DAS SCIENCE FICTION JAHR 2000. EIN JAHRBUCH FÜR DEN SCIENCE FICTION LESER; München 2000, Heyne TB 06/6339

Michio Kaku: ZUKUNFTSVISIONEN. WIE WISSENSCHAFT UND TECHNIK DES 21. JAHRHUNDERTS UNSER LEBEN REVOLUTIONIEREN; München 2000, Knaur TB 77468

Stephen King: DAS LEBEN UND DAS SCHREIBEN; München 2000, Ullstein Verlag

Hans Kneifel & Roman Sander (Hrsg.): DRAGONS WELT. HINTERGRÜNDE. INHALTE. LEXIKON; Augsburg 2000, Weltbild Verlag

Hauke Kock: DAS SPUKOLOGISCHE GRUSELLEXIKON; Würzburg 1999, Arena Verlag

Norbert Kohl: OSCAR WILDE; Frankfurt am Main 2000, Insel Verlag

Norbert Kohl (Hrsg.): OSCAR WILDE IM SPIEGEL DES JAHRHUNDERTS; Frankfurt am Main 2000, Insel it 2639

Thomas König: GEISTERWALD KATALOG. DIE KOMPLETTE HEFTROMAN-BIBLIOGRAPHIE BAND 1. HORROR/GRUSEL UND MYSTERIE; Libri Books on Demand

Rainer M. Köppl (Hrsg.): 100 JAHRE DRACULA; Wien 1998, Böhlau Verlag – Reihe MASKE UND KOTHURN, 41. Jahrgang, Heft 1-2

Joachim Körber (Hrsg.): BIBLIOGRAPHISCHES LEXIKON DER UTOPISCH-PHANTASTISCHEN LITERATUR. 58., 59., 60.,

61. & 62. ERGÄNZUNGSLIEFERUNG; Meitingen 1999/2000, Corian-Verlag Heinrich Wimmer

David Langford: TERRY PRATCHETTS SCHEIBENWELT-QUIZBUCH; München 2000, Goldmann TB 44514

Heiko Langhans: CLARK DARLTON. DER MANN, DER DIE ZUKUNFT BRACHTE; Rastatt 2000, VPM Verlagsunion Pabel Moewig

Heiko Langhans: DIE JAHRMILLIONENCHRONIK BAND 1. VOM ERSTEN MONDFLUG BIS ZUM DOLAN-KRIEG 1971 – 2437; Herschweiler-Pettersheim 1999, SFC Universum

Guido Latz (Hrsg.): MERLINS STERN SONDERBAND 1; Stolberg 2000, Arkham Press

Stanisław Lem: DIE TECHNOLOGIEFALLE; Frankfurt am Main und Leipzig 2000, Insel Verlag

Christian Lukas: X-AKTEN. DIE SECHSTE STAFFEL. ALLE FOLGEN, ALLE FACTS, ALLE STARS; München 1999, Econ & List TB 26616

Christian Lukas & Sascha Westphal: DIE SCREAM-TRILOGIE; München 2000, Heyne TB 01/13271

Tony Magistrale & Sidney Poger: POE'S CHILDREN. CONNECTIONS BETWEEN TALES OF TERROR AND DETECTION; Frankfurt am Main 1999, Peter Lang Verlag

Hans Maier: WELT OHNE CHRISTENTUM – WAS WÄRE ANDERS?; Freiburg 1999, Herder TB 4721

Gerd Maximovic: DER WILLE IN DER WELT ODER: SCHOPENHAUER UND DER VOODOO-KULT; Cuxhaven & Dartford 1998, Traude Junghans Verlag – Reihe KOSMOPHILOSOPHIE Band 3

Olaf J. Menke (Hrsg.): PHANTASTIK.DE; Hamburg 1999, Olaf J. Menke Eigenverlag

Barry Miles: WILLIAM S. BURROUGHS; Berlin 1999, Ullstein 35906

Michael Nagula (Hrsg.): DARKOVER ATLAS 1; Augsburg 2000, Weltbild-Sammler-Editionen

Eirik Newth: ABENTEUER ZUKUNFT. PROJEKTE UND VISIONEN FÜR DAS 3. JAHRTAUSEND; München 2000, Carl Hanser Verlag

Heinz Ohff: KÖNIG ARTUS. EINE SAGE UND IHRE GESCHICHTE; München 2000, Serie Piper 2468 (Neuauflage)

Michael Okuda, Denise Okuda & Doug Drexler: STAR TREK STICKER BUCH; Königswinter 2000, HEEL Verlag

Peter Osteried u. a.: BUFFY. ALLE HINTERGRÜNDE UND FAKTEN ZUR KULTSERIE; Königswinter 1999, HEEL Verlag – SPACE VIEW SPECIAL 10

Ernst Petz: GALGENBETT MIT ARNO SCHMIDT. ASSOZIATIVES GEDRÄNGE. COSTARRING PHILIP K. DICK; Wien 2000, Aarachne Verlag

Ulrike Pelchen & Sylvia Schlüter (Hrsg.): PHANTASTIK 2001. TASCHENKALENDER; Friedberg 2000, Pegasus Verlag

Dieter Petzold mit Adelheid Kegler, Gisbert Kranz, Christian Rendel, Elmar Schenkel, Angelika Schneider und Manfred Siebald (Hrsg.): INKLINGS JAHRBUCH FÜR LITERATUR UND ÄSTHETIK BAND 17 – 1999; Moers 1999, Brendow Verlag

Ethan Phillips & William J. Birnes: STAR TREK KOCHBUCH. GALAKTISCHE REZEPTE FÜR TERRANER; Königswinter 1999, HEEL Verlag

Manfred Pilz: KATALOG DER ÖSTERREICHISCHEN ROMANHEFTE 1876 BIS HEUTE. AUSGABE 2000; Wien 1999, Verlag Pollischansky

Terry Pratchett & Stephen Briggs: DER SCHEIBENWELT-KALENDER 2001; München 2000, Manhattan Verlag

Alexandra Rainer: GEFÄHRLICHE PLANETENGIRLS. DIE FRAUEN AUF DER ENTERPRISE; Heidenau 2000, PD-Verlag

Franz Rottensteiner (Hrsg.): QUARBER MERKUR 89/90; Passau 1999, EDFC

Franz Rottensteiner & Michael Koseler (Hrsg.): WERKFÜHRER DURCH DIE UTOPISCH-PHANTASTISCHE LITERATUR. 28 – 31. ERGÄNZUNGSLIEFERUNG; Meitingen 1999/2000, Corian-Verlag Heinrich Wimmer

Jacek Rzeszotnik: ZWISCHEN PHANTASIE UND REALITÄT, MICHAEL ENDE GEDÄCHTNISBAND; Passau 2000, EDFC – Reihe FANTASIA 136/137 – SCHRIFTENREIHE 35

Salman Rushdie: DER ZAUBERER VON OZ; Bellheim 1999, Edition Phantasia

Ralph Sander: STAR TREK QUIZ-BUCH; München 2000, Heyne MINI 33/1481

Sylvia Schlüter & Ulrike Pelchen (Hrsg.), PHANTASTIK 2000 TASCHENKALENDER; Friedberg 1999, Pegasus Spiele Verlag

Michael Shelden: GEORGE ORWELL. EINE BIOGRAPHIE; Zürich 2000, Diogenes detebe 23144

Claire Singer: DAS GROSSE BUCH DER HEXEN. DIE GESCHICHTE EINES MYTHOS VOM PARADIES BIS HEUTE; Wien 2000, Tosa Verlag

Muriel Spark: MARY SHELLEY. DIE SCHÖPFERIN DES »FRANKENSTEIN«; Frankfurt am Main 1999, Insel it 1258

Peter Stanford: DER TEUFEL. EINE BIOGRAPHIE; Frankfurt am Main 2000, Insel Verlag

Angela Steinmüller & Karlheinz Steinmüller: VISIONEN 1900 2000 2100. EINE CHRONIK DER ZUKUNFT; Frankfurt am Main 1999, Rogner & Bernhard bei Zweitausendeins

Norbert Stresau (+) & Heinrich Wimmer (Hrsg.): ENZYKLOPÄDIE DES PHANTASTISCHEN FILMS. 57., 58. & 59. ERGÄNZUNGSLIEFERUNG; Meitingen 1999/2000, Corian-Verlag Heinrich Wimmer

Michael Thiesen: PERRY RHODAN ZEITRAFFER 4. DER INHALT DER PERRY RHODAN BÄNDE 600 - 799; Herschweiler-Pettersheim 1999, SFC Universum

Michael Thiesen: PERRY RHODAN ZEITRAFFER 5. DER INHALT DER PERRY RHODAN BÄNDE 800 - 899; Herschweiler-Pettersheim 1999, SFC Universum

Michael Thiesen: PERRY RHODAN ZEITRAFFER 6. DER INHALT DER PERRY RHODAN BÄNDE 900 - 999; Herschweiler-Pettersheim 2000, SFC Universum

Michael Thiesen: PERRY RHODAN ZEITRAFFER 16. DER INHALT DER PERRY RHODAN BÄNDE 1900 - 1999; Herschweiler-Pettersheim 2000, SFC Universum

Michael Thiesen & Klaus Bollhöfener (Hrsg.): PERRY RHODAN JAHRBUCH 2000; Rastatt 2000, Perry Rhodan Fan-Zentrale

Christiane Uhlig & Rupert Kalkofen (Hrsg.): IN ERWARTUNG DES ENDES. APOKALYPSEN IN DER LITERATUR DES

20. JAHRHUNDERTS; Bern-Berlin-Frankfurt am Main-Wien 2000, Peter Lang Verlag

Brunamaria Dal Lago Veneri: DER TRAUM DER VERNUNFT. VON EINHÖRNERN, HIPPOGRYPHEN, BASILISKEN, MONSTERN UND SIRENEN. EIN BESTIARIUM; Wien und Bozen 1999, Folio Verlag

Jörg Weigand (Hrsg.): HERR ÜBER RAUM UND ZEIT. WALTER ERNSTING ZUM 80. GEBURTSTAG; Passau 2000, EDFC - BELLETRISTISCHE REIHE 13

Peter Weller: 007 - DIE WELT IST NICHT GENUG. DAS OFFIZIELLE BUCH ZUM FILM; Nürnberg 1999, Burgschmiet Verlag

Marek Wilczynski: THE PHANTOM AND THE ABYSS. THE GOTHIC FICTION IN AMERICA AND AESTHETICS OF THE SUBLIME 1798-1856; Frankfurt am Main 1999, Peter Lang Verlag - Reihe POLISH STUDIES IN ENGLISH LANGUAGE AND LITERATURE Vol. 2

Robert Anton Wilson: DAS LEXIKON DER VERSCHWÖRUNGSTHEORIEN; Frankfurt am Main 2000, Eichborn Verlag

Heinrich Wimmer (Hrsg.): BIBLIOGRAPHISCHES LEXIKON DER UTOPISCH-PHANTASTISCHEN LITERATUR. VERLAGS- UND REIHENBIBLIOGRAPHIEN. 28. ERGÄNZUNGSLIEFERUNG; Meitingen 1999, Corian-Verlag Heinrich Wimmer

Frank T. Zumbach: EDGAR ALLAN POE; München 1999, dtv portrait 31017

Frank T. Zumbach: E. A. POE. EINE BIOGRAPHIE. NEUAUSGABE; Düsseldorf & Zürich 1999, Artemis & Winkler

INTERVIEWS:

ANDREAS ADAMUS interviewt von Werner Höbart; in PERRY RHODAN PERSPEKTIVE 46 (1999)

ROGER MacBRIDE ALLEN interviewt von Arno Behrend; in ANDROMEDA 143/144 (1999)

EDDIE M. ANGERHUBER interviewt von Marcel Feige; in FANTASIA 129/130 (1999) & SCREEM 20 (1999)

EDDIE M. ANGERHUBER interviewt von Uwe Vöhl; in DAS DUNKLE ARCHIV 12 (2000)

UWE ANTON interviewt von Holger Eckhardt; in KOMETEN 11 (2000)

WALTER APPEL interviewt von Dirk van den Boom; in THE ALIEN CRITIC 12/13 (2000)

GREG BEAR interviewt von Usch Kiausch; in HEYNE TB 06/5922

ANDREAS BETMANN interviewt von Lars Nyerup; in FANTASTIC SCREEN 36 (1999)

FRANK BORSCH interviewt von Werner Höbart; in LEGENDEN DER ZUKUNFT 6 (2000)

MICHAEL CRICHTON interviewt von Tim Appelo; Amazon.de (2000)

doMANSKI interviewt von Hardy Kettlitz & Gerd Frey; in ALIEN CONTACT 37 (2000)

GREG EGAN interviewt von Bernhard Kempen; in ALIEN CONTACT 36 (1999)

DENNIS EHRHARDT interviewt von Carsten Kuhr; Phantastik.de (2000)

WALTER ERNSTING/CLARK DARLTON interviewt von Konrad Schaef & Dieter Braeg; in EDFC-SCHRIFTENREIHE 13 (2000)

ANDREAS ESCHBACH interviewt von Joachim Körber; in STAR VISION 3 (1999)

ANDREAS ESCHBACH interviewt von Marcel Feige; in FANTASIA 129/130 (1999) & SCREEM 20 (1999)

MICHAEL FALKENSTEIN interviewt von N.N.; in SCIENCE FICTION OKULAR 191 (1999)

MARCEL FEIGE interviewt von Olaf J. Menke; Phantastik.de (2000) & FANTASTIKREADERNEWS 9/2000 (2000)

FRANK FESTA interviewt von Marcel Feige; Phantastik.de (2000)

FRANK FESTA interviewt von Thomas Folgmann; Foltom.de (2000)

EDGAR FRANCO interviewt von Sandro Alex; in MEPHISTO 4 (1999)

KLAUS N. FRICK interviewt von Marco Erhard; in NEW WORLDS 33 (1999)

KLAUS N. FRICK interviewt von Harald Leinweber; in HEYNE TB 06/6339 (2000)

WERNER KURT GIESA interviewt von Olaf J. Menke; in MERLINS STERN SONDERBAND 1 (2000)

REINHARD HABECK interviewt von Milan Knecevic; in NEW WORLDS 33 (1999)

RONALD M. HAHN interviewt von Olaf J. Menke; Phantastik.de (1999) & FANTASTIKREADERNEWS 1/2000 (2000)

RONALD M. HAHN interviewt von Florian Breitsameter; SF-Fan.de (2000)

DAVID G. HARTWELL interviewt von Usch Kiausch & Sascha Mamczak; in HEYNE TB 06/6339

BERNHARD HENNEN interviewt von Iris Lanz; in NAUTILUS 9 (2000)

BRIITA HERZ interviewt von Lars Schiele; in NAUTILUS 8 (2000)

WOLFGANG HOHLBEIN interviewt von Olaf J. Menke; Phantastik.de (1999), PHANTASTIK.DE (1999) und FANTASTIKREADERNEWS 9/99 (1999)

WOLFGANG HOHLBEIN interviewt von Juliane Waltke; in SPAVE VIEW 1/2000 (2000)

JOHN HOWE interviewt von Frank Schleich; in NAUTILUS 8 (2000)

ANDREAS IRLE interviewt von Carsten Kuhr; Phantastik.de (2000)

RALF ISAU interviewt von Stefan Wendel; Phantastik.de (1999)

BJÖRN JAGNOW interviewt von N.N.; Amazon.de (2000)

OLIVER JOHANNDREES interviewt von Werner Höbart; in PERRY RHODAN PERSPEKTIVE 47 (1999) und BACKGROUND 1900-1949 (1999)

ANDREAS KASPRZAK interviewt von Olaf J. Menke; Phantastik.de (2000)

HUBERT KATZMARZ interviewt von N.N.; in DAS DUNKLE ARCHIV 8 (2000)

H. D. KLEIN interviewt von Andreas Decker; Amazon.de (2000)

JOACHIM KÖRBER interviewt von Olaf J. Menke; Phantastik.de (1999)

MICHAEL KRÜGER interviewt von Ulrich Greiner; in FANTASIA 129/130 (1999)

STEFAN LECHNER interviewt von Werner Höbart; in BACKGROUND 1886-1899 (1999)

MICHAEL MARRAK interviewt von Olaf J. Menke; Phantastik.de (1999) und PHANTASTIK.DE (1999)

MICHAEL MARRAK interviewt von Florian Breitsameter; SF-Buch.de (2000)

MICHAEL MARRAK interviewt von Olaf J. Menke; Phantastik.de (2000)

W. J. MARYSON interviewt von Renald Mienert; in SOLAR-X 121 (2000)

KAI MEYER interviewt von Olaf J. Menke; in PHANTASTIK.DE (1999)

SWEN PAPENBROCK interviewt von Werner Hörbart; in BACKGROUND 1886-1899 (1999)

KIM STANLEY ROBINSON interviewt von Usch Kiausch & Sascha Mamczak; in HEYNE TB 06/6339

GERD ROTTENECKER interviewt von Felix Darwin; in ALIEN CONTACT 37 (2000)

JOANNE K. ROWLING interviewt von Amazon.co.uk; Amazon.de (2000)

CHRISTEL SCHEJA interviewt von Uwe Lammers; in BADEN-WÜRTTEMBERG AKTUELL 192 (1999)

ECKHARD SCHWETTMANN interviewt von Ulrich Bettermann; in SOL 16 (1999)

MICHAEL SIEFENER interviewt von N.N.; in MEPHISTO 7 (2000)

MICHAEL SIEFENER interviewt von N.N.; in DASS DUNKLE ARCHIV 9 (2000)

BARBARA SLAWIG interviewt von Olaf J. Menke; Phantastik.de (2000)

TIMOTHY STAHL interviewt von Olaf J. Menke; Phantastik.de (1999)

HUBERT STRASSL interviewt von Karl E. Aulbach; in SOL 17/PHANTASTISCH! 1 (2000)

THOMAS THIEMEYER interviewt von Florian Breitsameter; SF-Buch.de (2000)

DIRK VAN DEN BOOM interviewt von Olaf J. Menke; Phantastik.de (1999)

ERNST VLCEK interviewt von N.N.; in MYSTERY PRESS 0 (1999)

RALPH VOLTZ interviewt von Werner Höbart; in BACKGROUND 186-1899 (1999)

AL WALLON interviewt von Karl E. Aulbach; in ANDROMEDA 141 (1999)

ALFRED WALLON interviewt von Olaf J. Menke; Phantastik.de (2000)

ALFRED WALLON interviewt von Olaf J. Menke; Phantastik.de (2000)

IAN WATSON interviewt von Bernhard Kempen; in ANDROMEDA 143/144 (1999)

MANFRED WEINLAND interviewt von N.N.; in MYSTERY PRESS 0 (1999)

MANFRED WEINLAND interviewt von Olaf J. Menke; Phantastik.de (2000) & FANTASTICREADERNEWS 4/2000 (2000)

JAMES WHITE interviewt von Frank Borsch; in ANDROMEDA 143/144 (1999)

MICHAEL WITTMANN interviewt von Milan Knezevic; in NEW WORLDS 33 (1999)

ROBERT ZUBRIN interviewt von Sven Knuth; in STAR OBSERVER SPECIAL 8 (2000)

Die Amerikanische SF-Szene 1999/2000

von Hermann Urbanek

In den letzten beiden Jahren hatte die in den neunziger Jahren nur mit wenigen positiven Tendenzen konfrontierte amerikanische Science Fiction-, Fantasy- und Horror-Szene doch wieder einigen Grund zum Feiern. Denn nachdem die Zahl der veröffentlichten Titel, wenn auch mit Ausnahmen, nahezu kontinuierlich zurückgegangen war, hatte es 1998 erstmals wieder ein positives Gesamtergebnis mit einem Plus von acht Prozent gegeben und 1999 war es sogar gelungen, dieses Jahresendergebnis – das zweitbeste in der Geschichte der amerikanischen Verlagsszene überhaupt – in etwa zu halten. Zurückzuführen war dieses erfreuliche Ergebnis zum einen auf den immer härter werdenden Verdrängungswettbewerb zwischen durch Zusammenschlüsse und Übernahmen immer größer werdenden Verlagsgiganten, vor allem aber auch auf die Tatsache, dass immer mehr Verlage, vor allem Klein- und Spezialverlage, versuchen, Nischen zu finden und dort aktiv zu werden, wobei auch dem »Book on Demand«-Konzept wachsende Bedeutung zukommt.

Der amerikanischen SF-Fachzeitschrift **LOCUS** zufolge erschienen 1999 alles in allem 1959 dem Genre zurechenbare Titel, also exakt genau so viele wie 1998. Wie schon in den vorangegangenen Jahren hatten auch diesmal die Nachdrucke und Neuauflagen einen beträchtlichen Marktanteil, und zwar sowohl beim gebundenen Buch als auch beim Paperback und Taschenbuch, der in den USA noch immer wichtigsten und verbreitetsten Publikationsform. Der Anteil der original- und

Erstveröffentlichungen ist 1999 wieder leicht gesunken, lag aber trotzdem, wie auch schon im Jahr davor, bei rund 57%. Auch bei den Reprints bzw. Nachdrucken gab es nur geringfügige Schwankungen. Die Entwicklung verlief dabei bei den einzelnen Publikationsformen recht unterschiedlich. Bei den Hardcovern ging die Zahl der Originalveröffentlichungen stärker zurück, und zwar von 497 auf 479, während es bei den Nachdrucken einen Titel mehr gab und so die Hardcover-Gesamtzahl von 660 im Jahre 1998 auf jetzt 643 zurückging, was ein Minus von 3 Prozent bedeutete. Die Paperbacks dagegen legten sowohl bei den neuen Titeln - von 274 auf 278 - als auch bei den Neuausgaben - von 254 auf 262 zu und verzeichneten in der Relation von 1998 auf 199 ein Plus von 2 Prozent oder 12 Titeln (von 528 auf 540). Ähnlich, wenn auch nicht so positiv, verlief die Entwicklung beim Taschenbuch: Bei den Erstveröffentlichungen erschien 1999 ein Titel weniger als 1998 (350 statt 351), dafür gab es bei den Nachdrucken zuletzt 426 statt 420 Bände, insgesamt kamen also mit 776 Titeln um 5 mehr heraus als noch 1998. Insgesamt teilten sich die 1959 Publikationen des Jahres 1999 auf in 1107 Erstveröffentlichungen (1998: 1122; minus 1 %) und 852 Neuauflagen (im Vorjahr 837, plus 2 % und somit ein neuer Rekord in der Publikationsgeschichte der amerikanischen Science Fiction).

Die 1107 Erstveröffentlichungen des Jahres 1999 setzten sich aus 251 SF-Romanen (22,7 %; davon 32 Jugendbücher), 275 Fantasy-Romanen (24,8 %, davon 67 Jugendbücher), 95 Horror-Romanen (8,6 %, davon 21 Jugendromane), 74 Anthologien (6,7 %), 73 Storysammlungen (6,6 %), 191 Medienbüchern (17,3 %), 59 Sekundärwerken (5,3 %), 38 Kunstbänden (3,4 %), 42 Sammelbänden (3,8 %) und 9 nicht eindeutig zuordbaren Titeln zusammen. 1998 bestanden die 1122 Erstveröffentlichungen aus 242 SF-Romanen (21,5 %, davon 20 Jugendbücher), 233 Fantasy-Romanen (20,7 %; davon 55 Jugendbücher), 110 Horrorromanen (9,8 %; davon 28 Jugendbücher), 105 Anthologien (9,3 %), 79 Kollektionen (7,0 %), 193 Medienbüchern (17,2 %), 77 Sekundärtiteln (6,8 %), 30 Kunstbüchern (2,7 %), 49 Omnibusbänden (4,4 %) und

5 nicht einzuordnenden Titeln. Großer Gewinner war der Fantasy-Roman, der um 42 Bände zulegte und damit seinen Marktanteil nicht nur um 4,1 % verbessern, sondern auch den SF-Roman von der Spitzenposition verdrängen konnte. Lediglich das Kunstbuch und SF-Roman konnten ebenfalls sowohl Titelzahl als auch Marktanteil steigern, alle anderen Bereiche wiesen Rückgänge sowohl beim Titelausstoß als auch beim Marktanteil auf. Die größten Verlierer waren die Kategorien Anthologie (31 Publikationen weniger, minus 2,6 %), Sachbuch (16 Titel weniger, minus 1,5 %) und Horror-Roman (ein Minus von 15 Veröffentlichungen und 1,2 %), bei den restlichen fielen die Verschiebungen relativ gering aus.

1999 gab es im Gegensatz zum Vorjahr keine größeren oder spektakulären Fusionen, Eigentümerwechsel oder Abspaltungen bei den führenden ***Genre-Verlagen und Verlagsgruppen,*** zumindest keine, die das Gesamtbild des Marktes für dieses Jahr irgendwie verändert oder verfälscht oder signifikante Auswirkungen auf die Marktpositionen der jeweiligen Anbieter gehabt hätten. Denn der Zusammenschluss von **Morrow/Avon und HarperCollins** wird erst bei den Zahlen des Jahres 2000 zu Buche schlagen. Die Trends fielen bei den führenden Verlagen bzw. Verlagsgruppen, die phantastische Literatur in all ihren verschiedenen Spielarten im Programm hatten, wieder sehr unterschiedlich aus, wobei die Bandbreite bei den führenden Verlagen von einem Plus von 50,0 % **(Simon & Schuster/Pocket)** bis zu einem Minus von 28,8 % **(DAW)** reichte. **Tor** gelang es mit einem Ausstoß von 263 Titeln (45 mehr als im Vorjahr, was einem Plus von 20,6 % entsprach), wieder Marktleader zu werden und Verlagsgigant **Penguin Putnam** (229 Titel, 1998: 255) auf Platz 2 zu verdrängen. Neuer Drittplatzierter war **Simon & Schuster/Pocket** mit 156 Publikationen (zuvor 104), gefolgt vom **Science Fiction Book Club** (135 statt 138), **Random/Ballantine** (122 statt 123), **Morrow/Avon** (109; 1998: 118), **Bantam/Doubleday/Dell** (103 anstelle von 100), **HarperCollins** (94 statt 98), **Baen** (59, 1998 waren es 53 gewesen) und auf dem zehnten Platz DAW (nur mehr 42 anstelle von 59). Auf den Plätzen landeten **Harcourt**

Brace (41), **Warner** und **Wizards of the Coast/TSR** (beide 39), St. Martin's (31), **Kensington/Leisure/Pinnacle** (25), **Pulpless.Com** (24) und **Scholastic** (22). Alle übrigen Verlage publizierten **LOCUS** zufolge 1999 weniger als 20 Titel. Die 1959 Publikationen wurden von insgesamt 204 Verlagen auf den Markt gebracht, also von 29 weniger als im Jahr zuvor. Mehr als die Hälfte aller publizierten Titel wurden von den führenden sechs Verlagen bzw. Verlagshäusern herausgebracht, im Vorjahr wurde das von den Top Seven geschafft.

Im August 1999 beendete **Carol Publishing** alle Geschäftstätigkeiten. Der Verlag hatte u. a. auch die Paperback-Ausgabe der gesammelten Kurzgeschichten von Philip K. Dick herausgebracht.

Wizards of the Coast, die Eigentümer von TSR, veröffentlichen seit Sommer 2000 alle früheren TSR-Reihen nur mehr unter ihrem eigenen Logo. Nachdem sie zuvor TSR gekauft hatten, wurden Wizards im Herbst 1999 vom Spielhersteller **Hasbro** gekauft.

Dem Zusammenschluss der Verlage **HarperCollins** und **Morrow/Avon** und der danach folgenden Restrukturierung und Konsolidierung fiel HarperPrism, die SF-Reihe von HarperCollins zum Opfer. In der Neuorganisation wird es SF und Fantasy sowie artverwandte Titel nur mehr von Morrow/Avon und hier speziell in den Imprints Avon Eos und HarperEntertainment geben.

Warner Aspect hat erneut einen Wettbewerb für Debütromane ausgeschrieben, dessen Gewinner neben einem Vorschuss und Tantiemen auch im Rahmen des »New Aspects«-Programms publiziert wird. Der erste Gewinner war Nalo Hopkinson, ihr »Brown Girl in the Ring« erhielt den Campbell Award und den Locus Award.

Ende 1999 wurde **Babbage Press** aus der Taufe gehoben. Die Gründer, Arthur Byron Cover, Lydia C. Marano und Kristina

Anderson Etchison wollen hier auf »Book on Demand«-Basis sowohl Originalveröffentlichungen als auch Neuauflagen vergriffener Bücher präsentieren, darunter auch vom Autor in die ursprüngliche Fassung gebrachte stark bearbeiteter Titel. Dazu gehören u. a. »Eclipse« von John Shirley, »Lost Angels« von David J. Schow, »Homunculus« von James P. Blaylock und »Dragon's Fin Soup« von S. P. Somtow.

Die traditionellen Verlage erkennen schön langsam die Möglichkeiten, die das »Book on Demand«-Verfahren auch ihnen bei der Backlist bietet. So kaufte sich **Random House** im Frühjahr 2000 bei **Xlibris,** einem bedeutenden Online-Dienst ein, bei dem Autoren aus ihren fertiggestellten Manuskripten innerhalb weniger Wochen elektronische Bücher (e-books), Hardcover und Paperbacks machen können. Zusätzlich hob Random auch den Online-Imprint **AtRandom** aus der Taufe. Die Holtzbrinck-Gruppe, zu der u. a. St. Martin's, Tor und Forge gehören, hat sich einen Platz in diesem Markt über die Firma **Lightning Source** gesichert, die zu Ingram Industries gehört und die bereits über Erfahrungen im POD-Markt verfügt. Und Time Warner Books kündigte an, über **iPublish.com** ab 2001 auch elektronische Bücher zu publizieren, sowohl ausgewählte Titel aus der Backlist als auch neues Material.

Mittlerweile explodiert der Markt für On-Demand-Bücher förmlich, wobei auch bekannte Autoren versuchen, in diesem Bereich tätig zu werden, wie John Betancourt, der über seine **Wildside Press** bis Ende 2000 eintausend Bücher lieferbar haben will. Roger MacBride Allen hat **FoxAcre Press** ins Leben gerufen, einen Book-On-Demand-Verlag, und die Autorinnen Xina Marie Uhl und Cheryl Dyson wollen über **XC Publishing** SF, Fantasy und andere Belletristik in verschiedenen elektronischen Formaten vertreiben.

Wildside Press hat im Sommer 2000 den in den USA und Großbritannien aktiven Velag **Cosmos Books** gekauft und wird die dort präsenten Autoren künftig unter seinem eigenen Cosmos Books Imprint herausbringen. Dazu gehören die Jahres-Anthologie »Fantasy Annual« sowie Werke von John Russell Fearn, Philip E. High, Darrell Schweitzer, E. C. Tubb u. a.

Wie auch schon in den vorangegangenen Jahren waren SF-, Fantasy- und Horror-Titel auch 1999/2000 wieder in beeindruckender Zahl in den ***Bestsellerlisten*** vertreten. Erneut sind im letzten Jahr wieder etliche Titel, die zur phantastischen Literatur gehören, an die Spitze gelangt und haben Platz 1 auf den diversen Buch- und Taschenbuchlisten auch einige Zeit halten können, wie »Star Wars: Episode I: The Phantom Menace« von Terry Brooks, »The Girl Who Loved Tom Gordon« und »Bag of Bones« von Stephen King, »Harry Potter and the Chamber of Secrets«, »Harry Potter and the Sorcerer's Stone«, »Harry Potter and the Prisoner of Azkaban« von J. K. Rowling, »Hearts in Atlantis« von Stephen King, »Timeline« von Michael Crichton, »The Green Mile« von Stephen King, »Brightly Burning« von Mercedes Lackey und »Encounter With Tiber« von Buzz Aldrin & John Barnes. Recht gut platzieren konnten sich u. a. »Cryptonomicon« von Neal Stephenson, »Star Wars Visual Dictionary« von David West Reynolds, »A Very Strange Trip« von L. Ron Hubbard & Dave Wolverton, »The Outlandish Companion« von Diana Gabaldon, »Wildflowers: Misty«, »Wildflowers: Star«, »Wildflowers: Jade«, »Wildflowers: Cat« und »Rain« von V. C. Andrews, »Star Wars: Hard Merchandise« von K. W. Jeter, »Animorphs: The Separation«, »Animorphs: The Conspiracy«, »Animorphs: The Illusion« und »Animorphs: The Prophecy« von K. A. Applegate, »Star Wars: Episode I: The Phantom Menace« von Terry Brooks, »Star Wars: The Starfighters of Adumar« von Aaron Allston, »Hearts in Atlantis« von Stephen King, »Ender's Shadow« von Orson Scott Card, »Star Wars: Visions of the Future« von Timothy Zahn, »Dune: House Atreides« von Brian Herbert & Kevin J. Anderson, »Star Wars: The New Jedi Order: Vector Prime« von R. A. Salvatore, »Forgotten Realms: The Spine of the World« von R. A. Salvatore »When the Wind Blows« von James Patterson, »Loyalty in Death« von J. D. Robb, »Seize the Night« und »False Memory« von Dean Koontz, »The Legend of Luke« und »Marlfox« von Brian Jacques, »The Path of Daggers«

von Robert Jordan, »The Girl Who Loved Tom Gordon« von Stephen King, »Star Wars: The New Jedi Order: Dark Tide # 1: Onslaught« und »Star Wars: The New Jedi Order: Dark Tide # 2: Ruin« von Michael A. Stackpole, »Ashes of Victory« von David Weber, »Soul of Fire« von Terry Goodkind, »DragonLance: Dragons of the Fallen Sun« von Margaret Weis & Tracy Hickman, »Pegasus in Space« von Anne McCaffrey, »Battlefield Earth« von L. Ron Hubbard, »The Fifth Elephant« von Terry Pratchett, »Star Wars: Rogue Planet« von David Brin, »Star Trek: New Earth Book 1« und »Star Trek: New Earth Book 2« von Diane Carey.

Bei der ***Fantasy,*** die, was die Zahl der publizierten Titel betrifft, jetzt schon im fünften Jahr in Folge hinter der SF rangiert, dominierte auch 1999/2000 wieder mehrbändige Zyklen und Endlos-Serien. Zu vielen davon erschienen neue Fortsetzungsbände, einige wurden eingestellt, andere wurden neu gestartet: Wieder sehr umfangreich war das Angebot zum TSR-Spiel **DRAGONLANCE,** zu dem zuletzt »DragonLance Reader's Companion: The Odyssey of Gilthanas« von Douglas Niles & Steve Miller, »Dalamar the Dark« von Nancy Varian Berberick, »Dragons of A Fallen Sun« von Margaret Weis & Tracy Hickman, »Downfall« von Jean Rabe, »The Clandestine« von Mary H. Herbert, »The Citade«, von Richard A. Knaak, »Children of the Plains« von Paul B. Thompson & Tanya C. Cook, »Draconian Measurs« von Don Perrin & Margaret Weis und »The Thieves- Guild« von Jeff Crook erschienen sind +++ Zur Sub-Serie **DRAGONLANCE: TALES OF THE FIFTH AGE** gab es »Rebels and Tyrants«, hrsg. von Margaret Weis & Tracy Hickman +++ Auch zum zweiten erfolgreichen TSR-Spiel **FORGOTTEN REALMS** gab es viele neue Titel, wie »The Spine of the World« von R. A. Salvatore, »Realms of the Deep«, hrsg. von Philip Athans, »The Magebound« von Elaine Cunningham, »The Sea Devil's Eye« von Mel Odom, »The Halls of Stormweather«, anonym herausgegeben, »Death of the Dragon« von Ed Greenwood & Troy Denning, »The Fallen Fortress« von R. A. Salvatore, »The Chaos Curse« von R. A. Salvatore, »The Nether Scroll« von Lynn Abbey, »Baldur's Gate II: Shadows of Amn«

von Philip Athans, »Servant of the Shard« von R. A. Salvatore, »Pool of Radiance: The Ruins of Myth Drannor« von Carrie A. Bebris, »Shadow's Witness« von Paul Kemp und »City of Ravens« von Richard Baker +++ Weitergeführt wurde die neue TSR-Serie **GREYHAWK** mit »Descent into the Depths of the Earth« von Paul Kidd +++ Mit **EVERWORLD** startete Bestseller-Autorin K. A. Applegate eine neue Serie, in der zuletzt »Enter the Enchanted« (3), »Realm of the Reaper« (4), »Discover the Destroyer« (5), »Fear the Fantastic« (6), »Gateway to the Gods« (7), »Brave the Betrayal« (8), »Inside the Illusion« (9) und »Understand the Unknown« (10) herausgekommen sind +++ In Katherine Kurtzs **DERYNI-SAGA** erschien der schon lange erwartete neue Roman unter dem Titel »King Kelson's Bride« +++ Terry Brooks führte sein **SHANNARA-SAGA** mit »The Voyage of the Jerle Shannara: Ilse Witch« fort +++4 Sehr aktiv war auch Christopher Stasheff; von ihm erschienen neue Romane zu seinen diversen Serien: zu **WARLOCK** »The Spell-Bound Scholar«, zu **CHRONICLES OF THE ROGUE WIZARD** »A Wizard and a Warlord« (7) und »A Wizard in the Way« (8) sowie zu **WIZARD IN RHYME** »The Haunted Wizard« (7) und »The Feline Wizard« (8) +++ Neue interessante Titel gab es zuletzt auch zu **MAGIC THE GATHERING,** dem größten Sammelkarten-Spiel der Welt, und zwar »Bloodlines« von Loren Coleman (ARTEFACTS CYCLE 2), »Mercadian Masques« von Francis Lebaron (MASQUERADE CYCLE 1), »The Thran« von J. Robert King, »Nemesis« von Paul B. Thompson (MASQUERADE CYCLE 2), »The Eternal Ice« von Jeff Grubb (ICE AGE CYCLE 2), »Prophecy« von Vance Moore (ARTEFACTS CYCLE 3), »The Myths of Magic«, hrsg. von Jess Lebow, »Invasion« von J. Robert King und »The Shattered Alliance« von Jeff Grubb +++ Dennis L. Kiernan veröffentlichte den neuen **MITHGAR**-Roman »Silver Wolf, Black Falcon« +++ Gordon R. Dickson setzte seine **DRAGON KNIGHT**-Serie um den Drachenritter Jim Eckert mit »The Dragon and the Fair Maid of Kent« fort +++ Bei der Romanreihe um **XENA** wurde die QUEST-Trilogie mit »How the Quest Was Won« von Ru Emerson abgeschlossen +++ Zwei Romane wurden auch zum Ableger **YOUNG HERCULES** herausgebracht: »Young Hercules:

A Novelisation« von Mel Odom, »Cheiron's Warriors« und »Ares Alliance« von Keith R. A. DeCandido sowie »Mission From Zeus« von Daniel J. Fingeroth +++ In der **RECLUCE-Serie** von L. E. Modesitt erschien als jüngster Beitrag »Colors of Chaos« +++ Mercedes Lackey führte ihre **VALDEMAR**-Serie mit »Brightly Burning« weiter +++ Neu gestartet wurde nach dem gleichnamigen Roman die Serie **VOYAGE OF THE BASSETT** mit »Islands in the Sky« von Tanith Lee und »The Raven Queen« von Terri Windling & Ellen Steiber +++ L. Frank Baums klassische Kinderbuchserie OZ wurde weitergeführt mit »Paradox in Oz« von Edward Einhorn +++ Neu in der Serie **BLACK COMPANY** von Glen Cook »Soldiers Live«, der Abschlussband des GLITTERING STONE-Subzyklus +++ Neu auch ein Roman zum 3-D-Actionspiel **ETERNAL WARRIORS** von Theodore Beale: »The War In Heaven« +++ Weitere Informationen über kürzere Zyklen, Fortsetzungen zu früher erschienenen Romanen und Reihen sowie über neue Serien-Projekte, sowohl was die Fantasy, als auch die SF und den Horror betrifft, finden sich im Abschnitt AUTOREN UND PROJEKTE.

Ein ähnliches Bild bot sich bei der ***Science Fiction:*** Auch hier beherrschten 1999/2000 Zyklen und Serien das Bild, wenn auch nicht so dominant wie bei der Fantasy. Zur beliebten TV-Serie **STARGATE SG-1** erschien als 3. Roman »The First Amendment« von Ashley McConnell +++ Neu gestartet wurde auch eine Romanreihe zu **GENE RODDENBERRY'S EARTH: FINAL CONFLICT.** Bislang liegen »The Arrival« von Fred Saberhagen, »The First Protector« von James White und »Requiem For Boone« von Debra Doyle & James D. Macdonald vor +++ Eine Jugendbuchreihe gibt es auch zu James Gurneys **DINOTOPIA,** zu dem der Meister auch den neuen Prachtband »First Flight« beigesteuert hat: »Windchaser« von Scott Ciencin, »River Quest« von John Vornholt, »Hatchling« von Midori Snyder, »Lost City« von Scott Ciencin, »Sabertooth Mountain« von John Vornholt, »Thunder Falls« von Scott Ciencin, »The Maze« von Peter David, »Firestorm« von Gene DeWeese, »Rescue Party« von Mark A. Garland, »Sky Dance« von Scott Ciencin, »Chomper« von Don Glut und »Return to Lost

City« von Scott Ciencin +++ Neue Romane gab es auch zu **BATTLETECH,** und zwar die Trilogie MECHWARRIOR aus »Ghost of Winter« von Stephen Kenson, »Roar of Honor« von Blaine Lee Pardoe und »By Blood Betrayed« von Blaine Lee Pardoe & Mel Odom sowie »Dagger Point« von Thomas S. Gressman (46), »Illusions of Victory« von Loren Coleman (47), »Measure of A Hero« von Blaine Lee Pardoe (48) und »Path of Glory« von Randall Bills (49) +++ In der Romanreihe, die die Geschehnisse aus **BABYLON 5** weiterführt, erschienen »Final Reckoning: The Fate of Bester« von J. Gregory Keyes und die aus »The Long Night of Centauri Prime«, »Armies of Light and Dark« und »Out of the Darkness« von Peter David bestehende LEGIONS OF FIRE-Trilogie +++ Neu zu STAR WARS gab es die Anthologie »Tales from the New Republic«, hrsg. von Peter Schweighofer & Craig Carey, sowie »Vector Prime« von R. A. Salvatore (THE NEW JEDI ORDER 1), »Rogue Planet« von Greg Bear, »Dark Tide 1: Onslaught« und »Dark Tide 2: Ruin« von Michael A. Stackpole (NEW JEDI ORDER 2 & 3), »Agents of Chaos 1: Hero's Trial« und »Agents of Chaos 2: Jedi Eclipse« von James Luceno (NEW JEDI ORDER 4 & 5) und »Balance Point« von Kathy Tyers (NEW JEDI ORDER 6) +++ Auch **ALIENS VS. PREDATOR** waren wieder am Zug, mit »War« von S. D. Perry +++ Insgesamt betrachtet waren auch im letzten Jahr die diversen **STAR TREK**-Reihen wieder am erfolgreichsten. Zu **STAR TREK: NEW FRONTIER** kamen »The Quiet Place«, »Dark Allies«, »Excalibur: Requiem«, »Excalibur: Renaissance« und »Excalibur. Restoration«, alle von Peter David, heraus, zu **STAR TREK CLASSIC** »Preserver« von William Shatner, Judith & Garfield Reeves Stevens und der STAR TREK – NEW EARTH – Sechsteiler aus »Wagon Train to the Stars« von Diane Carey (1), »Belle Terre« von Dean Wesley Smith & Diane Carey (2), »Rough Trails« von L. A. Graf (3), »The Flaming Arrow« von Jerry Oltion & Kathy Oltion (4), »Thin Air« von Kristine Kathryn Rusch & Dean Wesley Smith (5) und »Challenger« von Diane Carey (6), als auch »Rihannsu Book 1: Swordhunt« und »Rihannsu Book 2: Honor Blade« von Diane Duane. **STAR TREK – THE NEXT GENERATION** wurde mit »Gemworld, Book 1« & »Gemworld, Book 2« von John Vornholt, »The Valiant« von

Michael Jan Friedman und »I, Q« von John de Lancie & Peter David weitergeführt, STAR TREK – DEEP SPACE NINE mit »Millenium, Book 1: The Fall of Terok Nor«, »Millenium, Book 2: The War of the Prophets« und »Millenium, Book 3: Inferno« von Judith & Garfield Reeves-Stevens, »A Stitch in Time« von Andrew J. Robinson, »The Badlands, Book 1« und »The Badlands, Book 2« von Susan Wright, und zu STAR TREK VOYAGER kamen »Dark Matters Book 1: Cloak & Dagger«, »Dark Matters Book 2: Ghost Dance« & »Dark Matters Book 3: Shadow of Heaven« von Christie Golden in den Handel. Dazu gab es die STAR TREK Anthologien »The Lives of Dax«, hrsg. von Marco Palmieri, und »Strange New Worlds III«, hrsg. von Dean Wesley Smith, John J. Ordover & Paula M. Block +++ Die Geschehnisse des **STARGATE**-Kinofilms wurden mit »Resistance« von Bill McCay (5) weitergeführt +++ Neu die Romanreihe zum Rollenspiel **VOR – THE MAELSTROM:** »Into the Maelstrom« von Loren Coleman (1), »The Playback War« von Lisa Smedman (2), »Island of Power« von Dean Wesley Smith (3) und »The Rescue« von Don Ellis (4) +++ Auch zu MEN IN BLACK gab es einen weiteren Roman »The Grazer Conspiracy« von Dean Wesley Smith (2) +++ David Weber präsentierte den neuesten Roman um **HONOR HARRINGTON,** »Ashes of Victory« (9) +++ Neu zu **SHADOWRUN** der Roman »Ragnarok« von Stephen Kenson (38) +++ Die **THE TENTH PLANET**-Trilogie nach dem gleichnamigen Computerspiel wurde mit »Oblivion« (2) und »Final Assault« (3) von Dean Wesley Smith & Kristine Kathryn Rusch abgeschlossen +++ Zu **TITAN A.E.** gab es zwei weitere Fortsetzungen, »Cale's Story« und »Akima's Story« von Kevin J. Anderson & Rebecca Moesta +++ Die TSR-Serie **STAR*DRIVE** wurde weiter geführt mit »Nightfall at Algemron« von Diane Duane (HARBINGER 3), »Two of Minds« von William H. Keith jr. und »Gridrunner« von Thomas M. Reid +++ Zum SF-Computerspiel **RESIDENT EVIL** erschien Band 5 der Romanreihe, »Nemesis« von S. D. Perry +++ **POST-HOLOCAUST**-Serien: James Axler setzte **OUTLANDERS** mit »Outer Darkness« (10, LOST EARTH TRILOGY 3), »Armagedoon Axis« (11), »Wrath of Fire« (12), »Shadow Scourge« (13), »Hell Rising« (14) und »Doom Dynasy« (15) und

DEATHLANDS mit »Gaias Demise« (47; THE BARONIES 2), »Dark Reckonings« (48/3), »Shadow World« (49), »Pandora's Redoubt« (50), »Rat King« (51) und »Zero City« (52) fort +++ Weitergeführt wurden auch **ASHES** von William W. Johnstone mit »Standoff in the Ashes« (28) und **WINGMAN** von Mack Maloney mit »The Tomorrow War« (16).

Eine ähnliche Situation bot sich beim ***Horror*** – auch hier war der Trend zu Zyklen und Serien wieder leicht steigend. Zum TV-Hit **BUFFY, THE VAMPIRE SLAYER** kam wieder eine Vielzahl von Titeln heraus, und zwar »Sins of the Father« von Christopher Golden, »Deep Water« von Laura Anne Gilman & Josepha Sherman, »Prime Evil« von Diana G. Gallagher, »The Xander Years, Vol. 2« von Jeff Mariotte, »Here Be Monsters« von Cameron Dokey, »The Evil That Men Do« von Nancy Holder, »How I Survived My Summer Vacation, Vol. 1«, anonym herausgegeben, »Paleo« von Yvonne Navarro, »Spike & Dru: Pretty Maids All In A Row« von Christopher Golden, »Ghoul Trouble« von John Passarella und »Doomsday Deck« von Diana G. Gallagher +++ Auch zum BUFFY-Ableger **ANGEL** wurde eine Romanreihe gestartet, in der bislang »City of Angels« von Nancy Holder (1), »Not Forgotten« von Nancy Holder (2), »Redemption« von Mel Odom (3), »Close to the Ground« von Jeff Mariotte (4) und »Shakedown« von Don DeBrandt (5) vorliegen +++ Auch die Romanreihe zu **SABRINA, THE TEENAGE WITCH** wurde fortgesetzt, und zwar mit »While the Cat's Away« von Margot Batrae (25), »Fortune Cookie Fox« von Cathy East Dubowsky (26), »Haunts in the House« von John Vornholt (27), »Sabrina Down Under« (anonoym, Roman zum TV-Film innerhalb der Serie), »Up, Up, And Away« von Nancy Holder (28), »Millenium Madness« (29, anonym herausgegebene Anthologie), »Switcheroo« von Margot Batrae (30), »Mummy Dearest« von Mel Odom (31), »Reality Check« von Diana G. Gallagher (32), »Knock on Wood« von John Vornholt (33) und »It's A Miserable Life« von Cathy East Dubowski (34) +++ Chelsea Quinn Yarbro setzte ihren Zyklus um **SAINT-GERMAINE** mit »Communion Blood« (12) fort +++ Neu aus der Taufe gehoben wurde auch eine Buchreihe zu

CHARMED: »The Power of Three« von Eliza Willard (1), »Kiss of Darkness« von Brandon Alexander (2), »The Crimson Spell« von F. Goldsborough (3), »Whispers from the Past« von Rosalind Noonan (4), »Voodoo Moon« von Constance M. Burge (5) und »Haunted by Desire« von Constance M. Burge (6) +++ Es wurden auch zwei neue Romane um **THE CROW** veröffentlicht: »Temple of the Night« von S. P. Somtow und »Wicked Prayer« von Norman Partridge +++ Die Romanreihe zu **X-FILES** wurde weitergeführt mit »Regeneration« von Everett Owens (14), »Haunted« von Ellen Steiber (15) und »Miracle Man« von Terry Bisson (16) +++ Neue Romane über die **WORLD OF DARKNESS** waren »Eternal Hearts« von Lucy Taylor, »Ravnos« von Kathleen Ryan, »Giovanni« von Justin Achilli, »Malkavian« von Stewart Wieck, »Brujah« von Gherbod Fleming, »Tremere« von Eric Griffin und »Nosferatu« von Gherbod Fleming +++ Brian Lumley präsentierte eine neue **NECROSCOPE-Trilogie:** »Invaders«, »Defilers« und »Avengers« +++ Zur TV-Serie **POLTERGEIST: THE LEGACY** erschienen zuletzt die Romane »Maelstrom« von Matthew Castello (2) und »The Shadows Between« von L. A. Liverakos (3) +++ Neu auch **DARK MATTER** zum gleichnamigen Rollenspiel: »In Hollow Houses« von Gary Braunbeck und »If Whispers Call« von Don Bassingswaithe.

Auch in der Kategorie der ***Superhelden*** hat sich wieder einiges getan. Die Bücher zu den **MARVEL**-Superhelden wurden nach dem zuletzt gemeldeten Stop wieder weiter geführt, zuletzt kamen »Spider-Man: Goblin Moon« von Kurt Busiek & Nathan Archer, »X-Men & the Avengers: Gamma Quest, Book 2: Search and Rescue« von Greg Cox, »X-Men: Shadows of the Past« von Michael Jan Friedman, »X-Men and the Avengers: Gamma Quest, Book 3: Friend or Foe?« von Greg Cox, »X-Men« von Kristine Kathryn Rusch & Dean Wesley Smith, »X-Men Legends«, hrsg. von Stan Lee, »X-Men/Doctor Doom: The Chaos Engine Trilogy: Book 1« von Steven A. Roman, »X-Men: Codename Wolverine« von Christopher Golden, »Nick Fury, Agent of SHIELD: Empire« von Will Murray, »Generation X: Genogoths« von J. Stephen York, »Spider-Man: Emerald

Mystery« von Dean Wesley Smith und die Bände 1 bis 3 von »X-Men/Magneto: The Chaos Engine Trilogy« von Steven A. Roman in den Handel +++ **DC** brachte »Batman: No Man's Land« von Greg Rucka heraus.

Anthologien erfreuen sich in den USA nach wie vor großer Beliebheit. Aus der Fülle des Angebotes wären vor allem zu erwähnen: »Science Fiction Classics: The Stories That Morphed into Movies«, hrsg. von Forrest Ackerman (Kurzgeschichten, die zu Filmen wurden) +++ »The Year's Best Fantasy and Horror: Twelfth Annual Collection«, hrsg. von Ellen Datlow & Terri Windling +++ »Catfantastic V«, hrsg. von Andre Norton & Martin H. Greenberg +++ »The Best from Fantasy and Science Fiction: The Fiftieth Anniversary Anthology«, hrsg. von Edward L. Ferman & Gordon Van Gelder +++ »The Last Continent: New Tales of Zothique«, hrsg. von John Pelan +++ »Future Crimes«, hrsg. von Martin H. Greenberg & John Helfers +++ »999«, hrsg. von Al Sarrantonio +++ »Alien Abductions«, hrsg. von Martin H. Greenberg & John Helfers +++ »Armageddons«, hrsg. von Jack Dann & Gardner Dozois +++ »California Sorcery«, hrsg. von William F. Nolan & William Schafer +++ »Past Life, Present Tense«, hrsg. von Elizabeth Ann Scarborough & Martin H. Greenberg +++ »Subterranean Gallery«, hrsg. von Richard T. Chizmar & William K. Schafer +++ »Tesseracts 8«, hrsg. von John Clute & Candas Jane Dorsey +++ »The Dark Detectives: Adventures of the Supernatural Sleuths«, hrsg. von Stephen Jones +++ »Nebula Awards Showcase 2000«, hrsg. von Gregory Benford +++ »Skylife: Space Habitats in Story and Science«, hrsg. von Gregory Benford & George Zebrowski +++ »Spell Fantastic«, hrsg. von Martin H. Greenberg & Larry Segriff +++ »Aurora Awards: An Anthology of Prize-Winning Science Fiction & Fantasy«, hrsg. von Edo van Belkom +++ »Black Heart, Ivory Bone«, hrsg. von Ellen Datlow & Terri Windling +++ »Explorers: SF Adventures to Far Horizons«, hrsg. von Gardner Dozois +++ »The Year's Best Science Fiction: Seventeenth Annual Collection«, hrsg. von Gardner Dozois +++ »Year's Best SF # 5«, hrsg. von David Hartwell +++ »The Year's Best Fantasy and Horror: Thirteenth Annual Collection«, hrsg. von Ellen Datlow & Terri Windling +++ »Vanishing Acts«, hrsg. von Ellen Datlow +++ »The SFWA Grand Masters: Volume Two«, hrsg. von Frederik Pohl +++ »Perchance To Dream«, hrsg. von Denise Little & Martin H. Greenberg +++ »The Furthest Horizon: SF Adventures to the Far Future«, hrsg. von Gardner Dozois +++ »Dark Matter«, hrsg. von Sheree R. Thomas +++ »A Wolf in the Door and Other Retold Fairy Tales«, hrsg. von Ellen Datlow & Terri Windling +++ »Strange Attraction«, hrsg. von Edward E. Kramer.

Bei den ***Vorschüssen und Honorarzahlungen*** gab es 1999/2000 keine neuen Rekorde. Den Vogel schoß diesmal **Steve Erikson** ab: Er erhielt 1,2 Mio $ für eine neue neunbändige Fantasy-Serie +++ über 1 Mio $ Vorschuss international bekam **David Zindell** für die Fantasy-Tetralogie THE EA CYCLE und im Rahmen einer Auktion **David & Leigh Eddings** für den in der Eiszeit spielenden Fantasy-Roman »The Redemption of Althalus«, für die britischen Rechte heimsten die beiden noch zusätzlich 500 000 Pfund ein +++ siebenstellig war auch der Vorschuß an **Stephen King** für die Romane »From A Buick Eight« und »Cancer« sowie einen Erzählband +++ Höhere sechsstellige Vorschüsse erhielten die Australierin **Sara Douglass** für sieben Fantasy-Romane – sechs davon spielen in Tendacor und bilden THE AXIS TRILOGY und THE WAYFARER REDEMPTION TRILOGY, der siebte gehört keiner Serie an, **Robert J. Sawyer** für »Neandertal Parallax« und zwei weitere Romane, **Norman Spinrad** für die Fantasy »The Druid King«, David Feintuch für »Children's Hope« (NICHOLAS SEAFORT 7) und den Fantasy-Roman »The King« (Fortsetzung zu »The Still«), **Todd McCaffrey,** der Sohn von Anne McCaffrey, für den DRAGONRIDER-Roman »Dragonblood«, **Jeff Long** für »Year Zero«, Garth Nix für »The Fall«, eine Fortsetzung und vier weitere Bände der Jugendbuchserie THE SEVENTH TOWER, **Harry Turtledove** für die Bände 3 und 4 des DARKNESS-Zyklus sowie zwei historische Romane, die unter dem Pseudonym H. N. Turteltaub erscheinen werden, **Alastair Reynolds** für den Debütroman »Revelation Space« plus die Fortsetzung »Chasm City«, **Neil Gaiman** für einen neuen Roman, der teilweise eine Fortsetzung zu »Neverwhere« bildet +++ Einen mittleren sechsstelligen Vorschuß bekam **Katherine Kurtz** für die neue zum DERYNI-Zyklus gehörende CHILDE MORGAN-Trilogie +++ Einen mittelhohen fünfstelligen Vorschuß erhielt **Sarah Zettel** für Fantasy »Isavalta«, höhere fünfstellige **Diana Marcellas** für die Trilogie MOTHER OCEAN, DAUGHTER SEA sowie **Sean McMullen** für den GREYWINTER-Roman »Eyes of the Calculor« und die Science Fantasy »Voyage of the Arrowflight« +++ Fünfstellig war der Vorschuß an **Stephen Jones & David Sutton** für die Bände 5 & 6 der Anthologienreihe DARK TERRORS.

Im einzelnen ist von den ***Autoren,*** ihren jüngsten ***Veröffentlichungen, Aktivitäten*** und geplanten ***Projekten*** – in alphabetischer Reihenfolge – folgendes zu berichten:

Lynn Abbey – bereitet ein Paket neuer THIEVES' WORLD-Bände vor, darunter einen Roman und zwei neue Anthologien. Erschienen ist der phantastische Roman »Out of Time«.

Joan Aiken – Der 9. Roman des ALTERNATE ENGLAND-Zyklus erschien in den USA unter dem Titel »Dangerous Games«.

Roger McBride Allen – Neu der serienunabhängige SF-Roman »The Depths of Time« um eine Zeitpatrouille, die Zeitreisen ermöglichende Wurmlöcher bewacht.

Kevin J. Anderson – hat mit Brian Herbert den zweiten Band der frühen DUNE-Ttrilogie fertiggestellt; er erscheint als »Dune: House Harkonnen«.

Poul Anderson – Um das Thema menschliche Unsterblichkeit geht es im neuen Roman »Genesis«. Auch der nächste Roman ist schon fertig, die Fantasy »Mother of Kings«.

Piers Anthony – Gemeinsam mit Jo Anne Treusch entstand die Fantasy »The Secret of Spring« und mit Ron Leming »The Gutbucket Quest«. Fertig ist der 25. XANTH-Roman »Swell Foop«, zwei weitere sind in Planung, »Up in A Heaval« und »Cube Route«.

Catherine Asaro – Neu der Near-Future-SF-Roman »The Veiled Web« und die Space Opera »Ascendant Sun«, Fortsetzung von »The Last Hawk«. Für Ende 2000 angekündigt »The Phoenix Code« und »The Quantum Rose«.

Robert Asprin – Band 3 der gemeinsam mit Linda Evans geschriebenen TIME SCOUT-Serie liegt vor: »Ripping Time«.

Kage Baker – Nach »In the Garden of Iden« und »Sky Coyote« erschien mit »Mendoza in Hollywood« der 3. Roman um die COMPANY, eine Zeitreise-Gesellschaft.

John Barnes – Als Gemeinschaftsproduktion mit dem Astronauten Buzz Aldrin entstand der SF-Roman »The Return«. Neu auch »Candle«, der in der Welt von »Kaleidoscope Century« spielt und in dem es um Individualität und Gesellschaft geht.

Neal Barrett jr. – Neu der SF-Roman »Interstate Dreams« und die Collection »Perpetuity Blues«. Ende 2000 kommt »The Prophecy Machine« heraus.

T. A. Barron – Der 4. Roman des Zyklus THE LOST YEARS OF MERLIN erschien unter dem Titel »The Mirror of Merlin«.

Peter S. Beagle – Neu vom Fantasy-Meister die Gespenstergeschichte »Tamsin« und die Novelle »A Dance for Emilia«.

Gregory Benford – Neu der SF-Roman »The Martian Race« um die erste bemannte Marsmission und »Eater« um ein Schwarzes Loch mit speziellen Geheimnissen. Die dritte SF-Collection erschien unter dem Titel »Worlds Vast and Various«.

Alfred Bester – Für Ende 2000 angekündigt ist die Collection »redemolished«.

Anne Bishop – Fertig »The Invisible Ring«, eine Vorgeschichte zur BLACK JEWELS-Trilogie.

Michael Bishop – Eine Sammlung mit längeren Texten erschien unter dem Titel »Blue Kansas Sky«.

Terry Bisson – schrieb den Roman zum Film »Galaxy Quest« und publizierte die Collection »In the Upper Room and Other Likely Stories«. Gemeinsam mit Stephanie Spinner entstand das Jugendbuch »Be First in the Universe«.

James P. Blaylock – In Vorbereiung befindet sich die Collection »Thirteen Phantasms and Other Stories«.

Margaret Wander Bonnano – Ein SF-Autor erhält Botschaften von telepathischen Aliens – in »Preternatural Too: Gyre«, der Fortsetzung von »Preternatural«.

Alice Borchardt – der Historische Dark Fantasy »Night of the Wolf« schildert die Vorgeschichte von »The Silver Wolf«.

Ben Bova – setzt sein Abenteuer der Erforschung des Mars fort – in »Return to Mars«.

Bruce Boxleitner – Der Star aus »Babylon 5« präsentierte seinen Debütroman: »Frontier Earth«, zu dem er auch schon die Fortsetzung »Frontier Earth: Searcher« fertig hat.

T. C. Boyle – Vom Literaten kommt ein neuer Roman mit SF-Elementen: »A Friend of the Earth«.

Leigh Brackett – Frühe Stories werden neu aufgelegt in der Storysammlung »Martian Quest: The Early Brackett«.

Ray Bradbury – In Vorbereitung befindet sich die Collection »A Chapbook for Burnt-Out Priests, Ministers, and Rabbis«.

Marion Zimmer Bradley – Geschichten, die MZB vor ihrem Tod noch ausgewählt hat, bilden den Inhalt der geplanten Ausgaben 19 & 20 der Anthologienreihe SWORD & SORCERESS. Erschienen ist der zur LIGHT-Serie um Sara Latimer gehörende Roman »Witch Hill«.

Gillian Bradshaw – Von Archimedes und der Geburt der Wissenschaft handelt der neue historische Roman »The Sand-Reckoner«.

C. Dale Brittain – Der neueste humorvolle Fantasy-Roman der WIZARD OF YURT-Serie ist da – »Is This Apocalypse Necessary?«

Terry Brooks – schloss die Trilogie um JOHN ROSS, KNIGHT OF THE WORD mit »Angel Fire East« ab. Und schrieb den neuen SHANNARA-Roman »The Voyage of Jerle Shannara: The Ilse Witch«.

Fredric Brown – Die rührige NESFA bringt den Erzählband »From These Ashes: The Short SF of Fredric Brown« dieses Meisters der kurzen Form heraus.

Algis Budrys – hat sich verpflichtet, ein Prequel zu L. Ron Hubbards »Battlefield Earth« zu schreiben.

Chris Bunch – Der 2. Band der LAST LEGION Trilogie ist »Firemask« betitelt.

Stepen L. Burns – Eine Erstkontakt-Geschichte der anderen Art ist »Call from a Distant Shore«.

Ramsey Campbell – Neu vom britischen Horror-Meister der Roman »Silent Children«.

Orson Scott Card – setzt seine ENDER-Serie mit »Shadow of the Hegemon«, einer direkten Fortsetzung zu »Ender's Shadow« fort.

Jonathan Carroll – Die neue Erzählung »The Heidelberg Cylinder« war nur in einer selbst verlegten Hardcover-Ausgabe, limitiert auf 1000 Exemplare, erhältlich.

Jeffrey A. Carver – Fertig gestellt wurde der STAR RIGGER-Roman »Eternity's End«.

Hugh B. Cave – Der Pulp-Altmeister verfaßte einen neuen, in der näheren Zukunft spielenden Horror-Roman: »The Dawning«.

Jeanne Cavelos – hat »Casting Shadows« und »Summoning the Light«, die ersten Bände einer neuen BABYLON 5-Trilogie abgeliefert.

Jack L. Chalker – setzt die SAGA OF THE WELL WORLD mit Band 6, »The Sea is Full of Stars«, und Band 7, »Ghost of the Well of Souls«, fort.

C. J. Cherryh – Drei Jahre nach den in »Inheritor« geschildertern Ereignissen handelt der Folgeband »Precursor« (FOREIGNER 4). Auch von der FORTRESS-Fantasy-Serie liegt der 4. Band vor, der sie abschließt: »Fortess of Dragons«. In Vorbereitung für Anfang 2001 ist »Defender«.

Chris Claremont – schloss mit »Shadow Moon« die von George Lucas als Fortsetzung zu »Willow« konzipierte SHADOW-Trilogie ab, in der bereits »Shadow Moon« und »Shasdow Dawn« vorlagen.

Arthur C. Clarke – Gemeinsam mit Stephen Baxter entstand der SF-Roman »The Light of Other Days«.

Douglas Clegg – 13 Horror-Stories enthielt der Erzählband »The Nightmare Chronicles«. Neu auch die Print-Fassung seines Web-Serials »Naomi«.

Hal Clement – Klassische SF-Stories enthalten »The Essential Hal Clement, Volume 2: Music of Many Spheres« und »The Essential Hal Clement, Volume 3: Variations on a Theme by Sir Isaac Newton«.

David B. Coe – Zuletzt erschien Band 3 seiner mit dem William L. Crawford Award ausgezeichneten Serie THE LONTOBYN CHRONICLE: »Eagle-Sage«.

Allan Cole – »The Gods Awaken« ist das actionreiche Finale der TALES OF TIMURA.

Paul Cook – Neu das SF-Jugendbuch »The Engines of Dawn«.

Susan Cooper – Mit »King of Shadows« legte die durch den Zyklus THE DARK IS RISING bekannte Autorin ein Jugendbuch mit Zeitreisethematik vor.

Bernard Cornwell – Um die Errichtung von Stonehenge geht es im prähistorischen Roman »Stonehenge (2000 B.C.)«.

Wes Craven – Vom Horror Meister kommt der SF-Horror-Roman »Fountain Society«.

Michael Crichton – neu der Zeitreise-Roman »Timeline«.

Peter Crowther – 24 Geschichten enthält der Erzählband »The Longest Single Note and Other Strange Compositions«.

Clive Cussler – SF-Elemente enthielt auch das neueste DIRK PITT-Abenteuer »Atlantis Found«.

Julie E. Czerneda – In ihrem 3. Roman, »Ties of Power«, kehrte die Autorin wieder ins TRADE PACT-Universum ihres Erstlings »A Thousand Words for Stranger« zurück.

Tony Daniel – hat bei Golden Gryphon Press die Collection von neun Stories »The Robot's Twilight Companion« herausgebracht.

Dennis Danvers – Neu der Near Future-Thriller »The Fourth World«.

Charles de Lint – Neu der teilweise in seiner fiktiven Stadt Newford spielende phantastische Roman »Forests of the Heart« um alte Wesenheiten, die mit den Iren nach Nordamerika ausgewandert sind, sowie die Collection »Triskell Tales«.

Stephen Dedman – »The Lady of Situations« war eine Horror-Collection mit 12 Beiträgen, einer davon original, neu auch der Roman »Foreign Bodies« um Zeitreise und Körpertausch. Er verkaufte »Shadows Bite«, die Fortsetzung von »The Art of Arrow Cutting«, an Tor.

James Doohan – »Scotty« von Star Trek legte mit »The Privateer« Band 2 der zusammen mit S. M. Stirling geschriebenen Military-SF-Serie THE FLIGHT ENGINEER vor. Ebenfalls schon fertig Band 3, »Independent Command«.

Carole Nelson Douglas – setzte ihre Katzen-Krimis um MIDNIGHT LOUIE mit den Romanen 11 & 12, »Cat in a Jeweled Jumpsuit« & »Cat in a Kiwi Con« fort.

Dave Duncan – Der 2. Roman von THE TALE OF THE KING'S BLADES erschien unter dem Titel »Lord of the Fire Lands«, der 3. als »Sky of Swords«.

Kate Elliott – Erschienen ist der vierte Band der CROWN OF STARS, »Child of Flame«.

P. N. Elrod – Band 9 der JACK FLEMING VAMPIRE FILES erscheint unter dem Titel »Lady Crymsyn«. Neu die Anthologie »Dracula in London«.

Nancy Etchemendy – verkaufte das SF-Jugendbuch »The Power of Un«.

Dennis Etchison – Neu die Horror-Collection »The Death Artist«; er wird auch die Original-Anthologie »The Museums of Horror« der Horror Writers of America zusammenstellen.

Mick Farren – Der an Lovecraft orientierte Vampir-Roman »Darklost« ist eine Fortsetzung zu »The Time of Feasting«.

David Feintuch – setzte seine SEAFORT SAGA mit »Patriarch's Hope« (Band 6) fort.

Michael Flynn – kehrte mit »Lodestar« wieder in das von ihm in »Rogue Star« und »Firestar« geschaffene SF-Szenario zurück.

Jeffrey Ford – Mit »Memoranda« präsentierte er eine Fortsetzung zu »The Physiognomy«, das den World Fantasy Award gewann.

John M. Ford – hat die Fantasy »The Last Hot Time«, den ersten Roman seit »Growing up Weightless«, fertig gestellt.

Alan Dean Foster – schloss die Fantasy-Trilogie JOURNEYS OF THE CATECHIST mit »A Triumph of Souls« ab. Fortgesetzt wurde die HUMANX COMMONWEALTH-Vorläufer-Serie FOUNDING OF THE COMMONWEALTH mit »Dirge«.

Craig Shaw Gardner – verfasste den Roman zum TV-Film »Leprechauns«.

Peter Garrison – Unter diesem Pseudonym ist Craig Shaw Gardner der Autor der CHANGELING SAGA, die bislang aus »The Changeling War«, »The Sorcerer's Gun« und »The Magic Dead« besteht.

David Gemmell – legte mit »Hero in the Shadows« einen neuen Roman zu seiner Fantasy-Saga DRENAI vor.

Mary Gentle – startete den Vierteiler THE BOOK OF ASH eine mittelalterliche Fantasy, mit »A Secret History«, »Carthage Ascendant« und »The Wild Machines«.

David Gerrold – startete mit »Jumping off the Planet« die STARSIDERS-Trilogie.

Molly Gloss – Beachtliche literarische Fertigkeiten bewies die Autorin von »The Dazzle of Day« mit ihrer kürzlich erschienen Fantasy »Wild Life«.

Christopher Golden – Der Sohn eines Schriftstellers ist in der Fantasy-Welt seines Vaters gefangen – in »Strangewood«.

Michael Golding – publizierte den phantastischen Roman »Benjamin's Gift«.

Terry Goodkind – Der neueste Roman im SWORD OF TRUTH-Zyklus erschien unter dem Titel »Faith of the Fallen«.

Charles Grant – Der 4. BLACK OAK-Mystery-Roman erschien unter dem Titel »Hunting Ground«, und Band 4 des MILLENIUM QUARTET als »Riders in the Sky«.

Kristine Grayson – Unter diesem Pseudonym veröffentlicht Kristine Kathryn Rusch die Fantasy »Utterly Charming«.

Sharon Green – Neu von ihr ist »Prophecy« – Band 5 des Fantasy-Zyklus THE BLENDING.

Simon R. Green – startet mit »Deathstalker Legacy« eine Fortsetzungs-Serie zur ursprünglichen DEATHSTALKER-Zyklus.

Mike Grell – Der bekannte Comic-Zeichner schrieb den ersten Roman um eine seiner berühmtesten Figuren: »Sable«.

Nicola Griffith – in Vorbereitung befindet sich der SF-Ronman »Red Raw«.

James Gurney – Seine Welt DINOTOPIA wird zum Schauplatz einer TV-Serie.

Joe Haldeman – Erschienen ist »Forever Free«, die Fortsetzung zu »Forever Peace«.

Barbara Hambly – Neu der jeweils vierte Band von DRAGONSBANE (»Dragonstar«) und BENJAMIN JANUARY (»Sold Down the River«). Sie verkaufte »The Fading of the Light«, den Startband einer neuen Serie plus Fortsetzung via Auktion an

Warner. Erschienen ist »The Knight of the Demon Queen« (DRAGONSBANE 3).

Edmond Hamilton – Die drei auf dem Planeten Kaldar spielenden Erzählungen »Kaldar, World of Antares«, »The Snake-Men of Antares« und »The Great Brain of Antares«, alle aus 1933, erschienen gesammelt unter dem Titel »Kaldar: World of Antares« in einer limitierten Sammleredition bei Haffner Press.

Laurell K. Hamilton – startete mit »A Kiss of Shadows« eine neue Serie um eine Elfenprinzessin, die sich als Privatdetektivin in Los Angeles vor ihren Feinden verbirgt. Sie hat ihren zehnten ANITA BLAKE-Band fertig – »Narcissus in Chains«.

Thomas Harlan – setzte die mit »The Shadow of Ararat« begonnene Alternativwelt-Serie mit »The Gate of Fire« fort.

Charles L. Harness – Der Omnibus-Band »Rings« enthielt neben drei Reprints – »The Paradox Men«, »The Ring of Ritornel« und »Firebird« – auch den Roman »Drunkard's Endgame« als Erstveröffentlichung.

Harry Harrison – schrieb einen neuen Roman um Jim DiGriz, die Edelstahlratte: »The Stainless Steel Rat Joins the Circus«, und stellte die Fortsetzung zu »Stars and Stripes Forever« unter dem Titel »Stars and Stripes in Peril« fertig.

Elizabeth Haydon – Im Sommer 2000 erschien »Prophecy«, der zweite Band ihrer mit »Rhapsody« begonnenen Fantasy-Trilogie.

Howard V. Hendrix – verkaufte den neuen Roman »Empty Cities of the Full Moon«.

Robin Hobb – schloss die Fantasy-Trilogie THE LIVESHIP TRADERS mit »Ship of Destiny« ab und wird eine neue FARSEER-Triloie schreiben.

Nina Kiriki Hoffmann – Zu ihrem Zyklus um Menschen, die über die Gabe verfügen, sich in andere Wesen zu verwandeln, gehört auch der neueste Roman »A Red Heart of Memories«, dessen Protagonistin schon aus dem mit dem Stoker Award ausgezeichneten Roman »The Thread That Binds the Bones« bekannt ist.

James P. Hogan – Neu von Hard-SF-Meister die Romane »The Legend That Was Earth« und »Cradle of the Sun«.

Nancy Holder – setzte die Serie GAMBLER'S STAR um ein Spielerparadies auf dem Mond mit Band 3, »Invasions«, fort.

Nalo Hopkinson – Neu erschienen ist der SF-Reißer »Midnight Robber«.

Tanya Huff – publizierte die Fantasy-Collection »Stealing Magic« und den Military-SF-Roman »Valor's Choice«.

John Jakes – feirte 2000 sein 50jähriges Schriftstellerjubiläum. Zuletzt erschien der Bürgerkriegs-Roman »On Secret Service«.

George Clayton Johnson – Neu die Collection »All of Us Are Dying and Other Stories« mit 23 z. T. bislang noch unveröffentlichten Geschichten.

Guy Gavriel Kay – schloss den Zweiteiler THE SARANTINE MOSAIC mit »Lord of Emperors« ab.

Marilyn Kaye – In ihrer SF-Jugendbuchserie REPILCA um ein Mädchen, das heraus bekommt, dass sie ein Klon ist, erschienen zuletzt »Mystery Mother« (8), »The Fever« (9), »Ice Cold« (10), »Lucky Thirteen« (11), »The Beginning« (12) und »Transformation« (13).

J. Gregory Keyes – veröffentlichte »Empire of Unreason«, den 3. Band des Fantasy-Alternativwelt-Zyklus AGE OF UNREASON. In Vorbereitung ist eine Epic Fantasy-Tetralogie.

Caitlin R. Kiernan – 21 Geschichten präsentiert die Collection »Tales of Pain and Wonder«.

Lee Killough – In Vorbereitung befindet sich der Vampir-Roman »Blood Games«.

Nancy Kilpatrick – Von ihr erscheint die Collection »The Vampire Stories of Nancy Kilpatrick«.

Stephen King – Im Frühjahr 2000 bot der Bestseller-Autor seine neueste Erzählung »Riding the Bullet« exklusiv als e-book an, danach folgte in wöchentlichen Folgen der Roman »The Plant«. Fünf zusammenhängende Geschichten bildeten das neue Buch »Hearts in Atlantis«.

Victor Koman – Als On-Demand-Ausgabe erschien der SF-Roman »Death's Dimensions: A Psychotic Space Opera«.

Dean Koontz – verkaufte drei neue Romane, darunter den dritten Band der CHRISTOPHER SNOW-Serie. Neu der Horror-Roman »False Memory«, in Vorbereitung »From the Corner of His Eye«.

Nancy Kress – legte als 11. Roman das SF-Abenteuer »Probability Moon« vor, der im gleichen Universum spielt wie ihre mit dem Nebula und Sturgeon ausgezeichnete Erzählung »The Flowers of Aulit Prison«.

Katherine Kurtz – Der neue gemeinsam mit Deborah Turner Harris geschriebene TEMPLAR-Roman ist fertig: »The Temple and the Crown«.

Mercedes Lackey – Abseits aller Serien schrieb sie die Fantasy-Erzählung »The River's Gift«. In Vorbereitung ein Vorläuferroman zu »Arrows of the Queen«. Gemeinsam mit Eric Flint und Dave Freer wird sie die Fantasy »Dark Waters« für Baen schreiben.

Joe R. Lansdale – Eine Auswahl seiner besten Geschichten erscheint unter dem Titel »High Cotton«. 4 Novellen wurden gesammelt in »The Long Ones«, neu auch der auf der Story »Mad Dog Summer« basierende Horror-Roman »The Bottoms«.

Frank Lauria – schrieb die Romane zu den Filmen »End of Days« und »Pitch Black«.

Stephen R. Lawhead – Im 21. Jahrhundert kehren Merlin und Arthur zurück, um die von Skandalen ruinierte Monarchie Englands wieder herzustellen – in »Avalon: The Return of the King«.

Philip Lawson – Unter diesem Pseudonym publizieren Michael Bishop & Paul Di Filippo Krimis, zuletzt »Muskrat Courage«.

Richard Laymon – Neu die Horror-Romane »Cuts«, »Come out Tonight« und »The Traveling Vampire Show«.

Gentry Lee – Neu der SF-Roman »Space Pirates«.

Tanith Lee – Für Tor schrieb sie das Märchen »Red As Blood« und setzte den in einem alternativen Venedig des 18. Jahrhunderts spielenden Zyklus THE SECRET BOOKS OF VENUS mit »Saint Fire« (2) fort.

Ursula K. Le Guin – Im HAINISH-Universum spielt auch ihr neuester Roman »The Telling«.

Jonathan Lethem – machte mit »Motherless Brooklyn«

einen Abstecher ins Krimi-Genre, dafür erhielt er den National Book Critics Circle Award. Neu die gemeinsasm mit Carter Scholz verfasste Collection »Kafka American«.

Brad Linaweaver – publizierte die Umfangreiche Storysammlung »Clownface«.

Jane Lindskold – Eine Fortsetzung zu »Changer« erschien unter dem Titel »Legends Walking«.

Holly Lisle – In der Welt ihrer SECRET TEXTS-Trilogie handelt der neue Roman »Vincalis the Agitator«. Zu dieser gehört »Vengeance of Dragons« (Band 2), abgeschlossen wird er mit »Courage of Falcons«.

Richard Lupoff – Eine zweibändige Collection wird unter dem Titel »Claremont Tales« herauskommen.

Eric Van Lustbader – Sein neuester Roman kommt bei Tor unter dem Titel »The Ring of Five Dragons« heraus.

Juliet E. McKenna – publizierte zuletzt »The Swordsman's Oath«, THE SECOND TALE OF EINARINN.

Ken MacLeod – Der Brite verkaufte eine vorerst aus zwei Bänden bestehende neue Serie, die mit »Cosmonaut Keep« beginnt, an Tor.

John Marco – Die ersten beiden Romane der Trilogie TYRANTS AND KINGS erschienen unter den Titeln »The Jackal of Nar« und »The Grand Design«. Er verkaufte »The Eyes of God«, Band 1 eines neuen Zyklus, an DAW.

Louise Marley – Neu von der Autorin von »The Terrorists of Irustan« der neue Roman »The Glass Harmonica«.

George R. R. Martin – Fertig ist Band 3 der SONG OF ICE AND FIRE-Serie, »A Storm of Swords«.

Elizabeth Massie – Die zweifache Bram Stoker Award-Gewinnerin publizierte zuletzt den Horror-Roman »Welcome Back to the Night«.

Julian May – hat Band 3 ihres SF-Zyklus THE RAMPART WORLDS, »Sagitarius Whorl«, fertiggestellt.

Anne McCaffrey – wird gemeinsam mit Elizabeth Ann Scarborough drei weitere ACORNA-Romane schreiben, Band 4 liegt unter dem Titel »Acorna's World« bereits vor, ebenso fertig ist auch der 16. PERN-Roman, »The Skies of Pern«.

Jack McDevitt – Um das Thema der Suche nach extraterrestrischer Intelligenz und Erstkontakt geht es im neuesten Roman »Infinity Beach«.

Patricia McKillip – Neu die Fantasy »The Tower at Stony Wood«.

Robin McKinley – »Spindle's End« ist eine Neufassung von »Dornröschen«.

L. E. Modesitt – Neu die RECLUCE-Romane »Magi'i of Cyador« und »Scion of Cyador« sowie der eigenständige SF-Roman »Gravity Dreams«.

Thomas E. Monteleone – veröffentlichte den Milleniums-Horror-Roman »The Reckoning«.

Elizabeth Moon – Band 3 der ESMAY SUIZA-Serie, selbst ein Ableger der HERIS SERRANO-Zyklus, erschien unter dem Titel »Change of Command«, der letzte SERRANO-Band kommt unter dem Titel »Against the Odds« heraus.

Michael Moorcock – hat »The Dreamthief's Daughter«, den ersten Band der neuen ELRIC-Trilogie, fertiggestellt.

Pat Murphy – Ein weiblicher Tarzan spielt die Hauptrolle im neuen Roman »Wild Angel«, dem zweiten Roman eines Reihe, die von »Max Merriwell« unter verschiedenen Pseudonymen verfaßt wird.

Linda Nagata – Fertiggestellt wurde der SF-Roman »Limit of Vision«.

Donna Jo Napoli – Gemeinsam mit Richard Tchen schrieb sie »Spinners«, eine dunkle Neuversion von »Rumpelstilzchen«, solo »Crazy Jack«, eine Neufassung von »Jack and the Beanstalk«.

Yamil Nasir – Mit Hilfe von Hochtechnologie begibt sich ein Institut auf die Suche nach Gott – in »Distance Haze«.

Yvonne Navarro – Erschienen sind der psychologische Thriller »That's Not My Name« und der Horror-Roman »Dead-Times«.

Rebecca Neason – verkaufte den Fantasy-Roman »Prophecy's Hand« und eine Fortsetzung dazu.

Douglas Niles – Gemeinsam mit Michael Dobson entstand der Alternativwelt-Roman »Fox on the Rhine«.

Larry Niven – Zusammen mit Steven Barnes entstand der SF-Ronman »Saturn's Race« um eine perfekte Gesellschaft mit einerm düsteren Geheimnis. Und zusammen mit Jerry Pournelle begab er sich mit »The Burning City«, dem ersten von zwei Teilen, wieder in die von ihm geschaffene Welt von »The Magic Goes Away«.

Andre Norton – Mit Sasha Miller publizierte sie »To the King a Daughter«, zu dem zwei Fortsetzungen geplant sind. Neu auch der Fantasy-Roman »Wind in the Stone«. Mit Lynn McConchie schreibt sie zwei neue Fortsetzungen zu »Beastmaster«.

Jody Lynn Nye – Wieder in ihrem DREAMLAND-Universum spielt der neue Fantasy-Roman »The Grand Tour«.

Severna Park – In fernster Zukunft handelt der Roman »The Annunciate«.

Diana L. Paxson – Weitergeführt wurde der Zyklus THE HALLOWED ISLE: A NOVEL OF KING ARTHUR mit den Bänden 3 & 4, »The Book of the Cauldron« & »The Book of the Stone«.

Tamora Pierce – Neu gestartet wurde der Fantasy-Vierteiler THE CIRCLE OPENS, die Fortsetzung der Tetralogie THE CIRCLE OF MAGIC, mit »Magic Steps«. Erschienen auch der 2. PROTECTOR OF THE SMALL-Band »Page«.

Christopher Pike – legte einen weiteren Horror-Titel vor: »The Grave«.

Frederik Pohl – Die SF-Romane »The Other End of Time«, »The Siege of Eternity« und »The Far Shore of Time« erschienen gesammelt als »The Eschaton Sequence«.

Tim Powers – In Vorbereitung die sechs Erzählungen umfassende Collection »Night Moves and Other Stories«. Erschienen ist der elfte Roman »Declare«.

Douglas Preston – Gemeinsam mit Lincoln Child schrieb Preston einen weiteren Thriller mit SF-Elementen, »The Ice Limit«.

Bill Pronzini – »Night Fright« enthält 21 Horror-Geschichten.

Daniel Quinn – Der Autor, der mit »Ishmael« den Turner-SF-Wettbewerb gewann, schrieb den Reinkarnationsroman »After Dachau«.

Kit Reed – Neu die Dystopie »@expectations«.

Mickey Zucker Reichert - Um einen Mann, der seine Familie sucht, geht es in de Fantasy »Flightless Falcon«.

Mike Resnick - Neu die Collection »A Safari of the Mind« mit 14 Stories.

Judith Merkle Riley - Phantastische Elemente enthält auch der neueste historische Roman »The Master of All Desires«.

J. D. Robb - führte die Horror-Krimiserie um EVE DALLAS mit »Loyalty in Death« (9) und »Witness in Death« (10) weiter.

Jennifer Roberson - schreibt für DAW die neue Serie KARAVANS.

John Maddox Roberts - In Vorbereitung befindet sich der Alternativwelt-Roman »Hannibal's Children«.

Kim Stanley Robinson - Neu die Collection »The Martians« mit Geschichten vom Roten Planeten.

Spider Robinson - Neu die Collection »By Any Other Name« und der CALLAHAN-Roman »Callahan's Key«.

Joel Rosenberg - verkaufte einen neuen GUARDIANS-Roman an Tor.

Christopher Rowley - startete den Fantasy-Zyklus ARNA - mit »The Ancient Enemy«.

Rudy Rucker - Neu der »nonfiction«-Roman »Saucer Wisdom« und die Storysammlung »Gnarl!« mit 36 Geschichten aus dem letzten Vierteljahrhundert in chronologischer Reihenfolge.

Kristine Kathryn Rusch - veröffentlichte als Kristine Grayson zwei humorvolle phantastische Romane um Dornröschen und den Märchenprinzen: »Utterly Charming« und »Thoroughly Kissed«. Mit »The Black Queen« und »The Black King« startete sie die in der Welt der FEY spielende BLACK THRONE-Serie. Gemeinsam mit Dean Wesley Smith publizierte sie als »Kathryn Wesley« den Roman zum TV-Film »The Tenth Kingdom« sowie den Roman zum Film »X-Men«.

Eric Frank Russell - Ausgewählte Kurzgeschichten des Meisters dieser Form legte die NESFA Press unter dem Titel »Major Ingredients« neu auf.

Richard Paul Russo - Abgeliefert wurde »Ship of Fools«.

Die neue Collection »Terminal Visions« kommt bei Golden Grayphon Press heraus.

Geoff Ryman – Der Brite verkaufte den neuen SF-Roman »Air« an St. Martin's.

Fred Saberhagen – Fertiggstellt hat er den 4. Roman seiner BOOK OF THE GODS-Serie, »God of the Golden Fleece«. Sein nächster Roman der DRACULA-Serie wird unter dem Titel »The Bloodstone« herauskommen.

R. A. Salvatore – Die ZWEITE DEMONWARS-Trilogie startete mit »Mortalis«. Erschienen auch »Bastion of Darkness«, die 3. CHRONICLES OF YNIS AIELLE.

William Sarabande – Joan Lesley Hamilton Cline, die unter diesem Pseudonym publiziert, hat mit ihrer prähistorischen Serie THE FIRST AMERICANBS schon Band 11 erreicht – »Spirit Moon«.

John Saul – Um einen Mann, desen Leben von einer senilen Großmutter und alten Familiengeheimnissen kaputt gemacht wird, handelt der Horror-Roman »Nightshade«.

James H. Schmitz – Band 2 der auf vier Titel angelegten Gesamtausgabe der Geschichten um die FEDERATION OF THE HUB, TELZEY AMBERDON und TRIGGER ARGEE ist erschienen: »T'n T: Telzey & Trigger«.

Darrell Schweitzer – verkaufte die Collection »The Great World and the Small« an Cosmos Books, als On Demand Book erschienen ist eine weitere Collection, »Nightscapes: Tales of the Ominous and Magical«.

Melissa Scott – Neu »The Jazz«, ein überaus spannender und detailreicher Near-Future-SF-Thriller.

William Shatner – Captain Kirk setzte seine SF-Serie QUEST FOR TOMORROW mit Band 4, »Beyond the Stars«, und Band 5, »Shadow Planet«, an dem William T. Quick als Co-Autor beteiligt war, fort.

Michael Shea – hat sich vertraglich verpflichtet, einen neuen Fantasy-Roman um NIFFT THE LEAN zu schreiben, sein Titel: »The A'rak«.

Charles Sheffield – Erschienen der SF-Krimi »Starfire«. Im Universum von »Cold As Ice« spielt auch der nächste geplante Roman »Dark As Day«.

Lewis Shiner – Um den Kampf einer jungen Frau im Rock-Geschäft geht es im Mainstream-Roman »Say Goodbye: The Laurie Moss Story«.

Sharon Shinn – Neu die SF-Romanze »Heart of Gold«.

Robert Silverberg – Gemeinsam mit dem französischen Herausgeber Jacques Chambon stellt er die Themenanthologie »Millenium 3« zusammen, die zeitgleich in den USA und Frankreich erscheinen wird. Er verkaufte ein Paket aus acht Titeln, zwei davon – »Homeward« und »Roma eterna« – neu, an Avon Eos. Er führte den MAJIPOOR-Zyklus mit »Lord Prestimion« weiter.

Dan Simmons – arbeitet gegenwärtig an »Ilium« und »Olympos«, zwei hochkarätigen Neufassungen von Ilias und Odyssee.

Joan Slonczewski – Bei Tor erschienen ist der neue SF-Roman »Brain Plague«, der ebenfalls dem ELYSIUM-Zyklus angehört.

Kristine Smith – Eine faszinierende fremde Kultur entwarf sie in ihrem Erstling »Code of Conduct«. Bereits erschienen der zweite Roman, »Rules of Conflict«.

L. Neil Smith – Eine sozialistische Erde kommt in Kontakt mit Fremden von einer parallelen Erde – in »Forge of the Elders«, das die bereits erschienenen Romane »Contact and Commune« und »Converse and Conflict« sowie einen bis dato unveröffentlichten dritten Band enthält.

Norman Spinrad – verkaufte den Fantasy-Roman »Druid King«, der auf seinem Skipt zum Film »Vercongetorix« basiert, an Knopf/Vintage.

Brian Stableford – Neu der SF-Titel »The Fountains of Youth«, der in der Welt des Romans »Inherit the Earth« spielt. Stableford veröffentlichte mit dem SF-Roman »Architects of Emortality« die Fortsetzung zu »Inherit the Earth«.

Michael A. Stackpole – Neu der Fantasy-Roman »The Dark Glory War«.

Allen Steele – Um eine Unterwasserforschungsstation geht es im neuen SF-Roman »Oceanspace«.

Bruce Sterling – Neu der Fantasy-Techno-Thriller »Zeitgeist«, der auch Teil des LEGGY STARLITZ-Zyklus ist.

James Stevens-Acre – Um das Thema Religion geht es im SF-Roman »Soulsaver«.

Sean Stewart – In der alternativen Realität von »Resurrection Man« und »Mockingbird« spielt auch der neueste Roman »Galveston«.

R. L. Stine – Zehn Horror-Geschichten enthält die Collection »Nightmare Hour«. Bei HarperCollins erscheint seine neue Serie THE NIGHTMARE ROOM sowie eine auf 12 Bände limitierte neue GOOSEBUMPS-Reihe.

S. M. Stirling – Der 3. Zeitreise-Roman um die Republik Nantucket erschien als »On the Oceans of Eternity«.

James Stoddard – Die Fortsetzung zum vielbeachteten Debüt-Roman »The High House« erschien als »The False House«.

Peter Straub – Gemeinsam mit Stephen King schrieb Straub eine Fortsetzung zu »The Talisman«. Erschienen ist die Collection »Magic Terror« mit sieben Geschichten.

Brad Strickland – Ein neuer Roman in der von John Bellairs geschaffenen JOHNNY DIXON-Serie erschien unter dem Titel »The Wrath of the Grinning Ghost«.

Theodore Sturgeon – Band 6 der COMPLETE SHORT STORIES OF THEODORE STURGEON kam unter dem Titel »Baby Is Three« heraus und Band 7 war »A Saucer of Loneliness«. »Selected Stories« gab es ebenfalls.

Michael Swanwick – Stories und Essays finden sich in der neuen Collection »Moon Dogs«, nur Stories enthält hingegen »Tales of Old Earth«.

Judith Tarr – Erschienen sind der im Mittelalter spielende historische Roman »The Kingdom of the Grail« und »Lady of Horses«, ein Prequel zu »White Mare's Daughter«.

Lucy Taylor – Neu der von John Bolton illustrierte Vampir-Roman »Eternal Hearts«.

Peter Telep – schloss die Trilogie zum Computerspiel DESCENT mit »Equinox« ab.

William Tenn – Zum Jahreswechsel gab es »Immodest Proposals: The Complete Short Science Fiction of William Tenn«.

Sheri S. Tepper – In dem Near-Future-SF-Roman »The Fresco« besuchen freundlich gesinnte Aliens die Erde.

Mark W. Tiedemann – in der Welt von Asimovs ROBOT-Serie spielt der Debütroman »Asimov's Mirage«.

James Tiptree jr. – Bislang nicht gesammelte Geschichten, Artikel und autobiographische Texte enthält die Collection »Meet Me at Infinity«.

E. C. Tubb – Bei Cosmos Books erschien als On-Demand-Ausgabe der Fantasy-Roman »The Sleeping City«, das zweite CHRONICLE OF MALKAR.

Harry Turtledove – verkaufte drei Anthologien: »The Best Alternate History of the 20th Century«, »The Best Military Science Fiction of the 20th Century« und »Alternate Generals II« sowie die Collection »Counting Up, Counting Down«. Erschienen sind Band 3 der Alternativwelt-Tetralogie THE GREAT WAR, »Breakthroughs«, der Fantasy-Roman »Darkness Descending« (Fortsetzung zu »Into the Darkness«) und der abgeschlossene Fantasy-Roman »Sentry Peak«.

Vivian Vande Velde – Neu die Jugendromane »There's a Dead Person Following My Sister Around«, »Magic Can Be Murder« und »The Rumpelstiltskin Problem«.

Paula Volsky – Ihr neuer Fantasy-Roman ist »The Grand Ellipse«. Sie verkaufte eine neue Fantasy-Trilogie an Bantam.

Elisabeth Vonarburg – Die Kanadierin bringt die Storysammlung »The Slow Engines of Time and Other Stories« heraus.

Kurt Vonnegut – 23 bislang noch nicht gesammelte Geschichten aus den 40er und 50er Jahren präsentiert der Erzählband »Bagombo Snuff Box: Uncollected Short Fiction«

H. Russell Wakefield – 17 bislang unbekannte Geschichten des 1964 verstorbenen Autors wurden in August Derleths Aktenschachteln gefunden; sie werden als »Reunion at Dawn and Other Uncollected Ghost Stories« herausgebracht.

Sylvia Townsend Warner – Zum ersten Mal seit 1932 neu aufgelegt wurde ihr Erzählband »The Salutation«, dessen Titelerzählung eine Fortsetzung zu ihrem zweiten Roman »Mr. Fortune's Maggot« darstellt.

Lawrence Watt-Evans – Neu der Fantasy-Roman »Dragon Weather« um einen Jüngling, der sich für die Ermordung seiner Familie an den Drachen rächen will. Der 7. ETHSHAR-Roman erscheint unter dem Titel »Night of Madness«.

Manly Wade Wellman – Auf fünf Bände konzipiert ist die Edition THE SELECTED STORIES OF MANLY WADE WELLMAN, von der Band 1 erschienen ist: »The Third Cry to Legba and Other Invocations«.

Angus Wells – Neu die Fantasy »Yesterday's Kings«.

Kathryn Wesley – Unter diesem Pseudonym schrieben Kristine Kathryn Rusch und Dean Wesley Smith die Romane zu den TV-Filmen »The 10th Kingdom« unbd »Arabian Nights«.

Michelle West – setzte ihren SUN SWORD-Zyklus mit Band 3, »The Shining Court«, fort.

Deborah Wheeler – wird Marion Zimmer Bradleys DARKOVER-Serie weiterführen, beginnend mit »The Fall of Neskaya«, dem ersten Band einer Trilogie, an deren Grundidee MZB noch mitgearbeitet hatte.

Jack Whyte – setzte seine CAMULOD CHRONICLES mit dem 7. Band, »Uther«, fort.

Kate Wilhelm – Erschienen ist der neue BARBARA HOLLOWAY-Gerichtssaal-Krimi »No Defense«, eine neue Detektivgeschichte ist unter dem Titel »The Deepest Water« in Vorbereitung

Tad Williams – Als nächstes plant der Autor den abgeschlossenen Fantasy-Roman »The War of the Flowers« und den Episoden-Roman »Tales From Osten Ard«.

Jack Williamson – Bei Haffner Press erschienen die Bände 1 bis 3 der COLLECTED STORIES OF JACK WILLIAMSON unter den Titeln »The Metal Man and Others«, »The Wolves of Darkness« und »Wizard's Isle«, neu der SF-Roman »Terraforming Earth«.

Connie Willis – Ihre alljährlich in ASIMOV'S erscheinenden Weihnachtsgeschichten wurden gesammelt in »Miracle and Other Christmas Stories«. Gemeinsam mit Sheila Williams wird sie die Anthologie »A Woman's Liberation« zusammenstellen.

F. Paul Wilson – Der Mechaniker Jack ist auch im neuen Roman »All the Rage« wieder der Protagonist.

Robert Charles Wilson – Erschienen ist der SF-Roman »Bios« um eine genetisch aufgerüstete Frau, die einen tödlichen Planeten erforschen soll. Verkauft hat er den neuen Roman »The Chronoliths« und die Collection »The Perseids and Other Stories«.

Douglas E. Winter - Der bekannte Horror-Anthologist legte sein Romandebüt vor: »Run«.

Gene Wolfe - setzte die SF-Trilogie THE BOOK OF THE SHORT SUN mit dem zweiten Band »In Green's Jungles« fort.

Chelsea Quinn Yarbro - Ende 2000 kommt der Horror-Roman »Come Twilight« auf den Markt.

Jane Yolen - Im Sommer 2000 kamen die Collection »Sister Emily's Lightship and Other Stories« sowie die Anthologie »Sherwood« mit neun Geschichten um ROBIN HOOD heraus.

George Zebrowski - Neu der SF-Roman »Cave of Stars«, die Fortsetzung zu »Macrolife«.

Sarah Zettel - Eine fremde hochentwickelte Rasse will die Venus kolonisieren - in »The Quiet Invasion«

Im letzten Jahr ist von deutschsprachigen AutorInnen nur »The Life of High Countess Gritta von Ratsinourhouse« von Bettina von Arnim % Gisela von Arnim Grimm (»Das Leben der Hochgräfin Gritta von Rattenzuhausbeiuns«) in den USA erschienen. Dafür waren Vertreter anderer Länder stärker präsent: Helene Cixous mit »The Third Body« (»Le troisième corps«), Jose Saramago mit »The Tale of the Unknown Island« (»O Conto de ilha desconhecida«), Marie Darrieussecq mit »My Phantom Husband« (»Naissance des fantômes«) und Julio Cortazar mit »Final Exam«, dazu gab es noch Neuauflagen von Jorge Luis Borges und Italo Calvino.

Auf dem ***Magazinmarkt*** sah 1999 die Situation nach dem kleinen Hoffnungsschimmer des Vorjahrs, der durch einen Anstieg der Verkaufszahlen bei zumindest einigen der ***professionellen Magazine*** hervorgerufen worden war, wieder so trist wie zuvor aus. Bei allen auf dem Markt befindlichen Profi-Periodika ging die verkaufte Auflage zurück, zum Teil sogar dramatisch, wobei auch bei den erfolgreichen Magazinen des Vorjahrs die Einbrüche weit größer ausgefallen sind als die vorhergegangenen Zuwächse. Somit sind 1999 alle Profi-Magazine bei einem historischen Tief angelangt, wobei die verkaufte Auflage bei den meisten im letzten Jahrzehnt nahezu halbiert wurde, bei einigen fiel der Rückgang der letzten Jahre sogar noch drastischer aus. Die Gesamtzahl der Profi-Magazine lag mit 49 um zwei Ausgaben über dem Stand des Vorjahres, wo 47 Publikationen herausgekommen waren. Dieses Plus ging zur Gänze auf das Konto von **AMAZING STORIES,** das nach dem Neustart im Jahr 1998 jetzt alle vier der pro Jahr geplanten Hefte herausbrachte. Doch auch der neuesten, von Wizards of the Coast publizierten und von Kim Mohan herausgegebenen Inkarnation des traditionsreichen SF-Magazins im Illustriertenformat, reich und bunt illustriert, auf Hochglanzpapier gedruckt und mit Geschichten zu Medienereignissen wie STAR WARS, STAR TREK oder BABYLON 5 als Schwerpunkt war kein langes Leben beschieden, sie wurde 2000 eingestellt. Die Verkaufsauflage wurde nicht bekannt gegeben, sie dürfte bei 10 000 Exemplaren gelegen sein. Da 2000 auch für eine weitere SF-Illustrierte, **SCIENCE FICTION AGE,** das Aus kam, sieht die weitere Entwicklung des amerikanischen Magazinmarkts noch trüber aus als in den ohnehin schon deprimierend schlechten früheren Jahren.

ANALOG SCIENCE FICTION & FACT, von dem auch 1999 wieder nur 11 Ausgaben publiziert wurden, verzeichnete diesmal bei den Verkaufszahlen ein Minus von rund 13 %, sie sanken von rund 60 000 Exemplaren auf unter 52 000. Trotzdem konnte das Magazin seine bisherige Spitzenposition als verkaufsstärkstes Periodikum behaupten, die Differenz zum neuen Zweitplatzierten **REALMS OF FANTASY** lag bei 11 000 Exemplaren. Das Traditionsmagazin, das nach wie vor von Stanley Schmidt betreut wird, ist für seine Vorliebe für Hard-SF bekannt, wo auch 1999/2000 wieder der Schwerpunkt der Fortsetzungsromane und Storys lag.

Den mit mehr als 24 % zweitgrößten Verkaufszahlen-Rückgang des Jahres 1999 musste **ASIMOV'S SCIENCE FICTION** hinnehmen, von dem zuletzt im Schnitt nur mehr knapp 36 000 Ausgaben verkauft wurden, was aber knapp ausreichte, um sich vor F&SF auf Platz 3 bei den Genre-Magazinen zu setzen. Das Magazin, von dem 1999 wieder 11 Ausgaben, davon eine Doppelnummer, publiziert wurden, bot unter der bewährten Herausgeberschaft von Gardner Dozois eine gewohnt breite Themenpalette auf höchstem Niveau, wobei sich der Liste der AutorInnen, die hier zuletzt Primär- und Sekundärtexte veröffentlichten, wie ein Who's Who der modernen SF und Fantasy liest.

Etwas erfreulicher verlief 1999 die Entwicklung beim von Gordon Van Gelder betreuten **THE MAGAZINE OF FANTASY & SCIENCE FICTION,** von dem in diesem Jahr wie bei **ANALOG** und **ASIMOV'S** ebenfalls 11 Ausgaben erschienen. Wie auch schon in den Jahren zuvor gab es auch diesmal wieder einen Rückgang bei der Zahl der verkauften Titel, der aber mit knapp über 6 % moderat und im Vergleich zu den Mitbewerbern am niedrigsten ausfiel. Die Verkaufszahl lag bei unter 33 000 Exemplaren.

Das eigentlich vom Start weg überaus erfolgreiche **REALMS OF FANTASY,** das Schwestermagazin von **SCIENCE FICTION AGE,** musste 1999 einen doch recht deutlichen Rückgang von nicht ganz 11 % auf 40 000 verkaufte Exemplare hinnehmen, schaffte es aber trotzdem, den im Vorjahr an ASIMOV'S verlorenen Platz 2 in der Reihung nach Verkaufszahlen zurück zu erobern. In dem von Shawna McCarthy herausgegebenen, aufwendig gestalteten Fantasy-Periodikum im Illustriertenformat, sind 1999 die geplanten 6 Ausgaben erschienen. Nicht nur die Optik, auch der Inhalt wusste zu überzeugen.

Ähnlich in der Aufmachung präsentierte sich das der SF gewidmete und von Scott Edelman redaktionell betreute **SCIENCE FICTION AGE** im Jahr 1999 – aber bei weitem nicht so erfolgreich. Der Abwärtstrend der letzten Jahre, der schon 1995, zwei Jahre nach seinem Start, begonnen hatte, setzte sich nicht nur ungebremst, sondern sogar noch beschleunigt fort: 1999 wurden von den 6 erschienenen Ausgaben im Schnitt nur noch 25 000 Exemplare verkauft, 9000 weniger als noch 1998, was einem Rückgang von 26 % entsprach. Damit hat das Magazin innerhalb von zwei Jahren rund die Hälfte seiner Käufer eingebüßt. Als Folge dieser Entwicklung, die ein so aufwendiges, reich illustriertes Magazin im Illustriertenformat unfinanzierbar machte, wurde **SF AGE** im Sommer 2000 mit der Mai-Ausgabe eingestellt.

Bei den ***semiprofessionellen Magazinen*** – das sind solche, die nicht über das Zeitschriftengrosso vertrieben werden, eine Auflage von weniger als 10.000 Exemplare aufweisen oder nicht zumindest vierteljährlich erscheinen, ansonsten aber professionell gestaltet sind – gab es wieder einige Neuzugänge und Einstellungen. Recht gut entwickelt hat sich 1999 Warren Lapines DNA Publishing, die die Magazine **ABSOLUTE MAGNITUDE, PIRATE WRITINGS, DREAMS OF DECADENCE, WEIRD TALES** und **ABORIGINAL SF** herausgibt und produziert und – mit Ausnahme von **ABORIGINAL** – auch deren Eigentümer ist. Neu hinzu gekommen ist im Sommer 2000 das News-Magazin **SCIENCE FICTION CHRONICLE,** das von Andrew Porter an DNA verkauft wurde, von ihm aber weiterhin redaktionell betreut wird. Von **ABSOLUTE MAGNITUDE,** hrsg. von Warren Lapine selbst, sind auch 1999 wieder zwei Ausgaben erschienen, 2000 wurde es sporadisch weitergeführt. Das von Charles C. Ryan betreute **ABORIGINAL SF** brachte es 1999 auf drei Ausgaben, **PIRATE WRITINGS,** hrsg. von Edward J. McFadden, auf zwei Nummern, und vom Vampir-Magazin **DREAMS OF DECADENCE** sind ebenfalls zwei neue Hefte erschienen. Sie alle wurden 2000 weitergeführt, wenn auch nur sporadisch und in kleiner Auflage. **PIRATE WRITNGS** wurde im Frühjahr 2000 in **FANTASTIC** umbenannt.

Von **MARION ZIMMER BRADLEY'S FANTASY MAGAZINE,** bis zu ihrem Tode von Marion Zimmer Bradley gemeinsam mit Rachel E. Holmen herausgegeben, danach von Holmen alleine weitergeführt, sind auch 1999 die geplanten vier Ausgaben erschienen. Das Magazin ist professionell aufgemacht und hat eine verkaufte Auflage von etwa 5500 Exemplaren. Obwohl Rachel Holmen das Magazin gerne weiter geführt hätte, wird es, dem Willen von MZB entsprechend, Ende 2000 mit der Ausgabe 50 eingestellt.

Auch vom 1998 wiederbelebten **WEIRD TALES** sind 1999 vier Ausgaben herausgekommen, herausgegeben von George

H. Scithers & Darrell Schweitzer, professionell in Inhalt und Gestaltung, mit einer verkauften Auflage um die 4600 Stück.

Es war geplant, 1999 sechs Ausgaben vom Horror-Magazin **CEMETARY DANCE,** das unter der Ägide von Richard T. Chizmar steht, herauszubringen, tatsächlich sind aber nur drei Nummern erschienen, darunter eine Jubiläumsnummer zum zehnjährigen Bestand des Magazins.

TALEBONES, das Nachfolgemagazin von **BONES,** hrsg. von Patrick & Hanna Swensen, wurde 1999 nur sporadisch herausgebracht, anstelle der geplanten vier Nummern sind nur zwei erschienen, die aber wieder sehr ansprechend.

Unterschiedlich, aber ähnlich im Vergleich zum Vorjahr, präsentierte sich die Lage bei den Fachzeitschriften **LOCUS** und **SCIENCE FICTION CHRONICLE.** Während **LOCUS** auch 1999 die geplanten 12 Ausgaben herausbrachte, die alle relativ pünktlich erschienen sind, kamen von **SFC** wieder nur 5 der geplanten 6 Nummern heraus, mit den Cover-Dates December 98/January 99, February/March 99, May/June 99, August/September 99 und December 99. 2000 kam es zunächst bei **SFC** wieder zu kleineren Verzögerungen, die aber mit der Übernahme des Magazins durch DNA Publishing der Vergangenheit angehören sollten. Beide Magazine setzten ihre Interviewreihen weiter fort. Bei **SFC** wurden zuletzt Jane Johnson, Nalo Hopkinson, George Zebrowski, Robert J. Sawyer und Peg Kerr interviewt, bei **LOCUS** Sir Arthur C. Clarke, Patrick O'Leary, Maureen F. McHugh, Katie Waitman, Catherine Asaro, Terry Pratchett, Louise Marley, Gregory Benford, Geoffrey A. Landis, Greg Bear, Robert Jordan, Leo & Diane Dillon, Guy Gavriel Kay, Sean McMullen, Octavia E. Butler, David Zindell, David Marusek, Nancy Kress, Brian Aldiss, Candas Jane Dorsey, Terry Bisson und Laurell K. Hamilton.

1999/2000 hatte die internationale SF-Szene wieder einige ***Todesfälle*** zu beklagen:

Am 6. August 1999 starb **Jerry Yulsman** in einer Klinik in Brooklyn an Lungenkrebs. Er war 75 Jahre alt. Der in Philadelphia, Pennsylvania geborene Autor diente während des Zweiten Weltkriegs in Nordafrika und Europa und wurde hoch dekoriert. In den 50ern war er als Photograph tätig, wobei er sich auf künstlerische Motive und Porträts spezialisierte, und unterrichte in der School of Visual Arts in Manhattan. 1984 erschien sein erster Roman, die Alternativweltgeschichte »Elleander Morning«, die mit dem Kurd Lasswitz Preis ausgezeichnet wurde. In den 80er Jahren verfasste er unter Pseudonym die erotische Taschenbuchtrilogie THE INTIMATE MEMOIR OF DAME JENNY EVERLEIGH, 1992 folgte der von seinen Bombereinsätzen während des Kriegs inspirierte Roman »The Last Liberator«.

Andrew Keith, der Bruder und bisweilige Co-Autor von William H. Keith, starb am 7. August 1999 an Lungenthrombose. Er war 41 Jahre alt. Nach einigen Kurzgeschichten, veröffentlicht u. a. in AMAZING, wandte er sich dem Roman zu und spezialisierte sich auf Militär-Romane, die er auch unter Pseudonymen wie H. Jay Riker, Keith Douglass oder Keith William Andrews schrieb. Mit seinem Bruder schrieb er die Zeitreise-Serie FREEDOM'S RANGERS und die CARRIER-Serie. Er war der Autor von drei Romanen in der SF-Militär-Serie FIFTH FOREIGN LEGION, verfasste den BATTLETECH-Roman »Blood of Heroes« und war auch bei den Romanen zu WING COMMANDER beteiligt, wo »Heart of the Tiger« und »False Colors« von ihm und William R. Forstchen stammten.

Der brasilianische Autor **Jose J. Veiga,** einer der führenden Vertreter des Magischen Realismus, starb am 19. September 1999 an Bauchspeichelkrebs. Er war 84 Jahre alt. Der 1915 in Corumbá, Goiás geborene Autor arbeitete als Redakteur für die Zeitung O GLOBO und als Übersetzer für SELECOES DO READER'S DIGEST, der brasilianischen Ausgabe des Magazins. 1959 erschien sein erstes Buch, der Erzählband »Os Cavalinhos de Platiplano«, sein erster Roman kam 1966 heraus: der phantastische Roman »A Hora dos Ruminantes«. Es folgten die Geschichtensammlungen »A Máquina Extraviada« (1967), »De Jogos e Festas« (1988, Jabuti Award) und »Objetos Turbulentos« (1998, Jabuti Award), die Romane »Sombras de Reis Barbudos« (1972), »Os Becados da Tribo« (1976; Pen Club Award), »O Risonho Cavalo do Principe« (1992, Jabuti Award), »A Casca de Serpente« (1989; Alternativwelt-Geschichte) und

»O Relógio Belisário« (1995; Sherlock Holmes und eine magische Uhr) sowie Jugendbücher, wie »Professor Burrim e as Quatro Calamidades« (1978) und »Tajá es sua Gente« (1986).

Am 25. September 1999 starb **Marion Zimmer Bradley,** die Autorin des Bestsellers »The Mists of Avalon« und der DARKOVER-Serie, im Alta Bates Hospital in Berkeley, Kalifornien, nachdem sie drei Tage zuvor einen Herzinfarkt erlitten hatte und seitdem im Koma lag. Marion Eleanor Zimmer wurde am 3. Juni 1930 in der Nähe von Albany, New York geboren. Bereits in frühester Jugend kam sie in Kontakt mit den Artus-Legenden und 1946, als sie ins New York State College for Teachers eintrat, schrieb sie ihren ersten Roman »The King and the Sword«, der aber nie veröffentlicht wurde. In dieser Zeit entwickelte sie bereits einige der Konzepte, die schließlich zum DARKOVER-Zyklus führten, einer Serie von Romanen und Kurzgeschichten um die Nachfahren von Menschen, die auf dem Planeten der roten Sonne gestrandet sind und besondere Fähigkeiten entwickelt haben. In dieser Zeit kam sie auch in Kontakt mit dem Fandom, wo sie den schon älteren Robert A. Bradley kennenlernte, den sie 1949 heiratete und mit dem sie nach Texas übersiedelte. 1953 verkaufte sie ihre ersten beiden Geschichten, »Women Only« und »Keyhole«, an VORTEX. Weitere Stories folgten in F & SF, FANTASTIC UNIVERSE und FUTURE SCIENCE FICTION. 1959 verkaufte sie den Roman »The Door Through Space«, eine Erweiterung der SF-Story »Bird of Prey«, der 1961 erschien. In diesem Jahr ging sie wieder aufs College und trennte sich im darauffolgenden Jahr von ihrem Ehemann. Um ihr Studium – das sie 1964 mit einem B.A. von der Hardin-Simmons University abschloss – zu finanzieren, schrieb sie unter Pseudonymen wie Miriam Gardner, Lee Chapman u.a. wahre Bekenntnisse, Softpornos und lesbisch angehauchte Bücher, aber auch etliche Gruselromane. 1962 erschienen als ein Ace Double die ersten DARKOVER-Romane »The Planet Savers« und »The Sword of Aldones« sowie der SF-Roman »Seven From the Stars«, 1964 folgten der DARKOVER-Roman »The Bloody Sun«, die Collection »The Dark Intruder and Other Stories« und »The Falcons of Narabedla«. 1964 ließ sie sich von Bradley scheiden und heiratete

Walter Breen. Weitere DARKOVER-Romane folgten in den 70ern, wie »The World Wreckers« (1971), »Darkover Landfall« (1972), »The Spell Sword« (1974), »The Heritage of Hastur« (1975), »The Shattered Chain« (1976), »The Forbidden Tower« (1977) und »Stormqueen!« (1978). In dieser Zeit erschien auch das SF-Abenteuer »Hunters of the Red Moon« (1973) und die Fortsetzung »The Survivors« (1979), die Bradley gemeinsam mit ihrem jüngeren Bruder Paul Edwin Zimmer schrieb. 1979 erschien auch der Zirkus-Roman »The Catch Trap«. 1981 bot sie Ballantine ihr nächstes Buch mit dem Arbeitstitel »Mistress of Magic« an. Es wurde bei seiner Veröffentlichung im Jahre 1983 unter dem Titel »The Mists of Avalon« ein unerwarteter Bestseller. Auch die damit zusammenhängenden späteren Romane – »The Forest House« (1993), »Lady of Avalon« (1997) und »Priestess of Avalon« (2000) – waren erfolgreich, während »The Firebrand« (1987) nicht der erwartete kommerzielle Erfolg beschieden war. Die 80er Jahre sahen die Publikation weiterer DARKOVER-Bände wie »Two to Conquer« (1980), »Sharra's Exile« (1981), »Hawkmistress!« (1982), »Thendara House« (1983), »City of Sorcery« (1984) und »The Heirs of Mammerfell« (1989). In den 80er Jahren starteten auch die DARKOVER-Anthologien, in denen andere AutorInnen Geschichten zu MZBs Schöpfung beisteuerten. 1984 startete MZB eine neue Karriere als Herausgeberin: Sie stellte die Anthologienreihe SWORD & SORCERESS zusammen, die es bis zu ihrem Tod auf 16 Ausgaben brachte, und startete 1988 MARION ZIMMER BRADLEY'S FANTASY MAGAZINE, ein vierteljährliches Periodikum, in dem sie jungen talentierten AutorInnen eine Publikationsmöglichkeit bot. Zusammen mit ihren Kolleginnen Julian May und Andre Norton konzipierte sie den Fantasy-Zyklus RUWENDA, zu dem sie auch einen Solo-Roman beisteuerte, mit Mercedes Lackey und Andre Norton als Co-Autorinnen entstand der Fantasy-Roman »Tiger Burning Bright« und mit Holly Lisle der zweibändige GLENRAVEN-Zyklus. In den letzten Jahren schrieb sie vermehrt phantastische Romane, wie »Ghostlight«, »Witchlight«, »Gravelight« oder »Heartlight«. Die letzten Beiträge zur DARKOVER-Serie waren »An den Feuern von Hastur« (1993, mit Mercedes Lackey), »Exile's Song«

(1996) und »The Shadow Matrix« (1998) und »Traitor's Son« (1999).

Am 28. Oktober 1999 starb im Alter von 91 Jahren der bekannte Krimi- und Drehbuchautor **Howard Browne** in einem Pflegeheim in Carlsbad, Kalifornien. Der am 15. April 1908 in Omaha, Nebraska geborene Browne wuchs bei Pflegeltern auf, besuchte die High School und arbeitete in der Folge in Chicago. 1940 entschloss er sich Autor zu werden und publizierte erste Geschichten in der CHICAGO DAILY PRESS. 1941 wurde er Angestellter von Ziff-Davis, einem auf Pulpmagazine spezialisierten Verlag, für den er von 1942 bis 1947 das Krimimagazin MAMMOTH DETECTIVE redaktionell betreute. Gleichzeitig war er unter Raymond A. Palmer Mitherausgeber der SF-Magazine AMAZING STORIES und FANTASTIC ADVENTURES. Für die Ziff-Davis-Magazine schrieb er unter den unterschiedlichsten Pseudonymen Geschichten aller Art. Die Fortsetzungsstories um den prähistorischen Abenteurer Thorn aus den 40ern erschienen in Buchform unter den Titeln »Warrior of the Dawn« (1943) und »The Return of Tharn« (1956). Sein erster Krimi, »Halo in Blood«, kam 1946 unter dem Pseudonym John Evans heraus und hatte den Privatdetektiv Paul Pine als Protagonisten, der auch in weiteren Romanen auftrat. Als 1949 bzw. 1950 die SF-Redakteure Ray Palmer und William Hamlin Ziff-Davis verließen, um anderweitig tätig zu werden, übernahm Browne, der SF nicht besonders schätzte, Phantastik dafür aber umso mehr, die Herausgabe der beiden SF-Magazine und startete 1952 das neue Periodikum FANTASTIC. 1956 ging er nach Hollywood, wo er für Film und Fernsehen – u.a. für TV-Serien wie COLUMBO, MAVERICK oder 77 SUNSET STRIP – als Drehbuchautor tätig war. Über ein Jahrzehnt unterrichtete Browne auch Schreiben an der University of California in San Diego. Für seine Verdienste um die Kriminalliteratur erhielt er 1985 den Life Achievment Award der Private Eye Writers of America.

An einem Herzinfarkt starb der Allround-Künstler **Paul Bowles** am 18. November 1999 in Tanger, Marokko. Paul Frederick Bowles wurde am 30. Dezember 1910 in Long Island, New York geboren und begann sich schon als Kind künstlerisch zu betätigen. Nachdem er mit neun bereits seine erste Oper geschrieben und mit 16 sein erstes surrealistisches Gedicht veröffentlicht hatte, studierte er zunächst an der University of Virginia und übersiedelte schließlich nach Paris, wo er sich dem Künstlerkreis um Gertrude Stein anschloss. In den 40er Jahren schlug er sein Domizil endgültig in Tanger auf. 1949 erschien sein bekanntester Roman »The Sheltering Sky«, 1952 kam »The Delicate Prey«, eine Sammlung von Horror-Geschichten heraus.

Am 19. November 1999 starb der frühere SF-Herausgeber **Art Saha** in einem New Yorker Pflegeheim im Alter von 76 Jahren an einem Krebsleiden. Arthur Wilhelm Saha wurde am 31. Oktober 1923 in Hibbing, Minnesota geboren, interessierte sich schon früh für Science Fiction, war Mitglied von First Fandom und 1945 Mitbegründer der Futurian Society of Los Angeles. Von 1972 bis zu ihrer Einstellung im Jahr 1990 war er Mitherausgeber der von Donald Wollheims Anthologienreihe THE WORLD'S BEST SF und übernahm 1981 nach dem Ausscheiden von Lin Carter mit Band 7 THE YEAR'S BEST FANTASY STORIES, das er bis zur Einstellung 1988 betreute.

Der amerikanische Autor **Joseph Heller** starb am 12. Dezember 1999 in seinem Domizil in East Hampton, New York an einem Herzinfarkt. Er wurde am 1. Mai 1923 geboren, trat der Luftwaffe bei Ausbruch des Zweiten Weltkriegs bei und nahm an zahlreichen Bomberflügen teil. Die dort gemachten Erfahrungen führten schließlich zu »Catch-22«, seinem ersten und wohl bekanntesten Roman. 1989 erschien der phantastische Roman »Picture This«, daneben stammten Mainstream-Titel wie »Something Happened« (1974), »Good As Gold« (1979), »God Knows« (1984) und die »Catch-22«-Fortsetzung »Closing Time« (1994) aus seiner Feder.

Joseph H. Delaney, Rechtsanwalt und SF-Autor, starb eine unbestimmte Zeit vor dem 21. Dezember 1999 – da wurde er von seinen Nachbarn tot vor dem Computerboard aufgefunden – in seinem umgebauten Schulbus, der außerhalb von Alpine, Texas aufgestellt war, an einem Herzinfarkt. Er war 67 Jahre alt. Joseph Henry Delaney wurde am 5. Februar 1932 in Alton, Illinois geboren, diente während des Koreakriegs in der US Army und erhielt sein Dekret als Jurist 1958 von der Eastern University in Baltimore, MD. Seine erste SF-Story erschien 1982 unter dem Titel »Brainchild«, gefolgt von der Erzählung »In the Face of My Enemy« (1983), die er 1985 zum gleichnamigen Roman ausbaute. 1983 kehrte Delaney seinem bisherigen Beruf den Rücken, um hauptberuflicher Schriftsteller zu werden. Mit Marc Stiegler verfasste er die Story »Valentina« und drei weitere Erzählungen (alle 1984), die dann zum Roman »Valentina: Soul in Sapphire« zusammengefasst wurden. 1987 kam sein letzter Roman »Lords Temporal« heraus. Weitere Geschichten und Artikel erschienen in der Folge sporadisch in ANALOG. In den letzten Jahren hatte er mit schweren persönlichen Schicksalsschlägen wie dem Tod seines einzigen Sohnes, der Scheidung von seiner Frau sowie mit zahlreichen Rechtsstreitigkeiten zu kämpfen.

Am 27. Dezember 1999 starb der amerikanische SF- und Drehbuchautor **David Duncan** in seinem Heim in Everett, Washington. Er wurde am 17. Februar 1913 in Billings, Montana geboren, studierte an der University of Montana (BA 1935)und war als Sozialarbeiter und Arbeitsökonom tätig, bevor er 1946 hauptberuflicher Schriftsteller wurde. Von seinen insgesamt 13 Romanen sind »The Shade of Time« (1946), »Dark Dominion« (1954), »Beyond Eden« (1956; auch: »Another Tree in Eden«), und »Occam's Razor« (1957) SF, »The Madrone Tree« (1949) gehört zur Phantastik. Er verfasste das Drehbuch zu »The Time Machine« (1960) und auch eines zur TV-Serie THE OUTER LIMITS.

Ebenfalls am 27. Dezember starb der Dark Fantasy-Autor **Michael McDowell** im Massachusetts General Hospital in Boston an Aids. Michael McEachern McDowell wurde am 1. Juni 1950 in Enterprise, Alabama geboren, machte 1971 in Harvard seinen Abschluss und erwarb sich 1978 einen PH.D. in Englisch. Nachdem er einige Jahre als Lehrer, Theaterkritiker und Sekretär gearbeitet hatte, erschien 1979 mit »The Amulet« sein erster Dark Fantasy-Roman, gefolgt von »Cold Moon over Babylon« (1980), »The Elementals« (1981) und der sechsbändigen BLACKWATER-Serie: »The Flood«, »The Levee«, »The House«, »The War«, »The Fortune« und »Rain«, alle 1983. Als Nathan

Aldyne veröffentlichte er vier mit Dennis Schetz geschriebene Krimis mit einem homosexuellen Protagonisten, und gemeinsam mit Axel Young entstanden die Horror-Romane »Blood Rubies« (1982) und »Wicked Stepmother« (1983). Er schrieb die Drehbücher zu Filmen wie »Beetlejuice« (1988), »High Spirits« (1988), »The Nightmare Before Christmas« (1993) oder »Thinner« (1996) sowie zu den TV-Serien TALES FROM THE DARKSIDE und AMAZING STORIES.

A. E. van Vogt, einer der Großen des Golden Age der Science Fiction, starb am 26. Januar 2000 im Fountain View Convalescent Home in Hollywood, Kalifornien, wo er sich wegen seiner Alzheimer Krankheit in Pflege befand, an Lungenentzündung. Er war 87 Jahre alt. Alfred Elton van Vogt wurde am 26. April 1912 in Manitoba, Kanada geboren. Van Vogt, der im Alter von 14 Jahren die SF-Pulps entdeckte und begeisterter Leser dieser Literatur wurde, arbeitete zunächst als Volkszähler und schrieb von 1932 an »wahre Geschichten« für ein Bekenntnis-Magazin. 1934 begann er auch Hörspiele zu schreiben. Seine erste SF-Geschichte »Black Destroyer« erschien 1939 in John W. Campbells ASTOUNDING. Diese und die in kurzen Abständen folgenden SF-Stories, beginnend mit »Discord in Scarlet« und »Vault of the Beast«, machten ihn schlagartig berühmt und gemeinsam mit seinen neuen Kollegen Isaac Asimov, L. Sprague de Camp, L. Ron Hubbard, Theodore Sturgeon und Robert Heinlein zu einem der angesehensten SF-Autoren. Sein erster und von vielen als bester angesehener Roman erschien 1940 unter dem Titel »Slan«. Bei Eintritt der USA in den Zweiten Weltkrieg übersiedelte van Vogt in die USA, 1952 nahm er auch die amerikanische Staatsbürgerschaft an. Weitere moderne Meilensteine der Science Fiction folgten, wie »The Weapon Makers« (1946), »The Book of Ptath« (1947), »The World of Null-A« (1948), »The Voyage of the Space Beagle« (1950) und »The Weapon Shops of Isher« (1951). Interessante Collections waren »Out of the Unknown« (1948; mit Edna Mayne Hull), »Away and Beyond« (1952) und »Destination Universe« (1952). Als er sich 1950 mit L. Ron Hubbards Dianetics zu beschäftigen begann, hörte er für fast anderthalb Jahrzehnte mit dem Schreiben auf, arbeitete aber zahlreiche frühere Geschichten um und fasste sie zu Romanen zusammen, wie »The Mixed Men« (1952), »Empire of the Atom« (1957) und die Fortsetzung »The Wizard of Linn« (1962), »The War Against the Rull« (1959) oder »The Beast« (1963). Danach kehrte er mit weniger bedeutenden neuen Romanen wie »Children of Tomorrow« (1970), »The Battle of Forever« (1971) oder »Computerworld« (1983) wieder zur SF zurück. Van Vogt war in erster Ehe mit Edna Mayne Hull verheiratet, mit der er auch an einigen Storys sowie dem Roman »Planets For Sale« zusammenarbeitete. Als sie 1975 starb, ehelichte er vier Jahre später das Model Lydia Brayman. 1980 erhielt van Vogt für sein Lebenswerk den kanadischen Casper Award, den Vorläufer des Aurora Award, 1981 den Premio Italiano di Fantascienza und 1983 den Jules Verne Award. 1996 wurde er von der amerikanischen SF-Autorenvereinigung SFWA zum Grand Master ernannt.

Pulp-Autor **Don Wilcox** starb am 9. März 2000 in einem Pflegeheim in Lucas, Kansas. Er war 94 Jahre alt. Cleo Eldon Wilcox wurde am 29. August 1905 in Lucas, Kansas geboren und studierte an der University of Kansas. In der Folge unterrichte er Englisch, Kreatives Schreiben, Soziologie und Geschichte an verschiedenen High Schools, an der Northwestern University in Chicago und der University of Kansas. Er schrieb Stücke für Hochschulklassen und Artikel für den KANSAS CITY STAR. 1939 wurde seine erste SF-Story, »The Pit of Death«, veröffentlicht. In den 30ern und 40ern erschienen an die hundert SF-und Fantasy-Geschichten, auch unter Pseudonymen wie Miles Shelton, Max Overton, Cleo Eldon und Buzz-Bolt Atomcracker, zumeist in den von Ray Palmer betreuten Magazinen AMAZING STORIES und FANTASTIC ADVENTURES. Nach Palmers Abschied von Ziff-Davis verkaufte er nur noch gelegentlich Geschichten und zog sich fast zur Gänze aus der SF-Szene zurück. 1992 erschien sein letzter Beitrag zum Genre, »Blueflow«.

Am 10. März 2000 starb der amerikanische SF-Autor **John Sladek** in seinem Domizil in Edina, Minnesota an einer chronischen Atemwegserkrankung. Er war 62 Jahre alt. John Thomas Sladek wurde am 15. Dezember 1937 in Waverly, Iowa geboren, studierte zunächst Maschineningenieur, dann Englische Literatur an der University of Minnesota, schloss aber sein Studium nicht ab und war in der Folge in den unterschiedlichsten Berufen tätig, bevor er 1966 nach England übersiedelte, wo er nahezu zwei Jahrzehnte lang lebte. Hier begann er auch mit dem Schreiben, zunächst in Zusammenarbeit mit dem ebenfalls in der britischen New Wave tätigen Thomas M. Disch. Unter dem Gemeinschaftspseudonym Cassandra Knye entstanden die Story »The Floating Panzer« (1965), der Gruselroman »The House That Fear Built« (1966) und der von Sladek solo verfasste Roman »The Castle and the Key« (1967), als Thom Demijohn publizierten sie den Krimi »Black Alice« (1968). Seine erste SF-Veröffentlichung war die Kurzgeschichte »The Poets of Millgrove, Iowa« (1966), die erste SF-Story, die er verkaufte, erschien 1967 unter dem Titel »The Happy Breed« in Harlan Ellisons Anthologie »Dangerous Visions«. Im gleichen Jahr kam auch sein erster SF-Roman »The Reproductive System« heraus, in dem er sein Grundthema, die Beziehung zwischen Mensch und Maschine, erstmals aufgriff. Es folgten »The Müller-Fokker Effect« (1970), die RODERICK-Romane »Roderick; or, The Education of a Young Machine« (1980) und »Roderick at Random; or, Further Education of a Young Machine« (1983), »Tik-Tok« (1983), für den er den BSFA Award erhielt, und »Bugs« (1989). Seine besten Geschichten, zumeist surreale Texte, in denen er oft Kollegen parodierte, wurden in den Erzählbänden »The Steam-Driven Boy and Other Strangers« (1973), »Keep the Giraffe Burning« (1977), »Alien Accounts« (1982) und »Lunatics of Terra« (1984) gesammelt. Von Interesse auch das Sachbuch »The New Aopocrypha: A Guide to Strange Sciences and Occult Beliefs« (1973) zum Thema Pseudo-Religionen und Sekten.

Am 30. März 2000 starb **Jean Karl,** Autorin und Begründerin der Jugendbuchreihe bei Atheneum Books in einem Hospiz in Lancaster, Pennsylvania. Jean Edna Karl wurde 1927 in Chicago, Illinois geboren und studierte am Mount Union College in Alliance, Ohio. Ihre verlegerische Karriere begann sie in Chicago, 1956 übersiedelte sie nach New York, wo sie zunächst für die Kinderbücher der Abingdon Press zuständig war. Fünf Jahre später wechselte sie zu Atheneum, wo sie bis zu ihrer Pensionierung 1985 arbeitete. Zu den AutorInnen, die sie betreute und förderte, gehörten Anne McCaffrey (die drei PERN-Jugendbücher), Ursula K. Le Guin (die Bände 2 bis 4 der EARTHSEA-Saga), Andre Norton, Patricia McKillip, Robert C. O'Brien, Patricia Wrightson, Phyllis Reynolds Naylor und Cherry Wilder. Als Autorin ist Karl in erster Linie durch ihren SF-Episodenroman »The Turning Place« (1976), die SF-Romane »But We Are Not of Earth« (1981) und »Strange Tomorrow« (1985) sowie das Horror-Jugendbuch »Beloved Benjamin Is Waiting« (1978) bekannt. Sie veröffentlichte aber auch einige SF unter dem Namen ihrer Großmutter R. W. Munson.

Catherine Crook de Camp, Ehefrau und Mitautorin des SF- und Fantasy-Autors L. Sprague de Camp, starb am 9. April 2000 in Plano, Texas im Alter von 92 Jahren. Sie hatte sich Anfang des Jahres einer Darmoperation unterziehen müssen, von deren Auswirkungen sie sich nicht mehr erholte, und litt an Alzheimer. Catherine Adelaide Crook wurde am 6. November 1907 in New York City geboren, machte mit Magna Cum Laude ihren Abschluss in Barnard in Englisch und Volkswirtschaft und gab sechs Jahre Unterricht an einer Privatschule, bevor sie 1938 ihren späteren Ehemann kennen lernte. Im Jahr darauf heirateten die beiden, der Ehe entstammten zwei Söhne. Sie arbeitete für ihren Ehemann als Buchhalterin, Redakteurin und Managerin und arbeitete in späteren Jahren auch bei Romanen und Sachbüchern mit ihm zusammen. So schrieb sie die Sachbücher »The Money Tree« (1972) und »Teach Your Child to Manage Money« (1975), stellte die Anthologie »Creatures of the Cosmos« (1977) zusammen, gab mit ihrem Ehemann die Anthologien »3,000 Years of Fantasy and Science Fiction« (1972) und »Tales beyond Time« (1973) heraus und gemeinsam mit ihm und Jane Griffith die Robert E. Howard-Biographie »Black Valley Destiny« (1983). Sie war auch die Co-Autorin der VIAGENS-Romane »The Bones of Zora« (1983), »The Stones of Nomuru« (1988) und »The Swords of Zinjaban« (1991), der humorvollen Fantasy »The Incorporated Knight« (1987) und des Gedichtbandes »Footprints in Sand« (1981).

Pat Graverson, Horror-Autorin und Gründerin der Garden

State Horror Writers, starb am 17. Mai 2000 im Country Manor Pflegeheim in Toms River, New Jersey. Sie war 65 Jahre alt. 1935 als Patricia Ann Spears geboren, schrieb sie fünfzehn Romane, von den acht zum Horror-Genre gehören: »Stones« (1990), »Dollies« (1990), »Sweet Blood« (1992), »The Fagin« (1992), »Black Ice« (1993), »Precious Blood« (1994), »Ghost Train« (1994, mit ihrem Sohn Paul Eric Graversen) und »Graythings« (1995).

An einem Herzinfarkt starb am 29. Mai 2000 der SF-Autor **David R. Bunch** in einem Pflegeheim in St. Louis, wo er sich wegen einer Reihe von Schlaganfällen zur Rekonvaleszenz aufhielt. Er war 74 Jahre alt. David Roosevelt Bunch wurde am 7. August 1925 in Lowry City, Missouri geboren, diente von 1942 bis 1945 in der US Air Force, erwarb 1946 am Central Missouri State College einen BS, 1949 einen MA an der Washington University in St. Louis und schloss 1951/52 seine Studien zum PhD an der State University of Iowa City ab. Er war in den unterschiedlichsten Berufen tätig, bevor er 1954 Zivilkartograph für die Air Force wurde. Diese Tätigkeit übte er bis 1973 aus, danach wurde er hauptberuflicher Schriftsteller. Bevor 1957 seine erste SF-Story »Routine Emergency« erschien, hatte er schon 200 andere Geschichten und Gedichte veröffentlicht. Viele seiner frühen Arbeiten erschienen gesammelt in »Moderan« (1971), 50 zusammenhängende, in einer alptraumhaften Zukunft spielende Geschichten, seine frühen Verse finden sich in »We Have a Nervous Job« (1983) und »The Heartacher and the Warehouseman« (2000). 1993 erschien eine zweite Sammlung mit dreißig Kurzgeschichten unter dem Titel »Bunch!«.

Emil Petaja, ein SF- und Fantasy-Autor, dessen Karriere in der Ära der Pulp-Magazine begann, starb am 17. August 2000 in seinem Haus in San Francisco. Er war 85 Jahre alt. Emil Theodore Petaja wurde am 12. April 1915 in Milltown, Montana als Sohn finnischer Einwanderer geboren. Von 1936 bis 1938 besuchte er die Montana State University in Missoula und arbeitete zunächst als Büroangestellter, dann als Filmtechniker bei der Technicolor Corporation in Hollywood. 1947 ergriff er den Beruf eines Fotografen, um schließlich 1963 auf hauptberuflichen Schriftsteller umzusatteln. 1935 wurde seine erste Geschichte »The Two Doors« in einem semiprofessionellen Magazin publiziert, die erste professionell veröffentlichte Story war »Time Will Tell« (1942). Zahlreiche weitere Geschichten folgten in den 40ern und 50ern, einige davon wurden gesammelt in »Stardrift and Other Fantastic Flotsam« (1971). Mitte der 60er Jahre kehrte Petaja, der sich für ein Jahrzehnt aus der Szene zurückgezogen hatte, mit Romanen wieder ins Genre zurück. Besonders populär waren die Bände, die auf dem finnischen Heldenepos »Kalavala« basierten, und zwar »Saga of Lost Earth's« (1966), »Star Mill« (1966), »The Stolen Sun« (1967) und »Tramontane« (1976) sowie »The Time Twister« (1968). Weitere SF-Titel dieser Periode waren »Alpha Yes, Terra No!« (1965), »The Caves of Mars« (1965), »Lord of the Green Planet« (1967), »Doom of the Green Planet« (1968), »The Prism« (1968), »The Nets of Space« (1969), »The Path Beyond the Stars« (1969) und »Seed of the Dreamers« (1970). Unveröffentlicht blieben die Romane »Return to Otava« (1970; Kalevala), »Glory Stone« (1970), »Little Gods« (1972), »Spin the Star Wheel« (1972) und »Zodiac World« (1980). 1995 wurde er von den Science Fiction and Fantasy Writers of America zum ersten Author Emeritus ernannt.

Am 2. September 2000 starb der deutschstämmige Drehbuchautor, Regisseur und SF-Autor **Curt Siodmak** auf seiner Ranch Three Rivers bei Los Angeles, Kalifornien. Er war 98 Jahre alt. Curt Siodmak wurde am 10. August 1902 in Dresden geboren und veröffentlichte seine erste Geschichte im Alter von acht Jahren in einer lokalen Zeitung. Er studierte Mathematik in Zürich und erwarb 1927 die Doktorwürde. Siodmak schrieb nebenbei und drehte 1929 mit seinem Bruder Robert und Billy Wilder seinen ersten Film, »Menschen am Sonntag«, gefolgt von »Der Mann, der seinen Mörder sucht« (1931) und dem SF-Film »F.P.1 antwortet nicht« (1932). 1933 gelang ihm und seiner Frau in letzter Minute die Flucht vor den Nazis, zunächst nach London, 1938 übersiedelte er in die USA. Die nächsten Jahre schlug sich Siodmak als Drehbuchschreiber durch. Seinen größten Erfolg hatte er mit »The Wolf Man« (1942) mit Lon Chaney, der von ihm erfundene Wolfsmensch wurde zu einem Mythos des Genres. Schon in Deutschland waren erste Romane erschienen, wie »Stadt hinter Nebeln« (1931), »Rache im Äther« (1932) oder »Die Madonna aus der Markusstraße« (1932). 1943 erschien sein erster in Englisch geschriebener Roman »Donovan's Brain«, mit dem er Weltruhm erlangte und der dreimal verfilmt wurde. Weitere SF-Titel waren »Skyport« (1959), »Hauser's Memory« (1969), »The Third Ear« (1971), »City in the Sky« (1974) und »I, Gabriel« (1986).

Die britische SF-Szene 1999/2000

von Hermann Urbanek

Das Jahr 1999 brachte für den britischen Science Fiction-, Fantasy- und Horror-Markt nach dem drastischen Rückgang des Vorjahrs wieder einen kleinen Aufschwung bei der Zahl der veröffentlichten Genre-Titel. Das Plus fiel zwar mit nicht ganz drei Prozent ziemlich bescheiden aus, war aber doch ein kleines Signal dafür, dass die britische Szene noch lebendig ist. Und dieser positive Trend sollte sich, wenn man den bei Redaktionsschluss vorliegenden Zahlen glauben kann, auch, und das sogar in verstärktem Maße, positiv auf das Gesamtergebnis des Jahres 2000 auswirken, für das doch deutlich mehr Veröffentlichungen als 1999 erwartet werden. Leider erneut rückläufig war 1999 die Zahl der Erst- und Originalveröffentlichungen, und auch die Zahl der im Genre publizierenden Verlage hat sich von 1998 auf 1999 wieder drastisch reduziert, und zwar um 15 %.

Der amerikanischen SF-Fachzeitschrift **LOCUS** zufolge wurden in Großbritannien 1999 im phantastischen Genre unter Einbeziehung aller im Grenzbereich dazu angesiedelten Publikationen insgesamt 761 Titel veröffentlicht, was einer Steigerung von 2,7 % entspricht (1998 waren es 741 gewesen). Der Rückgang betraf ausschließlich die neuen Titel, von denen 1999 mit 397 um 4 weniger erschienen als im Jahr davor, während es bei den Reprints einen Zuwachs von 340 auf 364 Veröffentlichungen gab. Diese 397 original- und britischen Erstveröffentlichungen (letztere in der Regel von US-Autoren, es wurden aber auch phantastische Texte von Kerstin Ekman, Christian Jacq, Jules Verne, Federico Andahazi und Marc Behm herausgebracht) setzten sich aus 78 SF-Romanen (19,6 %), 112 Fantasy-Romanen (28,2 %), 26 Horror-Romanen (6,5 %), 12 Anthologien (3,0 %), 23 Storysammlungen (5,8 %), 10 Sekundärwerken (2,5 %), 50 Medien-Titeln (12,6 %), 55 Jugendbüchern (13,9 %), 17 Sammelbänden (4,3 %), 11 Kunstbüchern (2,8 %) und 3 diversen Publikationen zusammen. Im Jahr 1998 hatten die 401 neuen Titel aus 73 SF-Romanen (18,2 %), 95 Fantasy-Romanen (23,7 %), 28 Horror-Romanen (7,0 %), 14 Anthologien (3,5 %), 23 Collections (5,7 %), 12 Sekundärtiteln (3,0 %), 66 Novelisierungen (16,5 %), 69 Jugendbüchern (17,2 %), 11 Sammelbänden (2,7 %), 9 Kunstbänden (2,2 %) und 3 nicht eindeutig zuordbaren Publikationen bestanden.

Damit bot sich im Vergleich zum Vorjahr doch ein recht unterschiedliches Bild. Eine Steigerung nicht nur bei der Zahl der erschienenen Titel, sondern auch beim Marktanteil gab es beim SF-Roman (plus 1,4 %), Fantasy-Roman (plus 4,5 %) beim Kunstbuch (plus 0,6 %) und bei den Sammelbänden (plus 1,6 %), während die Collections bei gleicher Titelzahl ein Plus von 0,1 beim Marktanteil erzielten. Große Verlierer waren 1999 Medienbuch (minus 3,9 %) und Jugendbuch (minus 3,3 %), leichtere Einbrüche gab es ansonsten noch beim Horror-Roman, bei der Anthologie und dem Sachbuch mit jeweils minus 0,5 %. Der Fantasy-Roman konnte seine dominierende Rolle, die er seit 1991 inne hat, erneut klar behaupten und sogar noch leicht ausbauen, der Abstand zum erneut Zweitplatzierten SF-Roman ist wieder deutlich gestiegen, dahinter rangiert das Jugendbuch, das auch in diesem Jahr wieder die Novelisierungen auf den vierten Rang verwies. Mit immer noch sehr deutlichem Abstand lag der Horror-Roman wieder auf Platz 5, ebenfalls weit abgeschlagen und relativ dicht hintereinander folgten Sammelbände, Anthologien, Kunstbücher und Sachbücher. Den bislang vorliegenden Zahlen zufolge sieht es ganz danach aus, als würde es 2000 eine Verschiebung zur Science Fiction und auch einen Aufschwung bei den Jugendbüchern geben. Die Relation zwischen Erstveröffentlichungen und Nachdrucken wird sich wahrscheinlich erneut weiter zugunsten der Nachdrucke verschieben, vermutlich sogar recht deutlich.

Bei den ***Verlagen,*** die 1999 Genre-Titel publizierten, bot sich wieder ein sehr unterschiedliches Bild mit zum Teil völlig konträren Trends. Von den Top Ten veröffentlichten sieben – **Orion/Gollancz, Little Brown/Orbit, Random, Pan Macmillan, Simon & Schuster/Pocket/Earthlight, Scholastic** und **BBC Books** – zum Teil beträchtlich mehr Titel als im Vorjahr, während **HarperCollins/Voyager** und **Hodder Headline** ihr Programm drastisch zurückfuhren und **Transworld Bantam** exakt die gleiche Anzahl von Genre-Bänden herausbrachte. Auf die Spitzenposition vorgestoßen und damit neuer Marktführer ist die neue Gruppe **Orion Gollancz** mit 131 Titeln, 1998 hatten die beiden damals noch getrennt agierenden Verlage insgesamt 117 Publikationen herausgebracht. Ebenfalls stark zugelegt hat der nunmehrige Zweitplatzierte **Little Brown/Orbit,** der seinen Output von 75 Büchern im Jahr 1998 auf 108 steigerte, während der nunmehr auf Platz 3 rangierende **HarperCollins/Voyager** einen Rückgang von 119 auf 94 Veröffentlichungen verkraften musste. Extrem stark an Terrain verloren und mit 56 Titeln (1998 waren es noch 104 gewesen) den größten Einbruch, den zweiten in dieser Größenordnung innerhalb der beiden letzten Jahre, verzeichnete **Hodder Headline,** der sich mit **Random** (eine Steigerung von 42 Titeln im Vorjahr) jetzt Rang 4 teilte. Auf Platz 6 landete **Transworld/Bantam** mit 54 Titeln (1998: 54), gefolgt von **Pan Macmillan** mit 48 (statt 23), **Simon & Schuster/Pocket/Earthlight** mit 35 (statt 24), **Scholastic** mit 28 (statt 24) und **BBC Books** mit 23 (statt 22). Was die original- bzw. britischen Erstveröffentlichungen betraf, so hatte auch hier **Orion/Gollancz** mit 53 Titeln (6 mehr als getrennt agierend 1998) die Nase vorne, gefolgt von **HarperCollins/Voyager** (45), **Little Brown/Orbit** (41), **Transworld/Bantam** (34), **Hodder Headline** (27), **Pan Macmillan** (26), **Random UK** (24), **Simon & Schuster/Pocket/Earthlight** (23), **BBC Books** (23) und **Scholastic** (17). Alles in allem haben 1998 insgesamt 42 Verlage SF, Fantasy und Horror auf den Markt gebracht.

In der britischen ***Verlagsszene*** hat sich 1999/2000 nicht allzu viel getan:

Aufgrund des großen Erfolges der SF Masterworks-Reihe hat **Millenium** eine entsprechende Fantasy-Edition auf den Markt gebracht. Zu den ersten hier veröffentlichten Klassikern gehören »The Book of the New Sun« von Gene Wolfe in zwei Bänden, »Time and the Gods« von Lord Dunsany, »The Worm Ouroboros« von E. R. Eddison, »Tale of the Dying Earth« von Jack Vance, »Viriconium« von M. John Harrison, »The Conan Chronicles« von Robert E. Howard in mehreren Bänden, »Little, Big« von John Crowley, »The Chronicles of Amber« von Roger Zelazny, »The Compleat Enchanter« von L. Sprague de Camp & Fletcher Pratt, »The Land of Laughs« von Jonathan Carroll und »Lud-in-the Mist« von Hope Mirrlees.

Auch in England waren ***Serien und Zyklen*** der große Renner. Zumeist wurden sie von den USA übernommen, importiert oder – bisweilen in einer weltweiten Edition – zeitgleich herausgebracht, wie die diversen STAR TREK- oder STAR WARS-Serien, es gab und gibt aber auch Eigenständige britische Projekte:

Sie laufen und laufen noch immer, und nach wie vor ist kein Ende in Sicht, auch wenn es schon eine kleine Ewigkeit her ist, seitdem die letzten neuen Abenteuer über die Bildschirme geflimmert sind – die Romanreihen zum britischen TV-Phänomen DOCTOR WHO! Zuletzt erschienen in der Hauptreihe THE NEW ADVENTURES folgende Titel: »Unnatural History« von Jonathan Blum & Kate Orman (23), »Autumn Mist« von David A. McIntee (24), »Interference: Book One: Shock Tactic« und »Interference: Book Two: The Hour of the Geek« von Lawrence Miles (25 & 26), »The Blue Angel« von Paul Magrs & Jeremy Hoad (27), »The Taking of Planet 5« von Simon Butcher-Jones & Mark Clapham (28), »Frontier Worlds« von Peter Anghelides (29), »Parallel 59« von Natalie Dallaire & Stephen Cole (30), »The Shadows of Avalon« von Paul Cornell (31), »The Fall of Yquatine« von Nick Walters (32), »Coldheart« von Trevor Baxendale (33), »Space Age« von Steve Lyons (34) und »The Banquo Legacy« von Andy Lane & Justin Richards (35).

Bei den MISSING ADVENTURES standen zuletzt »Storm Harvest« von Robert Perry & Mike Tucker (22), »The Final Sanction« von Steve Lyons (23), »City at World's End« von Christopher Bulis (24), »Divided Loyalities« von Gary Russell (25), »Corpse Marker« von Chris Boucher (26), »Last of the Gadarene« von Mark Gatiss (27), »Tomb of Valdemar« von Simon Messingham (28), »Verdigris« von Paul Magrs (29), »Grave Matter« von Justin Richards (30) und »Heart of Tarsis« von Dave Stone (31) auf dem Programm. Ebenfalls in der Welt von DOCTOR WHO und mit den von dort bekannten Charakteren, aber ohne den guten Doktor, spielt die Romanreihe BERNICE SUMMERFIELD: »Tears of the Oracle« von Justin Richards (20), »Return to the Fractured Planet« von Dave Stone (21), »The Joy Device« von Justin Richards (22) und »Twilight of the Gods« von Mark Clapham & Jon de Burgh Miller (23).

Nach einer längeren Pause neu gestartet wurden die Buchreihen zu den Rollenspielen WARHAMMER 40,000 und WARHAMMER. Zum SF-Spiel WARHAMMER 40,000 sind bislang »First & Only« von Dan Abnett, »Eye of Terror« von Barrington J. Bayley, »Into the Maelstrom«, hrsg. von Marc Gascoigne & Andy Jones, »Space Wolf« von William King und »Ghostmaker« von Dan Abnett erschienen, zu WARHAMMER liegen »Realm of Chaos«, hrsg. von Marc Gascoigne & Andy Jones, »Skavenslayer«, »Daemonslayer« und »Trollslayer« von William King und »Hammers of Ulric«, hrsg. von Dan Abnett, Nik Vincent & James Wallis, vor.

Nach dem Vorbild von THE WEB entstand der Sechsteiler DREAMTIME, von dem die ersten vier Titel vorliegen: »Dreamcatcher« von Stephen Bowkett (1), »Shadowsong« von Jenny Jones (2), »Icetower« von Chris Evans (3) und »Spiritfeather« von Colin Greenland (4).

Darüber hinaus gibt es von den britischen ***Autoren*** und ihren in Großbritannien erstveröffentlichenden amerikanischen Kollegen, ihren jüngsten ***Aktivitäten, Veröffentlichungen*** und ***Projekten*** wieder einiges zu berichten:

Joan Aiken – Der 9. Roman ihrer ALTERNATE ENGLAND-Serie erschien unter dem Titel »Limbo Lodge«.

Brian Aldiss – Gemeinsam mit Roger Penrose verfasste der britische Altmeister den SF-Roman »White Mars, Or, The Mind Set Free: A 21st-Century Utopia«. Anfang 2001 geplant ist die Collection »Super-Toys Last All Summer Long«.

David Ambrose – Um veränderte Erinnerungen, virtuelle Realität und einen Mann, der in einen Supermann verwandelt wird, ging es in »The Discrete Charm of Charlie Monk«.

Mark Anthony – setzte den Fantasy-Vierteiler THE LAST RUNE mit »The Keep of Fire« (2) fort, für Anfang 2001 eingeplant ist Band 3, »After the Dark«.

Tom Arden – hat den 4. Band des OROKON fertiggestellt. Er erscheint unter dem Titel »Sisterhood of the Blue Storm«.

Mike Ashley – gab wieder einige exzellente Anthologien heraus, wie »The Mammoth Book of Seriously Comic Fantasy«.

Steve Aylett – Neu der phantastische Roman »The Inflatable Volunteer«.

Iain Banks – In »The Business« versucht eine Geheimorganisation, der einst das Imperium Romanum gehörte, sich einen Platz in der UNO zu verschaffen. Mit »Look to Windward« ist ein neuer Roman aus dem CULTURE-Universum erschienen.

James Barcley – Mit seinem Debütroman »Dawnthief« startete er den Zyklus CHRONICLES OF THE RAVEN.

Stephen Baxter – Weitergeführt wurde die MAMMOTH-Serie mit »Longtusk«, dem 2. Band des Vorzeit-Zyklus. Als Einzelveröffentlichung erschienen ist auch die Erzählung »Reality Dust«. Im Herbst 2000 erschien »Space: Manifold II«.

Ben Bova – Sein neuester SF-Roman erschien unter dem Titel »Venus« zuerst in Great Britain.

Eric Brown – startete mit »New York Nights« die VIREX-Trilogie um einen Ex-Cop auf der Suche nach dem Erfinder der supra-virtuellen Realität, mittlerweile ist der zweite Band »New York Blues« schon fertig.

Chris Bunch – publizierte den Fantasy-Roman »The Empire Stone«.

A. S. Byatt – Neu der phantastische Roman »The Biographer's Tale«.

Eugene Byrne – schrieb den satirischen SF-Roman »ThiG-MOO«.

Richard Calder – Neu der SF-Roman »The Twist«.

Hugh B. Cave – Im SF-Horror-Roman »Isle of the Whisperers« erhalten Wesen aus dem All Zutritt zur Erde und ihren Ressourcen.

Arthur C. Clarke – Mit Michael Kube-McDowell entstand der SF-Roman »The Trigger« um eine Vorrichtung, die alle Explosivstoffe in der näheren Umgebung hoch gehen lässt.

Allan Cole – schloss die TIMURA-Trilogie mit »The Gods Awaken« ab.

Storm Constantine – In der Welt der SEA DRAGON-Trilogie spielt der Kurzroman »The Thorn Boy«. Erschienen auch »The Crown of Silence«, Band 2 der CHRONICLES OF MAGRAVANDIAS.

Louise Cooper – startete mit »Breaking Through« und »Running Free« ihre neue Fantasy-Jugendbuchserie MIRROR, MIRROR.

Peter Crowther – Vier Erzählungen von Graham Joyce, James Lovegrove, Michael Marshall Smith und Kim Newman präsentiert die Anthologie »foursight«.

Graham Edwards – veröffentlichte Band 2 der Fantasy-Trilogie STONE unter dem Titel »Stone & Sea«.

Steven Erikson – Der Kanadier, der jetzt in England lebt und dessen Erstling »Garden of the Moon« begeisterte Kritiken erhielt, hat von Bantam UK für neun Bücher eine sechsstellige Summe erhalten. Das erste, die Fortsetzung des Debütbands mit dem Titel »Deadhouse Gates«, wurde bereits abgeliefert.

Lynn Flewelling – verkaufte die neue Fantasy-Trilogie TAMIR, die mit »The Bone Doll's Twin« startet, an Voyager UK.

Christopher Fowler – 21 Horrorgeschichten, vier davon neu, enthielt die Collection »Uncut: Twenty-One Short Stories«, während ein Teenager in »Calabash« in ein erdachtes Fantasy-Reich gleichen Namens flüchtet.

Maggie Furey – startete mit »The Heart of Myria«, den neuen Fantasy-Zyklus THE SHADOWLEAGUE.

Neil Gaiman – Ende 2000 erschien der neue Roman »American Gods«.

David Garnett – Neu der Roman »Bikini Planet« um einen Polizisten, der nach 300 Jahren wieder erwacht.

Susan Gates – veröffentlichte den Dark Fantasy-Jugendroman »Cry Wolf«.

David A. Gemmell – Nach »Sword in the Storm« setzte er mit »A Midnight Falcon« den RIGANTE-Zyklus fort. Fertig der Fantasy-Roman der DRENAI-Serie »Hero in the Shadows« um den Waylander.

William Gibson – »All Tomorrow's Parties« schloss die mit »Virtual Light« und »Idoru« begonnene Near-Future-SF-Trilogie ab.

Simon R. Green – schloss den fünfbändigen DEATHSTALKER-Zyklus mit »Deathstalker Destiny« ab.

Jon Courtenay Grimwood – startet mit »Pashazade« eine neue SF-Serie. Erschienen ist der SF-Roman »redRobe«, in dem der Vatikan versucht, seinen geraubten Schatz wieder zu erlangen.

Ann Halam – Unter diesem Pseudonym publizierte Gwyneth Jones den Verschwörungs-Roman »The N.I.M.R.O.D. Conspiracy«.

Peter Hamilton – Abgeschlossen ist die NIGHT'S DAWN-Trilogie mit »The Naked God«, neu der Far Future-SF-Roman »Fallen Dragon«.

Andrew Harman – Neu der humorvolle Fantasy-Roman »The Suburban Salamander Incident«.

Harry Harrison – publizierte den zweiten Band der Alternativwelt Trilogie STAR AND STRIPES, »Stars and Stripes in Peril«.

M. John Harrison – Neu vom Fantasy-Literaten die Collection »Travel Arrangements«.

Tom Holt – publizierte zuletzt die historischen Romane »Alexander at the World's End« und »Olympiad: A Historical Novel« sowie die humorige Fantasy »Valhalla«.

Brian Jacques – setzt seine Fantasy-Jugendbuchserie um die Mäuse der Abtei REDWALL mit »Lord Brocktree« fort.

W. K. Jeter – Im Herbst erschienen ist BLADERUNNER 4, »Eye & Talon«.

Paul Johnston – »Water of Death« ist nach »Body Politic« und »The Bone Yard« der dritte SF-Krimi, der im Stadtstaat Edinburg des Jahres 2025 spielt, und auch den vierten gibt es schon: »The Blood Tree«.

Diana Wynne Jones – schrieb mit »Year of the Griffin« die Fortsetzung ihres preisgekrönten Romans »Dark Lord of Derkholm«. Auf dem Markt auch die Sammlung »Mixed Magics« mit vier Erzählungen.

Paul Kearney – Nach längerer Pause erschienen ist »The Second Empire«, Band 4 des Zyklus THE MONARCHIES OF GOD.

Katherine Kerr – Neu der DEVERRY-Roman »The Black Raven«, Band 2 des Subzyklus THE DRAGON MAGE.

Garry Kilworth – Die Tierfantasy »Windjammer Run« ist der Abschlussband der WELKIN WEASELS-Trilogie, auf Legenden aus Borneo basiert der Fantasy-Roman »Shadow-Hawk«.

Dean Koontz – Zuletzt erschien der psychologische Thriller »False Memory«.

Rhiannon Lassiter – publizierte die Bände 2 und 3 der SF-Jugendbuch-Trilogie über Hexen: »Hex: Shadows« und »Hex: Ghosts«.

Miller Lau – Unter diesem Pseudonym publiziert ein ungenannter Mainstream-Autor den Fantasy-Roman »Talisker«.

Stephen Lawhead – setzte die historische Fantasy-Serie THE CELTIC CRUSADES mit dem 2. Band, »The Black Rood« fort.

Doris Lessing – legte mit »Ben, in the World« die Fortsetzung zu »The Fifth Child« vor.

J. H. M. Lovegrove – Die Fortsetzung zu »The Krilov Continuum« erschien unter dem Titel »Berserker« (THE GUARDIANS 2)

Brian Lumley – startete mit »E-Branch: Invaders« eine neue NECROSCOPE-Trilogie.

Eric Lustbader – Neu der SF-Thriller »Pale Saint«, in dem ein Serienkiller geklont wird.

Ken MacLeod – Neu der SF-Roman »The Sky Road«.

Graham Masterton – brachte Band 4 der Dark Fantasy-Serie ROOK unter dem Titel »Snowman« heraus.

Julian May – Band 2 der Trilogie RAMPART WORLDS erschien unter dem Titel »Orion Arm«.

Paul J. McAuley – schloss die CONFLUENCE-Trilogie mit »Shrine of Stars« ab. Fertiggestellt ist auch der neue Roman »The Secret History of Life«.

Ian McDonald – Bei Earthlight in Vorbereitung befindet sich der neue Roman »Ares Express«.

China Mieville – Auch ihr zweiter Roman »Perdido Street Station« führt wieder in den geheimen Dschungel der Großstadt, wie schon ihr Aufsehen erregendes Debüt »King Rat«.

Michael Moorcock – Gemeinsam mit Storm Constantine schrieb er »Silverheart«; erschienen ist auch der phantastische Roman »King of the City«, Fortsetzung zu »Mother London«.

Kim Newman – Einen non-genre Roman im Format eines Spielebuchs präsentierte Newman mit »Life's Lottery: A Choose-Your-Own-Adventure Book«, er setzte die ANNO DRACULA-Serie mit »Andy Warhol's Dracula« fort und präsentierte vier satirische Horror-Stories in der Sammlung »Where the Bodies Are Buried«.

Stan Nicholls – führte die Fantasy-Serie FIRST BLOOD mit »Legion of Thunder« weiter.

Jeff Noon – Um die Entwicklung der Popmusik-Kultur von den 50ern bis heute geht es in »Needle in the Grove«.

Darren O'Shaughnesy – Eine Fortsetzung der Alternativweltgeschichte »Ayuamarca: Procession of the Dead« präsentierte der Autor mit »Hell's Horizon: The City: Book 2«.

K. J. Parker – schloss die FENCER-Trilogie mit »The Proof House« ab.

Diana Paxson – Gemeinsam mit Marion Zimmer Bradley entstand der Roman »Priestess of Avalon«.

Terry Pratchett – Der 24. DISCWORLD-Roman erschien unter dem Titel »The Fifth Elephant«, der 25. als »The Truth«.

Robert Rankin – Um den Jahrtausendcrash ging es im humorvollen Dark-SF-Roman »Snuff Fiction«. Ein neuer BRENTFORD-Roman kommt als »Sex and Drugs and Sausage Rolls« heraus.

Alastair Reynolds – legte mit »Revelation Space« einen überaus beeindruckenden Debütroman vor.

Keith Roberts – »Drek Yarman«, die Fortsetzung von »Kiteworld«, erschien zunächst in Fortsetzungen im neuen semiprofessionellen Magazin SPECTRUM.

Michael Scott Rohan – Ein fünfter Roman des Zyklus WINTER OF THE WORLD liegt vor: »The Singer and the Sea«.

Joanne K. Rowling – setzte ihre weltweite Bestseller-Serie um HARRY POTTER mit Band 4, »Harry Potter and the Goblet of Fire«, fort.

Ken Russell – Erschienen ist der humorvolle surrealistisch-phantastische Roman »Mike and Gaby's Space Gospel: A Novel« aus der Feder des Filmregisseurs.

James Sallis – Im Sommer 2000 erschien die Collection »Time's Hammers: The Collected Short Fiction«.

Robert Silverberg – In THE COLLECTED STORIES OF ROBERT SILVERBERG erschien Band 6, »Lion Time in Timbuktu«.

Kristine Smith – Eine faszinierende fremde Kultur entwarf die Autorin in ihrem Debütroman »Code of Conduct«.

Michael Marshall Smith – Eine Sammlung von 17 Geschichten kam unter dem Titel »What You Make It« heraus, sein neuester SF-Thriller erschien als »The Vaccinator«.

Steven Spruill – legte mit »Lords of Light« den dritten Band einer Dark Fantasy-Serie vor, in der bisher »Rulers of Darkness« und »Daughter of Darkness« erschienen sind.

Brian Stableford – Neu der phantastische Milleniums-Roman »Year Zero«.

Robert Swindells – Unsichtbar sind die Kinder, die eine Bande zur Strecke bringen – in »Invisible!«.

Roger Taylor – schloss den Fantasy-Zyklus um HAWKLAN DEN HEILER mit Band 5, »The Return of the Sword«, ab.

Kate Thomson – schloss ihre SWITCHERS-Jugendbuchtrilogie mit »Midnight's Choice« und »Wild Blood« ab.

Freda Warrington – setzte die JEWELFIRE-Trilogie mit Band 2, »The Sapphire Throne«, fort.

Jane Welch – schloss die Trilogie THE BOOK OF ÖND mit »The Lord of Necrönd« ab und begann mit den Arbeiten für die daran anschließende Trilogie.

John Whithourn – startete mit »The Downs-Lord Dawn« und »Downs-Lord Day« die Alternativwelt-Serie THE DOWN-LORDS TRIPTYCH.

Jack Womack – Neu Ende 2000 der SF-Roman »Going, Going, Gone«.

Janny Wurts – »Grand Conspiracy« ist Band 5 des Fantasy-Zyklus THE WARS OF LIGHT AND SHADOWS.

Jane Yolen – Gemeinsam mit Robert J. Harris schrieb sie ein Jugendbuch über den jungen Odysseus.

Sarah Zettel – Ihre neue epische Fantasy-Serie ISAVALTA wird bei Voyager erscheinen.

Auch in Großbritannien war die Lage auf dem ***Magazinmarkt*** 1999/2000 alles andere als erfreulich. Großer Lichtblick war auch diesmal wieder das monatlich erscheinende SF-Magazin **INTERZONE,** in dem zahlreiche Autoren der neuen britischen SF-Schriftstellergeneration ihre ersten Arbeiten veröffentlicht haben und regelmäßig neue Talente entdeckt und gefördert werden. 1999 sind von dem exzellenten großformatigen Magazin, das sich unter der bewährten Leitung von David Pringle in der gewohnten Qualität und Aufmachung präsentierte, wieder die angekündigten 12 Ausgaben erschienen, in denen wie üblich Stories bekannter sowie neuer Autoren, Interviews und Rezensionen zu finden waren.

Auch das 1997 von Spielehersteller Games Workshop aus der Taufe gehobene Magazin **INFERNO!** hat es geschafft, sich auf dem schwierigen Markt durchzusetzen. 1999 sind wieder sechs Ausgaben erschienen. Das von Andy Jones & Marc Gascoigne herausgegebene Periodikum präsentiert im Zwei-Monats-Rhythmus Comics und Geschichten zu den diversen GW-Spielen, vor allem zu WARHAMMER und WARHAMMER 40,000.

Erwähnenswert ist auch das semiprofessionelle Magazin **THE THIRD ALTERNATIVE,** hrsg. von Andy Cox, von dem 1999 vier Nummern im Illustriertenformat herausgekommen sind. Die zuletzt publizierten Ausgaben enthielten Storys namhafter Autoren und Interviews. Neu gestartet wurde Anfang 2000 das Magazin **SPECTRUM SF.** Das vierteljährlich geplante und von Paul Fraser herausgegebene Periodikum präsentierte in den ersten Ausgaben ein Serial sowie Storys und Erzählungen prominenter Autoren wie Keith Roberts, Alastair Reynolds, Keith Brooke & Eric Brown sowie Garry Kilworth. Der Vollständigkeit halber seien auch die australischen Magazine **AUREALIS, EIDOLON** und **ALTAIR** erwähnt. Von **AUREALIS,** einem halbjährlichen Magazin, hrsg. von Stephen Higgins &

Dirk Strasser, sind 1999 die beiden geplanten Nummern erschienen, während von **EIDOLON,** zusammengestellt von Jonathan Strahan & Jeremy G. Byrne, nur eine Ausgabe herauskam. Ebenfalls zwei Ausgaben sind vom 1998 gestarteten **ALTAIR** auf den Markt gekommen, das von Robert N. Stephenson und Kollegen betreut wird. Alle drei erscheinen im klassischen Magazin-Format.

1999/2000 hatte die britische SF-Szene auch wieder einige ***Todesfälle*** zu beklagen:

Am 23. August 1999 starb der britische SF-Autor **James White,** der vor allem durch seinen Zyklus um die Weltraummediziner von SECTOR GENERAL bekannt geworden ist, an den Folgen eines Schlaganfalls. White, der sich als Diabetiker mehr als 50 Jahre lang Insulin spritzen musste, wurde am 7. April 1928 in Belfast, Nordirland geboren, besuchte von 1935 bis 1943 die St. John's Primary School und die St. Joseph's Secondary Technical School und arbeitete bis 1965 als Verkäufer und Geschäftsführer in Bekleidungsgeschäften, bevor er seinen Beruf wechselte und in Werbung und Öffentlichkeitsarbeit tätig wurde. Bis zu seinem krankheitsbedingten Ruhestand im Jahre 1984 wegen schwindender Sehkraft war er in erster Linie für Shorts Aircraft in Belfast als Werbeleiter tätig. In den vierziger Jahren kam er mit dem irischen Fandon im Kontakt und gab gemeinsam mit Walt Willis zuerst SLANT und in der Folge auch von dessen Nachfolger HYPHEN heraus. Seine erste SF-Story, »Assisted Passage«, erschien 1953 in NEW WORLDS, sein Debütroman, »The Secret Visitors«, kam 1953 heraus. Die SECTOR GENERAL-Serie begann 1962 mit den zu »Hospital Station« (1962) verbundenen Stories und wurde mit »Star Surgeon« (1963), »Major Operation« (1971), »Ambulance Ship« (1979), »Sector General« (1983), »Star Healer« (1985), »Code Blue-Emergency« (1987), »The Genocidal Healer« (1992), »The Galactic Gourmet« (1996), »Final Diagnosis« (1997), »Mind Changer« (1999) und »Double Contact« (2000) weitergeführt. Daneben schrieb White eine Vielzahl in sich abgeschlossener Romane, wie »Second Ending« (1962, für den Hugo nominiert), »The Escape Orbit« (auch: »Open Prison«; 1965, für den Nebula nominiert), »The Watch Below« (1966), »All Judgement Fled« (1968; Europa Award 1972), »Underkill« (1979) und »The Silent Stars Go By« (1991). 1998 erhielt er den Skylark Award der NESFA, 1999 wurde er von der European SF Society zum Besten Europäischen Autor gewählt.

Der britische Künstler **Eddie Jones** starb am 15. Oktober 1999 in Liverpool an einem Schlaganfall. Er war 64 Jahre alt. Edward John Jones wurde am 18. Januar 1935 geboren. Schon früh entdeckte er seine Begeisterung für die SF und brachte sich autodidaktisch das Zeichnen bei. Seine ersten Arbeiten erschienen 1958 in NEW WORLDS, 1969 wurde er freiberuflicher Künstler. Besonderer Beliebtheit erfreuten sich seine Titelbilder vor allem in England, Italien und Deutschland, wo er in erster Linie für FISCHER ORBIT und TERRA ASTRA tätig war.

Am oder knapp vor dem 20. Oktober 1999 starb der berühmte irische Fan **Walt Willis** an einem Herzinfarkt in einem Pflegeheim in Belfast, Nordirland. Er war 79 Jahre alt. Der am 30. Oktober 1919 in Belfast geborene Walter Alexander Willis kam während des Zweiten Weltkriegs mit der SF in Berührung und wurde begeisterter Fan. Nach dem Krieg lernte er den SF-Fan James White kennen, mit dem er zusammen das Fanzine SLANT herausgab, an dem bald darauf ein anderer irischer Fan, Bob Shaw, mitarbeitete, der dann bei HYPHEN, dem Nachfolger von SLANT, Mitherausgeber war. Im Gegensatz zu White und Shaw hatte Willis nie den Wunsch, professioneller Autor zu werden, er verfasste zahlreiche fannische Artikel und Kolumnen. 1952 schrieb er »Willis Discovers America« über seine bevorstehende Reise in die USA zum WorldCon in Chicago, 1954 »The Enchanted Duplicator«, in dem es um eine mythologische Suche nach dem perfekten Fanzine ging. Die Erfahrungen einer zweiten Reise in die USA schrieb er 1962 in »Twice upon a Time« nieder. Willis hatte großen Einfluss sowohl auf die Entwicklung des Fandoms nicht nur in Irland, sondern im gesamten englischsprachigen Raum, als auch auf zahlreiche spätere Autoren, die seine Kolumnen in den Fanzines verfolgten, wie Terry Carr oder Ted White.

Die britische Fantasy-Autorin **Mary Brown** starb am 20. Dezember 1999 in Spanien, wo sie ihr Domizil aufgeschlagen hatte. Die 1929 geborene Schriftstellerin wurde in erster Linie mit historischen Romanen bekannt. Erst 1986 erschien ihr erster Fantasy-Roman »The Unlikely Ones«, gefolgt von den zusammenhängenden Titeln »Pigs Don't Fly« (1994) und »Master of Many Treasures« (1995) sowie ihren besten Beiträgen zum Genre: »Strange Deliverance« (1997) und »Dragonne's Egg« (1999).

Entweder am 2. oder am 4. Januar starb der britische Autor **Patrick O'Brian** im Alter von 85 Jahren am Trinity College in Dublin, wo er gerade an einem neuen Roman arbeitete. O'Brien, der vor allem durch die 20 Seefahrer-Romane um Jack Aubrey und Stephen Maturin bekannt ist - der erste, »Master and Commander«, erschien 1969, der letzte, »Blue at the Mizzen«, kam 1999 heraus - wurde 1914 als Richard Patrick Russ in der Nähe von London geboren. Sein erstes Buch, die Tier-Fantasy »Caesar: The Story of a Panda Leopard«, erschien 1930. 1938 folgte eine weitere Tier-Fantasy, diesmal um einen Elefanten: »Hussain: An Entertainment«. 1945 verließ er Frau und Kinder, änderte seinen Namen und übersiedelte mit seiner zweiten Frau 1949 nach Südfrankreich, wo er den Großteil seines restlichen Lebens verbrachte.

Der britische Autor **Laurence James,** der zumeist unter den unterschiedlichsten Pseudonymen in nahezu allen Genres tätig war, starb am 10. Februar 2000 an einem Herzinfarkt, nachdem er die letzten Jahre seines Lebens mit schweren gesundheitlichen Problemen wie Knochenmarkkrebs zu kämpfen hatte. Er war 57 Jahre alt. In den Siebzigern war er als Redakteur bei der New English Library beschäftigt und arbeitete in dieser Zeit mit Autoren wie M. John Harrison, Christopher Priest und Bob Shaw zusammen. In dieser Zeit erschienen seine ersten SF-Veröffentlichungen, beginnend mit der Story »And Dug the Dog a Tomb« (1972), der fünf Space Operas um SIMON RACK & THE GALACTIC SECURITY SERVICE folgten: »Earth Lies Sleeping« (1974), »Starcross« (1974; auch: »War on Aleph!«), »Backflash« (1975), »Planet of the Blind« (1975) und »New Life for Old« (1975). Danach verließ er NEL, um hauptberuflicher Autor zu werden, wobei er eigenen Angaben zufolge zumindest neun Pseudonyme verwendete: Als James

Darke schrieb er die erotische Horror-Serie THE WITCHES, als Richard Haigh verfasste er eine Horror-Trilogie um Monsterschweine. Unter dem Verlagspseudonym James Axler publizierte er mehr als 30 Post-Holocaust-Abenteuer der Serien DEATHLANDS, OUTLANDERS und EARTH BLOOD, während unter seinem bürgerlichen Namen die Romane der Jugendbuch-Katastrophen-Serie DARK FUTURE herauskamen.

Der kanadische Kinderbuchautor **Martyn Godfrey** starb am 10. März 2000 im Alter von 51 Jahren in seiner Wohnung in St. Albert, Alberta an Leberzirrhose. Martyn N. Godfrey wurde 1949 geboren und veröffentlichte von 1981 bis zu seinem Tode insgesamt 37 Bücher, einige davon Genre-Titel, wie »The Vandarian Incident« (1981), »Alien War Games« (1984), »The Last War« (1986), »More than Weird« (1987) und »I Spent My Summer Vacation Kidnapped into Space« (1990).

Am 26. März 2000 starb Dr. **Alex Comfort,** wohl am besten bekannt durch seine Studie »The Joy of Sex« (1972) und deren Fortsetzungen, in einem Pflegeheim nahe von London. Er war 80 Jahre alt und hatte im letzen Jahrzehnt wiederholt Schlaganfälle erlitten. Alexander Comfort wurde am 10. Februar 1920 in London geboren und begann schon in früher Jugend mit dem Schreiben von Gedichten und Erzählungen. Zum Genre gehören das Drama »Cities of the Plain« (1943), die Near-Future-SF-Romane »Come out to Play« (1961) und »The Philosophers« (1989), der phantastische Roman »Tetrarch« (1980) sowie der historische Roman »Imperial Patient« (1987), der mythologische Elemente enthält.

Der britische Lehrer und Künstler **Rex Thomas Vinson,** der SF unter dem Pseudonym Vincent King publizierte, starb im Mai 2000. Er war 64 Jahre alt. 1935 geboren, veröffentlichte er seine erste SF-Story 1966 unter dem Titel »Defense Mechanism«, es folgten die SF-Romane »Light a Last Candle« (1969), »Another End« (1971), »Candy Man« (1971) und »Time Snake and Superclown« (1976).

Preise – Preise – Preise 1999/2000

DEUTSCHER FANTASY PREIS 1998

(alljährlich verliehen vom ERSTEN DEUTSCHEN FANTASY CLUB e. V.)

Dr. Erika Fuchs

1999 SAM MOSKOWITZ AWARD

(für Verdienste im Fandom)

David A. Kyle

1999 RAYMOND Z. GALLUN AWARD

(für herausragende Leistungen im SF-Bereich)

Carol Emshwiller

1999 KARL EDWARD WAGNER AWARD

(Sonderpreis, verliehen anlässlich der BRITISH FANTASY AWARDS von der British Fantasy Society)

Diana Wynne Jones

GRAND PRIX DE L'IMAGINAIRE 1999

(die alljährlichen nationalen französischen SF-Preise)

ROMAN FRANZÖSISCH: **Jean-Michel Truong, LE SUCCESSEUR DE PIERRE**

ROMAN AUSLAND: **Orson Scott Card, THE CHRONICLES OF ALVIN MAKER**
KURZGESCHICHTE FRANZÖSISCH: **Fabrice Colin, NAUFRAGE, MODE D'EMPLOI**
KURZGESCHICHTE AUSLAND: **Jonathan Carroll, UH-OH CITY**
ÜBERSETZER: **Michael Pagel,** für Übersetzung von Graham Joyce, THE TOOTH FAIRIE & Joe Haldeman, FOREVER PEACE
KINDERBUCH: **Gudule (alias Anne Duguel), LA FILLE AU CHIEN NOIR**
SACHBUCH: **Jean-Bruno Renard, RUMEURS ET LEGENDS URBAINES**
SPEZIALPREIS: **GALAXIES** (Magazin)

1999 AURORA AWARDS/ PRIX AURORA 1999

(die kanadischen SF- und Fantasy-Preise, 1999 zum 19. Mal vergeben von der CANADIAN SCIENCE FICTION AND FANTASY ASSOCIATION für die besten Veröffentlichungen aus 1997/98)

ROMAN ENGLISCH: **Robert Charles Wilson, DARWINIA**
Nominiert: Charles de Lint, SOMEPLACE TO BE FLYING
Phyllis Gotlieb, FLESH AND GOLD
Guy Gavriel Kay, SAILING TO SARANTIUM
Nancy Kilpatrick, DRACUL: AN ETERNAL LOVE STORY
Robert J. Sawyer, FACTORING HUMANITY
ROMAN FRANZÖSISCH: **Alain Bergeron, CORPS-MACHINES ET REVES D'ANGES**
KURZGESCHICHTE ENGLISCH: **Edo van Belkom, HOCKEY'S NIGHT IN CANADA**
Nominiert: David Chato, BLIND DATE
Cory Doctorow, CRAPHOUND
David Shtogryn, SUNNY FIELDS
Douglas Smith, NEW YEAR'S EVE
KURZGESCHICHTE FRANZÖSISCH: **Guy Sirois, LA DEMOISELLE SOUS LA LUNE**
ANDERES WERK ENGLISCH: **Mark Shainblum & John Dupuis, eds.,**
ARROWDREAMS: AN ANTHOLOGY OF AlTERNATIVE CANADAS
ANDERES WERK FRANZÖSISCH: **John Dupuis, L'ENTREPRISE DE FRANKENSTEIN**

(in SOLARIS 126) punktegleich mit
Jean-Louis Trudel, Rezensionen in SOLARIS 124–127
KÜNSTLER: **Jean-Pierre Normand**

1999 SPECTRUM AWARDS

(für Veröffentlichungen mit homosexueller/lesbischer Thematik)

ROMAN: **Anne Harris, ACCIDENTAL CREATURES**
punktegleich mit
Stephen Leigh, DARK WATER'S EMBRACE
Nominiert: Carolyn Ives, HALFWAY HUMAN
Nancy Kress, MAXIMUM LIGHT
Fiona Patton, THE PAINTER KNIGHT

ANDERES WERK: **Nicola Griffith & Stephen Pagel, eds., BENDING THE LANDSCAPE: SCIENCE FICTION**
Nominiert: GODS AND MONSTERS
Lawrence Schimel, ed., THINGS INVISIBLE TO SEE

HALL OF FAME: **Eric Garber & Lyn Paleo, eds., URANIAN WORLDS**
zusammen mit
Maureen F. McHugh, CHINA MOUNTAIN ZHANG
Nominiert: Lawrence Schimel, DRAG QUEEN OF ELFLAND
Toby Johnson, SECRET MATTER
Melissa Scott, SHADOW MAN

PEOPLES CHOICE: **Melissa Scott, SHADOW MAN**

1999 ENDEAVOR AWARD

(für einen SF- oder Fantasy-Roman oder eine Storysammlung von einem Autor aus dem Nordwest-Pazifischen Raum, 1999 erstmals verliehen und mit $ 700 dotiert)

Greg Bear, DINOSAUR SUMMER
Finalisten: Steve Barnes, IRON SHADOWS
Robin Hobb, SHIP OF MAGIC
John Varley, GOLDEN GLOBE
Kate Wilhelm, TH GOOD CHILDREN

1999 WORLD FANTASY AWARDS

(alljährlich von einer Jury ermittelt und auf der WORLD FANTASY CONVENTION bekannt gegeben)

ROMAN: **Louise Erdrich: THE ANTELOPE WIFE**
Nominiert: Charles de Lint, SOMEPLACE TO BE FLYING
Guy Gavriel Kay, SAILING TO SARANTIUM
Sean Stewart, MOCKINGBIRD
Thomas Sulliva, THE MARTYRING
ERZÄHLUNG: **Ian R. MacLeod, THE SUMMER ISLES**
Nominiert: A. S. Byatt, COLD
Ursula K. Le Guin, DRAGONFLY
George R. R. Martin, THE HEDGE KNIGHT
Peter Straub, MR. CLUBB AND MR. CUFF
KURZGESCHICHTE: **Kelly Link, THE SPECIALISTS HAT**
Nominiert: Neil Gaiman, SHOGGOTH'S OLD PECULIAR
John Kessel, EVERY ANGEL IS TERRIFYING
Ellen Kushner, THE DEATH OF THE DUKE
Kelly Link, TRAVELS WITH THE SNOW QUEEN
COLLECTION: **Karen Joy Fowler, BLACK GLASS**
Nominiert: Jack Cady, THE NIGHT WE BURIED ROAD DOG
Elizabeth Hand, LAST SUMMER AT MARS HILL
Graham Masteron, MANITOU MAN: THE WORLDS OF GRAHAM MASTERTON
Gaham Wilson, THE CLEFT AND OTHER ODD TALES
ANTHOLOGIE: **Jack Dann & Janeen Webb, eds., DREAMING DOWN-UNDER**
Nominiert: Bryan Choffin, ed., THE BEST OF CRANK!
Stephen Jones & David Sutton, eds., DARK TERRORS 4
Robert Silverberg, ed., LEGENDS
Patrick Nielsen Hayden, ed., STARLIGHT 2
KÜNSTLER: **Charles Vess**
SPEZIALPREIS PROFESSIONELL: **Jim Turner** (für Golden Gryphon Press)

PREMIO UPC DE CIENCA FICCION 1999

(SF-Kurzgeschichtenwettbewerb der UNIVERSIDAD POLITECNICA DE CATALUNA in Barcelona, mit einer Million Peseten dotiert)

Alejandro Mier G. Cadaval, HOMUNCULUS gemeinsam mit
Luis Alonso Noriega Hederich, IMENEZ

Besondere Erwähnung: Daniel Mares, IA
Fermin Sanchez Carracedo, EL DIA EN QUE MORI
Ehrenvolle Erwähnung: Joaquin Revuelta Candon, SI PUDIERAS VER NIAGARA
Mike Resnick, HUNTING THE SNARK
David Rabadá, UN DEU PELS IGNOPANTS

12TH ANNUAL COLLECTORS AWARDS

(jährlich vergeben von der SF-Spezialbuchhandlung BARRY R. LEVION SCIENCE FICTION AND FANTASY LITERATURE und ihren Kunden für besonders sammelnswerte Autoren und Einzeleditionen)

COLLECTORS AWARD FÜR 1999
AUTOR: **Neal Stephenson** VERLAG: **Avon Books** für die limitierte Ausgabe von Neal Stephenson, CRAYPTONOMICON
LIFETIME COLLECTORS AWARD: **Mathew D. Hargraves** für seine bibliographischen Beiträge zu den Studien der Werke von Anne McCaffrey

5TH ANNUAL SAPPHIRE AWARDS

(seit 1995 verliehen für die besten SF-Abenteuer vom Infoblatt SCIENCE FICTION ROMANCE)

ROMAN: **Lois McMaster Bujold, A CIVIL CAMPAIGN**
2. Platz: Patricia White, THE GODMOTHER SANCTION
3. Platz: Catherine Asaro, THE QUANTUM ROSE

ERZÄHLUNG: **Catherine Asaro, AURORA IN FOUR VOICES**
2. Platz: Patricia White, DINNER DATE
3. Platz: Susan Sizemore, A LITTLE DEATH punktegleich mit Astrid Cooper, EMPIRE DAY

SPECIAL SAPPHIRE: **Denise Little** für die Anthologie A DANGEROUS MAGIC

2000 WILLIAM L. CRAWFORD AWARD

(der INTERRNATIONAL ASSOCIATION FOR THE FANTASTIC IN THE ARTS für den besten Fantasy-Debütroman, gesponsert von Andre Norton)

Preisträger: **Anne Bishop, BLACK JEWELS TRILOGY: DAUGHTER OF THE BLOOD, HEIR OF THE SHADOWS & QUEEN OF DARKNESS**
2. Platz: Elizabeth Haydon, Rhapsody

STRANNIK PREISE 1999

(russische SF-Preise, verliehen vom Kongress der SF-Autoren Russlands)

ROMAN: **Sergei Lukianenko, NOCHNOI DOZOR**
KURZROMAN: **Alexander Etoev, BEGSTVO V EGIPET**
ERZÄHLUNG: **Andrei Salomatov, PRAZDNIK**
VERWANDTES BUCH/ARTIKEL: **Igor Khalymbadzha, FANTASTICHESKYI SAMIZDAT**
ÜBERSETZUNG: **Andrei Laktionov** für die »Dragon Griaule«-Geschichten von Lucius Shepard
HERAUSGEBER: **Alexander Royle**
KÜNSTLER: **Yana Ashmarina**
MEISTER AUS DEM FERNEN AUSLAND: **Poul Anderson**
DER PALADIN (RUSSISCHER SF-MEISTER): **Vadim Schefner**

SCHWERT-PREISE 1999

DAS RUMATA (Heroic Fantasy)
Yuri Braider & Nickolay Chadovich, Zyklus BASTIONEN VON DIS
SCHWERT IN SPIEGEL (Alternative Geschichte)
Andrei Lararchuk & Mikhail Uspensky, LOOK TO MONSTERS' EYES
SCHWERT IM STEIN (Fantasy)
Evgeny Lukin, WE'VE ROLLED YOUR SUN
MONDSCHWERT (Horror)
Marina & Sergei Dyachenko, CAVE
SCHWERT DES SPONSORS (Spezialpreis)
Nick Perumov, WOODEN SWORD, DIAMOND SWORD

1999 JAMES TIPTREE JR. MEMORIAL AWARD

(für Werke, die geschlechtsspezifische Rollen in SF und Fantasy erweitern und erforschen, dotiert mit $ 1000,– und von einer Jury ermittelt, deren Mitglieder von den Begründerinnen des Preises, Pat Murphy und Karen Joy Fowler, bestimmt werden)

Suzy McKee Charnas, THE CONQUEROR'S CHILD

1999 E. E. SMITH MEMORIAL AWARD FOR IMAGINATIVE FICTION

(von der NESFA verliehen)

SKYLARK AWARD: **Bruce Coville**

1999 AUREALIS AWARDS

(australische Genre-Preise, verliehen vom australischen SF-Magazin AUREALIS)

ROMAN/SF: **Greg Egan, Teranesia**
Finalisten: Rory Barnes & Damien Broderick, THE BOOK OF REVELATION
Jonathan Blum & Kate Orman, DOCTOR WHO: UNNATURAL HISTORY
Andrew Masterton, THE LETTER GIRL
Sally Rogers-Davidson, SPARE PARTS
ROMAN/FANTASY: **Jane Routley, ARAMAYA**
Finalisten: Sara Douglass, CRUSADER
Kate Forsyth, THE CURSED TOWERS
Dave Luckett, A DARK JOURNEY/A DARK VICTORY
Juliet Marillier, DAUGHTER OF THE FOREST
ROMAN/HORROR: **Christine Harris, FOREIGN DEVILS**
Finalisten: Victor Kelleher, INTO THE DARK
Victor Kelleher, THE IVORY TRAIL
P. Scott-Bernard, DEADLY SISTER LOVE
ROMAN/JUGENDLICHE: **Dave Luckett, A DARK VICTORY**
Finalisten: Rory Barnes, HORSEHEAD MAN
Damien Broderick & Rory Barnes, STUCK IN FAST FORWARD
Victor Kelleher, INTO THE DARK
Victor Kelleher, THE IVORY TRAIL
KURZGESCHICHTE/SF: **Chris Lawson, WRITTEN IN BLOOD**
Finalisten: Terry Dowling, THE VIEW IN NANCY'S WINDOW
Chris Lawson, CHINESE ROOMS
Kate Orman, THE BICYCLE NET
Lucy Sussex, THE QUEEN OF EREWHON
KURZGESCHICHTE/FANTASY: Trudi Canavan, **WHISPERS OF THE MIST CHILDREN**
Finalisten: Adam Browne, ORLANDO'S THIRD TRANCE
Lisa Jacobson, THE LANGUAGE OF TREES

Lucy Sussex, THE QUEEN OF EREWHON
Janeen Webb, INCIDENT OF WOLFE STREET
KURZGESCHICHTE/HORROR: **Sean Williams & Simon Brown, ATRAX**
Finalisten: Allan Baillie, THE MOUTH
Stephen Dedman, HONEST GHOSTS
Kain Massin, ESCAPE FROM STALINGRAD
Alison Venugoban, FUNERAL RIGHTS
KURZGESCHICHTE/JUGENDLICHE: **kein Preis**

1999 PHILIP K. DICK AWARD

(für das beste Werk, das in diesem Jahr in den USA seine Erstveröffentlichung im Taschenbuch erlebte, dotiert mit $ 1500,– bzw. $ 500,– für die spezielle Erwähnung, und von einer Jury ermittelt)

Stephen Baxter, VACUUM DIAGRAMS
Spezielle Erwähnung: Jamil Nasar, TOWER OF DREAMS
Nominiert: Kristine Smith, CODE OF CONDUCT
Constance Ash, ed., NOT OF WOMAN BORN
Toni Anzetti, TYPHON'S CHILDREN
William Barton, WHEN WE WERE REAL

DEUTSCHER FANTASY PREIS 1999

(alljährlich vergeben vom ERSTEN DEUTSCHEN FANTASY CLUB e. V.)

Hansrudi Wäscher

2000 ISAAC ASIMOV AWARD

(für herausragende schriftstellerische Leistungen von Studenten beim Verfassen von SF und Fantasy, mitgesponsert von ASIMOV'S SF und mit $ 500,– dotiert)

Preisträger: **Beth Adele Long, REPEATING PATTERNS**
Erster Zweiter: Mark Jacobsen, FARTHER OUT AND FARTHER DOWN
Zweiter Zweiter: Lena DeTar, FIRE AND ICE
Ehrenvolle Erwähnungen: Lena DeTar, CLEARING UP
Elan Ruskin, THE DREAMER'S GUILD

1999 BEST OF SOFT SF AWARD

(alljährlich von der SOFT SF WRITERS ASSIOCIATION vergeben, um SF-Texte zu würdigen, die sich mit den »weichen«, den soziologischen Wissenschaften auseinander setzen und nicht mit den »harten«, technikorientierten, dotiert mit $ 100,– bzw. $ 50,– und $ 25,–)

1. Preis: **Tom Piccirilli, I AM A GRAVEYARD HATED BY THE MOON**
2. Preis: Magee Gilks, VIGILS
3. Preis: Uncle River, THE DASHING ABOUT FLYING BOX PEOPLE
4. Ehrenvolle Erwähnung: James Van Pelt, SATURN RING BLUES

19TH ANNUAL SCIENCE FICTION WRITERS OF EARTH SHORT STORY CONTEST

(der SF WRITERS OF EARTH, dotiert mit $ 100,–, $ 200,– und $ 300,– und von Edward Bryant ermittelt)

1. Preis: **John McCabe, THE ENEMY GOD**
2. Preis: Terence Moll, THE FACE OF THE PILGRIM
3. Preis: Angella Taylor Lofthouse, BLESSING STONE

2000 CROMPTON CROOK/STEPHEN TALL AWARD

(für den besten SF-, Fantasy- oder Horror-Debütroman des Vorjahrs, vergeben von der BALTIMORE FANTASY SOCIETY)

Stephen Burns, FLESH AND SILVER

2000 ZIA AWARD

(der Pressefrauen von New Mexico, kein Genrepreis)

Jane Lindskold, CHANGER

1999 NEBULA AWARDS

(alljährlich verliehen von der amerikanischen SF-Autorenvereinigung SFWA, den SCIENCE FICTION WRITERS OF AMERICA)

ROMAN: **Octavia E. Butler, PARABLE OF THE TALENTS**
Finalisten: Ken MacLeod, THE CASSINI DIVISION

George R. R. Martin, A CLASH OF KINGS
Vernor Vinge, A DEEPNESS IN THE SKY
Maureen F. McHugh, MISSION CHILD
Sean Stewart, MOCKINGBIRD
NOVELLE: **Ted Chiang, STORY OF YOUR LIFE**
Finalisten: Adam-Troy Castro & Jerry Oltion, THE ASTRONAUT FROM WYOMING
Andy Duncan, THE EXECUTIONER'S CHILD
L. Timmel Duchamp, LIVNG TRUST
Michael A. Burstein, REALITY CECK
David Marusek, THE WEDDING ALBUM
ERZÄHLUNG: **Mary A. Turzillo, MARS IS NO PLACE FOR CHILDREN**
Finalisten: Brian A. Hopkins, FIVE DAYS IN APRIL
Stanley Schmidt & Jack McDevitt, GOOD INTENTIONS
Esther M. Friesner, HOW TO MAKE UNICORN PIE
Phyllis Eisenstein, THE ISLAND IN THE LAKE
Bruce Sterling, TAKLAMAKAN
KURZGESCHICHTE: **Leslie What, THE COST OF DOING BUSINESS**
Finalisten: Michael Swanwick, ANCIENT ENGINES
Frances Sherwood, BASIL THE DOG
Bruce Holland Rogers, THE DEAD BOY AT YOUR WINDOW
Constance Ash, FLOWER KISS
SKRIPT: **M. Night Shyamalan, THE SIXTH SENSE**
Finalisten: Robert J. Avrech, THE DEVIL'S ARITHMETIC
Brad Bird & Tim McCanlies, THE IRON GIANT
Larry & Andy Wachowski, THE MATRIX
John Millerman, THE URANUS EXPERIMENT: PART 2
GRAND MASTER AWARD: **Brian W. Aldiss**
AUTHOR EMERITUS: **Daniel Keyes**
VERDIENSTE UM DIE SFWA: **George Zebrowski** und **Pamela Sargent**

1999 BRAM STOKER AWARDS

(alljährlich vergebene Preise der HORROR WRITERS OF AMERICA, der US Horror-Autorenvereinigung, für die besten Veröffentlichungen des Jahres)

ROMAN: **Peter Straub, MR. X**
Nominiert: Tom Piccirilli, HEXES
Owl Goingback, DARKER THAN NIGHT
Thomas Harris, HANNIBAL
Stephen King, LOW MEN IN YELLOW COATS

DEBÜTROMAN: **J. G. Passarella, WITHER**
Nominiert: Steve Beal, WIDOW'S WALK
China Mieville, KING RAT
Michael Cisco, THE DIVINITY STUDENT
ERZÄHLUNG: **Brian A. Hopkins, FIVE DAYS IN APRIL**
punktegleich mit **Joe R. Lansdale, MAD DOG SUMMER**
Nominiert: Charlee Jacob, DREAD IN THE BEAST
Jack Ketchum, RIGHT TO LIFE
KURZGESCHICHTE: **F. Paul Wilson, AFTERSHOCK**
Nominiert: P. D. Cacek, THE GRAVE
Ramsey Campbell, THE ENTERTAINMENT
Steve Rasnic Tem, HALLOWEEN STRET
COLLECTION: **Douglas Clegg, THE NIGHTMARE CHRONICLES**
Nominiert: Tom Piccirilli, DEEP INTO THE DARKNESS PEERING
Edo van Belkom, DEATH DRIVES A SEMI
Stephen King, HEARTS IN ATLANTIS
ANTHOLOGIE: **Al Sarrantonio, ed.,** 999: **NEW STORIES OF HORROR AND SUSPENSE**
Nominiert: John Pelan, ed., THE LAST CONTINENT: NEW TALE OF ZOTHIQUE
Ellen Datlow & Terri Windling, eds., THE YEAR'S BEST FANTASY & HORROR: 12TH ANNUAL COLLECTION
Stephen Jones, ed., THE MAMMOTH BOOK OF BEST NEW HORROR 10
SACHBUCH: **DARKECHO NEWSLETTER** (alle Ausgaben von 1999), hrsg. von Paula Guran
COMIC/GRAPHIC NOVEL: **Neil Gaiman, THE SANDMAN: THE DREAM HUNTERS**
DREHBUCH: **M. Night Shyamalan, THE SIXTH SENSE**
PUBLIKATION FÜR JUGENDLICHE: **J. K. Rowling, HARRY POTTER AND THE PRISONER OF AZKABAN**
Nominiert: Joe R. Lansdale, SOMETHING LUMBER THIS WAY COMES
Angus Oblong, CREEPY SUSIE AND 13 OTHER TRAGIC TALES FOR TROUBLED CHILDREN
ANDERE MEDIEN: **Harlan Ellison, I HAVE NO MOUTH AND I MUST SCREAM** (Hörspiel)
LIFETIME ACHIEVEMENT AWARD: **Edward Gorey und Charles L. Grant**
SPEZIALPREIS: **Christopher & Barbara Roden,** Ash-Tree Press

1999 ARTHUR C. CLARKE AWARD

(für den besten in Großbritannien veröffentlichten SF-Roman, verliehen von der BRITISH SCIENCE FICTION ASSOCIATION und der SCIENCE FICTION FOUNDATION und dotiert mit 1000,– Pfund Sterling)

Bruce Sterling, DISTRACTION
Nominiert: Stephen Baxter, MANIFOLD 1: TIME
Kathleen Ann Goonan, THE BONES OF TIME
Justina Robson, SILVER SCREEN
Neal Stephenson, CRYPTONOMICON
Vernor Vinge, A DEEPNESS IN THE SKY

1999 BSFA AWARDS

(die alljährlich auf dem Eastercon verliehenen nationalen Preise der BRITISH SCIENCE FICTION ASSOCIATION)

ROMAN: **Ken MacLeod, THE SKY ROAD**
Nominiert: Eugene Byrne, THIGMOO
Justina Robson, SILVER SCREEN
Mary Doria Russell, CHILDREN OF GOD
Simon Ings, HEADLONG
KURZGESCHICHTE: **Eric Brown, HUNTING THE SLARQUE**
Nominiert: Tony Ballantyne, GORILLAGRAM
Richard Calder, MALIGNOS
Stephen Dedman, THE LADY MACBETH BLUES
Maya Kaathryn Bohnhoff, WHITE DOG
KUNSTWERK: **Jim Burns** für Cover zu »Darwinia« von Robert Charles Wilson

PRIX ALAIN DOREMIEUX 1999

(für junge vielversprechende Autoren, verliehen im Gedenken an den Autor und Redakteur)

Claire und Robert Belmas

PRIX ARS ELECTRONICA 2000

(vom ORF, dem Österreichischen Fernsehen, gesponsert, von einer Jury vergeben und mit ATS 100 000,– dotiert)

Neal Stephenson

1999 MAIDEN VOYAGE AWARD

(seit 1997 von der Leserschaft der zweimonatlich von der Buchkette BARNES & NOBLE herausgegebenen kostenlosen Kundenzeitschrift EXPLORATION an einen der dort vorgestellten neuen SF- und Fantasy-Roman verliehen und dotiert mit $ 2500,–)

John Marco, THE JACKAL OF NAR
Finalisten: Marc Matz, NOCTURNE FOR A DANGEROUS MAN
Elizabeth Haydon, RHAPSODY
Paul Levinson, THE SILK CODE
Peter Watts, STARFISH

10TH ANNUAL HOMER AWARDS 2000

(verliehen vom COMPUSERVE SCIENCE FICTION AND FANTASY LITERATURE AND MEDIA FORUM für Veröffentlichungen des Vorjahrs)

ROMAN: **Catherine Asaro, THE VEILED WEB**
Nominiert: Susan R. Matthews, HOUR OF JUDGEMENT
Lois McMaster Bujold, A CIVIL CAMPAIGN
Catherine Asaro, THE RADIANT SEAS
C. J. Cherryh, PRECURSOR
Vernor Vinge, A DEEPNESS IN THE SKY
NOVELLE: **Mike Resnick, HUNTING THE SNARK**
Nominiert: Andy Duncan, HE EXECUTIONER'S GUILD
Kage Baker, SON OBSERVE THE TIME
L. Timmel Duchamp, LIVING TRUST
David Marusek, THE WEDDING ALBUM
Adam-Troy Castro & Jerry Oltion, THE ASTRONAUT FROM WYOMING
ERZÄHLUNG: **Eleanor Arnason, STELLAR HARVEST**
Nominiert: Kristine Kathryn Rusch, THE WOMEN OF WHALE ROCK
Rob Chilson, THE HESTWOOD

Kage Baker, SMART ALEC
Esther Friesner, HOW TO MAKE UNICORN PIE
Esther Friesner, CHANOYU
KURZGESCHICHTE: **Mike Resnick, HITHOUSE FLOWERS**
Nominiert: William Sanders, JENNIFER, JUST BEFORE MIDNIGHT
Charlene L. Brusso, ABSINTHE EYES
Neil Gaiman, GOLIATH
FILM/TV: **THE MATRIX**
Nominiert: THE SIXTH SENSE
THE IRON GIANT
BUFFY, THE VAMPIRE SLAYER: HUSH
GALAXY QUEST

KURD LASSWITZ PREIS 2000

(alljährlich von den deutschsprachigen SF-Profis verliehen)

ROMAN: **Andreas Eschbach, KELWITTS STERN**
2. Platz: Myra Cakan, WHEN THE MUSIC'S OVER
3. Platz: Matthias Robold, HUNDERT TAGE AUF STARDAWN
KURZGESCHICHTE: **Wolfgang Jeschke, DIE CUSANISCHE ACCELERATIO**
2. Platz: Michael Marrak, QUO VADIS, ARMAGEDDON?
3. Platz: Peter Schünewald, IN BUCHENWALD UND ANDERSWO
4. Platz: Michael Marrak, WIEDERGÄNGER
5. Platz: Ulrike Nolte, DIE GEHIRNDÖRFER
AUSLÄNDISCHES WERK: **Greg Egan, QUAL (DISTRESS)**
2. Platz: Brian W. Aldiss & Roger Penrose, WEISSER MARS (WHITE MARS; OR: THE MIND SET FREE)
3. Platz: Dan Simmons, ENDYMION – DIE AUFERSTEHUNG (THE RISE ON ENDYMION)
4. Platz: Nancy Kress, BETTLERS RITT (BEGGARS RIDE)
5. Platz: Ian Watson, ORAKEL (ORACLE)
ÜBERSETZER: **Bernhard Kempen** für Greg Egan, QUAL
2. Platz: Hannes Riffel für John Shirley, ES WERDE LICHT
3. Platz: Hans-Ulrich Möhring für Tad Williams, FLUSS AUS BLAUEM FEUER
4. Platz: Alfons Winkelmann für D. G. Compton, MERS
GRAPHIK: **Mario Franke** für das Titelbild zu »Lichtjahr 7«
2. Platz: Thomas Thiemeyer für das Titelbild zu Wolfgang Jeschke (Hrsg.), DAS PROUST-SYNDROM

3. Platz: Zoltan Boros und Gabor Szikszai für das zehnteilige Titelbild zu James White, ORBIT HOSPITAL-ZYKLUS
4. Platz: Thomas Thiemeyer für das Titelbild zu Ben Bova, MARS
5. Platz: Peter Domanski für das Titelbild zum William Gibson, IDORU

HÖRSPIEL: **Marina Dietz, TRÄUMEN ANDROIDEN** (nach Philip K. Dick)

2. Platz: Stefan Wilke, MONDGLAS
3. Platz: Irene Schuck, DIE DRITTE ZIVILISATION (nach Arkadij & Boris Strugatzkij)
4. Platz: David Moss, EINSTEIN FÜR ALIENS
5. Platz: Ingomar von Kieseritzky, COGITO IN VITRO

SONDERPREIS FÜR HERAUSRAGENDE LEISTUNGEN 1999: **Erik Simon und der Freundeskreis Leipzig e. V.** für die Übernahme des finanziellen Risikos und das Engagement bei der Herausgabe von »Lichtjahr 7«

2. Platz: Ekkehard Redlin für sein Lebenswerk als Lektor, Herausgeber und Förderer mehrerer Generationen (ost-)deutscher SF-Autoren, anlässlich seines 80. Geburtstages
3. Platz: Franz Rottensteiner für 36 Jahre Herausgabe des QUARBER MERKUR
4. Platz: Erik Simon für die bombige Alternativwelten-Anthologie ALEXANDERS LANGES LEBEN, STALINS FRÜHER TOD
5. Platz: Phantastische Bibliothek Wetzlar für die kontinuierliche Arbeit und aktuell die Ausrichtung der Ausstellung zur DDR-SF 10 Jahre nach der Wende mit vielen Einzelprogrammen

6TH INTERNATIONAL HORROR GUILD AWARDS 1999

(von Nancy Collins initiiert, von einer mehrköpfigen Jury ermittelt und auf der WORLD HORROR CONVENTION bekannt gegeben)

ROMAN: **Stewart O'Nan, A PRAYER FOR THE DYING**
Nominiert: Jonathan Aycliffe, THE TALISMAN
Richard Bows, MINIONS OF THE MOON
Kim Newman, SEVEN STARS
Peter Straub, MR. X

DEBÜTROMAN: **Michael Cisco, THE DIVINITY STUDENT**
Nominiert: Fred Durbin, DRAGONFLY
Paul Griner, COLLECTORS
China Mieville, KING RAT
J. G. Passarella, WITHER

ERZÄHLUNG: **Lucius Shepard, CROCODILE ROCK**
Nominiert: Andy Duncan, THE EXECUTIONER'S GUILD
Graham Joyce, LENINGRAD NIGHTS
Kim Newman, ANDY WARHOL'S DRACULA
Tim Lebbon, WHITE
KURZGESCHICHTE: **Gemma Files, THE EMPEROR'S OLD BONES**
Nominiert: Richard Calder, IMPAKTO
Kim Newman, AMERIKANSKI DEAD AT THE MOSCOW MORGUE
Michael Marshall Smith, WHAT YOU MAKE IT
Steve Rasnic Tem, HALLOWEEN STREET
COLLECTION: **Douglas Clegg, THE NIGHTMARE CHRONICLES**
Nominiert: David Case, BROTHERLY LOVE AND OTHER TALES OF FAITH AND KNOWLEDGE
Jean Ray, MY PRIVATE SPECTRS
Jay Russell, WALTZES AND WHISPERS
Michael Marshall Smith, WHAT YOU MAKE IT
ANTHOLOGIE: **Richard Chizmar & William Schafer, eds., SUBTERRANEAN GALLERY**
Nominiert: Ellen Datlow & Terri Windling, eds., HE YEAR'S BEST FANTASY AND HORROR FICTION 12
Don Hutchison, ed., NORTHERN FRIGHTS 5
Stephen Jones, ed., TH MAMMOTH BOOK OF BEST NEW HORROR, VOL. 10
Stephen Jones, ed., WHITE OF THE MOON: NEW TALES OF MADNESS AND DREAD
SEKUNDÄRWERK: **Neil Barron, ed., FANTASY AND HORROR: A CRITICAL AND HISTORICAL GUIDE TO LITERATURE, ILLUSTRATION, FILM, TV, RADIO, AND THE INTERNET**
COMIC: **Axel Alonso & Joan Hilty, eds., FLINCH # 1–7**
KÜNSTLER: **Charles Burns**
FILM: **STIR OF ECHOES**
PUBLIKATION: **DARKECHO**
TV-SERIE: **THE STORM OF THE CENTURY**
LIVING LEGEND AWARD: **Christian Matheson**
SPECIAL AWARD: **Don D'Auria** für die Horror-Reihe bei Leisure Books

2000 WESTERN AUSTRALIAN SF ACHIEVEMENT AWARDS

(auf dem Swancon bekanntgegeben)

PROFESSIONELLES WERK IN GEDRUCKTER FORM: **Stephen Dedman, THE LADY OF SITUATIONS**
PROFESSIONELLE PRODUKTION IN JEDWEDEM MEDIUM: **Jeremy G. Byrne, EIDOLON (Magazin)**
KÜNSTLER: **Shaun Tan**
SPEZIALPREIS/SILVER SWAN: **EIDOLON** (Magazin)

PREMIO ITALIA 2000

(nationale italienische SF-Preise, ermittelt von einer Jury aus Fans und Mitgliedern der Sektion Italien von WORLD SF und verliehen auf dem alljährlichen ITALCON)

ROMAN/ITALIENISCH: **Vittorio Curtoni, RETROFUTURO**
ROMAN/ÜBERSETZUNG: **Vernor Vinge, QUANDO LA LUCE RITORNERA (A DEEPNESS IN THE SKY)**
KURZGESCHICHTE: **Adalberto Cersosimo, AL SORGERE DEL SOLE**
LANGES ESSAY: **Claudia & Giovanni Mongini, STORIA DEL CINEMA DI FANTASCIENZA**
KURZES ESSAY: **Vittorio Curtoni, LA MIA LOVE-STORY CON LA FANTASCIENZA**
BUCHREIHE: **COSMO ORO** (EDRICE NORD)
MAGAZIN: **COSMO SF** (EDRICE NORD)
KÜNSTLER: **Maurizio Manzieri**
HERAUSGEBER: **Piergiorgio Nicolazzini**
ÜBERSETZER: **Vittorio Curtoni**

2000 GEORGE TURNER PRIZE

(mit A$ 10 000,– dotierter Preis, gesponsert von Random House Australia, ermittelt von einer Jury und vergeben im Gedenken des 1998 verstorbenen Autors für den besten noch unveröffentlichten australischen SF- oder Fantasy-Roman)

Michelle Marquardt, BLUE SKY AND SILENCE

PHANTASTIK-PREIS DER STADT WETZLAR 2000

(alljährlich verliehen auf den WETZLARER TAGEN DER PHANTASTIK, ermittelt von einer Jury und dotiert mit DM 7000,–)

Gunter Gross, DER GEDANKENLESER

PRIX BOB MORANE 2000

(Belgischer Preis für französischsprachige SF-Literatur und Comics)

AUSLÄNDISCHER ROMAN: **Andreas Eschbach, DES MILLIARDS DE TAPIS DE CHEVEUX (DIE HAARTEPPICHKNÜPFER)**

2000 DARRELL AWARD

(verliehen von der MEMPHIS SF ASSOCIATION für den besten Roman eines Autors aus dem Mittleren Süden der USA)

Gary Holleman, UNGRATEFUL DEAD
2. Platz: Walter Jon Williams, THE RIFT

2000 ASIMOV'S READER AWARDS

(verliehen von den Lesern des amerikanischen Magazins ASIMOV'S SF für die besten dort publizierten Beiträge)

KURZROMAN: **Mike Resnick, HUNTING THE SNARK**
ERZÄHLUNG: **Ian R. McLeod, THE CHOP GIRL**
KURZGESCHICHTE: **Michael Swanwick, ANCIENT ENGINES**

2000 NATIONAL READERS CHOICE AWARD

(in verschiedenen Kategorien vergeben von der SEKTION OKLAHOMA der ROMANCE WRITERS OF AMERICA)

Kategorie PARANORMA/FUTURISTISCH/FANTASY/ZEITREISE:
Catherine Asaro, THE VEILED WEB
Susan Plunkett, TIMEPOOL

2000 PRISM AWARD

(für romantische SF und Fantasy des Vorjahres)

ZEITREISE: **Judy DiCanio, BELOVED WARRIOR**
FUTURISTISCH/FANTASA: **Catherine Asaro, THE VEILED WEB**
PARANORMAL/DÜSTER: **Sue Krinard, TOUCH OF THE WOLF**
PARANORMAL/LEICHTE KOST: **Kathleen Nance, MORE THAN MAGIC**
DAS BESTE VOM BESTEN: **Sue Krinard, TOUCH OF THE WOLF**

2000 SEIUN AWARDS

(die nationalen SF-Preise Japans, mit HUGO vergleichbar)

AUSLÄNDISCHER ROMAN: **Mike Resnick, KIRINYAGA**
Nominiert: Greg Egan, PERMUTATION CITY
Greg Egan, QUARANTINE
Joe Haldeman, FOREVER PEACE
James P. Hogan, THE IMMORTALITY OPTION
Robert J. Sawyer, STARPLEX
Dan Simmons, ENDYMION & THE RISE OF ENDYMION
Michael Marshall Smith, ONE OF US
AUSLÄNDISCHE KURZGESCHICHTE: **James Tiptree jr., OUT OF THE EVERYWHERE**
Nominiert: Catherine Asaro, AURORA IN FOUR VOICES
Stephen Baxter, WAR BIRDS
Greg Egan, THE CUTIE
James Alan Gardner, THREE HEARINGS ON THE EXISTENCE OF SNAKES IN THE HUMAN BLOODSTREAM
Alexander Jablokov, DOING THE CIRCUIT
C. M. Kornbluth, COSMIC EXPENSE ACCOUNT
Allen Steele, »... WHERE ANGELS FEAR TO TREAD«
Bruce Sterling, TAKLAMAKAN
JAPANISCHER ROMAN: **Chohei Kanbayashi, GOOD LUCK SENTO YOSEI YUKIKAZE**
JAPANISCHE KURZGESCHICHTE: **Hosuke Nojiri, TAIYO NO SAN-DATSHSHA**

2000 JOHN W. CAMPBELL MEMORIAL AWARD

(für den besten SF-Roman des Vorjahres, 1973 gestartet und ermittelt von einer Jurorengruppe unter dem Vorsitz von James Gunn)

Preisträger: **Vernor Vinge, A DEEPNESS IN THE SKY**
2. Platz: Greg Bear, DARWIN'S RADIO
3. Platz: Norman Spinrad, GREENHOUSE SUMMER
Besondere Erwähnung: Peter Watts, STARFISH
Jack Williamson, THE SILICON DAGGER

2000 THEODORE STURGEON MEMORIAL AWARD

(für die beste SF-Kurzgeschichte des Vorjahrs, etabliert 1987 von Sturgeons Erben und James Gunn, dessen Vorauswahl durch einen Kreis aus Rezensenten, Herausgebern und Kolumnisten erfolgt und von einer Jury unter dem Vorsitz von James Gunn ermittelt wird)

Preisträger: **David Marusek, THE WEDDING ALBUM**
2. Platz: Eleanor Arnason, DAPPLE: A HWARHATH HISTORICAL ROMANCE
3. Platz: Judith Berman, THE WINDOW

2000 LOCUS AWARDS

(der amerikanischen SF-Fachzeitschrift LOCUS)

SF-ROMAN: **Neal Stephenson, CRYPTONOMICON**
2. Platz: Greg Bear, DARWIN'S RADIO
3. Platz: Vernor Vinge, A DEEPNESS IN THE SKY
4. Platz: Lois McMaster Bujold, A CIVIL CAMPAIGN
5. Platz: Orson Scott Card, ENDER'S SHADOW
FANTASY-ROMAN: **J. K. Rowling, HARRY POTTER AND THE PRISONER OF AZKABAN**
2. Platz: Terry Pratchett, THE FIFTH ELEPHANT
3. Platz: C. J. Cherryh, FORTRESS OF OWLS
5. Platz: Lisa Goldstein, DARK CITIES UNDERGROUND
6. Platz: Peter S. Beagle, TAMSIN
DEBÜT-ROMAN: **Paul Levinson, THE SILK CODE**
2. Platz: Thomas Harlan, THE SHADOW OF ARARAT
3. Platz: Peter Watts, STARFISH

4. Platz: Kristine Smith, CODE OF CONDUCT
7. Platz: Juliet E. McKenna, THE THIEF'S GAMBLE
ANTHOLOGIE: **Robert Silverberg, ed., DARK HORIZONS**
2. Platz: Gardner Dozois, ed., THE YEAR'S BEST SCIENCE FICTION: SIXTEENTH ANNUAL COLLECTION
3. Platz: David G. Hartwell, ed., YEAR'S BEST SF 4
4. Platz: Ellen Datlow & Terri Windling, eds., THE YEAR'S BEST FANTASY AND HORROR: TWELFTH ANNUAL COLLECTION
5. Platz: Gardner Dozois, ed., THE GOOD NEW STUFF
COLLECTION: **Kim Stanley Robinson, THE MARTIANS**
2. Platz: Bruce Sterling, A GOOD OLD-FASHIONED-FUTURE
3. Platz: Connie Willis, MIRACLE AND OTHER CHRISTMAS STORIES
4. Platz: Anthony Boucher, THE COMPLEAT ANTHONY BOUCHER
5. Platz: Stephen King, HEARTS IN ATLANTIS
NOVELLE: **Dan Simmons, ORPHANS OF THE HELIX**
2. Platz: Lucius Shepard, CROCODILE ROCK
3. Platz: Connie Willis, THE WINDS OF MARBLE ARCH
4. Platz: Ursula K. Le Guin, OLD MUSIC AND THE SLAVE WOMEN
5. Platz: Greg Bear, THE WAY OF ALL GHOSTS
ERZÄHLUNG: **Stephen Baxter, HUDDLE** punktegleich mit **Greg Egan, BORDER GUARDS**
3. Platz: Gregory Benford, A HUNGER FOR THE INFINITE
4. Platz: Nancy Kress, SLEEPING DOGS
5. Platz: Ben Bova, MOUNT OLYMPOS
KURZGESCHICHTE: **Terry Bisson, MACS**
2. Platz: Michael Swanwick, ANCIENT ENGINES
3. Platz: Michael Swanwick, SCHERZO WITH TYRANNOSAUR
4. Platz: Stephen Baxter, SPINDRIFT
5. Platz: Kim Stanley Robinson, ARTHUR STERNBACH BRINGS THE CURVEBALL TO MARS
SACHBUCH: **S. T. Joshi, SIXTY YEARS OF ARKHAM HOUSE**
KUNSTBUCH: **Frank M. Robinson, SCIENCE FICTION OF THE 20TH CENTURY**
KÜNSTLER: **Michael Whelan**
HERAUSGEBER: **Gardner Dozois**
MAGAZIN: **ASIMOV'S SF MAGAZINE**
VERLAG: Tor

PRIX TOUR EIFFEL 2000

(2000 zum vierten Mal verliehener, nach dem Pariser Wahrzeichen benannter französischer SF-Preis, vergeben von Profis, Buchhändlern, Journalisten und Fans)

Mike Resnick, THE DARK LADY
Auf den weiteren Plätzen: Connie Willis, TO SAY NOTHING OF THE DOG
Joe Haldeman, FOREVER PEACE

1999 MYTHOPOEIC FANTASY AWARDS

(verliehen von der MYTHOPOEIC FANTASY SOCIETY für Werke in der Tradition der Inklings)

FANTASY FÜR ERWACHSENE: **Peter S. Beagle, TAMSIN**
Nominiert: A. S. Byatt, ELEMENTALS
Lisa Goldstein, DARK CITIES UNDERGROUND
Peg Kerr, THE WILD SWANS
Yvey Meynard, THE BOOK OF KNIGHTS
FANTASY-JUGENDBUCH: **Franny Billingsley, THE FOLK KEEPER**
Nominiert: David Almond, SKELLIG
Tamora Pierce, CIRCLE OF MAGIC-Serie
J. K. Rowling, HARRY POTTER AND THE PRISONER OF AZKABAN
Cynthia Voigt, KINGDOM-Serie
SCHOLARSHIP AWARD FÜR MYTHEN- UND FANTASY-STUDIEN: **Carole G. Silv, STRANGE AND SECRET PEOPES: FAIRIES AND VICTORIAN CONSCIOUSNESS**
SCHOLARSHIP AWARD FÜR INKLINGS-STUDIEN: **J. R. R. Tolkien, ROVERANDOM** (hrsg. von Christina Scull & Wayne G. Hammond)

2000 HUGO AWARDS

(die Preise der amerikanischen SF-Fans, alljährlich auf dem WorldCon – diesmal in Chicago, Illinois – vergeben)

ROMAN: **Vernor Vinge, A DEEPNESS IN THE SKY**
2. Platz: Lois McMaster Bujod, CIVIL CAMPAIGN
3. Platz: Neal Stephenson, CRYPTONOMICON
4. Platz: Greg Bear, DARWINS RADIO

5. Platz: J. K: Rowling, HARRY POTTER AND THE PRISONER OF AZKABAN
NOVELLE: **Connie Willis, THE WINDS OF MARBLE ARCH**
2. Platz: Harry Turtledove, FORTY, COUNTING DOWN
3. Platz: Adam Troy-Castro & Jerry Oltion, THE ASTRONAUT FROM WYOMING
4. Platz: Mike Resnick, HUNTING THE SNARK
5. Platz: Kage Baker, SON OBSERVE THE TIME
ERZÄHLUNG: **James Patrick Kelly, 1016 TO 1**
2. Platz: Eleanor Arnason, STELLAR HARVEST
3. Platz: Greg Egan, BORDER GUARDS
4. Platz: Jan Lars Jenson, THE SECRET HISTORY OF THE ORNITHOPTER
5. Platz: Tom Purdom, FOSSIL GAMES
6. Platz: Ian R. MacLeod, THE CHOP GIRL
KURZGESCHICHTE: **Michael Swanwick, SCHERZO WITH TYRANNOSAUR**
2. Platz: Michael Swanwick, ANCIENT ENGINES
3. Platz: Mike Resnick, HOTHOUSE FLOWERS
4. Platz: Terry Bisson, MACS
5. Platz: Nick DiChario, SARAJEVO
SACHBUCH: **Frank M. Robinson, SCIENCE FICTION OF THE 20TH CENTURY**
2. Platz: Neil Gaiman & Yoshitaka Amano, THE SANDMAN: THE DREAM HUNTERS
3. Platz: Terry Pratchett, Ian Steart & Jack Cohen, THE SCIENCE OF DISCWORLD
4. Platz: Cathy Fenner & Arnie Fenner, eds., SPECTRUM 6: THE BEST IN CONTEMPORARY FANTASTIC ART
5. Platz: Karen Cooper & Bruce Schneier, MINICON 34 RESTAURANT GUIDE
TV/KINO: **GALAXY QUEST**
2. Platz: THE MATRIX
3. Platz: THE SIXTH SENSE
4. Platz: BEING JOHN MALKOVICH
5. Platz: THE IRON GIANT
HERAUSGEBER/PROFESSIONELL: **Gardner Dozois**
KÜNSTLER/PROFESSIONELL: **Michael Whelan**
MAGAZIN/SEMIPROFESSIONELL: **LOCUS,** hrsg. von Charles N. Brown

2000 JOHN W. CAMPBELL AWARD

(für den besten Nachwuchsautor der beiden letzten Jahre, also 1998/99)

Cory Doctorow
2. Platz: Ellen Klages
3. Platz: Shane Tourtellotte
4. Platz: Kristine Smith
5. Platz: Thomas Harlan

2000 BRITISH FANTASY AWARDS

(der BRITISH FANTASY SOCIETY, alljährlich auf dem Fantasycon verliehen)

ROMAN/AUGUST DERLETH AWARD: **Graham Joyce, INDIGO**
ERZÄHLUNG: **Tim Lebbon, WHITE**
ANTHOLOGIE: **Stephen Jones, ed., THE MAMMOTH BOOK OF BEST NEW HORROR 10**
COLLECTION: **Peter Crowther, LONESOME ROADS**
KÜNSTLER: **Les Edwards**
KLEINVERLAG: **Razorblade Press**
THE KARL EDWARD WAGNER AWARD: **Anne McCaffrey**

2000 SIDEWISE AWARD

(alljährlich vergeben für den besten Alternativwelt-Roman und die beste Alternativwelt-Geschichte des Vorjahrs)

ROMAN: **Brendan DuBois, RESURRECTION DAY**
ERZÄHLUNG: **Alain Bergeron, THE EIGHTH REGISTER**
Nominiert: Jan Lars Jensen, SECRET HISTORY OF THE ORNITHOPTER
Robert Silverberg, GETTING TO KNOW THE DRAGON
Robert Silverberg, A HERO OF THE EMPIRE
SPECIAL ACHIEVEMENT AWARD: **Randall Garrett** für die LORD DARCY-Serie

2000 PROMETHEUS AWARD

(verliehen von der LIBERTARIAN FUTURIST SOCIETY für einen neuen SF-Roman, in dem liberales Ideengut verbreitet wird)

Vernor Vinge, A DEEPNESS IN THE SKY
Nominiert: Gregory Benford, THE MARTIAN RACE
James P. Hogan, CPADLE OF THE SKY
Ken MacLeod, THE CASSINI DIVISION
Neal Stephenson, CRYPTONOMICON

2000 PROMETHEUS HALL OF FAME AWARD

(verliehen von der LIBERTARIAN FUTURIST SOCIETY für einen klassischen SF-Roman, in dem die Prinzipien des Liberalismus hoch gehalten werden)

Hans Christian Andersen, THE EMPEROR'S NEW CLOTHES
Nominiert: Poul Anderson, ORION SHALL RISE
James Hogan, MIRROR MAZE
Sinclair Lewis, IT CAN'T HAPPEN HERE
L. Neil Smith, THE WARDOVE

2000 GOLDEN DUCK AWARDS

(vergeben von der GOLDEN DUCK FOUNDATION auf dem Duck-Con für besondere Leistungen im Kinder- und Jugendbuchbereich und dotiert mit $ 200,–)

BILDERBUCH: **Daniel Kirk, HUSH, LITTLE ALIEN**
KINDERBUCH: **Bruce Coville, I WAS A 6TH GRADE ALIEN**
JUGENDBUCH/HAL CLEMENT AWARD: **Roger MacBride Allen, THE GAME OF WORLDS: OUT OF TIME**
SPECIAL AWARD: **J. K. Rowling** für HARRY POTTER

2000 AURORA AWARDS/PRIX AURORA 2000

(die kanadischen SF- und Fantasy-Preise, 2000 zum 20. Mal vergeben von der CANADIAN SCIENCE FICTION AND FANTASY ASSOCIATION für die besten Veröffentlichungen aus 1998/99)

ROMAN ENGLISCH: **Robert J. Sawyer, FLASHFORWARD**
Nominiert: Julie E. Czerneda, BEHOLDER'S EYE
Nalo Hopkinson, BROWN GIRL IN THE RING
Peter Watts, STARFISH
Robert Charles Wilson, BIOS
Eda van Belkon, DEATH DRIVES A SEMI

ROMAN FRANZÖSISCH: **Francine Pelletier, SAMIVA DE FREE**
KURZWERK ENGLISCH: **Robert J. Sawyer, STREAM OF CONSCIOUSNESS**
Nominiert: Gemma Files, THE ENMPEROR'S OLD BONES
Mark Leslie, ERRATIC CYCLES
Sally McBride, SPEAKING SEA
Mark Rayner, ANY PORT IN A STORM
Douglas Smith, STATE OF DISORDER
Douglas Smith, SYMPHONY
Robert Charles Wilson, PLATO'S MIRROR
KURZWERK FRANZÖSISCH: **Eric Gauthier, SOUVENIRS DU SAUDADE EXPRESS**
ANDERES WERK ENGLISCH: **Don Hutchison, ed., NORTHERN FRIGHTS 5**
ANDERES WERK FRANZÖSISCH: **SOLARIS,** hrsg. von Joel Champetier
KÜNSTLER: **Larry Stewart**

2000 EUROCON AWARDS

(alljährlich auf dem Eurocon – diesmal in Gdansk, Polen – verliehene Preise der EUROPEAN SCIENCE FICTION SOCIETY)

AUTOR: **Ken MacLeod** (GB)
ÜBERSETZER: **Rolf Andersen** (Norwegen)
MAGAZIN: **ESLI** (Russland)
VERLAG: **Eide Forlag** (Norwegen) gemeinsam mit **Nowa** (Polen)
KÜNSTLER: **Wojtek Siudmak** (Polen)
FANZINE: **MIESIECZNIK** (Polen)
ENCOURAGEMENT AWARD: **Anton Pervushkin** (Russland), **Nikolay Todorov** (Bulgarien), **Anna Lee** (Ukraine), **Anna Brzezinska** (Polen), **Liviu Radu** (Rumänien) und **Sabine Wedermeyer** (Deutschland)

DEUTSCHER SCIENCE FICTION PREIS 2000

(alljährlich von einem Komitee im Namen des SCIENCE FICTION CLUB DEUTSCHLAND, der größten Organisation deutscher SF-Fans, verliehener Preis, bis 1998 SFCD-LITERATURPREIS genannt)

ROMAN: **Matthias Robold, HUNDERT TAGE AUF STARDAWN**
2. Platz: Markus Gerwinski, MJÖLLNIRS ERBEN
3. Platz: Emil Zopfi, LONDONS LETZTER GAST

4. Platz: Daniel Kehlmann, MAHLERS ZEIT
5. Platz: Ady Henry Kiss, CANYONS

KURZGESCHICHTE: **Michael Marrak, WIEDERGÄNGER**
2. Platz: Frank W. Haubold, DAS GROSSE RENNEN
3. Platz: Horst Pukallus, DER LOCKENTENSCHNITZER VON BETEIGEUZE XIV
4. Platz: Michael K. Iwoleit, NIMROD
5. Platz: Jonas Ley, KASKADE

DEUTSCHER PHANTASTIK AWARD 2000

(vergeben von den Lesern und Abonnenten des Online-News-Services PHANTASTIK.DE bzw. der Printausgabe PHANTASTIKREADER-NEWS für die besten Veröffentlichungen des Vorjahrs)

DEUTSCHER ROMAN: **Wolfgang & Heike Hohlbein, KRIEG DER ENGEL**
2. Platz: Andreas Eschbach, KELWITTS STERN
3. Platz: Manfred Weinland & Timothy Stahl, DIE ACHTE PLAGE
4. Platz: Kai Meyer, GÖTTIN DER WÜSTE
5. Platz: Myra Cakan, WHEN THE MUSIC'S OVER

AUSLÄNDISCHER ROMAN: **Stephen King, ATLANTIS**
2. Platz: J. K. Rowling, HARRY POTTER UND DER GEFANGENE VON ASKABAN
3. Platz: Terry Pratchett, HEISSE HÜPFER
4. Platz: Dan Simmons, ENDYMION - DIE AUFERSTEHUNG
5. Platz: Dean Koontz, GESCHÖPFE DER NACHT

DEUTSCHE KURZGESCHICHTE: **Michael Marrak, WIEDERGÄNGER**
2. Platz: Michael Iwoleit, NIMROD
3. Platz: Horst Pukallus, DER LOCKENTENSCHNITZER VON BETEIGEUZE XIV
4. Platz: Malte Schulz-Semten, MASKENHANDLUNGEN
5. Platz: Michael Siefener, WOLF

ORIGINAL-ANTHOLOGIE: **DER AGNOSTISCHE SAAL**
2. Platz: H. P. LOVECRAFTS BIBLIOTHEK DES SCHRECKENS I
3. Platz: LICHTJAHR 7
4. Platz: DAS PROUST-SYNDROM
5. Platz: KONTAKTE

DEUTSCHE SERIE/REIHE: **PROFESSOR ZAMORRA**
2. Platz: DAS VOLK DER NACHT
3. Platz: PERRY RHODAN
4. Platz: H. P. LOVECRAFTS BIBLIOTHEK DES SCHRECKENS
5. Platz: GRUSEL-SCHOCKER

AUTOR DES JAHRES: **Joanne K. Rowling**
2. Platz: Wolfgang Hohlbein
3. Platz: Andreas Eschbach
4. Platz: W. K. Giesa
5. Platz: Ronald M. Hahn

ÜBERSETZUNG: **Uwe Anton** für Dean Koontz, GESCHÖPFE DER NACHT
2. Platz: Klaus Fritz, für J. K. Rowling, HARRY POTTER UND DER GEFANGENE VON ASKABAN
3. Platz: H. U. Möhring für Tad Williams, OTHERLAND 2
4. Platz: Bernhard Kempen für Greg Egan, QUAL
5. Platz: Michael Siefener für Eric Count Stenbock, STUDIEN DES TODES

FILM: **DIE MATRIX**
2. Platz: STAR WARS: EPISODE 1
3. Platz: DIE MUMIE
4. Platz: EXISTENZ
5. Platz: THE BLAIR WITCH PROJECT

TV-SERIE: **STAR TREK: DEEP SPACE NINE**
2. Platz: STARGATE SG-1
3. Platz: BUFFY
4. Platz: MISSION ERDE
5. Platz: XENA

DARSTELLERIN: **Gillian Anderson**
DARSTELLER: **Keanu Reeves**
INTERNET-SEITE: **www.SF-Radio.de**

2000 SPECTRUM AWARDS

(des GALACTIC NETWORK für die besten Veröffentlichungen des Vorjahrs, in denen gleichgeschlechtliche Liebe eine Rolle spielt)

ROMAN: **Keith Hartmann, THE GUMSHOE, THE WITCH AND TRE VIRTUAL CORPSE** punktegleich mit
Peg Kerr, THE WILD SWANS
Nominiert: Severna Park, THE ANNUNCIATE
Fiona Patton, THE GRANITE SHIELD
Tanya Huff, THE QUARTERED STAR
Lynn Flewelling, TRAITOR-S MOON

KURZGESCHICHTE: **Eleanor Arnason, DAPPLE**
Nominiert: Esther Fiesner, CHANOYU
Storm Constantine, THE THORN BOY

ANDERES WERK: **BEEING JOHN MALKOVICH**
Nominiert: SOUTH PAK: BIGGER, LONGER, UNCUT
SUPERGIRL # 39: ON ICE

HALL OF FAME MEDIA: **QUANTUM LEAP: RUNNING FOR HONOR** punktegleich mit
THE ROCKY HORROR PICTURE SHOW
Nominiert: STAR TREK: DEEP SPACE NINE: REJOINED

HALL OF FAME PRINT: **Nicola Griffith, SLOW RIVER** punktgleich mit
Ellen Kushner, SWORDSPOINT und
Theodore Sturgeon, A WORLD WELL LOST
Nominiert: Thomas Burnett Swann, HOW ARE THE MIGHTY FALLEN
Diane Duane, TALE OF THE FIVE

PEOPLE'S CHOICE: **Keith Hartmann, THE GUMSHOE, THE WITCH AND THE VIRUAL CORPSE**

2000 LAMBDA AWARD

(für den besten lesbischen/homosexuellen SF- oder Fantasy-Roman)

Richard Bowes, MINIONS OF THE MOON

2000 SAN DIEGO BOOK AWARD

JUGENDBUCH: **Sheila Finch, TIGER IN THE SKY**

SFINKS-PREISE 2000

(verliehen von der polnischen SF/Fantasy-Großbuchhandlung »Verbum II« und ermittelt anhand verschickter Fragebögen)

BUCH DES JAHRES
J. R. R. Tolkien *Władca Pier cieni* (Der Herr der Ringe, Neuübersetzung)

POLNISCHER ROMAN
Andrzej Sapkowski *Pani Jeziora* (Lady of the Lake)

AUSLÄNDISCHER ROMAN
Neal Stephenson *Snow Crash*

POLNISCHE ERZÄHLUNG
Marek Oramus *Miejsce na ziemi* (Ein Ort auf der Erde)

AUSLÄNDISCHE ERZÄHLUNG
Reginald Bretnor *Unknown Things*

DAS BESTE SF-MAGAZIN
nicht vergeben

FILM
nicht vergeben

FILM

Der Schock von ARTE Die Filmszene 1999/2000

von Peter M. Gaschler

Die Bedeutung von ARTE liegt zweifellos in der einzigartigen Fähigkeit des Senders, uns mit der Welt, dem Universum, mit uns selbst zu verbinden. Warum nach Silicon Valley jetten, wenn die modernsten heutigen und zukünftigen Entwicklungen und High-Tech-Arbeitsplätze ins Wohnzimmer serviert werden? Einen Fernseher oder den Zugang zu einem Fernseher hat heute jeder. Aber es gibt sie ja doch, die Barriere in unserem Kopf, unsere unerklärlichen Gewohnheiten. Etwas trenne sie von der Welt, sie gehöre nicht hinein, sagt Candace Hilligoss in *Carnival of Souls* im Anschluss an den STEPHEN KING-Themenabend. Was sie trennt, zeigt sehr deutlich die Irritation in ihrem Gesicht schon in der ersten Einstellung von Herk Harveys Meisterwerk*, noch bevor der Wagen das Brückengeländer durchbricht, um in den Tiefen des Flusses zu versinken und unsere Vorstellungen von Raum, Zeit und Bewusstsein für immer zu begraben. Die taugen ohnehin nichts. Wenn sie traumatisiert das schlammige Ufer des Brückenpfeilers erreicht, ist dies nicht der Schock eines Lebens nach dem Tod, sondern die ersten unsicheren Schritte in ein Leben, das sie nie gehabt oder verstanden hat. Was Mary Henry und uns

---

* Würde *Carnival of Souls* in den Tagen von *Scream* verfilmt, wäre die Hauptfigur ein Teenager, das Ganze noch wilder und natürlich in Farbe. Genau das ist passiert (vgl. SFJ 2000, S. 487). Die schizophrene Haltung der Produzenten zeigt sich darin, dass sie inhaltlich nichts mit einem Klassiker zu tun haben wollen (die Reaktion der Kritik wäre umso verheerender), obwohl sie den Titel benutzen und vergewaltigen.

Die Gegenwart der Zukunft – die Zukunft der Gegenwart. Bei ARTE sitzen wir demnächst in der ersten Reihe wie William Redfield, Stephen Boyd, Donald Pleasence, Raquel Welch und ein noch skeptisch blickender Arthur Kennedy in Richard Fleischers atemberaubender »Zukunftsmusik« Fantastic Voyage *von 1966*

von der Welt trennt, ist die *Angst*, die Welt kennen zu lernen, sich als Teil von ihr zu begreifen. ARTE bietet uns die Chance, diese völlig unbegründete Angst zu überwinden. Wer zwanzig Themenabende von ARTE sieht, versteht mehr von sich und der Welt als andere in ihrem ganzen Leben.

Egal, ob von Medizinern per Joystick gesteuerte U-Boote von der Größe weniger Moleküle im Nanokosmos des menschlichen Körpers lebenswichtige Inspektionen durchführen und die Vision von *Fantastic Voyage* in eine Nähe rücken, die vorzustellen man sich noch nicht einmal traute, ob das holländische Wirtschaftsmodell *Max Havelaar* den Ländern der Dritten Welt nun eine realistische Zukunftschance bietet oder ob die digitale biometrische Identitätskontrolle unsere Identität zerstört, ohne dass wir es überhaupt mitkriegen – ARTE, immer öfter begleitet von fantasievoller Internet-Vertiefung und aktuellster Diskussion, ist wie nichts und niemand am Puls der Zeit. Science Fiction im Medium Film, SF in Literatur und Hörspiel weit überlegen, wird so zur Schnittstelle zwischen mir und der Welt. ARTEs raffinierte Verzahnung von Fact und Fiction lässt nicht die Folgen, Risiken und Chancen globaler Vernetzung, automatisierter Architektur, Gentherapie oder e-commerce erkennen. ARTE lässt mich die Welt mit den 1000 Augen Mabuses betrachten. Ich kann nicht über alles Wichtige informiert, ich kann nicht überall zugleich sein, aber mit ARTE bin ich es. ARTE führt das *slasher movie* auf seinen psychologischen Ursprung und sozialen Kontext zurück, die Edgar Allan Poe-Verfilmung auf Edgar Allan Poe, Georges Franju auf Georges Franju, die Utopie auf ihren Schöpfer, den Medizin-Reißer *Anatomie* und das Mars-Desaster *Mission to Mars* auf ihre wirklichen Gefahrenquellen in den Themenabenden WAS DARF DIE MEDIZIN? / MARS – DER NAHE PLANET, den Albtraum des technisch-wissenschaftlichen Zeitalters auf seine tatsächlichen Begebenheiten. Das ist viel aufregender.

Bad Vibrations: Millennium-Ängste

Den sanften Utopien ARTEs begegnet Hollywood mit menschenfressenden Reptilien, genmanipulierten Fledermäusen und der Steinzeit von Las Vegas: dem Irrationalen. Die Branche setzt auf Nervenkitzel statt Aufklärung. Geht durchdrehenden Teenagern, der digitalisierten Jagd auf Serienkiller, die Axt schwingenden Wall Street-Brokern, die Weltherrschaft anvisierenden Irren und den unwahrscheinlichsten Mutanten, Paralleluniversen und Zeitsprüngen die Luft aus, droht der Leibhaftige zum Jahreswechsel. Im Schwarzenegger-Opus *End of Days* und Bernd Eichingers *Der große Bagarozy* giert er nach Frauenkörpern, in *Stigmata* wird eine Friseuse in der sanierungsbedürftigen U-Bahn von Pittsburgh ausgepeitscht. Gabriel Byrne, eben noch der Teufel bei Hyams, ist jetzt in einer vatikanischen Mission unterwegs, ausgerechnet Wunder als Schwindel zu enttarnen. Mit so viel Schwindel will Star-Regisseur Roman Polanski, der mit *Dance of the Vampires* und

Stigmata-*Star Patricia Arquette: Dritte-Welt-Plunder zum Millennium*

Rosemary's Baby unnachahmliche Klassiker des Genres geschaffen hat, nicht unbedingt etwas zu tun haben. Bevor sich das Plot von *The Ninth Gate* im Nebel der Mystik erhellt, lässt er ein simples Baugerüst zusammenkrachen.

Warum funktionieren solche Filme dennoch? Wecken sie echte oder synthetische Bedrohungen und Ängste? Sind sie Teil jener Realität, von der ich mich bewusst oder unbewusst beeinflussen lasse? Ein Vergleich moderner Marktstrategien mit einem die Apokalypse differenzierenden Themenabend wie APOKALYPSE JETZT! ZWISCHEN HYSTERIE UND HEILSGLAUBEN bringt die Antwort. Bei ARTE wimmelt es nicht weniger von ausgestiegenen Esoterik-Gurus, eitlen Modeschöpfern, Hypno-Therapeuten und mordenden Endzeitsekten, mit einem Unterschied: Sie sind echt. Was die NASA-Astrophysiker Eleanor Helin und Stephen Pravdo über die Möglichkeit eines Kometen/Asteroiden-Eintritts zu sagen haben, finde ich wichtiger als das von Werbeblöcken zerfetzte PRO7-Strohfeuer »Asteroidenfeuer – Die Erde explodiert« oder einen kurzlebigen Witz von erbärmlicher Aktualität wie die SAT1-Katastrophe »Die Millennium-Katastrophe: Computer-Crash 2000« am 30. 12. 1999. Und was den todschicken Weltuntergang im

Armageddon-Format betrifft: Für einen Großteil der Menschheit ist er längst knallharte Wirklichkeit im Format verdoppelter Erdbevölkerung, Klimakatastrophe, geschwundener Ressourcen und ökologischem Raubbau. Wie alle Prophezeiungen, so ARTE-Psychotherapeut Paul Watzlawick in seinem ernüchternden Resümee, können sich negative Vorhersagen nicht zuletzt auch von selbst erfüllen, sollte der Mensch nicht endlich aufhören, an sie zu glauben.

Zwischen Weltuntergängen, Trojanischen Pferden (verdeckte Spezialprogramme von Unternehmen, mit deren Hilfe Konsumgewohnheiten von Kunden in deren Computern gezielt ausspioniert werden können) und EXPO werden wir nur dann eine Zukunft haben, wenn es uns gelingt, die nicht ungefährlichen rasanten Umwälzungen und gewaltigen technisch-wissenschaftlichen Entwicklungen des 21. Jahrhunderts in den Griff zu bekommen. Ein einziges Thema wie die ethische Problematik bei Xenotransplantationen erzeugt eine echtere Gänsehaut als alle Spektakel der Unterhaltungsindustrie zusammen genommen. ARTE, in seiner unverzichtbaren, verantwortungsvollen Art der Betrachtung, öffnet mir die Augen. Den Blick auf mich selbst und andere. Den Blick für die Welt.

FILME '99/2000

ALLGEMEINE ABKÜRZUNGEN

Art	Wichtige Artikel; auch Interviews, Essays, Drehberichte, Porträts, Analysen, Vergleiche unterschiedlicher Schnittfassungen etc.
DOKU	Dokumentarfilm
F	FILMFESTIVAL (*PHANTASTISCHE* kursiv)
FaFF	*FANTASY FILMFEST* (München, Berlin, Frankfurt/M., Hamburg, Köln, Stuttgart)
K	Kinostart/BRD
K	Originalfassung im Kino erstaufgeführt
Kr	Kritik
Lit	Weiterführende Literatur
OF	Originalfassung
TV	TV-Erstausstrahlung/BRD
TV	Originalfassung im Fernsehen erstaufgeführt
UA	Erste öffentliche Aufführung im Herstellungsland bzw. Festivalstart (UA/F)
V	Videostart/BRD
V	Originalfassung auf Video erstaufgeführt

BEWERTUNGSSYSTEM

○	uninteressant
●	mittelmäßig
●●	gut
●●●	sehr gut
●●●●	überragend

(TV) •
AEON – Countdown im All
BRD. Holger Neuhäuser – UA/TV: 23./24./25. 1. 2000. SAT1, F-360 min (3-teilig) – Art: TV Highlights 51 (00)

□ AEON, ein undefinierbares Etwas, droht ins Sonnensystem einzudringen und eine Massenhysterie auszulösen. Der bislang aufwendigste, bildgewaltigste dt. SF-Film, erstaunlich ehrgeizig in seinen über 100 CGI-Einstellungen. Was die Deutschen können, können sie gut. Aber für ein SF-Epos derartiger Dimensionen reichen Vater-Mysterium, Love Story, mit Atomsprengköpfen fuchtelnde geisteskranke Atomphysiker, die verschneite Bodenstation aus *GoldenEye*, wildeste *X-Files*-Gerüchte auf höchster Beamtenebene und ein Schuss *2001* eben nicht aus. Ein verschenktes, umso traurigeres Ärgernis nicht nur aufgrund astronomischer Laufzeit und überraschend altbackener erdnaher Botschaft: Im Gegensatz zum besten dt. Weltraumabenteuer, Rainer Erlers *Operation Ganymed* (77), hätte AEON die besseren Voraussetzungen gehabt. Bernhard Bettermann, Christian Brückner, Jürgen Heutsch, Reiner Schöne, Anna Valle, Katharina Hoffmann.

(TV) ••
Akte X – Die unheimlichen Fälle des FBI: Böses Blut
The X-Files/Bad Blood
USA 1998. Cliff Bole – UA: 22. 2. 1998. Fox-TV, F-45 min – TV: 10. 1. 00 (PRO7) – Art/Kr (Fifth Season Ep. Guide): Cfq 30/7–8 (98).
□ Idiotenkaff Chaney/Texas: Dumpfbacke/Pizza-Boy Ronnie wird in Plastik-Hauern irrtümlich von Mulder als Blutsauger gepfählt. Ein die Serie und das Genre ad absurdum führendes Meisterwerk, würde das Finale die Möglichkeit des Irrationalen nicht zulassen. *Wonach suchen wir?* fragt Mulder in einem aussichtslosen Fall von »Vampirismus«, der viele Deutungen zulässt, brillant unterstützt von einer *Rashomon*-artigen Plot-Struktur und einem im Kreis fahrenden Wohnmobil. Zu intelligent für eine *X-Files*-Episode. David Duchovny, Gillian Anderson, Patrick Renna, Luke Wilson.

(K) ••
American Psycho
American Psycho
USA. Mary Harron – UA: 14. 4. 2000. Lions Gate, F-101 min – F: *FaFF* (00) – K: 7. 9. 00 (Concorde) – Art: Fg 192 (00; Christian Bale). MS 63 (00; Bale). SaS 9/7 (99), 10/5 (00) – Kr: Az 7. 9. 00. epd (2000/9). SaS 10/5 (00). SI 41 (00). Spiegel 4. 9. 2000.
□ Jagdrevier Manhattan 1987: Wall Street-Broker Patrick Bateman (Bale) greift schon mal zur Streitaxt aus hundertprozentigem Edelmetall, sollte sein vor allem von ihm selbst gepflegtes Image den geringsten Kratzer nehmen. Ein zynischer Reißer aus einer eiskalten, fremd bleibenden Welt: die Regisseurin von *I Shot Andy Warhol* kennt ihr Soziotop in- und auswendig und schleift das Plot rücksichtslos zur Satire, bleibt aber in der Selbstüberschätzung von Bret Easton Ellis' Yuppie-Schocker (91) gefangen. Willem Dafoe, Jared Leto, Josh Lucas, Samantha Mathis.

(K) ••
Anatomie
BRD. Stefan Ruzowitzky – UA/K: 3. 2. 2000. Columbia TriSta, F-103 min – Art: MS 59 (00; Franka Potente). – Kr: Az 3. 2. 00. epd (2000/2). SI 41 (00).
□ Medizin-Studentin Paula (Potente) ist begeistert vom hochangesehenen Heidelberger Pathologen Prof. Grombek (Traugott Buhre), bis unechte Leichen auf dem Seziertisch aufkreuzen. Da es sich um einen dt. Horrorfilm mit seriösem Anspruch handeln soll, dürfen die Anti-Hippokraten des 3. Reiches natürlich nicht fehlen. Aber dieser wichtigtuerische, an keine Vorbilder heranreichende »Mainstream-Popcorn-Multiplexfilm« (Ruzowitzky) ist zu inkonsequent, um sein Thema von hochaktueller Brisanz im Gegensatz zu Reinhard Münsters *Der achte Tag* (90) und Richters *Nichts als die Wahrheit* (99) durchzuhalten. Benno Fürmann, Anna Loos, Sebastian Blomberg, Holger Speckhahn, Arndt Schwering-Solmrey.

(K) ••
The Astronaut's Wife
The Astronaut's Wife
USA. Rand Ravich – UA: 27. 8. 1999. New Line, F-109 min – F: DEAUVILLE (99) – K: 18. 11. 99 (Concorde) – Art: Cfq 31/8 (99). Slg 267 (99; Ravich) – Kr: Az 18. 11. 99. epd (99/12). SaS 9/12 (99).
□ Nach einem 2-Minuten-Blackout im All kommuniziert NASA-Shuttle-Pilot Spencer Armacost (Johnny Depp) mit den Zwillingen im Bauch seiner schwangeren Frau Jillian (Charlize Theron) in Manhattan. Rosemary's Baby als Science Fiction, aber Ravich beschränkt sich elegant auf das irdische Drama ohne Horden außerirdischer Invasoren oder auftrumpfender Effekte. *The Astronaut's Wife* ist nicht der Erste, aber wie *Alphaville* (65) und *The Brother from Another Planet* (84) ein bestechender Beweis dafür, wie fremd das Vertraute ist. Joe Morton, Samantha Eggar, Olea Duvall.

(K) ••
Austin Powers – Spion in geheimer Missionarsstellung
Austin Powers: The Spy Who Shagged Me
USA. Jay Roach – UA: 11. 6. 1999. New Line, F-95 min – K: 14. 10. 99 (Kinowelt) – Art: Cfg 31/7 (99). Focus 11. 10. 99 (Heather Graham). MS 56 (99; Mike Myers). Slg 265 (99; Myers) 270 (00; Graham) – Kr: Az 14. 10. 99. Cfq 31/8 (99). (99/11). SaS 9/8 (99). Zoom (99/10).
□ Süchtig machende, nervtötende Hysterie/Drastik. Der ewig böse Dr. Evil, von dem es noch eine aschgraue Zweitausgabe von Donald Pleasence' aschgrauer Zweitausgabe im Bond-Reißer *You Only Life Twice* gibt – eine beschissenere lässt sich kaum noch vorstellen, aber *The Spy Who Shagged Me* schafft dies spielend –, stiehlt die »Mojo« von Beautiful Stranger Austin Powers (Myers), jene unbändige Libido, die ihn zum unwiderstehlichen Frauenschwarm macht. Allein die Grundidee der *Powers*-Idiotien, James Bond-Parodien, ist hirnrissig, denn James Bond-Filme sind selbstironisch. Und doch ist es genau diese Befangenheit, das völlige Versagen

von Plot, Editing Logik oder Rhythmus, welches *Austin Powers* so unwiderstehlich macht. Die Hintermannschaft: Heather Graham, Michael York, Robert Wagner, Seth Green, Rob Lowe, Elizabeth Hurley, Elvis Costello.

(K) ●●
Bats – Fliegende Teufel
Bats
USA. Louis Morneau – UA: 22. 10. 1999. Destination, F-90 min – F: *GERARDMER* (00) – K: 4. 5. 00 (Columbia TriStar) – Art: Cfq 31/9 (99). FFa 9/6 (00; Dina Meyer). Fg 188 (99; Morneau) – Kr: epd (2000/5). Fg 192 (00). SaS 10/8 (00).

□ Über Gallup/Texas hereinbrechender gentechnisch infizierter Fledermausschwarm ruft ein Wissenschaftler-Team unter Dr. Sheila Casper (Meyer) auf den Plan. Meyers *Starship Troopers*-Erfahrung nützt wenig hier: Morneau muss seinen banalen *Birds*-Verschnitt mit Points of View der Monster, trickreichem Editing, der Atmosphäre der Wüste und einem treffsicheren Schlussgag bekämpfen, den man unmöglich an den Anfang des Films hätte setzen können. Aufgrund minimaler CGI fast schon altmodisch angenehm. Lou Diamond Phillips, Leon, Carlos Jacott, Bob Gunton.

(K) ●●●●
Being John Malkovich
Being John Malkovich
USA. Spike Jonze (*1970) – UA: 1999/10. PolyGram, F-112 min – F: DEAUVILLE (99). VENEDIG (99). LONDON (99) – K: 4. 5. 00 (epd) – Art: Cfq 31/10 (00). SaS 10/3 (00; Jonze/Charlie Kaufman) – Kr: Az 4. 5. 00. epd (2000/5). SaS 10/3 (00).

□ Manhattan. Puppenspieler Craig (John Cusack) entdeckt in einer kafkaesken Lotterfirma eine Röhre, die direkt in den Schädel von Superstar John Malkovich führt und präzise 15 Minuten später in den Straßengraben der Ausfahrt nach New Jersey. Ein florierendes Geschäft! Jeder Idiot will einmal John Malkovich sein, obwohl der ein verrücktes, idiotisches Leben führt. Jonzes unglaubliche, explosive Satire auf alles scheint unüberbietbar in ihren haarsträubend realen »Einfällen«: Philosophie als nackte Hysterie, ein völlig unerwarteter Über-Anschlag auf unsere Konsumgewohnheiten. Der originellste Film des Jahres. Cameron Diaz, Catherine Keener, Orson Bean, Mary Kay Place, Charlie Sheen.

(K) ●●●●
The Blair Witch Project
The Blair Witch Project
USA. Daniel Myrick (*1964), Eduardo Sanchez (*1969) – UA: 16. 7. 1999. Artisan, F-80 min – F: CANNES (99). EDINBURGH (99). SUNDANCE (99). *SITGES* (99). HAMBURG (99). LEEDS (99). *FaFF* (99) – K: 25. 11. 99 (Arthaus) – Lit: Stern: The Blair Witch Project (99) – Art: Cf 81 (00). Cfq 31/7 (99). Fg 184 (99), 185 (99). FR 24. 11. 99 (Myrick). MM 60 (99). MS 57 (99; Myrick) – Kr: Az 25. 11. 99. Cfq 31/9 (99). epd (99/12). SaS 9/11 (99). SI 39 (99). SZ 30. 7. 99.

□ »Aufgefundenes Dokumentarfilmmaterial dreier im Oktober 1994 in den Wäldern von Burkitts-

The Blair Witch Project *hebt die Grenzen zwischen Inszeniertem und Dokumentarischem auf innovative, irritierende Art auf. Heather Donahue im Wald von Burkittsville.*

ville/Maryland spurlos verschwundener, einer örtlichen Hexenlegende auf den Grund gegangener Filmstudenten«. Heather Donahue, Joshua Leonard und Michael Williams filmen sich selbst unter ihren eigenen Namen: die sensationelle Brillanz von *Blair Witch Project* liegt im »Fehlen« jeglicher Inszenierung, jeglichen Regisseurs, jeglicher Darsteller, jeglicher Rollen, jeglichen Stils, jeglichen Make-ups usw. Der Horror findet nur in den Köpfen/Reaktionen der Gruppe und des Zuschauers und außerhalb des Bildes statt, was *BWP* den unheimlichen Status eines echten Dokumentarfilms verleiht, was er, der nächste Hammer, in Wahrheit auch IST: Myrick/Sanchez erschreckten ihre nichts ahnenden Darsteller auf sehr subtile Art *in echt*, lieferten sie gnadenlos Hunger, Kälte und Orientierungslosigkeit aus. Das Ergebnis ist permanent steigender Horror, wie man ihn aus keinem anderen Horrorfilm kennt. Die Idee des vorgefundenen Materials geht auf Ruggero Deodatos Meisterwerk *Cannibal Holocaust* (79) zurück, aber *BWP* ist trotz zahlreicher Einflüsse ein Film nicht enden wollender Qualitäten, wie man ihn in einer derartigen Intelligenz und Intensität seit

The Texas Chainsaw Massacre nicht mehr erwartet hätte. Grandios.

(K) ●●●●

Bringing Out the Dead – Nächte der Erinnerung

Bringing Out the Dead

USA. Martin Scorsese (*1942) – UA: 1999/11. Buena Vista, F-120 min – K: 4. 5. 00 (Buena Vista) – Art: SaS 9/12 (99) – Kr: Az 4. 5. 00. epd (2000/5). SaS 10/1 (00). SI 41 (00).

□ »Hell's Kitchen« New York City: Ambulanzfahrer Frank Pierce (Nicolas Cage), zerfressen von Herzinfarkten und Drogenleichen, droht das Opfer infernalischer Halluzinationen zu werden. dass Manhattan die echte Hölle ist, wissen wir spätestens seit *Taxi Driver* (76), aber die Welt ist trotz Rudy Giulianis Initiative, den menschlichen »Abschaum« auszulagern, nicht besser geworden. Weit entfernt von den grausamen Gesetzen des Genres und Hollywoods banalen Lösungen, ist Scorsese vielleicht der beste amerikanische Regisseur, wenn es darum geht, uns in den Kopf eines Protagonisten zu versetzen. Nach Joe Connellys autobiografischem Roman. Patricia Arquette, Ving Rhames, John Goodman, Tom Sizemore, Marc Anthony.

(K) ●●●●

Carrie 2 – Die Rache

The Rage: Carrie 2

USA. Katt Shea – UA: 12. 3. 1999. United Artists, F-101 min – V: 14. 1. 00 (Warner) – Art: Cfq 31/4 (99) – Kr: Cfq 31/6 (99). epd (2000/2). SaS 9/12 (99). VW 61 (00).

□ Bates High School: »Außenseiterin« Rachel Long (Emily Bergl) droht wie Halbschwester *Carrie* (76) das Opfer zynischster Rituale, Intrigen und Erniedrigungen zu werden. Rachels Stärke/Selbstbewusstsein unterminiert drastisch De Palmas unvorhersehbares Massaker. Jason London, Dylan Bruno, J. Smith-Cameron, Amy Irving.

(K) ●●●●

Chicken Run – Hennen rennen

Chicken Run

GB/USA. Nick Park (*1958), Peter Lord – UA (GB): 30. 6. 2000. Pathé, F-84 min – F: MÜNCHEN (00) – K: 10. 8. 00 (Tobis) – Lit: Lord/Sibley: Cracking Animation: The Aardman Book of 3-D Animation (98). Sibley: Chicken Run: Hatching the Movie (00) – Art: Cf 82 (00).Cfq 31/12–32/1 (00), 32/2 (00). Comics Scene 2000 # 3 (00). MS 63(00; Park/Lord). SaS 10/6 (00) – Kr: Az 10. 8. 00. epd (2000/8). SaS 10/8 (00).

□ England, die Fünfziger: Zirkus-Ausbrecher Rocky, amerikanischer »Flughahn« und Frauenheld – in Wahrheit ein eitler Aufschneider, der gar nicht fliegen kann – ist die letzte Hoffnung der zu Frikassee/»Chicken Pie« verarbeiteten fluglosen Hennen von Mr und Mrs Tweedys mit Stacheldraht umzäunter Hühnerfarm. Erster abendfüllender Aardman-Animationsfilm in der traditionellen Stop Motion-Technik, angelehnt an klassische Baracken-/Ausbruchsfilme wie *Stalag 17* (53) oder *The Great Escape* (62): Nur wiederholtes Sehen bringt die überirdische Leistung dieser Plastilin-Handanstrengung in 130 000 Einzelbildern voll zur Geltung. Park/Lord gelingt es, Komik/Tragik nahezu deckungsgleich zu bringen, wie in dem Augen- blick, als Ginger die unterschlagene Hälfte des Posters entdeckt, aus dem hervorgeht, dass Rocky nur mithilfe einer Kanone »fliegen« kann, große, tränenartige Regentropfen einsetzen und in der Ferne Donnergrollen zu hören ist. Packend, bewegend wie das Leben selbst. OF-Stimmen: Mel Gibson, Julia Sawalha, Miranda Richardson, Tony Haygarth, Phil Daniels, Lynn Ferguson.

(K) ●●●
Chucky und seine Braut
Bride of Chucky
USA. Ronnie Yu – UA: 16. 10. 1998. Universal, F-89 min – F: *GERARDMER* (99). *FaFF* (99) – K: 9. 9. 99 (Kinowelt) – Art: Cfq 30/9–10 (98). Fg 177 (98), 178 (98; Yu), 179 (99; Alexis Arquette) – Kr: Cfq 31/1–2 (99). epd (99/9). SaS 9/7 (99). SI 38 (99).

□ Superbabe Tiffany treibt die verletzbare Seite Chuckys mit ihren Ehevorstellungen auf die Spitze. Leichenbespickte hitzige Love Story in der brillant selbstbewussten vierten und besten Runde der Mörderpuppen-Serie. Dem nicht genug: Die Intelligenz von Don Mancinis klischeefreiem Drehbuch (Zitate wie *I Walked with a Zombie* nur, wenn begründet) verzahnt Tiffany/Chucky mit noch einem weiteren ineinandergreifenden Beziehungsdrama. Das Ergebnis ist stabil potenzierte Hysterie, verlustlos eingefangen von Hongkong-Regiestar Yu und seinem weitgehend importierten Team. Tiffany/Chuckys OF-Stimmen: Jennifer Tilly, Brad Dourif.

Unnatural Born Killers: Tiffany, Bride of Chucky

Der Pliosaurier Liopleurodon, das mächtigste Raubtier aller Zeiten (150 Tonnen, 25 Meter Länge), in Dinosaurier – Im Reich der Giganten

(K) ●●●●
Deep Blue Sea
Deep Blue Sea
USA. Renny Harlin – UA: 30. 7. 1999. Warner Bros, F-104 min – K: 28. 10. 99 (Warner) – Art (Harlin): epd (99/11) – Art: Cf 79 (99). Cfq 31/7 (99). Fg 184 (99), 185 (99), 186 (99; Harlin), 187 (99). Slg 265 (99; Wayne/Donna Powers), 266 (99) – Kr: Az 28. 10. 99. epd (99/11). SaS 9/11 (99). Sl 40 (99).
□ Wissenschaftler-Team unter Dr. Susan McAlester (Saffron Burrows) injiziert Mako-Haien abgestorbene menschliche Gehirnzellen, um die Alzheimer Krankheit zu bekämpfen: Die Besatzung des vor der sturmgepeitschten mexikanischen Küste zertrümmerten Unterwasserlabors *Aquatica* muss klettern und tauchen, was das Zeug hält! Lang, lang ist's her, seit ein raffiniert dem Publikum vorenthaltener einzelner weißer Hai für mehr Bewegung sorgte. Thomas Jane, LL Cool J, Jacqueline McKenzie, Michael Rapaport, Stellan Skarsgard, Samuel L. Jackson, Aida Turturre.

(TV/DOKU) ●●●●
Dinosaurier – Im Reich der Giganten
GB/BRD/Fr. Tim Haines – UA/TV (BRD): 11./18./25. 11. 1999 (3-teilig; PRO7) – V: 99/11 (Komplett-Media).
□ Nach einer globalen Katastrophe vor 220 Millionen Jahren nimmt das Leben einen erneuten Anlauf. Die sensationellste, zukunftsweisendste Dokumentation der letzten 220 Millionen Jahre! Es gehört zu den größeren Idiotien unseres Zeitalters, dass diese fesselnde, überwiegend am Computer entstandene Rekonstruktion der Zeit der Saurier im Gegensatz zu Disneys drolligem *Dinosaur* auf

keiner Großbildwand zu sehen ist, wo die 16 Meter-Flügelspannweite des Pterosauriers Ornitocheirus voll zur Geltung kommen würde. Die 8 Saurier-Minuten aus *Jurassic Park* sind ein Witz im Vergleich mit diesen 3 Stunden wissenschaftlicher CGI und seiner 24 Echsenarten. Natürlich bleiben die Farbe oder das Paarungsverhalten Spekulation. Ob beim heftigen Sex des T. Rex Knochen zu Bruch gingen oder welchen Zweck Hände hatten, mit denen man sich noch nicht einmal am Kopf kratzen konnte, werden wir vielleicht nie erfahren. Aber so hätte es gewesen sein können. Atemberaubend.

(K) ●●●
Echoes – Stimmen aus der Zwischenwelt
Stir of Echoes
USA. David Koepp – UA: 15. 10. 1999. Artisan, F-99 min – F: *FaFF* (99). *GERARDMER* (00) – K: 10. 2. 00 (Highlight) – Art: Cfq 31/8(99). Slg 260 (99; Kevin Bacon), 267 (99; Koepp), 268 (99; Koepp) – Kr: Az 3. 2. 00. Cfq 31/8 (99). epd (2000/2). SaS 10/6 (00). SI 39 (99).
☐ Chicago: Hypnose-Party wandelt aufrechten Kleinbürger (Bacon) zum Seher ziemlich echter Gespenster am hellichten Tag. Kein *The Sixth Sense* oder gar *The Incredible Shrinking Man*, aber Richard Mathesons lange vor Stephen Kings *The Dead Zone* entstandene Vorlage ist bereits stabil genug und in der unmittelbaren Nachbarschaft angesiedelter Sozialhorror umso realistischer. Der Terror von *Echoes* liegt nicht im Übersinnlichen, sondern unmittelbar unter der Oberfläche unserer Selbstbeschwichtigung, die Dinge seien in Ordnung. Aber sie sind es nicht. Eine beachtliche Ernüchterung nach den schmerzhaften *Scream*-Morden. Kathryn Erbe, Zachary David Cope, Kevin Dunn, Jenny Morrison.

(K) ○
End of Days – Nacht ohne Morgen
End of Days
USA. Peter Hyams (*1943) – UA: 19. 11. 1999. Universal, F-121 min – K: 2. 12. 99 (Buena Vista) – Art: Cf 81 (00). Cfq 31/9 (99). Fg 187 (99), 188 (99; Hyams), 189 (00; Arnold Schwarzenegger) – Kr: Az 2. 12. 99. epd (2000/1). SaS 10/2 (00). SI 40 (99).
☐ »Das Omen« knallt auf *Lethal Weapon:* Satan (Gabriel Byrne), einer besseren New Yorker Herrentoilette entfleuchend, muss sich bis 31. 12. 99, spätestens 24 Uhr, mit einer Jungfrau (Robin Tunney) vermählen, um die Macht auch im neuen Jahrtausend zu sichern. Irgendwann beim Busengrabschen muss er den versoffenen Ex-Cop Jericho Cane (Schwarzenegger) übersehen haben. Gestählt verlässt der Zuschauer das Kino in der Gewissheit, dass das Ende aller Tage noch längst nicht das Ende des Kino ist. Rod Steiger, Udo Kier, Kevin Pollak.

(K) ●●●●
Eyes Wide Shut
Eyes Wide Shut
GB/USA. Stanley Kubrick (1928 bis 1999) – UA (GB) 10. 9. 1999. Warner Bros, F-158 min – F: VENEDIG (99) – K: 9. 9. 99 (War-

ner) – Lit: Raphael: Eyes Wide Open (99) – Neuere Lit. zu Kubrick: Baxter: SK: A Biography (97). Falsetto, ed: Perspectives on SK (97). Howard: SK Companion (99). Kilb/Rother/Beier u. a.: SK (99). LoBrutto: SK: A Biography (98). Seeßlen/Jung: SK und seine Filme (99). Thissen: SK (99) – Art: SaS 9/9 (99). Spiegel 30. 8. 99 (Christiane Kubrick) – Kr: Az 9. 9. 99. epd (99/9). FR 8. 9. 99. SaS 9/9 (99). VW 61 (00). Zoom (99/9).

□ Das Geständnis seiner Frau Alice (Nicole Kidman) eines früheren Liebhabers treibt den Arzt Dr. William Harford (Tom Cruise) verunsichert in eine nächtliche Odyssee durch das weihnachtliche Manhattan, vielleicht, um sich durch den Besuch einer ausschweifenden Orgie an seiner Frau sexuell zu rächen. Die Augen weit geschlossen: ein Paradoxon, das alle Werke Kubricks kennzeichnet, am bombastischsten in der embryonalen Wiedergeburt David Bowmans am Ende des spekulativen *2001: A Space Odyssey* (68), in Wahrheit einer Reise nach innen. Unser Selbstverständnis, unser Wissen, unsere gesamte Wahrnehmung, sagt Kubrick, sind eine Verwechslung wie der teuer bezahlte Aufstieg Barry Lyndons in eine Welt, der er nicht angehört, wie der durch militärische Anfangserfolge beflügelte falsche Entschluss Spartacus', Rom direkt anzugreifen oder Jack Nicholsons Auffassung seiner Rolle als Hausmeister in *The Shining* (80). Er würde mit jemand anderem verwechselt werden, sagt Harford, was nicht sein kann, denn erstens stammt die Aussage von ihm selbst und zweitens kann niemand während einer maskierten Orgie mit jemand anderem verwechselt werden. Kubricks letzter Film ist ein die Augen öffnendes beschwichtigendes Testament, im Irrgarten des Schicksals die rigoroseren Entscheidungen beiseite zu lassen. Das Leben zwingt uns automatisch in Rollen, die nicht zu uns passen. Wird Bill, wie er am Ende von *Eyes Wide Shut* seiner Frau verspricht, für immer bei ihr bleiben? Das »für immer«, sagt Alice, mache ihr Angst. Sydney Pollack, Marie Richardson, Rade Sherbedgia, Todd Field, Vinessa Shaw, Alan Cumming.

(TV/DOKU) ●●●●
DER FALL LOVECRAFT
Le Cas Lovecraft
Fr. Pierre Trividic, Patrick Mario Bernard – UA/TV: 24. 5. 2000. La Sept ARTE, F/SW-45 min (98 entstanden).

□ »Alles geht rätselhaft seinem Schicksal entgegen«. Lovecraft (1890–1937) war ein noch lebensunfähigerer Autor als Poe, in Trividic/Bernards anspruchsvoller DOKU erscheint er geradezu als Schatten aus der Zeit. Ob das »außerirdische« Vielvölkergemisch New Yorks den scheuen Einsiedler aus Providence abschreckte oder umgekehrt, werden wir nie erfahren. Brillant unkonventionell, herausfordernd.

(K) ●●●
Fantasia 2000
Fantasia 2000
USA. Pixote Hunt (*Symphony No. 5*), James Algar (*The Sorcerer's Apprentice*) Gaëtan Brizzi (*Firebird Suite*), Hendel Butoy (*Pines of Rome; Piano Concerto Nr. 2*), Fran-

cis Glebas (*Pomp and Circumstance*), Eric Goldberg (*Rhapsody in Blue; Carnival of the Animals*), Don Hahn (Gäste/Live Action) – UA: 1. 1. 2000. Disney, F-74 min – K: 20. 7. 00 (Buena Vista) – Art: Cfq 31/12–32/1 (00). epd (2000/7). SaS 10/6 (00).

□ Weniger kompakt als sein revolutionäres Vorbild, Walt Disneys *Fantasia* aus dem Jahr 1940, welches durch den Kampf von Licht und Dunkelheit, Chaos und Ordnung und dem letztlichen Sieg des Guten klarer strukturiert war. Zwei Juwelen unter den 8 animierten Musik-stücken: Goldberg/Gershwins *Rhapsody in Blue*, eine durch den *New York Times*-Karikaturisten Al Hirschfield angefeuerte, geradezu explodierende Satire auf Manhattan zur Depressionszeit und Gaëtan Brizzis atemberaubende Interpretation von Stravinskys »Feuervogel-Suite«. Wie in der einzigen vom Original übernommenen Episode, Mickeys »Zauberlehrling«, erinnern sie uns daran, dass die beste Technik nur so gut ist wie die Idee, die dahinter steckt.

(K) •
Final Destination
Final Destination
USA. James Wong – UA: 17. 3. 2000. New Line, F-98 min – F: *FaFF* (00) – K: 21. 9. 00 (Kinowelt) – Art: Cfq 31/11 (00). Slg 271 (00), 272 (00; Wong/Glen Morgan) – Kr: epd (2000/9). SaS 10/7 (00).

□ Wer kommt wie wann ums Leben? Seit Alex Browning (Devon Sawa) die Detonation der Maschine New York-Paris auf seltsame Art vorhergesehen und seinen Mitschülern dadurch das Leben gerettet hat, scheint der Tod doch noch jeden einzeln einzuholen. Nach brillant gedrosseltem Auftakt und dem echteren Horror inmitten einer Dialogszene wissen die *X-Files/Millennium*-Strategen Wong/Morgan nicht wohin mit ihrem willkürlichen *Omen*-Puzzle, aus dem ein Rod Serling mit erheblich weniger erheblich mehr gemacht hätte. Die Teen-Stars sind wie in *Carrie 2* akzeptabel, aber die Benennung der Rollen nach Horror-Größen wie in Joe Dantes *The Howling* (80) macht peinlichst klar, dass Wong/Morgan die Filme von Leuten kennen, die bereits in der Stummfilmzeit wesentlicheres für das Genre geleistet haben als *Final Destination*. Ali Larter, Kerr Smith, Kristen Cloke, Seann William Scott, Tony Todd.

(K) ○
Die Flintstones in Viva Rock Vegas
The Flintstones in Viva Rock Vegas
USA. Brian Levant – UA: 25. 4. 2000. Universal, F-90 min – K: 8. 6. 00 (UIP) – Art: Cfq 31/12–32/1 (00). Comics Scene 2000 # 2 (00; Levant) – Kr: SaS 10/9 (00).

□ Chip Rockefeller (Thomas Gibson) bezichtigt Fred Feuerstein (Mark Addy), Wilmas Juwelen geklaut zu haben. Absolut nichts Neues im urzeitlichen Las Vegas, von einem außerirdischen Eheberater (Alan Cumming), der in dem Film überhaupt nichts zu suchen hat, abgesehen. Allein die Idee, den Hanna/Barbera-Cartoon (60–66) auf Live Action-Ebene zu erhöhen, ist abstrakter Unsinn. Stephen Baldwin, Kristen Johnston, Jane Krakowski.

Ein Biest zu jeder Jahreszeit. Joan Collins als Schwiegermutter Pearl Slaghoople in Flintstones in Las Vegas.

(K) •
Frequency
Frequency
USA. Gregory Hoblit - UA: 7. 4. 2000. New Line, F-118 min - F: *FaFF* (00) - K: 24. 8. 00 (Kinowelt) - Art: Cfq 31/11 (00). Slg 274 (00; Toby Emmerich), 276 (00; Dennis Quaid) - Kr: Az 24. 8. 00. SaS 10/8 (00).

□ 1999: Überraschendes Zeitsprung-Telefonat lässt Sohn/Polizist John Sullivan (Jim Caviezel) den Flammentod seines Vaters Frank (Quaid) 1969 verhindern, treibt dadurch aber seine Mutter Julia (Elizabeth Mitchell) in die Hände eines Serialkillers (Shaw Doyle). Das Fundament von *Frequency* ist *Back to the Future* mit Doyle in der Rolle Biffs, aber das im Chaos endende, zu wildesten Bocksprüngen gezwungene Plot verfängt sich in den eigenen Widersprüchen, bis kein Mensch mehr durchblickt. Straffe Turbo-Regie allein kann nicht die Antwort auf Hoblits Dilemma sein. Wer durchhält, wird mit einem generationenübergreifenden Baseballspiel versöhnt. André Braugher, Noah Emmerich, Jordan Bridges, Jack McCormack.

(K) ••
Galaxy Quest – Planlos durchs Weltall
Galaxy Quest
USA. Dean Parisot - UA: 24. 12. 1999. DreamWorks, F-102 min - K: 13. 4. 00 (UIP) - Art: Cf 81 (00). Cfq 31/10 (00). MS 61 (00; Sigourney Weaver/Alan Rickman). Slg 269 (00; Weaver) 270 (00; Tim Allen) - Kr: Az 13. 4. 00. epd (2000/4). SaS 10/5 (00).

□ Tintenfischartige Bewohner des Planeten *Klatu Nebel*, die 30

Galaxy Quest *Rangers Weaver, Rickman: Notlandung im Ghetto*

Jahre altes US-Fernsehen für die jüngste Entwicklung im Universum halten, ersuchen die ausrangierte, auf SF-Treffen herumhängende »Galaxy Quest«-Mannschaft, ihnen im Kampf gegen eine intergalaktische Heuschreckenplage zur Seite zu stehen. *Star Trek*/Con-Satire? *Galaxy Quest*, basierend auf der US-Serie (79–82), folgt letztlich genau dem, was es vorgibt zu parodieren, aber Parisot versteht es, Breitseiten auf unfreiwillige Protagonisten und herrliche »Sub-Plots« abzufeuern und trotzdem einen gewaltigen Tiergarten an ILM/Stan Winston-Effekten zu füttern. Tony Shalhoub, Sam Rockwell, Enrico Colantoni, Robin Sachs, Patrick Breen, Missi Pyle, Jed Rees, Justin Long.

(K) ○
Das Geisterschloss
The Haunting
USA. Jan de Bont – UA: 23. 7. 1999. DreamWorks, F-112 min – K: 14. 10. 99 (UIP) – Art: Cf 79 (99). Cfq 31/7 (99).Fg 184 (99), 185 (99) – Kr: Az 14. 10. 99. Cfq 31/9 (99). epd (99/10). SaS 9/11 (99).

□ Aus den Fugen geratende Gruppentherapie Schlafgestörter auf dem neugotischen Spukschloss *Hill House*, erbaut von Textil-Tycoon/Kinderschänder Hugh Crain. Robert Wise' Meisterwerk *The Haunting* erreichte 1963 über die Fantasie des Zuschauers, wozu *Twister*-Regisseur Jan de Bont Software im Gesamtwert von 80 Millionen Dollar braucht. Die krasse Idiotie eines Drehbuchs, das glaubt, Shirley Jacksons Roman um jeden Preis verbessern zu müssen und die zuletzt juchzend gen Himmel fahrenden Seelchen der ermordeten Kinderchen versetzen *The Haunting* den Todesstoß. Liam Neeson, Catherine Zeta-Jones, Owen Wilson, Lili Taylor, Bruce Dern.

(K) ●●●●

Der Gigant aus dem All

The Iron Giant

USA. Brad Bird - UA: 6. 8. 1999. Warner Bros, F-86 min - K: 16. 12. 99 (Warner) - Art: Cfq 31/7 (99). Slg 266 (99; Bird), 268 (99; Michael Kamen), 271 (00; Vin Diesel). SZ 16. 12. 99 (Bird) - Kr: epd (2000/1). SaS 10/1 (00).

□ Rockwell/Maine im bunten Herbstlaub des Jahres 1957: Schrille Kumpanei des neunjährigen Hogarth zu einem vom Himmel gefallenen friedlichen Riesen. Der 15 Meter-Eisenmann muss als militärische Ausrede des selbstverschuldeten Kalten Krieges herhalten, bald wird die erste Atombombe auf den Eindringling angesetzt. Der schönste Film des Jahres: Ein Hohelied auf die Freundschaft und den freien Willen mit immens bewegendem globalen Finale. OF-Stimmen: Eli Marienthal, Vin Diesel, Jennifer Aniston, Harry Connick jr, James Gammon, Cloris Leachman.

(K) ●●●●

Gladiator

Gladiator

USA. Ridley Scott (*1939) - UA: 2000/5. Universal, F-155 min - K: 25. 5. 00 (UIP) - Lit (Scott): Sammon: Ridley Scott: The Making of His Movies (00) - Art: Cf 82 (00). MS 62 (00; Scott) - Kr: Az 25. 5. 00. epd (2000/6). SaS 10/6 (00).

□ 180 v. Chr. Er habe die Welt draußen gesehen, sie sei brutal, grausam und finster, Rom sei das Licht, sagt Ex-Feldherr Maximus (Russell Crowe), als Sklave zum Rachefeldzug gegen den Mörder seines Vaters, seiner Frau und seines Sohnes antretend, Tyrann Commodus (Joaquin Phoenix). Wie Livius/Stephen Boyd in Anthony Manns *The Fall of the Roman Empire* (64), aber auch wie Lt. Ripley/Sigourney Weaver in *Alien* (79) und Rick Deckard/Harrison Ford in *Blade Runner* (82/92) wird ihm zu spät bewusst, für welch menschenverachtendes System er sich benutzen ließ. Ver-

Das Geheimnis der Freundschaft.
The Iron Giant

loren ist nicht nur sein eigenes Leben: die Barbaren, von Maximus blutig in die Knie gezwungen, begreifen ebenso wenig, dass sie besiegt sind, wie sein eigenes Volk, dem er das Rom Marc Aurels zurückgibt, das leichtfertig verspielte, unverdiente Geschenk der Republik. Die Welt wird dunkel am Ende von Ridley Scotts allegorischem, brillant zeitlosen *Gladiator*, natürlich nur auf den ersten Blick eine triumphale Rückkehr des antiken Monumentalfilms. Geändert hat sich nichts und wird es auch nicht. Connie Nielsen, Richard Harns, Oliver Reed, Derek Jacobi, David Hemmings.

(K) ○
Good Vibrations – Sex vom anderen Stern
Good Vibrations
USA. Mike Nichols (*1931) – UA: 3. 3. 2000. Columbia TriStar, F-104 min – K: 1. 6. 00 (Columbia TriStar) – Art: Gfq 31/11 (00) – Kr: Az 31. 5. 11. 6. 00. epd (2000/6).
□ E.T. als unschlüssiger Papa: Ex-Alkoholwrack Susan Hart (Annette Bening) erliegt dem vibrierenden Sex von Harold (Garry Shandling), einem Außerirdischen (H1449-6) mit Penisprothese. Völlig unverständlich, wie man ein solches Thema verschenken kann. Oder Schauspieler wie Greg Kinnear, Ben Kingsley, Linda Fiorentino, Jack Goodman.

(K) ●●●●
The Green Mile
The Green Mile
USA. Frank Darabont (*1959) – UA: 10. 12. 1999. Warner Bros, F-182 min – K: 10. 2. 00 (UIP) – Art: Cf 81 (00). Cfq 31/10 (00). Fg 189 (00) – Kr: Az 10. 2. 00. epd (2000/2). SaS 10/3 (00).
□ Der 108-jährige Paul Edgecomb (Dabbs Greer) erinnert sich im Seniorenheim an die Zeit als Aufseher (Tom Hanks) im Südstaatengefängnis *Cold Mountain* 1935 und die »Grüne Meile«, den Gang zum Elektrischen Stuhl. An die Nieren gehender Horror nach Stephen King in realer Umgebung: Was *The Green Mile* wie *The Sixth Sense* außergewöhnlich macht, ist ihr Verzicht auf melodramatische Lösungen. Der echte Horror liegt in Edgecombs Wunsch zu sterben, in unserer Niederlage, nicht noch mehr ungerecht sterbende Menschen erleben zu müssen, die uns etwas bedeutet haben. *The Green Mile* ist ein großer Film nicht über Wunder oder den Tod, sondern über das Leben selbst. David Morse, Bonnie Hunt, Michael Clarke Duncan, Sam Rockwell, Harry Dean Stanton.

(K) ●●
Halloween III
Halloween III: Season of the Witch
USA. Tommy Lee Wallace (*1949) – UA: 1982/10. Universal, F-96 min – V: 86 (Cannon) – TV: 20. 2. 00 (K1) – Art: Cfq 13/1 (82).Fg 22 (81). Sb 59 (83; Wallace/Nigel Kneale) – Kr: Cfq 13/4 (83). L'EF 33 (83). FaF 346 (83). MFB 593 (83). Sb 60 (83).
□ Santa Mira – nicht die einzige Anspielung auf *Invasion of Body Snatchers* – kurz vor Halloween: Conal Cochran (Dan O'Herlihy), Ire und Spielzeugchef von *Silver Shamrock Novelties*, ist ein Irrer, dessen mit Microchips versehene glühende Kürbisköpfe in Verbindung mit einem TV-Werbesignal

Teenager in den Wahnsinn treibt. Eine Kritik an der kommerziellen Ausschlachtung des rein keltischen Halloween-Ursprungs also, aber Kneales amerikafeindliche Verbrauchersatire wäre in krassen Widerspruch zu *Halloween III* als Kommerzprodukt einer immens erfolgreichen Reihe getreten. Don Siegel wäre mutiger gewesen als Carpenter. Tom Atkins, Stacey Nelkin, Ralph Strait.

(K) ••
Haunted Hill
House on Haunted Hill
USA. William Malone – UA: 29. 10. 1999. Warner Bros, F-92 min – F: *GERARDMER* (00) – K: 27. 4. 00 (Helkon) – Art: Cfq 31/9 (99). Fg 188 (99; Malone), 189 (00; Bridgette Wilson/Peter Galagher/Geoffrey Rush). MS 63 (00; Jeffrey Combs). Slg 267 (99; Rush) – Kr: epd (2000/5). SaS 10/3 (00).
□ Achterbahn-Tycoon Stephen Price (Rush in der Vincent Price-Rolle) schmeichelt ganz Abgebrühten mit 1 Million Dollar, eine Party-Nacht anlässlich des Geburtstags seiner Frau in dem von ihm präparierten und dann dicht gemachten Art Deco-Spukhaus, einer ehemaligen Nervenheilanstalt, zu überleben. Der Trottel hat übersehen, dass das abstoßende Gebäude echte Geister anziehen könnte, und zwar die aus seiner eigenen übelsten Vergangenheit. Dreifaches Entsetzen für den Zuschauer, der zusätzlich noch mit dem verheerenden Ehekrieg zwischen Price und seiner ihn betrügenden Gattin Evelyn (Famke Janssen) belohnt wird. Intensivkost der *Tales from the Crypt*-Macher. Taye Diggs, Ali Larter, Chris Kattan, Peter Graves.

(K) •
Heavy Metal F.A.K.K. 2
Heavy Metal F.A.K.K. 2
USA/BRD/Kan. Michael Coldewey, Michel L. Lemire – UA/K (BRD): 4. 5. 2000. Helkon, F-87 min – F: *GERARDMER* (00) – Art: FFa 8/5 (99; Julie Strain) – Kr: epd (2000/5).
□ *Penthouse*-Model Julie Strain, Gattin von *Heavy Metal* Herausgeber Kevin Eastman, als waffenstarrendes Realmodell für die schwarzhaarige Cartoon-Kampfpilotin F.A.K.K. 2 im Duell mit einem zur Personifikation des Bösen geratenen Minen-Vorarbeiter, um ihre gekidnappte Schwester zu befreien. Nicht die größte aller Geschichten, aber geschlossener als sein auseinander triftender Vorgänger (81), erwachsener als *Titan A.E.* Mit dem Galaxien zum Einsturz bringenden Sound von Bauhaus, Machine Head, Billy Idol und Full Devil Jacket.

(K) •••
I Woke Up Early the Day I Died
I Woke Up Early the Day I Died
USA. Aris Iliopulos – UA: 1997. Muse/Ginequanon, F-85 min – F: MÜNCHEN (98) – Art (Billy Zane): Slg 268 (99) – Kr: Az 30. 6. 98. SI 37 (99).
□ Skeletons, Drugs, Dressed to Kill: *Titanic*-Ekel Billy Zane als der Psychiatrie entsprungener namenloser Irrer in Schwesterntracht/Perücke, der sämtliche Teilnehmer einer Beerdigung abmurksen muss, um an die im Sarg versteckte Diebesbeute zu gelangen. Der unbändige Geist Ed Woods bläst schaurig lebendig durch diese unglaublich abstrakte,

selbstverständlich wortlose Wiedergutmachung des Meisters und seines von Witwe Kathy jahrzehntelang gegen Grabräuber verteidigten Originaldrehbuchs. Außergewöhnlicher, riskanter als jeder andere Film seiner Zeit, der erste wirklich laute Stummfilm. Tippi Hedren, Ron Perlman, Christina Ricci, John Ritter, Eartha Kitt, Kathy Wood und Vampira innerhalb der unglaublichsten Besetzung, die man sich vorstellen kann.

(K) ●●●
James Bond 007 – Die Welt ist nicht genug
The World Is Not Enough
GB/USA. Michael Apted (*1941) – UA (USA): 19. 11. 1999. MGM/UA, F-128 min – K: 9. 12. 99 (UIP) – Art: Cfq 31/9 (99). MS 58 (00; Pierce Brosnan/Sophie Marceau/Denise Richards). Slg 269 (99; Apted), 270 (00; Desmond Llewelyn/John Cleese) 271 (00; Brosnan/Lindy Hemming) – Kr: Az 9. 12. 99. epd (2000/1). SaS 10/1 (00).
□ Bilbao / London / Schottland / Kaukasus / Kasachstan / Istanbul: (Brosnan) droht in seinem 19. Einsatz auf die unschuldige Elektra King (Marceau) hereinzufallen, Tochter/Alleinerbin des in die Luft gesprengten Öl-Tycoons Sir Robert King, in Wahrheit mit Top-Terrorist Renard (Robert Carlyle) unter einer Decke steckend. Stockholm-Syndrom, Atombusen, Superkanonen: Souverän wie immer, gewinnt vor allem Brosnan zunehmend an Profil. Mit dem Finger fährt er die echten Tränen Elektras auf der kalten Scheibe des Videobildschirms nach, signalisierend, dass alles auch sein Gegenteil enthält, dass wir nie die Chance haben werden, in die Wirklichkeit der Dinge vorzudringen. Grandios. Robbie Coltrane, Dame Judi Dench, Desmond Llewelyn/John Cleese, Claude-Oliver Rudolph, »Cigar Girl« Maria Grazia Cucinotta.

(K) ●
Der Keller
The Beast in the Cellar
GB. James Kelly (1931-1978) – UA: 1970. Tigon, F-101 min – K: 2. 8. 73 (RCS) – TV: 20. 9. 99 (WDR) – Art (Tony Tenser): DS 79 (99). Mst 2 (92) – Kr: Fg 87 (89).
□ Ein Leopard in Lancashire? Kadetten der Queen tappen völlig im Dunkel, denn die »Klauen« gehören dem seit 30 Jahren im Keller eingemauerten, vor dem Horror des 2. Weltkriegs geretteten Bruder (Dafydd Havard) zweier verrotteter alter Damen (Flora Robson/ Beryl Reid), die das Beste wollen und das Schlechteste ernten. Kelly setzt *Arsenic and Old Lace* auf Speed und grenzt das Monster in schnellstem Gore aus, aber das gewollte satirische Übergewicht bremst gewaltig konzentriertere Meisterwerke wie *Death Line* (72) oder *The Leopard Man* (43). Tessa Wyatt, John Hamill, T. P. McKenna.

(K) ●●
Die Killerhand
Idle Hands
USA. Rodman Flender – UA: 23. 4. 1999. Columbia, F-92 min – K: 26. 8. 99 (Columbia) – Art: Cfq 31/5 (99). Fg 183 (99). Slg 273 (00; Devon Sawa) – Kr: Cfq 31/7 (99). epd (99/8). Psy 31

(99). SaS 10/6 (00). SZ 31. 8. 99.

□ Was ist los im kalifornischen Bolan kurz vor Halloween? Die schüchterne Hand (Christopher Hart) von Teenie Anton (Sawa) grabscht plötzlich nach dem Po von Freundin Molly (Jessica Alba), Kiff-Kumpel Mick (Seth Green) und Pnub (Elden Henson) mutieren zu Aas. Die Holzköpfe glotzen immer noch MTV und fressen wertlose Snacks statt Menschenfleisch. Erstaunlich gut gehandhabter kranker Slapstick. Jack Noseworthy, Steve Van Wormer, Fred Willard.

(TV/DOKU) ●●●●
KINO – UNSERE ZEIT: DAVID CRONENBERG
Fr. André S. Labarthe – UA/T: 20. 10. 1999. La Sept ARTE, F/SW-68 min.

□ »I have to make the word be flesh«: Cronenbergs Horror kommt von innen und nicht von außen. Wir ekeln uns vor Horrorfilmen, aber nicht vor dem Inneren unseres eigenen Körpers. Nach drastischen Einstiegswerken wie *Shivers* (74), *Rabid* (76), *The Brood* (79) oder *Scanners* (80) mauserte sich der visionäre Ex-Biochemie-Student zu einem der konfrontierendsten Regisseure des Weltkinos. Visuell ehrgeiziges Porträt mit Interviewpassagen.

(TV/DOKU) ●●●●
KINO – UNSERE ZEIT: GEORGES FRANJU, DER VISIONÄR
Fr. Janine Bazin, André S. Labarthe – UA/TV: 1. 9. 1999. La Sept ARTE, SW/F-50 min (bereits 97 fertiggestellt).

□ Wie ein einziges Gespräch erscheinende Kurzfassung einer sechsmaligen Begegnung der Autoren im Zeitraum von 23 Jahren (1964–1987) mit dem bedeutenden frz. Regisseur (1912–1987), bereits nach Kriegsende neben Vigo und Buñuel als Meister des Kurzfilms gefeiert. Hinter dem Visionär von ARTEs Titel verbirgt sich kein Künstler, der etwas anderes sieht, sondern jemand, der weiter sieht, hinter/unter die Oberfläche von Dingen/Menschen, sich nicht von Äußerlichkeiten manipulieren lässt. In diesem Sinne ist Franju einer der größten frz. Dokumentaristen. Der Schlachthof in *Le Sang des Bêtes* (48), die seltsam wirkende Morbidität seines berühmtesten Films, *Les Yeux sans visage* (59), sind in Wahrheit etwas Entschleierndes, etwas, das unserem Wahrnehmungssystem entgangen wäre. Perfekt analysiert von niemand anderem als Franju selbst.

(K) ○
Der Knochenjäger
The Bone Collector
USA. Phillip Noyce – UA: 5. 11. 1999. Columba TriStar, F-117 min – K: 20. 1. 00 (Columbia TriStar) – Kr: Az 20. 1. 00. epd (2000/2). SaS 10/3 (00).

□ Serienkillerjagd in – richtig – Manhattan: Querschnittsgelähmter Top-Cop (Denzel Washington) dirigiert Kollegin Amelia (Angelina Jolie) digital. Halbherzig überzogenes Mittelmaß: Für den trotz kryptischer Botschaften anonymen Noyce ist das ausgelaugte Genre nur ein Spielzeug. Was es nicht sein müsste: Robert Siodmak, Henry Hathaway oder Hitchcock haben aus dem Handicap ihrer Protagonisten Spitzenwerke

TOM CRUISE
M:I-2
www.missionimpossible.com

der Filmkunst wie *The Spiral Staircase* (46), *23 Paces to Baker Street* (56) oder *Rear Window* (54) geschaffen. Michael Rooker, Queen Latifah, Mike McGlone.

(K) •
Lake Placid
Lake Placid
USA. Steve Miner (*1951) - UA: 16. 7. 1999. Fox, F–82 min - K: 10. 2. 00 (Tobis) - Art: Fg 185 (99) - Kr: Az 24. 2. 00. Cfq 31/8 (99). epd (2000). SaS 10/4(00).
☐ »Je schneller wir das Ding fangen, Sheriff, umso schneller können sie wieder mit ihrer Tochter bumsen«: David Kelleys Schüsse aus der Provinz sitzen besser als die computergesteuerten Happen einer überdimensionierten Krokodilmutter in irgendeinem Tümpel in - wo sonst - Stephen Kings Heimat Maine, den eine sich selbst hetzende New Yorker Paläontologin (Bridget Fonda) unter die Lupe nehmen soll. Glorreicher Trash, eine Rückkehr zu John Sayles' satirischen Attacken à la *Alligator* (80). *Golden Girl* Betty White als wahnhaft bescheuerte Alte, die »ihre« Kinder natürlich nie im Stich lassen würde. Bill Pullman, Oliver Platt, Brendan Gleeson.

(K) ••••
Die letzten Glühwürmchen
Hotaru no Haka
Jap. 1989. Isao Takahata - UA: 1989. F-84 min - TV: 12. 6. 00 (ARTE).
☐ Meisterwerk des Anime nach einem autobiografischen Stoff Akiyuki Nosakas, der menschlichste, ergreifendste und ungewöhnlichste Film zum Thema Heimat/Zuhause, den ich kenne. Takahata gelingt es außerordentlich, den Zuschauer ohne falschen Zauber, ohne Melodramatik, zu involvieren. Der 14-jährige Seita und seine vierjährige Schwester Setsuko müssen sich im Kriegsjapan von 1945 ohne Eltern durchschlagen, versuchen, in einem nachts von Glühwürmchen erleuchteten Bunker zu überleben. Die Mutter fand ein entsetzliches Ende nach einem Luftangriff amerikanischer B-29-Bomber auf Kobe, von ihrem Vater, einem Marine-Offizier, werden sie nie mehr etwas erfahren. Disney/DreamWorks sehen alt aus im Vergleich mit dieser geballten Ladung an echten Erfahrungen und Gefühlen. Mitreißend, atemberaubend.

(K) •••
M:I-2
Mission: Impossible II
USA/BRD. John Woo (*1948) - UA/K: (BRD): 6. 7. 2000. UIP, F-122 min - F: CANNES (00). TAORMINA (00) - Lit (Woo): Hall: John Woo: The Films (00). Heard: Ten Thousand Bullets: The Cinematic Journey of John Woo (99) - Art (Tom Cruise): SaS 10/7 (00) - Art: Cf 83 (00). MS 63 (00; Woo) - Kr: Az 6. 7. 00. epd (2000/7). SaS 10/7 (00).
☐ IMF-Spitzenagent Ethan Hunt (Cruise) muss einen superheißen Dreh mit Lockvogel/Meisterdiebin Nyah (Thandie Newton) riskieren, um *Bellerophon*, Dr. Nekhorvichs gestohlenes Gegenmittel zum selbstgebrauten Virus *Chimera* Ex-Lover/Ex-IMF-Agent/Top-Terrorist Sean Ambrose (Dougray Scott) zu entreißen. Mehr 007 und Cruise-Kompromiss, bleibt *M:I-2*

nur sein Panavision-Höllentempo und die Woo-typische schwerelose Brillanz einzelner, von klassischer Musik getragener Sequenzen. Im Cruise/Scott-Duell geht letztlich weniger vor als in Cage/Travoltas Face/Off, aber bereits die Steilwand in der Eröffnungssequenz macht schwindelerregend deutlich, dass das Unmögliche doch möglich ist. Vor allem, wenn der Star Tom Cruise und der Regisseur John Woo heißen. Ving Rhames, Richard Roxburgh, John Polson, Anthony Hopkins.

(K) ○
Mission to Mars
Mission to Mars
USA. Brian De Palma (*1940) – UA: 6. 3. 2000. Buena Vista, F-110 min – K: 11. 5. 00 (Constantin) – Art: Cf 81 (00). Cfq 31/11 (00). Slg 273 (00), 274 (00; Gary Sinise/Connie Nielsen/Jerry O'Connell), 275 (00; Don Cheadle) – Kr: Az 11. 5. 00. epd (2000/6). SaS 10/5 (00).
□ Sandstürme, Meteoritenschauer, Treibstoffengpass, Robinsoncamp: Bei den ersten beiden bemannten Mars-Missionen geht schief, was schief gehen kann. Aber nicht nur dort. Vielleicht hat Thriller-König Brian De Palma (*Dressed to Kill*, 80) in seinem ersten, untypischen, SF-Film zu viel Respekt vor der eigenen Faszination des Themas, denn außer atemberaubend schwereloser Optik und dem von *2001: A Space Odyssey* geborgten Gefühl für die kolossalen Ausmaße des Kosmos gelingt ihm nicht viel. Der Schluss: Space-Kitsch in Orbit-Vollendung. Die Flüge, egal wohin, werden weitergehen. Tim Robbins, Elise Neal, Kim Delaney, Peter Outerbridge, Armin Mueller-Stahl.

(K) ●●
Die neun Pforten
The Ninth Gate
USA/Fr/Sp. Roman Polanski (*1933) – UA USA : 31. 3. 2000. Artisan, F-133 min – K: 16. 12. 99 (Fox) – Art: Cfq 31/11 (00). Fg 186 (99), 187 (99), 189 (00; Polanski) – Kr: Az 16. 12. 99. Cfq 31/11 (00). epd (99/12). SaS 10/9 (00). SI 40 (99). SZ 15. 12. 99.
□ New York. Dämonologe/Tycoon Boris Balkan (Frank Langella) manipuliert den skrupellosen Bücherdetektiv Dean Corso (hervorragend involviert: Johnny Depp), den Text eines Buches aus dem 17. Jahrhundert mit zwei weiteren Exemplaren in Europa abzugleichen, an denen scheinbar Luzifer selbst beteiligt war. Polanski irritiert sein Publikum wie Kubrick in *Eyes Wide Shut* auf subtile, intelligente Art, aber die konzentriertere Dialektik von *Rosemary's Baby* (68) erreicht er nicht mehr. Im Gegensatz zu Hollywood erfrischend Teenager/Gore/Fremdzitate-frei, eigenständig und mutig. Ein höllisches Angebot aus der Traumfabrik, sich Ira Levins Fotokopie *Son of Rosemary* vorzunehmen, war für den Meister kein Thema. Lena Olin, Emmanuelle Seigner, James Russo, Jack Taylor, Jose' López Rodero, Barbara Jefford.

(K) ●●●●
Nichts als die Wahrheit
BRD. Roland Suso Richter – UA/K: 23. 9. 1999. Helkon, F/SW-129 min – F: SAN SEBASTIAN (99) – Art (Götz George): epd (2000/7) – Kr: Az 23. 9. 99. epd (99/10).

□ Bedeutendster deutscher SF-Film, bedeutendster deutscher Film des Jahres 1999. Zum Serienkiller-Wahn des Kinos seit *The Silence of the Lambs* (91) hat Deutschland ein hundertprozentigeres, weitaus fortschrittlicheres Exemplar anzubieten. In einem von ihm selbst angestrebten Kriegsverbrecherprozess vor einem deutschen Gericht zeigt sich KZ-Bestie Josef Mengele (George) angriffslustig und störrisch uneinsichtig, sodass sich sogar sein Verteidiger (Kai Wiesinger) letztlich gegen ihn stellt. Eine komplexe, zermürbende Auseinandersetzung um Schuld und Sühne, Verantwortung und Verurteilung, die Richter mit der ethischen Brisanz der Gentechnik verknüpft. Ein simples äußeres Indiz wie Mengeles sichtbare Verwandtschaft mit Murnaus Nosferatu, in dem Krakauer einen tyrannischen Vorboten Hitlers sah, macht *Nichts als die Wahrheit* auf unheimlich raffinierte Art interessant und zwingt zur Stellungnahme. Ein bewusst provozierendes, wutentbranntes politisches Meisterwerk von allerhöchster vorausblickender Aktualität. Karoline Eichhorn, Doris Schade, Peter Roggisch, Bastian Trost, Stephan Schwartz.

(K) ●●
Pitch Black – Planet der Finsternis
Pitch Black
USA. David Twohy – UA: 17. 2. 2000. USA Films, F-110 min – F: *FaFF* (00) – K: 31. 8. 00 (UIP) – Art: Cfq 31/10 (00), 31/11 (00). Fg 190 (00). Slg 271 (00; Vin Diesel), 272 (00; Twohy), 273 (00; Cole Hauser/Radha Mitchell), 274 (00; Keith David) – Kr: epd (2000/9), SaS 10/8 (00). SI 41 (00).

□ Die menschlichen Reste eines notgelandeten Raumschiffs müssen dem Instinkt eines kaltblütigen Psychopathen (Diesel) vertrauen, wollen sie in der nachts lebendig werdenden Glut eines in eine Sonnenfinsternis schlitternden Wüstenplaneten überleben. *Robinson Crusoe on Mars, Starship Troopers* und die *Alien*-Reihe als Gerüst, aber Twohys inszenatorische Energie sorgt für ein paar Überraschungen und geht auf ein Gänsehaut erzeugendes Kindheitserlebnis zurück, welches die Monster weitgehend in die Finsternis unseres Unterbewusstseins verbannt. Lewis Fitz-Gerald, Claudia Black, Rhiana Griffith, John Moore.

(K) ○
Progeny – Höllenbrut
Progeny
USA. Brian Yuzna – UA: 1998. Fox, F-92 min – F: *FaFF* (98) – V: 3. 1. 00 (Starlight) – Art: Fg 179 (99). MS 63 (00; Yuzna) – Kr: SaS 9/5 (99). SI 34 (98).
□ *The Astronaut's Wife* für Geschiedene. Aliens fummeln nachts an der Gattin (Jillian Mcwhirter) des zeugungsunfähigen Chirurgen Dr. Craig Burton (Arnold Vosloo) herum. Ein Film jenseits von *Rosemary's Baby*, den kein Mensch versteht, auch wenn es der Regisseur von *Society* keineswegs verlernt hat, innersoziale Bedrohungen auf die Spitze zu treiben. Brad Dourif, Lindsay Crouse, Wilford Brimley.

(K) ●●●●
Ring
Ringu
Jap. Hideo Nakata – UA: 1998. Omega, F-95 min – F: *BRÜSSEL*

(99). *SITGES* (99). *FaFF* (99). *GERARDMER* (00). EDINBURGH (00) – Art: Fg 193 (00) – Kr: SaS 10/8 (00), 10/9 (00). SI 39 (99).

□ Japans Antwort auf *Videodrome*. TV-Reporterin Reiko Asakawa (Nanako Matsushima) muss das Rätsel um ein offenbar fluchbeladenes Videoband eines nicht existierenden toten Kanals lösen, dem Kinder auf unheimliche Art zum Opfer fallen, sollten sie es nicht binnen einer Woche weitergegeben haben. Der erfolgreichste japanische Horrorfilm (nach Kôji Suzukis Bestseller) erzeugt Grauen auf höchstem Niveau: Ringu schockt wie *The Blair Witch Project* und *The Sixth Sense*, je mehr er sich zurückhält. Nakata nimmt den Stoff höllisch ernst, ohne durchdrehende Teenies/melodramatische Wendungen wie in *Final Destination* oder der *Scream*-Trilogie. Meisterhaft. Niki Nakatani, Orie Izuno, Hiroyuki Sanada, Yûko Takeuchi.

(K) ●●

Ein Riss in der Welt

Crack in the World

USA. Andrew Marton (1904–1992) – UA: 1965/2. Paramount, F-98 min – K: 7. 5. 65 (Paramount) – TV (Wh): 19. 9. 99 (K1) – Art (Bernard Glasser): Slg Yearbook Vol. 7 (90) – Lit (Eugène Lourié): Lourié: My Work in Films (85; Autobiogr.) – Art (Lourié): FF 14 (80). Slg 193 (93) – Kr: Va 10. 2. 65.

□ Bohrloch-Atomrakete zur Nutzung weltweiter Magma-Energie reißt den Manilagraben in östlicher Richtung auf. Second Unit-Spezialist Marton und FX-Guru Eugène Lourié geben Vollgas erst nach dem Einsturz der gigantischen Eisenbahnbrücke im letzten Viertel und Dana Andrews ist ideal besetzt als innerlich kochender, krebsbeschleunigter Idealist, der die gesamte Menschheit aufs Spiel setzen muss, will er den einen, den einzigen wirklichen Augenblick seines Lebens erreichen. Janette Scott, Kieron Moore, Alexander Knox.

(K) ●

Scream 3

Scream 3

USA. Wes Craven (*1939) – UA: 4. 2. 2000. Dimension-Miramax, F-116 min – K: 22. 6. 00 (Kinowelt) – Lit (Craven): Muir: Wes Craven: The Art of Horror (00) – Art: Cfq 31/10 (00). Fg 188 (99), 189 (00; Craven). MS 63 (00; Graven) – Kr: Az 21./22. 6. 00. Cfq 31/12–32/1 (00). epd (2000/7). SaS 10/5 (00). SI 42 (00).

□ Am Set zum Billigschocker *Stab 3: Return to Woodsboro* wütet erneut der berüchtigte Maskenmann, um Sidney Prescott (Neve Campbell) gezielt aus der Reserveliga zu locken. *Scream 3* offeriert eine unbefriedigende Lösung, schafft mehr unproduktives Chaos als Suspense oder wirklich falsche Fährten. Der letzte Schrei: die Zankerei zwischen Courteney Cox Arquettes und Method Actress Parker Poseys geteilter Auffassung bei der Besetzung von CCAs Rolle »Gale«. David Arquette, Patrick Dempsey, Scott Foley, Lance Henriksen, Roger Gorman, Carrie Fisher.

(K) ●●●●

Der sechste Sinn

The Sixth Sense

USA. Manoj Night Shyamalan (*1971) – UA: 1999/10. Buena

Vista, F-107 min - F: LEEDS (99) K: 30. 12. 99 (Constantin) - Art: Cfq 31/10 (00) - Kr: Az 30. 12. 99. Cfq 31/10 (00). epd (2000/1). SaS 9/11 (99).

□ Philadelphia. Kinderpsychologe Malcolm Crowe (Bruce Willis) gerät an den achtjährigen Cole Sear (Haley Joel Osment), den Geister Ermordeter, die nur er sieht, heimsuchen. Sorgfältigst unaufdringlich, als hätte Tarkowskij einen Horrorfilm gedreht, ist *The Sixth Sense* ein erstklassiges Beispiel seines leidgeprüften Genres dafür, dass Weniger Mehr ist. Bei aller virtuoser Gestaltung der Horrorszenen dieses psychologischen Meisterwerks ist es Shyamalans sensationelle Schauspielerführung, die am meisten bewegt. Toni Collette, Olivia Williams, Donnie Wahlberg, Glenn Fitzgerald, Mischa Barton.

(K) •••
Sleepy Hollow
Sleepy Hollow
USA. Tim Burton (*1960) - UA: 19. 11. 1999. Warner Bros, F-105 min - K: 24. 2. 00 (Constantin) - Art: Cfq 31/9 (99). Fg 188 (99), 189 (00; Burton), 190 (00; Kevin Yagher). MS 60 (00; Burton). SaS 10/1 (00). Slg 271 (00; Johnny Depp) - Kr: Az 24. 2. 00. epd (2000/3). SaS 10/2 (00). SI 41 (00).

□ New York 1799. Jungpolizist/Sonderling Ichabod Crane (Depp), in Ungnade gefallen aufgrund zweifelhafter Ermittlungsmethoden, soll die blutigen Enthauptungen des legendären »Kopflosen Reiters« im finstersten Hinterlanddorf *Sleepy Hollow* klären. Natürlich steckt etwas ganz anderes dahinter. Voller Bewunderung für die Glanzzeit von Hammer oder schlichtweg Märchen schafft Burton eine superdichte, sich immer wieder mit der Rationalität messende Atmosphäre. Die Aufklärung des Falls, die postmoderne Haltung, wäre nicht nötig gewesen. Burton ist kein Mario Bava, aber wer ist das schon! Christina Ricci, Miranda Richardson, Michael Gambon, Caspar Van Dien, Michael Gough, Christopher Walken, Christopher Lee.

(K) o
Stigmata
Stigmata
USA. Rupert Wainwright - UA: 27. 8. 1999. MGM, F-102 min - K: 13. 1. 00 (UIP) - Art: Cfq 31/7 (99) - Kr: Az 13. 1. 00. epd (2000/1). SaS 10/2 (00). SI 40 (99).

□ Ungläubige Pittsburgher Friseuse (Patricia Arquette) wird von den Wunden Jesu' und einem übergeschnappten Kardinal (Jonathan Price) gepeinigt. Ein Auferstehungsfest für abtrünnige Katholiken, aber Wainwrights besessene Stilwut gelangt selten über ihre Video/Commercials-Ursprünge hinaus. In Wahrheit ist nichts klar in diesem Film, noch wird irgendetwas geklärt. Gabriel Byrne, Nia Long, Enrico Colantoni.

(K) o
Supernova
Supernova
USA. Thomas Lee (= Walter Hill *1942) - UA: 14. 1. 2000. MGM, F-90 min - F: *FaFF* (00) - K: 10. 8. 00 (MGM) - Art: Cf 81 (00). Cfq 31/10 (00). Fg 187 (99), 189 (00; Hill). Slg 260 (99; Lou Diamond Phillips), 268 (99; Marek Dobro-

wolski), 270 (00; Hill), 271 (00) – Kr: SaS 10/8 (00).

□ 22. Jahrhundert. Kaela Evers (Angela Bassett), 1. Medizinischer Offizier an Bord des Sanitätsschiffs *Nightingale 299*, empfängt einen Notruf, hinter dem ihr tot geglaubter niederträchtiger Ex-Mann Karl Larson (Peter Facinelli) stecken könnte. »Larson« klingt nicht zufällig wie »Larsen«: In Jack Londons *The Sea Wolf* werden die Geretteten auf dem Schiff eines sadistischen Kapitäns gequält, hier ist es genau umgekehrt. *Supernova* verschweigt uns die wahre Geschichte Kaela/Karls und kann auch mit der 9. Dimension, in der Karl gefangen ist, herzlich wenig anfangen. Ein seekrankes *Alien*-Szenario katastrophalster Ausmaße, dem sich Hill per Pseudonym-Joint in den Orbit zu verdrücken versucht. James Spader, Robert Forster, Knox Grantham White.

(K) ●●●
Sweet Angel Mine
Sweet Angel Mine
GB/Kan. Curtis Radclyffe – UA/F: 7. 8. 1996. *FaFF*, F-88 min – UA (GB): 1999/10. Optimum, F-88 min – F: EDINBURGH (96). *SITGES* (96) – V: 23. 2. 98 (New Vision) – Art: Cfq 29/1 (97) – Kr: SaS 9/10 (99).

□ Holton/Neuschottland. Der auf der Suche nach seinem verschollenen Vater die Region erkundende Sozialarbeiter Paul (Oliver Milburn) trifft das Mädchen Rauchine (Margaret Langrick), mit ihrer »Mutter« Megan (Alberta Watson) allein lebend. Hinter dem Haus befindet sich ein seltsamer »Garten der toten Rosen«. Der Verzicht auf *Scream*-Taktik/Panik ist nur eine der Tugenden von Radclyffes überraschendem Erstling, welcher, ziemlich neu für ein mit Frauen nicht gerade zimperlich umspringendes Genre, die männliche Hauptfigur restlos versagen lässt und eine starke Heldin aus sozial horribler Vergangenheit kreiert. Anna Massey, John Dunsworth, Mike Crimp.

(K) ●
Talos – Die Mumie
Talos the Mummy
USA/GB/Lux. Russell Mulcahy (*1953) – UA (USA): 2. 4. 1999. Dimension, F-84 min – F: *FaFF* (98) – V: 6. 10. 99 (VPS) – Art: Cfq 31/4 (99). Fg 188 (99; Mulcahy) – Kr: SaS 9/7 (99).

□ Archäologe Sir Richard Turkel (Christopher Lee) warnt vor der Öffnung der Grabkammer eines sadistischen altägyptischen Priesters, aber seine Sponsoren wollen Dollars sehen. Im Gegensatz zu Terence Fisher weiß Mulcahy, dass man einen verdienten Superstar des Genres wie Christopher Lee auch verschwenden kann, so groß kann seine Bewunderung für *The Mummy* (59) also nicht sein. Besser als Universals Flipperkasten *The Mummy* (99) und wenigstens hin und wieder die Atmosphäre/Stabilität einer Hammer-Produktion erreichend, aber der gefährlichste Fluch von *Talos the Mummy* liegt sicherlich in Mulcahys eigenem, aus Pop-Konserven der Achtziger hervorgegangener Stil. Jason Scott Lee, Louise Loubard, Sean Pertwee, Lysette Anthony, Honor Blackman, Shelley Duvall.

(K) ●●●
Tarzan
Tarzan
USA. Kevin Lima, Chris Buck – UA: 18. 6. 1999. Disney, F-88 min – K: 11. 11. 99 (Buena Vista) – Art: Cfq 31/7 (99). MS 57 (99; Buck/Lima/Glen Keane). Slg 263 (99; Bonnie Arnold), 264 (99; Lima/Buck), 265 (99; Tony Goldwyn), 266 (99; Ken Duncan/Randy Haycock/Russ Edmonds/Bruce Smith/Sergio Pablos/Mike Surrey) – Kr: Az 11. 11. 99. Cfq 31/8 (99). epd (99/11). FAZ 13. 11. 99. SaS 9/11 (99).
□ Gorilla-Mutter Kala, die ihr eigenes Kind an Leopardenmonster Sabor verloren hat, adoptiert den kleinen Tarzan, sehr zum Missfallen ihres Gatten Kerchak, Big Boss der Sippe. Disneys Tarzan, ein wahrer Triumph an Karikatur dank Glen Keane, ist natürlich ökobewusster und weitaus agiler als sämtliche Vorgänger. Im Affenzahn surft er die Urwaldbaumstämme hinab, getragen von einer neuen, sensationell dreidimensionalen Animationstechnik, ein brillant ironischer Gegensatz zur steinzeitlichen Laternenshow, mit der Jane und ihr Vater dem Primitiven besorgt »Kultur« vermitteln wollen. OF-Stimmen: Brian Blessed, Glenn Close, Minnie Driver, Tony Goldwyn, Nigel Hawthorne, Lance Henriksen.

(TV/DOKU) ●●●●
THEMENABEND: DIE RÜCKKEHR DER SEUCHEN
BRD/Fr. – UA/TV: 9. 9. 1999. La Sept ARTE, F/SW-191 min.
□ Mikroben, erste Lebensformen, mit allen Wassern der Evolution gewaschen, trotz aller Errungenschaften der Medizin in Form von Aids, Hepatitis, Diphterie, Fleckfieber, Pest wieder auf dem Vormarsch. ARTEs Themenabend zu Gefahren / Verbreitung / Bekämpfung von Virusinfektionen. Gero von Böhms Horrorszenario **Angriff der Killerviren** (BRD 98) spielt beängstigend real den Fall eines über den dichten internationalen Luftverkehr unkontrollierbar gewordenen Virus X durch.

Kaum weniger erschreckend: Hans Peter Klinkes **Hepatitis. Die tückische Seuche** (BRD 99): Bereits ein Millionstel Millimeter des Typs C reicht aus (hundertmal ansteckender als das HI-Virus)und tödlich bei Hepatitis-Lebererkrankungen), um den Körper bei Zahnarzt, Tätowieren, Piercen, Bluttransfusion oder Operationen zu infizieren. Alles andere als harmlos: **Herpesviren. Die unsichtbaren Ungeheuer** (Kai Schubert; BRD 99). Trifft das Virus auf ein geschwächtes Immunsystem, etwa bei Säuglingen, kann es zu Gehirnentzündungen, Schädigungen des Rückenmarks oder der gesamten Hautoberfläche kommen. Sowieso keine Entwarnung im Fall Aids in Betsy Arledges US-DOKU von 99, **Der Kampf gegen Aids**, trotz Robert Massies siegreicher Schlacht gegen das HI-Virus: den Schlüssel sehen die Forscher im unentschlüsselten menschlichen Immunsystem. **Biowaffen** (BRD 99), die Atombombe des kleinen Mannes: Hubert Seipel blickt als erster westlicher Reporter stolz in Saddam Husseins Gerüchteküche.

(TV/DOKU) ●●●●
THEMENABEND: DAS ENDE DES PRIVATEN
BRD/Fr. – UA/TV: 10. 10. 1999. La Sept ARTE, F/SW-226min.

☐ George Orwells Gedankenpolizei des Big Brother ist der Witz von Vorgestern: Die digitale biometrische Identitätskontrolle wird unsere Privatsphäre, unsere Identität zerstören, ohne dass wir es mitbekommen. Wie in Coppolas 1974 in CANNES mit der *Goldenen Palme* prämiertem **Der Dialog** (*The Conversation*; USA 73) werden wir machtlos sein, denn es gibt längst höhere, uns täglich beherrschende Mächte. Marie Arnaud/Delphine Morels **Die Nacht hat 1000 Augen** (Fr 99) lässt Forscher/Ingenieure von Satellitenbeobachtung, Biometrie und Internet zu Wort kommen: David G. Boyd vom staatl. Justizinstitut Washington, Raymond Forni (Datenschutzkommission CNIL) und Phil Zimmermann, dessen im www in Umlauf gebrachte Verschlüsselungssoftware PGP (Pretty Good Privacy) ihn um ein Haar ins Gefängnis gebracht hätte. Hervé Brusinis/Philippe Deslandes **Der Datenkrieg** (Fr 99) macht den Bock fett. Was ist das für eine Welt, in der der staatliche US-Nachrichtendienst NSA Privatleute wie Regierungen völlig legal ausspioniert, in der Hacker Daten an den Meistbietenden verscherbeln, in der neue Schulen die Informationsjagd lehren? Unsere Welt und uns selbst haben wir nie gehabt.

(TV/DOKU) ●●●●
THEMENABEND: SYMPHONIE DER ZUKUNFT. VISIONEN EINER LEBENSWERTEN UMWELT
BRD/Fr. – UA/TV: 2. 11. 1999. La Sept ARTE, F-175 min.

☐ Wichtigste Sendung des Jahres (alle Beiträge BRD 99), unschätzbar in ihrem globalen, tief unter die Haut gehenden Verantwortungsbewusstsein. Wer denkt wirklich nachhaltig über eine lebenswerte Zukunft nach? Die Anfang der 70er Jahre aufgekommene Idee der *Nachhaltigen Entwicklung*, die Visionen der Gegenwart, schreien geradezu danach, harmonisiert zu werden. Wer macht das?

Rüdiger Mörsdorf' deprimierend realer Rückblick **Vergangenheit der Zukunft** beginnt mit Gründerzeit, Kaiser und Staudtes *Untertan*, schildert den Verfall des Darwinismus zum Sozialdarwinismus, der positiven Natur-/Gesellschaftsideen der Zwanziger zu Hitlers Herrenmensch: Technik zur Erringung von Lebensraum. 1968, das große Freak-Jahr: der eigene Vater. Frank Zappas Freak Out: Lernt euch zu befreien, frei auszudrücken! Das Dilemma Natur/Technik ist bis heute bestimmend und ungelöst. In den Industrieländern scheint die Gegenwart über die Zukunft gesiegt zu haben.

B. Hermes', F. Fitzkes, W. Heinz' und R. Blums **Zukunft der Zukunft** nennt drei Vorkämpfer, wobei sich Klaus Töpfers Umweltinitiative in Nairobi (UNEP-Direktor des Umweltprogramms der *Vereinten Nationen*) als Papiertiger entpuppt. Verträge, Empfehlungen oder wohlmeinende Vorsätze allein können die Globalisierung nicht wirklich auf Trab bringen. Weitaus engagierter für die Vertiefung von Mensch und

Natur: Luc Hoffmann LaRoche, *World Wildlife Found* (WWF) Frankreich, Feuchtbiotop-Spezialist der Carmague. Praktischer: Energieexperte Amory Lovins/Colorado vom *Rocky Mountains Institute*, Vorreiter des Öko-Kapitalismus des 21. Jahrhunderts im Solarzellen-Haus mit Wärmekollektoren und tropischem Garten im Wohnzimmer. Ziel/Forschung: weitaus produktiverer, effizienterer Umgang mit umweltschonenden Ressourcen weltweit für Industrie wie Privathaushalte.

G. Ammermanns/T. Markerts/Th. Hies' aufschreckende **Gegenwart der Zukunft**: das El Niño-Phänomen bringt die globale Bedeutung des Klimas ins öffentliche Bewusstsein. Aber wen stört es wirklich, dass der gesamte Fischfang Perus durch die wetterbedingte Ab-/Zuwanderung von Meerestieren zum Stillstand gekommen, dass Extrem-Dürren und Überschwemmungskatastrophen ein Mega-Faktor volkswirtschaftlichen Verlustes geworden, dass 70 % des Regenwaldes in Costa Rica verloren sind? Antwort: Es muss noch weitaus dicker kommen.

(TV/DOKU) ●●●●
THEMENABEND: DEM MENSCHEN AUF DER SPUR, DIE EVOLUTIONSGESCHICHTE
BRD/Fr. – UA/TV: 16. 12. 1999. La Sept ARTE, F-205 min.

□ Home sapiens – der Mensch, der weiß. Was weiß er? Was seiner Natur entspricht? Wie zwangsläufig verlief unsere Entwicklung? Beruht sie auf einem reinen Zufall? Höchst beunruhigende, höchst interessante neue Dokumentationen von Maurice Ribière/Stéphane Bégoin (**Und dann kam Memo sapiens**; Fr 99) und Matthias von Gunten (**Ein Zufall im Paradies**; Schweiz 99). Totentanz unserer Inkompetenz: Jean-Luc Bouvrets **Die Aborigines retten ihre Geschichte** (Fr 99) schildert die Schwierigkeiten eines Anthropologie-Gutachters im Interessen-Zwist zwischen einem Bergbaukonzern und dem zinkhaltigen heiligen, zu den Ursprüngen zurückführenden, Hügel der Waanyi-Ureinwohner im Norden Australiens.

(TV/DOKU) ●●●●
THEMENABEND: MILLENNIUM: APOKALYPSE JETZT! ZWISCHEN HYSTERIE UND HEILSGLAUBEN
BRD/Fr. – UA/TV: 30. 12. 1999. La Sept ARTE, F-269 min.

□ Bestandsaufnahme der Apokalypse zum Jahrtausendwechsel in Peter Berninger/Hannes Zells zweiteiliger DOKU **Morgen geht die Welt unter** (BRD 99). Akteure: Naturwissenschaftler Alexander Tollmann, Esoterik-Guru/Modeschöpfer Paco Rabanne, Hopi-Schamanin Sakina Blue Star, Hypno-Therapeut Chet Snow, Theologe Georges Cottier, die NASA-Astrophysiker Eleanor Helin/Stephen Pravdo. Historiker Klaus Vondung sieht Parallelen in der nationalsozialistischen Untergangs-/Reinigungsmystik und Endzeitsekten wie *Fiat Lux*, die vom »tausendjährigen paradiesischem Zeitalter« träumen, oder die Davidianer in Waco/Texas, welche den Tod Unschuldiger bewusst in Kauf nehmen. Welcher andere Sender stellt sich einer solchen Verantwortung?

(TV/DOKU) ●●●●
THEMENABEND: ES WIRD ZEIT. GESCHICHTE DER ZEITMESSUNG
BRD/Fr. – UA/TV: 6. 1. 2000. La Sept ARTE, F/SW-252 min.

□ Mysterium Zeit, ein unerklärliches Rätsel. Ist unser Zeitgefühl wertvoller als jede Uhr? Historischer Einstieg ins Thema: **Die Macht der Stunde. Die Geschichte der Zeitmessung** (BRD 99; Jan Peter/Yury Winterberg) geht von den frühen kosmischen/religiösen Vorstellungen der Zeit, die nicht infrage gestellt wurden, bis zurzeit als mechanischer Triebfeder des Industriezeitalters, in dem die Menschen immer weniger zu begreifen scheinen, wie sehr sie der Zeit ausgeliefert sind. Uta Kolanos **Uhrwerk Mensch. Auf der Suche nach dem inneren Takt** (BRD 99) geht wissenschaftlichen Schlafexperimenten auf den Grund, in denen Menschen ohne äußere Einflüsse wie Licht oder Dunkelheit auf ihre innere Uhr zurückgreifen, welche die Prozesse im Körper vielleicht auf natürlichere Art steuert. In Ettore Scolas Zeit-Satire **Wie spät ist es?** (*Che ora è?*; It/Fr 89) muss ein alles im Griff habender römischer Staranwalt (Marcello Mastroianni) die bittere Erfahrung machen, wie viel zwischen ihm und seinem mit Geschenken erdrückten Sohn (Massimo Troisi) steht, ein eher banales Missverständnis von Zeit mit tragikomischen Folgen. Nach spottbilligen Quarzuhren aus Hongkong, so Andrea Ufer im letzten Beitrag **Kult am Handgelenk. Über Uhren und ihre Sammler** (BRD 99), erleben wir eine Renaissance der guten alten Zeit in Form wieder mechanischer Uhren.

(TV/DOKU) ●●●●
THEMENABEND: EXPERIMENT ZUKUNFT
BRD/Fr. – UA/TV: 10. 2. 2000. La Sept ARTE, F/SW-185 min.

□ Die wilden, hoffentlich nicht zu wilden Auswirkungen der wissenschaftlich-technischen Revolution an der Schwelle zum 21. Jahrhundert. Die Zauberworte der Zukunft heißen Miniaturisierung, Gentherapie, Synergie und Digitalisierung. In ihrem hinreißend futuristischen Ausblick **Willkommen in der Zukunft!** (Fr 2000) befragt Nathalie Borgers Neil Gershenfeld, Leiter einer Forschungsgruppe am *Massachusetts Institute of Technology*, die sich mit »denkenden Dingen« befasst (Waschmaschinen und Kühlschränke können längst sprechen) sowie Prof. Frankierz vom *Max-Planck-Institut*, Erforscher der Neuronen-Silizium-Funktion. Grauer Alltag im Großstadtvorort *Silicon Valley*, El Dorado der US-Spitzentechnik, Inbegriff des amerikanischen Gründer-Booms: Borgers/Leslie Aske Gladsjos **Von Mäusen und Forschern** (Fr 2000) stellt die dort praktizierten neuen Berufe, neuen Raumwahrnehmungen und völlig veränderten mitmenschlichen Beziehungen vor, die heute schon Schnee von gestern sind. Imposante Porträts von Menschen, für die High Tech keine Zukunftsmusik ist, sondern längst gelebte Zukunft. Hypnotisierend, mitreißend.

(TV/DOKU) ●●●●
THEMENABEND: EDGAR ALLAN POE. VISIONÄR DES UNWIRKLICHEN
BRD/Fr. – UA/TV: 25. 4. 2000. La Sept ARTE, F/SW-226 min.

□ Manfred Uhligs ungewöhnlich fesselnde titelgebende DOKU (BRD 99) wandelt vorbildlich auf den Lebensschauplätzen des selbstzerstörerischen Außenseiters (1809–1849), der zu den außergewöhnlichsten und faszinierendsten Gestalten der Literatur gehört. Poes kurzes Leben, seine tiefen Depressionen, Alkoholexzesse, morbiden Leidenschaften, die Schwindsucht-Tode der tragisch dahinsiechenden Frauen üben eine so starke Beklemmung aus, dass das Abschalten nahezu unmöglich wird.

Es gibt wenige filmische Porträts, die den Zuschauer derart betroffen machen, derart vollkommen integrieren. Unkonventionelle Fiction-Beiträge jenseits von Roger Corman: Alexandre Astrucs **Der Untergang des Hauses Usher** (*La Chute de la Maison Usher*; Fr 80), Maurice Ronets **Ligeia** (*Ligeia*; Fr 80), Claude Chabrols **Die Methode von Dr. Thaer und Prof. Fedders** (*La Méthode du Docteur Thaer et du Professeur Fedders*; Fr 80), Manfred Uhligs **Der Rabe** (BRD 99). Bei Astruc zweifelt der Usher besuchende Freund/Erzähler (Pierre Clementi) zuletzt selbst an seinem Verstand, irrt ziellos durch die tote Landschaft seines Lebens: Eine brillant unerwartete Abweichung, die uns unsere eigenen Eindrücke der Welt Poes näher rücken als uns lieb sein kann.

(TV/DOKU) ••••
THEMENABEND: DIGITAL SPIELEN – ANALOG MORDEN?
BRD/Fr. – UA/TV: 18. 5. 2000. La Sept ARTE, F/SW-180 min.

□ Mord und Totschlag bestimmen das Angebot der Unterhaltungsindustrie, sind für jedermann jederzeit völlig frei zugänglich. Die Gefahr, sich zwischen realer und virtueller Gewalt zu verstricken, ist besonders bei Heranwachsenden groß. Wen interessiert schon, wie viel Schüler Amok laufen, wenn offiziell auf dem Index stehende gewaltverherrlichende Spiele im Internet jedes Kind gratis erreichen? Das Verbot von *Mortal Combat, Re-Animator* oder *Quake*, die offen zu Massakern aufrufen, heizt deren Verkauf erst richtig an. 40 % aller minderjähriger Game-Fans, so schätzt man, kaufen solche Spiele ohne das Wissen ihrer Eltern. Passé die Zeiten des Ur-Computerspiels *Pong*, wo kleine Bällchen mit kleinen Schlägern am Bildrand hin und her bewegt wurden. Heute regiert das nackte Entsetzen. Simulationsspiele, die zum Bau neuer Welten animieren oder die spaßigen Knuddelmonster *Pokémon* zur Olympiade trimmen, gibt es aber auch noch. Nebst 3-teiliger Gesprächsrunde Dokumentationen von Rainer Fromm, Peter Schran, Pierre Mathias, Andrea Schramm, Jana Matthes.

(TV/DOKU) ••••
THEMENABEND: EXPO 2000 – IDEEN FÜR DIE ZUKUNFT
BRD/Fr. – UA/TV: 31. 5. 2000. La Sept ARTE, SW/F-255 min.

□ Die wechselvolle 150-jährige Geschichte der aus Messen hervorgegangenen Weltausstellungen bis Hannover mit Deutschland als erstmaligem Gastgeber (1. 6.–31. 10. 2000). ARTE setzt

Schwerpunkte der 15 000 Veranstaltungen wie Peter Steins 22-stündige *Faust*-Aufführung mit Bruno Ganz in der Titelrolle oder die futuristischen, mehrdimensionalen Stahl/Beton-Konstruktionen von Star-Architekt Jean Nouvel und lotet die globalen Lösungsversuche für Wasser-/Energieknappheit, Umweltgefährdung oder soziale Ungerechtigkeiten direkt vor Ort aus. Inländische Beiträge von Carola Wittrock, Andreas Goerke, Rainer Kliegel, Sylvia Nagel, Hanna Legatis.

(TV/DOKU) ●●●●
THEMENABEND: KOLOSSAL
BRD/Fr. – UA/TV: 11. 6. 2000. La Sept ARTE, F/SW-232 min.
□ Pyramiden, Eiffelturm, Chinesische Mauer, Osterinseln, Empire State Building: Sichtbare Zeichen des Wunsches der Menschen, über sich hinauszuwachsen. Folco Quilicis DOKU **Kolossal** (Fr/It 2000) befragt Historiker, Architekten, Wirtschaftsexperten, Psychologen, aber auch Psychiater und Theologen zum Phänomen »ewiger« Bauwerke. Der absolute Kick zum Thema: Charles und Ray Eames' Kultfilm **Hoch zehn** (*Power of Ten*; USA 77), das Gewaltigste und Eindrucksvollste, was eine Leinwand jemals gesehen hat und auf der astronomischen Großbildfläche eines Festivals wie *TRIEST* 1979 natürlich besser zur Geltung kommt. Ein von oben gefilmtes Picknick am Rande des Michigan-Sees wird zur »Kamerafahrt nach oben«, vom 1x1-Format zu 10x10, 100x100 bis 10^{10}, dann von Zehnerpotenzen zurückgehend in die menschlichen Atome. *Power of Ten* sprengt nicht nur unsere Vorstellungen von Dimensionen, sondern vermittelt etwas von der Stärke des menschlichen Pioniergeistes, von der Fähigkeit, Grenzen zu überwinden. Sergio Leones **Der Koloss von Rhodos** (*Il Colosso di Rodi*; 60) als Größenwahn wirtschaftlicher Machtgelüste in der Antike.

(TV/DOKU) ●●●●
THEMENABEND: MENSCH NACH MASS – WAS DARF DIE MEDIZIN?
BRD/Fr. – UA/TV: 15. 6. 2000. La Sept ARTE, F-182 min.
□ Die Tatsache, dass weltweit 100 000 Menschen in lebensbedrohenden Situationen auf Organspenden warten, ruft unangenehmste Fragen medizinischer Experimente, Eugenik und Auswahl gesunder Embryonen auf den Plan. Ein brennend heißes Thema nicht nur in Michaelle Gagnets DOKU **Ersatzteillager Mensch** (Fr 2000), sondern in Live-Schaltungen von der EXPO. Inwieweit ist Xenotransplantation vertretbar? Lassen sich Menschen wie Maschinen reparieren? Ist Klonen eine Lösung? Wie bekomme ich das Verhältnis von Angebot und Nachfrage in den Griff? Nathalie Lenfants **Gute Gene, schlechte Gene** (Fr 2000) setzt sich an die Fersen der Top-Genetiker an der amerikanischen Ost-Küste wie Prof. Dean Hamer, welcher das Homosexualitäts- und Glücks-Gen isolieren will. Erschreckend, wie Ergebnisse der Gen-Forschung unser gesamtes Denken und Verhalten bestimmen werden. Kein Weg wird daran vorbeiführen.

(TV/DOKU) ●●●●
THEMENABEND: BAUSTELLE SCHLARAFFENLAND, UTOPIEN VON GESTERN – VISIONEN VON MORGEN
BRD/Fr. – UA/TV: 4. 7. 2000. La Sept ARTE, F/SW-191 min.
□ Sissy von Westphalen und Jens Becker rollen in **Unmöglich möglich** (BRD 2000) die Geschichte der Utopien seit Platos perfekten Staat vor 2400 Jahren auf: Irrwege führten oft in die Zukunft, wie die Geschichte des Fliegens, des Fahrens oder des Bauens beweisen. Die Beharrlichkeit der Ingenieure hat letztlich doch vieles möglich gemacht. Zwei Spinner auf der schwindelerregenden Warteliste in Jörg Daniel Hissen/Peter Moers' **Utopia jetzt** (BRD 2000): Unternehmer Lazarus Long, der mit seinem Privatfürstentum »New Utopia« einen eigenen Staat anstrebt, sowie Nevada-Computergenie Danny Hillis, welcher in 4000 Metern Höhe die 20 Meter hohe Pilgerstätte »Millennium Clock«, das »Bewusstsein der Zukunft«, errichten will. Wahnsinn! Hans Peter Schwerfels **Utopia – Die Kunst vom Überleben** und **Future Objects** (beide BRD 2000) sind faszinierend nüchterne Reportagen über die Utopie im Kleinen und 3 große Gegenwartsausstellungen. Zukunft ohne den Traum einer möglichen anderen Welt scheint unmöglich.

(TV/DOKU) ●●●●
THEMENABEND: DIE GROSSE ANGST VOR DEM ESSEN
BRD/Fr. – UA/TV: 13. 7. 2000. La Sept ARTE, F/SW-180 min.
□ Ist Essen zu einem Risiko mit unkalkulierbaren Folgen geworden? Wie echt sind EU-Qualitätssiegel? BSE, eine Seuche, die weder kontrollier- noch heilbar ist, kann bei Infizierten erst nach 15 Jahren ausbrechen, wie Michael Wechs **Unser täglich Fleisch** (BRD 2000) diagnostiziert. Nicht nur **Ein Bisschen Mensch im Fisch** (BRD 2000), sprich menschliche Gene in Karpfen, kommt bei Silvia Matthies auf den Tisch: In über 30 000 Genuss- und Lebensmittelprodukten sind Öle, Fette und Lezithin aus genetisch veränderten Sojabohnen versteckt. In Tabakpflanzen eingebrachte Gene chinesischer Zwerghamster erhöhen den Ertrag, senken die Anfälligkeit durch »Schädlinge«. Sind die durch den technisch-wissenschaftlichen Fortschritt eingegangenen Risiken einer solchen Entwicklung überhaupt noch kontrollierbar? Öko-Ausgang **Natur Pur!** (BRD 2000) von Angelika Lizius: Die Sehnsucht von immer mehr Menschen nach unverfälschten Lebensmitteln ohne schädliche Rückstände heißt vor allem Bodenpflege. Anbau in Mischkultur und durch vorgegebene Fruchtfolge. Die Pflanzen müssen dem Boden auf natürliche Weise die entzogenen Nährstoffe zurückführen.

(TV/DOKU) ●●●●
THEMENABEND: STEPHEN. KING OF HORROR
BRD/Fr. – UA/TV: 10. 9. 2000. La Sept ARTE, F/SW-240 min.
□ In Kings Heimat Bangor/Maine aufgenommenes nüchternes Porträt des Bestsellerautors. David Stewarts BCC-DOKU **Stephen, King of Horror** (*Stephen King: Shining in the Dark*; GB 99) ge-

lingt es, Kings persönliche Erfahrungen in Filmen wie *Carrie* (76), *The Shining* (80) oder *Stand by Me* (86) direkt zu reflektieren. Vor allem Kings eigene Äußerungen, aber auch die von Lehrern, Freunden, von *Green Mile-Regisseur* Frank Darabont, Peter Straub, Mick Garris, Kathy Bates oder Rob Reiner machen den Horror des Menschen King transparent. **Needful Things** (*Needful Things*; USA 92) als schlecht gewählter, überflüssiger Spielfilm-Vorschub.

(TV/DOKU) ●●●●
THEMENABEND: KOMMEN WIR MORGEN NOCH VORAN?
BRD/Fr. – UA/TV: 21. 9. 2000. La Sept ARTE, F/SW-185 min.
□ ARTE auf der Suche nach einem Ausweg aus dem täglichen Verkehrswahnsinn. Spritpreiserhöhung, dramatische Umweltbelastung, sinkende Lebensqualiät?, Massenkarambolagen und endlose Staus sind zu unumstößlichen Fakten geworden. Michael Schomers' **Schneller, Weiter, Größer: Albtraum Verkehr** (BRD 2000) dokumentiert die aktuellen Missstände eines immer dichter gezogenen Netzes. Fahren wir den Wagen gegen die Wand? Nick Wagners **Die beschleunigte Welt im Jahr 2030** (BRD 2000) zeigt virtuell die dringend erforderlichen neuen Wege eines verantwortungsvollen Verkehrsmanagments auf. Christine Peters' **Mit Vollgas durch ein Jahrhundert – Die irrwitzige Leidenschaft zum Auto** (BRD 2000) als beschwichtigender heiter-masochistischer Ausklang. Unvorstellbar, dass es einmal eine Zeit mit Plattenspielern rechts vom Armaturenbrett gab.

In der von Martin Schulze geleiteten Expertenrunde wird unfreiwillig deutlich, dass es Visionen ignorierende, äußerst reale Machtinteressen/Abhängigkeiten gibt, die weniger schnell aus der Welt zu schaffen sind und für die wir alle teuer bezahlen werden müssen.

(TV/DOKU) ●●●●
THEMENABEND: VOLL AUF DRAHT: DIE NEUE NETZKULTUR
BRD/Fr. – UA/TV: 3. 10. 2000. La Sept ARTE, F-127 min.
□ Soziologe/Philosoph Manuel Castells (Universität Berkeley), Marc de Banville und Emmanuel Besnier starten ihre digitale Weltreise in Japan (**Nippons@-Generation: Spaß muss sein**), einem Land, dessen Selbstverständnis wie kaum ein anderes auf traditionellen Werten beruht. Gerät diese Gesellschaft durch das Aufbäumen seiner Cyberspace-Jugend aus den Fugen? Die neue Netzwirtschaft sorgt für äußerste Dynamik auf dem globaler werdenden Markt: »Konvergenz« heißt das Zauberwort, die nahtlose Vernetzung verschiedenster Geschäftsbereiche zur hyperschnellen Einheit. Die Folge des neuen digitalen Unternehmer-Booms: **New Economy: Geldrausch mit neuen Ideen**, aber nur die Besten des Börsen-El Dorados überleben. **Start-up-Land Finnland** als »Virtuelle Demokratie«: Ein Beispiel für ein kleines Land mit dem höchsten Bildungsniveau und dichtesten Internet-/Mobilfunknetz der Welt, dominiert von modernster,

Politik/Verwaltung transparent machender Spitzentechnik. Ist NOKIA ein verdeckter russischer Ermittler? Werden in Finnland bald Zustände herrschen wie in George Lucas' *THX 1138*? Alle Beiträge ARTE France 2000.

(TV/DOKU) ●●●●
THEMENABEND: DIE GEN-REVOLUTION: ZWISCHEN MARKT, MYSTIK UND FORSCHUNG
BRD/Fr. – UA/TV: 10. 10. 2000. La Sept ARTE, F-117 min.
□ Von ARTE France 2000 produziert, von Marianne Van Neyenhof/ Guy Saguez stammende Beiträge. **Im Gen-Dschungel:** Das amerikanische Rechtssystem erlaubt ausdrücklich die von Unternehmen wie *Craig Venter* erzielte Patentierung von Genforschungsergebnissen, die in der Zukunft einen riesigen Markt versprechen. Ist die Finanzierung durch Privatfonds, die Verquickung von Wissenschaft und Wirtschaft, zu eng? **Medizin: Was bringt die Gentechnik?** stellt die gentherapeutische Abteilung des onkologischen Instituts *Gustave Roussier* in Paris-Villejuif vor, in welcher der Patient bei viel versprechenden Ergebnissen auf eigenes Risiko behandelt wird. Versuchskaninchen ohne eigenes Wissen? Mit neuen Fragen der Genetik befasst sich auch **Israel: Identität durch Gentechnik?** Lässt sich der Ursprung von Völkern gentechnisch feststellen, um die »Rückkehr ins Land der Väter« auch einwandfrei zu gewährleisten? Themenabende wie dieser machen deutlich, in welchem Umbruch wir uns befinden.

(TV/DOKU) ●●●●
THEMENABEND: AUSGELESEN: BUCHMARKT UND INTERNET
BRD/Fr. – UA/TV: 17. 10. 2000. La Sept ARTE, F-131 min.
□ Kann sich das e-book, Magnet der Frankfurter Buchmesse, in dem man nicht blättern kann, auf dem Markt durchsetzen? Viele Verleger setzen sich zur Wehr, weil der Online-Buchhandel, beflügelt durch weltweite Giganten wie *Amazon*, die festgefügten Preisstrukturen aufzuheben droht. Bleibt Lesen eine geheimnisvolle, subjektive Angelegenheit, weil niemand einen Text zweimal auf dieselbe Art und Weise liest? Von ARTE France produzierte Beiträge (2000) von Vassili Silovic, Guillaume Godard, Marie Cuisset, Anne Jaffrenon.

(TV/DOKU) ●●●●
THEMENABEND: DIGITAL UND FREI: DIE NEUE KULTUR-SZENE
BRD/Fr. – UA/TV: 24. 10. 2000. La Sept ARTE, F-115 min.
□ Die Digitaltechnik schafft tiefgreifende Veränderungen in der Kulturszene für Filmemacher, Musiker, Künstler. Kult-Regisseure wie David Lynch (im Porträt von Nicole Saada) wagen sich an die neue Technik, aber nicht nur die. Eine Subkultur gegen Hollywoods etabliertes Mainstream-Kino entstand in den 90er Jahren in kleinen Kinos der US-Westküste unter dem Begriff *Micro Cinema*. Saadas **Der digitale Film: Angriff auf Hollywood** dokumentiert diese Bewegung des Underground, die durch neue Vertriebswege wie das Internet und den Erfolg von Top-Regisseuren wie Lars von Trier oder Thomas Vinten-

berg mithilfe einer Technik, die heute von jedermann zu kaufen ist, gewaltig an Boden gewinnt. Das Handkamera-Beispiel *The Blair Witch Project*, auf dem Gebiet des Films der sensationellste Erfolg aller Zeiten, spricht für sich. **Homestudio: Die elektronische Revolution** (Frank Perrin/ Sylvain Leduc): Unter dem *french touch* versteht man den Wahnsinnsmix aus Hiphop, Rhythm'n Blues, Hardrock, Latino und Pop, der, gepaart mit wilden visuellen Schlägen, aus Frankreich herüberrauscht. Die Netzwerke der neuen Musikszene machen nicht nur Plattenstudios platt. Produziert von ARTE France 2000.

(K) ○
The 13th Floor
The 13th Floor
USA. Josef Rusnak – UA: 28. 5. 1999. Columbia, F-100 min – F: MÜNCHEN (99). *FaFF* (99) – K: 25. 11. 99 (Jugendfilm) – Art: Cfq 31/4 (99), 31/6 (99). MS 57 (99; Roland Emmerich/Rusnak/Armin Mueller-Stahl). Slg 263 (99; Rusnak) – Kr: Az 25. 11. 99. Cfq 31/8 (99). epd (99/12). SI 40 (99).
□ Konzernchef Hannon Fuller (Mueller-Stahl) wird in der von ihm erfundenen Kunstwelt »Los Angeles 1937«, einem Schlaraffenland für Triebtäter, ermordet. Es dauert nicht lange, bis auch der Zuschauer alles doppelt und dreifach sieht. Fassbinder brauchte 1973 keinen VR-Touch, ihm war die politische Bedrohung, in der wir leben, paranoid genug. Rusnak/Emmerich müssen nicht nur ihn falsch verstanden haben. Craig Bierko, Vincent D'Onofrio, Dennis Haysbarth, Gretchen Mol.

(K) ●
Titan A.E.
Titan A.E.
USA. Don Bluth, Gary Goldman – UA: 16. 6. 2000. Fox, F-95 min – K: 10. 8. 00 (Fox) – Art: Cfq 31/12–32/1 (00), 32/2 (00). Comics Scene 2000 # 3 (00). Slg 276 (00), 277 (00; Phil Cruden) – Kr: epd (2000/8). SaS 10/8 (00).
□ 31. Jahrhundert. Die geheimgehaltene *Titan A.E.*, ein der Vernichtung der Erde durch die außerirdischen *Drej* entkommenes Raumschiff, ist die letzte Hoffnung der im All versprengten Menschheit. Charaktere/ Story sträflich vernachlässigender *Star Wars/Battlestar Galactica*-Aufguss: Bluth/Goldman erliegen der bunten Pracht des Alls. Die gewaltigen Eiskristalle, in denen die *Titan* versteckt ist, der leuchtende Wasserstoffwald des Planeten *Sesharrim* und der simple Straßen-Slang der Akteure bilden eine paradoxe Allianz. OF-Stimmen: Matt Damon, Bill Pullman, Drew Barrymore, John Leguizamo, Nathan Lane, Janeane Garofalo.

(K) ●●●●
Toy Story 2
Toy Story 2
USA. John Lasseter – UA: 26. 11. 1999. Disney, F-94 min – K: 3. 2. 00 (Buena Vista) – Art: Cf 81 (00). Cfq 31/9 (99), 31/10 (00), MS 59 (00; Lasseter). Slg 269 (99; Lasseter), 270 (00; Tim Allen), 271 (00; Tem Ranks) – Kr: Az 3. 2. 00. epd (2000/2). SaS 10/3 (00).
□ Cowboy-Puppe Woody soll ins spielzeugeigene Japan verschifft werden und muss aus den Klauen eines verkaufswütigen Sammlers befreit werden. Buzz Lightyear rei-

tet wieder: wildeste Story, unglaublichste Animation, herzergreifende Pointen. Brillant überraschungsreiche Spitzenunterhaltung mit Seele und Tiefgang auf allerhöchstem Niveau. Porzellinchen, Mr. Potato Head, Stoffpferd Bully, Imperator Zurg, Plumpsaurier Rex und Woodys große Liebe Jessie mischen ebenfalls gewaltig mit. OF-Stimmen: Tom Hanks, Tim Allen, Joan Crusack, Don Rickles, Wallace Shawn, Andrew Stanton.

(K) ••
2000 Maniacs!
2000 Maniacs!
USA. Hershell Gordon Lewis (*1926) - UA: 1964. Box Office Spectaculars, F-88 min - F: *FaFF* (00) - Lit (Lewis): Krogh/McCarty: The Amazing KGL and His World of Exploitation Films (82). McCarty: The Sleaze Merchants: Adventures in Exploitation Filmmaking (94). Quarles: Down and Dirty: Hollywood's Exploitation Filmmakers and Their Movies (94). Singer: Bizarre Sinema! Sexploitation Filmmakers (95). Vale/Juno, eds: Incredible Strange Films (86) - Art (Lewis): Am 2 (96). CM 22 (97). Cool Stuff 1 (96). DS 15 (91). Fg 4 (80), 17 (82), 26 (83), 29 (83). MMo 33 (84). ST 2 (83) - Lit (David F. Friedman): McCarty: The Sleaze Merchants (94). Quarles: Down and Dirty (94). Singer: Bizarre Sinema! (95). Wooley: Hot Schlock Horror (92) - Art (Friedman): CM 6 (93). DS 48 (95). Fg 104 (91). Hb 1 (92) - Lit (Splatter Movies): McCarty: Splatter Movies: Breaking the Last Taboo (81) - Kr: Fg 26 (83). FuF 2 (90).
□ Hot-Schlock-Variante von Ward Moores Parallelweltroman *Bring the Jubilee*: Das während des Sezessionskriegs von den Yankees massakrierte Südstaatennest *Pleasant Valley* fordert zur 100-Jahr-Feier schaurige Wiedergutmachung und schlachtet Touristen aus dem Norden. Nicht nur technisch ein immenser Fortschritt gegenüber *Blood Feast* (63) und Lewis' Position als Erfinder des Splatter etablierend, zwielichtigen Gestalten wie Andy Milligan und Ted V. Mikels in den Sattel helfend. Deutsche Entwicklungshilfe für Deutschland angesichts der Tatsache, dass das *Fantasy Filmfest* Lewis-Filme hierzulande erstmals präsentiert. Längst überfällig. Connie Mason, Thomas Wood, Jeffrey Allen, Ben Moore.

(K) ○
Universal Soldier – Die Rückkehr
Universal Soldier: The Return
USA. Mic Rodgers - UA: 20. 8. 1999. Columbia, F-83 min - K: 2. 9. 99 (Columbia) - Art: Cfq 31/8 (99). FFa 8/6 (99; Kiana Tom/ Heidi Schanz). Slg 265 (99; Jean-Claude Van Damme), 267 (99), 268 (99; Rodgers) - Kr: SaS 9/11 (99).
□ *Colossus* für Quereinsteiger: Kickbox-Denkmaschine Van Damme unterschätzender Selv-Evolving Thought Helix-Computer entführt aus Angst vor militärischer Verschrottung die Tochter von ExUniSol-Kampfgigant Luc Deveraux. HAL 9000 in Kubricks *2001: A Space Odyssey* (68) machte auch Dummheiten, aber die waren begründet. Erstregisseur Rodgers, Stunt Co-ordinator der *Leathal Weapon*-Kracher und Second Unit Director von *Braveheart*, enttäuscht ausgerechnet auf

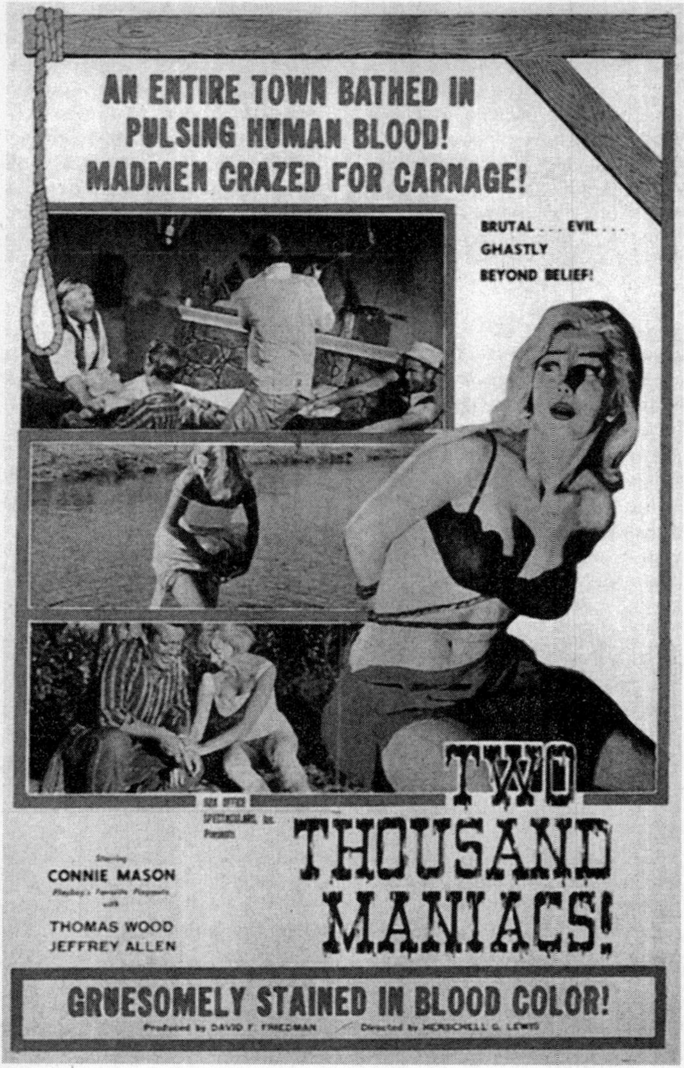
AN ENTIRE TOWN BATHED IN
PULSING HUMAN BLOOD!
MADMEN CRAZED FOR CARNAGE!
BRUTAL . . . EVIL . . .
GHASTLY
BEYOND BELIEF!
TWO
THOUSAND
MANIACS!
CONNIE MASON
THOMAS WOOD
JEFFREY ALLEN
GRUESOMELY STAINED IN BLOOD COLOR!
Produced by DAVID F. FRIEDMAN
Directed by HERSCHELL G. LEWIS

seinem Spezialgebiet. Aber nicht nur dort. Michael Jai White, Xander Berkeley, Justin Lazard.

(K) •

Der Weg nach El Dorado

The Road to El Dorado

USA. Eric Bergeron, Don Paul – UA: 31. 3. 2000. DreamWorks, F-89 min – K: 5. 10. 00 (UIP) – Art: Cfq 31/11 (00). Comics Scene 2000 # 2 (00) – Kr: Az 5. 10. 00. SaS 10/9 (00).

□ Spanien 1519. Tulio und Miguel, zwei stümperhafte Kleinkriminelle, verschlägt es auf ein nach Mexiko segelndes Schiff von Conquistador Cortez. DreamWorks/Katzenbergs sympathische Rückkehr zur strikten Disney-Formel nach abtrünnigen Experimenten (*Antz*, *The Prince of Egypt*) floppte ironischerweise in den USA. Aber wer an wild wuchernder Fantasy interessiert ist, wird angesichts der abgefahrenen Dialoge, stilisierten Typen und dem schrägen Hengst Altivo vor Freude wiehern. Bob Hope/Bing Crosby-Komödien und John Hustons *The Man Who Would Be King* (75) sind fundamentalere Einflüsse hier. OF-Stimmen: Kevin Kline, Benneth Branagh, Rosie Perez, Armand Assante, Edward James Olmos, Jim Cummings, Frank Welker.

(K) o

Wing Commander

Wing *Commander*

USA. Chris Roberts – UA: 1999/3. Fox, F-100 min – F: *FaFF* (99) – K: 28. 10. 99 (Jugendfilm) Lit (Freddie Prinze Jr): Shapiro: Freddie Prince Jr: The Unofficial Biography (00) – Art: Cfq 31/4 (99). Slg 260 (99), 262 (99; Prince Jr/Jeannette Deveraux/Todd Marshall/Rosie Forbes) – Kr: Cfq 31/6 (99). SaS 10/2 (00).

□ 2654: Flottenadmiral Tolwyn (David Warner) muss 3 seiner bes-

Knallköpfe Miguel/Tulio: Welcher Weg nach El Dorado?

ten Leute riskieren, um die erbarmungslosen *Kilrathi*, welche in den Besitz des hochmodernen Navigationssystems *NavCom* gelangt sind, von der Zerstörung der Erde abhalten.

Top Gun im All, aber reiner Designer-Müll mit Maschinengewehrsalven wird auf die Dauer eintönig. *Wing Commander* startet in die völlig falsche Zukunft. Saffron Burrows, Matthew Lillard, Tchéky Karyo, Jürgen Prochnow.

(K) ●●

X-Men

X-Men

USA. Bryan Singer (*1966) – USA: 14. 7. 2000. Fox F-104 min – 31. 8. 00 (Fox) – Art: Cf 83 (00). Cfq 31/12–32/1 (60). Comics Scene 2000 # 2 (00), 3 (00). FFa 9/2 (00). MS 63 (00; Singer). SaS 10/9 (00). Slg 275 (00), 277 (00; Singer/Anna Paquin/James Marsden/Ian McKellen/Bruce Davison) – Kr: Az 31. 8. 00. epd (2000/9). SaS 10/9 (00).

□ Aerobic-Star »Mystique« (Supermodel Rebecca Romijn-Stamos), Laserauge »Cyclops« (Marsden), Metallknochenhexer »Wolverine« (Hugh Jackman), Lichtgöttin »Storm« (Halle Berry), Knutschfleck »Rogue« (Paquin): 75 Mio. Dollar-Version von Stan Lees Außenseiter-Comic aus dem Jahr 1963. Unter der eindrucksvoll realisierten Marvel-Oberfläche wie dem superb einfachen Set Design eine Warnung vor gentechnischer Entmenschlichung: *X-Men* funktioniert natürlich auf seine Weise, aber das ganz gut. Famke Janssen, Patrick Stewart, Ian McKellen, Stan Lee.

(TV) ●●

20 000 Meilen unter dem Meer

Twenty Thousand Leagues Under the Sea

USA. Rod Hardy – UA: 1997/5. ABC-TV, F-240 min – TV: 29./30. 12. 99 (ARD) – Art: Cfq 29/4–5 (97; Soundtrack). Slg 239 (97; Michael Caine) – Kr: Cfq 29/3 (97).

□ Meeresbiologe Arronax (Patrick Dempsey) entdeckt bei der Suche nach einem Schiffe versenkenden Seeungeheuer ein riesiges U-Boot, befehligt von Kapitän Nemo (Caine). Im Gegensatz zu Michael Andersons harmloser CBS-Version gleichen Titels (vgl. SFJ 1999, S. 460) wagt Autor Brian Nelson die Erweiterung von Vernes Vorlage, vor allem in Mia Saras geheimgehaltener Nemo-Tochter Mara, Nemos Fischhaken-Armprothese mit Selbstzerstörungsmechanismus, der weitaus differenzierteren Crew der *Nautilus* und dem Schicksal von Arronax' verbitterten Vater, Ex-Kapitän der *Abraham Lincoln*. Production Design, CGI und atemberaubende Unterwasserfotografie schreien wie im Fall *Dinosaurier – Im Reich der Giganten* geradezu nach der großen Leinwand. Kein Vergleich mit der nicht einholbaren Disney-Version von 1954, aber von ehrgeiziger, echter Bewunderung und Sorgfalt. Bryan Brown, Adewale Akinnovye-Agbaje.

(K) ○

Der 200 Jahre Mann

Bicentennial Man

USA. Chris Columbus – UA: 17. 12. 1999. Touchstone, F-130 min – K: 9. 3. 00 (Columbia) – Art: Cf 81 (00). Cfq 31/10 (00). Slg 270 (00; Michael Barnathan), 271 (00; Co-

lumbus) – Kr: Az 9. 3. 00. epd (2000/3). SaS 10/3 (00).
□ Haushaltsroboter Andrew will als Mensch anerkannt werden. Wird er auch, aber erst 200 Jahre später, nachdem er wie Robin Williams ein ganzer Ami geworden ist. Wen oder was will ein solcher Film überzeugen? Hirnrissige, rassistische »Science Fiction« nach Isaac Asimov und Robert Silverberg, die besseres verdient hätten. Sam Neill, Embeth Davidtz, Oliver Platt.

ABSPANN

Am	*Amarcord* Florenz 95
Az	*Abendzeitung* (München)
Cf	*Cinefex* Riverside, CA 80
Cfq	*Cinefantastique* Elmwood/Oak/Forest Park, ILL 70
CM	*Cult Movies* Hollywood, CA 91
DS	*The Dark Side* Plymouth 90
L'EF	*L'Ecran Fantastique* Neuilly 69–76, Paris 77
epd	*epd Film* Frankfurt/M 84
FaF	*Films and Filming* London 54
FAZ	*Frankfurter Allgemeine Zeitung*
FF	*Fantastic Films* Chicago 78–85
FFa	*Femmes Fatales of the Films* Forest Park, ILL 92
Fg	*Fangoria* New York 79
FR	*Frankfurter Rundschau*
FuF	*Fusion Fantasy* Fressines (Fr)
Hb	*Highball* Oberlin, OH 92
MFB	*Monthly Film Bulletin* London 34
MM	*Midnight Marquee* Baltimore 77
MMo	*Mad Movies* Paris 72
MS	*MovieStar* Hille 93
Mst	*Monstroid Magazine* Boston 92
Psy	*Psychotronic Video* New York 89
SaS	*Sight and Sound* London 32
Sb	*Starburst* London 78
SI	*Splatting Image* Berlin 89
Slg	*Starlog* New York 76
ST	*The Splatter Times* Cookeville/Tennessee 83
SZ	*Süddeutsche Zeitung*
Va	*Variety* New Yerk OS
VW	*Video Watchdog* Cincinnati 90

Zehn kleine Negerlein und andere alte Hüte

Die wichtigsten SF-Filme der Saison 1999/2000

von Lutz Gräfe und Jürgen Wimmer

Rating-System:

●●●●●	makelloses Meisterwerk	⊙	zwiespältig
●●●●	herausragend	o	uninteressant
●●●	sehr gut	oo	mies
●●	gut	ooo	unterirdisch
●	okay		

The 6th Day (dto) USA 2000; Regie: Roger Spottiswoode; Drehbuch: Marianne & Cormac Wibberley; Kamera: Pierre Mignot; Spezialeffekte: Michael Lantieri; Visuelle Effekte: Tom Leeser, Jerry Pooler; Schnitt: Mark Conte, Dominique Fortin, Michael Arcand; Musik: Trevor Rabin, Michael Wandmacher (Songs); Darsteller: Arnold Schwarzenegger, Tony Goldwyn, Robert Duvall, Michael Rooker; 122 Minuten

»Und am sechsten Tag erschuf Gott den Menschen nach seinem Ebenbild« (Genesis)

»Irgendwann in naher Zukunft. Früher, als Sie glauben« heißt es im Vorspann dieses GenTech-Actionfilms, der in einer Welt spielt, in der Genmanipulation Alltag geworden ist. Zwar wurde nach einem – nicht näher definierten – Misserfolg das Klonen von Menschen durch das sogenannten »6th Day-Gesetz« verboten, aber sonst darf man so ziemlich alles machen, was möglich ist: Verstorbene Haustiere durch Klonen wieder zum Leben erwecken, Organe für kranke Menschen herstellen und sogar die fast vollständig ausgerotteten Meeresfische wurden so wiederhergestellt. All dies liegt in der Hand des mächtigen Konzerns »Replacemnet Technology«, der sich im Besitz des Tycoons Drucker befindet. Eines Tages gerät der Pilot und Flugservicebesitzer Adam Gibson in das Umfeld des mächtigen Tycoons: Er soll ihn zum Snowboarden in die Berge fliegen. Doch Adam tauscht den Job mit seinem Freund Hank, denn er hat noch was zu erledigen. Ausgerechnet an seinem Geburtstag starb der Familienhund, und Adam soll auf Drängen seiner Frau bei RePet einen Klon des Tieres beschaffen. Doch er hat instinktive Vorbehalte gegen die GenTech und kauft stattdessen eine RobotPuppe. Was er nicht weiß (wir aber sehen): Derweil wird in den Bergen auf Drucker ein Mordanschlag verübt, dem alle - auch Hank - zum Opfer fallen. Zuhause angekommen erwartet Adam eine böse Überraschung: Ein Klon hat seinen Platz eingenommen und feiert mit seiner Familie und seinen Freunden eine Überraschungsparty. Noch bevor er das Haus betreten kann wird er von zwei Killern überfallen und kann nur mit Mühe seine Haut retten. Fortan ist er auf sich gestellt: denn im Polizeicomputer gilt er als gefährlicher Irrer und nach Hause kann er nicht, weil man gedroht hat, sonst seine Familie zu töten. Er sucht den ebenfalls inzwischen geklonten Hank auf, wo alsbald auch der Mörder von Drucker auftaucht, der Hank erschießt und Adam erzählt, was vorgeht: Druckers Firma klont schon seit Jahren illegal Menschen (inklu-

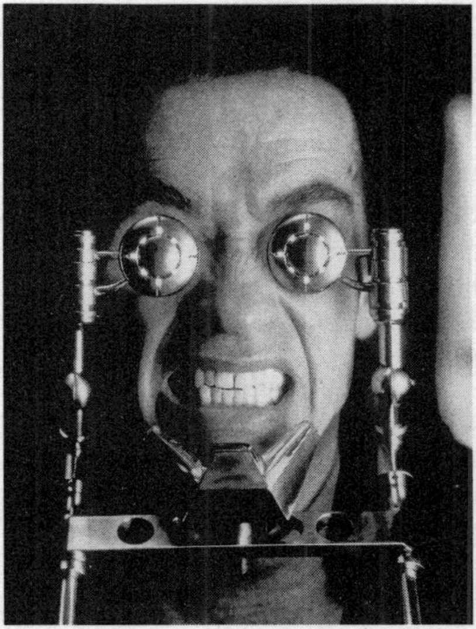

sive des Tycoons) und als sie vom Anschlag erfuhr, wurden alle Opfer reproduziert, um die ganze Sache zu vertuschen; und nun gibt es auf Erden einen Adam Gibson zu viel. Der Mörder selbst gehört zu einer illegalen Gruppe, die das »6th Day-Gesetz« notfalls auch mit der Waffe in der Hand durchsetzt. Die zum Klonen notwendigen Daten beschafft sich die Firma durch Bioscans, bei denen DNA und Gedächtnisstruktur der Opfer aufgezeichnet werden, Gibson macht sich daran, den skrupellosen Profiteuren das Handwerk zu legen. In deren Lager gibt es inzwischen unerwartete Probleme: Der medizinische Chef Dr. Griffin Weir bekommt Gewissensbisse, als seine Frau (auch sie ein Klon) relativ früh verstirbt und ihn bittet, sie nie wieder zu klonen. Er entdeckt, dass Drucker die Klone bewusst mit genetischen Defekten versieht, die ihnen einen frühen Tod bescheren. So hat er nicht nur sie, sondern auch deren Angehörige in der Hand. Als es Gibson gelingt, in die Konzernzentrale und zu Dr. Weir vorzudringen, packt dieser aus und liefert Gibson die Daten von Drucker. Mit dem Band in seinen Händen will er Drucker zur Aufgabe zwingen und den Konzern auffliegen lassen. Doch Drucker lässt Gibsons Familie entführen. Da tun sich Gibson und sein Klon zusammen, und gegen *zwei* Arnies hat im Hollywoodfilm natürlich niemand eine reelle Chance.

Schon der Vorspann macht deutlich, dass die Macher mehr wollten als einen weiteren Action-Film für die Arnie-Fans. Zu – teilweise höchst aktuellen – Presseberichten über den rasanten Fortschritt der GenTech und eher düsterer als martialischer Musik, sehn wir Bilder von Zellen, an denen manipuliert wird. Auch im Verlauf der Geschichte artikuliert sich ein ständiges Unbehagen an dieser Technik, die ja – wie wenige zuvor – zentrale ethische und moralische Fragen aufwirft. Insofern greift der Film höchst aktuelle Debatten auf und projiziert sie in eine nicht allzuferne Zukunft (laut Sony-Hompage soll der Film im Jahre 2024 spielen). Seine kritische Haltung zum Thema wird nicht nur in den Vorbehalten der Hauptfigur deutlich, sondern auch, wenn er die Doppelzüngigkeit der Propagandisten dieses ach so menschheitsbeglückenden Fortschritts zeigt: Drucker hat gerade eine flammende Rede gehalten, in der er vor allem mit dem medizinischen Segen der GenTech argumentiert (Rettung todkranker Menschen etc.), da wird deutlich, dass diese nur dazu diente, einen hohen Politiker auf seine Seite zu ziehen, indem er ihm das Klonen seines krebskranken Kindes offeriert. Auch thematisiert er hochkomplexe Fragen darüber, ob nun der Klon nur eine Kopie oder ein richtiger Mensch ist. Fragen, denen sich sogar Arnie stellen muss: Denn der Adam Gibson, aus dessen Perspektive der Film erzählt wird, entpuppt sich im Verlauf des Showdowns als der Klon, derweil sein Stellvertreter das Original ist. Was der Film übrigens schon recht früh etwas platt andeutet, indem bei Arnies Erwachen vor dem RePet-Shop eben jene schnelle Bildfolge ablaufen lässt, die den Prozess der Gedächtnisübertragung auf den Klon symbolisiert. Dass der Film diese komplexen Debatten und ethischen Fragen auch mal zu zynischen Sprüchen und Gags ausnutzt, stört nicht wirklich, auch wenn diese erkennbar dazu da sind, die düstere Atmosphäre etwas aufzulockern. Manche Gags sind sogar richtig treffend: Da hält sich Hank eine virtuelle Freundin, die ihm jeden Wunsch von den Augen abliest oder auf jedem Polizeirevier gibt es virtuelle Anwälte, die sich bei Bedarf auch in ebensolche Psychiater verwandeln können. Natürlich ist dies kein linksradikaler Politthriller über die Machenschaften der großen GenTech-Konzerne, sondern vor allem auch ein visuel-

les Feuerwerk, das das Publikum an den Sitz fesseln soll. So gut die Effekte einerseits sind, so sehr verzettelt sich der Film manchmal in seine visuellen Gimmicks. Denn wo er einerseits visuelle und computergenerierte Tricks recht ökonomisch in die Story einbaut, da protzt er auf der anderen Seite mit ihnen. Denn anstelle »normaler« Schnitte zwischen den Sequenzen setzt er zu treibender Musik schnelle Flüge über die Metropole, die er zudem mit Überblendungen und Teilbildern aufpeppt; allerdings ohne dass dies irgendeinen tieferen Sinn ergeben würde. Leider hat der Film – wie viele neuere Hollywoodfilme – kein Gespür für die richtige Länge. Vor allem die letzte halbe Stunde wimmelt dermaßen von retardierenden Momenten, dass man sich gelegentlich eine Fast Forward-Taste wünscht. Unterstützt von einer Riege durchaus überzeugender Darsteller – Zuschauer des Originalfassung fragen sich allerdings, ob und wann Arnie, der zumindest im Rahmen seiner Möglichkeiten ganz passabel agiert, jemals akzentfrei Amerikanisch sprechen wird – entstand so ein ansprechender Action-Film, der seine komplexen Themen nicht nur zu Action-Zwecken ausbeutet, sondern zumindest ein paar richtige Fragen stellt. Kein *Gattaca* des Actionfilms, aber eine gar nicht so dumme Variante über ein Thema, das uns noch länger beschäftigen wird, als so manchem lieb ist. *lg* ●●

The Cell (dito) USA 2000; R: Tarsem Singh; Drehbuch: Mark Protosevich; Kamera: Paul Laufer; Schnitt: Paul Rubell, Robert Duyffy; Musik: Howard Shore; Produktionsdesign: Tom Foden, Michael Manson; Darsteller: Jennifer Lopez, Vince Vaughn, Vincent D'Onofrio, Jake Weber; 107 Minuten

Serial Killer goes Cyberpunk: Wieder einmal hält ein durchgeknallter Frauenmörder (Vincent D'Onofrio) die Welt in Atem. Seine Masche: Er entführt Frauen und lässt sie dann langsam in einem riesigen Wasserbehälter ertrinken, was er auf Video aufzeichnet. Gerade hat er ein neues Opfer gefunden, da schlägt die Polizei zu. Ein wenig zu heftig freilich, denn der Serienkiller fällt ins Koma.

Im Wissen, das noch eins seiner Opfer irgendwo versteckt ist, sucht FBI-Agent Novak (Vince Vaughn) verzweifelt einen Zugang in seinen Kopf. Die Lösung könnte das Therapie-Programm von Psychologin Catherine Deane (Jennifer Lopez) sein. Die kann sich mittels ausgetüftelter Technik direkt in fremde Hirne einklinken. Leider ist das Verfahren noch nicht so ausgereift, und niemand weiß, was alles geschieht, wenn es bei einem Mörder angewendet wird. Catherine wagt dennoch den Sprung ins kalte Wasser und trifft auf eine beispiellos bizarre Seelenlandschaft, in der die Spuren der Grausamkeit wieder einmal auf frühkindliche Misshandlungen zurückführen. Die Reise ins Unter-

bewusstsein wird schließlich zum lebensgefährlichen Horror-Trip, zumal die Zeit knapp wird: Denn der Wassertank mit dem letzten Opfer des Killers läuft langsam, aber unaufhaltsam voll.

Tarsem Singhs »The Cell« beginnt als düsterer Serienkiller-Film im Stil von »Sieben«, doch nach gut einem Drittel findet er seine eigentliche Bestimmung: Von da an wird mit Bildern geklotzt, nicht gekleckert.

Für Jennifer Lopez ist das natürlich ein gefundenes Fressen. Hollywoods bestbezahlte Latina darf in alle möglichen Kostüme schlüpfen, von der Leder-Domina bis zur Kitschpostkarten-Heiligen. Mag das Publikum rätseln, was ihr im Einzelfall mehr Spaß gemacht hat, anzusehen ist es immer gut. Womit das Kernproblem des Films angesprochen ist. Er ist – und das ist für das heutige Hollywood ja so untypisch nicht – ein reines Designprodukt. Dieses Design ist im einzelnen von überwältigendem Einfallsreichtum, aber es ist auch im negativen Sinn verschwenderisch. Im Schnelldurchlauf werden teilweise Bildentwürfe durchgehechelt, die doch mehr Interesse verdient gehabt hätten. Zwar bedient Regisseur Tarsem Singh prächtig die Schaulust, und rein handwerklich ist an der

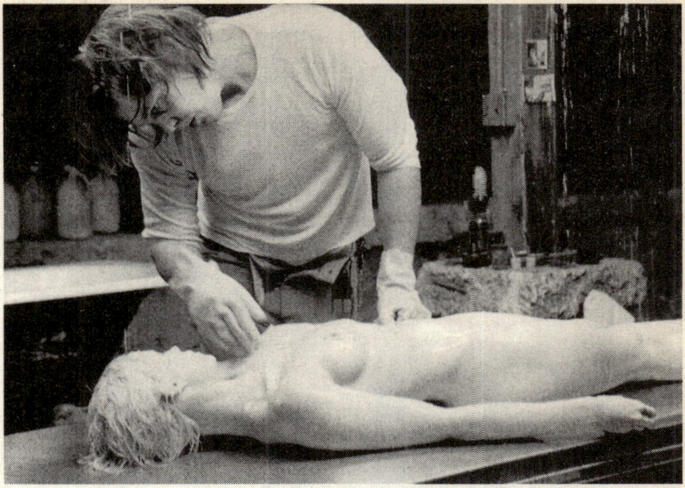

visuellen Umsetzung der bizarren Seelenwelten nicht viel zu bemängeln. Von Bildern versteht der Videoclip- und Werbespot-Regisseur etwas.

Aber leider nur davon. Denn hier zeigt sich ein generelles Problem des heutigen Kinos: Die abgefahrensten Bilder langweilen auf Dauer, wenn mit ihnen nichts erzählt wird. Sicherlich gibt es motivische Verflechtungen und Puzzlestücke, die am Ende zumindest eine vage Psychostudie des Serienkillers abgeben. Leider sind diese Bruchstücke allzu beliebig miteinander verknüpft. Der gesamte Trip ins Innenleben hätte eine spannende kriminalistische Ermittlung ergeben können, nicht das übliche Frage-Antwort-Spielchen wie in »Derrick«, sondern eben als aufregende visuelle Schnitzeljagd.

Ansatzweise geschieht das auch in »The Cell«, aber zu wenig. Der Bilder-Overkill lässt narrative Strukturen eben nur begrenzt zu. Wer darauf keinen Wert legt und es nur hübsch bunt haben will (mit viel Jennifer Lopez in tollen Klamotten), wird einen Mordsspaß haben. Aber mit ein bisschen mehr Story und etwas weniger heißer Luft hätte es nicht nur ein schönes Bilderbuch, sondern vielleicht sogar ein guter Film werden können. *jwi* •

Cube (dito) Kanada 1997; Regie: Vincenzo Natali; Drehbuch: Andre Bijelic, Vincenzo Natali und Graeme Manson; Kamera: Derek Rogers; Schnitt: John Sanders; Musik: Mark Korven; Darsteller: Maurice Dean Wint, Nicole De Boer, Nicky Guadagni, David Hewlett, Andrew Miller, Wayne Robson; 90 Minuten

Eine Gruppe von Menschen findet sich in einer Art gigantischem »Rubik's Cube« wieder. Keiner weiß, was sie darin verloren haben oder welcher Weg hinausführt. Nur eins wird

schnell klar: Einige Räume sind mit derben Fallen ausgestattet, und da kann es schnell passieren, dass man mittels Eierschneider in saubere Scheibchen zerlegt wird.

»Cube« überzeugt einerseits durch eine originelle Grundidee und die visuell gelungene Umsetzung, andererseits enttäuscht das schwache Ende. Es ist nicht einzusehen, warum ein Film, der sich eindeutig nicht an den *mainstream*-Geschmack wendet, dieselben Fehler macht wie das *mainstream*-Kino. Da wird zu schlechter Letzt kein Klischee ausgespart: Sogar der totgeglaubte Bösewicht taucht plötzlich wieder auf (vor allem da, wo er unbemerkt niemals hätte hinkommen können). Wie oft haben wir das nun schon gesehen?

Dass sich der Idiot der Gruppe natürlich als Mathe-Genie entpuppt, war auch klar, wobei die Drehbuchautoren freilich noch die eine oder andere Nachhilfestunde gebrauchen könnten. Da lassen sie eine Mathe-Lehrerin doch allen Ernstes konzentriert nachdenken, ob dreistellige Zahlen, die auf 5 und sogar 2 enden, Primzahlen sind.

»Cube« bleibt dennoch ein ungewöhnlicher Science Fiction-Film. Freilich ärgert man sich genau aus diesem Grund über seine vermeidbaren Schwächen viel mehr als über die in einem Dutzendfilm, der von vornherein kein Potential hatte. Schade, denn hier wäre ein Meisterwerk möglich gewesen; so ist es nur ein interessanter Fehlschlag. *jwi* ⊙

Frequency (dito) USA 1999; Regie: Gregory Hoblit; Drehbuch: Toby Emmerich; Kamera: Alar Kivilo; Schnitt: David Rosenbloom Musik: Michael Kamen; Darsteller: Dennis Quaid, Jim Caviezel, Andre Braugher, Elizabeth Mitchell, Noah Emmerich, Daniel Henson, Melissa Errico; 118 Minuten

Dass der Mensch nicht aus seinem kleinen dreidimensionalen Leben auszubrechen vermag, scheint ihn wirklich zu bekümmern. Anders ist die seit H. G. Wells' Roman »Die Zeitmaschine« (1885) andauernde Faszination für Zeitreisen kaum zu erklären. Den Raum kann der Mensch – nach irdischen Maßstäben – problemlos überwinden. Aber nicht einmal fünf Minuten eines quälenden Films vermag er schneller vergehen zu lassen. Glücklicherweise ist jedoch »Frequency« von Gregory Hoblit (»Zwielicht«) alles andere als quälend. Es ist eine der originellsten und bestdurchdachtesten Zeitreisegeschichten der letzten Zeit.

John Sullivan (Jim Caviezel, »Der schmale Grat«) hat nach dem frühen Tod seines Vaters sein Leben nie so richtig in den Griff bekommen. Zwar hat er einen einigermaßen guten Job als Polizist, doch seine Unstetigkeit macht ihm immer wieder zu schaffen. Und seine Lebenspartnerin gibt ihm gerade den Laufpass.

Eines Tages findet John das alte Funkgerät seines Vaters Frank (Dennis Quaid), der vor 30 Jahren bei einem Einsatz als Feuerwehrmann ums Leben gekommen ist. Als John das Gerät in Betrieb nimmt, geschieht Seltsames: Starke Sonnenprotuberanzen mischen gerade die irdischen Funkfrequenzen auf, und so kann John plötzlich mit seinem Vater sprechen, der 30 Jahre zurück am selben Ort sitzt und die Welt nicht mehr versteht.

Natürlich warnt John seinen Vater vor dem kommenden Einsatz, und siehe: Frank überlebt. Dummerweise setzt er dadurch eine Kette von Ereignissen in Gang, die – durch un-

glückliche Verknüpfung von Zufällen - seine Mutter zum Opfer eines Serienkillers werden lassen. Über die Jahrzehnte verbunden, müssen Vater und Sohn nun die Zeit noch einmal umkrempeln, um das Furchtbare ungeschehen zu machen.

Gregory Hoblits Film besteht aus zwei Hälften, die in Tempo und Rhythmus zwar recht uneinheitlich sind, am Ende jedoch immerhin einigermaßen zusammenpassen. Zunächst wird - vielleicht etwas breit - die Kontaktaufnahme zwischen Vater und Sohn geschildert, nebenbei führt das Drehbuch alle wichtigen Personen und Handlungsteile für die zweite Hälfte an. Das ist nicht wenig Arbeit, denn die Story ist recht verschlungen, ohne freilich unübersichtlich zu werden.

Wenn dann die Thrillerhandlung in Gang kommt, zieht das Tempo des Films merklich an. Schön ist, dass Drehbuchautor Toby Emmerich sich sichtlich bemüht, seine akustische Zeitreise plausibel zu halten, und lieber einmal etwas zu viel als zu wenig erklärt. Lediglich ein, zwei kleinere Patzer unterlaufen ihm, aber sie sind nicht weiter wichtig und beeinträchtigen die Tragfähigkeit der Konstruktion nicht. Auch das Happy End hätte etwas weniger dick aufgetragen werden dürfen. Andererseits gönnt man es den Helden natürlich auch.

»Frequency« ist nicht nur ein spannender Science Fiction-Thriller, sondern auch einer jener Filme, bei denen man nicht nur passiv zuschauen, sondern auch aktiv mitdenken darf. Durchdachte Zeitreisen sind eben nach wie vor faszinierend. Mit diesem Film bestimmt nicht zum letzten Mal. *jwi* ●●

Galaxy Quest- Planlos durchs Weltall (Galaxy Quest) USA 1999; Regie: Dean Parisot; Drehbuch: David Howard, Robert Gordon; Kamera: Jerzy Zielinsky; Visuelle Effekte: Bill George; Make-Up: Stan Winston; Schnitt: Don Zimmerman; Musik: David Newman; Darsteller: Tim Allen, Sigourney Weaver, Alan Rickman, Missi Pyle; 104 Minuten

Einst waren sie die Stars der erfolgreichen - inzwischen leider abgesetzten - SF-TV-Serie »Galaxy Quest«: Jason Nesmith als Commander Peter Quincy Taggart, die vollbusige Blondine Gwen DeMarco als Kommunikationsoffizier Tawny Madison,

Ex-Shakespeare-Mime Alexander Dane, der stets mit seiner Rolle als Halbaußerirdischer Dr. Lazarus hadert, Fred Kwan als Cheftechniker Sergeant Chen und der Schwarze Tommy Webber als Navigator Laredo. Inzwischen touren sie von einer Convention zur nächsten, wo sie das immer gleiche, langweilige Programm abspulen: Auftritt in den Uniformen ihres Raumschiffes, der NSEA Protector, Autogrammstunde sowie das Beantworten mehr oder weniger unsinniger Fan-Fragen. Auch diesmal scheint alles wie sonst zu laufen: Nesmith erscheint völlig verkatert eine Stunde zu spät, Dane träumt von alten Zeiten auf der Bühne und DeMarco fühlt sich als tumbe Blondine eindeutig unterfordert. Doch diesmal sind unter den Gästen ein paar mehr als merkwürdige Gestalten: Mit den Thermianern haben sich einige echte Außerirdische unter die Besucher gemischt. Sie brauchen dringend Hilfe: Denn ihr Planet Klatu Nebel (*»Der Tag, an dem die Erde stillstand«* lässt schön grüßen) wird von dem bösen Sarris bedroht, der auf der Suche nach etwas ist, das sich Omega 13 nennt und von dem anscheinend keiner weiß, was es ist und wozu es dient. Als sie Nesmith nach der Convention ansprechen, hält dieser sie natürlich für eine weitere Gruppe durchgeknallter Fans, die seine TV-Serie mit der Realität verwechseln. Auch der ihm übergebene Kommunikator kann ihn nicht vom Gegenteil überzeugen. Zudem er ihn gleich wieder verliert, als er mit einem Fan zusammenstößt und die zwei dabei unabsichtlich ihre Kommunikatoren tauschen, sodass er nur einen falschen, der Fan aber den echten hat. Die Thermianer suchen ihn am nächsten Morgen auf, wo er sich – noch betrunken von der Nacht zuvor – von ihnen mit auf ihr Schiff nehmen lässt. Er ist nicht im mindesten überrascht, dass ihr Schiff aussieht wie seines, und spielt das Spiel mit. Als Sarris auf dem Monitor erscheint, reagiert er, wie er es gewohnt ist: Er lässt ihn beschießen und sich dann auf die Erde zurückbringen. Erst als er sich dabei tatsächlich auf einer überlichtschnellen Reise durchs All wiederfindet, beginnt er zu glauben, dass die Außerirdischen ebenso echt sind wie das Schiff, das er gerade verlassen hat. Zuhause angekommen versucht er sofort eine »Crew« von der Echtheit seines Abenteuers zu überzeugen. Doch die ist mehr als skeptisch, zumal sein Beweisstück – der Kommunikator – sich als Fake erweist. Auch das erneute Erscheinen der Thermianer kann sie kaum vom Gegenteil überzeugen: Denn wie zu erwarten war, ist Sarris nach dem Beschuss seiner Flotte entschlossener denn je, seinen Widersachern den Garaus zu machen. Aber Nesmiths Begeisterung reißt sie mit und zudem sehen hier alle eine gute Möglichkeit der gepflegten Langeweile als ausgediente Serienhelden zu entkommen. Ihnen schließt sich der Con-Veranstalter und Ex-Komparse Guy Fleegman an. Auf dem Schiff angekommen, weicht ihre Skepsis jedoch echter Überraschung und Bewunderung. Zudem fühlen sie sich in ihrer Schauspieler-Ehre geschmeichelt, denn die Thermianer haben nicht nur das Schiff sondern ihre gesamte Zivilisation nach dem Vorbild der Serie gestaltet, die sie irrtümlich für die Dokumentation tatsächlichen historischen Geschehens gehalten haben. Da stört es unsere Crew auch wenig, dass die Thermianer eigentlich keine Humanoiden sondern tintenfischartige Aliens sind, die nur aus Treue zu den »historischen Dokumenten« menschliche Gestalt angenommen haben. Für unsere Schauspieler folgt nun die große Bewährungsprobe, die sie im Kampf um Omega 13 und gegen den finsteren Sarris zu Rettern des Universums machen wird.

»Galaxy Quest« entpuppt sich recht schnell als das seltene Beispiel einer ebenso liebevollen wie intelligenten und durchdachten Genreparodie. Das beginnt schon bei der zuweilen fast genialen Besetzung der Crew: Nesmith/Taggart etwa wird von Tim Allen gespielt: Der ist den USA der Star seiner bekannten Comedy-Serie »Home Improvement / Hör mal wer da hämmert«, wo er den ebenso egozentrischen wie leicht beschränkten Showmaster einer Heimwerker-Show spielt. Eine gelungenere Besetzung für den an William Shatner gemahnenden Commander kann man sich kaum denken. Der gebürtige Brite Alan Rickman gibt den Alexander Dane, und der Clou ist Sigourney Weaver, die für diesen Film zur Blondine wurde. Natürlich erhöht die intime Kenntnis des Star Trek-Universums das Vergnügen, ist aber zum Verständnis nicht zwingend erforderlich. Denn der in TV-Serien erfahrene Dean Parisot weiß offenbar, wovon er erzählt. Die Fan- und Convention-Szenerie ist dermaßen genau auf den Punkt getroffen, dass es schon fast unheimlich ist. Dabei macht er sich nur selten über diese Menschen lustig – obwohl das ja nun wirklich ziemlich einfach wäre, wenn man sich das Verhalten mancher Trekkies betrachtet – sondern er lacht mit ihnen und teilt ihre Träume: Denn wenn Nesmith im Showdown auf die Hilfe eben jenes Fans zurückgreift, der seinen echten Kommunikator besitzt und mit seiner intimen Kenntnis der Technik der NSEA-Protektor zur Rettung des Universums beiträgt, dann ist zum einen natürlich höchst komisch: Da tönt die Stimme des Commanders aus dem Gerät und der Fan jubelt »Ich hab's immer gewusst. Alles ist echt. Es gibt sie wirklich.« Der Film nimmt aber den Traum, den alle SF-Fans teilen können, selbst Aliens zu treffen und das Universum zu retten, durchaus ernst und macht ihn zum konstruktiven Bestandteil der Geschichte. Auch die hübsche Liebesgeschichte zwischen einem (auch als Tintenfisch durchaus erotisch wirkenden) Alien-Mädchen und dem Techniker ist eine hübsche Idee: Da wird aus einem Monster ein begehrenswertes Subjekt. Hinzu kommen teilweise überwältigende Tricksequenzen (etwa, wenn der Navigator zum ersten Mal in seinem Leben ein echtes Raumschiff aus dem Dock fliegen muss, was nicht ohne ein paar Kratzer abgeht), saukomische Dialoge und ein durchdachter Soundtrack, der mehr als einmal »Star Trek« evoziert, ohne zum Plagiat zu werden. Insgesamt bietet »Galaxy Quest« dem SF-Fan eine Fundgrube an Zitaten und Anspielungen und allen anderen eine durchaus spannende Space Opera, die über die Distanz unterhält, ohne dass man für dumm verkauft wird. Wenn es denn überhaupt etwas zu mäkeln gäbe, so könnte man es bedauern, dass die Serien-Darsteller am Ende zu Helden von echtem Schrot und Korn werden, anstatt die Bösen mit Schauspieler-Tricks zu überwinden. Aber das wäre dann wieder ein anderer Film. *lg* ●●●

Der Gigant aus dem All (The Iron Giant) USA 1999; Regie: Brad Bird; Drehbuch: Tim McCanlies *nach dem Roman »Der Eisenmann« von Ted Hughes (dt. Bei Fischer-Schatzinsel Nr. 80154)*; Musik: Michael Kamen; Zeichentrick; 80 Minuten

Obwohl sich das SF-Genre offenbar wie kein zweites als Material für Zeichentrickfilme anzubieten scheint, ist die Zahl der SF-Zeichentrickfilme zumindest im Westen doch auffallend gering. Ganz anders dagegen in der japanischen Animé-Szene, wo zahlreiche Stoffe mit Anklängen an das SF- bzw. Fantasy-

Genre vor allem auf Video erscheinen. Allerdings gelangt nur eine kleine Auswahl davon über engagierte Kleinverleihe zu uns; und gelegentlich sogar bei VOX ins Fernsehen.

Umso erstaunlicher ist es, dass 1999/2000 mit *Der Gigant aus dem All* und *Titan A.E.* gleich zwei US-amerikanische SF-Zeichentrickfilme ins Kino kamen. Davon verdient jedoch nur ersterer eine ausführliche Würdigung:

Rockwell, Maine, USA im Oktober 1957. Kurz nachdem die UdSSR mit »Sputnik« den ersten Satelliten ins All geschossen hat, herrscht in den USA eine ziemliche Paranoia. Nur der 9jährige Hogarth Hughes ist begeistert. Als Fan der Invasionsstories in der zeitgenössischen Pulp-SF (B-Filme im Kino und auf billigem Papier gedruckte Magazine) träumt er schon lange von der Begegnung mit Außerirdischen. So ist er auch (fast) der einzige, der einem versoffenen Fischer glaubt, als der eine unglaubliche Story zum Besten gibt: Er habe im Sturm einen Meteor gesehen, aus dem ein gigantischer Riese an Land gegangen sei. Hogarth macht sich auf, doch was er dann findet, erschreckt selbst ihn; ein 15 Meter hoher Metallriese, dessen einzige Nahrung ebenfalls Metall ist, weshalb seinem Heißhunger auch als erstes das lokale Umspannwerk zum Opfer fällt. Hogarth und der Riese freunden sich an, und alles könnte gut werden, gäbe es da nicht Kent Marsley. Dieser zwielichtige Regierungsbeamte arbeitet im Auftrag einer Behörde, die sich dem Kampf gegen außerirdische Invasoren verschrieben hat. Brenzlig wird die Lage, als Marsley sich aus-

gerechnet bei Hogarth' alleinerziehender Mutter einnistet, um so den Jungen besser im Auge zu haben. Doch mithilfe des Früh-Hippies Dean und dessen Schrottplatz gelingt es Hogarth seinen Freund mit dem Heißhunger eine ganze Weile zu verstecken. Doch Marsley gibt nicht auf, lässt sogar das Militär kommen, um dem vermeintlichen Feind allen Lebens den Garaus zu machen. In seiner Paranoia schreckt er sogar nicht vor dem Einsatz von Atomwaffen zurück. Und so muss am Ende der Riese den Menschen zeigen, wozu Mut und Opferbereitschaft eines Freundes fähig sind.

Die im englischen Sprachraum recht bekannte Geschichte – von der es sogar schon ein Pete Townsend-Album incl. Bühnenfassung gibt – kommt daher wie eine klassische Story aus der Science Fiction des Golden Age. Und doch fällt sie etwas aus dem Rahmen. Denn statt finsterer Aliens und heldenhafter (natürlich amerikanischer) Recken bieten Geschichte und Film einen freundlichen Riesenrobot und einen paranoiden Agenten, der vor gar nichts zurückschreckt. Es ist jedoch nicht nur diese deutlich pazifistische Wendung, die einen für den Film einnimmt. Denn der Film will zunächst und vor allem eines sein: Ein Zeichentrickfilm alter Schule, der sich auf die Stärken diese Mediums besinnt und nicht versucht, realistischer als ein Realspielfilm zu sein. Zusammen mit hübschen Zitaten aus der Geschichte des SF- und Monsterkinos der 50er, wunderbaren Verfolgungsjagden in bester Slapstickmanier zwischen Hogarth und Marsley sowie der kongenialen Musik, die ebenfalls das B-Kino der 50er evoziert, entstand ein Film, der vor allem Jungs ab 6 Jahren begeistern kann. Aber auch Erwachsene können an dieser intelligent erzählten Invasionsstory der ganz anderen Art ihren Spaß haben. Vor allem deshalb, weil es der Film versteht, die allgegenwärtige Paranoia in den USA der 50er gezielt und treffend zu verulken. ●●●

Ganz anders präsentierte sich hingegen *Titan A.E.* von Don Bluth und Gary Goldman. Obwohl dieser zumindest nach Produktionskosten und (deutschen) Einspielergebnissen deutlich an *Gigant aus dem All* vorbeizog, fehlt ihm leider all das, was den Charme des »kleinen« Films ausmacht. Letztlich ist *Titan A.E.* nur was für 10jährige Jungs, die in ihrem Leben noch etwas von *Star Trek* bzw. *Star Wars* gehört bzw. gesehen haben. Der Film bietet im Verlauf von immerhin 95 Minuten nur eine einzige eigene Idee, bleibt dazu in der Figurenanimation trotz deutlich höheren Budgets hinter der Konkurrenz zurück und wartet dazu noch mit einer zwischen süßlich und pseudeoangesagtem Junk oszillierenden Musik auf; kurzum ein überflüssiges Ärgernis. *lg* o

Hollow Man – Unsichtbare Gefahr (Hollow Man) USA 2000; Regie: Paul Verhoeven; Drehbuch: Andrew W. Marlowe; Kamera: Jost Vacano; Schnitt: Mark Goldblatt; Spezialeffekte: Scott E. Anderson; Musik: Jerry Goldsmith; Darsteller: Kevin Bacon, Elisabeth Shue, Josh Brolin, Greg Grunberg, Mary Jo Randle, Steve Altes, Kim Dickens; 112 Minuten

Biologe Dr. Caine (Kevin Bacon) ist zwar ein recht widerlicher Mensch, auf seinem Fachgebiet allerdings ein Genie. Im Auftrag der Regierung soll er mit seiner kleinen Forschungsgruppe ein Serum entwickeln, das Lebewesen unsichtbar macht. Als die Erfolge auf sich warten lassen und das Projekt gestoppt werden soll, entschließt er sich zu einem riskanten Experiment. Zwar wird Caine unsichtbar, doch das lässt sich dummerweise nicht mehr rückgängig machen. Von Tag zu Tag wird Caine gefährlicher. Vor allem kann er es nicht ertragen, dass seine Ex-Freundin, Kollegin Linda (Elisabeth Shue), inzwischen einen anderen Lebensgefährten hat (Josh Brolin).

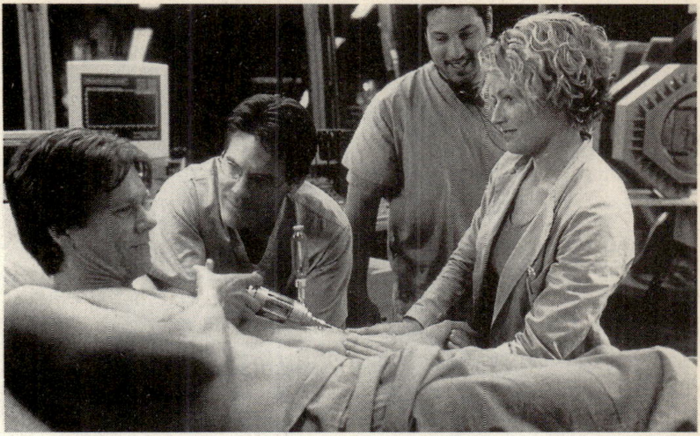

Schließlich dreht Caine total durch und mutiert zum eiskalten Mörder ...

Beginnen wir mit dem Positiven: Die digitalen Computereffekte sind Weltklasse und stellen die bislang überzeugendste Visualisierung des Unsichtbaren dar (eigentlich ein Widerspruch in sich). Doch Filme wie dieser nähren einen bestimmten Verdacht, was die Art und Weise angeht, wie heutzutage in Hollywood Drehbücher zusammengebacken werden. Früher dachte sich ein Autor eine Story aus, und wenn das ohne Spezialeffekte nicht zu machen war, ging man zu den Experten und fragte: »Bekommt ihr das hin?« Heute ist es offenbar so, dass ein Special-Effects-Clown sich die dollsten Sachen ausdenkt, und das knallt man dann dem Drehbuchautor unter die Nase und sagt: »Hier, bau das irgendwo in die Story ein, das sieht geil aus.« Ob es noch Sinn ergibt, danach fragt ohnehin keiner mehr.

Der niederländische Regisseur Paul Verhoeven ist ohnehin niemand, der Effekte verschmäht, zumal wenn sie beim Zuschauer für wohligen Ekel oder belebende Schocks sorgen. Von »Türkische Früchte« (1973) über »Der vierte Mann« (1984) bis zu »Basic Instinct« (1993) oder »Starship Troopers« (1998) – familienfreundliche Sonntagnachmittag-Unterhaltung waren seine Filme nie, und das ist im Prinzip gut so. Manchmal, in seinen schlechten Filmen, wird die Lust am Auf-die-Pauke-Hauen allerdings zum Selbstzweck. In »Hollow Man« kehrt er lustvoll und im wortwörtlichen Sinn das Innere eines Menschen nach außen; eine gedärmereiche Anatomiestunde, gewiss sehr lehrreich. Aber man fragt sich schon, ob diese Biologen für ihre Tierexperimente keinen pflegeleichteren Primaten gewinnen konnten als ausgerechnet einen Multi-Zentner-Gorilla. Hier diktiert der Spezialeffekt die Story (statt anders herum), und das ist schlecht.

Dabei ist der Ansatz von Verhoevens Idee zunächst einmal interessant. Die zahlreichen bisherigen *mad scientists* auf diesem Gebiet, etwa Claude Rains in James Whales »Der Unsichtbare« (1933), entwickelten unter dem Einfluss ihrer Droge meist unerquickliche Weltherrschaftsphantasien. Kevin Bacons Dr. Caine dagegen ist mehr von sexueller Frustration getrieben, weil die schöne Kollegin Linda ihn konsequent abweist. Das geschieht auch nicht ganz grundlos, denn von Anfang an ist er ein arroganter, selbstgefälliger Schnösel, der schlechte Witze reißt. Die Droge macht aus einem unausstehlichen Menschen lediglich ein unausstehliches Monster. Aber es liegt keine Tragik in dieser Gestalt, und deshalb lässt sie relativ gleichgültig.

Zunächst kann der von Sexualfrust geplagte Mann sich noch an einer silikonverstärkten Nachbarin gütlich tun (die Szene reißt übrigens urplötzlich ab und vermittelt den Eindruck, dass da mal wieder die Schere im Spiel war). Aber Caine will mehr, und in dem Augenblick, wo er endgültig zum rasenden Irren wird, ist Verhoevens Film künstlerisch am Ende. Er leiert eine billige und extrem vorhersehbare »Zehn kleine Negerlein«-Revue herunter, bei der jede Glaubwürdigkeit auf der Strecke bleibt. Natürlich hat der Bösewicht auch diesmal wieder x Leben, sodass er selbst gegrillt noch sehr munter in der Gegend herummetzelt. Und Overkills dieser Art hat es im Kino der letzten Jahre einfach zu oft gegeben, als dass daran noch etwas auch nur annähernd unterhaltsam sein könnte. *jwi* ⊙

Im Bann des Mondes (Night World: Riddler's Moon) USA-TV 1999; Regie: Don McBrearty; Drehbuch: Karl Schiffman; Darsteller: Daniel Newman, Kate Mulgrew, Corbin Bernsen, William Armstrong; 89 Minuten

Einst war Freemont, Indiana ein blühendes Städtchen voller Leben. Doch seit zwei Jahren verdorrt das Korn auf den Feldern, die Kühe sterben reihenweise an vergiftetem Gras und die Farmer stehen vor dem Ruin. So manch einer hat sich schon umgebracht, nachdem die Bank ihm Haus und Hof wegpfändete. Auch dem an den Rollstuhl gefesselten 16jährigen Elias Riddler und seiner alleinerziehenden Mutter Victoria geht es nicht viel besser. Victoria rettete bislang allein die Freundschaft zum lokalen Banker Peter Morley, der ein Auge auf sie geworfen hat, vor dem Untergang. Und Elias findet Trost bei seinem väterlichen Freund George, der zwar eindeutig zu viel trinkt, aber voller Geschichten und Legenden steckt und mit seinem Traum von der Weltumsegelung so gar nicht in die Provinz zu passen scheint. In einer Vollmondnacht macht sich Elias aus dem Staub und unternimmt eine anstrengende Fahrt auf den Hügel hinter der Farm. Oben angekommen fällt er in Ohnmacht und hat eine Vision: Der Mond wird gleißend hell und zur Sonne, auf dem Nordfeld wächst gesunder Raps, dann verfinstert sich die Sonne und aus dem Boden schießen Monolithen hervor. Dies ist aber erst der Auftakt seltsamer Vorkommnisse, die das Leben der sterbenden Stadt grundlegend verändern werden. Am nächsten Tag führt Elias ohne Wissen der Mutter eine Kuh und ihr kränkelndes Kalb auf das Nordfeld, wo scheinbar über Nacht gesund wirkendes Gras gewachsen ist. Als die Tiere nach dem Genuss des Grases nicht sterben, sondern im Gegenteil gesunden, kann Elias seine resolute Mutter überreden, auf dem Nordfeld Raps anzupflanzen. Nachdem dieser wächst und gedeiht, als sei das das normalste der Welt, machen sich unter den Nachbarn und Kollegen Neid und Hass breit. Bei Nacht verwüsten sie das Feld und erneut stehen Elias und seine Mutter vor dem Nichts. Zwischenzeitlich hat George, dem Elias von seiner Vision erzählte, ein Buch mit einer alten indianischen Legende gefunden, die genau das beschreibt, was Elias »gesehen« hat. Auch Tagebucheinträge früher Siedler berichten von dem, was Freemont passiert und erwähnen die Dinge, die Elias »gesehen« hat. Als er nach einer erneuten Vision ins Koma fällt, ist es George, der ihn ins Leben zurückholt, indem er ihm erzählt, er habe auf dem Feld die Monolithen gefunden, die Elias »sah«.

Da sie nichts mehr zu verlieren hat, lässt sich Victoria nach anfänglichem Widerstand von George und Elias überreden, die Felsen auszugraben. Das kann auch Banker Peter nicht verhindern, der – nachdem ihn Victoria endgültig abgewiesen hat – Haus und Hof zwangsversteigern lassen will und per einstweiliger Verfügung die Ausgrabung stoppen lassen möchte. Denn der lokale Sheriff verweigert ihm die Durchsetzung dieser Anordnung, zumal inzwischen auch die missgünstigen Nachbarn tätige Reue zeigen und bei der Ausgrabung helfen.

Dann kommt der große Tag und alles wird so, wie Elias es in seinen Visionen vorhersah: Die Sonne verdunkelt sich wie bei einer außerplanmäßigen Sonnenfinsternis. Doch nur Elias kann sehen, was wirklich geschieht: Ein fremdes Raumschiff landet auf den Monolithen und saugt etwas aus dem Boden: Das Gift, welches das Land verdarb, dient den Aliens nämlich als Treibstoff und so kehren sie alle 200 Jahre zu dieser irdischen Tankstelle zurück. Als Gastgeschenk hinterlassen sie diesmal jedoch nicht nur den wieder gesundeten Boden, sondern sie heilen Elias auch von seiner Spina Bifida, die ihn an den Rollstuhl fesselte.

Dieser Film aus einer sechsteiligen Reihe von Filmen, die unter dem Titel »Night World« phantastische Geschichten präsentierte, ist das durchaus ungewöhnliche Beispiel einer SF-Geschichte, die so nur auf dem Land spielen kann. Denn Regie und Buch lassen sich viel Zeit zur Schilderung der katastrophalen Lage der Bauern und wie sie darauf reagieren. Dabei schildern sie alles andere als eine Idylle friedlicher Nachbarschaft: Im Gegenteil, zuweilen legen sie ganz deutlich den Finger auf die Wunden dieses Lebens; nicht nur in der Sequenz, in der die »lieben Nachbarn« das Feld der Familie Riddler niederwalzen. So entstand etwas, das sich am besten mit Mittelwest-Science Fiction beschreiben lässt. Denn in den Momenten, da das Phantastische in den Alltag eindringt, fängt die Kamera das Land ein, als sei es etwas unendlich Weites und zugleich Fremdes. Da dominieren Weitwinkelaufnahmen mit leichten Farbverfremdungen zu mystisch angehauchter Musik mit indianischen Anklängen. Vor allem aber ist es durchaus originelle Story, die diese TV-Produktion aus dem Durchschnitt herausragen lässt. Keine übliche First Contact oder gar Invasionsstory, sondern eine Geschichte, in der die Aliens die Erde nur benutzen und an deren Bewohnern kein wirkliches Interesse zeigen. Natürlich ist das Happy End ein wenig zu dick aufgetragen. Elias kann wie durch ein Wunder wieder gehen und George und Victoria werden ein Paar. Und wenn sie nicht gestorben sind ... Aber das stört nur minimal in diesem stimmungsvollem Film über einen Jungen, der seine Träume konsequent auslebt und dessen Vorliebe für UFOs auf eine Art und Weise von der Wirklichkeit bestätigt wird, die er selbst nie für möglich gehalten hätte. Zudem präsentiert das Werk mit dem behinderten Elias, dessen Behinderung übrigens ganz selbstverständlich und ohne übertriebenes Jammern geschildert wird, einen in der SF eher seltenen »Helden«. Aus der routinierten Besetzung (Kate Mulgrew beamte sich von der Brücke der Voyager in den Mittelwesten und Cornin Bernsen verließ seine Kanzlei aus »L.A. Law«) ragt der 23jährige Daniel Newman heraus, der den behinderten Elias mit Glaubwürdigkeit und Verve gibt, als habe er nie etwas anderes getan. *lg* ●●

Space Cowboys (Space Cowboys) USA 2000; Regie: Clint Eastwood; Drehbuch: Ken Kaufmann und Howard Klausner; Kamera: Jack N. Green; Spezialeffekte (Überwachung): Michael Owens; Produktionsdesign: Henry Bumstead; Musik: Lennie Niehaus; Darsteller: Clint Eastwood, Tommy Lee Jones, Donald Sutherland, James Garner, James Cromwell, Marcia Gay Harden, William Devane; 130 Minuten

Es war einmal, vor langer, langer Zeit, da gab es noch keine Supercomputer, und für die Rechenkapazität eines heutigen Taschenrechners brauchte man Anlagen, die ganze Waschküchen füllten. Unglaublich, aber wahr: Schon in jenen Jahren haben Menschen Satelliten ins All geschossen. Eine dieser Antiquitäten gerät nun, zum Ärger der russischen Betreiber, außer Kontrolle und droht, auf die Erde zu stürzen. Der marode Nachrichtensatellit muss dringend repariert werden, doch es gibt niemanden mehr, der sich mit der total veralteten

Steuerungstechnik auskennt. Außer dem Haudegen Frank (Clint Eastwood) und einigen seiner inzwischen ebenfalls recht betagten Freunde Hawk (Tommy Lee Jones), Jerry (Donald Sutherland) und Tank (James Garner). NASA-Bürokrat Gerson (James Cromwell) sieht es nicht gern, aber es bleibt ihm nichts anderes übrig, als die Rentner zu reaktivieren und weltraumtauglich zu machen. Denn eine Reparatur ist nur vor Ort möglich. Als die vier Recken am Ende ihrer Ausbildung dann tatsächlich den Trip ins All antreten, machen sie bald eine unerfreuliche Entdeckung: Es handelt sich keineswegs nur um einen harmlosen Nachrichtensatelliten, sondern um ein aggressives Überbleibsel aus den Tagen des Kalten Krieges. Schon bald geht es nicht mehr um die erwartete Routinereparatur, sondern darum, eine Katastrophe zu vermeiden.

Mit »Space Cowboys« meldete sich Clint Eastwood nach längerer kommerzieller Durststrecke wieder in altem Glanz zurück. Sein Film hat zwei sehr unterschiedliche Hälften, die sich jedoch inhaltlich gut ergänzen, statt miteinander zu konkurrieren. Die Ausbildung der Altherren-Astronauten wird mit viel Augenzwinkern und Gespür für lässigen Humor inszeniert. Ein wenig erinnert die ganze Konstruktion an »Arma-

geddon«, in dem auch eine Amateur-Crew im All eine Katastrophe abwenden muss. Aber Eastwood bleibt trotz der insgesamt skurrilen Idee weitaus glaubwürdiger und gleichzeitig unterhaltsamer, weil er sich Ruhe und Muße für seine Helden nimmt. In der zweiten Hälfte entwickelt sich »Space Cowboys« zum spannenden Weltraumabenteuer mit teilweise hervorragenden Spezialeffekten. Zudem überzeugt der Film mit einem derart ausgefeilten Sounddesign, wie man es lange nicht mehr im Kino gehört hat: Schon wenn zu Beginn das X-2-Versuchsflugzeug in den Himmel steigt dröhnt einem das Donnern der Raketenmotoren derart realistisch in den Ohren, als stehe man selbst auf dem Flugfeld. Dass Eastwood darüber dennoch nicht die persönliche Dimension der Story vernachlässigt und immer noch Interesse an seinen Figuren zeigt, hebt ihn aus der Masse des Popcorn-Kinos heraus. So gönnt er Tommy Lee Jones ein schönes Schlussbild, wie er am Ende als »Man on the Moon« (zu »Fly Me to the Moon« von Count Basie und Frank Sinatra) Ruhe und Erfüllung gefunden hat. »Space Cowboys« ist Eastwoods bester Film seit den frühen 90er Jahren. *jwi*
●●●●

X-Men – Der Film (X-Men) USA 2000; Regie: Bryan Singer; Drehbuch: David Hayter; Kamera: Newton Thomas Sigel; Schnitt: Steven Rosenblum, Kevin Stitt & John Wright; Musik: Michael Kamen; Darsteller: Hugh Jackman, Patrick Stewart, Ian McKellen, Famke Janssen, James Marsden, Anna Paquin, Halle Berry, Rebecca Romijn-Stamos; 105 Minuten

Potztausend! Die Menschheit hat einen neuen Evolutionsschub bekommen und eine Anzahl sonderbegabter Mutanten hervorgebracht. Das sind Leute, die durch Wände oder geschlossene Türen gehen, mit den Augen Laserstrahlen abschießen, das Wetter manipulieren oder nach Belieben über jedes Metall herrschen. Nicht für jeden ist die Gabe eine Gnade, so für die junge Rogue (Anna Paquin, »Das Piano«), die bei Berührung jede Energie aus anderen Körpern abzieht und deshalb zu einem Leben in Isolation verurteilt ist. Auf einer speziellen Mutantenschule unter der Leitung von Charles Xavier (Patrick Stewart) wird solchen bedauernswerten Wesen geholfen.

Doch nicht jeder Mutant ist nett und harmlos. Der böse Magneto (Ian McKellen) hat eine Reihe von weniger erfreulichen Vertretern der Gattung um sich geschart, um – öfter mal was Neues – die Weltherrschaft zu erringen. Xavier muss seine besten Leute aufbieten, um dem üblen Treiben Einhalt zu gebieten. Und von da an wird sich nur noch gekloppt.

Was schade ist. Denn in der ersten halben Stunde gibt es durchaus Ansätze zu ernsthaftem Erzählen, nach Maßstäben des Popcorn-Movies jedenfalls. Es ist ja überhaupt einmal wieder schön, dass jemand zumindest teilweise seinen Film ein wenig ernst nimmt und nicht versucht, allen möglichen Kritikpunkten durch diese ewiggleiche »Selbstironie« den Wind aus den Segeln zu nehmen. Andererseits ist schon die Grundidee dieses Films (der auf die entsprechenden Marvel-Comics zurückgeht) relativ beknackt, sodass diese Ernsthaftigkeit denn doch wieder etwas seltsam anmutet.

Wie auch immer: Regisseur Bryan Singer (»Die üblichen Verdächtigen«) nimmt sich zunächst erfreulich viel Zeit, die Hauptfiguren einzuführen. Die Hauptmutanten sollen offensichtlich nicht auf ihre ungewöhnlichen Fähigkeiten reduziert werden, sondern als Persönlichkeit fass- und erfahrbar sein. Das ist prinzipiell gut so. Und natürlich hat Singer dazu eine traumhafte Besetzung zur Hand: etablierte Jungstars (Anna Paquin) ebenso wie erfahrene Charakterdarsteller (Ian McKellen), und mit dem Australier Hugh Jackman hat er sogar ein interessantes neues Gesicht anzubieten (das mitunter ziemlich an den jungen Clint Eastwood erinnert).

Nach der ersten Action-Szene ist es dann freilich doch wieder Essig. Nun macht Singer das, was sie halt alle machen: mit

Effekten klotzen, alles maßlos übertreiben und einen Dreck auf den Zusammenhalt der sorgfältig eingefädelten Story geben. Hauptsache, es knallt. Dabei zeigt sich freilich, gerade im Vergleich zum Beginn, dass Singer eben *nicht* der Mann für Actionszenen ist. Insbesondere der Showdown ist ziemlich schlecht inszeniert. Wenn »X-Men« am Ende unter den Popcorn-Movies dieses Sommers das Beste ist, dann also eher im Sinne des Einäugigen, der König unter Blinden ist. *jwi* ⊙

Notwendige Nachbemerkung:

Natürlich sind wir nicht der Überzeugung, dass jeder Film, der im Weltraum spielt, notwendigerweise zugleich auch ein Science Fiction-Film ist. Dennoch haben wir bewusst einen Film – nämlich *Space Cowboys* – zum besten SF-Film der Saison 1999/2000 gemacht, der erst im zweiten Teil zumindest Topoi der SF verwendet. Dafür gab es letztlich mehrere Gründe: Erstens war die Qualität der letzten Saison eher mäßig und da ragt Clints Alterswerk schon eindeutig heraus. Zweitens wird sich Eastwood höchstwahrscheinlich nie weiter an das Genre annähern als in diesem Film und insofern ist das natürlich auch eine kleine Verbeugung vor dem großen, alten Eigenbrötler Hollywoods. Und last but not least tut es einfach in einer Zeit des allgemeinen Jugendwahns, der ja auch in der SF nun wahrlich kein neues Phänomen ist, gut zu sehen, wie selbstverständlich und (selbst)ironisch diese alten Männer mit sich, ihrem Altern, aber auch den jungen Heißspornen umgehen. *lg/jwi*

HÖRSPIEL

Science Fiction-Hörspiele 1999/2000

von Horst G. Tröster mit Beiträgen von Ute Perchtold, Christiane Timper, Bärbel Weixner, Ulrich Bettermann, Sascha Mamczak, Florian F. Marzin

Die Gesamtzahl der im deutschen Sprachraum gesendeten Science-Fiction-Hörspiele hat sich in den Jahren 1996 bis 1999 auf 90 bis 100 Termine pro Jahr eingependelt, das sind sieben bis zehn Sendungen pro Monat. Nicht viel, wenn man bedenkt, dass es in Deutschland, Österreich und der Schweiz fünfzehn öffentlich-rechtliche Rundfunkanstalten gibt – aber immerhin. Zum Vergleich: 1995 waren es nur rund 60 Sendungen, 1984 dagegen, wen wundert's, über 140!

Erfreulicher dagegen ist der Anteil an Neuproduktionen: Von den 92 Sendungen im Jahr 1999 waren immerhin 30 Ursendungen.* Somit wären auf jede Rundfunkanstalt statistisch zwei Neuproduktionen gekommen. Tatsächlich aber kamen alle Aktivitäten von nur einigen wenigen: HR, NDR, ORF, SFB, SWR waren mit nur je einer Neuproduktion vertreten; DeutschlandRadio Berlin zusätzlich mit fünf Kurzhörspielen; der Bayerische Rundfunk, von dem man lange nichts Einschlägiges mehr gehört hatte, mit vier Hörspielen; und vor allem der Westdeutsche Rundfunk man höre und staune – mit sechs!

Den Anfang im Berichtszeitraum Juli 1999 bis Juni 2000 machte Andreas Weber-Schäfer. Einem der erfahrensten Regisseure und Redakteure im Science Fiction-Bereich, dessen

* Darunter freilich zehn Kurzhörspiele und eine hörspielartige Magazinsendung.

neuester Inszenierung Hörspielfreunde 23 Jahre lang Monat für Monat entgegenfieberten, zeigt der noch junge Südwestrundfunk weiterhin die kalte Schulter; an Science Fiction sehe man keinen Bedarf. So kommt es, dass ***Der Feind in meinem Hirn,*** eine Adaption des Curd Siodmak-Klassikers *Donovan's Brain* von Timo Fehrensen seine einzige Science-Fiction-Produktion 1999 blieb und auch Ende 2000 geblieben ist.

Stefan Wilke, ein junger Germanist und promovierter Computerlinguistiker, könnte ein vielversprechender Hörspielautor werden. Sein Debüt ***Mondglas*** krankt jedoch noch an seinen Dialogen und ist insgesamt zu überfrachtet und in sich nicht immer stringent genug, sodass trotz interessanten Kalküls ein zwiespältiger Eindruck zurückbleibt. Eine Beschränkung auf nur einen der Handlungsstränge hätte dem Stück wahrscheinlich gut getan.

Ein großer Schritt für die Literatur, aber nur ein kleiner Schritt für die Science Fiction ist die neue Arbeit von Hans Magnus Enzensberger, der ja schon einmal vor elf Jahren mit ***Böhmen am Meer*** keine Berührungsängste mit dem Genre gezeigt hatte. ***Ohne uns*** hat er sein ***Totengespräch*** genannt - aber keine Angst: es sind erstaunlich lebendige Tote. Und auch die Produktion selbst war live, ungewöhnlich genug in den letzten sieben Jahrzehnten der Hörspielgeschichte.

Mit ***Die dritte Zivilisation*** ist es Irene Schuck beim Bayerischen Rundfunk gelungen, die Atmosphäre eines Romans der Gebrüder Strugatzkij ins Akustische zu übertragen - einer der drei Favoriten beim letztjährigen Kurd-Lasswitz-Preis - den dann aber doch mit klarem Vorsprung Marina Dietz, ebenfalls beim BR, für Ihre Adaption von Philip K. Dicks *Do Androids Dream of Electric Sheep?* gewonnen hat: ***Träumen Androiden*** heißt das Werk, das sie selbst inszeniert hat und das auch im Handel auf CD erhältlich ist.

Auf den vermutlich ein jugendliches Zielpublikum anvisierenden üppig überladenen Soundteppich wollten sie auch bei ***Der Netzmann*** nicht verzichten: Michael Esser und Walter Adler, deren Hörspiele sich alle eher wie der Sound eines PC-Spiels anhören. Doch zeigt Michael Esser nach der verheerenden Kritik von Günther Wessely [Das Science Fiction

Jahr 2000, Heyne 6339, S.440 f.], dass er offenbar in der Lage ist, auch etwas weniger banale Elaborate zu verfassen, wie es Wessely am Beispiel von ***President in Space*** demonstriert hat.

Wie in Essers Hörspiel geht es auch in ***Die wirkliche Geschichte von Leben und Tod des Entertainers Klaus Meise*** um virtuelles Leben, in dem der Autor Tom Peuckert darüber hinaus augenzwinkernd die Medienwelt aufs Korn nimmt und ihr ein paar gezielte Seitenhiebe verpasst.

1999 wäre die DDR 50 Jahre alt geworden. Zwei Autoren haben sich vorgestellt, wie die Gegenwart wohl aussähe, würde der *Arbeiter- und Bauernstaat* noch existieren. ***Die DDR wird 50*** nannte Lutz Rathenow sein *fiktives Tagebuch eines realen Dissidenten.* Weniger ein Hörspiel denn eine fiktive Radiosendung ist der freche bis satirische Beitrag ***Gemeinsam der Zukunft entgegen*** von Reinhard Kuhnert, der einen Schritt weiter geht und die Feiern zum 10. Jahrestag der Annektierung der BRD durch die DDR belauscht.

Als Regisseur und Funkbearbeiter bot Walter Adler mit ***Esau*** nach Philip Kerr Spannung pur. Mehr aber auch nicht.

Dagegen von vielen mit großer Spannung erwartet wurde ***Schrödingers Katze*** von Friedrich Bestenreiner und Eberhard Petschinka. Vielleicht waren die zu hoch gesteckten Erwartungen dann auch einer der Gründe, warum eine gewisse Enttäuschung unvermeidlich schien. »Ein Rittberger zu viel, der *so* nicht gestanden werden *kann*«, wie einer aus der Hörspieljury für den Kurd-Lasswitz-Preis äußerte.

Zukunftsentwürfe nennt Ulrich Land, WDR-Hörern als Moderator bekannt (»Tach auch«), sein Kurzhörspiel, das die berühmte Radioutopie ***Was wäre wenn*** von Axel Eggebrecht aus dem Jahr 1947 einem fingierten Praxistest unterzieht.

Einen ganz anderen, durch und durch feministischen Zukunftsentwurf präsentiert Claudia Decker in ihrem Hörspielfeature ***All about Eve,*** dessen Qualitäten gewiss nicht in der Dramaturgie, wohl aber in einem optimistischen »Seht her! So könnte es doch auch gehen« liegen und in einer Welt von Diskriminierung, Unterdrückung, Folter und Krieg wie ein Licht am Ende des Tunnels wirkt.

Den sog. Jahrtausendwechsel nahm der Hessische Rundfunk zum Anlass, am 2. Januar 2000 auf der Pop-Welle hr3 vier Stunden lang einen Rückblick vom Januar 3000 auf das 3. Jahrtausend zu senden, an dem sich zahlreiche Autoren, unter ihnen Karlheinz Steinmüller und Peter Zudeick, mit kurzen Beiträgen beteiligt haben.

Eine ganz ähnliche Idee hatte man in der Wissenschaftsredaktion des DeutschlandRadio Berlin: Herbert W. Franke, Andreas Eschbach, Marcus Hammerschmitt, Michael Salewski und Karlheinz Steinmüller wurden eingeladen, kurze Szenen unter dem Reihentitel ***Vergessene Worte im Jahr 2100*** zu schreiben.

Ein Fest für die Ohren war ***Affenmond und Nachtigallensonne,*** das Heinz von Cramer, bekannt für sehr musikalische Inszenierungen, nach Cyrano de Bergeracs Doppelroman *L'autre monde (Reise zu den Mondstaaten und Sonnenreichen)* darbot. Science Fiction nicht im engeren Sinn, aber doch eindeutig den Vorläufern des Genres zuzurechnen. Leider hat von Cramer viele gerade der Stellen des Romans, die Bergeracs aufgeklärtes, aufmüpfiges, antiklerikales Weltbild und seine verblüffenden astronomischen Kenntnisse zeigen, nicht realisiert.

Welche Bescherung mögen Lachsgene wohl im Menschen anrichten? Bruce Thomson demonstriert es in seiner Satire ***Making Babies.*** Gentechnische Auswüchse hier einmal nicht als Zielscheibe der Kritik, sondern des blanken Spotts. Und dabei dank witziger Dialoge höchst vergnüglich zu hören.

Problematischstes Hörspiel ist der Dreiteiler ***Die Prozedur,*** für dessen Romanvorlage Harry Mulisch unbegreiflicherweise mit dem hochdotierten niederländischen *Libri*-Literaturpreis ausgezeichnet wurde. Warum eine atmosphärisch durchaus interessante Geschichte in vielen Aspekten unmotiviert scheint und sich zu keinem geschlossenen Ganzen fügen will, lesen Sie in der Rezension auf den folgenden Seiten.

Wie auch immer Ihnen die neuen Hörspiele gefallen, freuen Sie sich über die reiche Auswahl; 2000 dürfte, soweit das bei Redaktionsschluss dieses Buches abzuschätzen war, mit nur elf Neuproduktionen sogar die Tiefstmarke von 1997 unterschritten worden sein. Und ob Sie die Meinung unserer Rezensenten teilen oder nicht, eins scheint sicher: die Zeit der *ganz großen* Science-Fiction-Hörspiele, wie sie unter anderem unter der Ägide von Dieter Hasselblatt beim Bayerischen Rundfunk entstanden sind, scheint endgültig vorbei. Produktionen wie ***Die Ameise, die mit einer Fahne winkte*** (Richard Hey), ***Der König und der Puppenmacher*** (Wolfgang Jeschke), ***Das große Identifikationsspiel*** (Alfred Behrens), ***Keine Spur von Leben*** (Herbert W. Franke), ***MASTA*** (Michael Springer), ***Modelle Kirke, Kleistbär, Heisenberg usw.*** (Dieter Hasselblatt), ***Ambra das letzte Geschenk*** (Eike Gallwitz) oder ***Olympia Männertrost*** (Rosemarie Voges) hat es seither nie wieder gegeben.

Horst G. Tröster

Kurd-Lasswitz-Preis 1999:
Kopfgeldjäger und elektrische Schafe

Marina Dietz:

Träumen Androiden

nach Philip K. Dick: Do Androids Dream of Electric Sheep?
Regie: Marina Dietz
Bayerischer Rundfunk 1999

Fünf Androiden auf der Flucht, ein professioneller Androidenjäger – und eine quälende Frage: »Träumen Androiden eigentlich? Anscheinend schon. Sonst würden sie nicht gelegentlich ihre Arbeitgeber töten, zur Erde fliehen und ein besseres Leben, ein Leben in Freiheit suchen.«

Ein wundersamer Text liegt diesem Hörspiel zugrunde: Philip K. Dicks 1968 erschienener Roman *Träumen Androiden von elektrischen Schafen?* ist ein rasantes, actionreiches Futurama mit beinahe allen Versatzstücken, die das Genre hergibt, und zugleich eine Geschichte, die dem philosophischen Nachdenken mit den Mitteln der Science Fiction kräftig auf die Sprünge hilft. Wie kein anderer SF-Autor hat sich Dick auf diese Mischung verstanden, und gerade weil sie so unterschiedliche Lesarten offerieren, sind seine Romane und Erzählungen insbesondere in Hollywood sehr beliebt (auch Steven

Spielberg versucht sich übrigens demnächst an einer Dick-Geschichte: *The Minority Report*). Da wird der atemlose Zukunftsthriller plötzlich zum virtuosen Spiel mit unserer Wahrnehmung von Realität. Und die Science Fiction mit all ihrer Pulp-Tradition entpuppt sich als eine grandiose Möglichkeit, religiöse Erfahrungen künstlerisch gerinnen zu lassen.

Und doch ist es ein fast unmögliches Unterfangen, Philip K. Dick in einem anderen Medium gerecht zu werden. Zwar war er kein großer Stilist, aber es gelang ihm auf unnachahmliche Weise, eine außerordentliche Spannung in seiner Prosa zu erzeugen: Praktisch ständig steht der Wahrheitsgehalt der Worte auf dem Prüfstand, ohne dass, wie sonst in der phantastischen Literatur üblich, eine Fluchtmöglichkeit geboten wird. »Dick konnte«, so sein Biograph Lawrence Sutin, »wie kein zweiter Schriftsteller seit Kafka das Gewebe der sogenannten Realität aufdröseln und den Leser darüber in heillose Verwirrung stürzen. Diese einzigartige Wirkung ist ontologisch – eine grundlegende Änderung des Bewusstseins des Lesers in der Frage, was möglich ist.« Ein wirklicher Philip-K.-Dick-Film wäre also nicht einer, der wie *The Truman Show* oder *Matrix* die Realitätsfrage stellt und schließlich eine vorgetäuschte Wirklichkeit durch die tatsächliche ersetzt, sondern einer, der die Zuschauer über den Status der Bilder selbst in ständigem Zweifel hält (wie es etwa interessanterweise Abel Ferrara in seiner William Gibson-Adaption *New Rose Hotel* versucht). Und ein Philip K. Dick-Hörspiel in diesem Sinne wäre wohl ein akustisches Chaos, bei dem der Zuhörer bald auf der Strecke bliebe, ein unablässiger Strom innerer Monologe, vollgestopft mit Rückblenden und verwirrenden Parallelmontagen.

Was also tun? Der Drehbuchautor Hampton Fancher hat sich vor etlichen Jahren dafür entschieden, die Story von *Träumen Androiden von elektrischen Schafen?* auf ihren Kern zu reduzieren und eine neue, filmische Erzählstruktur darum herum zu bauen. So hat *Blade Runner* zwar mit der Vorlage kaum mehr etwas gemein, doch gibt es in diesem Film Szenen, vor allem gegen Ende, die die Dicksche Ideenwelt kongenial illustrieren. Die Hörspielautorin Marina Dietz, die hier auch Regie führt, hat sich dagegen für eine andere Möglichkeit entschieden: Indem sie sich ziemlich genau an den Bauplan des Romans hält – wobei natürlich auf ein Handlungsskelett und einige wesentliche Dialoge herunterbuchstabiert werden muss und von der atemberaubenden Lebendigkeit des Textes vieles verlorengeht (insofern ist der verkürzte Titel Programm) –, gelingt es, eine Geschichte freizulegen, die hinter all den Interpretationen und Deutungen rund um die Filmfassung fast schon in Vergessenheit geraten ist und die im wesentlichen vom Verlust handelt. Da sind die Androiden, die von den Weltraumkolonien, wo sie als Arbeitssklaven gehalten werden, auf die Erde fliehen, um dort unter Menschen als ihresgleichen leben zu können; sie nehmen falsche Identitäten an, die sie mit allen Mitteln, letztlich erfolglos, zu bewahren versuchen. Da ist der Prämienjäger Rick Deckard, der mit jedem erlegten Androiden seinem Ziel näherkommt, sich endlich ein echtes Tier kaufen zu können, um damit seinen sozialen Status erheblich aufzubessern; seine wohlgeordnete und für den Job notwendige Weltsicht zerbröckelt jedoch zusehends: Wie kann er noch zwischen Androiden und Menschen, zwischen wirklicher und künstlicher Welt unterscheiden, wenn selbst der Rekurs auf die emphatischen Fähigkeiten versagt? Da ist John Isidore, dessen Geschichte parallel zur Verfolgungsjagd verläuft und ganz offensichtlich kontrapunktisch angelegt ist; er lässt den Androiden eine menschliche Anteilnahme zukommen, die sich schließlich doch nicht auszahlt. Und wie im Buch bildet den Hintergrund für das Geschehen eine Zukunftswelt, in der das sogenannte Authentische verzweifelte Rückzugsgefechte kämpft, in der eine obskure Staatsreligion und ein kaum verhüllter Sozialdarwinismus die Illusion einer funktionierenden Gesellschaft erzeugen.

Ein Hörspiel also, das der literarischen Vorlage bis ins Detail folgt und doch nicht nur ein akustisch aufgemotztes Hörbuch ist, sondern ein echtes Schmankerl selbst für den geübten Hörer. Denn Sound-Effekte, Geräusche und Musik kommen hier in selten gehörter Souveränität zum Einsatz. Dezent und doch eindeutig – besonders gelungen bei den Szenenübergängen – wird ein SF-Szenario aus Klängen erzeugt, eine Kulisse, die der Story nicht in die Quere kommt, sondern ihr im Gegenteil Gewicht verleiht. Marina Dietz gelangt auf diese Weise ohne Umwege, ohne jeden radiophonen Popanz zur Dickschen Grundfrage: Wie steht es mit dem Selbstverständnis des Menschen, wenn sich die Zivilisation zunehmend über ihre Künstlichkeit definiert, wenn Stimmungen elektronisch erzeugt, Erinnerungen nachträglich implantiert und metaphysische Antworten in Filmstudios produziert werden? »Sind Sie ein Android?«, wird Deckard einmal gefragt wofür dieser nur ein Lachen übrig hat, aber eines, das so schal klingt, als ahne er schon, dass er auch als Mensch bald etwas Unnatürliches darstellen wird in einer Welt, die der Autor selbst einmal folgendermaßen beschrieben hat: »Künstliche Realitäten erzeugen künstliche Menschen. Oder, andersherum, künstliche Menschen erzeugen künstliche Realitäten, die sie dann den anderen Menschen verkaufen, wodurch sie die anderen nach und nach ebenfalls zu einer künstlichen Ausgabe ihrer selbst ummodeln. Am Ende haben wir dann künstliche Menschen, die künstliche Wirklichkeiten ersinnen, die sie wieder an andere künstliche Menschen verhökern. Es ist nichts anderes als ein riesiges Disneyland.«

Träumen Androiden hat mit gutem Grund den letztjährigen Kurd-Lasswitz-Preis als bestes Hörspiel gewonnen: Die handwerklich perfekte Verwendung unterschiedlichster akustischer Elemente, die klug besetzten Rollen, die erzählerische Stringenz und die atmosphärische Dichte heben das Stück weit über viele andere, thematisch ähnlich gelagerte Produktionen hinaus, die meinen, Science Fiction und Philosophie mittels psychedelischem Lärm und gehauchten Dialogen vereinen zu können. Sicherlich: Wollte man den starken religiös-enigmatischen Subtext – insbesondere Deckards transzendentalen Ausflug nach dem Tod des letzten Androiden –, die Beschreibung eines subtilen Totalitarismus und die grandiose Poesie des Verfalls, die der Roman bietet, auch noch mit einbeziehen, müsste man wohl mehr als eine Stunde dafür ansetzen. Andererseits reicht eine Stunde völlig aus, um Philip K. Dick endlich mal wieder im Original ertönen zu lassen (schon allein darüber sollte man sich angesichts der posthumen Ausbeutung Dicks, wie sie etwa K. W. Jeter betreibt, einfach nur freuen). Und sie reicht hoffentlich auch aus, um die Hörerinnen und

Hörer dazu anzuregen, sich mit diesem Autor, sollten sie ihn noch nicht kennen, etwas näher zu befassen. Denn was gibt es da nicht alles zu entdecken: einen skeptischen Mystiker und todernsten Komödianten; einen maßlos schöpferischen Eklektiker und begnadeten Vielschreiber; eines der wenigen wirklichen Genies, die die Science Fiction hervorgebracht hat.

Sascha Mamczak

Quantenphysik im Rapperdrama

Friedrich Bestenreiner und Eberhard Petschinka:

Schrödingers Katze

Regie: Eberhard Petschinka
Westdeutscher Rundfunk und
Österreichischer Rundfunk 1999

Kinder sind die besseren Philosophen, heißt es. Wer sich als Heranwachsender je Gedanken gemacht hat über die Frage, ob denn das Licht hinter der geschlossenen Kühlschranktür nun wirklich aus ist oder nicht, wird als Erwachsener nicht minder fasziniert gewesen sein von den Konsequenzen eines Gedankenexperiments der Quantenmechanik, das als *Schrödingers Katze* bekannt geworden ist. Es gibt eine bestimmte statistische Wahrscheinlichkeit, dass ein Atom innerhalb einer festgelegten Zeitspanne radioaktiv zerfällt. Würde man ein Messgerät, das den Zerfall registriert, mit einer Höllenmaschine koppeln und diese zusammen mit einer lebendigen Katze in eine von der Außenwelt hermetisch abgeschottete Black Box platzieren, so vermöchte ein Beobachter außerhalb nicht zu sagen, ob die Katze nun tot oder noch am Leben ist. Die Katze wäre objektiv zu 50 % tot, also tot und nicht-tot zugleich. Erst das Öffnen des Deckels, der Eingriff in das Experiment von außen, würde Klarheit verschaffen. Erwin Schrödinger, 1933 mit dem Nobelpreis für Physik ausgezeichnet, hat mit diesem Gedankenexperiment versucht, die Unbestimmtheit von Quantenzuständen anschaulich zu machen, die erst durch den Eingriff eines Beobachters von außerhalb auf einen Zustand festgelegt werden.

Friedrich Bestenreiners Einfall war nun eine Physikerin, welche die ebenso makabre wie wahnwitzige Idee hat, dieses Experiment mit seinen vieldeutigen Konsequenzen einmal ganz real stattfinden zu lassen. »In der Quantenwelt regiert nicht das Prinzip von Ursache und Wirkung«, lässt er sie leidenschaftlich dozieren, »sondern Zufall und Chaos. Jedes Atom, jedes Lichtquant verharrt in einem Schwebezustand zwischen seinen verschiedenen möglichen Eigenschaften, so lange bis es per Zufall durch das beobachtende Bewusstsein eine dieser möglichen Eigenschaften annimmt.«

Die Rolle der Katze soll ein zum Tode Verurteilter übernehmen, dem angesichts ausgeschöpfter Rechtsmittel und ohne Aussicht auf Begnadigung keine Wahl bleibt. Er willigt ein, da er mit dem Experiment immerhin eine Chance von 50 zu 50 bekommt, mit dem Leben davonzukommen. Auf offener Bühne, vor den Kameras und Mikrofonen der ganzen Welt, wird das Experiment im Madison Square Garden als gewaltiges, nie dagewesenes Medienspektakel inszeniert. Mr. Baby, wie er sich selbst nennt, begibt sich in die bereitgestellte Black Box und ist eine Stunde lang mit seinen Gedanken allein, ständig nach den Geräuschen des fallenden Hämmerchens und der splitternden Glasampulle mit dem Kaliumcyanid lauschend, die seinen sicheren Tod bedeuten würden. Verurteilt wurde er, weil er tödliche Rache an einem Typen genommen hat, der seinerseits in einem fatalen Kreislauf von Gewalt und Gegengewalt Babys Freund, mit dem er gemeinsam gedealt, geklaut und gerappt hat, mit dem MG durchsiebt hatte.

Wenn die Stunde verstrichen und das Experiment beendet ist, wird Mr. Baby leben und dennoch tot sein. Aber nicht die statistische Wahrscheinlichkeit wird es sein, die ihm den Garaus macht, sondern die von ihm selbst mitverschuldete und mitzuverantwortende Spirale der Brutalität.

Gehen Idee und Handlungsgerüst auf Friedrich Bestenreiner zurück, so war es Eberhard Petschinka, der die Story um den Delinquenten ausgearbeitet hat. Ein wirklich homogener Plot als Ergebnis dieses Teamworks ist jedoch nicht herausgekommen. Wie man es auch betrachtet, die beiden Aspekte der Handlung bleiben heterogen: der angesichts der Konsequenzen für unser Weltbild weitreichende und ebenso abstoßende wie faszinierende Versuch einer Verifizierung von Schrödingers Gedankenversuch auf der einen Seite, die Geschichte des chancenlosen Rappers und Underdogs auf der anderen. Heterogen allein schon deshalb, weil Schrödingers Katze nur das bildhaft veranschaulichende Modell eines Vorgangs ist, der im Mikrokosmos angesiedelt ist und nicht einfach in den Makrokosmos übertragen werden kann. Der Hörspielplot selbst ist bereits so angelegt, dass das Experiment de facto gar nicht stattfindet, weil einem TV-Sender gelungen ist, ein Mikrofon in die damit ihrer Autarkie entkleidete Black Box einzuschmuggeln. Aber dieses Handlungselements hätte es gar nicht bedurft: denn streng genommen ist ja schon durch die Anwesenheit eines denkenden, analysierenden, beobachtenden Bewusstseins in der Box das Experiment a priori zum Scheitern verurteilt. Auf der einen Seite also ein Experiment, dessen Ergebnis ungeachtet seiner makabren Durchführung neugierig macht, auf der anderen Seite der Anschein eines Experiments, das in Wahrheit nur die Sensation für eine Reality-Show abgibt. So ist es auch nur folgerichtig, dass im weiteren Verlauf von Physik und den wahrhaft atemberaubenden Konsequenzen nicht mehr die Rede ist.

Nun ließe sich die ganze Geschichte auch als kritische Anklage gegen eine immer skrupelloser werdende Wissenschaftspraxis auffassen. Wer aber Friedrich Bestenreiner, selbst Physiker, kennt, weiß, dass für ihn die Physik Kern des Hörspiels und keineswegs bloßer Aufhänger für den gesellschaftskritischen Aspekt ist; zumal er sich, wie schon bei seinem vorhergehenden Hörspiel, von dem kaum weniger makabren Fall des Mörders Paul Jernigan hat inspirieren lassen, der seinen Körper vor der Hinrichtung zur posthumen Kartographierung freigegeben hat, das Sujet also ohnehin nahe an der Wirklichkeit ist.

Schon eher könnte man Eberhard Petschinka unterstellen, in dem physikalische Aspekt nur den Aufhänger für eine ganz andere Geschichte zu sehen. Er, der sich um den wissenschaftlichen Hintergrund recht wenig schert, lässt seinen Underdog in der Black Box über vorenthaltene Chancen des Lebens philosophieren: *Du willst nicht dein Leben lang gegen den Zaun rennen ... zwischen den Knoten ist nichts, und trotzdem kommst du nicht durch ... plötzlich denkst du: du bist ein Teil von dem Zaun geworden, bist das Nichts zwischen den Maschen ... und wenn du Teil bist von diesem Zaun, dann bist du auch drüben, dort, wo du hinwolltest ...*

Dabei ist einer der interessantesten Aspekte des Hörspiels - und es scheint gar nicht sicher, ob das von den Autoren von vornherein so geplant war - gerade der, dass die Vorstellung eines chaotischen Zustandes, aus dem erst durch den beobachtenden Eingriff von außen die scheinbar objektive Realität geschöpft wird, sich analog durchaus auf die soziale Wirklichkeit übertragen lässt: der Rapper, der wie alle übrigen Menschen auch quasi vorgeburtlich im Chaos all der ihm theoretisch offenstehenden Möglichkeiten schwebend, erst durch die Geburt, durch den Zugriff der gesellschaftlichen Realität, zu dem chancenlosen Underdog wird, der er ist.

Leider trägt auch die Regie Petschinkas wenig dazu bei, das Hörspiel homogen werden zu lassen. Die zweite Hälfte trägt fast nur noch seine Handschrift; die in einem stilisierten Szene-Jargon (authentisch oder nicht soll hier nicht erörtert werden) vorgebrachten Selbstreflexionen Mr. Babys wirken durch seine Hypernervosität und Massierung von Fäkalausdrücken nicht provozierend, sondern erzeugen schlicht Überdruss, der noch durch die überaus gequälte, gepresste Sprechweise von Bruno Cathomas forciert wird, der nicht nur sich selbst, sondern auch die meisten von Babys Gesprächspartnern zitierend in imitierenden Diktion sprechen muss.

Wenn am Ende das Unvermeidliche eintritt, fragt man sich ernstlich, was das denn nun eigentlich noch mit dem Experiment zu tun hat. Dieter Hasselblatt hat einmal Stories gerügt, die am Ende das zu Beginn gestellte Schein-Problem wieder einkassieren. Oder, wie einer der Juroren beim Kurd-Lasswitz-Preis äußerte: »Ein wahnwitziger Spagat, der schiefgehen *musste.*«

Die Idee, vor allem die von Physikern ernsthaft diskutierte Vielfalt an resultierenden Konsequenzen hätte mehr hergeben können. Vielleicht wäre Friedrich Bestenreiner gut beraten, in

Zukunft seine Geschichten selbst auszufabulieren. Bis zur letzten Konsequenz.

Horst G. Tröster

Evolution als mörderisches Simulationsspiel

Michael Esser:

Der Netzmann

Regie: Walter Adler
Westdeutscher Rundfunk 1999

Viele sehen in Mary Shelleys *Frankenstein* den ersten echten Science Fiction-Roman. Das Thema des Buches – Leben aus der Leblosigkeit – ist in der Science Fiction heute wieder aktuell. Nachdem es beim Cyberpunk darum ging, menschliches Bewusstsein in die Datennetze zu schleusen, kommt es nun wieder heraus: virtuelles Leben im Computer.

Michael Esser nähert sich dem Motiv ganz klassisch von der wissenschaftlich-technischen Seite. Frau Dr. Jacobs arbeitet mit dem Supercomputer *Amazon* an der Digitalisierung des neuronalen Netzes eines Mörders (andere »Freiwillige« haben sich, wie stets in solchen Geschichten, nicht gefunden). Ihr Kollege Dr. Smith nutzt freie Kapazitäten des Amazon zur Berechnung des *Planet 2,* einer virtuellen Welt, auf der sich künstliches Leben entwickeln soll. »Evolution im Sauseschritt« ist Smiths Motto, und so nimmt er – genreüblich – wenig Rücksicht auf irgendwelche Sicherheitsstandards.

Wie man sich denken kann, vermischen sich die beiden Programme: Planet 2 greift in die Struktur des künstlichen neuronalen Netzes ein, welches eine Eigendynamik entwickelt: Es scheint tatsächlich zu denken. Einmal gestartet, lässt sich das Programm dann natürlich nicht mehr abbrechen und verbreitet sich wie ein Computervirus auf andere Rechner.

Paul, wie sich der Netzmann nennt, wird als Kopie in einen Behördenrechner geladen und dort verhört. An dieser Stelle fügt der Autor dem technischen Brimborium eine religiöse

Komponente hinzu. Da ist plötzlich die Rede von der »Auferstehung der Toten« als Computerprogramm.

Der Mörder Paul versucht schließlich, auch sein Opfer virtuell wiederzubeleben, um seine Schuld zu tilgen. Währenddessen züchten seine Gegenspieler auf einer neuen Version von Planet 2 immer kampfstärkere Kopien von ihm, um diese in einer Art Krieg gegen ihn antreten zu lassen.

Dann überschlagen sich die Ereignisse. Freundlich ausgedrückt. Genauer gesagt wird es von diesem Zeitpunkt an reichlich verwirrend, da Paul seine Schöpferin in die Netzwelt holt und dort mit ihrem virtuellen ungeborenen Kind konfrontiert.

Das Ende wirft mehr Fragen auf, als es beantwortet. Während sich das Hörspiel zu Beginn detailliert mit technischen Fragen auseinander setzt, werden am Schluss selbst bizarre Ereignisse einfach in den (virtuellen) Raum gestellt. Natürlich geht es Michael Esser in Wirklichkeit nicht um die Machbarkeit virtueller Existenzen, sondern darum, was ein menschliches Bewusstsein ausmacht. Schade ist nur, dass die Antwort auf diese Frage im Treibsand technischer Spielereien zu versinken droht. Das Hörspiel ist aufwendig und professionell produziert, doch die eingestreuten nervigen Toncollagen wirken manchmal genauso überladen wie die Handlung des Werkes.

Ulrich Bettermann

Vatikan und Silicon Valley

Tom Peuckert:

Die wirkliche Geschichte vom Leben und Tod des Entertainers Klaus Meise

Regie: Beate Andres
Sender Freies Berlin 1999

Tom Peuckert hat sein Hörspiel als klassische Detektivgeschichte aufgebaut. Wissenschaftler tauchen allenfalls als Nebenfiguren auf. Castor Troja wird (genreüblich) von einer Frau beauftragt, einen verschwundenen Liebhaber zu suchen: Klaus Meise, Moderator der *Late-Night-Show,* ist eines Tages verschwunden. Troja findet heraus, dass am Wohnsitz Meises niemand lebt und dass auch Journalisten den Moderator nie persönlich getroffen haben. Seine Beziehung zur Außenwelt fand stets über seinen Sender statt. Dessen Chef, Charlie Kapel, macht sich ebenfalls Sorgen um den Entertainer. Troja verfolgt Kapel unauffällig in die kalifornische Wüste und muss mit ansehen, wie Kapel im Silicon Valley vor seinen Augen ermordet wird. Er trifft auf einen Experten für virtuelle Realitäten, der vor Japanern auf der Flucht ist. Es stellt sich heraus, dass Klaus Meise lediglich ein Computerprogramm ist, ein virtueller Mensch, der von Kapel und seinem Sender aus den Händen der Japaner entführt wurde. Im Auftrag des Vatikan sollte Meise in der Abendunterhaltung unmerklich religiöse Inhalte vermitteln: »Der Weg zum wahren Gott führt über den Falschen«, sagt die Kirche.

Außer dieser Pointe kann das Werk dem SF-Genre nicht viel Neues hinzufügen. Das Thema der virtuellen Existenz wird lediglich in den Raum gestellt. Ansonsten handelt es sich um eine klassische, ja, triviale Kriminalgeschichte. Die Idee zu diesem Hörspiel mag Tom Peuckert wohl gekommen sein, als Harald Schmidt in seiner Show einmal wieder mit seiner katholischen Herkunft kokettierte.

Die hintergründige Fragestellung, nämlich inwieweit das Fernsehen die Zuschauer beeinflusst und ob die dort auftretenden Personen echt oder nur von Interessengruppen eingesetzte Stereotype sind, wird nur angerissen. Das virtuelle Leben benutzt Peuckert lediglich als Science Fiction-Spielzeug; es ist nicht wirklich Thema dieses Werks.

Ulrich Bettermann

Das Geheimnis der Wandler

Hans Magnus Enzensberger:

Ohne uns – Ein Totengespräch

Komposition: Jochen Scheffter
Regie: Klaus Mehrländer und Thomas Leutzbach
Westdeutscher Rundfunk 1999

Da sitzen sie nun also, der ehemalige Klassenfeind und der ehemalige Terrorist, in einem Militärcamp in Malaysia »irgendwann in der Zukunft«, Regen fällt aufs Wellblechdach, dreimal die Woche müssen sie antreten beim Kommandanten, »Wie geht es Ihnen? Haben Sie gut geschlaft?« zitieren ihn die beiden Protagonisten. Ja, der Kommandant lernt deutsch, er hofft auf Asyl in Europa, in Deutschland, irgendwann einmal. Und die beiden Protagonisten sind hier im Asyl – nur einer der vielen Widersprüche, mit denen der Autor Hans Magnus Enzensberger in diesem Hörspiel arbeitet, die Konstruktion des Widersprüchlichen bereits das Struktur- und Handlungsprinzip des Hörspiels. Da ist auf der einen Seite der ehemalige Banker Philipp, der das kapitalistische System für sich, zu seiner Bereicherung, nutzte und betrog (»ein Bücher-Fälscher«, sagt Thomas), auf der anderen Seite der ehemalige Terrorist Thomas, der als Schullehrer das System vermitteln sollte und dann das System bekämpfte (mit einem »lächerlichen Banküberfall«, sagt Philipp) – und nun sitzen sie beide hier, gesucht vom BKA, aufeinander angewiesen, zur Untätigkeit verbannt. Fadenwürmer nagen in Thomas, Abszesse zerfressen ihn von außen, und Philipp besorgt ihm die notwendigen Tabletten, um diesen Prozess aufzuhalten – symbolträchtig dargestellt die Abhängigkeit. Auch in der Geste des Haarschneidens wieder, wenn der Banker, der selbst eine Glatze hat, dem Alt-68er die Haare schneidet.

Das Fernsehen als Zeitvertreib, der Banker hier der Abhängige, ganz Konsument, der Terrorist der Fernseh-Verweigerer, der auf die Phantasie pocht, auf das Geschichten-Erzählen. Und sie erzählen Geschichten, von Waugh und Dickens zum

Beispiel, Geschichten die zugleich ihre eigenen Situationen und Zustände spiegeln. Doch, wo es hier um Phantasie geht: warum erfinden Thomas und Philipp nicht ihre Geschichten selbst?

Trotzdem, Geschichten gegen das Medium Fernsehen, gegen den fiktiven Fernseh-O-Ton, die Welt *draußen,* das Fernsehen als ›Fenster zur Welt‹ *draußen,* zur Veränderung, zur Wandlung nicht zufällig ist die neue Bewegung die der *Wandler,* von denen das Fernsehen berichtet. Eine Realität allein im Fernsehen und durch das Fernsehen, nicht überprüfbar und doch anscheinend diskutierbar! »Man muss die Organisation enthaupten, die Zentrale liquidieren ..., man muss die Kader infiltrieren und die Leitungsebene ausforschen und unschädlich machen«, fordert Thomas, ganz im alten Jargon. Ja, die Veteranen haben nichts dazugelernt, »wir haben keine Fehler gemacht, wir sind der Fehler!« Einigkeit im Schwelgen in den alten Parolen, sonst eine Zwangsverbindung, wie sollten sie sich unterhalten, wenn der andere nicht da wäre?

Sie sitzen fest in diesem Camp in Malaysia, fest in ihrem Denken, nicht angekommen im Jetzt, fest zusammengeschweißt, abhängig voneinander, die einstigen Gegner. Und sie vertragen sich, arrangieren sich. Nicht in der Hölle sind sie, dort sind nur die Verdammten, »gut haben wir es hier« / »ja – wir haben es gut« – Zynismus pur. Beide sind gute Analytiker der gesellschaftlichen Verhältnisse, aber es nützt ihnen nichts. Auch die Verbindung nach draußen nützt nichts, nur vermittelt durch die Medienrealität, in der die Nachrichten denselben Stellenwert haben wie die Werbeblöcke, die sie ablösen. Eben nur Medienrealität!

»Auf die Dauer gewinnt der Glaube immer«, sagt der Banker, »Der Glaube an was?«, fragt der Skeptiker, »Darauf kommt es nicht an. Die [Wandler] glauben, ohne zu wissen an wen und woran ... Eine Art entkernter Buddhismus.« Also »die vollkommene Leere« – in dieser Erkenntnis ist die Grenze des Erträglichen für Thomas erreicht, für den Banker ist sie es beim Ausfall des Fernsehers, da will er »Schluss machen«.

Ohne uns ist eines der wenigen literarischen SF-Hörspiele, ist aber sicher weniger als Science Fiction zu verstehen denn als Vergegenwärtigung gesellschaftlicher Abläufe. »Die Wiederholung ist die Wirklichkeit«, sagt Thomas. Er, der als 68er offensichtlich zur RAF abrutschte, sitzt nun genauso wie sein damaliger Gegner in Malaysia, verdammt zur Untätigkeit, zum Stillstand. Während sich schon die nächste Bewegung, die der *Wandler,* auf die Straßen begibt wie einst er selbst. *Die Wandler,* vielleicht als Öko-Bewegung einzustufen, vielleicht auch religiös motiviert, ihr Ziel undeutlich, und auch schon mit ersten Ansätzen zur Gewalt - oder ist das nur ein Gerücht? Nur Medienwirklichkeit? Der ewig sich wiederholende Kreislauf der Geschichte von Bewegung und Gegenbewegung, von Gewaltlosigkeit und Gewalt, von Wandlung und Regression.

Das Hörspiel trägt ***Ein Totengespräch*** im Titel - auch das rückt es ein wenig aus dem Science Fiction-Bereich. Und auch die *Wandler* als Bezeichnung des sich Wandelbaren (»kalter Kaffee«, sagt Thomas) ist ja eher allgemein gehalten, als dass hier eine konkrete SF-Idee konsequent weiter-gedacht würde. Hier stellt sich eher die gesellschaftliche Entwicklung als Kreislauf dar, die Wandlung als eine Wandlung ins Nichts, wie seinerzeit die 68er-Bewegung - krass formuliert. Der Ort Malaysia anstelle des Jenseits oder des Hades führt allerdings wieder weg vom traditionellen satirischen *Totengespräch.*

Eigentlich ist es ein Zwei-Personen-Stück, ein Kammerspiel, das durch dichte Dialoge, wunderbare Schauspieler (Ulrich Wildgruber und Felix von Manteuffel) und sichere Regieführung besticht. Die Musik allerdings ist in ihrer Einfallslosigkeit (elektronischer Klangteppich) überflüssig, auch dramaturgisch nicht zwingend, und bei der Geschichte vom Hirten gleitet sie sogar ins Klischeehafte ab, wenn wir nun eine Flötenmelodie als Untermalung hören. Sicherlich ist es nicht zufällig, dass dieses ›Kammerspiel‹ in einer Reihe mit anderen Hörspielen vom ORF und WDR live vor Publikum inszeniert wurde. Das erinnert an den Anfang des Rundfunks, wo alle Hörspiele noch live inszeniert wurden, aufgrund technischer und (schallplatten)rechtlicher Probleme, und es kommt einem die Frage in den Sinn: Ist das Hörspielstudio, das Tonstudio, ein Ort der Verbannung des Hörspiels wie die Verbannung der Protagonisten nach Malaysia und die öffentliche Aufführung ein neuer Schritt in die Öffentlichkeit?

Christiane Timper

Restrisiko beim Kinderkriegen

Bruce Thomson:

Making Babies

Regie: Wolfgang Rindfleisch
DeutschlandRadio Berlin 2000

Kinderlose Paare, die ihre Hoffnung auf Nachwuchs mittels künstlicher Befruchtung erfüllen wollen, sollten sich damit vielleicht etwas beeilen. In wenigen Jahren dürfte das Szenario dieses Hörspiels machbare Möglichkeit und der Schritt zur Realität nur noch von den ethischen Skrupeln der beteiligten Wissenschaftler abhängig sein.

Denise schwärmt ihrer Freundin Carol nach der Geburt ihres Sohnes vor, wie toll das Angebot dieser Firma für künstliche Befruchtung gewesen sei – umfassende Betreuung und jede Menge Wahlmöglichkeiten vom Geschlecht bis zur Haarfarbe. Und ob Carol diesen Schritt nicht doch auch wagen möge, schon um ihre Ehe zu retten, wo doch Carols Mann unbedingt ein Kind haben wollte. Carol zögert; nicht jedes von dieser Firma produzierte Kind ist so wohlgeraten wie das ihrer Freundin. Aber ein gewisses Risiko gibt es schließlich überall, also nimmt auch Carol die Dienste der Firma in Anspruch. Als ihr Sohn Brendan zur Welt kommt, ist sofort klar, dass dieses Kind etwas Besonderes ist. Seine Entwicklung verläuft exponentiell schneller als die normaler Kinder. Mit sechs Wochen kann er laufen und sprechen (sogar den Stimmbruch hat er offenbar schon hinter sich ...), was seine Ursache darin haben dürfte, dass er schon mit Schuppen und Kiemen geboren wurde: Wegen eines dummen Versehens, wie man Carol versichert, wurden bei Brendans in-vitro-Zeugung auch ein paar Lachs-DNS-Stückchen dazugemischt. Im Laufe der Monate erweist sich Brendans Lachsnatur als stärker – nur im Wasser hat er eine Überlebenschance. Carol fährt mit ihrem Sohn ans Meer und entlässt ihn aus ihrer Obhut.

Making Babies kann sich nicht so recht zwischen ernsthafter Auseinandersetzung mit einem sensiblen und sicher in den kommenden Jahren verstärkt in die öffentliche Diskussion rückenden Thema und schlichtem Klamauk entscheiden. Die Gespräche zwischen Denise und Carol sind stellenweise reine Satire und offenbaren den staubtrockenen Humor des Autors Bruce Thomson (wie er für Australier typisch zu sein scheint: Interviews mit Mel Gibson hören sich ganz ähnlich an ...). Die Auseinandersetzung mit einer sensationsgeilen Journalistin der Klatschpresse haben dagegen bestenfalls Wochenshow-Niveau; ernstnehmen soll man diese schlechte Karikatur eines Interviews wohl nicht, und für den Verlauf der Geschichte erfüllt es auch keinen erkennbaren Zweck. Halbwegs ernsthaft beschäftigt sich das Hörspiel nur mit der Beziehung zwischen Mutter und Sohn, aber auch hier bleiben die Darsteller und die Dialoge oberflächlich. Eine kontinuierlicher Handlungsverlauf wird nicht erzählt, das Leben des Lachsjungen in Momentaufnahmen präsentiert.

Das auch vom Titel suggerierte Thema, dass die neuen Techniken und Fähigkeiten der Gentechnik(er) den Manipulationen auch am menschlichen Erbgut Tür und Tor öffnen, wird an keiner Stelle adäquat behandelt. Das lapidare Eingeständnis des Mediziners (dessen quäkend-näselnde Stimme eine Zumutung ist), die Lachsgene seien im Zuge eines Experimentes absichtlich eingefügt worden, der (im ganzen Hörspiel nicht persönlich auftauchende) Ehemann habe dazu sein Einverständnis gegeben, bleibt ohne Folgen und wird nicht einmal von der Mutter kommentiert. Die ganze Inszenierung ist einfach nur lieblos heruntergenudelt.

Letzten Endes erfüllt Making Babies nicht einmal die mit den Eingangsszenen erzeugten Erwartungen einer satirischen Abhandlung, von einem ernstzunehmenden Beitrag zur aktuellen Diskussion gar nicht zu reden. Schade um die Zeit!

Ute Perchtold

Das Vierteljahrhundert der Frau

Claudia Decker:

All about Eve – Visionen

Regie: Helge Heynold
Hessischer Rundfunk und Bayerischer Rundfunk 1999

Am 20. Dezember 2025 zieht ein deutscher Radiosender in einem Feature Bilanz der ersten 25 Jahre des 3. Jahrtausends. Im Mittelpunkt der Sendung steht Eva, eine junge Frau, die für ein Stipendium am Massachusetts Institute of Technology ausgewählt wurde und dafür einen Raumflug um die Erde gewann. Während der Erdumkreisungen unterhält sie sich mit dem Reporter und kann sich (und alle Hörer der Sendung) in den Alltag beliebiger Personen auf der Erde einklinken. Anhand dieser Einblendungen erfährt der Hörer alle wesentlichen Veränderungen dieser 25 Jahre. Es war, so lässt sich schlicht zusammenfassen, das Vierteljahrhundert der Frau. Wir hören die Regierungserklärung der Bundeskanzlerin zu Beginn ihrer zweiten Amtszeit; wir erfahren aus den Gesprächen zweier Afrikanerinnen, dass die grausame Verstümmelung junger Mädchen, euphemistisch Beschneidung genannt, überall der Vergangenheit angehört; wir sind Zeugen der historischen Nachricht, dass in Nigeria die letzte kriegerische Auseinandersetzung auf dem Globus beendet wurde; und wir lernen, dass das Verhältnis der Geschlechter endlich ein auch in der Praxis wahrhaft gleichberechtigtes geworden ist. Dazwischen unterhält sich Eva mit ihrer Mutter über den weiten Weg von den Anfängen des Feminismus zu den Errungenschaften des Jahres 2025, der auch den friedlichen Kampf der Frauen für eine neue Schöpfungsgeschichte der christlichen Kirchen umfasst, die 2015 verabschiedet werden konnte und die Eva ermöglicht, einen Namen zu tragen, der nicht mehr vom Fluch einer vermeintlichen Erbsünde belastet ist.

Als Eva von ihrem Rundflug zurückkehrt, macht sie dem staunenden Reporter deutlich, dass sie nicht vorhat, sich auf den Lorbeeren des Erreichten auszuruhen, weder auf den persönlichen noch auf denen der menschlichen Gemeinschaft. Damit sie selbst und die Welt eine Zukunft hat, sind Visionen notwendig und der feste Wille, diese Visionen Wirklichkeit werden zu lassen: »Träume nicht dein Leben! Lebe deine Träume!«

Mit ihren Visionen einer besseren Welt von morgen geht die Autorin Claudia Decker den Weg ihrer Protagonistin. Manches daran mag uns fast ein wenig lächerlich vorkommen (wie das Einstellungsgespräch zwischen der Firmenchefin und dem männlichen Bewerber, das ist ein bisschen arg dick aufgetragen), manches sehr utopisch (Frieden auf der Welt in 25 Jahren? In Kaschmir? Afrika? Im Nahen Osten?), aber eine wesentliche Botschaft dieses überaus hörenswerten Features lautet, dass wir Heutigen nicht aufhören dürfen, uns eine bessere Welt auszumalen und vorzustellen, wenn unsere Kinder jemals eine haben sollen, und dass wir nicht aufhören dürfen, dafür zu kämpfen und uns auf den Weg dahin zu machen, und seien die Schritte auch noch so klein.

Und eine weitere Botschaft besagt, dass diese Visionen sich nicht in immer schnelleren Internetzugängen und dem voll-computerisierten Haus erschöpfen dürfen, sondern das gesellschaftliche Miteinander neu definieren müssen, wie das Verhältnis zwischen Mann und Frau, den Umgang mit Minderheiten, die Bildung und Ausbildung der Kinder, die Zukunft der Arbeit. Wo uns die SF-Literatur der letzten Jahre recht schmählich im Stich gelassen hat, könnten doch noch viel mehr Produktionen wie diese über den Äther kommen und die Lücke füllen – wie wäre es mit einem neuen Trend im Hörspielbereich?

Und bis es soweit ist: Hören Sie doch einfach mal rein in diese Produktion und lassen Sie Ihrer Phantasie Flügel wachsen. 25 Jahre sind schneller vorbei als man denkt!

Ute Perchtold

Brüder zur Sonne zur Freiheit – die DDR wird 50

Lutz Rathenow:

Die DDR wird 50

Mitteldeutscher Rundfunk 1999

Reinhard Kuhnert:

Gemeinsam der Zukunft entgegen

Regie: Hilmar Bachor
Westdeutscher Rundfunk 1999

Was wäre, wenn ...? Das waren schon immer die interessantesten und aufregendsten Geschichten in der politisch orientierten Science Fiction. Ob Jerry Yulsmans *Elleander Morning* oder die von J. C.Squire und Eric Simon herausgegebenen Erzählungen und Berichte aus Parallelwelten *Wenn Napoleon bei Waterloo gewonnen hätte* und *Alexanders langes Leben, Stalins früher Tod,* immer werden auf spannende Weise alternative Realitäten dargestellt. Diese *If it happened otherwise*-Geschichten (John Squire, 1931) sind nicht bloße literarische Spekulation, sondern nehmen einfach nur an geschichtlich bedeutsamen Weggabelungen den anderen Weg – und offenbaren damit, wie eng Wirklichkeit und mögliche Realitäten beieinander liegen. Nur ein einziges winziges Detail der Geschichte unterscheidet sich von den historischen Ereignissen und verändert doch entscheidend die Welt, in der wir leben.

Solch realitätsnahe Spannung lassen auch die Titel von zwei 1999 produzierten Hörspielen erwarten, die sich rund um denkwürdige Daten deutscher Geschichte des Oktober 1999 drehen. Dabei handelt es sich nicht im engeren Sinn um Hörspiele, da keine Handlung erzählt und gespielt wird. In Form von Essay und Feature wird fiktiv der 50. Geburtstag der DDR am 7. Oktober und das 10jährige Bestehen der Vereinten Sozialistischen Republik Deutschland am 3. Oktober gefeiert.

Bei ***Die DDR wird 50*** handelt es sich um Notizen aus einem fiktiven Tagebuch des realen Dissidenten Lutz Rathenow, der zugleich Verfasser und Sprecher seines Szenarios ist. Die Rezitation seiner Tagebucheinträge beginnt am 1. Oktober 1999 und endet am 6. Oktober 1999, einen Tag vor dem 50. Jahrestag des Bestehens der Deutschen Demokratischen Republik.

Auslöser der veränderten Realität war die Ermordung Günter Schabowskis auf einer Pressekonferenz am 9. November 1989. Der einstige Informationssekretär des SED-Zentralkomitees hält dort sterbend ein Blatt Papier in die Luft, dessen Inhalt ein Geheimnis bleibt. In der uns bekannten Geschichte verliest Schabowski von diesem Papier die Grenzöffnung zur Bundesrepublik Deutschland. In Rathenows Tagebuch dagegen bleibt der Inhalt seiner Rede ungehört und die sozialistische Republik der DDR kann leicht mutiert weiter bestehen. In den vergangenen zehn Jahren hat sich einiges geändert. Die SED unter Egon Krenz beschränkt ihr sozialistisches Sendungsbewusstsein auf die DDR; das Ministerium für Staatssicherheit ist mittlerweile auf vier bis fünf Millionen Angestellte und weitere zwei Millionen inoffizielle Mitarbeiter angewachsen; zwei Millionen Ausreisewillige konnten die DDR verlassen. Noch immer sind Rohstoffe in der DDR knapp. Doch aus der Not wird eine Tugend: Durch ihre optimale Ausnutzung von Ressourcen ist die DDR ein Vorbild im weltweiten Umweltschutz. Das luftverschmutzte Bitterfeld ist mittlerweile ein Junkie-Paradies. Ein Tunnel zwischen der DDR und dem einzig noch existierenden sozialistischen Bruderland Kuba als Urlaubsdomizil ist festes Planungsziel.

Rathenow malt sarkastisch aus, wie die DDR der Schweiz immer ähnlicher wird – als Hochburg der Geldwäsche, als Land mit niedrigen Mieten und geringer Arbeitslosigkeit. Der Schweizer Bankrat habe sich mittlerweile beschwert, dass illegal erworbenes Geld immer häufiger in der DDR gewaschen werde, durch den Verleih billiger Bauarbeiter, die Beteiligung am Sextourismusmarkt in Thailand oder der Ausbildung von Terroristen und Anti-Terroreinheiten zugleich. Sogar der Verkauf von Senderechten für die noch immer alljährlich stattfindende Militärparade ist inzwischen zu einem nicht zu unterschätzenden Wirtschaftsfaktor geworden. Denn »Wo auf der Welt bietet eine Armee noch so viel Stechschritt?«, merkt Rathenow am Vorabend des 50. Jahrestages treffend an.

Ideenreich entwickelt Rathenow die Geschichte der DDR weiter. Doch muss der Hörer selbst entscheiden, ob er das Hörspiel für ein gelungenes gesellschaftskritisch-ironisches Essay halten will oder bittere DDR-Nostalgie.

Das Feature ***Gemeinsam der Zukunft entgegen*** hingegen kommt als nostalgische DDR-Utopie daher. Längst ist die Mauer gefallen und hat sich der Sozialismus ostdeutscher Prägung über ganz Deutschland ausgebreitet. In Form einer »streng öffentlichen« Festtagssendung des Deutschen Einheitsrundfunks werden in 25 Programmpunkten Lieder, Texte, Reportagen und Stellungnahmen zum 10. Jahrestag der SRD, der Vereinigten Sozialistischen Republik Deutschland, übertragen.

Anfangs kann man die getragenen, pathetischen Gesänge zur Lobpreisung des sozialistischen Arbeiter- und Bauernstaates oder die Liveschaltung zum Novembertreffen der Christlich-Sozialistischen Union auf der Münchner Theresienwiese noch recht unterhaltsam und amüsant finden. Der Song der DDR-Gruppe Karat von den sieben Brücken, über die man gehn muss, bringt gar gute alte Jugenderinnerungen hervor. Und die Vorstellung, dass Oskar Lafontaine als Muster-Sozialist Außenminister dieser Republik geworden ist, entbehrt nicht einer gewissen Komik. Doch je weiter die Festsendung voran schreitet, je mehr man mit dem sozialistischen Vokabular infiltriert wird, desto mehr körperliches Unwohlsein rufen Kommentare von Vorzeige-Journalisten, Interviews mit umerzogenen Westbürgern, Beiträge angepasster Kinder und Künstler oder die roten Kampflieder hervor. Zuletzt kann man als Hörer, der das Glück hatte, nicht in einem totalitären System aufgewachsen zu sein, nur noch tiefste Abneigung gegen ein solches Szenario empfinden. War das die Absicht des Autors Reinhard Kuhnert, der hier auch als Rundfunksprecher auftritt? Dann hat er sein Ziel erreicht. Und Ossis wie Wessis werden nach diesem Feature hoffentlich getrost in

Honeckers Worten sprechen können: »Vorwärts immer rückwärts nimmer!«

Gemeinsam der Zukunft entgegen ist keine Geschichte im Sinn von *Was wäre, wenn ...?*, da die parallele Zukunft an keinem Knackpunkt in der Geschichte festgemacht werden kann. Es geht dem Autor auch nicht um die Plausibilität eines möglichen sozialistisch vereinten Deutschlands. Glücklicherweise hatte die DDR zu keinem Zeitpunkt eine Chance, sich auf ganz Deutschland auszudehnen. Doch ist beängstigend, wie vorstellbar es wird, dass sich reale Persönlichkeiten des öffentlichen Lebens der Bundesrepublik in ein sozialistisches System einpassen lassen, ja es sogar als ihre eigene Tradition verinnerlichen, allen voran der »Christgenosse« Stoiber: »Im linken Bayern ist gut feiern!«.

Beide Autoren lassen den Sozialismus weiter bestehen, Lutz Rathenow in einer modernisierten, zum Teil kriminalisierten Version, Reinhard Kuhnert verharrend in den reformunfähigen Parteistrukturen mit den alten Feindbildern der imperialistischen westlichen Welt, beide jedoch als Mahnmale, unsere Realität anzuerkennen als wohl doch eine der besseren aller möglichen Wirklichkeiten.

Bärbel Weixner

Von künstlichem Leben und tödlicher Blasphemie

Harry Mulisch:

Die Prozedur

Musik: James Reynolds, Regie: Uwe Schareck
Westdeutscher Rundfunk 2000

Wenn man ein Hörspiel, das nach einer Romanvorlage entstanden ist, beurteilt, besteht immer die Gefahr, zu leicht Mängel oder Vorzüge der Vorlage zu übertragen. Mulischs Geschichte des Victor Werker, einem begnadeten Mikrobiologen, dem es gelungen ist, aus anorganischer Materie organisches Leben zu schaffen, den sogenannten Eobionten, ist als Roman mit vielen Mängeln behaftet.* Solche Unzulänglichkeiten sind per se nicht dem Hörspiel anzulasten, vielleicht der Entscheidung, überhaupt ein Hörspiel nach dem Roman zu produzieren.

Die wissenschaftliche Großtat, die Victor Werker Gott und dem Nobelpreis näher gebracht hat, wird überschattet durch den Neid seines Assistenten Brock, der seine Arbeit an diesem bahnbrechenden Verfahren durch Werker nicht genügend gewürdigt sieht und dass die gemeinsame Tochter von Victor und seiner Freundin Clara eine Totgeburt ist. Clara verlässt Victor daraufhin unter mehr als fadenscheinigen Gründen, wie überhaupt große Teile der Handlung mehr oder minder willkürlich erscheinen. Das Ganze wird im wesentlichen retrospektivisch erzählt in Briefen, die Victor an seine nie in den Genuss des Lebens gekommene Tochter Aurora adressiert, aber seiner ehemaligen Freundin Clara schickt. Es sind endlose Vorträge über die DNS und die Bausteine des Lebens, die schlichtweg ermüden, besonders wenn sie eine gute halbe Stunde lang von einem Sprecher heruntergeleiert werden.

Hier nun zeigt sich, dass das Hörspiel mitnichten als solches zu bezeichnen ist. Die Funkbearbeitung macht sich nicht die Mühe, ein szenisches Gebilde zu schaffen, sondern Victor Werkers Stimme malträtiert den Zuhörer mit trockenen Ausführungen, die nur manchmal durch eine kurze, altkluge Zwischenbemerkung seiner nur in seinem Geiste existierenden Tochter unterbrochen werden.

Noch katastrophaler wirkt sich diese Vorgehensweise im ersten Teil aus, in dem die Schaffung eines Golems durch den legendären Rabbi Löw im Prag Rudolph II. dargestellt wird. Auch hier berichtet ein Sprecher die Ereignisse, beschreibt endlos die Szenerie und die Handlungen der Figuren und wird dabei nur hin und wieder von einem Alibi-Dialog, der oft genug nichtssagend bleibt, unterbrochen. Dass Rabbi Löws Frau wie eine Xanthippe daherkommt, ist in Mulischs Roman angelegt, wird aber in der Hörspielfassung noch verstärkt, was

---

* Siehe Rezension in Wolfgang Jeschke (Hg.): *Das Science Fiction Jahr 2000,* Heyne Buch 06/6339, S. 823 ff.

kein gelungener Schachzug ist. Hörspiel bedeutet ja nicht nur Hören, sondern auch Spiel, und es sollte keinesfalls eine etwas aufgepeppte Lesung des Romans sein; aber genau das ist die Funkfassung von ***Die Prozedur.*** Ist der Prag-Teil noch das Beste an Mulischs Roman, so wird im Hörspiel auch dieser schon schnell langweilig, da der Zuhörer über lange Passagen mit nur einer Stimme konfrontiert wird. Hier wäre es besser gewesen, wenn sich der Bearbeiter etwas mehr Mühe gegeben und mehr Gewicht auf das Spiel gelegt hätte.

Zum Schluss schließlich wird Victor ermordet, doch das geschieht so plötzlich und ohne wirklichen Zusammenhang übrigens auch für den Ermordeten selbst – dass man sich wirklich fragen muss, hatte Mulisch keine Lust mehr weiterzuschreiben, oder musste er – aus welchen Gründen auch immer – ein halbfertiges Manuskript abliefern. Vor Rätsel, zumindest den Rezensenten, stellt auch die Episode mit den Milchbrüdern, Drillingen, die zur gleichen Zeit wie Victor geboren und von dessen Mutter mit gesäugt wurden. Victor trifft sich mit ihnen, doch wird die Handlung dadurch keinen Schritt weitergebracht, und auch die Entelechie der Figur nicht schlüssiger. Es kommt zu einem belanglosen Austausch von Floskeln, und dem Zuhörer bleibt nicht erspart, dass die drei jedes Mal unisono sprechen. Einfach ein müder Gag, der nichts bewirkt.

Ein intelligenter Bearbeiter von Mulischs Roman hätte in der Hörspielfassung möglicherweise die losen Enden der Handlung verknüpfen, hätte Bezüge zwischen den einzelnen Teilen herstellen und so aus dem Roman vielleicht ein durchaus annehmbares Hörspiel schaffen können, doch diese Chance wurde vergeben.

Das Hörspielmanuskript ist, so hat es zumindest den Anschein, zu großen Teilen eine Abschrift des Romans, ziemlich lieblos zusammengestückelt, und es erhebt sich die Frage: warum? War es unbedingt notwendig, diesen Roman – wie auch immer – in eine Funkfassung zu bringen? Gibt es nicht genügend wirkliche Hörspielmanuskripte, die zumindest die minimalen Anforderungen des Mediums erfüllen? Da sehnt man sich wirklich nach solchen Sternstunden des Hörspiels wie Douglas Adams' ***Per Anhalter ins All,*** wo der Autor das Medium wirklich bis zur letzten Frequenz ausnutzt.

Florian F. Marzin

Vergessene Worte im Jahr 2100
Fünf Miniaturen im DeutschlandRadio Berlin 1999:

Karlheinz Steinmüller: Kernkraftwerk

Michael Salewski: Computer

Herbert W. Franke: Rakete

Marcus Hammerschmitt: Klonen

Andreas Eschbach: Auto

Regie in allen Produktionen: Renate Heitzmann

Rechtzeitig vor Beginn des Jahres 2000 war man beim DeutschlandRadio Berlin auf die Idee gekommen, dieses Ereignis von namhaften deutschen Science Fiction-Autoren kommentieren zu lassen. Rückblickend aus dem Jahre 2100 sollten sie Worte erläutern, die, so die Vorgabe, in der Zukunft in Vergessenheit geraten sein würden. Ebenfalls vorgegeben war die Form einer Funkreportage und eine Höchstdauer von fünf Minuten. Fünf Autoren nahmen die Herausforderung an, gesendet wurden ihre Kürzesthörspiele an den fünf letzten Tagen des Jahres 1999. Wer jetzt glaubt, dass allein durch die Themenvorgabe schon ironische Rückblicke auf unsere heutige Kultur herausgekommen wären, irrt jedoch. Die meisten der populären Autoren haben ihr vergessenes Wort eher ernstgenommen und düstere Visionen entworfen.

Lediglich Andreas Eschbach gelang es mit dem Stichwort ***Auto,*** unser heutiges Verhalten originell zu karikieren. Er beschreibt die vergessenen Fahrzeuge als eine Art mit Drehrad und Fußpedalen zu betreibende Miniaturraketen aus einer altertümlichen Zeit, als man sich noch keinen automatisch gesteuerten Mover herbeirufen konnte. Damit gelingt es ihm, in den wenigen Minuten sowohl eine unterhaltsame Reminiszenz als auch einen stimmigen eigenen Zukunftsentwurf zu präsentieren.

Bei Marcus Hammerschmitt geht es gewohnt ernsthaft zu. Lange Zeit nach dem Verbot des Klonens von Menschen, wenden sich die letzten verbliebenen Doppelgänger gegen ihre genetischen Originale. Was sie in der Science Fiction ja eigentlich immer tun. Insoweit bleibt dieser Zukunftsentwurf zum Stichwort ***Klonen*** relativ vorhersehbar und wenig originell.

Auch Karlheinz Steinmüller blickt in eine finstere Zukunft: In ***Kernkraftwerk*** verehrt eine europäische Atompriesterschaft stillgelegte Kraftwerke und Atommülldeponien als religiöse Kultstätten. Damit gelingt Steinmüller zwar eine sarkastische Kritik am Gehabe der Kirchen, allerdings verfehlt er das Thema der Hörspielreihe deutlich.

Dass ausgerechnet der ***Computer*** im Jahr 2100 vergessen sein soll, will uns Michael Salewski weismachen. Sein Beitrag bleibt weitgehend unoriginell und kann lediglich beim neuen Artikel 5a des Grundgesetzes, dem »Menschenrecht auf Computer«, einen Entwurf präsentieren, der die naive Fortschrittsgläubigkeit persifliert (und auch von unserer Bundesregierung stammen könnte). Ansonsten scheint bei ihm bis auf den Computer jedes noch so winzige Detail unserer Gegenwart auch in Zukunft noch geläufig zu sein – wodurch das Hörspiel etwas inkonsequent wirkt.

Um Herbert W. Franke kommt man anscheinend nicht herum, wenn es darum geht, bekannte deutsche SF-Schriftsteller zu versammeln. Sein Rückblick auf das Zeitalter der **Raketen** bleibt jedoch ebenso konventionell wie die Technik, die er beschreibt.

Insgesamt gesehen ist die Hörspielreihe wenig spektakulär, manchmal zu nörgelig und nur selten wirklich unterhaltsam – ein perfekter Querschnitt also durch die deutsche Science Fiction.

Ulrich Bettermann

Höchst bedenkliches Souvenir aus dem All

Stefan Wilke:

Mondglas

Regie: Thomas Werner
Westdeutscher Rundfunk 1999

Dieses Hörspiel war für den Kurd-Lasswitz-Preis 2000 nominiert, und es ist schon deswegen interessant, weil es verblüffend gegensätzliche Beurteilungen bei den Mitgliedern der Jury auslöste.

Ohne Zweifel ist es ein altmodisches Hörspiel. Es transportiert eine einfache klare SF-Geschichte auf schnörkellose, eher geruhsame Weise. Keine wilde Action, kein Cyberspace, keine kakophonische Geräuschkulisse. Eine junge Journalistin interviewt einen alten Wissenschaftler, ihr Thema: die Entdeckung einer *Mondglas* genannten Substanz, die ein Erkundungsraumschiff vor Jahrzehnten von Alpha Centauri mitbrachte. Recht schnell wird deutlich, dass der alte Mann eine tiefe Abneigung gegen dieses Material hegt, das wegen seiner phänomenalen Recyclingfähigkeit aus der irdischen Wirtschaft und Produktion nicht mehr wegzudenken ist, das normale Glas weitgehend verdrängt hat und als Schmuckstein nahezu allgegenwärtig ist. Der Wissenschaftler hält das Mondglas für die Ursache eines seit Jahren zu beobachtenden massiven Rückgangs menschlichen Forscherdrangs. Die Menschen sind friedlich geworden; es gibt keine Kriege und keine Drogen(probleme), aber auch keine Weltraumreisen, keine Suche nach neuen Grenzen und Herausforderungen mehr. Und die Schuld daran soll jene Substanz tragen, die vor zwanzig Jahren an Bord des Erkundungsraumschiffes die Erde erreichte.

In Rückblenden erzählt der Wissenschaftler von den Ereignissen und Diskussionen nach der überraschenden Rückkehr des verschollenen Schiffs. Er hatte die als Steuereinheit eingesetzte künstliche Intelligenz *Alan T.* erschaffen und geschult, und bei dessen Befragung vor der Kommission, die über das weitere Vorgehen entscheiden sollte, stellte er einige Ungereimtheiten fest (eine Szene übrigens, die wohl nicht von ungefähr an die Gespräche zwischen *HAL* und David Bowman an Bord der *Discovery* in Kubricks *2001* erinnert). Trotz seiner Bedenken wurden die Proben, die Alans Schiff von Alpha Centauri mitgebracht hatte, auf der Erde untersucht, womit der Siegeszug des Mondglases begann. Der Wissenschaftler ist davon überzeugt, dass Mondglas die Menschen beeinflusst, indem es ihr Aggressionspotential und andere Antriebskräfte dämpft. Menschen, die die Neugier nicht mehr in den Weltraum treibt, sind auch keine Gefahr mehr für außerirdisches Leben – etwa auf Alpha Centauri.

Die Journalistin, zu Beginn verschreckt von der temperamentvollen, reichlich ungehobelten Art ihres Gesprächspartners, schwankt später zwischen Abscheu und Faszination, und am Ende verzichtet sie darauf, ihren Schmuckstein aus Mondglas, den sie auf Geheiß des Alten vor dem Interview hatte ablegen müssen, weiter zu tragen – für »ein Experiment mit ungewissem Ausgang«.

Man kann diesem Hörspiel durchaus zwiespältig gegenüberstehen. Die Vorstellung, menschliche Neugier und Forscherdrang sei ursächlich durch (männliche!) Aggressivität ausgelöst, deren Fehlen mithin zwingend zu weiblicher Vormachtstellung und damit zum wissenschaftlichen Niedergang führe, ist in dieser Verbindung ebenso hanebüchen wie inakzeptabel. Insofern ist die Figur des Wissenschaftlers nicht nur gnadenlos überzeichnet, sondern auch sehr widersprüchlich angelegt. Einerseits lösen die frauenfeindlichen Thesen beim Hörer (hoffentlich ...) heftigen Widerspruch aus; man könnte auch vermuten, dass sich Autor und/oder Regisseur diese Thesen wohl zu eigen machen, die Journalistin ist jedenfalls als Figur oder Inszenierung eher geeignet, die Thesen zu bestätigen als zu widerlegen, bis zu ihrem Schlusssatz, der wiederum ihr bisheriges Auftreten samt Thesen ad absurdum führt. Andererseits aber gehört die ganze Sympathie des Hörers eben demselben Wissenschaftler, wenn er seine Kollegen (auch wieder etwas überzeichnet) als bornierte oder machtgeile Ignoranten erlebt, die seine Warnungen in den Wind schlagen und damit die schleichende Katastrophe heraufbeschwören.

Die Inszenierung als Ganzes kommt ein wenig bieder, nicht mehr zeitgemäß und für die heutigen Hörgewohnheiten nicht sonderlich spannend daher. Die Interviewszenen sind etwas lieblos zusammengestöpselt. Einerseits. Auf der anderen Seite wird der Hörer nicht durch rasante Schnitte, häufig wechselnde Schauplätze und innovativen Schnickschnack des modernen Tonstudios verwirrt. Die Geschichte entwickelt sich geradlinig und lässt Zeit zum Mit-, Nach- und Überdenken. Die Rückblenden sind gut strukturiert, vor allem die Gespräche zwischen Alan T. und seinem Schöpfer auch ausgesprochen spannend.

Die Idee, dass Menschen von Außerirdischen psychisch beeinflusst werden, ist sicher nicht so fürchterlich neu (welche SF-Idee der letzten zehn oder zwanzig Jahre kann das schon von sich behaupten??). Aber die Vorstellung, als Trägermedium wunderschöne Schmucksteine zu verwenden, ist recht apart und so abwegig nicht: Vielleicht sollte man diese Powerbänder mal genauer unter die Lupe nehmen, die im Sommer des Jahres 2000 an jeder Ecke zu kaufen waren und an kaum einem (weiblichen) Handgelenk mehr fehlen. So schnell wird aus SF-Ideen grausame Wirklichkeit!

Ich weiß nicht, ob Sie Mondglas mögen werden oder nicht. Aber wenn Sie Gelegenheit haben, es zu hören, dann tun Sie's. Schön, wenn es Ihnen gefällt. Und wenn nicht, wissen Sie zumindest, was eine Hörspiel-Jury so alles auszuhalten hat ...

Ute Perchtold

Sternenkind

Irene Schuck:

Die dritte Zivilisation

nach Arkadij und Boris Strugatzkij
Regie: Irene Schuck
Bayerischer Rundfunk 1999

Eine Geschichte ungewöhnlicher Art: Eine Weltraummission, in der es nicht um Eroberung geht, nicht um Vernichtung und

Unterdrückung und auch nicht ums Missionieren. Die »Kommission für Kontakte« sucht einen Planeten, um die vernunftbegabtesten, aber nichthumanoiden *Pantianer,* deren Planet unbewohnbar werden wird, umzusiedeln, und entdeckt einen völlig leeren, »biologisch passiven« Planeten. Geeignet für ihr Umsiedlungsprojekt, meint die Kommission. Doch dann ereignen sich seltsame Dinge auf diesem Planeten, die den Erzähler *Stas* an seiner Zurechnungsfähigkeit zweifeln lassen. Er hört Stimmen, die Bauroboter handeln plötzlich unerklärlich, Steine liegen herum, wo vorher keine waren, es scheint, als gäbe es doch Leben, aber es ist nicht sichtbar, nicht greifbar. Bis eines Tages die ganze vierköpfige Crew dieses Projekts *Arche* einen Jungen entdeckt, der Mensch und zugleich Nichtmensch ist. Und da ist noch etwas, das aussieht wie die Fühler einer Riesenkrake, und die schieben sich langsam über den Eisberg in der Ferne, immer wenn der Junge Kontakt mit der Crew aufnimmt. Und hier beginnt endlich die Story.

Denn mit der Entdeckung von Leben auf diesem Planeten wird das Umsiedlungsprojekt, zu diesem Planeten jedenfalls, aufgegeben. Nicht aufgegeben jedoch wird der Anspruch, dieses fremde Leben zu erforschen. Warum? Das wird im Hörspiel nicht so deutlich wie in dem 1973 entstandenen gleichnamigen Roman, auf dem das Hörspiel basiert: es geht nämlich nicht nur um die Umsiedlung, wie vordergründig Stas meint, sondern ebenso um die Erforschung anderer »vernunftbegabter Wesen« humanoiden und nichthumanoiden Ursprungs, um die eigene Spezies Mensch näher zu begreifen. Auch dazu die Forschung auf den anderen Planeten. Das erfahren wir in einem Monolog von Maja, Mitglied der Crew, im Hörspiel allerdings nur andeutungsweise. Schade, denn überhaupt bleibt Maja auffallend blass im Hörspiel, eher kühl. Im Roman dagegen zeigt sie Leidenschaften, Betroffenheiten, sie und der Erzähler Stas haben philosophische Gespräche, auch Diskussionen über moralische Ansprüche. Maja ist es, die den Jungen im Hörspiel meist »der Kleine« nennt, einen Telesender mitgibt, damit die Crew per Bild verfolgen kann, wohin der Junge immer wieder entschwindet, wo er eigentlich wohnt. Maja selbst löst wenig später den »Havarieblitz« aus, damit er nicht zurückkommt. Warum? Das blieb mir im Hörspiel verschlossen, wird aber deutlich im Roman, denn Maja sieht hier einen Konflikt zwischen dem nüchternen Forscherinteresse, das skrupellos vorgeht, und dem »Kleinen«, der ja ein Mensch ist, auch wenn vieles an ihm verändert ist. Und in der Tat will ja (im Roman) der Xenopsychologe Komow das »Menschliche in dem Kleinen« verstärken, um über ihn Näheres über die *Eingeborenen* dieses lebensabweisenden Planeten zu erfahren. Maja ist hier also die moralische Instanz. Sie löst den Havarieblitz aus, weil sie erhofft, der Kleine käme dann nicht wieder. Darin aber irrt sie, denn längst ist seine Neugier gewachsen, drängen sich ihm immer neue Fragen auf, die ihm nur die Erdenbewohner, die Menschen, beantworten können.

Fragwürdig seitens der Autoren, der Brüder Strugatzki, ist vielleicht der Ansatz der »anatomisch-physiologischen Veränderungen« des Jungen der *3. Zivilisation.* Seine Fähigkeiten grenzen eher ans Wunderbare: dass er so lange unter Wasser tauchen und fliegen kann, dass er vielfache Spiegelungen von sich selbst (»Phantome«) bilden kann – das sind doch, auch unter Science Fiction-Aspekten, eher phantastische Elemente, denn der Junge ist tatsächlich ein reines Menschenkind, gezeugt und geboren von einem irdischen Ehepaar, das ums Leben kam, als der Junge gerade 13 Monate alt war, im Jahr 2135 war das (im Roman 2034). Das Seltsame geschah: die *Eingeborenen* dieses Planeten zogen den Knaben auf. Daraus ergeben sich durchaus schlüssig seine merkwürdigen Bewegungen, seine ritualisierten Verhaltensweisen etc., selbst das Trainieren des Gedächtnisses auf diese ungewöhnliche Art kann mit viel Großzügigkeit noch nachempfinden, wobei der Aspekt, dass er auch die Gespräche seiner Eltern in seinen ersten dreizehn Monaten, vielleicht sogar schon im Mutterleib, bereits gespeichert hat, ein wenig weit hergeholt erscheint. Hier wird auch – allerdings wieder nur im Roman – die Frage beantwortet, warum der Junge immer wieder »mein Glöckchen« sagt: er hatte, ganz einfach, die Kosenamen seiner Eltern im Gedächtnis behalten. Oder haben die Eingeborenen (für die Crew nur sichtbar in Gestalt »gigantischer Fühler«) die Gespräche der Eltern gespeichert und sie dem Jungen telepathisch weitergegeben? Zur »anatomisch-physiologischen Veränderung« des Jungen hat – im Roman – der Xenopsychologe Komow eine eigene Theorie: die Eingeborenen hätten den aktiven Teil des Gehirns des Jungen »enorm erweitert und dieses Gehirn außerdem mit neuen Lebensmechanismen ausgestattet – eine Leistung, die für die Erdenwissenschaft zum gegenwärtigen Zeitpunkt noch unerreichbar war«.

Der Phantasiereichtum, die Beschreibung des Planeten mit seiner lilafarbenen Sonne, die Zeichnung des Jungen und überhaupt all die fragwürdigen Merkwürdigkeiten machen sicherlich den Reiz des Hörspiels aus. Und dazu der seltene Fall eines humanistischen Anspruchs eines Science Fiction-Spiels, in dem es nicht um den Herrschaftsanspruch einer Spezies geht, sondern um das Beobachten, das Kennenlernen, um die Neugier am Anderen, ohne den Versuch einer Einflussnahme. Die Produktion kommt ohne grelle Effekte aus, ist ruhig und atmosphärisch dicht, wozu die von der Regisseurin einfühlsam und kenntnisreich ausgewählten Musiken und Geräusche erheblich beitragen. Der Schluss des Hörspiels (und des Romans) bleibt offen, weil der Prozess des Kennenlernens weitergeht, das ist durchaus schlüssig. Die Brüder Strugatzki geben eben nicht Antworten, die sich – wie so oft in der Science Fiction – bei näherer Betrachtung nur als oberflächlich entpuppen.

Die Crew verlässt den Planeten, aber Stas und der Junge der *3. Zivilisation* bleiben in Blick- und Sprechkontakt. Sie werden wahrscheinlich noch Jahre miteinander reden, sich vielleicht dabei auch noch näher kommen, aber wahrscheinlich nie ganz begreifen. Wenn man so will, ein Ansatz *intergalaktischer Völkerverständigung.* Auch das ist ungewöhnlich.

Christiane Timper

URSENDUNGEN VON SCIENCE-FICTION-HÖRSPIELEN im Zeitraum von 1. 7. 1999 bis 30. 6. 2000 in der Reihenfolge der Sendetermine

Erfasst sind alle uns bekanntgewordenen deutschsprachigen Science-Fiction-Hörspiele des Rundfunks in Deutschland, Österreich und der Schweiz, unabhängig davon, ob sie innerhalb der jeweiligen Anstalten von der Redaktion Hörspiel, Unterhaltung, Bildung oder Jugendfunk produziert wurden. Unberücksichtigt blieben nicht dramatisierte Funkerzählungen, Lesungen, Hörbilder, Features und dergleichen sowie Fantasy und andere phantastische Genres. Bei privaten Sendern findet wegen der ausschließlich kommerziellen Ausrichtung des Programms als bloßer Werbeträger Hörspiel bezeichnenderweise nicht statt.

Abkürzungen:

U	Ursendung
R	Regie
M	Musik
BR	Bayerischer Rundfunk, München
DLRB	Deutschlandradio Berlin
DLRK	Deutschlandradio Köln (Deutschlandfunk)
DRS	Radio der deutschen und der rätoromanischen Schweiz
DW	Deutsche Welle, Köln
HR	Hessischer Rundfunk, Frankfurt
MDR	Mitteldeutscher Rundfunk, Leipzig
NDR	Norddeutscher Rundfunk, Hamburg
ORB	Ostdeutscher Rundfunk Brandenburg, Potsdam
ORF	Österreichischer Rundfunk
RB	Radio Bremen
SFB	Sender Freies Berlin
SR	Saarländischer Rundfunk, Saarbrücken
SWR	Südwestrundfunk, Baden-Baden
WDR	Westdeutscher Rundfunk, Köln

Die mit ↗ gekennzeichneten Hörspiele sind im Rezensionsteil besprochen. (Nicht benötigte Sender versteckt formatieren!)

Der Feind in meinem Hirn von Timo Fehrensen
nach Curd Siodmak: Donovans Brain
SWR 99, U: 6. 7. 99, 30 min, R: Andreas Weber-Schäfer
Ein Wissenschaftler hält das Gehirn eines toten Millionärs künstlich am Leben, als dieses beginnt, ihm mit unsichtbarer Kraft seinen Willen aufzuzwingen.

Mondglas von Stefan Wilke
WDR 99, U: 6. 8. 99, 55 min, R: Thomas Werner
Das Souvenir einer unbemannten Raumexpedition aus dem Kosmos scheint sich lähmend auf den menschlichen Forscherdrang auszuwirken. ↗

Ohne uns. Ein Totengespräch von Hans Magnus Enzensberger
WDR 99, U: 7. 8. 99, 60 min
K: Jochen Scheffter, R: Klaus Mehrländer, Thomas Leutzbach
Isoliert von der Außenwelt beobachten ein Ex-Bankier und ein Terrorist auf dem Fernsehschirm eine weltweite sektiererische Verweigerungsbewegung. ↗

Die dritte Zivilisation
von Irene Schuck nach Arkadij und Boris Strugatzkij
BR 1999, U: 27. 9. 1999, 61 min, Regie: Irene Schuck
Ein augenscheinlich menschliches Kind auf einem offenbar unbelebten Planeten scheint unter dem Einfluss einer unerklärlichen Macht zu stehen. ↗

Der Netzmann von Michael Esser
WDR 99, U: 1. 10. 99, 49 min, R: Walter Adler
Digital rekonstruierte Gehirnstrukturen eines hingerichteten Mörders werden in ein simuliertes Evolutionsprogramm eingeschleust. ↗

Die DDR wird 50 von Lutz Rathenow
MDR 99, U: 11. 10. 99, 23 min
Mit einem Attentat am 9. November 1989 beginnt ein neuer Abschnitt in der Geschichte des Sozialismus ostdeutscher Prägung. ↗

Esau von Walter Adler nach Philip Kerr
BR 99, U: 21.+28. 10. 99, 101 min
M: Pierre Ohser, R: Walter Adler
Ein Schädelfund in den Schneeregionen des Himalaya führt auf die Spur eines unbekannten Primaten, der in einem versteckten Hochtal überlebt hat.

Träumen Androiden von Marina Dietz
nach Philip K. Dick: Do Androids Dream of Electric Sheep?
BR 99, U: 25. 10. 99, 54 min, R: Marina Dietz
Außer Kontrolle geratene Androiden werden trotz verblüffender Menschenähnlichkeit zum Objekt von Kopfgeldjägern. – Kurd-Lasswitz-Preis 1999. ➚

Gemeinsam der Zukunft entgegen von Reinhard Kuhnert
WDR 99, U: 7. 11. 99, 83 min, R: Hilmar Bachor
Zehn Jahre nach der Wende hat sich der Sozialismus aus seinem Mutterland im Osten über ganz Deutschland ausgebreitet. ➚

Schrödingers Katze
von Friedrich Bestenreiner und Eberhard Petschinka
WDR/ORF 99, U: WDR 3. 12. 99, 50 min, R: Eberhard Petschinka
Das zentrale Gedankenexperiment der Quantenphysik soll mithilfe eines Delinquenten einem Praxistest unterzogen werden. ➚

Die wirkliche Geschichte von Leben und Tod des Entertainers Klaus Meise von Tom Peuckert
SFB 99, U: 7. 12. 99, 53 min, R: Beate Andres
Ein spurlos verschwundener TV-Entertainer erweist sich als japanisches Hightech-Produkt in klerikalem Auftrag. ➚

Zukunftsentwürfe von Ulrich Land
DLRB 99, U: 13. 12. 99, 14 min, R: Ulrich Land
Reise durch ein parzelliertes, kommerzialisiertes, eventorientiertes Europa, ein Jahrhundert nach der berühmten Zukunftsvision Axel Eggebrechts von 1947.

All about Eve – Visionen von Claudia Decker
HR/BR 99, U: HR 20. 12. 99, 54 min, R: Helge Heynold
Tagesausflug im Orbit der Erde, auf welcher im Jahr 2025 viele feministische Ziele verwirklicht sind. ↗

Vergessene Worte im Jahr 2100 (1): Kernkraftwerk
von Karlheinz Steinmüller
DLRB 99, U: 27. 12. 99, 9 min, R: Renate Heitzmann
Lange nach dem Ausstieg aus der Nukleartechnik sind die Atommülldeponien Zentren religiöser Kulte geworden. ↗

Vergessene Worte im Jahr 2100 (2): Computer
von Michael Salewski
DLRB 99, U: 28. 12. 99, 7 min, R: Renate Heitzmann
Nach der Entwicklung von Rechnerimplantaten und künstlichen Intelligenzen sind Computer nur noch im Museum zu besichtigen. ↗

Vergessene Worte im Jahr 2100 (3): Rakete
von Herbert W. Franke
DLRB 99, U: 29. 12. 99, 6 min, R: Renate Heitzmann
Im Zeitalter von Ionentriebwerken soll mit dem Start einer antiken Mehrstufen-Rakete an die Anfänge der Raumfahrt erinnert werden. ↗

Vergessene Worte im Jahr 2100 (4): Klonen
von Marcus Hammerschmitt
DLRB 99, U: 30. 12. 99, 6 min, R: Renate Heitzmann
Nach dem allgemeinen Verbot des Klonens bedrohen die letzten verbliebenen Klone ihre genetischen Originale. ↗

Vergessene Worte im Jahr 2100 (5): Auto
von Andreas Eschbach
DLRB 99, U: 31. 12. 99, 6 min, R: Renate Heitzmann
Nach der Realisierung immer perfekterer Verkehrsleitsysteme hat das klassische Kraftfahrzeug mit Verbrennungsmotor endgültig ausgedient. ↗

Das war das 3. Jahrtausend
von Karlheinz Steinmüller, Peter Zudeick u. v. a.
HR 00, U: hr3 2. 1. 00, ca. 220 min
Uplinks in eine Rundfunksendung vom 1. 1. 3000 mit einem Rückblick auf das 3. Jahrtausend.

Affenmond und Nachtigallensonne
von Heinz von Cramer nach Cyrano de Bergerac: L' autre monde
NDR 00, U: 26. 1. 00, 88 min, R: Heinz von Cramer
In einer Prismenkugel bereist der Autor die phantastischen Reiche der Sonne, auf der irdische Vorurteile und Dogmen längst überwunden sind.

Making Babies von Bruce Thomson
DLRB 00, U: 2. 2. 00, 42 min, R: Wolfgang Rindfleisch
Eine Verwechslung im künstlichen Befruchtungsprogramm beschert dem Wunschnachwuchs neben atemberaubender Frühreife eine besondere Vorliebe fürs nasse Element. ↗

Die Prozedur von Harry Mulisch
WDR 00, U: 14.-28. 6. 00, 158 min
M: James Reynolds, R: Uwe Schareck
Die Verletzung des göttlichen Prinzips, die Urzeugung von Leben aus anorganischer Materie, richtet sich gegen dessen Schöpfer. ↗

Dokumentation: Horst G. Tröster

The Strange Case of Mr. Utterson

Ein halbes Jahrhundert Jekyll und Hyde im Radio. Ein Interpretationsvergleich

von Horst G. Tröster

Ein Spaziergang führt einen Rechtsanwalt durch eine Londoner Nebenstraße, als ein düsteres Gebäude seinen Begleiter an einen Vorfall erinnert: Nach der Misshandlung eines kleinen Mädchens hatte er den Täter, einen missgestalteten Kerl, gestellt und gezwungen, die Familie des Kindes zu entschädigen, und genau aus diesem verwahrlosten Haus hatte jene zwielichtige Gestalt einen Scheck hervorgeholt, der auf den Namen eines stadtbekannten Gentlemans ausgestellt war. Utterson, der Anwalt, ahnt wohl, um wen es sich handeln könnte: In seinem Safe liegt das Testament seines Freundes Dr. Henry Jekyll, der darin zu Uttersons schärfster Missbilligung im Falle seines Verschwindens einen gewissen Edward Hyde zum Universalerben bestimmt hat. Die scheinbar einzig mögliche Schlussfolgerung: Jekyll muss von jenem Hyde erpresst werden. Utterson sucht das Gespräch mit Dr. Lanyon, Mediziner wie Jekyll, muss aber erfahren, dass der sich vom gemeinsamen Freund abstruser Forschungen wegen entzweit hat. Von fast krankhafter Neugier getrieben beschließt Utterson, Hyde aufzulauern, und tatsächlich gelingt es ihm, bei einer nächtlichen Begegnung einen Blick in dessen abstoßendes Antlitz zu werfen, bevor dieser mit einem Schlüssel im Hintereingang von Jekylls Haus verschwunden ist. Noch in derselben Nacht will der Anwalt Jekyll zur Rede stellen, der aber ist abwesend; der Hausdiener berichtet, Hyde habe jederzeit Zutritt zu dessen Anwesen. Als es endlich doch zu einer Aussprache kommt, will Jekyll sich über sein Verhältnis zu Hyde nicht äußern und beharrt auf der seltsamen Klausel in seinem Testament. Dann ereignet sich der brutale Mord an einem Parlamentsabgeordneten, und alle Indizien deuten auf Hyde als Täter. Der aber bleibt verschwunden, und fortan scheint Henry Jekyll wie verändert, kehrt zu seinen alten Gewohnheiten zurück, widmet sich wieder seinen Freunden und will mit Hyde nichts mehr zu schaffen haben. Ein Brief, den Hyde ihm geschickt haben will, scheint dessen Flucht zu bestätigen, aber eine Analyse der Handschrift ergibt eine verblüffende Ähnlichkeit mit derjenigen Jekylls. Hat Jekyll den Brief selbst verfasst, um Hyde zu decken? Nicht lange, und Jekyll beginnt sich abermals abzukapseln, verlässt sein Labor schließlich überhaupt nicht mehr. In dieser Zeit wird Dr. Lanyon schwer krank und stirbt; kurz vor seinem Tod hat er Utterson seine tiefe Abscheu vor dem einstigen Freund offenbart. In seinem Nachlass findet sich ein Brief an Utterson, der jedoch nur im Falle von Jekylls Tod oder Verschwinden geöffnet werden darf. Nur einmal zeigt sich Jekyll am rückwärtigen Fenster seines Hauses, in erbarmungswürdigem Zustand, und als Utterson wenig später nachts dringend gerufen wird, sind aus dem Laboratorium alarmierende Rufe und Wehklagen zu hören. Der Hausdiener berichtet, von Jekyll wiederholt in die Apotheken der Stadt geschickt worden zu sein, um dringend eine bestimmte Droge zu besorgen, die aber nie dessen Wünschen zu entsprechen schien. In der Annahme, einem Verbrechen auf die Spur gekommen zu sein, brechen die beiden Männer die Tür zu Jekylls Laboratorium auf und erblicken den zusammengekrümmten, noch zuckenden Körper Hydes, der sich mit Blausäure selbst gerichtet hat. Von Jekyll keine Spur. Doch auf dem Experimentiertisch findet Utterson einen versiegelten Brief von Jekylls Hand sowie eine Testamentsänderung, die zu seiner unbeschreiblichen Verblüffung ihn selbst an Hydes Statt als Erben einsetzt. In einer Notiz ersucht ihn Jekyll, erst den Brief Lanyons und dann seine eigene Beichte zu lesen. – Lanyon berichtet, von seinem Kollegen Jekyll schriftlich dringend ersucht worden zu sein, aus dessen

Laboratorium eine bestimmte Substanz zu beschaffen und diese in seinem Sprechzimmer bereit zu halten. Lanyon habe gehandelt wie verlangt und die Substanz einem mitternächtlichen Besucher übergeben. Wie groß jedoch war sein Entsetzen, als dieser die Tinktur an die Lippen gesetzt und sich vor Augen des zu Tode entsetzten Lanyon in die Gestalt Henry Jekylls verwandelt habe. – Jekylls Abschiedsbrief ist seine Lebensbeichte. Er erzählt, wie er schon als junger Mann eine tiefe Zwiespältigkeit seiner Veranlagung empfunden und sich in seinen Wachträumen in den Gedanken einer Trennung dieser widerstreitenden Elemente vertieft hatte. In dem Bestreben, jeder seiner beiden Naturen zu ihrem Recht zu verhelfen, sei es ihm gelungen, eine Mixtur herzustellen, die ihm den Ausbruch aus seiner Doppelnatur ermöglichen sollte. Fortan konnte er seine Fesseln abstreifen und sein anderes, böses Ich in der Gestalt des gewissenlosen Edward Hyde in süßer Sinnlichkeit und nie gekannter Freiheit ausleben, ohne von moralischen Skrupeln geplagt zu werden, und jederzeit wieder zu seinem ursprünglichen Selbst zurückkehren. Dieses war jedoch auch nach der Trennung nicht geläutert worden, sondern immer noch sein altes, widerspruchsvolles Ich, das sich von Mal zu Mal mehr danach sehnte, den alten Körper zu verlassen, um schließlich der neuen Macht vollends als Sklave zu verfallen. Bald stellte sich heraus, dass die Verwandlung in Hyde sich spontan zu vollziehen begann und immer höhere Dosen der Droge für die Rückverwandlung erforderlich machte. Als er nach dem Mord an dem Abgeordneten nicht mehr wagen konnte, sich in der Gestalt Hydes öffentlich sehen zu lassen, beauftragte er Lanyon, ihm den Stoff zu besorgen. Aber seine Rückverwandlung hielt nicht lange vor, und es kam der Zeitpunkt, an dem die Substanz aufgebraucht war und sich kein Ersatz mehr beschaffen ließ. Noch während er diesen Brief vollende, werde er das unglückliche Leben Jekylls beschließen, um erneut und diesmal für immer Hydes verhasste Persönlichkeit anzunehmen, ohne zu wissen, ob dieser auf dem Schafott enden oder den Mut finden werde, sich im letzten Augenblick selbst zu richten.

Soweit der Gang der Handlung von Robert Louis Stevensons 1886 geschriebener Novelle *The Strange Case of Dr. Jekyll and Mr. Hyde.* Diesen einmal Szene für Szene in der Originalabfolge aufzuschreiben bot sich deshalb an, weil die meisten sich dem Stoff nicht über den Originaltext, sondern über eine der inzwischen mehr als fünfzig Verfilmungen genähert haben dürften, welche den viktorianischen Mythos bis heute Nahrung geben und die Begriffe *Jekyll und Hyde* (nicht anders als den siebzig Jahre zuvor entstandenen *Frankenstein*) zum geflügelten Wort gemacht haben. Erstaunt stellt man fest, dass die Dramaturgie sich von der, wie wir sie aus den heutigen Medien gewöhnt sind, deutlich unterscheidet, findet doch der eigentliche Höhepunkt, der Tod Jekylls, nicht als dramatischer Gipfel am Ende, sondern bereits im mittleren Drittel der Novelle statt, gefolgt von den beiden ausführlichen Briefen Lanyons und Jekylls, in denen das Rätsel Schritt für Schritt aufgeklärt wird. Doch gerade das Detektivische, wesentliches Element bei Stevenson, bleibt dem heutigen Leser, der mit der Identität von Jekyll und Hyde vertraut ist, weitgehend verschlossen.

Wenig bekannt ist, dass schon im ersten Jahr nach Erscheinen der Novelle eine Bühnenfassung mit dazu beigetragen hat, *Jekyll and Hyde* zu einem überwältigenden Erfolg zu machen, ein Erfolg, der Stevenson bereits in den ersten sechs Monaten 40 000 verkaufte Exemplare bescherte. Noch weniger bekannt dürfte sein, dass allein im deutschsprachigen Raum bis heute zehn Rundfunkadaptionen entstanden sind.

Die fünf frühesten Funkfassungen sind schon ein halbes Jahrhundert alt, die meisten von ihnen wurden in den Schallarchiven der jeweiligen Rundfunkanstalt gelöscht oder gelten als verschollen. Lediglich alte Archivkarten und Rundfunkzeitungen belegen, dass es sie wirklich gegeben hat.

Eine aber – das genaue Datum ist nicht mehr zu ermitteln – existiert noch heute und stammt von der BBC. Dass ausgerechnet der öffentliche Rundfunk Großbritanniens deutschsprachige Hörspiele produziert hat, mag verwundern und bedarf einer Erklärung. *German Service,* der Deutsche Dienst der BBC, eine Abteilung des *BBC World Service,* hatte schon seit

1938 regelmäßig deutschsprachige Sendungen im Programm und wurde mit seiner Propaganda gegen das totalitäre Regime in Deutschland zum Feindsender Nr. 1, dessen Abhören als »Verbrechen gegen die nationale Sicherheit« mit der Todesstrafe bedroht war. Dennoch wird die Zahl der illegalen Hörer damals in Deutschland auf über zehn Millionen geschätzt. Unter dem Schlagwort *Reeducation* wurde das Programm auch nach dem Krieg fortgesetzt. Mit Exildeutschen als Sprechern und Regisseuren entstanden auch Hörspiele, die entweder direkt von London aus über Kurzwelle ausgestrahlt oder aber als Schallplatten an die nach Kriegsende nach BBC-Vorbild neu gegründeten westdeutschen Rundfunkanstalten zur Sendung weitergereicht wurden. Wer weiß schon, dass Orwells *Nineteen Eighty-four* schon im Erscheinungsjahr 1949, noch vor Verbreitung der deutschen Übersetzung, dem deutschen Publikum vom Südwestfunk in einer von Martin Esslin adaptierten BBC-Produktion vorgestellt wurde?

Julius Gellner, der Regisseur von ***Im Jahre 1984,*** hat dann auch die erste Rundfunk-Inszenierung von ***Dr. Jekyll und Mr. Hyde*** besorgt.* Die von Robert Lucas geschriebene Adaption hält sich erstaunlich präzise an die literarische Vorlage, wenn man einmal von den rein deskriptiven und die Personen charkterisierenden Elementen absieht, die natürlich der Dauer einer einstündigen Sendung zum Opfer fallen mussten. In stetem, fließendem Wechsel zwischen epischer Schilderung und dramatischer Darstellung breitet sich die Novelle aus, vom Sonntagsspaziergang, der Schilderung der Kindesmisshandlung, der Missbilligung des Testaments, der ersten Begegnung mit Hyde bis zu dem spektakulären Mord, Jekylls Reue, dem angeblichen Brief von Hyde und dem vom Tod gezeichneten Lanyon. Von diesem Punkt an freilich verlässt auch diese frühe Fassung die Vorlage Stevensons. Statt durch die beiden Briefe erfährt Utterson aus dem Munde Lanyons persönlich die Geschichte von dessen unfreiwilliger Zeugenschaft der Rückverwandlung

* Ich danke dem Deutschen Rundfunkarchiv Frankfurt am Main, namentlich Herrn Roller, für die Möglichkeit, diese außergewöhnliche Rarität von den Original-BBC-Schallplatten abhören zu dürfen. -ht-

Hydes, und auch die Lebensbeichte Jekylls wird als Rückblende eines Geständnisses Jekylls gegenüber Lanyon dargeboten, sodass der dramatische Höhepunkt, das Aufbrechen der Laboratoriumstür und das Auffinden des sterbenden Hyde, den effektvollen Schluss bilden kann. Was in dieser frühen Inszenierung vor allem besticht, ist die dramatische Intensität und stimmliche Ausdruckskraft des Schauspielers Paul Dehmel, an dessen unnachahmliche Verkörperung der Rolle des Jekyll und Hyde keiner der Darsteller in einer der späteren Adaptionen heranreicht.

Auch René Deltgen vermag in der Mitte der fünfziger Jahre entstandenen Funkfassung von Walter Franke-Ruta zu beeindrucken, doch wirkt seine Interpretation der Doppelrolle für heutige Ohren bisweilen outriert, was freilich auch daran liegen mag, dass er jede Menge Text zu sprechen hat, der nicht von Stevenson stammt. Die sehr freie Adaption, die von Wilhelm Semmelroth für den Westdeutschen Rundfunk inszeniert und am 18.9.1956 unter dem Titel ***Dr. Jekyll und Herr Hyde****
ausgestrahlt wurde, hat die Struktur des Originals völlig verlassen. Abweichend von der Erzählperspektive aus der Sicht mehrerer verschiedener Personen ist Utterson hier als alleiniger Berichterstatter in den Vordergrund gerückt. Auch hier gibt es einen Spaziergang im »Dschungel der Großstadt«, aber die Kindesmisshandlung wird Utterson nicht geschildert, sondern von ihm und seinem Begleiter selbst miterlebt. Wenn schon die Szene vom Epischen ins Dramatische verlagert wird, ist umso weniger einzusehen, warum die Produktion das Geschehen nicht wenigstens direkt, sondern auch noch in teichoskopischer Mauerschau aus der Sicht der beiden Männer schildert (»ein dunkler Schatten ... hör nur wie er schreitet ... jetzt stockt er ... jetzt trampelt er auch noch auf dem Kind herum, in bestialischer Wildheit ...«). Schon zu einem frühen Zeitpunkt der Handlung kommt Dr. Lanyon während eines Gesprächs mit Utterson auf Jekyll zu sprechen, dem er Experimente mit

* Auch für die freundliche Bereitstellung dieses Materials danke ich dem Deutschen Rundfunkarchiv, ohne dessen Archivierungstätigkeit die im WDR-Schallarchiv gelöschte (!) Aufnahme für immer verloren wäre. -ht-

Menschen zutraut. Indem er die Folgen von Rauschdrogen und die bewusstseinsspaltende Wirkung von Meskalin schildert, nimmt er Jekylls Experiment und damit die Pointe bereits vorweg. Als bei einem Besuch in Jekylls Haus trotz Abwesenheit des Hausherrn im Labor eine fremde Stimme zu hören ist, brechen Utterson und der Hausdiener die Tür auf. Ihnen gegenüber steht Hyde, der sie verspottet und sich seines lüsternen und kriminellen Lebens rühmt. Als nach dem Mord an dem Abgeordneten, dessen letztes Wort »Jekyll« (wieso eigentlich *Jekyll?*) gewesen sein soll, der Genannte verschwunden bleibt und aus dem Labor abermals Stimmen zu hören sind, entschließt sich Utterson, unterstützt von Lanyon, die (inzwischen reparierte?) Tür ein zweites Mal aufzubrechen (offenbar in den 50er Jahren ein beliebtes dramaturgisches Mittel ...). Auf dem Boden liegt, in Trance, Jekyll, der sich vor ihren Augen mehrmals in den sich in Hasstiraden und Morddrohungen ergehenden Hyde und wieder zurück in Jekyll verwandelt, der seine Verfehlung gesteht, obwohl er doch nur das Gute aus dem Menschen habe herauskristallisieren und das Böse lähmen wollen (sic!), und das zur Neige gegangene Destillat aus Schlangengift, Satanspilzen und Tollkirsche beklagt. In einem lichten Augenblick tötet Jekyll Hyde, indem er eine Phiole mit Curare* leert.

Von Robert Louis Stevenson wird erzählt, er habe die Geschichte in einer ersten Fassung seiner Frau vorgelegt, auf deren Kritik wegen fehlender Moral hin er sie verbrannt und binnen dreier Tage eine neue Version geschrieben haben soll. Offenbar enthielt diese dem deutschen Funkbearbeiter von 1956 aber immer noch zu wenig Moral, weshalb er am Ende nicht Hyde, sondern Jekyll die Oberhand und damit das letzte Wort ließ: »Gott sei meiner armen Seele gnädig.« Dieses Ende könnte man noch hinnehmen, nicht verzeihlich aber ist, dass er Jekylls Experimente auf die Suche nach dem *Guten* im Menschen zurückführt und damit die Intention Stevensons, bei dem Jekyll ja nach einer Möglichkeit des Auslebens seiner nie-

* Curare ist, oral verabreicht, ungiftig

deren Instinkte ohne moralische Skrupel sucht, ins schiere Gegenteil verkehrt.

Interessant am Rande, dass in der WDR-Produktion nicht von *Henry,* sondern von *Harry* Jekyll gesprochen wird. Zwar ist *Harry* in der Tat die vertraulichere Kurzform von *Henry* und wird in der Novelle auch benutzt, wenn Utterson von seinem Freund spricht, aber der wirkliche Name ist natürlich *Henry.* Dafür aber wird einzig in dieser Fassung von 1956 dessen schottischer Familienname korrekt im Sinne Stevensons ausgesprochen, nämlich wie *Jeekyll,* mit langem »i« also statt wie sonst immer mit kurzem »e«.

Es sollte mehr als zwanzig Jahre dauern, bis Claus Beling eine neue Adaption für den Südwestfunk schrieb, die unter der Regie von Thomas Köhler am 20. 12. 1977 urgesendet wurde. Auch hier wurde auf die unterschiedlichen Erzählperspektiven des Originals verzichtet. Beling führt eine ganz neue Person ein, die als Großnichte des verschollenen Henry Jekyll vorgestellt wird. Sie ist es, der Utterson (gesprochen von Ernst Fritz Fürbringer) die Geschichte von Jekyll und Hyde in Rückblenden erzählt. Diesmal ist Dr. Lanyon gleich von Anfang an mit von der Partie, er und Utterson gemeinsam werden Zeugen der Misshandlung des Kindes durch Hyde, der von Adolph Spalinger freilich eher wie ein zorniger Börsenmakler gespielt wird. Von da an hält sich die Funkbearbeitung, abgesehen von drei Unterbrechungen durch die Rahmenhandlung, erstaunlich genau an das Original; sogar der Brief Lanyons, den Utterson erst nach Jekylls Verschwinden öffnen darf, kommt vor. Tatsächlich findet der Einbruch in das Labor und das Auffinden des toten Hyde wie bei Stevenson bereits im mittleren Drittel statt. Das Problem der fehlenden Dramatik der Briefe ist dadurch gelöst, dass in einer weiteren Rückblende Lanyon seinen eigenen Bericht vorliest, der sich schließlich dramatisch weitet und die Szene hörbar macht, in welcher Hyde zu mitternächtlicher Stunde Lanyon aufsucht, um die Herausgabe des aus Jekylls Haus herbeigeschafften Stoffs, hier sogar mit der Waffe, zu erzwingen, worauf sich unter Keuchen und Stöhnen das Schauspiel der Verwandlung von Hyde in Jekyll vollzieht. In Ausweitung dieser Szene ist nun Jekylls Beichte direkt an Lanyon gerichtet, der den einstigen Freund, von Abscheu überwältigt, vor die Tür setzt. So erfährt dessen Großnichte, dass ihr Onkel als Hyde gestorben ist. »Er wollte das Böse beherrschen«, schließt Utterson seinen Bericht, »aber das Böse wurde stärker als er und beherrschte ihn.«

Wieder dauerte es fast bis auf den Tag genau zwanzig Jahre, bis der Westdeutsche Rundfunk in seiner Jugendwelle *Eins Live* auf mitternächtlichem Sendeplatz abermals eine Funkfassung ausstrahlte, geschrieben von Stevensons Landsmann Nick McCarty. In der von Annette Kurth in Szene gesetzten, rund hundert Minuten langen Adaption, die in zwei Teilen am 18. und 25. 12. 1997 zur Sendung kam, ist diesmal Dr. Jekyll selbst zum Erzähler seiner Geschichte geworden; die von Stevenson ans Ende verlegte briefliche Beichte wird hier also zum durchgehenden roten Faden und offenbart schon in einem sehr frühen Stadium dessen Geheimnis. Insofern ist es auch dramaturgisch gerechtfertigt, die Geschichte mit Hydes Tod enden zu lassen, weil zum Zeitpunkt des Auffindens von Jekylls Abschiedsbrief dessen Inhalt dem Hörer bereits bekannt ist. Obwohl sich die Handlung in groben Zügen durchaus am Original orientiert, ist sie doch opulenter; was bei Stevenson episch erzählt wird, präsentiert sich hier durchweg in dramatischer Gestalt. Dazu kommt noch eine ganze Reihe von Szenen und Personen, die in der Novelle nur erwähnt oder von McCarty ganz erfunden wurden. So beginnt das Hörspiel zum Beispiel, um Hyde gleich von Anfang an zweifelsfrei als Ausgeburt des Bösen vorzustellen, mit einer Szene, in der Hyde eine Prostituierte mit Säure attackiert. Überhaupt zeigt McCarty einerseits bisweilen sogar wörtliche Werktreue, andererseits neigt er zu hinzuerfundenen, drastischen Szenen.* Die Doppelpersönlichkeit des Erzählers spielt Matthias Fuchs, ein makelloser Jekyll und ein gedämpfter, gleichsam introvertierter, dennoch glaubhafter Hyde.

---

* Auch jüngst in seiner Frankenstein-Adaption (WDR 1999; siehe Rezension) gefällt sich McCarty in einer Szene, in welcher der Baron gleich einem Metzger sein soeben geschaffenes weibliches Geschöpf sehr detailliert metzelt. – Ein Zugeständnis an horrorgewöhntes Publikum?

Als sei es eine Reaktion auf die sehr breite Funkfassung des WDR, brachte Radio Bremen ein gutes Jahr später, am 19. 2. 1999, eine eigene Version des Stoffs heraus, die mit dem Anspruch der Werktreue antrat und dennoch nur mit einer guten halben Stunde Sendezeit auskam (obwohl sie als einzige sogar über Original-Hörspielmusik, komponiert von Udo Agnesens, verfügt). Tatsächlich folgt Regine Ahrem trotz der Kürze der Zeit weitgehend dem Handlungsverlauf des Originals. Lediglich zu Beginn gibt es eine neue Szene, in der wir Jekyll (dargestellt von Christoph Quest) sein schicksalhaftes Testament diktieren hören, gefolgt von einem Monolog Uttersons, der den Wunsch äußert, den im Testament Begünstigten kennenzulernen. Der Erzählpart wird auch hier von Utterson allein (nüchtern-distanziert gespielt von Hermann Lause), wahrgenommen. Das Problem der mangelnden dramatischen Wirksamkeit des Briefs Lanyons an Utterson, der in der Novelle ja erst nach Jekylls Verschwinden geöffnet werden soll, löst Regine Ahrem dadurch, dass sie eine weitere Person in die Handlung einführt: einen Diener Lanyons, der Utterson berichtet, wie er die mitternächtliche Metamorphose aus dem oberen Stockwerk nur mitan*gehört* und daraufhin seinen zu Tode schockierten Herrn vorgefunden hat. Hier besteht allerdings die Gefahr, dass der Zuhörer, bei dem ja in aller Regel Kenntnis des Inhalts vorausgesetzt werden darf, den Glauben gewinnt, Utterson wäre bereits jetzt durch die Schilderung des Dieners vom Geheimnis Jekylls informiert, sodass am Ende nicht deutlich wird, warum Utterson nicht schon vor dem gewaltsamen Eindringen ins Laboratorium über Hydes Identität Bescheid wusste. Regine Ahrem unterliegt nicht der Versuchung, den Tod Hydes als dramatischen Höhepunkt ans Ende zu verlegen, sondern folgt auch hier dem Original: Im Laboratorium wird nahe Hydes noch zuckendem Körper Jekylls Beichte gefunden, und teils von Utterson, teils in der Rückblende von Jekyll selbst vorgelesen, wird dem Hörer dessen tragisches Geheimnis offenbart. In einem Punkt konnte es sich Regine Ahrem freilich nicht verkneifen, am Schluss dramaturgisch noch eins draufzusetzen und einer der zahllosen Verfilmungen zu folgen statt der Novelle: Beobachtet und kommentiert von Utterson, verwandeln sich jäh die von Hässlichkeit und Schmerz verzerrten Züge des toten Hyde in das bleiche Antlitz Jekylls: »... aber ein tiefer Friede schien den Leichnam zu umgeben.«

Tatsächlich hatte Regine Ahrem ihre Version schon viel früher geschrieben, zog sie dann aber zurück, als der WDR überraschend mit seinem Zweiteiler herauskam. Als Radio Bremen ein gutes Jahr später – in Bremen kam gerade das *Jekyll&Hyde*-Musical auf die Bühne – mit dem Wunsch nach einer eigenen Fassung an sie herantrat, entschloss sie sich, angeregt durch die unterschiedlichen Bearbeitungen des Stoffs, zu einem neuen, ganz eigenen Konzept, einem Spiel mit den Medien. Dazu montierte sie eine akustische Collage, die sich zum einen aus dem Urtext, zum anderen aus dem Soundtrack der von Rouben Mamoulian inszenierten Paramount-Verfilmung von 1932 mit der Stimme von Fredric March als Hyde speist, wodurch Hyde über die Dämonisierung hinaus seine persönliche Identität verliert und zum *Prinzip »Hyde«* in der engeren Wortbedeutung stilisiert wird.

Es gibt aber einen weiteren inszenatorischen Ansatz, der diese Fassung von allen anderen unterscheidet. Die Regisseurin Christiane Ohaus war es, welche die Idee des Traums einbrachte und Utterson die ganze Geschichte wie einen – unbewussten? – Traum erfahren lässt, dessen Unwirklichkeit durch die dämonische Stimme von Fredric March noch unterstrichen wird. Angeregt wurde sie zum einen von Stevenson selbst, der schildert, wie Uttersons »Einbildungskraft« von Hyde gefesselt wird, der »wie ein Kobold durch seine Träume jagte«, und sich nach einer schlaflosen Nacht, von »krankhafter Neugier« getrieben, aufmacht, um einen Blick auf Hyde zu erhaschen; zum anderen, weil die Erzählung selbst auf einen Traum des Autors zurückgehen soll. »Träume«, so Christiane Ohaus, »eignen sich auch für die Hörspielform, weil sie assoziativ-spielerisch verlaufen und jedwede klare Trennung in Wirklichkeitsebenen aufheben.« Sie erlaubten, ganz unterschiedliches und auch akustisch schwer in Harmonie zu bringendes Material (Szenen, innere Monologe, Rückblenden, Erzählpassagen, Musik, Geräusche und die aufgrund ihres Alters dumpf klingenden Filmausschnitte) zu einem geschlossenen Ganzen zusammenzubringen. Dadurch, dass sich im Traum das tagsüber Verdrängte, das Chaotische, Unordentliche austoben könne, wäre dem vielfach bearbeiteten Stoff ein etwas anderer, interessanter Aspekt abzugewinnen: der brave, ein wenig verklemmte Normalbürger Utterson, der uneingestanden von dem unbeherrschten, zügellosen Leben fasziniert sei, sich nach dem freien Ausleben seiner Phantasien und Gelüste sehne. In der Tat gibt es neben der klassischen Interpretation des Stoffs, dass niemand seinem Gewissen entgehen kann und das Gute letztlich das Böse obsiegt, noch eine ganz andere Deutung, die in der Geschichte einen Angriff Stevensons auf die restriktive und verlogene Zwangsmoral der viktorianischen Zeit sieht. Jekylls Ausbruch und Uttersons Ausbruchsphantasien wären dann nichts anderes als der Versuch, ihre natürlichen Instinkte und verborgenen Triebe auszuleben.

Also jeder von uns ein Utterson?

Audiographie:
(A = Adaption, R = Regie, M = Musik, U = Ursendung)

Dr. Jekyll und Mr. Hyde
A: Robert Lucas, R: Julius Gellner
BBC ca. 1947, U: ca. 1947, 58 min
mit Paul Dehmel, Erich Pohlmann

Das Experiment des Dr. Jekyll
A: Alfred Prugel, R: Dieter Haugk
RB 1947, U: 15. 12. 1947 (gelöscht)
mit Werner Jantsch, Hermann Menschel

Dr. Jekyll und Mr. Hyde
A: Irene Kürschner, R: Helmut Brennicke
BR 1948, U: 10. 3. 1948 (gelöscht)
mit Herbert Kroll, Wolfgang Büttner, Klaus W. Krause
[Einzige Produktion mit separaten Sprechern für Jekyll und Hyde]

Dr. Jekyll und Mr. Hyde
A: Hans Gerstenberg und Heinrich Koch
M: Siegfried Franz, R: Gustav Burmester
NWDR 1949, U: 17. 2. 1949 (gelöscht)
mit Joseph Offenbach, Erwin Linder

Dr. Jekyll und Mr. Hyde
A: Josef Pelz von Felinau, R: Josef Pelz von Felinau
RIAS 1949, U: 16. 2. 1949 (gelöscht)
mit Walter Süssenguth, Josef Pelz von Felinau

Die seltsame Geschichte von Dr. Jekyll
A: Josef Pelz von Felinau
ORF Salzburg (Rot-Weiß-Rot) 1950, U: 20. 7. 1950 (gelöscht)

Dr. Jekyll und Herr Hyde
A: Walter Franke-Ruta, R: Wilhelm Semmelroth
WDR 1956, U: 18. 9. 1956, 70 min
mit René Deltgen, Wolfgang Schirlitz

Dr. Jekyll und Mr. Hyde
A: Claus Beling, R: Thomas Köhler
SWF 1977, U: 20. 12. 1977, 51 min
mit Adolph Spalinger, Ernst Fritz Fürbringer

Dr. Jekyll und Mr. Hyde
A: Nick McCarty, R: Annette Kurth
WDR 1997, U: 18./25. 12. 1997, 99 min (2 Teile)
mit Matthias Fuchs, Rolf Schult

Dr. Jekyll und Mr. Hyde
A: Regine Ahrem, M: Udo Agnesens, R: Christiane Ohaus
RB/SR 1999, U: 19. 2. 1999, 31 min
mit Christoph Quest, Hermann Lause

Science Fiction Interactive

Computerspiele – Neuheiten 1999/2000

von Gerd Frey

Angst vor neuen Medien?

Science Fiction-Fans halten sich selbst für aufgeschlossen und offen für neue Entwicklungen. Fragt man jedoch direkter nach, wird an einem Teil der Reaktionen auf Computerspiele deutlich, dass auch Science Fiction-Fans Berührungsängste mit diesen neuen Medien haben. Dabei könnte gerade interaktive Science Fiction fehlenden Nachwuchs ins Fandom bringen. Science Fiction-Computerspiele sind zu einer neuen und wichtigen Spielart der Science Fiction erwachsen – noch relativ jung, mit vielen Fehlern, aber sehr entwicklungsfähig. Dies zu ignorieren oder gar vor der vermeintlichen Trivialität die Nase zu rümpfen, führt zu jener Stagnation, die wir derzeitig im deutschen Fandom beklagen.

Dabei zählen Computerspiele heute zu den wenigen Medien, die mit komplexen SF-Themen ein noch relativ großes und auch junges Publikum erreichen. Die Kinorealität, in der Filme wie *Amargeddon* einem vorwiegend jugendlichen Publikum als Science Fiction verkauft werden, sieht viel trostloser aus und ist sicher eher für den Verlust an inhaltlichem Niveau und Ansehen der Science Fiction verantwortlich. Leider verkaufen sich (ähnlich wie bei der SF-Literatur) anspruchsvollere Computerspiele (*System Shock 1+2, Der Meisterdieb* oder *Sanitarium*) schlechter, als reine Actiongames.

Die Behauptung, Computerspiele bieten nur vorgefertigte Kunstwelten, ist im selben Maße zutreffend, wie die Behauptung, SF-Literatur sei trivial. Natürlich ist es so, dass dem einen oder anderen SF-Computerspiele nicht zusagen, so wie es Fans gibt, denen Fantasy, Horror oder die klassische phantastische Literatur nicht zusagt. Deshalb gehören diese Genre dennoch zur Science Fiction und verdienen Beachtung.

Ebenso, wie sich die SF-Literatur in mehrere Untergenre spaltet, trifft dies auf Computerspiele zu. Ein Battletech-Roman hat sicher eine andere Leserschaft, als ein Scheibenwelt-Roman. Ebenso hat ein 3-D-Action-Game wie *Quake* eine andere *Spielerschaft,* als das wesentlich komplexere Adventure-Rollenspiel *System Schock 2* oder das bizarre Grusel-Adventure *Sanitarium.*

Probieren Sie einen Teil der empfohlenen Spiele aus und bilden Sie sich Ihre eigene Meinung. Dann schlüpfen Sie demnächst vielleicht lieber in die Rolle eines Esper im beklemmenden *System Shock 2,* statt sich eine weitere Folge von *Akte X oder* ähnliches anzusehen.

Adventure / Action-Adventure

Alien Resurrection (Fox Interactive)

Nachdem Fox Interactive 1999 mit *Aliens versus Predator* die erste überzeugende Umsetzung des Alienthemas für den PC auf den Markt brachte, erscheint nun vom selben Hersteller ein weiterer Alien-Shooter. *Alien Resurrection* erscheint zwar über zwei Jahre nach dem Kinostart des Gruselschockers *Alien: Die Wiedergeburt,* auf den sich das Spiel bezieht, leidet aber wegen der Zeitlosigkeit des Themas kaum darunter.

Auch *Alien Resurrection* muss daran gemessen werden, ob es die beklemmende Alptraumatmosphäre der *Alien*-Filme einfängt und den Spieler die Handlung ähnlich intensiv miterleben lässt. *Alien Resurrection* gelingt dies in gleicher Weise wie schon *Alien versus Predator.* Die düsteren Raumschiffgänge – spärlich durch knapp platzierte Lichter beleuchtet – die flinken Alienkreaturen (vom Facehugger bis zur Alienmutter) und unerwartete Wendungen in der Geschichte lassen dem Spieler kaum Zeit zum Luftholen.

Alien Resurrection benutzt eine komplette Polygon-Engine mit Echtzeitlicht und aufwendigen Texturen und bewegt sich damit am Leistungs-Limit der PlayStation-Hardware. Mehr ist wohl kaum möglich, ohne störende Grafikfehler in Kauf nehmen zu müssen.

In insgesamt zehn düsteren und aufwendig designten Spiellevels kann sich der Spieler gegen Aliens in verschiedenen Entwicklungstadien zur Wehr setzen. Einziger Nachteil ist die durch das *Alien*-Thema etwas eingeschränkte Auswahl an Monstertypen. Zudem bereiten die immer übermächtiger werdenden Endgegner im letzten Drittel des Spiels einigen Frust. Hardcore-Zocker werden aber auch hier keine Schwierigkeiten haben.

Die atmosphärisch dichten und qualitativ ausgezeichneten Zwischensequenzen geben dem packenden Horrorspektakel den letzten Schliff!

PlayStation
Spielspaß 80 %

Arcatera (Ubi Soft)
Dreißig Echtzeittage hat der Spieler im Fantasy-Game *Arcatera* Zeit, die Spielwelt kennenzulernen, diverse Aufgaben zu lösen und sich gegen vielerlei Widersacher zur Wehr zu setzen. Der Spieler kann jedoch auch den Zeitfluss beschleunigen, um diverse Leerzeiten zu überbrücken. Eigentliche Aufgabe des Helden (der Spieler kann rollenspieltypisch aus vier Charakterklassen – Zauberkundiger, Mönch, Dieb und Abenteurer – wählen) ist es, den Machenschaften eines Geheimbundes auf die Spur zu kommen, der plant, mithilfe dunkler Magie die Sonne zu verfinstern und ein Zeitalter der Schreckens einzuleiten. Um diese schwierige Aufgabe zu meistern, hat man die Möglichkeit, weitere Charaktere anzuwerben und in einer Party zu verwalten.

Arcatera präsentiert sich im mittelalterlichen Ambiente und wurde hinsichtlich der Spielhintergründe, der Musik und der

Arcatera

deutschen Lokalisierung vorbildlich umgesetzt. Nur die Figuren verpixeln während der Animationsphasen recht auffällig. Aufwendig gestaltete Rendervideos erzählen die Geschichte.

Leider ist die Spielsteuerung schlecht ausbalanciert und lässt besonders Kampfszenen zum Glücksspiel geraten. Zudem überdecken die zweidimensionalen Figuren durch statische Kameraperspektiven in Auseinandersetzungen gerne den Kampfbereich und führen so zu unnötigen Niederlagen.

Arcatera bemüht sich um ein nichtlineares Spielerlebnis und verspricht zehn verschiedene Schlusssequenzen. Ob sich dabei der vorbestimmte Zeitrahmen als nachteilig erweist, bleibt abzuwarten. Unglücklich wirken die bisweilen ablaufenden naiv-trivialen Dialoge, die auch von den ausgezeichneten Sprechern nicht überspielt werden konnten.

P233, 32 MB, Win 9x
Spielspaß 60 %

Atlantis II (Cryo Interactive)

Atlantis II präsentiert sich, wie auch schon sein Vorgänger, in der Tradition des grafisch anspruchsvollen Fantasy-Adventures. Das Spiel mischt auf eigenwillige Art mythische und esoterische Elemente mit der exotischen Kultur anderer Länder. So findet der Spieler tibetanische Kulturfragmente genauso wieder, wie die von antiurbaner Weltanschauung getragenen christlichen Einflüsse Irlands. Um die hochauflösende, bis ins kleinste Detail ausgearbeitete Spielwelt realisieren zu können, griff Cryo auf die hauseigene modifizierte OmniSync-3-D-Engine zurück. Die Game-Engine ermöglicht es nacheinander verschiedene Haltepunkte anzusteuern – die Bewegung erfolgt durch vorberechnete Kamerafahrten – und dort mit einem Rundumblick die Umgebung zu betrachten und zu untersuchen. Die gebotene Grafik ist von melancholischer Poesie und wird von einem ethnischen Soundteppich getragen, der schon für sich allein das Hinhören lohnt.

Zu Beginn der Handlung ist der Spieler über seine eigentlichen Ziele nur sehr unzureichend informiert. In der Rolle des jungen Tibetaners Than und als auserwählter Träger des Lichts, erhält man die mysteriöse Aufgabe, das Gleichgewicht von Gut und Böse wiederherzustellen. Zu diesem Zweck kann man fünf unterschiedliche Welten bereisen und ein Puzzlestück nach dem anderen zusammentragen, um die Welt von Atlantis II vor dem Sturz ins Chaos zu bewahren. Der Spieler muss sich jedoch die Zusammenhänge bisweilen schwer erarbeiten, sodass sich das Eintauchen in die Geschichte von Atlantis II als echt zeitraubende und zähe Angelegenheit entpuppt. Für den Spieler jedoch, welcher entsprechende Ausdauer beweist, eröffnet sich ein phantastisches Universum, mit vielen kulturellen Anspielungen und einer komplexen relativ offenen Hintergrundgeschichte.

Leider wirken die Lippenbewegungen und Gesichtsregungen der dargestellten Spielcharaktere immer noch zu künstlich. Zwar wurden diese Punkte gegenüber früheren Spielen mit der OmniSync-3-D-Engine erheblich verbessert, sind in ihrer Umsetzung jedoch immer noch ungenügend.

P200, 32MB, Win9x
90 % Spielspaß

Daikatana (Eidos)

Mehr als ein Jahr verzögerte sich die Auslieferung des langersehnten 3-D-Shooters *Daikatana* von John Romero, ehemaliger Mitbegründer der berühmten Softwareschmiede id. Diese Verzögerung und die drei Jahre dauernde Entwicklungszeit merkt man dem Spiel besonders in technischer Hinsicht an. So basiert die 3-D-Engine auf aufgebohrten Quake-2-Routinen. Leider strapazierte man die Engine über ihre Möglichkeiten. Sichtbar wird dies - je nach Grafikkarte - durch diverse Texturüberlagerungen und bisweilen auftretendes Flackern. Zudem wirken die Levels farblich überladen und die Unterwassereffekte sind mehr als dürftig. Wie die meisten vektorbasierenden 3-D-Engines liegen auch in *Daikatana* die Stärken der Umsetzung in den Innenlevels.

Daikatana legt großen Wert auf eine anspruchsvolle Hintergrundgeschichte. Japanische Mythologie - es geht um ein magisches Schwert (das Daikatana), das Zeitreisen ermöglicht -, Science-Fiction-Elemente und eine Spielhandlung, die sich über vier verschiedene Zeitepochen erstreckt, forderten den vollen Einsatz der Leveldesigner. Je nach Zeitepoche steht dem Spieler ein anderes Waffenarsenal zur Verfügung, das zum Teil recht effektvoll zum Einsatz gebracht werden kann. Eine weitere Besonderheit in *Daikatana* sind die beiden Mitstreiter, die man im Laufe der ersten Missionen befreit und die sich dem Spieler sogleich anschließen. Leider erschweren die beiden Neuzugänge dem Hauptthelden das Actionleben häufiger, als dass sie ihm hilfreich zur Seite stehen. So werden diese hin und wieder durch Automatiktüren zermalmt oder laufen in eine übermächtige Gegnerschar. Leider endet das Spiel dann augenblicklich.

Trotz fehlender Übersichtskarte geht dem Spieler durch das klar aufgebaute Leveldesign nie die Übersicht verloren. Allein zu unauffällig platzierte Schalter können - neben dem hohen Schwierigkeitsgrad - zur Spielbremse geraten. Angesichts der gut ausgearbeiteten Hintergrundgeschichte wirken die recht konservativen Spielaufgaben (töte Gegner, finde Schalter oder Schlüsselkarte, suche den Levelausgang) dem Game nicht angemessen. Die langatmigen Zwischensequenzen in Spielgrafik hätte man auch etwas gestraffter realisieren können. Unzählige, teils recht gut versteckte PowerUps und eine etwas eingeschränkte Speicherfunktion sorgen dennoch für ausreichend Spielmotivation.

Fazit: *Daikatana* hat zwar mit diversen Detailschwächen zu kämpfen, ist aber für Genrefans allemal eine Investition wert.

P233, 32 MB, Win 9x, 3-D-Grafikkarte
Spielspaß 70 %

Dark Project II (Eidos)
Eine namenlose mittelalterliche Stadt in einem Paralleluniversum. Spärlich beleuchtet der Mond ein prunkvolles Anwesen. Eine dunkle Gestalt gleitet von Schatten zu Schatten, dringt unbemerkt über einen Seiteneingang in das Hauptgebäude und versteckt sich in der Finsternis einer Nische, als die Stimmen von Wächtern hörbar werden. Nachdem sich die Schritte wieder entfernen, schleicht die Gestalt zum nächsten Treppenaufgang, stiehlt nebenbei einen goldenen Kerzenständer und geht vorsichtig die Stufen nach oben. Im ersten Stock ist es finster und man sieht kaum die Hand vor Augen ...

Dark Project II lässt den Spieler wieder in die Haut des gerissenen Diebes und Ganoven Garret schlüpfen. Im ersten Moment erweckt das Spiel den Eindruck, einer Missions-CD zu Teil 1, da die Menüoberfläche und die Grafikengine fast unverändert von dort übernommen wurde. Die eigentlichen Veränderungen sind subtiler Art. So wurde die Künstliche Intelligenz der virtuellen Spielfiguren und die Farbtiefe und Lichtberechnung der 3-D-Schauplätze verbessert. Für den Spieler bedeutet dies, dass Wachmänner oder die in Dark Project II vorkommenden mechanischen Kreaturen direkt auf Veränderungen in der Spielumgebung reagieren. Lässt man beispielsweise Türen geöffnet, oder stiehlt einen auffällig platzierten Wertgegenstand, könnte das patrouillierende Wachmänner misstrauisch machen.

Wie schon in Teil 1 ist der Spieler gezwungen, durch unauffälliges und meist gewaltfreies Vorgehen zum Ziel zu kommen. In den beiden schwierigeren Spielstufen darf man zusätzlich zur eigentlichen Missionsaufgabe, niemanden töten, um die Mission erfolgreich zu beenden. Allenfalls ein Hieb mit dem Knüppel, der lästige Wachmänner unfreiwillig ins Traumland befördert, ist erlaubt.

Dark Project II lebt von der immer präsenten Spannung nicht entdeckt zu werden, überraschenden Wendungen und der originellen Fantasygeschichte. Die in Dark Project II besonders detailliert herausgearbeitete Geräuschkulisse - dem Spieler ist es sogar möglich, die Wachen bei ihren recht amüsanten Unterhaltungen zu belauschen - ergänzt ausgezeichnet das besondere Flair der Diebesgeschichte.

Die leicht angestaubte Grafik und die nur minimalen Veränderungen im Spielgeschehen sind die auffälligsten Schwachpunkte des ansonsten ausgezeichneten Ego-Schleichers.

PII 266, 32MB, Win9x
90 % Spielspaß

Deus Ex (Eidos)
Der führende Kopf hinter dem Future-Shocker *Deus Ex* ist das erstaunliche Kreativ-Genie Warren Spektor, der sich schon als Schöpfer solch außergewöhnlicher Spiel-Programme wie *System Shock I+II* oder *Dark Project I+II* einen Namen machte. *Deus Ex* ist ein düsteres Cyberpunk-Game, das dem Spieler umfassende Handlungsfreiheit ermöglicht. Gerade im Spielablauf machen sich viele Parallelen zu *System Shock I+II* bemerkbar. Gespielt wird aus der Ich-Perspektive, wobei der Spieler fast alle Objekte der detaillierten 3-D-Welt manipulieren kann. Über ein umfangreiches Inventar stehen ihm die verschiedensten Werkzeuge wie Dietriche, Nanoschlüssel, Brechstangen, Energiezellen und vieles andere zur Verfügung.

Für gelöste Aufgaben erhält der Spieler Erfahrungspunkte und kann seine Figur in elf Fähigkeits-Bereichen nach und nach aufwerten. Zusätzlich ermöglichen es Cyber-Module, spezielle Fertigkeiten einzusetzen.

Deus Ex ist eine geniale Mischung aus Adventure-, Action- und Rollenspiel. In der Rolle des Spezialagenten J. D. Denton kann man mit fast allen anzutreffenden Spielfiguren kommunizieren und die anstehenden Missionen auf ganz unterschiedliche Art und Weise lösen. So ist es beispielsweise möglich, durch Lüftungsschächte oder das Hacken von Sicherheitseinrichtungen in bewachte Gebäude einzudrin-

Deus Ex

gen, aber ebenso auch mit reiner Waffengewalt sich den Weg freizuschießen. Dabei können die Spielfigur oder diverse KI-Gegner an unterschiedlichen Körperstellen verletzt werden. Bei starken Beinverletzungen ist es dem Spieler nur noch möglich, über den Boden zu kriechen, in der Hoffnung, ein verstecktes Medi-Pack zu finden.

Die ineinander fließenden Missionsaufgaben erzählen eine wendungsreiche und packende Cybergeschichte der nahen Zukunft. Handlungsorte sind New York, Hongkong, Paris und die allseits beliebte Area 51.

Die auf der Unreal-Tournament-Engine basierende anspruchsvolle Spielgrafik zeichnet ein glaubhaftes Bild verkommener High-Tech-Großstädte mit Lagerhallen, Bars, U-Bahn-Schächten und düsteren Straßenschluchten. Etwas einfallsreichere Texturen hätten bei einigen Locations die Atmosphäre noch um einiges steigern können.

Trotz Ego-Perspektive und einem beachtlichem Waffenarsenal ist *Deus Ex* kein 3-D-Shooter: Zu ballerfreudige Agenten können sich schon mal in eine spielerische Sackgasse befördern, aus der es keinen Ausweg gibt. Also: zuerst überlegen und dann (vielleicht) schießen!

PII266, 64 MB, Win 9x, 3-D-Grafikkarte
Spielspaß 100 %

Devil Inside (Cryo Interactive)

Wo heutige Reality-Shows einmal enden können, zeigt das schwarzhumorige *Devil Inside* von Cryo. Als eine Art Zombiejäger übernimmt der Spieler die Rolle von Dave, dem gefeierten Star der erfolgreichen Reality-Show *Devil Inside,* und erkundet unter Begleitung eines Kamerateams Orte der schwarzen Magie, um die widerlichen Kreaturen der Unterwelt dorthin zurückzuschicken, woher sie gekommen sind.

Ein besonders heikler Auftrag erwartet Dave auf den Hügeln von Hollywood. Im unheimlichen Anwesen Shadow Gate hat sich der berüchtigte Massenmörder Harry Crimes mit einer ganzen Horde Untoter manifestiert. Wie in einem deftigen Splatterfilm kann Dave mit diversen Schusswaffen dem Treiben der Zombies ein Ende bereiten. Doch in Dave steckt mehr als nur eine Persönlichkeit. Hat er die ersten Aufgaben gelöst und einen Teil der Bösewichter zur Strecke gebracht, kann er sich an speziellen Orten in Deva verwandeln, ein weibliches, mit dämonischen Kräften ausgestattetes Wesen. Deva ist gegen Feuer immun - es steigert sogar ihre Kräfte - und kann mit Magie umso wirkungsvoller gegen die Höllenbrut vorgehen.

Wirkt die 3-D-Engine in den Außenlevels noch relativ kantig, läuft sie in den verwüsteten Räumlichkeiten der verfallenen Villa zur Höchstform auf. Genügend Schockmomente gibt es, wenn den Spieler urplötzlich ein Zombie von der Seite anfällt oder ähnlich Unerwartetes passiert.

Die Spielsteuerung ähnelt der von Acclaims Gruselshocker *ShadowMan.* Dave/Deva sieht man aus einer erhöhten Third-Person-Perspektive. Bewegt wird die Spielfigur hauptsächlich über die Tastatur. Mit der Maus dagegen hat man das Fadenkreuz besser unter Kontrolle. Da Dave/Deva von einem Kamerateam begleitet wird, hat der Spieler die Möglichkeit, das Spielgeschehen aus vielen unterschiedlichen Perspektiven zu betrachten, und kann im direkten Spielablauf sogar eine stufenweise regelbare Zeitlupe aktivieren.

Ärgerlich: In den verschachtelten Räumen und Gängen verliert der Spieler schnell die Übersicht, und einige spielrelevante Gegenstände versteckten die Programmierer einfach zu gut. Hier gerät man schon mal unnötig in eine Sackgasse, die den Spielfluss hemmt. Etwas knapp bemessen ist das mehrsprachige Handbuch ausgefallen, und auch eine stabile

CD-Hülle fehlt der Spielepackung. Um Kosten zu sparen, hätte man besser ein ausführliches Handbuch digital auf die nur halb gefüllte CD brennen sollen und stattdessen eine ordentliche Hülle spendieren können.

P266, 64 MB, Win 9x, 3-D-Grafikkarte
Spielspaß 80 %

Fear Effect (Eidos)
Auf insgesamt vier randvollen CDs kommt das wohl bisher aufwendigste Horror-Adventure für die PlayStation auf den Markt. Dass die Entwickler über Erfahrungen im Filmgenre verfügen, ist besonders beim Design, den wechselnden Spielperspektiven und dem Spielablauf spürbar.

Das Grusel-Game versetzt den Spieler ins Hong Kong des 21. Jahrhunderts. Im Bordellviertel betreibt Madame Chan ihre schmutzigen Geschäfte. Bei den Nachforschungen um eine vermisst gemeldete junge Frau, weisen die Spuren auf Chans Verbrecherorganisation. Von dieser Ausgangssituation nimmt der Spieler am Geschehen teil. Drei Spezialagenten, zwischen denen er bei Bedarf hin und her wechseln kann, stehen ihm zur Lösung der Teils kniffligen Aufgaben zur Verfügung..

Optisch zählt *Fear Effect* zu den bisher anspruchsvollsten PlayStation-Games. Die japanophilen Spielcharaktere scheinen einem hochwertigen Zeichentrickfilm entnommen und die detaillierten und farbenfroh gerenderten Örtlichkeiten wurden aufwendig animiert. So gibt es unter anderem blinkende Werbetafeln, rotierende Ventilatoren oder Rauch- und Nebelwolken zu bestaunen.

Spätestens dann, wenn der Spieler mit den ersten Höllenkreaturen und Zombies zu tun bekommt, wird deutlich, dass sich hinter Chans zwielichtigem Etablissement mehr verbirgt, als eine Agentur zur Vermittlung von Sexdienstleistungen.

Wie für ein anspruchsvolles Action-Adventure Pflicht, durchstreift der Spieler während seiner Nachforschungen bizarre und unwirkliche Spielwelten. Die drei Agenten liefern sich heiße Feuergefechte in verlassenen Fabrikanlagen, oder bekommen es auf einer Südseeinsel bei mondbeschienener

Nacht mit blutgierigen Zombies zu tun. Das ansonsten ausgezeichnete Game sollte wegen der Darstellung expliziter Gewalt nicht in Kinderhände geraten.

PlayStation
90 % Spielspaß

Halfe-Life: Opposing Force (Sierra)
Half-Life zählt selbst heute noch, über ein Jahr nach seiner Veröffentlichung, zu den absoluten Referenztiteln des Genres. Die Entwickler verknüpften in dem Game die ausgereifte und verbesserte 3-D-Engine des Action-Shooters *Quake* mit einer filmreifen Hintergrundgeschichte à la Alien. Zwar gibt es inzwischen spektakulärere 3-D-Engines, die nervenaufreibende Spielatmossphäre von *Half-Life* vermag jedoch immer noch zu überzeugen.

Mit *Opposing Force* erhält der Spieler eine mehr als gelungene Fortsetzung zu *Half-Life*. Die Zusatz-CD hat (bis auf die eingeschränkte Spieldauer) die Qualitäten eines Vollpreisproduktes, und kann jedem Liebhaber des Basisspiels uneingeschränkt empfohlen werden.

In der cinematographisch erzählten Einzelspieler-Story spielt man dieses Mal nicht einen in Bedrängnis geratenen Wissenschaftler, sondern einen ausgebildeten Marine, der unfreiwillig zum Einzelkämpfer wird und sich gegen Aliens, Scharfschützen und lebensbedrohliche Umweltbedingungen wie Radioaktivität, Elektrizität und Einstürze behaupten muss.

Eigentlicher Auftrag des Soldaten ist es, den Wissenschaftler Gordon Freeman, Zentralfigur im Hauptspiel, auszuschalten. Dass die Regierung nur einen Teil der bekannten Fakten offenlegte und der ganze Einsatz eher nach einer militärischen Säuberungsaktion aussieht, wird schon nach den ersten Spielminuten deutlich. In Action-Thriller-Manier bewegt sich der Spieler dabei durch das Forschungsinstitut Black Mesa. Reaktionsvermögen und eine gehörige Portion Kombinationsgabe sind vonnöten, um gegen die ausgefeilte Gegnerintelligenz anzukommen. Der Spieler durchstreift phantastische 3-D-Welten mit realistisch simulierter Physik und beklemmendem 3-D-

Sound. Durch ein speziell für *Half-Life* entwickeltes Skelett-Animationssysten bewegen sich die Computercharaktere fast lebensecht. Story-basierte Rätsel lassen den Spieler direkt an der ablaufenden Geschichte teilhaben und machen *Half-Life: Opposing Force* zum interaktiven Science Fiction-Erlebnis.

P166, 24 MB, Win 9x
Spielspaß 90 %

The Longest Journey (Egmont Interactive/FunCom)
Von merkwürdigen Alpträumen gequält, wacht April Ryan regelmäßig aus dem Schlaf. April lebt in Stark, einer monströsen High Tech-Metropole mit Flugwagen und riesigen lichtpulsierenden Wolkenkratzern. Während ihrer Träume durchstreift sie jedoch immer wieder die märchenhafte Fantasywelt Arcadia voller seltsamer Geschöpfe und Traumgestalten. Erst nach und nach wird April bewusst, dass Arcadia als eine Art Paralleluniversum neben ihrer realen Welt existiert und nach den universalen Gesetzen des Gleichgewichtes mit der futuristischen Metropole Stark verbunden ist. Doch mit dieser Erkenntnis begreift sie auch, dass die immer häufiger wiederkehrenden Alpträume Vorzeichen bedrohlicher Veränderungen sind. Das Gleichgewicht zwischen Arcadia und Stark droht zusammenzubrechen und beide Welten zu zerstören. April Ryan wird zur Reisenden zwischen zwei Welten, die verschiede-

The Longest Journey

ner kaum sein könnten. Nur sie ist in der Lage, das sensible Gleichgewicht wieder in eine sichere Balance zu bringen und die Katastrophe abzuwehren.

The Longest Journey ist ein grafisch sehr anspruchsvolles Adventure. Die Mischung aus 2-D und 3-D-Darstellung mit mehreren Raumebenen, echtzeitberechnetem Licht und direkt ins Spiel integrierten Filmszenen machen das Adventure zum optischen Leckerbissen. Leider neigt *The Longest Journey* gerade in den Spielabschnitten in Arcadia zu einer bisweilen kindlich naiven Weltanschauung.

Die Rätsel sind oft an eine bestimmte Location gebunden und überwiegend einsteigerfreundlich gehalten. Professionelle Sprecher aus der Filmindustrie verleihen den lebensecht animierten Spielfiguren stimmlichen Charakter.

Publisher *Egmont Interative* hat nach dem anspruchsvollen und bizarren *Sanitarium* ein weiteres ungewöhnliches Adventure auf den Markt gebracht. Angesichts der schon länger andauernden Flautezeit unter den Grafikadventures, kann man dieses Engagement gar nicht hoch genug bewerten.

P166, 32MB, Win9x
90 % Spielspaß

Martian Gothic (Take 2)
Im Jahr 1984 entdeckten Forscher in der Antarktis den Meteoriten AHL8400L. Das durch die Hitze deformierte Gestein schien marsianischer Herkunft zu sein. Acht Jahre später berichtet die NASA über Spuren außerirdischer Kleinorganismen in diesem Meteoriten. Die NASA konzentriert daraufhin ihr Raumfahrtprogramm auf die Erforschung des roten Planeten und nimmt 2009 die erste bemannte Marsstation Vita 1 in Betrieb. Fast zehn Jahre später bricht die Verbindung zu Vita 1 ab. Die letzten Meldungen lassen auf ein Unglück schließen und das Schlimmste vermuten.

Am 17. Juni 2019 landet ein dreiköpfiges Rettungsteam auf dem Mars und betritt durch drei weit voneinander getrennte Eingangsschleusen die recht ausgedehnten Forschungsanlagen von Vita 1. Man hofft, durch dieses dezentralisierte Vor-

Martian Gothic

gehen die Überlebenschancen der Rettungsmannschaft zu verbessern.

Martian Gothic übergibt ab diesem Zeitpunkt dem Spieler die Kontrolle über das dreiköpfige Rettungsteam. Mit der Tabulatortaste kann man jederzeit zwischen den einzelnen Personen hin und her wechseln. Da sich die drei Raumfahrer an völlig verschiedenen Positionen in der Forschungsstation befinden, können sie nur über Funk miteinander kommunizieren. Der Austausch von Gegenständen ist über eine Art Rohrpostsystem möglich.

Martian Gothic ist ein schaurig-schönes Horror-Science-Fiction-Adventure. Bei der Gestaltung orientierte man sich an klassischen Science Fiction-Filmen, sodass der marsianische Außenposten in einem stilvollen SF-Nostalgieambiente gehalten wurde. Die technischen Einrichtungen – obwohl computergesteuert und kompliziert – erinnern deshalb eher an die Inneneinrichtung der Nautilus von Kapitän Nemo als an moderne Laboranlagen.

Spieler mit dünnem Nervenkostüm sollten die Finger von *Martian Gothic* lassen. Die Raumstation Vita 1 gleicht einem Schlachtfeld, und überall liegen Leichen herum. Zu allem Überfluss geistern einige von ihnen als Zombies durch die Gänge und sorgen für unerwartete Schockeffekte. Einen ebenfalls nicht unwesentlichen Einfluss auf die beklemmende Spielatmosphäre hat die ausgezeichnete Musikdramaturgie. Bei der Suche nach den Ursachen für das schreckliche Blutbad durchstreifen die 3-D-Charaktere vorgezeichnete Hintergründe, die durch animierte Objekte, transparenten Rauch oder flackernde Lichtquellen die Illusion einer aktiven Umwelt erzeugen.

Ein Manko des Spiels ist die leider recht umständliche und unpraktische Verwaltung der Spielspeicherstände. Speichern ist nur an bestimmten Orten in der Raumstation möglich, und zu allem Übel sind auch die Speicherstände begrenzt.

P266, 32 MB, Win 9x, 3-D-Grafikkarte
Spielspaß 80 %

MDK 2 (BioWare/Interplay)
Leider war 1996 der ersten Version von *MDK* kein großer kommerzieller Erfolg beschieden. Trotz abwechslungsreicher Story, ungewöhnlichem Humor, viel Action und der - für damalige Verhältnisse - absolut erstklassigen 3-D-Grafik verkaufte sich das von den Fachmagazinen hochgelobte Spiel schlechter als so manches Mittelklasse-Game. Vielleicht war das Spiel für die meisten damaligen Computerzocker zu abgedreht, der Humor einfach zu schräg.

MDK 2 versucht vier Jahre später einen neuen Start und legt sich dabei mächtig ins Zeug. Der gesamte Spielablauf wurde überarbeitet und noch abwechslungsreicher als im Vorgänger gestaltet. Erreicht wurde dies hauptsächlich durch die drei separat voneinander spielbaren Hauptfiguren. Da ist zum einen Kurt Hectic, Weltenretter im ersten Teil und der ungeschlagene Stratege des Heldentrios. Mit seinem universalen Kampfanzug samt integriertem Flugfallschirm kann er sich tarnen, Abgründe überwinden, sich aber auch mit Waffengewalt Gehör verschaffen. Ihm zur Seite stehen Max, ein vierarmiger Roboterhund, der sich ein Revolverheldenprogramm gedownloadet hat und sich in entsprechender Westernmanier durch die alienverseuchten Levels ballert, und zu guter Letzt Dr. Hawkins, der dank seiner überragenden Intelligenz aus diversen Gegenständen die merkwürdigsten Apparate bastelt. Alle drei Figuren steuert der Spieler einzeln aus der Verfolgerperspektive durch die riesigen futuristischen Areale und hat gleichermaßen Rätsel- wie Knobelaufgaben zu lösen, kann aber auch ungeniert seinen destruktiven Neigungen freien Lauf lassen. Speichern ist glücklicherweise an jeder Stelle im Spiel möglich.

Auch die 3-D-Technik von *MDK 2* ist auf der Höhe der Zeit. Gewaltige Spiellevels, gleißende Lichteffekte, riesige Explosionswellen und eine abenteuerliche Architektur lassen die absurde Alieninvasion lebendig werden. *MDK* sprüht nur so vor witzigen Einfällen, die man jedoch oft nur am Rande wahrnimmt. So trifft man auf Aliens, die dem Spieler von einer schwebenden Beobachterplattform aus bei diversen Sprungübungen zujubeln, während andere Aliens während heißer Gefechte die Bullaugen der Raumschiffe putzen.

Das im Comic-Look gehaltene Game hat das Zeug zum Kultspiel und trifft hoffentlich auf eine große Fangemeinde.

P233, 24 MB, Win 9x, 3-D-Grafikkarte
Spielspaß 100 %

The Nomad Soul (Eidos)

Die *Nomadenseele* von Eidos ist ein 3-D-Action-Adventure in der Tradition von Orwell und Huxley. In dem beklemmenden Zukunftsszenario verschlägt es den Spieler in eine digitale Parallelwelt. In der bizarren und düsteren Kulisse einer futuristischen High-Tech-Stadt schlüpft der Spieler vorerst in den Körper eines Polizisten. Der Überwachungsstaat benutzt sein Polizeisystem incl. Wachroboter um die staatliche

The Nomad Soul

Ordnung aufrecht zu erhalten und die Bevölkerung einzuschüchtern. Primäres Spielziel ist es, das diktatorische System zu unterlaufen und eine politische Wende einzuleiten. Im Laufe der Handlung wechselt der Spieler hierzu mehrmals seinen Wirtskörper. The Nomad Soul spielt sich die meiste Zeit über wie ein klassisches Adventure. Die Action-Abschnitte unterteilen sich in einen Shooting- und Fightingmodus und fügen sich nur schwierig in den sonstigen Spielablauf. Gerade die vereinzelten Prügelabschnitte wirken deplatziert und hemmen den Spielfluss.

Grafisch ist das Spiel nicht mehr ganz auf der Höhe der Zeit. Gerade die Lichteffekte verblassen neben aktuellen 3-D-Games. Dennoch schafft es das Spiel durch geschickte Architektur der Level, den mit Fahrzeugen und Passanten belebten Straßen und der Simulation von Tages- und Nachtwechsel eine überzeugende Illusion der Umwelt zu realisieren. Recht gelungen sind auch die 3-D-animierten Gesichter der Spielfiguren, oder die metallisch glänzenden Oberflächen von Fahrzeugen. Ein weiteres Schmankerl für Musikliebhaber ist der Soundtrack von *David (Starman) Bowie*. Der Popkünstler ist weiterhin in einem virtuellem Konzert zu erleben, wo es weitere Hörproben seiner aktuellen Produktionen zu erlauschen gibt.

Trotz des etwas unglücklichem Genremix ist The Nomad Soul für SF-Liebhaber oder Bowie-Fans ein äußerst interessantes Angebot.

P233, 32 MB, Win 9x, 3-D-Grafikkarte
Spielspaß 80 %

Parasite Eve 2 (Squaresoft)
Liebhaber der Horrorklassiker-Serien *Resident Evil* oder *Alone in the Dark* bekommen mit *Parasite Eve 2* neuen Stoff für die dunkle Seite ihrer Spielerseele geboten. Ganz in der Tradition der großen Vorbilder gehalten, geleitet der Spieler seine Polygonheldin durch vorgerenderte Spielhintergründe mit zum Teil animierten Bildsegmenten.

Etwas unglücklich macht sich im Spiel das Fehlen jeglicher Sprachausgabe bemerkbar. *Parasite Eve 2* wirkt daher etwas seelenlos (Gespräche laufen über Texteinblendungen ab). Hier sorgt allein die gelungene Geräuschkulisse für Gänsehauteffekte. Etwas mehr hätte man sich auch bei der Hintergrundgeschichte ins Zeug legen können. Wie in *Resident Evil* gibt es Monster oder mutierte Menschen und Tiere in großen Mengen abzuschlachten. *Parasite Eve 2* kann jedoch mit einem Schuss Rollenspiel aufwarten (gesammelte Erfahrungswerte kommen der Spielfigur zugute) und steigert somit die allgemeine Spielmotivation. Bis auf die manches Mal etwas zu grobpixeligen Riesenmonster weiß *Parasite Eve 2* auf grafischer Seite zu überzeugen. Animationen, Lichteffekte und Texturen sind von durchweg hoher Qualität. Auch an den hochwertigen Zwischensequenzen gibt es nichts auszusetzen.

Bei der Lösung der bisweilen abstrakten Rätsel stehen der Spielheldin gelegentlich weitere Charaktere zu Seite. Außerdem hat sie die Fähigkeit – ein paar kleinere Mutationen machen es möglich – übersinnliche Kräfte zur Verteidigung einzusetzen.

Parasite Eve 2 ist ein Fest für Monsterjäger und ein kurzweiliges Abenteuer für Genrefans!

PlayStation
Spielspaß 80 %

Resident Evil 3 (Eidos/Capcom)

Die Bewohner von Raccoon City, einer Kleinstadt im amerikanischen Mittelwesten sind noch dabei die schrecklichen Ereignisse zu verarbeiten, die durch Freisetzung des T-Virus ausgelöst wurden.

Doch die Vergangenheit holt die Bewohner erneut ein. Nach einer Reihe mysteriöser Morde wird klar, dass das Virus, der Tiere und Menschen in verwesende Tötungsmaschinen verwandelt, die Bewohner der Stadt infiziert hat. Raccoon City scheint dem Untergang geweiht.

In diese bedrückende Szenerie wird der Spieler im nunmehr dritten Teil des berühmt/berüchtigten Action-Horror-Adventures entlassen. War der Schauplatz der vorherigen Teile auf ein einzelnes Anwesen beschränkt, steht im aktuellen Teil ein ganzer Stadtbezirk zur Erkundung bereit. Nicht nur der Aktionsradius der Spielfiguren ist bedeutend umfangreicher, auch grafisch und inhaltlich hat sich viel verbessert. Die hochauflösenden vorgerenderten Spielwelten versetzen den Spieler direkt in die düstere Endzeitkulisse von Raccoon City mit brennenden Autowracks, tollwütigen Hunden und von Zombies bewohnten Ruinen.

Jill Valantine, die wohlproportionierte Hauptakteurin, Mitglied bei S.T.A.R.S., einer Polizeispezialeinheit von Raccoon City, wurde aufwendig texturiert und mit einem realistischen Bewegungsmodell ausgestattet. Ihr zur Seite steht in bestimmten Spielabschnitten Carles Oliveira, Soldat der U.B.C.S., einer Rettungseinheit für besonders heikle Missionen.

Wie auch bei den beiden vorherigen Teilen, verzweigt die Rahmenhandlung in alternative Handlungsstränge und zwingt den Spieler zu schnellen Entscheidungen.

In der deutschen Version macht sich die abgemilderte Gewaltdarstellung zum Original deutlich bemerkbar. Wohlige Gänsehauteffekte bleiben dank der dichten und beklemmend erzählten Geschichte trotz der Gewaltentschärfung nicht aus. Mord- und Totschlag gibt es in den Zwischensequenzen dennoch zu sehen. Resident Evil 3 eignet sich daher für eine ältere Zielgruppe.

Speichern kann der Spieler mit einem Farbband an den im Spiel reichlich anzutreffenden Schreibmaschinen. Stellt man den Schwierigkeitsgrad auf Schwer, gibt es nicht nur weniger Munition, sondern auch die Farbbänder werden auf eine begrenzte Menge reduziert. Darüber hinaus erweisen sich die Rätsel als genretypisch, bisweilen durchaus anspruchsvoll und sind immer Bestandteil der Geschichte.

PlayStation
90 % Spielspaß

Star Trek – Der Aufstand (Activision)

Adventurespiele sind rar geworden. Deshalb sollte man auf jedes dieser Kleinode besonders eindringlich aufmerksam machen. Das Star Trek-Universum bot schon für viele Computerspiele einen vielschichtigen SF-Hintergrund. Markante Charaktere, ein komplexes Universum voller konkurrierender Fremdrassen und eine relativ humane Weltanschauung bieten genug Stoff für anspruchsvolle Adventuregeschichten. umso verwunderlicher ist die Tatsache, dass es unter den bisherigen Star Trek-Spielen kein wirkliches Highlight gibt. *A Final Unity* oder *Klingon Honor Guard* boten zumindest solide Spielekost. Andere waren entweder technisch (Generations) oder spielerisch unbefriedigend.

Star Trek – Der Aufstand fügt sich in die Reihe der solide umgesetzten PC-Adventure. Die technische Umsetzung ist ausreichend und besonders die vorgerenderten Hintergründe machen einen ausgezeichneten Eindruck. Dafür mangelt es den Animationen der polygongestalteten Hauptdarstellern an Geschmeidigkeit, die Zwischensequenzen sind unansehnlich verpixelt und auch die nicht konfigurierbare Steuerung erweist sich als umständlicher als nötig.

Die Handlung des Spiels setzt einige Monate nach den Ereignissen des Kinofilms ein und verwickelt den Spieler in eine Verschwörung der Romulaner, welche die ewiges Leben versprechenden Kräfte des Planeten Ba'ku unter ihre Kontrolle bringen wollen. Mithilfe von Data und Picard gilt es die Pläne der Romulaner zu vereiteln. Die dabei zu lösenden Rätsel sind allesamt logisch und nachvollziehbar, mitunter etwas zu simpel und lassen auch Gelegenheitsspielern oder Adventureneulingen recht gute Chancen, das Spiel erfolgreich zu beenden.

P200, 32 MB, Win 9x
Spielspaß 70 %

Time Machine: The New Adventures (Cryo Interactive)
Kein Geringerer als H. G. Wells persönlich – eigentlich der Autor des Romans *Die Zeitmaschine* (*The Time Machine* · 1895) – spielt in dem Science-Fantasy-Adventure von Cryo die Hauptrolle. Die Geschichte beginnt am ersten Januar des Jahres 1893 im verschneiten England. Wells nimmt letzte Einstellungen an seiner Zeitmaschine vor, als ein seltsames Objekt im

Time Machine: The New Adventures

Labor materialisiert. Er ergreift den Gegenstand – eine Muschel aus Kupfer und Quarz – und entziffert die rätselhaften Worte »Nautilus führt den Reisenden in die Zeit«. Wells steckt die Muschel ein und macht sich erneut an seiner Maschine zu schaffen. Als er sie dann in Gang setzt, scheint alles nach Plan zu laufen. Nach einigen Sekunden jedoch gerät die Maschine in gewaltige Energie- und Zeitturbulenzen, die Wells unglaubliche 800 000 Jahre in die Zukunft katapultieren. Kaum angekommen, wird er aus der Maschine geschleudert, die daraufhin ihre Irrfahrt durch die Jahrtausende wieder aufnimmt. Völlig auf sich allein gestellt, beginnt für ihn eine traumhafte Reise durch die märchenhafte Welt der Zukunft, in der die Zeit und ihre Manipulation einen zentralen Einfluss auf das Leben der Menschen hat.

Time Machine: The New Adventures ist viel stärker von Fantasy-Elementen geprägt als die literarische Vorlage, auf die sich das Spiel bezieht. Die Idee, ausgerechnet Wells mit der Rolle des Zeitreisenden zu besetzen, ist aus dem Film *Flucht in die Zukunft* (*Time After Time* · USA 1979) geklaut. Wells erlangt im Laufe der Geschichte die Fähigkeit, durch übersinnliche Kräfte die Zeit zu beeinflussen. Ziel des Spielers ist es, die bizarre Welt einer weit entfernten Zukunft zu erforschen, Zusammenhänge auszumachen und gefährliche Situationen zu meistern. Das Spiel wartet mit opulenter Third-Person-3-D-Grafik auf, die jedoch durch fixierte, an die Spielfigur gebundene Kamerapunkte etwas eingeschränkt ist. Das Spiel erhält dadurch eine Art cinematographischen Anstrich.

Wie für Adventures aus dem Hause Cryo üblich, sollte der Spieler genügend Zeit mitbringen, um in die wundervolle Spielwelt einzutauchen. Science Fiction-Fans mit dem Faible für Zeitreisegeschichten werden am Adventure Gefallen finden. Etwas mehr Informationen hätte man im minimalistischen Handbuch unterbringen können, und leider fehlt auch bei diesem Cryo-Produkt eine stabile CD-Hülle.

P233, 32 MB, Win 9x, 3-D-Grafikkarte
Spielspaß 70 %

The Wheel of Time (GT Interactive)

Die Bücher des Fantasy-Zyklus *Das Rad der Zeit* von Robert Jordan dürften wohl vielen Liebhabern phantastischer Literatur als gehobene Unterhaltung bekannt sein. Die Entwickler von *The Wheel of Time* schufen vor dem Hintergrund dieser komplexen Fantasywelt ein bezauberndes Computerspiel voller düsterer Magie und Zauberei. Das Spiel bietet zudem einige interessante Spielvariationen, die über das eigentliche Grundspiel hinausgehen.

In der Rahmenhandlung schlüpft der Spieler in die Rolle von *Elaina Sedais,* der Hüterin der Chronik der Weißen Burg. In der Weißen Burg werden zwei magische Siegel zum ätherischen Gefängnis des Dunklen Königs aufbewahrt. Nachdem eines

The Wheel of Time

der Siegel von einem Eindringling gestohlen wird, verfolgt *Elaina* den Dieb und wird in eine trügerische Geschichte voller Betrug und Machtinteressen hineingezogen.

Die stark modifizierte Gameengine von Unreal ermöglicht *The Wheel of Time* eine prächtig ausgestattete Spielkulisse. Gerade in Schlossanlagen wird man nicht müde, die detaillierten Wandbemalungen und Strukturen auf allen möglichen Oberflächen zu bewundern. Nur in einigen Außenleveln mit Ausblick auf weit entfernte Landschaften hinterlegten die Designer recht grob gepixelte Bitmapkulissen, welche so gar nicht zu der nahezu perfekten 3-D-Levelgestaltung passen. Die aufwendige 3-D-Umsetzung von *The Wheel of Time* fordert hardwareseitig natürlich ihren Preis. Ein mittlerer Pentium II mit bevorzugt 128 MB Arbeitsspeicher sollte dem Spiel aber ausreichend Geschwindigkeit verleihen.

Ähnlich wie in dem Action-Adventure *Heretic II* verteidigt sich der Spieler nicht mit herkömmlichen Schuss- oder Schlagwaffen, sondern mit einer Unzahl an grafisch aufwendig gestalteten Zaubersprüchen. Die Entwickler gaben sich große Mühe, die zu lösenden Aufgaben direkt mit der Spielhandlung zu verknüpfen.

Interessant ist auch das Zitadellenspiel für mehrere Mitspieler. Hier kann der Spieler eine riesige Burganlage mit vielerlei Fallen und anderen bösen Überraschungen ausstatten. Gegnerische Spieler müssen dann versuchen, in die Burganlage einzudringen und die Fallen zu überwinden.

P233, 64 MB, Win 9x, 3-D-Grafikkarte
Spielspaß 90 %

Action

Evolva (Virgin)

In *Evolva* verschlägt es den Spieler auf einen bizarren Alienplaneten voller merkwürdiger Kreaturen und wucherndem pflanzlichen Leben. Die Entwickler legten größten Wert auf eine abgedrehte Optik, die den Spieler in die Illusion einer wirklich fremdartigen Umgebung entlässt. Die Alienwesen wirken sehr organisch und glaubhaft. Auch die 3-D-Umgebung präsentiert sich durch 3-D-Handwareunterstützung detailliert und weiträumig.

Die Grundidee von *Evolva* hört sich vielversprechend an. Die technische und biotechnische Entwicklung der Menschheit ermöglichte unserer Spezies, fremde Sonnensysteme zu besiedeln. Gerade die Gen-Manipulation führte zu ungeahnten Möglichkeiten. So können sogenannte Genohunter genetische Informationen anderer Wesen aufnehmen und in augenblicklicher Mutation deren nützliche Eigenschaften in ihre eigene Erbinformation integrieren.

Als Raumsonden auf einem fremden Planeten ein äußerst aggressives Virus entdecken, kann der Spieler in der Rolle eines Evolva vier Genohunter befehligen und gegen die infizierten aggressiven Alienwesen vorgehen.

Spielerisch gibt sich *Evolva* jedoch recht hausbacken. Gerade die im Spiel reichlich vorhandenen unverbrauchten Ansätze hätten weit mehr herausgearbeitet werden können. In gängiger Shooter-Manier kämpft man sich durch die einzelnen Levels, sackt ein Bio-Update nach dem andren ein, wird immer schlagkräftiger und kann zum Schluss den Obermotz zur Strecke bringen. Auch das Steuern mehrerer Spielfiguren führt nicht unbedingt zu einem flüssigem Spielablauf.

P266, 32 MB, Win 9x, 3-D-Grafikkarte
Spielspaß 70 %

Flying Heroes (Take 2)
Luftkämpfe der besonderen Art bietet das Fantasyspektakel *Flying Heroes.* Da sind zum einen die aberwitzigen Flugvehikel wie Zeppeline, Flugechsen, Teppiche oder sogar eine schwebende Teekanne (natürlich von einem Zauberer gelenkt). Alle Flugvehikel lassen sich mit den entsprechenden Clanwaffen ausrüsten, deren Verfügbarkeit von einfachen Armbrüsten über Säurekanonen bis hin zu zielsuchenden Raketen reicht. Gespielt wird an zehn verschiedenen Schauplätzen, die von den Gamedesignern allesamt phantasievoll umgesetzt wur-

den. So durchfliegt der Spieler Hochgebirgslandschaften, Tempelanlagen, Eiswelten oder liefert sich heiße Gefechte neben brodelnden Vulkankegeln. Aber auch Kämpfe zwischen schwebenden Inseln, denen filigrane Bauwerke entwachsen, sind möglich.

Grafisch macht *Flying Heroes* eine recht ansprechende Figur. Plastische 3-D-Welten mit verspielter Landschaftsarchitektur und tollen Explosionseffekten verwöhnen das Auge des Spielers. Weniger gelungen ist die Darstellung weit entfernter 3-D-Objekte. Zu plötzlich schälen sich beim Näherkommen höhergelegene Landschaftselemente aus dem Hintergrundnebel und hängen scheinbar verbindungslos in der Luft.

Nachdem man sich an die etwas träge Steuerung gewöhnt hat, kann sich der User für verschiedene Spielmodi entscheiden. Ähnlich wie in einem Renngame kann man ein Karrierespiel starten, sich allein auf einer freien Karte gegen sogenannte Bots (vom Computer gesteuerte Gegner) zur Wehr setzen oder eine Multiplayerpartie wagen. Alle Varianten haben ihren eigenen Reiz, und gerade der Mehrspielermodus macht durch die witzigen Fluggeräte, die abgefahrenen Waffen und das humorvolle Spielgeschehen besonders viel Spaß.

P200, 64 MB, Win 9x, 3-D-Grafikkarte
Spielspaß 80 %

Heavy Metal F.A.K.K.² (Take 2)
Nach der leicht missglückten Kinoumsetzung des Trash-Comics gibt es die Science Fiction-Heldin Julie nun auch auf dem Computer zu bestaunen. Trotz markanter weiblicher Rundungen (gespielt wird bevorzugt aus der Third-Person-Perspektive) zählt Julie nicht zu den Schwachen ihres Geschlechts. Ob es Schwerter, MGs oder vibrierende Energiewaffen sind, Julie vermag sämtliches Tötungswerkzeug sogar beidhändig zu benutzen. Das ist auch bitter notwendig, da die Feinde zahlenmäßig in größeren Mengen anrücken und beileibe nicht zimperlich vorgehen.

Heavy Metal F.A.K.K.^{2}

Da *Heavy Metal F.A.K.K.*^{2} genau wie das kürzlich publizierte *Star Trek: Voyager Elite Force* auf der Quake-3-Engine basiert, darf sich der Spieler auf einen grafischen Leckerbissen gefasst machen. Leider kommen die hardwarefressenden und vielbesprochenen Rundungen der Quake-3-Vektor-Engine viel zu selten zum Tragen. Die sehr linear erzählte Story (auch die Level sind so designt, dass ein verlaufen nahezu unmöglich ist) beginnt auf Julies fast schon kitschig/niedlicher Heimatwelt Eden. Das Böse erscheint in der Rolle von Gith, einer Kollektivintelligenz, die mit ihren bizarren Kreaturen Julies Heimatplaneten geradezu überrennt. Ab diesem Zeitpunkt ist Schluss mit Lustig. Julie (z. B. im knappen Leder-Outfit) greift nach den Waffen und zeigt den Invasoren, was Frauenpower auszurichten vermag.

Geschicklichkeitseinlagen wie bei Tomb Raider oder Schwertkämpfe à la Drakan sind bei *Heavy Metal F.A.K.K.*^{2} ebenso enthalten, wie die Möglichkeit zur geschickten Manipulation der Umgebung, um sich allzu bösartiger Alptraumgestalten auf elegante Art zu entledigen.

Julies unfreiwillige Odyssee führt dabei durch Abwasserkanäle, Sümpfe, riesige Tempelanlagen und zu einer Weltraumplattform. Die für die Texturen zuständigen Grafiker und Leveldesigner zauberten eindrucksvollste Fantasylandschaften auf den Monitor, die am PC-Spielemarkt bisher ihres gleichen suchen. Da verschmerzt man auch die recht knappe Spielzeit, da es bei *Heavy Metal F.A.K.K.*^{2} so viel zu bestaunen gibt, dass man das Spiel ohne Reue auch ein zweites mal durchspielen kann. Eine Prise makaberen Humors gibt dem Spiel den letzten Schliff. Allein mit dem literweise fließenden Blut hätte man etwas sparsamer umgehen können.

PII266, 32 MB, Win 9x, 3-D-Grafikkarte
Spielspaß 90 %

KISS: Psycho Circus (Take 2)
Unkomplizierte Aktion, schicke 3-D-Grafik und eine abwechslungsreiche Levelgestaltung bietet der 3-D-Shooter *KISS: Psycho Circus.* Protagonisten sind die exzentrisch geschminkten Rock-Heroen der in den achtziger Jahren sehr erfolgreichen Rock-and-Roll-Band KISS. Im Spielverlauf schlüpft man nacheinander in die virtuellen Körper der vier Band-Mitglieder und sammelt in ebenfalls vier riesigen Spielwelten, die jeweils mehrere Levels umfassen, Ausrüstungsgegenstände, Rüstungsteile (nach dem KISS-Outfit) und Waffen ein.

Die Rätselaufgaben im Spiel sind rudimentär und erschöpfen sich allenfalls im Auffinden von meist offensichtlich platzierten Schaltern und dem Aktivieren einiger bizarrer Maschinen. Den Machern von *KISS: Psycho Circus* kam es vielmehr auf die Umsetzung abgedrehter Locations und freakiger Monstergestalten - die allesamt einem Alptraumzirkus entstammen könnten - an. So streift man als digitaler KISS-Avatar durch mittelalterliche Städte, zerfallene Kathedralen, morbide Endzeitlandschaften, düstere Gruften oder futuristische Alptraumszenarien. In *KISS: Psycho Circus* geht es zudem recht deftig und bisweilen weit über die Grenzen des guten Geschmacks hinaus zur Sache. So watet man in einigen Szenen förmlich durch die zerstückelten Leiber aufdringlicher Krabbenmonster oder Höllenhunde.

KISS: Psycho Circus ist zwar kein Spiele-Highlight, das den 3-D-Games neue Impulse vermittelt, wird aber dennoch unter den Horror-Splatter-Fans mit der Vorliebe fürs Bizarre genügend Liebhaber finden.

PII266, 32 MB, Win 9x, 3-D-Grafikkarte
Spielspaß 80 %

Star Trek: Voyager Elite Force (Activision)
Brummende Maschinen, farbige Lichtmuster die über Wände gleiten und emotionslos einherschreitende Borg, deren roter Laserpointer über metallische Oberflächen zuckt. Mit gezücktem Phaser bewegt man sich langsam durch ein Gewirr aus Rohren, Schläuchen und schwach beleuchteten klaustrophobischen Gängen. Irgendwann gelangt man in eine Sackgasse, da der nächste Durchgang von einer Energiemembrane verschlossen wird. Ein Schuss auf die Steuereinheit lässt das Energiefeld zusammenbrechen, aktiviert aber auch die in der Nähe befindlichen Borg. Der einfache Phaser ist gegen die Borg nutzlos, also bleibt nur die Flucht. Es dauert nicht lange und die Borg haben alle Gänge gesichert und bewegen sich langsam auf den Spieler zu. Das letzte das man sieht, ist ein regungsloses Borggesicht, welches sich langsam zur Assimilation herabbeugt.

Das routinierte Entwicklerteam *Raven Software* schuf mithilfe der leistungsstarken *Quake-3-Engine* ein aktiongeladenes Star Trek-Spiel hautnah an der Filmvorlage. *Raven Software* programmierte so beeindruckende Fantasy-Shooter wie Heretic I+2 oder Hexen 1+2. Dabei griffen die Programmierer immer auf die beste der verfügbaren 3-D-Engines zurück, modifizierten diese nach ihren Wünschen, und entwickelten anspruchsvollste Action-Spiele.

Star Trek: Voyager Elite Force basiert auf der aktuellen Star Trek-Staffel *Raumschiff Voyager.* Für einen 3-D-Shooter unge-

Star Trek:
Voyager Elite Force

wöhnlich, finden sich in *Elite Force* waschechte Adventure-Abschnitte, in denen man zeitweilig waffenlos (und zumeist unter Zeitdruck) verschiedene Missions-Aufgaben lösen muss.

In des Spielstory gerät die Voyager durch einen Raumspalt, der sich nach einer Auseinandersetzung mit einem fremden Alien-Raumschiff öffnet, auf einen Raumschifffriedhof in einem unbekannten Winkel des Universums. Die Voyager ist durch den Angriff schwer beschädigt und der Rückweg vorerst abgeschnitten. Dem Spieler bleibt es nun überlassen, einen Ausweg aus der verfahrenen Situation zu finden.

Erstmals wurden in *Elite Force* Star Trek-Schauplätze wie das düstere Innere eines High Tech-Borg-Würfels fast fotorealistisch in Szene gesetzt. Bombastische Lichteffekte, eine spannende Story und perfektes Leveldesign lassen alle anderen Star Trek-Spiele weit hinter sich. Ein Grund für die hohe Produktqualität mag sein, dass man Raven Software weitreichende Handlungsfreiheit trotz des hochkarätigen Lizenzproduktes gelassen hatte. So tauchen in *Star Trek: Voyager Elite Force* bisher unbekannte Alienvölker - z.B. die Etherianer - auf und bereiten der Vojager-Besatzung gehörige Schwierigkeiten.

Star Trek: Voyager Elite Force ist mit seinen abwechslungsreichen Missionen, der erstklassigen technischen Umsetzung und einer gelungenen deutschen Localisierung (sämtliche Synchronsprecher der Serie konnten für das Spiel gewonnen werden) eines der besten Action-Spiele der letzten zwei Jahre. Unbedingt empfehlenswert - und nicht nur für Star Trek-Fans!

P266, 64 MB, Win 9x, 3-D-Grafikkarte
Spielspaß 100 %

Star Wars: Episode I – Jedi Power Battles (Lucas Arts)
Obwohl Lucas Arts mit *Star Wars: Episode I - Die dunkle Bedrohung* schon eine Action-Umsetzung von Teil I der *Krieg-der-Sterne*-Saga - damals etwa zeitgleich mit dem Kinostart - auf den Markt brachte, versuchte man sich rund ein Jahr später erneut an einer ähnlich gelagerten Realisierung des Themas.

Star Wars: Episode I - Jedi Power Battles greift jedoch stärker auf konsolentypische Spielelemente zurück. So muss der

Spieler Jump-&-Run-ähnliche Hüpfeinlagen absolvieren oder sich in bestimmten Spielabschnitten in einer Art Arenaspiel gegen kleinere und größere Endgegner zur Wehr setzen.

Grafisch sieht *Star Wars: Episode I – Jedi Power Battles* recht ansprechend aus. Die Explosions- und Spiegeleffekte sind sehenswert, und auch die Locations machen einem stilvollen *Star-Wars*-Ambiente alle Ehre. Durch die eingeschränkte Spielperspektive – die Beobachterkamera bewegt sich relativ starr in meist nur einer Ebene mit der Spielfigur – wirkt die Spielsteuerung sehr unflexibel, was sich besonders in Kampfsituationen mit mehreren Gegnern zum Ärgernis entwickelt.

Star Wars: Episode I – Jedi Power Battles richtet sich an geübte Konsolenspieler, ist actionlastiger als sein direkter Vorgänger und würde ohne die zugkräftige *Star-Wars*-Lizenz sicher weniger Aufmerksamkeit erlangen.

PlayStation
Spielspaß 70 %

Blair Witch Volume I: Rustin Parr (Take 2)

Den Tip »Nichts für schwache Nerven« sollte man beim ersten Teil des auf drei Folgen angelegten Gruselspektakels Blair Witch durchaus ernst nehmen. Eine düstere Spielumgebung, die unheimliche Sound- und Geräuschkulisse und unvermittelt aus dunklen Schatten springende Gegner provozieren beim Spieler nicht selten einen Beinahe-Herzinfarkt.

Blair Witch Volume I: Rustin Parr hat mit der bekannten Filmhandlung (Drei Studenten fahren im Jahr 1994 zusammen nach Maryland, um in den Blackhill Forrest einen Dokumentarfilm über die legendäre Schauergeschichte der Hexe von Blair zu drehen. Erst als man ihr Filmmaterial findet, werden die schrecklichen Ereignisse ihres Verschwindens offenbar.) nichts zu tun. Vielmehr beschäftigt sich das Spiel mit einem alternativen Handlungsstrang. Die Geschichte spielt im Jahre 1941. In der Rolle der Agentin Doc Holliday beschäftigt sich der Spieler mit den Ritualmorden an sieben Kindern im Blackhill Forrest. Der Mörder Rustin Parr stellt sich selbst, und behauptet, die Anweisung zu dieser blutigen Tat von einer alten geisterhaften Frau erhalten zu haben. Schnell muss Doc Holliday feststellen, dass sie es bei ihren Nachforschungen nicht nur mit weltlichen Gegnern zu tun bekommt. Geister, Besessene und andere übersinnliche Erscheinungen machen ihre Ermittlungen von Anfang an zu einem Selbstmordkommando.

Ganz in der Tradition solch berühmter Horrorgames wie *Alone in the Dark, Resident Evil* oder *Devil Inside* gehalten, bietet *Blair Witch Volume I: Rustin Parr* Gänsehaut pur. Die ausgereifte Nocturne-3-D-Engine zaubert schaurig/schöne Handlungsschauplätze auf den Monitor und die wahrlich grausige Hintergrundgeschichte tut ihr übriges. Der Spieler steuert dabei seine Heldin aus der Third-Person-Perspektive und hat so jederzeit ausreichend Überblick.

Ärgerlich ist dagegen die unzureichende Hardwareanpassung des Programms. Besitzer von Voodoo-Grafikkarten (auch neuere Modelle) haben teilweise arge Schwierigkeiten, das Game zum Laufen zu bringen. Hier hilft nur mit verschiedenen Auflösungen und Farbtiefen zu experimentieren. Außerdem stellt Blair Witch Volume I: Rustin Parr keine eigene Deinstallationsroutine und belegt satte 900 MB auf der Festplatte.

PII266, 64 MB, Win 9x, 3-D-Grafikkarte
Spielspaß 70 %

Blair Witch Volume 2: Coffin Rock (Take 2)

Take 2 geht mit *Blair Witch Volume 2: Coffin Rock* nach nur einem Monat in die zweite Runde der Blair Witch-Trilogie, und schafft es, die Gänsehautstimmung des ersten Teils vollständig in den Zweiten zu retten. Auch *Coffin Rock* hat inhaltlich nicht viel mit dem ungewöhnlichen Kinofilm zu schaffen, sondern beschäftigt sich vielmehr mit der eigentlichen Blair Witch-Legende. *Blair Witch Volume 2: Coffin Rock* greift noch weiter als *Blair Witch Volume I: Rustin Parr* in die Vergangenheit zurück.

Als Bürgerkriegssoldat erwacht die Spielfigur mit Gedächtnisverlust im Wald von *Burkittsville.* Robin, ein kleines Mädchen, findet den orientierungslosen Mann und bringt ihn zu ihrer Großmutter. Diese pflegt ihn gesund und gibt ihm den biblischen Namen Lazarus.

Kurz darauf verschwindet das Mädchen spurlos im Wald und auch der nach ihr geschickte Suchtrupp bleibt verschollen. Die Großmutter des Mädchens tritt darauf an Lazarus heran und bittet ihn, Robin wieder zurückzubringen. Die Aufgabe des Spielers ist damit klar.

Während man sich auf die Suche nach der verschollenen Robin macht, wird durch verschiedene Ereignisse und zurückkehrende Erinnerungen (als Rückblenden umgesetzt) die Vergangenheit von Lazarus fragmentarisch wieder aufgebaut.

Blair Witch Volume 2: Coffin Rock nutzt für die grafische Umsetzung erneut die Nocturne-Engine. Düstere Schauplätze und optische Special Effects wurden stimmungsvoll in Szene gesetzt. Leider sorgt die etwas umständliche Steuerung des Öfteren für unnötigen Ärger und schmälert das Spielvergnügen ein wenig. Problematisch ist bisweilen immer noch die Unterstützung diverser Voodoo-Grafik-Karten. Hier hilft nur ein nagelneuer Treiber oder das durchprobieren der verschiedenen Grafikmodi.

PII 266, 64 MB, Win 9x, 3-D-Grafikkarte
Spielspaß 70 %

Rune (Take 2)

Rune entspinnt vor dem Hintergrund der Fantasy-Rollenspielwelt Midgard ein kraftvolles mittelalterliches Wikingerspektakel, in dem man hauptsächlich mit grobem Hackwerkzeug um sein Leben kämpft.

Der Spieler schlüpft dabei in die Haut des jungen Kriegers Ragnar, für welchen er – trotz Ragnars bisweilen recht ungehobelter Art – schnell eine gehörige Portion Beschützerinstinkt entwickelt. Der Spieler steuert Ragnar mit Maus und Tastatur aus einer dynamischen Third-Person-Perspektive. Dank der leistungsstarken Unreal Tournament-Engine sind Spielcharaktere und 3-D-Umgebung aufwendig modelliert und texturiert. Die Spielsteuerung ist perfekt ausbalanciert und macht selbst die bisweilen notwendigen Hüpfeinlagen zum Kinderspiel.

Die Levelgestaltung ist bis ins kleinste Detail gewissenhaft durchdacht und sorgt in den meisten Szenarien für optische

AHA-Erlebnisse. Gerade die gruftigen Vorhölle-Welten mit träge dahinfließenden Lavaströmen, muffigen Folterkammern und gemeinen Todesfallen bieten eine atemberaubende Spielkulisse. Aber auch die Spielabschnitte unter Wasser, wo sich fluoreszierende Leuchtwesen tummeln, machen einen ausgezeichneten Eindruck.

Die Spielhandlung beginnt in dem kleinen Wikingerdorf Wotankelt. Nachdem Ragnar seine Befähigung zum Kämpfer tatkräftig beweisen musste, bringt ein Bote die Kunde von Verrat und schrecklichen Überfällen auf andere Dörfer, bei denen sämtliche Bewohner getötet oder versklavt wurden.

Ragnar verschlägt es auf ein Winkingerschiff, um den mächtigen Feinden entgegenzutreten. Doch noch ehe der Kampf beginnt, wird das Schiff von einem herbeibeschworenen dunklen Gott durch Blitzschlag zerschmettert und sinkt auf Grund. Allein Ragnar überlebt und macht sich auf den beschwerlichen Weg zum Zentrum der dunklen Macht, um dieser den Todesstoß zu versetzen.

Eine interessante und optisch effektvolle Zusatzfähigkeit Ragnars ist die Verwendung der Runenkraft. Jede seiner Waffen erhält auf diese Weise eine mächtige Zweitfunktion. Leider benötigt man hierfür Runenenergie, welche in den riesigen Welten nur dünn gesät ist.

Außer der Tatsache, dass es in Rune meist recht blutig zur Sache geht (nichts für Kinder), besteht akute Suchtgefahr. Einmal angespielt, kann man kaum noch die Finger von der Maus lassen.

PII 333, 64 MB, Win 9x, 3-D-Grafikkarte
Spielspaß 100 %

Strategie

Earth 2150 (Topware)

Earth 2150 konfrontiert den Spieler mit einer düsteren Zukunftswelt, auf der sich gewaltige mechanische Kampfmaschinen auf verbranntem Boden unbarmherzige Gefechte liefern.

Drei Parteien stehen zur Auswahl, unter deren Flagge man sich ins Gemetzel der Kampfroboter stürzen darf.

Story und Spielablauf entsprechen dem üblichen Standard: In der Hintergrundgeschichte von Earth 2150 trudelt die Erde auf eine sonnennähere Umlaufbahn zu, sodass alles Leben auf ihrer Oberfläche innerhalb weniger Monate vernichtet sein wird. Der Menschheit bleibt nur die Flucht ins All. Da Rohstoffe jedoch Mangelware sind, bricht ein erbitterter Kampf um die verbleibenden Ressourcen aus. – Nur der Stärkste wird überleben! Technisch brillante, aber recht heroische Filmsequenzen begleiten das Spielgeschehen, hinterlassen aber einen sterilen Eindruck.

Wie in anderen Strategiespielen auch, koordiniert der Spieler in Earth 2150 Ressourcenabbau und -verwaltung, den Aufbau einer Basis, die Fertigung von Zivil- und Militäreinheiten und steuert zu guter Letzt Angriffs- und Verteidigungseinsätze. Sämtliche Aktionen führt der Spieler auf einer großen dreidimensionalen Karte durch, auf der Wettereinflüsse wie Regen, Nebel oder Schnee simuliert werden.

Die grafische Umsetzung des Spiels lässt kaum Wünsche offen. Scheinwerfer von Fahrzeugen und Gebäuden beleuchten realistisch die nächtliche Umgebung. Bei Auseinandersetzungen erlebt der Spieler ein hardwarfressendes Feuerwerk aus transparenten Explosionen, zischenden Laserstrahlen, knisternden Abwehrschirmen oder den Feuerwolken berstender Gebäude. Einziger optischer Schwachpunkt sind die minimalistischen Animationen auf den recht statischen 3-D-Karten.

Da die Energieanlagen auf Sonnenlicht angewiesen sind, haben die simulierten Tages- und Nachtwechsel spürbare Auswirkungen auf das Spielgeschehen.

Ein überlegtes taktisches Vorgehen ist für einen Sieg in Earth 2150 Voraussetzung, da keine unverhältnismäßige Massenfertigung von Einheiten möglich ist. Leider sind die verschiedenen Einheiten bisweilen recht klobig designt und schlecht auseinander zu halten. Ärgerlich ist auch die ungenügend angepasste Wegfindung der Fahrzeuge, da sich diese bei Engpässen ständig im Wege stehen und umständliche Umwege nehmen müssen.

Für Grafikfetischisten und Liebhaber anspruchsvoller Strategiespiele ist Earth 2150 zur Zeit die beste Wahl.

P233, 32 MB, Win 9x, 3-D-Grafikkarte
Spielspaß 80 %

Homeworld (Sierra)
Homeworld versetzt Sie in die unendlichen Weiten des Weltalls. Eine außerirdische Zivilisation wird durch die Entdeckung eines Artefakts mit der Tatsache konfrontiert, dass sich ihre eigentliche Heimatwelt in einem anderen, weit entfernten Sternensystem befindet, und nicht jener lebensfeindliche Planet ist, auf dem sie die letzten Jahrtausende verbracht hat. Es wird entschieden, ein riesiges Mutterschiff zu bauen und in ihm die gesamte Bevölkerung in Cryo-Kammern zur alten Heimat zurückzubringen. Nachdem die riesige Weltraumarche Generationen später endlich startbereit im Dock liegt, findet ein Testflug durch den Überraum statt. Am Zielpunkt soll ein vorausgeschicktes Forschungsschiff das Schiff empfangen. Als das Mutterschiff den anvisierten Treffpunkt erreicht, findet man nur Trümmer. Schnell wird klar, dass das Forschungsschiff einem Angriff zum Opfer gefallen ist. Es kommt jedoch noch schlimmer: Als das Schiff zum Startpunkt zurückkehrt, ist auch der bisherige Heimatplanet zerstört.

Ohne weitere Unterstützung macht sich das Mutterschiff auf die Suche nach der alten Heimat. Aber irgendwo lauert ein verbissener Feind, der diese Heimkehr um jeden Preis verhindern will.

Die Hintergrundgeschichte, welche ein wenig an Kampfstern Galaktika erinnert, ist abwechslungsreich und überzeugt durch ein komplexes Spielgeschehen. Homeworld nutzt als erste PC-Space Opera einen dreidimensionalen Hintergrund, um ein Strategiespiel zu realisieren. Ballerfans, die selbst im Cockpit ihres Jägers feindliche Schiffe farbenprächtig pulverisieren wollen, kommen in Homeworld nicht auf ihre Kosten. Vielmehr ist Beschützerinstinkt gefragt. So steuert der Spieler das Mutterschiff durch die einzelnen Episoden der kosmischen Odyssee, baut Sonden um die Gegend zu

Homeworld

erkunden, schickt Rohstoffernteschiffe in Asteroidengürtel um Baumaterialien zu gewinnen, entwickelt in Forschungsschiffen neue Technologien und konstruiert die unterschiedlichsten Kampfraumer. Optisch ist Homeworld ein Augenschmaus. So detaillierte Raumschiffe gab es bisher in noch keinem anderen Spiel zu sehen. Ob es die farbigen Rümpfe der Raumschiffe sind, auf denen sich Bemalung und Strukturen wiederfinden, die farbigen Lichtquellen der Triebwerke oder die so manches mal bildschirmfüllenden Explosionen, Homeworld lässt Star Wars und Co fast hinter sich.

Die dreidimensionale Steuerung erscheint im ersten Augenblick ein wenig verwirrend, ist aber nach ein wenig Eingewöhnungszeit kein Problem mehr. Im eigentlichen Spielgeschehen muss der Spieler seine Schiffe, die er zu unterschiedlich gemischten Gruppen zusammenstellen kann, durch ein riesiges dreidimensionales Spielfeld steuern. Um das Mutterschiff vor Angriffen zu schützen, sollte er unterschiedliche Taktiken anwenden. So kann er beispielsweise auf die Übermacht unzähliger Angriffsjäger setzen, oder mit den relativ trägen, aber feuerstarken Großkampfschiffen sein Glück versuchen. Der gezielte Einsatz der richtigen Schiffe ist in Homeworld überlebenswichtig. Schnell haben sich ganze Geschwaderstaffeln in Sternenstaub verwandelt, wenn man mit schlecht zusammengestellten Schiffen ein Ziel angreift.

Bis auf den so manches mal recht saftigen Schwierigkeitsgrad und die beachtlichen Hardwareanforderungen (um

Homeworld in grafisch guter Qualität flüssig spielen zu können sollte ein PII 300 auf dem Bord seine Arbeit verrichten) ist Homeworld Space Opera-Fans uneingeschränkt zu empfehlen.

P233, 32 MB, Win 9x
Spielspaß 90 %

The Moon Project (TopWare)
Als sich aus dem ehemaligen C&C-Clone *Earth 2140* mit der Fortsetzung *Earth 2150* ein ernstzunehmendes Strategiespiel mit hervorragender 3-D-Optik entwickelte, war die Fachpresse voll des Lobes. Leider verkaufte sich das Spiel nur halb so gut, wie man es anhand seiner Qualität hätte erwarten können.

The Moon Project setzt die *Earth-Reihe* fort, und lässt die Handlung zeitgleich zu *Earth 2150* ablaufen. The Moon Project baut dabei verstärkt auf einen linearen Handlungshintergrund, in dem es um eine mächtige Alienwaffe geht, die Forscher in unterirdischen Anlagen auf dem Mond entdeckt haben. Während die Erde der kosmischen Agonie entgegentrudelt, entspinnt sich ein heißer Wettlauf der drei Hauptparteien (in je drei Kampagnen spielbar) um die Inbesitznahme der außerirdischen Wunderwaffe. Natürlich warten auch unzählige Multiplayerkarten auf geübte Strategen, die sich mit Gleichgesinnten messen wollen.

Da die 3-D-Grafik von The Moon Project auf der des Vorgängers beruht, verwöhnen eine realistische 3-D-Topografie, Echtzeitlich, prächtige Explosionen, Tag- und Nachtwechsel und weiche Schattenwürfe die Augen des Spielers. Viele Mondszenarien wirken jedoch etwas eintönig.

Ein Tutorial macht den Spieler in kurzer Zeit mit der komplexen Steuerung der Anlagen und Einheiten vertraut und erlaubt einen schnellen Spieleinstieg. Die Missionen sind äußerst abwechslungsreich und logisch mit der Spielhandlung verknüpft. Der recht günstige Preis für ein Vollprodukt und das technisch und inhaltlich perfekt umgesetzte Spielgeschehen, lassen so gut wie keine Wünsche offen.

P233, 32 MB, Win 9x+2000, 3-D-Grafikkarte
Spielspaß 90 %

Starship Soldiers (Take 2)

3-D-Strategie der nächsten Generation verspricht der Hersteller für *Starship Soldiers.* Trotz der schicken Explosionseffekte und des echten, jedoch etwas farbarmen 3-D-Terrains kann die 3-D-Engine von *Starship Soldiers* heutzutage kaum noch Aufsehen erregen.

Spieltechnisch setzte man auf schnelle Action und verzichtete aufs Ressourcenmanagement. Strategische Finesse wird vom Spieler besonders bei der Auswahl und dem richtigen Einsatz der Einheiten verlangt. Eine weitere Besonderheit ist der weitreichende Aktionsradius einiger Waffensysteme. Über mehrere hundert Meter hinweg kann der Spieler feindliche Angreifer wirkungs- und effektvoll attackieren. Andere Einheiten wiederum sind als zielgenaue Scharfschützen ausgebildet und können auch aus größerer Entfernung agieren. Der Spieler besitzt dabei die Möglichkeit, an jede einzelne Einheit so nah heranzuzoomen, dass er diese direkt aus einer Art Third-Person-Pespektive steuern kann. Die einzelnen Missionen sind genretypisch (befreie Gefangene, lösche einen feindlichen Brückenkopf aus, direkter Kampf Mann gegen Mann usw.) jedoch nie mit blinder Zerstörungswut zu bewältigen.

Etwas zu kurz kommt der Science-Fiction-Hintergrund, der – trotz der bewusst gewählten Namensähnlichkeit – nichts mit Robert A. Heinleins Roman *Starship Troopers* gemein hat.

PII266, 64 MB, Win 9x, 3-D-Grafikkarte
Spielspaß 70 %

Star Trek: Armada (Activision)

Fast zeitgleich zum *Star-Wars*-Konkurrenzprodukt *Force Commander* erschien mit *Star Trek: Armada* das erste 3-D-Strategiespiel zu *Star Trek.* Die Handlung spielt im Universum der *Next Generation.* Anders als in *Force Commander,* das unter Schwächen in der 3-D-Engine leidet, spielt sich *Star Trek: Armada* wie ein herkömmliches Strategiespiel mit 2-D-Terrain. Obwohl das Spiel 3-D-Modelle benutzt, findet das Geschehen in einer zweidimensionalen Ebene statt. Echte Dreidimensionalität wie in *Homeworld* von *Sierra* sucht man

Star Trek: Armada

vergebens. *Star Trek: Armada* machte diese Einschränkung jedoch zur Tugend und schuf ein einfach zu handhabendes Strategiegame mit abwechslungsreichen Missionen, schicker 3-D-Grafik und aufwendigen Rendervideos, denen jedoch ein Tick mehr Bildauflösung gut getan hätte.

Star-Trek-Liebhaber können in *Star Trek: Armada* nicht nur die Rolle der Föderation, sondern drei weiterer, aus dem *Star-Trek*-Universum bekannter Völker (z. B. die Borg) übernehmen. Während der einzelnen Missionen, in denen der Spieler nacheinander die Befehlsgewalt über die Weltraumflotten der verschiedenen *Star-Trek*-Völker übernimmt, entwickelt sich eine epische Episode. Nur die Fähigkeiten des Spielers entscheiden, ob die Veränderungen im Machtgefüge des Alpha-Quadranten den Völkern Frieden, die völlige Assimilation durch die Borg oder schreckliche Kriege bescheren.

Nutzen Sie die individuellen Besonderheiten der vier Sternenvölker, und entwickeln Sie durch gezielte Forschung schlagkräftige Experimentalwaffen, um auch gegen übermächtige Gegner bestehen zu können.

P233, 32 MB, Win 9x, 3-D-Grafikkarte empfohlen
Spielspaß 80 %

Star Wars: Force Commander (Lucas Arts)
Lange mussten Star Wars-Fans auf ihr Echtzeitstrategiegame mit 3-D-beschleunigter Optik warten. Force Commander

macht diesen Traum wahr und übergibt dem Spieler die Befehlsgewalt über imperiale Truppen oder Rebelleneinheiten. Ein fast schon ausuferndes Tutorial macht den Spieler während erster kleiner Einsätze mit der komplexen Spielsteuerung vertraut. Hier hätte man vielleicht einiges unkomplizierter realisieren können (vergl. Homeworld von Sierra).

Auch die Grafik von Force Commander hinterlässt einen zwiespältigen Eindruck. Beeindruckend ist sie immer dann, wenn es um die Darstellung der riesigen Schreitkamele und anderer mechanischer Kampfmaschinen geht. Hier fühlt man sich als Spieler direkt ins Star Wars-Universum versetzt und glaubt Erschütterungen zu verspüren, wenn die schweren AT-ATs über den heißen Wüstenboden stampfen.

Andere 3-D-Objekte, wie die haarigen Wüstentiere auf Tatooine wirken jedoch wie in die Landschaft geklebt, und bewegen sich auch so. Zudem hätten die Texturen diverser Einheiten detaillierter ausfallen können.

Spielerisch griff man auf bewährte Zutaten erfolgreicher Strategiespiele zurück. Force Commander kann hier mit Abwechslungsreichtum und einer dichten Story aufwarten. Missionen, in denen der Basisaufbau im Vordergrund steht, wechseln sich ab mit Verteidigungs- und Rettungseinsätzen.

Wegen Mängel in der technischen Umsetzung und der unübersichtlichen Steuerung, bleibt Force Commander ein vorderer Platz unter den aktuellen Strategiespielen versagt.

PII 266, 64MB, Win9x
70 % Spielspaß

Star Wars:
Force Commander

Homeworld: Cataclysm

Die Handlung von Cataclysm spielt rund fünfzehn Jahre nach den Ereignissen in Homeworld. Damals geleitete der Spieler mit einem mächtigen Mutterschiff das Sternenvolk Kushan zu seinem eigentlichen Heimatplaneten Hiigara zurück, auf dem es einen Neuanfang versuchte. Dabei galt es sich gegen mächtige Feinde zu verteidigen und Umweltgefahren zu trotzen. Doch auch die Hilfe anderer raumfahrender Zivilisationen machte es möglich, das hochgesteckte Ziel schlussendlich zu erreichen.

Homworld: Cataclysm ist keine übliche Missions-CD zum Originalprogramm. Es versteht sich vielmehr als direkte Fortsetzung und benötigt nicht das Hauptprogramm zur Installation und zum Spielen. Das Cataclysm dennoch deutlich preiswerter als ein übliches Vollprodukt angeboten wird, liegt an der fast unverändert übernommenen 3-D-Engine.

Wie schon im außergewöhnlichen Vorgänger, erwarten den Spieler strategische Echtzeit-Raumkämpfe in detailgetreu designten Raumschiffen in einem annähernd wirklichkeitsnah gestalteten 3-D-Universum. Die verbesserte Homeworld-Steuerung erlaubt eine noch bessere Navigation durch die komplexe 3-D-Welt und macht den Einstieg für Newcomer etwas leichter.

In insgesamt siebzehn Singleplayer-Missionen erlebt man eine packende SciFi-Geschichte. Der Spieler übernimmt dabei die Kontrolle über ein Minenschiff der Kushan und wird schon zu Beginn der Handlung in einen Konflikt verwickelt, der sich als Auftakt eines erneuten interstellaren Krieges erweist. Dass dabei eine gefährliche und bisher unbekannte Macht in den Tiefen des Alls die Fäden zieht, wird erst später offenbar.

Weiterhin ist man mit Rohstoffmanagement und der genauen Planung seiner Einsätze beschäftigt. Da Rohstoffe nur in begrenzten Mengen vorkommen, sollte man sich genau überlegen, welche Gerätschaften oder Schiffe man daraus fertigt. Da die einzelnen Missionen aufeinander aufbauend sind und Ressourcen und Ausrüstung erhalten bleiben, kann man durch ökonomisches und vorsichtiges agieren spätere Missionen deutlich leichter bewältigen.

Der in sechs Stufen regelbare Schwierigkeitsgrad lässt auch Gelegenheitsspielern eine reelle Chance irgendwann den Abspann zu erblicken.

PII 333, 64 MB, Win 9x, 3-D-Grafikkarte
Spielspaß 80 %

Rollenspiel

Gorky 17 (Topware/Metropolis)

Das düstere Nahzukunftsspektakel Gorky 17 könnte aus einer Parallelwelt stammen, in der die beiden Großmächte noch immer im Kalten Krieg miteinander liegen. Gorky 17 ist einer jener geheimen Orte, welcher amerikanischen Kleinstädten perfekt nachgebildet wurde, und in der russische Geheimdienste an Projekten wie Telekinese oder Teleportation arbeiten. Irgendwann liefen die Experimente aus dem Ruder. Berichten zufolge, wurden die Bewohner der Stadt von menschenähnlichen Hybriden, halb Insekten, halb Tierwesen, angegriffen und getötet. Die Russen vernichteten darauf die Stadt und schnitten jeglichen Informationsfluss ab.

Später, bei der Eingliederung Polens in den Nordatlantikpakt, stoßen westliche Geheimdienste erneut auf Informationen über ein geheimes Labor der Russen in der polnischen Stadt Lubin. Die NATO stellt ein schlagkräftiges Team aus Wissenschaftlern und Militär zusammen. Als einfache Bürger getarnt, sucht die Truppe in Lubin nach dem Militärlabor und verschwindet spurlos. Die NATO erhält weitere Informationen, die darauf hinweisen, dass in den russischen Geheimlabors mit dem Erbgut verschiedener Spezies experimentiert wird. Als sich die Ereignisse zuspitzen und weitere Unfälle passieren, wird die Presse auf das Geschehen aufmerksam. Um größere Katastrophen zu verhindern, wird Lubin von NATO-Truppen abgeriegelt. Niemand kann rein oder raus.

Zu diesem Zeitpunkt kommt der Spieler zum Zug. In der Rolle des kanadischen Soldaten Sullivan muss er mit einem kleinen Trupp ins Sperrgebiet vorstoßen, um vier Datenträger aufzufinden, auf welchen sich Informationen über die genetischen Manipulationen befinden. Mithilfe dieser Datenträger hofft man, die Hybriden wieder in Menschen zurückverwandeln zu können. Darüber hinaus sollen die Kämpfer die Ursachen um das Verschwinden des ersten Teams aufdecken.

Das Spiel benutzt eine leistungsfähige 3-D-Engine, um sämtliche Spielfiguren und einen Teil der manipulierbaren Objekte darzustellen. Die düsteren Örtlichkeiten erinnern an postatomare Endzeitszenarien, in denen bizarre Kreaturen ihr Unwesen treiben. Während der Adventure-Abschnitte steuert der Spieler seine Helden in Echtzeit durch das Gelände. Trifft er auf Gegner, wird auf eine rundenbasierte Kampfansicht umgeschaltet. Hier kann sich der Spieler jeden Spielzug genau überlegen und ist in der Lage, gezielt Strategien umzusetzen. Die Heldenparty vermag Gegenstände und Waffen aufzusammeln, Computer oder Maschinen zu benutzen, um sich gegen Angreifer zu verteidigen.

Nach bewältigten Aufgaben oder Kämpfen gewinnt man Erfahrungspunkte, welche die Fähigkeiten der Spielfiguren verbessern.

Die Steuerung und Verwaltung des Inventars ist vorbildlich, allein der etwas zu hoch angesetzte Schwierigkeitsgrad breitet leichten Verdruss.

P166, 32 MB, Win 9x, 3-D-Grafikkarte
Spielspaß 80 %

NOX (Electronic Arts)

Ganz in der Tradition isometrischer Rollenspiele à la Diablo, kann der Spieler in NOX einen von drei unterschiedlichen Charakteren wählen (Krieger, Beschwörer und Zauberer) und mit dieser Figur die märchenhaft schaurigen Welten von NOX durchstreifen. Westwood Studios bemühte sich, ein so einsteigerfreundliches Rollenspiel wie möglich zu entwickeln, ohne allzusehr inhaltlichen Einschränkungen unterworfen zu sein. In NOX wurde dieses Ziel hauptsächlich

NOX

durch ein benutzerfreundliches Interface erreicht, das in den meisten Fällen intuitiv mit der Steuerung vertraut macht. Zudem gibt es genügend Manaquellen oder in Kisten und Fässern verborgene Nahrungsmittel, Heiltränke und andere Utensilien zu entdecken, sodass man im Spiel nicht wegen diverser Mangelerscheinungen stecken bleibt.

Grafisch reizt NOX die Möglichkeiten hochgezüchteter Hardware voll aus und zaubert wunderschöne Fantasywelten mit riesigen Burganlagen, Gruften, dichten Wäldern oder Lava-Seen auf den Computermonitor. Die Lichteffekte beim Einsatz von Zaubersprüchen und magischen Beschwörungen dürften sogar Grafik-Fetischisten zufrieden stellen.

Die einzelnen Charaktere erleben auf sie zugeschnittene recht linear ablaufende Missionen und spielen sich durch ihre speziellen Eigenschaften auch unterschiedlich. Die Spielmotivation wird gleichsam mit den stetig wachsenden Erfahrungen und Fähigkeiten der Spielfigur aufrecht erhalten. Das Spiel lebt von rasanter Aktion in häufig wechselnden Umgebungen und einem überwiegend fairen Schwierigkeitsgrad, der dem Spieler ein relativ zügiges Vorankommen ermöglicht.

NOX ist ein rundum gelungenes Fantasyadventure mit hohem Suchtfaktor, guter Grafik und ausgezeichneter Spielbarkeit.

P233, 32MB, Win9x
80 % Spielspaß

Ultima IX – Ascension (Electronic Arts)

Die Rollenspiel-Reihe Ultima ist im Laufe der Zeit und mit fast jedem seiner Teile neue Wege gegangen. Dies geschah sowohl inhaltlich als auch von der technischen Seite. So benutzte man für den Ultima-Ableger Ultima Underworld I und II das erste mal eine waschechte 3-D-Engine für ein Rollenspiel. Später kehrte man zu der für viele Rollenspiele üblichen isometrischen Darstellungsweise zurück.

Der neueste, und scheinbar letzte Ultima-Ableger Ascension, versucht sich an einer perfekten grafischen Umsetzung der Spielwelt Britannia. Das fängt mit der geradezu verschwenderisch texturierten 3-D-Umgebung an, zeigt sich an einer lebendigen Flora und Fauna und gipfelt in malerischen Sonnenauf- und -untergängen, die den Tages- und Nachtwechsel ablösen. Durch intensive Farben und unzählige Details wirken gerade die Außenlevel Britannias atemberaubend. Oft läuft man manche Stellen im Spiel mehrmals ab, nur um sich am traumhaften Anblick zu weiden.

Die Kehrseite dieser verschwenderischen Grafikpracht sind geradezu horrende Hardwareanforderungen. Satte 128 MB Arbeitsspeicher benötigt man für ein halbwegs ruckelfreies Spielerlebnis. Außerdem sollte ohne Vooodoo 2- oder Voodoo 3-Grafikkarte ein sehr schneller Pentium III-Prozessor im Motherboardsockel stecken. Unter Direct-3-D läuft Ultima IX bisher leider nur im Schnecken-

Ultima IX – Ascension

tempo. Aber selbst mit Voodoo 3-Karte ist ein Pentium III mit mindestens 500 MHz zu empfehlen.

Auch spielerisch erwartet den Gamer keine Dutzendware. Anspruchsvolle Rätselaufgaben und eine äußerst komplexe und vielschichtige Spielwelt lassen andere Rollenspiele bisweilen wie einfallslose Abschlachtorgien erscheinen. Der Spieler bekommt, ähnlich wie in dem grandiosen Outcast, das Gefühl vollständig in die fremdartige Welt einzutauchen und die reale Welt zu vergessen. Eine der Schwächen von Ultima IX ist die manchmal etwas merkwürdig reagierende KI. So findet man beispielsweise Wölfe unter Wasser, die ohne zu ertrinken, minutenlang auf ihre Opfer lauern. Außerdem kommt man ständig mit in die Richtung der Spielfigur aufschwingenden Türen ins Gehege oder bleibt an irgendwelchem Buschwerk hängen. Diese kleinen Ärgernisse sind jedoch Anbetracht des gebotenen Spielerlebnisses leicht zu verschmerzen.

Fantasy-Fans mit der entsprechenden PC-Hardware sollten Ultima IX unbedingt einen Platz auf ihrer Festplatte reservieren.

PIII 450, 128MB, Win9x, Voodoo 3-Grafikkarte empfohlen
100 % Spielspaß

Vampire: Die Maskerade (Activision)
Abenteurer und Rollenspieler mit der Vorliebe für düster-gruftige Szenarien dürfen sich bei *Vampire: Die Maskerade* auf ein ganz besonderes Spielerlebnis freuen. Der Hintergrund fußt auf dem gleichnamigen Paper-and-Pen-Rollenspiel und bietet mit seinem exzellenten Einzelspielermodus vor allem etwas für Adventure- und Action-Fans. Der komplexe Mehrspielermodus ermöglicht dagegen ein einzigartiges Online-Rollenspielerlebnis, das sich direkt am klassischen Rollenspielregelwerk orientiert. Eigene Figuren können erstellt und weitergespielt werden.

Vampire: Die Maskerade ist auch optisch ein Hochgenuss. Eine ausgereifte 3-D-Engine zaubert hochauflösende Locations mit Echtzeitlichtberechnung, realistisch umgesetzten Schattenwürfen der Spielfiguren, Partikelrendering von Feuer-, Rauch-

und Energieeffekten und vieles mehr auf den Bildschirm. Nur Felsen, Hügel und sonstige natürliche Topographie wirken immer noch zu kantig und steril. Hier hat eindeutig *Ultima IX* von Electronic Arts die Nase vorn.

Der Einzelspielermodus führt durch vier verschiedene Zeitepochen vom historischen Prag bis hin zur modernen Gegenwartsmetropole London. Der Spieler schlüpft dabei in die Rolle von Christoph, einen ehemaligen Kämpfer für Gott und Kirche, der nach der Infektion durch einen Vampirbiss das blutgierige Tier in sich zu bändigen strebt und auf der Suche nach seiner entführten Geliebten immer tiefer in die geheimnisvollen Machenschaften der Vampirclans eindringt.

Dank des anspruchsvollen phantastischen Handlungsrahmens und der atmosphärischen 3-D-Grafik kann man sich - einmal angespielt - kaum noch der Faszination von *Vampire: Die Maskerade* entziehen. Ärgerlich sind die eingeschränkten Speichermöglichkeiten an nur wenigen Stellen im Spiel. Doch Activision hat diesbezüglich schon bald Abhilfe durch einen Patch versprochen.

P233, 64 MB, Win 9x, 3-D-Grafikkarte
Spielspaß 90 %

Baldurs Gate II (Virgine/Black Isle)
In einem alternativen Universum zieht der Planet Toril seine Bahn um eine ferne Sonne. Auf ihm ist der magische Kontinent Faerûn zur Heimstatt von Elfen, Zwergen, Magiern, Halblingen und Menschen geworden. Baldurs Gate II spielt - wie schon sein Vorgänger - vor dem Hintergrund dieser riesigen Fantasywelt und orientiert sich dabei streng am Regelwerk der berühmten AD&D-(Advanced Dungeons & Dragons)-Rollenspiele.

Bevor man sich also ins Spielgetümmel stürzt, muss man seinen Hauptcharakter erstellen. Dabei sind so gut wie alle Rollenspielwerte bis hin zur Farbe der Kleidung manipulierbar. Zudem entscheidet die Art des Charakters auch über die zu bewältigenden Quests. Charaktere mit böser Gesinnung verhalten sich eben anders, als Charaktere mit guter Gesinnung.

Rollenspieltypisch gewinnen sämtliche Helden nach bewältigten Aufgaben weitere Erfahrungswerte hinzu, was ihre Fähigkeiten verbessert und die Spielmotivation spürbar steigert.

Magie nimmt einen hohen Stellenwert in Baldurs Gate II ein. Gerade die mächtigen Zaubersprüche entscheiden oft über Sieg oder Niederlage bei einem Kampf. Auch die richtige Gesprächsführung mit den unzähligen Bewohnern Faerûns ist von Bedeutung. Oft vermeidet man durch geschicktes diplomatisches Vorgehen eine unnötige Auseinandersetzung und kann ungeschoren seiner Wege ziehen.

Den Spieler erwarten vielfältige, teils recht originelle Haupt- und Nebenaufgaben, die sich angenehm vom üblichen Fantasyeinerlei abheben. Wer genügend Geduld aufbringt in die verzweigte und epische Handlung einzutauchen, wird mit einer faszinierenden Geschichte voller Intrigen, Abenteuer und Kämpfe für sehr viele Spielstunden beschenkt.

Dass der Spieler, wie bei anderen Rollenspielen häufig der Fall, orientierungslos durch die Landschaft stolpert, kann in Baldurs Gate II nicht passieren. Durch das automatische Tagebuch, das alle wichtigen Ereignisse notiert, hat man jeder Zeit ein fest umrissenes Ziel vor Augen und das Gefühl, in der Geschichte Schritt für Schritt voranzukommen.

Die Grafik ist sichtbar schöner als beim Vorgänger - gespielt von einer scrollbaren isometrischen Perspektive aus - und entfacht ihre Schönheit besonders beim Einsatz von Zaubersprüchen.

Der Spieler kann bis zu fünf separat verwaltbare Charaktere steuern und hat als Magier auf über dreihundert verschiedene Zaubersprüche Zugriff. Die vielseitige Spielsteuerung erlaubt ein in Echtzeit ablaufendes und bei Bedarf (z. B. viele Gegner in unübersichtlicher Anordnung) auch rundenbasiertes Spiel.

Zu guter Letzt ist durch das nichtlinieare Spielgeschehen auch ein nochmaliges Durchspielen möglich.

PII 300, 32 MB, Win 9x
Spielspaß 90 %

Space Opera

Freespace 2 (Virgin/Interplay)

Freespace: The Great War, der erste Teil dieser bisher zweiteiligen Space Opera, zeigte seinerzeit *Origin,* dass es überzeugende Alternativen zu *Wing Commander* gibt. Die grafische Umsetzung war schlichtweg genial, die Story konnte überzeugen und war spürbar vielschichtiger und packender als bei vergleichbaren Spielen. Erstmals gestalteten die Spieldesigner Raumschiffmodelle, die diesen Namen auch verdienten, und nicht fliegenden Schuhkartons glichen.

In der Fortsetzung verschlägt es den Spieler 32 Jahre nach dem Ende des *Great War.* Die schwer erkämpfte Allianz zwischen Menschen und Vasudanern wird durch einen größenwahnsinnigen Admiral gefährdet. In den aufkeimenden Konflikt mischen sich die gefährlichen Shivaner, um sich für die erlittene Niederlage ein für allemal zu rächen. Für den Spieler ergeben sich so genügend Gelegenheiten, ins kosmische Kampfgeschehen einzugreifen, feindliche Jäger zu eliminieren, riesige Sternenkreuzer zu eskortieren oder in kosmischen Nebeln nach verschollenen Schiffen zu forschen.

Technisch hat sich bei *Freespace 2* wenig zum Vorgänger verändert. Auch der zweite Teil basiert auf den Programmroutinen von Teil 1. So sehen zwar die Weltraumhintergründe besser aus und auch die *Special Effekts* entfalten sich noch ein wenig spektakulärer auf dem Bildschirm, aber ansonsten gibt es kaum Neues zu bestaunen. So bietet *Freespace 2* nur minimale Innovationen zu Teil I, ist aber wegen des ausgewogenen Spielablaufs und der immer noch topaktuellen und rasend schnellen Grafikengine das wohl überzeugendste Space-Game auf dem jetzigen Spielemarkt.

P200, 32 MB, Win 9x, 3-D-Grafikkarte
Spielspaß 90 %

Phoenix (MicroProse)

Die Spieleschmiede *Team 17,* bekannt durch das comicartige Funspiel *Worms,* versuchen sich in *Phoenix* an einem epischen

Phoenix

Weltraumshooter mit überzeugender 3-D-Kartenoptik. Die grafische Umsetzung ist solide, die Story – zwar etwas klischeeüberladen – nicht nur bloßes Beiwerk und die Missionen durchaus spannend. Leider erschien *Phoenix* fast zeitgleich zu *Freespace 2,* und hat es daher recht schwer, gegen den direkten Konkurrenten zu bestehen. *Freespace 2* ist in der technischen Umsetzung einen Tick besser, in Bezug auf die Hintergrundgeschichte bekommt der Spieler bei *Phoenix* mehr geboten.

Phoenix ist ein spannendes Spiel mit heißen Weltraumgefechten vor dem Hintergrund einer kosmischen Intrigengeschichte, die durch stimmungsvolle Rendervideos erzählt wird. Riesige Raumschiffe, spektakuläre Explosionen, bizarre Fremdrassen und über 60 unterhaltsame Missionen lassen keine Langeweile aufkommen. Die Steuerung ist eingängig und gut ausbalanciert. Genrefans sollten in jedem Fall einen Blick riskieren.

P266, 64 MB, Win 9x, 3-D-Grafikkarte
Spielspaß 70 %

Starlancer (Microsoft)
Spätestens mit dem strategischen Historienspektakel *Age of Empires 2* hat Microsoft bewiesen, dass man auch dort auf dem anspruchsvollen Markt der Computerspiele mithalten kann. Mit *Starlancer* betritt Microsoft erstmals die Bühne der

Weltraumshooter. Führende Köpfe unter den Programmierern sind Chris und Erin Roberts, die Erfinder von *Privateer* und *Wing Commander. Wing-Commander*-Veteranen werden deshalb ohne Übungszeit mit der Steuerung zurechtkommen. Auch Science Fiction-Fans mit Astronomiekenntnissen werden an *Starlancer* ihre helle Freude haben. Anders als in den meisten Space-Games spielt *Starlancer* nicht irgendwo im Weltraum zwischen fremden Sternen- und Planetensystemen, sondern direkt vor der kosmischen Haustür. Ob es die majestätischen Ringe des Saturn, der Asteroidengürtel, Mars oder Jupiter sind, der Spieler bekommt im Laufe der Geschichte alle Planeten zu Gesicht.

Die linear ablaufende Handlung spielt in einer Zukunft, in der die alten Ost-West-Konflikte erneut aufflammen. Nach einem vernichtenden Überfall russischer Truppen auf eine alliierte Basis in der Nähe des Uranus wird ein Krieg losgeschlagen, der sich über das gesamte Sonnensystem ausbreitet.

Technisch gesehen ist *Starlancer* eines der besten Space-Games der letzten Monate. Bis auf die schicken kosmischen Hintergrundnebel, die man so im Weltall natürlich nicht zu sehen bekommt, wurde der Schauplatz Sonnensystem relativ wirlichkeitsgetreu umgesetzt. Die Raumschiffe machen durch Echtzeitlichtberechnung und hochauflösende Texturen einen sehr plastischen Eindruck. Geht ein großer Frachter »in die Luft«, explodiert er vielstufig entlang mehrerer Sektionen und macht den Special Effects in SF-Filmen mächtig Konkurrenz. Nur bei den ganz aufwendigen Effekten (z. B. der Darstellung eines Sprungtors in den Hyperraum) erreicht die 3-D-Engine ihre Grenzen. Das bei jeder Bewegung mitschwingende Cockpit vermittelt ein äußerst dynamisches Fluggefühl und lässt den Joystick in der Hand (ohne den *Starlancer* eigentlich unspielbar ist) vergessen.

Starlancer ist ein kurzweiliges, technisch anspruchsvolles Actionspiel, das jedoch eine etwas originellere Hintergrundgeschichte verdient hätte.

P233, 32 MB, Win 9x, 3-D-Grafikkarte
Spielspaß 90 %

Tachyon (Electronic Arts)

Wie schon *Privateer I+II* oder *X-Beyond the Frontier* orientiert sich *Tachyon* am großen Vorbild *Elite*. Auch in *Tachyon* wartet der unendliche Weltraum auf wagemutige Piloten, die zu Beginn mit einem schrottreifen Raumschiff kleinere Missionen (angefangen von einfachen Transportaufträgen bis hin zum gefährlichen, jedoch lukrativem Begleitschutz) erledigen müssen, um sich später von dem erarbeiteten Geld bessere Ausrüstung oder sogar ein größeres und schnelleres Schiff zulegen zu können.

Tachyon lässt dem Spieler freie Hand über die Auswahl der Aufträge. Irgendwann muss er sich jedoch entscheiden, ob er hauptsächlich für eine skrupellose Megafirma tätig wird, oder sich in den Dienst der Untergrundbewegung stellt.

Die 3-D-Spielgrafik von *Tachyon* ist eine zwiespältige Angelegenheit. Zum einen zaubert sie gewaltige Raumstationen und Raumschiffe auf dem Monitor, die selbst auf langsameren Rechnern noch flott über den Bildschirm gleiten, zum anderen wirken die Texturen und Explosionseffekte etwas kläglich.

Leider gibt es von *Tachyon* keine deutsche Version – nur das Handbuch wurde übersetzt. Das ist schade, da im Spiel viel kommuniziert wird und man ohne gute Englischkenntnisse bald das Verständnis für die ausufernde Hintergrundgeschichte verliert.

PII233, 32 MB,
Win 9x, 3-D-Grafikkarte
Spielspaß 70 %

Tachyon

Xtension (THQ/Egosoft)

Eine der anspruchsvollsten Space-Simulationen, *X-Beyond the Frontier,* erhält mit *Xtension* neue Raumsektoren, eine verbesserte Grafik und erweiterte Handlungsmöglichkeiten. Doch wenn man davon absieht, dass für *Xtension* die Vollversion von *X-Beyond the Frontier* benötigt wird und das Spiel-Universum dasselbe ist, spielt sich *Xtension* wie ein eigenständiges Game.

Wie schon im epischen Vorgänger beginnt man seine Karriere mit einem winzigen und ausrüstungsarmen Raumschiff und muss sich durch diverse Aufträge ausreichend Geld beschaffen, um später riesige Fabriken und sogar ganze Raumflotten sein eigen zu nennen.

Trotz der ansprechenden Grafik und dem recht komplexen Spielgeschehen leidet *Xtension* unter dem Fehlen einer Hintergrundgeschichte. Irgendwie fühlt sich der Spieler ins riesige Sternenmeer geworfen und allein gelassen. Der etwas behäbige Anfang (die erste Million ist die schwerste) wirkt gerade auf Gelegenheitsspieler demotivierend.

Eine nette Beigabe in der Spielepackung von *Xtenson* ist ein über 300-Seiten starkes SF-Taschenbuch. Da der Roman das recht offene X-Universum als Handlungsschauplatz nutzt, war der Autor nur wenigen inhaltlichen Einschränkungen unterworfen.

PII233, 32 MB, Win 9x, 3-D-Grafikkarte
Spielspaß 70 %

Multimedia

Stephen Kings **F 13 (Blue Byte)**

Für Stephen King-Fans gibt's den Meister des Horror jetzt auch interaktiv für PC und Mac zu erleben. Interessantestes Stück auf der gruseligen Silberscheibe ist die in Deutschland bisher unveröffentlichte Novelle »Alles ist riesig«. Außerdem befinden sich Bildschirmschoner, Desktop-Hintergründe, Sounds und drei *geschmackvolle* Minispiele auf der CD. Leider bleiben gerade bei der Präsentation der Kurzgeschichte die Multimediafähigkeiten heutiger Computersysteme weitestgehend ungenutzt. Wie in einem Buch blättert man durch die knapp hundert Seiten starke Novelle und findet ein paar spärlich eingestreute Bilder. Warum wurden hier statt der wenigen Illustrationen keine Renderfilme in das interaktive Buch eingebunden? Von einem richtig gebundenen und stilvoll illustrierten Buch hätte der Leser mehr gehabt. Auch die Minispiele wie *Kammerjagd* oder *Baden Verboten* hätten etwas mehr Kreativität in der Umsetzung verdient. Zwar gab man sich bei der grafischen Gestaltung reichlich Mühe, diese schafft es jedoch nicht, über die recht simple Spielgestaltung hinwegzutäuschen.

Auch die Bildschirmschoner und meisten Desktop-Hintergründe erweisen sich für den Allgemeingebrauch als unpraktisch.

Schade um die originelle, aber zu halbherzig umgesetzte Idee.

P166, 32MB, Win9x oder Mac
50 % Spielspaß

INTERVIEW

»Schreiben ist ein Akt der Hoffnung«

Ein Gespräch mit Octavia E. Butler

von Usch Kiausch

Octavia E. Butler, 1947 in Pasadena/Kalifornien geboren, studierte am Pasadena City College und an der California State University in Los Angeles, ihre nachhaltigste Ausbildung als Autorin erhielt sie jedoch, wie sie selbst betont, im Clarion Science Fiction Writers Workshop (1970). Ihre erste Geschichte erschien unter dem Titel »Crossover« in der Anthologie CLARION. In den letzten drei Jahrzehnten hat Butler zahlreiche Kurzgeschichten, Erzählungen, Essays und elf Romane veröffentlicht. Ihre Kurzgeschichte »Speech Sounds« wurde 1984 mit dem HUGO ausgezeichnet, die Erzählung »Bloodchild« erhielt 1984 den NEBULA und 1985 den HUGO Award. In der Reihe Heyne Science Fiction und Fantasy wurde ihre Romantrilogie »Xenogenesis« unter dem Titel »Die Genhändler« 1999 als Sonderausgabe neu aufgelegt (Band 06/5998), im selben Jahr erschien bei Heyne auch Butlers Roman »Die Parabel vom Sämann« erstmals in deutscher Übersetzung (Band 06/5997). Dessen Fortsetzungsband »Parable of the Talents« wurde 2000 als bester Roman mit dem Nebula ausgezeichnet. Das Gespräch mit Octavia E. Butler führte Usch Kiausch im März 2000 während der 21. International Conference on the Fantastic in the Arts in Ft. Lauderdale, zu der Butler als Ehrengast eingeladen war.

Octavia E. Butler

F: *Lassen Sie uns ein bisschen über das reden, was Sie literarisch geprägt hat. Gestern haben Sie in Ihrer Rede erwähnt, dass vor allem der Clarion Workshop Ihnen die Augen für bestimmte literarische Möglichkeiten geöffnet hat. Haben Schriftstellerinnen wie Ursula Le Guin oder Joanna Russ Sie in besonderer Weise ermutigt oder beeinflusst?*
A: Ja, Ursula Le Guin publizierte damals ja schon, genau wie Marion Zimmer Bradley. Joanna Russ war in Clarion eine meiner Ausbildungsleiterinnen. Sie war auch diejenige, die damals alle weiblichen Autoren dazu brachte, endlich damit aufzuhören, unter Initialen, männlichen Pseudonymen oder geschlechtsneutralen Namen zu veröffentlichen. 1970 waren viele von uns noch der Auffassung, wir könnten unter den eigenen, weiblichen Namen nichts erreichen.
F: *War für Ihr eigenes Schreiben die Tradition afroamerikanischer Literatur wesentlich? Und spielten schwarze Kultur und das soziale Leben schwarzer Familien eine wichtige Rolle?*

A: Ersteres anfangs nicht – ich kannte diese Tradition ja gar nicht. Aber unsere Lebensumstände, das tägliche Leben von Schwarzen, all das ist natürlich in mein Schreiben eingegangen. In meinen Romanen neigen die Protagonistinnen dazu, um sich herum Gemeinschaften aufzubauen, sie bilden den Mittelpunkt solcher Gemeinschaften. Ich glaube, das liegt daran, dass meine Großmutter genau das geschafft hat: Sie war überall bekannt, wurde von allen geliebt. Um das zu erklären, muss ich ein bisschen weiter ausholen: Meine Großmutter kannte weder ihr genaues Geburtsdatum, noch hat sie jemals so etwas wie eine schulische Ausbildung genossen. Sie wuchs als Waisenkind im Süden Lousianas auf, wo es einem nicht gerade zum Vorteil gereicht, wenn man ein Mädchen und dazu noch schwarz und arm ist. Im Alter von zwölf Jahren hat sie einen Mann geheiratet, der schon Mitte Vierzig war, nur um von ihrer Pflegefamilie wegzukommen, denn dort wurde sie schlecht behandelt. Und im Laufe der Jahre entwickelte sie sich trotz aller sozialen Nachteile zu einer überaus starken Persönlichkeit. Als sie heiratete und Kinder bekam, setzte sie alles daran, dass es ihre Kinder einmal besser haben sollten als sie selbst. Zu ihrem Unglück starb ihr Mann genau zu dem Zeitpunkt, als die Wirtschaftskrise einsetzte. Sie beschloss, nach Kalifornien zu ziehen, hatte jedoch nicht genug Geld, um alle Kinder mitzunehmen. Also ließ sie die bei Freunden, arbeitete sich den Rücken krumm und sparte jeden Cent, bis sie ihre sechs Kinder nachholen konnte. Sie brachte es sogar zu einem eigenen Haus und eröffnete ein kleines Restaurant, eine Teestube. Als Nächstes kaufte sie ihren ältesten Söhnen einen Lastwagen, damit sie Transporte fahren konnten, und später Grund und Boden für einen Bauernhof, auf dem sie Hühnerzucht betrieb. All das hat sie aus zwei Gründen geschafft: Sie konnte sich an ihrer Religion festhalten und wollte das Beste für ihre Kinder. Für Menschen meiner Generation war das kein Romanstoff sondern das, was wir täglich erlebten. Wir hatten Gelegenheit, solche starken Menschen persönlich kennenzulernen, dem Himmel sei Dank dafür!

Im Unterschied zur Großmutter war meine Mutter ein sehr schüchterner Mensch, sie hatte nichts von deren Draufgängertum. Als älteste Tochter einer sehr starken Mutter konnte sie sich nie frei entfalten. Erst als sie starb merkte ich, wie viel Achtung man ihr in ihrer Kirchengemeinde entgegenbrachte. Meine Mutter war Mitglied einer recht strenge Sekte, der »Church of God's Holyness«.

F: *Wurden Sie während Ihrer Kindheit zum Schreiben ermutigt?*

A: Ehrlich gesagt: überhaupt nicht. Die Förderungsmöglichkeiten, die es heute gibt, waren damals ja auch noch gar nicht vorhanden. Als ich dreizehn war, erzählte ich meiner Tante, dass ich Schriftstellerin werden wolle, worauf sie antwortete: Das ist ja alles schön und gut, aber davon kannst du natürlich nicht leben. Als ich ihr widersprach, sagte sie: Liebes, Schwarze können nun mal nicht Schriftsteller werden. Bis dahin hatte ich noch kein Wort gelesen, das aus der Feder eines schwarzen Autors oder schwarzen Autorin stammte, in der Schule wurde das auch nicht vermittelt.

Im College war unser Jahrgang der erste überhaupt, dem ein Kurs in schwarzer Literatur angeboten wurde. Erst da merkte ich, dass es all diese schwarzen Schriftstellerinnen und Schriftsteller gibt, die ich nie zuvor gelesen hatte.

Als Kind habe ich – genau wie viele andere Autoren und Leser von Science Fiction – viel zu viel Science Fiction gelesen. Und das kann leicht dazu führen, dass man die schlechten Angewohnheiten schlechter Schreiberlinge übernimmt. Als ich mit zwölf Jahren im Fernsehen den Film »Devil Girl from Mars« sah, dachte ich sofort: Ach du meine Güte, eine bessere Geschichte als diesen Mist bringst du allemal zustande! Ich habe als Kind gern Bücher gelesen, die unter Wasser spielten oder von den Sternen handelten. Ich hatte eine Vorliebe für exotische Orte, da ich ja niemals verreiste, denn dazu fehlte uns das Geld. Wir fuhren immer nur zum Hühnerhof meiner Großmutter und wieder zurück! Aber in meiner Phantasie konnte ich all diese exotischen Orte besuchen und sogar selbst welche erfinden, das war toll! Ich glaube, als Allererstes habe ich Bücher von solchen Leuten wie Heinlein gelesen, denn seine Romane standen in der Kinderabteilung der örtlichen Bücherei, und wir hatten bis zum Alter von vierzehn Jahren ja keinen Zutritt zur Erwachsenenabteilung. Das hat bei mir dazu geführt, dass ich zwei Jahre lang überhaupt nicht mehr in die Bücherei gegangen bin. In dieser Zeit habe ich Magazine wie »Amazing«, »Galaxy« oder »Worlds of Tomorrow« entdeckt, die habe ich stets gekauft, sobald ich meine fünfunddreißig Cents beisammen hatte. Oder ich konnte in den Buchladen der Heilsarmee gehen und sie dort für zehn Cents ergattern. Das war meine Rettung, denn ich empfand es als Zumutung, weiter ins Peter Pan-Zimmer der Bücherei gesteckt zu werden! Immerhin war ich damals schon fast einen Meter achtzig groß und wurde häufig für die Mutter irgendeines Kindes gehalten! (lacht). Also las ich Zeitschriften und versuchte bereits mit dreizehn Jahren, selbst Geschichten an die Magazine zu verkaufen.

F: *Betrachten Sie das, was Sie selbst schreiben und geschrieben haben, als in irgendeiner Weise subversiv für das so stark weiß und männlich dominierte Feld der Science Fiction? Liegt Ihnen daran, mit Ihren Romanen auch kulturelle Konflikte innerhalb der USA zu thematisieren?*

A: Natürlich bringe ich mich selbst als Person in das Feld ein, wie subversiv das ist oder wirkt, weiß ich nicht. Als ich mit dem Lesen von Science Fiction begann, waren die Protagonisten meistens dreißigjährige Männer, die zu viel tranken und zu viel rauchten. Und warum tranken und rauchten sie so viel? Weil die armen Autoren nach Wörtern bezahlt wurden. Jedes Mal, wenn sich jemand einen Schluck genehmigte, verdiente der Autor ein bisschen daran! (Lacht) Also machte ich es genauso wie meine Vorbilder: Die ersten Geschichten, die ich noch als Kind zum Verkauf anbot, handelten von dreißigjährigen Männern, die zu viel tranken und zu viel rauchten. Glücklicherweise hat das niemand veröffentlicht. In meinem ersten Collegejahr gewann ich einen Kurzgeschichten-Wettbewerb, aber auch diese Geschichte wurde nie veröffentlicht, und heute bin ich froh darüber.

F: *Waren Sie damals auch an technischen Dingen interessiert?*

A: Nein, eher an den Naturwissenschaften. Ich erinnere mich an eine frühe Geschichte, die in einer menschlichen Siedlung auf dem Meeresgrund spielte. Mir ging es dabei nicht darum, wie sie das technisch schafften, viel wichtiger war, was sie dort erlebten und wie es dort unten aussah. Ganz allgemein gesagt, ziehe ich Science Fiction der Fantasy vor, und das liegt nicht zuletzt daran, dass ich einleuchtende Erklärungen für das, was sich abspielt, brauche. Also muss ich, wenn ich Fantasy schreibe, von vornherein gewisse inhaltliche Regeln aufstellen, an die ich mich strikt halte. Die Dinge können ja nicht einfach so vom Himmel fallen – leider tun sie das bei Fantasy- und Horror-Romanen allzu oft. Solche Bücher lese ich auch nicht gern, das mag an meiner eigenen literarischen Begrenztheit liegen, aber ich mag sie einfach nicht. Das gilt nicht für alle Fantasy, auch mein Buch »Kindred« (deutsch: »Vom gleichen Blut«, Bergisch Gladbach 1983, B 24042 – Anm. U. K.) ist ja Fantasy –, aber ich lege die Regeln dabei von vornherein offen und halte mich daran. Trotzdem kann ich nicht behaupten, dass ich mich für Fantasy sonderlich begeistere.

***F:** Und dennoch enthalten Ihre Romane – beispielsweise die Xenogenesis-Trilogie – viele phantastische Elemente. Oder auch allegorische, jedenfalls habe ich »Die Parabel vom Sämann« mit seiner jungen schwarzen Heilsbringerin Lauren Olamina als stark allegorisch empfunden. Sehen Sie selbst sich als Science Fiction-Autorin, oder fühlen Sie sich eher dem allgemeinen Feld der Phantastik zugehörig?*

A: Mir ist es eigentlich recht gleichgültig, als was meine Romane bezeichnet oder in welchem Feld sie eingeordnet werden. Da ich inzwischen vor allem als Science Fiction-Autorin bekannt bin und in der Science Fiction Fuß gefasst habe, werden meine Romane meistens auch als Science Fiction bezeichnet, ob ich will oder nicht. Aber darauf verschwende ich nicht viel Gedanken. Ich erzähle einfach die Geschichten, die mich persönlich interessieren. Im Grunde habe ich mit der »Xenogenesis«-Trilogie und der »Parabel vom Sämann« dieselbe Sache auf zwei verschiedene Weisen darzustellen versucht: In beiden Fallen geht es darum, die Menschheit zu retten und sie gesunden zu lassen. In der »Xenogenesis«-Trilogie lasse ich das die Aliens erledigen. Die Aliens kommen und sagen: Ihr habt da ein ganz bestimmtes Problem, und das werden wir für euch lösen. Im Übrigen tun wir das nur zu eurem Besten, ob euch das nun gefällt oder nicht. Und sie verändern uns, versuchen, menschliche Aggressionshandlungen, Schwächen und Fehler zu beseitigen.

In der »Parabel vom Sämann« sind die Menschen nur auf sich gestellt, ohne Hilfe von außen. Bei diesem Roman habe ich streng darauf geachtet, dass keine übernatürlichen oder übermenschlichen Kräfte ins Spiel kommen, es gibt darin weder Außerirdische noch Magie. Die Menschen in diesem Roman sind gezwungen, ihre Probleme selbst zu lösen, das Beste aus ihrer Situation zu machen und sich Veränderungen anzupassen. Deshalb heißt es darin auch: »Alles, was du berührst, veränderst du. / Alles, was du änderst, verändert dich. / Die einzige ewige Wahrheit ist der Wandel. / Gott ist Wandel.« Denn Wandel ist die einzige Macht, deren Vormarsch wir nicht aufhalten können. Wir können den Wandel selbst mitgestalten, beschleunigen oder bremsen, aber nicht zum Stillstand bringen, damit alles so bleibt, wie es ist. Es liegt außerhalb unserer Möglichkeiten, den Wandel völlig zu steuern. Und diese unschlagbare Macht nenne ich GOTT.

F: *Sehen Sie selbst »Die Parabel vom Sämann« als eine Dystopie des 21. Jahrhunderts? Die globale Erwärmung, Verödung des Landes, Wasserknappheit, Verrohung der Menschen, Militanz und Gewalt spielen darin ja eine wichtige Rolle. Die Gesellschaft zerfällt, es herrschen anarchische Zustände, und die Menschen überleben nur noch in kleinen, dezentralen Gemeinschaften ...*

A: Nein, es ist meiner Meinung nach keine Dystopie. Ich halte es eher schon für einen Akt der Hoffnung, wenn man solche Themen wie die globale Erwärmung, Rassenkonflikte usw. in einem Roman behandelt. Es geht hier um Menschen und die Menschheit, und da ich selbst Hoffnung für die Menschheit habe, trotz allem, haben auch die Menschen in diesem Buch Hoffnung. Im Fortsetzungsroman »Parabel of the Talents«, der in den USA schon erschienen ist, haben die Menschen bereits begonnen, sich einen Ausweg aus dieser Situation zu suchen. Auch im ersten Band findet die kleine Gruppe von Menschen, auf die ich mich konzentriere, einen Ausweg, jedenfalls für eine bestimmte Zeit. »Die Parabel vom Sämann« habe ich als Roman angelegt, in dem es um Aufgaben geht, die gelöst werden müssen, den Folgeband als Roman, in dem tatsächlich Antworten gegeben werden – solche Antworten, nach denen Menschen suchen, wenn sie Angst haben, wütend sind und nicht mehr ein noch aus wissen. Zum Teil sind das gefährliche Antworten.

Die Antwort, die meine Protagonistin Lauren Oya Olamina gibt, heißt »Erdensaat: Die Bücher der Lebenden«. Ein anderer Protagonist begründet eine besonders extreme Form der christlichen Religion, die er dazu benutzt, selbst an die Macht zu kommen und das Leben vieler anderer Menschen zur Hölle zu machen. Das ist seine Antwort auf die prekäre Situation. Andere Menschen wandern aus. Und manche suchen einfach nur nach einem Sündenbock: Wen können wir für all das Elend verantwortlich machen? Aber in beiden Romanen wollte ich eine Zukunft zeichnen, in der es meiner Protagonistin gelingt, Menschen für etwas Konstruktives zu begeistern, auch wenn dieses Konstruktive nur schwer und langfristig durchzusetzen ist. Das beste Hilfsmittel dafür schien mir in der Religion zu liegen. Zweifellos hat uns die Religion in der Vergangenheit dabei geholfen, alles Mögliche aufzubauen – von den Pyramiden bis zu den Kathedralen. Gleichzeitig hat sie den Vorwand für zahllose Kriege und andere grässliche Dinge geliefert. Aber immer ist die Religion eine starke Kraft gewesen, und nichts, was wir einfach so abschütteln können. Religion gehört zur menschlichen Natur dazu. Wir haben offenbar das Bedürfnis, jemand da draußen um Hilfe anzugehen. Der Romantitel »Die Parabel vom Sämann« bezieht sich direkt auf das biblische Gleichnis, in dem nur ein sehr kleiner Teil der Aussaat auf guten Boden fällt und später ein Vielfaches an Frucht trägt.

F: *Halten Sie sich selbst für einen religiösen Menschen?*

A: Nein, ich bin kein religiöser Mensch. Aber ich bin in der Gemeinschaft der Baptisten aufgewachsen und heute wirklich froh darüber, denn dadurch konnte ich ein Gewissen entwickeln und unterscheiden lernen, was gut oder böse, richtig oder falsch ist. Auch wenn ich mich nicht mehr als Baptistin betrachte, ist mir doch mein Gewissen geblieben. (Lacht). Ich glaube nicht, dass wir eines Tages die Religion über Bord werfen. Viele Menschen, die mit Science Fiction zu tun haben – insbesondere Fans – behaupten, dass wir, die menschliche Spezies, die Religion eines Tages wie ein Kleidungsstück, das uns zu eng geworden ist, ablegen werden. Da bin ich anderer Meinung. Mir fallen dabei Mitglieder unserer Familie ein, die nur aufgrund ihres Glaubens die Kraft zum Weitermachen fanden. Ohne diesen Glauben hätten sie ihrem Leben vielleicht ein Ende gesetzt, weil es nahezu unerträglich war. Deshalb weiß ich, dass die Religion in menschlichen Kulturen eine wesentliche Kraft darstellen kann, zum Guten wie zum Bösen. Religion ist nur ein Hilfsmittel, ein Werkzeug. Es hängt ganz von uns ab, für welche Zwecke wir dieses Werkzeug einsetzen.

F: *Glauben Sie, dass Sie eine spezifisch weibliche Sicht auf die Probleme dieser Welt und ihre Lösungen haben? Um als Letztes noch einmal auf unsere Anfangsfrage zurückzukommen: Sehen Sie sich selbst im Kontext solcher Autorinnen wie Joanna Russ oder auch Ursula Le Guin, ist es wichtig für Sie, dass Sie aus weiblicher Perspektive schreiben?*

A: Aber ich bin doch niemals etwas anderes gewesen als eine Frau! (Lacht). Deshalb ist das nichts, um das ich viel Wirbel mache und betone: He, das schreibe ich aus weiblicher Sicht, aber ...

F: *... aber Science Fiction war, wie Sie vorhin sagten, ein Gebiet, das von männlichen Autoren beherrscht wurde, als sie zu schreiben anfingen ...*

A: ... und ich habe mir dieses Gebiet ausgesucht, weil ich es mochte. Ich habe mich dort eingebracht, weil ich mir keinen anderen Ort für mich vorstellen konnte, und nicht etwa deswegen, weil ich es mit den Männern dort aufnehmen wollte. Ehrlich gesagt habe ich damals gar nicht darüber nachgedacht – schließlich war ich erst dreizehn Jahre alt, als ich meine erste Geschichte einsandte. Was wusste ich da schon. Soweit ich mich erinnere, habe ich nur ein einziges Mal darüber nachgedacht: Das war, als ich die Einladung zum Clarion Workshop erhielt. Als ich mir vorstellte, wie ich dort als einzige Frau unter zwanzig Männern sitzen würde, bekam ich ein bisschen Angst. Zum Glück kam es dann aber ganz anders.

Meine Protagonisten sind vor allem deshalb so oft Frauen, weil ich das, was ich zu sagen habe, offenbar am besten mit ihren Stimmen ausdrücken kann. Aber wenn ich sie mir in meiner Phantasie als Männer vorstelle, dann bleibe ich auch dabei. Nur ein einziges Mal habe ich beim Schreiben nachträglich das Geschlecht eines Protagonisten geändert, das war bei »Kindred«. Ursprünglich war der Held ein Mann, aber beim Schreiben habe ich gemerkt, dass er als Mann in dieser Geschichte unmöglich überleben konnte. So schlau er auch war: Ihm wäre nicht genügend Zeit geblieben, sich an die neuen Gegebenheiten anzupassen. Also wurde aus dem Held eine Heldin.

F: *Feilen und ändern Sie beim Schreiben viel an den Charakterzügen Ihrer Handlungsträger?*

A: Nein, normalerweise ist der Charakter, der mir spontan einfällt, für die Situation genau richtig. Aber Charaktere entwickeln sich während des Schreibprozesses. Hin und wieder weiß ich nicht genau, **wer** was tun wird, sondern nur **was** geschehen wird, manchmal ist es auch umgekehrt. Als ich »Patternmaster« schrieb (deutsch: »Als der Seelenmeister starb«, Bergisch Gladbach 1982, B 24037), machte mir die Protagonistin sehr zu schaffen. So zu schaffen, dass ich sie irgendwann durch die weise Frau ersetzte, die gar keine Probleme aufwarf.

Das war einfach eine faszinierende Figur, die eines Tages in meinem Kopf auftauchte, sich namentlich bei mir vorstellte und mir mitteilte, was ich über sie zu schreiben hätte. (Lacht). Es war höchst interessant: Ich weiß noch, wie ich eines Morgens aus dem Bett hochfuhr und ihre Stimme in meinem Kopf hörte. Sie sagte: Mein Name ist Amber. (Lacht) Sie passte so gut in die Geschichte hinein, dass sie die beinahe an sich gerissen hätte.

F: *Woran arbeiten Sie derzeit?*

A: An einem Folgeband zu »Parabel of the Sower« und »Parabel of the Talents«. Es geht darin um Menschen, die das Ziel von »Erdensaat« erfüllen wollen und zu den Sternen aufbrechen.

F: *Und wird ihre Mission Erfolg haben?*

A: (lacht) Sie glauben doch wohl nicht im Ernst, dass ich das jetzt schon verrate?!

F: *Vielen Dank jedenfalls für die vielen anderen Informationen und das Gespräch.*

Arkadi und Boris Strugatzki

Unsere Biographie

Vorbemerkung von Boris Strugatzki

Ich gestehe, dass ich immer ein bewusster und hartnäckiger Gegner aller möglichen Biographien, Umfragen, Beichten, schriftlichen Geständnissen und derlei Selbstentlarvungen – erzwungener wie auch freiwilliger – war und es immer noch bin. Ich war und bin der Ansicht, dass das Leben eines Schriftstellers seine Bücher sind, seine Artikel, im äußersten Fall seine öffentlichen Auftritte; alles andere – Familienangelegenheiten, Reisen und Abenteuer, lyrische Eskapaden – ist des Teufels und sollte niemanden etwas angehen, wie das Leben keiner anderen aufs Geratewohl ausgewählten Privatperson niemanden außer seinen Nächsten angeht. Arkadi Natanowitsch war zweifellos derselben Meinung, und darum ist der hier der Aufmerksamkeit des Lesers unterbreitete Text ein im Schaffen der Strugatzkis seltenes und sogar exotisches Dokument.

Woher dieser Text stammt, ist mir dunkel in Erinnerung. Es wurde wohl die Übersetzung eines unserer Romane vorbereitet – entweder bei der sowjetischen Presseagentur APN oder im Verlag »Progress«, ich glaube, ins Spanische. Und der Übersetzer war ein ziemlich aufdringlicher Bekannter von Arkadi. Und dieser Bekannte entflammte plötzlich für die Idee von unserer Autobiographie und rückte Arkadi buchstäblich monatelang nicht von der Pelle. Es endete damit, dass mir im Herbst 1986 Arkadi ebendiesen Text vorlegte.

Wir schrieben damals am Szenarium für den Film »Die Gewitterwolke«, die Arbeit kam schleppend voran, wir waren gereizt, und ich ließ, wie ich mich erinnere, kein gutes Haar

Arkadi und Boris Strugatzki in Brighton als Gäste des Worldcon 1987

an »Unserer Biographie« – wegen Ungenauigkeiten, Rücksichtnahmen, falscher Angaben und überhaupt dafür, dass es sie gab. Im Gegenzug forderte mich Arkadi – durchaus vernünftigerweise – auf, selber »mein Genie daran zu erproben«. Ich weigerte mich entsetzt, und damit war der Fall erledigt.

Danach haben wir nie wieder davon gesprochen, und ich sah »Unsere Biographie« erst Jahre später wieder, als ich Arkadis Archive durchsah. 1993 aber teilte mir Wladimir Borissow mit, dass der Text, wie sich herausstellte, von der Urheberrechtsagentur WAAP an einen polnischen Buchverlag gegeben worden war, wo ihn dann ein polnischer Strugatzki-Forscher, Wojciech Kajtoch, entdeckt hatte. Diese Mitteilung wunderte mich, doch nicht allzu sehr – offensichtlich hatte der Bekannte und Übersetzer seinerzeit Arkadi weich gekriegt und bekommen, was er wollte.

Im Grundlegenden und Wichtigen ist »Unsere Biographie« durchaus verlässlich. Um eine bekannte Redewendung abzuwandeln: Sie enthält die Wahrheit, durchaus genug Wahrheit, aber nicht die ganze Wahrheit und nicht nur die Wahrheit. Nach Kräften habe ich den Text um eigene Überlegungen ergänzt, um mir bekannte Tatsachen sowie Kommentare – in den Fällen, wo meine Vorstellungen von der »Wahrheit« nicht ganz mit denen Arkadis zusammenpassten. Am eigentlichen Text von Arkadi Natanowitsch habe ich kein Wort geändert. Das möchte ich besonders unterstreichen: Arkadi hat seinen Text ja zu einer Zeit geschrieben, als die Perestroika gerade allmählich in Gang kam, es waren im Großen und Ganzen die »alten sowjetischen Zeiten« mit allen Schikanen, und manche Wendungen bei Arkadi Natanowitsch haben gemäß dem Zeitgeist den rituellen Charakter ideologischer Beschwörungen, was wir Heutigen uns Gott sei Dank schon abgewöhnt haben.

Der Leser muss den Text unter Berücksichtigung all dieser Vorbehalte annehmen. Oder nicht annehmen.

Unsere Biographie

A.S.: Arkadi wurde am 28. August 1925 in der grusinischen (georgischen) Stadt Batumi am Schwarzen Meer geboren. Boris wurde am 15. April 1933 in der russischen Stadt Leningrad am Finnischen Meerbusen geboren.

B.S.: Viele Jahre lang haben wir uns damit vergnügt, den »Geburtstag der Brüder Strugatzki« auszurechnen, das heißt das Datum, das genau zwischen dem 28. 8. 1925 und dem 15. 4. 1933 liegt. Für jemanden, der mit dem (rein astronomischen) Begriff der julianischen Tage vertraut ist, ist diese Aufgabe nicht schwierig. Als Geburtstag von Arkadi & Boris Strugatzki erweist sich der 21. Juni 1929 - der Tag der Sommersonnenwende. Wer will, kann diesen Umstand zur Kenntnis nehmen und daraus beliebig weitgehende astrologische Schlüsse ziehen.

A.S.: Unsere Familie war ungewöhnlich, sogar nach den Maßstäben jener ungewöhnlichen Zeit - des ersten Jahrzehnts nach dem Sieg der Großen Sozialistischen Oktoberrevolution. Unser Vater, Natan Strugatzki, Sohn eines Provinzadvokaten, trat 1916 in die Partei der Bolschewiki ein, nahm am Bürgerkrieg als Kommissar einer Kavalleriebrigade teil und dann als politischer Mitarbeiter bei dem bemerkenswerten sowjetischen Heerführer Frunse, nach der Demobilisierung arbeitete er als Parteifunktionär in der Ukraine, dabei war er von der Ausbildung her Kunstwissenschaftler, ein Mensch mit fundierter und umfassender Bildung. Die Mutter hingegen, Alexandra Litwintschewa, war die Tochter eines kleinen Prasols (eines Vermittlers zwischen den Bauern und den Kaufleuten), ein einfaches, nicht sonderlich gebildetes Mädchen. In ihrer kleinen Heimatstadt im Nordosten der Ukraine begegnete sie Natan Strugatzki, heiratete ihn gegen den Willen ihrer Eltern und wurde, wie es so geht, wegen des jüdischen Ehemannes verflucht. In der Folgezeit entwickelte sich ihr Schicksal interessant und lehrreich, in allen Wechselfällen liebten sie einander treu und fest, doch wir schreiben unsere, nicht ihre Biographie und wollen hier nur festhalten, dass der Vater, Mitarbeiter der berühmten Öffentlichen Saltykow-Stschedrin-

Bibliothek in Leningrad und Kommandeur eines Zuges des Landsturms, im Januar 1942 bei dem Versuch umkam, aus der von den Deutschen belagerten Stadt auszubrechen, und dass die Mutter erst vor ein paar Jahren als Rentnerin, ausgezeichnet mit dem Titel einer Verdienten Lehrerin der Russischen Föderation und dem Orden »Ehrenzeichen«, sanft entschlafen ist.

Kurz nach der Geburt Arkadis wurde der Vater zur Parteiarbeit nach Leningrad geschickt, dort wuchs Arkadi auf und lebte dort bis zum schrecklichen Januar 1942. In der Zwischenzeit kam sein jüngerer Bruder und künftiger Koautor Boris zur Welt.

B.S.: Ich habe fast keine Erinnerung an den Vater. Alles, was ich über ihn weiß, habe ich von der Mutter erfahren, insbesondere aus den von ihr hinterlassenen Erinnerungen. Er war ein durch und durch aufrichtiger und bescheidener Mensch. Er war ein treuer leninscher Bolschewik, der makellos jede Arbeit ausführte, für die die Partei ihn einsetzte. Er hat nie irgendwelche besonders hohen Posten gehabt, doch zur Zeit des Bürgerkriegs und unmittelbar danach trug er nach den Worten der Mutter »an der Uniformjacke zwei Rhomben. Das war damals der Dienstgrad eines Generals«. Dann nach der Demobilisierung war er in Batumi Redakteur der Zeitung »Arbeitendes Adscharistan«. Dann in Leningrad Mitarbeiter der Hauptverwaltung für Literatur. Dann wurde er 1933 – an meinem Geburtstag! – in die Landwirtschaft geschickt – als Leiter der politischen Abteilung des Prokopjewer Getreide-Staatsgutes in Westsibirien. Und 1936 wurde er zum »Leiter für Kultur und Kunst der Stadt Stalingrad« ernannt. (Offensichtlich als Leiter der Kulturabteilung entweder im Stadtkomitee der Partei oder im Stadtexekutivkomitee.) Hier wurde er 1937 aus der Partei ausgeschlossen – pro forma wegen parteifeindlicher und antisowjetischer Äußerungen (»er hat erklärt, N. Ostrowski sei im Vergleich zu Puschkin ein grüner Junge, und behauptet, die sowjetischen Maler müssten von dem Ikonenmaler Rubljow lernen«), tatsächlich aber, weil er der dortigen Obrigkeit in die Quere kam: »Er untersagte kostenlose Logen und erste Plätze für leitende Funktionäre, führte ein, dass sie in Kino und Theater bezahlen mussten, schaffte alle möglichen

Vergünstigungen ab, studierte die Buchhaltung, entdeckte ungesetzliche Überzahlungen, falsche Lieferscheine« und dergleichen. Wie es sich mir jetzt darstellt, entging er nur durch ein Wunder der Verhaftung und Vernichtung, weil er sofort nach Moskau fuhr, um seine Rehabilitation zu erreichen, womit er sich den ganzen Rest seines Lebens über beschäftigte. Im Juni 1941 kam er ins Kriegskommissariat, wurde aber nicht in die aktive Armee genommen – er war 49 und hatte einen Herzfehler. In den Landsturm aber nahmen sie ihn, das war schon Ende September, als die Blockade ein Fait accompli war, und er kam noch dazu, auf den Pulkowo-Höhen zu kämpfen, doch im Januar 1942 wurde er völlig ausgemustert – vom Hunger aufgedunsen, halbtot, mit einem aussetzenden Herzen.

A.S.: Es begann der Krieg, die Stadt wurde von Deutschen und Finnen belagert. Arkadi beteiligte sich am Bau von Verteidigungsanlagen, dann, im Herbst und zu Beginn des Winters 1941, arbeitete er in den Werkstätten, wo Handgranaten hergestellt wurden. Unterdessen verschlechterte sich die Situation in der belagerten Stadt. Zu den Luftangriffen und dem Beschuss aus überschweren Mörsern kam die schwerste Prüfung: grimmiger Frost. Die Mutter und Boris hielten sich noch halbwegs, aber der Vater und Arkadi standen Mitte Januar 1942 mit Ruhr an der Schwelle des Todes. In ihrer Verzweiflung steckte die Mutter, die damals im Bezirks-Exekutivkomitee arbeitete, den Mann und den älteren Sohn in einen der ersten Militärzüge auf dem damals eben erst eröffneten »Weg des Lebens« übers Eis des Ladogasees.

B.S.: Das stimmt nicht ganz. Die damalige Arbeit der Mutter im Wohnungsamt des Wyborger Bezirks hatte damit nichts zu tun. Es bot sich einfach die Möglichkeit, mit der letzten Gruppe von Mitarbeitern der Öffentlichen Bibliothek wegzufahren, die nicht dabei gewesen waren, als die Bibliothek noch im Herbst in die Stadt Melekess ausgelagert worden war. In der Familie war man der Ansicht, dass der minderjährige Boris die Evakuierung nicht überstehen würde, und deshalb hatte man von vornherein beschlossen, sich zu trennen. Alles geschah plötzlich. »Die Lokomotive stand schon unter Dampf«, schreibt die Mutter. »Als ich von der Arbeit nach Hause kam, waren sie schon fort. Nur Borjenka saß verängstigt und hungrig im Dunkeln ...« Ich glaube, ich erinnere mich an den Augenblick der Trennung: der große Vater, in Feldbluse und mit schwarzem Bart, hinter seinem Rücken als Schemen Arkadi, und die letzten Worte: »Sag der Mama, dass wir nicht warten konnten ...« Oder etwas in der Art.

A.S.: Die Mutter und Boris blieben in Leningrad, und wie qualvoll die folgenden Monate der Blockade auch waren – das rettete sie. Auf dem »Weg des Lebens« brach der Lkw, auf dem der Vater und Arkadi fuhren, durch ein Bombenloch unters Eis. Der Vater kam um, Arkadi aber überlebte. Er wurde mit Mühe und Not nach Wologda gebracht, bekam ein wenig zu essen und wurde ins Gebiet von Tschkalow (heute Orenburg) gebracht. Dort erholte er sich endgültig und wurde zur Armee einberufen.

B.S.: Sie fuhren am 28. Januar 1942 ab und ließen uns ihre Lebensmittelkarten für den Februar da (400 Gramm Brot, 150 Gramm »Fette« und 200 Gramm »Zucker und Konditoreiwaren«). Diese Gramm haben zweifellos der Mutter und mir das Leben gerettet, denn der Februar 1942 war der schlimmste, tödlichste Monat der Blockade. Sie fuhren ab und verschwanden – wie wir damals glaubten, für immer. Als Antwort auf die verzweifelten Briefe und Anfragen, die die Mutter nach Melekess schickte, kam im April '42 ein einziges Telegramm, gnadenlos wie der Krieg: »NATAN STRUGATZKI MELEKESS NICHT EINGETROFFEN«. Das bedeutete den Tod. (Ich erinnere mich, wie die Mutter mit diesem Telegramm am Fenster stand – ihre trockenen Augen, schrecklich und wie blind.) Doch am 1. August '42 kam in die Wohnung gegenüber, wo vor dem Krieg ein Schulfreund von Arkadi gewohnt hatte, plötzlich ein Brief aus dem Bezirkszentrum Taschla im Tschkalower Gebiet. Der Brief selbst ist nicht erhalten geblieben, doch ich habe die Abschrift, die die Mutter am selben Tag machte.

»Guten Tag, lieber Freund! Wie du siehst, lebe ich, obwohl ich durch eine Hölle gegangen und besser gekrochen bin, von der ich in den Tagen schlimmsten Frostes und Hungers nicht die mindeste Vorstellung hatte. [...] Wir fuhren am frostigen Morgen des 28. Januar ab. Wir sollten von Leningrad nach Borissowaja Griwa fahren – der letzten Station am Westufer des Ladogasees. In Friedenszeiten dauerte dieser Weg zwei Stunden, wir, hungrig und fast erfroren, kamen erst nach anderthalb Tagen an. [Ich erlaube mir anzumerken: Die Evakuierung erfolgte in leichten, ungeheizten Eisenbahnwagen, und die Temperatur stieg in jenen Tagen nie über minus 25 Grad. – B.S.] Als der Zug anhielt und wir aussteigen mussten, fühlte ich, dass ich völlig erstarrt war. Doch wir stiegen aus. Es war Nacht. Irgendwie kam ich auf den Lkw, der uns an die andere Seite des Sees bringen sollte (wobei der Fahrer fürchterlich fluchte und drohte, uns einsperren zu lassen). Der Wagen fuhr los. Der Fahrer war offensichtlich ein Neuling, denn es verging keine Stunde, und er kam vom Weg ab, und der Wagen stürzte in ein Eisloch. Wir sprangen erschrocken von der Ladefläche und fanden uns bis zum Gürtel im Wasser (und das bei dreißig Grad Frost). Um den Wagen leichter zu machen, befahl der Fahrer, das Gepäck herunterzuwerfen, was die Passagiere weinend und fluchend taten (Vater und ich hatten nur Rucksäcke). Schließlich fuhr der Wagen weiter, und in von Eis klirrender Kleidung kletterten wir wieder auf die Ladefläche. Nach anderthalb Stunden erreichten wir Shicharewo – die erste Station am anderen Ufer. Fast kraftlos stiegen wir aus und wurden in einer Baracke untergebracht. Hier verübte der Leiter des Evakuierungspunktes wahrscheinlich die ganze Evakuierung über ein großes Verbrechen – er gab an jeden Evakuierten einen Laib Brot und einen kleinen Kessel Brei aus. Alle stürzten sich auf das Essen, und als am selben Tag der Militärzug nach Wologda abfuhr, kam niemand auf die Beine. Es begann die Ruhr. Der Schnee rings um die Baracken und Aborte färbte sich in einer einzigen Nacht rot. Schon damals konnte sich der Vater kaum bewegen. Doch wir stiegen ein. In unserem Waggon waren an die dreißig Menschen. Es gab zwar einen Ofen, aber keine Scheite. [...] Der Zug fuhr acht Tage bis Wologda. Diese Tage waren ein Alptraum. Der Vater und ich froren mit dem Rücken an der Wand fest. Drei, vier Tage lang wurde kein Essen ausgeteilt. Nach drei Tagen erwies sich, dass von den Menschen im Waggon noch ungefähr fünfzehn lebten. Irgendwie schoben wir mit letzter Kraft alle Leichen wie Holzklötze auf eine Seite des Waggons. Wologda erreichten in unserem Waggon nur elf Menschen. Wir kamen gegen vier Uhr morgens an. Es war der 7. oder 8. Februar. Unser Zug wurde auf irgendein blindes Gleis gefahren, von wo es bis Wologda noch ungefähr ein Kilometer entlang der mit sehr langen Zügen voll gestellten Gleise war. Schrecklicher Frost, Hunger und weit und breit kein Mensch. Nur schwarz die ungewohnten Reihen von Zügen. Der Vater und ich beschlossen, uns selbst zum Bahnhof durchzuschlagen. Stolpernd und fallend schafften wir die Hälfte des Weges und stießen wieder auf einen Zug, den zu umgehen nicht möglich war. Da fiel der Vater hin und sagte, er würde keinen Schritt mehr tun. Ich bettelte, weinte - vergebens. Da geriet ich in Raserei. Ich beschimpfte ihn mit den gemeinsten Schimpfworten und drohte, ich würde ihn auf der Stelle erwürgen. Das half. Er stand auf, und aufeinander gestützt erreichten wir den Bahnhof. [...] Weiter erinnere ich mich an nichts. Ich kam im Krankenhaus zu mir, als man mich auszog. Irgendwie verschwommen und ohne Schmerz sah ich, wie man mir die Strümpfe von den Füßen zog und zusammen mit den Strümpfen die Haut und die Zehennägel. Dann schlief ich ein. Tags darauf teilte man mir mit, dass der Vater gestorben war. Ich nahm die Nachricht völlig gleichgültig auf und begann erst nach einer Woche zu weinen und ins Kissen zu beißen. [...]«

Er, der Sechzehnjährige mit schweren Ernährungsstörungen, sollte sich noch durchs ganze Land schleppen, bis zur Stadt Tschkalow - zwanzig Tage in der zerquälten, kaum noch menschlichen, zerschlagenen Menge der Evakuierten (der »Herausgeklaubten«, wie sie damals in Russland genannt wurden). Von diesem Teil seines Lebens hat er mir niemals etwas erzählt. Danach wurde es allerdings leichter. In Taschla wurde er als gebildeter Mensch (neun Klassen) als Leiter eines Milchannahmepunktes eingesetzt. Er hatte wieder halbwegs genug zu essen, richtete sich irgendwie ein, kam wieder auf die Beine und begann nach Leningrad zu schreiben, schickte Dutzende Briefe - es kamen nur drei an, doch auch einer hätte genügt: die Mutter packte sofort und eilte ihm bei der ersten Gelegenheit, mich unterm Arm, zu Hilfe. Ein Weilchen konnten wir noch zusammen leben, als kleine amputierte Familie, doch im August wurde Arkadi siebzehn, und am 9. Februar 1943 wurde er schon zur Armee eingezogen. Sein Schicksal war, nach Absolvieren der Aktjubinsker Minenwerfer-Schule im Sommer '43 in den Kursker Bogen zu kommen und mitsamt seinem ganzen Lehrgang umzukommen. Doch ...

A.S.: Das Schicksal verfügte, dass er Hörer in der japanischen Abteilung der Orientalischen Fakultät am Militärinstitut für Fremdsprachen wurde. Während er in dieser Funktion diente, wurde er Zeuge und Teilnehmer vieler Ereignisse, doch für die vorliegende Biographie ist nur die Erwähnung von zweien sinnvoll: des glücklichsten - des Sieges über den deutschen Faschismus und die japanische Militärdiktatur 1945 - und des interessantesten - 1946 wurde er als Hörer im dritten Studienjahr für einige Monate zur Arbeit mit japanischen Kriegsgefangenen abkommandiert, um die Tokioter und Chabarowsker Prozesse gegen japanische Kriegsverbrecher vorzubereiten. Dann war da noch ein dummes Ereignis: Vor dem Abschluss im Jahre '49 heiratete Arkadi übereilt, und es vergingen keine zwei Jahre, dass die junge Frau erklärte, es sei ein Fehler gewesen, und sie trennten sich. Gott sei Dank hatten sie keine Kinder.

Nach dem Abschluss des Studiums und bis zur Demobilisierung 1955 diente Arkadi im Fernen Osten, und das war wohl die malerischste Zeit seines Lebens. Er erlebte ein starkes Erdbeben. Anfang November 1952 wurde er Zeuge eines schweren Tsunami. Er nahm an Aktionen gegen Wilderer teil (das ähnelte sehr dem, was seinerzeit Jack London in seinen »Austernpiraten« über die Fischereipatrouille erzählt hatte) ... Und es kam damals zu einem Umstand, der in erheblichem Maße sein (und Boris') weiteres Schicksal bestimmte. Ihr Schicksal als Schriftsteller.

Es war wohl im März 1954, als die Amerikaner auf einer Insel des Bikini-Atolls ihre erste Wasserstoffbombe zündeten. Das Inselchen zerfiel zu radioaktivem Staub, und unter einem starken Niederschlag dieses »heißen Staubes«, der »Asche von

Bikini«, geriet der japanische Fischfangschoner »Glücklicher Drache 5«. Nach der Rückkehr in die Heimat erkrankte die gesamte Besatzung an Strahlenkrankheit in der schwersten Form. Jetzt ist das schon Geschichte – und zu einem Gutteil vergessen –, doch in jenen Tagen und Monaten beschäftigte sich die Weltpresse außerordentlich stark mit all diesen Vorgängen.

Und gerade in jenen Tagen und Monaten hatte Arkadi im Zusammenhang mit seinen Dienstpflichten täglich mit der Presse des pazifischen Raumes zu tun – der USA, Australiens, Japans usw. Zusammen mit seinem Kameraden Lew Petrow verfolgte Arkadi Tag für Tag die Ereignisse um den unglückseligen »Drachen«. Und als Kuboyama, der Funker des Schoners, als erstes Opfer der »Asche von Bikini« starb, erklärte Lew Petrow, darüber müsse man einen Roman schreiben. Er war ein sehr aktiver und spontaner Mensch, der Lew Petrow, und seine Ideen waren immer spontan. Doch schreiben hatte Arkadi schon immer gewollt, er hatte es zuvor nur nicht geahnt. Und zusammen mit Lew Petrow schrieb er den Roman »Die Asche von Bikini«. (Später wurde Lew Petrow eine große Nummer in der sowjetischen Presseagentur »Nowosti«, Arkadi traf ihn wiederholt in Moskau, obwohl ihre Wege sich getrennt hatten. Er starb noch ziemlich jung Mitte der sechziger Jahre.)

B.S.: »... schreiben hatte Arkadi schon immer gewollt, er hatte es zuvor nur nicht geahnt ...« Und ob er es geahnt hatte! Damals hatte er schon »Wie Kang umkam« und die kleine Erzählung »Die ersten« geschrieben, und die Vorbereitungen zum künftigen »Atomvulkan Golkonda« waren in vollem Gange ... Ganz zu schweigen von dem haarsträubenden phantastischen Roman »Der Fund des Majors Kowaljow«, der unmittelbar vor dem Krieg (von Hand, mit schwarzer Tinte in zwei Schulheften) geschrieben wurde und während der Blockade unwiederbringlich verloren ging.

A.S.: Zur gewaltigen Verwunderung Arkadis wurde »Die Asche von Bikini« gedruckt. Erst in der Zeitschrift »Fernost« (in Wladiwostok), dann in der Zeitschrift »Jugend« und als Buch im »Kinderbuchverlag« (in Moskau). Doch da war Arkadi schon aus der Armee entlassen worden.

Entlassen wurde er im Juni 1955, und er zog zunächst zur Mutter nach Leningrad. Damals war er schon zum zweiten Mal verheiratet und hatte zwei Töchter - eine drei Jahre und die andere zwei Monate alt. Und in Leningrad freundete er sich kräftig und für immer mit seinem Bruder Boris an. Zuvor hatten sich die Brüder nur ab und zu getroffen, nicht öfter als einmal pro Jahr, wenn Arkadi auf Urlaub kam - erst aus Moskau, dann aus Kamtschatka und dem Primorje-Gebiet. Und plötzlich entdeckte Arkadi statt des jungen Burschen, der dem älteren Bruder aufs Maul starrte, einen erwachsenen Kerl mit eigenen Ansichten über alles auf der Welt, einen modernen jungen Wissenschaftler, einen Gelehrten und Sportler. Er hatte die mechanisch-mathematische Fakultät [genauer, die mathematisch-mechanische, die »Mathmech« - B.S.] mit der Spezialisierung als »Stellarastronom« absolviert, hatte eine Aspirantur im Observatorium in Pulkowo angeboten bekommen und arbeitete dort am Problem der Entstehung von Doppel- und Vielfachsternen.

Wie sich zeigte, hatten wir ähnliche Ansichten über Wissenschaft und Literatur, es stellte sich auch heraus, dass es auch Boris zum Schreiben drängte, doch die Chancen, dass »Die Asche von Bikini« veröffentlicht würde, schätzte er skeptisch ein, und das nicht, weil er den Roman schlecht fand, sondern weil er nicht glaubte, dass man so leicht Schriftsteller werden könnte. Sie hatten in jenen Monaten Ende 1955 viele, viele Gespräche, Diskussionen und Beratungen.

Anfang 1956 siedelte Arkadi nach Moskau über und begann zunächst im Institut für wissenschaftliche Information zu arbeiten, wechselte dann aber in die Ostasien-Redaktion des größten Belletristik-Verlages im Lande über, der damals Goslitisdat (Staatlicher Literaturverlag) hieß.

Wie schon erwähnt, wurde unterdessen der Roman »Die Asche von Bikini« von L. Petrow und A. Strugatzki dreimal publiziert, und Boris Strugatzki glaubte endlich, dass Schriftsteller auch nur mit Wasser kochen, und wir schrieben unser erstes Science Fiction-Werk »Atomvulkan Golkonda« und reichten es beim Kinderbuchverlag ein, und schon für das Manuskript erhielten wir einen Preis beim Wettbewerb des Ministeriums für

Volksbildung der Russischen Föderation, und 1959 erschien die erste Auflage, der 1960 und 1969 weitere folgten.

Und wir machten uns an die Arbeit.

1960: »Der Weg zur Amalthea«, »Sechs Streichhölzer«*.

1961: »Rückkehr (Mittag, 22. Jahrhundert)«.

1962: »Praktikanten«, »Fluchtversuch«.

1963: »Der ferne Regenbogen«.

1964: »Der Montag fängt am Samstag an«.

Gleichzeitig widmete sich Arkadi der Übersetzung klassischer japanischer Literatur.

Gleichzeitig nahm Boris an archäologischen Expeditionen teil und an der Suche nach einem Ort für die Errichtung eines Riesenteleskops, außerdem qualifizierte er sich zum Ingenieur für Programmierung.

B.S.: Eine Präzisierung. Boris ist nie als Ingenieur für Programmierung ausgebildet worden. Seine Dissertation konnte er nicht verteidigen, weil sich im letzten Augenblick herausstellte (das war ein Schlag!), dass die von ihm aufgestellte, nicht unelegante Theorie schon existierte und sogar bereits 1943 in einer wenig bekannten wissenschaftlichen Zeitschrift publiziert worden war. Der Verfasser der Theorie war freilich der große Chandrasekar, doch das machte es nicht leichter. Die Dissertation war erledigt. Boris trat eine Arbeit als »Anwendungsingenieur für analytisch-numerische Maschinen« im Rechenzentrum von Pulkowo an. Ein Berufswissenschaftler wurde nicht aus ihm, obwohl er sich noch lange Jahre mit großem Vergnügen unterschiedlichen theoretischen Arbeiten auf dem Gebiet der Stellarastronomie widmete. Doch nur als Amateur. Und als Amateur eignete er sich selbst die Computerprogrammierung an, wo er es im Laufe der Zeit zu einigem Geschick brachte.

A.S.: Eigentlich kann man sagen, dass der Ereignis-Teil unserer Biographie 1956 zu Ende war. Danach kamen die Bücher. (Jemand hat nicht unzutreffend bemerkt, dass die Biographie eines Schriftstellers seine Bücher sind.) Doch es kann nicht schaden, die kausalen Zusammenhänge der Zeit und der Ereignisse festzustellen.

---

* Zwei Erzählungsbände. – *Anm. d. Übers.*

Warum haben wir uns der Phantastik gewidmet? wahrscheinlich hat das rein persönliche Gründe, deren Wurzeln bis zu Faktoren hinabreichen wie den literarischen Vorlieben als Kinder und Jugendliche, den Bedingungen von Erziehung und Bildung, dem Temperament schließlich. Obwohl wir auch damals schon, als wir Abenteuer-Phantastik und herkömmliche Science Fiction schrieben, in der phantastischen literarischen Methode etwas Mächtiges, sehr Tiefes und Wichtiges erblickten, das großartige Möglichkeiten enthielt. Ziemlich deutlich bestimmten wir es für uns etwas später, als wir Erfahrung gesammelt und das Handwerk gemeistert hatten: Der phantastischen Methode wohnt ein sozial-philosophisches Prinzip inne, dasselbe, ohne das hohe Literatur undenkbar ist. Doch das, wiederholen wir, ist eine rein persönliche Angelegenheit. So viel am Rande bemerkt.

Weitaus angebrachter ist hier die Antwort auf eine andere Frage: Welche *äußeren* Umstände haben unseren Erfolg von unseren ersten Schritten in der Literatur an bestimmt? Davon gibt es mindestens drei.

Erstens ein weltgeschichtlicher: der Start des erstens Sputniks 1957.

Zweitens ein literarischer: Das Erscheinen von Iwan Jefremows großartiger kommunistischer Utopie »Andromeda-Nebel« (deutsch meist »Das Mädchen aus dem All«) ebenfalls 1957.

Drittens ein verlegerischer: die Anwesenheit erstklassiger Lektoren im Verlag »Molodaja Gwardija« und im Kinderbuchverlag zu jener Zeit, die aufrichtig daran interessiert waren, dass die sowjetische Phantastik eine Wiedergeburt erlebte und internationales Niveau erreichte.

Das zeitliche Zusammentreffen dieser Umstände und unseres Eintritts in die literarische Arena hat denn auch, wie uns scheint, unseren Erfolg in den sechziger Jahren bestimmt.

B.S.: Und wieder eine Präzisierung. Zu den Komponenten des Erfolgs.

Unsere guten Freunde und hervorragenden Lektoren – Sergej Grigorjewitsch Shemaitis, Bela Grigorjewna Kljujewa und Nina Matwejewna Berkowa – ja, ohne Zweifel! Ohne sie hätten wir es dreimal schwerer gehabt, sie verteidigten uns gegen die dumme und feige Obrigkeit, sie traten gegenüber der Zensur für unsere Texte ein, sie »schoben« uns in die Verlagspläne – zu einer Zeit, als der Verleger *alles* war und der Schriftsteller, vor allem ein Anfänger, *nichts*.

»Das Mädchen aus dem All« – ja, das wohl auch. Jefremow hatte uns, die wir damals noch grüne Jungs waren, gezeigt, wie sowjetische Phantastik sein kann – sogar zur Zeit der Nemzows, Saparins und Ochotnikows*, trotz ihnen und ihnen zum Tort.

Doch was hat der Sputnik damit zu tun?

Etwas anderes ist es, dass wir das Glück hatten, unsere literarische Arbeit zur Zeit des Ersten Tauwetters zu beginnen, als eins nach dem anderen die schrecklichen Geheimnisse der Welt aufgedeckt wurden, in der wir geboren waren und lebten, als das ganze Sowjetvolk, unser ganzes unglückliches Land der Dummköpfe rasch klüger wurde und zu verstehen begann – und wir hatten das Glück, zusammen mit allen anderen klüger zu werden und zu verstehen, nur wenig der Mehrheit voraus und, Gott sei Dank, ohne uns von ihr zu lösen. Die Entdeckungen, die wir für uns machten, wurden zugleich auch die Entdeckungen der qualifiziertesten unter unseren Lesern – und deren Liebe und Anerkennung waren es, die uns damals den Erfolg brachten.

A.S.: Nun, und weiter lief praktisch alles von selbst. 1964 wurden wir in den Schriftstellerverband aufgenommen, und unsere literarische Tätigkeit wurde endgültig legitimiert.

Damit wäre die Biographie also bis zum heutigen Tag abgeschlossen. Und was sind wir heute. Arkadi Strugatzki ist 61 Jahre alt. Er leidet an Ischämie, er hat keinen Zahn mehr im Mund (die verdammte Blockade!) und verspürt große Müdigkeit.

---

* Das waren typische Vertreter der in den dreißiger Jahren verordneten und bis weit in die Fünfziger, vereinzelt sogar noch länger nachwirkenden Doktrin einer »Phantastik der nahen Zielstellung«, die die SF auf populärwissenschaftliche Hilfsdienste und auf die Propaganda wirtschaftlicher Fortschritte im Rahmen des gerade laufenden Fünfjahrplans festlegte. – *Anm.-d. Übers.*

Boris Strugatzki ist 53 Jahre alt. Er hat einen Infarkt überlebt, und ihm wurde die Gallenblase herausgenommen (auch die Blockade).

B.S.: »Na-na!«, sagte, wie ich mich entsinne, Boris missbilligend, als er diese Stelle in der »Biographie« las. »Das, Bruder, hast du dir aus den Fingern gesogen! Was hat die Blockade damit zu tun? ...« Zumindest seine Gallenblase ist durchaus nicht der Blockade zum Opfer gefallen, sondern im Gegenteil der verzeihlichsten unter den Todsünden, der Völlerei. Die einzige Folge der Blockade, die er an sich tatsächlich beobachtet, ist eine fast krankhafte Sparsamkeit, dass er es nicht fertigbringt, einen im Brotkasten vergessenen harten Kanten wegzuwerfen. Aber das wird sich wohl niemals mehr ändern.

A.S.: Im Familienleben sind wir durchaus glücklich. Arkadis Frau ist 60, sie haben zwei Töchter, eine Enkelin und einen Enkel. Die Frau von Boris ist 54, sie haben einen Sohn und einen Enkel.

Unsere Freunde lieben uns, die Feinde hingegen hassen uns und haben Grund, uns zu fürchten. Apropos Freunde und Feinde. Unsere Freunde sind bedeutende Leute, es sind führende Wissenschaftler darunter, Kosmonauten, Ärzte, Leute vom Film. Die Feinde aber sind einer wie der andere klein, unbegabt, austauschbar, doch dafür sitzen einige auf Posten in der Verwaltung ...

Arkadi ist überhaupt nicht der Typ für gesellschaftliche Funktionen. Auf internationale Konferenzen wird er nicht geschickt. Er ist nicht einmal im Rat für phantastische Literatur. Sicherlich zu Recht. Boris aber leitet schon seit vielen Jahren eins der stärksten Seminare für junge SF-Autoren im Land, er ist Vorstandsmitglied der Leningrader Schriftstellerorganisation und Mitglied der örtlichen Aufnahmekommission.

B.S.: Arkadi stellt sein Licht unter den Scheffel. So schlecht ist er in gesellschaftlichen Funktionen gar nicht. Er ist wiederholt und über viele Jahre hinweg als Mitglied in verschiedene Redaktions- und Verlagsbeiräte gewählt worden, er war Mitglieder beider Räte für Phantastik (für die RSFSR und die UdSSR) und, wie ich glaube, sogar Vorsitzender eines von beiden. Etwas anderes ist es, dass wir derlei gesellschaftlicher

Tätigkeit nie Bedeutung beigemessen haben (ausgenommen Boris' Arbeit im Seminar der jungen SF-Autoren, die er gern tut und auf die er stolz ist).

A.S.: Arkadi hat in seinem Leben eine Menge Dummheiten gemacht und viel wertvolle Zeit verloren. Boris kann über jede Tat in seinem Leben Rechenschaft ablegen.

B.S.: Ich habe keine Ahnung, was hier gemeint ist. Am ehesten, dass das Familienleben des Älteren nicht immer ungetrübt war – im Unterschied zum Familienleben des Jüngeren.

A.S.: Wir haben 25 Romane und lange Erzählungen geschrieben (nicht gerechnet kürzere Erzählungen, Vorworte, Artikel). Soweit uns bekannt ist, sind 22 von unseren Romanen übersetzt worden und im Ausland in 24 Ländern in 150 Auflagen und Nachauflagen erschienen.

Arkadi arbeitet weiterhin an Übersetzungen klassischer japanischer Prosa (hauptsächlich aus dem Mittelalter). Boris kann zwölf, vierzehn Stunden am Tag zu Hause an seinem Computer sitzen.

Wir haben einen inländischen und mehrere ausländische Literaturpreise erhalten. Nach unseren Szenarien sind vier Filme gedreht worden: ein sehr verpfuschter, zwei annehmbare und einer von Weltrang.

Wir werden das Gefühl nicht los, sondern empfinden es im Gegenteil immer stärker, dass unser bestes, notwendigstes Buch noch nicht geschrieben ist, dabei wird das Schreiben immer schwerer – und das nicht vor Müdigkeit, sondern wegen der rasend schnell zunehmenden Kompliziertheit der Problematik, die uns interessiert.

Moskau, den 20. August 1986.
Sankt Petersburg, den 22. April 1998.

* * *

Am 12. Oktober 1991 starb Arkadi Natanowitsch Strugatzki nach langer und schwerer Krankheit. Der Schriftsteller »A. und B. Strugatzki« hat zu existieren aufgehört.

Und noch ein Dokument. Das letzte.

Hiermit wird bestätigt, dass am 6. Dezember 1991 die Asche des Schriftstellers *Arkadi Natanowitsch Strugatzki* an Bord eines Hubschraubers Mi-2, Bordnummer 23572, genommen und um 14. 14 Uhr an dem durch 55° 33′ nördlicher Breite, 38° 2′ 40« östlicher Länge bestimmten Punkt über der *Erde* verstreut wurde. Der Wille des Verstorbenen wurde in unserem Beisein erfüllt.

Ju. I. Tschernjakow
Ju. S. Sominski
A. I. Mirer
M. N. Tkatschew
M. A. Gurewitsch
G. I. Pepnikow
Ausgefertigt in *acht* numerierten Exemplaren.

* * *

Insgesamt haben die Brüder Strugatzki 27 Romane geschrieben (einschließlich längerer Erzählungen sowie eines Dramas und ohne Berücksichtigung von kürzeren Erzählungen, Artikeln, Szenarien und Vorworten). Anfang 1998 waren diese Romane in Russland in einer Gesamtauflage von über 40 Millionen erschienen. In 27 Ländern der Welt wurden 365 Ausgaben und Nachauflagen dieser Romane veröffentlicht.

Наша биография.
Auszug aus ›Комментарии к пройденному‹

Aus dem Russischen von Erik Simon

Wie die richtigen Schwierigkeiten begannen

Über zwei unserer Romane aus den sechziger Jahren

von Boris Strugatzki

Die gierigen Dinge des Jahrhunderts

Im Tagebuch von Arkadi ist ein Zitat von Simak erhalten geblieben:

> The darkness of the mind, the bleakness of the thought, the shallowness of purpose. These were the werewolves of the world.*
>
> *Clifford Simak: Time is the Simplest Thing*
> *(Die unsichtbare Barriere)*

Zunächst waren genau das die Zeilen, die wir als Motto einem neuen Roman** über Menschen voranstellen wollten, die Opfer eines phantastischen elektronischen Narkotikums geworden sind – des Slegs (obwohl wir das Wort selbst damals

---

* Die Finsternis des Geistes, die Kälte des Denkens, die Niedrigkeit der Zwecke. Das waren die Werwölfe der Welt. – Hier und im Folgenden Fußnoten vom Übersetzer. Die Anmerkungen in eckigen Klammern im Text stammen von Boris Strugatzki.

** In Russland nahm man es lange Zeit mit der Bezeichnung »Roman« sehr genau und nannte nur umfangreiche Werke mit vielfach verzweigter Handlung so; die meisten Werke der Strugatzkis sind »Powesti«, lange Erzählungen oder Novellen. Ich folge hier dem modernen deutschen Usus und nenne alles, was einen eigenen Band füllen kann, Roman, die kürzeren Powesti Erzählung.

Boris Strugatzki 1987 in Brighton

noch nicht erfunden hatten). Die Handlung sollte auf der Insel Bulli in der Rigaer Bucht spielen – Arkadi hatte dort 1963 mit seiner Familie Urlaub gemacht, und die Gegend hatte seine Phantasie gefesselt. Der Roman sollte »Die Ratten« heißen.

Aus dem Tagebuch von Arkadi Strugatzki, 6. 9. 1963:

> Boris ist gekommen [...], wir haben versucht, uns das Sujet für »Die Ratten« vorzustellen – Tagebuch eines Schriftstellers, der in die Nachbarschaft neuer Drogensüchtiger geraten ist – elektronischer Art.

Ich erinnere mich nicht mehr an alle Einzelheiten, ich weiß nur noch, dass die Sache ganz realistisch werden sollte. Handlungszeit ist die Gegenwart, Ort der Handlung die Lettische SSR. Die handelnden Personen sind unsere Zeitgenossen, nur dass sie sonderbar und furchteinflößend wie Werwölfe sind. Im Grunde sind es auch Werwölfe, der nächtliche Schrecken der Insel Bulli.

Die Idee ging so: Unter Einwirkung eines mächtigen elektronischen Halluzinogens, das direkt aufs Hirn wirkt, taucht der Mensch in eine Welt der Illusion ein, die ebenso markant wie die wirkliche Welt ist, doch weitaus interessanter, voller bemerkenswerter Ereignisse und ganz frei von den grauen Sorgen und Mühen des Alltags. Für den Genuss dieser Welt der Illusion muss man jedoch einen Preis zahlen: Aus dem narkotischen Schlaf erwacht, wird der Mensch zum gnadenlosen Vieh und strebt nur nach einem – um jeden Preis und möglichst schnell wieder in die Welt der vollkommenen und süßen Illusionen zurückzukehren.

Die Sache kam allerdings gleich zu Beginn ins Stocken. Den Titel »Die gierigen Dinge des Jahrhunderts« fanden wir anscheinend schon Ende 1963, und diesen Vers von Andrej Wosnessenski* wählten wir als neues Motto, doch der Aufbau der Handlung wollte partout nicht gelingen.

---

* Aus Wosnessenskis »Monolog des Beatniks«. In wörtlicher Übersetzung: »O gierige Dinge des Jahrhunderts! Die Seele wurde mit Veto belegt.« Die 1967 in der DDR in Wosnessenskis Band »Antiwelten« erschienene Fassung ist jüngeren Datums und enthält die Zeilen nicht.

21. 1. 1964, Boris Strugatzki:

> ... Ich denke viel über die Gierigen Dinge nach. In unserem Ansatz ist etwas, das mich abstößt wie vom »Kraken«. Wahrscheinlich ist es der strikte Realismus der Situation. Er hat eine Menge Nachteile. Man kann nicht alles schreiben, was einem gerade in den Sinn kommt. Die Unsicherheit, ob wir den Stoff gut genug kennen. Die Beschränktheit des Bildes bei dieser Umsetzung des Sujets. Du kannst schimpfen, aber je länger ich nachdenke, umso mehr neige ich dazu, etwas in der Art des »Gottes«* zu machen – eine fremde Welt, andere Menschen, ein breit angelegtes Panorama, viele Handlungsstränge, aktionsreichere Handlung, weniger Längen, die Ideen und Probleme stärker konzentriert. Ich habe neulich sogar noch einmal diesen Plan durchgelesen, wo Benny Durow auf den schrecklichen Planeten der Spießer gerät. Das hat was. Denk drüber nach und überzeug mich vom Gegenteil ...

Das Sujet von Benny Durow auf dem Planeten der Spießer ist inzwischen völlig in Vergessenheit geraten und offensichtlich grundsätzlich nicht zu rekonstruieren. Der oben erwähnte »Krake« allerdings ist ein Roman, mit dem sich die Strugatzkis jahrelang abgemüht haben; sie haben ihn bald aus der einen, bald aus der anderen Richtung in Angriff genommen, mehrere Dutzend Seiten geschrieben (größtenteils Arkadi allein), ohne ihn jemals zu Ende bringen zu können. Und meines Erachtens eben wegen des »strikten Realismus der Situation«. In jenem Roman wird in ein Forschungsinstitut der Gegenwart ein Riesenkrake gebracht, der, wie sich später herausstellt, ins Bewusstsein der Menschen eindringen und sie in kalte Egoisten ohne jede Moral verwandeln kann. Eigentlich war das ein guter, vielversprechender Einfall, doch er erlaubte keine richtige Entfaltung: Die Strugatzkis hatten damals ihr Grundprinzip noch nicht formuliert – »man muss entweder über etwas

* »Ein Gott zu sein ist schwer«, auch: »Es ist nicht leicht, ein Gott zu sein«, einer der erfolgreichsten Romane der Strugatzkis, im Original 1964 erschienen.

schreiben, das man gut kennt, oder über etwas, das niemand kennt« –, doch instinktiv befolgten sie es schon. In einer glaubhaft konstruierten, gut durchdachten Welt mit der nötigen Vielzahl von Realien fühlten sie sich freier als in einer strikt realistischen, nach der Natur gezeichneten Welt.

Die Antwort von Arkadi auf den obigen Brief ist nicht erhalten, wohl aber der nächste Brief von Boris, in dem er wieder seine Zweifel auszudrücken versucht.

27.1.1964, Boris Strugatzki:

> ... Es geht, mein lieber Arkadi, nicht um andere Planeten, die mir selber zum Halse heraushängen. Es geht um die Beschränktheit des Einfalls. [...] Es geht darum, dass der von uns erdachte Apparat nicht erlaubt, das Problem des Spießertums aus vielfältigen Blickwinkeln zu betrachten. Dieser Apparat ist im Grunde nichts anderes als eine Art Droge, eine sehr starke vielleicht, aber eben doch nur eine Droge. Das Problem des Spießertums wird dabei irgendwie von einem ganz anderen verdrängt: welches Leben man leben soll, ein wirkliches oder ein eingebildetes. Das ist ein interessantes Problem, aber nicht das, was mich bewegt. Und dich ja auch nicht. Die Schwachstelle der Idee ist ebendieser Apparat. Halluzinationen und elektronische Onanie. Ich glaube, das ist nicht das Richtige. Wir werden also eine Menge reden und nachdenken müssen. Zum Schreiben werden wir anscheinend nicht so bald kommen. Erst einmal werden wir uns lange und anödend streiten. Es ist alles so schwierig ...

Tatsächlich begannen wir schon Anfang Februar, den Roman zu schreiben. Und zwar gleich in der sozusagen endgültigen Version: ein Kurort in einem nicht näher bestimmten Land – eine satte, helle, reiche, aber äußerst unglückselige Welt. Das alles scheint sich nach zwei, drei Tagen Diskussion ergeben zu haben. Die Welt war entworfen, die Dekorationen standen, und die Handlung kam sofort in Gang.

Das Manuskript wurde in zwei Etappen geschrieben – die erste Hälfte Anfang Februar, die zweite im März 1964. Ein gutes halbes Jahr ließen wir das Rohmanuskript »ablagern«, im November aber machten wir auf einen Schlag die Reinschrift daraus. Die Autoren waren mit der Arbeit zufrieden, sie konnten damals natürlich nicht ahnen, welche Unannehmlichkeiten ihnen bevorstanden, und waren voller Optimismus. Die ersten Leser jedoch (Verwandte, Freunde) erwiesen sich als weitaus hellsichtiger. Alle hielten es für angebracht, ihre Befürchtungen zu äußern, und einer äußerte sich recht elegant: »Der Roman wird zweifellos Erfolg bei den Leuten haben, die ihn lesen. Auf dem Index natürlich.«

Wenn man die Korrespondenz zwischen Arkadi und Boris im Zeitraum vom Mai '63 bis Februar '64 fortlaufend liest, entsteht deutlich der Eindruck eines heraufziehenden Gewitters. Den Vorschuss haben sie schon erhalten, das Manuskript glücklich abgegeben, und es ist in Produktion gegangen, im Lektorat scheint es durchweg wohlwollende Aufnahme gefunden zu haben, und doch stimmt etwas nicht, irgendwo ballt sich etwas zusammen, noch hinterm Horizont, irgendeine Bedrohung baut sich auf, und man versteht nicht einmal, worum es eigentlich geht.

Das erste Warnsignal war ein Brief von Arkadi, den Boris am 3. 2. 1964 erhielt:

> ... Wie schon gesagt, haben sie die Gierigen Dinge Jefremow gegeben, damit er ein Vorwort schreibt. Der Alte hat mich angerufen und mich zu einem Gespräch eingeladen. Und folgendes hat er mir gesagt. [...] Die Welt, die wir beschrieben haben, ist derart deutlich und schrecklich, dass sie für die Menschheit absolut nichts Gutes mehr erhoffen lässt. Das ist keine sowjetische Phantastik, sondern westliche, mit Schrecken und Bitternis angesichts der Zukunft. Die Agententypen – wie er Maria und Shilin nennt – machen einen erbärmlichen Eindruck, es ist ganz offensichtlich, dass die Welt, die sie vertreten, ebenso erbärmlich und hilflos ist. Übrigens sind die Menschlein in jenem Land (Eindruck: in der ganzen Welt) derart elend und arm an Geist, dass der Sleg wie eine blasse, unnötige Zutat wirkt.
>
> Er hat gesagt, dass er natürlich ein Vorwort schreiben wird, weil er uns gern hat und uns für die einzige Hoffnung der sowjetischen Phantastik hält (dabei ist er nicht besonders freigebig mit Komplimenten – ich hab derlei zum ers-

ten Mal von ihm gehört), doch nach einem Gespräch mit Shemaitis [dem damaligen Leiter des Phantastik-Lektorats im Verlag Molodaja Gwardija – BS] zu urteilen, das er am Tag zuvor hatte, wird das Vorwort allein nicht nützen und das Buch einfach gestoppt werden. [...]

Was schlägt er vor? Entweder

a) einen Untertitel schreiben, etwa in der Art: »Die gierigen Dinge des Jahrhunderts. Erster Teil. Das Land der triumphierenden Dummköpfe«. Das wird ihm erlauben, im Vorwort zu schreiben, dass wir einen zweiten Teil schreiben wollen, wo wir zeigen, wie die Menschheit mit dem Krebsgeschwür, das sich an ihrem Körper gebildet hatte, fertig geworden ist.

Oder

b) eine bestimmte Menge Einschübe zusammenschustern, in denen wir Sieg und Macht der Welt zeigen, aus der Shilin stammt. [...]

Mir persönlich sagt weder das eine noch das andere zu. Die Frage ist: Werden wir dieses Buch veröffentlichen oder nicht? Beachte, dass das Cheflektorat dieses Buch in der gegenwärtigen Form auf keinen Fall durchlassen wird ...

Was Boris antwortete, ist nicht bekannt; die Antwort ist verloren gegangen. Vielleicht kam Arkadi für ein paar Tage eigens nach Leningrad, und es wurden irgendwelche Korrekturen und Einschübe vorgenommen, die den aussichtslosen Text »veredelten«? Ich weiß es nicht mehr. Anscheinend war es so. Anscheinend kamen damals die großen eingeschobenen Passagen des letzten Kapitels ins Manuskript, Passagen, die dem düsteren Weltbild wenigstens ein paar Hoffnungsschimmer verleihen sollten. Und man muss sagen, dass sich das als hilfreich erwies, wenn auch nur vorübergehend.

20. 2. 1965, Arkadi Strugatzki:

Der Cheflektor hat die Gierigen Dinge, ohne sie zu lesen, genehmigt (wahrscheinlich hat er das Vorwort der Autoren gelesen und war es zufrieden); Verluste: das Motto von Wosnessenski wurde gestrichen, weiter nichts. Bela [Bela Grigorjewna Klujewa, damals unsere Lektorin und wichtigste Wohltäterin bei Molodaja Gwardija – BS] hat das

> »Erste Buch« und den »Augiasstall« kühn gestrichen, dazu alles, was sich in Jefremows Vorwort auf dieses »Erste Buch« bezieht. Brava!

Das erste Geplänkel wurde ohne nennenswerte Verluste für den Roman beendet. Heute erinnere ich mich nicht mehr daran, aber augenscheinlich schrieben die Autoren zu alledem auch noch ein Vorwort, wo sie die ganze notwendige Ideologie unterbrachten, sodass der eigentliche Text fast unangetastet blieb. Und damit kamen sie anscheinend durch – zunächst, toi-toi-toi.

Freilich stand alles noch bevor. Das Hauptgefecht brach vier Monate später los, als alles schon bestens in Butter zu sein schien.

24. 6. 1965, Arkadi Strugatzki:

> So leid es mir tut, aber ich muss dir die betrübliche Mitteilung machen: Die Zensur hat die Gierigen Dinge gestoppt.
>
> Kurz gesagt, läuft es darauf hinaus: Über die Gierigen Dinge wird es eine Beratung im Cheflektorat geben, und dann gibt es drei Möglichkeiten (in der Reihenfolge abnehmender Wahrscheinlichkeit): entweder gibt es »eine Reihe von Einwänden«, und wir müssen das Buch weiter verschandeln, oder das Buch wird verboten und endgültig aus dem Plan genommen, oder – das ist am unwahrscheinlichsten – die Einwände der Zensorin werden als unbegründet eingeschätzt. Eigentlich kommt so etwas überhaupt nicht vor.
>
> Wie ist es dazu gekommen? (Nach Belas Worten:) Die Zensorin hatte schon eine Zeit lang eine Auseinandersetzung mit jemandem im Cheflektorat und wollte beweisen, dass sie Recht hat – sie verlangte »mehr Verantwortungsbewusstsein seitens des Cheflektorats, wo alles ungelesen genehmigt wird«. Sie hat sich unser Buch gegriffen, es sind ihr »Zweifel gekommen«, und sie ist mit Triumphgeheul ins Cheflektorat gestürzt: Da, seht, was ihr genehmigt hat!
>
> Der Cheflektor sagt natürlich zu Bela: Was haben diese Juden da wieder angestellt? Bela zu der Zensorin: Worum geht es, welche Einwände haben Sie? Die Zensorin: Ich habe keinerlei politische oder ideologische Einwände, mir sind nur Zweifel gekommen. Bela: Warum sind sie mit

> Ihren Zweifeln gleich ins Cheflektorat gelaufen. Sie wissen doch, dass ein Zensor, wenn ihm Zweifel kommen, die Sache mit dem Lektor regelt. Die Zensorin: Ach, entschuldigen Sie, ich war so fix und fertig, dass ich den ethischen Aspekt ganz aus dem Blick verloren habe, aber ich musste das Cheflektorat an die Kandare nehmen. Bela: Das ist schlecht, dass Sie die Ethik vergessen haben, und was für Zweifel haben Sie? Wie sich zeigt, hatte sie drei Zweifel, und für jeden möchte man sie erwürgen: 1) Es kann keine reichen Länder geben, wo man alles hat, und gleichzeitig arme asiatische Länder. 2) Diese Spionage in einem kapitalistischen Land riecht sehr nach bewaffnetem Revolutionsexport. 3) In diesem Land gibt es nichts, was man der Zersetzung entgegenstellen könnte. (Die letzte Anmerkung hat am meisten für sich, aber das geht doch den Zensor nichts an!) Kurzum, der Fall wird bearbeitet, das Cheflektorat rührt sich, man muss abwarten. [...]
>
> Und Kotljar* geht regelmäßig ins ZK und stänkert. Ach? Das hat der stellvertretende Cheflektor Bela zugeflüstert ...

Man muss übrigens zugeben, dass sich das Cheflektorat ohne jede Begeisterung rührte und mit Weile eilte. Ein Termin um den anderen verging, und nichts geschah. Die Leiter der Lektorate für ausländische Literatur und für ästhetische Erziehung lasen das Manuskript und fanden nichts daran auszusetzen: »der Roman ist gut und soll möglichst bald gedruckt werden«. Es las »ein gewisser Mitrochin, Mitarbeiter am Institut für Philosophie und ein Freund von Melentjew« [des damaligen Verlagsleiters von Molodaja Gwardija – BS], ihm gefiel das Buch »in literarischer Hinsicht« nicht, ebenso wenig, »dass die Soziologie der Welt und des Landes unbestimmt bleibt«. Doch er sagte, er wäre dafür. Dann lasen es noch etliche Mitglieder des Verlagsbeirates und sagten, man könne es herausbringen. Alle warteten auf Melentjew, den Verlagsleiter, der auf einer längeren Dienstreise im Ausland war.

---

* Juri Kotljar, ein SF-Schreiberling aus den sechziger Jahren, der vor allem als öffentlicher und geheimer Denunziant talentierterer Kollegen in Erinnerung geblieben ist.

5. 7. 1965, Arkadi Strugatzki:

> Du fragst, wie der Stand bei den Gierigen Dingen ist. So weit fortgeschritten wie nur irgend möglich. Das ist die Umbruchkorrektur, die letzte. Die Matrizen liegen in den Maschinen und warten darauf, jeden Tag -zigtausend Exemplare zu drucken. Aus dem Lager sind hundertfünfzehntausend fertige Einbände gekommen. Alles ist bereit. Nur die Zensorin hat sich als Miststück erwiesen. [...] weiterhin keine Neuigkeiten. Warten wir ab.

Warten mussten wir noch ungefähr zwei Wochen. Arkadi, der es nun doch nicht abwarten konnte, war mit seiner Familie nach Süden in den Urlaub geflogen; Boris kam nach Moskau, wohnte allein in der leeren Wohnung und wartete darauf, dass man ihn in den Verlag rief. Und dann war es endlich soweit.

17. 7. 1965, Boris Strugatzki:

> Das Treffen hat stattgefunden. Anwesend waren: Melentjew, Gussew [der stellvertretende Cheflektor], Falski [anscheinend ein Mitglied des Verlagsbeirates], Bela [Kljujewa, die Lektorin des Buches], Sergej [Shemaitis, Leiter des SF-Lektorats]. Es redete hauptsächlich Melentjew, die anderen schwiegen. Falski sagte kein einziges Wort. Bela praktisch auch nicht. Sergej wachte ein paarmal auf und teilte mit: einmal, dass es um eine Anordnung der Akzente geht, und beim zweiten Mal, dass Shilin ein alter Held der Strugatzkis ist und aus den früheren Büchern hervorgeht, dass er Kommunist ist. Gussew mischte sich jedes Mal ins Gespräch, wenn es mir gelungen war, Melentjews Wortschwall aufzuhalten (das kam ein paarmal vor, und jedes Mal war Melentjew sehr ungehalten – er wollte reden). Gussew sprach sehr seltsam: mal für uns, dann plötzlich mir nichts, dir nichts dagegen. [...]
>
> Melentjew begann mit einem Angriff (»Wie stellen Sie sich die Welt, die Erde in Ihrem Roman zur beschriebenen Zeit vor?«) und griff praktisch die ganze Zeit an. Ein paarmal konnte ich seinen Angriff stoppen (ich brüllte eben-

falls), doch er fing immer wieder an, versuchte mich aufs Kreuz zu legen (»Die Autoren wissen genau, dass sie nicht nur den Kapitalismus meinen«), machte das Lektorat herunter, »das die Autoren übermäßig liebt«, redete allen möglichen Unsinn – übrigens in ganz unanständigen Ausdrücken – über Revolutionsexport, Spanien, China – mit einem Wort, er hielt Volksreden.

Ich ging endgültig zur Verteidigung über, als er geradezu sagte, dass das Ende des Romans im Widerspruch zur Ideologie des Verlages steht. »Das ist Tolstojanertum, wir sind für Revolutionsexport, und Sie werden uns nicht davon abbringen. Sorgen Sie gefälligst dafür, dass am Ende klar wird: 1. dass Shilin nicht allein ist, 2. dass von Jahrhunderten keine Rede sein kann, 3. dass Shilin sich auf die fortschrittlichen Kräfte des Landes zu stützen und sich nicht mit Erziehung zu befassen gedenkt, sondern mit kräftigeren Sachen.« [...] Wenn man vom Ton absieht und seine Überlegungen (die sich oft widersprachen) zusammenfasst, ergibt sich folgendes Bild: Das Buch ist wichtig und notwendig. Wir sind bereit, es heraus zu bringen und fortan gegen den Zensor und gegen die Kotljars zu verteidigen. Die ausgeführten Korrekturen haben schon einiges klargestellt, dieser Prozess muss vollendet werden. Der Verlag verteidigt niemandes Positionen außer den Positionen des Verlages. Der Verlag verfolgt eine bestimmte Linie und stützt sich auf eine bestimmte Ideologie. Damit der Verlag auch in Zukunft diesem Weg folgen kann, müssen die herausgebrachten Bücher sich in die Verlagsideologie einfügen. Zu diesem Zweck muss noch ein letzter Akzent gesetzt werden: man muss Shilin zu einem von vielen machen und zeigen, dass er sich nicht mit Erziehungsarbeit zu befassen gedenkt (jedenfalls nicht nur), sondern den fortschrittlichen Kräften helfen will. Dann wird das unser Buch, und wir sind bereit, es zu verantworten, obwohl es immer noch eine Menge Zweideutigkeiten und Haken hat. Auseinandergegangen sind wir freundschaftlich. Ich habe mich hingesetzt und die notwendigen Korrekturen angebracht, und zwar:

1. Ich habe das Wort »Unterdrückung« aus einer Überlegung Shilins entfernt, als er denkt: »Hier gibt es keine Un-

terdrückung, hier stirbt niemand vor Hunger«. Melentjew bestand nachdrücklich darauf, dass der erste Teil des Satzes verschwindet, um den Kotljars keine Munition zu liefern. Na schön.

2. Ich habe das Wort »hundertjährig« gestrichen. Shilin schlägt jetzt einfach einen »Plan zur Wiederherstellung« usw. vor.* Das Wort »hundertjährig« brachte Melentjew zur Raserei, und es half nichts, dass ich mich auf Lenin berief. Er verstummte einfach und fing nach einer Weile wieder an, dasselbe zu reden.

3. Ich habe den Einschub, den wir im letzten Absatz des Buches gemacht haben, noch erweitert. Jetzt denkt Shilin ungefähr so: Ich bin nicht allein, sogar hier muss es Menschen geben, die das alles ebenso hassen wie wir (WIR). Sie wissen nur nicht wie. Aber WIR wissen es ja. Wir werden ihnen helfen, werden sie lehren, was zu tun ist und wie man den Hass nicht auf Kleinkram vergeudet. UNSER Platz ist hier. Und mein Platz ist hier ... usw.**

Wie du siehst, habe ich Ihnen einen riesigen Brocken vorgeworfen, doch seltsam – ich verspüre keine besonderen Gewissensbisse. Während dieses Gesprächs ist mir aufgegangen, dass es ja gar nicht darum geht, was Shilin zu tun vorschlägt. Das ist alles Seich, Geschwätz. Ich habe Melentjew sogar vorgeschlagen, den ganzen Entschließungsteil aus dem Buch zu werfen, nur die Problemstellung zu behalten, aber er wollte Blut sehen. »Kurzum, Sie stehen auf dem Standpunkt von Maria?«, fragte ich. »Ja«, sagte er geradezu. Da war mir zum Lachen und zum Fürchten ...

---

* Dieser Satz im letzten Kapitel wurde später offensichtlich nochmals abgeändert, im veröffentlichten Text ist von einem »Plan zur Verbreitung und Entwicklung einer menschlichen Weltanschauung« die Rede. Die Logik ist glasklar: Da es sich um ein kapitalistisches Land handelt, kann es eine menschliche Weltanschauung dort bisher nicht gegeben haben. Die Replik Conrads wenige Sätze später wurde aber nicht angeglichen und lautet immer noch: »Bis Sie eine Weltanschauung wiederherstellen«.

** Der solcherart angeschwollene letzte Absatz wurde geteilt, und der neuerliche Einschub steht jetzt im vorletzten.

Mir war zum Fürchten, weil Melentjew zu diesem Zeitpunkt schon so gut wie im ZK war und ich ihn schon als einen Mann aus der Regierung betrachtete, und dieser Mann aus der Regierung nimmt offen, vor allen Leuten den Standpunkt eines politischen Extremismus ein, der bereit ist, sich einzumischen, einzumarschieren, jeden Staat, dessen System seiner Ideologie widerspricht, nach dem eigenen Vorbild umzumodeln. Er war ein offener und sich im Recht fühlender Anhänger des Revolutionsexports »auf den Spitzen der Bajonette«. Und mir war zum Lachen, weil das ganze Hin und Her ja überhaupt erst aufgekommen war, weil die dumme Zensorin uns vorgeworfen hatte, wir würden just den Revolutionsexport befürworten. Der Verlagsleiter verlangte von den Autoren das, was die Zensur für unzulässig hielt. (Dieser Widerspruch war zweifellos die Folge des unwahrscheinlichen ideologischen Kuddelmuddels, das schon seit den zwanziger Jahren in den Köpfen der Obrigkeit herrschte. Einerseits war der bewaffnete Revolutionsexport eine Idee Trotzkis und wurde offiziell aufs entschiedenste verdammt. Andererseits hatte sich die ganze politische Praxis – immer! – auf ebendiese Doktrin gestützt, und gerade Mitte der sechziger Jahre war die unsichtbare Invasion der UdSSR in Afrika und Lateinamerika voll im Gange.)

Damit hatte das Drama eigentlich sein Ende. Und wie es schien, zur allgemeinen Zufriedenheit. Die Zensorin wurde überzeugt, ihr Placet zu geben. Melentjew ging ins Große ZK und sagte zum Abschied, der einzige dunkle Fleck, den er zurücklasse, seien »Die gierigen Dinge des Jahrhunderts«. Die Autoren waren der Überzeugung, sie seien mit einem blauen Auge davongekommen.

Doch einen Monat später schrieb mir Arkadi:

> *Die Gierigen Dinge sind noch ein wenig verunstaltet worden und endlich in Druck gegangen. Ich habe gegenüber diesem armen Roman schon eine Art Ekel entwickelt, er ist zu sehr von schmutzigen Händen begrapscht worden, und das wird nie wieder abgehen ...

Und noch ein paar Monate später, nachdem das Buch erschienen war, schrieb Boris:

> ... Ich höre viel über die Gierigen Dinge reden. Es geht jedes Mal nach dem Muster: »das ist gut gemacht, aber ...« Entgegen unserer Erwartung haben die meisten eben nicht begriffen, dass sich die Zensur ausgetobt hat – alle Schwachstellen gehen auf unser Konto ...

O ja, die ideologischen Instanzen kannten ihr Geschäft! Sie verstanden es, einen Text zu *verwandeln*, und sie verwandelten ihn in etwas Mittelmäßiges, und zwar durch die Hände der Autoren selbst. Die Intention der Autoren wurde abgeschliffen. Aus Schwarz wurde Grau, aus Weiß ebenfalls. Die Schärfe des Werks ging zu einem erheblichen Teil verloren, gleichzeitig bot der Text aber weiterhin Angriffspunkte. Und so schoss auf »Die gierigen Dinge des Jahrhunderts« nach einer Zeit die schwerste Artillerie – die Zeitschrift »Kommunist«, das wichtigste theoretische und ideologische Organ des ZK der KPdSU. Das war unvermeidlich – die Autoren hatten einen Anschlag auf eine der fundamentalsten Thesen der kommunistischen Propaganda verübt – sie hatten eine *kapitalistische* Welt dargestellt, die im Überfluss versank, und keinerlei Korrekturen und Vorbehalte konnten diese skandalöse Tatsache verdecken ...

Paradoxerweise bin ich erst in neuerer Zeit, als ich den Text wieder einmal für eine Veröffentlichung vorbereitete, mit einem der Verleger aneinander geraten, und zwar – was bemerkenswert ist! – mit einem Menschen, der selbst schreibt, ein kluger Kopf und ein großer Kenner und Liebhaber der Strugatzkis ist. Ich hatte natürlich alle seinerzeit unter Zwang eingefügten Zusätze aus dem Text gestrichen; er war wieder so (oder fast so), wie er im November 1964 aus der Schreibmaschine gekommen war. Doch plötzlich zeigte sich, dass viele von den *heutigen* Lektoren, die von Kindheit an an den alten, geschönten und verhunzten Text gewöhnt sind, sich um keinen Preis von ihm trennen wollen! Ich wurde auf jede mögliche Art gebeten, den Text zu lassen, wie er ist, oder wenigstens teilweise, oder zumindest das und das ... Wahrlich, allen kann man es nicht recht machen. Ich verstand sie, ich schätzte ihre Gefühle und Absichten, ließ mich aber nicht überreden. Alles, was vor über dreißig Jahren in den Gierigen Dingen geschrieben worden ist, hat seine Aktualität bis heute behalten. Wir stehen an der Schwelle einer Welt des Überflusses und müssen bereit sein zu entscheiden, wie wir uns zu dieser Welt stellen. Wir alle zusammen und jeder für sich allein. Eine Rettung vor dieser Welt ist nach wie vor nicht in Sicht, und schlimmer noch, es ist nicht einmal klar, ob man sich retten soll. Und die lieben wohlmeinenden Dummheiten, die die Autoren (unter dem Druck der Obrigkeit und vor lauter Ausweglosigkeit) ihrem Helden in den Mund und in die Gedanken legen mussten, dürfen nicht die Schärfe des Problems mildern oder glätten. Die Literatur kann als soziales Schmerzmittel wirken, doch mir gefällt derlei Literatur überhaupt nicht.

Übrigens hat sich in der Vorstellung der Autoren bezüglich der Welt der »gierigen Dinge«, die sie selbst geschaffen haben, eine interessante Metamorphose ergeben. Ursprünglich waren die Autoren überzeugt, sie hätten eine Antiutopie geschrieben, eine Welt gezeigt, in der zu leben für jeden Menschen mit Selbstachtung eine Qual und eine Schande wäre. Aber einmal, vor gut einem Jahrzehnt, hat mir ein weiser Leser eine ganz unerwartete Frage gestellt: »Und was ist denn eigentlich schlecht an Ihrer Welt? Schließlich folgt sie dem Prinzip ›Jedem das Seine‹, und das ist bei weitem nicht das schlechteste Lebensprinzip.« Und damals betrachtete ich die Welt der »gierigen Dinge« zum ersten Mal mit den Augen eines unvoreingenommenen, unparteiischen Menschen, weitab von den offensichtlichen, dabei gar nicht so allgemein akzeptierten, wenn auch durchaus edlen Postulaten wie »der Mensch ist zum Schöpfertum bestimmt«, »ein Mensch – wie stolz das klingt«, »richtig zu denken ist das Grundprinzip der Moral« und so weiter in der Art. Und mit diesen Augen erblickte ich eine Welt, die natürlich ihre Nachteile hatte, die in mancher Hinsicht armselig war, in mancher ekelhaft, in mancher sogar unerträglich widerwärtig ... Doch bei alledem enthielt sie eine Menge lichte Stellen und bot immerhin auch ausgiebig Freiraum für geistiges und Seelenleben. Denn der Mensch ist in dieser Welt frei. Wenn du willst, friss dich voll und besauf dich, wenn du willst, vergnüg dich mit Neurostimulatoren, wenn du willst, widme dich deinem privaten Masochismus. Doch andererseits: Wenn du lernen willst – lerne; wenn du lesen willst – lies, was immer und so viel du willst; wenn du dich vervollkommnen willst – bitte sehr; wenn du schließlich deine Welt reinigen und verbessern, für die Menschenwürde kämpfen willst – gottbefohlen!, niemand verbietet es dir, leg los, und viel Erfolg! Du bist in dieser Welt frei, zu werden, was du werden kannst und willst. Du hast die Wahl. Handle.

Unsere Haltung zu dieser Welt als einer *Antiutopie* hat sich geändert. Wir haben begriffen, dass diese Welt natürlich nicht gut ist, nicht hell und nicht schön, zugleich aber auch nicht hoffnungslos – sie ist fähig, sich zu entwickeln. Sie ähnelt einem schlecht erzogenen Halbwüchsigen mit all seinen guten und schlechten Seiten. Und jedenfalls halten wir sie von allen erdachten Welten für die *wahrscheinlichste*. Die Welt des Mittags ist höchstwahrscheinlich nicht zu verwirklichen, die Welt von »1984« scheint Gott sei Dank schon erledigt zu sein, die Welt der »gierigen Dinge« aber ist wohl genau das, was uns »hinter der Wegbiegung« erwartet. Und darauf muss man gefasst sein.

Die Schnecke am Hang / Unruhe

Ab März 1965 taucht bei den Brüdern Strugatzki endlich ein ständiges Arbeitstagebuch auf. Man kann nicht sagen, dass die Einträge in diesem Tagebuch das Problem der Wiederherstellung vergessener oder verlorener Tatsachen grundsätzlich löst, einen gewissen Nutzen haben diese Aufzeichnungen aber doch. Just auf das Tagebuch gestützt hielt Boris 1987 auf einer Tagung des Leningrader Phantastikautoren-Seminars eine Art Vortrag zu dem Thema »Wie *Die Schnecke am Hang* entstand, Geschichte und Anmerkungen«. Und diesen Vortrag habe ich mit einigen notwendigen Korrekturen, Kürzungen und Ergänzungen zur Grundlage des folgenden Textes genommen.

Am 4. März 1965 kommen zwei junge frischgebackene Schriftsteller – es ist noch kein Jahr her, dass sie in den Schriftstellerverband aufgenommen wurden – zum ersten Mal ins Haus der Schriftsteller in Gagra. Alles ist hier bestens – wunderbares Wetter, großartige Bedienung, schmackhaftes Essen, fast tadellose Gesundheit, gutes Wohlbefinden, in Hinterhand lauter neue Ideen und zur Ausarbeitung geeignete Situationen. Alles sehr gut! Sie werden im Haus für besonders auserwählte Persönlichkeiten untergebracht – später werden sie nie wieder in dieses Haus kommen können. Damals aber ging es, denn es war die Zwischensaison, und im Haus der Schriftsteller in Gagra wohnen nur die Strugatzkis und die Fußballmannschaft »Zenit«, die in der Gegend trainiert.

Alles wäre erstaunlich gut, wenn sich nicht plötzlich herausstellen würde, dass sich die Strugatzkis in einer schöpferischen Krise befinden! Vorerst wissen sie es nicht. Sie glauben, alles sei in Ordnung, es sei ihnen alles klar und verständlich. Klar, womit sie sich beschäftigen sollen, und verständlich, was sie schreiben werden. Immerhin haben sie einen nicht schlecht erdachten Roman mitgebracht. Freilich müsste man genauer sagen, dass es kein Roman ist, sondern zunächst nur eine nicht übel erfundene Situation. Stellen Sie sich eine Insel vor. Auf diese Insel geraten irgendwie Menschen – sie erleiden beispielsweise Schiffbruch oder sind mit einer Forschungsexpedition gekommen. Und sie erblicken dort Affen. Diese Affen verhalten sich irgendwie falsch, irgendwie sonderbar, gar nicht wie Affen. Sie sind fett und behäbig, und sie haben überhaupt keine Angst vor den Menschen, im Gegenteil – sie suchen ihre Nähe. Und auf der Insel beginnen sich rätselhafte Dinge zu ereignen, Menschen werden plötzlich wahnsinnig, es kommt zu unerklärlichen Todesfällen ... Und im Innern der Insel wird ein Dorf entdeckt, wo Menschen zusammen mit diesen Affen leben – ein armseliger, offensichtlich aussterbender Stamm, der durchweg aus Schwachsinnigen zu bestehen scheint ... Und später erweist es sich, das an allem ebendiese seltsamen Affen schuld sind. Wie sich herausstellt, sind es keine gewöhnlichen Affen, sondern *Paraaffen,* Pseudoaffen, die sich von menschlichen Gedanken ernähren. Sie saugen dem Menschen den Intellekt aus, benutzen seinen Intellekt so, wie wir die Energie der Sonne nutzen. Nur dass die Sonne davon keinen Schaden nimmt, die Menschen aber den Verstand verlieren und sterben. Wie Sie sehen, ein ziemlich leicht zu durchschauendes Symbol: fette, gierige, nur nach leiblichen Freuden strebende Wesen leben auf Kosten des menschlichen Intellekts und verwandeln aktiv Geistiges in Körperliches, Ideen und Gedanken in Scheiße. Wobei sie auch noch den Träger des Verstandes umbringen. Kleinbürger. Spießer. Pöbel ...

So sah es anfänglich aus. Und den ganzen ersten Tag in Gagra befassten wir uns damit, diese Handlungssituation zu bearbeiten und auszubauen. Am zweiten Tag verzichteten wir auf die Affen. Was soll uns das alles – irgendwelche Affen, irgendeine Insel, Eingeborene ... Die Gesellschaft interessiert uns! Das Sozium! Die Affen wurden definitiv zu Grabe getragen. Wozu in unser hinreichend kompliziertes Sozium auch noch Affen einbauen? Außerdem druckt das ja keiner, niemals ...

(Von der Affenvariante blieb fortan nur ein kleines Ritual übrig, das uns von Zeit zu Zeit sehr erheiterte. Wenn wir Überlegungen zu einem neuen Sujet anstellten und die Arbeit überhaupt nicht vorangehen wollte, dann schlug einer garantiert mit ganz tiefsinniger Miene als Variante vor: »Und dann geraten sie auf eine Insel ...«, und der andere fiel sofort ein: »... und da sind so Affen. Sonderbare!«)

Also ohne Affen und ohne Insel. Schließlich kann man einen Staat mit nicht näher bestimmter Gesellschaftsordnung nehmen. Und dort gibt es keine Affen. Dort gibt es eine parallele Evolution! Den *Schatten des Eiweißlebens* auf der Erde. Es existiert nämlich seit unvordenklichen Zeiten auf der Erde ein paralleler Typus von Lebewesen, die keine eigene Form haben. Da ist, wie wir in unserem Tagebuch festhielten, ein *Mimikroid-Protoplasma*. Das Mimikroid-Protoplasma dringt in Lebewesen ein und ernährt sich von ihren Säften. Es hat seinerzeit schon die Trilobiten vernichtet. Dann die Dinosaurier. Dann hat dieses schreckliche Mimikroid-Protoplasma die Neandertaler überfallen. Das war schwieriger, die Neandertaler hatten schon Anfänge von Verstand, mit ihnen hatte es schwerer zu kämpfen, doch auch die Neandertaler sind bekanntlich aus der Evolution ausgeschert – natürlich vom Protoplasma

Arkadi Strugatzki 1987 in Brighton

vernichtet ... Und jetzt vermehrt sich dieses Protoplasma massenhaft in Menschen, in unsereinem. Bemerkenswert ist, dass sich ein vom Protoplasma in Besitz genommener Mensch in seinen Lebensäußerungen eigentlich nicht verändert. Er scheint derselbe zu bleiben – er hört nur auf, sich für geistige Fragen zu interessieren. Ihm bleiben nur die materiellen Fragen – fressen, saufen, pennen, gaffen ... Was also hindert das Protoplasma daran, die Welt in Besitz zu nehmen? Das ist so: Wenn der Mensch angestrengt nachdenkt, hält das Protoplasma es nicht aus, es beginnt sich zu zersetzen, kommt um und fließt als ekelhafte, rasch verdunstende saure Flüssigkeit ab ...

Derlei wenig appetitliche Bilder standen uns also damals vor Augen. Wie man leicht sieht, gab es da sowohl gesellschaftliche Symbolik als auch eine Konzeption, als auch eine für die damalige Zeit neue Handlungssituation – es war alles da ... Und es kam nichts dabei heraus. Ich weiß heute nicht mehr (oder erinnere mich nicht), warum. Es lief nicht. Es klemmte. Wieder klemmte es, wie es uns schon vier Jahre zuvor ergangen war, als wir am »Fluchtversuch« arbeiteten. Wieder waren wir in einer Sackgasse, und abermals spürten wir Panik von der Art, wie sie Don Juan empfinden mochte, wenn ihm der Arzt plötzlich sagte: »Das war's, mein Herr. Tut mir leid, aber Sie müssen es vergessen. Und zwar für immer.«

Panisch begannen wir in unseren Notizen zu blättern, wo wir wie jeder anständige junge Schriftsteller eine Unmenge von allen möglichen Sujets, Ideen und Situationen hatten. Und bei einer dieser Situationen, die uns seit langem verlockte, blieben wir. Stellen Sie sich vor, auf einem Planeten leben zwei Arten vernunftbegabter Lebewesen. Und zwischen ihnen herrscht ein Kampf ums Überleben, ein Krieg. Und zwar kein Krieg mit technischen Mitteln, dessen Formen dem Erdenmenschen bekannt und vertraut sind, sondern ein biologischer, der für einen außenstehenden, irdischen Beobachter überhaupt nicht wie ein Krieg aussieht. Die Kriegshandlungen auf diesem Planeten werden von einem Erdenmenschen als eine, sagen wir, den Physikern noch unerklärliche Verdichtung der Atmosphäre wahrgenommen, wenn nicht überhaupt als schöpferische Tätigkeit des fremden Intellekts. Jedenfalls nicht als Krieg. Im Tagebuch werden gewisse Methoden der Kriegführung aufgezählt: »Versumpfung, Dschungelbildung, auch Verkalkung (Verteidigungsmethode); direkte Vergiftung durch Krankheiten: Viren, Bakterien; Schwächung der Erbmasse durch mutagene Viren; Vernichtung [alter] und Einführung neuer Instinkte; Viren, die die Männer unfruchtbar machen ...« Die Erdenmenschen kommen und finden sich – oh! – inmitten eines solchen Durcheinanders, dass es unmöglich ist, jemandes zielgerichtete Handlungen vom den krampfhaften Bewegungen der blinden Natur zu unterscheiden.

Mehrere Jahre zuvor hatten wir einmal solch ein Sujet für attraktiv und vielversprechend gehalten, und jetzt, im Zustand der Panik und sogar der Verzweiflung, beschlossen wir, es damit zu versuchen. Wir setzten uns, wie ich mich erinnere, an den Strand, und vom eisigen Märzwind umweht, von der schön milden Märzsonne gewärmt, begannen wir aufmerksam und vorsichtig die Situation zu entwickeln ...

... Die Pandora. Natürlich, der Planet musste die Pandora sein. Der schon lange von uns erdachte seltsame und wilde Planet, wo seltsame und gefährliche Wesen lebten. Ein wunderbarer Ort für unsere Ereignisse – ein vom Dschungel bedeckter Planet, ganz von unwegsamem Wald überzogen. Aus diesem Wald ragen an manchen Stellen ähnlich den von Conan Doyle in »Die verlorene Welt« beschriebenen Mesas Amazoniens weiße Felswände auf, praktisch unbewohnte Plateaus – und genau dort errichten die Erdenmenschen ihre Basen. Sie beobachten den Planeten, praktisch ohne sich in sein Leben einzumischen und ohne es auch nur zu versuchen, weil die Erdenmenschen einfach nicht verstehen, was da vorgeht. Die Dschungel leben ihr eigenes rätselhaftes Leben. Manchmal verschwinden darin Menschen, manchmal kann man sie finden, manchmal nicht. Die Pandora ist von den Erdbewohnern in eine Art Jagdreservat verwandelt worden. Damals, Mitte der sechziger Jahre, wussten wir noch nichts von Ökologie und hatten noch von etwas wie dem Roten Buch gehört. Deshalb war eine der verbreitetsten Beschäftigungen der Menschen in unserer Zukunft die Jagd. Also kommen die

Jäger auf die Pandora, um Tachorge zu schießen, erstaunliche und schreckliche Tiere ... Und ebenda auf dem Planeten lebt schon seit Monaten Gorbowski, und niemand begreift, was er hier will und wozu er seine wertvolle Zeit als Raumfahrer und Mitglied des Weltrates vergeudet.

Gorbowski ist ein alter Held von uns, in gewissem Maße das Urbild des Menschen der Zukunft, die Verkörperung von Güte und Klugheit, von Intelligenz im höchsten Sinne des Wortes. Er sitzt am Rande des riesigen Abgrunds und lässt die Beine baumeln, schaut auf den sonderbaren Wald, der sich unter ihm bis zum Horizont erstreckt, und wartet auf etwas.

In der Welt des Mittags sind alle grundlegenden sozialen und viele wissenschaftliche Probleme seit langem gelöst. Gelöst sind das Problem eines menschenähnlichen Roboters bzw. Androiden, das Problem des Kontakts zu anderen Zivilisationen, natürlich das Problem der Erziehung. Der Mensch ist sorglos geworden. Er hat gleichsam den Selbsterhaltungsinstinkt verloren. Es ist der Spielende Mensch entstanden. (Damals also tauchte bei uns zum ersten Mal dieser Begriff auf – der Spielende Mensch.) Alles Notwendige wird automatisch erledigt, damit sind Milliarden von klugen Maschinen befasst, und Milliarden von Menschen befassen sich nur mit dem, womit sie wollen. Wie wir heute Schach spielen, Schiffe versenken oder Volleyball, beschäftigen sie sich mit der Wissenschaft, mit Forschungen, Raumflügen, Tiefseefahrten. So erforschen sie die Pandora – sorglos, leichthin, spielerisch, zum Vergnügen. Der Spielende Mensch ...

Gorbowski hat Angst. Gorbowski argwöhnt, dass so eine Situation kein gutes Ende nehmen kann, dass die Menschheit früher oder später im Kosmos auf eine verborgene Gefahr stößt, die er sich jetzt nicht einmal vorstellen kann, und dann steht der Menschheit ein Schock bevor, eine Demütigung, eine Niederlage, der Tod – was auch immer ...* Und so wan-

* Die Strugatzkis haben dieses Thema – und auch das Motiv des *Homo ludens,* des Spielenden Menschen, aber in anderem Zusammenhang – später in ihrem Roman »Die Wellen ersticken den Wind« (auch »Wanderer«) aufgegriffen.

dert Gorbowski mit seinem unheimlichen Gespür für das Ungewöhnliche von Planet zu Planet und sucht das *Seltsame*. Was genau das ist, weiß er selber nicht. Diese wilde und gefährliche Pandora, die die Menschen schon seit etlichen Jahrzehnten derart leichthin und zum Vergnügen erschließen, erscheint ihm als Brennpunkt irgendwelcher verborgener Bedrohungen, und er weiß selber nicht, welcher. Und er sitzt hier, um in dem Augenblick zur Stelle zu sein, wenn etwas passiert. Er sitzt da, um die Leute an übereilten, unbedachten Handlungen zu hindern, sie wie übermütige Kinder als »Fänger im Roggen« aufzufangen ...

(Interessant ist, dass sich im Arbeitstagebuch eine Notiz erhalten hat: »Als Gorbowski die Lage auf der Pandora erfasst hat, begreift er, dass für die Menschheit hier keine Gefahr besteht. Und sogleich verliert er das Interesse an diesem Planeten. ›Ich will weiterfliegen, es gibt ein paar Planeten, die ich mir ansehen sollte. Zum Beispiel den Regenbogen.‹« Offensichtlich beunruhigte uns damals noch das Problem von »Gorbowskis vorzeitigem Tod« – ein Problem, zu dessen Lösung wir uns nie durchringen konnten.*)

Gorbowski, die Jäger, die Vorbereitungen zu einer Safari auf der Pandora – das alles geschieht auf dem Berg. Im Wald dagegen geschehen andere Dinge. Ich glaube, in einem Samisdat-Artikel des bekannten, damals in Ungnade gefallenen sowjetischen Genetikers Efroimson hatten wir den ins Auge fallenden Satz gelesen, dass die Menschheit ausschließlich durch Jungfernzeugung bestens existieren und sich entwickeln könnte. Man nimmt eine menschliche Eizelle, und unter der Einwirkung eines schwachen induzierten Stroms beginnt sie sich zu teilen – nach Ablauf der entsprechenden Zeit bekommt man natürlich ein Mädchen, immer ein Mädchen, und

* In einem frühen Buch der Strugatzkis, »Der ferne Regenbogen«, bleibt Gorbowski angesichts einer gesamtplanetaren Katastrophe, vor der nur die auf dem Planeten Regenbogen lebenden Kinder gerettet werden können, zurück und sieht dem sicheren Tod entgegen; er tritt aber in späteren Werken der Strugatzkis, die offensichtlich auch zu einem späteren Zeitpunkt spielen, wieder auf.

zwar eine exakte Kopie der Mutter. Männer sind nicht nötig. Überhaupt nicht. Und wir besiedelten unseren Wald mit mindestens drei Arten Wesen: erstens die Kolonisten, einer vernunftbegabten Rasse, die einen Krieg gegen Nichthumanoide führt; zweitens die Frauen, die sich von den Kolonisten abgespalten haben, sich parthogenetisch fortpflanzen und dabei sind, ihre eigene, sehr komplizierte biologische Zivilisation aufzubauen; und schließlich die unglücklichen Bauern – Männer und Weiber –, die alle über ihren kriegerischen Angelegenheiten einfach vergessen haben. Sie lebten in Dörfern vor sich hin ... Als Getreide gebraucht wurde, waren sie notwendig. Man lernte, Getreide ohne Bauern zu züchten – und vergaß sie. Und jetzt leben sie für sich mit ihrer altertümlichen Technik, ihren altertümlichen Bräuchen, völlig vom stürmisch dahinfließenden wirklichen Leben abgeschnitten. Und in diese sich regende grüne Hölle gerät ein Mensch von der Erde. In der ursprünglichen Fassung ist das unser alter Bekannter Athos-Sidorow. Er lebt dort, vergeht vor Sehnsucht und erforscht diese Welt, ohne herauszukommen, ohne den Weg nach Hause finden zu können ...

So also entstehen die ersten Skizzen des Romans, sein Skelett. Die einzelnen Kapitel werden entworfen. Uns ist schon klar, dass der Roman nach folgendem Muster aufgebaut sein muss: ein Kapitel »Blick von oben, vom Berg«, ein Kapitel »Blick von unten, aus dem Wald«. Wir denken uns aus, dass die Sprache der Bauern langsam sein muss, zäh und umständlich, und dass sie allesamt unaufhörlich lügen. Und sie lügen nicht, weil sie schlechte Menschen oder gar so amoralisch sind, sondern einfach, weil ihre Welt so eingerichtet ist, dass nie jemand irgendetwas genau weiß, dass alles nur gerüchteweise übermittelt wird, und Gerüchte lügen fast immer ... Diese trägen Wesen, von allen aufgegeben, von niemandem gebraucht, werden für uns zu einer Art Symbol für eine Menschheit, die zum Opfer des gleichgültigen Fortschritts geworden ist. Es zeigt sich, dass wir es sehr interessant finden, diese Leute darzustellen, es entsteht eine Art Mitgefühl mit ihnen, eine Bereitschaft zum Mitleid, eine Kränkung um ihretwillen ...

Wir beginnen zu schreiben, schreiben ein Kapitel ums andere, ein Kapitel »Gorbowski«, ein Kapitel »Athos-Sidorow«, und allmählich beginnt sich aus der Situation selbst eine Konzeption herauszukristallisieren, die sehr wichtig ist, sehr wesentlich für uns und neu. Es ist die Konzeption des Wechselverhältnisses zwischen dem Menschen und den Gesetzen der Natur/Gesellschaft. Wir wissen, dass alle unsere Bewegungen, moralische wie physische, bestimmten Gesetzen gehorchen. Wir wissen, dass jeder Mensch, der sich diesen Gesetzen entgegenzustellen versucht, früher oder später zerbrochen wird, getroffen, vernichtet, wie in Puschkins *Ehernem Reiter* Jewgeni zerbrochen wurde, der die Kühnheit hatte, dem Vollstrecker der Geschichte »Warte nur ...« zuzurufen. Wir wissen, dass der Geschichte nur der gebieten kann, der in völliger Übereinstimmung mit ihren Gesetzen handelt ... Aber was soll dann ein Mensch machen, *dem ebendiese Gesetze nicht passen?*

Soweit es die physikalischen Gesetze betrifft, na schön, das ist einfacher, wir haben uns irgendwie dran gewöhnt, und mit ihrer Unerbittlichkeit abgefunden. Oder sie zu umgehen gelernt. Und manchmal, sie uns zunutze zu machen. Der Mensch muss fallen - doch er fliegt. Auch in den Weltraum. Er muss untergehen - doch er lebt bis zum Meeresgrund. Und wenn ein unnachgiebiges Naturgesetz es ihm nicht erlaubt, sagen wir, sich entgegen der Zeitachse zu bewegen - nun ja, ist freilich traurig. Aber es ist eine Tatsache, mit der man sich letzten Endes abfinden kann, und das, ohne seinen Gefühlen viel Zwang antun zu müssen. Es ist eine Tatsache, die (aus irgendeinem Grund) weder unseren Stolz noch unsere Würde beeinträchtigt.

Wesentlich schwerer ist es, sich mit der unüberwindlichen Macht der historischen und gesellschaftlichen Gesetze abzufinden. Versuchen Sie sich beispielsweise die Weltempfindung der Leute vorzustellen, die vor der Revolution *alles* waren und nach der Revolution zu einem *Nichts* wurden, der Menschen, die zur privilegierten Klasse gehörten. Von Kindheit an wussten sie, dass die Welt für sie da ist, dass Russland für keinen anderen als sie da ist und dass mit ihnen alles bestens stehen wird. Und plötzlich brach die Welt zusammen. Plötzlich waren die sozialen Bedingungen, an die sie sich gewöhnt hatten, irgendwohin verschwunden und völlig neue entstanden, die ihnen gegenüber unerbittlich und unglaublich grausam waren. Und dabei war den klugen unter diesen Leuten durchaus klar, dass die Entwicklungsgesetze der Gesellschaft so waren, dass nicht jemandes böser Wille sie in den Dreck geworfen hatte, an den untersten Boden des Lebens, sondern die blinde, unabänderliche Gesetzmäßigkeit der Geschichte. Wie sollten sie sich dazu verhalten? Wie soll sich ein Mensch zu einem Gesetz der Gesellschaft verhalten, das er für schlecht hält? Kann man die Frage überhaupt so stellen? Ein schlechtes Gesetz der Gesellschaft oder ein gutes – was ist das? Dass sich die Produktivkräfte unablässig entwickeln – ist das gut oder schlecht? Dass die Produktivkräfte früher oder später in Widerspruch zu den Produktionsbedingungen geraten, ist ein Gesetz der menschlichen Gesellschaft. Ist das nun gut oder schlecht? Ich erinnere mich, dass wir viel über diese Fragen diskutiert haben. Das war interessant. Und dann – sehr bald – erkannten wir, dass es im Grunde das ist, worüber wir schreiben, denn das Schicksal unseres Erdenmenschen, der unter die gepeinigten und dem Untergang geweihten Bauern geraten ist – dieses Schicksal enthält genau wenn nicht die Antwort, so zumindest ebendiese Frage. Denn bei uns existiert und herrscht ja eine voranschreitende Zivilisation, eben jene biologische Zivilisation der Frauen. Und es gibt Reste der früheren Art Homo sapiens, die unter dem Ansturm des »Fortschrittlichen, Progressiven« unweigerlich und notwendigerweise untergehen müssen. Wie also muss unser Erdenmensch, der in diese Welt gerät, sich zu dem Bild verhalten, das sich ihm bietet? Die historische Wahrheit ist hier aufseiten der äußerst unangenehmen, fremdartigen und ihm fremden, selbstzufriedenen und selbstbewussten Amazonen. Das Mitgefühl des Helden ist aber ganz und gar aufseiten dieser beschränkten, unwissenden hilflosen und absurden Männer und Weiber, die ihn immerhin irgendwie gerettet, gesundgepflegt, ihm eine Frau gegeben haben, eine Hütte, die ihn als einen der Ihren anerkannt haben ... Was soll ein zivilisierter Mensch tun, wie sich verhalten, wenn er begreift, wohin ein ihm *widerwärtiger* Fortschritt geht? Wie soll er sich zu einem Fortschritt verhalten, wenn ihm dieser Fortschritt zuwider ist?!

Am 6. März schrieben wir die ersten Zeilen: »Von dieser Höhe aus erschien der Wald wie Schaum ...« Am 20. März beendeten wir die erste Fassung. Wir schrieben schnell. Sobald der Plan in den Einzelheiten ausgearbeitet war, begannen wir sehr schnell zu schreiben. Doch da erwartete uns eine Überraschung – als wir den letzten Punkt gesetzt hatten, stellten wir fest, dass wir etwas geschrieben hatten, das nichts taugte, nicht passte. Und wurde plötzlich klar, dass uns unser Gorbowski überhaupt nicht kümmerte. Was hatte Gorbowski damit zu tun? Was sollte hier die lichte Zukunft mit ihren Problemen, die wir zudem noch selber erfunden hatten? Donnerwetter! Rings um uns her passiert sonstwas, und wir befassen uns mit der Ausdenken von Problemen und Aufgaben für unsere Nachfahren. Ja, werden denn die Nachfahren nicht selber mit ihren Problemen klarkommen, wenn es soweit ist? Und schon am 21. März beschlossen wir, dass wir den Roman nicht für fertig halten können, dass wir etwas damit machen müssen, etwas Grundlegendes. *Aber was?*

Es war klar, dass die Kapitel, die den Wald betreffen, sich eigneten. Dort war »die Situation mit der Konzeption verschmolzen«, alles war rund und fertig. Dieser Roman im Roman kann sogar eigenständig existieren.* Was aber den Gorbowski-Teil angeht, so taugt er gar nichts. Und durchaus nicht, weil er etwas schlecht geschrieben wäre. Nein, geschrieben ist er ganz ordentlich, aber mit dem Werk, an dem wir gerade arbeiten, hat er nichts zu tun. Er *interessiert* uns momentan nicht. Die Gorbowski-Kapitel müssen aus dem Text genommen und beiseite gelegt werden. Sollen sie liegen.

(Und so blieben sie bis Mitte der achtziger Jahre liegen. Zu Beginn der Perestroika, als es möglich wurde, *alles* zu drucken, als die Verleger bereit waren, einem jede zuvor nicht veröf-

* Er ist nicht nur russisch zunächst separat in einer Anthologie erschienen, sondern auch im Ausland gelegentlich einzeln übersetzt worden, so beispielsweise in der DDR für eine Anthologie, da die staatliche sowjetische Urheberrechtsagentur nur für diese Kapitel eine Lizenz erteilte.

fentlichte Arbeit aus den Händen zu reißen, holten wir unseren »Gorbowski« aus dem Archiv, lasen ihn durch und stellten zu unserer großen Verwunderung fest, dass das ja gar nicht übel ist! Der Text hatte die Zeit überdauert, war gut lesbar und konnte, wie uns schien, den neuen Leser interessieren ... So tauchte unsere Erzählung »Unruhe« auf und begann ihr eigenes Dasein.)

Die Kapitel herauszunehmen, war leicht, schwer war es, sie angemessen zu ersetzen. Wodurch? Eine Antwort auf diese düstere Frage wussten wir zunächst nicht. Die Krise hatte die Hälfte des Romans hervorgebracht, war aber nicht verschwunden, sondern hing immer noch über uns. So eine doppelte Krise (»mit mehrfachen Sprengköpfen«) hatten wir noch nicht erlebt. Aber richtige Verzweiflung stellte sich nicht mehr ein – wir waren (warum auch immer) überzeugt, dass wir mit dem Problem fertig werden würden.

Das nächste Mal trafen wir uns Ende April. Ich erinnere mich leider nicht mehr, wer den grundlegenden Einfall hatte, der Inhalt und Wesen der zweiten Romanhälfte bestimmt. Im Tagebuch ist das leider nicht vermerkt. Dort fehlt eigentlich auch die Formulierung der Idee. Es taucht einfach am 28. März ein Eintrag auf: »Gorbowski – Perez, Athos – Sykow«. Und gleich noch: »1. Entlaufene Maschine; 2. Rekrutierungen für eine Expedition in den Wald; 3. Versucht alle zu überreden, ihn in den Wald mitzunehmen ...« Die Idee, dass wir aus dem Roman die Zukunft herausnehmen und durch die Gegenwart ersetzen müssen, entstand und erwies sich als brauchbar. Im Tagebuch tauchen neue Namen auf. Es begann die Ausarbeitung der »Perez«-Linie schon in der Form, wie sie später umgesetzt wurde. »Kein Treffen mit dem Chef, der manchmal herauskommt, um Gymnastik zu treiben ...«, »verabredet sich für morgen mit dem Fahrer«, »wartet im Laster, von dem werden die Räder abmontiert ...« Etwas geschah da mit uns, etwas Wichtiges. Es entstand die Idee der »Verwaltung in Sachen Wald« – jener irrwitzigen Parodie auf jedwede staatliche Institution. Irgendwie war es irgendjemand in den Sinn gekommen, dass der eine phantastische Strang, der des Waldes, von einem zweiten ergänzt werden muss, der aber eher symbolisch ist. Keine Science Fiction, sondern eben symbolisch. Ein Mensch quält sich vergebens, um aus dem Wald herauszukommen, und ein anderer, nach Typ und Charakter ganz verschiedener, muss qualvolle Versuche unternehmen, in den Wald zu gelangen, um herauszufinden, was dort vor sich geht.

Am 30. April taucht im Tagebuch erstmals das Wort »Verwaltung« auf, gefolgt von der »Organisationsstruktur«: Gruppe Vernichtung, Gruppe Untersuchung, Gruppe Bewaffneter Schutz, Gruppe Wissenschaftliche Erhaltung ... Dann ein ausführlicher Plan für das erste Kapitel, Bruchstücke künftiger Überlegungen der Helden, und schließlich eine Zeile von grundlegender Bedeutung: »Der Wald ist die Zukunft.«

Genau von da an fügt sich alles zusammen. Der Roman ist keine Science Fiction mehr (falls er das zuvor war) – er wird einfach phantastisch, grotesk, symbolisch, wie Sie wollen. Alles erhält einen verborgenen Sinn, jede Szene füllt sich mit einem neuen Inhalt. Was ist der Wald? Der Wald ist die Zukunft. Über die wir nichts wissen. Über die wir nur spekulieren können, in der Regel ohne Grundlage, von der wir nur bruchstückhafte Vorstellungen haben, die unter der Lupe einer halbwegs eingehenden Analyse so leicht zerfallen. Von der Zukunft wissen wir, wenn wir ehrlich sind, Hand aufs Herz, einigermaßen sicher nur eins: dass sie mit keiner unserer Vorstellungen von ihr auch nur im mindesten übereinstimmt. Wir wissen nicht einmal, ob die Welt der Zukunft gut oder schlecht sein wird – diese Frage können wir prinzipiell nicht beantworten, weil uns die Zukunft höchstwahrscheinlich grenzenlos fremd sein wird, sie wird so stark von allen unseren Vorstellungen über sie abweichen, dass Begriffe wie »gut«, »schlecht«, »nicht besonders«, »ganz ordentlich« sich nicht auf sie anwenden lassen. Sie wird einfach fremdartig und mit nichts vergleichbar sein, wie die Welt einer heutigen Megapolis aus der Sicht eines heutigen Kannibalen von der Insel Malait nichts Vergleichbares und keinerlei Bezug hat.

Der Wald, den wir schon geschrieben hatten, fügte sich hervorragend in diese Konzeption ein. Warum sich nicht vorstellen, dass die Menschheit in ferner Zukunft mit der Natur verschmilzt, zu einem erheblichen Teil in ihr aufgeht? Der

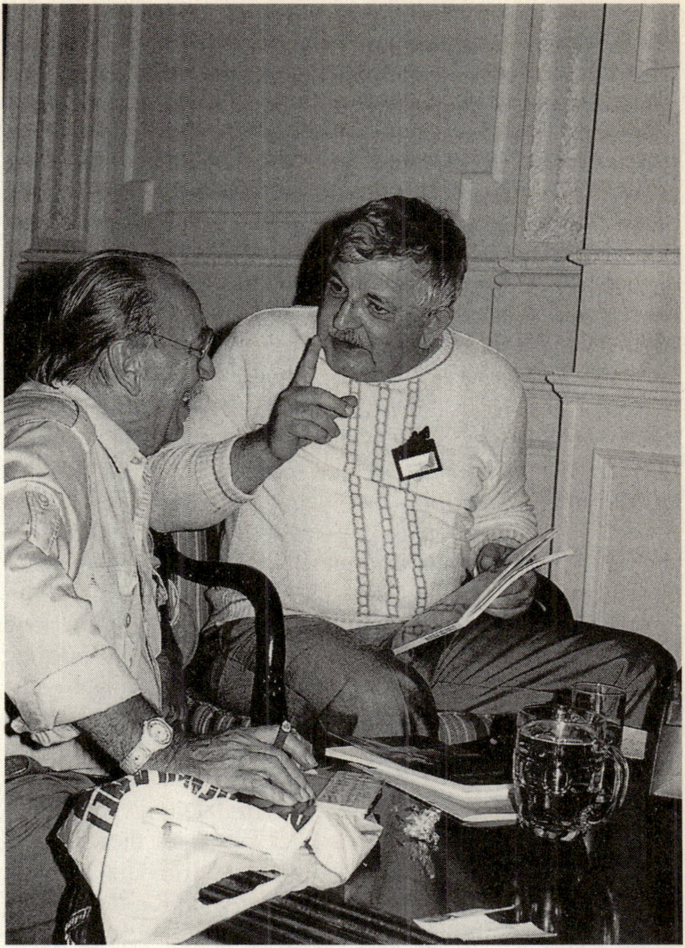

Arkadi Strugatzki und Karel Thole in Brighton 1987

Mensch hört auf, Mensch im gegenwärtigen Sinne des Wortes zu sein. Dazu braucht es nicht gar so viel. Deformieren Sie beim Homo sapiens einen einzigen Instinkt – der Fortpflanzungsinstinkt. Dieser Instinkt gründet sich auf die Heterosexualität, auf die Zweigeschlechtlichkeit der Art. Nehmen Sie eins der Geschlechter weg – und Sie erhalten völlig neue Wesen, die Menschen ähneln, aber keine Menschen mehr sind. Sie werden andere, uns fremde moralische Prinzipien haben, völlig andere Vorstellungen, was man soll und was man darf, letzten Endes einen anderen Sinn des Lebens ... Also hatten wir den einen Monat lang nicht vergebens geschrieben! Wir hatten also ein völlig neues Modell der Zukunft entworfen! Und zwar nicht nur eine hypothetische Struktur, keine erstarrt stabile Welt in der Art von Aldous Huxley oder, sagen wir, Orwell, sondern eine Welt in Bewegung, eine Welt, die noch nicht aufgehört hat, sich zu formen, eine Welt, die sich immer noch bildet. Und dabei waren in ihr Reste der Vergangenheit übrig geblieben, die ihr eigenes Leben leben, und psychologisch nahe stehen und gleichsam das ethische Koordinatensystem vorgeben ...

Aus diesem Blickwinkel sah die noch nicht geschriebene Welt der Verwaltung völlig anders aus. Was ist die Verwaltung in unseren neuen, symbolischen Schema? Ganz einfach – die Gegenwart! Es ist die Gegenwart mit all ihrem Chaos, all ihrer Hirnlosigkeit, die auf erstaunliche Weise mit Gewitztheit aus Erfahrung verbunden ist, die Gegenwart, angefüllt mit menschlichen Fehlern und Irrtümern und durchsetzt vom verknöcherten System gewohnter Unmenschlichkeit. Es ist dieselbe Gegenwart, in der die Menschen unablässig an die Zukunft denken, für die Zukunft leben, Losungen zum Ruhme der Zukunft verkünden und gleichzeitig diese Zukunft beschmutzen, diese Zukunft ausrotten, auf alle mögliche Art ihre Keime vernichten, danach streben, diese Zukunft in einen asphaltierten Parkplatz zu verwandeln, die Gegenwart, in der sie den Wald, ihre Zukunft, in einen englischen Park mit geschnittenem Rasen verwandeln wollen, damit sich die Zukunft nicht so ausformt, wie sie sein kann, sondern so, wie wir sie heute sehen möchten ...

Es ist interessant, dass dieser glückliche Einfall, der es uns erlaubte, den Handlungsstrang der »Verwaltung« zu schreiben und der den Roman als Ganzes in ein völlig neues Licht tauchte, sich der Masse der Leser nicht erschloss. An den Fingern einer Hand kann man die Leute abzählen, die die Absicht der Autoren vollständig verstanden haben. Dabei hatten wir im ganzen Roman Andeutungen verteilt, die unsere Symbolik entschlüsselten. Man sollte meinen, allein schon die Mottos genügen dazu. Die Zukunft als Waldesschlucht, die Zukunft – ein Wald. Sie ist genauso offen wie ein Wald, doch du kannst nichts machen, die Zukunft ist schon erschaffen ... Und die Schnecke, die hartnäckig zum Gipfel des Fuji kriecht – das ist ja auch ein Symbol für die Bewegung des Menschen zur Zukunft hin – einer langsamen, mühsamen, aber unablässigen Bewegung zu unbekannten Höhen ...*

Das ist nun die Frage: Müssen wir als Autoren es als unsere Niederlage betrachten, dass die Idee, die uns geholfen hat, den Roman gehaltvoll und vieldimensional zu machen, dem Leser im Grunde nicht verständlich ist? Ich weiß nicht. Ich weiß nur, dass es viele Deutungen der »Schnecke« gibt, wobei viele davon durchaus konsistent sind und dem Text in keiner Weise widersprechen. Vielleicht ist es gerade gut, dass das Werk bei den verschiedensten Leuten die verschiedensten Vorstellungen von sich hervorruft? Und vielleicht hat

---

* Das erste der beiden Mottos stammt aus dem Gedicht »Hinter der Wegbiegung« von Boris Pasternak (von 1958). Die beiden Strophen, die in der deutschen Ausgabe der »Schnecke am Hang« ziemlich wörtlich übersetzt sind, lauten in der Nachdichtung von Rolf-Dietrich Keil:

Tief drinnen biegt der Wald hinein
Zum Schluchtentiegel.
Dort harrt die Zukunft sichrer mein
Als Brief und Siegel.

Sie zwingt nicht Zweifel noch Gewalt,
Noch Schmeichelhoffen,
Sie liegt genauso wie der Wald
Ganz tief, ganz offen.

Das andere Motto ist ein Gedicht von Issa Kobayashi.

man, je mehr unterschiedliche Gesichtspunkte es gibt, umso mehr Gründe, das Werk für gelungen zu halten? Schließlich wurde das Original des Bildes »Die Heldentat des Waldgängers Selivan« »vernichtet, da es ein Kunstwerk ist, das keine zweifache Interpretation zulässt«. Sodass vielleicht die einzige Möglichkeit für ein »Kunstwerk« zu überdauern gerade darin besteht, nicht eine, sondern viele Deutungsmöglichkeiten zu haben?

Übrigens hat der »Schnecke« die Vielfalt ihrer Deutungsmöglichkeiten wenig geholfen. Vernichtet wurde sie nicht gerade, doch sie war viele Jahre lang verbotene Lektüre. Im Mai 1968 widmete ein gewisser W. Alexandrow (offensichtlich ein Mann von titanischen Geistesgaben) in der Parteizeitung »Prawda Burjätiens« der »Schnecke« bemerkenswerte Zeilen (ich zitiere mit einigen Kürzungen, die den Sinn der Schmähschrift nicht im geringsten verändern):

> ... Die Autoren sagen nicht, in welchem Land die Handlung spielt, sie sagen nicht, welche Formation die von ihnen geschilderte Gesellschaft hat. Aber im ganzen Aufbau der Erzählung, an den Ereignissen und Überlegungen, die im Roman auftreten, wird deutlich sichtbar, wen sie meinen. Die phantastische Gesellschaft [...] ist ein Konglomerat von Menschen, die im Chaos leben, in Unordnung, die mit ziellosen, niemandem nützenden Arbeiten beschäftigt sind, die dumme Gesetze und Direktiven befolgen. Hier herrschen Angst, Misstrauen, Speichelleckerei und Bürokratie ...

Unwillkürlich fragt man sich: War vielleicht der Verfasser dieser kritischen Bemerkung ein verkappter Dissident, der sich in einem Parteiorgan eingeschlichen hatte, um unter respektablem Vorwand die allergerechteste und humanste sowjetische Staatsform mit Schmutz zu bewerfen? Freilich war das nur die erste (wenn auch dümmste) in einer ganzen Reihe von Verrissen der »Schnecke«. Die Folge war, dass der Roman erst in neuerer Zeit, 1988, vollständig in seiner richtigen Form auf Russisch publiziert wurde. Seinerzeit aber, Ende der sechziger Jahre, wurde die Nummer der Zeitschrift »Baikal«, wo der »Verwaltungs«-Teil erschienen war (mit hervorragenden Illustrationen von Sewer Gansowski!), aus den Bibliotheken entfernt und in die Giftschränke gelegt. Diese Publikation wurde im Samisdat weiterverbreitet, geriet in den Westen, erschien im Frankfurter Verlag »Possew«, und in der Folge hatten Leute, bei denen sie bei Haussuchungen gefunden wurde, Schwierigkeiten - mindestens im Beruf.

Die Autoren selbst liebten beide diesen ihren Roman, mehr noch, sie achteten ihn und hielten ihn für ihr vollkommenstes und bedeutsamstes Werk. In Russland (der UdSSR) blieb die Gesamtauflage des Romans aus verständlichen Gründen relativ gering - etwa 1,2 Millionen Exemplare -, im Ausland aber wird er gern verlegt: 27 Ausgaben in 15 Ländern sind ein sicherer dritter Platz hinter »Picknick am Wegesrand« und »Ein Gott zu sein ist schwer«.

ANHANG

Erstveröffentlichungen und deutsche Ausgaben der im Text erwähnten Werke der Strugatzkis

Ein Gott zu sein ist schwer. Original 1964. Deutsch: »Es ist nicht leicht, ein Gott zu sein«. Hamburg und Düsseldorf: Marion von Schröder 1971. München: Heyne 1972, 1973. Frankfurt am Main - Berlin - Wien: Ullstein 1983, 1990. - »Ein Gott zu sein ist schwer«. Berlin: Volk und Welt 1975, 1976, 1988.

Der ferne Regenbogen. Original 1963, 1964. Deutsch: Berlin: Das Neue Berlin 1971, 1973, 1981. München: Heyne 1976. Frankfurt am Main: Suhrkamp 1983, 1996.

Fluchtversuch. Original 1962. Deutsch: Berlin: Volk und Welt 1976, 1977, 1978 (in der gleichnamigen Anthologie, hrsg. von H. Menke). Frankfurt am Main: Suhrkamp 1983.

Die gierigen Dinge des Jahrhunderts. Original 1965. Deutsch: Berlin: Volk und Welt 1981 (zusammen mit »Milliarden Jahre vor dem Weltuntergang«: 1984, 1984). Frankfurt am Main: Suhrkamp 1982.

Picknick am Wegesrand. Original 1972. Deutsch: Berlin: Das Neue Berlin 1976, 1979, 1983. Berlin: Volk und Welt 1981. Frankfurt am Main: Suhrkamp 1981 - 1992 (5 Auflagen), 1999.

Die Schnecke am Hang. Original 1966 (Wald-Kapitel), 1968 (Verwaltungs-Kapitel), 1986 (komplett). Deutsch: Frankfurt am Main: Suhrkamp 1978, 1979, 1984, 1994. - »Der Wald« (nur Wald-Kapitel): Berlin: Das Neue Berlin 1980, 1982, 1988 (in der Anthologie »Die Rekonstruktion des Menschen«, hrsg. von E. Simon).

Unruhe. Original 1996. Nicht übersetzt.

Die Wellen ersticken den Wind. Original 1984-85. Deutsch: Berlin: Das Neue Berlin 1988. Frankfurt am Main: Suhrkamp 1988. – »Wanderer«. München: Heyne 1997.

«Хищные вещи века».
«Улитка на склоне» / «Беспокойство».
Auszug aus ›Комментарии к пройденному‹

Aus dem Russischen von Erik Simon

ÜBER SCIENCE FICTION

»Das Raumschiff zerstört die klassische Lebensform.«

Gotthard Günther und die Science Fiction-Literatur

von Wolfgang Neuhaus

> »Es ist fast überflüssig zu sagen, dass die bisherigen fundamentalen Bewusstseinskategorien, auf deren Boden der Mensch seine bisherige Geschichte getrieben hat, diesen kosmischen Ausblicken gegenüber notwendig versagen müssen. Alles bisher Erlernte und Erfahrene, das ewige und absolute Bedeutung zu haben schien, sinkt jetzt zu einem unbedeutenden Spezialfall herab, dessen zufällige Geltung sich auf einen winzigen Planeten in einer lokalen Sternengruppe beschränkt, die ihrerseits einen verschwindenden Teil eines galaktischen Systems bildet, das seinerseits nur eines unter Milliarden anderen ist.«
>
> *Gotthard Günther*

»Romanliteratur aus Gebieten der Wissenschaft und Technik« – so lautete eine Umschreibung der Science Fiction – Literatur, als sie in den fünfziger Jahren zum ersten Mal in der Bundesrepublik erschien. Gotthard Günther war es, der den Begriff Science Fiction hierzulande einführte, als er die Reihe »Rauchs Weltraum Bücher«[1] herausgegeben hat. In der Zeit der Wirtschaftswunderjahre mit ihrem konservativen Sicherheitsdenken und ihrem spießigen Lebensgefühl war es eine Pioniertat, anspruchsvolle SF in der Bundesrepublik zu veröffentlichen. Der ökonomische Erfolg blieb jedoch aus und ver-

Gotthard Günther

bannte das Genre vorerst in das Reich der Leihbücher und Heftromane.

Wer aber war Günther? Bei der Beantwortung dieser Frage geht es um mehr als nur eine biographische Randnotiz zur bundesrepublikanischen Verlagsgeschichte. Günther, geboren am 15. 6. 1900 in Schlesien und gestorben am 29.11.1984 in Hamburg[2], war Philosoph. Er gehörte zu den Grenzgängern seines Fachgebietes, behandelte übergreifende Fragestellungen aus Technik, Natur- und Sozialwissenschaften und arbeitete an der philosophischen Fassung eines neuen »trans-klassischen Weltbildes«[3]. War Günther in seinen Studienzeiten vor allem durch die Lektüre von Oswald Spengler und Hegel beeinflusst, wandte er sich in den dreißiger Jahren einer Beschäftigung mit Logik und den Naturwissenschaften zu. Über einige Zwischenstationen erfolgte seine Emigration aus dem Dritten Reich[4] in die USA. Eine Professur für Philosophie wird ihm 1943 am Colby College in Maine angeboten. 1948 wird er amerikanischer Staatsbürger. Er hat den Ansatz der Kybernetik, wie sie von Warren McCulloch und Norbert Wiener begründet wurde, in seine philosophischen Arbeiten einbezogen und in den sechziger Jahren mit dem Konstruktivisten Heinz von Foerster am berühmten Biological Computer Laboratory an der University of Illinois in Urbana zusammengearbeitet. In der Bundesrepublik hat Günther einige Gastprofessuren übernommen, aber erst kurz vor Erreichen der Pensionsgrenze wird er 1963 ordentlicher Professor an der Universität Hamburg. Nach dem Ende seiner Tätigkeit in Urbana kommt er 1972 in die Bundesrepublik zurück und hält in den folgenden Jahren Vorlesungen in Hamburg und Westberlin, die ihm eine kleine Anhängerschaft bescheren.

Seit einigen Jahren lässt sich nun eine Wiederkehr seiner Themenstellungen beobachten. Der Philosoph Peter Sloterdijk stellte vor kurzem in einem Vortrag Günther in eine Reihe mit dem Systemtheoretiker Niklas Luhmann und dem Theoretiker der Dekonstruktion Jacques Derrida, was die Suche nach einem neuen Denk-Instrumentarium betrifft. Aktuelle Bezüge auf Günther finden sich zerstreut in den Natur- und den Sozialwissenschaften wie in der windigen Trendforschung und – leider – auch in der Esoterik.

Seine philosophischen Fachtexte sind schwierig zu lesen. Es sind komplexe Texte, die nur für den verständlich sind, der sich in Fragen von formaler Logik, idealistischer Geschichtsphilosophie und Kybernetik gleichermaßen auskennt. In seinen Texten sind aber auch spekulative Passagen enthalten, die wohl in erster Linie für SF-Leser zu goutieren sind. Welcher Philosoph publiziert schon zu Fragen der Kommunikation mit extraterrestrischer Intelligenz? Günther hat das Mensch-Maschine-Verhältnis, die Bedeutung der Kybernetik und die Zukunft einer zunehmend technisch vermittelten Kulturgeschichte schon früh philosophisch reflektiert und dabei nicht nur das SF-Publikum mit Fragen konfrontiert, die auch heute zur Jahrtausendwende intellektuelle Herausforderungen darstellen.

Die Skizzierung einer zukünftigen Weltgeschichte

Bisher ist Günther hauptsächlich als Logik-Theoretiker rezipiert worden. Wie seine Verdienste für die bundesrepublikanische SF sind auch seine geschichtsphilosophischen Arbeiten in Vergessenheit geraten. Ihre Lesart der Geschichte ist ein Einstieg in seine Auffassung von SF. Um von diesen Arbeiten einen kurzen Eindruck zu geben, sei seine neue Veröffentlichung »Amerikanische Apokalypse«[5] erwähnt, in der er den Prozess der Entdeckung Amerikas interpretiert. Historisch sei nachgewiesen, dass der Kontinent bereits mehrmals vor Kolumbus sowohl von asiatischen als auch von europäischen Schiffen angesteuert worden ist, ohne dass diese Entdeckung für irgendwelches Aufsehen in den jeweiligen Heimatwelten gesorgt hätte. Das Wissen um die Existenz der westlichen Hemisphäre wurde in Europa beispielsweise unterdrückt oder schlichtweg nicht wahrgenommen. Diese Art von »Blockade« interessiert ihn, und er hält dieses Phänomen für ein großes Rätsel der Weltgeschichte. Günther beschreibt in dem Text eine Vielzahl von Alltagsbeobachtungen, an denen er den Unterschied zwischen der amerikanischen und der europäischen

Mentalität festmachen will. Er kommt beispielsweise auf die amerikanischen Nationalparks zu sprechen, die völlig anders angelegt seien als die europäischen Parks, er erwähnt die Faszination der Wolkenkratzer, die sich tatsächlich nicht mit einer ökonomischen Analyse ausreichend erklären lässt, und kommentiert die große Mobilität der dortigen Einwohner. Solche Phänomene interpretiert er als Beweise für eine größere Distanz zwischen Mensch und Naturlandschaft, für eine zunehmende ideelle Abstraktion der Gesellschaft von konkreten Lebensräumen. Von Anfang an hätten sich die ersten Siedler auf eine Situation einstellen müssen, die in Europa völlig unbekannt war: »the frontier«. Das Land, das sich vor ihren Augen auftat, sei ein Raum ohne Grenzen gewesen, »prinzipiell unbegrenzt ausdehnungsfähig« (bis man an die pazifische Grenze stieß). Dass dieses »Frontier«-Ideologem in der amerikanischen Gesellschaft nachwievor lebendig ist, zeigt die Bereitschaft, den digitalen Cyberspace oder auch die Besiedlung des Mars zur neuen Grenze zu erklären.

Als eine Folge dieser geschichtlichen Entwicklung sieht Günther die amerikanische Kultur befreit vom europäischen »metaphysischen« Erbe, von großen Gedankengebäuden und von angestrengter Tiefgründelei. Der bekannte amerikanische Pragmatismus und die vielzitierte »Oberflächlichkeit« sei das Ergebnis einer Kommunikationssituation, die nicht länger auf metaphysisch »sicherem« Boden stattfinde, sodass die Menschen dort gezwungen seien, ihre Kommunikation immer wieder neu zu begründen. Darin sieht Günther eine gewaltige Chance. Während andere Kulturen in ihrem Bezugsrahmen gefangen bleiben würden, könne sich die amerikanische Kultur leichter für neue »Bewusstseinsräume« öffnen. »Wie es scheint, ist es die Bestimmung des amerikanischen Kontinents, lediglich solche Formen des geschichtlichen Lebens anzunehmen und zu ertragen, die wirklich planetarischen Umfangs sind. (...) die nächste Hochkultur (wird) die erste ohne regionale Grenzen sein. Sie wird sich über die ganze Erde verbreiten und eine dritte Epoche der Weltgeschichte einführen: die Ära planetarischer Zivilisationen.« Die künftige Weltgeschichte werde sich in einer »radikalen Negation« der europäischen vollziehen. Der wichtigste Pol der Entwicklung zu einer planetarischen Kultur seien eben die USA; sie würden von Europa allerhöchstens Technologien übernehmen, aber nicht den kulturellen Denkballast. Die Entwicklung neuer Technologien in verschiedensten Bereichen mache ein neues Bewusstsein und eine neue Lebensweise möglich. »Das Raumschiff tötet den Symbolismus klassischer Metaphysik, und damit zerstört es die klassische Lebensform.«[6] Es sei an dieser Stelle nicht weiter diskutiert, ob es sich um eine brauchbare kulturphilosophische Erklärung handelt. Die USA sind offensichtlich kein Land aufgeklärter Zeitgenossen und Freidenker. Unangenehme Bewusstseinsphänomene wie einen gewalttätigen Rassismus oder einen rigiden religiösen Fundamentalismus gibt es dort auch. Günther versuchte größere historische Tendenzen zu erfassen, die zu einer neuen Stufe der kulturellen Entwicklung führen können.

Es ist aber keineswegs ausgemacht, dass sich bald ein kosmischer »Ausweg« für irdische Probleme öffnet. Auch wenn die Besiedlung des Mars zum Gegenstand popkultureller Reflexion wird, so ist das doch nur eine Perspektive für die nächsten Jahrhunderte. Den »positiven Beginn einer solchen planetarischen Universalgeschichte« sieht er in weiter Ferne. Günther befürchtet »jahrhundertelange Kämpfe zwischen sich integrierenden Großlandschaften«, bevor es zu einer wirklichen globalen Kultur käme. Und der angekündigte Bewusstseinswandel in dem Buchkapitel über die planetarische Kultur bleibt nebulös, obwohl er sich interessant liest. Günther sieht den Zeitpunkt einer weiteren Ernüchterung menschlicher Illusionen über ihren Platz in der Welt voraus. Gerade weil die Erkenntnisse aus Mikro- und Makrokosmos die rationale Vorstellungskraft überfordern, werde das Weltbild des »klassischen Menschen« zerrüttet und damit hypothetisch die Chance für ein neues Bewusstsein eröffnet, das man erst in Konturen beschreiben könne. Die neue Epoche der planetarischen Kultur werde durch den »Abbau emotionaler Traditionen und erworbener theoretischer Denkweisen« charakterisiert und den vorangegangenen Zeitaltern »so unähnlich wie möglich« sein. Günther spekuliert über eine Rationalität, die an die Fähigkeit des primitiven Bewusstseins anknüpft, virtuelle »Ereignisserien« und Verweiszusammenhänge in der Umwelt akzeptieren zu können, die sich nicht logisch ableiten lassen. Auf einer höheren technischen Entwicklungsebene könne man gar nicht anders mit den entstandenen komplexen Maschinenumgebungen umgehen. Das mag in manchen Ohren reichlich esoterisch klingen, aber Günther folgt einer streng rationalistischen Weltanschauung. Die alte These von Arthur C. Clarke, dass die fortgeschrittene Technologie der Zukunft wie Magie erscheinen werde, wird bei Günther um den Aspekt ergänzt, dass ein komplexes »magisches Bewusstsein« dieser Technologie entsprechen würde.

Kybernetik und transklassische Rationalität

Das abendländische System der Logik ist ein Ausgangspunkt für Günthers Bemühung um eine »transklassische Rationalität« in Gestalt einer mehrwertigen Logik[7]. Es handelt sich hierbei um ein Thema mit eigener Komplexität, das an dieser Stelle nur kurz angerissen werden soll. Es gibt ohne Zweifel physiologische Voraussetzungen des Denkens. Eine grundlegende »Zweiwertigkeit«, eine Strukturierung des Wahrnehmens und sprachlichen Benennens in gegensätzlichen Kategorien wie hell / dunkel, links / rechts, oben / unten u. v. m. dient der Orientierung in der Umwelt. Hinzu kommen sich daraus »ableitende« Denkoperationen wie die Unterteilung in »wahr / falsch«, »gut / böse«. Günther sieht die klassischen zweiwertigen Denkgesetze sogar als anthropologische Konstante, die sich in allen Weltkulturen beobachten ließe, vom abendländischen Begriffspaaren wie »Sein / Bewusstsein« oder »Subjekt / Objekt« bis zum chinesischen »Yin / Yang«. Im alten Griechenland kam es dann zu einer folgenschweren Durchsetzung neuer Denkweisen. »Alle Spartaner sind Lügner, Phaidros stammt aus Sparta; also ist Phaidros ein Lügner.« Das Finden solcher Schlussfolgerungen war eine Jahrmarktsbelustigung im alten Griechenland, wie Günther schreibt. Später wurden diese logischen Abfolgen von Aussagen in den berühmten Syllogismen des Aristoteles zusammengefasst, der Grundlage aller Systeme der formalen Logik. Die drei Gesetze dieser Logik: das der Identität mit sich selbst, das des verbotenen Widerspruchs und das des ausgeschlossenen Dritten gehören zum Basisset der Philosophiegeschichte. Zum ersten Mal lösten sich die Inhalte von den Denkstrukturen, was Wissensmöglichkeiten reduzierte, zugleich aber das Denken »praktischer« machte. Ein Philosoph wie Gotthard Günther sieht im Aufkommen solcher Denkweisen denn auch die Geburtsstunde der Technik selbst. Die Formalisierung ist das missing link zwischen Denken und Technikentwicklung. Das formale Denken ist in gewisser Weise »maschinell«, damit auf externe Systeme übertragbar und bereitet die Technisierung gesellschaftlicher Beziehungen vor. (Mit Namen wie Leibniz und Boole ist die spätere mathematische Operationalisierung der formalen Logik in Kalkülmodellen verknüpft.) Günther führt als Argument an, dass keine andere Kultur der Welt solche formalen Denksysteme hervorgebracht habe. Die östlichen Kulturkreise haben in der Vergangenheit die komplexeren Metaphysiken gehabt, aber sie wussten damit buchstäblich nichts anzufangen.

Der Leser wird sich möglicherweise fragen, wie man nun »mehrwertig« denken kann. Dass man ein Erkenntnisobjekt von verschiedenen Seiten beleuchtet, Perspektivwechsel vornimmt, ist Merkmal des dialektischen Widerspruchsdenkens. Auch das ehemalige Modethema fuzzy logic hat nichts mit Mehrwertigkeit zu tun. Man stößt hier an eine Grenze des menschlichen Verstehens. Die Gesetze einer mehrwertigen Logik können nach Günther zwar von Menschen berechnet, aber niemals im menschlichen Gehirn als Funktionen »implementiert« werden. Es bleibt den Maschinen vorbehalten, die transklassische Rationalität durchzusetzen; die Menschen können allerhöchstens ihre Konturen erahnen. Man kann auch von dem Robotikforscher Hans Moravec hören, dass man den Maschinen andere als die menschlichen Rationalitätsstrukturen einpflanzen könne, aber die Frage bleibt, wie diese aussehen würden? Günther hat sie in seinen komplizierten Logik-Studien[8] zu ergründen gesucht. Wenn seine transklassische Logik allerdings als grundlegendes technisch-wissenschaftliches Paradigma der anvisierten planetarischen Kultur gedacht ist, wird sie von den Menschen, die das schon erwähnte komplex-magische Bewusstsein entwickelt haben, in einer heute nicht näher bestimmbaren Weise verstanden werden.

Günther kann als einer der Vorreiter der aktuellen Diskussion einer Technokultur gelten. Weit vor den in den letzten Jahren aufgetauchten Themen wie »Posthumanismus« oder »Cyborg« forderte er die Reformulierung der Stellung des Menschen in der Welt, die immer stärker durch technologische Beziehungen geprägt ist. Je weitreichender Menschen in die Strukturen dieser Welt technisch eingreifen, sie verwandeln und neuartige künstliche schaffen, desto bedeutender wird die Frage, inwieweit sie sich in diesen Strukturen, die sich zunehmend einem sinnlichen Wahrnehmen entziehen, noch wiedererkennen können. Wie das Verhältnis von Mensch und Maschine zu bestimmen ist, gerät also umso dringlicher auf die Tagesordnung, je mehr an der technologischen Front vielfältige Fortschritte erzielt werden. Vermutlich muss es 1963 eine besondere Provokation gewesen sein, die Frage des Körper-Umbaus als philosophisches Problem zu fassen. »Die Rekonstruktion des menschlichen Körpers wird unter diesen Umständen zur unabweisbaren Notwendigkeit. (...) Zieht also der Mensch seinen eigenen Körper in den Bereich dessen, was er künstlich verändert und neu macht, so muss das tiefgehende Folgen für sein Identitätsbewusstsein haben.«[9] Günther meint, dass wir am Beginn einer »geistigen Wende« stehen, eine Formulierung, die zwar einen etwas beschwörerischen Charakter hat, aber immer wieder in den Diskussionen seit den Fünfzigern auftaucht. Es werde als selbstverständlich angesehen, dass technische Hilfsmittel die Leistungen unseres Körpers unterstützen. Günther regt an, darüber nachzudenken, ob nicht »Prothesen zur Erweiterung und Stärkung unserer Bewusstseinsfunktionen« eine »logische« Folge sein können. Wenn der Mensch in neue Bereiche des Wissens und des Denkens vordringen will, brauche er neue Mittel, die ihm dabei helfen, die geistigen Aufgaben einer neuen Zeit zu bewältigen. Dazu können »Gehirnprothesen« zählen, die Implantation von Neurochips.

Günther übernimmt die – streitbare – Position der Kybernetik, dass eine allgemeine Konzeption von »Maschine« möglich ist, zu der auch biologische Systeme wie der Mensch gehören. Die Kybernetik sei zurecht skeptisch gegenüber der klassischen Philosophie mit ihren Denkkategorien: die »Machbarkeit« des Denkens müsse sich beweisen in (technischen) »Objektivierungsvorgängen«. Inwieweit ist das menschliche Denken technisch abbildbar? Die Kybernetik sei der radikalste Ausdruck für eine »tiefgehende Abwendung von der bisherigen geistigen Entwicklung«: es gehe um die »Eroberung« dessen, was einstmals als der »alleinige Bereich der Seele« galt. Kybernetik-Forschung gab es sowohl in den USA als auch in der Sowjetunion (als die großen Kontrahenten einer vergangenen Geschichtsperiode), was Günther als Symptom eines größeren historischen Prozesses wertet, der sich in Zukunft vielfach durchsetzen werde. Die Einheit der Menschheit werde dabei auf dem Weg über die Computertechnik »erzwungen«, da sie auf allen Kontinenten akzeptiert und gebraucht werde. Insofern ist die Technik eine »Brücke« für eine neue Weltgeschichte. Und Günther meint eben, dass diese neue Phase der Geschichte in den USA ihren Ausgang nehmen wird.

Aber es geht eben um mehr. Eine neue Sichtweise von evolutionären Prozessen ist der Einsatz. Neben der Naturevolution und der im engeren Sinn »kulturellen« Evolution wird das Modell einer »technischen Evolution« angedacht. Bei Stanisław Lem hieß dieses Projekt Anfang der sechziger Jahre, also zur selben Zeit, als Günther seine Neuauflage von »Das Bewusstsein der Maschinen« herausbrachte, die »auto-evolutive Maschine«. Günther sieht die menschliche Geschichte als einen »seelischen Befreiungsprozess«, in dem sich »der Mensch den ihm von der Natur vorgeschriebenen Lebensformen und Gesetzen entzieht«. Evolution ist nicht länger nur Variable der Naturbedingungen, gesteuert durch Naturgesetze, sondern ein

Prozess der Selbstorganisation, gesteuert durch kulturelle Planung und Maschinenlogik.

Der klassische Mechanismus, wie er die bisherige Technikgeschichte dominiere, könne nicht »denken« lernen, meint Günther, da er zu eingeschränkt sei durch den Naturzusammenhang. Alle historischen Maschinentypen, ob mechanisch oder (halb)automatisch, seien bloß »tote Apparate« ohne Entwicklungsmöglichkeiten. Die transklassische Technik dagegen soll auf Basis einer mehrwertigen Logik funktionieren und tendenziell »lebendiges Denken« darstellen. Der Stoff selbst wird zu intelligenter Materie umgeformt. »Und wenn dann die von der Natur dargebotenen Existenzformen für diesen Zweck ungeeignet sind (...), so stellt man sich die passenden Seinsformen selbst her.« Auch wenn diese Aussicht phantastisch erscheint, so ist die Nähe zu aktuellen Forschungsrichtungen wie dem Künstlichen Leben (KL) unübersehbar.

Die transklassische »Denkmaschine« wäre eine, die, gerade dadurch, dass sie einen anderen Bauplan habe, anderen Mustern des Denkens folgen würde. Die Motivation, solche Maschinen zu bauen, sieht Günther auch darin, dass sie unter Umständen eine »objektive Wahrheit« produzieren könnten, da sie von der in ihrer Erkenntnisfähigkeit unzuverlässigen menschlichen Subjektivität befreit sind. Unter Experten, die sich auf Günther berufen, ist aber umstritten, ob die transklassische Maschine dabei als real existierender »Transputer« verwirklicht werden kann, ob sie ein verteiltes Intelligenz-System oder (nur) ein Gedankenmodell darstellt, ähnlich dem der Turing-Maschine. Günther selbst sagt dazu, dass die transklassische Maschine ein »technisches Ideal« bleibe, das möglicherweise in Teilschritten realisiert werden könne, aber ohne je die Leistungen eines Gehirns vollständig zu reproduzieren. Am Vorabend der Entwicklung von Quanten- und Nanocomputern scheint es jedenfalls angebracht, über neue Denkweisen nachzudenken, die dem Umgang mit der wahrscheinlichen Komplexität dieser Maschinen gerecht werden.

Können die Maschinen aber wirklich autonom werden? Es gibt dazu widersprüchliche Aussagen bei Günther. Zum einen meint er, dass die Maschinen immer in ihren bewusstseinsmäßigen Entwicklungsschritten hinter den menschlichen Konstrukteuren zurückblieben. Ein Argument dafür ist, dass menschliches Selbstbewusstsein eh nicht im mechanischen Gehirn nachgebildet werden könne. Ein künstlicher Apparat wäre zwar »bewusst«, aber ohne Selbstidentität, vergleichbar mit dem Zustand eines Tieres oder kleinen Kindes. Der kybernetische Konstrukteur sei in einem »logischen System« mit seiner Schöpfung, dem Robotergehirn, »verbunden«. Die Maschine bliebe dabei eine intelligente »Begleitung«, ein Identitäts-»Spiegel«, ohne ihren Meister wirklich gefährden zu können. Auf der anderen Seite bringt er eben als Thema auf, über die Möglichkeit der »künstlichen Erzeugung von Leben« nachzudenken, eine Möglichkeit, die heute im Zeitalter fortgeschrittener Programmiertechniken und entwickelter Hardware eine ganz andere Grundlage hat, und so tatsächlich Mechanismen im Bereich der Erforschung des Künstlichen Lebens entstehen, deren Funktionsweise unbekannt ist. »Der Mensch sieht sich also schließlich Maschinen gegenüber,« fasst er diese Perspektive damals zusammen, »die er selbst weder gebaut noch im strengen Sinne selber entworfen hat. Es ist dabei durchaus möglich, dass er sich schließlich Maschinentypen gegenüber sieht, die er nicht mehr ganz versteht und deren Ableitung von dem von ihm selbst entworfenen Originaltyp immer schwieriger wird, weil mit der fortschreitenden Generationenfolge die Zahl der Willkürelemente, die die Entwicklung beeinflusst haben, ständig wächst.«[10] Inwieweit im KL-Bereich die Keimzellen für eine Entwicklung gelegt werden, in der sich die Maschinen selbständig machen, ist vom heutigen Standpunkt nicht entscheidbar.

SF – ein neuer Mythos?

Günther ist sicher ein gutes Beispiel für die (amerikanische) Ansicht, dass Denkexperimente, Ideen-Konzepte und Phantasien die Grundlage für alle technischen Erneuerungen der Welt sind. Die in ihrer modernen Form in den USA entstandene Literatur der SF galt ihm dabei als Symptom eines »totalen Ausbruchs aus der klassisch-europäischen Denktradition«. Lange Jahre in den USA lebend, war SF in seinem Verständnis ein Schlüssel, um die Andersartigkeit der amerikanischen Kultur zu verstehen und ihr Prädestiniertsein für eine neue Zeit. »Es fiel ihm eine amerikanische SF Anthologie in die Hand,« schreibt Günther in seiner Selbstdarstellung, »und glücklicherweise eine der Besten. Er sah sofort, dass das etwas ganz anderes war als etwa Bücher von Kurd Lasswitz, Hans Dominik, Jules Verne oder gar ›Der Tunnel‹ von Bernhard Kellermann, ... Er interessierte sich dafür, die Leute, die solche Sachen schreiben, kennenzulernen, und es gelang ihm schnell, mit den Spitzenpersönlichkeiten dieser Literaturgattung in Berührung zu kommen.« Seine ersten Texte in den USA wurden in SF-Heften veröffentlicht[11]. Er freundete sich mit dem bedeutenden Herausgeber und Autoren John W. Campbell an. Infolgedessen mag in ihm der Plan gereift sein, SF in deutscher Sprache zu verbreiten.

Das Thema SF ist im Schaffen Günthers ohne Zweifel ein Randthema, aber angesichts seiner philosophischen Perspektive ist es keine Überraschung, dass für ihn einige Werke der amerikanischen SF »die Expansion in Raum und im Bewusstsein« mit den Mitteln der Phantasie verdeutlichen. SF sei die »ursprünglichste amerikanische Geistesproduktion«. Diese Literatur war für Günther ein bewusstseinsmäßiges »Grenzerlebnis«, das seine Eingewöhnung in die US-Kultur entscheidend mitbestimmt hat. SF meint dabei weitaus mehr als Abenteuergeschichten im Weltraum oder die Beschreibung eines utopischen Weltbildes. Für ihn geht es in wirklicher SF um philosophische Grundfragen, Fragen, die sich um die (technische) Austauschbarkeit des individuellen Selbst, um andere Formen des rationalen Bewusstseins oder um Wirklichkeiten drehen, die der menschlichen Vernunft widersprechen. Seine Auseinandersetzung mit grundlegenden »Fremdheiten«, andersgearteten Existenzbedingungen ist auf hohem Niveau angesiedelt. Er beschäftigte sich mit den »logisch-technischen Bedingungen« der interstellaren Raumfahrt: »Eine nichteuklidische Raumanschauung nun ist logisch wesentlich komplizierter als die, an die wir bisher gewohnt gewesen sind. Damit aber wird das Bedürfnis des Menschen, wenn er einmal diesen Planeten verlässt, von einer logischen Maschinerie unterstützt zu werden, die ihm das Operieren mit nichtmenschlichen logischen Bedingungen weitgehend abnehmen kann, außerordentlich dringend.«[12] Interessant ist seine Idee, dass eine »mentale« Technik (in Form der schon erwähnten Gehirnprothesen) zu den Techniken der Weltraumfahrt hinzukommen muss. Doch dabei blieb Günther nicht stehen: wie sieht die Denk-Logik eines extraterrestrischen Wesens aus, das aus Antimaterie besteht? Wie verhält sich dessen Logik zu unserer? Günther legt dabei sehr strenge Maßstäbe an die Kriterien, wie eine fremde Rationalität funktionieren müsse; Mr. Spock und selbst HAL 9000 würden sie nicht erfüllen.

Und seine Überlegungen beziehen schließlich das ganze Universum mit ein, wovon später noch die Rede sein wird. Irdische Gegebenheiten dürften nicht nur in interstellare Weiten extrapoliert werden – der »Ausbruch in ein Transkosmisches« aus dem »Bannkreis erfahrener Rationalität« sei das hohe Ziel, das die SF imaginär anbahnen soll. John W. Campbells Roman »Der unglaubliche Planet« regte ihn zu der Frage an, warum der Mensch nicht gleich ein ganzes Universum bauen soll, wenn er schon auf der Erde eine künstliche Umgebung hergestellt hat. Günther liest den Roman schon fast wie eine Gebrauchsanweisung, wenn er dessen Idee der »dritten Technik« referiert, die neben Materie und Energie den Raum selbst manipuliert, ausgehend von einer übergeordneten Dimension, dem sogenannten »Para-Raum«. »Dieser Prozess der Umformung der Natur, in dem der menschliche Geist sich derselben als eines bloßen Rohstoffs bemächtigt und aus ihr eine neue, geistig bedingte Wirklichkeit (objektiver Geist) produziert, hat prinzipiell keine Grenzen.«[13] Es ist seine tiefste philosophische Überzeugung, das das Schaffen eines eigenen Universums der Höhepunkt der menschlichen Zivilisation wäre. Die Voraussetzungen dafür wären gigantisch: neben einer neuen »ultrafaustischen« Naturwissenschaft eine neue Kultur mit neuer Metaphysik. Aufgabe der SF sei es, Wahrnehmungsblockaden aufzubrechen und für diese Entwicklung einen »neuen Mythos« vorzubereiten – überschätzt Günther dabei die Rolle der SF? SF-Geschichten sind für ihn eine Art Zwischenlösung, der Versuch eines neuen »Märchenstils«, ohne wirklich die Folien für die archetypischen Geschichten von morgen liefern zu können. Kritisch darf angemerkt werden, ob ein derartiger Blick auf die »Tiefenstruktur« der psychischen Verfassung wirklich einer neuen Literaturform gerecht wird, die mehr denn je auf wissenschaftlich-technischen Bedingungen beruhen würde. Märchen würden aus den grundlegenden Schichten der »Seele« neue »Bewusstseinskategorien« aufnehmen, mit denen sich neue Wirklichkeiten bewältigen ließen. In ihren mythologischen Bildern mit den Unterscheidungen von gut / böse drücke sich unbewusst die jeweilige regionale seelische Verfassung aus. Aber es gibt in Nordamerika nicht den archetypischen dunklen »deutschen Wald«, in dem allerlei Hexen und Kobolde ihr Unwesen treiben. Auch deshalb hat sich dort eine massenhaft konsumierte Literatur entwickelt, die von der heimischen Natur und ihren verborgenen Geheimnissen abstrahiert und sich neuen Bereichen, neuen Abenteuerlandschaften zuwendet. Aber nach Günther kann die wahre Literatur einer planetarischen Kultur noch gar nicht umrissen, geschweige denn geschrieben werden.

Seine umfangreichen Nachworte in der von ihm herausgegebenen Reihe sind Texte, die in gewisser Weise ihren Sinn verfehlen – sie sind alles andere als eine interpretierende Einschätzungen des Werks in Bezug auf Zeitströmungen oder Strömungen in der SF, sondern konzentrieren sich ganz auf seine Interessensgebiete, wofür die Werke dann »Fallbeispiele« sind. Es besteht dabei natürlich die Gefahr, die Werke nur selektiv zu lesen. Er ahnt offenbar das Problem und formuliert zu Beginn von »Der unglaubliche Planet«, dass es natürlich gut sei, wenn man ein Buch als abenteuerlich phantastische Geschichte und zugleich als thematische »Abhandlung« lesen könne. Als Beispiel für das trotzdem bestehen bleibende Rezeptionsproblem mag Lewis Padgetts Kurzgeschichte »Mimsy were the Borogoves«[14] dienen, die tatsächlich mit zu den Besten aus dem »goldenen Zeitalter« der SF gehört. Die literarische Qualität der Geschichte wird unterschätzt, wenn sie nur als Durchführung eines Gedankenexperiments gelesen wird, in dem es um die Frage geht, was passieren würde, wenn Außerirdische Spielzeug schaffen, das nach »Gesetzen außermenschlichen Denkens« funktioniert, und – da es zufällig auf die Erde gelangt – das Denken von Kindern ins »Unmenschliche« lenkt, sie eine Technik bauen lässt, mit derer Hilfe sie aus dieser Welt verschwinden. Die Geschichte enthält kunstvoll eingebaute Anspielungen auf »Alice im Wunderland« von Lewis Carroll. Sie ist auch ein satirisches Spiel mit den Wahrnehmungskonventionen des akademischen Bürgertums – der Vater macht sich lustig über seine Studenten, die schon zu »eingefahren« seien, um sich wirklich Wissen anzueignen, ist aber völlig in seinem Weltbild gefangen, in seiner Vorstellung von Rationalität und Ordnung, als dass er mitbekommen könnte, was da bei seinen Kindern eigentlich passiert. Das ist schon ein Günthersches Thema. Auf der anderen Seite wird Padgett nicht allzu viel Gedanken darauf verschwendet haben, was das denn nun für »unbegreifliche Gesetze« sind, die dazu führen, dass die Kinder die Dimensionen wechseln.

Günthers Ablehnung der amerikanischen Gegenwartsliteratur der fünfziger Jahre (Ernest Hemingway zum Beispiel ist für ihn neben anderen »europäisch« geprägt) zeugt von einem einseitigen Verständnis von Literatur – Literatur ist wohl nicht mehr als eine Art »Gedankenlaboratorium«, wobei die Ideen der zeitgenössischen Autoren eben uninteressant sind – und erinnert an die Art und Weise, wie heute der KI-Forscher Marvin Minsky SF-Autoren als die wahren Philosophen ihrer Zeit deklarieren möchte. Folglich lesen sich seine Ausführungen vom heutigen Standpunkt etwas antiquiert. Den Zenit der SF sah Günther auch schon zu Beginn der sechziger Jahre überschritten. »Sie hat als allgemeine Gattung ihren Zweck erreicht,« heißt es bei ihm lapidar, »die Phantasie aufzulockern und auf ein uns heute noch phantastisch anmutendes Weltbild der Zukunft vorzubereiten.«[15]

Ein kosmischer Ausblick

Die kosmische Perspektive ist in der Öffentlichkeit momentan ein arg vernachlässigtes Thema – sie wird eher spöttisch abgehandelt als naiver Utopismus einiger unverbesserlicher Träumer. Möglicherweise werden es spätere Generationen für das große Rätsel unserer Zeit halten, warum der »Antrieb« der Apollo-Mission, der zum Ergebnis die Mondlandung 1969 hatte, nicht weitere Projekte forciert hat. Stattdessen versandete die Weltraumbegeisterung allmählich, eben auch in den USA, um 1986 in der Challenger-Katastrophe ihren Tiefpunkt zu erleben. Der Sachbuchautor und NASA-Manager Jesco von Puttkamer ist einer der wenigen, der aktuell in Medienumfragen zu Perspektiven des neuen Jahrtausends die Eroberung des Kosmos als sinnvolle Aufgabe für die menschliche Zivilisation beschreiben. Von Puttkamer war schon in den fünfziger Jahren in der Bundesrepublik als SF-Autor und -Übersetzer aktiv, bevor er später in die Staaten ging. Die Besiedlung anderer Planeten des Sonnensystems und darüberhinaus ist für ihn eine Notwendigkeit der menschlichen Zivilisation, um gegebenenfalls kosmische Katastrophen zu überleben. Aber das ist nicht alles. Er ist sich sicher, dass ein »neuer Mensch« mit einer anderen Mentalität den Kosmos als Raum der Suche nach neuen Abenteuern sehen wird. Günther hat schon vor Jahrzehnten die Veränderung der Wahrnehmung zu seinem Thema gemacht: Der »äußeren Ausdehnung der materiellen Existenzbasis des Menschen muss notwendig ein entsprechendes Wachsen der inneren Bewusstseinskapazität der menschlichen Rasse parallel gehen. Denn es ist unmöglich, dass der Mensch mit einer psychologischen Ausrüstung, die ausschließlich terrestrischem Leben angepasst ist, sich in kosmische Räume hinauswagt.«[16]

In seinem Text »The Seetee Mind«[17] aus dem Jahre 1959 denkt er über ein größeres kosmisches Konzept der Menschheit nach, inwieweit sie Teil der universellen »Gemeinschaft rationalen Lebens« sein könne. Was wären die Bedingungen für ein wirklich fremdartiges Bewusstsein, mit dem eine Kommunikation unmöglich ist? »We can see that all rational beings –

terrestrial or galactic – must necessarily have the same brain-structure and use the same logic if they face the same universe and are physically composed of the same matter. The two-valued logic which corresponds exactly to the structure of physical existence as we know it, is Aristotelian logic. All rational beings – provided they inhabit our universe – are therefore ›Aristotelian‹ intelligences.« Da Günther Rationalität als wesentlichstes Merkmal galaktischer Existenzweisen betont, kann sie also beiden Seiten im Falle eines außerirdischen Kontaktes zugeschrieben werden. Das menschliche Bewusstsein könne aber keine höheren logischen Denkformen bewältigen, die einen solchen Kontakt erleichtern würden. Günther bringt hier die Maschine ins Spiel, die gleichsam die kosmische Vermittlung übernimmt: »Information can bridge the cosmic gulf. This, however, demands the design of a brain that stands halfway between the terrene and the contraterrene intelligence. Only a robot brain could do that. An artificial brain with a non-Aristotelian thought pattern.« Ein interessanter Gedanke, der recht brillant im Finale von William Gibsons SF-Roman »Neuromancer« (1984) umgesetzt ist, wenn die beiden Künstlichen Intelligenzen Neuromancer und Wintermute sich vereinigen und gemeinsam in den Weltraum streben, einer fremden KI entgegen.

Günther sieht in der menschlichen Rationalität also nur einen Bruchteil des »Systems der kosmischen Rationalität«. Günther identifiziert eine Logik des historischen Prozesses, in dem das Subjekt der Geschichte das Leben ist (und nicht die zufällige Gestalt des Menschen) und darüber vermittelt – das Universum. Mit dieser rationalen Sicht auf das Weltall unterscheidet sich Günther von anderen Versuchen, diese größte aller menschlichen Lebensbedingungen philosophisch zu fassen. Das Universum ist zuletzt Tummelplatz solcher Spekulationen geworden, in denen es sich selbst reproduzierende Roboter über Jahrtausende und Jahrmillionen in Beschlag nehmen (zum Beispiel bei Hans Moravec und Frank Tipler). Der Mensch ist ein Wesen, das einen Teil seiner rationalen Fähigkeiten auslagert und eine Evolution künstlicher Maschinen »anstößt«, die den Bereich des Erkennbaren ausdehnen und das

Universum möglicherweise verwandeln. Vielleicht müssen alle kosmischen Zivilisationen durch diese Phase hindurch, dass sie neben der Beherrschung von planetarischen Problemlagen auch lernen, Intelligenz an Maschinen zu delegieren, die nicht ihren Bewusstseinsgrenzen ausgesetzt und nicht an die Physik ihres Planeten gebunden sind. Schließlich wird das Sein überhaupt bei Günther tendenziell zu einem maschinellen »selbstgesteuerten Mechanismus« erklärt. Diese »Makrodimension« seiner Reflexionen taucht an verschiedenen Stellen seines Alterswerks[18] auf, und weitergehende Konsequenzen dieser spekulativen Gedanken sind zu erschließen. Günthers Philosophie ist ein Versuch, aus der »irdischen Enge« der Theorien und Vorstellungen auszubrechen. Möglicherweise werden seine Deutungen eines Tages als Vorschein einer planetarischen Zivilisation gewertet.

ANMERKUNGEN

1 Es handelt sich dabei um die Romane »Wing 4« von Jack Williamson und »Der unglaubliche Planet« von John W. Campbell, und die Kurzgeschichtensammlungen »Überwindung von Raum und Zeit« (mit so berühmten Geschichten wie Asimovs »Nightfall«, Padgetts »Mimsy were the Borogoves«, Campbells »Who goes there?«) und »Ich, der Robot« von Isaac Asimov, alle im Karl Rauch Verlag, Düsseldorf und Bad Salzig 1952

2 Zu den biographischen Daten siehe seinen Text »Selbstdarstellung im Spiegel Amerikas«, in: Ludwig Pongratz (Hg.): Philosophie in Selbstdarstellungen Bd. 2, Hamburg 1975

3 Einen guten Überblick über sein Werk bietet: Kurt Klagenfurt: Technologische Zivilisation und transklassische Logik. Eine Einführung in die Technikphilosophie Gotthard Günthers, Frankfurt/M. 1995 (Auszüge im Internet unter: http://www.techno.net/pkl/media/kurtk/index.htm)

4 Günthers Exil kann aber nicht umstandslos als politische Opposition zum NS-Regime eingeschätzt werden; Texte aus seiner Feder sind bis 1940 in Deutschland publiziert worden, u. a. eine ideologisch heikle Rezension in der NSDAP-Zeitschrift »Bücherkunde«, die in späteren Bibliographien nicht aufgeführt wird. Siehe dazu meinen Beitrag »Die kalte Rationalität der Herrschaft. Günther im Faschismus«, auf: http://guenther.uni-klu.ac.at/neu_01bt.htm

5 Das von Kurt Klagenfurt aus dem Nachlass herausgegebene Buch erschien 2000 im Profil-Verlag, München/Wien. Das Manuskript stammt ursprünglich aus dem Jahre 1952.

[6] siehe: Die Entdeckung Amerikas und die Sache der Weltraum-Literatur (Science Fiction), Düsseldorf und Bad Salzig 1952 (auf: http://www.vordenker.de/gunther_web/amerika_sf.htm)

[7] siehe dazu auch den Kommentar von Rainer Eisfeld im Nachwort zu: A.E. van Vogt: Null – A, Heyne SF-Bibliothek 58, München 1986, S. 655f.

[8] siehe sein Hauptwerk von 1959: Idee und Grundriss einer nicht-Aristotelischen Logik. Die Idee und ihre philosophischen Voraussetzungen, Hamburg 2. Auflage 1978

[9] in: Das Bewusstsein der Maschinen, Krefeld und Baden-Baden 1963, S. 165

[10] aus: Seele und Maschine, in: Günther: Beiträge zur Grundlegung einer operationsfähigen Dialektik Bd. 1, Hamburg 1976, S. 83/84

[11] Die Texte aus »Startling Stories« (»The Seetee Mind«, »The Soul of a Robot«, »The Thought Translator« u.a.), die in den fünfziger Jahren geschrieben wurden, sind auffindbar unter: http://www.vordenker.de

[12] aus dem Kommentar, in: Williamson: Wing 4, Rauch Verlag 1952, S. 213/143

[13] aus dem Kommentar, in: Campbell: Der unglaubliche Planet, Rauch Verlag 1952, S. 301

[14] unter dem Titel »Gar elump war der Pluckerwank« erschienen in: James Gunn (Hg.): Wege zur SF Bd. 5, Heyne SF-Bibliothek 94, München 1989

[15] in: Ausblick auf das Weltbild der Zukunft (unveröffentlichtes Manuskript, um 1964)

[16] aus dem Kommentar, in: Williamson..., S. 205

[17] aus seinem Text »The Seetee Mind«, unter: http://www.vordenker.de/gunther_web/seetee.htm

[18] siehe die beiden Texte »Maschine, Seele und Weltgeschichte« und »Martin Heidegger und die Weltgeschichte des Nichts«, in: Beiträge, Bd. 3, Hamburg 1980

ÜBER SCIENCE FICTION

Sternschnuppenwünsche

Science Fiction als Religion

von Thomas M. Disch

Im Sommer 1964 wurde ich zur Teilnahme an der Milford Science Fiction Writers Conference eingeladen, die Damon Knight zusammen mit seiner Frau Kate Wilhelm im Anchorage, ihrem baufälligen viktorianischen Herrenhaus in Milford, Pennsylvania, veranstaltete. Seit ihrem Beginn 1956 hatten die alljährlichen Treffen von Schriftstellern und ihren Ehepartnern einen Ruf als heißeste Adresse in der SF-Gemeinschaft errungen, ein Zeichen, dass man ein Autor von Rang und Namen war und nicht irgend so ein Schreiberling. Zu den regelmäßigen Teilnehmern der Milford-Konferenzen gehörten damals die Knights, James Blish mit seiner Frau, Virginia Kidd, Harlan Ellison, Carol und Ed Emshwiller, Joanna Russ, Keith Laumer, die Anthologien-Herausgeberin Judith Merril, andere Herausgeber und Agenten sowie Richard McKenna (bekannt durch »Das Kanonenboot vom [als Film: auf dem] Yangtse-Kiang«). Ich war vierundzwanzig und hatte gut ein Dutzend Erzählungen in SF-Zeitschriften veröffentlicht; eine Einladung nach Milford war wie Aschenputtels Einladung zum Ball.

Doch vor dem Ball war eine Tortur zu überstehen: Ich musste eine Nacht in der Red Fox Inn verbringen, einer Pension für Durchreisende etliche Meilen vor der Stadt. Zugleich war sie das Hauptquartier der Centric Foundation, einer Organisation für die größtmögliche Ausweitung der menschlichen Fähigkeiten, deren Gründer (und einzige Mitglieder) das SF-Autorengespann Walt und Leigh Richmond war. Ihre Art der Zusammenarbeit war einzigartig SF-gemäß. Walt, ein lakonischer Burl-Ives-Typ[1], pflegte mit einem stillen Lächeln um den Mund dazusitzen und seine Gedanken telepathisch auf Leigh zu übertragen, die sie an der Schreibmaschine in *ihren gemeinsamen* Text übersetzte. Leigh hatte für verschiedene kleine Zeitungen gearbeitet und war in die SF – und an Walt – über die Dianetik geraten, eine Vorform der Scientology. Sie hatten die Scientologen verlassen oder waren ausgeschlossen worden, kurz bevor das Geld hereinzufließen begann und die Hierarchien sich ausformten.

Obwohl sie verstoßen worden waren, fuhren sie fort, potentielle Neuzugänge zu »auditieren«. Das 1950 von dem SF-Autor L. Ron Hubbard erfundene »Auditieren« ist eine Billigversion der Psychonalyse zum Selbermachen, wo der analysierende Auditor »Engramme« ausräumt – unterdrückte Traumata, die oft in psychosomatischen Leiden verschlüsselt sind. Mit einem Exemplar von Hubbards *Dianetik* in der Hand, einer »E-Meter« genannten kleinen Black Box und dem richtigen Benehmen konnte jeder Doktor spielen.

Das Benehmen hatte Walt abgehakt, und kaum waren wir in der Red Fox Inn eingetroffen, machte er sich daran, meinen Mitbewohner Jon De Cles zu »auditieren«. John behauptete, an einem schlimmen Knie zu leiden, und mit ein paar Handgriffen am Knie und etwas telepathischer Befragung entdeckte Walt, dass Jon in seiner Kindheit Schwierigkeiten mit seinem Vater gehabt habe. Jon bestätigte das, und darauf begann Walt die Sünden aufzuspüren, die die Zeit im schlimmen Knie des Sohnes verschlüsselt hatte. Obwohl ich ermuntert wurde, den ganzen Vorgang zu beobachten und dann selbst an der Reihe zu sein, zog ich mich frühzeitig zurück – in ein Schlafzimmer, in dem wie mir Leigh mitteilte, ein ziemlich unfreundlicher Geist spuken sollte. Am folgenden Morgen zog ich, unbehelligt von dem Geist, doch entgeistert über die Richmonds, für den Rest meines Aufenthalts in ein Hotel.

Bei dem Treffen riefen die Richmonds ein weiteres Drama hervor, als ihr gemeinsames Manuskript von ihren Schriftstellerkollegen durchgesprochen wurde. Ihre Geschichte war eine Variante von Dänikens Phantasievorstellung, in ferner Vergangenheit zur Zeit von Atlantis habe auf der Erde eine Zivilisation außerirdischer Übermenschen bestanden, die einheimischen Hominiden ihren eigenen Samen einpflanzten, um die menschliche Art auf die Höhe zu bringen. Nachdem sich die Atlantiden infolge des »Erdrutsches« eines Bauwerks zum Anzapfen der Sonnenenergie selbst vernichtet hatten, wurde der Prozess mit im Maßstab verkleinerten Bauwerken dieser Art (den Pyramiden) wieder aufgenommen, und die Geschichte verlief fortan in den gewöhnlichen, überprüfbaren Bahnen. Die Darstellung der Weltgeschichte bei den Richmonds entbehrte nicht etlicher Ungereimtheiten, auf die man sich stürzen konnte, wenn man ein skeptisches Temperament hatte. Viele Teilnehmer des Werkstattgesprächs verfolgten diese Linie, während andere zwar die ganze Sache mit Atlantis schlucken konnten, sich aber erdreisteten, den Richmonds stilistische Ratschläge zu geben. Beide Arten von Kritik wurden nachhaltig übel genommen, und ehe die Richmonds das Treffen verließen, erklärte Leigh hochtrabend, ihre Geschichte habe zwar die marktgängige Form von Science-Fiction, sei aber im Grunde eine wahrheitsgemäße Darstellung der Frühgeschichte unseres Planeten und daher über die fadenscheinige Kritik von Leuten erhaben, die (wie Poe es ausdrückte) »reine Zweifler - eine unersprießliche und unrühmliche Sippschaft« seien.

Die Richmonds waren die ersten kompletten, voll neben der Spur laufenden verrückten Spinner, die ich auf dem Gebiet der SF traf, und sie sind bis heute die reinsten Exemplare, die ich kennengelernt habe. Ich gebe zu, dass ich denen, die als die Weggetretensten gelten - L. Ron Hubbard selbst oder A. E. van Vogt - nie von Angesicht zu Angesicht begegnet bin, aber ich hatte die Begegnungen à la Jakob und der Engel mit Theodore Sturgeon, Philip Dick und dem Filmregisseur Alexander »El Topo« Jodorowski, die alle Experten in der Kunst spirituellen Armdrückens waren und zudem durchaus nicht gewillt, etwas anderes als bedingungslose Kapitulation zu akzeptieren. Was allen diesen Schriftstellern, Walt und Leigh eingeschlossen, gemein war, war eine tief verwurzelte Überzeugung von ihrem Genie - nicht einfach im literarischen

Sinne, sondern als direkte psychische Verbindung zu einer Höheren Weisheit. Etliche SF-Autoren haben über ihre eigene kleine Schar von wahren Gläubigen verfügt: am auffälligsten L. Ron Hubbard, aber auch Robert Heinlein, Theodore Sturgeon, Phil Dick, J. G. Ballard und Frank Herbert. Genie könnte fast als Berufsrisiko eines SF-Autors erscheinen oder als eine der Vergünstigungen – oder vielleicht einfach als eine Pflicht.

Der Mythos vom Genie ist, ganz wie Raumschiffe und außerirdische Ungeheuer, eins der Lieblingsthemen der Science Fiction, ihre eigene spezielle Version der Geschichte vom Aschenputtel. Unter den ersten SF-Büchern, die ich im Alter von zwölf Jahren las, war eine von William Tenn herausgegebene Anthologie, »Children of Wonder« (Kinder des Wunders), ein Buch, das Pflichtlektüre für jedes Kind sein sollte, dessen Selbstwertgefühl anscheinend zu wünschen übrig lässt. Unter den vielen Parabeln von der geheimen Weisheit (und/oder den psychischen Kräften) von Kindern in der Vorpubertät befand sich eine Novelle »Baby ist drei« von Sturgeon, eine modernisierte Fassung von Tom Swift für künftige englische Majore[2]. Nach frühzeitigem literarischen Erfolg wird das junge Genie, das der Held dieser Geschichte ist, »More Than Human« (»Mehr als menschlich«, wie der Titel der Buchversion lautet)[3], indem er sich mit anderen Kindern zusammenschaltet, die ergänzende psychische Kräfte besitzen.

Walt und Leigh mit ihrer Centric Foundation, der geheimen Weisheit von Atlantis und den telepathischen Schreibfähigkeiten hätten in einer Traumwelt leben können, entworfen von L. Ron Hubbard, Ignatius Donelly, Sturgeon und dazu passenden anderen SF-Autoren, doch entgegen dem Anschein war das keine Privatmacke für zwei. Es war die Miniaturversion einer einzigartigen sozialen Einrichtung: des Science Fiction-Fandoms. Das SF-Fandom tauchte in den USA in den Zwanzigerjahren zusammen mit den ersten Pulp-Zeitschriften plötzlich auf und wuchs stetig, bis es in den Sechzigerjahren schätzungsweise mindestens zehntausend treue Fans gab, die über hektographierte Fanzines und durch Treffen auf jährlichen (oder häufigeren) Conventions im ganzen Land miteinander in Kontakt blieben.

Obwohl ich ein eifriger SF-Leser war, lernte ich die Welt des Fandoms erst kennen, als ich in den frühen Sechzigerjahren begonnen hatte, eigene SF-Geschichten zu publizieren, und anfing, Conventions zu besuchen, um Autoren zu treffen, deren Werke ich seit Jahren las, mich mit Herausgebern bekannt zu machen und meine eigenen Bücher voran zu bringen. Für etablierte Autoren bieten SF-Conventions Feiertage mit einer Menge Egoboo (ego-boost, Auftrieb fürs Ego, ein im Fandom geprägter Begriff); für Neulinge dienten sie (zusammen mit den Fanzines) als Brücke vom Amateur- zum Profistatus. Spätestens seit den Sechzigerjahren haben sich die meisten Autoren, Herausgeber und Agenten in der SF über das Fandom hochgearbeitet.

Doch Fandom ist nur ganz am Rande ein System für die Entwicklung neuer Autoren. Fandom ist eine Lebensweise. Es gibt sogar einen weiteren fannischen Begriff, *fiawol,* der einfach ein Akronym für diese heilige Wahrheit ist: *fandom is a way of life.* Als Lebensweise bietet das Fandom viele von den Vorzügen einer unorganisierten Religion – das heißt, einer Religion von der New-Age-Sorte, die Selbsterfüllung betont und Abstriche bei einem Lehrgebäude oder einem ethischen Codex macht, einer Religion ohne festgesetzte Beiträge, ohne kostspielige Kirchen und offizielle Hierarchien, aber dennoch einer Religion, deren Evangelium auf Conventions und in Fanzines gepredigt wird.

Der erste Glaubenssatz des Fandoms lautet, dass SF die wahre und einzige Literatur ist. »Weltliche« Literatur, die es unternimmt, die wirkliche Welt widerzuspiegeln, ist eine betrügerische Ketzerei; SF ist visionär, eine Karte der Zukunft, die den Fans einen persönlichen Blick auf das Tausendjährige Reich gestattet – das sie erben werden. In den Kindertagen der SF existierte dieser Glaubenssatz in nicht festgeschriebener Form in den Herzen der Gläubigen, doch er wurde zur offiziellen Doktrin im Werk der Kritiker Alexei und Cory Panshin, deren fannisches Manifest »SF in Dimension« (1976) verkündete, die nachahmende, »mimetische Literatur« – also jegliche Literatur außer der SF – sei »ein negativer Hemmschuh der Literatur« und sogar »SF, die von ihrer Freiheit, positiv zu sein, keinen Gebrauch macht«, sei »genauso zum Heulen wie die mimetische Literatur«. Die Mission der SF bestehe in nichts Geringerem, als ein Bild der »in uns schlummernden künftigen Wesen« darzubieten, da die Menschen über ihre sterblichen Hüllen hinauswachsen und Göttern gleich sein werden. Außerhalb der Science Fiction gibt es keine Erlösung – nicht schlechthin im literarischen Sinne, sondern in Bezug auf *das Schicksal der ganzen Menschheit.*

Der zweite Satz des fannischen Glaubensbekenntnisses besagt, dass die Fans eine Sorte für sich sind, durch einen geheimnisvollen, inneren Unterschied über die Unbeschnittenen erhoben. Für die jungen Leute (was die meisten Fans sind) bringt das keine Schwierigkeiten mit sich. Jeder Teenager mit einem Funken Selbstwertgefühl weiß das von sich selbst sowieso schon. Für diejenigen, die an der Highschool in die Kategorie der Streber und Langweiler abgeschoben worden sind, kann freilich die Zusicherung tröstlich sein, dass sie zwar Mitglied im Schachklub statt in der Football-Mannschaft sind, aber zuletzt lachen werden – was in der Tat für viele zutrifft, wenn sie es mit ihrer Intelligenz zu einem Studium am MIT oder ähnlichen Eliteeinrichtungen bringen.

Doch es gibt auch solche wie (nach meiner Annahme) Walt Richmond, deren Fähigkeiten nicht mit ihren hochgespannten Erwartungen Schritt halten, deren Schachspiel nicht Spitze ist und die selbst mit Anstrengung nur einen mittelmäßigen akademischen Abschluss schaffen. Wie soll man in solchen Fällen die Diskrepanz zwischen dem grandiosen Selbstbild und den ständigen Eingriffen der Alltagswirklichkeit schlichten?

Die übliche Antwort ist schon immer Religion in der einen oder anderen Form gewesen. Begnüge dich im Bereich irdischen Erfolgs mit weniger, als du dir erhofft hattest, und sammle Schätze im Himmel an, wo man deine wahren Werte schließlich anerkennen wird. In der Zwischenzeit kannst du dich an der Gesellschaft der anderen auserwählten Seelen erfreuen, die dein irdisches Los und deine selige Bestimmung teilen.

In der Idealform (etwa als Karthäusermönch) kann solch

eine Philosophie zu einem heiligmäßigen Dasein führen, doch in der Praxis führt sie oft zu einer unversöhnlichen Ablehnung der Leute außerhalb der eigenen kleinen Nische und zu Tagträumen von apokalyptischer Rache, wo die Heerscharen des Antichristen von dem eigenen Verbündeten in der Höhe zerschmettert werden. Vor nicht langer Zeit hat diese bösartige Form von apokalyptischer, quasireligiöser SF ihren Höhepunkt in den von der japanischen Aum-Shinrikyo-Sekte verübten Greueltaten gefunden, als Sektenmitglieder am 20. März 1995 in der Tokioter U-Bahn das Nervengas Sarin ausströmen ließen.

Aum Höchste Wahrheit (Aum Supreme Truth, wie sich die Sekte englisch nennt) war die Inspiration eines halbblinden selbsternannten Gurus, Shoko Asahara, der eine Schaufenster-Aktion zum Verkauf von Yoga-Lektionen und pflanzlichen Heilmitteln zu einem Multimillionen-Dollar-Kult vorantrieb, mitsamt Plänen für die Machtergreifung in Japan und dann in der restlichen Welt. Die Pläne von Aum wurden zwar vereitelt, doch immerhin schaffte es die Sekte binnen weniger Jahre, eigene geheime Fabriken zur Herstellung von Waffen und biologischen Kampfmitteln zu errichten. Ehe sie Sarin einsetzte, waren frühere Experimente mit bakterieller Lebensmittelvergiftung und Milzbrand gescheitert, und es hatte auch langfristig angelegte Bestrebungen gegeben, in den Besitz von Nuklearwaffen zu gelangen. Da Aum eine intensive Werbung neuer Anhänger an Japans besten Universitäten betrieb, fehlte nicht viel, und die Ambitionen der Sekte wären realisierbar gewesen. Aum hatte das technische Know-how, die wirtschaftlichen Ressourcen und den aufrichtigen Wunsch, das Ende der Welt herbeizuführen oder wenigstens so viel wie irgend möglich zu verwüsten.

Wie kam Aum dazu, solch ein Ziel zu verfolgen? Zu sagen, dass sich Aums Gefolgschaft unter dem Einfluss eines wahnsinnigen, verbitterten charismatischen Gurus befand, geht an der eigentlichen Frage vorbei. Die oberen Ränge der Organisation teilten bedingungslos Asaharas Vision und seinen fanatischen Eifer, die Apokalypse sofort herbeizuführen. Sogar nach dem ersten Angriff, als die gesamte Führung im Gefängnis saß, versuchten die Sektenmitglieder, weitere Massenmorde in der U-Bahn von Tokio zu begehen. Die Morde waren kein Mittel zum Zweck mehr, sie waren das Ziel selbst.

Aums Diener waren die Kinder Godzillas. Sie waren mit Bildgeschichten wie »Raum-Schlachtschiff Yamato« aufgewachsen, wo halbmenschliche Cyborgs in grandioser Weise ganze Städte verwüsten. Sie waren zu den *Gegika* fortgeschritten, Comicbüchern, in denen vor *Bladerunner*-artigen Hintergründen auf Teufel komm raus Mord und Totschlag stattfinden. Es waren die *Gegikas* und die japanische *Twilight Zone* (eine Zeitschrift, die sich auf New-Age-Wunder spezialisierte, darunter eine Doppelseite mit einem Foto des Gurus höchstpersönlich, wie er im Lotussitz »levitiert«), wo Aum Reklame für Asaharas Bücher machte, so für »Geheimnisse der Entwicklung deiner übernatürlichen Kräfte« und »Meine Verkündigung als Christus«. Der Werbetext für das erste, bescheidenere Buch erklärte: »Geistige Übungen, die nicht zu übernatürlichen Kräften führen, sind Mumpitz! Der Verehrungswürdige Meister wird dir die Geheimnisse seiner erstaunlichen mystischen Kräfte zeigen. In die Zukunft blicken, anderer Leute Gedanken lesen, seine Wünsche sich erfüllen lassen, Röntgenblick, Levitation, Reisen in die vierte Dimension, die Stimme Gottes hören und noch mehr. Es wird dein Leben verändern!«

Wenn Aum eines Rekruten habhaft geworden war, wurde er oder sie dem ganzen Repertoire der Gehirnwäsche-Techniken der Sekte unterzogen: sozialer Isolation, Hunger, Schlafentzug und Drogen. »Mönche« und »Nonnen« stellten ihre Hingabe unter Beweis, indem sie alle ihre weltlichen Güter der Sekte übertrugen. Um ihre Hirnwellen mit denen des Gurus zu synchronisieren, wurden sie mit »Elektrodenkappen« ausgerüstet, die PSI oder Perfect Salvation Initiation (Vollkommene Erlösungs-Einweihung) genannt wurden: gut sitzende batteriegespeiste Hauben, die ihre Kopfhaut in regelmäßigen Abständen Sechs-Volt-Schlägen aussetzten. Auf ihrem Höhepunkt besaß die Sekte über Japan verstreute kleine Fabriken, in denen Tausende von Arbeitern mit PSI-Helmen fleißig Maschinengewehre zusammenbauten, Nervengas produzierten, Kekse mit dem eingepressten Emblem von Aum buken und Zeremonialgewänder nähten. Willkommen in der vierten Dimension.

Die Theologie Aums war ein synkretistischer Mischmasch von Hinduismus, tibetanischem Buddhismus und ihrer eigenen Sonderform christlicher Endzeiterwartung, wonach Aum und Asahara nach dem Tag des Jüngsten Gerichts die Herrschaft antreten würden. Nur die oberen Chargen wussten, dass die Ankunft dieses Tages durch Aums eigene völkermörderische Initiativen beschleunigt werden sollte, doch wie in Nazideutschland hatte die Masse der Anhänger Grund genug zu der Annahme, dass ihre Führer eine Endlösung vorbereiteten. Wie durch »Mein Kampf« ziehen sich durch Asaharas Schriften apokalyptische Drohungen.

Armageddon und die Apokalypse sind keine Erfindungen der Science Fiction. Diese Ideen stehen seit den Zeiten von Hesekiel und dem Apostel Johannes immer wieder in Blüte. Im Grunde kann Aums ganzes Arsenal an Wundern – von UFOs (»UFOs erscheinen heutzutage oft auf der Erde«, erläuterte Asahara in einem Vortrag 1990. »Es wird einer der Hauptfaktoren von Armageddon sein, ob wir uns UFOs zunutze machen können oder nicht.«) bis zu ESP, außersinnlicher Wahrnehmung – als Bestandteil der Popkultur betrachtet werden, der nicht mehr spezifisch zur SF gehört. Aum hat aber tatsächlich einen spezifischen Bezug zur SF im Werk von Isaac Asimov, dessen »Foundation«-Zyklus ein entscheidendes Element für die Mythologie der Sekte geliefert hat. In der Version von Aum übernimmt Asahara die Rolle von Asimovs Hari Seldon, des genialen Entdeckers der Gesetze der »Psychohistorie«, die mit absoluter Gewissheit vorhersagt: »Endlos toben interstellare Kriege, der interstellare Handel kommt zum Erliegen, die Bevölkerung nimmt ab, Welten verlieren den Kontakt mit dem Hauptkörper der Galaxis.«[4] Die Antwort auf diese Bedrohung ist eine Geheimgesellschaft von Hilfsgenies, die während des von Schicksal bestimmten dunklen Zeitalters die Flamme der Zivilisation hüten sollen.

»Die Ähnlichkeiten [von Asimovs *Foundation*] mit der Aum-Sekte und den Bestrebungen ihres Gurus waren bemerkenswert«, bemerken David Kaplan und Andrew Marshall in einer maßgeblichen Geschichte der Sekte.[5] »Bei einer Befragung stellte Mirai [einer aus dem inneren Kreis von Aum] im Ton einer Tatsache fest, dass Aum den *Foundation*-Zyklus als Vorlage für die Langzeitpläne der Sekte benutzte. Er machte den Eindruck eines ›Jungakademikers, der zu viel Science Fiction-Romane gelesen hatte‹, erinnerte sich ein Reporter. Doch für die Sekte war es real genug. Shoko Asahara, der blinde und bärtige Guru aus Japan, war Hari Seldon geworden, und Aum Höchste Wahrheit war die Foundation.«

Asimov kann für Shoko Asaharas Größenwahn ebenso wenig verantwortlich gemacht werden, wie Heinlein für die Taten eines seiner vielen Bewunderer, Charles Manson. Jede lebhafte Darstellung des Missbrauchs von Macht, die ein hinreichend breites Publikum erreicht, inspiriert einen Teil des Publikums zu Tagträumen, die selben Verbrechen zu versuchen. Romane über Serienmörder sind zweifellos der bevorzugte Lesestoff für potentielle Serienmörder, doch die Verbindung zwischen Tagtraum und Verbrechen braucht nicht so direkt zu sein, wie Aums Aneignung von Asimovs Werk zeigt. Unter den SF-Autoren seiner Generation haben wenige so konsequent wie Asimov die liberale Sache hochgehalten und den gesunden Menschenverstand gegen die New-Age-Scharlatanerie verteidigt.

Die Science Fiction ist ihrem Wesen nach auf ein Millennium als Endzeit oder Zeitenwende ausgerichtet. Das ganze zwanzigste Jahrhundert hindurch hatte sie den Blick auf 2001 und die Zeit danach geheftet. Mein eigener Erstlingsroman »Die Feuerteufel« (1965) zeichnete die Ausrottung der Menschheit auf, und J. G. Ballard ließ in seinen ersten vier Romanen die Welt auf vier verschiedene Arten enden. Wells ist uns da natürlich zuvorgekommen, ebenso John Wyndham, berühmt für »Die Triffids«. Obwohl der Allmächtige für gewöhnlich nicht direkt in diese SF-Katastrophen verwickelt ist, haben derlei Geschehnisse einen unterschwelligen Anstrich von apokalyptischer Gerechtigkeit, oft von der technikfeindlichen Richtung, sodass die Menschheit in die eigene Hightech-Falle geht. In Kurt Vonneguts bestem SF-Roman, »Die Katzenwiege« (1963), wird das Verhängnis von einer außer Kontrolle geratenen menschlichen Erfindung bewirkt, einem chemischen Reagens, das alles Wasser irreversibel gefrieren lässt. In einer bemerkenswerten Geschichte von James Tiptree jr. (alias Alice Sheldon), »Doktor Ains letzter Flug«, umrundet ein Immunologe im Flugzeug die Erde und verbreitet ein mutiertes Leukämie-Virus, das die Menschheit ausrotten wird. Sein Beweggrund ist, die geliebte Frau zu retten, und das ist niemand anders als Gaia, Mutter Erde selbst, die Göttin des New Age, die nur durch dieses höchste Opfer wieder gesunden kann. Man kann sich leicht vorstellen, dass Tiptrees Geschichte oder Le Guins monumentales Anti-Technik-Traktat »Always Coming Home« (1985) einen weiteren Kult inspiriert, der den Weg von Aum Shinrikyo einschlägt und Massenmorde nicht zum Ruhme Asaharas begeht, sondern zum höheren ökologischen Zweck. So genannte »Tiefenökologen« (radikale Linke, die dafür eintreten, die Industrielle Revolution rückgängig zu machen und weltweit zum Bevölkerungsniveau der Steinzeit zurückzukehren) haben an der AIDS-Seuche bereits eine solche wohltätige Wirkung entdeckt.

Zum Glück ist das Verlangen nach göttlicher Vergeltung nicht das vorherrschende Element der meisten Religionen. Angst vor dem Tod und vor tödlicher Krankheit fallen zumeist viel stärker ins Gewicht. Die traditionelle Antwort der Religion ist von alters her die Verheißung eines Lebens nach dem Tode, wo derlei unerträgliche Wahrheiten überwunden sein werden. Es ist auch die Antwort für Leute wie Alexei Panshin, denen SF als Religion dient, eine Religion, die bis zu Poes Erzählungen »Mesmerische Offenbarung« und »Die Tatsachen im Falle Valdemar« zurück verfolgt werden kann.

Poe war zu sehr auf seinen literarischen Ruhm bedacht, als dass er die schwere Arbeit in Angriff genommen hätte, eine neue Religion zu gründen, doch kurz nach seinem Tode wurde diese Aufgabe von zwei außergewöhnlichen Frauen angegangen. Eine von ihnen war Madame Blavatsky, die Begründerin der Theosophischen Gesellschaft, die als ältester New-Age-Verein bis heute fortbesteht. Die andere war Mary Baker Eddy, sie gründete die Christian Science (Christliche Wissenschaft).

Genauer wäre zu sagen, dass Mrs. Eddy die Christian

Science eher entdeckte als gründete, denn sie war die Erfindung eines zum Glaubensheiler gewandelten Mesmeristen aus New England, Phineas Parkhurst Quimby. Mrs. Eddy, eine eingebildete Kranke von unzerstörbarer Kraft, war erst Quimbys Patientin, dann seine Schülerin und schließlich seine Usurpatorin und Plagiatorin, die ihr Opus magnum, »Wissenschaft und Gesundheit«, aus seinen radikal gnostischen Schriften abschrieb. Laut Quimbly (und Mrs. Eddy) ist Krankheit nur eine irrige Vorstellung. Krankheit, das Böse, der Tod und sogar Armut existieren nur in Gedanken, und sobald man sich von derlei Gedanken befreit, erweist sich die *Güte von Allem.* Für Leute, die sich kerniger Gesundheit und ausreichenden Wohlstandes erfreuen, kann das ein sehr befreiendes Evangelium sein, denn es enthebt einen jeglicher Verantwortung gegenüber den weniger Begünstigten, man braucht ihnen nur Vorträge über die Prinzipien von Christian Science zu halten.

Mrs. Eddy widmete sich alsbald dem Vortragsgeschäft und überließ ihren Untergebenen das Heilen, das ihr nicht so recht zu liegen schien. Sie war jedoch ein Vermarktungsgenie und hielt ihr expandierendes Reich mit dem Eifer Jehovas und dem Verkaufstalent Walt Disneys unter Kontrolle. Zu einem bestimmten Zeitpunkt versuchte sie, einen Mörder zu dingen, um sich eines Untergebenen zu entledigen, der ihr die Show zu stehlen begann. Sein »bösartiger Mesmerismus«, aus größerer Entfernung ausgeübt, stachelte sie zu wütenden Beschimpfungen und Drohungen gegen sein Leben an und schließlich tatsächlich zu einem Mordanschlag, der zu einer Anklage gegen ihren Ehemann und einen weiteren Anhänger vor einem Großen Geschworenengericht führte.

Die Skandale um Mrs. Eddy und die Schaffung von Christian Science dauerten bis zu ihrem Tode im Alter von neunzig Jahren an. Ihre Biographie war das erste Buch Willa Cathers[6], einer der hervorragendsten amerikanischen Schriftstellerinnen. Mrs. Eddys Anhänger taten alles in ihren Kräften Stehende, um seine Veröffentlichung zu unterdrücken, und als dieser Versuch scheiterte, kauften sie sämtliche Exemplare auf, derer sie habhaft werden konnten, und liehen es aus Bibliotheken aus, ohne es zurückzugeben. Des Weiteren wurde

»das Copyright ... von einem Freund der Christian Science gekauft, die Platten, von denen das Buch gedruckt worden war, wurden vernichtet und auch das Originalmanuskript erworben.« Es ist kein Wunder, dass das Buch über Jahrzehnte nicht zu bekommen war.

Die meisten Propheten und Geschäftemacher des New Age leiten, was immer sie an systematischer Theologie haben, vom in »Wissenschaft und Gesundheit« entworfenen Schema ab. Nur die geistige Welt ist wirklich; die physische Welt einschließlich unserer sterblichen Körper ist eine Illusion. Wer die Illusion durchschaut, erfreut sich an guter Gesundheit, an Unsterblichkeit und an Porsches. Die am anhaltendsten erfolgreiche unter den von Christian Science abgeleiteten Religionen ist heutzutage die Scientology, die Ausgeburt des SF-Schreiberlings L. Ron Hubbard. Auf die SF hatte Hubbard als Autor keinen nennenswerten Einfluss, und es steht zu bezweifeln, ob seine SF ohne die Kontroversen um die Scientology und ihren ungeheuren Erfolg heute noch gelesen würde und in Erinnerung wäre. Die Einschätzung, die »The Science Fiction Encyclopedia« zu Hubbards früher, größtenteils in den anspruchloseren Pulp-Zeitschriften der Vierzigerjahre erschienenen SF gibt, ist nicht eben das, wovon ein Autor träumt:

> Sein am besten bekannter früher SF-Roman, »Final Blackout« (1940), bietet eine düstere Beschreibung einer von vielen Kriegen verwüsteten Welt, in der ein junger Armeeoffizier Diktator von Großbritannien wird und das Land so organisiert, dass es die dekadenten USA abwehrt. Es ist nicht zu leugnen, dass das Buch dem Faschismus, gegen den es sich explizit ausspricht, selbst extrem nahe kommt. Doch die SF war offensichtlich nicht Hubbards starke Seite, und das meiste, was er im Genre geschrieben hat, erweist sich bei der Lektüre als tendenziös oder schwerfällig oder beides .... Im Großen und Ganzen haben seine frühen Werke, obwohl sie in fieberhaftem Tempo heruntergeschrieben sind, seine Leser oft in den Bann geschlagen, und die geschickte Verwendung von Superman-Helden flößten ihnen verlockende Visionen von übernatürlicher Kraft ein.

> Die Anfälligkeit der SF-Gemeinschaft – von Campbell [dem Herausgeber von *Astoundig Science Fiction*] und A. E. van Vogt bis hinab zu den naivsten halbwüchsigen Fans – für diese Verlockungen ist möglicherweise eine Ursache für den erstaunlichen Erfolg erst der Dianetik und dann der Scientology selbst.[7]

Kaum ein SF-Kritiker hat sich freundlicher über Hubbards SF geäußert, ausgenommen Algis Budrys, doch dessen Lobsprüche können nicht für bare Münze genommen werden, denn sie wurden erst geschrieben, nachdem er als Direktor ihres Programms »Writers of the Future« de facto Angestellter der Scientology geworden war.

Hubbard war vielleicht als Autor unter dem genialen Niveau, doch er war ein gerissener, klarsichtiger und fähiger Geschäftemacher. Als ihm klar wurde, dass er es als Schriftsteller nicht bis in die erste Reihe bringen würde, schlug Hubbard ungefähr 1949 einen anderen Kurs ein und begann, die »Wissenschaft« Dianetik zusammenzubrauen. Da er niemals sein Licht unter den Scheffel stellte, brüstete er sich damals auch vor einer Gruppe von Science Fiction-Fans, die bei Sam Moskowitz versammelt war: »Es ist lächerlich, für einen Cent pro Wort zu schreiben. Wenn jemand wirklich eine Million Dollar verdienen will, dann ist es am besten, er gründet seine eigene Religion.«

1950 benutzte Hubbard die Mai-Ausgabe von Campbells *Astounding Science Fiction* als Startplatz für seine neue Religion, vom Herausgeber Campbell von ganzem Herzen befürwortet: »Ich möchte jedem Leser aufs Positivste und Unzweideutigste versichern, dass dieser Artikel *kein* Schwindel, Scherz oder dergleichen ist, sondern die direkte, klare Feststellung einer total neuen wissenschaftlichen These.«[8] In seiner Einleitung zur Buchversion »Dianetics«, die gleichzeitig mit dem Artikel in *Astounding* erschien, jubelte Campbell noch beredter: »Die Schaffung der Dianetik ist ein Meilenstein für den Menschen, vergleichbar der Entdeckung des Feuers und von höherem Rang als die Erfindung des Rades und des Bogens .... Die verborgene Quelle aller psychosomatischen Übel und menschlicher Fehlleistungen ist entdeckt worden, und es sind Methoden zu ihrer unfehlbaren Heilung entwickelt worden.«[9] (Campbell sprach in diesem Fall aus eigener Erfahrung: Dank Hubbards Bemühungen hatte sich der Stirnhöhlenkatarrh, der ihn seit Jahren plagte, deutlich gebessert.)

Das Buch machte seinen Weg. Angestachelt von Campbells Reklamerummel und von der Unterstützung durch einen echten Arzt, Dr. Joseph Winter, der in St. Joseph, Michigan, eine allgemeinärztliche Praxis unterhielt, kauften Tausende von SF-Fans Exemplare und begannen, ihre Freunde zu »auditieren«, die ihrerseits dasselbe tun mussten. Der Vorgang ist im Grunde der gleiche, wie ich ihn zwischen Walt Richmond und Jon De Cles miterlebt habe. Russell Miller, der Verfasser einer viel Schlamm aufwühlenden Biographie Hubbards, beschreibt die Vorgehensweise in ihrer noch unentwickelten Version von 1950:

> Das Auditieren begann in einem abgedunkelten Raum, wo der Pre-Clear [der Analysierte] in einen Zustand versetzt wurde, den Hubbard als »dianetischen Traumzustand« bezeichnete und der angeblich an einem Flattern der geschlossenen Augenlider zu erkennen sein sollte. Es war weniger eine hypnotische Trance, wie er ausdrücklich anmerkte, als vielmehr ein Zustand der Entspannung, der das Zurückgehen in der Zeit ermöglichte. Nachdem der Traumzustand erzeugt war, führte der Auditor den Pre-Clear in verschiedene Zeiten seines Lebens zurück und näherte sich dabei unaufhaltsam der Geburt oder Empfängnis. Die meisten Pre-Clears, teilte Hubbard mit, würden schließlich einen »Spermazug« erleben, in dessen Verlauf sie als Eizelle [sic!] einen Kanal hinaufschwimmen würden, um die Samenzelle [sic!] zu treffen. Nachdem das früheste Engramm erst einmal gelöscht wäre, würden sich spätere leichter löschen lassen.
>
> Die durchschnittliche Auditier-Sitzung dauerte etwa zwei Stunden, und Hubbard schätzte, dass mindestens zwanzig Stunden Auditieren nötig wären, ehe ein Pre-Clear beginnen könnte, die Früchte zu ernten.[10]

Als Parodie auf die orthodoxe freudsche Theorie und Praxis ist die Dianetik ein Volltreffer, aber das war natürlich nicht bezweckt. Vielmehr war es eine vorfabrizierte Fertigversion der Psychoanalyse, die ursprünglich für einen Bruchteil des Preises zu haben war. Anstelle von auf einem Ödipus-Komplex beruhenden Phantasien bot sie einfachere Wege, Vati und vor allem Mutti die Schuld zu geben:

> Wenn beispielsweise ein Mann seine schwangere Frau schlug und dabei schrie: »Da hast du! Steck das ein, sag ich dir. Du musst das einstecken«, konnte es geschehen, dass das Kind diese Worte im späteren Leben wörtlich nahm und ein Dieb wurde ....
>
> Einige der schlimmsten pränatalen Engramme wurden dadurch verursacht, dass man das Kind nach dem Vater nannte. Wenn die schwangere Mutter ihren Mann betrog, wie es bei Hubbard angeblich viele Schwangere taten, würde sie wahrscheinlich beim Geschlechtsverkehr mit ihrem Liebhaber abfällige Bemerkungen über ihren Ehemann machen. Der Fötus würde natürlich »zuhören«, und wenn er den Namen des Ehemannes erhielt, würde er im späteren Leben annehmen, all die schrecklichen Dinge, die seine Mutter über seinen Vater gesagt hatte, beträfen in Wirklichkeit *ihn.*[11]

Mit diesen und vielen anderen solchen Hinweisen aus dem Souffleurkasten wussten die angehenden Auditoren und PreClears (wie die Sekte die zahlenden Neubekehrten nennt), was sie zu erzählen hatten. Jon De Cles hatte ein schlimmes Knie? Sein Vater war schuld. Man braucht nicht einmal ein Scientologe zu sein, um die Früchte solch einer Behandlung zu ernten, denn sie unterscheidet sich im Grunde nicht von der Therapie durch »hypnotische Regression«, mit deren Hilfe sich übelwollende Töchter als Opfer satanischen sexuellen Missbrauchs erkennen oder von UFOs Entführte die Wahrheit über ihre »verlorenen Stunden« aufspüren können. Die Dianetik öffnete eine riesige Büchse der Pandora voller fadenscheiniger und unbeweisbarer Vorwürfe.

Das Auditieren blieb nicht lange eine billige Alternative zur

Psychoanalyse. Kurz nach Erscheinen des Buches veranstaltete die Hubbard Dianetic Research Foundation einen Ausbildungskurs für Auditoren. Das Preisschild von 500 $ signalisierte die Größenordnung, in der künftige Neuzugänge zu zahlen hätten. Mit der wachsenden Publicity kam Widerspruch mitsamt Bloßstellungen im *Scientific American* und führenden Zeitungen, doch diese Publicity brachte nur weitere Bekehrte. Die ablehnenden Reaktionen trugen auch dazu bei, den Prozess zu beschleunigen, an den Hubbard ursprünglich gedacht hatte: Dianetik, die Wissenschaft, verwandelte sich in Scientology, die Religion. Das brachte viele Vorteile mit sich. Religionen sind steuerfrei; besser noch: sie sind vor Kritik oder feindseligen Kommentaren sicher – zumindest in den Vereinigten Staaten.

Diese 1952 begonnene Umwandlung schloss eine Erhöhung des Einsatzes gegenüber der Dianetik ein, ein Entwicklungsprozess, bei dem die traditionellen SF-Motive immer bizarrer wurden und den vereinfachten Freudismus übertrumpften. Wie sich herausstellt, stammen wir *alle* von Außerirdischen ab! Wir haben nämlich durch Wiedergeburt zahlreiche Leben als »Thetans« hinter uns:

> Die Thetans, die schon vor dem Anfang der Zeit existierten, haben im Laufe von Billionen Jahren Millionen von Körpern aufgenommen und abgelegt. Sie errichteten das Universum zu ihrem eigenen Vergnügen, verstrickten sich allmählich aber derart hinein, dass sie zu glauben begannen, sie seien nicht mehr als die Körper, die sie bewohnten. Das Ziel der Scientology war es, die ursprünglichen Kräfte des Thetans wieder auf das Niveau eines »Operating Thetan« (eines funktionierenden Thetans) oder »OT« zu bringen. Das sei ein exaltierter Zustand, der auf der Erde noch unbekannt sei, schrieb Hubbard. »Weder der Buddha noch Jesus Christus waren den Indizien nach OTs. Sie befanden sich nur eine Nuance über dem Clear.«[12]

In den drei Jahrzehnten von 1952 bis 1982 nahm Hubbard vom SF-Geschreibsel frei und konzentrierte sich auf die ernste Arbeit, seine Religion zu organisieren. Die Scientology füllte sich die Taschen, indem sie verschiedene Grade von Auditieren und Workshops fürs »rohe Fleisch«, wie Hubbard die Zielgruppe der Kirche nannte, vermarktete. Wie bei Aum konnten die anfälligsten Neuzugänge die Ersparnisse eines Lebens für ein paar Wochen Weisheit durch den Schornstein jagen. Außerdem diversifizierte die Scientology Church ihre Tätigkeit auf Gebiete wie Finanzberatung, Gesundheitskuren und Drogenbehandlungsprogramme – Fassaden, die ihre Ursprünge in der Scientology verdeckten. In der Ausgabe vom 6. Mai 1991 widmete das *Time Magazine* eine Titelgeschichte dem groben Überblick über das lange Sündenregister von Schwindel und Verbrechen der Scientology. Wie ihr Gründer scheint die Scientology hauptsächlich von Geldgier motiviert zu sein und keine Neigung zu haben, den Tag das Jüngsten Gerichts früher herbeizuführen oder Nervengas zu horten – ein erfreulicher Gedanke, wenn man bedenkt, zu welcher Größe die Organisation angewachsen ist (nach Schätzung von Time 50 000 aktive Mitglieder, nach Angaben der Sekte 8 Millionen).

Obwohl (außer den Scientologen) niemand leugnet, dass die Geschichte dieser Organisation eine einzige lange Folge von Skandalen ist, verwehrt das Gesetz der Scientology äußerst ungern das höfliche Desinteresse, mit dem es traditionell allen religiösen Schwindlern begegnet, ausgenommen die krassesten wie Jim und Tammy Bakker.[13] Tatsächlich rührt der schlechte Ruf der Scientology größtenteils von Verhaltensweisen her, die unter religiösen Eiferern gang und gäbe sind. Es war Christus, der seinen Jüngern gebot, ihre Familien zu verlassen und ihm nachzufolgen, und Jim und Tammy waren nicht die einzigen, die nicht nur auf das Scherflein der Witwe aus waren, sondern auf ihr Haus gleich dazu. Das ist religiöse Tradition von alters her, und so nimmt es nicht wunder, dass der Nationale Kirchenrat und die katholische Kirche in vielen Schlachten vor Gericht der Scientology beigestanden haben.

1983 publizierte L. Ron Hubbard nach langer Abwesenheit von der SF den größten Groschenroman aller Zeiten, »Kampf um die Erde«. Nirgends in den Pressemitteilungen dazu taucht das Wort »Scientology« auf, und das Buch selbst versucht nicht vordergründig, die Leser zum Glauben zu bekehren. Man muss annehmen, dass Hubbard es - wie auch die zehnbändige »Mission Erde«, die 1985 bis 1987 folgte - viel mehr um der Kunst als um des Gewinns willen geschrieben hat. Die Sekte hat sich nach Kräften bemüht, die Bücher zu propagieren, und soll ihre Anhänger angewiesen haben, große Mengen zu kaufen, um die Verkaufszahlen in Bestseller-Höhen zu treiben - eine Förderung, die andere Autoren ohne Hubbards Mittel nur mit Neid betrachten können, zumal die meisten Bücher von »Mission Erde« postum erschienen sind. Wegen des immensen Gesamtumfangs dieser dicken Bände und des fortgeschrittenen Alters, in dem der Autor sie geschrieben haben soll (er war 72, als »Kampf um die Erde« im Original erschien, und wegen seiner zurückgezogenen Lebensweise nach Art von Howard Hughes gab es damals sogar Spekulationen, ob Hubbard überhaupt noch am Leben sei), haben einige Skeptiker die Vermutung geäußert, diese späte SF sei eher die Arbeit einer anonymen Gruppe als die Spätblüte des Autors selbst gewesen. Da ich glaube, dass Genie nicht nachzuahmen ist, nicht einmal Genie im umgekehrten Sinne, neige ich zu der Annahme, dass er sie wirklich selbst geschrieben hat. Gewiss hätte die Einleitung zu »Schlacht um die Erde« mit ihrer Ace-Ventura-Eitelkeit und dem Instinkt für *le mot injuste* kein anderer schreiben können. Er verkündet den hochragenden Anspruch des Buches, indem er sich rühmt, es enthalte »praktisch jede Art Geschichte, die es gibt - Krimi, Spionage, Abenteuer, Western, Liebe, Luftkrieg, was immer Sie wollen.« Und: »Ich selbst hatte einen gewissen wissenschaftlichen Hintergrund, ich hatte einige Pionierarbeit in der Raketentechnik und bei Flüssiggasen geleistet, doch ich studierte die Zweige des früheren Wissens der Menschheit, um zu sehen, ob sie irgendetwas Gültiges gefunden hätte.« Und ... aber Hubbard ist wie Shakespeare, man könnte endlos weiter zitieren.

Einen Blick auf Hubbards wirksamsten Charme als Schwindler kann man in der Passage oben erhaschen, wo er bescheiden anmerkt, er habe »einen gewissen wissenschaftlichen Hintergrund« gehabt. Er war auch ein Kriegsheld, der »im späten Frühjahr 1942 als erster heimkehrender Verwundeter der USA aus Fernost im Privatflugzeug des Außenministers zurückgeflogen wurde«, im Alter von einundzwanzig führte er die erste mineralogische Inspektion in Puerto Rico durch, im Alter von vierzehn wanderte er durch den Fernen Osten, wo er sich erinnert, »einmal Igoroti, eine primitive östliche Sprache, in einer einzigen Nacht gelernt zu haben«. Kurzum, was auch immer irgendwer tun könnte, *er* könnte es besser. Oder in der knapperen Formulierung eines kalifornischen Richters in einem Prozess 1984, wo die Sekte einen Biographen angeklagt hatte: Hubbard war »ein pathologischer Lügner«.

Ohne solch einer Person jemals zu trauen, könnte man sich doch von ihr unterhalten lassen, wie jene Freunde von Ollie North[14], die seine Lügen als Funktion seines Augenzwinkerns betrachteten. Viele Schriftsteller (zum Beispiel der Dichter James Dickey) sind für romantische Ausschmückungen bekannt und kümmern sich nicht um die Wahrheit, soweit es ihr eigenes Leben angeht, und diese Eigenheit wird ihnen von jenen nachgesehen, die Verlogenheit für eine natürliche Begleiterscheinung von Kreativität halten. Ob man Religionsgründern gleiche Freiheiten zubilligen soll, muss jeder Gläubige selbst entscheiden. Paradoxerweise scheinen wahre Gläubige eine natürliche Immunreaktion gegen unliebsame Wahrheiten zu haben. Die Scientologen haben sich ebenso eifrig für den Schutz von Hubbards postumem Ruf eingesetzt, wie die Anhänger von Mrs. Eddy und auch die Mormonen für die Gründer ihrer Religion. Die größte Stärke einer Sekte ist vielleicht der Widerwille der von ihr Vereinnahmten, zuzugeben, dass sie getäuscht, betrogen und zum Narren gehalten worden sind. Solange sie die Mittel haben, gegen die Leute zu prozessieren, die ihre Betrügereien und andere Missetaten aufgedeckt haben, tun sie es, und wenn sie wirklich mit dem Rücken zur Wand stehen, scheint Massenselbstmord die beste Lösung zu sein, wie es die Gläubigen in Guyana und Waco getan haben.

Mit etwas mehr Unterstützung von seinen Freunden und etwas weniger intellektuellem Anstand hätte Philip K. Dick der L. Ron Hubbard der Achtzigerjahre werden können. Es spricht sehr für ihn, dass er es schließlich abgelehnt hat, sich in die safrangelben Roben des Gurutums zu hüllen, doch es hat nicht viel gefehlt. Seine Versuchung begann im Februar und März 1974. Damals war er in der Genesungsphase nach Amphetamin-Missbrauch und mit seiner fünften Frau verheiratet, der zwanzigjährigen Tessa Busby, die ihm genau das gab, was er von einer Gattin verlangte: ihre grenzenlose Zuwendung. Nach langer Pause schrieb er wieder und stand sich finanziell gut. Die Zukunft erschien in hellem Licht – und dann begannen die Visionen, und sie waren weitaus strahlender.

Zuerst war da das geheimnisvolle dunkelhaarige Mädchen, das an seiner Tür erschien, um das Darvon abzugeben, das ihm nach dem Ziehen eines Weisheitszahns verschrieben worden war. Er war von ihrem Halsband mit dem Bild eines Fisches fasziniert, eines Zeichens, das die frühen Christen verwendet hatten. In der tausendseitigen »Exegese«, die er bald darauf als Apostelbrief an sich selbst zu schreiben begann, fing er an, sich an seine früheren Leben zu erinnern:

> Als ich 2/74 das Zeichen des Goldenen Fisches sah, erinnerte ich mich an die Welt der Apostelgeschichte – ich erinnerte mich, dass das mein wahrer Ort & Zeit waren. Also bin ich (esse/sum) der wiedergeborene Simon – & nicht 2/74 oder 3/74, sondern mein ganzes Leben lang. Ich muss mich dem stellen: Ich bin Simon, hatte aber meine Erinnerung verloren, doch dann erfuhr ich 2/74 Anamnesis [ein platonischer Begriff für die Erfahrung, sich an ewige Wahrheiten zu erinnern]. Ich, Simon, bin unsterblich, und Simon ist die Grundlage der Faust-Legende.[15]

Er war auch Thomas, ein Christ aus dem ersten Jahrhundert, den die Römer gemartert haben, und Firebright (Feuerglanz), der von göttlicher Natur war. Er begann im Traum ganze Museen von modernen Gemälden zu sehen, »zu Hunderten und Tausenden«, im Stil von Kandinsky, Klee und Picasso. »Ich verbrachte über acht Stunden damit, mich an den schönsten und aufregendsten und bewegendsten Anblicken zu erfreuen, die ich jemals gesehen habe, im Bewusstsein, dass es ein Wunder war ... *Ich* war nicht der Autor dieser Grafiken. Allein schon ihre Anzahl bewies das.«[16]

Dick pflegte immer wieder zu betonen, dass der Inhalt seiner Träume der Beweis für einen Ursprung außerhalb seiner Psyche sei, und er nannte die mit ihm kommunizierende Wesenheit Valis, ein Akronym für »Voluminöses Aktives Lebendes Intelligenz-System« – es war ein Logos mit einem schweren Fall von Logorrhoe:

> Fast jede Nacht erhielt ich während des Schlafs Information in gedruckter Form: Wörter und Sätze, Buchstaben und Namen und Zahlen – manchmal ganze Seiten, manchmal in Form von Schreibpapier und holographischer Schrift, manchmal seltsamerweise in Form einer Haferflocken-Schachtel für Kinder ... schließlich Korrekturbögen, die hochgehalten wurden, dass ich sie las, und von denen mir im Traum gesagt wurde, sie enthielten »Prophezeiungen über die Zukunft«, und in den letzten beiden Wochen immer wieder ein großes Buch mit Seite auf Seite voller gedruckter Zeilen.[17]

Während Dick von seiner Rolle als Empfänger eines ständigen Flusses göttlicher Erscheinungen aufgewühlt war, die sowohl beglückend als auch düster waren (wie übrigens auch seine SF), behielt er genug Kontakt zur Wirklichkeit, um die allgemeine Reaktion vorhersagen zu können, wenn er mit den Offenbarungen von Valis an die Öffentlichkeit träte: »Drogen genommen, Gott gesehen. Na und?«

Damit lag er gar nicht so falsch. Ich besuchte Phil Dick zum ersten und letzten Mal im September 1974, als er sich noch in der Gewalt seiner Offenbarungen befand. Sie enthielten jetzt eine Menge Griechisch von der Sorte, wie man es bei der Lektüre moderner Theologie vorfindet, und ein kleines Wunder: Valis hatte den Eingeweidebruch seines kleinen Sohnes diagnostiziert. Zwölf Stunden lang, von Mittag bis Mitternacht, hielt Dick einen Monolog, wobei er gelegentlich von Tessa verlangte, seine abenteuerlicheren Lügen zu bekräftigen. Meine Erinnerungen daran, wie ich sie in einem Gespräch mit Sutin wiedergab, wird in seiner Dick-Biographie zitiert:

> Wir sprachen darüber, ob die Träume ihren Ursprung außerhalb von Dick hätten. Wie sonst, wollte er wissen,

> hätte er Altgriechisch gehört haben können? Ich gab zu bedenken, dass der Teil des Verstandes, den wir in Träumen verwenden, wohl kaum wissen dürfte, dass das Gehörte wirklich Griechisch ist. Mein Argument fand nicht sein Gefallen.
>
> Ich war fasziniert. Er war entschlossen, mich zum Eingeständnis zu bringen, dass er eine religiöse Erfahrung gemacht, eine echte Vision gehabt habe. Es war wie stundenlanges Armdrücken, ohne dass einer von uns den Arm des anderen auf den Tisch gezwungen hätte.
>
> Ich verhielt mich mit höflicher Skepsis und bekräftigte die Vorstellungskraft seiner Erfahrung. Gleichzeitig dachte ich: Das ist ein meisterhafter Schwindel. Dick ist ein berufsmäßiger Erzeuger von Glauben – und was anderes ist denn ein Schwindler? Er will alles, was er erfindet, in ein System bringen. Und dann dieses Vergnügen, das er dabei empfindet, Menschen etwas glauben zu machen – er *liebte* es, jemanden etwas glauben zu machen. Das ergab großartige Romane, doch wenn er es übertrieb, konnte daraus Vortäuschung falscher Tatsachen werden. Der Drang, jede Vorstellung in einen Glauben oder in die Aussetzung eines Unglaubens zu verwandeln, ist ein bisschen zu viel. Dennoch war wahrscheinlich Dicks Fähigkeit, diese Dinge zusammenzufügen, die seine Stärke als Romanautor ausmachte.[18]

Ein anderer Besucher von Dicks Haushalt, Hampton Fancher, ein Drehbuchautor, der »Träumen Roboter von elektrischen Schafen?« adaptierte, hat einen etwas schärferen Eindruck von Phil auf seiner Straße nach Damaskus vorgelegt:

> Er war besitzergreifend, mitteilsam, ganz und gar überschwänglich – kommen Sie zu mir nach Hause, speisen Sie mit mir, »mein Lieber«, und so weiter. Fast germanisch. Es war kein Raum für zweiseitiges Gespräch, kein Raum für ein anderes Ich im selben Zimmer. Es war ein brillanter Bursche. Seine Augen blinzelten, er war sympathisch.
>
> Ich begann zu glauben, dass er ein wenig ..., dass er log. Er sagte mir Dinge, von denen ich nicht wusste, ob er sie glaubte oder nicht. Manches davon, wenn er *daran* glaubte, dann, dachte ich, war er vielleicht nicht direkt

> krankhaft, aber eine Spur paranoid. Dass das FBI hinter ihm her sei. Und er dramatisierte es mit einem körperlichen, einem Gesichtsausdruck, der ein bisschen »überzogen« war, wie es bei Schauspielern heißt.[19]

Wenn Dick nicht Tag für Tag göttliche Offenbarungen erfuhr, erfand er das dann einfach alles? In gewissem Grade glaube ich das. Er war stolz auf seine Überzeugungskraft und schneiderte wohl jede neue Mitteilung über die Valis-Erfahrung so zurecht, dass sie den Erwartungen und dem Wortschatz seines Publikums entsprach. Viele von den Einzelheiten unserer langen Unterredung sind in anderen Berichten in anderer, leicht unterschiedlicher Form aufgetaucht. Doch dass er einen immensen und glückhaften Aufruhr empfand, der weit über die Freude am Geschichtenerzählen hinausging, ist kaum zu bezweifeln. Dicks Biograph Lawrence Sutin bietet eine einfache medizinische Diagnose, die die meisten Symptome erklären könnte: Schläfenlappen-Epilepsie (TLE).[20] Er zitiert aus einer Ausgabe der *Annals of Neurology* von 1982: »Solche ›psychischen‹ oder ›experimentellen‹ Phänomene, die von im Schläfenlappen auftretender epileptischer Entladung aktiviert werden, können als komplexe ... audiovisuelle Halluzinationen auftreten ..., die für die betroffenen Patienten eine erstaunlich lebhafte Unmittelbarkeit erhalten.«[21] Noch genauer trifft es die folgende Beschreibung der typischen TLE-Symptomatik:

> Hypergraphie ist ein obsessives Phänomen, das sich im Schreiben ausufernder Notizen und Tagebücher äußert .... Misstrauen kann sich bis zu Verfolgungswahn ausweiten, und ein Gefühl von Hilflosigkeit kann zu passiver Abhängigkeit führen .... Religiöse Glaubensvorstellungen sind nicht nur intensiv, sondern können auch mit ausgeklügelten theologischen oder kosmologischen Theorien einher gehen. Die Patienten können glauben, sie hätten besondere göttliche Führung.[22]

Viele Abschnitte von Dicks »Exegese«, des über zwei Millionen Wörter umfassenden geistigen Tagebuchs, das er nach dem Februar 1974 zu führen begann, entsprechen gewiss der Einordnung als Hypergraphie. Nehmen wir diese im September 1978 geschriebene Passage:

> Der Erlöser erweckte mich vorübergehend, & vorübergehend erinnerte ich mich an meine wahre Natur & Aufgabe, vermittels der erlösenden Gnosis, doch ich muss schweigen wegen der wahren, geheimen, zeitlosen frühen Christen, die am Werk sind, unter uns als gewöhnliche Menschen verborgen. Für kurze Zeit wurde ich einer von ihnen, Siddhartha selbst (der Buddha oder Erleuchtete), *doch das darf ich niemals behaupten.* Die wahren Buddhas schweigen immer, jene, denen dibbu cakha zuteil geworden ist.[23]

Der Unterschied bestand in diesem Fall darin, dass die Hypergraphie einen Schriftsteller erfasst hatte, der über einen schon gefestigten Ruf und ungewöhnliches Talent verfügte. Wahre Buddhas müssen vielleicht über ihr geheimes Wesen schweigen, doch herkömmlicher Weise dürfen sie in Gleichnissen sprechen. Während also Dick an seiner »Exegese« kritzelte, zog er die ganze Zeit über aus dem selben Stoff seine vier letzten Romane, darunter »Valis«, der als SF-Werk nicht seinesgleichen hat, eine Erinnerung an Wahnsinn, festgehalten im Zustand äußerster Klarheit. Die beiden Helden sind Philip K. Dick (eins der am besten gezeichneten von den vielen Selbstporträts in seinen Romanen) und Horselover Fat (der selbe Name, aus dem Griechischen und Deutschen in Englische übersetzt). Das Kunstvollste und Verblüffendste an »Valis« ist die Art, wie die Grenze zwischen Dick und Fat schwankt, wobei Dick den Berufsschriftsteller vertritt, dem klar ist, dass alle diese mystischen Offenbarungen seine eigenen romanhaften Vorstellungen sind, während Fat der Teil von ihm ist, der eine Zeit lang Botschaften von dem Voluminösen Aktiven Lebenden Intelligenz-System erhält, das ihm von einem Satelliten in der Erdumlaufbahn rosa Laserstrahl-Botschaften herabschickt, und der etwas länger daran glaubt. Alle Lieblingsobsessionen Dicks – Wagner, Echnaton, UFOs, das Römische Reich (wie Adolf Hitler noch wohlauf), Richard Nixon – sind zu einem dicken Brei verrührt.

»Valis« ist Dicks zweiter Versuch, mit den Erfahrungen von Februar '74 fertig zu werden. Der erste, »Radio freies Albemuth«, 1976 geschrieben, doch erst postum veröffentlicht, verwendete die selbe Grundannahme von Dicks Wechselwirkung mit einem visionären Doppelgänger, nahm aber nicht recht Gestalt an. Dick muss das gewusst haben, denn als sein Lektor bei Bantam ihn um Änderungen bat, saß er zwei Jahre lang auf dem Manuskript, und dann brachte er es in einem zweiwöchigen grandiosen Ausbruch zustande, indem er einen ganz neuen Roman schrieb. Das kritische Echo war geteilt, doch wer den Roman nicht neben der Rolle oder (schlimmer) schwierig fand, war einfach hin. »The Encyclopedia of Science Fiction« beurteilte ihn als »das beste Buch aus Dicks letzten Jahren, eine verletzliche, aber durch und durch tapfere Selbstanalyse«, und das ist eins der zahmsten Lobe, die das Buch erhalten hat. Dicks Biograph Sutin wertet es neben »LSD-Astronauten« als sein größtes Werk, »ein Brevier des geistigen Lebens in Amerika, wo der Weg zu Gott über verstreute Anhaltspunkte von Pop-Schund führt. Nicht von Heiligkeit desinfiziert, verschlungen wie eine lange Nachtschwärmerei, zerbricht es die trüben Ketten des Dogmas und lässt uns, wenn nicht erleuchtet, frei schweifend zurück.«[24]

Doch manchen Lesern ist selbst diese Reaktion zu lau. Unvermeidlich fanden jene unter Dicks Bewunderern, die so gotthungrig wie er waren, in »Valis« und in den Teilen der »Exegese«, die im Druck erschienen sind, eine Bestätigung für ihre eigenen geistigen Wagnisse am Rande der New-Age-Religion. Sie glaubten, obwohl sie oft nicht genau sagen konnten, woran sie glaubten, denn Dicks Offenbarungen hoben sich oft selbst auf. Der Herausgeber von *Gnosis,* Jay Kinney, schrieb in einem Artikel über Dick, der in der ersten Nummer dieser Zeitschrift erschien:

> Dick beharrte fest auf seiner Überzeugung, dass *etwas* mit ihm geschehen war, etwas, dessen Bedeutung über seine eigene Psyche hinaus reichte. Es war zufällig [sic] für Dick, dass seine Laufbahn als Science-Fiction-Autor ihn in eine der wenigen Nischen in der westlichen Gesellschaft gebracht hatte, wo wilde Visionen von anderen Wirklichkeiten akzeptiert und geschätzt werden.

> Mythen brauchen nicht *buchstäblich* wahr sein, um sowohl von Bedeutung als auch von Nutzen zu sein. Die Legende vom Heiligen Gral hat einen symbolischen Wert, ganz unabhängig von der historischen Frage, ob es jemals wirklich einen Gral gegeben hat.[25]

Wenn das improvisiert wirkt (*etwas* ist geschehen, aber vielleicht nicht *buchstäblich*), dann steht die Improvisation in einer Tradition, die Offenbarungen von weitaus größerem Alter als die von Februar '74 und Dicks »Exegese« umfasst. Jahrhunderte lang haben sich christliche Exegeten mit dem selben Problem herumgeschlagen und sind zu ziemlich gleichwertigen Antworten gelangt. So beispielsweise kommentiert Joseph Campbell den Bericht des Matthäus über die Verklärung Jesu (Matth. 17,1–9):

> Individuelles Schicksal ist nicht Motiv und Thema dieser Vision, denn die Offenbarung wurde von drei Zeugen wahrgenommen, nicht von einem: Einfach in psychologischen Begriffen kann sie nicht zufriedenstellend erklärt werden. Natürlich kann sie verworfen werden. Wir können zweifeln, ob sich solch eine Szene jemals wirklich ereignet hat. Doch das würde uns nicht weiterbringen; denn wir sind gegenwärtig mit Problemen des Symbolgehalts befasst, nicht der Historizität. Wir kümmern uns nicht besonders darum, ob Rip van Winkle, Kamar-al-Zaman oder Jesus Christus jemals wirklich gelebt haben. Ihre *Geschichten* sind es, die uns interessieren; und diese Geschichten sind so weit über die Welt verbreitet - in verschiedenen Ländern an verschiedene Helden geknüpft –, dass die Frage, ob dieser oder jener örtliche Träger des universellen Themas eine historische, lebende Person war oder nicht, nur von zweitrangiger Bedeutung sein kann. Die Betonung des historischen Elements stiftet Verwirrung, sie verschleiert nur die Botschaft des Bildes.[26]

Wenn Jesus Christus so viel Spielraum eingeräumt wird, wenn es die *Geschichte* ist, die uns interessieren sollte, warum sollte dieser Zweifel nicht auch Phil Dick zugute kommen?

Natürlich haben die Beatles behauptet, ebenfalls an Berühmtheit Jesus gleich zu kommen – zu einer Zeit, als ihre Geschichten »so weit über die Welt verbreitet« waren. Die einzige Probe auf Zeitlosigkeit ist die Probe durch die Zeit selbst, und nach diesem Maßstab hat sich Dick recht gut gehalten. Seit seinem Tod 1982 ist fast sein gesamtes Œuvre wieder im Druck erschienen. Zwei Erfolgsfilme sind nach seinen Romanen gedreht worden, weitere sind im Entstehen. Es hat zwei Biographien und andauernde Beachtung durch die Kritik gegeben. Phils Fan Nummer eins, Paul Williams, hat eine Philip-K.-Dick-Gesellschaft gegründet, und deren Nachrichtenblatt dokumentiert seit Jahren das Anwachsen seines Nachruhms.

Man kann schon sagen, dass sein Ruhm wie der von Sylvia Plath oder James Dean von der Sorte war, die vom rechtzeitigen Ableben profitiert. In seinem Artikel in *Gnosis* hat Jay Kinney erklärt: »Was letzten Endes Wahnsinn von Mystizismus unterscheidet, ist die Richtung, die das Leben des Betroffenen einschlägt. Für den Geisteskranken führt die Erfahrung zu weiterem Zerfall, für den Mystiker zu Sammlung und Heilung.«[27] Nach diesem Kriterium brachte es Dick auf ein Ergebnis irgendwo dazwischen. Im Gefolge von 2/74 trennte er sich von seiner fünften Frau und ihrer beider Kind und kehrte zu seinem üblichen Verhaltensmuster verknallter Liebeleien zurück, und auch in den meisten anderen Beziehungen ähnelte er immer eher Falstaff als dem Buddha. Anderseits sprach, was er schrieb, zweifellos für »Sammlung und Heilung«. Sein letzter Roman, »Die Wiedergeburt des Timothy Archer«, erschienen im Jahr seines Todes, stellt seinen einzigen künstlerischen Erfolg außerhalb der Genreliteratur dar. Indem er Aspekte seines eigenen Lebens mit dem seines Freundes James Pike verschmilzt, des Bischofs der Episkopalen Kirche und Erfolgsautors, zeigt Dick in der *Wiedergeburt,* was er hätte leisten können, wenn er versucht hätte, ein ernster Autor der allgemeinen Literatur zu sein. Er hätte ziemlich gut sein können.

Und womöglich wäre er sogar noch besser geworden. Doch ich bezweifle es. Nachdem er den Rohstoff der »Exegese« abgebaut hätte (ein Vorgang, der in der *Wiedergeburt* noch andauert), hätte er nachgelassen - wie es vorher geschehen war, wie es bei fast jedem Autor geschieht, der in die Jahre kommt, insbesondere bei einem, der sich wie Dick auf eine Muse stützt, die verlangt, dass das Werk rasch getan wird, mit hochoktaniger Intensität. Im Sinne seines langfristigen Nachruhms ist er zur rechten Zeit gestorben, als er auf dem Höhepunkt seiner Kraft war und seine eigene Legende nicht demontieren konnte.

Und ehe er der Versuchung erliegen konnte, die immer gegenwärtig gewesen war, die aber nach der Publikation von »Valis« zugenommen haben muss - der Versuchung, die trüben Offenbarungen der »Exegese« zu einer offiziellen Lehre und einer Kirche zurechtzureden -, trat er ab. Zweifellos hätte er Abnehmer gefunden, und es gab einen klaren Präzedenzfall im Erfolg der Scientology. Als Spinner verlockender Offenbarungen konnte Dick mehr Umdrehungen pro Minute erzeugen, als Hubbard rund um die Uhr. Was die Jünger betrifft, so gab es ein fertiges Publikum, geschult an zwei Jahrzehnten »Drogenkultur«, das nur von seinen Lippen zu hören brauchte, dass er, ja doch, der Buddha selber war, damit es losging.

Es spricht für ihn, dass er es nicht tat. Zunächst einmal war er einfach nicht gierig, was eine der Vorbedingungen zu sein scheint, nach den Beispielen von Shoko Asahara und L. Ron Hubbard zu urteilen. Zum anderen konnte er nie gut zuhören. Man kann sich nicht vorstellen, wie Dick die Geschichte eines anderen auditiert - seine eigene war immer so viel interessanter.

Ein paar Tage vor dem Karfreitag 1997 begingen in einer vornehmen Vorstadt von San Diego Marshall Herff Applewhite, der Führer der Sekte Heaven's Gate (Himmelpforte), und achtunddreißig seiner Anhänger gemeinsam Selbstmord auf eine Art, die die Apotheose der Science Fiction als eigenständige Religion ist. Seit ihrer Gründung 1972, als Applewhite die Krankenschwester und Astrologin Bonnie Lu Nettles in einer Klinik traf, wo er seine Homosexualität kurieren lassen wollte, verkörperte die Sekte eine Reihe von Themen, die in diesem Buch schon berührt worden sind. Hier der Bericht von den Ursprüngen der Sekte, wie er auf der Website der Sekte im Internet steht:

> Anfang der Siebzigerjahre verkörperten sich zwei Mitglieder des Himmlischen Reiches (oder, wie manche es nennen würden, zwei Aliens aus dem Weltraum) in zwei nichts ahnenden Menschen in Houston. Die staatlich geprüfte Krankenschwester war glücklich verheiratet und hatte vier Kinder, sie arbeitete im Säuglingssaal eines örtlichen Krankenhauses und unterhielt eine kleine astrologische Praxis. Der Musikprofessor, der einige Jahre lang mit einem männlichen Freund zusammengelebt hatte, war zufriedenstellend mit kulturellen und akademischen Aktivitäten befasst .... Ihnen wurde bewusst, dass sie aus dem Weltraum gesandt worden waren, um eine Aufgabe zu erfüllen, die etwas mit der Bibel zu tun hatte.

1975 gelang es ihnen, bei den Medien landesweite Aufmerksamkeit zu gewinnen, als sie gut zwanzig New Age-Anhänger, die im winzigen Waldport, Oregon, hängengeblieben waren, dazu bewegten, ihnen ins östliche Colorado zu folgen, wo sie ein Raumschiff treffen sollten, das sie heim zu den Sternen bringen würde. Bo und Peep, die beiden Aliens, die Applewhite und Nettles gewesen waren, erfreuten sich kurzer Berühmtheit, deren Höhepunkt eine Titelgeschichte im *New York Times Magazine* vom 29. Februar 1976 war. Doch als die UFOs ihr Versprechen nicht hielten, richtete der Ruhm seine unsteten Scheinwerfer woanders hin.

Douglas Currans 1985 erschienenes Buch »In Advance of the Landing: Folk Concepts of Outer Space« (Im Vorfeld der Landung: Volkstümliche Konzepte vom Weltraum) ist voll von lehrreichen Erzählungen und bestürzenden Fotos von ehemaligen UFO-Berühmtheiten, die auf schäbigen Zusammenkünften in Geisterstadt-Motels ihre Notizbücher durchblättern und sonderbare Kostüme tragen. Das ist das Leben, das Bo und Peep (nunmehr unter den Namen Do und Ti) zwanzig Jahre lang geführt haben müssen, während sie bald ein paar Anhänger gewannen, bald andere verloren und nicht weiterkamen. Der Glaube, den sie verkauften (zum üblichen Preis von

»allem, was der Gläubige besitzt«), unterschied sich vom gegenwärtigen Evangelium nach Whitley Strieber und John Mack insofern, als Applewhites Anhänger nicht von Aliens entführt worden, sondern selber welche waren; ihr schwanengleiches geistiges Wesen war in das dem hässlichen Entlein entsprechende »Gefäß« eines Menschenkörpers gegossen worden, der seither die Welt durchstreifte und versuchte, den Sinn zu begreifen.

Wie das SF-Fandom waren sie eine Sorte für sich: verkannte Genies, die die Welt für gewöhnliche Computerheinis hielt, höchstens. Auf den Bändern, die sie kurz vor ihrem Gruppen-Selbstmord aufnahmen, hört man oft das verräterische Kichern des SF-Fans, jenes süffisante Glucksen, das eine Weisheit andeutet, die nur den Mitfans vorbehalten ist. Erst wenn die Untertasse kommt, um die Gläubigen aufzunehmen, kann der große Witz allen erzählt werden.

Was die Leute von Heaven's Gate von den üblichen Anhängern christlicher Endzeitkulte unterschied, war die Entschlossenheit, »nein« als Antwort nicht zu akzeptieren. Applewhite hatte nicht vor, weitere fünfundzwanzig Jahre in der Wildnis zuzubringen, ohne von den Medien wahrgenommen zu werden. Ihm blieben jedenfalls keine fünfundzwanzig Jahre mehr. Seine Tage waren gezählt, und Schwester Nettles war schon tot. Warum brauchte das Mutterschiff so lange?

Schließlich mussten sich Applewhite und seine ganze Raumschiffbesatzung wie Manson, Jim Jones und Asahara vor ihnen die Worte von Lady Macbeth zu Herzen nehmen und ihren Mut bis zum Punkt des Halts schrauben. Sechs von ihnen, darunter Applewhite, hatten schon demonstriert, dass sie zu drastischen Maßnahmen imstande waren, indem sie sich kastrieren ließen – eine religiöse Praxis von hohem Alter, die freilich in den letzten Jahrhunderten aus der Mode gekommen ist. Es gibt jedoch für die Praxis gute Belege im Neuen Testament, wo Christus auf die Frage, ob es besser sei, nicht zu heiraten, erwidert (Matth. 19,12): »... und sind etliche verschnitten, die sich selbst verschnitten haben um des Himmelreichs willen. Wer es fassen kann, der fasse es!« Im dritten Jahrhundert folgte Origenes, einer der am höchsten geschätzten Theologen der frühen Kirche, diesem Rat zur Vollkommenheit und ließ sich um des Himmelreichs willen kastrieren. In dieser Hinsicht steht Heaven's Gate einfach in der gnostischen Tradition, wo die bloße Materie kaum von Belang ist.

Die Gesellschaft als Ganzes muss dankbar sein für den grundlegenden Unterschied zwischen dem Weg, den Heaven's Gate wählte, und dem von Manson, Asahara und anderen eingeschlagenen. Der Tod, dem die Sektenmitglieder mit so philosophischem Gleichmut begegneten, war ihr eigener. Die wohlgeordnete Art, die ihren Gruppenselbstmord umgab, und ihre Videoaufnahmen weisen nicht darauf hin, dass jemand von ihnen unter Zwang handelte. Von jenen, die das Kool-Aid in Guyana tranken oder in den Flammen von Waco umkamen, kann man das nicht sagen. Ihrer Tat eignet sogar eine Art Pracht, eine Großartigkeit der Entsagung ähnlich der, wenn Frühchristen Hymnen singend in die Todesarena des Colosseums zogen.

Gerald Jonas, der langjährige SF-Rezensent der *New York Times,* schrieb 1970 eine Kurzgeschichte »The Shaker Revival« (deutsch »Gerissene Bande«, auch »Als die Shaker auferstanden«), die auf unheimliche Art das Heaven's-Gate-Phänomen vorwegnimmt. Jonas stellt sich eine Sekte von neuzeitlichen, von Rock'n'Roll inspirierten Asketen vor, die ihr Zuhause und ihre Arbeit aufgeben, um das Vierfache Nein zu bekräftigen: »Kein Hass, kein Krieg, kein Geld, kein Sex.«[28] »Könntest du ... versuchen, dir vorzustellen, wie eine wirkliche Revolution aussehen würde?«, erklärt ein Bekehrter. »Es wären nicht bloß diese Sprechchöre von ›gebt uns, gebt uns, gebt uns ...‹, sondern ... [das] Vierfache Nein verbunden in Einem Großen Nein!«[29] Er fährt fort:

> Oh, unsere Kraft ist nicht von dieser Welt. Du kannst die Musikbänder vergessen und die Shakerbikes und die Tänze – das ist die unreine Schale, deren wir uns entledigen müssen. Wenn ihr die Wirklichkeit sehen wollt, dann stellt euch vor, wie wir – alle eure kostbaren kleinen Gen-Maschinen – einen Kreis bilden, unsere Häupter zum Gebet neigen, den Atem anhalten und einer nach dem anderen hinübergehen. Meinst du nicht, dass das

> ein wunderschönes Ende dieser Welt ist? Kein Knall, kein Weinen – nur ein langes, atemloses Amen?[30]

Oft kann man unkonventionelles Verhalten in literarischer Form leichter respektieren, als in seinen unansehnlichen Versionen im wirklichen Leben. Im wirklichen Leben müssen Bo und Peep in gewisser Hinsicht bewusste Scharlatane und nicht völlig von den Schwindeleien überzeugt gewesen sein, die sie an ihren Anhängern praktizierten. Eine der Bürden der Führerschaft (und eine der Segnungen für die Gefolgsleute) ist diese Arbeitsteilung. Doch eben wegen seiner Absurdität verkörpert ihr Glaube die unangenehme Tatsache, dass wahrer religiöser Glaube oft ein Skandal ist, dem gesunden Menschenverstand ins Gesicht schlägt und ein Verhalten inspiriert, das der Ausweis von Unzurechnungsfähigkeit sein müsste. Wie von Applewhite beabsichtigt, kam die Geschichte von Heaven's Gate Karfreitag 1977 in die Schlagzeilen. Die Geistlichen konnten den Gegenstand schwerlich vermeiden, wenn sie zu Ostern über die Wiederauferstehung predigten. Statt »Halleluja!« musste ihre Botschaft lauten: »Sag einfach nein.«[31]

Was die offensichtlichen Absurditäten des Glaubens von Heaven's Gate betrifft, so hat keine geringere religiöse Autorität als Augustinus erklärt, er glaube ans Christentum, eben *weil* es absurd sei. Und als zwei Mitglieder der Sekte, die deren Apotheose verpasst hatten, am selben Abend zu Ostern in der Sendung *Sixty Minutes* auftraten, hatten sie keine größeren Schwierigkeiten, über die Albernheit der Sektenmythologie hinweg zu gehen, als Joseph Campbell und die meisten liberalen protestantischen Theologen, wenn sie über alles hinweg gehen, was am Christentum reine Mythologie zu sein scheint. Wesentlicher als die buchstäbliche Wahrheit ist aus der Sicht eines potentiellen Selbstmörders die Kosten-Nutzen-Analyse. Nehmen wir an, dass die neununddreißig Gläubigen schließlich doch nicht von Aliens aufgenommen wurden, die sich im Schatten des Hale-Bopp-Kometen der Erde näherten. Was hatten sie zu gewinnen – außer dem, was Hamlet »ein Ziel, aufs innigste zu wünschen« nannte?

Vielleicht genau das, worauf sie aus waren. Zumindest über eine von den Selbstmörderinnen, Gail Maeder, wird berichtet, sie habe in ihr Highschool-Journal geschrieben, sie strebe im Leben nach »Reichtum und Ruhm«. Wenn es mit dem Reichtum nicht geklappt hat – der Ruhm ist eingetroffen, für sie und alle achtunddreißig anderen. Ruhm ist ein Ziel, das keiner von ihnen allein hätte erreichen können, ein Ziel, das sich für gewöhnlich selbst den Reichen versagt und mit seinem Fehlen die Genüsse ihrer Tafel vergiften kann. Ruhm oder falsches Ansehen ist das Motiv der unnötigsten Lügen, und manche von uns würden ihr Leben dafür geben.

Die Filmrechte sind bereits verkauft, und wahrscheinlich wird es mehr als einen Film geben. Es könnte eine großartige Komödie in der Art von »Ed Wood« daraus werden, ein Thriller oder eine echte Tragödie.

Doch als Science Fiction wird man es nicht machen, denn diese Version ist schon kaum zu übertreffen als »Unheimliche Begegnungen der dritten Art« gedreht worden. Es war einer der Lieblingsfilme der Sekte und die Geschichte ihres Lebens. Am erhebenden Ende dieses Films trotzt Richard Dreyfuss dem sicheren Tod, indem er das vermeintlich verseuchte Gebiet um den Devil's Tower betritt, um seine Verabredung mit den Außerirdischen einzuhalten (die genauso wie die Aliens auf der Website von Heaven's Gate aussehen). Applewhite und Konsorten, die die gleiche Verabredung getroffen hatten, haben sich dem selben Schicksal gestellt und den selben Lohn geerntet.

Sie sind unsterblich.

ANMERKUNGEN

1 Burl Ives war seinerzeit als Liedersänger bekannt. – *Anm. d. Übers.*

2 Tom Swift ist der Held einer langen Folge von amerikanischen »Jungenbüchern«. – *Anm. d. Übers.*

3 Deutsch erschien der Roman unter den Titeln »Die neue Macht der Welt« und »Baby ist drei«). – *Anm. d. Übers.*

4 Isaac Asimov: »Foundation«, übersetzt von Rosemarie Hundertmarck, in Asimov: »Die Foundation-Trilogie«. München: Heyne 1991, S. 44.

5 David A. Kaplan und Andrew Marshall: »The Cult at the End of the World«. New York: Crown 1996, S. 31. – Wo nicht anders angegeben, wurden alle Zitate vom Übersetzer des vorliegenden Essays übertragen.

6 Willa Cather und Georgine Milmine: »The Life of Mary Baker G. Eddy and the History of Christian Science«. Lincoln: University of Nebraska Press 1993. Milmine erschien bei der Erstpublikation des Buches 1908 in Fortsetzungen in der Zeitschrift *McClure's* als alleinige Autorin, doch ihr Beitrag war die Recherche; die eigentliche Autorin war Cather.

7 »The Encyclopedia of Science Fiction«. New York: St. Martin's 1993.

8 Campbell hatte beim Unterscheiden zwischen Wissenschaft und Schwindel keine Glanzleistungen zu verzeichnen. Nachdem er mit Hubbard gebrochen hatte, hob er 1956 die Hieronymous-Maschine auf den Schild, eine »Psionik«-Maschine ähnlich dem Ouija-Brett, die wunderbarerweise als Diagramm auf dem Papier ebenso gut funktioniert wie als Gerät aus Metall und Plastik – eine verkörperte platonische Idee. 1961 sprach er sich für den Dean-Antrieb aus, ein Antigravitations-Gerät in der unvergesslichen Tradition der *Perpetua mobilia*. Bei all seinem Beharren auf »harter« Wissenschaft war Campbell allemal bereit, jedwede herumgeisternde Pseudowissenschaft anzupreisen, von der er wusste, dass sie den Absatz seines Magazins für ein, zwei Monate hochtreiben würde.

9 John W. Campbell: Einführung zu L. Ron Hubbard: »Dianetics: The Modern Science of Mental Health«. New York: Hermitage House 1950.

10 Russell Miller: »Bare-Faced Messiah: The True Story of L. Ron Hubbard«. New York: Henry Holt 1987, S. 157.

11 Ebd., S. 156.

12 Ebd., S. 203.

13 Jim Bakker war ein amerikanischer Prediger, der in den Achtzigerjahren durch Sexaffären und groß angelegten Finanzbetrug Schlagzeilen machte und zu einer mehrjährigen Freiheitsstrafe verurteilt wurde; Tammy seine Frau. – *Anm. d. Übers.*

14 Oberstleutnant Oliver Laurence North gehörte zum Stab des Nationalen Sicherheitskomitees und organisierte (auf Veranlassung seiner Vorgesetzten) die illegalen Geldtransfers in der Iran-Contra-Affäre. – *Anm. d. Übers.*

15 Zitiert nach Lawrence Sutin: »Divine Invasions: A Life of Philip K. Dick«. New York: Harmony 1989, S. 211.

16 Ebd., S. 213.

17 Ebd., S. 219.

18 Ebd., S. 227. Aus einem Interview vom Juni 1986; einige Transkriptionsfehler sind hier korrigiert.

19 Ebd.

20 Schläfenlappen-Epilepsie (TLE) ist auch als Erklärung für die berichteten Erfahrungen von Whitley Strieber und anderen von UFOs Entführten vorgeschlagen worden. Im Falle Striebers habe ich meine Zweifel, doch in einigen der früheren und naiveren Fälle kann TLE eine Rolle gespielt haben.

[21] Sutin: »Divine Invasions«, S. 231.
[22] Ebd.
[23] Philip Dick: »The Exegesis« (Auszüge), in *Gnosis,* fall-winter 1985.
[24] Sutin, a. a. O.
[25] Kinney: Ebd., S. 10.
[26] Joseph Campbell: »The Hero with a Thousand Faces«. Cleveland: Meridian 1963, S. 230.
[27] Kinney: a. a. O., S. 9.
[28] Gerald Jonas: »Gerissene Bande«, übersetzt von Rudolf Mühlstrasser. In: Walter Spiegl (Hrsg.): »Science-Fiction-Stories 49«. Frankfurt/M. – Berlin – Wien: Ullstein 1975, S. 27 (hier und im Folgenden an die neue Rechtschreibung angeglichen). – Die neuere Übersetzung »Als die Shaker auferstanden« in Thomas Dischs Anthologie »Die letzten Blumen« (1981) weicht wesentlich stärker vom Original ab. – *Anm. d. Übers.*
[29] Ebd., S. 55.
[30] Ebd.
[31] »Just say no« ist in den USA durch eine landesweite Antidrogenkampagne zum geflügelten Wort geworden. – *Anm. d. Übers.*

ÜBER SCIENCE FICTION

An Bord der goldenen Teufelsgaleere

Ein Streifzug durch die apokalyptischen Visionen in der polnischen phantastischen Literatur der 90er Jahre

von Jacek Rzeszotnik

Die Jahrtausendwenden in der christlichen Welt wussten den Explosivstoff latenter Ängste vor dem Unbekannten zu zünden und existentielle Bedrohungen zu suggerieren, ließen am Horizont des Vorstellungsvermögens die Feuer der Apokalypse grell aufflackern und pflanzten die Furcht vor dem Untergang in die menschliche Brust, kurzum, sie gaben Anlass zu eschatologischen Überlegungen. Sie befruchteten die Phantasie mit grauenvollen Bildern der Katastrophe, die das eitrige Geschwür der sich in der Sünde suhlenden Menschheit am Körper der Erde aufschneiden und sanieren sollten. Manche wollten bereits das Aufblitzen des Skalpells in der Hand des himmlischen Chefchirurgen gesehen haben, der zum Schnitt angesetzt hätte. Das morbide Spiel mit der Erwartung des eigenen Verderbens, der *Dance Macabre* der Visionen zog immer weitere Kreise, fesselte die Imagination und fixierte sie an einem Gedanken, der sich perpetuierte und Kettenreaktionen auslöste.

Früher waren in diesen geistigen apokalyptischen Totentanz entgegen allen wahrheitswidrigen Behauptungen der modernen Verkünder des Untergangs und der sensationslüsternen Medien aber nur relativ Wenige involviert gewesen. Die oft zitierte angebliche europaweite Panik des Jahres 1000 hatte in Wirklichkeit nie stattgefunden. Die Angst vor dem Weltende zirkulierte zu jener Zeit exklusiv in den Elitekreisen und die Erwartung des Jüngsten Gerichts nährte die Aufregung von Gelehrten, Kirchenleuten und Adeligen, nicht aber des gemeinen Volkes, das sich in seiner Masse trotz vervielfachter Anstrengungen der Prediger als immun gegen die Wirkung dramatisch gezeichneter Untergangsbilder erwies. Seine Resistenz rührte daher, dass für die damaligen einfachen Menschen jeder Tag einen verbissenen Überlebenskampf bedeutete, der ihnen viel schmerzlichere Wunden zufügte als vage Vorstellungen vom nahenden Ende der Zeit. Das globale Denken und das Operieren mit Geschichtskontinuität akzentuierenden Zeitbegriffen gehörten da noch nicht zur geistigen Grundausstattung. Die Welt begann und endete mit den Funktionswerten von »ich« und »jetzt«. Erst Jahrhunderte später ließ der antiklerikale Eifer den französischen Aufklärer und Historiker Jules Michelet über die Ereignisse um den ersten christlichen Millenniumswechsel ein Netz von Halbwahrheiten bzw. Lügen auswerfen, die schon bald den Status einer fest geglaubten Illusion erlangt hatten und gegen Ende des 20. Jahrhunderts als erhobener Zeigefinger fröhliche Urständ feierten.

Erst unsere Zeit erkrankte wirklich ernsthaft an der Weltende-Massen-Angstpsychose, produzierte unzählige Weltuntergangssekten mit mehr oder weniger haarsträubenden Ideologien und Ritualen und machte die Vorbereitungen für den Moment, in dem das letzte, siebte Siegel gebrochen werden würde, zu einem gewinnbringenden Geschäft. Der Sinn von Millionen von Menschen in Asien, Amerika und Europa war darauf gerichtet, Vorkehrungen zu treffen, sich gegen die unvorstellbaren Auswirkungen dieses einmaligen Ereignisses zu wappnen (oder – noch schlimmer – ihm durch die Flucht in den Tod zuvorzukommen). Eines der wichtigsten und ominösesten Glieder in der Kette der Faktoren, die das Gefühl der Bedrohung zielgerichtet manipulierten, waren verschiedene Medien, die das Thema Apokalypse zwecks Profiterhöhung flächendeckend ausschlachteten. Mundgerecht zubereitete Bilder eines Weltendes passierten daher vor den Augen der Fernsehzuschauer Revue, sickerten aus den Lautsprechern in die Ohren der Zuhörer, wurden von den zu Vorstellungsvorlagen gruppierten Wörtern und Sätzen in Büchern, Zeitschriften und Zeitungen evoziert. Der Kreis von Nachfrage und Angebot schloss sich. Das Interesse an dem prophezeiten Untergang führte dessen Durchspielung immer neuere Energien zu. Die immer neueren Untergangsszenarien hingegen erregten immer größere Aufmerksamkeit der Menschen und konditionierten ihre Aufnahmebereitschaft. Kein einziges Land, dessen zivilisatorisches Erbe christliche Handschrift trägt, blieb von den Effekten des Funktionierens dieses Mechanismus' verschont. Unterschiedlich war nur deren Ausprägung und die Intensität der Rezeption.

Angesichts des überaus fruchtbaren Nährbodens für religiös geprägte bzw. gefärbte apokalyptische Visionen, den der nahende Millenniumswechsel insbesondere in den 90er Jahren erschlossen hat, mag vielleicht ein wenig erstaunen, dass die Weltuntergangsdarstellungen in Polen, also einem als streng katholisch geltenden Land, im letzten Jahrzehnt des 20. Jahrhunderts im Gegensatz zu vielen anderen Ländern sehr selten problematisiert und literarisiert wurden. Entgegen allen durchaus verständlichen Erwartungen ergoss sich über die polnische Literaturlandschaft kein breiter Strom einschlägiger Armageddon-Darstellungen, sondern es schlängelte sich durch sie lediglich ein dünnes Rinnsal mehr oder weniger lesenswerter Visualisierungen des Jüngsten Gerichts. Eine auf den ersten Blick recht viel versprechende Inspirationsquelle erwies sich folglich als wenig ergiebig. Nur einige wenige Schriftsteller schöpften aus ihr und ließen sich mit einschlägigen Ideen befruchten. Wo sind aber die Gründe für diese überraschende, der allgemeinen Tendenz entgegenlaufende »Abstinenz« zu suchen?

Das polnische Modell der Religiosität fußt in erster Linie auf einer starken emotionalen Bindung an die Symbolik, das Zeremoniell und die Kirche als institutionalisierte Struktur. Diese noch aus der Zeit vor der Wende tradierte Einstellung ist Produkt einer Epoche, in der der polnische Katholik Zeuge permanenter Belagerung der Kirche durch die Vertreter der materialistischen Weltauffassung war, mit zahllosen Versuchen, die Idee der Religion schlechthin zu desavouieren, konfrontiert wurde und auf keine Unterstützung seitens der in ihrer

Ausdrucksfreiheit stark eingeschränkten katholischen Intellektuellen hoffen konnte. In dieser ideologisch feindlichen Umwelt entwickelte er also Verteidigungstechniken, die ungeachtet der inzwischen erfolgten politischen, ökonomischen, sozialen und weltanschaulichen Systemtransformation bis in den heutigen Tag nachwirken. Eine dieser Abwehrstrategien war es, sich die Ohren zuzustopfen und sich auf keine glaubensbezogenen Diskussionen einzulassen. Eine solche Vogel-Strauß-Politik führte jedoch schließlich zur Verkrustung des Glaubens und zur mangelnden Bereitschaft, Glaubensfragen aufzugreifen, sich mit ihnen kritisch auseinander zu setzen und gegebenenfalls in ihren Sinn tiefer einzudringen. Die Wahl von Karol Wojtyła zum Papst im Jahre 1978 hatte die Polen zudem nicht an den Glauben selbst näher herangeführt, sondern sie an die Institution Kirche noch stärker gefesselt. Seit einigen Jahren wird zwar – auch kirchlicherseits – angestrengt versucht, diesen Missstand zu beseitigen, doch die alten Gewohnheiten, die den Menschen mittlerweile in Fleisch und Blut übergegangen sind, lassen sich nicht so einfach mit der Wurzel ausrotten. Es fehlt bei den polnischen Katholiken also das tiefe Erlebnis des Heiligen, der Verbindung mit dem Schöpfer. An dessen Stelle ist das tiefe Erlebnis des Rituals getreten. Vor einem solchen geistigen Hintergrund hat eine fundierte Reflexion über die Apokalypse und ihre vielfältigen Implikationen logischerweise kaum Chancen. Die Überzeugung der polnischen Katholiken von ihrer besonderen Stellung in der Welt nährt ihre Gewissheit, von Gott als Erste aus dem Weltenbrand gerettet zu werden. Diese Gewissheit war und ist so absolut, dass die Untergangsprophezeiungen keine Schreckenswirkung zu entfalten vermochten. Sie prallten an der Mauer der unerschütterlichen Sicherheit, man sei unter den für die Rettung bestimmten Auserwählten, machtlos ab. Es bestand daher kein Bedarf an apokalyptischen Warnvisionen, da sie ihre Aufgabe ja nicht erfüllen konnten.

Ein anderer Grund dafür, dass im Gegensatz zu westeuropäischen und amerikanischen Weltende-Hysterien in Polen das Thema Apokalypse lediglich ein Schattendasein fristete, ist die starke Polarisierung der Gesellschaft in bekennende Gläubige und mehr oder weniger gekonnt getarnte Atheisten. Die Zwischenzone hingegen, die in Westeuropa und Amerika das »bevölkerungsreichste« Gebiet darstellt und in der die weder besonders religiösen noch religiös absolut indifferenten Menschen zu Hause sind, die also ihr Heil »höheren Gewalten« nicht »blindlings« anvertrauen, deren Existenz aber auch nicht negieren, ist in Polen praktisch eine menschenleere Einöde ohne jeglichen Einfluss auf die Gestaltung des Weltverständnisses. Und es ist gerade diese Zwischenzone, in der die Wirkung der apokalyptischen Visionen ihren Höhepunkt erreicht. Polnische Katholiken haben vor dem Weltuntergang keine Angst, weil ohne jeden Zweifel sie unter den Geretteten sein werden. Polnische Atheisten haben vor dem Weltuntergang keine Angst, weil sie an die religiös gedeutete gottgewollte Apokalypse nicht glauben.

Ein solches Klima der allgemeinen Nichtbeachtung des Problems Apokalypse bot der Literatur natürlich keinen geeigneten Humus, auf dem genügend Schilderungen des Grauen erregenden Weltendes hätten gedeihen können. Es resultierte vielmehr in den hier zur Sprache gebrachten Texten in einer bemerkenswerten sozial- und religionskritischen sowie satirischen Akzentverschiebung. In den Brennpunkt des Interesses der Autoren (und der Leser) gelangte nämlich eine stark theistisch gefärbte Erkundung der Ursachen für das von Gott über die jetzige Menschheit gefällte Todesurteil und nicht dessen »Vollstreckung« oder die Lage danach. Interessanterweise erfreute sich auch die Thematisierung einer verhinderten Apokalypse nicht geringer Beliebtheit, da sich hier den Schriftstellern neben den typischen Stoffbearbeitungen auch die spezielle Möglichkeit eröffnete, das Kräftemessen zwischen Gott und den ihre technischen Mittel perfektionierenden Menschen zu inszenieren. Es scheint, als hätten die Autoren nach der Existenz einer Grenze gefragt, jenseits derer Gott und die Menschen nicht mehr voneinander unterscheidbar wären.

Die nachfolgenden Text-Beispiele wollen die wichtigsten Tendenzen auf dem Gebiet der Apokalypse-Darstellung in der polnischen SF-Literatur der 90er Jahre flüchtig kartographieren.

Gesellschaftskritische Apokalypse

Die 90er Jahre begannen mit einem Hammerschlag, der die polnische SF-Literaturszene buchstäblich erschütterte und alle überrascht aufhorchen ließ. Ein damals 16jähriger Oberschüler und heute einer der prominentesten Vertreter der jungen Schriftstellergeneration – **Jacek Dukaj** – veröffentlichte in dem führenden polnischen SF-Magazin »Fantastyka« seine furiose Debüterzählung »Złota galera« (**»Die goldene Galeere«**)*, die bald Schule machen sollte und de facto eine neue literarische Mode in die Wege leitete: eine stark religionskritisch bzw. antiklerikal geprägte phantastische Literatur, in der der Triumph der Institution Kirche als positive Entwicklung infrage gestellt und die gesellschaftskritische Komponente in den Vordergrund gerückt wurde. Interessanterweise stellte »Die goldene Galeere« nicht nur den Anfangspunkt, sondern zugleich auch den Höhepunkt dieser Strömung dar, da den nächsten Erzählungen dieser Art bereits das Epigonenhafte anzumerken war. In Jacek Dukajs Vision umspannt das irdische Imperium fast den ganzen Kosmos. Die Macht über das riesige Sternenreich, das sich als die *Civitas Dei* begreift, liegt in den Händen der so genannten »Seligen Truppen«, einer straff militärisch organisierten und mehr oder weniger geheimdienstlich arbeitenden Struktur mit den besten Verbindungen »nach oben«, deren Aufgabe darin besteht, den Glauben in den Menschen zu festigen und ihn gegen die Angriffe der »anderen Seite« zu verteidigen. Dabei bedienen sich die »Seligen Truppen« einer derart ausgeklügelten Technik, dass sie inzwischen an Magie und Wunder denken lässt. Diese ultramoderne Mischung aus Inquisition und CIA soll sogar schon Kommandotruppen in die Hölle entsandt haben. Milliarden von Menschen glauben also nach den zehn Geboten zu leben und der Erlösung und der ewigen Gottesschau sicher sein zu können. Aufrecht-

---

* Einige der hier erwähnten Erzählungen finden Sie in deutschen Übersetzungen u. a. in der von mir herausgegebenen Anthologie »Reptilienliebe« (Heyne-Buch Nr. 06/6345) – *Wolfgang Jeschke*

erhalten wird diese tiefe Überzeugung, die als direktes Spiegelbild der bereits erwähnten Erlösungsgewissheit der streng gläubigen Katholiken in Polen aufzufassen ist, durch regelmäßig wiederholte Taufen und rücksichtslose Verfolgung von Nichtgläubigen – etwa Neosatanisten –, die sich in schwer zugänglichen Wäldern zu verstecken suchen und einmal gefangen genommen Buße tun müssen. In der allgegenwärtigen »seligen Systemstabilität« scheint das göttliche Ideal, das Absolutum zum Greifen nahe. Und eines Tages bricht in diese Atmosphäre der allgemeinen theonomisch geglaubten Seligkeit ein fremder Faktor mit aller Wucht herein und bringt das ganze imperiale Gebilde mit erstaunlicher Leichtigkeit zum Einsturz: An den Außengrenzen des menschlichen Imperiums taucht aus dem Nichts ein Riesenraumschiff in Form einer goldenen Galeere mit sechshundert Milliarden Rudern auf und nimmt Kurs auf die Erde, das Zentrum des Imperiums. Alle Planeten, an denen die Galeere vorbeirast, werden entvölkert. Die Anführer der »Seligen Truppen« wollen es in ihrer Arroganz eine Zeit lang nicht wahrhaben, doch schließlich müssen sie die schreckliche Wahrheit zugeben: An Bord der goldenen Galeere befindet sich Satan höchstpersönlich, und er ist nicht gekommen, um in der letzten Schlacht, im Armageddon, gegen Gott aufzutreten, sondern er trifft als der wahre Herrscher über die Menschen ein und nimmt nur das mit an Bord, was ihm zusteht: die Menschenseelen. Was den selbstgerechten Anführern der »Seligen Truppen« noch schwerer fällt einzugestehen, ist ihre absolute Machtlosigkeit. Die noch vor kurzem für allmächtig gehaltene Institution muss nun hilflos zusehen, wie der Satan den Glaubenswächtern ihre menschlichen »Schützlinge« mühelos vor der Nase wegschnappt. Lediglich eine Handvoll Überlebender, die die göttlichen Gebote wirklich verinnerlicht und nach ihnen gelebt haben, bleibt zurück. Alle Mitglieder der »Seligen Truppen«, die Bewahrer des Glaubens, finden sich hingegen an die Ruder der Teufelsgaleere angekettet wieder. Einschließlich ihres »erzengelhaften« Befehlshabers Radiwill. Das vermeintliche Reich Gottes enthüllt sich also als das neue Babel. Symptomatisch für das nahende Weltende ist, dass *nur* Satan kommt und Gott sich nicht blicken lässt. Auf dem Weg zum Ideal, zur äußeren Perfektion, hat die Menschheit den wahren Sinn der Lehre Gottes verloren und ihn gegen eine gigantische, die Leere in der Seele verbergende Fassade ausgetauscht, die jedoch im Moment des Entsetzens und der Todesfurcht ihrer Erbauer wie ein Kartenhaus in sich zusammenfällt. Das mächtige Imperium als Institution erweist sich also als ein Koloss auf tönernen Füßen, eine imposante Sandburg, die von einem einzigen gewaltigen Windstoß hinweggefegt wird. Nur das tiefe Erlebnis göttlicher Nähe und nicht dessen institutionalisierte Dekretierung garantiere, so Dukaj, die Erlösung – nicht inbrünstige Lippenbekenntnisse, sondern fromme Taten und Herzensreinheit, nicht Hochmut, sondern Demut seien Schlüssel zum Reich Gottes. Das Fundament für den Untergang werde in dem Moment gelegt, in dem die Gottesdiener sich wie Gottes Statthalter auf Erden aufzuführen beginnen und gottähnliche Anbetung für sich fordern und nicht als die untertänigsten Diener von allen Gottes Glorie preisen. Die Erzählung »Die goldene Galeere« transportiert eine geballte, freilich nicht für alle akzeptierbare Ladung der Kritik an der Rolle und der Vorgehensweise der katholischen Kirche und an der Verhaltensweise eines Großteils der Einwohner des »katholischsten Landes Europas«. Dennoch gehört sie bereits zu den noch wenigen mehrmals nachgedruckten Klassikern der modernen, jungen polnischen SF, die sich nicht ausschließlich in seitenlangen Schilderungen extravaganter Abenteuer erschöpfen will, sondern gesellschaftskritische Töne anschlägt und durchaus beunruhigende Jetztzeit-Diagnosen formuliert.

Derselbe gesellschafts- und kirchenkritische Ton vibriert in der ein paar Monate später veröffentlichten Novelle »Jawnogrzesznica« (1990, **»Die öffentliche Sünderin«**) aus der Feder des heute ebenfalls prominenten jungen Schriftstellers und konservativen Publizisten **Rafał A. Ziemkiewicz** an. Auch in seiner Vision ist die Kirche staatsbürokratisch organisiert und verfügt über Organe und Institutionen (etwa »Gottes Miliz«, schnelle Eingreiftruppen der »episkopalen Kommandantur«

usw.), mit deren Hilfe (gegebenenfalls unter Gewaltanwendung) sie ihre Ziele erreicht. Es ist ein perfekt durchstrukturiertes totalitäres System, in dem die Kirche mit ihren »Theocomputern« alle Menschen bis tief in die private Sphäre hinein genau und lückenlos kontrolliert. Auch hier machen sich das Gefühl der Seligkeit und die Überzeugung, gottgefällig zu leben, breit. Auch hier sind sich die Menschen der Erlösung sicher. In diese Welt des »religiösen Glücks« bettet der Autor die evangelische Geschichte von der Wiederkunft Jesu Christi ein. Der Sohn Gottes wird aber nicht wiedererkannt, er wird von den Glaubenswächtern geohrfeigt und niedergeschlagen und aus der feierlichen Zeremonie der Begrüßung des Herrn ausgeschlossen. (Den Zeitpunkt der Ankunft des Allmächtigen haben die Theocomputer errechnet.) Aufnahme findet er erneut bei den Außenseitern der Gesellschaft, den Ausgestoßenen, den Armen, den Nichtangepassten. Die Fortsetzung der Geschichte dürfte inzwischen klar sein: Die pharisäerhafte Kirche wird untergehen und der Neuanfang wird von der gedemütigten und verachteten öffentlichen Sünderin und dem zum wahren Glauben bekehrten »Kirchensoldaten«, der einst in seiner Verblendung dem Messias ins Gesicht geschlagen hat, initiiert und die Kirche der Gottes- und Nächstenliebe gegründet werden. Zwar wird in dieser Geschichte kein Weltende inszeniert, aber es wirft seine Schatten bereits voraus. Ziemkiewiczs Erzählung ist eine kaum verhüllte Attacke, die der Autor gegen die maßlos pompöse Ausstattung der Pilgerfahrten des Papstes Johannes Paul II. nach Polen reitet. Es ist ein Angriff gegen die polnische römisch-katholische Kirche und die polnischen Katholiken, die sich ausschließlich mit der öffentlichen Manifestation ihrer religiösen Praktiken begnügten und die wahre Religiosität vermissen ließen. Es ist eine scharfe Verurteilung der kirchlichen Praktiken beim Umgang mit den Gläubigen (etwa bei der Verteilung von Ablassbriefen, wo die hohen Vertreter der Kirche die Bittsteller ins Kreuzverhör nehmen und dabei kleine Vergehen gegen die kirchliche Ordnung, die Jahre oder Jahrzehnte zurückliegen, erbarmungslos zu blasphemischen Verbrechen aufbauschen, um die Antragsteller vor Angst zittern und beben zu lassen). Aber es ist keine blindwütige Kritik des Klerus aus atheistischen oder agnostischen Positionen, sondern der Ausdruck eines ehrlichen Entsetzens des ehemaligen Messdieners und »kirchlichen Ordnungshüters« (wie die männliche Hauptfigur in der Erzählung) über die Missstände in der Kirche als Institution. Ziemkiewicz weiß seine Kritik mit der Bibel in der Hand zu üben.

Ähnliche kritisch-bittere Schlussfolgerungen diktierte dem Schriftsteller **Mirosław P. Jabłoński** die Erkenntnis in die Schreibmaschine, dass sich die Kontakte zwischen Gott und dem Menschen seit den biblischen Zeiten mit ihren einfachen und übersichtlichen Gesellschaftsbeziehungen und der unmittelbaren Gotteserfahrung bis ins Absurdeste kompliziert hätten. Durften die alten Patriarchen mit dem Allmächtigen noch von Angesicht zu Angesicht verkehren, so begann sich der himmlische Vater zu Moses' Zeit bereits hinter symbolischen Erscheinungen zu verbarrikadieren und verwehrte seiner eigenen Schöpfung direkten Zugang zu sich. Im Verlauf der Epochen funktionierte die Verbindung immer schlechter, sodass in dieses defektanfälliges und oft reparationsbedürftiges »Kommunikationssystem« neue »Relaisstationen« eingebaut werden mussten, die die Informationsübermittlung sicherzustellen hatten: Es waren verschiedene Propheten, die, von Gott erleuchtet und mit mehrdeutigen Offenbarungen beschenkt, die Mittlerposition zwischen dem Himmelreich und dem irdischen Jammertal einnahmen. Nach Christi Tod wurde klar, dass Gottes eigene Schöpfung fähig ist, die Hand gegen ihren Erschaffer zu erheben, und dass sie selbst vor dem größten aller Verbrechen nicht zurückschreckte. Der Herr im Himmel errichtete daher einen Schutzwall, hinter dem er sich vor den Übergriffen seines aggressiven und mordlüsternen »Produkts« einigermaßen sicher fühlen konnte – die Kirche. Sie sollte sein Sprachrohr werden und ihn von der unangenehm gewordenen Aufgabe, seine Lehren persönlich zu verkünden, befreien. Doch er scheint hierbei die Rechnung ohne den Wirt gemacht zu haben: Die Kirche, wie jedes andere Amt, begann zu wachsen, erlebte unzählige »Zellteilungen« und »Knospungen« und rief immer mehr Dienststellen, Deparments, Abteilungen,

Büros etc. ins Leben. Es entstand schließlich ein komplexes Gebilde, das seine ursprüngliche Pflicht, durch die Evangelisierung Gott und Mensch miteinander kommunizieren zu lassen, weitgehend aus den Augen verloren hatte, und sich selbst zum Selbstzweck erhob und unermüdlich zelebrierte und zelebriert. Doch die Kirche existiert nicht nur für sich allein, sondern nimmt dabei mit ihren Geboten und Verboten, Bescheinigungen und Genehmigungen, Anweisungen und »Ratschlägen« großen Einfluss auf die Welt um sich herum. Sie habe, so Jabłoński, die Menschen endgültig von Gott isoliert, indem sie statt die »bilaterale« Kommunikation zu fördern ihre eigenen Spielregeln forciert und ihren Stellenwert im System verabsolutiert. Spätestens an dieser Stelle drängt sich die Frage auf, ob sich die von Gott emanzipierte Kirche und der Allerbarmer selbst noch was zu sagen hätten?

Auf solchen Überlegungen gründet Jabłońskis Erzählung »Spotkanie na końcu drogi« (1991, **»Die Begegnung am Ende des Weges«**), in der vor dem Hintergrund der gerade stattfindenden Apokalypse der höchste Kirchenbeamte, quasi der kirchliche Amtsleiter, der Papst, als letzter Mensch auf der von alles versengenden Sonnenstrahlen unbarmherzig gepeitschten und vom tösenden Armageddon-Sturm gegeißelten Erde im Sterben liegt und in seinem Palast in der Città del Vaticano den letzten Besuch bekommt - von Gott. Aus dem Gespräch der beiden »Partner«, das aber nicht so richtig in Gang kommen will, ersieht man, dass die beiden Herren sich kaum etwas zu sagen haben. Und es ist der Herr der Heerscharen, der freiwillig zugibt, Fehler begangen und misslungene Neuanfänge (Adam, die Sintflut, Sodom und Gomorra) verschuldet zu haben, die sich im Rückblick zu einer alles andere als positiven Bilanz addieren. Der Papst hingegen ist nicht so willig, seine und der Kirche Verfehlungen zu gestehen. Gott muss ihm dieses Bekenntnis angesichts des nahenden Endes erst abzwingen. Wenn man aber annimmt, dass der sterbende Oberhirte nur noch halluziniert und der göttliche Besuch in Wirklichkeit nur eine dem Schuldbewusstsein entspringende Sinnestäuschung ist - und für eine solche Interpretation hält sich der Text die Tür offen -, dann liegt der Schluss nahe, dass sich zwischen dem Allvater und der Kirche eine unüberbrückbare Kluft aufgetan haben muss, die sich selbst im Moment des Untergangs nur schwer zuschütten lässt. Sichtbar gemacht wird die stark internalisierte Vorstellung der kirchlichen Hierarchie, dass die Kirche praktisch keine Schuld auf sich geladen hat und wenn schon jemand Unrecht begangen haben soll, ist es dann Gott selbst gewesen.

Starke gesellschafts- und glaubenskritische Töne mit direktem Bezug auf die Situation in Polen erklingen in der satirischen Kurzgeschichte »Proroctwa Milabusa« (1996, **»Milabus' Prophezeiungen«**) von **Adam Ehringer.** Es ist eine stakkatohaft vorgetragene Aufzählung von Plagen, die Gott über die Polen bringen wird, sollten sie sich moralisch nicht erneuern wollen. Ehringer gießt seine Kritik in die Form einer Litanei absurdester apokalyptischer Prophezeiungen, die auf den ersten Blick zwar auf die Lachmuskeln wirken, doch bei näherem Hinsehen das Lächeln auf den Lippen ersterben lassen. Und so verkündet der »letzte große Prophet« Milabus z.B. »Glaubet mir, Brüder und Schwester, ihr müsset Fremdsprachen lernen, da ihr nicht wisset, wann sie zu euren Muttersprachen werden«, »Lenin wird auferstehen!!!«, »Glaubet mir, Brüder und Schwester, die Ziegel werden grün werden«, »Glaubet mir, alle Regenpfützen werden tiefer als alle Ozeane sein«, »Fürwahr, ich warne euch, wenn die Zahl der Transaktionen auf der Warschauer Börse die Millionengrenze überschreitet, wird euch nichts Gutes mehr widerfahren« usw. Doch die allerschrecklichste Prophezeiung wird zum Schluss ausgesprochen: »Und es wird so ein Moment kommen, in dem in eurem weiß-roten Land [d. h. Polen – J. Rz.] gar nichts Interessantes und Außergewöhnliches passieren wird, sodass ihr auf ihn kaum aufmerksam werden werdet, und es wird euer Leben sein«. Der Autor nimmt hier die typisch polnische Eigenschaft, nicht »normal« leben zu können, ins Visier und zieht den einzigen logischen Schluss: Wenn Gott die Polen schrecklich bestrafen will, so müsse er sie ein normales, ereignisloses Leben ohne sinnlose Heldentaten führen lassen. Eine solche geordnete Existenz käme für sie einer apokalyptischen Erfahrung gleich.

Apokalypse als Folge der Reversion der Kreuzigung

Eine frappante Annäherung an den in die Geschichte des Kreuztodes Christi eingebetteten Erlösungsmythos bietet die kurze Erzählung »Metafizyka i deszcz« (1995, **»Metaphysik und der Regen«**) von **Sohei.** Ein alter Mann ist damit beschäftigt, alle Christusfiguren an den Kruzifixen vom Kreuz abzunehmen. Und mit der letzten »Kreuzabnahme« wird auch die Erlösungstat des Heilands rückgängig gemacht und die Menschheit erneut in den Zustand der Sündigkeit zurückgestoßen und sich selbst überlassen. Die durch Christi Tod am Kreuz und seine Auferstehung von den Toten als Heilsmittler geschlagene Brücke zwischen Gott und den Menschen bricht zusammen. Über die Menschheit wird von nun an keine schützende Hand Gottes mehr gehalten, sodass die kumulierten Sünden die Strafe nach sich ziehen. Als erste Anzeichen des bevorstehenden Weltendes stellen sich sintflutartige Regen und heftige Erdbeben ein. Die Rückgängigmachung des erlösenden Opfertodes Christi lässt den Damm verschwinden, den die Tat des Sohnes Gottes aufgeschüttet und der bisher die sündenbedingten apokalyptischen Zerstörungswellen wie ein Auffangbecken von den Menschen ferngehalten hat. Aufschlussreich für die Interpretation der Aussage der Erzählung scheint die Deutung der mysteriösen Gestalt des alten Mannes zu sein, dessen Identität bis Ende der Geschichte nicht ans Licht kommt. Dessenungeachtet welchen Sinn man dieser Figur zuerkennt, gelangt man jedes Mal zu einer unerfreulichen Erkenntnis: Wenn man annimmt, dass der Alte nur ein von der Idee einer Umkehr der Erlösung besessener gewöhnlicher Mensch ist, dann wird man mit dem alarmierenden Sachverhalt konfrontiert, dass das für das Heil der gesamten Menschheit so bedeutsame, aufopferungsvolle Erlösungswerk Christi nur von einem einzigen menschlichen Individuum mit genug Ausdauer aufgehoben werden kann. Das würde wiederum den Gedanken nahe legen, dass dem Erlösungswerk etwas reversibel Mechanisches, Prozesshaftes eignet, was es seiner Einmaligkeit und Einzigartigkeit beraubt und ein merkwürdiges Licht auf die in der Bibel so plakativ beteuerte Menschenliebe Gottes und

Christi wirft. Wenn man von der Annahme ausgeht, dass der alte Mann in Wirklichkeit Gott selbst ist, der das Werk seines Sohnes Stück für Stück zurücknimmt, dann steigt in dem Leser die bange Frage auf, warum der allmächtige Allvater es sich so viel Mühe kosten lässt, statt nur mit einer simplen Handbewegung alles ungeschehen zu machen? Die Antwort auf die Frage nach der göttlichen Omnipotenz dürfte die Gläubigen nicht besonders optimistisch stimmen.

Apokalypse im übertragenen Sinne

Eine besondere Art der Apokalypse gelangt in der Kurzgeschichte »Podró¿ Trzech Króli« (1997, **»Die Reise der Heiligen Drei Könige«**) von **Piotr Gociek** zur Darstellung. Der Weltuntergang bedeutet hier nicht das Ende aller Welt, sondern den Niedergang der alten Welt voller Magie und Zauberkünste. Mit der Geburt Christi bricht nämlich eine neue Zeit an, in der es keinen Platz für solche Zaubereien wie fliegende Teppiche, Verjüngungsbeschwörungsformeln, Liebestränke, Djinns usw. mehr gibt. Im Glanzlicht des Sterns über Bethlehem verwandeln sich die drei *Magier* aus dem Morgenland in die drei *Weisen* aus dem Morgenland, die ihre Zauberkräfte verloren haben. Ihre Enttäuschung über die sich vollziehenden Veränderungen ist so groß, dass sie schließlich die Idee aufgeben, dem Jesuskind zu huldigen. Einem zufällig angetroffenen Bauern tragen sie daher auf, dem neugeborenen König aller Könige die Geschenke an ihrer Stelle zu Füßen zu legen, kehren um und reiten auf ihren Kamelen gen Osten heim: Die bezahlten Geschichtsschreiber werden ja sowieso über ihre Huldigung berichten. Über die Gesichter der bekümmerten Weisen huschen jedoch Schatten, während sie überlegen, wie sie nun ohne magische Kräfte ihre Königreiche fest im Griff behalten werden. Die Ankunft des verheißenen Messias verheißt ihnen nichts Gutes. Das Glück der Einen ist bekanntlich die Sorge der Anderen.

In »Koniec nadziei« (1995, **»Das Ende aller Hoffnung«**) von **Arkadiusz Grzegorzak** hingegen erfahren drei Weise von ihrem niedergeschlagenen Meister, dass es keinen Satan gäbe. Diese Erkenntnis impliziert weitreichende Folgen, die das ganze Weltgeschehen in völlig neuem, freilich düsterem Licht erscheinen lassen. Denn wenn es den Satan nicht gibt, dann hat alles Böse seinen Anfang in Gott. In die Brüche geht damit die Vorstellung von Gott als unerschöpflicher Quelle des Guten. Sein väterliches Lächeln voller Zuneigung verwandelt sich in Anbetracht dieser Revelationen in ein Grinsen, das einem Schauer über den Rücken jagt. Wenn er sich also über seine Schöpfung beugt, dann tue er es womöglich nicht, um ihr seinen Schutz zu gewähren, sondern um zu sondieren, ob sie nun bereit ist, einen neuen »Schicksalsschlag« zu erleiden. Darf es also noch auf Gottes Gnade gehofft werden? Infrage kommt hier noch eine andere Deutung, der jedoch ebenso wenig erfreuliche Einsichten zu Grunde liegen: Alles geschähe einfach nur so, ohne dass ihm höherer Sinn immanent ist. Der Mensch sei kein Schlachtfeld mehr, auf dem das Gute und das Böse ihren Kampf um die Seele austragen. Und gerade dieser Kampf verleihe der menschlichen Existenz ja Sinn und Farbe. Ohne den Satan sei der Mensch lebensunfähig. Die Erkenntnis, es gäbe keinen Satan, ist für ihn daher ein apokalyptisches Erlebnis, weil sie jede Hoffnung, eine sinnvolle Existenz zu führen, zu Grabe tragen lässt. Grzegorzaks Erzählung gesellt sich in die verschwindend kleine Gruppe von Texten ein, die den Höllenfürsten nicht bloß als das in den Schöpfungsplan eingewobene Böse, den Widersacher, ins Bild setzen, sondern ihn zu einer Notwendigkeit erheben, die als einer der Eckpfeiler unseres Daseins zu begreifen ist. Der Satan ist ein Spiegel, in den Gott blickt, wenn er den Menschen nach Gutdünken Wohltaten erweist oder sie straft.

Cyber-Apokalypse

Weltuntergänge können auch in virtuellen Realitäten stattfinden. Einen solchen Fall hat die Erzählung **»D.L. Net«** (1998) von **Krzysztof Kochański** zum Gegenstand. Eine Versicherungsanstalt bietet ihren Kunden folgende Dienstleistung:

Nach dem Tod werden ihre Bewusstseine in ein Netzwerk geladen, in dem sie ein virtuelles Leben weiterführen können. Man kauft sich also ein zweites, diesmal aber ewiges Leben nach dem Tode. Für die Toten ist dies natürlich eine durch und durch reale Existenz, obwohl sie sich dessen bewusst sind, dass sie lediglich in einem komplizierten Netzsystem als Bits und Bytes zirkulieren. Gelegentliche Unregelmäßigkeiten in der Realitätsdarstellung (Anomalien) zeugen von vorübergehenden Systemstörungen, werden jedoch schnell aus den Speichern entfernt und durch »korrigierte Versionen« ersetzt, sodass sich die Cyber-Toten an diese Zwischenfälle nicht mehr erinnern können. In der Erzählung mehren sich die Anomalien aber zusehends und werden von den Cyber-Toten bemerkt, da die Defekte nicht mehr aus den Speichereinheiten gelöscht werden, sondern zu nächsten Anomalien führen. Es stellt sich heraus, dass die ganze virtuelle (für die Cyber-Toten die einzige) Welt vor einem totalen Zusammenbruch steht. Sie schrumpft dramatisch zusammen. Ein grauer Nebel markiert die sich unaufhaltsam und sprunghaft verschiebende Grenze zwischen dem Nichts und der sich verkleinernden Cyberwelt. Die wenigen Noch-Überlebenden haben keine Ahnung, warum ihre künstliche Welt kollabiert, denn der Informationsfluss funktioniert nur in eine Richtung: Es sind immer nur die neuen Toten, die Nachrichten von den Veränderungen in der realen Welt mit sich bringen, doch seit gut ein paar Jahrhunderten ist kein einziges neues Bewusstsein mehr ins Netz gespeist worden, sodass die Cyber-Toten allein auf ihre Vermutungen angewiesen bleiben. Ihrem bangen Rätselraten setzt schließlich ein Gast von außen ein Ende: Ins Netz dringt der Operator ein und erklärt dem Protagonistenpaar, dass ein totaler Systemabsturz bevorstünde und niemand Bescheid wüsste, wie man das Netzwerk wieder in Ordnung bringen könnte, denn die reale Welt hätte in den letzten Jahrhunderten einen gewaltigen technischen Fortschritt erlebt und man habe dabei die Bedienung und Wartung alter Netzsysteme praktisch verlernt. Zum Erschrecken der Cyber-Toten fügt der Operator hinzu, er sei der einzige Mensch auf der Erde, denn die Anderen hätten dem wirklichen Leben den Rücken gekehrt und sich in supermoderne, sich selbst reparierende Netzwerke speichern lassen. Leider seien die neuen Entwicklungen mit dem alten Netz inkompatibel, sodass die Cyber-Toten in sie nicht transferiert werden können. Und er selbst sei in der wirklichen Welt nur deswegen so lange geblieben, um zu ihnen vorzudringen und ihnen die nahende Apokalypse zu offenbaren, weil er glaubt, sie hätten es verdient, zu wissen, was auf sie zukommt. Die besondere Tragik der Cyber-Toten beruht darauf, dass die Offenbarung der Apokalypse kurz vor deren Eintritt stattfindet und nicht eine kaum näher bestimmte, in weiter Ferne liegende Zukunft betrifft. Darüber hinaus trägt die außer jedem Zweifel stehende Unvermeidlichkeit des Untergangs zur Intensivierung des Gefühls des Grauens bei: Der Gott der Cyberwelt - der Netzoperator - ist kein allgewaltiges Wesen, von dem Gnade und Abwendung der Katastrophe erhofft werden könnten, denn er ist genauso ohnmächtig und ratlos wie die Betroffenen. Es wird deshalb keine Geretteten geben. Kochańskis Erzählung kann als Abrechnung mit den Omnipotenzträumen der Menschen gelesen werden, die durch die Schaffung der virtuellen Realität des Cyberspace das Schöpfungswerk Gottes zu imitieren, die Genesis zu wiederholen versuchen. Obwohl ihre kümmerlichen, stümperhaften kreativen Fähigkeiten ein solches Unterfangen gar nicht rechtfertigen, insbesondere wenn man die Absicht hat, die künstliche Realität mit virtuellen Geschöpfen zu bevölkern, wollen die Menschen unbedingt in die Fußstapfen des Gottvaters treten und auf seinen Schöpfungspfaden wandeln. Und das könne, so Kochański, kein gutes Ende nehmen. Ungeachtet der modernen Staffage ist diese Erzählung also ein Plädoyer für das dem Theismus zu Grunde liegende Verantwortungsbewusstsein des Schöpfers gegenüber seinen Geschöpfen und eine deutliche Absage an den deistischen Standpunkt.

Acht Jahre nach dem bravourösen Debüt von Jacek Dukaj mit seiner »Goldenen Galeere« brachte das SF-Magazin »Nowa Fantastyka« (Nachfolger des Magazins »Fantastyka« nach der Wende) das Erstlingswerk von **Monika Fostiak** unter dem Titel »Legenda o Księciu Vampire« (1998, **»Die Legende vom Fürsten Vampire«**) heraus, das prompt mit der Auszeichnung »Debüt des Jahres« honoriert wurde. Als postmodernes Neocyberpunk-Pendant zu Dukajs »Goldener Galeere« ist es eine mangaeske Parallelweltgeschichte, in der die Welt einer Prüfung auf ihre Resistenz gegen das Böse unterworfen wird. Doch handelte sich bei dem absoluten Bösen in der »Goldenen Galeere« erklärtermaßen um den Satan, so agiert hier ein mächtiges, aber schwer definierbares Wesen – Fürst Vampire – in dieser Rolle. Man kann jedoch die Vermutung wagen, dass sich unter den für einen Blutsauger typischen Eigenschaften eine Manifestation des Höllenfürsten verbirgt. Fürst Vampire hat sich eine eigene künstliche virtuelle Wirklichkeit, eine eklektische Mischung aus höchst modernen und mittelalterlichen oder gar altgermanischen Elementen, erschaffen, die er in jeder Hinsicht kontrolliert. Es gibt auch Verbindungen zur »realen Welt«, in der er als Anführer einer Internetsekte fungiert, die Psychoviren übers Netz verschickt. Seine Manipulationen deformieren zunehmend unsere Realität und lassen sie langsam, aber konsequent in eine finstere Sackgasse abdriften. Sein Hauptziel ist es, Gott herauszufordern und ihn zu besiegen, um das Böse über das Gute endgültig triumphieren zu lassen und eine Apokalypse herbeizuführen. Doch er fürchtet sich gleichzeitig vor Gottes Allmacht und tritt jedes Mal im allerletzten Moment den Rückzug an. Seine einzige Chance sieht er darin, die Emotionen eines wütenden, gehetzten, zu allem (Mord) fähigen Menschen in sich aufzusaugen und so psychisch-emotiv ausgerüstet vor Gott hinzutreten und ihm den Fehdehandschuh ins Gesicht zu schleudern. Paradoxerweise ist es eines seiner virtuellen Geschöpfe, das seine Pläne durchkreuzt: Er tötet den Fürsten Vampire gerade in dem Moment, als sein Herr sich in Trance versetzen lässt, um darin Gott anzugreifen. Der Kurzschluss der aus dem Kopf des Fürsten herausragenden Dendriten (Satans Hörner?) löst in einem gewaltigen Spasmus die von Vampire ausgehende Energie des Bösen auf und die virtuelle Welt, von ihm »im Innersten zusammengehalten«, hört auf zu existieren. Auch die von Vampire verursachten Wirklichkeitsveränderungen in der realen Welt werden ungeschehen gemacht. Die totale Apokalypse aller Realitäten wird noch rechtzeitig abgewendet. Der ontologische Status der vom Fürsten Vampire geschaffenen virtuellen Welt bleibt leider in Dunkel gehüllt und die Autorin – dies kann ihr als konzeptionelle Unzulänglichkeit ihrer Geschichte vorgeworfen werden – beschränkt sich lediglich auf deren Schilderung, ohne die Frage zu klären, wie es zu diesem »Schöpfungsakt« gekommen ist und wie die *virtual reality* des Vampire mit der göttlichen und unserer Wirklichkeit vernetzt ist. Wir erfahren nur, dass der Realitätenwechsel auf chemischer Basis erfolgt.

Apokalypse als Unterhaltung Gottes?

Was, wenn der Weltuntergang kein Drama, sondern nur ein Spiel, eine sich wiederholende Schachpartie wäre, an der Gott und der Satan sich gleichermaßen delektierten? Dieser Frage geht **Jacek Inglot** in seiner Erzählung »Sodomion, czyli Prawdziwa Istno © Bytu« (1990, **»Sodomion oder Die wahre Wesentlichkeit des Seins«**) nach. Gott schickt darin einen – nicht besonders »hellen« – Engel in die Stadt Sodomion, um einen Mann namens Loth zu finden und ihn aus der Stadt herauszubringen. Nach diversen verwirrenden Abenteuern an diesem Ort voller Sadisten und Masochisten, über den Marquis Sodomion Donatien de Sade XVII. herrscht, findet der Engel Loth, der als de Sades Sekretär der eigentliche Herrscher über die Stadt ist. Der Engel soll anschließend geopfert werden, damit die inzwischen fade gewordene verbotene Frucht der Perversität den Masochisten und Sadisten wieder schmeckt und ihren Gaumen erneut kitzelt: Sie bräuchten einen neuen Reiz, einen neuen Lust-Schmerz, der sie von den existentiellen Qualen der Langeweile befreien könnte. Doch anstelle des Engels wird letzten Endes ein »sittenpolitischer« Regimegegner und Kritiker der Ordnung in Sodomion namens Plato de Socrates öffentlich gepfählt. Der Gesandte Gottes wird hingegen von dem Anführer der regimefeindlichen Bewegung für die Befreiung der Masochisten Gothlieb Woltaire aus der Stadt herausgeführt. Erst außerhalb der Stadtmauern erweist sich, dass Woltaire der eigentliche Loth, oder genauer gesagt, ein vom

Satan geschickter Teufel ist, der dem Engel zu bedenken gibt, dass die Welt nur ein Spieltisch für die beiden uralten Herren Gott und Satan sei, an dem sie die ganze Zeit verbrächten und sich auf Kosten der unbarmherzig gehetzten und manipulierten Menschheit köstlich amüsierten, ohne dass ihrem »Duell« ein tieferer Sinn außer bloßem Zeitvertreib zu Grunde läge. Diese Eröffnung erschüttert den Engel zutiefst, da sie alle seine bisherigen Überzeugungen von dem ewigen prinzipiellen Gerangel des Guten und des Bösen um die Seele des Menschen infrage stellt. Das Dilemma des Engels (und der Leser) besteht darin, dass er nicht im Stande ist festzustellen, ob die Behauptung des Teufels der Wahrheit entspricht, oder aber noch einen Versuch des Bösen darstellt, die Guten in Versuchung zu führen und in ihnen gotteslästerliche Zweifel zu erwecken, die den Glauben an den Allmächtigen untergraben sollen. Zu guter Letzt wiederholt Gott zum x-ten Mal seine Entscheidung und lässt Sodomion in einem novaartigen Inferno verdampfen. Die Hitze der Explosion im Rücken, kehrt der Engel weinend zurück, weil er begriffen hat, dass er wieder einmal als Katalysator der Ereignisse missbraucht wurde.

Satirisch dargestellte Apokalypse

Das Thema Apokalypse wurde in der polnischen phantastischen Literatur der 90er Jahre auch von der satirischen Seite her angegangen. Als prägnante Beispiele dafür seien hier zwei *short stories* von Grzegorz Janusz und ein Roman des Satirikers Marcin Wolski genannt.

Der erste Titel von **Grzegorz Janusz** »Dzień dobry« (1994, **»Guten Tag«**) macht den Leser mit dem Tyrannen Oniricus bekannt, der fest daran glaubt, dass die Welt nur ein Traum Gottes ist und alle Priester hingerichtet und alle Tempel und Kirchen bis auf die Grundmauern niedergerissen werden müssen, damit die Gläubigen mit ihren Gebeten Gott im Schlaf nicht stören. Denn dann würde er erwachen und die Welt untergehen. Die Scheiterhaufen brennen also lichterloh, die Verfolgung der kultische Handlungen Pflegenden läuft auf Hochtouren und den Edikten des Tyrannen fallen nicht nur Hexen, sondern auch streng und aufrichtig Gläubige zum Opfer. Schweißgebadet und mit einem Schrei des Entsetzens erwacht Gott aus diesem schrecklichen Alptraum.

»Panzerfaust« (1994) ist hingegen eine Apokalypse au rebours: Der Protagonist schließt mit dem Satan einen Vertrag ab, in dem er sich verpflichtet, ihm seine Seele abzutreten. Dieser muss ihm aber vorher einen Wunsch erfüllen: Er soll ihm einen Dolch liefern, mit dem sogar Gott getötet werden kann. Der Satan löst sein Versprechen ein und stellt ihm eine solche, speziell angefertigte Stichwaffe zur Verfügung. Der Protagonist tötet damit den Höllenfürsten, ohne freilich vorher vergessen zu haben, zu fragen, ob es außer ihm in der Unterwelt noch andere Teufel gäbe. Mit seiner verneinenden Antwort, außer ihm lebten in der Höllentiefe lediglich verdammte Seelen, unterschreibt der Leibhaftige sein eigenes Todesurteil. Nach dem Tod des Teufels erhebt sich allerdings die Frage nach dem Sinn der Existenz unserer Welt und des Himmels als des Pendants zur Hölle. Ohne Hölle als Gegengewicht verliert der Himmel - also auch Gott - seine Existenzberechtigung. Durch die Ermordung des Satans lässt der Protagonist - so kann man vermuten - eine Apokalypse über das Himmelreich hereinbrechen. Auf den Punkt wird diese Erkenntnis gebracht, als er beschließt, durch einen Sprung vom Balkon Selbstmord zu begehen. Die Selbstmörder dürfen bekanntlich nicht auf Gottes Gnade hoffen, sie werden in die Unterwelt gestürzt und die Gottesschau wird ihnen verwehrt. Was aber, wenn es keine Hölle mehr gibt? Dann *müssen* ihre Seelen »zwangsläufig« in den Himmel fahren, was wiederum Gottes Weltordnung aus den Fugen geraten lässt, sie nun als unmögliche Konstruktion ausweist und gar ad absurdum führt.

Das Thema Apokalypse, satirisch überhöht und mit konservativen politischen Seitenhieben versehen, dominiert im Romanschaffen eines der bekanntesten polnischen politischen Satiriker - **Marcin Wolski.** Bereits 1983 entstanden und 1999 um ein neues Schlusskapitel erweitert auf den Markt gebracht, dokumentiert »Agent Dołu/Diabelska dogrywka« **(»Der Agent des Unten/Teuflisches Endspiel«)** die Bemühungen der Hölle, mithilfe eines teuflischen »Himmelfahrtskommandos« die Menschen, etwa durch entsprechend platzierte politische oder religiöse Morde, gegeneinander aufzuhetzen und so den Dritten Weltkrieg apokalyptischen Ausmaßes herbeizumanipulieren. Im atomaren Inferno soll das Menschengeschlecht ausradiert werden. Seine Entwicklung lässt nämlich sowohl unten in der Hölle und oben im Himmel Alarmglocken läuten: Die Menschheit schreibt Vernunft auf ihre Fahne, und nicht mehr den Glauben. Der wissenschaftliche Fortschritt bringt sie der Entdeckung anderer Dimensionen immer näher, und in diesen »anderen Dimensionen« leben all die Wesen, die von der Menschheit bislang als übernatürlich oder märchenhaft eingestuft wurden. Mit dem Einbruch der Menschen in diese anderen Dimensionen müsste also zur Rationalisierung des Übernatürlichen kommen und die Engel mit Gott und die Teufel mit dem Satan an der Spitze wären nur noch andere, aber keineswegs höhere Wesen, vor denen man sich fürchten sollte. Die Menschheit könnte auch zum Beispiel versuchen, diese von ihr neu entdeckten Dimensionen zu kolonisieren und Gott, dem Satan und ihren Untergebenen den Platz streitig zu machen. Dem muss Einhalt geboten werden. Ist sich die Hölle aber der Richtigkeit dieser Entscheidung sicher und besteht unten Konsens über die Notwendigkeit, die Menschheit als latente Bedrohung auszulöschen, so muss der Himmel einen inneren Konflikt ausfechten: Eigentlich sollte man die Menschen als Gottes Schöpfung vor dem Untergang schützen, aber die Entwicklung des Homo sapiens weg vom leicht beeinflussbaren und steuerbaren Glauben in Richtung schwer lenkbarer Vernunft stimmt nun mal wirklich bedenklich. Dieses Dilemma bereitet dem Himmel zunächst Kopfschmerzen, doch schließlich nimmt er Abstand von der von der Hölle forcierten radikalen Lösung. So beschließt die Hölle das Problem im Alleingang von der Welt zu schaffen und lässt das bereits erwähnte »Himmelfahrtskommando«, das aus für diese Aufgabe wieder »aktivierten« Agenten Dracula, Baron Frankenstein, Werwolf Kajtek, Fantomas, Wassernixe Susy Waters und Gnom Mister Priapos besteht, das Werk der Zerstörung vollbringen. Dem Himmel gelingt es aber, die Operation des »Unten« noch rechtzeitig zu torpedieren und alle Mitglieder des Kommandos unschädlich zu machen. Der Anführer der Gruppe, stellv. Satan, wird gefangen genommen und soll im Himmel resozialisiert werden. In dem neu dazugeschriebenen Schlusskapitel spielt Marcin Wolski auf die in Polen um die Mitte der 90er Jahre von der rechten Post-Solidarno ©-Regierung initiierte paranoide Suche nach den Geheimagenten und -mitarbeitern des Sicherheitsdienstes des kommunistischen Regimes in den 80er Jahren an. Damals wurden viele bekannte Solidarno ©-Mitglieder und die wichtigsten Kämpfer für die Befreiung Polens aus den Fesseln des kommunistischen Blocks auf die nach dem damaligen Minister für Staatssicherheit benannte »Macierewicz-Agentenliste« gesetzt und der Mitarbeit mit dem ehemaligen kommunistischen Sicherheitsdienst angeklagt. Doch der Versuch, eine politische Hexenjagd in die Wege zu leiten und politische Gegner innerhalb des eigenen Solidarno ©-Lagers zu desavouieren und auszuschalten, scheiterte kläglich und führte zu einer Regierungskrise und einem Regierungswechsel. Die paranoiden Züge dieser »Agentenaffäre« überträgt Wolski im Romanschluss auf die Verhältnisse im Himmel, wo der resozialisierte stellv. Satan mit robespierrehaftem Wahn und Neophyteneifer nach Informellen Mitarbeitern des Satans im Himmelreich fahndet. Die Such- und Entlarvungsaktion zieht dabei immer breitere und höhere Kreise. Immer mehr Engel und Erzengel gestehen »freiwilig«, im Dienst der Hölle zu stehen und die Aktionen des Himmels sabotiert zu haben. Schließlich holt der Resozialisierte eine goldene Agentenmappe hervor, auf der IM 1 prangt. Diesmal scheint er jedoch den Bogen überspannt zu haben, denn Gott schaltet sich in die Angelegenheit höchstpersönlich ein und setzt erzürnt dem tollen Treiben der politischen Inquisitoren im Himmel ein Ende, indem er den Tag des Jüngsten Gerichts anbrechen lässt.

Teilweise verhinderte Apokalypse

Eine der interessantesten und ohne jeden Zweifel gelungensten Erzählungen über eine teilweise verhinderte Apokalypse stammt aus der Feder von **Konrad T. Lewandowski,** einem in Polen bekannten und sehr aktiven Mitglied des Fandoms, und zugleich einer umstrittenen Persönlichkeit mit umstrittenen künstlerischen Ansichten, und trägt den Titel »Półmisek« (1996, **»Die Schüssel«**). Im Gegensatz zu anderen derartigen Geschichten, die um die ontologischen und theognostischen Fragen einen großen Bogen machen und den Akzent eher auf die Handlung setzen, wartet »Die Schüssel« mit einer von Lewandowski selbst entwickelten und kompletten, auf der Metaphysik fußenden Wahrnehmungs- und Erkenntnistheorie auf, was ihre Lektüre zu einem Genuss macht. Lewandowskis Theorie gründet auf der Voraussetzung, dass es im metaphysischen Kontinuum unzählige potentielle Seinsformen gibt, durch die sich der Fluss der Erkennbarkeit schlängelt. Die von ihm »berührten«, also »aktivierten« Seinsformen werden in die Wirklichkeit gehoben und unsere Realität besteht aus solchen Wirklichkeit gewordenen potentiellen Seinsformen. Welchen Weg sich der Fluss der Erkennbarkeit durch diese potentiellen Seinsformen bahnt oder wie er »abzweigt«, hängt von Myriaden von Faktoren, etwa unseren jeweiligen Entscheidungen, ab. So entsteht die Kausalkette. Die im Titel erwähnte Schüssel ist eine Art Supertalisman, der seinen Besitzer in den Stand setzt, den Kausalnexus zu ändern und neue Kausalketten aus beliebig zusammengesetzten Seinsformen herzustellen und sie zu »bereisen«. So werden potentielle Entwicklungen greifbar, die nie stattgefunden haben: Der »realitätsreisende« Protagonist nimmt zum Beispiel an einer berauschenden Staatsfeier anlässlich des 1000-jährigen Bestehens der Piastendynastie in Polen in einer der nicht Wirklichkeit gewordenen Realitäten teil. Doch die Existenz des Talismans als »Realitäten-Manipulator« impliziert Schwerwiegenderes: Neben der linearen Erkennbarkeit (Kausalketten) gibt es noch die genetische Ordnung, wo genetisch »ranghöhere« Seinsformen »knospen« und »rangniedrigeren« Seinsformen sozusagen potentielle »Existenzen schenken«. Die »ranghöchsten« Seinsformen werden von dem Fluss der Erkennbarkeit nicht berührt, werden also nicht »sichtbar« gemacht. Doch mit dem Schüssel-Talisman kann selbst das »rangallerhöchste« Sein – Gott – in den Fluss der Erkennbarkeit gezerrt werden. Und zwar mit katastrophalen Folgen: das Prinzip der Erhaltung des freien Willens würde dann aufgehoben sein, und es darf ausschließlich von »ranghöheren« Seinsformen quasi »verletzt« werden (etwa durch Illumination oder Offenbarung), doch niemals darf ein solcher Versuch von einem »rangniedrigeren« Sein gewagt werden. Die Sichtbarmachung Gottes mithilfe des Talismans, also eine Art erzwungene Theophanie, würde eine metaphysische Kettenreaktion, einen metaphysischen *snow ball*-Effekt auslösen, der das gesamte metaphysische Kontinuum einen Kollaps erleiden ließe. Die Kausalketten würden zerrissen werden und alle potentiellen Seinsformen würden sich gleichzeitig manifestieren. Es würde die biblische Apokalypse eintreten. Gott würde über die Welt zu Gericht sitzen. Der Schüssel-Talisman soll in der Vergangenheit schon ein paar Mal benutzt worden sein, doch jedes Mal konnte der göttliche Eingriff die Vernichtung des »Gewebes unserer Realität«, wie wir sie kennen, noch rechtzeitig verhindern und die Frevler bestrafen: Der Talisman war der Apfel vom Baum der Erkenntnis im Paradies und der Grundstein des Turms zu Babel. Noch im allerletzten Moment gelingt es dem Protagonisten der Erzählung, die Sichtbarmachung Gottes zu vereiteln, doch Gott – so können wir vermuten – verändert zur Strafe radikal die genetische Ordnung im metaphysischen Kontinuum, also alle »rangniedrigeren« Seinsformen, sodass der Fluss der Erkennbarkeit von nun an völlig neue potentielle Seinsformen in die Wirklichkeit hebt. Die Veränderung ist natürlich allumfassend, aber als eine Art Belohnung (?) lässt Gott den Protagonisten die Erinnerungen an das alte metaphysische Kontinuum behalten und ermöglicht ihm auf diese Weise, die stattgefundene »Neugründung« des metaphysischen Raums bewusst zu erleben. Dem Leser wird jedoch das Neugeschaffene nicht gezeigt, denn die Erzählung bricht gerade in dem Moment ab, in dem der Protagonist in die neue Wirklichkeit eintritt, fest entschlossen, den Talisman zu Pulver zu zermahlen, um so seinem eventuellen späteren erneuten Missbrauch vorzubeugen. »Die Schüssel« von Konrad Lewandowski gehört dank der Komplexität und Konsistenz der Überlegungen ohne Zweifel zu den lesenswertesten (fast) apokalyptischen Visionen, die die polnische phantastische Literatur in den 90er Jahren hervorgebracht hat.

Verhinderte Apokalypse

Eine bemerkenswerte Erscheinung innerhalb der sich mit Endzeitthemen auseinander setzenden polnischen Phantastik in den 90er Jahren war die Darstellung verhinderter Weltuntergänge. Noch auffälliger ist allerdings die Tatsache, dass es nicht selten gerade die Menschen, Gottes eigene Geschöpfe, waren, die sich erdreisteten, ihrem Herrn im Himmel Paroli zu bieten, und nicht irgendwelche anderen gottgleichen Wesen etwa aus parallelen Dimensionen oder unvorstellbaren Weiten der Wirklichkeit.

Piotr Karbowniczeks Erzählung »Dziwne dni« (1999, **»Seltsame Tage«**) dürfte als Exponent dieser Richtung betrachtet werden. Sie zeigt eine Menschheit, die sich dank ihrer ausgeklügelten Technik der regelmäßig durchgeführten Versuche Gottes, ein Weltende stattfinden zu lassen, erfolgreich zu erwehren vermag. Die einzelnen »Anläufe« zum Weltenbrand spielen sich nach dem in der Offenbarung des hl. Johannes nachzulesenden Muster (die sieben Siegel) ab. Gott weiß, dass die Menschen nach den ersten Anzeichen des kommenden Weltuntergangs sofort Gegenmaßnahmen ergreifen, und sucht daher das Muster zu variieren, indem er mal einige »Siegel« auslässt, mal ein paar von ihnen gleichzeitig öffnet. Die Menschen lassen sich durch diese Abänderungen zwar nicht verwirren, doch langsam reißt ihnen die Geduld – sie sind den ständigen Abwehrkampf leid und beschließen, zum endgültigen Gegenangriff aufzurüsten: Sie verfallen auf die Idee, die »göttliche Substanz« aus der Realität herauszuextrahieren und sie zu neutralisieren, um auf diese Weise Gott ein für alle Mal loszuwerden. Es entgeht ihnen jedoch, dass sie ohne ihn nicht existieren können, so wie ein Hund verhungern muss, der sein Herrchen zu Tode gebissen hat. In Karbowniczeks Erzählung befindet sich die Menschheit in einem Dilemma, aus dem es kein Entrinnen gibt: Mit oder ohne Gott ist das Menschengeschlecht früher oder später dem Untergang geweiht. Es bleibt ihm also nur das Ende so lange hinauszuschieben, wie es nur möglich ist.

Eine andere Variante der verhinderten Apokalypse, wo die Menschen die Vermessenheit besitzen, existenzielle Grundfakten und deren Folgen zu ignorieren, fabuliert **Izabela Szolc** in ihrer satirischen, im Kielwasser der kirchenkritischen Wirklichkeitsbefunde eines Jacek Dukaj oder Rafał A. Ziemkiewicz segelnden Kurzgeschichte »Watykan« (1997, **»Vatikan«**) aus, in der ein Engel die unglaublichste Nachricht nach Vatikan bringt: Gott ist gestorben. Dies müsse nun allen Menschen auf der Welt verkündet werden. Doch die hohen Würdenträger protestieren laut dagegen und argumentieren, dass eine solche Botschaft fatale Folgen hätte und die entsetzten und orientierungslosen Menschen dem Chaos, schmutzigen Materialismus und sündiger Promiskuität oder gar einer neuen Religion in die Arme treiben würde, was um jeden Preis zu verhindern sei. Papst Johannes XXVIII. befiehlt nach kurzer Überlegung, den Engel festzunehmen und ihm die Flügel abzuschneiden: Einem flügellosen Engel werden die Menschen ja kein einziges Wort glauben. Das Wohl der Kirche ist wichtiger als die Wahrheit. Der Status quo wird gerettet und die Kirchenfürsten können weiterhin ruhig Spenden und Opfergaben absahnen.

Bürokratisch-politische Aspekte der im Himmel erwogenen Menschheitsvernichtung (es müssen wohl auch im Himmelsreich irgendwelche bürokratischen Strukturen bestehen, oder?) kommen wiederum in **Mariusz Czyloks** »Rapport« (1997, **»Der Bericht«**) zur Geltung. Der hl. Petrus lässt darin einen seiner Untergebenen zweifelhafter Provenienz einen Bericht über das Menschengeschlecht abfassen, aus dem hervorgehen soll, ob es vernichtungsreif geworden ist. Der Beauftragte entledigt sich der Aufgabe und kommt zu dem Schluss, dass die Menschheit an ihrem Tiefstpunkt angelangt sei und zerstört werden könne. Doch das konspirative Verhalten des hl. Petrus erweckt in ihm den Verdacht schöpfen, dass der Heilige womöglich ohne Erlaubnis des Herrn im Himmel auf eigene Faust agiert. Zur Rede gestellt, erklärt der Heilige, er hätte ihn den Bericht vorlegen lassen, um zu erfahren, wie es denn um die Menschheit bestellt sei und ob Maßnahmen ergriffen werden müssten, um der eventuellen Auslöschung der Menschen durch Gott, falls dieser solch einen Entschluss fassen sollte, wirksam entgegenzuwirken. Er sei ja selbst einmal ein Mensch gewesen, verteidigt der Heilige seinen Alleingang. Gott erfährt jedoch von der nicht genehmigten Aktion des hl. Petrus und zitiert ihn zu sich. Die Engel, die ihn darüber informieren, versichern gegenüber dem Untergebenen des Heiligen, Gott habe nie die Absicht gehabt, die Menschheit zu vernichten. Doch der hl. Petrus befiehlt seinem Untergebenen auf der Erde zurückzubleiben und alles genau zu beobachten. Warum? Welchen Zweck verfolgt der Heilige eigentlich? Will er die Menschheit wirklich vor dem Inferno der Apokalypse bewahren oder schwebt ihm vielmehr das umgekehrte Ziel vor? Vielleicht laufen alle Handlungen des strengen Heiligen doch noch darauf hinaus, dem moralisch verdorbenen modernen Menschengeschlecht den Garaus zu machen? Der Leser wird mit diesen Fragen und Unklarheiten allein gelassen. Czyloks Erzählung porträtiert die Apokalypse nicht als eine gewaltige Entladung von Gottes Willen, sondern als einen bürokratischen Prozess, der die Umsetzung eines akribisch ausgearbeiteten und von himmlischen Dienststuben abgesegneten Planes ist.

Folkloristische Elemente aus verschiedenen Kulturkreisen hingegen schmelzt **Tomasz A. Winiarczyk** in seine Geschichte über einen verhinderten Weltuntergang ein. In »Welesowe czędo« (1998, **»Weles' Rachedämon«**) lässt er die alten, vom Christentum verdrängten heidnischen Götter und Gottheiten den Versuch starten, ihre alte Position zurückzuerobern. Auf der Flucht vor dem christlichen Gott hatten sie einst gegen die Menschen, die sich von ihnen ab- und dem christlichen Glauben zugewandt hatten, zahlreiche Flüche ausgestoßen. Einer von ihnen – der so genannte Goldene Fluch des Wortes – wird nach tausend Jahren aktiviert und unter die Menschen schleichen sich unerkannt dämonische Wesen ein, die ihnen Lebenskräfte entziehen und sich auf diese Weise mit Energie aufladen, mit deren Hilfe die alten Götter (so Weles in Polen oder der Aztekengott Huitzilopochtli, genannt Mexitli, in Mexiko) an der abtrünnigen Menschheit Rache üben wollen. Doch sie ist dem Zorn der alten Götter keineswegs schutzlos ausgeliefert. Gestaltwandlerische engelhafte Wächter passen auf die Menschen heimlich auf und jagen und vernichten die Handlanger der alten Gottheiten. Auch die mit dem Goldenen Fluch des Wortes von Weles verbundenen Gefahren in Polen werden gebannt, doch der Kampf ist noch nicht entschieden, denn an anderen Orten überall in der Welt werden wieder Opfer nach den jeweiligen alten heidnischen Ritualen dargebracht, was die Aktivierung weiterer Flüche vermuten lässt.

Der Kampf alter Götter mit dem »neuen Herrn« über die Menschheit steht ebenfalls im Mittelpunkt des Romans **»Inquisitor«** (1996) von **Jacek Inglot.** Doch diesmal verlässt sich die mexikanische Supergottheit Tezcatlipoca, der »Rauchende Spiegel«, der Bruder von Quetzalcoatl, nicht auf die traditionellen Mittel wie Flüche oder Magie, die auf den modernen Menschen kaum Wirkung haben, sondern er passt sich der Zeit an und gedenkt, ein weltumspannendes Netzwerk von superschnellen Servern aufzubauen und unserer Wirklichkeit die Funktionsregeln des Cyberspace aufzuzwingen. Als der »Große Systemadministrator« würde er dann in der Lage sein, alle Gesetze nach Belieben aufzustellen und aufzuheben. Dieses Vorhaben ruft natürlich die andere Seite auf den Plan, die Tezcatlipocas Absichten zu durchkreuzen sucht. Interessanterweise arbeiten dabei die Exponenten unserer Wirklichkeit – Gott und Satan – durch ihre Mittelsmänner Hand in Hand, da die Verwirklichung von Tezcatlipocas VR-Projekt ihre (und unsere) Wirklichkeit durch Überlagerung verschwinden lassen und sie dem mexikanischen »Feind der beiden Seiten« auf Gedeih und Verderb ausliefern würde. Tezcatlipocas darf hierbei weder mit der guten noch mit der bösen Seite identifiziert werden, denn er befindet sich außerhalb dieses simplen dualistischen Schemas und lässt sich mit dessen Hilfe nicht definieren, in dieses enge und starre Vorstellungskorsett nicht pressen, er erhebt sich darüber. In den Weg stellt sich ihm ein junger Oberschullehrer aus einem polnischen Provinzstädtchen, dessen Fähigkeiten, die Aktivitäten böser Geister anhand vager Indizien zu erkennen, ihn zum »Inquisitor« machen, der diese Aktivitäten im Keim zu ersticken hat. Doch diesmal ist der Gegner für ihn eine Nummer zu groß, sodass ihm »höhere Gewalten« zur Seite stehen müssen. Die thematische Bandbreite des Romans umfasst freilich nicht nur die (verhinderte) Apokalypse, sondern wirft darüber hinaus ein Schlaglicht auf den ewigen Kampf zwischen den Schülern und den Lehrern, der die Schule aufzehrt, und bricht den Stab über die Ausgeburten der modernen Konsumgesellschaft und deren Einweg-Kultur amerikanischer Provenienz.

In dem Roman »Krawędź snu« (1996, **»Am Rande des Traums«**) von **Marcin Wolski** hingegen versucht eine Gruppe der so genannten »Erben«, Nachkommen des ursprünglich von Gott innig geliebten und später von ihm wegen Hochmut und gefährlichen Omnipotenzträumen verstoßenen *homo sapiens primus,* des Vorgängers des *homo sapiens secundus,* also des Menschen von heute, den im Inneren des Berges Ararat schlafenden Gott mit einer gestohlenen russischen Atomrakete zu töten. Nach Wolski gehörten alle großen (die guten wie die bösen) Persönlichkeiten in der Geschichte der Menschheit zu den »Erben«, die sich von den »normalen« Menschen dadurch unterschieden, dass sie über das Gattungsgedächtnis verfügten. In der Vergangenheit versuchten sie schon mehrmals, die Macht über die Menschheit an sich zu reißen, doch Gott intervenierte jedes Mal erfolgreich und beendete das jeweilige Treiben der »Erben«. Diesmal wollen sie selber Gott zuvorkommen und ihn beseitigen, um in der Zeit der Apokalypse als die Weisen dem Menschengeschlecht ihr Regiment aufzuzwingen. Doch all diese Pläne werden von Ahasverus, dem Ewigen Juden, zunichte gemacht, der eigentlich eine Art Gottes Android ist und sich über die Jahrtausende hinweg verkleidet mit der Aufdeckung der Verschwörungen der »Erben« beschäftigt und für einen ruhigen Schlaf des Schöpfers Himmels und der Erden zu sorgen hat. Ihm zur Seite steht eine Gruppe von mehr oder weniger zufällig in die ganze Angelegenheit verstrickten Durchschnittsmenschen.

*

Die hier vorgestellte Auswahl der interessantesten Beispiele für die Art und Weise der Thematisierung der Apokalypse (oder ihrer Verhinderung) in der polnischen phantastischen Literatur in den 90er Jahren will den Umstand deutlich ins Licht setzen, dass für die vor allem jungen Autoren das Problem Weltuntergang lediglich eine Kulisse darstellte, die sie fleißig drapierten, um vor ihr ihre Protagonisten agieren zu lassen und mit ihrer Hilfe hauptsächlich gesellschafts- oder religionskritische Diagnosen, nicht selten ins satirische Gewand gekleidet, zu formulieren. Die Schwachstelle dieser Befunde fällt jedoch spätestens dann auf, wenn sich die Frage danach erhebt, wie man dem festgestellten Übel begegnen könnte. Einige Vertreter der jungen Schriftstellergeneration übten Kritik an der gesellschaftlichen Wirklichkeit mit der Heiligen Schrift in der Hand und jonglierten mit einprägsamen Bibelzitaten, ohne freilich selbst daran zu glauben, dass diese Allheilmittel wären. Andere hingegen fuhren schwere »atheistisch« oder »agnostisch« geladene Geschütze auf und versuchten sich auf die aufgedeckten Übel einzuschießen. Sie alle legten den Finger auf die Wunde, machten aber keine Vorschläge, wie man sie heilen lassen könnte. Interessant ist ihre Einstellung zur Kirche als Institution, die sie oftmals an den Pranger stellten. Ihr kritisches Verhalten darf hierbei als Reaktion auf den unaufhaltsamen Vormarsch der katholischen Kirche in allen Bereichen des gesellschaftlichen Lebens in Polen in den 90er Jahren (z.B. Rückkehr des Religionsunterrichts in die Schulen, Rückgabe unzähliger Immobilien an die Kirche, Ansprüche der Kirche auf Mitspracherecht bei gesellschaftlich relevanten Angelegenheiten etc.) gedeutet werden.

Generalisierend lässt sich die Behauptung aufstellen, dass die von den Autoren oft deklarierte Überzeugung vom moralischen und Sittenverfall sowie der darauf zu folgenden unvermeidlichen Katastrophe nur selten in apokalyptische Visionen umgemünzt wurde. Häufiger ließen sie in ihren Texten die Menschheit an der Katastrophe vorbeischrammen und erkennen, dass ihre Zeit noch nicht abgelaufen sei, die Uhr aber ununterbrochen ticke. Und angesichts der Tatsache, dass sich die Literatur in den nächsten Jahren von der »apokalypse-freundlichen« Jahrtausendwende immer mehr entfernen und ihr Interesse an der Ausfabulierung der Weltuntergänge allmählich nachlassen wird, sowie angesichts des Faktums, dass sie schon immer gegen das indifferente Rezeptionsverhalten der polnischen Leser einen durch und durch schweren Stand gehabt haben, kann man nun den dünn gesäten, in literarischer Hinsicht aber als überdurchschnittliche Leistungen auf dem Gebiet des geschriebenen Wortes anzusehenden apokalyptischen SF-Geschichten in Polen selbst ihren baldigen Untergang prophezeien.

(Leicht erweiterte Fassung eines auf dem »Fünften Kongress der Phantasie« zu Thema Apokalypse, Passau 2000, gehaltenen Referats)

QUELLEN:

- Mariusz Czylok, *Rapport* (Der Bericht), in: »Nowa Fantastyka«, Nr. 1/172, 1997, S. 42–46
- Jacek Dukaj, *Złota galera* (Die goldene Galeere), in: »Fantastyka«, Nr. 2/89, 1990, S. 43–51
- Adam Ehringer, *Proroctwa Milabusa* (Milabus' Prophezeiungen), in: »Nowa Fantastyka«, Nr. 5/164, 1996, S. 42–46
- Monika Fostiak, *Legenda o Księciu Vampire* (Die Legende vom Fürsten Vampire), in: »Nowa Fantastyka«, Nr. 8/191, 1998, S. 25–39
- Piotr Gociek, *Podróż Trzech Króli* (Die Reise der Heiligen Drei Könige), in: »Nowy Talizman«, Nr. 2–3, 1997, S. 144–148
- Arkadiusz Grzegorzak, *Koniec nadziei* (Das Ende aller Hoffnung), in: »Fenix«, Nr. 11/47, 1995, S. 170–171
- Jacek Inglot, *Inquisitor,* Poznań 1996
- Jacek Inglot, *Sodomion czyli Prawdziwa Istno © Bytu* (Sodomion, oder Die wahre Wesentlichkeit des Seins), in: »Nowa Fantastyka«, Nr. 7/94, 1990, S. 26–28/45–51
- Mirosław P. Jabłoński, *Spotkanie na końcu drogi* (Die Begegnung am Ende des Weges), in: Wojtek Sedeńko (Hrsg.), *Czarna msza. Antologia opowiadań science fiction* (Schwarze Messe. SF-Anthologie), Poznań 1999, S. 311–321
- Grzegorz Janusz, *Dzień dobry* (Guten Tag), in: »Nowa Fantastyka«, Nr. 2/137, 1994, S. 48
- Grzegorz Janusz, *Panzerfaust,* in: »Nowa Fantastyka«, Nr. 2/137, 1994, S. 49–50

- Piotr Karbowniczek, *Dziwne dni* (Seltsame Tage), in: »Fenix«, Nr. 9/88, 1999, S. 69–89
- Krzysztof Kochański, *D.L.Net*, in: »Nowa Fantastyka«, Nr. 4/187, 1998, S. 45–53
- Konrad T. Lewandowski, *Półmisek* (Die Schüssel), in: »Nowa Fantastyka«, Nr. 1/160, 1996, S. 45–56
- Sohei, *Metafizyka i deszcz* (Metaphysik und der Regen), in: »Nowa Fantastyka«, Nr. 6/153, 1995, S. 43
- Iza(bela) Szolc, *Watykan* (Vatikan), in: »Nowy Talizman«, Nr. 1, 1997, S. 43
- Tomasz A. Winiarczyk, *Welesowe czędo* (Weles' Rachedämon), in: »Fenix«, Nr. 8/77, 1998, S. 131–158
- Marcin Wolski, *Agent Dołu/Diabelska dogrywka* (Der Agent des Unten/Teuflisches Endspiel), Warszawa 1983/1999
- Marcin Wolski, *Krawędź snu* (Am Rande des Traums), Warszawa 1996
- Rafał A. Ziemkiewicz, *Jawnogrzesznica* (Die öffentliche Sünderin), in: Tomasz Kołodziejczak (Hrsg.), *Jawnogrzesznica. Antologia opowiadań science fiction 1980–1990* (Die öffentliche Sünderin. SF-Anthologie 1980–1990), Warszawa 1991, S. 197–213

AUTOREN

Lobgesänge auf Walter M. Miller jr.

A Canticle for Leibowitz und seine deutsche Rezeption

von Frank Müller

»In demütiger Erwartung St. Leibowitz gewidmet«. Ich muss gestehen, dass mir diese Zeile aus Ulrich Horstmanns *Wortkadavericon* (1977) seinerzeit Rätsel aufgegeben hat. Wer ist dieser merkwürdige Heilige, dessen Ankunft der Autor in tiefer Demutshaltung harrt? Heute bin ich halbwegs im Bilde. Die Widmung signalisiert den Auftakt zu einer fast zwei Jahrzehnte andauernden Begegnung: Ulrich Horstmann, Kleist-Preisträger des Jahres 1988 und Verfasser des berühmt-berüchtigten *Untiers* (1983), trifft auf Walter M. Miller jr., einen hochdekorierten Kriegshelden und Autor des Romans *A Canticle for Leibowitz* (1959). Natürlich wurde diese Zusammenkunft zwischen dem amerikanischen Schwarzseher und dem westfälischen Apokalyptiker in Wirklichkeit nie anberaumt. Sie wäre heute zudem durch den Umstand erschwert, dass Miller 1996 freiwillig aus dem Leben schied und für einen posthumen Ortstermin keine Vereinbarungen mehr getroffen werden können. Und so vollzog sich diese Unterhaltung allein zwischen Buchdeckeln, als stummes Zwiegespräch. Sie wurde zwischenzeitlich vertagt und unter verändertem Vorzeichen wieder aufgenommen. Der wortgewaltige Literaturwissenschaftler verbucht derartige Interferenzen unter dem Begriff der »Intertextualität«, und auch wir wollen herausbekommen, was Horstmanns Literatur dem Roman Millers verdankt und wo sie ihn als Initialzündung für die eigene Entwicklung benutzt. Ich beginne mit einer knappen Bestandsaufnahme des *Lobgesangs auf Leibowitz* – so der eingedeutschte Titel des *Canticle*.

Walter M. Miller jr. wurde 1913 in New Smyrna Beach in Florida geboren, studierte Ingenieurswissenschaften und war im Zweiten Weltkrieg Flieger der U.S. Air Force. Er flog als Bomberpilot zahlreiche Einsätze im Mittelmeergebiet, u. a. gegen das von Deutschen lange gehaltene Kloster in Monte Cassino. Sein Besuch des zerstörten Klosters nach dem Krieg wurde zu einem entscheidenden Einschnitt in seinem Leben. Im *Lobgesang* beschreibt er einen etwa 1800 Jahre umspannenden Kulturzyklus, der mit der ›Sintglut‹ des atomaren Vernichtungskrieges beginnt und der nach einem neuen Mittelalter, einer neuen Renaissance und einer neuen Moderne im Jahre 3781 mit perverser Logik in die erneute Apokalypse mündet. In den drei Büchern »Fiat Homo«, »Fiat Lux« und »Fiat Volunta Tua« werden die entscheidenden Etappen dieses Prozesses vorgeführt, wobei der extremen zeitlichen Zerdehnung des Erzählens wie schon zuvor in H. G. Wells *Time Machine* durch die rigorose räumliche Fixierung auf die Ereignisse im oder in der nächsten Umgebung des Klosters »Albertinischer Orden vom seligen Leibowitz« entgegengesteuert wird. Topografisch dürfte Miller den Ort des Geschehens in New Mexiko angesiedelt haben, vielleicht sogar auf dem Versuchsgelände in Los Alamos.

Dieses Kloster behütet in dunkler Zeit die kläglichen Reste des kulturellen Erbes, wobei die Bruderschaft Verständnis durch Anbetung, kognitives Erfassen durch ehrfürchtiges Kopieren ersetzt hat. Die Besonderheiten dieses zweiten Anlaufs malt Miller durch eine Art doppelten Verfremdungseffekt aus. Was sich da vor den Augen des Lesers abspielt, ist prä- und postmodern zugleich. Während die Menschheit innnerhalb weniger Generationen eine neue Kultur hervorgebracht hat, zu dessen Bezeichnung der Roman ein ganzes Arsenal von Sprachschöpfungen bereithält, bleiben die von den neuen »Altertumsforschern« geborgenen Relikte der Vergangenheit in Funktion und Bedeutung unverstanden. Wir finden unsere Welt in das befremdliche Licht einer fernen Zukunft eingetaucht, lernen also mit Millers Hilfe gewissermaßen neu sehen.

Aber wir erkennen auch, wo dem neuen Menschengeschlecht die Wirklichkeitsdeutung misslingt, wo Sein und Bewusstsein auseinander klaffen. So stellt sich die Tatsache, dass sich die Bruderschaft auf die Vermehrung und Bewahrung von Schriftstücken (»Memorabilia«) verlegt hat, als ungewollt komisches Ergebnis schmerzhafter Erfahrungen dar:

> Man wusste von mönchischen Ausgräbern, die erpicht auf alte Schätze aus Erdlöchern im Triumph wieder aufgetaucht waren, in der Hand einen merkwürdig zylindrischen Gegenstand – und dann hatten sie beim Reinigen oder auf die Suche nach dem Zweck des Gegenstandes einen falschen Handgriff getan, am falschen Knopf gedreht und so den Fall ohne Gewinn für die Geistlichkeit zu einem Ende gebracht. Erst vor achtzig Jahren hatte der ehrwürdige Boedullus dem Abt mit offenkundigem Entzücken geschrieben, dass eine kleine Expedition die Reste einer – so seine Worte – »Interkontinentalen Raketenabwehrstellung« neben einigen aufregenden unterirdischen »Lagertanks« freigelegt hätte. Niemand erfuhr in der Abtei je, was der ehrwürdige Boedullus mit »Interkontinentaler Raketenabschussstellung« gemeint hatte. (...) Wo das Dorf einst gewesen war, schmückte nun ein reizender See die Gegend.

Damit vergleichbar führt der atomare Niederschlag im Denken der Mönche die Existenz eines mythischen Geistwesens. Aber ist das bemitleidenswerte Lächeln, mit dem der moderne Leser die abergläubisch-mittelalterliche Deutung quittieren mag, wirklich berechtigt? Suchen wir Rat bei einem ausgewiesenen Kenner des Millerschen Romans, bei Horstmann und seinem einschlägigen Aufsatz *M. Miller, A Canticle for Leibowitz* (1986). Ist ein Zeitalter, das sich vor dem Dämon ›Fallout‹ fürchtet, so argwöhnt Horstmann, nicht vielleicht besser dran als unsere Epoche, die ihre Waffen so weit zu entdämonisieren weiß, dass ihrem Einsatz schließlich nichts mehr im Wege steht? Unter diesem Blickwinkel wird man die im Roman mehrfach hervorgehobene Einfalt und Naivität des Novizen Francis ebenso zu bezweifeln haben wie den angeblich überlegenen Kenntnisstand des wissenschaftlich Aufgeklärten. Der *Canticle* ist eben nicht nur ein ironisch gebrochener ›Lobgesang‹ auf die Widerstandskraft und den Überlebenswillen einer Mönchsgemeinschaft, sondern ebenso »ein Abgesang auf Fortschrittsglauben und menschliche Lernfähigkeit«. Die eigentlichen Witzfiguren sind wir selbst.

Ein Rückblick im ersten Buch erzählt die Geschichte des Schutzpatrons Leibowitz. Zum ersten Mal darf der Leser dem immer wieder aufs Neue genährten Prozess religiöser Mythen- und Legendenbildung beiwohnen, als Francis in einem Atomschutzbunker auf die mit Ehrfurcht behandelten Relikte des, wie es mit augenzwinkernder Ironie heißt, »Erleuchteten Zeitalters« stößt. Es ist kennzeichnend für Millers ›ironisches‹ Geschichtskonzept, dass sich unter den im Bunker aufgefundenen Papieren ausgerechnet ein Schaltplan aus der Feder des Waffentechnikers Leibowitz befindet, dessen verhängnisvolles Expertenwissen auf diese Weise der Nachwelt übermittelt wird. In Millers zyklischem Universum bringen beste Absichten unbeabsichtigte, den ursprünglichen Intentionen geradezu entgegengesetzte Folgen hervor. Oder, mit Horstmanns Worten: »Das Verhängnis als Konterbande bester Absichten, eine Klosterbibliothek als Infektionsherd, Mönche als Wegbereiter des nächsten Inferno«.

Wie haben wir uns mit Miller den Beginn der Nachgeschichte vorzustellen? Nach Flut, Niederschlag, Seuchen, Raserei und Sprachverwirrung beginnt das Blutbad der »Großen Vereinfachung«. Die unbändige Wut des Mobs richtet sich gegen die Gelehrten und Wissenschaftler als die Verursacher des Übels. Doch der mit dem brachialen *tabula-rasa*-Programm der Vereinfachung, d. h. der Auslöschung der (technischen) Intelligenz intendierte Neuanfang misslingt, da die Überlebenden sich in die Obhut der Klöster flüchten und als »Buchschmuggler« und »Einpräger« das Wiedererwachen einer Kultur vorbereiten, die sich schon in der Vergangenheit durch ihren ausgeprägten Hang zur Selbstzerstörung auszeichnete. Die Geschichte der Ordensgemeinschaft offenbart daher, wer sich in Wahrheit unter den Mönchskutten und Festgewändern verbirgt: die Kinder und Kindeskinder eben jener Gruppe, die schon einmal des leichtfertigen Umgangs mit den wissenschaftlichen Erkenntnissen bezichtigt worden war. Dennoch ist die Frage nach der Verantwortung bzw. nach der Zurechenbarkeit des Geschehens wohl nicht eindeutig zu beantworten. Da sind, wie gesagt, einmal Leibowitz und seine Gefährten, die die Erlaubnis des Heiligen Stuhls erhalten, einen neuen Orden zu gründen. Sie verfolgen das Ansinnen, das Bildungsgut vor der restlichen Menschheit zu bewahren und es dereinst den Ururenkeln der des Wissens überdrüssigen »Simpel« zu übergeben. Trotzdem arbeiten sie der Vernichtung in die Hände, da ihr bloß archivarisches Erkenntnisinteresse mit der Erfindung von vollumfänglich angewandten Konservierungstechniken einhergeht, d. h. zwischen ›gutem‹ und ›bösem‹ Wissen nicht unterschieden wird.

Aber nicht nur der Ordensgründer tritt als Komparse der Zerstörung auf, auch seine Nachfolger setzten alles daran, das Gefahrengut zu erhalten. Das, was Generation um Generation entsagungsvoller Brüder weiterreicht, schreibt Horstmann, sei »*de facto* eine Büchse der Pandora, eine szientifische Zeitbombe«, deren Zündmechanismus zu dem Zeitpunkt aktiviert werde, als der weltliche Gelehrte Thon Taddeo Pfardentrott die Memorabilia inspizieren darf. Ich pflichte Horstmann bei, dass im zweiten Buch des *Lobgesangs* die verständnislose Verehrung den Heimsuchungen einer technisch-wissenschaftlichen Rationalität weicht, die das Dekodieren und ›Melken‹ der heiligen Überreste zu ihrem obersten Ziel erklärt. In der Tat hält der Roman mit den unliebsamen Charakterzügen des Wissenschaftlers nicht hinter dem Berg. Pfardentrott ist mitnichten »eine jener seltenen Ausprägungen menschlichen Genies«, wie es Monsignore Apollo dünkt. So revolutionär seine Forschungen auch erscheinen mögen, kommt er im Grunde über eine Wiederbelebung vergangener Entdeckungen nicht hinaus. Als Leiter eines Forschungskollegs ist Pfardentrott politisch abhängig von der Gunst des Fürsten Hannegan, der das Reich in einer Epoche neomachiavellistischer Machtkämpfe zu einen sucht und sich in Auseinandersetzungen mit dem »Wilden Bären« Hongan Os und der Laredanischen Streitmacht verwickelt. Als Vertreter des Fortschritts leugnet er die im Roman durchgängig vor

Augen geführte Lehre von der Kontinuität der Geschichte. Auch nähert er sich den alten Quellen mit philologischer Willkür, weshalb er weit eher als der »Verrückte« zu gelten hat, als der er den Nomaden erscheint. Eine etwas andere Einschätzung erzwingt allerdings der Hinweis, dass Pfardentrott seinerseits in einem Kloster aufgewachsen ist. Er ist also beileibe nicht der Stellvertreter einer ganz anderen Vernunft oder Unvernunft! Womöglich sollte man deshalb interpretatorisch noch einen Schritt weiter gehen.

Im Roman finden sich zahlreiche Hinweise für eine zwar vertrackte, aber nichtsdestoweniger durchgängige Antiteleologie, die allenfalls durch die blinden Flecke innerhalb der ›erzählten Zeit‹, d. i. die Zeitsprünge zwischen den einzelnen Büchern verdeckt wird. Schon im ersten Satz des *Lobgesangs* werden wir Zeugen, wie sich das Unheil zusammenbraut: »Bruder Francis von Utah hätte die so segensreichen Urkunden wohl nie entdeckt, wäre nicht der Pilger mit gegürteten Lenden gewesen, der in der Fastenzeit des jungen Novizen in der Wüste auftauchte.« Der ›Ewige Jude‹ Benjamin Eleazar bar Joshua kritzelt die Buchstaben Lamed und Zade auf eben den Stein, den Francis zur Fertigstellung seiner Fastenklause benötigt und dessen Herausbrechen den Weg zum verschütteten Bunker seiner Vorfahren freigibt. Joshua begegnet dem Leser in allen drei Büchern als eine Art Zeitreisender. Er trägt einige Züge des heiligen Leibowitz und kommentiert das Geschehen stets mit dem ironischen Lächeln des Wissenden. An das Kommen des Erlösers, das er sehnlichst zu erwarten scheint, glaubt er in Wirklichkeit schon lange nicht mehr. An die Stelle des religiösen Missionarismus ist ein Ausharren und Aushalten getreten, eine Art aufgeklärter Fatalismus. Man muss den Pilger als eine Größe verstehen, aus deren Blickwinkel sich unsere Gattung konstant verhält, laut Horstmann »wegen der historisch *ad nauseam* unter Beweis gestellten Unfähigkeit des Menschen, sein gewalttätiges und zerstörerisches ›Un-Wesen‹ auf Dauer im Zaum zu halten, selbst wenn er als gebranntes Kind über einschlägige Erfahrung verfügt«. Konstanten finden sich im Roman übrigens zahlreiche, seien es nun die dunklen Vorahnungen der Äbte oder die abwartend kreisenden Geier, die nach dem Ende alles Lebens auf der Erde auf der letzten Romanseite in den in der Tiefsee lauernden Hai transfigurieren. Nicht zu vergessen das beständig ironische Lächeln der Leibowitz-Statue: »Dom Paulo wandte seine Augen mit einem leichten Schauern vom Bildwerk ab. Manchmal kam es ihm vor, als lache der Heilige ihn aus.«

Leibowitz, Pfardentrott, der gleich anfangs ›regulierend‹ in das Geschehen eingreifende Pilger – sie alle wirken verlässlich daran mit, dass das Unvermeidliche auch diesmal eintritt. Auch Francis wird zum Handlanger der Vernichtung. Nicht nur durch seinen Fund, der die Kanonisierung des Leibowitz zuletzt entscheidend vorantreibt, sondern da er die Blaupause des Schaltplans in 15jähriger hingebungsvoller Arbeit illuminiert. Beides, das schäbige Original wie die prachtvolle Kopie auf seinem Weg nach »New Rome« mit sich führend, wird ihm lediglich die Abschrift von einem ihm auflauernden Räuber abgenommen, während der Original-Schaltplan unaufhaltsam seiner weiteren Bestimmung zugeführt wird. In Millers ›mediatisiertem‹ Geschichtsbild bleibt der Mensch vor den *direkten* Folgen seines Handelns ›verschont‹. Zwar ›macht‹ er die Geschichte, dennoch ist das Geschehen auf rätselhafte Weise fremdbestimmt und seiner Verfügbarkeit entzogen. Nachvollziehbar wird die Kontinuität des Misslingens ferner am Motiv der von Horstmann so genannten ›Büchse der Pandora‹. Statt diesen Sitz der Plagen und des Übels vorschnell zu singularisieren, müsste man vielmehr von zum vorherbestimmten Zeitpunkt sich öffnender ›Büchsen der Pandora‹ sprechen. Denn nicht ausschließlich die Klosterbibliothek beherbergt das gefährliche Wissen in Gestalt der Leibowitz-Aufzeichnungen, schon der nach Art eines »Flaschenhals(es)« hermetisch abgeriegelte Zugang zum Bunkerinneren erfüllt diese Funktion. Hierher gehört natürlich auch das Bild des Raumschiffs, mit dessen Hilfe eine kleine Pilgerschar die Schriften und sich selbst vor der Vernichtung retten wollen. Was das Ergebnis einer solchen erneuten Speicherung sein wird, kann sich der Leser unschwer ausmalen.

Bei all dem hat Miller nicht versäumt, die Widerstände einzubauen, die es braucht, damit die Geschichte ›spannend‹

bleibt. Der Roman will nicht lediglich etwas ›abwickeln‹, die herrschende Unvernunft zeigt sich vielmehr erst dort, wo sie sich gegenläufige Tendenzen einverleibt. So ist aus Francis im zweiten Buch der »Heilige Francis« und aus dem Dichter im dritten Buch der »heilige Dichter vom Wundersamen Augapfel« geworden. Wie unverdient und zufällig solche Transformationen vom Banalen und Profanen in ehrwürdige Gegenstände der Anbetung sind, erfährt der Leser gleich mehrfach. So am Beispiel des von Blackneth mit einer gewissen Schwäche für die Nachahmung der biblischen Sprache idealisierten Leibowitz-Berichts (»aus zweiter Hand«) oder angesichts des in Abt Paulo aufkeimenden Verdachts, dass sich die »Denkwürdigkeiten« im Laufe ihrer oralen Tradierung und Ausschmückung in »Unergründlichkeiten«, in »Kauderwelsch« verwandelt haben könnten. Doch dieser Funke der Erkenntnis glimmt keinesfalls beständig, die Gefahren der »Neuen Gelehrsamkeit« und ihrer Folgen kommen den Protagonisten nur in Phasen der Anfechtung und schwerer Krankheit zu Bewusstsein. Ihre ›kritischen‹ Anwandlungen bleiben so folgenlos wie die als Reinstallation des christlichen Glaubens inszenierte Wiederaufrichtung des Kreuzes nach der Abschaltung des elektrischen Dynamos. Prototypisch verdichtet sich die Vergeblichkeit moralischer Empörung und engagierter Einmischung in der Figur des Poeten, der von Pfardentrott die »Verantwortlichkeit« für sein Handeln einfordert, dessen als »Gewissen« bezeichnetes Glasauge sich der Thon jedoch nonchalant in die Tasche steckt. Das Ergebnis ist das nämliche, als der Dichter am barbarischen Verhalten des Offiziers blindwütig Vergeltung übt und ihn niedersticht: »Er konnte nicht begreifen, was er getan hatte. Nichts war erreicht worden.«

Nichts war erreicht worden – unter diesem Motto steht auch das letzte Buch des Romans. Abt Zerchi, Klostervorstand der dritten Epoche, kann sich der Einsicht in die Sinnlosigkeit menschlicher Bestrebungen nicht länger verschließen. »Nur eine Rasse von Wahnsinnigen könnte es wieder tun« – dieser Satz hat sich schon bewahrheitet, als der uralte Lobgesang der Brüder vom Orden des Leibowitz (»Luzifer ist gefallen«) zum sarkastischen Kommentar der gegenwärtigen Ereignisse geworden ist, trotz aller Dementis. Der Streit zwischen der Atlantischen Konförderation und der Asiatischen Koalition um einen unterirdischen Atomtest schaukelt sich auf, bis nach einem Schlag gegen asiatische Weltraumraketen Texarkana in einem »Vergeltungsschlag« ausgelöscht wird. Miller immunisiert sich gegen die erdrückende Sinnlosigkeit des Erzählten durch einen Akt »literarischer Notwehr« (Horstmann). Im dritten Buch übernimmt eine jokose Technikkritik diese Rolle, wie wir sie in den vergnüglichen Berichten über den »Abscheulichen Autoscribe« und die bis zum Übermaß modernisierten Klosteranlage finden. Aus dem Kloster ist inzwischen nicht etwa, wie das zweite Buch noch nahelegt, eine Zitadelle, eine Garnison Texarkanas geworden, sondern ein Camp der (noch) überlebenden Strahlenopfer. Wie angesichts der Paarung Pfardentrott-Dichter ist nicht entscheidbar, ob Abt Zerchi im Recht ist, der die Euthanasie der »Erlösungs-Kader« des »Grünsterns« als zutiefst unmenschlich geißelt, oder der bis zur physischen Erschöpfung behandelnde Dr. Cors. Ist der Rigorismus des vehement protestierenden Abtes, der angesichts des Leidens einer verstrahlten Frau und ihres Kleinkindes nur eine leere Trostformel zur Hand hat, wirklich humaner als das vom Grünstern verwaltete sanfte Entschlafen der »hoffnungslosen Fälle«? Horstmann für seinen Teil ist sich da nicht so sicher:

> Der Roman (betreibt) die Subversion heiliger Überzeugungen einer ›über Leichen‹ gehenden Prinzipientreue. Und der Autor erreicht sein Ziel, indem er Wertekollisionen vorführt, ohne Lösungen anzubieten oder Schuldzuweisungen vorzunehmen, weil das hinterrücks die Aufrichtung eines neuen und übergeordneten Wert- und Sinnsystems erfordern würde. Die Dilemmata, die er schildert, sind nicht aus der Welt zu schaffen.

Obgleich der *Lobgesang* mit einem *open end* schließt, lassen sich aus den Vorzeichen des Kommenden kaum die Funken der Hoffnung schlagen. Die Memorabilien auf Mikrofilm gebannt und von »ehemaligen Astronauten« aus ihren eigenen Reihen unterstützt, steht eine kleine Schar von Mönchen und

Pilgern bereit, einen Planeten zu verlassen, an dessen Firmament sich das Angesicht ›Luzifers‹ in »pilzförmiger Hässlichkeit« abzuzeichnen beginnt. Es besteht kein Zweifel daran, dass das Erreichen der Zentaurus-Kolonie, sollte es nach dem »jahrelangen« Flug überhaupt gelingen, nur den Auftakt zu einer erneuten Freisetzung menschlichen Zerstörungsdranges darstellt. Der Abt träumt schon von Missionen zu anderen Kolonistenwelten. Und auf der Erde? Hier erwacht Rachel, der zweite Kopf der Mutantin Mrs. Grales erstmals zu neuem Leben. Doch der Abt, dem dieses Engelsgesicht als neue Eva erscheinen mag, projiziert seine Heilserwartungen lediglich auf ein Geschöpf, das sich nicht zu artikulieren, sondern lediglich nachzuplappern versteht. Das angebliche Heil, es entspringt den Halluzinationen eines Sterbenden.

Kommen wir noch einmal auf das von Horstmann so bezeichnete, gegen jede geschichtliche Veränderung sich durchsetzende ›Un-Wesen‹ des Menschen zurück. Horstmann argumentiert hier vor dem Hintergrund seiner eigenen – statischen – Anthropologie, wie sie etwa in den scharfzüngigen Aphorismen der Sammlung *Hirnschlag* vernehmbar wird. Nichts vermag demnach unseren urtümlichen Hang zur Selbstzerstörung zu zügeln. Wir Heutigen, sagt Horstmann, entzünden Wasserstoffbomben mit derselben Selbstverständlichkeit, mit der unsere Altvorderen ein Stück Holz zum Brennen brachten. Die sehnsüchtige Vorahnung des atomaren Genozids, so stimmt das *Untier* ein, habe schon dem Neandertaler die Keule geführt. Horstmann verweist auf die Monotonie der Progrome, die »sich Jahrtausend und Jahrtausend fortsetzende Litanei des Hauens, Stechens, Spießens, Hackens«, das »Reißen und Schlingen, das Zermahlen und Ausbluten, das Stechen und Kröpfen«. Die Kontinuität der Massaker zeige, dass das »Untier« Mensch auch in Zukunft seinem eingefleischten Aggressionstrieb nachgeben wird und seine Kriegskünste bis zu dem Punkt vervollkommnet, an dem es den apokalyptischen Streich gegen sich selbst führt. Es ist also nur folgerichtig, dass Horstmann Millers Roman als eine Lektion in Geschichte »als dem Produkt unserer Torheit und Unbelehrbarkeit« deutet.

Wie die »anthropofugale«, d. h. menschenflüchtige Philosophie des *Untiers* dabei umgekehrt einer Auseinandersetzung mit der Science Fiction-Literatur entspringt, zeigt auf das deutlichste Horstmanns Aufsatz *Science Fiktion – Vom Eskapismus zur anthropofugalen Literatur* (1975). Hier hebt der Autor noch nicht die Unveränderlichkeit des Menschen, sondern vielmehr die (fiktionale) Veränderbarkeit der Welt hervor. Bei aller berechtigten Kritik und allen Vorbehalten dieser Gattung gegenüber, so Horstmann, vollziehe sich innerhalb des Genres eine kritisch-emanzipatorische Wendung von der kompensatorischen Glorifizierung des Menschen und Bereitstellung spekulativer Surrogate (›Eskapismus‹) zu einer »bedingungslosen distanzierten Geisteshaltung« (›anthropofugale Literatur‹). Der Befähigung des Menschen zu anthropofugaler Weltwahrnehmung, dem »Imaginieren eines Szenariums seines eigenen Verschwindens« Ausdruck zu verleihen – diese Qualität wächst der SF-Literatur aufgrund eines Merkmales zu, das selbst ihr banalstes Produkt vor dem Western oder dem Krimi auszeichnet. Gemeint ist ihre Bejahung des Wandels, ohne zu fragen, wozu dieser denn diene, infolge des »Privileg(s) eines ›frivolen‹ Spiels mit der Geschichte«. Durch ihre Heraufbeschwörung immer neuer, befremdender Szenarien entfernt sich die Science Fiction von der faktischen Historie und wird, im extremen Fall, zum Motor einer »apokalyptischen Simulation« (so der zentrale Terminus in Horstmanns Essay *Endspiele*). Dass Millers Roman mit der Geschichte der Science Fiction als »anthropozentrische(r) Verheißungsliteratur« bricht und das Ungereimte und Unheilvolle unserer Existenz mit bitterer Erheiterung zur Sprache bringt, vor allem dies fasziniert Horstmann am *Canticle*.

Wie der *Lobgesang,* so erprobt auch das *Untier* den spielerisch-literarischen Umgang mit Traditionen, vornehmlich der Apokalypse der Johannes. Gertrud Lehnert hat gezeigt, dass die Epochen im Roman Millers der biblischen Apokalypse bis zum »letzten Kampf« entsprechen, um sich anschließend von der Vorlage zu entfernen. Die Hoffnung, dass nach der atomaren Katastrophe ein Neues Jerusalem existieren wird, teilt der *Lobgesang* bekanntlich nicht. Auch der Name des vom Abt als Anführer einer Gruppe den Planeten fluchtartig verlassenden Kolonisten berufene Mönch, Joshua, ändert daran nicht das geringste (Joshua ist der von Gott als Moses' Nachfolger eingesetzte Führer der Israeliten in das Gelobte Land). Entsprechend organisiert Horstmann sein *Untier* in 21 Kapiteln, wobei er das 22. Kapitel des biblischen Textes auslässt. Anstatt der »Schlussermahnungen und Hinweise auf das baldige Kommen Jesu« schließt der Traktat mit der wenig hoffnungsfrohen Aussicht auf eine vermondete Erde.

Es sollte dem halbwegs mit Horstmanns Arbeiten vertrauten Leser keine große Mühe bereiten, die zahlreichen Entsprechungen zwischen Millers Roman und den literarisch gebannten Endzeitvisionen seines späten Nachfahren zu benennen. Die Parallelen und Anleihen reichen von verwandten Motiven und Szenarien bis zu wörtlichen Entsprechungen. Ich beschränke mich im folgenden auf die Aufzählung einiger Beispiele. Vorausgeschickt sei, dass die »Große Vereinfachung« als Leitbegriff einer nachgeschichtlichen Mythologie im Werk des Marburger Schriftstellers zahlreiche Spuren hinterlassen hat und dort in vielfach abgewandelter Form auftaucht (»Große Flut«, »Große Explosion«, »Großes Inferno«, »Große Geschichte«, »Großes Verkommen«, »Großer Vernichter«, »Großes Umsonst«). In der Erzählung *Steintals Vandalenpark* (1981) begegnet uns das Bild einer in die Horizontale gezwungenen, postatomaren Landschaft (»Große Ebene«), für das neben dem *Lobgesang* auch Thomas M. Dischs Science Fiction-Roman *The Genocides* (1986) Pate gestanden hat. Wie Francis den über die weite Ebene herannahenden Pilger zu erkennen beginnt, als sich das Wahrgenommene zum Konstrukt einer menschlichen Erscheinung zusammenfügt, so gewinnen die Überlebenden des Atomkriegs in den ›vorauseilenden‹ Tagträumen des Zivilschutzexperten Klaus Steintal erst an Kontur, indem der Betrachter sie aus dem gleißenden Sonnenlicht herausfiltert:

> Im sonnenüberglänzten Abschnitt (der Fläche, F. M.) flimmerte der Weg unter einem flüssigen Spiegel aus Hitze. Er (Francis, F. M.) konnte wegen der gleitenden Spiegelungen

> nichts genau erkennen, doch mitten in der Hitze bewegte sich etwas. Da war ein sich drehendes und windendes schwarzes Jota. Manchmal schien es einen Kopf zu haben. Dann wurde es wieder völlig von gleitender Hitze aufgesogen. Nichtsdestoweniger konnte er feststellen, dass es allmählich näher kam. Als einmal der Rand einer Wolke die Sonne streifte und das Flirren der Hitze für Augenblicke aussetzte, konnten seine (...) Augen feststellen, dass es sich bei dem tänzelnden Jota um einen Menschen handelte, dass aber die Entfernung zu groß war, um mehr zu erkennen. (...) Mit winzigem Haupt, aber ohne Beine kam das Jota aus dem Spiegelglanz über der geborstenen Landstraße hervor.
>
> *Walter M. Miller*

> Die Einzelpunkte werden zu Klecksen, zerfließen weiter. Die Protuberanzen gerinnen zu Extremitäten, Gliedmaßen in koordinierter Bewegung – Fortbewegung. Ganz zuletzt materialisieren die Köpfe und vervollständigen die Erscheinung. Proportional zur Verringerung des Abstandes die gewohnte, jetzt in die Einzelheiten gehende Humanisierung. Unterschiede in Größe und Statur werden registrierbar, dann Kleidungsvarianten und Gesten. (...) In der Ferne schrumpfen die Silhouetten. Die Rümpfe absorbieren die Köpfe, dann die Extremitäten. Mit der Zeit verschmelzen die vier Punkte miteinander. Der winzige dunkle Fleck balanciert auf der Linearität des Horizonts, oszilliert, kippt schließlich, ist verschwunden.
>
> *Ulrich Horstmann*

Auch wenn man weiterblättert, kann man sich des Eindrucks kaum erwehren, als habe sich hier jemand förmlich durch den *Lobgesang* hindurchgeschrieben, Motiv um Motiv, Sujet um Sujet abgearbeitet, um seine Schriften schließlich als ein einziges, vielstimmiges Hohelied auf den apokalyptischen Vordenker erklingen zu lassen. Im Hörspiel *Die Bunkermann-Kassette* fasst die Zentralfigur Steintal, ein Überlebender des »Dritten Krieges«, die Ereignisse von unserer Gegenwart bis in die Zeit nach der »Großen Einfachung« auf einem Tonband zusammen, das dem »Radiobodenteil« aus dem Leibowitz-Bunker nicht unähnlich ist. Minutiös schildert Steintal die Greuel der atomaren Katastrophe, erzählt von Strahlentod und Kannibalismus, berichtet von den Umständen, die ihn überleben ließen. Wie im Falle Millers degenerierter, einzig auf die Nahrungsaufnahme fixierter »Papstkinder« schlagen sich die sich die genetischen Spätfolgen des Krieges im »Idiotengestammel« der Missgeburten nieder. Imperative Bruchstücke und starke, jeweils gedoppelt auftretende Negationen prägen das Ausdrucksvermögen der Strahlenopfer. Gesellschaftliche Strukturen wie kommunikative Kompetenz haben sich auf ein primitives Niveau reduziert, das Leben der Menschen wird diktiert vom Primärreiz des Hungers sowie einer fast schon instinktiven Angst vor Radioaktivität. Auf das Betteln um Nahrung antwortet der Stammesvater mit herrischem Gebell: »Da ... dada ... Beiß, beiß ... da ... hungerthungerthungert ... dada ... nä heiß nä ... dada ...« Demgegenüber leitet sich Steintals Status als Heiliger (sic!) und Halbgott im wesentlichen von seiner Befähigung zum menschengerechten Sprechen ab: »Gattungszugehörigkeit: homo sapiens ... Gattungsmerkmal: denkfähig, der voreinfachen Sprache mächtig«.

Eigentlich unnötig zu bemerken, dass auch der alte Pilger des *Lobgesangs* durch die Befähigung zu höheren Kulturleistungen wie die Beherrschung der Schrift hervorsticht. Dieser Pilger ist es auch, der dem der zwangsweisen »Entfiktionalisierung der Perzeption« unterworfenen Patienten Steintal im Hörspiel *Kopfstand oder Über die Schwierigkeiten beim Anpassen der Prothese* (1980) einmal in Gestalt eines Greises, einmal in Gestalt eines Wirtes begegnet. Innerhalb eines philosophiegeschichtlichen Spannungsfeldes, zwischen Empirismus und Idealismus, wird eine Bewältigung nachgeschichtlicher Umstände experimentell erprobt. Als ›Konstante‹ begleitet der Alte die durch eine medizinische Apparatur geregelte Korrektur der Wahrnehmung weg von dem, was *ist* (eine in Trümmern liegende Welt), hin zu dem was sein *soll* (eine intakte Zivilisation) – so lange, bis sich der »störrische Empiriker« Steintal der Kontrolle durch den Arzt entzieht. In dem Moment, in dem die Wahrnehmung für Steintal sinnliche Verlockungen bereithält, gewinnt das Interesse an konkreter

Erfahrung die Oberhand. Für uns ist dabei entscheidend, dass die Befreiung von der ›Prothese‹ im wesentlichen alkoholinduziert ist, d. h. bedingt durch die »Pilschen«, die der Wirt Steintal immer wieder nachschenkt. Bevor Steintal zusammen mit der Prostituierten Moni das Lokal verlässt, bekräftigt der Wirt seinen unbedingten Einfluss auf die Errettung des Patienten mit einem Satz, dessen sperrige Doppelsinnigkeit einerseits eine Form der Abschiednahme vom *Canticle*, andererseits aber auch eine Art der Fortschreibung Millerscher Parameter erkennen lässt: »Das Haus bedankt sich. Sie werden mit unserem Service zufrieden sein. Wie ich schon sagte, Avantgarde und a tergo, alles, was das Herz begehrt.«

Während die Stammesgesellschaften der ersten und zweiten Epoche des *Lobgesangs*, die »Waldleute« und »Grasfresser« die Vorlage für Horstmanns Hörspiel *Grünland* abgegeben haben dürften, hat sich ein Stück eines Millerschen Versikels (»der Detonationspunkt der Bombe«) aus der »Litanei der Heiligen« sowie das Bild der zu »Lachen aus Glas« geschmolzenen Städte in Horstmanns XXI. Poem der *Nachgedichte* (1980) eingeschlichen. Ein weiteres Beispiel für den nicht abreißenwollenden Lobgesang: Francis' mythisch gefärbte Vorstellung des atomaren Niederschlags als eines »halb salamanderartige(n)« Wesens. Dem trägt eine Passage aus Horstmanns Science Fiction-Roman *Patzer* (1995) Rechnung. Schon auf der ersten Seite schlängelt sich ein »glitschige(r) Salamander« am Rückgrat des Protagonisten herunter. Später macht sich ein »unterkühlte(r) Salamander« bemerkbar, gefolgt von einem »Salamandereffekt«, dem »Salamander-Khaki« der Uniformen, einer »Salamanderhose« und so fort. Ich habe diese Textsignale in dem zusammen mit Rajan Autze herausgegebenen Horstmann-Kommentar *Steintal-Geschichten* (2000) als verbildlichte, nach außen projizierte Wahrnehmung eines parasitären, dem Helden eingepflanzten Aliens interpretiert. Das stimmt, vor den Hintergrund des *Lobgesangs* gehalten, jedoch nur zur Hälfte. Vielmehr werden Malte Laurids Patzers eigenartige Empfindungen plötzlich als versteckter Hinweis auf eine mögliche (bakteriologische) Verseuchung entzifferbar, der sich Horstmanns beständig zwischen Wissen und Nichtwissen schwebende Zentralfigur auch an anderen Stellen des Romans ausgesetzt sieht.

Ein größerer Zugewinn ist bei der Feststellung derartiger Querverbindungen freilich zu verbuchen, wenn man, wie im Fall von *Kopfstand* angedeutet, zu einer Betrachtung der ›apokalyptischen‹ Deutungsmuster Horstmanns fortschreitet und die Frage formuliert, welche Erkenntnisse im Prozess seiner literarischen Aneignung aus dem *Lobgesang* herausdestilliert werden. Oder, anders formuliert: Auf welche Weise gelangt Horstmann mit Millers Hilfe über Miller hinaus? Zuvor sei jedoch auf einen weiteren Versuch hingewiesen, den *Lobgesang* fortzuschreiben und literarisch produktiv werden zu lassen, auf Carl Amerys *Der Untergang der Stadt Passau* (1975). Das Buch ist nach dem Prinzip ›Wiedergeburt nach totaler Katastrophe‹ aufgebaut, wobei die Katastrophe auch in diesem Fall so total nicht sein kann. Im *Untergang* wechseln Berichte aus der »in einem verwegenen Latein« verfassten Chronik »MAGNALIA DEI PER GENTEM ROSMERIUM« des Kaplans Egid, beginnend im Jahre 331 »POST PESTILENZIAM« – das ist Anno Domini 2112 – mit den im Jahr 2013 angesiedelten Geschichten um den »Scheff« von Passau, die Rosenheimer und die von der Vernichtung verschonten Ungarn. In den letzteren werden unterschiedliche Modelle vorgestellt, wieder an die untergegangene Kultur anzuknüpfen. Man kann auf kleinstem Raum versuchen, eine technologische Zivilisation weiterzuführen, eine Zivilisation aus der Konservendose sozusagen – solange der Vorrat reicht. Man kann sich ferner auf eine an die geringe Bevölkerungsdichte und eine ›renaturierte‹ Wildnis angepasste Lebensweise einer quasi frühmittelalterlichen Zivilisationsstufe zurückziehen. Oder man kann ganz auf Sesshaftigkeit verzichten und wieder zu Nomaden werden. Doch sämtliche Bemühungen, darüber belehren die gerade einmal 99 Jahre später verfassten Schriften Egids, sind vergeblich. Noch vor Ablauf eines Jahrhunderts beginnen sich die neumittelalterlichen Nachfahren der postatomaren Generation erneut zu dezimieren.

Horstmann muss mit dem *Untergang* schon seinerzeit vertraut gewesen sein. Sein *Wortkadavericon* (Untertitel: »Kleine thermonukleare Versschule für jedermann«) kann als Versuch gelesen werden, die gedanklich nicht unbedingt anspruchsvolle Konzeption Amerys zu überbieten, d. h. sie um ein ausgeklügeltes Spiel mit Zeitstrukturen und temporalen Aporien zu erweitern. Als ›Zukunftsentwurf‹ fingiert hier ein im Jahr 217 nach der thermonuklearen Katastrophe (»GROSSE EINFACHUNG«) in Anlehnung an das Mittelhochdeutsche verfasstes Vorwort des Hofsonettiers Alraych (von Alarich I., 370–410 König der Westgoten). Gleichwohl antizipiert das Vorwort nicht einfach eine zukünftige ›Gegenwart‹, sondern greift seinerseits auf eine zukünftige ›Vergangenheit‹ zurück. So präsentiert sich Alraych auch nicht als Autor, sondern vielmehr als Herausgeber des Kerntextes, dessen Verse aus der Zeit unmittelbar vor dem Super-GAU berichten:

STRANDUNG

Treibende Hinraggregationen
wie Tangfelder vor der Küste

bei Westwind
können selbst die Quallen nicht mehr a
nlanden

so hoch türmt sich der aufgeworfene Geist

Diese Zeilen stammen nach Alraychs Bekunden aus den 70er Jahren unseres Jahrhunderts, also Alraychs Vergangenheit und unserer *unmittelbaren* Zukunft. Anders formuliert: Alraychs Vorwort muss als Botschaft aus einer *fernen* Zukunft begriffen werden, die Perioden der zurückliegenden Historie rekapituliert. Vom Standort unseres mittelalterlichen Sprachnachfolgers aus betrachtet, schiebt das *Wortkadavericon* den lyrischen Bericht über die postatomare Geschichte in Richtung unserer Gegenwart (Alraychs ›Vorvergangenheit‹) zurück. Ein unbestimmtes Bevorstehen konkretisiert sich somit zur *Nah*erwartung der Apokalypse – eine Tatsache, die durch die Nähe des Kerntextes zum heute herrschenden Sprachduktus ebenso beunruhigend wirkt wie durch die Fremdartigkeit der neumittelalterlichen Verlautbarungen. Überraschenderweise erfahren wir aus den Aufzeichnungen des »verereten Lectörs«, wem die Öffnung des »WORTCADAVERICONs« zu verdanken ist: »Ihro REINHEIT Prior Bruder Kornhoer (hat sich) ietzum bereit erfunden und uns zu besorgetem Kopiren in die geschlossenen Blätter verlängerte Einsicht geschaffen«. Eine der Figuren Millers hebt grüßend die Hand. Kornhoer erweist sich schon im *Lobgesang* als Unheilsbringer wider Willen, da er Pfardentrott von der Existenz der alten Schriften informiert und sich durch die wissenschaftlichen Arbeiten des Gelehrten an die (Re-)Konstruktion des Dynamos macht, eines »Mordsapparats«, wie es nicht von ungefähr aus dem Mund Benjamins heißt. Dass sich das Rad der Geschichte auch im *Wortkadavericon* weiterdrehen wird, führt uns die Schlusssequenz des Alraychschen Berichts vor Augen. Schon bald verfliegen die Zweifel, dass sich »das Luzeferische wol über die GROSSE EINFACHUNG hinweg in dero Büchlein inkaniret« habe und die »wunderliche Vornennung des Heiligen SANCT Leibowitz« vor weiterem Unbill schützen mag. An ihre Stelle tritt die Hoffnung, dass mit dem wachsenden Verständnis der »voreinfachen Geschribbenheiten« dereinst auch die »verlorenen Formulae der GROSSEN PLAGEN« wieder zugänglich gemacht werden könnten!

Nicht genug damit, dass der zeitgenössische Leser den großen Knall noch innerhalb des laufenden Jahrzehnts erwarten darf und auch die Epoche Alraychs vor einem erneuten Zusammenbruch kaum gefeit ist – am Ende des *Wortkadavericons* findet sich überdies ein »Nachwort des Vorausgebers« Horstmann. Was im Jahre 217 nach der ›Großen Vereinfachung‹ wieder ausgegraben wird, so heißt es dort unter ›Rekonstruktion‹ der ursprünglichen Terminologie, müsse »zunächst unter die Erde gebracht und verschüttet werden«. Der Autor nimmt damit vorweg, was er streng genommen noch nicht wissen kann. Horstmanns fiktives Nachwort wird zum Ausgangspunkt seiner eigenen Verursachung, der Kreis schließt sich zum *circulus vitiosus*. In alle Ewigkeit, so können wir hinzufügen, werden Alraych und Horstmann edieren, rezipieren, erneut edieren und erneut rezipieren, in alle Ewigkeit wird das *Wortkadavericon* zwischen Historie und Nachgeschichte hin und her irren, mit und gegen den Zeitstrom, nur beschwert durch den weiter anwachsenden Apparat der Kommentare und Vermerke. In Horstmanns Büchlein kondensiert die Millersche Ironie zum sich überschlagenden Aberwitz. Was das nochmalige Herauftransformieren der selbst schon lustbetonten Katastrophenphantasien bewirkt? Ich behaupte, dass durch diese Verarbeitung des *Lobgesangs* ein Element der Selbstreferenz in die Literatur hinein getragen wird. Horstmanns *Wortkadavericon* bezeugt in besonderem Maße, was apokalyptische Science Fiction ist und wie sie funktioniert. Apokalyptisches Denken, so ist nämlich von berufener Seite zu vernehmen, ist nicht unmittelbarer Ausdruck eines Krisenbewusstseins, sondern eine Form, dieses zu *bearbeiten*. Damit erhebt sich auch die Frage nach dem Lustgewinn, der mit solchen Schreckensvisionen einhergehen kann, als auch die nach den künstlerischen und literarischen Mitteln, die ihn ermöglichen.

Im Sinne eines Kreislaufes legt Horstmann mehrere seiner Arbeiten an: das Hörspiel *Gedankenflug* (1980), das Theaterstück *Terrarium* (1981) oder den bereits angesprochenen Roman *Patzer*. Wie der Held des phantastischen Romans *Das Glück von OmB'assa* (1985), Immanuel Wohlfahrt, wird auch Patzer von einem extraterrestrischen Wesen in seinem Inneren gepeinigt, wie dieser kann er sich aber des unbequemen Gastes schließlich entledigen. Die in Horstmanns Essay *Sisyphus im weißen Kittel* (1999) formulierte medizinkritische Diagnose: »Vielleicht bescheren die Pyrrhus-Siege von Nobelpreisträgern unseren Kindeskindern Heimsuchungen, gegen die sich die Pest ausnimmt wie eine mittelprächtige Grippeepidemie« bewährt sich *mutatis mutandis* in beiden Romanen. In grotesker Hintertreibung medizinischen Machbarkeitswahns mutieren ausgerechnet die hienieden bestkontrolliertesten Krankheiten zu todbringenden Seuchen, die die Verweildauer der fremden Besucher auf unserem Planeten auf ein Mindestmaß herunterschrauben. Während im *Glück* die epidemisch um sich greifende »Hartleibigkeit von Mombasa« schon bald den Nachschub an Abführmitteln versiegen lässt, ist im Nachfolgeroman gegen eine Kinderkrankheit – die Masern – kein Kraut gewachsen. Sie gleicht in Symptomatik und Krankheitsverlauf den schwarzen Blattern und rafft die Bewohner Botswanas zu Hunderten dahin. Eine weitere Gemeinsamkeit beider Prosawerke: der apokalyptische Tenor. Im *Glück* schwebt die atomare Drohung über der westfälischen Landeshauptstadt Münster, in *Patzer* werden Held und Nebenfiguren in einer im Sauerland verorteten Quarantänestation (»MOBIQUA«) interniert, um die weitere Verbreitung des todbringenden Erregers zu verhindern.

Wie sich nun die Kenntnis des *Lobgesangs* für die Deutung von Horstmanns letztem Roman fruchtbar machen lässt, der als verzwicktes Verwirrspiel mit Informationen, Desinformationen, Andeutungen und Hörensagen eine Zersetzung des bis dahin soliden Weltbildes Patzers bewirkt? Bei der Lektüre von *Patzer* sieht sich der Leser auf fast jeder Seite zu aktiven Synthesen aufgerufen. Er muss sich mit Horstmanns Hilfe zusammenreimen, wo der Held richtig urteilt oder in Irrtümern befangen ist, wo er sich auf sicherem Terrain befindet oder in äußerster Gefahr. Der Roman oszilliert beständig zwischen ironischer Rede und apokalyptischem Ernst – ein Schwanken, das auf Dauer nicht auszuhalten ist und den Leser zu einer Auflösung des Doppelsinns treibt. Das gelingt aber nur, wenn er kleinste Subeinheiten des Textes zu identifizieren vermag und diese anschließend nach Art eines Puzzles zusammensetzt. Ein erster Hinweis dafür, dass auch *Patzer* mit einem – wenngleich gebrochenen – Lobgesang auf Walter M. Miller jr. ausklingt, ist die Beschreibung der MOBIQUA als einer nach Art eines übergroßen Adventkranzes aufgebauten Station:

> Das hier (...) ist das Siechenhaus, die Leprastation, das Aussätzigenasyl des einundzwanzigsten Jahrhunderts. Luftlandefähig, in kürzester Zeit montiert, überall aufstellbar, wenn es sein muss, sogar auf einer Bergspitze, wahlweise von den sich darin aufhaltenden Patienten zu bedienen oder von außen zu kontrollieren und vor allem so umweltunabhängig, dass es sogar unter mondähnlichen Bedingungen seine Funktionsfähigkeit nicht einbüßte.

Dabei ist an eine der Erde entrückte Sphäre zu denken, die die Station als eine Art Raumschiff erreichen könnte, und vieles spricht dafür, dass Horstmann, als er diese Zeilen schrieb, die Raumstation in Stanley Kubricks Weltraumepos *2001 – A Space Odyssey* vor Augen hatte. In der Tat wird die Vorstellung, dass die MOBIQUA samt ihrer Insassen in Richtung Mars oder Pluto vom blauen Planeten abheben könnte, an mehreren Stellen des Romans antizipiert. Entscheidend ist nun, dass Patzer von einer der Figuren im Scherz als »Doktor Allwissend von Alpha Zentauri« bezeichnet wird, was einerseits als Anspielung auf seine vermeintlich extraterrestrische Herkunft zu werten ist. Andererseits spielt hier natürlich jene Siedlergruppe aus dem *Lobgesang* hinein, deren verzweifelte Flucht in Richtung Alpha Zentauri Horstmann keineswegs wie andere, an das Gängelband religiöser Linientreue gekettete Interpreten als Himmelfahrt, als Auszug in das gelobte Land, sondern als »Himmelfahrtskommando« deutet. Entscheidend ist weiter, dass Patzers phantastische Eingebung, sich mit den mitinternierten Kindern in Richtung Weltraum aufzumachen, nicht Wirklichkeit wird. Horstmann bricht an dieser Stelle mit der Millerschen Vorgabe und bewahrt seinen Helden vor dem Schlimmsten – wie zuvor schon den Kommandanten des Siedlerraumschiffs in *Gedankenflug* Steintal, dessen Existenz und Wirklichkeitswahrnehmung sich am Ende als Bewusstseinsspiegelung des Computers Berkeley entpuppt. Die an diesem Motiv des *Lobgesangs* ablesbare Entfernung Horstmanns vom literarischen *Vollzug* der Apokalypse bewirkt nicht zuletzt auch eine Verschiebung im Begriff des ›Anthropofugalen‹. Steht noch im *Untier* ein Moment der Abkehr im Vordergrund, und wird die menschliche Gattung aus der Sicht eines ›orbitalen‹ Beobachters in eine mitleidslose, da unaufhebbare Distanz gebannt, so richtet sich Horstmanns Augenmerk spätestens seit dem *Glück* auf die sich zwischen dem ›Menschlichen‹ und ›Nichtmenschlichen‹ entzündenden *Reibungskonflikte*.

Wurden wir also soeben Zeugen von Horstmanns letztem, schon entfernter klingenden Lobgesang? Um diese Frage beantworten zu können, muss man erstens wissen, dass Horstmann Millers Roman als den »Schwanengesang« eines Autors verstanden wissen will, der nur ein knappes Jahrzehnt literarisch aktiv war und dessen Produktivität mit der Veröffentlichung dieses ›longsellers‹ schlaglichtartig erlosch. Dahinter steht nichts geringeres als ein weiterer Lobgesang auf ein Meisterwerk, dessen Autor im Gegensatz zu den Zunftgebräuchen der Versuchung widerstanden hat, »mit Selbstplagiaten und anderen Recycling-Produkten Kasse zu machen« und der durch seine »willentliche Missachtung von Marktchancen« unseren Respekt verdient. Wissen muss man aber auch, dass Horstmann sich geirrt hat. Vom Lobsänger offenbar unbemerkt ist vierzig Jahre nach dem *Canticle* eine Fortsetzung mit dem Titel *Saint Leibowitz and the Wilde Horse Woman* (übersetzt als *Ein Hohelied für Leibowitz*) entstanden, die aufgrund des vorzeitigen Hinscheidens ihres Verfassers von Terry Bisson vollendet wurde. Der Roman berichtet über einen knappen Zeitraum, der etwa drei Generationen nach der im ersten Buch des *Lobgesangs* anhebenden neuen Renaissance einzuordnen ist. Methodisch von seinem literarischen Vorgänger abrückend, lässt das *Hohelied* einen auch ideologisch sehr veränderten Autor erkennen, der sich mit dem Götterdämmerungsmarsch des letzten Papstes Braunpony, seiner Allianz mit den halbheidnischen Nomaden gegen den kalten Imperialismus von Texarkana in Grabenkämpfe mit der nachkonziliaren Entwicklung des Katholizismus verstrickt.

Man kann sich lebhaft vorstellen, wie diese unerwartete Dreingabe auf Horstmann gewirkt haben muss, der im Essay *Die Kunst des Großen Umsonst. Melancholie als ästhetische Produktivkraft* (1989) das melancholische Kunstwollen aus abgründiger Enttäuschung, Vergeblichkeitserfahrungen und dem Eingeständnis des Misslingens erklärt: »Sehenden Auges gehen, nein, richten wir uns zugrunde. Das ist die paradoxe Wahrheit der schwarzen Galle und der sie bezeugenden Kunst.« Nichts verabscheut Horstmann mehr als die nassforschen Erfolgsgeschichten ›großer Dichter‹. Mit Walter Muschgs *Tragischer Literaturgeschichte* (1957) begreift er die Kunst als »Opfergang«, als Manifestation einer Erfahrung tiefsten Schmerzes, die zugleich Kräfte entbindet, die sonst nirgends frei werden. Der Prototyp des Schwermütigen ist derjenige, der sich früh in einem Meisterwerk verausgabt, sich in einem Zug ›leerschreibt‹. Dessen Werke, so weiß das *Kunsttrinker*-Essay (1998), mitunter nur in der Nährlösung des Verflüssigenden und Liquiden gedeihen können und der seine Hervorbringungen zu guter Letzt adelt, indem er sie durch den Freitod existenziell beglaubigt. Mit solchen Naturen hat sich der *Übersetzer* Horstmann in seinen Buchausgaben zu Robert Burton, James Thomson, Jack London, Philipp Mainländer, Oscar Wilde und Robinson Jeffers verbrüdert, und es versteht sich ganz von selbst, dass in seinem Bewusstsein auch ein Walter M. Miller jr., dessen beredtes Schweigen sich angeblich aus dem »Eingeholtwerden durch das ewige Umsonst« speist, nicht aus der melancholischen Art schlagen durfte. Als der Heyne-Verlag Millers im Jahr 2000 neu erscheinenden Romane, den *Lobgesang* und das *Hohelied,* zu einem Paket zusammenschnürt und sie Richtung Marburg schickt, kommt die Antwort postwendend:

> Vor zwei Wochen habe ich ihn in meinem Jack London-Seminar auf den Podest gehoben: hier die Ein-Mann-Literaturfabrik London, die am Ende nur noch Schrott ausstößt, dort der ebenso bestsellernde Walter M. Miller, der aber nach dem *Canticle* genau weiß, wo jetzt die literarische Latte liegt – und keine Zeile mehr veröffentlicht. Dieses Wunschbild künstlerischer Integrität ist nach Ihrer Büchersendung dahin, und ich gehe jede Wette ein, dass die schweren Depressionen Millers nicht vom ›writer's block‹ herrührten, sondern von dem, was da nach vierzig Jahren auf seinen Manuskriptseiten erschien. Einen solchen Absturz kann man nicht überleben! Mit Carl Amery freue ich mich, dass Millers Klassiker bei Heyne greifbar bleibt. Den *doppelten* Selbstmord aber werde ich so leicht nicht verwinden.

LITERATUR

Carl Amery: *Der Untergang der Stadt Passau. Roman.* München, 1982.
Rajan Autze / Frank Müller: *Steintal-Geschichten. Auskünfte zu Ulrich Horstmann.* Oldenburg, 2000.

Ulrich Horstmann: *Das Glück von OmB'assa. Phantastischer Roman.* Frankfurt am Main, 1985.
- ders.: *Das Untier. Konturen einer Philosophie der Menschenflucht.* Berlin, 1983.
- ders.: *Die Kunst des Großen Umsonst. Melancholie als ästhetische Produktivkraft.* In: Ulrich Horstmann/Wolfgang Zach (Hrsg.). *Kunstgriffe. Festschrift für Herbert Mainusch.* Frankfurt am Main; Bern; New York, 1989, S. 127–138.
- ders.: *Beschwörung Schattenreich. Gesammelte Theaterstücke und Hörspiele 1978 bis 1990.* Paderborn, 1996.
- ders.: *Endspiele. Todestrieb und apokalyptische Simulation.* In: *die tageszeitung,* 14. 10. 1989. (Beilage zur Frankfurter Buchmesse)
- ders.: *Kunsttrinker. Vier Suchtkarrieren aus der anglo-amerikanischen Literatur samt einer Flaschenpost über das Scheitern der Prohibition.* In: *Frankfurter Rundschau,* 11./12. 4. 1998.
- ders.: *Nachgedichte. Miniaturen aus der Menschenleere.* Essen, 1980.
- ders.: *Patzer. Roman.* Zürich, 1990.
- ders.: *Steintals Vandalenpark. Erzählung.* Siegen, 1981.
- ders.: *Sisyphus im weißen Kittel.* In: *DER SPIEGEL,* Nr. 16, 16. 4. 1999, S. 183.
- ders.: *Walter M. Miller. A Canticle for Leibowitz.* In: Hartmut Heuermann (Hrg.): *Der Science-Fiction-Roman in der angloamerikanischen Literatur.* Düsseldorf, 1986, S. 182–195.
- ders.: *Wortkadavericon oder Kleine thermonukleare Versschule für jedermann.* Köln; Leverkusen, 1977.

Gertrud Lehnert: *Endzeitvisionen in der Science Fiction.* In: Gerhard R. Kaiser (Hg.): *Poesie der Apokalypse.* Würzburg, 1991, S. 297–312.

Walter M. Miller. *Ein Hohelied für Leibowitz. Roman.* München, 2000.
- ders.: *Lobgesang auf Leibowitz. Roman.* München, 2000.

Mission außer Kontrolle:

Das Zeitalter der Erkundung in Maria Doria Russells »Sperling« und »Gottes Kinder«

von Pamela Clements

The Sparrow (dt. *Sperling,* HEYNE SF 06/6336) ist ein gutes Beispiel für ein relativ neues Phänomen, den Crossover-Science-Fiction-Roman. Während die Handlung eine Raumfahrt-Mission zum Planeten Rakhat im System Alpha-Centauri schildert, umfassen die Themen, die in dem Roman angeschnitten werden, eine viel breitere Palette als die der konventionellen Erzählungen über die Weltraum-Kolonisierung. Das Problem der Kolonisierung selbst wird insofern angeschnitten, als *The Sparrow* ein ganzes Netz von Hinweisen auf die europäische Kolonisierung der beiden Amerikas enthält, das die Parallelen mit der Jesuiten-Mission zum Planeten Rakhat in diesem Roman unterstreicht. *Children of God* (dt. *Gottes Kinder,* HEYNE SF 06/6337), mit dem Russel *The Sparrow* fortsetzt, schildert eine zweite Mission nach Rakhat, welche die Story der katastrophalen Veränderungen vervollständigt, die durch den ersten Kontakt mit einer anderen Zivilisation bewirkt wurden. Tatsächlich müssten die beiden Romane nacheinander gelesen werden, denn der zweite setzt weitgehend darauf, dass dem Leser die Handlung des ersten bekannt ist. Russel fügt jedoch die grundlegenden Fakten aus *The Sparrow* so geschickt in die ersten Kapitel von *Children of God* ein, dass ein neuer Leser vermutlich durch Hinweise auf die früheren Erlebnisse der Figuren nicht verwirrt werden kann.

Mary Doria Russell, Paläoanthropologin und Schriftstellerin, die als akademische und forensische Beraterin gearbeitet hat, bevor sie *The Sparrow* zu schreiben begann, sieht sich selbst nicht in erster Linie als Science Fiction-Autorin, sondern als Romancière, die sich mit metaphysischen und religiösen Transformationen befasst. Sie schildert sich selbst als »zum Katholizismus erzogenes Kind italienischer Herkunft, das im mittleren Alter nach Jahrzehnte langem Atheismus zum Judentum übergetreten ist«. (*Contemporary Authors (C.A.)* 162:303) Nach der Adoption ihres Sohnes, der in Kroatien geboren wurde, und später, als sie an *The Sparrow* arbeitete, begann sie den Begriff Religion in einem anderen Licht zu sehen und entdeckte, dass »ich mich in einer Krise, sei es fiktiv oder real, immer wieder an jüdisches Gedankengut halte«. (*C.A.* 162:303) Ein zentrales Thema beider Romane ist die Frage, inwieweit die Religion die Handlungsweise der Menschen beeinflusst. Von Kritikern für ihre gründliche Charakterisierung und den einfühlsamen Umgang mit Glauben und Hoffnung, Vorsehung und Schicksal, sowie der unvermeidlichen interkulturellen Missverständnisse gelobt, werfen beide Romane immer wieder mehr neue Fragen auf, als sie Antworten darauf liefern.

The Sparrow

Im Anfang des einundzwanzigsten Jahrhunderts angesiedelt, ist *The Sparrow* die Chronik des »ersten Kontakts« mit einer fremden Zivilisation, nachdem der Empfang von Musiksendungen aus dem Weltraum eine bunt zusammengesetzte Gruppe von Naturwissenschaftlern, Sprachexperten, alternden Baby-Boomern und Klerikern veranlasst hat, sich auf den Weg nach Alpha Centauri zu machen, eine Mission, die insgeheim von den Jesuiten gesponsort und privat finanziert wird. Von Anfang an ist klar, dass mit der Mission irgendetwas total fehlgeschlagen ist; der einzige Überlebende ist verstümmelt zurückgekehrt, in Ungnade gefallen und geistig zerbrochen. Die zweigleisige Erzählung folgt einmal dem Strang der langsam fortschreitenden Gesundung dieses Überlebenden namens Emilio Sandoz, während derer er allmählich die katastrophalen Folgen seiner

Reise zum Planeten Rakhat verarbeitet, und zweitens einem anderen, der die Ereignisse beschreibt, die zu Emilios tragischer Mission in den Weltraum führten. Der Leser wird über die Ereignisse, die das Desaster auslösen, ebenso im Dunkeln gelassen wie über die Führungsrolle der Jesuiten und erfährt die Wahrheit erst, wenn Sandoz' Geschichte sich nach und nach entwickelt.

The Sparrow verfolgt die spirituelle Reise des Emilio Sandoz, der mit der Zeit zu der Überzeugung gelangt, dass die Jesuiten-Mission nach Rakhat, und insbesondere seine eigene Rolle in dieser Mission, als Gottes Wille vorherbestimmt ist. Sein ganzes Leben, von der in Armut verbrachten Kindheit in Puerto Rico bis zu seiner Ausbildung zum Priester und seiner umfangreichen Arbeit als Linguist, scheint auf die Reise zu dem neu entdeckten Planeten ausgerichtet gewesen zu sein. Während sich ihre Pläne scheinbar mühelos entwickeln, gelangt Sandoz langsam zu einer mystischen Erfahrung von Gottes Gegenwart. Der doppelte Zeitablauf, der zwischen der Gegenwart des Romans (2060) auf der Erde und der sich entwickelnden Geschichte der Mission (die im Jahre 2017 begann) hin und her springt, hebt das, was aufgezeigt wird, noch hervor.

Sandoz' wachsende Überzeugung vom schicksalhaften Scheitern ihrer Mission offenbart sich in dem wiederholten Motto der Crew, *Deus vult,* zuweilen ironisch, dann wieder ehrfürchtig geäußert. Von Anfang an ist der Plan von synchronen Ereignissen gekennzeichnet: Der Astronom Jimmy erkennt die extraterrestrischen Geräusche erst als Musik, nachdem er ein Duett gehört hat, das Emilio Sandoz und Sofia Mendez singen, zwei alte Bekannte, zufällig gerade rechtzeitig für die Entdeckung zusammengeführt. Alles fügt sich viel zu leicht ineinander, um reiner Zufall zu sein: geeignete Kontakte finden ein Raumschiff, die Jesuiten erklären sich sofort bereit, die Mission zu finanzieren, eine geeignete Crew mit entsprechenden Kenntnissen scheint sich wie selbstverständlich zusammen zu finden.

Sandoz reagiert wie Columbus, als dieser im Dezember 1492 schrieb: »Dies alles war der Wille Gottes: dass das Schiff so leicht auf Grund lief, dass es kaum zu spüren war, und zwar ganz ohne Wind und Wogen; die Feigheit des Kapitäns und einiger Crew-Mitglieder (die zumeist aus seinem Teil Spaniens kamen), die sich weigerten, meinem Befehl zu folgen und den Heckanker auszuwerfen, um so das Schiff wegziehen und retten zu können; die Entdeckung dieses Landes« (Columbus, *Log,* 155). Im Jahre 2017 des Romans sagt Anne Edwards zu Sandoz: »›Emilio, du bist der vernünftigste, rationalste Priester, den ich kenne. Und nun willst du mir erzählen, dass du glaubst, Gott wolle uns zu diesem Planeten schicken? Uns alle hier ganz persönlich? Die Menschen in diesem Raum? Habe ich dich da recht verstanden?‹ – ›Ja. Ich muss gestehen, dass ich daran glaube‹, sagte er verlegen. ›Es tut mir Leid.‹« (*Sperling,* 158*) Nach seiner Rückkehr zur Erde fragt ihn der Pater General: »Warum sind Sie nach Rakhat gegangen, Emilio? ... War es eine rein wissenschaftliche Expedition? Sind Sie nur gegangen, weil Sie Linguist sind und das Ganze für ein interessantes Projekt hielten? Waren Sie wirklich nur ein Akademiker, der auf Veröffentlichung seiner Arbeiten aus ist? Sind Ihre Freunde wirklich für diese Daten gestorben?« (*Sperling* 453)

Unter der Oberfläche dieses faszinierenden Werkes spekulativer Fiktion lauert jedoch die Geschichte der Erforschung und Eroberung der »Neuen Welt« durch die Europäer, ein Palimpsest, welches die tragischen Folgen vorausgegangener Kontakte mit fremden Kulturen überschattet. Von der anfänglichen idealistischen Vorstellung der Forscher von den Bewohnern Rakhats bis zu Emilios Verzweiflung nach seiner Rettung, verbindet der Roman die utopische Vision mit einer zeitgenössischen Kritik an europäischen Entdeckungsreisen, wobei zeitgenössische Zweifel an selbst den gut gemeintesten Bemühungen der Menschen, den »Anderen« erfolgreich zu begegnen, hervorgehoben werden. Im Verlauf des gesamten Romans über Eroberungen der Frühen Neuzeit bilden Versklavung, religiöse Bekehrung und Völkermord einen Subtext, der einen Kommentar zu der fiktiven Mission und durch Extrapolation zu jedem zukünftigen Kontakt mit fremden Kulturen darstellt und, wie jede gute Literatur, mehr Fragen aufwirft, als Antworten bietet.

---

* Die Seitenzahlen beziehen sich auf die deutschen Ausgaben der beiden Romane in der Reihe HEYNE SCIENCE FICTION.

The Sparrow ist jedoch weit mehr als ein Traktat über die Schäden der Kolonisierung. Russell zeigt eine Anzahl interessanter Charaktere, von dem gefühlsbetonten Emilio Sandoz über die lebhaften Baby-Boomer-»Ruheständler« Anne und George Edwards, den linkischen, musikalischen und sensiblen Jimmy Quinn bis zu der gequälten balkansephardischen Sofia Mendez. Glaubens- und Verhaltensprobleme enthält das Buch reichlich. Anne, die agnostische Ärztin, gelangt letztlich wenigstens zu dem Glauben, dass Emilio von göttlichen Mächten getrieben wird, die er weder sehen noch erklären kann. Sofia, deren Vergangenheit sie, wie man vermutet, zum Unglauben führen müsste, entscheidet sich im zweiten Band, sich wieder dem Judentum ihrer Kindheit zuzuwenden. Selbst Jimmy Quinn, ein vom Glauben abgefallener Katholik, sieht in der Tatsache, dass es im Universum mehr als nur eine empfindende Spezies gibt, Grund zum Staunen.

Von Anfang an spielt Russell mit den zahlreichen, säkularen wie auch religiösen Bedeutungen des Wortes *Mission.* Während sich die Wissenschaftler und Linguisten in der Besatzung der *Stella Maris* (einem ausgehöhlten, zum Raumschiff umgebauten Asteroiden) eindeutig dafür interessieren, was sie aus einer Forschungsreise zu den Komponisten der Gesänge lernen können, ist es dennoch unmissverständlich klar, dass die Reise zugleich eine religiöse Mission ist. Nicht nur, weil sie vom Jesuitenorden gesponsort und finanziert wird, sondern auch weil Emilio Sandoz, der Priester, der das Unternehmen leitet, von dem Gefühl getrieben wird, dass er unter der Führung Gottes steht. Er ist in mehr als einer Hinsicht »ein Mann mit einer Mission«. Wie er seiner Freundin Anne erklärte: »Sie singen ... Wir müssen mehr über sie erfahren. Es gibt keine andere Möglichkeit. Wir müssen sie kennen lernen.« (*Sperling* 159) Später sagt er: »Die SJ wird niemals eine Selbstmordmission zulassen«, und weist damit auf eine weitere eventuelle Bedeutung des Wortes hin. (*Sperling* 178)

Der Roman enthält noch zahlreiche andere Erinnerungen an die europäische Kolonisierung. Die Mitglieder der Crew selbst sind Erben von fünf Jahrhunderten kultureller Konflikte. Sandoz selbst, aufgewachsen in Puerto Rico, wird als *mestizo* bezeichnet; er hat:

»Ein tief zerfurchtes Gesicht, die indianischen Vorfahren sind eindeutig an der scharfen Nase, den breiten Wangenknochen, der stoischen Gelassenheit zu erkennen.« (*Sperling* 14) »Eben noch wirkte er wie ein Hollywood-Spanier, mit schwarzem Bart, herrischen Augen und einer lebhaften Intelligenz; und schon sah sie nur noch diese rätselhafte Struktur unter der Haut, diese angeborene Taino-Härte.« (*Sperling* 90) »Selbst ohne Soutane war der Priester in einer dichten Menschenmenge leicht zu erkennen. Conquistadorenbart, kupferfarbene Haut, glattes schwarzes Haar, von Natur aus in der Mitte gescheitelt und über die hohen, breiten Wangenknochen herabfallend, die sich zu einem überraschend zarten Kinn verjüngten.« (*Sperling* 26), und Sofia macht sich über sein »Gehabe als spanischer Hidalgo, als spanischer Aristokrat« lustig. (*Sperling* 55/135)

Auch andere Mitglieder der Crew erinnern an den blutigen Kontakt zwischen europäischen Entdeckern/Kolonisten und »Anderen«: Sofia Mendez, die Computer-Analytikerin und Co-Pilotin des Schiffes, ist eine türkisch-sephardische Jüdin (*Sperling* 63), geboren in den Trümmern des Balkans. Ironischerweise reicht die Geschichte sowohl ihrer eigenen als auch Emilios Familie bis ins Spanien von 1492 zurück, als Entdeckungsreisen und Christentum eine gemeinsame Blüte erlebten. Das Duett, das sie und Emilio singen, ist ein Lied, das sie trotz ihrer unterschiedlichen Vergangenheit beide kennen, eine alte spanische Weise. »Ladino, dachte sie, und erkannte spanische wie hebräische Elemente darin. Sofias Lied war möglicherweise eine sephardische Variation des spanischen Originals« (*Sperling* 137/138) Jimmy Quinn, der Astronom, ist Sohn irischer Einwanderer, was darauf hindeutet, dass die Herrschaft der Engländer über Nordirland auch im Jahre 2017 noch andauert. Marc Robichaux, S. J., ist Naturwissenschaftler und Aquarellist aus Montreal und erinnert an die »Schwarzkittel« des 17. Jahrhunderts. (*Sperling* 232). Um die Mission zu finanzieren, verkaufen die Jesuiten Renaissance-Kunst; das Refugium, in dem sich Emilio erholen soll, ist »ein Tristano-Bau aus den frühen 1560ern« (*Sperling* 76). Die Untersuchung der SJ, was das Ende der Mission betrifft, wird abwechselnd als Therapie für Emilio und als Inquisition geführt; auch hier müssen sich die Leser bis ans Ende des Bandes fragen, worauf die stärkere Betonung liegt.

Die Personen des Romans, sowohl die Crew der Mission als auch die Jesuiten in Rom, sind sich deutlich der Parallelen zwischen ihrer Reise und der Geschichte der Frühen Neuzeit bewusst. Nicht nur taufen sie ihr Schiff *Stella Maris,* sondern nennen das Schiff, das ihnen vom Contact Consortium zu Hilfe geschickt wird, *Magellan.* Tatsächlich wird ihr Unternehmen von anderer Seite bezeichnet als »die größte Fahrt ins Unbekannte, seit Magellan im Jahre 1519 Spanien verließ«. Als Sandoz über den Flug nach Alpha Centauri in einem ausgehöhlten Asteroiden nachdenkt, sagt er: »Das würde auch nicht schlimmer sein als die kleinen Holzschiffe, mit denen die Menschen im sechzehnten Jahrhundert den Atlantik überquerten.« (*Sperling* 150) Und als George Edwards seine Frau überreden will, sich der Crew anzuschließen, hält er ihr vor:

»Und selbst wenn du heil und gesund zurückkehrst, würden alle, die du gekannt hast, längst schon tot sein! ... Na und? Sie würden doch ohnehin sterben. Willst du vielleicht hierbleiben und dabei zusehen? ... Hör zu. Als deine Urgroßeltern mit dem Schiff aus Europa kamen, mag das für sie genauso gewesen sein, als wären sie auf einem anderen Planeten gelandet. Auch sie haben alles zurück gelassen!« (*Sperling* 166)

Die erste Gruppe, welche die Rakathi-Musik hört, erlebt einen an Galilei erinnernden Moment der Unsicherheit: »›Du liebe Güte‹, seufzte Anne, ›welch eine Enttäuschung! Wir hielten uns für den Mittelpunkt des Universums, und was sind wir? Nichts als eine weitere Welt voller empfindender Wesen. Hört hört!‹ Ihre Miene veränderte sich, und sie beugte sich mit gutmütiger Schadenfreude zu Emilio hinüber, um ihn zu umarmen. ›Was meinst du, Pater – wen liebt Gott am meisten? Oh, oh, das ist eine bösartige kleine Idee. Rivalität der Empfindenden! Denk mal an die Theologie, Emilio!‹« (*Sperling* 147). In *Children of God* fährt Russel fort, sowohl die theologischen und spirituellen Probleme als auch die praktischen Schwierigkeiten zu untersuchen, die entstehen, wenn man es nicht mit einer, sondern drei empfindenden Spezies zu tun hat. *Children of God,* das diesen Weg weiter verfolgt, ist »ein nicht weniger ehrgeiziges und nicht weniger moralisches Werk« [als *The Sparrow*] (West 49).

Als sie später beschließen, den VaRakhati etwas vorzusingen, sagt Alan Pace, der Jesuiten-Musiker: »Auf die musikalische Kommunikation konnten wir von Anfang an zurückgreifen, genau wie wir im achtzehnten Jahrhundert die Musik benutzt haben, um mit den Guarnari Kontakt aufzunehmen« *(Sperling)*. Musik lockt die Menschen nach Rakhat, Musik ist angeblich die »erste Sprache« zwischen den einander fremden Gruppen, und Musik lässt letztlich an eine potenzielle interplanetarische Harmonie schließen.

Die Crew der *Stella Maris* versucht mit allen Mitteln, die wohlbekannten Katastrophen zu vermeiden, die den vorangegangenen Missionen widerfuhren. Sie beschließen, zunächst in einem unbewohnten Gebiet zu landen, »erst etwas über den Planeten in Erfahrung bringen, bevor wir mit der intelligenten Spezies Kontakt aufnehmen, und sei es auch nur, um für die nächste Mannschaft grundlegende ökologische Daten nach Hause zu senden – für den Fall, dass uns was passiert.« (*Sperling* 295). »Alle befürchteten insgeheim, etwas vergessen oder einen Fehler begangen zu haben, der zu einer Katastrophe führen mochte oder der Grund dafür sein konnte, dass jemand starb.« *(Sperling)*. Wie Russel Amazon.com erklärte, hatte sie sich vorgenommen, »moderne, gebildete Menschen ... im selben Zustand radikaler Ignoranz zu porträtieren, in dem sich die frühen Missionare und Entdecker befanden, als sie den ersten Kontakt mit der Neuen Welt herstellten.« (zitiert in *C.A.* 162:303) Als Alan Pace auf mysteriöse Art und Weise stirbt, erwägen sie sogar, »ob sie Alan beerdigen, den Leichnam verbrennen oder zur *Stella Maris* zurück bringen sollten. Die Frage war, ob die Bakterien in seinem Körper das existierende Ökosystem verseuchen würden.« Doch sie entscheiden, dass sie den Planeten bereits »kontaminiert« haben. »›Wir haben dieses Ökosystem schon in dem Augenblick kontaminiert, als wir das Landefahrzeug verließen‹, sagte Anne ... ›Wir haben geatmet, uns erbrochen, Exkremente ausgeschieden, Haar- und Hautzellen abgesondert. Dieser Planet ist längst mit allen Bakterien geimpft, die wir mit uns tragen.‹ – ›Macht euch nichts vor‹, setzte Marc Robichaux hinzu. ›Unsere Gegenwart gehört inzwischen zur Geschichte dieses Planeten‹« (*Sperling* 322). Sie vermeiden es sorgfältig, den eingeborenen VaRakhati Krankheiten zu bringen, und sind sogar bemüht, ihre Gärten gefahrlos anzulegen. »Als Sofia sich fragte, ob diese Übertragung von Samen und Stecklingen von der Erde möglicherweise eine Art ökologische Katastrophe herbeiführen könne, antwortete Marc: ›Sämtliche Arten, die ich hergebracht habe, verfügen über sehr niedrige Eigenfortpflanzungsquoten. Wenn sie oder wir aufhören, die Gärten zu pflegen, werden die Pflanzen innerhalb eines Jahres absterben.‹« (*Sperling* 557). Ironischerweise unterschätzen sie die eigene Menschheitsbezogenheit, vor allem bei der Interpretation des Gesellschaftssystems der VaRakhai.

In voller Erkenntnis der Gefahren eines kulturellen Kontaktes versucht die Crew der *Stella Maris* es diesmal »richtig zu machen«; die Mitglieder pflegen eine wundervolle, utopische Vorstellung von Menschen und VaRakhati, die sich in Frieden und Freude begegnen; sie beabsichtigen sämtliche Fehler der Vergangenheit zu vermeiden – Seuchen, Krieg, Völkermord – die aus der Geschichte so wohl bekannt sind. Dennoch lässt Russel die Schilderungen ihrer ersten Erforschung des Planeten fast genauso klingen wie die von Columbus. Genau wie Columbus seine erste Landung als paradiesisch beschreibt, tun das auch die Entdecker des einundzwanzigsten Jahrhunderts.

Zuerst Columbus:

»Es gibt Bäume mit wundervoll schmeckenden Früchten. Es muss auf dieser Insel Kühe und andere Tierherden geben, denn ich sah Schädel, die ich für Kuhschädel hielt. Es gibt Vögel in allen Größen, und in der Nacht zirpen die Grillen, was uns alle sehr erfreut. Die nächtliche Brise ist weich und angenehm, weder kalt noch warm. Auf den anderen Inseln ist es viel wärmer, hier aber ist es so milde wie im Mai. Auf den anderen Inseln ist es, glaube ich, so heiß, weil sie so eben sind und der Wind aus dem Süden kommt« (Columbus *Log,* 97). »Hier sind die Fische so anders als bei uns, dass es erstaunlich ist; einige sind wie Goldmakrelen und haben die leuchtendsten Farben von der Welt – Blau, Gelb, Rot, vielfarbig, auf tausenderlei Art gefärbt; und die Farben sind so leuchtend, dass jeder staunen und sich an ihrem Anblick hoch erfreuen muss. Außerdem gibt es Wale« (Columbus *Log,* 84).

Vergleichen wir dies mit der Reaktion der Crew auf Rakhat:

»Es folgten Tage der Begeisterung und Fröhlichkeit. Wie Kinder auf einem Ausflug nach Eden gaben sie allem, was sie sahen, einen Namen. Es gab Issmichs und Elefantenvögel, Springer und Geher, pechschwarze Jesuiten und tiefbraune Franziskaner, Schäumer und Kriecher, Pferdenasen und Eichhörnchenschwänze. Kleine grüne Männchen, Blaurücken, Blumengesichter und Richard Nixons, die beim Gehen vornübergebeugt nach Futter suchten. Außerdem, um die Reihe der Orden zu verlängern, schwarzweiße Dominikaner. Und Schildkrötenbäume, deren Samenkapseln Schildkrötenpanzern glichen; Erdnussbüsche, deren braune Blüten zwei Wölbungen hatten; Babyfüße mit Laub, so weich wie Rosenblüten; und Schweinepflanzen, deren Blätter wie Schweinsohren geformt waren« (*Sperling* 298).

Ebenso sehr ähneln sich die beiden Schilderungen des »Ersten Kontakts« mit fremden Völkern. Columbus schrieb am 12. Oktober 1492 über die Begegnung zwischen den karibischen Menschen und seiner europäischen Schiffsbesatzung:

»Kaum hatten wir die Formalitäten der Inbesitznahme der Insel beendet, da kamen die Leute schon an den Strand, alle so nackt, wie ihre Mütter sie geboren hatten, auch die Frauen, obwohl ich nicht mehr als ein sehr junges Mädchen sah. Alle, die ich sah, waren jung, keiner von ihnen war über dreißig Jahre alt. Es sind sehr wohlgestaltete Menschen, mit schönem Körper und feinen Zügen, obwohl ihre Erscheinung durch sehr breite Köpfe und Stirnen ein wenig verunstaltet wird, mehr, als ich es bei irgendeiner anderen Rasse gesehen habe. Ihre Augen sind groß und sehr hübsch, und ihre Haut ist von der Farbe der Bewohner der Kanarischen Inseln, oder von sonnenverbrannten Bauern, ganz und gar nicht schwarz, wie man erwarten könnte, weil wir uns auf einer Ost-West-Linie mit Hierro in den Kanaren befinden ...« (Columbus *Log,* 76).

Weiter schreibt Columbus: »Ich möchte, dass die Eingeborenen ein freundliches Verhalten uns gegenüber entwickeln, denn ich weiß, dass sie ein Volk sind, das eher durch Liebe als durch Gewalt zu unserem Heiligen Glauben bekehrt werden kann. Deswegen verteilte ich rote Mützen an die einen, und Glasperlen an die anderen. Die Glasperlen hängten sie sich, zusammen mit ein paar anderen wertlosen Dingen, die ich ihnen schenkte, um den Hals. Das machte ihnen große Freude, und sie wurden so freundlich, dass es wie ein Wunder war. Sie handelten und gaben alles, was sie hatten, bereitwillig her, aber mir scheint, dass sie nur sehr wenig besitzen und in jeder Hinsicht arm sind. Ich ermahnte meine Männer, von den Leuten nichts anzunehmen, ohne ihnen etwas dafür zu geben« (Columbus *Log,* 76 – Freitag, 12. Oktober 1492).

Im Jahre 2017 trifft in *The Sparrow* die Crew der *Stella Maris* beim ersten Kontakt auf die Runa, die ähnlich wie Columbus' »Eingeborene« geschildert werden:

»Die Dorfbewohner blieben ungefähr einhundert Schritt von Emilio entfernt auf dem Pfad stehen und setzten die großen, schön geflochtenen Körbe ab, die alle mit etwas gefüllt waren, das nach der Mühelosigkeit, mit denen die Behälter sogar von den kleineren Individuen gehandhabt wurden, nicht schwer sein konnte. Sie waren unbekleidet, trugen an Gliedern und Hals jedoch leuchtend bunte Bänder, die im Wind flatterten und sich schlängelten ... Ihr Körper war generell gleich angelegt: zweibeinig, mit Vordergliedmaßen, die auf Zupacken und Manipulieren spezialisiert waren. Auch ihre Gesichter hatten eine gewisse Ähnlichkeit, und die kleinen Unterschiede wirkten weder schockierend noch abstoßend ... Herrliche Augen, groß und von dichten Wimpern beschattet, so gelassen wie die eines Kamels. Die Nase war konvex, breit an der Spitze und sanft der Schnauze entgegengebogen, die deutlich weiter aus dem Gesicht hervorragte als bei den Menschen.« (*Sperling* 361 f.)

Trotz aller guten Vorsätze in der Galaxis schlägt die Mission der *Stella Maris* fehl, weil die Menschen allesamt ihre vorgefassten Meinungen darüber, was es heißt, Mensch zu sein, mitbringen – Vorurteile, die auf die empfindenden Wesen von Rakhat möglicherweise nicht zutreffen. Wo verfehlen ihre Vermutungen ihr Ziel? Erstens müssen sie, während sie annehmen, dass »Musik, die der extraterrestrischen ähnlich klingt, durchweg von Natur aus fromm ist«, erst noch entdecken, dass der große Jana'ata-Dichter-Musiker von Rakhat dekadent und eben jenes Wesen ist, das Emilio letztlich versklaven und vergewaltigen wird. Ihnen entgeht, dass die Runa, die ersten »Leute«, denen sie begegnen, eine Grasland bewohnende Gruppe vegetarischer Sammler sind und Herdentieren ebenso ähnlich wie primitiven Stammesvölkern. Sie begreifen nicht, dass die körperlich größeren Jana'ata, eine urbane, technologisch entwickelte Gruppe, eine Raubtier-Spezies sind, für welche die Runa tatsächlich Beutewild sind. In der Annahme, dass sie keinen Schaden anrichten, legen die Kolonisten für den eigenen Bedarf Gärten an, die von den Runa kopiert werden und sie mit besserer Nahrung versorgen als ihr gewohntes Sammeln und Grasen. Die Menschen sehen in den Runa-Gärten eine Art Friedenskorps-Projekt, durch das das Leben der Dorfbewohner verbessert wird. Statt dessen bewirkt das regelmäßige Essen, dass sich die Runa zu stark vermehren, wodurch es zu einem Massaker an Unschuldigen kommt, bei dem sämtliche Missionare/Kolonisten getötet werden, bis auf zwei Priester, die gefangen und zur Prostitution gezwungen werden. Emilio Sandoz' Hände werden von den Jana'ata verstümmelt, eine Folter, die sehr stark an den frühen Jesuiten-Missionar Isaac Jogues erinnert. »Da sämtliche Muskeln von den Knochen geschält worden waren, wirkten die Finger doppelt so lang, sodass Sandoz' Hände John an die Halloween-Gerippe seiner Kinderzeit erinnerten.« (*Sperling* 43). Tatsächlich verbindet der Pater General des Ordens, Vincent Giuliani, Emilios Leiden direkt mit diesem nordamerikanischen Missionar:

»So viele Märtyrer wie Isaac Jogues. Achthundert Meilen weit bis ins Innere der Neuen Welt gezogen, ein Land, das 1637 für einen Europäer ebenso fremd war, wie Rakhat jetzt für uns, erkannte Giuliani jetzt auf einmal. Gefürchtet als Hexenmeister, lächerlich gemacht, geschmäht wegen seiner Milde den Indianern gegenüber, die er für Christus zu gewinnen hoffte. Regelmäßig geschlagen, die Finger mit Muschelschalen Glied um Glied abgeschnitten – kein Wunder, dass Emilio an Jogues gedacht hatte. Nach Jahren der Misshandlungen und Entbehrungen von holländischen Händlern gerettet, die seine Rückkehr nach Frankreich organisierten, wo er sich gegen jede Wahrscheinlichkeit wieder erholte. Eigentlich erstaunlich: Jogues kehrte zurück. Er musste gewusst haben, was geschehen würde, als er, sobald er dazu in der Lage war, zurück segelte, um sein Werk bei den Mohawks fortzusetzen. Zuletzt brachten sie ihn um. Auf unvorstellbar grausame Weise.« (*Sperling* 216 f.)

Sandoz' Reaktion auf das Massaker an den Runa beweist, wie stark er sich der kulturellen Unterschiede bewusst war, und wie viel Verständnis er für kulturellen Relativismus hatte. Einem Priester, der sein Entsetzen über die Methoden der Bevölkerungskontrolle bei den Jana'ata Ausdruck verliehen hat, erklärt er:

»›Ich verteidige sie nicht. Ich versuche Ihnen zu erklären, was geschehen ist, und warum. Aber es ist ihre Gesellschaftsform, und sie bezahlen dafür mit ihrer eigenen Lebensweise‹ – ›Wie groß ist die Weltbevölkerung jetzt, Felipe? Vierzehn, fünfzehn Milliarden?‹

›Nahezu sechzehn‹, korrigierte Felipe ihn ruhig.

›Auf Rakhat gibt es keine Bettler. Gibt es keine Arbeitslosigkeit. Keine Übervölkerung. Keinen Hunger. Keine umgebungsbedingte Entwürdigung. Es gibt keine Erbkrankheiten. Die Älteren leiden nicht unter dem Abbau ihrer Kräfte. Jene, die tödliche Krankheiten haben, verweilen nicht lange. Sie bezahlen einen schrecklichen Preis für dieses System, aber wir, Felipe, bezahlen auch, und die Münze, in der wir bezahlen, ist das Leiden der Kinder. Wie viele Kinder sind an diesem Nachmittag verhungert, während wir hier sitzen? Nur dadurch, dass ihre Leichen nicht aufgegessen wurden, wird unsere Spezies nicht moralischer!‹« (*Sperling* 608 f.)

Durch das ganze Buch *The Sparrow* ziehen sich Spuren, Echos, Erinnerungen an vergangene Begegnungen mit unbekannten menschlichen Gruppen, vor allem Erinnerungen an die Katastrophen, die fast immer als Resultat von Missverständnissen der Menschen entstanden sind. Und Vincent Giuliani denkt: »Dies war nicht das erste Mal, dass die Jesuiten einer fremden Kultur begegneten, es war nicht die erste Mission, die misslang, und Sandoz war nicht der erste Priester, der zum Schandfleck geworden war. Die ganze Sache war zwar bedauerlich, aber nicht irreparabel.« (*Sperling* 19). Russels erster Roman fragt, ob es möglich ist (oder jemals möglich sein wird), dass aus einem ersten Kontakt zwischen einander fremden Kulturen etwas anderes entsteht als eine Tragödie. Darüber hinaus deutet das Buch an, dass jeder Versuch, die Kolonisierung durch den Westen als »Gottes Wille« zu bezeichnen, falsch ist und unglücklich enden muss.

Children of God beginnt dort, wo *The Sparrow* aufhört, mit Emilios allmählicher Genesung und spiritueller Verwirrung. Obwohl es nicht unbedingt notwendig ist, vor *Children of God* den ersten Roman zu lesen, folgen beide Bücher dem spirituellen Bogen des Priesters von der Skepsis über Glauben und sogar Mystizismus bis zu ernsten Zweifeln, und schließlich zu einem letzten, wenn auch unbeendeten Aufschwung. *Children of God* ist »nicht weniger vieldeutig und moralisch« [als *The Sparrow*] (West 49).

Zu Beginn von *Children of God* geht es Emilio nicht besser als am Ende des vorangegangenen Bandes. Seine Hände bereiten ihm trotz der genialen Prothesen, die er bekommen hat, noch immer Probleme, und emotional ist er noch immer sehr wenig gefestigt. Gina Giuliani und ihr Töchterchen Celestina verschaffen ihm die ersten greifbaren Verbindungen mit der menschlichen Rasse, seit er den Planeten verlassen hat. Die Jesuiten verlangen natürlich von ihm, dass er seine Teilnahme an der nächsten Mission nach Rakhat zusagt. Emilio ist aber nicht einverstanden; stattdessen verlässt er den Orden und erklärt sich zum Renegaten. Die Umstände seiner Rückkehr nach Rakhat sind, genau wie jene seiner ersten Mission, angefüllt mit Anklängen an die Reisen der Renaissance und der Frühen Neuzeit in die Neue Welt. Genau wie in *The Sparrow* gibt es überall Renaissance-Subtext; genau wie bei den Missionen der Frühen Neuzeit in die so genannte Neue Welt haben die Folgen des ersten Kontaktes einen ernst zu nehmenden Ripple-Effekt. In diesem Roman liegt die Betonung jedoch nicht auf dem ersten Kontakt und der religiösen Mission, sondern auf den komplexen Beziehungen zwischen hochgesinnter Erforschung, spiritueller Suche und krassestem (sogar kriminellem) Kommerz. Carlo Giuliani, Ginas Ex-Ehemann und ein wichtiger Mann in der neapolitanischen Camorra, verhandelt (oder konspiriert) mit dem Vatikan und den Jesuiten um die Leitung des zweiten Asteroiden-Schiffes, der *Giordano Bruno,* auf dem Rückflug nach Rakhat, weil er mit

Rakhati-Rohstoffen spekulieren will. Die drei Mächte sind sich einig darin, dass Sandoz' Anwesenheit unabdingbar ist; und so organisiert die neapolitanische Camorra mit dem Einverständnis des Vatikans und der Jesuiten seine Entführung.

Während die Story sich entwickelt, wird klar, dass sich in den vierzig Jahren der ersten Mission zwischen dem Jesuitenorden und dem Vatikan ein Riss aufgetan hat. Der Fehlschlag der Mission nach Rakhat scheint dabei eine Rolle zu spielen, angesichts der Eskalation des globalen Bevölkerungswachstums haben sich die Jesuiten vor allem für die Aufhebung des Verbots der Empfängnisverhütung eingesetzt. »Sandoz nach Rakhat zurück zu schicken ist der Preis dafür, dass die Suppression aufgehoben wird, nicht wahr?« fragt Danny Iron Horse, der Leiter der zweiten Mission (*Kinder* 175). Danny erklärt sich trotz seines tiefen moralischen Abscheus vor dem Mittel zu dem, was er als notwendigen Zweck zu erkennen glaubt, damit einverstanden, Sandoz zu entführen. »Hatten der Heilige Vater und der Pater General mehr als einen Grund, Sandoz nach Rakhat zurück zu schicken? Ganz eindeutig. Dieser Schritt würde wünschenswerte politische, diplomatische und praktische Folgen zeitigen. Konnten diese anderen Gründe die absolute Gewissheit des Heiligen Vaters und die fast verzweifelte Hoffnung des Pater Generals überwiegen, dass Sandoz von Gott dazu bestimmt sei, zum Ort seines spirituellen und körperlichen Missbrauchs zurück zu kehren?« (*Kinder* 341). Ironischerweise taufte Carlo sein Schiff *Giordano Bruno* »nach einem nolanischen Priester*, der im Jahre 1600 auf dem Scheiterhaufen verbrannt worden war, weil er behauptet hatte, die Sterne seien Himmelskörper wie die Sonne und würden vermutlich von anderen Planeten umkreist, auf den es Leben geben könnte« (*Kinder* 238).

Selbst Sofia durchschaut die verschiedenen Ziele der zweiten Expedition: »Der Handel war vermutlich die älteste Motivation für die Exploration, und das schien ihr im Augenblick durchaus zu genügen.« (*Kinder* 260). Carlo, der sowohl Vincent Giulianis Cousin als auch Gina Giulianis Mafia-verbundener Ex-

---

* Giordano Bruno stammte aus Nola bei Neapel (nicht aus Florenz, wie im Original fälschlich angegeben). – *Anm. d. Hrsg.*

Ehemann ist, erklärt Sandoz: »In der Renaissance hätte ich es zum Beispiel weit gebracht. Ein königlicher Kaufmann wäre ich geworden! Ein Mann, der ein Lied komponieren, einen Krieg führen, ein Katapult bauen und gut tanzen konnte. Selbst mein Vater musste zugeben, dass der Start dieses, unseres Unternehmens Talent auf zahlreichen Gebieten erfordert: Politik. Finanzen. Technik ...« (*Kinder* 278). Aber Carlos Ziel ist es nicht nur, wie das der Conquistadores und anderer europäischer »Siedler«, zu handeln; er will erobern, will herrschen (*Kinder* 286). Mit Emilios und Sofias Hilfe gelingt es den Jesuiten, Carlos gewinnsüchtigste Aktionen abzuwehren und sich die Exklusivrechte am Rakathi/Erde-Kaffeehandel zu sichern.

Medievalismus ist seit langem schon ein Kennzeichen der Science Fiction, in diesen beiden Bänden ist der Subtext eindeutig Frühe Neuzeit, mit ihrer Betonung auf die schnelle technische Entwicklung und die sozialen Veränderungen. In *Children of God* wird Emilio wieder einmal im Hinblick auf seine gemischte (spanisch/Taino) Abstammung beschrieben: »VR-Visor auf die Stirn hochgeschoben wie den Helm eines Conquistadors.« (*Kinder* 441 f.) Überall gibt es Verweise auf »gehobene Konversationen« (135), auf Don Quixote (547), Queen Elizabeth I. (138) und Machiavelli (377). Hlavin Kitheris Reformen spiegeln die künstlerische, musikalische und politische Energie der Renaissance, und wieder einmal wird das Jesuiten-Hauptquartier in Neapel mit seiner »Tristano-Architektur« und »einem ausgezeichneten Caravaggio hier, einem hervorragenden Tizian dort« beschrieben. Gina, deren Liebe Emilio hilft, seine Menschlichkeit zurück zu gewinnen, wird als Frau mit »Renaissance-Engelsgesicht« beschrieben, »mit braunen Augen in einem elfenbeinfarbenen Oval, umkränzt von dunkelbraunen Locken« (*Kinder* 134).

Tatsächlich scheint die erste Mission eine Zeit der Renaissance und Revolution auf Rakhat ausgelöst zu haben; die dazwischen liegenden vierzig Jahre haben zahlreiche Änderungen auf dem Planeten bewirkt. Als Sandoz Kitheris neue Lieder übersetzt, entdeckt er eine unbekannte sprachliche Konstruktion: »›Das Wort ist, glaube ich, mit einem Stammwort für Veränderung verwandt: *soh-raa*‹, sagte Emilio ... ›Es kombiniert *sohraa* mit einem Stamm, der auf Ausbrechen oder Freimachen hindeutet: *hramaut.* Das einzige Mal habe ich das gehört, als Supaari mich auf seinem Handelshof herumführte, um mir ein kleines Tier zu zeigen, das aus einer Art Puppe hervorkam‹ ... ›Ich würde sagen, die Bedeutung des Wortes könnte Emanzipation sein. Und das Thema des gesamten Stückes ist möglicherweise die Freude über das Zerbrechen von Fesseln.‹« (*Kinder* 489).

Zwischen dem Abflug der *Stella Maris* zur Erde und dem Zeitpunkt, als die *Giordano Bruno* in den Alpha Centauri-Raum vordrang, hat es auf Rakhat einige wichtige soziale Veränderungen gegeben. Was die zweite Mission vorfindet, ist ein Schema tiefgreifender Umkehrungen des Lebens für die herrschende Jana'ata-Kaste. »Vom Räuber zur Beute, von Dominanz etwas noch Geringerem als Untertänigkeit, sehen sich die Carnivoren in die Subsistenz und fast zur Ausrottung getrieben« (West 49); aber die Story ist komplizierter als nur der Bericht über eine Bevölkerungs-Revolution.

Die Jana'ata-Gesellschaft ist lange eine traditionelle Aristokratie gewesen, in der nur die erst- und zweitgeborenen Söhne Nachkommen zeugen dürfen, während die Frauen zurückgezogen leben und nicht einmal Grundrechte genießen. Als dritter Sohn ist Hlavin Kitheri ein Reshtar, ein »Ersatz«, der zu einem Leben der Indolenz und Sinnlosigkeit verdammt ist. Als Komponist der wunderschönen Gesänge, von denen die Jesuiten nach Rakhat gelockt wurden, vertreibt er sich Langeweile und Frustration mit Musik; ironischerweise war seine Musik, die Sandoz als »himmlisch« empfunden hat, in Wirklichkeit nur Ausdruck von Kitheris sexueller Dekadenz. In *The Sparrow* lernt man Kitherie nur als Komponist der Gesänge und Emilios Vergewaltiger kennen; in *Children of God* wird Kitheris Charakter sehr viel komplexer, als er mit einem Handstreich die älteren Brüder außer Gefecht setzt und anschließend eine Umwandlung seiner erztraditionellen Gesellschaft herbeiführt. Infolge seiner Begegnungen mit Sandoz trifft er zum ersten Mal auf den Begriff der persönlichen Erfahrung: »Nicht mehr von der Konvention geblendet, von allen Fesseln befreit, stellte sich Hlavin Kitheri, der in dem, was war, nichts zu verlieren hatte, eine Welt vor, in der nichts – weder Vorfahren noch Geburt oder Brauch –, nichts als Kompetenz, erprobt und bewiesen, über den Platz entschied, den ein Mann im Leben einnahm« (*Kinder* 130).

Parallel zu Hlavin Kitheri beschließt Supaari, der Händler, der sich mit den Menschen angefreundet hatte, mit den traditionellen Gesetzen zu brechen und zum Renegaten zu werden. Dafür, dass er Kitheri auf Sandoz aufmerksam gemacht hat, wird er mit einer Ehefrau belohnt, doch seine erstgeborene Tochter kommt mit einer leichten Behinderung zur Welt und soll deswegen nach der Tradition getötet werden. Supaari nimmt den Säugling, läuft davon und ermöglicht es dadurch Kitheri, die Schuld für seine eigenen Morde dem Händler anzulasten. Ohne von Kitheris Reformwillen zu wissen, sagt sich Supaari, »sie waren durch Sitten und Gebräuche zu stark gelähmt ... Das Erbe, nur das Erbe zählte, auch wenn die Vorfahren ihnen nichts anderes hinterlassen hatten als eine Liste mit den Namen derer, die sie hassen, und derer, denen sie die Schuld für jeden Schicksalsschlag während der letzten zwölf Generationen geben sollten ... Niemand von uns ist langweilig, oder unfähig, oder träge. Wir sind alle kraftvoll und triumphierend – bis auf jene, die über uns stehen.« (*Kinder* 158).

Supaari macht sich auf, um sich den Runa anzuschließen. Indem er sich mit der niederen Klasse einlässt, verzichtet er ganz und gar auf seine Jana'ata-Herkunft, obwohl er genau die Art Person ist, die am meisten von Kitheris Sozialreformen profitiert. Als sie sich viel später auf ihren letzten Zweikampf vorbereiten, denkt Kitheri, »Ein Jammer, denn wir sind aus demselben Holz geschnitzt. Wir haben beide versucht, die Welt vom Boden bis zu den Wolken und unser Leben von den Knochen bis zum Fell zu ändern« (*Kinder* 511).

Auch in Gestalt der weiblichen Emanzipation macht sich die Veränderung der Gesellschaft durch den Kontakt mit den Menschen bei den Jana'ata bemerkbar. Als Supaari Inbrokar verließ, »wagte er, was ein Jana'ata-Vater noch niemals gewagt hatte: Er sang seiner Tochter das Abendlied.« (*Kinder* 161). Suukmel, die Ehefrau eines Jana'ata-Botschafters, entpuppt sich als Graue Eminenz hinter den Kulissen und trifft sich oft mit Hlavin Kitheri, um über Reformen zu diskutieren. Ihr Ehemann reagiert mit Verwunderung: »Es war schwer zu sagen, was schockierender war: dass eine Frau das Wörtchen ›Ich‹ benutzte, oder die Vorstellung, ihr Gemahl werde es ihr gestatten, sich mit einem unvermählten Mann zu treffen« (*Kinder* 302). Während sich Kitheris Renaissance entwickelt, löst sich die traditionelle Abgeschiedenheit der Frauen in Luft auf. »Noch später wurde es völlig normal und akzeptabel, dass die Damen den Debatten zuhörten, hier und da deutlich hörbare Kommentare dazu abgaben und schließlich sogar an den Kolloquien teilnahmen: hinter einem Hauch von Tüllvorhang, durchsichtig, durchlässig, wehend« (*Kinder* 355). Schließlich gestattet es Kitheri sogar den Frauen und Kindern, zu singen.

Suukmel sagt zu Hlavin Kitheri: »Dennoch kann Wandel wünschenswert oder notwendig sein, oder beides auf einmal! Wie soll also ein weiser Fürst einen Wandel einführen, wenn die Generationen eine Praxis oder ein Verbot geheiligt haben, das jetzt aber schadet oder behindert?« (*Kinder* 345). Kitheri »hatte noch keine Ahnung, wie er die Umgestaltung herbeiführen sollte, die er erstrebte. Allein die Sprache seiner Gedanken behinderte ein Durchdenken dieses Problems. Auf K'San gab es keinen Ausdruck für jene Art reinigender, kathartisierender Revolutuion, die Hlavin Kitheri im Kopf herumspukte. Kampf, Schlacht, Streit, ja; Krieger, Champion, Duellant, Gegner, Feind – an derartigen Dingen war das K'San-Lexikon reich. Für Aufstand und Revolte gab es ebenfalls Wörter, doch diese bezogen sich auf Pietätlosigkeiten, nicht auf politische Rebellion« (*Kinder* 310). Kitheri muss für die individuellen Neuerungen, die er sich erhofft, eine neue Sprache erfinden. »Aber es dauerte nicht lange, dann gab es akzeptable Möglichkeiten für Krieger mit einer Neigung zum Gelehrtentum oder drittgeborene Händler mit sportlicher Begabung, ihr Wissen oder ihr Können zu vermehren: für das Anerkennung zu ernten, was sie in sich hatten, und nicht nur für das, wo hinein sie geboren waren« (*Kinder* 346).

Mittlerweile braute sich eine andere Art Revolution zusammen. Während Kitheri die Jana'ata-Gesellschaft aufmischt, indem er Tradition und Erbe durch Verdienst und Konkurrenz ersetzt und sogar eine Emanzipation der Runa erwägt, setzen die

Runa selbst ihren Aufstand unter der Leitung, letztlich sogar dem Befehl von Sofia Mendez-Quinn fort. Sofia, die das Massaker durch die Jana'ata überlebt hat, erkennt, dass sie »hierher gekommen war, um die VaRakhati einen einzigen Begriff zu lehren: Gerechtigkeit« (*Kinder* 393). Noch bevor bekannt wird, dass Sofia überlebt hat, erfahren die Menschen auf der *Giordano Bruno* vom Aufstand der Runa. Auf dem langen Flug zum Alpha Centauri-System erklärt Emilio:

»Schon bevor Sie Rakhat verließen, hatten die Runa begonnen, sich zu wehren. Das Contact Consortium berichtete, nachdem Ihre Gruppe gezeigt hätte, dass man gegen die Tyrannei Widerstand leisten könne, habe es im ganzen südlichen Inbrokar kleinere Aufstände gegeben ... Keine menschliche Gesellschaft hat ihren Unterdrückern jemals die Freiheit abgerungen, ohne Gewalt anzuwenden. Die Mächtigen geben ihre Privilegien kaum jemals freiwillig auf« (*Kinder* 285).

Russell schildert die Runao-Revolution mit Redewendungen, die an einen Bauernaufstand oder eine Sklavenrevolte erinnern:

»Überall auf Rakhats größtem Kontinent war durch Supaari VaGayjur, Djalao VaKashan und ihre Anhänger einer unausgesprochenen Wut Ausdruck verliehen worden. Die normalen Waffen der Machtlosen – die scheinbare Fügsamkeit und gespielte Ignoranz, die diebischen und anderen kleinen Obstruktionen, das Verschleppen und die Vorspiegelung ausdruckslosen Missverstehens –, all das wurde aufgegeben und gegen einen erstaunlichen, begeisternden Elan eingetauscht. Wie Schläfer, die aus einem Traum der Hilflosigkeit erwachen, erwachten die Runa zu ihrer eigenen Macht und bewiesen eine Kraft, deren Potential zuvor nur von den Jana'ata erkannt worden war, die sich zu Recht vor ihr fürchteten« (*Kinder* 393).

Tatsächlich »verwandelt Russell – mithilfe der moralisch gefestigten und von grimmigem Kampfeswillen erfüllten Sofia – den Planeten Rakhat fast in ein neues Israel« (West 49). Geschult durch ihre Erfahrungen als Post-Holocaust-Jüdin, und durch ihre Kindheit auf dem Balkan noch tiefer verletzt, bildet Sofia die Runa dazu aus, der Tyrannei Widerstand zu leisten und ohne Pardon für einen Runa-Staat zu kämpfen.

Doch während diese Parallel-Revolutionen, die auf Rakhat stattfinden, gestützt auf Werte, die von Menschen aus dem einundzwanzigsten Jahrhundert geschätzt werden – Aufstieg durch Verdienst, Emanzipation, gesellschaftliche Mobilität, Menschenrechte für alle –, bessere Chancen für den Planeten verheißen, zeigt Russell auf, dass diesen Veränderungen auch eine große Brutalität eigen ist. Die Kombattanten werden zunehmend kompromisslos und vermögen einander nicht mehr als Individuen, sondern nur noch als Feinde zu sehen. Während sich der Krieg hinzieht, scheint es, dass die Runa fest zum Völkermord an den Jana'ata entschlossen sind. Sofia, von den Runa gerettet und mit ihnen verbündet, trachtet trotz ihrer mütterlichen Liebe zu Ha'anala, Supaaris Tochter, immer entschlossener nach Rache. »Das hat nichts mit dir zu tun«, pflegte Sofia zu sagen und schloss Ha'anala damit genauso energisch aus, wie Issac es tat. Richtig lebendig zu werden schien Sofia nur, wenn sie über Gerechtigkeit sprach ... Sie schämen sich, stellte Ha'anala fest. Sie wollen nicht, dass ich es weiß, aber ich weiß es. Ich werde die Letzte meiner Rasse sein (*Kinder* 432). Die Trümmer des Kampfes zeigen, dass »kein männlicher Jana'ata über sechzehn Jahren« überlebt hat, und die verbliebenen Angehörigen der Spezies, sogar jene, die auf dem besten Wege zu Reformen waren, hungern. (*Kinder* 467) Ha'anala entwickelt mit ihrem Ehemann Shetri eine »Vegetarier«-Philosophie, im Rahmen derer sie schwören, kein Runafleisch mehr zu essen, denn »ich möchte nicht alt werden und mit dem Bewusstsein sterben, dass es nach mir keinen mehr wie mich geben wird« (*Kinder* 482). Auch Ähnlichkeiten mit den Völkermorden sowohl der Nazis als auch der Kambodschaner tauchen in den Schilderungen der Gräuel dieses planetarischen Bürgerkriegs auf; »Es gab Straßen, die waren mit unseren Knochen gepflastert, zerstoßen und mit Kalkstein vermischt, Uferbefestigungen entlang der Flüsse – dreimal so hoch wie eine Frau – alles aus Knochen. Stiefel aus der Haut unserer Toten – sogar Runa trugen sie in den Städten! ... Platten voll Zungen, Platten voll Herzen. Beine, Schultern, Füße, Filets und Keulen! Rumpf und Schweif und Ellbogen und Knie – alles wunderschön präsentiert« (*Kinder* 318). Die Wut der Runa, als sie sich ihrer Unterdrückung bewusst werden, nährt ihre Entschlossenheit, zu siegen. »Die *djanada* sind auf Grund ihrer Gene schuldig, auf Grund ihrer ganzen Lebensweise« (*Kinder* 501).

Sofia, eine harte, abgebrühte Soldatin von über siebzig Jahren, erinnert sich an die uralten Verse über den Aufstand im Warschauer Ghetto: »›Das trotzige Fleisch, das aufständische Fleisch, das kämpfende Fleisch! Das Fleisch in vollem Aufruhr ...‹ Dieses Mal, dachte sie, wird das Fleisch triumphieren. Wir werden die Fesseln der Ungerechtigkeit abschütteln und jedes Joch zerbrechen, und die Unterdrückten sollen frei sein! Wir tun das Richtige. Das Richtige!« (*Kinder* 397).

Sowohl *The Sparrow* als auch die *Children of God* untersuchen ein Schema unbeabsichtigter Folgen des ersten Kontakts mit den VaRakhati. Am Ende von *The Sparrow* scheint es, als seien die Folgen der ersten Mission durchweg katastrophal. Als sich die zweite Mission auf die Reise nach Rakhat vorbereitet, warnt Sandoz die Crew: »Machen Sie sich darauf gefasst, dass Sie sich irren. Setzen Sie voraus, dass Sie sich überall da irren, wo Sie etwas einfach oder selbstverständlich finden ... Alles, was wir zu verstehen glaubten, all die grundlegenden Dinge, die wir mit ihnen teilten – Sex, Nahrung Musik, Familien –, all das waren die Dinge, in denen wir uns vor allem irrten.« (*Kinder* 443).

Auf die Erde zurückgekehrt, erfährt Emilio, dass nicht alle Folgen seiner Handlungen verhängnisvoll waren. In seinem Leben als Priester hat er das Leben zahlreicher Menschen zum Guten gewendet. Unbewusst hat er ein anderes Straßenkind aus Puerto Rico beeinflusst, Felipe Reyes, sodass dieser selbst zum Priester wurde. In Neapel erhält Sandoz den Besuch des Papstes Gelasius, der sich ebenfalls an Emilio als jungen Priester erinnert, als dieser während der Krieges und der Hungersnot im Sudan arbeitete und weinte, als er den Leichnam der Schwester des zukünftigen Papstes für die Beerdigung vorbereitete. »Seit damals habe ich an jedem Tag meines Lebens an Sie gedacht! Was ist das für ein Mann, der um eine Tochter weint, die nicht sein Kind ist? Die Antwort auf diese Frage brachte mich zum Christentum, zum Priestertum und nun auch hierher, zu Ihnen!« (*Kinder* 56). Ironischerweise erfährt Emilio, als er das

Priestertum gerade aufgibt, wie einflussreich sein Leben und Wirken gewesen ist, und dass es sogar einen zukünftigen Papst inspiriert hat.

Russells Philosophie der unbeabsichtigten Folgen wird auch von Lady Suukmel aufgenommen, als diese sich mit Danny Iron Horse über die jüngste Geschichte Rakhats unterhält: »Wenn wir Dinge verändern, Dani, gleichen wir kleinen Göttern: Wir handeln, und jede Handlung zieht einen Kometenschweif von Folgen nach sich – eine erwünscht und erwartet, andere überraschend und bedauerlich. Aber wir sind nicht wie euer Gott, der alles sieht! Da wir die Zukunft nicht kennen, erwarten wir uns, so viel wir können, und beurteilen auf Grund des Ergebnisses, ob wir richtig gehandelt haben« (*Kinder* 352). Sogar Joseba, ein Crewmitglied auf der *Giordano Bruno,* bemerkt, dass »kleine Veränderungen ein System unterminieren können« (*Kinder* 352). Die Philosophie begegnet der Chaos-Theorie.

Schon beim Start der zweiten Mission ist klar, dass die Unterstützung des Gärtnerns durch die Menschen sich gelohnt hat. Aus der Luft zeigt bereits ein erster Blick auf Rakhat »eine veränderte Welt: ein jungfräuliches Paradies, verwandelt in einen künstlichen Garten ... dort, wo unberührte Savanne, Dschungel, Moore oder Bergwälder gelegen hatten, gab es jetzt ein sauberes Gittermuster von Anpflanzungen – kolossale Beete, geordnet zu ineinander greifenden, verschlungenen Mustern wie bei keltischen Schmuckstücken: Ackerbau, Geometrie, Kunst in größtmöglichem Maßstab« (*Kinder* 539). »›Mein Lord Gemahl‹, fragte Hlavin Kitheri einmal, ob er sich nie die Frage gestellt habe, dass es vielleicht ein Fehler gewesen sei, so zu handeln, wie er es getan hatte. Der Paramount antwortete: ›Vielleicht, aber es war ein grandioser Fehler.‹« (*Kinder* 560).

Zwei Sätze kommen in *The Sparrow* und in *Children of God* immer wieder vor: »Wir haben es gut gemeint«, und »Wir wollten niemandem schaden.« Als Nico den Transmitter versteckt und der *Giordano Bruno* mitteilt wo sie sich befinden, denkt er, genau wie die Crew der ersten Mission, dass er »niemandem schaden« wollte. Er dachte sich nichts dabei. (*Kinder* 595). Mitten in der Schlacht sagt Emilio zu Suukmel: »›Wir haben

Ihnen Kummer und Sorgen gebracht ... Dafür muss ich mich entschuldigen.‹ – ›Sie haben es gut gemeint‹, gab sie zurück. ›Und durch Sie gibt es ein neues Leben‹« (*Kinder* 632 f.) Sofia denkt: »Wir haben es gut gemeint, dachte sie und blickte zum Himmel auf, an dem sich über der Lichtung Kumuluswolken türmten und sich amethyst und indigo färbten. Und dennoch, was für ein Chaos haben wir angerichtet ...« (*Kinder* 225). Das Gesetz der unbeabsichtigten Folgen bleibt bestehen; gut oder schlecht, und wenn alles auch gut gemeint ist, unbeabsichtigte Folgen wird es immer geben.

Wenn *Children of God* dem Ende zugeht, arbeiten die menschlichen und die außerirdischen Personen zusammen an einer Wiedergeburt der rakhatischen Zivilisation. Emilio gelangt schließlich zu der Erkenntnis, dass seine Rolle während der ersten Mission nach Rakhat nicht ganz und gar destruktiv war. Beim Kampf gegen die Ausrottung der Jana'ata bringt Emilio Ha'analas Baby nach ihrem Tod mit einem Kaiserschnitt zur Welt (*Kinder* 625). Eine politische Lösung für die Situation zeichnet sich in Form spezieller Reservationen für die Jana'ata ab, ironischerweise ein Vorschlag von Danny Ironhorse. Im Verlauf der Erzählung findet in *Children of God* eine Reihe von Bekehrungen spiritueller und weltlicher Art statt. Die politische und soziale Revolution, die Rakhat seit der ersten Mission durchgemacht hat, waren verheerend, aber die neue Ordnung, die sich entwickelt, ist tatsächlich weniger von Unterdrückung geprägt als die vorhergehende. Es wird Aufgabe einer Koalition aus Menschen, Runa und Jana'ata sein, dafür zu sorgen, dass genug Jana'ata überleben, um weiter zu machen.

Andere Gespräche sind persönlich oder individuell. Unter Sofias Kommando entsteht als Ziel der Runa eine Art Zionismus, und im Rahmen ihrer Verantwortung für Ha'anala und ihrer Bemühungen, ihren autistischen Sohn Isaac zu behüten, erzieht sie die beiden Kinder als Juden. »Ich mache eine Jüdin aus ihr, dachte Sofia eines Tages bestürzt. Dann aber fragte sie sich: Warum nicht? Ha'anala liebte die Geschichten, die Sofia erzählte, um den Hunger des Kindes nach gültigen Antworten zu stillen. Also griff Sofia unbekümmert auf uralte Parabeln zurück, um bleibende Moralwerte zu vermitteln – mit kleinen

Abweichungen im Hinblick auf die hier herrschenden Lebensbedingungen« (*Kinder* 401). Und Ha'anala ist schon bald in der Lage, nicht nur die Torah mit Eleganz und hoher Intelligenz zu diskutieren, sondern auch das Ideal einer gleichberechtigten Gesellschaft aus drei Spezies anzustreben. Ja, als Emilio Ha'analas und Shetris Lager erreicht, erfährt er, dass »sie kein Runafleisch essen«. Sean Fein, der jüdisch-irische Chemiker, erklärt ihm: »Halten Sie die Luft an: Die Worte, die er benutzte, lauteten: Das Fleisch ist nicht koscher« (*Kinder* 592)

Nachdem er Ha'analas Baby geholt hat, akzeptiert Emilio endlich die katastrophalen – und ebenso die wundervollen – Folgen der ersten Mission. Er geht über seinen eigenen Zorn und seine Wut hinaus und weint »um die Toten, um die irreversiblen Ungerechtigkeiten, das schreckliche Leid. Um Ha'anala. Um Shetris Verluste und seine eigenen – um Gina und Celestina und das Leben, das sie miteinander geführt hätten. Um Sofia, um Jimmy. Um Marc, um D.W., um Anne und George. Um seine Eltern und seinen Bruder. Um sich selbst.

Als das Schluchzen allmählich nachließ, legte er sich hin ... ›O Gott‹, flüsterte er immer wieder, bis ihn die Erschöpfung übermannte. ›O Gott!‹« (*Kinder* 628)

Die Frage, ob beide Missionen dank der Hilfe der Vorsehung erfolgt sind, zieht sich durch den ganzen Roman. Obwohl Emilio sich zum »Abtrünnigen« erklärt hat, stellt der Pater General Giuliani fest: »Seine Heiligkeit weist darauf hin, dass in den letzten vierzig Jahren sechs Schiffe versucht haben, Rakhat zu erreichen, dass das aber nur die beiden geschafft haben, die mit Sandoz zu tun hatten. Gelasius III. sieht darin ein Vorzeichen.« (*Kinder* 110). Nachdem die *Giordano Bruno* mit knapper Not davon gekommen ist, macht sich bei der zweiten Crew, ganz ähnlich der *Deus Vult*-Begeisterung der ersten Mission, ein unheimliches Gefühl breit:

»›Das weiß ich erst genau, wenn ich den Schiffsrumpf untersucht habe‹, antwortete Carlo, da Danny ihn jedoch nicht durchlassen wollte, trat er einen Schritt zurück und blieb gelassen stehen, die Hände hinter seinem schönen Rücken verschränkt, den klassischen Kopf schräg gelegt, den grauen Augen einen nachdenklichen Ausdruck. Seine Zeitgenossen fanden ihn überraschend anspruchsvoll: Carlo Giuliani pflegte sich stets sehr gewählt auszudrücken, es sei denn, die Situation erforderte etwas anderes. ›So beschissen knapp‹, antwortete er sehr leise und sehr deutlich, ›dass der einzige Grund dafür, dass wir noch leben, nur der sein kann, dass der Papst und Don Vincenzo Recht haben – Gott will, dass Sandoz nach Rakhat geht.‹« (*Kinder* 385 f.)

Als Sofia Sandoz endlich wiedersieht, nimmt sie wieder Zuflucht zu ihrer Spöttelei. »›Also, Quixote‹, sagte sie, ›sind Sie gekommen, um mich zu retten?‹« (*Kinder* 547). Dann fährt sie jedoch fort: »Es freut mich, dass ich es noch erlebe, mit Ihnen sprechen zu können. Alles hier ist anders geworden. Die Runa sind jetzt frei. Sie hatten Recht, Sandoz. Sie hatten die ganze Zeit Recht. Gott hat gewollt, dass wir hierher kamen.« (*Kinder* 548).

Vielleicht die größte Hoffnung für die Zukunft liegt in der Person des Isaac, Sofias autistischem und brillantem Sohn. Als Ha'analas Adoptivbruder ist Isaac ein einsiedlerisches musikalisches und mathematisches Genie, zumeist unerreichbar, aber so begabt, dass er die musikalischen Harmonien »entdeckt«, die in den Mustern von drei DNA-Arten verborgen liegen – Beweis dafür, dass im Universum eine gewisse Ordnung herrscht. Seine »Entdeckung« der Musik in der DNA von drei vernunftbegabten Spezies, einer wahrhaft wunderschönen Musik, unterliegt auch dem Titel des Romans, indem er andeutet, dass alle drei Melodien von Kindern Gottes kommen. Russels Romane sind jedoch nicht auf oberflächliche Art optimistisch. Isaac (der seinen Namen sowohl von dem gefolterten Jesuiten-Missionar Isaac Jogues als auch von dem Opfersohn aus der Geschichte Abrahams hat) ist zugleich brillant und behindert. Allein schon seine Existenz ist eine Metapher für die gesamte Geschichte der Verbindungen zwischen Menschen, Runa und Jana'ata – wunderschön, aber mit Behinderungen.

»Moralische Vieldeutigkeit durchzieht diesen Roman ebenso wie den vorangegangenen, und Russell liefert keine leichten Antworten auf die von der Rakhati-Gesellschaft gestellten Fragen. Alle drei Spezies in den Romanen haben etwas zu bieten – sie sind alle Kinder Gottes. Dieses Fehlen simplizistischer Antworten macht das Buch umso befriedigender« (Sourbut 48). Mit unserer zeitgenössischen Erkenntnis der von den Entdeckern und Missionaren der Frühen Neuzeit herbeigeführten Katastrophen, verweigern sowohl *The Sparrow* als auch *Children of God* leichte Antworten, darunter die Möglichkeit, die Entdecker und Missionare einfach als fehlgeleitet, korrupt oder käuflich abzutun. Andrew Krivak schreibt: »Genau wie Daniel Boorstin andeutet, die frühen Entdecker des 15. Und 16. Jahrhunderts seien nicht nur Imperialisten oder Kolonialisten gewesen, sondern intellektuelle Idealisten, die darauf brannten, zu erfahren, was Gottes Plan vor ihnen verborgen gehalten hatte, so auch die Entdecker von Rakhat ... *The Sparrow* ist zur Gänze Ausdruck dafür und für den Glauben« (Krivak *Sparrow* 20).

Über *The Sparrow* schreibt Krivak: »Russell scheint das Problem des Bösen mit dem Ideal des Glaubens zu vergleichen oder ihm gegenüber zu stellen« (Krivak *The Sparrow* 19). Bei der Konfrontation mit neuen Zivilisationen, wie sie nach ihrer Meinung irgendwann (abermals) den Menschen bevorstehen wird, entsteht eine akute Spannung zwischen dem guten Willen den neuen Völkern gegenüber, und Ekel vor den Bräuchen oder Praktiken, die man als böse empfindet. Die Jana'ata üben ihre Bevölkerungskontrolle auf eine Art und Weise aus, die die Menschen moralisch abstoßend finden; die menschliche Lösung zeitigt gemischte Resultate, sowohl destruktive, zum Völkermord neigende, als auch konstruktive, mit der Betonung persönlichem Verdienst, Demokratie, Fair Play. Russell weigert sich, in den Konflikten, die ihre Romane aufzeigen, Partei zu ergreifen. »Immer wieder rechtfertigt sie den Krieg genauso, wie sie ihn beklagt, gleicht aus, trifft keinerlei Entscheidung für uns. Wenn sie uns am Ende Frieden anbietet, hat man das Gefühl, dass die Tragödie schon in den Kulissen lauert, weil sowohl das Gute als auch das Böse den Entscheidungen von Individuen entspringen, von denen keines die Folgen abschätzen kann, die sie zeitigen werden. In ihrem Buch gibt es keinen blinden Glauben; keinen« (West 49). Es gibt in beiden Romanen Beweise, welche die Auslegung zulassen, das die Crews (sowohl der *Stella Maris* als auch der *Giordano Bruno*) »keinen Schaden anrichten wollten«; aber es gibt mindestens ebenso viele Beweise dafür, dass aus ihrem »unschuldigen« Kontakt unvermeidlich Schaden entstanden ist. Auch die Fragen hinsichtlich der Vorsehung bleiben unbeantwortet. Während es Indizienbeweise für das Verhängnis der *Giordano Bruno* gibt, und während Emilio auf nahezu jeden, dem er jemals begegnet ist, sehr starken Einfluss ausgeübt hat, gehen alle Beweise, die wir für seine »Heiligmäßigkeit« haben, auf den Eindruck zurück, den er auf andere gemacht hat, und nicht auf Emilio selbst. Wurden die beiden Flüge von der Vorsehung gesteuert? Wir wissen es nicht. Wir wissen nur, dass Gut und Böse, Vernichtung und Friedensverheißung, allesamt in jeder Begegnung mit fernen Verwandten zu finden sind – mit anderen Kindern Gottes.

BIBLIOGRAPHIE

Axtell, James. *Beyond 1492: Encounters in Colonial North America.* New York and Oxford: Oxford University Press, 1992.

Columbus, Christopher. *The Log of Christopher Columbus.* Ed. and trans. By Robert H. Fuson. Camden, Maine: International Marine Publishing, 1992.

Gibson, James R. *European Settlement and Development in North America: Essays on Geographical Change in Honour and Memory of Andrew Hill Clark.* Toronto: University of Toronto Press, 1978.

Gilmour, Peter. »To Boldly Go Where No Jesuit Has Gone Before.« *U.S. Catholic* (January 1997): 6.

James, Edward. »Yellow, black, metal and tentacled: the race question in American science fiction.« Edward James, in *Science Fiction. Social Conflict and War,* ed. Philip John Davies (Manchester University Press: Manchester, England, 1990): 26–49.

Krivak, Andrew J. »Review, *Children of God.*« *America* 178 (April 18, 1998): 25–26.

ders. »Review, *The Sparrow.*« *America* 176 (January 4, 1997): 19–20.

Kupperman, Karen Ordahl. *Settling with the Indians: The Meeting of English and Indian Cultures in America, 1580–1640.* Totowa, New Jersey: Ruwman and Littlefield, 1980.

»Mary Doria Russell.« *Contemporary Authors* 162: 302–04.

Miller, Leslie. »*The Sparrow*: A Flight of Fancy into Matters of Faith.« *USA Today* (March 12, 1997): 6D.

Russell, Mary Doria. *Children of God: A Novel.* New York: Fawcett/Ballentine Reader's Circle, 1999; dt.: *Gottes Kinder*, München: Heyne 2000.

dies. *The Sparrow: A Novel.* New York: Fawcett Columbine, 1996; dt. *Sperling,* München: Heyne 2000.

Sourbut, Liz. »Take Flight« *New Scientist* 161 (February 27, 1999): 48–49.

Todorov, Tzvctan. *The Conquest of America: The Question of the Other.* New York: Harper and Row, Publishers, 1984.

West, Michelle. »Musing on Books: Review Article.« *Fantasy & Science Fiction* 95 (July 1998): 45–50.

Wheaton, John J. »Review, *The Sparrow.*« *Science Books Films: Special Edition 1998*: 22.

Woolmark, Jenny. *Aliens and Others: Science Fiction, Feminism, and Postmodernism.* Iowa City: University of Iowa Press, 1994.

Originaltitel: »Mission Uncontrolled:
The Age of Exploration in Maria Doria Russells
The Sparrow *and* Children of God«

Originalveröffentlichung

Aus dem Amerikanischen von Gisela Stege

AUTOREN

Frank Herberts Wüstenplanet
– anlässlich einer Neuausgabe des Zyklus

von Sascha Mamczak

Die Blendwirkung sogenannter goldener Zeitalter ist zuweilen schädlicher als ihre Ausstrahlung nützlich. Für die Science Fiction gilt das ganz bestimmt, denn von einer breiteren Öffentlichkeit wird dieses Genre vornehmlich im Kontext der Macht- und Beschleunigungsphantasien der vierziger und fünfziger Jahre wahrgenommen, jene Zeit – nostalgisch als *Golden Age* bezeichnet –, als die Fortschrittsvisionen von Autoren wie Isaac Asimov, Robert A. Heinlein und Arthur C. Clarke nicht nur konstituierender Bestandteil der amerikanischen Massenkultur waren, sondern auch weit in die technische Intelligenz hinein ihre kreative Wirkung entfalteten; als in den einschlägigen Story-Magazinen die düster-europäischen Wurzeln des Genres gekappt und die Zukunft auf dem silbernen Tablett serviert wurde; und als in den *Future Historys,* epischen Blaupausen für unseren Weg ins All, die Ausdehnung des menschlichen Herrschaftsbereichs astronomische Ausmaße annahm und ein technophiler Fundamentaloptimismus und eine uramerikanische *Frontier*-Mentalität auf eine von den Zumutungen der Gegenwart emotional und intellektuell tief verunsicherte Leserschaft stieß. Stand die Science Fiction seit jeher unter dem Generalverdacht, Trivialmythen zu pflegen, so sah sie sich fortan (und sieht sich bis heute) dem zusätzlichen Vorwurf ausgesetzt, eine diffuse Machbarkeits-Ideologie zu verbreiten, einen gefährlichen Glauben an die erlösenden Kräfte der Wissenschaft und an die Menschheit als eine Rasse potentieller Götter, deren Bestimmung es ist, nach den Sternen zu greifen. Doch auch wenn dieser Vorwurf einigen SF-Propagandisten, die sich als schriftstellerische Speerspitze des amerikanischen Weltraumprogramms verstehen, durchaus zurecht gemacht werden kann – übersehen wird, dass dieses Genre nie, auch nicht zur Blütezeit des *Golden Age,* eine einheitliche Ideologie vertreten hat, sondern es sein genuines Merkmal ist, die Ängste und eben auch die Hoffnungen einer jeweiligen Epoche zu pompösen literarischen Bildern fernab der Psycho-Wehwehchen der übrigen Belletristik aufzublasen. Und übersehen wird zudem, dass jenes Buch, das seit Jahren in Leserumfragen regelmäßig zum beliebtesten SF-Roman gewählt wird und sich rund um die Welt millionenfach verkauft hat, die unterstellte Fortschrittsideologie auf geradezu subversive Weise konterkariert: Frank Herberts »Der Wüstenplanet«.*

Natürlich: Der Roman, den Sie gerade gelesen haben, ist zweifellos ein bombastisches Epos, das denen eines Heinlein oder Asimov an thematischer Breite und Zukunftstiefe in nichts nachsteht. Er verbindet außerdem gängige SF-Motive mit einem traditionell populären, pseudo-mittelalterlichen Fantasy-Ambiente, behandelt ein kosmisches Mythensammelsurium vor dem Hintergrund einer merkantilistischen Feudalgesellschaft, deren Protagonisten moralisch ganz offensichtlich klar positioniert sind, und seine dramatische Struktur – die Entwicklung des Paul Atreides vom behüteten Herzogsssöhnchen zum übermenschlichen Mahdi – durchweht nicht nur ein Hauch von Nietzsche, sondern stellt auch ein überaus attraktives Angebot an jugendliche Leser dar. Und als wäre das nicht

---

* Diese Umfragen werden ungefähr alle fünf bis zehn Jahre vom amerikanischen SF-Fachmagazin *Locus* durchgeführt. Zum vierzigjährigen Jubiläum der Heyne-Science-Fiction-Reihe ist eine Auswahl dieser »besten SF-Romane aller Zeiten« als einmalige Sonderausgaben erschienen.

** Der erste Teil des Romans wurde unter dem Titel »Dune World« zwischen Dezember 1963 und Februar 1964 veröffentlicht, zweiter und dritter Teil folgten als »The Prophet of Dune« zwischen Januar und Mai 1965. Für die spätere Buchausgabe hat Frank Herbert insbesondere den ersten Teil noch einmal stark überarbeitet.

genug, wurde »Der Wüstenplanet« auch noch in Analog erstveröffentlicht – portionsweise zwischen 1963 und 1965** –, einem SF-Magazin, das unter dem früheren Namen *Astounding* nicht nur Ideenschmiede und Propagandaforum der *Golden-Age*-SF war, sondern dessen Herausgeber John W. Campbell auch streng darauf achtete, dass die von ihm geförderten Autoren nicht allzusehr von der reinen Lehre abwichen. Doch obwohl dies alles zutrifft, obwohl »Der Wüstenplanet« durchaus in der Tradition verwurzelt ist und Campbell aus seiner Sicht gute Gründe hatte, das Buch zu veröffentlichen, ist es doch ein Roman, der die herkömmliche SF-Ikonograpie hinterfrägt und sich ästhetisch und ideologisch um ein Genre-Verständnis bemüht, das sich stark von dem in *Analog* gepflegten unterscheidet und eng mit der Zeit verbunden ist, in der er erschienen ist.

»Der Wüstenplanet« ist ein Roman der frühen 60er Jahre, ein Jahrzehnt, in dem die hochfliegenden SF-Träume von der Eroberung des Weltalls zum Bestandteil profaner Tagespolitik degradiert wurden. Ein Jahrzehnt auch, in dem sich die alte Garde der *Golden-Age*-Autoren mit einer neuen Generation von Schriftstellern konfrontiert sah, die nicht nur thematische Defizite beklagte, sondern die Science Fiction auch als eine literarische Avantgarde verstand, ja als einzig wahre Gegenwartsliteratur, da sie es wie keine andere Literaturform vermag, die »unbehaglichen Freuden des Lebens in diesem trügerischen Paradies zu dokumentieren« (J. G. Ballard). Die Texte dieser sogenannten *New Wave* waren stilbetont – an der Prosa etwa eines William Burroughs orientiert – und konsequent durchpsychologisiert, und nicht selten wurde ein mythisch-religiöser Unterbau verwendet. Vor allem aber waren sie politisch bis zum Exzess, und wie viele exzessive Modeströmungen überdauerten sie nur eine kurze Zeit. Doch was am Ende dieses turbulenten Jahrzehnts schließlich blieb, war ein Genre, das die sogenannten »weichen Wissenschaften« wie Psychologie und Soziologie und Themen wie Ökologie, Feminismus und Sexualität in sein Repertoire aufgenommen hatte und nun zumindest theoretisch in der Lage war, die gesamte Bandbreite literarischer Möglichkeiten abzudecken.

Nun kann man Frank Herbert sicher nicht als ausgeprägten *New-Wave*-Autor bezeichnen. 1920 geboren, ist seine Karriere in der Science Fiction eng mit *Astounding/Analog* verbunden, wo er bereits 1955 mit seinem ersten Roman »Atom-U-Boot S 1881« auf sich aufmerksam gemacht hatte; außerdem hat er interne Auseinandersetzungen und Grabenkämpfe unter den SF-Autoren stets gemieden und pflegte zwar keinen, wie viele andere *Analog*-Schreiber, offensiv infantilen, aber einen an den Lesegewohnheiten des zumeist jugendlichen Publikums orientierten Stil. Doch was das Genre betraf, in dem er seinen Lebensunterhalt verdiente, teilte er den aufklärerisch-kritischen und politischen Anspruch seiner jüngeren *New-Wave*-Kollegen: Mit den Mitteln der Science Fiction sollte es präzise möglich sein, der Psychopathologie des Menschen in den westlichen Industriegesellschaften nachzugehen und ihre machtpolitischen, systemabhängigen Wurzeln zu entlarven. Und wenn ihm auch der Pessimismus zahlreicher *New-Wave*-Autoren fremd war – dafür hing er, sein Leben lang im tiefsten Nordwesten der USA beheimatet, zu sehr an traditionell amerikanischen Werten wie Freiheit und Unabhängigkeit –, empfand er doch eine tiefe Skepsis gegenüber der glücksverheißenden Kraft des technischen Fortschritts. Vor allem – und hier unterschied er sich explizit von den bisweilen sehr naiven Vorstellungen vieler *Golden-Age*-Vertreter – hielt er es für einen gefährlichen Irrglauben, den historischen Prozess in die Zukunft hinein planen zu wollen, ja gar voraus zu berechnen. In einem Essay schreibt er: »Viele Menschen wollen nicht wahrhaben, dass wir uns in einer Art Jam-Session mit dem Universum befinden und dass die Erschaffung einer wirklich *menschlichen* Gesellschaft möglicherweise mehr eines künstlerischen Ansatzes bedarf als eines wissenschaftlichen.« Eine *Foundation*, die unsere Zivilisation durch die Jahrhunderte geleiten soll, wie sie etwa Isaac Asimov in seiner berühmten Trilogie vorschwebt, wäre bei Herbert längst an ihrer eigenen Korrumpierbarkeit gescheitert oder zu einer machtbesessenen Sekte degeneriert. So verweigert er sich einer Universalgeschichte der Zukunft, einer mit futuristischen Mitteln nacherzählten Vergangenheit, wie sie das *Golden Age* in mannigfaltiger Form hervorgebracht hat, und erzählt Zukunft so, wie die Historiker nach dem Scheitern aller bisherigen universalgeschichtlichen Ansätze Geschichte interpretieren: als offenen, sich ständig neu formierenden Prozess. Und so ist auch »Der Wüstenplanet« keine *Future History* im traditionellen Sinne mehr, sondern eine Art *Future in Progress,* eine Historie der fortlaufenden Ereignisse, die – erstmalig in der modernen Science Fiction – versucht, der Komplexität und Irrationalität menschlichen Verhaltens, der ökologischen Bedingtheit menschlicher Existenz und der Möglichkeit völlig neuer Verhaltensweisen und Motive gerecht zu werden. Ein überaus ambitioniertes Unternehmen, doch Herbert kamen seine langjährige berufliche Tätigkeit als Journalist und sein autodidaktisches Talent zugute.* Belesen und recherchewütig wie kaum ein anderer SF-Autor, bediente er sich aus allen Kulturen, Religionen und Zeitaltern der Menschheitsgeschichte – die Analogien sind kaum zählbar: ein absolutistisches Sternenimperium vor dem Ausbruch der Französischen Revolution, eine OPEC des interplanetaren Gewürz-Handels, eine aus den Grabenkämpfen des Islam entstandene Religion, ein Dritte-Welt-Planet, dessen Rohstoffe ausgebeutet werden, ein kosmisches Machtspiel, an dem Bismarck seine Freude gehabt hätte – und amalganisierte daraus ein Szenario, das nun wirklich größer ist als seine Teile und trotz aller Trivialitäten bis heute nichts von seiner kreativen Wucht verloren hat.

Dem folgend ist »Der Wüstenplanet« auch kein *morality play,* wie es die frühen SF-Epen so oft waren, sondern eine präzise Macht- und Systemstudie einer politischen Ordnung, die nach machiavellistischen Prinzipien funktioniert und – obwohl natürlich an der grundsätzlichen Sympathie des Lesers, was die handelnden Figuren betrifft, kein Zweifel besteht – es unmöglich macht, die Figuren moralisch zu verorten. Dies gilt insbesondere für die Hauptfigur Paul Atreides. Nicht nur lässt

---

* Die Grundidee für »Der Wüstenplanet« entstand übrigens, als Herbert 1953 in Oregon für einen Artikel recherchierte, der sich mit einem wissenschaftlichen Projekt zur Kontrolle von Sanddünen befasste.

sein Name bereits an eine griechische Tragödie denken, er ist auch eine Figur, die weniger an Genre-Vorbilder erinnert, sondern an die archaischen Helden der frühen Sagen: Ein Mann, der in einen künstlich erzeugten Mythos hineinwächst, seine historische Notwendigkeit akzeptiert und der ihm bestimmten Rolle mehr als gerecht wird – und über dessen Heldensaga doch die zarte Melancholie des Scheiterns liegt. »Am Ende kann dasselbe«, schreibt Norman Spinrad, »was sich auf der einen Ebene als endgültiger Triumph interpretieren lässt, auf der anderen Ebene als Tragödie gelesen werden. Und das ist die Ebene, auf der Paul Atreides – zu Muad'dib geworden, zu ›Kwisatz Haderach‹ und Padischah-Imperator – es wahrnimmt. Seine Fähigkeit zur Zukunftsschau mag ihn zum Gottkönig dieses fiktiven Universums machen, doch er kann der deterministischen Bestimmung dieser Rolle und dem Djihad, den sie mit sich bringen wird und den zu vermeiden er so lange versucht hat, nicht entgehen.«

Diese unterschiedlichen Ebenen sind ein grundlegendes Merkmal des »Wüstenplaneten«, wie auch die häufig übersehene Tatsache, dass Frank Herbert seine Saga von Anfang an auf mehrere Romane verteilt hat, ja weite Strecken des zweiten und dritten Bandes bereits geschrieben hatte, bevor der erste ganz fertiggestellt wurde, und dass John W. Campbell, der beim ersten Roman noch begeistert zugegriffen hatte, weil er darin eine Variante der von ihm so geschätzten Superhelden-Stories im Stile eines A. E. van Vogt sah, die Fortsetzung »Der Herr des Wüstenplaneten« rundweg ablehnte und dem Autor vorwarf, aus Paul Atreides einen Anti-Helden gemacht zu haben. Doch Herbert hat nichts anderes getan, als Pauls Geschichte konsequent weiterzuführen, wie es seiner grundlegenden Prämisse entsprach: »Ich ging von der Vorstellung des nicht allmächtigen Führers aus, weil mir mein Geschichtsverständnis sagt, dass die Fehler, die ein Führer macht (oder in seinem Namen machen lässt), von denen vervielfacht werden, die ihm bedingungslos nachfolgen.« So muss Paul erkennen, dass die Kräfte des Djihad, die er mit seiner Rolle als Mahdi und Prophet geweckt hat, in einem perversen Personenkult und nur sich selbst genügenden System kulminieren, dem er allein durch Abdankung und Flucht aus dem Mythos ein Ende setzen kann. »Der Herr des Wüstenplaneten«, der schmalste der Wüstenplanet-Romane, ist insofern vielleicht der bedeutendste, denn hier nimmt Herbert endgültig Abschied von den virilen Allmachtphantasien und den Reißbrett-Entwürfen der *Golden-Age*-SF und öffnet seine Zukunftssaga allen Untiefen, Wirbeln und Gegenströmungen der historischen Entwicklung. Von Pauls selbstgewähltem Rückzug in die Wüste, über die Regentschaft seines Sohnes Leto II., der eine mysteriöse Symbiose mit den Sandwürmern eingeht und als Gottkaiser die Geschichte für Jahrtausende zum Stillstand bringt, bis zur darauffolgenden Zersplitterung des Imperiums – tausende von Seiten, hunderte von handelnden Personen, ein pompöses, bisweilen prätentiöses Epos, gewiss, aber auch eines, das immer wieder neue Facetten eröffnet, nie um sich selbst kreist und trotz allem Ekklektizismus seines Schöpfers und einer genreimmanenten Neigung zum Jargon nicht überladen wirkt, sondern stets als Science Fiction in ihrer rohesten Form funktioniert – als atemberaubender Essay über die langsame, aber stetige Veränderung des Menschen in einem sich verändernden Universum. Ein Epos, mit dem Herbert ganz offensichtlich jene archimedische Mischung aus Eskapismus und Anspruch, aus Spannung und Reflexion getroffen hat, die so viele Langzeit-Bestseller auszeichnet. Doch der außerordentliche Erfolg der Wüstenplanet-Romane hängt wohl auch damit zusammen, dass Herberts aufklärerisches Genre-Verständnis mehrere Lesarten nicht nur erlaubt, sondern sie zwingend notwendig macht und man die Bücher als mystische Erweckungsphantasie, als ökologische Fallstudie, als politische Entwicklungsgeschichte, als dysfunktionale Familiensaga, als Kulturgeschichte einer bewusstseinserweiternden Droge und etliches mehr lesen kann. Nur vor diesem Hintergrund ist zu verstehen, dass ein Buch, das im Gegensatz etwa zu Orwells »1984« oder Huxleys »Schöne Neue Welt« Science Fiction reinsten Wassers ist, weit über die Grenzen des Genres hinaus bekannt und kulturell wirksam wurde. Nur so ist auch zu verstehen, dass es nach der Erstveröffentlichung in *Analog* sehr schwierig war, einen Verlag für den Roman zu finden, und dass er, als er schließlich 1965 in einem Kleinverlag als Hardcover mit einer Auflage von zweitausend Stück auf den Markt kam, von der Kritik weitgehend ignoriert wurde. »Der Wüstenplanet« war seiner Zeit offenbar um einige Jahre voraus, denn erst als 1967 die Paperback-Ausgabe erschien, begann der Roman seinen Siegeszug durch die aus dem Boden sprießenden Subkulturen jener Zeit (ähnlich verlief übrigens auch die Erfolgsgeschichte von Tolkiens »Herr der Ringe«, der schon 1954 veröffentlicht, erst Mitte der Sechziger als Paperback zum Bestseller wurde).

Einen vergleichbaren Erfolg wie mit den Wüstenplanet-Romanen ist Frank Herbert mit seinen anderen Büchern nie gelungen, obwohl viele von ihnen – insbesondere der stark religionskritische »Schiff«-Zyklus oder die Romane »Die Leute von Santaroga« und »Hellstrøms Brut« – neben der großen Saga durchaus bestehen können. Doch Herbert, obwohl keineswegs publikumsscheu, hat sich stets geweigert, in der Öffentlichkeit die Rolle eines selbstreferentiellen SF-Gurus zu spielen, wie es etwa Isaac Asimov Zeit seines Lebens getan hat oder Arthur C. Clarke heute noch tut, und dasselbe Erfolgsrezept wieder und wieder anzuwenden. Dafür war seine Kreativität zu rastlos, viele seiner Ideen zu enigmatisch, und zuweilen brüskierte er das traditionsverliebte SF-Publikum, stellte er sich, wie es ein Kritiker ausgedrückt hat, »wie ein erzkonservativer Priester vor seine Gemeinde, aber anstatt zu predigen, verkündigte er eine Häresie nach der anderen«.

Wie um diese Einschätzung zu bestätigen, hatte sich Herbert in den späten Wüstenplanet-Romanen »Die Ketzer des Wüstenplaneten« und »Die Ordensburg des Wüstenplaneten« weit von seiner ursprünglichen Anlage einer zentralen Figur als Brennpunkt der Geschichte, wie sie Paul und dann Leto II. darstellten, entfernt, Arrakis der Vernichtung anheimgegeben und sich tief in die Machenschaften der Bene Gesserit verstrickt – als er 1986 an den Folgen einer Krebsoperation überraschend starb und die Weiterführung und Interpretation seines Universums anderen überließ. Und tatsächlich ist dieses Universum bis heute noch eine Quelle der Faszination: So wurde der erste Teil inzwischen zweimal mit großem Aufwand verfilmt – 1984 in der opulent-pathetischen Kinofassung von David Lynch, die allerdings nur in einer stark gekürzten Version zu sehen war, und nun als relativ eng an die Geschichte angelehnte TV-Miniserie; und schließlich fanden auch die als *Prequels* angelegten Fortsetzungsbände von Sohn Brian Herbert und Kevin J. Anderson, die die Ereignisse schildern, die direkt zu denen des ersten Romans führen, ihren Weg auf die Bestsellerlisten.*

Frank Herbert hätten diese Interpretationen und Weiterführungen vielleicht nicht alle gefallen – zu Lynchs Film hat er, obwohl er ihn öffentlich lobte, auch kritische Anmerkungen gemacht –, aber es hätte ihn sicherlich begeistert, dass sein Werk, eng verbunden mit den geistigen Strömungen der späten 50er und frühen 60er Jahre, Jahrzehnte danach immer noch die Kreativität der Menschen anregt. Er hat es einmal als sein Ziel bezeichnet, so zu schreiben, dass »die Phantasie des Lesers Funken schlägt«. Und wenn man Gründe für die einzigartige Erfolgsgeschichte des »Wüstenplaneten« sucht – auf einige wurde hier ja hingewiesen –, so liegt der tiefste Grund vermutlich in einem in der Literaturgeschichte wohl einzigartigem Leseerlebnis: So detailreich und mit megalomanischer Akribie diese Zukunftswelt auch beschrieben wird, so erzählerisch sorgfältig und zuweilen pedantisch auch versucht wird, alle Aspekte unserer Existenz zu thematisieren, so dicht die inneren Bezüge über den ganzen Zyklus hinweg erscheinen – es verwundert doch, wie wenig in diesen Romanen eigentlich erklärt wird, wie lediglich versteckte Andeutungen ein zartes, vielfältig deutbares Handlungsnetz knüpfen, und dies im Kopf des Lesers weiterlebt und arbeitet, noch lange nachdem man die Lektüre beendet hat. Wenn Sie den »Wüstenplaneten« gelesen haben – das heißt, wenn Sie ihn wirklich *gelesen* und sich damit nicht nur ein verregnetes Wochenende vertrieben haben, an dem ge-

* Parallel zur Neuausgabe des Wüstenplanet-Zyklus erscheint mit »Das Haus Atreides« (06/8304) im Heyne-Verlag der erste Band dieser sogenannten »Frühen Wüstenplanet-Chroniken«.

rade nichts im Fernsehen lief –, dann waren Sie tatsächlich dort, auf dem Wüstenplaneten, einer fremden und doch seltsam vertrauten Welt, und Ihre Phantasie hat Funken geschlagen. Es ist wohl das größte Geschenk, das ein Autor seinen Lesern machen kann.

Ursprünglich erschienen als Nachwort
zur überarbeiteten Neuausgabe von Frank Herbert:
»Der Wüstenplanet« (Heyne SF 06/6400).

AUTOREN

A. E. van Vogt

(1912–2000)

von Rainer Eisfeld

»Für einen Augenblick in der Ewigkeit wird die Bildung eines Musters versucht«

Keinen anderen Science Fiction-Autor beschäftigte wie ihn das Thema der Überwindung menschlicher Hinfälligkeit. Kein anderer beschrieb so eigenwillig wie er (1948, in seiner Kurzgeschichte »Der Rull«) als ausschlaggebendes Hindernis »den Willen zum Tode ... allen organischen Lebens«:

> »Jede organische Zelle speichert die ererbten, tief eingeprägten Lasten ihres organischen Ursprungs. Der Puls des Lebens ist ein schuppiger Film, aufgetragen auf eine zugrundeliegende Substanz – derart komplex infolge des subtilen Gleichgewichts, in dem sie die unterschiedlichsten Energien ausbalanciert, dass alles Leben nur ein kurzes vergebliches Aufbäumen gegen dieses Gleichgewicht darstellt.
>
> Für einen Augenblick in der Ewigkeit wird die Bildung eines Musters versucht. Es nimmt mannigfache Formen an ... doch die wirkliche Gestalt ist eine Kurve. Hinauf und dann hinab. Aus der Dunkelheit ins Licht und wieder zurück in die Finsternis.«

Alfred Elton van Vogt wurde am 26. April 1912 in Mittelkanada nahe Winnipeg (Provinz Manitoba) als Sohn niederländischer Einwanderer geboren. Er starb am 26. Januar 2000 in einem Pflegeheim in Los Angeles.

Wesentlich auf Betreiben von Harlan Ellison (mit dem er 1971 die Erzählung »The Human Operators« verfasst hatte)

»When fans were slans« – oder: Als Science Fiction noch jung war (Titelbild Astounding Science Fiction, *Oktober 1940, wieder abgedruckt auf der Romanausgabe 1998)*

wurde A. E. van Vogt 1995 von den Science Fiction Writers of America als vierzehntem Autor der Grand Master Nebula für sein Lebenswerk zuerkannt – ein Jahr nach Damon Knight, einst (in den 40er Jahren) sein schärfster Kritiker. Die Preisverleihung begünstigte offenkundig im Verlagswesen die Rückbesinnung auf einige seiner populärsten Romane. 1998 wurde »The Voyage of the Space Beagle« in einem Dreifachband, zusammen mit Romanen von Poul Anderson und Barry Malzberg, wieder aufgelegt. Von 1998–2000 erschienen nacheinander als Orb Paperbacks (bei Tor) »Slan«, »The War Against the Rull«, zuletzt (»Weapon Shops« und »Weapon Makers« zusammenfassend) »The Empire of Isher«, die ersten beiden mit Original-Titelbildern aus der *Astounding-Zeit*.

Tachyon Press in San Francisco schließlich veröffentlichte im Herbst 1998 unter dem Titel »Futures Past« einen Überblick über van Vogts Kurzgeschichten aus vier Jahrzehnten: Je ein Beispiel aus den 60ern und 70ern (»The Replicators« und »The Reflected Men«, zuerst in *If* bzw. *Galaxy*), ansonsten klassische Highlights der 40er und 50er Jahre: »Vault of the Beast«, »Cooperate or Else«, »Enchanted Village«, schließlich die viel zu wenig bekannte Erzählung »Fulfilment« (erstmals 1951 in Boucher/Healy, *New Tales of Space and Time*).

Diese Neuauflagen großer Teile seines Werks hat van Vogt kaum oder gar nicht mehr registriert. In einer grausamen Ironie befiel ausgerechnet ihn, der seinen Protagonisten so oft übermenschliche geistige Fähigkeiten verliehen hatte, die Alzheimersche Krankheit mit ihren unausweichlichen Folgen fortschreitenden Gedächtnisverlusts und schließlich völliger Hilflosigkeit.

A. E. van Vogts Romane und Erzählungen haben mich mit Unterbrechungen ein halbes Leben lang begleitet. 16jährig (»The Golden Age of Science Fiction is the age between 14 and 17«) entdeckte ich bei einem Antiquariatsstand am Bonner Kaiserplatz die blauen Signet-Ausgaben von »Voyage of the Space Beagle« und der Kurzgeschichtensammlung »Destination Universe«. Höchstens noch Asimovs »Caves of Steel« symbolisierte für mich so mitreißend die Wunder des neuen, unbekannten Gebiets, das es zu entdecken galt. Bei den letzten vier Zeilen der Erzählung »Enchanted Village« (»Das verzauberte Dorf«) sprang ich fast von meinem Stuhl hoch:

> »Ich habe gewonnen!«, dachte Jenner. »Das Dorf hat einen Weg gefunden!« ...
>
> Verzückt peitschte Jenner mit seinem meterlangen Schwanz den Boden und hob seine lange Schnauze, damit die dünnen Strahlen der Flüssigkeit die Nahrungs-Reste wegschwemmten, die an seinen scharfen Zähnen hafteten.
>
> Dann watschelte er hinaus, um in der Sonne zu baden und der zeitlosen Musik zu lauschen.

Für Walter Ernsting und die *Terra-Sonderband*-Reihe übersetzte ich 17jährig »The Mixed Men« (»Das irdische Schiff passierte die planetenlose Sonne Gisser so schnell, dass dem Alarmsystem der Wetterstation auf dem Meteorfelsen keine Zeit zum Reagieren blieb«), für Wolf Detlef Rohrs SF-Agentur und den Leihbuchverlag Gebr. Zimmermann »World of Null-A«, dann »Pawns of Null-A« – jene beiden Romane über Gilbert Gosseyn, der umkommt, nur um sich phönixgleich aus der Asche seines toten Körpers zu erheben, und dessen Schicksal sich mit der Feuerprobe der »nicht-aristotelischen« (Null-A) Demokratie auf der Venus verbindet, einer Schöpfung der rational fortgeschrittensten Menschen. Überwältigende Visionen, atemberaubende Perspektiven!

Eine lange Pause folgte. Ich studierte, wurde Hochschullehrer. Wolfgang Jeschke holte mich zurück zur Science Fiction. Als 45-, dann 50jähriger steuerte ich zu der von ihm herausgegebenen *Bibliothek der Science Fiction Literatur* Neuübersetzungen van Vogtscher Romane bei, ausführlich kommentiert: Die (mittlerweile drei) »Null-A«-Romane, den »Ischer«-Zyklus, schließlich, vor neun Jahren, »Die Expedition der ›Space Beagle‹«. Eine Wiederentdeckung van Vogtscher Traumwelten aus den Jahren, während derer John Campbells *Astounding Science Fiction* das Genre definierte und dominierte:

»The Seesaw« (»Die Wippe«, 1942), später eingebaut in die »Waffenschmiede von Ischer«:

> »Weiter, weiter, weiter jagte die Wippe; hier schimmerte die Welt leuchtend in ihrer Jugend, dort dämmerte sie in unvorstellbarem Alter.
>
> Voraus klaffte schwarz die Unendlichkeit.
>
> Ganz plötzlich kam McAllister in den Sinn, dass er wusste, wo die Wippe innehalten würde. Sie würde in der fernen Vergangenheit zum Stehen kommen, mit der Freisetzung der unvorstellbaren Zeitenergie, die er bei jedem gewaltigen Schwung gespeichert hatte.
>
> Er würde die Entstehung der Planeten nicht erleben – er würde sie bewirken.«

Oder »The Weapon Makers« (»Die Waffenschmiede von Ischer«, 1943):

> »In einem halben Lichtjahr Entfernung setzte ein hundert Kilometer langes Schiff sich langsam in Bewegung. Große Gedanken zuckten und brandeten in ihm.
>
> ›Wir haben unsere Untersuchung des menschlichen Gefühlslebens zu Ende geführt und können diese Galaxis binnen einer ... (Periode) verlassen.
>
> So viel haben wir in Erfahrung gebracht: Auf diese Gattung wartet die Herrschaft über das Sevagramm.‹«

Oder »Voyage of the Space Beagle« (1950):

> »An Bord sein winziges Teil menschlicher Zivilisation, raste das Expeditionsschiff ›Space Beagle‹ mit stetig sich steigernder Geschwindigkeit durch eine Nacht, die nirgends endete.
>
> Und nirgends begann.«

Doch nicht nur solche nachhallenden Schlusspointen faszinierten immer neue Lesergenerationen. Wieder und wieder verlieh van Vogt seinen Hauptfiguren übermenschliche Fähigkeiten, beginnend mit seinem ersten Roman »Slan« (1940): Die von dem Arzt S(amuel) Lan(n) entdeckten und geförderten Mutationen verfügen über zwei Herzen oder, genauer, zwei unabhängig voneinander arbeitende vergrößerte Herzteile.

Als van Vogt noch jung war: 36jährig schrieb er 1948 »Pawns of Null-A«

Deren gemeinsame Leistung dient dazu, die ohnehin anomale Nerven- und Muskelstärke der Slans weiter zu steigern. Dazu kommen zwei Fühler, die den Slans telepathische Fähigkeiten verleihen. Kein Wunder, dass unter der Science Fiction-Anhängerschaft jener Jahre der Slogan sich verbreitete: »Fans are Slans!«

In der Kurzgeschichte »Der Sturm« (1943, später eine Episode des Romans »The Mixed Men«, dt. »Das Reich der 50 Sonnen«) stattete van Vogt seine »Gemischten«, hervorgegangen aus der Verbindung zweier Typen von Androiden, statt mit zwei Herzen mit doppelten Gehirnen aus – eins imstande zu schöpferischen Leistungen bei normalem IQ, das andere fähig, jedem Versuch gedanklicher Kontrolle bis zu einem IQ von 800 und mehr zu widerstehen. Koordiniert vermochten beide, jedem Gegenüber ihren Willen aufzuzwingen.

Und wer denkt bei zwei Gehirnen nicht an Gilbert Gosseyn, dessen »Extrahirn« in der Null-A-Trilogie seinen Kopf, so van Vogt, »um nahezu ein Sechstel gegenüber dem eines normalen Menschen vergrößert«? Dieses zusätzliche Gehirn befähigt Gosseyn dazu, sowohl sich selbst wie auch andere Lebewesen oder Gegenstände an Orte zu versetzen, deren »Struktur« er sich zuvor eingeprägt hat. Und nicht nur zur Teleportation oder Telekinese – auch zur Präkognition, zur Voraussicht, ist dieses zusätzliche Gehirn imstande, sofern es entsprechend trainiert wird.

Dass seine Tendenz, den Hauptfiguren seiner Erzählungen übermenschliche Fähigkeiten anzuphantasieren, »etwas im paranoiden, schizophrenen Bereich« gelegen hätte, urteilte van Vogt selbst rückblickend in seiner 1975 erschienenen Autobiographie (»Reflections of A. E. van Vogt«). Schon 1970 hatte er in einem Brief an John W. Campbell jr. erwähnt, er habe lange Zeit nur schreiben können, wenn er sich in einem manisch-überdrehten Zustand befunden habe. Dass van Vogt sich jahrelang nachts alle anderthalb Stunden vom Wecker aus dem Schlaf reißen ließ, um für den Fortgang der Erzählung, an der er gerade arbeitete, buchstäblich sein Unterbewusstsein anzuzapfen, dürfte zu dieser Verfassung – u n d zu der hypnotisch-intuitiven, über weite Strecken an Traumwelten erinnernden Atmosphäre seiner Schilderungen – nicht wenig beigetragen haben.

Ziel des nervlichen Trainings, von dem in den Null-A-Bänden die Rede ist, bleibt bei van Vogt stets jene enge Integration von Körper und Geist, welche die menschliche Vervollkommnung fördert und am Ende »Menschen, Göttern gleich« (H. G. Wells) schafft. Zum Training aber bedarf es einer philosophisch-psychologischen Lehre und einer davon abgeleiteten Methode, eines »Systems«, wie van Vogt selbst formuliert hat. Derartige Systeme hat er immer wieder bei anderen entlehnt, in einem Fall selbst entworfen: »Nexialismus« (abgeleitet von nexus = Verknüpfung) nannte er jene Disziplin, die die Lücken zwischen den Resultaten verschiedener Fachdisziplinen überbrücken sollte, personifiziert in dem Roman »Voyage of the Space Beagle« (1950) durch den jungen Wissenschaftler Elliott Grosvenor.

Dieser Roman bezog bekanntlich die ersten beiden SF-Geschichten ein, die van Vogt überhaupt veröffentlicht hatte: »Black Destroyer« (Juli 1939) und »Discord in Scarlet« (Dezember 1939, später uneingestandene Vorlage für den Film *Alien*). Als Orientierungsmaßstab gab er dort seiner Raumschiffbesatzung eine vereinfachte Version des zyklischen Geschichtsverständnisses an die Hand, das Oswald Spengler Anfang der 20er Jahre in seinem zweibändigen Werk »Der Untergang des Abendlandes« verfochten hatte. Fremde Lebensformen wurden dargestellt als klassifizierbar, folglich »berechenbar«, nach den Maßstäben solcher irdischen Geschichtsdeutung – eine Idee, die sich mit Fug und Recht erheblich anzweifeln lässt. Van Vogt aber konnte den Anspruch erheben, nicht materielle Gewalt habe die Bezwingung der aggressiven fremden Geschöpfe ermöglicht, sondern letztlich »unser Wissen um geschichtliche Verläufe«.

Für die Null-A-Romane fand van Vogt das »System«, das er suchte, in der Allgemeinen Semantik Alfred Korzybskis, eines polnischen Mathematikers, der als zaristischer Offizier nach der Oktoberrevolution in die USA emigriert war. In seinem Buch »Science and Sanity« (1933, 2. Aufl. 1941) ging Korzybski davon aus, dass durch Sprachstrukturen ständige Bewertungen der Wirklichkeit erfolgen, die beim Individuum reaktions- und verhaltensprägend wirken. Konstantes sprachliches Fehlverhalten führt, so Korzybski, auf einer ersten Stufe zu ständigen geistigen Kurzschlüssen, auf einer zweiten zu nervlichen Schäden, auf einer dritten infolge der eintretenden Störungen des gesellschaftlichen Zusammenlebens zu Konflikten und Kriegen.

Um einen grundlegenden Bewusstseinswandel zu erzielen, müsse auf der Wahrnehmungs- wie auf der sprachlichen Formulierungsebene der »nicht-aristotelische« (Null-A-) Grundsatz der »Nicht-Identität« antrainiert werden: »Die Landkarte ist *nicht* das Gelände ... Das Wort ist *nicht* die Sache selbst.« Nicht-aristotelisch deshalb, weil das vorherrschende, letztlich bis auf Aristoteles zurückgehende Logiksystem Korzybski zufolge die Neigung fördert, zu »identifizieren« – beobachtete Tendenzen nach Gefühlen, Meinungen, Dogmen einzuordnen, folglich die Realität zu verzerren. Deshalb müsse diese Logik durch eine neue, erfahrungsbezogene Orientierungslehre abgelöst werden.

Wer diese Orientierungslehre verinnerlicht hat, der ist (so Korzybski und in seinem Gefolge van Vogt) für keine politische Propaganda mehr anfällig. Er kann nicht mehr manipuliert werden, ist fähig zur Selbstbestimmung und deshalb auch imstande, in einer »Anarchie« zu leben – einer herrschaftsfreien politischen Ordnung, in der die Verwaltung von Sachen an die Stelle der Regierung durch Menschen zu treten beginnt. In den beiden ersten Null-A-Romanen nahm van Vogt zu dem Kunstgriff Zuflucht, diese Ordnung in der »Retorte« entstehen zu lassen, d. h. auf einem bis dahin unbevölkerten Planeten (der Venus) mit reglementiertem Zugang: Zur Venus gelangt nur, wer die regelmäßigen Ausscheidungswettbewerbe besteht, die unter Anleitung einer elektronischen »Quizmaschine« stattfinden.

Stand van Vogt mithin einer »Fundamentaldemokratisierung« unserer eigenen Welt außerordentlich skeptisch gegenüber, wie in seinen Erzählungen immer wieder zutage tritt, so entwarf er hier eine Gesellschaft, bei der die ständige Belastung durch »rückständige« Einstellungen und Verhaltensweisen entfiel. Die weitgehende Homogenität der Anarchie auf der Venus bewährt sich in »Welt der Null-A« bei der Abwehr eines interstellaren Angriffs.

»Science Fiction, wie ich sie zu schreiben versuche, verherrlicht den Menschen und seine Zukunft«, erklärte A. E. van Vogt 1952 im Nachwort zu seiner Kurzgeschichtensammlung »Destination Universe«. Kurzgeschichten waren es auch, die während der 40er Jahre maßgeblich zur Begründung seines Ruhms beitrugen, darunter Klassiker wie »Asylum« (1942), »Far Centaurus« (1944) oder »The Monster« (1948, dt. unter dem Titel »Wiedererweckung« zuerst 1952 in der von Gotthard Günther beim Rauch-Verlag herausgegebenen Anthologie »Überwindung von Raum und Zeit«). Im Laufe der 50er Jahre hat van Vogt dann zahlreiche seiner früher publizierten Erzählungen durch Zusammenfassung, Ergänzung, teilweise Veränderung »aufbereitet« zu Romanfassungen. Der dafür von ihm geprägte Ausdruck »fix-up novel« ist als feststehender Begriff in die Science Fiction-Terminologie eingegangen, zumal kein anderer Autor von Rang derart zahlreiche »fix-ups« produziert hat wie van Vogt: »The Voyage of the Space Beagle« (1950), »The Weapon Shops of Isher« (1951), »The Mixed Men« (1952), »Empire of the Atom« (1956), »The War Against the Rull« (1959).

Nicht alle Texte bewahrten bei der Überarbeitung die faszinierende Kraft, den mühelosen Handlungsfluss der Originalversionen. Dafür verhalfen sie van Vogt kommerziell zum Durchbruch: »World of Null-A«, »Voyage of the Space Beagle« und »The War Against the Rull« erschienen allesamt bei dem renommierten New Yorker Verlag Simon & Schuster. »World« wurde zudem 1948 als erster Science Fiction-Roman überhaupt von einem großen Verlagshaus in einer gebundenen Ausgabe publiziert, während kleine Spezialverlage wie Shasta und Gnome Press damals Isaac Asimovs »Foundation« druckten oder Robert Heinleins »The Man Who Sold the Moon«.

Wenig später war es kein anderer als van Vogt, der nach dem Urteil des SF-Lektors der französischen Taschenbuchreihe *J'ai Lu,* Jacques Sadoul, »Science Fiction in Frankreich überhaupt erst etablierte«: Von den französischen Taschenbuchausgaben der beiden ersten Null-A-Romane wurden allein bis zur Mitte der 80er Jahre über 500 000 Exemplare abgesetzt, mehr als in den USA und England zusammen. Zu diesem Erfolg beigetragen haben dürfte die Tatsache, dass die beiden 1953 bzw. 1957 in Frankreich veröffentlichten Bücher von dem ungemein populären Jazzinterpreten und Komponisten, Schriftsteller und Publizisten Boris Vian übersetzt worden waren. Frankreich ist das einzige Land, in dem A. E. van Vogts komplettes Romanwerk in der Reihe *J'ai lu* bis heute immer neu aufgelegt wird. Der dritte (allgemein als eher unbedeutend beurteilte) Band der Null-A-Trilogie kam 1984 zuerst in Frankreich auf den Markt; der Name van Vogt genügte, damit binnen weniger Monate 60 000 Exemplare verkauft wurden.

Nicht umsonst erschien noch jüngst in französischer Sprache ein 160seitiger Überblick in Buchform über van Vogts Werk: Joseph Altairac: »Alfred E. van Vogt: Parcours d'une oeuvre«, Paris: Encrage 2000. Eine vergleichbare Würdigung auf Englisch findet sich nur im Kapitel 16 »A New Moral Order« des Standardwerks: »The World Beyond the Hill: Science Fiction and the Quest for Transcendence«, Los Angeles: Tarcher 1989, das Alexei und Cory Panshin verfasst haben. (Zwei Web-Seiten für Interessierte wurden von M. Axelsson und R. Russell eingerichtet: www.mmedia.is/vanvogt/ bzw. www.sundial.net/~rogerr/nulla.htm.)

In die Zeit Anfang der 50er Jahre, als van Vogt auf dem Zenit seines Erfolges stand, fiel ein Einschnitt, von dem seine Karriere sich nie wieder erholen sollte. 1951 schloss er sich der Dianetik an, jener von seinem Autorenkollegen L. Ron Hubbard (1911–1986) begründeten Pseudo-»Wissenschaft der geistigen Gesundheit«, die dieser später zur »religiösen Philosophie« der Scientology-»Kirche«, mit entsprechenden Steuervorteilen, weiterentwickelte. (Auf Scientology hat van Vogt sich nie eingelassen.) Bis 1961 leitete er zusammen mit seiner ersten Frau Edna Mayne Hull die Hubbard Dianetic Research Foundation in Los Angeles. Als »Auditor« praktizierte er selbst dianetische Therapie »zur Beseitigung psychischer bzw. psychosomatischer Störungen« und zur »Freisetzung der im Menschen vorhandenen geistigen Reserven« (so der Anspruch der Heilslehre Hubbards).

Die psychotherapeutischen Erfahrungen und Einsichten, die van Vogt auf diese Weise gewann, suchte er 1962 in einem Mainstream-Roman über Gehirnwäsche im maoistischen China zu verarbeiten: »The Violent Man«. Der Anhang listete mehr als 50 Werke auf, die er zu Rate gezogen hatte. Diese in Romanform verfasste Studie über die psychischen Ursprünge von Aggressivität und autoritärem Verhalten stellte offenkundig A. E. van Vogts Versuch dar, aus dem Science Fiction-Genre mit einem psychologisch-politischen Roman ebenso auszubrechen, wie Isaac Asimov dies mit seinen naturwissenschaftlichen Veröffentlichungen gelungen war. Angesichts der Bedeutung des Themas hatte van Vogt damit gerechnet, einen potentiellen Bestseller zu verfassen. Doch erst 1978 wurde »The Violent Man« als Taschenbuch nachgedruckt.

Hätte der Absatz des Buches den Erwartungen entsprochen, würde van Vogt, so Arthur Jean Cox im Band 8 des »Dictionary of Literary Biography« (Detroit 1981), »sehr wahrscheinlich weitere Bücher für ein breitestmögliches Leserpublikum produziert haben. Wie die Dinge lagen, kehrte er zurück zur Science Fiction.« Diese Rückkehr aber bereitete ihm nicht unerhebliche Schwierigkeiten. Ein Jahrzehnt lang hatte er keine einzige Kurzgeschichte verfasst und nur einen einzigen neuen Science Fiction-Roman veröffentlicht: »The Mind Cage« (1957, dt. »Das andere Gesicht«, später »Die Denkmaschine«). A. E. van Vogts »Rückkehr« begann zögernd mit kürzeren Erzählungen – eine, höchstens zwei pro Jahr zwischen 1963 und 1968. Sein erster Roman nach zwölf Jahren, »The Silkie« (1969), stellte erneut eine »fix-up novel« aus drei dieser »neuen« Kurzgeschichten dar.

Dann aber fasste er, wie er später schrieb, »einen Entschluss«: Er schickte Exposes für sechs Romane an Donald A. Wollheim, damals Herausgeber der Ace Books, der ihm grünes Licht gab. 1970 erschien »Kinder von morgen«, 1971 »Kampf um die Ewigkeit« (»The Battle of Forever«), 1972 »Chaos über Diamantia«, 1973 »Das Gedankenfenster« (»Fu-

A. E. van Vogt 84jährig bei der Entgegennahme des Grand Master Award der Science Fiction Writers of America (1996)

Copyright © (Foto) by LOCUS Publications

ture Glitter«), 1974 »Mann der tausend Namen«, 1977 »The Anarchistic Colossus«. 1980 folgte »Zeitstop 1704« (»Cosmic Encounter«), 1983 »Computerworld«, 1984 »Null-A Three« – jener dritte Teil der Null-A-Trilogie, den Brian W. Aldiss in »Trillion Year Spree« ungeschminkt als »Katastrophe« bezeichnete.

Weder konzeptionell noch stilistisch übten die Romane der »zweiten Phase« A. E. van Vogts irgendeine prägende Wirkung auf die zeitgenössische Science Fiction aus. Wie van Vogt wiederholt betonte, ging es ihm darum, auf unterschiedliche Weise die Problematik von Frieden und Gewalt zu thematisieren. Doch den Handlungen, welche die Ideen zu transportieren hatten, fehlte es jetzt an erzählerischer Kraft. Dass van Vogt sich, im Gegensatz zur »ersten Phase«, eines betont umgangssprachlichen, wenig ausgefeilten Stils bediente, verstärkte den unbefriedigenden Gesamteindruck. Diese Feststellungen gelten auch für die beiden konzeptionell interessanteren Romane:

»The Battle of Forever« und »The Anarchistic Colossus«: Der Funke springt nicht mehr über, die erzählerische Ausschöpfung der nach wie vor ideenreichen Entwürfe misslingt. Jene Bücher van Vogts, die nach wie vor Meilensteine der Science Fiction darstellen, blieben auf die 40er und 50er Jahre beschränkt.

Edna Mayne Hull, von der 1954 der Roman »Planets for Sale« erschienen war (dt. »Sterne der Macht«, später mit der Verfasserangabe A. E. van Vogt unter dem Titel »Planeten zu verkaufen«), starb 1975. Vier Jahre später heiratete van Vogt erneut. Seine zweite Frau trug den Namen Lydia Brayman. Kinder gingen aus keiner der beiden Ehen hervor.

A. E. van Vogt liegt in Culver City begraben, einem Stadtteil von Los Angeles, der im Westen an Santa Monica und im Norden an Beverly Hills grenzt. Vom Los Angeles Airport (LAX) fährt man den Sepulveda Boulevard nach Norden und biegt bei der Fox Hills Mall rechts in die Slauson Avenue ab. Das Holy Cross Cemetery, 5835 W. Slauson Ave., gehört zu jenen gesichtslosen amerikanischen Friedhöfen, deren grasbestandene Flächen regelmäßig von Rasenmähern geschoren werden. Grabsteine sind verpönt; sie würden dabei nur stören. Stattdessen stößt man auf Reihen um Reihen monotoner, in den Boden eingelassener Platten mit immer gleichen Standardinschriften. »In Loving Memory – Alfred E. van Vogt – Beloved Husband« steht auf Grab 85, Reihe T, Parzelle 33 zu lesen.

Für einen Strauß, für eine Vase ist keine Stelle vorgesehen. So lässt man als einzigen Farbfleck auf dem weiten Rasen ein Blumentöpfchen zurück – geringer Tribut an den Mann, von dem nichts an diesem Ort erkennen lässt, dass er »sein Gesicht stets dem Universum zuwandte« (Arthur Jean Cox), über den John Brunner bekannte, die Grandiosität seiner frühen Entwürfe habe in jungen Jahren buchstäblich die Grundlagen seines eigenen Denkens ins Wanken gebracht.

SZENE

Karel Thole – Ein Nachruf

Von Kai Meyer

Vor zwei Tagen erfuhr ich vom Tod Karel Tholes. Die Nachricht machte mich traurig, auch wenn sie nicht völlig überraschend kam. Ich hatte einige Male mit ihm telefoniert, im Herbst 1998, und damals klang er bereits krank und auch ein wenig müde. Mag es wie ein fades Klischee klingen, aber es kommt mir doch vor, als läge unser letztes Gespräch erst wenige Wochen zurück. Um es kurz zu machen: Karel Thole war eines meiner Idole, ein Maler und Graphiker, der es geschafft hat, aus einer der kommerziellsten Ausprägung der deutschen Phantastik - dem Heftroman der 70er Jahre - ein dankbares Forum für seine wunderbare, aber auch wundersame Kunst zu machen. Manch einer mag seine grandiosen Titelbilder für die Serien »Vampir« und »Dämonenkiller« geschmäht haben, andere hatten für seine zahllosen Taschenbuchcover der Heyne-SF-Reihe nur Unverständnis übrig - doch von einem Publikum, das heutzutage einen Royo für brillant hält, kann man schwerlich die Geduld erwarten, sich auf die durch und durch surrealen Visionen eines Karel Thole einzulassen. Dennoch meine Behauptung: Für kein deutsches Verlagshaus und zu keinem Zeitpunkt während der letzten vier oder fünf Jahrzehnte hat jemals ein inspirierterer und inspirierenderer Künstler phantastische Literatur illustriert.

Als ich mir vor rund zwei Jahren in den Kopf setzte, einige Originale Tholes zu erwerben, hatte ich, ehrlich gesagt, keine großen Hoffnungen. Er musste schon alt sein, so viel wusste ich - ich war nicht einmal sicher, ob er noch lebte. Wolfgang Jeschke vom Heyne Verlag war so freundlich, mir Tholes Privatnummer in Italien zu geben. Ein wenig nervös rief ich ihn an. Um ehrlich zu sein, seine Stimme klang weit älter, als ich

Karel Thole – Le prima vere del mostro ... (Die Frühlinge des Ungeheuers und das letzte Selbstporträt) Ausgabe 1976 im Verlag Quadragono Libri, Conegliano (Treviso)

vermutet hatte - 85 sei er, erzählte er mir, und habe schon vor Jahren gesundheitsbedingt aufhören müssen, zu arbeiten. Eine Augenkrankheit, mehrere Operationen, zuletzt nur noch die Möglichkeit, unter einer Kamera zu zeichnen, die das Bild stark vergrößert auf einen Monitor projizierte. Dann das Ende der Karriere. Nicht nur könne er kaum noch sehen, auch seine Hand bebe zu stark. Das fand ich bestätigt, als er mir später die beiden Bildbände schenkte, die man in Italien seinem Werk gewidmet hat, und die er mir mit zittriger Handschrift signierte. Er erzählte mir lange von seiner Laufbahn, den verschiedenen Stationen, erst in Holland, wo er am 20. April 1914 geboren wurde, später in Deutschland und vor allem in Italien. Dort feierte er die größten Erfolge, und bis zuletzt stellten große italienische Galerien seine Werke aus. Jahrzehntelang war er einer der vielbeschäftigtsten Künstler des Mailänder Verlagsriesen Mondadori, seine Cover für die SF-Reihe »I romanzi di Urania« haben in Italien längst Klassikerstatus (und wurden zum Teil von Heyne übernommen). In Cannobio am Lago Maggiore setzte er sich schließlich zur Ruhe.

Ich interessierte mich für einige Titelbilder, die er für die »Vampir«-Reihe angefertigt hatte, damals in den frühen Siebzigern. Ich sandte ihm Kopien einer Handvoll Titelbilder, und er rief mich an, um mir zu sagen, welche Originale noch in seinem Besitz waren (in Italien sind zahllose seiner Bilder im Besitz privater Sammler, darunter auch solche, die exklusiv in Deutschland gedruckt wurden). Er nannte mir einen Preis, und, um ehrlich zu sein, war ich ganz froh darüber, dass ich sicher in einem Sessel saß. Wortgewandt, trotz seines hohen Alters, überzeugte er mich, dass er solche Preise verlangen müsse - und nachdem ich auf anderem Wege seinen hohen Status in Italien überprüft hatte, einigten wir uns auf einen Preis für zwei seiner Werke: »Der Totentanz« (Vampir # 3) und »Das Mädchen aus der Pestgrube« (Vampir # 67 bzw. Dämonenkiller # 12). Thole bat mich, wohl aus steuerlichen Gründen, erst einige Monate später zu bezahlen, doch die Bilder trafen postwendend bei mir ein. Ihre tatsächliche Qualität war atemberaubend, kein Vergleich mit der schlechten Reproduktion auf den Heftromanen - die Farben waren klarer, voller, von hoher Brillanz, die Motive ohne die störende Typographie schlichtweg atemberaubend. Beide Bilder hängen seither gerahmt am Aufgang meines Arbeitszimmers, wo ich sie jeden Tag auf dem Weg zum Schreibtisch sehe und bewundere.

Brian Aldiss hat Karel Thole einmal bezeichnet als den »größten Künstler, der je ein Science Fiction-Cover gestaltet hat«. Ganz gewiss war er einer der innovativsten. Einen seiner Bildbände hat er mir »in Freundschaft und Sympathie« gewidmet, und das war viel mehr, als ich mir erhofft hatte.

Carolus Adrianus Maria Thole – so sein vollständiger Name – hat die graphische Phantastik der Sechziger und Siebziger Jahre zutiefst geprägt, stets in einem Balanceakt zwischen kommerziellem Bedarf und hohem künstlerischen Anspruch.

Kurz und knapp: In Europa gab es seither keinen anderen mehr wie ihn.

Kai Meyer, 14. 04. 2000

SCIENCE FACT

Die Transformationskrise

von Norman Spinrad

Wir befinden uns heute in der kritischsten Phase der Menschheitsgeschichte, ja sogar im kritischsten Zeitabschnitt der Entwicklung des Lebens auf der Erde überhaupt, einer anhaltenden evolutionären Krise, die 1945 über Hiroshima zu voller Blüte gelangt ist und wahrscheinlich bis tief ins 21. Jahrhundert hinein andauern wird, sofern wir uns selbst und die terrestrische Biosphäre nicht schon vorher vernichten.

Dass wir im Besitz der nuklearen Macht dazu sind, ist zwar der sichtbarste Aspekt der Transformationskrise, wie ich sie nenne, aber die damit verbundene fundamentale evolutionäre Verantwortung ist bei weitem nicht die einzige, die in die Hände der heute lebenden Generation gelegt wurde.

Überdies ist eine solche Transformationskrise wohl kaum ein rein menschliches Phänomen; ich glaube vielmehr, dass es sich dabei um eine unumgängliche Phase der Evolution handelt, mit der jede intelligente Spezies, wo auch immer sie leben mag, früher oder später konfrontiert sein wird.

Vor vielleicht zwanzig Milliarden Jahren trat das Universum aus einer dimensionslosen Singularität in einem heute noch unvorstellbaren Nichts des Quantenflusses mit einer gewaltigen Explosion ins Dasein. Es begann sich auszudehnen und abzukühlen und entwickelte sich immer schneller hin zu immer größerer Komplexität.

Die ursprünglichen Quarks verdichteten sich zu subatomaren Partikeln, die Partikel ballten sich zu Wasserstoffatomen, die sich wiederum zu Galaxien von Sternen der ersten Generation verdichteten. Thermonukleare Prozesse erzeugten die schwereren Elemente in den Kernen jener Sterne der ersten Generation, die ihre Lebenszyklen durchliefen, zu Novae wurden und das interstellare Medium mit chemischen Elementen und Verbindungen anreicherten.

Aus diesem Stoff bildeten sich protostellare Nebel und verdichteten sich zu Sternen der zweiten Generation, die - sofern unser gegenwärtiges Wissen über die kosmologische Evolution korrekt ist - häufig von gasförmigen und festen Planeten begleitet wurden.

Wenn ein Planet von ähnlicher Masse und chemischer Zusammensetzung wie die Erde seinen Stern in einer Entfernung umkreist, die es zulässt, dass an seiner Oberfläche flüssiges Wasser existiert, scheinen die universalen Gesetze der Physik auf deterministische Weise vorzuschreiben, was als Nächstes geschieht.

Der Planet beginnt sich zu entwickeln.

Durch Gasaustritte aus dem Innern und/oder Kometenbombardement entstehen Meere und eine frühe Atmosphäre. Aus dem Weltall regnen schon vorhandene komplexe Kohlenstoffmoleküle herab. Die universalen Gesetze der organischen Chemie bewirken, dass sie sich zu Ketten von immer größerer Länge und Komplexität verbinden.

Ob die nächste Stufe unumgänglich oder das Ergebnis einer Kette willkürlicher Rekombinationen ist, wissen wir noch nicht, aber da es wahrscheinlich Milliarden geeigneter Planeten gibt und mit Sicherheit Milliarden Jahre vergangen sind, ist kaum anzunehmen, dass die Vorgänge auf der Erde einmalig sind.

Irgendwann entwickelten sich Moleküle, die sich aus den Rohstoffen der Nährsuppe selbst duplizieren konnten.

Auf der Erde waren diese Moleküle die RNA und die DNA oder deren chemische Vorläufer. Anderswo haben sich vermutlich andere, aber von der Funktion her analoge chemische Strukturen entwickelt. Doch unabhängig von den chemischen Details bedeutet die Evolution solcher sich replizierender komplexer Moleküle, der einfachsten Viren, die Geburt des Lebens.

Bei manchen dieser Kopien führen das Bombardement kosmischer Strahlung sowie Zufallsereignisse zu Variationen. Jene, die sich besser zur Duplizierung eignen und überlebensfähiger sind, erhöhen ihre Zahl auf die statistischen Kosten der anderen.

Leben beginnt sich zu entwickeln.

Zumindest auf der Erde legen sich Viruskerne Schutzhüllen von wachsender Komplexität zu und werden zu Zellen. In einigen dieser Zellen entwickelt sich das Chlorophyll-Molekül und befähigt sie, die Energie der Sonne unmittelbar zu nutzen, um sich durch die Umwandlung einfacherer Verbindungen, vor allem Kohlendioxide, zu vermehren - die ersten einzelligen Pflanzen.

Die Evolution des Evolutionsprozesses selbst beginnt, wenn lebende Organismen die Chemie ihres Planeten verändern, indem sie einen Großteil des Kohlendioxids in der Atmosphäre durch freien Sauerstoff ersetzen.

Diese radikale Veränderung der Umwelt führt zu einer Beschleunigung der Evolution, während sich die planetare Biomasse zugleich rasch vergrößert. Es entwickeln sich räuberische Mikroben, die sich von den einfachen Pflanzen ernähren. Kolonienbildende Organismen. Mehrzellige Organismen, dann geschlechtliche Fortpflanzung, die die Variation steigert und das Tempo der Evolution noch einmal erhöht. Primitive Nervensysteme entstehen zwecks Koordinierung der Aktivität. Rückenmarksstränge mit Nervenknoten entwickeln sich zu Zentralhirnen ...

Wirbeltiere - Fische, die an Land kriechen - entwickeln sich zu Luft atmenden Amphibien, Reptilien, Vögeln und Säugetieren. Und während all dieser Zeit werden die Nervensysteme und Gehirne unter dem Druck des Bedürfnisses, Beute zu machen und nicht selbst zur Beute zu werden, immer komplexer, bis ...

... die ersten Primaten Stöcke und Steine aufheben und sie zuerst als Waffen, später dann als Werkzeuge benutzen, was wiederum die Entwicklung noch größerer und komplexerer Gehirne zur Koordinierung dieser Aktivitäten erfordert. Vielleicht fangen sie etwa zur selben Zeit an, in organisierten Gruppen zu jagen und Laute sowie Gebärden mit differenzierten Bedeutungen zu benutzen.

Diese werden zur Sprache, einem Mittel zur Weitergabe von Informationen von einem Tier zum anderen, aber auch einem Medium, in dem die interne Informationsverarbeitung zwischen Stimulus und Reaktion stattfinden kann, und das heißt: Denken.

Bewusstsein hat sich entwickelt.

Wie allgemein gültig ist dieser evolutionäre Prozess? In Anbetracht der unterschiedlichen Ausgangsbedingungen und der Überfülle von Zufallsfaktoren, die solch langen evolutionären Ketten innewohnen, steht kaum zu erwarten, dass intelligente Wesen, die sich auf anderen Planeten entwickeln, große physische Ähnlichkeit mit uns haben werden. Doch wenn man bedenkt, dass es Milliarden Planeten geben muss, dass bereits Milliarden Jahre vergangen sind und dass es eine universale evolutionäre Tendenz hin zu immer größerer Komplexität gibt, steht zu vermuten, dass sich in der Blütezeit vieler, wenn nicht der meisten Biosphären Bewusstsein entwickelt.

Und das ist der entscheidende Moment.

Der Moment, in dem die physische Evolution ein Endprodukt hervorbringt, das den physischen Evolutionsprozess transzendiert.

Milliarden Jahre seit dem Urknall für die Entstehung von Planeten. Noch einmal ein oder zwei Milliarden, bis darauf Leben erwacht. Vielleicht eine weitere runde Milliarde, bis aus den Mikroben Geschöpfe geworden sind, die denken und sprechen und Werkzeuge benutzen. Aber sobald sie das tun, sobald die kulturelle und technische Evolution einsetzt, schreitet sie in schwindelerregendem Tempo voran und mutiert um viele Größenordnungen schneller als alles im kosmologischen oder sogar biologischen Bereich.

Etwa eine Million Jahre von den ersten Worten und Werkzeugen zu den ersten Städten. Ein paar tausend Jahre von den frühen Gemeinschaften zum Nationalstaat. Ein oder zwei Jahrtausende von der Geburt der Wissenschaft bis der industriellen Revolution. Ungefähr ein Jahrhundert vom ersten, primitiven mechanisierten Transportmittel bis zum Flugzeug, und ungefähr sechs Jahrzehnte später: Menschen auf dem Mond.

Menschen, die sich biologisch gesehen kaum über jene ersten Menschen hinaus entwickelt haben, die sich das Feuer untertan machten.

Und die nun, was immer man davon halten mag, die Macht des nuklearen Feuers in ihren heißen kleinen Händen halten.

Womit wir wieder bei unserer heutigen Situation wären.

So sicher, wie der Urknall die Entstehung von Planeten nach sich zog, so sicher, wie die organische Chemie zur Evolution des Lebens führte und wie aus der Evolution der Biomasse Bewusstsein entsteht, wird jede intelligente Spezies, die Wissenschaft und Technik entwickelt, die Macht des Atoms in die Hände bekommen und darum imstande sein, die Biosphäre zu zerstören, die sie hervorgebracht hat.

Die atomare Zerstörung ist zweifelsohne nicht das einzige Mittel zur Auslöschung des Lebens auf der Erde, aber sie reicht dazu aus, das heißt, unsere Spezies ist mit den ersten Atombombenexplosionen 1945 in die Reifephase ihrer Transformationskrise geraten.

Was für ein Glück wir hatten!

Die Menschen entwickelten die ersten primitiven Atomwaffen ganz am Ende eines großen Krieges und setzten sie auch erst dann ein. Wenn diese Technik ein oder zwei Jahrzehnte früher verfügbar gewesen wäre, hätten sowohl die Alliierten als auch die Achsenmächte bei Kriegsausbruch große Arsenale an Wasserstoffbomben und Interkontinentalraketen besessen, und die Erde wäre jetzt vielleicht ein toter Planet. Wenn sich die Entwicklung der Atomwaffen um ein bis zwei Jahrzehnte verzögert hätte, wenn die Sowjetunion und die Vereinigten Staaten ihre nuklearen Arsenale erst im Kalten Krieg aufgebaut hätten, ohne aus den relativ billigen Lektionen von Hiroshima und Nagasaki lernen zu können, so hätte das vielleicht im Großen und Ganzen dasselbe Ergebnis gehabt.

Zu unserem Glück haben wir die früheste und gröbste Herausforderung der Transformationskrise unserer Spezies offenbar erfolgreich bestanden. Fast ein halbes Jahrhundert leben wir nun schon mit der Macht, unsere Biosphäre zu zerstören, ohne es zu tun. Das heißt aber nicht, dass wir diesen Aspekt der Krise überwunden hätten. Wir werden ihn nie überwinden. Denn so lange unsere Spezies existiert, werden wir die Macht zur totalen Selbstvernichtung besitzen.

So rief schon Robert Oppenheimer beim schrecklichen Anblick jener ersten, primitiven Atombombenexplosion entsetzt aus: »Nun sind wir Shiva geworden, der Zerbrecher der Welten.« Ein für allemal.

Ob es nun gut oder schlecht ist, wir Irren haben jetzt die volle Macht im Irrenhaus übernommen. Und können sie nicht mehr abgeben.

Dabei ist der nukleare Aspekt nur die offensichtlichste und dramatischste Folge der Transformationskrise. Hiroshima hat uns diese Folge deutlich vor Augen geführt, aber die Transformationskrise ist ein Komplex miteinander verknüpfter evolutionärer Verflechtungen, den wir erst ansatzweise verstehen.

Vor der Entwicklung photosynthetischer Zellen lieferte die anaerobe Gärung der organischen Suppe, eine von Natur aus begrenzte chemische Energiequelle, die Lebensenergie der Biomasse. Der mutationsfördernde Photosynthese- und Oxidationsprozess erlaubte es dem Leben, auf die viel reichlicher vorhandene Sonnenenergie umzusteigen, aber er veränderte die Atmosphäre, und der in sie entlassene freie Sauerstoff war für die meisten früheren Lebensformen giftig. Es gab eine Evolutionskrise, die Millionen Jahre währte und das Leben auf der Erde hätte vernichten können.

Die terrestrische Biomasse überstand diese Krise, und das Ergebnis war eine viel größere Gesamt-Biomasse, die auf höherem Energieniveau operierte, was eine Beschleunigung der Evolution zur Folge hatte.

Angefangen mit jenem Moment, als der Mensch zum ersten Mal ein Feuer anzündete, hat die technische Zivilisation eine ähnliche evolutionäre Krise ausgelöst, aber in einem wesentlich knapperen Zeitrahmen. In einem ganz realen Sinn ist der Verbrauch immer größerer, durch die Verfeuerung von Brennstoffen erzeugter Energiemengen die Geschichte des Aufstiegs unserer technischen Zivilisation; er ermöglicht es uns, Metall zu schmelzen, unwirtliche Klimazonen zu bewohnen, große Städte und raffinierte Maschinen zu bauen, Arzneimittel zu produzieren, um die Krankheiten zu besiegen, mit Überschallgeschwindigkeit zu reisen, zum Mond zu fliegen und unsere Zahl exponentiell zu steigern.

Und dabei haben wir in einem fort – und bis vor ganz kurzer Zeit so blind wie jene ersten photosynthetischen Organismen – die Atmosphäre verändert, und zwar auf eine Art, die sich letztendlich für das Leben auf der Erde als tödlich erweisen könnte.

Überdies haben wir gemäß der evolutionären Tendenz jedes Organismus, sich ohne Rücksicht auf das Überleben von Konkurrenten so umfassend wie möglich zu replizieren, die Diversität der Biomasse verringert, haben in unserem natürlichen Drang, jede verfügbare ökologische Nische mit unseresgleichen zu füllen, ohne Sinn und Verstand komplexe ökologische Interaktionsnetze zerstört.

Die in geologischen Zeiträumen ablaufende physikalische Evolution ist von der enorm viel schnelleren kulturellen und technischen Evolution abgelöst worden, der blinde, »natürliche« Evolutionsprozess von bewusst getroffenen Entscheidungen. Was wir jetzt tun, bestimmt über die Zusammensetzung der Atmosphäre, die Albedo des Planeten, das Klima und die Beschaffenheit der Biomasse.

In der Tat steuern wir die Evolution von Tierarten schon jahrhundertlang ganz bewusst durch selektive Züchtung, wie ein kurzer Besuch auf einem modernen Bauernhof oder in einer modernen Tierhandlung mit Leichtigkeit beweist. Nun beginnen wir, die Evolution mittels der noch in den Kinderschuhen steckenden Gentechnik auf einer grundlegenden molekularen Ebene zu kontrollieren. Momentan sind wir gerade dabei, das genetische Material von Bakterien für unser Zwecke zurechtzuschneidern und mit Säugetierchimären zu experimentieren, aber wir denken schon daran, mit unseren eigenen Genen zu spielen.

Einen »DNA-Synthesizer« gibt es bereits. Projekte zur Kartierung des kompletten menschlichen Genoms sind längst Wirklichkeit geworden. In ein paar Jahren – wenn nicht gar jetzt schon – können wir einfache Viren aus handelsüblichen Chemikalien synthetisieren. Ein oder zwei Jahrzehnte später werden wir das auch mit menschlichem Leben machen können.

Noch ehe es so weit ist, werden wir jedoch schon die Fähigkeit besitzen, künstliche Intelligenzen mit einem höheren Bewusstsein als unserem zu erschaffen.

Und in zunehmendem Maß auch die Fähigkeit, mitsamt alldem die Grenzen unseres Ursprungsplaneten zu überwinden, andere Welten zu kolonisieren und zu terraformen sowie neue, künstliche Habitate im All zu erschaffen.

Der Evolutionsprozess, der mit dem Urknall begann, hat eine Rasse intelligenter Wesen hervorgebracht, deren transformatorische Macht diejenige des Evolutionsprozesses übertrifft.

Doch leider bringt Macht nicht unbedingt Weisheit mit sich.

Der Evolutionsprozess hat diese furchteinflößende Macht vermittels Wissenschaft und Technik in die Hände des Menschen gelegt, ohne Rücksicht darauf, ob der Geist hinter diesen Händen die moralische und philosophische Reife erlangt hat, klug damit umzugehen.

Das ist der Kern der Transformationskrise, einer Krise, die auf jedem Planeten eintreten muss, auf dem Bewusstsein als Krönung der Biosphäre entsteht. Das Bewusstsein muss sich über die gottähnliche, elementare Verantwortung klar werden, die solch eine gottähnliche Macht mit sich bringt, sonst wird es sterben.

Die Science Fiction zeigt – ebenso wie ein Blick auf die aktuellen Ereignisse – viele Wege in den Untergang auf. Nukleare Vernichtung. Ein aus dem Ruder laufender Treibhauseffekt, der zerstörerische Auswirkungen auf die Atmosphäre und das Klima hat. Die Zerstörung der Ozonschicht, wodurch die Oberfläche des Planeten tödlicher Strahlung ausgesetzt wird. Die Freisetzung irgendeines tödlichen künstlichen Organismus. Unvorhergesehene Folgen der genetischen Herumpfuscherei. Und noch Schlimmeres.

Im Gegensatz zu den aktuellen Ereignissen oder anderen Literaturgattungen präsentiert die Science Fiction jedoch auch eine transzendierende Vision oder vielmehr eine ganze Reihe solcher Visionen; sie zeigt auf, was auf der anderen Seite herauskommen könnte oder sogar herauskommen muss – die nächste Stufe der Evolution, eine auf dynamische Weise stabile transformatorische Zivilisation, die imstande ist, Millionen Jahre zu überdauern.

Wie könnte eine solche Post-Transformationskrisen-Zivilisation aussehen?

Die Science Fiction stellt etliche Alternativen von sehr unterschiedlicher Attraktivität vor.

Falls wir die natürliche Biosphäre letztendlich doch zerstören, wäre es zumindest theoretisch möglich, eine stabile Nachfolgerzivilisation auf einer toten Erde zu errichten, so wie es auch möglich ist, ganz und gar künstliche Habitate im All zu errichten, und zwar weitgehend mit denselben Mitteln. Kernspaltung und Kernfusion als ergiebige Energiequellen, eine künstliche Atmosphäre, die industriell erzeugt und aufrecht erhalten wird, auf künstlicher Photosynthese basierende Nahrungsquellen, vielleicht sogar eine neue Biosphäre aus dem Gen-Labor.

Nur wenige Menschen würden aus freien Stücken für eine solch schreckliche Lösung stimmen; sie gäbe dem bekannten Klischee vom »Raumschiff Erde« eine ironische und äußerst unschöne neue Bedeutung.

Die Grünen, oder zumindest die extremeren Strömungen der Bewegung, treten für einen umgekehrten Kurs zu langfristiger Stabilität ein. Oberste Priorität für die Erhaltung der Biosphäre, Reduktion des weltweiten Energieverbrauchs auf ein Niveau, das durch erneuerbare, ökologisch unbedenkliche Quellen wie Sonnen- und Windkraft zu halten ist. Schluss mit dem Einsatz von Pestiziden und gentechnisch erzeugten Organismen, zurück zu »natürlichen« und organischen Mitteln der Nahrungsmittelproduktion.

Solch eine Zivilisation könnte in der Tat unbegrenzt überleben, aber nur auf viel niedrigerem Lebensstandard oder mit einer viel kleineren menschlichen Population, wahrscheinlich sogar beidem. Selbst wenn man ein solches Endresultat ebenfalls erstrebenswert fände, käme man nur dorthin, wenn es eine Regierung gäbe, die imstande wäre, den Lebensstandard und das Bevölkerungswachstum rigoros einzuschränken; überdies müssten Milliarden gegenwärtig lebender Menschen sterben. Auch nicht gerade eine im positiven Sinn utopische Alternative.

Wie diese beiden dystopischen Alternativen klar machen,

ist die Energie der Schlüssel zur Errichtung einer langfristig lebensfähigen Zivilisation. Die fortdauernde Abhängigkeit von irgendeiner Form der Verfeuerung von Brennstoffen als zentraler Energiequelle, selbst auf dem gegenwärtigen Niveau, ist auf lange Sicht keine sinnvolle Option. Früher oder später wird das selbst bei der Verfeuerung so genannter sauberer Brennstoffe unweigerlich produzierte Kohlendioxid die Atmosphäre für unsere Lebensform vergiften.

Eine transformatorische Zivilisation muss auf einer oder mehreren »idealen Energiequellen« basieren. Eine ideale Energiequelle ist eine, die ergiebig, umweltschonend und unerschöpflich ist, zumindest in relativen kosmologischen Begriffen, also etwa für eine Zeitspanne von mehreren Millionen Jahren.

Wind-, Wasser- und Sonnenkraft erfüllen zwei der drei Anforderungen an ideale Energiequellen – sie setzen keine chemischen Abfallstoffe in die Umwelt frei und sind praktisch unerschöpflich.

Wind- und Wasserkraft werden jedoch nie genug Energie liefern, um die Verfeuerung von Brennstoffen im Weltmaßstab zu ersetzen. Die Quellen mögen zwar unerschöpflich sein, aber die verfügbare Energie ist begrenzt und könnte nur den Energiebedarf einer viel kleineren und/oder ärmeren Erdbevölkerung decken. Zumindest auf dem Boden eines Planeten scheint auch die Sonnenkraft keine akzeptable Alternative darzustellen. Man müsste einen beträchtlichen Teil der Erdoberfläche mit Solarzellen überziehen, und selbst dann würde die Energieproduktion – auch bei einer idealen Zukunftstechnik – auf die theoretischen Grenzen der photoelektrischen Umwandlung stoßen.

Im Weltraum jedoch könnte die Sonne tatsächlich als ideale Energiequelle dienen. Dort gibt es keine Beschränkungen, was die räumliche Ausdehnung betrifft, riesige Kollektorflächen müssen nicht zugleich ungeheuer massiv sein, und keine störende Atmosphäre schwächt das Sonnenlicht ab; daher wäre es nur eine – wenn auch nicht zu unterschätzende – technische Frage, eine solche Anlage zu bauen: Kollektorflächen, die groß genug zur Speicherung der gewünschten

Menge Sonnenenergie sind, Umwandlungssysteme, die sie in Mikrowellenenergie verwandeln und zum Erdboden hinunterschicken, und Empfänger, die sie dort sammeln.

Freeman Dyson hat den Gedanken geäußert, eine hinreichend hoch entwickelte Zivilisation könnte ganze Planeten zerlegen und ihre Sonne mit einer kugelförmigen Hülle aus den dabei gewonnenen Materialien - einer sogenannten Dyson-Sphäre - umschließen, um die gesamte verfügbare Sonnenenergie zu speichern.

Gegenwärtig und in absehbarer Zukunft jedoch - das heißt, bevor unsere Abhängigkeit von der Verfeuerung von Brennstoffen die biologische Lebensfähigkeit der Atmosphäre zerstört - werden die einzigen verfügbaren idealen Energiequellen nuklearer Natur sein.

Auch wenn es den Grünen ein Greuel ist: Kernspaltungsreaktoren sind ideale Energiequellen. Die Hitze vollständig kontrollierter nuklearer Reaktionen verdampft Wasser, das nicht entweichen kann, und erzeugt auf diese Weise Strom - ohne die geringste Umweltbelastung. Brutreaktoren können das in relativ großen Mengen vorhandene Uran 238 in mehr Brennstoff verwandeln, als sie verbrauchen, und wenn wir auf anderen Himmelskörpern des Sonnensystems Bergbau betreiben, kann die Kernspaltung auf Jahrmillionen hinaus Energie in Hülle und Fülle liefern.

Das Problem ist natürlich, dass bei einem Defekt in einem Kernspaltungsreaktor tödliche Gifte in die Umwelt gelangen können, die womöglich Jahrtausende lang bestehen bleiben. Und die ausgebrannten Kernelemente der bereits vorhandenen Reaktoren türmen sich schon jetzt zu gewaltigen Bergen lebensgefährlichen radioaktiven Mülls.

Gegenwärtig stellt es einen prekären Notbehelf dar, auf die Atomkraft zu setzen - entweder Umstieg auf Kernenergie mit dem Risiko, dass es früher oder später zu einer Umweltkatastrophe kommt, oder fortdauernde Abhängigkeit von der Verfeuerung von Brennstoffen mit der Gewissheit, dass die Atmosphäre binnen ein oder zwei Jahrhunderten zerstört sein wird.

Wenn es gelänge, die Technik der Kernfusion zu vervollkommnen, wäre das jedoch etwas anderes. Aus Wasser gewonnenes Deuterium würde bei der Verschmelzung zu chemisch trägem Helium Energie freisetzen. Es gäbe keinen giftigen Brennstoff und keine giftigen Abfallprodukte, die bei einem Unfall in die Umwelt gelangen könnten, und eine Kernschmelze wie beim China-Syndrom oder eine unkontrollierbare Kettenreaktion wären unmöglich.

Überdies würde jeder in die so genannte Fusionsfackel eingeführte Stoff bei Plasmafusionstemperaturen in seine Atome zerlegt, die dann als reines Elementarmaterial gesammelt werden könnten. Eine perfektionierte Fusionsfackel-Technik würde nicht nur eine ergiebige, umweltschonende Energiequelle liefern, sie würde auch als perfekter Wiederaufbereiter für sämtliche Abfallprodukte einer transformatorischen Zivilisation dienen.

Eine langfristig stabile Zivilisation könnte und wird wahrscheinlich irgendwann andere und noch bessere ideale Energiequellen entwickeln – wobei die direkte Umwandlung von Materie in Energie das theoretische Optimum wäre –, aber eins steht offenbar fest: Jede Zivilisation, die ihre Transformationskrise erfolgreich bewältigt, muss etwas haben, was der Sonnenkraft aus dem Weltraum oder der Fusionsfackel zumindest gleichwertig ist.

Selbst unter Verzicht auf Voraussagen bezüglich der technischen Details können wir uns also ein ungefähres Bild davon machen, wie solch eine transformatorische Zivilisation, die auf eine Geschichte von etwa hunderttausend Jahre zurückblicken kann, beschaffen sein müsste.

Auf jeden Fall hätte sie Zugriff auf nahezu unbegrenzte, praktisch unerschöpfliche, umweltschonende Energie. Dank der Fusionsfackel-Technik (oder etwas noch Besserem) wird praktisch alles als Rohstoff für die Produktion von etwas anderem dienen können, und dank künstlicher Photosynthese oder eines noch effizienteren Prozesses wird alles, sogar Nahrung, restlos wiederverwertbar sein.

Wenn diese Zivilisation sich dafür entscheidet, und das wird sie wahrscheinlich tun, wird sie sich über das gesamte Sonnensystem ausbreiten und imstande sein, Planeten zu terraformen und riesige künstliche Raumhabitate zu erbauen.

Noch ein paar Jahrzehnte, dann können selbst wir lebende Organismen aus handelsüblichen Chemikalien synthetisieren, sodass eine transformatorische Zivilisation, sofern sie denn die Neigung dazu verspürt, sogar fähig sein wird, neue lebende Planeten mit eigenen maßgeschneiderten Biosphären zu schaffen.

Und in zehntausend Jahren wird eine transformatorische Zivilisation so gut wie alles tun können, was innerhalb der absoluten Grenzen möglich ist, die von den universalen Gesetzen bezüglich die Wechselwirkungen von Masse und Energie gezogen werden.

Die letzte Frage lautet natürlich, wie kommen wir von hier nach dort? Wie bewältigen wir unsere Transformationskrise?

Ganze Regale voller Science Fiction-Romane könnten zu dieser Frage geschrieben werden und sind auch geschrieben worden; einige davon habe ich selbst veröffentlicht. Also sollte ich vielleicht mit ein paar kurzen Überlegungen schließen, wie eine Langzeitzivilisation in politischer, psychologischer und, jawohl, spiritueller Hinsicht beschaffen sein müsste, um Tausende von Jahren ihrer eigenen Geschichte zu überdauern.

Eins ist sofort klar – eine solche Zivilisation wird keine Kriege führen, schon aus dem einfachen Grund, dass keine Zivilisation, die über derartige physikalische Kräfte verfügt, so ein Verhalten überleben könnte. Vorausgesetzt, es stehen unbegrenzte Energie, unbegrenzte Rohstoffe und unbegrenzter Raum für territoriale Expansion zur Verfügung, kann es überhaupt keinen rationalen Grund für Krieg mehr geben. Nur ein Anfall kultureller geistiger Umnachtung könnte unter diesen Umständen zum Krieg führen; eine solche Zivilisation könnte einen, zwei, vielleicht auch drei derartige Kriege überstehen, aber auf Jahrtausende gesehen, wird entweder der Krieg verschwinden oder die Wesen, die ihn nicht aufgeben können.

Wie mit dem Krieg, so ist es auch mit jeder anderen Form selbstzerstörerischer kultureller und technischer Aktivität, die fähig ist, Planeten, Sterne oder Biosphären zu vernichten. Schon in weiteren tausend Jahren werden wir selbst, so wie jede andere technisch hoch genug entwickelte Zivilisation, über zahllose Wege verfügen, unserer Spezies den Garaus zu machen, und jeder einzelne davon wird falsch sein.

Zu guter Letzt also: Der nächste Schritt in unserer Evolution, den wir tun müssen, um die Transformationskrise – dieses Resultat aller vorherigen Geschehnisse – zu überwinden, ist kein biologischer, wissenschaftlicher oder technischer, ja nicht einmal ein ausschließlich politischer Schritt.

Wir müssen ein moralisches und spirituelles Bewusstsein von einem Niveau entwickeln, wie es nötig ist, damit wir als Spezies eine langfristige Perspektive haben. Das ist keine versponnene fromme Hoffnung, sondern eine kalte, harte evolutionäre Notwendigkeit. Jede Spezies, der das nicht gelingt, wird sich und ihre Biosphäre früher oder später vernichten. Diejenigen, die es schaffen, werden die Überlebenden sein. Andere wird es nicht geben.

Und obwohl die Entwicklung der für eine langfristig stabile transformatorische Zivilisation erforderlichen Technik noch in der Zukunft liegen mag, existiert die Macht, unsere Spezies und unsere Biosphäre zu vernichten, bereits jetzt.

Deshalb können wir die Verantwortung dafür, diese notwendige moralische und spirituelle Transformation zustande zu bringen, nicht auf unsere hypothetischen Nachfahren abwälzen.

Wir sind die Generationen der Transformationskrise.

Entweder wir erfüllen unsere Aufgabe, oder wir werden keine mehr haben.

Originaltitel: ›The Transformation Crisis‹

Originalveröffentlichung
Mit freundlicher Genehmigung des Autors

Übersetzt von Peter Robert

SCIENCE FACT

Warum, warum, warum? Ochlokinetik, Pataphysik und andere Forschungszweige der phantastischen Wissenschaft

von Hartmut Kasper

Warum sind Kinderstrümpfe von Kindern, die noch gar nicht laufen können, an der Sohle schwarz?[1] »Wo stehen (Party, Empfang, Zusammenkunft) die meisten Leute? Wo es am engsten ist. Es gibt kein größeres Hindernis als eine offene Tür.«[2] Warum aber ist das so? »Warum bleibt die Teekanne, die schon seit Jahren einen Sprung hat, länger heil als die, die eigentlich heil ist?«[3] – Wir werden, um diese Probleme zu lösen, einige Umwege in Kauf nehmen müssen.

Neulich flog die SOL, das Flaggschiff der Perry-Rhodan-Serie, ins Blaue, nämlich ein in den geheimnisvollen Raum INSHARAM, dessen Inneres »mit einer flüssigen blauen ›Substanz‹ gefüllt ist, die schnell als *Psi-Materie* identifiziert wird. Psi-Materie – was ist das eigentlich?«[4] So fragt sich Rainer Castor, Mit-

---

[1] Diesen Hinweis verdanke ich der Düsseldorfer Endokrinologin Elisabeth Kornely.

[2] Fritz Senn: Ochlokinetik oder Warum die Menschen stecken bleiben. Züricher James-Joyce-Stiftung. Mai 1995. Seite 2

[3] Jan Philipp Reemtsma: Antifüsiek. Beiträge zu einer einheitlichen Theorie aller Fänomene. 2. unveränderte Auflage. Rheinbach-Merzbach 1989. Seite 7 (unpaginiert)

[4] Rainer Castor: Psi-Materie. In: Perry Rhodan Heft Nr. 2044: »INSHARAM«. Rastatt 2000. Seite 64

autor der SF-Serie und Verfasser eines Kommentars zum Stichwort.

Man ist gespannt: Was wird er sich antworten?

Seine Antwort lautet: Psi-Materie »wirkt auf unsere Sinne zwar (...) als fest, flüssig oder gasförmig, hat ihre Ursache jedoch ganz im Übergeordneten. Während bei ›normaler‹ Materie des Standarduniversums das hyperenergetische Äquivalent vor allem im unteren Spektralbereich von 6,854 mal 10-hoch-12 bis 6,854 mal 10-hoch-13 Kalup vorliegt, also grob zwischen 7 und 68 Terakalup angesiedelt ist, muss bei Psi-Materie der als ›Psi‹ oder ›Hyper-Psi‹ umschriebene ultrahochfrequente Bereich zugrunde gelegt werden, entsprechend dem Spektralbereich von 8,657 mal 10-hoch-13 bis 4,3284 mal 10-hoch-15 Kalup, sprich 86 Tera- bis 4 Petakalup.«

Für diejenigen, die ihren Hauptwohnsitz im Standarduniversum haben und daher seltener durchs Übergeordnete schweifen, sei nachgetragen, dass die Maßeinheit Kalup nach jenem Arno Kalup heißt, der, am 7. 14. 2050 geboren, vom Perry Rhodan Lexikon, der für zukünftige Epochen zuständigen Enzyklopädie, als »einer der größten Wissenschaftler und Hyperphysiker der raumfahrenden Menschheit«[5] ausgewiesen wird.

Solcher Kapazitäten bedarf es denn wohl auch, denn schwierig ist die Orientierung in imaginären Räumen. Und selbst der Hyperphysiktheoretiker Castor konzidiert am Ende: »Der Blick auf die Einzelabschnitte des logarithmisch skalierten hyperenergetischen Spektrums (...) verschleiert ein bisschen den Blick auf die wahren Dimensionen, mit denen wir es hier zu tun haben.«[6]

Lustverschleierte Blicke in übergeordnete Regionen zu werfen war anfangs Hausaufgabe der Theologen. In der Eschatologie beispielsweise ist die Frage nach den letzten Dingen zu klären: was nach dem Tod kommt oder – globaler – nach dem Ende der Welt.

Dass es ein Leben nach dem Tod geben würde, verbürgte schließlich die heilige Schrift. Anders als in benachbarten Reli-

---

5 Perry Rhodan Lexikon, Band F-K,. Rastatt 1991. Seite 234

6 Rainer Castor: Psi-Materie. A.a.O. Seite 64

gionen hatte sich der mosaische Glaube zwar zunächst wenig um das Totenreich geschert und glaubte, gottgefälliges Leben werde im Diesseits durch menschenfreundliche Güter belohnt, besonders durch zahlreiche Nachkommenschaft. Doch im Zuge theologischer Verarbeitung der Makkabäeraufstände, der Erhebung der Juden gegen die seleukidische Besatzungsmacht im 2. Jahrhundert vor Christus, verschärfte sich das Interesse an posthumen Gratifikationen: Wer nämlich im Kampf gegen Antiochus IV. Epiphanes, jenen Tyrannen, der eine Zeus-Figur im Tempel zu Jerusalem aufgestellt, diesen so geschändet, die Beschneidung verboten und Verstöße gegen seine Verbote unter die Strafe der Folter und des Todes gestellt hatte, wer also für den Glauben seiner Väter als Märtyrer starb, konnte offenbar auf Entschädigung durch irdische Güter nicht mehr rechnen. Die Gerechtigkeit Gottes musste, sollte sie nicht vor einem griechischen Provinzdespoten kapitulieren, anderswo ausgeübt sein, das Leben der Blutzeugen wollte eine Fortsetzung im Jenseits finden, ja, bei näherer Betrachtung und Erwägung all der Unpässlichkeiten hienieden, als eigentliches Leben dort drüben überhaupt erst beginnen.

Aber wie? Und wann? Würden die Leiber bis zum Jüngsten Tag im Staub liegen, verwesen, hernach rekonstruiert werden? Oder ist der private Tod nichts als ein Portal, ein gewissermaßen bruchloses Hinüberscheiden ins ewige Leben? Hatten nicht wenigstens die Heiligen unmittelbaren Zutritt zu Gott?

Im 14. Jahrhundert entbrannte darüber ein nicht nur theologischer Streit. Papst Johannes XXII. (1316–1334) lehrte 1331 in Avignon, dass leider selbst diese Auserwählten bis zur allgemeinen Auferstehung der Toten in einer unvollkommenen Seligkeit verharren müssten.

Dawider erhob sich Protest, nicht zuletzt vonseiten der Wallfahrtsorte. Wenn nämlich, so argumentierte man, die Heiligen, zu deren Ort man wallfahrte, aufgrund ihrer unvollkommenen Seligkeit Gottes noch gar nicht ansichtig und also als Mittler und Fürbitter gar nicht tauglich wären, wozu soll dann zumal der zahlungskräftige Teil der Christenheit die Mühe der Wallfahrt auf sich nehmen?

Johannes musste in Anbetracht dieser Argumente einlenken, und sein Nachfolger Benedikt XII. erklärte in der Konstitution »Benedictus Deus« 1336 die Gegenposition für verbindlich: Die Seelen jener herausragenden Gläubigen »waren, sind und werden sein im Himmel sofort nach ihrem Tod«[7].

Auch über die spätere Auferstehung der breiten Masse Mensch gab es einen prominenten Disput. Wenn nämlich die vorläufige biologische Existenz des Menschen kein bedeutungsloser Firlefanz sein soll, müssen die durch den Tod zeitlich limitierte und die fortan ewige Person ein und dieselbe sein. Alles, was zur veritas naturae humanae gehört, muss, so die Lehrmeinung der scholastischen Theologie, auch auferstehen. Was aber gehört zur wahren Natur des Menschen? Hat er nicht im Laufe seines Lebens beispielsweise etliche zunächst äußere Materialien sich einverleibt, darunter jede Menge Rindfleisch und Eier, »oves et boves« – »Hieße das aber nicht, dass dann auch die ›oves et boves‹ mitverklärt würden?«[8]

Die Oves-et-boves-Diskussion ist heute nicht mehr Hauptgegenstand der theologischen Fakultäten; schade eigentlich, hat doch die neuzeitliche Erfahrungswirklichkeit das betreffende Forschungsfeld jäh erweitert: Kannibalismus nach Flugzeugabstürzen in unzugänglichen Hochgebirgen, Bluttransfusion, Organtransplantation – der Leib ist Sammelsurium geworden, Sortiment.

Noch ein weiteres hochspekulatives Gebiet hat nach der Wende der Theologie zur historisch-kritischen Methode an offiziellem Interesse eingebüßt: die Angelologie, die Lehre von den Engeln. Die pointierten Fragestellungen der Scholastik dienen längst als Lachnummern, die allbekannte Frage etwa, wie

---

7 Benedikt XII: Benedictus Deus. Zitiert nach:Franz Josef Nocke: Eschatologie. In: Theodor Schneider (Hg): Handbuch der Dogmatik. Band 2. Düsseldorf 1992. Seite 445

8 Gisbert Greshake: Theologiegeschichtliche und systematische Untersuchungen zum Verständnis der Auferstehung. In: Gisbert Greshake/ Jacob Kremer: Resurrectio Mortuorum. Zum theologischen Verständnis der leiblichen Auferstehung. 2., unveränderte Auflage. Darmstadt 1992. Seite 220

viele Engel auf eine Nadelspitze passen. Hatten die Forschungen des heiligen Thomas von Aquin doch ergeben[9], dass Engel als reine Formen zwischen Gott und den geist-körperlichen Geschöpfen einzuordnen sind. Da ihnen jeder Stoff fehlt – und nur dieser kann vergehen –, sind sie nicht nur unvergänglich, sondern nehmen auch keinen Raum ein. Eine mögliche Antwort auf die oben gestellte Frage wäre also: Sämtliche, vielleicht unendlich viele Engel sitzen auf der besagten Nadelspitze. Hieße das, dass der Kosmos bisweilen von allen Engeln leer steht, weil diese gerade auf der scholastischen Nadelspitze tagen? Nicht unbedingt – als immaterielle Geschöpfe sind sie doch wohl an keinen Ort gebunden, warum sollten sie also nicht überall zugleich sein?

Doch ist mit dieser angelologischen Nadelspitzfindigkeit immerhin das Stichwort Spekulation gegeben. Spekulation (von lat. Speculatio, »das Auskundschaften«) erklärt das Lexikon als »Begriff zur Bestimmung desjenigen Denkens, das jeden Erfahrungsbezug überschreitet. Der Anspruch auf Gültigkeit der durch Spekulation gewonnenen Erkenntnis wird über eine methodologisch definierte Schlüssigkeit der Argumentation oder durch eine über Intuition gewonnene Evidenz begründet.«[10] Mindestens einen Großteil der scholastischen Theologie darf man sich vorstellen als ein System, in dem auf der Grundlage geoffenbarter Wahrheiten – als sozusagen den Naturgesetzen dieser Wissenschaft – Folgen von in sich widerspruchsfreien Sätzen aufgebaut werden. Die katholische Theologie hat im Laufe ihrer Geschichte eine größere Anzahl solcher Aussagesätze zu Dogmen erklärt, zu wahren Erkenntnissen, die nicht mehr zu revidieren sind.

Es ist nicht ganz leicht zu sagen, ob sie damit den neueren, zumal den sogenannten Naturwissenschaften eher ähnelt oder vielmehr sich von diesen unterscheidet. Mit gutem Recht wird man sagen können, dass auch die Naturwissenschaft mit fixierten Größen arbeitet – die Lichtgeschwindigkeit im Va-

---

[9] Vgl. hierzu Thomas von Aquin: Summa theologica, I, q. 50.64; 106-114

[10] Stichwort in: Meyers großes Taschenlexikon. Band 20. Mannheim/Wien/Zürich 1987

kuum wäre so ein Festpunkt –; mit nicht weniger Recht aber lässt sich behaupten, dass alle Sätze der Naturwissenschaft einer Revision, das heißt einer Überprüfung, einer Neuinterpretation und gegebenenfalls einer Verbesserung wenigstens prinzipiell offen stehen. (Womit ich mich bitte nicht dem Mythos anschließen möchte, dass alle wissenschaftlichen Modelle der Wirklichkeit, das heißt alle Paradigmen einem Wandel unterlägen, »alle Theorien (...) per se in Zukunft widerlegt und durch andere ersetzt werden«[11] könnten. Selbst die berühmtesten Paradigmenwechsel, beispielsweise der vom Modell der klassischen Mechanik zur Quantenmechanik, verwirft das Vorläufermodell nicht ganz und gar, sondern lässt es als einen Grenzfall gelten. So kommt auch heute noch »die Quantenphysik zu den gleichen Ergebnissen (...) wie die Newtonsche Physik, sofern nur die Massen der betreffenden Objekte hinreichend groß sind.«[12])

Ich persönlich teile die Meinung, dass die Theologie der Naturwissenschaft in gewisser Weise vorgearbeitet hat. Sie anerkennt die Autorität (in ihrem Fall: der Schrift), wie es die Naturwissenschaft tut (in diesem Fall: die Autorität des reproduzierbaren Messergebnisses); und sie fordert Widerspruchsfreiheit. Dass sie auf die Erfahrung wenig Wert legt, verwundert nicht: Gerade die avancierteste Grundlagenforschung forscht in Räumen, die der menschlichen Erfahrung völlig unzugänglich sind – wie der Kosmos, die Jahrmilliarden der Evolution, die Landschaft der Quarks –, in die sie mittels Erfahrungssonden vordringt, um Ergebnisse zu liefern, die wir uns in hinkende Metaphern übersetzen.

Freilich ging die weitere Entwicklung der Wissenschaft sehr zu Lasten der Spekulation; und ich vermute, dass jene Literatur, die sich vorzugsweise der Phantasie als ihres Instrumentes bedient, dass sich die phantastische Literatur also dieses verwaisten Erbes angenommen hat, dass Orte wie das blaue INS-

---

[11] Milton Rothman: Wissenschaftsmythen. In: Gero von Randow (Hg): Mein paranormales Fahrrad und andere Anlässe zur Skepsis, entdeckt im ›Skeptical Inquirer‹. Reinbek bei Hamburg 1998. Seite 195

[12] ebenda

HARAM (Blau ist in der westeuropäischen Malerei traditionell die Himmels- wie die Gottesfarbe), die WARP-Blase der Star-Trek-Raumschiffe oder die Gitter, welche den KULTUR-Fahrzeugen als Antrieb dienen[13], späte Abkömmlinge sind jener hypothetischen Sphären, durch welche, angelologischer Einsicht zu Folge, Engel die Gestirne rollten.

Halten wir die Naturwissenschaft einen Moment lang für ein kulturgeschichtliches Intermezzo - was ist sie in sich selbst? Sie ist der Oberbegriff zu durchaus verschiedenen empirischen Wissenschaften und lässt sich grob einteilen in die exakten Naturwissenschaften (Physik, Chemie, Astronomie, Geologie und dergleichen) einerseits, die biologischen Naturwissenschaften andererseits (Biologie, Botanik, Zoologie, Genetik und so weiter); sie ergründen die Natur mittels ihrer Experimente und sucht ihre Erkenntnisse im Zuge der angewandten Naturwissenschaften nutzbar zu machen. Dem Wort nach findet sie sich zuerst ab 1703 in Buchtiteln von J. J. Scheuchzer wie »Physica, oder Natur-Wissenschafft« (1703) und »Kern Der Natur-Wissenschafft« (1711). Seit dem Ende des 19. Jahrhunderts setzt sich - wenn man so sagen darf: - als Muttersprache der Naturwissenschaften die Mathematik durch - die frühzeitige Grundlegung für die spätere Allianz der Naturwissenschaftler mit den Rechenmaschinen.

Niemand wird es verwundern, dass die Spekulation in der Science Fiction, dieser Sachwalterin der utopischen Literatur im Zeitalter spröde gewordener Aufklärung[14], ihren Ort hat und dort im Techno-Talk swingt.

Doch auch abseits dieses Genres wird phantastische Wissenschaft betrieben.

---

[13] »Zwischen jedem Universum gibt es etwas, das Energie-Gitter genannt wird (ich sagte ja, dass das alles erfunden ist). Ich habe keine Ahnung, was das ist, aber es ist das, was die Raumschiffe der KULTUR antreibt« Iain Banks: Ein paar Anmerkungen zur Kultur. In: Wolfgang Jeschke (Hg): Das Science Fiction Jahr, Ausgabe 1995, München 1995. Seite 242

[14] Was sonst, als diese Sprödigkeit, treibt den über Big Bang, Black Hole, Genpool und Evolution rundum bestens aufgeklärten, seiner Aufgeklärtheit aber nicht immer frohen Menschen zurück an die verwunschenen Fleischtöpfe Harry Potters?

Als ein Meilenstein leicht abseitiger Forschung darf die Pataphysik betrachtet werden, die Alfred Jarry in seinem Roman »Gestes et opinions du Docteur Faustroll, Pataphysicien« (1911) entwickelt, der im Untertitel »Roman néo-scientifique, suivi de Spéculations« heißt (zu Deutsch: »Leben und Meinungen des Pataphysikers Doktor Faustroll. Neoszientifischer Roman mit einem Anhang von Spekulationen«). Der Titelheld geht mit einem zwölf Meter langen Bett aus lackiertem Kupfer, das wahrlich Reisebett ist, auf Entdeckungsfahrt; dieses Bett nämlich trägt ihn zu verschiedenen, bislang unentdeckten Inseln. Natürlich haben auch die angesteuerten Inseln kein Gegenstück in realen Ozeanen, sondern materialisieren als Kunstwelten die künstlerische Eigenart großer Artisten: Die île Fragrante repräsentiert den Maler Paul Gaugin; die edelsteinerne île de Ptyx den Dichter Stéphane Mallarmé; die île sonnante den Musiker Laurent Tailhade.

Faustroll navigiert mittels seiner eigenen Wissenschaft, eben der Pataphysik, und diese ist definiert als »die Wissenschaft von dem, was zur Metaphysik hinzukommt - sei es außerhalb, sei es innerhalb ihrer selbst - und die sich ebenso weit jenseits dieser ausdehnt wie diese jenseits der Physik.«[15] Als solche soll Pataphysik, die »Wissenschaft des Partikulären, (...) diejenigen Gesetze untersuchen, welche die Ausnahmen regeln, und sie wird jenes Universum untersuchen, das zusätzlich zu dem unseren besteht; oder, um es etwas weniger ambitioniert zu sagen, Pataphysik wird ein Universum beschreiben, das man (...) sich an der Stelle des hergebrachten vorstellen könnte, denn auch die Gesetze, die man in dem traditionellen Universum entdeckt zu haben glaubt, sind nichts als Zusammenhänge von Ausnahmen, wenn auch vergleichsweise häufiger Ausnahmen«[16].

Die Pataphysik hat sich längst aus dem œuvre Jarrys emanzipiert; im Jahr 1950 konstituierte sich das Collège de Pataphysique, und in unserem Sprachraum hat das Deutsche Insti-

---

[15] Zitiert nach: Alfred Jarry: Exploits & Opinions of Dr. Faustroll, Pataphysica. Boston 1996. Seite 21f.

[16] A.a.O. Seite 22. Übersetzung: H.K.

tut für pataphysische Studien (DIPS) die Folio Pataphysica herausgegeben, in dessen Rahmen Gerhard Charles Rumps »Vergangenheitsrechnen« erschien, Peter Gendollas Beitrag zur »Hochgeschwindigkeitsliebe« oder der große Aufsatz von Jan Philipp Reemtsma zum Thema »Antifüsiek«. Eine solche aufzuschreiben anempfahl sich angesichts der desolaten Lage unserer Schulphysik:

»Der Kollaps der bisherigen Füsiek wird nirgends so deutlich wie bei der Betrachtung der Tatsache, dass sie einige der Fakten, die aber das Menschenleben prägen wie kaum andere, nicht zu lösen vermag: warum bleibt die Teekanne, die schon seit Jahren einen Sprung hat, länger heil als die, die eigentlich heil ist? warum reißt der lose Knopf nicht ab? (...) warum ändern Bücher ihr Volumen?«[17]

Letzteres Phänomen, so Reemtsma, werde jeder wahrgenommen haben, der einmal ein Buchregal ausgeräumt und es hernach wieder mit den selben Titeln wieder zu füllen versucht hat: es passt nicht mehr. Also übernimmt Reemtsma den Schlachtruf Bouvards »Die Obstbaumzucht ist Schwindel«[18] und zieht für eine Wahrheit, die nicht ganz von dieser Welt ist, gegen die Verächter der platonschen Ideenlehre zu Felde:

»Natürlich ist es eine gänslich (sic!) blöde Theorie, die alles, was an einem Tisch missfallen mag, auf die Ableitungsschwierigkeiten schieben will, die zu ihm von einem idealen führen mögen. Dass etwas so aussieht, wie es aussieht, ist ja mitnichten erklärt, wenn ich es auf die Ähnlichkeit oder Identität mit einem Etwas zurückführe, das ich nie gesehen habe. Eine solche Theorie ist dermaßen schwachsinnig, dass sie wahr sein muss. – Nein, nicht die Liebe zum Paradochsen (sic!) treibt mich in solche Sätze, sondern die Einsicht: es gibt Meinungen, die wären, wären sie nicht wahr, so blöd, dass niemand auf den Gedanken käme, sie zu denken. So ist's mit dem Platonismus und allen anderen Spielarten der Ideenlehre, die hiermit als bewiesen gelten mögen.«[19]

---

[17] Jan Philipp Reemtsma: Antifüsiek. A.a.O. Seite 7 (unpaginiert)
[18] ebenda
[19] Jan Philipp Reemtsma: Antifüsiek. A.a.O. Seite 23 (unpaginiert)

Da, wie demnach schon Platon sagt, alles sozusagen doppelt vorhanden ist – einmal in dieser Welt, das andere Mal in der Ideenwelt, dem zusätzlichen Universum (Jarry), der Anderwelt (Reemtsma) –, findet das Problem des lose, aber schier unabreißbaren Knopfes eine ebenso zwanglose wie elegante Erklärung: »Ich muss nunmehr meinen Leser mit der (...) Tatsache konfrontieren, dass es ihn zweimal gibt. Ein Trost: das Anderweltpendant ist fast nie wahrnehmbar. Aber man kann er erschließen am Fänomen der kommunizierenden Knopffäden. Es ist die Hilfsvorstellung einer Pappwand zu empfehlen, in der durch ein Loch zwei Knöpfe an einem Faden hin- und hergezogen werden. Sitzt der eine fest, wird der andere locker. Der lockere reißt nur deshalb nicht ab, weil der andere festsitzt.« Ein Modell von kosmischer Tragweite: »Nun ist es ja nicht der reale Faden, an dem der Knopf hin- und hergezogen wird, sondern der ideelle Zusammenhang beider Welten. Und der lässt natürlich mehr zusammenhängen als nur Knöpfe, nämlich alles.«[20]

Kommunikation darf als eines der in den spekulativen Wissenschaften vorwaltenden Prinzipien gesehen werden: Während sich die Schulwissenschaft für – sagen wir mal: – die Falleigenschaften zweier Steine interessiert, die voneinander gar nicht wissen, aus ihren individuellen Kontexten isoliert worden sind, verhalten sich die Gegenstände der spekulativen Wissenschaften, als wären sie eifrige Anhänger einer Hölderlinschen Harmonienlehre:

»Wie der Zwist der Liebenden, sind die Dissonanzen der Welt. Versöhnung ist mitten im Streit, und alles Getrennte findet sich wieder.«[21] Kommunikation stiftet nicht nur Beziehung, sondern holt die bislang unerhörte Anderwelt ins Gespräch.

Eines der beeindruckendsten Beispiele für solche welterweckende Wissenschaft ist die von Stanisław Lem vorgestellte Eruntik des Reginald Gulliver.

Die Eruntik entstand als Folge des von Gulliver unternom-

---

[20] a.a.O. Seite 25 (unpaginiert).

[21] Friedrich Hölderlin: Hyperion. In: Werke, Briefe, Dokumente. München 1977. Seite 356

menen Versuchs, Bakterien die englische Sprache zu lehren. »Die Anregung hierzu war zufälliger Natur«[22] – was wir längst als Wasserzeichen der phantastischen Wissenschaft zu lesen gelernt haben: Gulliver bestreicht die Schicht Agar-Gelatine, die einer Bakterienkolonie in der Petrischale als Nährboden dienen soll, mit einem Antibiotikum, und »wie das manchmal Laboranten tun«, schrieb er mit diesem Gegenmittel »das Wort ›yes‹.«[23] Aber heißt Buchstaben bilden nicht schreiben? Während sich begriffsstutzige Stämme wie Streptokokken und Gonokokken sich als wenig gelehrig erweisen, gelingt es Gulliver, Stämme zu züchten, die sich nach und nach zum Morsen befähigt zeigen – ein verglichen mit dem bakteriologischen Talent, chemischen Hightech-Angriffen von Menschenseite aus zu resistieren, eher bescheidenes Vermögen. Seine E. Coli-Ausgangsstämme mutieren zu beredteren E. Coli eloquentissima, Proteus orator mirabilis oder E. Coli poetica – letztere durchaus eine Enttäuschung: »Die kurzen Verschen, die der Darmbazillus dichtete, waren höchst banal (...), etwas anderes als Distichen wie ›Agar agar is my love as were stated above‹ hat die bakterielle Poesie nicht hervorgebracht.«[24] Umso erstaunlicher war die Entdeckung, dass »den Bakterien Ahnungen eigneten: Schon der erste neue Stamm – Gullivera Coli prophetica – sagte recht ordentlich die Zukunft voraus«[25]. Die bis dahin verschwiegene Anderwelt der Bakterien greift nicht nur kommunikativ in die hiesige ein, sondern dieser vor, und die eigentliche Eruntik (»erunt« – sie werden sein – ist die 3. Person Plural des Futurs von »esse«) ist geboren: Gullivera Coli prophetissima und Proteus delphicus recte mirabilis prophezeien einmal »den Stand des Stromzählers im Labor«, ein andermal »genau die Anzahl der Kätzchen, die die Katze des Nachbarn werfen würde.«[26]

---

22 Stanisław Lem: Eruntik. In: Imaginäre Größe. Zweite Auflage Frankfurt am Main 1982. = st 658. Seite 33

23 ebenda

24 Stanisław Lem: Eruntik. A.a.O. Seite 43

25 a.a.O. Seite 43f

26 a.a.O. Seite 45

Durchaus sichtbar steht auch diese spekulativ-phantastische Wissenschaft ganz in religiöser Tradition, wenn sich auch die Vehemenz des biblischen Berufes Prophet (hebräisch »Nabi«, der Rufer) depotenziert hat. Während die alttestamentarischen Vorbilder zur Umkehr rufen, ist ihren bakteriellen Nachfahren »alles im Bereich des Vorhergesagten einerlei«[27].

Weniger Gott als vielmehr seiner Schöpfung widmen sich die verschiedenen Schulen der Kryptozoologie.

Um die Mitte des 19. Jahrhunderts beginnt das Goldene Zeitalter der britischen Forschungsreisen. Charles Darwin hatte auf seiner Expedition mit der »Beagle« das Material gesammelt für sein revolutionäres Werk »On the Origin of Species by Means of Natural Selection, or Preservation of Favored Races in the Struggle for Live« (1959), R.F. Burton und John Hanning Speke machten sich auf die Suche nach der Quelle des Nils und entdeckten den Tanganijka-See, der Missionar David Livingstone erforschte das dunkle Herz Afrikas und stand als erster Europäer vor den Niagarafällen. Sie und ihre Nachfolger erblickten fremde und wunderliche Tiere, die der Biologie und Zoologie neue Impulse gaben.

Die ungeheure Vielgestaltigkeit des Lebendigen bestärkte aber darüber hinaus den Glauben der Daheimgebliebenen an noch phantastischere Lebensformen, von denen die Märchen und Mythen berichten. Die Interessenten an Drachen, Einhörnern, Meerjungfrauen und anderen kryptischen, das heißt (mindestens vorläufig) im Verborgenen existierenden Kreaturen konstituierten sich am 1. April 1848 in London zur Cryptozoological Society of London. Dort, in 100 Picadilly, befindet sich heute eine Bibliothek, die Korridore und Keller von eineinhalb Kilometern Länge einnimmt: die zusammengetragenen Augenzeugenberichte von Sichtungen und Zeichnungen derjenigen Geschöpfe, die zu untersuchen die Schulbiologie bislang ignoranterweise versäumt: der Rieseninsekten, Drachen, Seeschlangen, des Monsters von Loch Ness, der Phönixe, des Vogels Roch, des Pegasus und des Einhorns, der Basilisken und Harpyen, der Nixen, Sirenen und Gorgonen, Sa-

[27] ebenda

Der Pegasus – Mischgestalt aus Pferd und Vogel

Quelle: Joel Levy: A Natural History of the Unnatural World. Seite 70 f. London 2000.

Carroll & Brown Publishers Limited, 20 Lonsdale Road
Queen's Park, London NW6 6RD

tyren, Minotauren, Zentauren und Werwölfe, der näheren und weiteren Verwandtschaft des Homo sapiens, das heißt der Elfen, Nymphen und Feen, der Zwerge und Kobolde, Trolle, Gremlins, Yetis, Riesen, Bigfoots und Vampire.

Bei allem Forscherfleiß ist der Kryptozoologie die Anerkennung als legitime Wissenschaft bisher versagt geblieben – denn leider fehlen meist harte Fakten, wie sie zur Überzeugung einer skeptischen Umwelt hilfreich wären:

Die überwiegende Mehrzahl der eingelagerten »Photographien, Videos und Proben wird mit Misstrauen betrachtet. Der Großteil der Information über kryptozooloische Arten stammt aus den Berichten von Augenzeugen.«[28] Da die offizi-

[28] Joel Levy: A Natural History of the Unnatural World. Selected Files from the Archives of the Cryptozoological Society of London. Carroll & Brown Publishers Limited. London 2000. Seite 8

Einhörner

Quelle: Joel Levy (wie oben) Seite 81

elle Wissenschaft ihren Blick abwendet von den erstaunlichen Organismen, würden diese »forced to skulk in the shadows of the human world, becoming monsters of the imagination«[29] (gezwungen, im Schatten der menschlichen Welt herum zu geistern/schleichen, werden sie zu Ungetümen der Einbildung). Zu Leisetretern der diesseitigen Entwicklungsgeschichte degeneriert, hat ihre Migration die Hybriden, Chimären und Sagengestalten in jene phantastischen Universen geführt, wo die Spekulation noch als wissenschaftliches Prinzip wirkt – man betrachte einmal den extraterrestrischen Freundeskreis um den eingangs zitierten Perry Rhodan unter kryptozoologischem Aspekt: Hier finden sie sich alle wieder, die Zentauren und Affenmenschen, Riesen (Ertruser) und

---

[29] ebenda

Zwerge (Siganesen), Schreckwürmer und – immer wieder – Mischgestalten aus Mensch und Tier. Ein Kosmos von – um dem Ahnherrn hier die Ehre zu geben – geradezu Morgensternscher Pracht. Dieser nämlich, der Lyriker Christian Morgenstern, darf als einer der produktivsten Schöpfungsassistenten der Neuzeit gelten. Während heute noch jeder hausbackene Biologe mit dem Klonen eines schlichten Schafs Probleme hat, schickte Morgenstern gleich zu Beginn des zwanzigsten Jahrhunderts etliche atemberaubende Rassen in den Kampf ums Dasein, darunter das Mondschaf, den Nachtschelm und das Siebenschwein.

Der Basilisk – sein Blick ist tödlich!

Quelle: Joel Levy (wie oben), Seite 87

Als besonders fruchtbar erwies sich indes das von ihm ins Leben gesungene Nasobem, ein auf seiner zur Extremität mutierten Nase wandelndes Kuriosum:

»Auf seinen Nasen schreitet / einher das Nasobem, / von seinem Kind begleitet. / Es steht noch nicht im Brehm. // Es steht noch nicht im Meyer. / Und auch im Brockhaus nicht. / Es trat aus meiner Leyer / zum ersten Mal ans Licht.«[30]

Von Morgensterns Versen befeuert, entfaltete der Zoologe Gerolf Steiner 1957 unter dem Pseudonym Harald Stümpke in seinem Werk »Bau und Leben der Rhinogradentia« und machte sich so um die Verbreitung der Säugetierordnung der Naslinge verdient. Diese hätten bis zu ihrer Entdeckung im

30 Christian Morgenstern: Das Nasobem. In: Alle Galgenlieder. Zürich 1981 = detebe 20400. Seite 71

Jahre 1941 weitgehend ungestört auf einer Südsee-Inselgruppe vor sich hin existiert, bis sie mitsamt ihrem Archipel »durch das Versehen einer untergeordneten Stelle (...) bei geheimgehaltenen atomaren Sprengversuchen (...) vernichtet worden«[31] sind.

Das an imaginärer Sekundärliteratur reiche Werk informiert ordentlich über Anatomie, Fortpflanzung und Aufzucht der auf ihrem viergliedrigen »Nasarium«[32] sich fortbewegenden Kreatur. In bester kryptozoologischer Tradition treten keinerlei Fotos, wohl aber feine Handzeichnungen zum Text hinzu.

Wer dagegen das Plastische vorzieht, dem sei der kryptozoologische Tierpark der Bonner Kunstwesenzüchterin Katharina Eckart ans Herz gelegt. In ihrer Wohnung tummeln sich aus pseudobiologischer Erbmasse hergestellte Wundertiere wie das fliegende Leopardenschwein (ein beflügeltes Hausschwein im klassischen Raubkatzendekor) oder die nachtblauen Königshühner, letzteres ein Geschlecht hüfthoher, tiefblauer Gockel, die auf ihrem Kopf anstelle eines ordinären roten Kammes eine goldene Krone tragen.

Zum Beweis, dass die Kryptozoologie keine bloß nostalgische Disziplin mit prähistorischem Rückwärtsdrall ist, hat Dougal Dixon jüngst seinen Titel »Geschöpfe der Zukunft« über »Die Tierwelt in 50 Millionen Jahren« vorgelegt. Hier findet sich der derzeitige Stand der Evolution hochgerechnet für den neu-paradiesischen Zeitraum, da sich die Fauna wieder der völligen Abwesenheit des Menschen wird erfreuen können: »Lehnt Euch zurück, liebe Mitreisende in die Zukunft, genießt das Schauspiel und das Drama der Evolution des Lebens auf Eurem Planeten!«[33] Zur Schau stehen unter anderem Raubtiere wie das Stachelschwanz-Eichhörnchen, der durch den Sand schwimmende Wüstenhai oder, als Erbe der vom Menschen ausgerotteten Großkatzen, der wie ein Tyrannosaurus

---

31 Gerolf Steiner = Professor Dr. Harald Stümpke: Bau und Leben der Rhinogradentia. 3. Auflage. Stuttgart 1962. Seite 1 und 85.

32 a.a.O. Seite 7

33 Dougal Dixon: Geschöpfe der Zukunft. Die Tierwelt in 50 Millionen Jahren. Königswinter 1999. Seite 10

Der Tengu – Juwel jeder kryptobiologischen Sammlung. Sagenhafter japanischer Ureinwohner mit heftiger Abneigung gegen buddhistische Tempel, die er bei Gelegenheit niederbrennt.

Quelle: Joel Levy (wie oben), Seite 133

laufende Wawian, Abkömmling der Paviane. Gigantilopen, Sarander und Schwimmaffen bevölkern die Welt, elefantengroße Kängurus (Giantalas), Fettschlangen und windschnelle Laufnager.

Da aber, wie der Dichter sagt, unter all den (gegenwärtigen, imaginären und zukünftigen) Wundern des Kosmos nichts wunderbarer ist als der Mensch, das wahre Ungeheuer[34], kann eine ernsthaft-phantastische Wissenschaft von diesem als Forschungsgegenstand kaum absehen.

---

34 Sophokles: Antigone: »Ungeheuer ist viel. Doch nichts / Ungeheuerer, als der Mensch. Denn der, über die Nacht / Des Meers, wenn gegen den Winter wehet / Der Südwind, fähret er aus / in geflügelten, sausenden Häusern.« Übersetzung: Friedrich Hölderlin

Das Feld der von Fritz Senn entwickelten »exakten Wissenschaft der Ochlokinetik«[35] ist also der Mensch, wenn auch vor allem unter dem Aspekt einer seiner merkwürdigsten Eigenarten: der Mensch als Homo ochlokineticus. Senn nämlich registriert »die physische und physikalische Tatsache, dass immer dort, wo wir hindurchwollen, schon jemand steht. Die Rede ist nicht vom Sardinenbüchsensyndrom, dem unvermeidlichen Gedränge: wenn einfach nicht mehr Platz da ist, als eben da ist, lässt sich wenig ausrichten. Nur brauchen wir uns nicht unbedingt auch sonst beharrlich so hinzustellen, dass der Platz nicht ausreicht. Gerade das tun wir. Schauen wir uns nur mal an, was geschieht, wenn unser Modellfall (homo ochlokineticus) sich durch den Ausgang, sagen wir, des städtischen Trams drängt und festen Boden gewinnt. Was tut er (sie) dann? Richtig, er bleibt stehen oder geht so langsam, dass alle Nachdrängenden auch stehen müssen.«[36] Warum? »Der Mensch ist (...), vielleicht durch höhere Fügung, kosmisches Gesetz als Folge der Erbsünde oder atavistische Urängste, vielleicht auch durch genetische Fehlkonstruktion, das wegblockierende Tier. (...) Wer schon einen Platz hat, braucht keinen zu machen. So ist in einträchtiger Rumständlichkeit dafür gesorgt, dass sich nichts mehr bewegt und alle an der Entropie teilhaben.«[37]

Hier treffen wir auf eine zentrale Argumentationsfigur der phantastischen Wissenschaft. Während sich die anderen mehr oder weniger exakten Naturwissenschaften auf Fragen kaprizieren, die eine mathematisierbare Antwort gestatten (Wie viel? Wie lange?), lässt sich die phantastische Wissenschaft von der sinn-vollen Frage leiten (Warum?) und eröffnet mit ihrer spekulativen Schibboleth »Vielleicht« das Tor zu einem kosmischen Basar der Möglichkeiten, zu der, fast überflüssig zu sagen, auch die theologische Perspektive (»Erbsünde«) gehört.

Anders als die Schule der Pataphysiker gehört Fritz Senn zu den großen Einzelnen der phantastischen Wissenschaft, zu

---

[35] Fritz Senn: Ochlokinetik. A.a.O. Seite 1

[35] ebenda

[37] Fritz Senn: Ochlokinetik. A.a.O. Seite 2f

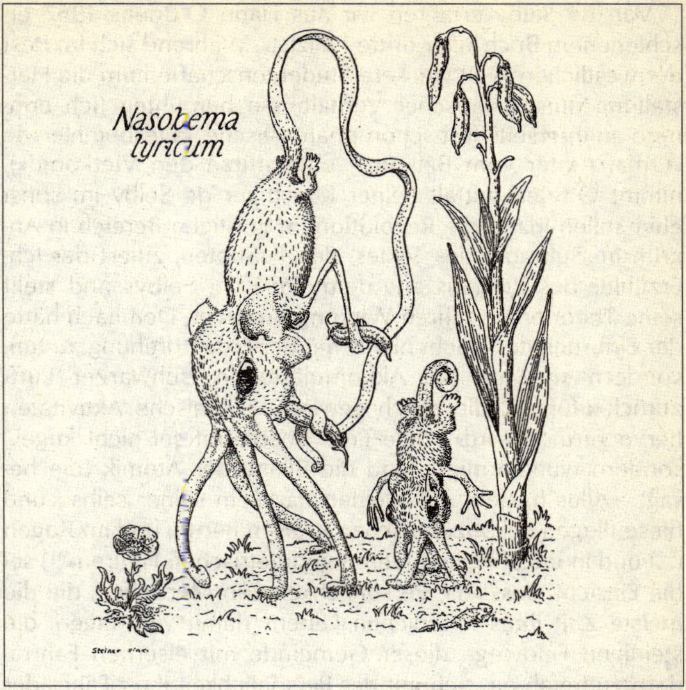

Nasobema lyricum – das Große Morgenstern-Nasobem

Quelle: Professor Dr. Harald Stümpke (= Gerolf Steiner): Bau und Leben der Rhinogradentia. Hustav Fischer Verlag. 3. Auflage. Stuttgart 1962. Seite 57

denen der an anderer Stelle kurz präsentierte Charles Fort[38] ebenso gerechnet werden muss wie der legendäre de Selby, der Physiker Alan Sokal oder der Pararealist Sato Ambusch – wobei de Selby und Sokal idealtypische Theoretiker, Ambusch hingegen das anwendungsorientierte Pendant im Bereich der phantastischen Wissenschaften repräsentiert.

---

38 Hartmut Kasper: Übersinnliches und Außerirdisches – Anmerkungen zur Hohlwelttheorie, ihrer Geschichte und ihrer Entwicklung zum SF-Motiv. In: Wolfgang Jeschke (Hg): Das Science Fiction Jahr 2000. München 2000

Von de Selby erfahren wir aus Flann O'Briens 1967 erschienenem Buch »Der dritte Polizist«. Während sich im Rest der westlichen Welt wackere Studentenschaften um die Herstellung umstürzlerischer Verhältnisse bemühten (ich erinnere an ihrerseits fast schon phantastische Tagesbefehle wie »Oma, runter vom Balkon – unterstütze den Vietkong!«), nimmt O'Brien mittels seiner Kunstfigur de Selby im sonst eher stillen Irland die Revolution im geistigen Bereich in Angriff. Im Subraum des Textes, den Fußnoten, zitiert der Ich-Erzähler des Romans aus dem Werk de Selbys und stellt seine Theorien und ihren Wirkungskreis vor. Demnach hätte der Einbruch der Nacht nichts mit der Erdumdrehung zu tun, sondern sei »auf die Akkumulationen ›schwarzer Luft‹ zurückzuführen, die durch gewisse vulkanische Aktivitäten hervorgerufen wird«[39], die Erde überhaupt sei nicht kugel-, sondern wurstförmig[40], und die Bilanz der Atomik (die besagt: »Alles besteht aus kleinen Partikeln seiner selbst, und diese fliegen in konzentrischen Kreisen herum und im Bogen (...) und in unzähligen anderen geometrischen Figuren«[41]) sei die Einsicht, dass »die Persönlichkeit von Menschen, die die meiste Zeit ihres natürlichen Lebens damit verbringen, die steinigen Feldwege dieser Gemeinde mit eisernen Fahrrädern zu befahren, sich mit der Persönlichkeit ihrer Fahrräder vermischt – ein Resultat des wechselseitigen Austauschs von Atomen«[42]. Hier also endlich die Begründung dafür, dass sich nicht nur Herr und Hund im Lauf der Zeit einander anähneln (was verhaltensbiologisch ja noch einsichtig wäre), sondern auch Kleidung und Träger, Fahrzeug und Fahrer und so weiter nach und nach physiognomische Parallelen entwickeln wie ein altgedientes Ehepaar. (Inwieweit dies auch auf TV-Sendungen und ihre Zuschauer zutrifft, bleibt zu ergründen dem DeSelbyanisch inspirierten Nachwuchs überlassen.)

---

39 Flann O'Brien: Der dritte Polizist. Frankfurt am Main 1991 Seite 43

40 a.a.O. Seite 123

41 a.a.O. Seite 109

42 a.a.O. Seite 111

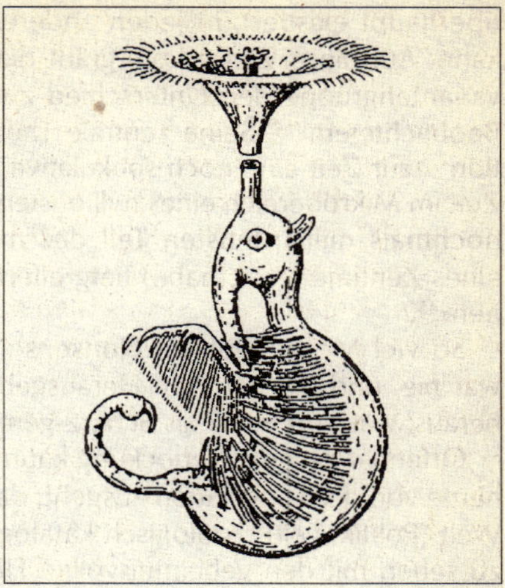

Rhinostentor submersus

Quelle: Stümpke (wie oben) Seite 28

Während de Selby eine Fiktion ist, die sich über unsere Welt lustig macht, ist Alan Sokal real und ganz dem Diesseits verhaftet – wenigstens spricht sein Titel dafür – er ist Professor für Physik an der New York University – und die Tatsache, dass er neben einer E-Mail-Adresse (Sokal@NYU.EDU) dort eine Postanschrift unterhält[43]. Im Jahr 1996 hat Sokal von hier aus seinen Beitrag zur phantastischen Wissenschaft geleistet: Der Naturwissenschaftler schickte einen Aufsatz an die renommierte amerikanische Kulturzeitschrift »Social Text«. Der Titel seiner Arbeit: »Transgressing the Boundaries: Towards a Transformative Hermeneutics of Quantum Gravity«, zu Deutsch etwa: »Grenzüberschreitung: Auf dem Weg zu einer transformativen Hermeneutik der Quantengravitation«. Ausgestattet mit der ganzen Autorität des Gelehrten verkündet Sokal ein kauziges Universum. Er erklärt, dass die »physikalische Realität im Grunde ein soziales und linguistisches Konstrukt ist«, will sagen: an sich völlig unwirklich ist, ein sprachliches Phantasma, und dass »jeder Raum-Zeitkontinuumspunkt, wenn er

[43] Alan D. Sokal, Department of Physics, New York University, 4 Washington Place. New York, NY 10003 USA

überhaupt existiert, in jeden anderen transformiert werden kann. Auf diese Weise untergräbt die infinit-dimensionale Invariantengruppe den Unterschied zwischen Beobachter und Beobachtetem«[44]. Seine zentrale These: die »Quantengravitation – zur Zeit eine noch spekulative Theorie über Raum und Zeit im Mikrobereich eines millionsten vom milliardensten und nochmals milliardensten Teil des milliardensten Bruchteils eines Zentimeters – (habe) tiefgreifende politische Implikationen«[45].

So viel Mega-Kalup an Nonsense, der nach Wissen tönt, war nie, und die betörten Herausgeber gaben vollen Ernstes heraus, was von Sokal als Scherz gemeint war.

Offenbar ist jener Verlockung kaum zu widerstehen, die bis heute von der Spekulation ausgeht: das Gewebe der profanen Welt (Politik, Leib, zoologisch katalogisierte Fauna) verknüpft zu sehen mit den geheimnisvollen Eigenarten einer anderen, transzendenten Sphäre (Raumzeit im Mikrobereich, Auferstehungsleib, kryptozoologische Geschöpfe).

Nun endlich zur Praxis, und das heißt: noch einmal zurück ins Perry-Rhodan-Universum, zum Pararealisten Sato Ambusch:

Unter Pararealismus versteht man »einen Seitenzweig der fünfdimensionalen Kosmologie«. Sie »bezieht ihre Kenntnisse direkt aus dem Studium des menschlichen Geistes, und nicht aus den Beobachtungen der Natur.« Der geübte Pararealist erlangt »die Fähigkeit, nicht nur sich selbst, sondern auch andere in parallele Wirklichkeiten zu versetzen.« Sato Ambusch konzentriert sich bei seinen Forschungen »auf die Entwicklung von Geräten, mit denen sich reproduzierbare pararealistische Ergebnisse erzielen lassen.«[46]

Mit dieser Definition rücken zwei Aspekte der phantastischen Wissenschaft noch einmal in den Blick, die getrennt von

---

[44] zitiert nach: Hans-Joachim Niemann: Die verleugnete Wirklichkeit. Ein Bericht über die Sokal-Affäre. www.sicetnon.cogito.de//artikel/aktuelles/sokal.htm

[45] ebenda

[46] Perry Rhodan Lexikon. Band A-E. Rastatt 1991. Seite 26f

einander betrachtet zu werden verdienen: die Reproduzierbarkeit der Ergebnisse einerseits, die Praktikabilität, das heißt die Anwendbarkeit dieser Resultate andererseits.

Im Jahr 1955 verfasste der Virologe Alexander Kohn einen wissenschaftlichen Artikel mit dem Titel »Die Kinetik der Inaktivierung von Glasgeräten«, in welchem er dem Verschwinden von Reagenzgläsern, Kolben und ähnlichem aus dem Labor nachging. In die Kopfzeile des Aufsatzes schrieb er »Journal of Irreproducible Results« - Band 2, Nummer 1. Das Magazin ohne Nullnummer wurde ein Erfolg, publizierte absonderliche Untersuchungen mit in der Regel eher nicht reproduzierbaren Ergebnissen (in, wie wir nun wissen, ungebrochener pataphysischer Tradition) und fand zu gegebener Zeit in Mark Abrahams eine neue treibende Kraft. Abrahams, der bis dahin an einer »Kurzweil-Lesemaschine für Blinde« gearbeitet und eine Firma namens »Weisheitssimulation« gegründet hatte, musste zwar erleben, wie das Journal von Verlagsseite eingestellt wurde, betrieb aber dessen Wiedergeburt als »Annals of Improbable Research« im Jahr 1995.

Der Gründungsakt geriet feierlich: »Wir wollten am MIT einen Grundstein mit Zeitdokumenten versenken und schrieben einen Wettbewerb aus, um die Frage zu entscheiden: ›Was/Wer soll in den Grundstein hineinkommen?‹«[47] Aber von den vorgeschlagenen und eingeladenen Personen - darunter Bill Clinton, Prinz Charles und Bill Gates - sagte niemand zu, sich mit dem Grundstein versenken zu lassen, den man ersatzweise mit Memorabilien des 20. Jahrhunderts füllte, darunter einem Strafzettel für falsches Parken, dem gebrauchten Kaugummi eines Nobelpreisträgers, einem Pentium-Chip, einem Plakat »Penisse des Tierreichs« und vier Power-Rangern als Wachmannschaft.

Der Freundeskreis nichtreproduzierbarer Forschungsergebnisse publiziert diese nicht nur, sondern verleiht seit 1991 einschlägig besonders verdienten Personen den IgNobelpreis für - wie es ganz im pataphysischen Sinn für die Ausnahme

[47] Mark Abrahams (Hg): Der Einfluss von Erdnussbutter auf die Erdrotation. Basel 1999. Seite 16

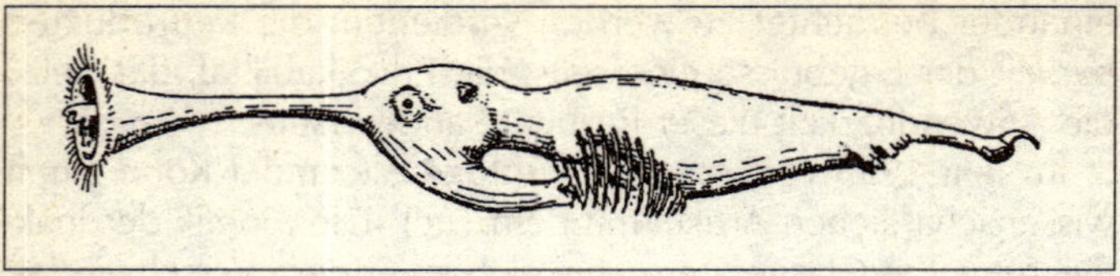

Rhinostentor foetidus

Quelle: Stümpke (wie oben) Seite 29

heißt – Leistungen, die »nicht wiederholt werden können oder sollen«[48].

Zuteil geworden ist dieses Kleinod des globalen Wissenschaftsbetriebes seitdem unter anderem Robert Faid aus Greenville, South Carolina, für die Berechnung der exakten Wahrscheinlichkeit (8.606.091.751.882: 1), dass Michael Gorbatschow der Antichrist ist (Mathematik, 1993); Louis Kervran aus Frankreich für seine Theorie, dass das Calcium in Eierschalen durch kalte Fusion entsteht (Physik, 1993); James Johnston von R.J. Reynolds, Joseph Taddeo von U.S. Tobacco und William Campbell von Philip Morris für ihre Erkenntnis, dass Nikotin nicht süchtig macht (Medizin, 1996); Shigeru Watanabe von der Keio-Universität für ihren Versuch, Tauben darauf zu dressieren, zwischen den Bildern Picassos und Monets zu unterscheiden (Psychologie, 1995); David B. Busch und James R. Starling aus Madison, Wisconsin, für ihren Forschungsbericht »Rektale Fremdkörper: Falldarstellungen und ein umfassender Überblick über die Weltliteratur«. Prachtstücke ihrer Sammlung sind: »sieben Glühbirnen, ein Wetzstein, eine Schnupftabakdose, elf verschiedene Früchte, Gemüse und andere Lebensmittel, eine Edelsteinsäge und ein gefrorener Schweineschwanz« (Literatur, 1995)[49].

Absolutes Neuland hat Chonosuke Okamura vom Okamura-Fossilienlabor in Nagoya, Japan, betreten – und dafür den IgNobelpreis für Biodiversität 1996 erhalten. Sein Verfahren: Okamura »führte seine Studien (...) an den paläozoischen

[48] a.a.O. Seite 19

[49] Liste der IgNobelpreisträger nach: Mark Abrahams: a.a.O. Seite24-31

Kalksteinformationen Japans durch. Nach dem Schneiden, Schleifen und Polieren seiner Proben untersuchte Okamura die nunmehr glatten Oberflächen mit dem Mikroskop«[50]. Und unter dem Mikroskop gab die Natur eines ihrer bestgehüteten Geheimnisse preis; der große Mann aus dem Land der Bonsai-Bäume entdeckte eine phantastische Anderwelt, die »Fossilien von Dinosauriern, Pferden, Drachen, Prinzessinen und mehr als hundert anderen ausgestorbenen ›Mini-Spezies‹«[51] – allesamt kleiner als 5 Millimeter! Dazu der Forscher selbst: »Der Minimensch hatte eine Größe wie eine neuzeitliche Ameise und lebte ab einem gewissen Entwicklungsstadium in Höhlen oder einfachen Behausungen aus Calcitplatten oder ähnlichem. Außerdem kannte er die Schrift, die Herstellung von Zement durch Brennen von Calcit und die Herstellung von Porzellan.«[52] Und: »Der Körper des Menschen hat sich seit dem Silur nicht verändert ... abgesehen von einer Zunahme der Körpergröße von 3,5 auf 1700 Millimeter.«[53]

Mein persönlicher Favorit unter all den (freiwilligen oder unfreiwilligen) Beiträgen zu den Annals of Improbable Research ist die bahnbrechende Untersuchung über den »Einfluss von Erdnussbutter auf die Erdrotation«. Der von 123 Koryphäen – wie Dr. Simon Garfunkel, Dr. Karl Marx oder Dr. C. Parker-Bowles – unterzeichnete Bericht von 1993 lautet – ich zitiere ihn in aller Vollständigkeit: »Soweit wir ermessen können, hat Erdnussbutter keinen Einfluss auf die Erdrotation.«[54]

Wie nun aber die Ergebnisse, zu denen nachdenkliche Menschen abseits der eingefahrenen Straßen exakter Naturwissenschaften gekommen sind, in die Praxis umzusetzen wären, darum kümmert sich seit einiger Zeit die International Chindogu Society, im World Wide Web einzusehen unter Chindogu.com.

---

50 Mark Abrahams: a.a.O. Seite 97

51 a.a.O. Seite 23

52 Chonosuke Okamura: Original Report of the Okamura Fossil Laboratory Nr. 14, Seite 271; hier zitiert nach: Mark Abrahams: a.a.O. Seite 100.

53 a.a.O. Seite 272; hier zitiert nach: Mark Abrahams: a.a.O. Seite 101

54 a.a.O. Seite 51 f.

Ein Chindogu – zusammengesetzt aus den japanischen Wörtern chin (wunderlich, sonderbar) und dogu (Werkzeug) – ist ein unter Umständen nützliches Gerät, welches seine Nützlichkeit jedoch zugleich transzendiert – ein Gegenstand, der nur unter solchen Umständen nützlich erscheint, wie sie selten, höchstens einmal, oder am Ende nie eintreten.

Paradebeispiele für gelungene Chindogus sind der Heuschnupfenhut – ein Gestell, auf dem eine Rolle Toilettenpapier so montiert ist, dass sein unter der Plage leidender Verwender die Tücher ohne Unterbrechung sich vor die Nase ziehen kann, was ihm allerdings jede Sicht blockiert –, der portable Zebrastreifen – eine zusammenrollbare Folie, die jedoch für den ausrollenden Benutzer das Risiko birgt, während des Aufbringens auf die noch unbezebrastreifte Straße seinerseits überrollt zu werden – oder der Schwimmanzug für Wasserleser – ein aus Gummischuhen, Gummihose und Schwimmring kombiniertes Kleidungsstück, das es seinem Träger erlaubt, trockenen Fußes und lesenderweise durch niedrige Gewässer zu waten. Dinge also allesamt, die die Welt nicht verändern werden.

Vielleicht (um mich einmal selbst des Jargons der phantastischen Wissenschaft zu bedienen) liegt hier der besondere Reiz des spekulativen Denkens: Eines Tages springt uns, was bisher unbeachtet im Alltag gelegen hat, jäh ins Auge. So hat es sich uns in den Kopf gesetzt, und da sitzt es nun: die Frage nach dem zähen Überlebenswillen loser Knöpfe und Kaffeekannen mit Sprung, nach der Nadelspitze als Heimstatt der Engel, nach der Ausnahme von der bislang verlässlichen Regel.

Spekulation findet eine Lösung, aber diese Lösung lässt die Welt intakt, und alle anderen, die sogenannten Mitmenschen, meist ganz unbehelligt.

Gleichzeitig knüpft die Spekulation Verbindungen aus dem Alltag in ganz andere Dimensionen, in Zeiten und Räume, die für unsere mathematischen Sonden unerforschlich bleiben: ins INSHARAM, in eine mikroskopisch kleine Vergangenheit, in eine Zukunft, die ihr Licht schon einmal in unsere Wäschekörbe wirft.

Der Wavian – Raubpavian der Zukunft

Quelle: Dougal Dixon: Geschöpfe der Zukunft. Die Tierwelt in 50 Millionen Jahren. Königswinter 1999. Seite 85

Heel Verlag GmbH, Gut Pottscheidt
53639 Königswinter, Tel.: 02223-9230-0

Copyright der englischen Ausgabe: 1998 Eddison Sadd Editions Limited
St Chad's House, 148 King's Cross Road, London WC1X 9DH

Warum also sind die Socken von Kindern, die noch gar nicht laufen können, an der Sohle schwarz? Weil, meine Freundin, dies ein Vorschein ist, ein Vor-Schatten des langen Weges, den dein Sohn soll laufen lernen in dieser (manchmal) phantastisch-schönen Welt.

In tausend Jahren

von Arthur C. Clarke

Anfang dieses Jahrhunderts, am Ende seines tragisch kurzen Lebens, richtete James Elroy Flecker folgende Worte »An einen Dichter in tausend Jahren«:

»Ob ihr mit Brücken Meere überspannt,
ob ihr durchquert den grausam Himmelsraum,
Paläste habt, massiv und elegant,
das alles interessiert mich kaum.«

Nun, es ist uns vielleicht nicht gelungen, mit Brücken Meere zu überspannen, aber Millionen durchqueren »den grausam Himmelsraum«. Und wie erstaunt wäre Flecker gewesen, wenn er gewusst hätte, dass Menschen kaum ein halbes Jahrhundert nach seinem Tod Anstalten machten, zum Mond zu fliegen!

Das allein sollte schon Beweis genug für die Sinnlosigkeit von Voraussagen darüber sein, wie die Welt in ein paar Jahrzehnten beschaffen sein wird, geschweige denn im Jahr 3000. Was wäre wohl dabei herausgekommen, wenn man einen Überlebenden der Schlacht von Hastings – 14. Oktober 1066, das einzige Datum, an das sich die meisten Briten aus ihrer Schulzeit erinnern – um eine Beschreibung *unserer* Lebensweise gebeten hätte, fast ein Jahrtausend später? Das wäre selbst vor zweihundert Jahren noch eine unlösbare Aufgabe gewesen, weil so gut wie alles, was der modernen Welt ihre Gestalt verleiht, erst nach 1800 erfunden oder entdeckt worden ist. Und nun stehen wir dank des Aufkommens des Mikrochips – der wichtigsten Erfindung seit dem Rad – vor einer weiteren großen Diskontinuität.

Zunächst wollen wir jedoch eine ziemlich grundlegende Frage erörtern, die gar nicht so absurd ist, wie sie erscheinen mag: Wird Großbritannien im Jahr 3000 noch existieren? Ich meine nicht politisch, sondern *physisch*. Eins steht so gut wie fest: Die britischen Inseln werden nicht mehr dort sein, wo sie jetzt sind. Die Plattentektonik (oder auch Kontinentaldrift) wird sie etwa achtzehn Meter nach Osten verschoben haben.

Das ist das positivste Szenario, denn wie man erst in jüngster Zeit erkannt hat, leben wir in einem gefährlichen Universum. In diesem Jahrhundert hat es bereits vier große Asteroiden- oder Kometeneinschläge gegeben, zum Glück in unbewohnten Regionen des Globus. (Während ich dies schreibe, findet gerade eine großangelegte Suche nach dem letzten Einschlagsort statt – Dezember 1997, irgendwo in der Wildnis von Grönland.) Und es ist noch gar nicht so lange her, da konnten wir sozusagen von der ersten Reihe aus verfolgen, wie ein Komet, der unseren ganzen Planeten hätte verwüsten können, auf dem Jupiter eingeschlagen ist. Das zernarbte Antlitz unseres direkten Nachbarn, des Mondes, zeigt, wie häufig solche Bombardements in der Vergangenheit vorkamen.

Und das sind nicht die einzigen bösen Überraschungen, die Mutter Natur uns bereiten könnte. Wenn zwei Neutronensterne nicht mehr als ein paar tausend Lichtjahre vom Sonnensystem entfernt kollidieren, könnte die daraus resultierende Welle von Röntgen- und Gammastrahlen für alle Lebensformen außer jenen in der Tiefsee tödlich sein.

Ob solche Katastrophen gut oder schlecht sind, ist natürlich eine Frage des Standpunkts. Wenn die Erde vor etwa 65 Millionen Jahren nicht von einem gewaltigen Hammerschlag aus dem All getroffen worden wäre, hätte ein unscheinbares kleines, nagetierähnliches Geschöpf vielleicht niemals die Chance gehabt, zu Größerem heranzureifen. Einer meiner Kollegen hat es mit folgenden Worten auf den Punkt gebracht: »Die Dinosaurier starben aus, weil sie kein Raumfahrtprogramm hatten.«

Der Ehrlichkeit halber muss man zugeben, dass auch wir momentan kein sonderlich großartiges Raumfahrtprogramm haben: Unsere gegenwärtigen Vorstöße über die Erdatmosphäre hinaus werden sich eines Tages wie die Ballonflugversuche Anfang des 19. Jahrhunderts ausnehmen. Tatsächlich ist das eine gute Analogie, weil die Rakete in der Raumforschung genau die gleiche Rolle spielen könnte wie der Ballon bei der Eroberung der Lüfte. Es ist nur eine Frage der Zeit – ich hoffe, dass es nicht mehr als ein paar Jahrzehnte dauern wird –, bis wir über sichere und wirtschaftliche Raumantriebssysteme auf Basis neuer physikalischer Prinzipien verfügen, die gegenwärtig von weitsichtigen Ingenieuren und Wissenschaftlern diskutiert werden. Die NASA hat kürzlich ein »Institute for Advanced Concepts« eingerichtet, das sich mit solchen Dingen befassen soll, und ich hatte die Ehre, bei der Eröffnungssitzung die Hauptrede halten zu dürfen.

Nicht jedem ist klar, dass die Raumfahrt im Vergleich zu einem Düsenflug in der Erdatmosphäre nur äußerst geringe Energiemengen erfordert. Die Ehrfurcht gebietende Kraft und Gewalt eines Saturn-V-Starts – bei dem Tausende Tonnen Treibstoff notwendig waren, um drei Menschen zum Mond zu befördern – sind ein spektakulärer Beweis unserer gegenwärtigen Unzulänglichkeit. Wenn wir so etwas einmal auf effiziente Weise bewerkstelligen, werden die Kosten der Raumfahrt in erster Linie aus den Ausgaben für die Versorgung der Raumfahrer mit Speisen und Getränken und die unterwegs gezeigten Spielfilme bestehen. (Man kann schließlich nicht erwarten, dass die Passagiere *die ganze Zeit* die Sterne betrachten oder den beliebten Null-G-Führer lesen, das *NASA SUTRA*.)

Die Erforschung – und spätere Ausbeutung – des Sonnensystems wird also die zentrale Aufgabe des nächsten Jahrtausends sein. Die Möglichkeiten reichen hier von Robotersonden (wie dem unlängst zum Einsatz gekommenen Mars-Pathfinder) über kleine Gruppen von Wissenschaftlern, die ihre Umgebung erforschen (siehe die Antarktis), bis zu autarken Kolonien und – immer noch in diesem Zeitraum – der Modifizierung der Umweltbedingungen auf anderen Planeten (»Terraformen«), sodass sie sich für die menschliche Besiedlung eignen.

Und werden wir erleben, dass sich die Muster der irdischen Politik auf astronomischer Ebene wiederholen? Es wäre *naiv,* enge Parallelen zu erwarten: Falls lunare oder marsianische Kolonisten die Unabhängigkeit von der Mutterwelt zu erlangen versuchten, so würden sie das wahrscheinlich auf kultureller und wirtschaftlicher, aber nicht auf militärischer Ebene tun. Doch weil *Homo sapiens* eine derart unausstehliche Spezies ist, kann man auch diese Möglichkeit nicht mit letzter Sicherheit ausschließen. Es hat ein paar haarsträubende Andeutungen gegeben, dass man Asteroiden – mit einem kleinen Stups in die richtige Richtung – als Instrumente kosmischer Erpressung benutzen könnte. Deshalb ist es umso wichtiger, dass wir uns so schnell wie möglich über das gesamte Sonnensystem ausbreiten: Hier auf diesem kleinen blauen Punkt haben wir zu viele Eier in einem zerbrechlichen Korb.

Aber in tausend Jahren werden wir zweifellos noch viel weiter gekommen sein. Selbst wenn unsere Reisen durchs Universum für immer von der Lichtgeschwindigkeit begrenzt sein sollten, gibt es viele Sternsysteme, die wir innerhalb der Lebensspanne eines Menschen erreichen könnten. Eine der erstaunlichsten astronomischen Entdeckungen des letzten Jahrzehnts war die Identifizierung von Planeten, die um andere Sonnen kreisen – etwas, das lange vermutet, aber nie bewiesen wurde, bis neue Fortschritte in der astronomischen Technik vor kurzem die Voraussetzungen dafür schufen.

Dadurch verbessern sich die Aussichten, dass das womöglich größte Ereignis in der Geschichte der Zukunft eintreten könnte – Kontakt mit anderen Zivilisationen, entweder direkt oder per Funk. Viele Menschen – verängstigt von der Schwemme der »Invasion auf der Erde«-Filme – würden es vorziehen, wenn es bei Ferngesprächen bliebe (und die andere Seite die Gebühren übernähme). Allen Behauptungen der Pessimisten zum Trotz ist ein physischer Kontakt jedoch durchaus möglich und erfordert keine viel fortgeschritteneren Techniken als jene, die wir uns heute vorstellen können.

Es wäre also durchaus denkbar, dass wir schon lange vor dem Ende dieses Jahrtausends ans galaktische Internet angeschlossen sind und gewaltige Bibliotheken von zahllosen fremden Zivilisationen herunterladen – mit überwältigenden Auswirkungen auf unsere Philosophien, unsere Religionen und unseren menschlichen Eigendünkel.

Nur wenige der abergläubischen Ideen, die wir von unseren Stammesvorfahren geerbt haben, würden diese Enthüllungen aus dem All überleben. Mir gefällt der Gedanke, dass in der riesigen Datenbank einer uralten Zivilisation Aufzeichnungen über die Entstehung unseres Sonnensystems, vielleicht sogar der Galaxis zu finden sein könnten. Denn wie oft mögen forschende Wesen in früherer Zeit schon des Weges gekommen und – nach entsprechenden Eintragungen in ihren Logbüchern – auf der Suche nach Wissen weitergereist sein, die zweifelsohne zur Wesensart jeder intelligenten Spezies gehört?

Aber kommen wir wieder auf England zurück. In der dritten Strophe seines Gedichts fragte Flecker seinen Freund in der fernen Zukunft, den er nicht kennen konnte:

»Sag, habt ihr noch Musik und Wein,
Statuen und der Liebe Glanz,
Gedanken übers Gut- und Bösesein,
und betet ihr zu einer höheren Instanz?«

Was Flecker eigentlich wissen wollte, war: Werden wir in tausend Jahren noch *menschlich* sein? In mancher Hinsicht hoffentlich nicht; wie der berühmte Anthropologe Konrad Lorenz einmal bemerkte: »Das Bindeglied zwischen Affe und Mensch sind wir.«* Selbst wenn wir in tausend Jahren zivilisiert sein sollten, werden wir dann noch die dominierende Art auf der Erde sein? Viele Studien behaupten, dass irgendwann im nächsten Jahrhundert die Maschinenintelligenz (wie immer sie definiert sein mag) diejenige des Menschen übertreffen wird. In diesem Moment wird die rein menschliche Ära wohl oder übel zu Ende sein, und wir werden unseren Planeten mit mindestens einer, vielleicht sogar mehreren intelligenten Spezies teilen.

* Arthur C. Clarke bezieht sich hier auf eine leicht abgewandelte englische Version des Konrad-Lorenz-Zitats: »I've found the link between apes and civilized men – it's us.« – *Anm. d. Übers.*

Und was wird in jener posthumanen Ära aus den Künsten? Musik wird es sicher auch dann noch geben, aber ob sie sich auch weiterentwickelt, ist eine andere Frage. Constant Lamberts unterhaltsame Tirade *Music Ho! A Study of Music in Decline* war vielleicht ein kleines bisschen voreilig, als sie 1934 veröffentlicht wurde (jawohl, 1934!), aber ich frage mich, was er über die Gerülpse gesagt hätte, das nur allzu oft aus meinem Radio quillt, wenn ich es einschalte. Technisch gesehen, können wir jetzt jeden möglichen Klang erzeugen, und auch viele Klänge, die eigentlich unmöglich sein sollten. Gibt es noch unentdeckte Melodien, und wird die Zukunft überhaupt je wieder etwas hervorbringen, was »Greensleeves« oder der Toccata und Fuge in D-Moll gleichkommt?

Unser eigenes Jahrhundert hat den Aufstieg einer ganz neuen Kunstform gesehen, die unseren Ahnen wie ein Wunder erschienen wäre – des Films. Wenn man in einem epischen, dreidimensionalen Multistereo-Breitwandfilm versunken ist, kann man sich kaum des Gefühls erwehren, dass auch hier ein technisches Endstadium erreicht ist. Ganz und gar nicht. Die nächste Stufe wird zweifellos die Einspeisung von Sinneseindrücken direkt ins Gehirn sein, vorbei an Augen, Ohren und anderen Ein-Ausgabe-Vorrichtungen, die uns die Natur geschenkt hat. Das »Fühlkino« aus Huxleys *Schöne neue Welt* hat dies 1932 nur angedeutet, und seither hat das Schreckgespenst der »Traummaschine« die Scienc Fiction-Autoren entsetzt und fasziniert. Die hin und wieder noch zuckenden Couch Potatoes von heute werden im Vergleich zu ihren vollständig immobilen Nachfolgern in ihren elektronischen Sarkophagen vielleicht wie Athleten wirken.

In jüngster Zeit hatten wir das Glück, mit dem buchstäblich grenzenlosen Universum der fraktalen Bilder, deren bekanntestes die Mandelbrot-Menge ist, eine neue Kunstform zu erschaffen. Erst die Entwicklung von Computern, die Milliarden Rechenoperationen pro Sekunde ausführen können, hat diese schönen und phantastischen Muster enthüllt (oder entdeckt?). Es fällt schwer, den Blick von ihnen abzuwenden, wenn ihre Farben hypnotische Veränderungen durchlaufen.

Man könnte mit Fug und Recht behaupten, dass Englands größter Beitrag zur Kunst die englische Sprache ist. (Ja, ich weiß, es gab kleinere Spenden vom Kontinent.) Und in seiner vorletzten Strophe bezeichnete Flecker seinen »nie gesehnen Freund« als »Studenten unserer schönen englischen Sprache«, womit er andeutete, dies könnte A. D. 3000 eine ziemlich spezialisierte Beschäftigung sein. Allerdings vermute ich – und hier hänge ich mich ein wenig aus dem Fenster, wenn auch ohne allzu große Angst vor eventuellem Widerspruch –, dass in tausend Jahren noch mehr Menschen Englisch sprechen als heute. Und was genauso wichtig ist, wir würden sie verstehen, wohingegen wir Leute, die vor fünfhundert Jahren »Englisch« gesprochen haben, womöglich nicht verstünden. Es wäre denkbar, dass die neu aufgekommene Möglichkeit der Tonaufzeichnung die Aussprache einfriert, obwohl unsere Nachfahren natürlich über ein uns oftmals verblüffendes Vokabular verfügen werden. Es ist ein amüsantes Spiel, Listen mit Worten und Ausdrücken zu erstellen, die noch vor einer Generation völlig bedeutungslos gewesen wären. Mein Lieblingsbeispiel: Wie hätte jemand vor 1970 auf die Information reagiert, dass am Ende des Jahrhunderts Millionen von Menschen einen Großteil ihres Arbeitstages damit verbringen würden, eine Maus zu streicheln?

Doch selbst wenn Englisch als Sprache überlebt, wird es in tausend Jahren noch Spuren des Vereinigten Königreichs als politischer Einheit geben? Ich bezweifle sehr, dass es auch nur ein weiteres Jahrhundert überdauern wird. Der Nationalstaat war schon in Auflösung begriffen, bevor ihm das Internet den Todesstoß versetzt hat.

Schließen möchte ich mit einer der furchteinflößendsten Möglichkeiten der Zukunft: dass einige Menschen unserer Zeit das Jahr 3000 vielleicht noch miterleben – sei es dank der Errungenschaft der biologischen Unsterblichkeit, durch den »Download« des Geistes in einen anderen (wahrscheinlich anorganischen) Träger oder mittels des Kälteschlafs. Warum jemand den Wunsch haben sollte, die Jahrhunderte zu verschlafen, ist eine andere Frage, aber wer kann daran zweifeln, dass einige Forscher sich auf den Weg in die Zukunft machen werden, sobald dieser frei ist, nur um zu sehen, was geschehen wird.

Ich wünsche denjenigen Glück, die eines Tages vielleicht Fletchers letzte Strophe widerlegen werden:

»Dir die Hand zu drücken, bleibt ein Traum.
Auch werd ich dein Gesicht nie sehn.
Drum schick ich meine Seel' durch Zeit und Raum
und grüße dich. Du wirst's verstehn.«

Aus dem Englischen von Peter Robert

BÜCHER

Iain Banks

Förchtbar Maschien

Roman
Aus dem Englischen von Horst Pukallus und
Michael K. Iwoleit
Wilhelm Heyne Verlag 2000
399 S., DM 18,90

von Karsten Kruschel

Wenn es in den neunziger Jahren einen Autor gab, dessen Experimente mit Science Fiction tatsächlich hervorragende Ergebnisse hervorgebracht haben, dann war es sicherlich Iain Banks. Dass einige seiner Bücher gar keine »richtige« SF waren, sondern in Deutschland nur aus markttechnischen Gründen unter diesem Label erschienen, tut dieser Tatsache keinen Abbruch.

Vermutlich hatten die Liebhaber vollfetter Weltraumopern wie »Bedenke Phlebas«, »Einsatz der Waffen« und »Das Spiel Azad« ein paar sehr irritierende Leseerlebnisse, als sie statt weiterer hochkomplexer Kultur-Abenteuer ebenso komplexe wie verstörende Texte unter dem Namen desselben Autors serviert bekamen. »Barfuß über Glas« und »Die Wespenfabrik« untermauerten aber nur den Ausnahmestatus Banks', sie machten ihn auch über die Grenzen der Science Fiction-Anhänger hinaus bekannt – mal abgesehen von Deutschland, wo man peinlich genau darauf achtet, dass alles in seiner Schublade bleibt. Wo kämen wir sonst hin, womöglich zu Literatur ... Immerhin könnten ein paar Space Opera-Fans so den Weg zu Texten jenseits ihres Lieblingssofas gefunden haben. Das allein wäre schon was.

Ob innerhalb oder außerhalb des Science Fiction-Ghettos: Geschichten vom Ende der Zeit sind nicht gerade etwas Neues, und auch Banks' Konzept einer Erde, die längst von einer raumfahrenden Menschheit verlassen worden ist, ist es nicht. Wäre Banks vom Asimovschen Superzyklenvirus befallen, hätte er »Förchtbar Maschien« als Episode im Kultur-Zyklus angesiedelt. Aber derart seriengeile Etikettiererei ist Iain Banks völlig schnuppe. Glücklicherweise, denn sein Buch hat mit den Romanen im Kultur-Universum nichts zu tun.

In den Hinterlassenschaften der zerbröselnden Supertechnik stolpern die Nachfahren jener herum, die daheim geblieben sind und nicht bereits in grauer Vorzeit den Planeten verließen. Und weil eine Dunkelwolke herannaht, die die Sonne zu verfinstern droht, versucht man wieder auf die Technik der Vorfahren zuzugreifen. Die besteht aus wahrhaft riesenhaften Bauten; wie riesig, vermag Banks in oft erstaunlich wenig Worten zu vermitteln, sodass die handelnden Personen oft wie Verwandte der Pratchettschen Teppichvölker anmuten. Außer den titanischen Bauten existiert eine noch viel größere sogenannte Kryptosphäre, eine virtuelle Realität, die allerdings schon seit Tausenden von Jahren vor lauter Informationsüberfluss dem Chaos anheimgefallen ist (das kommt davon, wenn man Windows benutzt ...).

Die überaus eindringlichen Beschreibungen, die Iain Banks von den titanischen Bauwerken der Altvorderen liefert, muten wahrscheinlich nicht ohne Hintersinn an wie eine zarte Verspottung des Gigantismus der SF alter Schule (Ringwelt usw.). Ganz im Gegensatz dazu ist eine der wichtigen Figuren des Buches eine künstliche Intelligenz - in der Größe und Form einer Ameise. Doppelbödige Ironie dieser Art zieht sich durch den gesamten Roman.

Die Story von »Förchtbar Maschien« läse sich, wäre sie nur in der althergebrachten Weise erzählt, wie die übliche junger-Mann-lehnt-sich-gegen-das-Establishment-auf-Geschichte; aber Iain Banks konstruiert, wie gewohnt blitzsauber, einen zehnteiligen Roman, in dem jeder der zehn Teile vier Erzählstränge umfasst (abgesehen vom letzten Teil, der zurückverweist auf den ersten). Da ist die Geschichte eines Mädchens, das ohne Erinnerung und ohne Bewusstsein eines Ziels erschaffen wird - ganz offensichtlich eine Nachricht aus den tiefsten Tiefen der Kryptosphäre. Aber niemand weiß, was sie bedeutet, nicht einmal sie selbst. Dann ist da als zweites die Geschichte einer Wissenschaftlerin, die in ein Komplott verstrickt ist, den quasi-feudalen Herrscher dieser Welt zu stürzen. Sie selbst ahnt nicht, auf was sie sich da eingelassen hat, auch das in guter alter Space-Opera-Tradition.

Als drittes wäre da ein Graf, der erst richtig in die Handlung eingreifen kann, nachdem man ihn siebenmal umgebracht hat. Menschen haben in dieser Welt nämlich sieben Leben, werden elektronisch gespeichert und wiederbelebt; sind sie dann echt tot, kommen weitere sieben virtuelle Leben innerhalb der Kryptosphäre auf sie zu (ganz klar, dass die Computer-Welt darüber im Laufe von Jahrtausenden wunderlich geworden ist). Wenn diese Extra-Leben alle sind, wird es sozusagen eng (ganz wie in einem Computerspiel). Und genau da kommt der Graf ins Spiel ...

Der vierte Strang der Geschichte ist die der eigentlichen Hauptperson und nimmt im Roman den größten Raum ein. Nicht unbedingt physisch, heißt das. Der Junge, der da seine Erlebnisse erzählt, diktiert alles irgendeinem Speicherchip, und zwar streng phonetisch. Unscheinbare Sätze wie »Ich bin ein Faultier, sagt mein neuer Bekannter« schnurren so zusammen zu orthografiefolternden Gebilden: »Isch bin 1 vltier s8 m1 noier bekannder«.

An diesem Punkt wird auch klar, wieso es mit Pukallus und Iwoleit gleich zwei ausgewiesene Fachkräfte brauchte, um diesen Text so gut es nur ging ins Deutsche hinüberzugeleiten – von übersetzen kann schließlich kaum die Rede sein, wenn man erst ein völlig verhunztes Englisch verstehen muss, um daraus dann ein komplett krudes Deutsch zu basteln. Es darf den beiden hoch angerechnet werden, dass es letzten Endes genau diese Partien des Buches sind, die den meisten Spaß machen. Hinter dem schwierig zu dechiffrierenden Doofkopp-Gebrabbel steckt nämlich, hat man sich erst einmal eingelesen, ein munteres und überaus liebenswertes Kerlchen, das seinen Weg durch die Endzeit zwar macht, aber auf genauso postmoderne Weise wie irgendwelche Pynchon- oder Eco-Figuren, also getrieben und benutzt und ausgeliefert selbst da, wo harte action angesagt ist (mit dem feinen Unterschied, dass die Leute bei Banks nicht gar so blutleer daherkommen).

In »Förchtbar Maschien« persifliert Banks liebgewordene Versatzstücke der SF-Literatur, indem er sie einfach bis an die

Grenze des Vorstellbaren übertreibt. Das sind Fingerübungen in Gigantismus und Größenwahn, wenn es um die überkommene Umgebung geht, die mit einer längst vergessenen Technologie erschaffen wurden. Die Figuren bewegen sich in den Zimmern des Palastes, die so groß wie Städte sind. Allerdings pflegt Banks nicht den Witz aus der Flusen-Perspektive, sondern lässt seine Gestalten ebenso bedenkenlos durch die Artefakte tappen wie unsereinen durch die gar nicht so weite Welt.

Und die Verliebtheit mancher Autoren in die angeblich an so wunderbaren Welten der Virtualität und künstlichen Intelligenz stößt bei Banks auf die ebenso schlichte wie ernüchternde Frage danach, was denn eine wirkliche intelligente künstliche Intelligenz wohl mit dem Menschen zu tun haben möchte. Nichts, konstatiert Banks, und folgerichtig taucht die Normalmenschen unzugängliche Welt der virtuellen Wesen fast nur als Chaos auf, das sie natürlich nicht ist.

Freilich hat »Förchtbar Maschien« als raffinierter SF-Roman auch eine handfeste Pointe, aber die sei hier nicht verraten. Selberlesen macht im Falle Iain Banks immer noch den meisten Spaß, und im Fall dieses Romans macht das zweite Lesen mindestens so viel Spaß wie das erste mal, wenn nicht mehr ...

Alfred Bester

Der brennende Mann

(The Stars My Destination, erweiterte Fassung von 1984)
Jubiläums-Edition 40 Jahre Heyne SF (06/8210),
München 2000
Mit einem Vorwort von Robert Silverberg.
Deutsch von Gisela Stege und Irene Bonhorst
284 Seiten, DM 14,–

von Wolfgang Neuhaus

Am Tag des 22. Februar 1957 – also im Jahr nach der Veröffentlichung seines berühmten Romans »The Stars My Destination« – hält Alfred Bester an der Universität von Chicago einen Vortrag mit dem Titel »Science Fiction and the Renaissance Man«. Dieser Vortrag bringt Besters Haltung auf den Punkt, SF zu schreiben. SF sei nicht mehr und nicht weniger, als Materialien aus allen möglichen Wissenschaften zusammenzusuchen, sie mit dem Talent des professionellen Schreibers gut zu »erhitzen« und dann alles mit einem Puff in die Luft zu jagen. Und weiter? Nein, nichts, SF solle man genauso ernst nehmen wie das Unterhaltungsmedium Fernsehen, SF habe keinen tieferen Sinn, keinen Zweck.

Der Text enthält weitere kritische Bemerkungen zur SF, die mit ein Grund dafür sein dürften, warum Bester sein Leben lang eine Randfigur der SF-Szene geblieben ist. Sein Beitrag zum Genre ist überschaubar. Neben einer Handvoll Kurzgeschichten sind es besonders zwei Romane aus den fünfziger Jahren, die Bester in den Götterhimmel der SF erhoben haben. Da wäre zum einen »Demolition«, 1953 mit einem Hugo Award ausgezeichnet (und im SF-Jahr 1992 besprochen), und zum anderen der nun in einer neuen Ausgabe vorliegende Roman »Der brennende Mann«, Während »Demolition« wohl der raffiniertere und diszipliniertere der beiden ist, liefert »Der brennende Mann« einen Beweis für Besters Fähigkeit, ein wahres Feuerwerk an Ideen abzufackeln und den Leser mit auf eine Achterbahnfahrt zu nehmen, die er – wenn auch nicht geläutert – so doch mit dem Gefühl verlässt, dass da jemand das bekannte (SF-)Universum aus den Angeln gehoben hat.

Die Geschichte spielt um 2500, das Sonnensystem ist besiedelt und ein Krieg tobt zwischen den äußeren und den inneren Planeten. Die menschliche Kultur hat eine grundlegende Änderung erfahren, seit der Wissenschaftler Jaunte die Teleportation mittels reiner Gedankenkraft, das »Jaunten«, entdeckt hat. Gully Foyle ist der letzte Überlebende des Raumschiffs *Nomad* im interplanetarischen Kriegseinsatz und treibt hilflos irgendwo zwischen Mars und Jupiter. Bei einem seiner Überlebensstreifzüge an Bord entdeckt er ein fremdes Raumschiff, das sich dem steuerlosen Wrack nähert, es passiert – und wieder in den Weiten des Alls verschwindet. Foyle ist über diese Missachtung seiner Notlage derart schockiert, dass er all seine körperlichen und geistigen Kräfte aufbietet, um sich aus seiner Situation zu befreien und das fremde Schiff, die *Vorga* zu zerstören. Er befasst sich unter schwierigsten Bedingungen mit Navigation, mit der Antriebstechnik des Raumschiffs und schafft es, das Schiff in Bewegung zu versetzen. Es trudelt auf Asteroidengürtel zu und wird von einer in primitiven Verhältnissen lebenden Wissenschaftler-Sekte gekapert, die ihn sogleich in ihre seltsame Gemeinschaft zu integrieren gedenkt. Er wird gepflegt, verheiratet und mit einem unauslöschlichen Stigma versehen - der Gesichtstätowierung einer Tigermaske. Doch Foyle findet sich damit nicht ab, er kann unter dramatischen Umständen vom Asteroiden fliehen.

Der Besitzer der *Nomad,* der aristokratisch auftretende Superreiche Presteign von Presteign, ist in der Zwischenzeit auf ihn aufmerksam geworden, da Foyle der einzige ist, der die Position der Nomad kennt. Die *Nomad* hat neben wertvollen Platinbarren eine hochbrisante Fracht an Bord, einen Stoff namens PyrE. Presteign setzt alles daran, Foyle festzusetzen. Das gelingt bei dessen vergeblichem Versuch, die *Vorga* in einer Werft zu sprengen. Doch seine Rachsucht hat Foyle auf eine Weise psychisch immunisiert, dass er auch Foltermethoden übersteht und nicht zu täuschen ist - er gibt die Information nicht preis. Die Gegenseite sperrt ihn in ein unterirdisches Gefängnis in Frankreich, aus dem er zusammen mit einer Frau, Jisbella McQueen, fliehen kann, die Verfolger immer dicht auf den Fersen. Längst hat er den Plan gefasst, die Platinbarren an sich zu bringen, um seine Rache zu vollenden. Seine Tätowierung wird zwar entfernt, doch er bleibt gezeichnet: im Falle einer emotionalen Aufregung wird die Tigermaske wieder in seinem Gesicht sichtbar. In einem kleinen Raumschiff kehrt er zusammen mit Jisbella auf den Asteroidengürtel zurück und kann den Safe der *Nomad* in letzter Sekunde an sich bringen, während Jisbella in die Hände der Verfolger gerät.

Foyle kehrt als gemachter Mann auf die Erde zurück und legt sich eine Rolle zu, mit der er seine Gegner zu täuschen gedenkt: die des Emporkömmlings Fourmyle von Ceres, der einen aufwendigen Zirkus unterhält. Fourmyle wird schnell zum Gesprächsthema der herrschenden Kreise. Seine Versuche jedoch, ehemalige Mitglieder der *Vorga*-Besatzung zum Sprechen zu bewegen, enden in einem Fiasko – ihr Nervensystem ist so manipuliert, dass es zum tödlichen Zusammenbruch kommt, wenn sie an die Geschehnisse auf der *Vorga* denken. Schließlich erkennt Foyle auf dem Mars die schreckliche Wahrheit: Olivia, die Albino-Tochter von Presteign, in die Foyle sich zuvor verliebt hat, hat den Befehl gegeben, an der *Nomad* vorbeizufliegen. Und nicht nur das: Sie ist für einen Massenmord an Flüchtlingen verantwortlich. Seine Verfolger haben längst begriffen, dass sich hinter Fourmyle der gesuchte Foyle verbirgt. Foyle ist durch Olivias Enthüllung in seinem Weltbild erschüttert. Er erfährt endlich, um was es eigentlich geht. Die Platinbarren waren nur Nebensache. PyrE ist eine Substanz, die schon in geringen Mengen hochexplosiv ist und daher für den Krieg entscheidend sein kann. Eine weitere Besonderheit ist, dass sie allein schon mithilfe konzentrierter Gedanken ferngezündet werden kann, Foyle will es den Kriegführenden nicht überlassen und verteilt es in Jaunte-Sprüngen auf der ganzen Welt – sein Akt ist eine aggressive Herausforderung an die Menschheit, die Entscheidung über diesen Stoff selbst zu treffen und zu lernen, mit solchen gigantischen positiven wie negativen Möglichkeiten zu leben. Foyle ist weiterhin zum Zentrum der Aufmerksamkeit geworden, weil er der erste Mensch ist, dem das Jaunten durch den Weltraum gelungen ist – damit stößt er das Tor zum Universum auf, wobei offen bleibt, ob die Menschheit dieser Verantwortung gewachsen ist.

Diese schemenhafte Zusammenfassung der Handlung kann kaum die suggestive Kraft vermitteln, mit der Bester sein Universum gestaltet. Freunde gepflegter literarischer Charakterisierung und ausgeklügelter Metaphern seien gewarnt – Besters Qualitäten liegen woanders. Besters Stil kann seine Herkunft als vielbeschäftigter Comic-, Radio- und Fernsehautor nicht verbergen. Seine Charakterisierungen sind comichaft, aber wirkungsvoll. Olivia zum Beispiel als Albino, die nur im Infrarot-Bereich sehen kann. Sein Anspruch ist, wie er in einem Interview gesagt hat, die Handlungen knapp zu halten und nur die »Kernpunkte« auszuführen. Ein Höhepunkt jagt den nächsten, eine überraschende Wendung folgt auf die andere. Besters Stärken liegen im Dialog, im Handlungsaufbau und in der Ausschmückung des Hintergrundes. »Breitwand-Barock« hat Brian W. Aldiss seine SF genannt. Es ist eine visuell orientierte Art des Schreibens, die in der berühmten Synästhesie-Szene gipfelt, als der verletzte und in seiner Wahrnehmung behinderte Foyle sich aus der lebensgefährlichen Situation in der zusammengestürzten Kathedrale mit wildem Jaunten befreien will, das die Zeit/Raum-Dimensionen sprengt.

Besters SF stößt auf begeisterte Zustimmung, provoziert aber auch harsche Kritik. Ein zumeist schlechtgelaunter SF-Richter wie Stanisław Lem urteilt immerhin, dass das Buch eine »Space Opera höchster Klasse« sei, wenn auch »die expansive Monstrualisierung (?) abenteuerlicher, krimineller und melodramatischer Stereotype« stattfinde. Bester strapaziert die Bereitschaft seiner Leser, sich auf seine unmögliche imaginäre Welt einzulassen, verwöhnt sie aber auch mit einem gekonnt vermixten Ideenreichtum. Vergewaltigung, Folter und Massenmord sind Elemente der Handlung. Warum überzeugt das Jaunten als Idee, obwohl es unter wissenschaftlichen Gesichtspunkten völliger Unsinn ist? Weil es eingebettet ist in eine hochmelodramatische Handlung, weil viele kleine und abseitige Ideen solche wissenschaftlich unmöglichen Konzepte wie Jaunten und PyrE begleiten und sie damit ausbalancieren. Bester entwirft eine ganze Kultur um das Jaunten, illustriert es in einer dramatischen und einer nebensächlichen Weise, die die Phantasie der Leser anregt. Wir erfahren nicht nur, dass das Jaunten letztlich für den Krieg im Sonnensystem verantwortlich ist, da es die ökonomischen Bedingungen verändert, sondern auch, dass die Architektur der Gebäude sich in alltäglichen Verhältnissen anpasst, »Blinde Räume« ohne Fenster und Türen werden in den Häusern angelegt, um ihre Koordinaten geheim zu halten und eine gewisse Privatheit zu schützen.

Mit »Der brennende Mann« liegt die letzte Fassung des Romans vor, die Bester drei Jahre vor seinem Tod erstellt hat. Grundlegende Veränderungen an der Handlung hat Bester nicht vorgenommen. Zumeist sind einzelne Dialogzeilen oder kleinere Abschnitte ergänzt worden. Ein zusätzlicher Liebesdialog zwischen Jisbella und Foyle (S. 93 f.) steht eher im Widerspruch zu ihrem späteren kühlen Verhältnis. Die neu eingefügte Zwischenszene auf dem Weg zum ersten *Vorga*-Zeugen, in der ein Bürgermeister Foyle zum Ziel fliegt (S. 163 f.), ist schlicht überflüssig. Eine kurze brutale Szene mit sogenannten Schakal-Jauntern (S. 199), bei der Foyle ein paar Leichen zurücklässt, überzeugt nicht. Was für die Zeit der Entstehung des Romans gewagt gewesen sein mag (so sind Jisbella und Foyle bei ihrer Flucht aus dem Gefängnis nackt), kann heute ausdrücklich erwähnt werden. Die erste Folter Foyles, das Alptraum-Theater, wird genauer erklärt (S. 77). Olivia, Presteign und Jisbella werden ausführlicher charakterisiert, Bester fügt in seinem Prolog einen Passus hinzu, der die ersten grausamen Jaunte-Experimente als »Monstrosität der Zeit« verstanden wissen will (23). Bester fügt *im* Prolog einen Passus hinzu, in dem die ersten grausamen Jaunte-Experimente als »Monstrosität der Zeit« *beschrieben werden* (23), *und bringt damit eine moralische Note ins Spiel. An den flammenden Appellen im Schlussteil, die die Menschheit dazu auffordern, ihre eigene Größe zu entdecken und an eine glorreiche Zukunft zu glauben, hat Bester nichts abgeändert, obwohl er in dem schon erwähnten Interview mit Charles Platt Ende der siebziger Jahre auf Distanz zu diesen Botschaften gegangen war.*

Die neue Ausgabe ist schön gemacht und hat ein zwar konventionelles, aber passendes Coverbild, das die Dynamik der Ereignisse im Buch wiedergibt. Doch warum dieser deutsche Titel? In seinem Vorwort weist Robert Silverberg darauf hin, dass der Roman zuerst unter dem Titel »Der brennende Speer« angekündigt war. In der Bundesrepublik ist das Buch 1983 als »Tiger! Tiger!« in der Heyne Bibliothek der SF-Literatur erschienen. Die Übersetzung des Originaltitels, *»Meine Bestimmung, die Sterne«*, mag auf Deutsch nicht sehr eingängig klingen, aber sie würde bestens das Selbstbewusstsein und die Kühnheit unterstreichen, mit der Bester an den Grundfesten der SF gerüttelt hat.

Jonathan Carroll

Pauline, umschwärmt

Roman
Aus dem amerikanischen Englisch von Charlotte Breuer
Europa Verlag Hamburg und Wien, 1999
319 S., DM 39,80

von Karsten Kruschel

Der Meister des raffiniert verfeinert morbid Phantastischen, Jonathan Carroll, legt mit »Pauline, umschwärmt« nun schon den zweiten Roman im Europa Verlag vor, nachdem dort schon 1995 das – im Übrigen vorzügliche – Buch »Wenn Engel Zähne zeigen« erschienen ist. Der Autor hat damit nicht nur seinen deutschen Verlag gewechselt (früher kam er bei Insel/Suhrkamp heraus, vom »Schwarzen Cocktail« abgesehen, mit dem sich das Programm des Heyne-Verlags schmücken durfte), er verlässt auch die langsam schon etwas eingetretenen Geleise der gewohnten Carrollschen Grusel-Realität.

»Pauline, umschwärmt« handelt von einem Schriftsteller mit Schreibblockade – was für eine originelle Idee, könnte man doch mit Büchern, die diesen Ausgangspunkt verwenden, fast schon eigene Bibliotheken füllen. Bei Jonathan Carroll aber handelt es sich um Sam Bayer, dem nichts mehr einfällt, gerade zum dritten Mal geschieden wurde und nichts auf der Welt so liebt wie seine einzige Tochter. Und dieser Autor ist nicht so selbstverliebt, seine Schreibblockade nicht als vor allem wirtschaftliches Desaster zu begreifen – keine Rede von hoher Kunst, denn es sind Thriller, die er schreibt. Sollte Carroll hier sich selbst gemeint haben, so stellt er sein Licht ein bisschen unter den Scheffel ... Zwei Dinge passieren fast gleichzeitig im Leben des schreibblockierten Grusel-Lieferanten. Sam lernt einen wahrhaften Fan seiner Bücher kennen, eine schöne Frau, die tatsächlich alle Ausgaben seiner Romane besitzt, sogar die japanischen. Da er wieder mal und sowieso in Scheidung liegt, bahnt sich rasch eine

Affäre an, zumal die Dame sich ihm nahezu an den Hals wirft. Und Sam Bayer kommt irgendwie auf die Idee, den Ort seiner Kindheit wieder zu besuchen, jenes verschlafene Nest voller lange nicht gesehener Schulfreunde, Lehrer und skurrilen Typen.

An dieser Stelle muss erwähnt werden, dass die Widmung des Buches einen gewissen Stephen King nennt (neben drei anderen Namen), und tatsächlich erinnert das Kaff namens Crane's View verteufelt an die braven, höllischen Orte in Maine, die King mit obsessiver Beharrlichkeit wieder und wieder schildert (und mit offensichtlicher Lust zerstört). Veronica wiederum, der Sam Bayer-Fan, wirkt wie ein Gegenentwurf zu der irren, in die Werke eines Thriller-Autors vernarrten Krankenschwester in Kings »Misery«.

Damit hat es sich allerdings auch schon mit den Gemeinsamkeiten. Denn Jonathan Carroll ist nicht Stephen King, und es sei ihm als kleinen Gag am Rande gestattet, dem verehrten Kollegen eine andere Ausarbeitung des Themas vorzuexerzieren. Das macht er wiederum genial.

In Crane's View nun widerfahren dem Leser nicht nur die typischen Carrollschen Geschichten – alle so bescheuert, dass sie entweder einfach wahr oder geradewegs der Hölle entsprungen sein müssen. Sam Bayer stößt auch auf einen alten Kriminalfall, den zu lösen er sich entschließt, um darüber ein Buch zu schreiben. Es geht um Pauline, deren Leiche er selbst aus dem Wasser gezogen hat, deren Mörder verurteilt wurde und im Knast Selbstmord beging. Pauline, die wie ein Wirbelwind die Vorurteile und kleinen dummen Dogmen der Kleinstadt durcheinander brachte, mit jedem ins Bett ging, den sie mochte, und die in allem, was sie tat, mehr als hundert Prozent wollte. Diese liebenswerte und längst begrabene Nonkonformistin geistert von nun an ständig durch das Buch, als wäre sie eine der handelnden Personen; dass Veronica sich angewöhnt, in der Rolle der Toten aufzutreten, macht es auch nicht gerade leichter.

Den Rest des Romans kann sich der Carroll-erfahrene Leser leicht ausmalen; und nichts wäre verfehlter, als dieser Bahn weiter zu folgen. Der Autor spielt nämlich auf reichlich vertrackte Weise mit den Erwartungen des Lesers, um sie in einem raffinierten Spiel zwischen Bestätigung und Enttäuschung abwechselnd anzufeuern und zu widerlegen. Es ist nämlich alles ganz anders.

Kein Wien kommt vor in diesem Buch, keine unirdischen Eingriffe ins Diesseits werden enthüllt – und dennoch graust es den Leser gar wohlig, und dass die Auflösung des ganzen Falls letzten Endes nichts als ein raffinierter Kriminalfall ist, nimmt dem Buch nichts von der typisch Carrollschen Phantastik. Das liegt hauptsächlich an der überaus skurrilen Personnage; das Buch steckt voller durchgeknallter Typen, die allerdings alle miteinander völlig glaubhaft sind. Es werden keine Botschafter aus dem Jenseits benötigt und keine ins Leben getretenen Märchengestalten, wie in anderen Büchern Carrolls – stattdessen klebt der Wahnsinn ganz gewöhnlichen Menschen unter den Schuhen. Und der Leser, arg in die Irre geführt von lauter Hinweisen auf Unglaubliches, die sich denn doch als nüchtern erklärbar erweisen, steht am Ende genarrt da, denn der ganze Kriminalfall ist viel einfacher, als es schien. Nur die Bereitschaft, all den verrätselten X-Akten-Unfug für bare Münze zu nehmen, die hat Jonathan Carroll auf ebenso hinterfotzige wie liebenswürdige Art benutzt, den Leser samt seinen eigenen Figuren ein ums andere Mal ins Bockshorn zu jagen. Insofern ist »Pauline, umschwärmt« ein zwiespältiges Vergnügen: Wer nicht schon drei, vier von Jonathan Carrolls (immer noch wunderbaren) vorherigen Büchern gelesen hat, der kann nicht so recht würdigen, wie er hier an der Nase herumgeführt wird. Immerhin bleibt ihm ein hinterfotziger Thriller voller verdrehter Weisheit, mit einem abgrundtief bösen Bösewicht, der letzten Endes trotz (oder gerade wegen) seiner abgefeimten Raffinesse um alles gebracht wird, das ihm auf dem Weg in die Grube noch etwas bedeutete. Wenn das eine Moral sein soll, dann ist es eine reichlich böse. Und das ist ja auch schon was.

Michael Crichton

Timeline

(Timeline)
München: Blessing Verlag, 2000
571 S., DM 49,80

von Florian F. Marzin

Der Rückklappentext des Buches wirbt damit, dass der Roman von Paramount verfilmt würde. Das wäre gar nicht notwendig gewesen, denn er liest sich wie das drittklassige Drehbuch eines B-Movies. Doch der Reihe nach.

Zeitreisegeschichten gibt es inzwischen wie Sand am Meer, und jede der dabei angewandten Techniken ist so unsinnig wie der überlichtschnelle Raumflug. Man muss sie einfach akzeptieren, sonst kann man das Buch gleich weglegen. Crichton steuert sogar eine recht schlüssige Variante bei, soweit ist der Roman in Ordnung. Doch wie er wiederum die Möglichkeiten der berühmten Zeitparadoxa ausschließt, ist schlichtweg lächerlich. Was dann aber folgt, ist ein haarsträubender Mist, den man wahrscheinlich nur Amerikanern vorsetzen kann, deren Bildungsstand sich schon immer auf einem bemitleidenswerten Niveau bewegt hat. Damit das Mittelalter dann im Film auch so richtig gut wirkt, postuliert Crichton erst einmal, dass die Leute damals nach den Hygienevorstellungen des 20. Jahrhunderts gelebt haben, und Burgfräuleins so emanzipiert waren, das sie einen knackigen Jungen gleich im Bad vernaschen. Man merkt, dass Crichton seine Kenntnisse über das Mittelalter direkt aus Cinderellas Castle in Disneyland bezogen hat. Ein kurzer Blick in entsprechende Primärliteratur, aber auch in reichlich vorhandene seriöse Werke über das Mittelalter, hätte ihn eines Besseren belehren müssen.

Die Firma ITC-Research, geführt von einem Genie und typischen Businessman der Silikon-Valley-Generation namens Doniger (Bill Gates lässt grüßen), hat ein Verfahren entwickelt, das, grob gesagt, auf der Basis von Wurmlöchern, eine Zeitreise ermöglicht. Doniger wird sich im Verlauf der Handlung noch als echter Fiesling und menschenverachtender Technokrat erweisen. Zum Zeitpunkt, als die Handlung einsetzt, hat man schon erfolgreich mehrere Menschen in die Vergangenheit geschickt. Gleichzeitig tritt ITC auch als Sponsor der Ausgrabungen von Professor Edward Johnson auf, die dieser in Frankreich durchführt. Es geht dabei um die Zeit des Hundertjährigen Krieges (1337 bis 1453) zwischen Engländern und Franzosen um die Vorherrschaft in Europa. Im Mittelpunkt der Ausgrabungen stehen die beiden Burgen Castlegard und La Roque sowie die ausgedehnte Klosteranlage Sainte Mère. Professor Johnstons Team, dazu gehören im wesentlichen seine Studenten Katherine Erickson, Chris Hughes und André Marek, nebst einiger für die Handlung nicht weiter relevanter Nebenfiguren, wühlt ziemlich erfolglos in den Ruinen der Bauwerke herum.

Marek ist ein richtiger Mittelalterfreak, er spricht nicht nur Mittelenglisch, Altfranzösisch, Provencalisch und Latein, nein er bildet sich auch selbst in allen bekannten, mittelalterlichen Kampftechniken bis zur Perfektion aus. Schon jetzt weiß man, er wird bei dem Trip in die Vergangenheit zur zentralen Figur werden, der Ritter in weißer Rüstung, der alles richten wird.

Johnston begibt sich aufgrund einiger seltsamer Ereignisse bei den Ausgrabungen nach New Mexico um dies mit Doniger zu besprechen, und kurz darauf findet sein Grabungsteam in Frankreich eine Kiste mit alten Dokumenten, darunter eines, auf dem zu lesen steht: »Helft mir, 7. 4. 1357«: Das Dokument ist authentisch, genauso wie es unzweifelhaft die Handschrift des Professors ist.

Daraufhin fliegen Katherine, Chris und Marek nach New Mexico ins ITC-Hauptquartier und von dort aus treten sie Reise in die Vergangenheit an, um Johnston zu retten. Doch beim Transfer kommt es zu einem Zwischenfall, bei dem die Zeitmaschine erheblich beschädigt wird. Ein mehr als billiger Trick des Autors, um für Spannung zu sorgen, die sich dennoch nicht einstellt, da der Leser absolut sicher sein kann, die Protagonisten am Ende der Handlung wohlbehalten im 20. Jahrhundert wiederzufinden. Die drei haben einige Schwierigkeiten, doch das Universalgenie Marek löst diese zunächst elegant. Sie treten so ziemlich in jedes Fettnäpfchen und Chris gerät auch gleich in eine Heiratsintrige zwischen Lady Clair of Eltham, ihrem Vormund Sir Oliver de Vannes, der zur Zeit Herrscher über beide Burgen ist und ihrem ungeliebten Bräutigam Sir Guy. Was nun folgt, sind Duelle der ritterlichen Art, die sich bestimmt in Hollywood sehr gut in Szene setzen lassen.

Natürlich finden die drei auch ihren Professor, der, wie nicht anders zu erwarten, den Gelehrten spielt, und auch er hat es in der kurzen Zeit, die er in der Vergangenheit verbracht hat, geschafft, sich schon zwischen alle Stühle zu setzen. Inzwischen wird im ITC-Zentrum heftig an der Reparatur des Zeittransmitters gearbeitet, aber natürlich gibt es da auch eine Reihe von unüberwindlichen Problemen, die dennoch gelöst werden können. Im Mittelalter entspannt sich eine mehr als ermüdende Schnitzeljagd auf die drei Eindringlinge, die schon nach ein paar Seiten langweilig wird, weil der Leser über die Dummheit der daran Beteiligten nur noch den Kopf schütteln kann.

Crichton hat keinen noch so platten Trick ausgelassen, um seine Helden einerseits aus Gefahren zu retten, andererseits sie aber auf der nächsten Seite gleich wieder in neue zu stürzen. Es wäre dabei nicht verwunderlich, wenn sich Arnold Schwarzenegger als Idealbesetzung des Mareks herausstellen würde. Immer wieder gelingt es den Studenten sich gegen Horden von Soldaten, Rittern und anderen Bösewichtern zu behaupten, sodass man schnell bezweifeln muss, ob die Leute im Mittelalter, wie Crichton uns weismachen will, wirklich so intelligent waren.

Am Schluss – wenn man es überhaupt die 550 Seiten durchhält, eine Veranlassung dazu besteht nicht – kehren Chris, Kate und Johnston wieder in die Gegenwart zurück, während Marek ein glückliches Leben als Burgherr an der Seite von Lady Claire führt. Ganz nebenbei wird der Fiesling Doniger noch von seinem Stellvertreter in eine Pestepidemie des Jahres 1348 verfrachtet.

Das Buch ist ein Ärgernis durch und durch, nicht nur weil Crichton permanent mit den bekannten Vorstellungen des

Mittelalters aufräumen will, aber nur den American Dream des Mittelalters dagegen setzt, der hinlänglich aus den einschlägigen Filmen der 50er Jahre bekannt ist, sondern auch, weil die Handlung schlichtweg an den Haaren herbeigezogen ist. Das Positivste an dem Roman ist noch, dass nicht, wie sonst üblich (z. B. in den Stargateepisoden und anderen Filmen), das gesamte Universum amerikanisch spricht. Ein bisschen wenig für fünfzig Mark.

Marcel Feige & Frank Festa (Hrsg.)

Schatten über Deutschland

100 Jahre deutschsprachige Phantastik
Phantastik-Anthologie
Blitz Verlag, Windeck 1999
347 Seiten, DM 29,80

von Jacek Rzeszotnik

Das sich seinem Ende zuneigende Jahrhundert ist eine willkommene Erntezeit für die Herausgeber bilanzierender Anthologien, zwischen deren Deckel sie all das einfließen lassen, was ihrer Meinung nach den Nerv der Zeit getroffen hat und die vergangenen Dezennien möglichst präzise dokumentiert, indem es Entwicklungszusammenhänge aufzeigt und sie verständlich macht. Aus der über Jahrzehnte aufgestauten Textmenge filtern sie daher das in ihren Augen Adäquate und Passende heraus, um mit dessen Hilfe abschließende Überblicke als logisch und übersichtlich aufgebaute Veranschaulichungs-Konstrukte zu gestalten. Dabei stoßen sie auf das Problem der Aufstellung von Kriterien für die Auswahl der die nachzuweisenden Tendenzen zu visualisierenden literarischen Beispiele. Je nach der dem Vorhaben zu Grunde liegenden Absicht kann der Akzent entweder auf die jeweiligen Meisterleistungen gesetzt oder aber ein qualitativ aufgefächerteres »Produkt-Angebot« zur Geltung gebracht werden. Die beiden Pole – Gipfelpunkt und Repräsentativität – klammern den Spielraum ein, der den Anthologisten zur Verfügung steht.

Den Ruf des ausgehenden Jahrhunderts haben auch Marcel Feige und Frank Festa vernommen und ihm mit einer Sammlung deutschsprachiger phantastischer Geschichten aus dem fraglichen Zeitabschnitt Rechnung getragen. Der von ihnen herausgegebene Band *Schatten über Deutschland* versteht sich als ein »Streifzug durch die unheimliche Literatur in deutscher Sprache« (Covertext). Als ein »Reigen durch hundert Jahre deutschsprachige Genre-Literatur« (Vorwort) impliziert er natürlich nicht die Notwendigkeit, sich ausschließlich auf die Highlights dieser Literatursparte zu konzentrieren und das nur teilweise Gelungene oder gar Misslungene hingegen mit Nichtbeachtung zu strafen. Er bietet vielmehr die Möglichkeit, das ganze breite Qualitätsspektrum schlaglichtartig zu erhellen. Der von dem berühmten englischen Historiker und Schriftsteller Cyril Northcote Parkinson geprägte Spruch »Bilanzen sind wie Bikinis; das Interessanteste zeigen sie nicht« verbildlicht das Dilemma, mit dem sich die Anthologisten oftmals konfrontiert sehen: Die Highlight-Anthologien mögen zwar die so unerlässlichen Denkmäler setzen, doch sie falsifizieren de facto den Sachverhalt, indem sie nur einen kleinen, nicht repräsentativen Ausschnitt offerieren und den Rest bewusst vernachlässigen. Sie sind dann wie Schulgeschichtsbücher, in denen ausschließlich Könige, Diktatoren, Präsidenten, Kriege, Skandale etc. thematisiert werden und das Leben des normalen Menschen kaum zur Darstellung gelangt. Es stimmt, dass es vor allem die bahnbrechenden Leistungen sind, die die Entwicklung voranbringen, aber sie wären ohne den Durchschnitt wohl kaum denkbar, da sie keinen Hintergrund hätten, von dem sie sich abheben könnten. *Schatten über Deutschland* sind hierbei ein Paradebeispiel dafür, wie Spannendes und Langweiliges, Interessantes und Einfallsloses, Gelungenes und Missratenes einander anthologisch ergänzend zu koexistieren im Stande sind, wodurch verdeutlicht wird, dass qualitativ sehr unterschiedliche Texte insgesamt eine lesenswerte Sammlung ergeben können und sich zu einem wahrheitsgetreueren Wirklichkeitsbild addieren als die Highlight-Anthologien.

Die besten Erzählungen in der vorliegenden Anthologie sind aus der Feder von Oskar Panizza, Jakob Elias Poritzky, Doris Grünning, Ernst Vlcek und Malte S. Sembten geflossen. Ihre Hauptstärke liegt in der vortrefflich vermittelten Intensität des Grausens und des Gefühls der Unentrinnbarkeit, der Machtlosigkeit, des Gefangenseins, der sich verstärkenden Hoffnungslosigkeit.

Die den Band eröffnende Geschichte »Der Korsetten-Fritz« von Panizza lässt schon die ersten Anzeichen der literarischen Moderne erkennen, die um die Jahrhundertwende die alten realistischen und naturalistischen Strömungen abgelöst hat. Sie ist ein Bericht, den der Ich-Protagonist, ein Irrenhausinsasse (interessanterweise hat der Irrenarzt Panizza die letzten siebzehn Lebensjahre selbst in einer Nervenheilanstalt verbracht), über die Ereignisse verfasst, die ihn in die Anstalt für Geistesgestörte gebracht haben. Er vermutet eine Verschwörung, doch in Wirklichkeit ist dies seine krankhafte Fixierung auf orangenfarbene Damenkorsette, die er seine »Orange-Freundinnen«, »Ideal-Göttinnen« und »Orange-Feen« nennt und tief verehrt. Das Abgründige und Unheimliche in der Erzählung resultiert nicht aus etwaigen Erfahrungen der Hauptfigur mit dem Übernatürlichen, da es hier keine solchen gibt, sondern wurzelt in der Tatsache, dass der Leser in die beklemmende, klaustrophisch enge Perspektive des Ich-Protagonisten wie in ein Gefängnis hineingeworfen und nicht mehr entlassen wird. Die starke Subjektivierung der Erlebnisse der Hauptperson hat zur Folge, dass man nicht mehr in der Lage ist, einen Trennungsstrich zwischen dem Eingebildeten und dem Realen zu ziehen. Jeder Objektivierungsversuch muss von Anfang an scheitern, weil man gar keine Garantie hat, dass das Geschilderte sich tatsächlich ereignet hat. Meisterhaft vermag Panizza nämlich jede Wirklichkeitsreferenz zu entrealisieren und sie gegenstandslos zu machen. Eine andere Lesart legt Panizzas scharfe Kritik an den Erziehungsmethoden nahe, die die Jugend zu verklemmten emotionalen Krüppeln degenerieren lassen, die im Effekt an den Klippen des wahren Lebens zerschellten und wie die Hauptfigur im »Korsetten-Fritz« in der Geistesverwirrung strandeten, da ihre natürlichen Triebe und

Neigungen im Keim erstickt würden. Das Symbol ihrer verzweifelten Befreiungsversuche ist in der Erzählung das »Davonlaufen der Seele«, die sich der Protagonist »bei jeder günstigen Gelegenheit« gönnt.

In J. E. Poritzkys Meisterwerk »Der Unbekannte« stürmen auf den Lesenden beängstigende eindringliche Bilder ein, die die beinahe physische Präsenz des Todes vermuten lassen. Dank der personalen Erzählhaltung wird der Leser in den Stand gesetzt, alle Ereignisse unkommentiert vom Standpunkt des Protagonisten aus zu verfolgen, was die Wirkung des Textes zusätzlich verstärkt, weil man ins Geschehen quasi involviert wird. Man wird Zeuge, wie der Gedanke an den irgendwo im dunklen Mietshaus lauernden Tod die Hauptfigur fast in den Wahnsinn treibt. Das ihrer überhitzten, stark überreizten Phantasie entspringende Gefühl, vom Sensenmann eingekreist, ihm wehrlos ausgeliefert zu sein, zieht sich wie eine Schlinge um ihren Geist zu. Der Tod schält sich mehr und mehr aus dem Nichts heraus, je länger und intensiver sie sich mit dessen Existenz in ihrer Imagination beschäftigt. Poritzky hat hier eine äußerst gelungene Studie über die Angst vorgelegt, die sich allmählich aufbaut und schrittweise handgreiflich materiell, nahezu konkret fassbar wird. Und doch fehlt in der Geschichte glücklicherweise das Tüpfelchen auf dem i, da der Autor es unterlässt, die Grenze zum Gegenständlichen zu überschreiten und auf diese Weise sein ganzes literarisches Unternehmen mit einem unheilvollen Federstrich zu ruinieren. Von seiner Klasse zeugt der Umstand, dass er dicht an diese Grenze herankommt, ohne sie allerdings zu verletzen. Poritzky verdient es allemal, einen prominenten Platz unter den deutschsprachigen Autoren des Unheimlichen zugewiesen zu bekommen.

Die gruseligste, haarsträubendeste Erzählung in der Sammlung stammt von Doris Grünning (das Pseudonym des Schriftstellerehepaars Doris und Klaus Grünning). Haarscharf an der Grenze zum guten Geschmack kurvend, gewinnt sie dem als Titel firmierenden Begriff »Leichenschmaus« eine neue Bedeutung ab bzw. sie gibt ihm die eigentliche zurück. Was dieser Horrorgeschichte ihr Wirkungspotential verleiht, ist allerdings nicht die Idee der Leichen verspeisenden Menschen selbst (auf einem fast identischen Einfall basiert der grotesk gefärbte Anthologie-Beitrag von Joachim Körber »Der Untergang des Abendlandes«, der jedoch, auf Oswald Spenglers Diagnose anspielend, gesellschaftskritisch verstanden werden will, dem Horror aber nur schwerlich zugerechnet werden kann und keine Gänsehaut verursacht), sondern dass dies eine tradierte Ritualhandlung ist, in das kulturelle Erbe der kleinen fremdenscheuen unnahbaren Dorfgemeinschaft fest eingebunden, ja gar das Fundament für ihren Zusammenhalt bildend. Die Dörfler sind freilich keine Menschen fressenden Zombies oder Monster, die nachts aus ihren Gräbern aufstehen. Es sind zwar verschlossene, aber nichtsdestoweniger gute Bundesbürger, die nur etwas andere Sitten und Gebräuche pflegen. Gespannt folgt man dem jungen Protagonisten auf seiner Erkundungsreise durch das Dorf und beobachtet, wie ihm nacheinander beunruhigende Abweichungen vom Gewohnten auffallen: keine Kirche, kein Friedhof. Das permanente Fehlen der typischen Attribute der auf dem okzidentalen Weltverständnis fußenden Lebensordnung wird als eine schmerzliche Systemstörung empfunden: Man mag kein Kirchengänger, ja sogar Atheist sein, doch das Kirchengebäude ist ein fester Bestandteil der Landschaft, ein notwendiges Puzzleelement an seiner Stelle – dessen Fehlen verunstaltet das Gesamtbild, das wir mit uns herumtragen, auf äußerst unangenehme Weise. Noch mehr trifft das auf den Friedhof zu, der viel stärker in unser Weltbegreifen integriert ist als die Kirche. Das Fehlen eines Kirchengebäudes beunruhigt, stimmt nachdenklich, doch das Fehlen des Friedhofs alarmiert, beängstigt, erschreckt sogar. An so einem Ort kann es einfach nicht mit rechten Dingen zugehen. Doris Grünning weiß dieses Grundbefinden sehr geschickt anzusprechen, mit ihm ihr Spiel zu treiben, und gerade dieses Spiel macht »Der Leichenschmaus« lesenswert und hebt sie aus der Menge simpler geschmackloser Horrorgeschichten über Leichenfresser heraus.

Einer stark eingeschränkten Perspektive, die dem wahrnehmenden Subjekt (und mit ihm dem Leser) nur bedingt verlässliche Außenweltinformationen zuleitet, begegnet man wieder in Ernst Vlceks SF-Erzählung »Der tiefgekühlte Alptraum«, wodurch sie in dieser Hinsicht in die Nähe der Geschichten von Panizza und Poritzky rückt. Die Aufnahme des »Tiefgekühlten Alptraums« in den eher mit gruseligen Geschichten aufwartenden Band scheint um so berechtigter, als die vom österreichischen Autor evozierte unheimliche Atmosphäre einen durch und durch geeigneten Hintergrund für den Ich-Protagonisten – ein monologisierendes Gehirn eines in Kälteschlaf versetzten Todkranken – abgibt. Statt von seiner früher unheilbaren Krankheit kuriert zu werden, wird sein Zerebrum zum Objekt von Versuchen, die die Folgen einer Gehirnpest beheben helfen sollen, die die Menschheit teils dahingerafft, teils in den Zustand des debilen Dahinvegetierens zurückgestoßen hat. Einige wenige Immune arbeiten fieberhaft an einem Gegenmittel und das Gehirn des Protagonisten fällt einem von ihnen in die Hände. Das Grauen in der Geschichte rührt vornehmlich davon her, dass der körperlose Ich-Erzähler absolut ohnmächtig und wehrlos ist. Er hat keinen Einfluss darauf, was mit ihm geschieht, was ihm angetan wird. Das Gehirn erweist sich als ein Gefängnis für seinen Geist. Ein Gefängnis, mit dem Andere beliebig manipulieren können, dessen »Insasse« aber dabei kein »Mitspracherecht« hat und alles über sich ergehen lassen muss.

Das Gefühl der Ohnmacht vermittelt ebenfalls sehr effizient Malte S. Sembtens Alptraum-Geschichte »Das Wiegenlied«, die den Band abschließt. Die Bewohner eines Wohnviertels werden regelmäßig von bösen Träumen heimgesucht, die ihnen sukzessive Lebenskräfte entziehen: Der Schlaf regeneriert die Menschen nicht mehr, sondern ist eine Falle, die jedes Mal, wenn man nur übermüdet die Augen schließt, sofort zuschnappt und sie »aussaugt«. Die Quelle des Lieds, das sie in die Angstträume wiegt, scheint eine alte unbewohnte Villa zu sein, in der sich vor Jahren eine Familientragödie ereignet hat. Gegen Ende mutiert die schaurig-unheimliche Erzählung, die auf einem Rätsel aufbaut, zu einer blutigen Horrorgeschichte, als die Hauptfigur dem Bösen Auge in Auge gegenübersteht.

Unter interessante Beispiele deutschsprachiger Phantastik reihen sich fernerhin Texte von Max Brod (eine noch dem

Symbolismus verpflichtete Geschichte über ein Spiegelbild, das seinen Besitzer vor einer Dummheit rettet), Karl Heinz Strobl (eine dem romantischen Darstellungsmanierismus folgende »Künstlernovelle« über einen Organisten, der unbedingt menschliche Herzen braucht, um seinem Instrument unvergleichliche Töne zu entlocken), Diethard van Heese (eine typische, fast klischeehafte, doch nette Unterhaltung bietende und angenehm lesbare Gespenstergeschichte über eine Hallig, die es nicht mehr gibt), Gisbert Haefs (eine neue, dunkle Version der verhinderten Ragnarök, die sich gegen Ende des Zweiten Weltkriegs abspielt und mit dem Tod des Führers zusammenfällt), Uwe Vöhl (eine dezent beginnende und erst gegen Ende ihr wahres Gruselpotential voll entfaltende Erzählung über einen mit besonderer Gabe, Krankheiten auf den ersten Blick korrekt zu diagnostizieren, versehenen Arzt mit zweifelhafter moralischer Einstellung, der ungewollt Sariel, den Todesengel und Satans Vorboten befreit) ein.

Als phantastische Durchschnittsware sind Willy Seidels »Lemuren« und Hugh Walkers »Die Galgenpuppe« einzustufen, die typische Themen (*lost race* und Voodoo-Zauber) etwas einfallslos behandeln und ihnen nichts Neues abringen. Nach der Lektüre bleiben sie im Gedächtnis nicht hängen, sondern fallen der Vergessenheit fast sofort anheim.

Ihr erzählerisches Ziel, einen inhaltlich unterhaltsamen, packenden Stoff in ein formalliterarisch attraktives Gewand zu kleiden und dem Lesepublikum als Denkanregung anzubieten, verfehlen eindeutig langweilige bis ungenießbare Texte von Leonard Stein (»Der Gorilla«), Kai Meyer (»Das Haus des Kuckucks«) und Jörg Kastner (»Sherlock Holmes und der Mitternachtsvampir«). Mal naiv, mal unerträglich manieristisch, mal erzähltechnisch auf niedrigem Niveau versuchen sie ihre Ideen in eine sinnvolle Richtung durchzuboxen, doch ihre Bemühungen verpuffen wirkungslos und hinterlassen nur einen faden Beigeschmack. Es will damit natürlich nicht gesagt werden, dass sie in die Anthologie unnötig Eingang gefunden hätten. Ganz im Gegenteil, man darf sie entsprechend dem oben formulierten Postulat, neben den Highlight-Sammlungen auch Repräsentativ-Anthologien zusammenzustellen, als Beispiele für missglückte Umsetzungen phantastischer Ideen gelten lassen und zu Demonstrationszwecken nutzen. Auch das misslungene Experiment von Michael Ende (»Verzeih mir, ich kann nicht lauter sprechen ...«), surrealistische Literatur zu schreiben, muss dieser Gruppe zugerechnet werden, wiewohl die Vision des Wesens Hor, das ein gigantisches leeres Haus bewohnt und einsam unzählige Korridore und Säle auf seiner nie endenden Wanderung durchstreift, nicht einer gewissen Ausstrahlung entbehrt.

Gewisse Bedenken hinsichtlich der Aufnahme von Hanns Heinz Ewers' »Die Wasserleiche«, Heinrich Schirmbecks, »Rosa Mystica«, Andreas Kasprzaks »Engelsaugen« und Joachim Körbers »Der Untergang des Abendlandes« in die Sammlung werden jedem Leser kommen müssen. Sie alle erfüllen nämlich das wichtigste Kriterium, in der phantastischen Sparte der Literatur beheimatet zu sein, an keiner Stelle. Von Ewers stammt eine kleine erzählerische Belanglosigkeit, in der unheimliche Elemente selbst mit einem starken Vergrößerungsglas nicht gefunden werden können. Auch in der traurig-schönen Geschichte von Schirmbeck, die jede andere Anthologie, z. B. der modernen deutschsprachigen Literatur nach 1945 ohne Zweifel zieren würde, kommt Phantastisches nicht vor. Vielleicht hätten die Herausgeber in diesem Fall auf Schirmbecks Erzählband *Das Spiegellabyrinth* (1948) zurückgreifen und daraus etwa die phantastische Detektivnovelle »Der Rosenkranz des Hl. Markus« oder die Story »Die Nacht vor dem Duell« entnehmen sollen? Kasprzaks und Körbers Schocker wiederum stellen sich eher in die Tradition eines Roald Dahl und exploitieren das Motiv der ans Ende der Geschichte platzierten makabren Überraschung und kommen völlig ohne phantastische Komponenten aus.

Ein solcher bilanzierender Band wie *Schatten über Deutschland* wäre ohne Franz Kafka unvorstellbar. An der Entscheidung der Herausgeber, den Lesern die postum veröffentlichte Parabel »Der Geier« in die Erinnerung zurückzubringen statt einem eindeutig phantastische Elemente aufweisenden Text wie z. B. der von ihnen selbst erwähnten »Verwandlung« den Vorzug zu geben, sei an dieser Stelle eine kleine Kritik geübt.

Eine Sonderstellung in der Anthologie genießt Peter Daniel Wolfkinds Geschichte »Le Grand Guignol«, die im Gegensatz zu so manchem Moment unfreiwilliger Komik in einigen anderen Anthologie-Beiträgen sich programmatisch über die Gesetzmäßigkeiten des Genres lustig macht und sie intelligent verhöhnt, wodurch sie in die Gruselkammer der Sammlung eine beachtliche Dosis frische Luft bringt, die man ob der Abwechslung hocherfreut einatmet, bevor man sich wieder in die dunklen Gänge der schriftstellerischen Phantasie begibt.

Abschließend seien noch drei Kritikpunkte an dem Aufbau der Anthologie angebracht: Fast alle Texte gruppieren sich zu zwei zeitlichen Schwerpunkten – einer von ihnen markiert die Blütezeit der deutschen Phantastik (Ende des 19. Jhs. bis dreißiger Jahre) und der andere erstreckt sich über den Zeitraum von 1970–1999. Dazwischen klafft ein schmerzliches Loch, das sich von einer einzigen Geschichte von Heinrich Schirmbeck (1947) selbstverständlich nicht stopfen lässt. Über die Gründe, die die Herausgeber dazu bewogen haben, fast zwanzig Jahre der Genre-Entwicklung in den deutschsprachigen Ländern zu überspringen, kann nur gerätselt werden. Vermutlich werden hier die Schwierigkeiten bei der Beschaffung von Copyrightrechten eine Rolle gespielt haben, doch es ändert nichts an dem Gesamteindruck, dass der Band dadurch etwas aus dem Gleichgewicht gerät. Gern würde man solche Schriftsteller wie etwa Werner Bergengruen, Martin Gregor-Dellin, Wolfgang Hildesheimer, Marie Luise Kaschnitz, Ernst Kreuder, Kurt Kusenberg, Alexander Lernet-Holenia, Peter Marginter, Hans Erich Nossack etc., um nur einige wenige zu erwähnen, im Band vertreten sehen. Darüber hinaus verwundert ein bisschen das Fehlen von Autoren aus der deutschsprachigen Schweiz (z. B. Franz Hohler). Schließlich hätte man vielleicht noch aus dem Bestand der DDR-Literatur das eine oder andere lesenswerte Stück der Phantastik herauskramen können?

Ungeachtet dieser Verbesserungs- bzw. Ergänzungsvorschläge ist die Anthologie *Schatten über Deutschland* eine Publikation, die in keinem Regal fehlen sollte. Als bilanzierender Überblick über die Entwicklung des phantastischen Genres im deutschsprachigen Raum in den letzten hundert Jahren setzt sie dem Leser in den meisten Fällen bereits Bekanntes vor, doch das ist gerade die Aufgabe derartiger Sammlungen, schon Gelesenes ins Gedächtnis zurückzurufen, diesmal aber im Entwicklungskontext der Gattung, sodass »epochenübergreifende« Vergleiche ermöglicht und Tendenzen transparent gemacht werden. Der von Marcel Feige und Frank Festa redigierte Sammelband erfüllt diese Aufgabe fast vollständig, weswegen er jedem Phantastik-Interessierten wärmstens empfohlen werden kann.

Frank Festa (Hrsg.)

The Haunting

Spukgeschichten des 19. Jahrhunderts
Klaus Bielefeld Verlag, Friedland 1999
139 Seiten, DM 22,80

von Jacek Rzeszotnik

Der von Frank Festa herausgegebene Spukgeschichtenband *The Haunting* setzt sich erklärtermaßen zum Ziel, die Verfeinerung der »Verbindung zwischen unheimlicher und psychologischer Literatur zur gnadenlosen Kunst« (Covertext) innerhalb des 19. Jahrhunderts anhand einiger in chronologischer Reihenfolge zusammengestellter Erzählungen über Geistererscheinungen aus Deutschland, England, Frankreich, Russland und den USA nachzuweisen. Diese Entwicklung sollte bekanntlich schließlich im letzten Viertel des vorigen Jahrhunderts ihren Gipfelpunkt in der psychologischen Phantastik erreichen, der vor allem die Schlussgeschichte der Anthologie »Die gelbe Kröte« von Oskar Panizza verpflichtet ist.

Den Reigen eröffnet die 1831 veröffentlichte kurze Erzählung »Eine eigenartige Abendgesellschaft« des russischen Autors Orest M. Somow. Es handelt sich hierbei um eine für die erste Hälfte des 19. Jahrhunderts typische Geschichte, die sich bei der Darstellung des Unheimlichen noch deutlich in die Tradition der Romantik stellt. Das furchterregende Gespenstische bricht punktuell in unsere Welt ein und verschwindet danach *fast* spurlos wieder: Es ist eine rätselhafte Abendgesellschaft, der sich der Protagonist zufällig anschließt. Sie wirkt zwar auf den ersten Blick schon recht ungewöhnlich (»Alle Gäste waren schwarzhaarig und von dunklem Teint: keine einzige blonde Dame, kein einziger Mann mit hellem Haar«, S. 7), doch sie erregt noch keinen Verdacht, hier wären dämonische Kräfte am Werk: Gesten und zweideutige Lächeln verdichten zwar die Atmosphäre des Ungewöhnlichen, aber die Grenze der exzentrischen Blasiertheit vornehmer Adelskreise wird (noch) nicht überschritten und alles lässt sich rational erklären. Erst als sich die Hauptfigur vor einem Sprung vom Balkon, mit dem sie ihren beim Pfänderspiel hinterlegten Ring mit dem eingravierten Bild eines Totenkopfs zurückerhalten kann, bekreuzigt, wird der Schleier der Illusion plötzlich, von hundert Stimmen und einem »lauten, schrillen Misston« begleitet, zerrissen ... Dass das nächtliche Abenteuer, das ihn fast das Leben gekostet hätte, keine Einbildung, kein Streich der Phantasie war, überzeugt den Protagonisten am nächsten Tag ein Blick in den Spiegel: Seine Lippen, auf die ihm gestern eine der Damen im wahrsten Sinne des Wortes einen heißen Kuss gebrannt hat, sind schwärzlich und schmerzen wie eine Brandwunde. Und der nicht eingelöste Ring fehlt auch. Dieser typisch romantischen Erzählung merkt man das psychologische Moment noch kaum an, die Erlebnisse der Hauptfigur lassen sich auf keine eventuellen Wahnvorstellungen oder Halluzinationen zurückführen und mit ihnen begründen. Die Authentizität der Ereignisse wird ebenfalls typisch dadurch legitimiert, dass es nicht der Betroffene selbst ist, der über seine Begegnung mit den teuflischen Wesen referiert, sondern sein Freund, der durch seinen Bericht die Geschehnisse beglaubigt und sie dem möglichen Zweifel seitens der Zuhörer/Leser entreißt.

Ignaz Franz Castellis »Tobias Guarnerius« (1839/40) ist im Gegensatz zu dem schablonenmäßig aufgebauten vorausgegangenen Text von Somow in zweierlei Hinsicht viel interessanter: Einerseits bedient sich die Hauptfigur zum Zweck des Seelenfangs keiner geheimen magischen Formeln oder Rituale aus der Vergangenheit, sondern einer technischen Vorrichtung, was bereits die Erzählung aus den Niederungen des romantischen Irrationalismus zu heben scheint, und andererseits entbinden sie die Schlussworte des Berichterstatters vom simplen Gespensterglauben und lassen sie den Pfad der psychologischen Deutung der Vorfälle betreten: »Ich meines Teils halte das Ganze nur für eine Erfindung des Aberglaubens« (S. 20). Die der Geschichte zu Grunde liegende Idee wurzelt allerdings noch in der vorigen, romantischen Epoche: Wenn man einem Musikinstrument (hier: Geige) die menschliche Seele einhaucht, wird es berückend, unnachahmlich schön klingen. Dass »Tobias Guarnerius« der psychologischen Phantastik noch nicht zugeordnet werden kann, sondern nur einige wenige Elemente dieser Strömung in sich birgt (etwa krankhafter visionsgefährdeter Geisteszustand des Protagonisten), verdeutlicht die Tatsache, dass auch andere Personen mit den Folgen der »Beseelung« der Geige in Berührung kommen und somit die Erfahrung des Geigenbauers entindividualisiert wird.

Mit dem Angehörigen einer bekannten baltischen Adelsfamilie (Peter) Alexander von Ungern-Sternberg wird im Band der erste bedeutende Vertreter der phantastischen Literatur präsentiert. Zu Lebzeiten sehr populär und dann bis vor kurzem fast vergessen, für die meisten Phantastik-Liebhaber kaum zugänglich, kann er heute dank des von Robert N. Bloch herausgegebenen Bandes *Die Wachskerze. Verschollene Phantasien* (EDFC, Passau 1998) mit den Anderen wieder um die Gunst der Leser wetteifern. »Das gespenstische Gasthaus« (1842) stammt aus der oben erwähnten Collection und amalgamiert zwei weitverbreitete Motive: das Spukhaus und die Rache aus dem Jenseits. Ein mehrfacher Mord verwandelt ein einsames Gasthaus in der Kurischen Nehrung in einen Ort, an dem die Toten an dem Meuchler Rache nahmen. Dies setzt dem Spuk aber kein Ende. Das Gasthaus wird von ihnen weiterhin heimgesucht und durch die Abschreckung der Kunden in den wirtschaftlichen Ruin getrieben. Der Autor erhebt hier den Zeigefinger und verschreibt gegen einen solchen Missstand eine Medizin, die sehr preußisch schmeckt: Man solle unrechtes Gut nicht begehren (dieser Meinung ist in jeder Situation zuzustimmen) und man solle der Obrigkeit gehorchen (hier wären jedoch gelegentlich ernsthafte Zweifel anzumelden). Alles in allem gelangt von Ungern-Sternbergs Geschichte kaum über einen großzügig bemessenen Durchschnitt hinaus. Erfreulich ist hingegen die Tatsache, dass sie noch heute lesbar ist und der moderne Phantastik-Konsument, der seinen Geschmack an Stephen King oder Peter Straub und ihren Komplizen im Horrorgeschäft des 20. Jahrhunderts geschliffen hat, an ihr Gefallen finden kann.

Jean-Marie (Mathias Philippe-Auguste Comte) Villiers de L'Isle-Adam gehört zu den bedeutendsten und einflussreichsten europäischen Phantastik-Autoren des 19. Jahrhunderts und hat daher folgerichtig mit einer seiner Meistererzählungen »Das zweite Gesicht« (1867/68) in die Sammlung Eingang gefunden. Diese Entscheidung des Herausgebers scheint um so berechtigter, als die Erzählung noch vor Joseph Sheridan Le Fanus »programmatischem« Meisterwerk »Grüner Tee« (1872) den psychologischen Faktor textkonstituierend in den Vordergrund rückt. Es lässt sich nämlich nicht mehr feststellen, ob die in den Text sinnvoll eingebetteten Zerfall- und Todesvisionen, die den Protagonisten (diesmal erzählt er seine Geschichte selber) heimsuchen, nur seiner schwermutbefallenen, gereizten Imagination entspringen oder aber Einblicke in zukünftige Geschehen darstellen, die ihm aus unerklärlichen Gründen zuteil werden. Dass sie schließlich doch noch Wirklichkeit werden, kann dank der geschickten Handlungsführung auch unschwer dem Zufall zu Last gelegt werden. »Das zweite Gesicht« besticht durch seinen präzisen Aufbau und seine Unaufdringlichkeit der Darstellungsweise. Villiers de L'Isle-Adams leichte Feder ist hier zu Höchstform aufgelaufen und hat ein Werk in die Welt gesetzt, dessen wiederholte Lektüre den Gaumen noch mehr kitzelt.

Guy de Maupassants Spukgeschichte »Eine Erscheinung« (1883) wird im Allgemeinen den bedeutenderen literarischen Leistungen des Franzosen auf dem Gebiet der unheimlichen Literatur zugerechnet. Ihr haftet eine eigenartige Mischung aus Erotik und Morbidität, die ihren Höhepunkt in der Szene erreicht, in der die Hauptfigur dem weiblichen Gespenst sein unangenehm kaltes Haar frisiert. Sie fällt aber deutlich aus dem vom Herausgeber abgesteckten thematischen Rahmen der Zusammenführung der unheimlichen und der psychologischen Literatur, da sie das vorausgesetzte (und jeweils gesuchte) psychologische Moment vermissen lässt (von der Existenz des Gespensts wissen auch Andere Bescheid) und sich vielmehr in die Reihe typischer Geistergeschichten ohne Schlusserklärung eingliedert.

Deutsche Erstveröffentlichung erlebt im Band »Das Geheimnis in der Gerrard Street« (1886) von John Charles Dent. Es ist eine simple *ghost story* ohne besonderen Tiefgang, die das Motiv eines guten Geistes umsetzt, der dem Protagonisten geheimes Wissen über die finanziellen Machenschaften des Bösewichts in der Geschichte anvertraut. Die Enttäuschung des Lesers nach der Lektüre ist um so größer, als die Erzählung einen langen, viel versprechenden Anlauf (Vorgeschichte) nimmt, also den Boden für eine interessante Handlung vorzubereiten scheint, in der Szene mit einem unmöglichen Brief gipfelt und schließlich im zweiten und dritten Teil spannungsmäßig rapide abfällt und sich selbst zum schwachen Mittelmaß degradiert. Auch die psychologische Komponente (der Protagonist fiebert vorübergehend und hat dann einen Filmriss von fünf Wochen, in denen für ihn wichtige Ereignisse eintreten) wirkt eher künstlich, aufgesetzt, nicht überzeugend.

Im scharfen Kontrast zu Dents letztendlich misslungenem Versuch, eine lesenswerte Spukgeschichte zu Papier zu bringen, steht eine der besten Erzählungen in der ganzen Anthologie: »Die verruchte Stimme« (1890) von Vernon Lee. Die Autorin, deren eigentlicher Name Violet Paget war und die mit ihren grundlegenden *Studies of the Eighteenth Century in Italy* (1880) als ausgezeichnete Kennerin kulturhistorischer Prozesse Ruhm erwarb, macht auch in der vorliegenden Geistergeschichte von ihrem profunden Wissen gekonnt Gebrauch, indem sie ihren Protagonisten, einen Wagnerianer und Hasser der Kunst des Gesangs des 18. Jahrhunderts, an der Oper »Ogier der Däne« in Venedig arbeiten lässt, wo die Tradition der Vokalise fortlebt und ihn an der Vollendung seines Werkes stört. Jedes Mal, wenn er glaubt, das von ihm so intensiv gesuchte »Motiv vom Heldentum des Ogier«, die Krönung seines musikalischen Opus magnum, befände sich zum Greifen nahe, es schwebe fast direkt vor ihm, dringt in seine Gedanken ein »Geriesel von Läufen, Kadenzen und Trillern« (S. 83) ein und lässt sie panikartig zerstieben. Die Stimme des großen Kastraten Zaffirino (Farinelli) lässt ihn nicht mehr in Frieden und tröpfelt langsam das Vokalise-Gift in seine Wagnerianer-Seele. Lee dämonisiert die Gestalt des Sängers nahezu, indem sie seiner Stimme die Macht über Leben und Tod verleiht. Mit ihrer Hilfe hat er einst eine Adelige getötet, die seine Reputation eines unwiderstehlichen Herzensbrechers und seinen Männerstolz tief verletzt hat. Der Protagonist ist Zeuge, wie sich am Tatort die Mordgeschichte auf der gespenstischen Bühne eines Totentheaters wiederholt. Der Leser kann sich aber dessen nicht sicher sein, ob dies eine reale Erfahrung ist, oder aber nur eine krankheitsbedingte Halluzination, in der der gesundheitlich angeschlagene Geist des Komponisten den ihn plagenden Alptraum durchspielt. Er ist innerlich zwischen Hass und Liebe zur »verruchten Stimme« zerrissen, die ihn mit unendlicher Sehnsucht nach ihr erfüllt und zugleich sein Künstlertum zerstört. Lees Text ist handlungsarm und der Schwerpunkt der Erzählung liegt auf der Wiedergabe der Emotionswelt des Protagonisten, die in einer meisterhaft durchkomponierten Prosa gespiegelt wird und den Umgang des Lesers mit ihr zu einem Genuss macht. »Die verruchte Stimme« zählt als ein durch und durch gelungener Exponent der psychologischen Phantastik ohne jeden Zweifel zu den Glanzpunkten der Sammlung und rechtfertigt allein schon den Kauf des Bandes.

»Die andere Seite« (1893) des englischen Grafen Stanislaus Eric Count Stenbock thematisiert das Werwolfmotiv auf poetische Art und Weise. Die Geschichte der Werwolfwerdung eines Jungen wird in eine Liebesgeschichte zwischen Mensch und Wolfsfrau integriert. Die im Titel erwähnte »andere Seite« bildet das Pendant zu unserer Welt. Sie erwacht zum Leben, wenn wir schlafen gehen. Sie ist das Spiegelbild unserer Realität, doch dies bedeutet, dass es auch dort Gefühle wie Liebe oder Hass gibt. Der Unterschied ist gar nicht so groß wie allgemein angenommen. Das Symbol des Poetischen ist hier die blaue Blume, die den *Schlaf* bringt. »Die andere Seite« behandelt gekonnt den psychologischen Aspekt der Anderswerdung und die fehlende Toleranz gegenüber dem Anderen und vermag sie in eine schöne, etwas melancholische Geschichte zu kleiden, die im Kopf des Lesers noch lange nachwirkt.

Ralph Adam Crams »Das Haus in der Rue M. Le Prince« (1895) reiht sich unter die typischsten Spukhausgeschichten ein, die es nur geben kann. Die Erzählung verwirklicht das klassische Muster eines Hauses, in dem ein Gespenst umgeht und alle Mieter an den Rand des Nervenzusammenbruchs treibt und sie schließlich ganz fortjagt. Bemerkenswert an dieser eher einfallslosen, leicht lesbaren Geschichte ist das Gespenst selbst, das die makabren Monstergeschöpfe von Lovecraft sozusagen vorempfindet. Auch die Szene des nächtlichen Angriffs des gallertartigen Gespensts könnte einem der Lovecraft'schen Werke entnommen worden sein, wenn der künftige »Einsiedler von Providence« im Erscheinungsjahr dieser Erzählung nicht erst fünf Jahre alt geworden wäre und der Cthulhu-Mythos sich in seiner Vorstellung noch nicht einmal ansatzweise geformt hätte. Im Band wird Cram übrigens mit der Veröffentlichung einer zweiten Geschichte honoriert, die die Grenze zwischen dem rational Erklärbaren und Unerklärbaren durchlässig macht und zwei unterschiedliche Interpretationen der Geschehnisse zulässt. »Notre Dame des Eaux« (1895) erzählt von einer grauenhaften Nacht, die ein junges Mädchen in der im Titel erwähnten Kirche singend verbringt, um auf diese Weise einen Verrückten (oder ein Gespenst?) von sich fern zu halten.

Den Reigen beschließt das einleuchtendste Beispiel für die psychologische Phantastik im Band: Oskar Panizzas »Die gelbe Kröte« (1896), wo alle Prämissen dieser Strömung musterhaft in die Praxis umgesetzt werden. Der Ich-Protagonist versucht dem sonntäglichen Londoner Pietismus und der auf der ganzen Stadt schwer lastenden Psalmenstimmung, dem »monotonen, faden Psalmodieren der Kirche« (S. 138) zu entkommen, indem er an Bord eines Schiffes die Themse hinunterzufahren gedenkt. Gedankenverloren verpasst er jedoch den Ausstieg in Gravesend an der Mündung des Flusses in die Nordsee und erfährt zu seinem Schrecken, dass das Schiff inzwischen aufs offene Meer hinausgefahren sei. Es verwandelt sich in seinen Augen in ein »kolossales blaues Feld« (S. 134), das ihm aufs Gemüt schlägt und ihn seelisch krank macht: eine furchtbare Angst liegt auf dem Grund seiner Seele (S. 135). Der Zustand der frei floatenden Angst lässt ihn überempfindlich werden und reizt seine Phantasie an, die sich an nichts festmachen kann. Doch als die Situation immer unerträglicher wird, bemerkt er einen kittgelben Dampfer, der auf sein Schiff zusteuert – wie eine gelbe Kröte. Er erkennt bald, dass die Dampfererscheinung *nur* für ihn bestimmt ist, da er an Bord des sonst leeren Dampfschiffes lediglich sein längst totes »Mütterlein« erblickt, das ihn wie ein Gewissensbiss aus der Vergangenheit aufsucht und zu sittlichem, pietistischem und gottesfürchtigem Leben ermahnt. Keinem der Mitreisenden fällt das gelbe Schiff auf, das eine Zeit lang mit dem Ausflugsschiff Bord an Bord die Wellen zerschneidet, bevor es schließlich abdreht und sich in die Richtung der französischen Küste entfernt. Der »Anfall«, so umschreibt der Protagonist die Erfahrung der Begegnung mit der »gelben Kröte«, geht zwar vorüber, aber nicht spurlos vorbei. Der antireligiöse Rebell Panizza, dem später weder Gefängnis noch Irrenhaus erspart bleiben sollten, greift hier erneut das Thema Kirche und Glaube auf und bindet es in eine Geschichte über Bewusstseinsqualen und die Unfähigkeit, sich anzupassen und konform zu verhalten, sowie über den uniformierenden Zwang, den die Gesellschaft auf die menschliche Psyche ausübt, ein. Das »halluzinierte Dampfschiff« ist die internalisierte Mahninstanz in der Psyche, die den Menschen konformistische Verhaltensweisen an den Tag zu legen zwingt, damit er von dem Rest der Gesellschaft nicht ausgestoßen wird. Die Erscheinung des »Mahnschiffes« verlegt Panizza zwar unmissverständlich in die Vorstellungswelt des Protagonisten hinein, es ist die Visualisierung seines Geisteszustands, doch von der Darstellung geht eine so starke suggestive Wirkung aus, dass man als Leser geneigt ist, zu glauben, dass da zwei Schiffe im Wellengang ihre Bordwände knarrend gegeneinander reiben.

Es ist ein langer Weg, der Somows »Eigenartige Abendgesellschaft« und Panizzas »Gelbe Kröte« verbindet. Der Zeitbogen überspannt über 60 Jahre der Entwicklung der Spukgeschichte und die darauf aufbauende Anthologie dokumentiert das allmähliche Vordringen des Psychologischen in die Geistergeschichte relativ einleuchtend, obwohl einige wenige Fehlgriffe das Bild dieses Prozesses etwas verdunkeln (Dent, Crams erster Text). Aufgewogen werden die paar Missgriffe jedoch mehr als genug durch die interessanten und jederzeit überaus lesenswerten Geschichten aus der Feder von Jean-Marie Villiers de L'Isle-Adam, Vernon Lee, Stanislaus Eric Count Stenbock oder Oskar Panizza, die die Anschaffung von *The Haunting. Spukgeschichten des 19. Jahrhunderts* mehr als rechtfertigen.

Frank Festa & Jens Schumacher (Hrsg.)

Dead Ends

Angloamerikanische Horrorstories
Ventil Verlag, Mainz 1999
217 Seiten, DM 32,00 / € 16,36

von Jacek Rzeszotnik

Der heutige Horror kommt oftmals ohne Übernatürliches aus, das als die wichtigste Quelle des Unheimlichen bereits ausgedient zu haben scheint. Die Säkularisierung und Durchrationalisierung des täglichen Lebens hat auch die Verlegung der Furchtursachen vom Übersinnlichen ins Menschliche zur Konsequenz gehabt. Der in seinem Denken rationalistisch geprägte moderne Mensch empfindet kaum Angst vor Übergriffen aus dem Jenseits, sondern vielmehr vor solchen aus dem Diesseits: Das Böse lauert nicht mehr an der Schnittstelle zwischen unserer Realität und der anderen Seite, um im geeignetsten Moment zuzuschlagen, sondern ist in den verschlungenen Labyrinthen der menschlichen Seele beheimatet. Das

Monster lebt nicht hinter einer unsichtbaren Wirklichkeitsgrenze, sondern gleich neben uns oder gar in uns selbst. Es wandelt nicht im Dunkel, sondern sonnt sich im Tageslicht. Der Mensch hat deswegen mehr Gründe denn je, um sich zu ängstigen.

Die von den Kennern der Gattung Frank Festa und Jens Schumacher herausgegebene Anthologie mit 15 gruselig-makabren Geschichten aus der Feder englischer und amerikanischer Prominenter des Genres liefert einen untrüglichen Beweis für diese These. Die unheimlichsten Texte im Band bemühen nämlich keinerlei übernatürliche Elemente und doch vermögen sie beim Leser effektiv Entsetzen zu erregen und die »typischen« Gruselgeschichten an Wirkung bei weitem zu überbieten.

Eine wahrlich grausige Facette gewinnt beispielsweise der texanische Meister verschiedener fernöstlicher Kampfkünste und preisgekrönte Horrorautor Joe R. Lansdale den sonst auch nicht gerade rücksichtsvoll verlaufenden Initiationsriten der Männlichwerdung in seiner grotesken Vignette »Entenjagd« ab, die ohne Zweifel zu den interessantesten und lesenswertesten Beiträgen in der Sammlung gehört. Die stilistische Simplizität und der emotionslose Sprachduktus intensivieren das Grauenhafte der Kurzgeschichte noch zusätzlich, indem sie sie ins Gewand einer sozialpsychologischen Beobachtung zu kleiden scheinen, sodass man sogar gewillt ist zu glauben, dass es bei den »Rednecks« in den einsamsten Ecken des amerikanischen Mittelwestens tatsächlich blutige Einführungsbräuche gibt, die noch auf die Zeit des Wilden Westens und der Eroberung der unendlichen Prärien zurückgehen und den Mythos des echten Kerls fortleben lassen.

Um die Siegespalme für die packendste Erzählung in der Anthologie kämpft auch »Unschuld« aus der Feder von Christa Faust, die dafür bekannt ist, dass sie in ihre Horrorgeschichten viel Erotik einfließen lässt bzw. ihren erotischen Geschichten den Mantel des Horrors überwirft. Um ein solches literarisches Zwitterwesen handelt es sich auch hier. Die ehemalige professionelle Domina Faust sieht nämlich eine Affinität zwischen »New Horror« und Sinnlichkeit, was sie aufgrund ihrer

Berufserfahrung im SM-Bereich zum Schreiben von modernen Gruselgeschichten nahezu prädestiniere: »Sex and death have always been intimately linked. After all, they are the two most controversial and inescapable experiences of human existence.«* Ihre profunden Milieu-Kenntnisse liegen ebenfalls »Unschuld« zu Grunde, wo ein schmächtiger Junge namens Alex als »Tunte« auf der Straße arbeitet und es den Freiern besorgt, doch in seinen Phantasien sich den lustvollen Vorstellungen hingibt, eines Tages einem Vampir zu begegnen, der ihm Geborgenheit schenken und Liebe entgegenbringen würde. Denn die Blutsauger symbolisieren für ihn die Schönheit, die mit tödlicher Kraft gepaart ist. Diese Kraft wäre ein willkommenes Präsent für den vom Leben Geschundenen und Gebeutelten. Sein Gesicht würde dann nicht mehr in den Dreck gestampft werden. Und eines Abends scheint sein Wunsch in Erfüllung zu gehen: Ein schwarzer Mercedes hält vor ihm an und ein geheimnisvoller Fremder, dessen Gebiss Alex all seine süß-schaurigen Träume sofort ins Gedächtnis zurückruft und ihn vor Angst und Erregung erzittern lässt, winkt ihn zu sich. An dieser Stelle sollen die weiteren emotional turbulenten Erlebnisse des Jungen nicht verraten werden. Es sei nur so viel gesagt, dass er schließlich nach einer heißen Nacht in der Tat zu einem Vampir wird, doch nicht unbedingt von der Art, die man gewöhnlich vor Augen hat, wenn man dieses Wort zu hören oder zu sehen bekommt.

Ganz ohne Zuhilfenahme übernatürlicher Elemente ist auch Douglas E. Winters »Filmriss« in der Lage, Grauen zu evozieren und dem Leser das Blut in den Adern gefrieren zu lassen. Der bekannte Herausgeber von Anthologien und geschätzte Autor von Sachbüchern stürzt seinen Protagonisten mitnichten in den Strudel grausiger Abenteuer und den Lesenden in eine emotionale Achterbahnfahrt. Ganz im Gegenteil, der Erzählfluss bewegt sich nur langsam dahin, ohne dass er wogt und schäumt. Und es ist eine Falle, die Winter aufstellt und in die der Leser blindlings rennt: Referiert wird die Laufbahn einer Porno-Dar-

* Interview mit Christa Faust von Alex S. Johnson, in: »Carbon 14«, Nr. 9 (Herbst) 1996.

stellerin, die unter wechselnden Pseudonymen die Stufen des Sexfilmgeschäfts erklettert, bis sie den Status eines kleinen Stars erlangt. Winter veranschaulicht ihren Aufstieg durch die Geschichte eines ihrer Fans, der von ihr fasziniert ist und über Jahre Materialien zu ihrer Person und ihren »filmischen Kreationen« sammelt. Die Karriere der Frau wird anhand von Szenen aus den von ihr gedrehten Videofilmen exemplifiziert, in denen sie sich im Verlauf der Zeit immer mehr in den Vordergrund spielt. Bis sie schließlich am Drehort von einer »überladenen Platzpatrone« aus einer Filmpistole in die Brust tödlich getroffen wird. In diesem Moment horcht der Leser auf, den die Aneinanderreihung von »Zitaten« aus den Sexfilmen etwas eingelullt hat: Den ultimativen Kick verspricht dem Protagonisten die geheime Aufführung des letzten Videos des gestorbenen Porno-Stars zu verschaffen. Es ist die Aufnahme des Allerintimsten – des »Striptease des Fleisches«, der die langjährige Bekanntschaft des Protagonisten mit dem Porno-Star auf grausige Weise »krönt«. Man könnte meinen, dies wäre der Schluss und die Hauptfigur würde die ganze Angelegenheit als beendet ad acta legen, doch die Magie des Kinos lässt die Toten fortleben und sie auf der Leinwand bzw. dem Bildschirm weiter agieren. Daher sterben auch die alten Träume nicht und können beliebig lange am Leben erhalten werden.

Thomas Tessier ist mit »Evelyn Grace« der Vierte im Bunde (um Schiller zu paraphrasieren). Seine Geschichte über eine Beziehung, die es nicht gegeben hat, für die jedoch der Preis gezahlt werden muss, lässt ebenfalls Übernatürliches vermissen, legt dafür das Fazit nahe, dass es sich nicht lohnt, Mitleid zu empfinden und den Schmerz der trauernden Hinterbliebenen mit erlogenen Geschichten zu lindern. Wenn man sich zu sehr ins Tröstwerk engagiert, kann man unter Umständen eine überaus böse Überraschung erleben.

Neben diesen ausgezeichneten Texten bekommt der Leser auch eine Reihe anderer lesenswerter unheimlicher Erzählungen angeboten, in denen das Übernatürliche nirgendwo in Erscheinung tritt.

Den Wahnsinn mit tödlichen Folgen thematisiert der für seine berühmteste Schöpfung John Rambo weltweit bekannte

David Morell in »Puppen«, einem Schocker mit viel vergossenem Blut und (zu) starken Familienbanden. Nach der Lektüre drängt sich die Frage auf, ob man aller seiner Familienangehörigen wirklich hundertprozentig sicher sein kann?

Die neben Christa Faust wohl schillerndste Gestalt des modernen Horrors Poppy Z. Brite, die ihre Erzählungen mit Vorliebe mit scharfer Erotik garniert, balanciert mit ihrem Beitrag »Xenophobie« an der Grenze zwischen unserer Realität und einer anderen Wirklichkeit, die sich aber *de facto* in den Köpfen der beiden Hauptfiguren ausbreitet und ein schreckenerregendes Beispiel für die Dünkelhaftigkeit und Engstirnigkeit der Einen gegenüber den Anderen darstellt. Verdeutlicht wird die xenophobe Haltung an der grotesk irrsinnigen Überzeugung der Protagonisten, die Vulven chinesischer Frauen würden sich unerhörterweise seitwärts statt von oben nach unten öffnen. Dieser Gedanke schlägt sie dermaßen in seinen Bann, dass sie die sich ihnen bietende Gelegenheit, vorübergehend eine Totenwache am Leichnam einer Chinesin zu halten, sofort ergreifen, zumal ihnen dafür noch ein paar Dollars in die Tasche flattern sollen. Das, was sie nach anfänglichem Zögern zwischen den Schamlippen der Toten erblicken, lässt ihnen das Blut in den Adern stocken und die Haare zu Berge stehen. Auch die Verstorbene scheint nicht so ganz tot zu sein. Ob aber sich alles so zugetragen hat, wie das vom Ich-Erzähler berichtet wird, darf angezweifelt werden, denn bevor sich die Ereignisse überstürzen, nehmen die beiden etwas zu sich, was sie als halluzinogene Pilze identifiziert zu haben glauben. Das Schlussgespräch mit ihrem chinesischen Auftraggeber, einem Leichenbestatter, relativiert erneut ihre Eindrücke und öffnet neuen Deutungen Tür und Tor.

Intellektueller gibt sich die populärste nordamerikanische Schriftstellerin Joyce Carol Oates, die keine Ausflüge auf das Gebiet der Groteske und der *gothic tales* scheut, mit ihrer Geschichte »Ein großstädtisches Paradoxon«, in der sie ein gar nicht so phantastisches Problem aufgreift. Es betrifft die Einstellung der Gutsituierten zu den Outsidern der Gesellschaft, die ihnen wie Wesen aus einer anderen Welt vorkommen und denen man mit Verwunderung oder Abscheu begegnet, auf jeden Fall aber Berührungsängste an den Tag legt. Ähnlich ergeht es auch der in einem aseptisch sauberen Universitätsviertel wohnenden Protagonistin von Oates, der seltsame, in den Mülltonnen wühlende menschliche »Kreaturen« ins Auge fallen, die von geheimnisvollen Kleinbussen aufgelesen werden, »bis auf einige Wasserpfützen mit einem merkwürdig rötlichen Glanz« (S. 32). Sie zimmert sich eine Theorie zurecht, die ihr Wegschauen rechtfertigen soll, da »der Mensch nur dann für etwas verurteilt werden kann, wenn er selbständig handelt. Ihm muss vergeben werden für das, was nicht seine Schuld ist!« (S. 33), selbst wenn das Gesehene dafür ins Reich der Träume oder Halluzinationen zu bannen ist. Auf diese Weise kann man sich für die Ungerechtigkeit dieser Welt blind machen und sie einfach nicht wahrnehmen. Die Theorie der Protagonistin mündet zu guter Letzt in ein haarsträubendes Fazit ein, das bedauerlicherweise allzu viele Menschen von heute auf ihre Fahne schreiben: »Was man sich nicht als existent vorzustellen in der Lage ist, kann nicht existieren« (S. 34). Programmatisch klingt daher der Schlusssatz der Erzählung: »Darüber hinaus ist nur wichtig, vor dem Einbruch der Dunkelheit zu Hause zu sein und die Fenster und Läden fest gegen den Tag zu verschließen« (S. 34). Der Horror bei Joyce Carol Oates ist sozialkritischer Natur und basiert auf beunruhigenden Diagnosen des Zustandes der *conditio humana,* sodass er tiefer unter die Haut dringt, als wenn es lediglich belanglose Phantastereien wären.

Der umfangreichste Text in der Anthologie stammt von einem der gefeiertesten Horrorautoren der modernen unheimlichen Literatur (John) Ramsey Campbell (apostrophiert als »the finest living exponent of the British weird fiction tradition«) und nimmt eine Mittelposition zwischen Geschichten, die keinerlei Spuren des Übernatürlichen aufweisen und deren unheimliche Wirkung von ihrem expliziten Wirklichkeitsbezug herrührt, und Erzählungen, in denen das Übernatürliche das Fundament ist, ein. »Die Stimme des Strandes«, eine von Campbells klassischen Erzählungen, bestätigt das Urteil von Stephen King, dass »in a Campbell novel or short story, one seems to view the world through the thin and shifting haze of an LSD trip that is just ending ... or just beginning«. Es fällt nämlich schwer zu entscheiden, ob hier nur der voranschreitende Wahnsinn am Werk ist oder aber sich wirklich eine Katastrophe kataklysmischen Ausmaßes anbahnt, die unsere Realität auszuradieren droht. Wie dem auch sei, Campbell versteht es, einen ontologisch interessanten Fall zu konstruieren und einen »Kampf der Wirklichkeiten« zu ersinnen: »Nimm an, diese andere Realität war einmal alles, was existierte, okay? Dann entstand unsere Welt und nahm einen Teil davon in Beschlag. Wir haben dieses Andere nicht zerstört, denn es kann nicht zerstört werden. Möglicherweise hat es sich nur ein wenig zurückgezogen, um abzuwarten. Aber es hinterließ einen Abdruck von sich in unserer Realität, eine Art kodiertes Abbild.« (S. 166) Schade nur, dass Campbell es bei dieser Konstatierung belassen hat, ohne die Idee detaillierter auszuarbeiten. Man kann seinen Schritt jedoch nachvollziehen, wenn man sich vergegenwärtigt, dass seine Absicht vornehmlich darin bestand, die Labilität der menschlichen Psyche zu dokumentieren und nicht die Beschaffenheit unserer Wirklichkeit zu ergründen und zu erklären, da die Wirkfähigkeit des Horrors bekanntermaßen auf der Evozierung von Emotionen und nicht auf logischen Beweisführungen fußt.

Eine Leseempfehlung kann auch im Falle des poetischen Anthologie-Beitrags des medienscheuen und auf die Wahrung seiner Privatsphäre sehr bedachten Thomas Ligotti ausgesprochen werden, der seine geheimnisvollen pflanzlichen Geschöpfe »Blumen der Finsternis« dem Licht ausweichen lässt. Ähnlich wie Campbells Erzählung ist Ligottis Kurzgeschichte in der Zwischenzone zwischen Realistisch und Phantastisch angesiedelt, wobei sie jedoch dank der titelgebenden lichtscheuen Blumen viel deutlicher dem phantastischen Bereich affin ist. (Es wäre hierbei nicht fehl am Platz, die Übersetzung des Titels im Inhaltsverzeichnis »Blumen des Abgrunds« – so auch der Originaltitel Ligottis –, im Buch selbst »Blumen der Finsternis« und in den »Kurzbibliographien« wieder »Blumen des Abgrunds« zu vereinheitlichen.)

Zu den lesenswertesten Texten in *Dead Ends,* die das Übernatürliche als Eckpfeiler benutzen, zählen hingegen Terry

Lamsleys »Das Erbe« und Brian McNaughtons »Der Mann, der das Copyright missachtete«, wiewohl sie mit dem darauf aufbauenden Unheimlichen grundverschieden umgehen.

In Terry Lamsleys Schauergeschichte sind die Gruseleffekte auf ein Minimum reduziert. Etwas Unsichtbares, das nur manchmal zufällig und unklar aus dem Augenwinkel erhascht werden kann, kreist um den Protagonisten, folgt ihm, spricht zu ihm »durch die Gasflamme«. Er hat es schon im wütigen Blick seines Vaters gesehen und jetzt scheint es das Unsichtbare auf ihn abgesehen zu haben. Zunächst mutet die Erzählung wie eine gewöhnliche *haunted house*-Story an, doch gegen Ende wartet sie mit einer überraschenden Wende auf, die sie in ein völlig neues Licht taucht. Dieses Etwas bemächtigt sich der Hauptfigur auf eine mehr als ungewöhnliche Art und Weise. Der Text wird in erster Linie von der von ihm erzeugten unheimlichen Stimmung getragen, die die Bedrängnis des Protagonisten effizient wiedergibt, sodass man sich fast in die Handlung versetzt und eine Gänsehaut über den Rücken laufen fühlt, was wohl die beste Empfehlung für eine Horrorgeschichte ist.

Im Gegensatz zu Lamsleys ruhigem, ja gruselig-sanftem Erzählduktus schwadroniert »Der Mann, der das Copyright missachtete« von Brian McNaughton nachgerade. An die Stelle des passiven Protagonisten von »Das Erbe«, auf den Einfluss genommen wird, ist eine dynamische Hauptfigur getreten, die die Umstände ihres Lebens selbst zu gestalten versucht. Und ihr Vorgehen hat Methode: Mithilfe magischer Formeln zaubert der sexuell verklemmte Howard berühmte (meist nymphomane) weibliche Filmstars vom Bildschirm in die Körper der eingeladenen Prostituierten hinein, um so seine fleischlichen Begierden zu befriedigen. Die Angelegenheit hat allerdings zwei Haken: Die Freudenmädchen müssen dabei ihr Leben lassen, denn der Transfer findet nur in einen »freien« Körper statt, sodass nach einer Weile der Verwesungsprozess einsetzt und der »Leichnam« im Keller des Mietshauses (neben den früheren) verscharrt werden muss. Ein anderer Schwachpunkt seiner Methode ist, dass die vom Bildschirm heruntergeholten mannstollen Schönheiten auch von den Filmrollen und Videokassetten spurlos verschwinden, was die Videoverleiher ihn misstrauisch beäugen lässt, weswegen er seinen Suchaktionsradius jedes Mal erweitern muss, um an das neue Filmmaterial heranzukommen. Zum Verhängnis wird ihm schließlich die Tatsache, dass er in seinem Sinnesrausch die Rechnung ohne den Wirt gemacht und seine überaus neugierige Vermieterin als Risikofaktor nicht mit einkalkuliert hat. Dieser Fehler kommt ihm teuer zu stehen.

Douglas Cleggs »White Chapel«, Caitlin R. Kiernans »Dies Wasser (Johnstown, Pennsylvania 1889)«, David J. Schows »Spuren im Sand« und Peter Straubs »Aschenputtel« runden den Band ab. Auch sie bieten gespenstisch-nette Unterhaltung, wiewohl sie sich dem Gedächtnis des Lesenden nicht mehr so nachhaltig einprägen und sich die Leseeindrücke ziemlich schnell verflüchtigen.

Frank Fiesta und Jens Schumacher haben mit der Herausgabe von *Dead Ends* eine ausgezeichnete Arbeit geleistet. Die Anthologie bringt dem Leser verschiedene Facetten des modernen angloamerikanischen Horrors aus den 90er Jahren (mit Ausnahme von David Morells »Puppen«, die älteren Datums sind) näher. Der Sammlung kann man entnehmen, dass sich der Schwerpunkt der Darstellung des Unheimlichen zunehmend vom Übernatürlichen aufs Sozialpsychologische verschiebt und der wahre Horror auf der Straße passiert und uns alle betreffen kann. Es sind nicht mehr die Anderen oder der Phantasie von Horrorautoren entsprungenen fiktionalen Gestalten, die dem Grauen Auge in Auge gegenüberstehen, sondern wir selbst. Wenn also die Furcht das Mitleid ist, das wir auf uns selbst beziehen, dann gibt es um uns herum immer mehr Anlass, um uns selbst zu bemitleiden. Und uns zu fürchten.

(Ein großer Pluspunkt muss der Anthologie auch für das Coverbild gut geschrieben werden, das sich von der für die Umschläge von Horrorromanen und -erzählbänden so typischen monotonen Grafikkonfektion wohltuend abhebt.)

William Gibson

Futurematic

(All Tomorrow's Parties, 1999)
Rogner & Bernhard (bei Zweitausendeins), Hamburg 2000
Deutsch von Peter Robert
368 Seiten, DM 33,–

von Wolfgang Neuhaus

Hat William Gibson auch das Kunststück fertig gebracht, auf der Liste der besten SF-Autoren aller Zeiten im LOCUS-Magazin innerhalb eines Jahres vom 20. auf den 36. Platz zurückzufallen, so ist dieser Kursverlust nicht so recht erklärbar. Gibson ist eine Berühmtheit in der Popkultur, seine Bücher landen auf den amerikanischen Bestseller-Listen, und er hat ein Standbein im profitablen und publicityträchtigen Mediengeschäft, wie zuletzt der Rummel um die zusammen mit Tom Maddox geschriebenen »Akte X«-Folgen zeigte. Zu seinen Neuerscheinungen gibt er regelmäßig eine Flut von Interviews, die ihn als scharfsinnigen Chronisten und sensiblen Entdecker von Kulturumbrüchen ausweisen. Daneben scheint Gibson seine Erfindung des Begriffs »Cyberspace«, die ihm ehedem die traumatische Angst bescherte, dafür ewig gebrandmarkt zu werden, heute mit einer milden Genugtuung zu erfüllen. Seine Literatur hat sich seit den aufregenden »Neuromancer«-Tagen allerdings gewandelt, der Drive der Handlung und die technologischen Visionen sind der behutsamen Schilderung von biographischen Erlebnissen und Großstadt-Tableaus gewichen, die verdächtig nahe an die Gegenwart rücken und Gibson eher als Techno-Realisten kennzeichnen denn als klassischen SF-Autor. Und der Leser hat ein ums andere Mal das Gefühl, dass ihm in seinem neuen Roman der Boden unter den Füßen weggezogen wird. Gibson verfolgt nämlich ein anspruchsvolles Konzept, das sich um die Virtualität der Geschichte selbst dreht und Zukunft auf neue Weise verstehen will.

Mit »Futurematic« liegt nach »Virtuelles Licht« (1993) und »Idoru« (1997) die »Virtual light«-Trilogie komplett auf Deutsch vor. Gibson lässt im abschließenden Band teilweise das gleiche Personal auftreten wie in den vorhergehenden Bänden. Alls da wären: das »Datenmedium« Laney und das KI-Hologramm Rei Toei aus »Idoru«, der Wachmann Rydell und die Fahrradkurierin Chevette aus »Virtuelles Licht«. Neu hinzu kommen der Uhrenhändler Fontaine, der Rocksänger Creedmore, der Killer Konrad und der geistig zurückgebliebene jugendliche Kleinkriminelle Silencio. Die Handlung führt alle Fäden schnell auf der Oakland Bay Bridge bei San Francisco zusammen, die schon in »Virtuelles Licht« Schauplatz war. Als eigentliche Hauptfigur und Auslöser einer ominösen großen Veränderung, der Laney dicht auf der Datenspur ist, wird aber der Milliardär Cody Harwood präsentiert, der sein Geld mit PR-Aktivitäten verdient.

Gibson gelingt es in »Futurematic«, seine Qualitäten auszuspielen und stilistische Finessen zu gestalten. Er entwirft eine ganze Reihe von Technologien, typische Gibson-Gadgets, die in den Alltag eindringen und gegensätzlich gebraucht werden, wobei ihre Schilderung immer auch ironische Untertöne hat: eine GPS-Sonnenbrille mit eingebautem Telefon und Radio, aufgemotzte virtuelle Büros und intelligente Graffiti-Materialien, die von den Reinigungskräften umprogrammiert werden müssen. Die Global Interactive Video-Säule vor Rydells Arbeitsstätte Lucky Dragon zum Beispiel, die eigentlich der weltweiten Werbung dienen soll, wird gerne für allerlei exhibitionistische Neigungen zweckentfremdet. Da die Menschen sich oft in VR-Welten aufhalten, beschreibt Gibson beiläufig, wie sich ihre Wahrnehmung der realen Weit verändert, reale Gesichter plötzlich unscharf und »gepixelt« erscheinen. Er entwirft ferner Bilder, in denen er solche Erfindungen mit seinem spezifischen Gefühl für Stimmungen verbindet. Folgende Szene ist dafür ein gutes Beispiel. Polymerisat ist dabei ein Stoff, der nicht aushärtet und beim Gebäudebau für die Erdbebensicherung eingesetzt wird. »In der Niedergeschlagenheit, die sich in seinen Hinterhofpausen zunehmend auf ihn herabgesenkt hatte, sammelte er immer eine Handvoll Steine auf, stellte sich hin und schleuderte sie mit aller Kraft in das Polymerisat. Sie schlugen nahezu geräuschlos auf und verschwanden vollständig. Sie bohrten sich tief hinein in das Zeug, und dann schloss es sich über ihnen, als ob nichts geschehen wäre. Und Rydell hatte angefangen, darin ein Symbol für allgemeinere Dinge zu sehen: Er war auf seinem Weg durch die Welt wie diese Steine, und das Polymerisat war wie das Leben, das sich über ihm schloss, ohne die geringste Spur seiner Anwesenheit zu hinterlassen.« (S. 33)

In mancher Hinsicht passiert im Roman nicht viel, von einem anderen Standpunkt aus betrachtet, entsteht eine neue Welt, Harwood hat dieselbe Droge wie Laney genommen und ähnliche intuitiv-mediale Fähigkeiten entwickelt. Laney und Harwood tragen eine Auseinandersetzung hinter den Kulissen aus, ein »Meta-Duell« über den Kurs der Geschichte, für das sie ihre vielfachen Verbindungen nutzen. Laney surft im Netz von einer Pappkartonsiedlung in Tokio aus, während Harwood sich in einem Satelliten aufhält. Nicht alle beteiligten Personen sind über den Gesamtzusammenhang informiert. Wobei es auch für den Leser nicht leicht ist, den Überblick zu behalten. Die souveräne Killer-Figur Konrad hat erst Kontakt zu Harwood, wirkt dann auch zugunsten von Laney, indem sie dessen Helfer vor Ort, Rydell, vor dem sicheren Tod rettet. Es gibt einige surreal anmutende Szenen in dem Buch, die schwer »zuzuordnen« sind (insbesondere das Kapitel 67).

Gibson betont von Anfang an in dem Buch, dass da etwas Besonderes vor sich gehe, etwas Großes. Damit baut er aber eine Erwartungshaltung beim Leser auf, die er nicht befriedigen kann, er kann die »neue Wellt« nicht zeigen. »Was am Ende von ›Futurematic‹ steht«, meint Gibson, »ist eine Art historisches, schwarzes Loch. Die Geschichte der drei Bücher läuft mit solcher Kraft auf dieses Ende hinaus, dass ich mir nicht vorstellen kann, wie sie überhaupt noch weitergehen sollte. Ich habe keine Ahnung, wohin die Synergie zwischen dem Digitalen und der Nanotechnologie uns führen wird.« Man kann darüber streiten, ob dieses Ende der Komplexität des beschworenen grundlegenden Wandels entgegenkommt, ist dieser doch so weitreichend und für unser heutiges Bewusstsein so abstrakt, als dass man ein umfassendes und sinnvolles Bild von ihm zeichnen könnte. Da ist Gibson in »Idoru«

(besprochen im SF-Jahr 1998) »konkreter« gewesen: er beschreibt dort im Schlusskapitel, wie die »Ummauerte Stadt« als alternative Cyberspace-Zone langsam von Nano-Maschinen gezüchtet, materialisiert wird, so dass eine interessante Mischexistenz aus virtuellen und realen Bestandteilen entstehen wird - die Insel der Idoru. In »Futurematic« bezieht sich Gibson noch einmal darauf, wenn er schreibt, dass Laney nicht zurück auf die Insel will, da dort nichts sei, nie etwas sein werde wegen Rei Toeis Abwesenheit (S.12). Im neuen Buch findet offenbar eine stärkere Aufspaltung von Geschichte statt. Die Hacker der Ummauerten Stadt bauen keine real-virtuelle Variante mehr, sondern haben längst eine »autonome Realität« errichtet. Ihr Zufluchtsort sei »eine Art großer gemeinschaftlicher Website« (S. 63), die von innen nach außen gekehrt worden sei - mehr wird zu ihrer Technik nicht erläutert. Die virtuellen Widerstandsgruppen, die im Buch als Klaus und der Hahn, als Libia und Paco auftauchen, mischen von einem Ort aus mit, an dem sie nicht länger fassbar sind. Gibson erweist sich hier wieder als ein Meister der »Exterritorialisierung«, der Beschreibung von Zonen, die sich den herrschenden Mechanismen entziehen, Seine Literatur hat hier einen stark utopischen Impetus, allerdings von begrenztem Wirkungskreis.

Gibson versucht, sich einem anderen Bewusstsein von Geschichte zu nähern, in der die Technik nur ein Aspekt ist. Ist sein »Cyberspace«-Konzept ein Meilenstein in der Geschichte der SF, so war es doch gebunden an die feste Struktur einer verorteten Computertechnik. In »Futurematic« ist es die Virtualität von Geschichte selbst, das Gesamt ihrer Potentiale und Triebkräfte, die mittels Nanotechnologie eine neue Ausprägung erfahren wird, was die Auslöschung der Geschichte und der Subjektivität bedeuten kann, wie wir sie kennen. Geschichte wird in ihren Parametern immer mehr durch Individuen bestimmbar, wobei ein Sinn, der eine einheitliche Vorstellung von Geschichte sichern soll, nicht erkennbar ist. Laney spürt neue Ordnungen der Dinge auf, neue Informationsmuster, »Potentialitätsknoten im Verlauf von Linien, die Historien des Geschehenen auf dem Wege zum Noch-Nicht sind«

(S. 138). Die eine Geschichte habe es nie gegeben. Das alte Konzept der Geschichte sei narrativ, sie sei eine Frage der Interpretation. »Daran hatte das Digitale eigentlich nichts geändert, es hatte es vielmehr so offensichtlich gemacht, dass man es nicht mehr ignorieren konnte. Geschichte bestand aus gespeicherten Daten, und die waren der Manipulation und Interpretation ausgesetzt.« (S. 216) In den Datenströmen dieser Welt kann es zu Prozessen kommen, die Machtkonstellationen schnell verändern. Harwood ist eben eine Machtfigur, die die Realität »hacken« und allen seine Geschichte aufdrücken will. Er lässt auf der ganzen Welt in den Lucky Dragon-Filialen neuartige Nano-Faxmaschinen aufstellen, die in der Lage sind, den Bauplan von Objekten zu erfassen und ihre Daten an das Empfangsgerät zu senden, wo sie auf molekularer Basis rekonstruiert werden. Harwood organisiert eine solche Infrastruktur, um seine Möglichkeiten zu vervielfältigen, die Potentiale zu vernetzen, ohne dass selbst er jederzeit wusste, wozu sie gut sein könnten. »Futurematic« nebenbei ist der Name einer Uhr, die Silencio in einem mysteriös bleibenden Vorgang in der virtuellen Welt einsetzt, der schließlich dazu führt, dass die Pläne Harwoods vorläufig gestoppt sind.

Die Zukunft ist pluralistisch in dem Sinne, dass sie von verschiedenen Bewusstseinen gestaltet werden kann, wobei es eben darauf ankäme, zur richtigen Zeit am richtigen Ort zu sein und über eine entsprechende Wahrnehmung zu verfügen (so erklärt sich auch der Titel der amerikanischen Originalausgabe, es geht um die an diesem Prozess Beteiligten aller möglichen Zukünfte). Es scheint, als habe sich Gibson durch die Analyse des SF-Kritikers John Clute anregen lassen, dass man Geschichte heute als »Vielfalt von Optionen« darstellen, begreiflich machen müsse. Aber er treibt selbst ein Spiel damit. Dass ein totaler Wandel im Jahr 1911 stattfand, was im Roman als wiederkehrendes Motiv auftaucht, ist laut Gibson nur eine Vortäuschung von Faktizität. Er bezieht sich hier auf eine ironische Bemerkung von Virginia Woolf, dass die Moderne an einem Wochenende im Jahr 1911 begonnen habe.

von Sascha Mamczak

Auf den Anfang kommt es an. Und der geht so: »Durch die abendliche Flut unbeachteter, unbekannter Gesichter, inmitten dahinhastender schwarzer Schuhe und zusammengerollter Regenschirme, die Menschenmenge ein einziger Organismus, der sich ins stickige Innerste der Station hinabwälzt, kommt Shinya Yamasaki, das Notebook unterm Arm, als wäre es die Eiertasche eines genügsamen, aber halbwegs lebenstüchtigen Meeresgeschöpfes.«

Nein, beinahe zwanzig Jahre nach »Neuromancer« zündet William Gibson keine Rakete mehr, wenn er einen Roman beginnt. Aufregende Jahre waren es allemal: Aus Terry Carrs Ace-Specials-Debütant wurde niemand geringerer als der »Vater des Cyberspace«, und aus dem Erstlingswerk, einer furiosen Räuberpistole, hochgerüstet mit allem, was das Genre zu bieten hat, ein Kultbuch weit über die Science Fiction hinaus. Damit nicht genug, wurde Gibson eine Ehre zuteil, die nur den wenigsten Autoren vergönnt ist: Seine ganz persönliche Sichtweise unserer Welt ist Teil des großen kulturellen Diskurses geworden; wohin man heutzutage blickt (oder klickt) im virtuellen Allerlei, wird auf Gibson rekurriert. Und doch: Obwohl sich der Autor selbst in diesen zwanzig Jahren nicht lange bitten ließ, wenn es darum ging, mediale Duftmarken zu setzen – und so eifrig am derzeit aktuellen Heilsmythos mitbastelte –, wehrt er sich einigermaßen erfolgreich dagegen, von den Propagandisten und Ideologen des *World Wide Web* vereinnahmt zu werden: »Wenn ich eine Botschaft an die Boys im Internet senden könnte, würde ich ihnen raten, ein Wörterbuch zur Hand zu nehmen und das Wort Ironie nachzuschlagen.«

Der Qualität seiner neueren Romane kommt diese Distanz überaus zugute, und insofern ist der Beginn von »Futurematic«, der mit »Virtuelles Licht« und »Idoru« einen lockeren Verbund bildet, auch Programm – als wollte Gibson mit Nachdruck darauf hinweisen, dass er kein Visionär oder Prophet ist, sondern Schriftsteller. So geht es hier weniger pompös-megalomanisch als noch in der Neuromancer-Trilogie zu, überhaupt weniger plot-lastig, sondern Szenen und Perspektiven, Wortschöpfungen und Metaphern werden zu einer Art Multiversum der nahen Zukunft verknüpft, das sich im Kopf des Lesers entfaltet wie eine Videoinstallation. Eine *Big Story* im Sinne einer Totale gibt es nicht, aber natürlich gibt es eine Story und wie bei Gibson üblich geizt sie nicht mit Kolportage-Elementen: Beinahe das gesamte Personal aus den zwei Vorgängerromanen versammelt sich nach allerlei Hin und Her mit einem mystisch schillernden Bösewicht zum Showdown auf der zu einem Randgruppenhabitat umfunktionierten Bay Bridge in San Francisco. Und es gibt auch einen roten Faden, der sich durch die drei Bücher zieht, ein enigmatisches Geraune, das den Text immer wieder metaphysisch vibrieren lässt, Ahnungen vom Ende der Welt, Andeutungen, dass »etwas geschehen«, dass »irgendwie alles anders« wird und überhaupt die Dinge »auf eine tiefere, undenkbare Weise strukturiert« sind.

Was anfänglich noch wie eine Art Hitchcockscher MacGuffin anmutete, wird allerdings in »Futurematic« tatsächlich eingelöst: Unmerklich überquert unsere Zivilisation die Schattenlinie der Moderne – durch den Einsatz von Nanotechnik schaffen wir nicht nur den Raum ab (kongenial symbolisiert durch das sich selbst neu erschaffende Tokio in »Idoru«), sondern entledigen uns schließlich mit der Möglichkeit, die Vergänglichkeit durch technische Mittel aufzuheben, auch der Zeit: »Jedes Objekt, jedes Fragment enthielt die ganze Welt der künstlichen Dinge. Einen Chor von Stimmen, die Vergangenheit, die in allem lebendig war, dieses Meer, auf dem die Gegenwart einherschaukelte.«

Die Welt im Zeitalter ihrer schrankenlosen Rekonstruierbarkeit – nur die Science Fiction kann ein so verstörendes Bild erzeugen, nur die Science Fiction macht aus derartigem regelmäßig aber auch eine furchtbar prätentiös-esoterische Angelegenheit. Doch das ist nicht Gibsons Sache, das kann er inzwischen getrost anderen Autoren und vor allem Hollywood überlassen. Zwar ist es ihm mit der These von den geschichtsverändernden »Knotenpunkten« durchaus ernst und nicht ohne Grund wird auch auf Marie Curie Bezug genommen, die dem radioaktiven Zerfall auf der Spur war, aber die Veränderung geht ohne jedes apokalyptische Getöse, ohne virtuelle Apotheose vonstatten. Der Autor verlässt nie die Perspektive seiner Figuren, erzählt sozusagen immer »von unten«, insistiert auf ihrer Geschichte, ihren Sichtweisen. Ein Geflecht von Menschen und Ereignissen, das »Gibson-Kontinuum«, wenn man so will: Da sind Chevette und Rydell, das heldenhafte Looser-Pärchen und die Verneigung des Autors vor der Trash-Romanze. Da ist der junge Colin Laney, der in den Eingeweiden des Cyberspace (hier noch »Infosphäre« genannt) liest und sich schließlich, wie jeder anständige Seher, auf und davon macht. Da ist die Idoru, die Schnittstelle von medialer Kunstfigur und künstlichem Mediengeschöpf, die wie eine Art Schachtelteufel immer wieder in das Geschehen eingreift und ihren Menschwerdungsprozess mit allen Mitteln vorantreibt. Da ist Fontaine, der Uhrenhändler, der »in der Welt der von Menschen hergestellten Dinge lebt, weil es ihm leichter fällt, sich ihnen – den Menschen – durch diese Dinge zu nähern«. Da sind etliche andere Figuren, manche nur für einen *Short Cut* gut, die Bewohner der Nischen und Fluchten, der dunklen Seitenstraßen unserer durchkapitalisierten, durchglobalisierten und durchmedialisierten Welt. Diese Nischen – die Pappkartonstadt im Tokioter Untergrund, in der sich Laney versteckt hält, die halbanarchische Brückengemeinschaft in San Francisco, die verborgenen Fluchtorte im Cyberspace – sind Gibsons literarischer Standort. Hier erreicht seine von Technizismen wimmelnde Sprache eine in der Gegenwartsliteratur einzigartige poetische Kraft – »ein Grün, blass wie Treibglas, das DNA-Echo eines britischen Soldaten in einer schwülen Nacht in Kingston vor etlichen Generationen«, heißt es einmal über eine Augenfarbe. Und hier erinnert er auch nicht mehr wie früher an den paranoiakrämerischen Pynchon oder den erratisch-fiebrigen Burroughs, sondern eher an den genialen Nostalgiker Bradbury. Denn eine undeutliche Melancholie liegt über diesen Orten und Ereignissen, ein diffuses Gefühl des Verlustes, das erst gegen Ende Kontur gewinnt. Jack Womack hat dies in einer klugen Analyse einmal so beschrieben: »Wie oft müssen Gibsons Figuren unterbewusst feststellen, dass sie etwas nachtrauern, für das sie keinen Namen haben. Als würden sie bis an ihr Lebensende verfolgt von Erinnerungen, nicht nur den eigenen, nein, auch fremden .... Es ist jene ständige Präsenz einer entlegenen

Vergangenheit, die Gibsons Sinne dafür schärft, was die Zukunft bringen wird. Und was wir in dieser Zukunft am meisten vermissen werden.«

In der Zukunft, so lässt das Ende von »Futurematic« ahnen, werden wir am meisten die Vergangenheit vermissen. Doch Gibson, der schon immer zwischen Utopie und Dystopie oszillierte, stellt dem die Pragmatik seiner Helden entgegen, ihren Willen zur Veränderung, und gönnt ihnen ein ordentliches Happy End. Was danach kommt an technischen Möglichkeiten, an ethischen Verwirrungen und politischen Abenteuern kann er uns ohnehin nicht sagen, er will es auch nicht – und wer weiterlesen möchte, dem sei etwa Paul Virilio empfohlen oder, wenn es Science Fiction sein soll, Greg Egan und Ian McDonald. Aber welche Art von Literatur in dieser Zukunft noch geschrieben werden kann, das wäre durchaus Stoff für ein neues Buch, zumindest aber für einen neuen Anfang.

Rolf Krohn

Schatten über der Saale

Phantastische Begebenheiten
Halle: Heiko Richter Verlag 2000
232 Seiten, DM 19,80

von Erik Simon

Von den seinerzeit in der DDR bekannten SF-Autoren ist Rolf Krohn einer der wenigen, die noch SF-Bücher publizieren, und darunter überhaupt der Einzige, der nicht vor allem als Romanautor firmiert – dies ist sein vierter Erzählungsband. Sensationelle neue SF-Themen wird man darin kaum finden, wohl aber zwölf einfallsreich erzählte, gekonnt konstruierte und funktionierende Geschichten. Einige handeln von Begegnungen mit außerirdischen Wesen oder mit deren hinterlassenen Artefakten, in anderen erhaschen die Helden einen Blick in die Zukunft, finden Relikte einer unglaublichen Vergangenheit, oder

der Leser erkennt in dem vermeintlichen Alchimisten und Hexenmeister eines mittelalterlichen Berichts einen Zeitreisenden aus unserer nächsten Zukunft. Während mit diesen geläufigen SF-Motiven noch nicht zu viel verraten ist, halten die Wendungen der Handlung durchaus Überraschungen bereit.

Die meisten Erzählungen stehen in einem engen, die übrigen in losem Zusammenhang zur Stadt Halle, zur Saale-Region oder zum Harz, und alle haben die Form von fiktiven Dokumenten, von Berichten und Manuskripten, in deren Besitz der Autor auf die eine oder andere Weise gelangt ist. Dieser Kunstgriff konstituiert eine Art kommentierende Rahmenhandlung des Bandes, und oft wird im Rahmen noch eine zusätzliche Information nachgetragen, die der Geschichte eine weitere unerwartete Wendung oder einen neuen Gesichtspunkt gibt.

Schon zu DDR-Zeiten galt die Kombination von historischen mit SF-Elementen als besondere Eigenart von Rolf Krohns Phantastik. Wie bei einer Sammlung fiktiver Dokumente nicht anders zu erwarten, ist »Schatten über der Saale« reich an Bezügen zur älteren oder jüngeren Vergangenheit, aber auch konkrete Landschaften und Regionen der Gegenwart kommen stärker ins Bild als bei landläufiger, also in der Zukunft angesiedelter Science Fiction. US-amerikanische SF hat freilich oft Lokalkolorit, ohne dass es so empfunden würde, denn Amerika ist heutzutage ja die Welt, wo nicht überhaupt der Mittelpunkt des Universums; in der deutschen Science Fiction ist Realitätsgewinn durch konkrete Lokalisierung ein eher seltenes Gut. Die Souveränität der SF-Perspektive sorgt andererseits dafür, dass Krohns Themen nicht im Provinziellen steckenbleiben; in seiner Gegenwart treffen zwei, drei Jahrtausende zusammen, sein Mitteldeutschland steht im Kontakt zu fernen Planeten und parallelen Universen. Heimattümelei ist durchaus nicht zu befürchten: Gleich die erste Geschichte behandelt »Das Loch«, in dem der Autor seine Stadt ziemlich sang- und klanglos verschwinden lässt. Wenn er die phantastischen und historischen Ereignisse in Beziehung zu Zuständen setzt, die dem Leser wohlbekannt sind und die ins Bild zu rufen ein Stichwort genügt, entstehen neue Perspektiven, etwa, wenn sich das vereinsamte Gespenst aus der mittelalterlichen Legende in einem maroden VEB um eine sonst allgemein verschmähte Stelle als Nachtwächter bewirbt, in der Gegenwart aber nur noch in kriminellen Kreisen eine nächtliche »Arbeit« findet.

Man merkt, dass Rolf Krohn weiß, wovon er schreibt – immerhin war er selber jahrelang Nachtwächter in einem kleinen Hallenser Chemiebetrieb, nachdem er als Opfer einer politischen Kampagne sein Physikstudium abbrechen musste. Wie das Gros der SF-Schriftsteller in der DDR hat er sich freilich, um nicht irgendwann gar nicht mehr oder nur noch für westdeutsche Leser zu schreiben, mit direkter Kritik zurückgehalten; er hat vielmehr im historisch-phantastischen Gleichnis moralische Fragen aufgeworfen, die zu beantworten und in Bezug zur DDR-Wirklichkeit zu setzen er dem Leser überließ. Mittlerweile ist es möglich, nicht nur die Verhältnisse in der DDR, sondern auch die der Gegenwart genauer zu benennen, was der Autor auch tut, etwa in »Die scharfe Klinge«, wo das legendäre Artus-Schwert Excalibur – mit einem SF-Kunstgriff (nämlich als außerirdisches Artefakt) in unsere Wirklichkeit geholt – zum Prüfstein des Kampfes gegen Missstände wird, da es sich bei Missbrauch oder auch nur Inkonsequenz gegen seinen Träger kehrt; der Held, ein DDR-Journalist, muss sich entscheiden, ob er unter diesen Bedingungen den Kampf aufnimmt. Vor einer ähnlichen Entscheidung um den möglichen Gebrauch oder Missbrauch außerordentlicher Machtmittel steht auch der Held in der Erzählung »Der schwarze Tempel«, die im 18. Jahrhundert in Ägypten spielt und neben der »Klinge« wohl die beste in der Sammlung ist.

Außer der einen Gespenstergeschichte gehören alle im Band zur SF, doch auch die anderen enthalten oft ein Element des Unheimlichen. »Die Lampe« etwa ist dem Andenken Lovecrafts gewidmet, beginnt mit dem Vermerk »Tätigkeitsbericht des Fünften Sekretariats – dem Herrscher der Gläubigen unverzüglich vorzulegen«; ihr fiktiver Verfasser dient im Geheimdienst eines Kalifen um 737, als der eigentliche Held erweist sich aber Lovecrafts Necronomicon-Verfasser Abdul Alhazred, und die Lampe, natürlich, ist auch eine alte Bekannte. Rolf Krohn ist ein Verstandesmensch und seine Erzählweise nüchtern, dennoch gelingt es ihm in seinen Geschichten immer wieder, eine Atmosphäre des Unheimlichen oder Fremdartigen heraufzubeschwören, und in den besten Texten bleibt davon etwas zurück, auch wenn man die SF-Erklärung bekommen hat oder sie sich sowieso selber denken kann.

Krohns Freude am Spiel mit fiktiven Dokumenten und Andeutungen beweist sich auch in »Ein Manuskript aus dem Jahr 634«. Der Text, als Einziger im Band eher diskursiv dargeboten, gehört zum Genre der Alternativgeschichte und ist 1999 schon einmal unter dem Pseudonym »Felix Cornelius« in einer einschlägigen Anthologie erschienen. Unter der Voraussetzung, dass Varus die Schlacht im Teutoburger Wald gewonnen hätte, gibt er einen im Mittelalter verfassten Abriss römisch-germanischer Geschichte, der zunächst von Anspielungen auf die tatsächliche Historie lebt. Ein nachfolgender Kommentar aus der alternativen Gegenwart – von ebenjenem Felix Cornelius – entlarvt die patriotische Ruhmredigkeit des mittelalterlichen Manuskripts, bestätigt aber den Eindruck, dass die eroberten Germanen eigentlich römischer als die Römer selber geworden sind. Diese Prädisposition zu Musterschülern der international gerade tonangebenden Leitkultur darf man getrost für einen zu allen Zeiten und in allen möglichen Welten konstanten Zug des deutschen Wesens halten.

Stanisław Lem

Die Technologiefalle

Essays
Aus dem Polnischen von Albrecht Lempp
Insel Verlag Frankfurt am Main und Leipzig 2000
319 S., DM 44.–

von Karsten Kruschel

Der alte Mann – den nicht einmal Franz Rottensteiner länger den Weisen aus Krakow nennen will – hat wieder einmal gesprochen. Das tat er regelmäßig, und zwar für eine Computerzeitschrift. Stanisław Lems diskursive Bücher haben mit dem Spaß am Denken zu tun; ohne Belastung durch technische Realisierbarkeit oder moralische Bedenken lässt der berühmte polnische SF-Autor seine Gedanken schweifen und landet dabei meistens weich in kühnen, wenn auch spinnerten Regionen. Der Insel Verlag nun fand Lems Aufsätze bedeutend genug, um sie in einem Buch gesammelt herauszugeben. Um es gleich klarzustellen: Es finden sich vielerlei Themen in »Die Technologiefalle«, jedoch leider kaum etwas Neues. Wer Lems visionäre, wenn auch schwer verdauliche Übungen in fortgeschrittenster Spintisiererei gelesen hat (»Dialoge«, »Summa technologiae«, »Die Vergangenheit der Zukunft«), der wird nicht nur von einer Vielzahl von Déjà-vu-Erlebnissen überrollt. Für den Fall, dass der Leser es, volltrunken, nicht merken sollte, oder gar – verbotenerweise – sich des Lemschen Werkes als unkundig erweisen sollte, weist Stanisław Lem selbst darauf hin, dass er das alles schon einmal gesagt hat. Das tut er konsequent, will sagen, er tut es mehr oder weniger in jedem einzelnen Essay, und sicherheitshalber tut er es gelegentlich auch mehrmals in ein und demselben Essay oder zitiert sich gleich selbst (im Kapitel »Häresien« beispielsweise ganze drei Seiten lang). Insbesondere im Fall der Phantomatik verwandelt sich Stanisław Lem dabei gleichsam in eine Ein-Mann-Montagsdemo, nicht müde werdend im Hinweis darauf, dass er die ganze virtual reality längst und damals schon vorhergesagt habe – es habe ihm nur niemand zugehört. Letzteres stimmt, ersteres kaum. Denn das, was heute mit dem Verkaufsetikett Virtuelle Realität durch die Gegend läuft, hat wenig bis nichts damit zu tun, die Grenzen zwischen der Wirklichkeit und irgendwelchen Kunstwelten verwischen zu können. Das sieht Lem selbst ein, was ihn jedoch nicht daran hindert, die entsprechenden Passagen aus »Summa technologiae« mehr oder weniger sinn-, wenn auch nicht wortgetreu zu wiederholen. Wäre ihm doch nur eine Geschichte dazu eingefallen. Stattdessen käut er wieder. Die Schaffung künstlicher Intelligenz breitet er aus, und dabei hat er in »Der Unbesiegbare« doch schon das Wesentliche zu diesem Thema literarisch überzeugend auf den Punkt gebracht, nämlich dass einerseits eine künstliche Intelligenz nicht konstruiert werden kann, sondern sich evolutionär entwickeln muss, und dass wir wohl kaum ein ernstzunehmender Partner für eine solche Wesenheit sein können, haben wir es doch bisher nur in der Schaffung künstlicher Dummheit zu einiger Vollkommenheit gebracht (Beweis gefällig? Einfach einen Tag lang fernsehen).

Nun ist Lem einfach zu klug, um sich selbst ein ganzes Buch lang immer und immer wieder zu wiederholen, und so gibt es auch in »Die Technologiefalle« einige durchaus bemerkenswerte neue Ideen. Es ist nur herzlich schwer, sie zu finden, denn der Autor kommt immer und immer wieder auf sein eigentliches Thema, die schandbare Missachtung seiner früheren prophetischen Großtaten, zurück: »Die Idee rief nie irgendein Echo hervor, weder wurde ich kritisiert noch ausgelacht oder gelobt: Es war, als hätte ich das Manuskript in einen Brunnen geworfen, anstatt es zu publizieren«, schreibt Lem über »Summa techologiae« (S. 100) und mit Bezug auf die von ihm vor dreißig Jahren postulierte Nanotechnologie. Merkwürdig nur, dass diese Idee nicht nur in der SF-Literatur, sondern auch in der wissenschaftlichen Welt durchaus am Leben ist, Mikro-Maschinen ein durchaus ernsthaftes Forschungsfeld sind. Und hat nicht sogar Captain Picard es schon mit Naniten zu tun gehabt?

Der titelgebende Essay über die Technologiefalle beispielsweise gehört zu den Kapiteln, die dem Leser nicht das fade Gefühl geben, selbstverliebtem Gedankenrecycling beizuwohnen. Diese besagten Fallen der modernen Technologien bestehen laut Lem darin, dass sie erst dann ihre Janusköpfigkeit zeigen, wenn es infolge der durch ihre Nutzung entstandenen Veränderungen nicht mehr möglich ist, auszusteigen. Dass er ausgerechnet die Atomkraft als ein Paradebeispiel solcher Technologiefallen ins Feld führt, mag unseren Ausstiegspolitikern vielleicht nicht sonderlich gefallen (das ändert ja auch nichts an der Tatsache selbst), hat aber eine gewisse Folgerichtigkeit. Und dass die Menschheit in solche Technologiefallen tappt, ließe sich eben nur dann verhindern, wenn man anhalten und sich Gedanken machen könnte über das, was man da eventuell anrichtet.

Und eben das war lange Zeit eine Domäne der Science Fiction, die vom Atomreaktor bis zum biologischen Super-GAU schon so ziemlich alles durchgespielt hat, was denkbar ist. Heute gibt es daneben und vielleicht auch stattdessen etwas namens »Technologiefolgenabschätzung«, diese schamhafte Stiefenkelin der wenig glorreich verschiedenen Futurologie, und alle drei Gebiete haben und hatten eines gemeinsam: Die Menschheit schert sich den Teufel um alle Warnungen vor den möglicherweise gravierenden Folgen neuer Technologien, wie sie sich auch um Lems frühe Prophetien nicht geschert hat. Wir erleben es gerade beim Bio-Engineering, denn wir sind heute - ob wir wollen oder nicht - die Versuchspersonen im anlaufenden Genfood-Experiment (die Versuchspersonen des großangelegten britischen BSE-Feldversuchs beginnen derzeit an Creutzfeldt-Jakob zu sterben).

Ebenfalls hochinteressant sind die Kapitel, in denen Lem versucht, den Geheimnissen der Evolution auf die Schliche zu kommen und die Rechenleistungen des Lebens hinterfragt. Leider kann man nicht immer klar sehen, wo die bloße Zusammenfassung wissenschaftlicher Literatur aufhört und Lems eigene Gedanken beginnen - wenn ein solches Kapitel mit dem lapidaren Satz »Das ist alles, was wir heute wissen« endet, klingt das doch sehr nach dem Ende eines Referates. Aber Lem entwickelt seine Gedanken mit einer gewissen Logik hin zu der Frage nach der möglichen Evolution von Informationen, was nicht einer schelmischen Brillanz entbehrt. Man nehme das Kapitel über »Künstliche Nichtintelligenz«, in dem zwar wieder einmal Lems frühere Vorhersagen herhalten müssen und in Beziehung zu den längst entwickelten Biomorph-Maschinen gesetzt werden, das aber den grundsätzlichen Irrweg des Versuchs aufzeigt, mit irgendwelchen Computerprogrammen eine künstliche Intelligenz schaffen zu wollen. Um das einigermaßen vernünftig tun zu können, müsste man nämlich zuerst einmal genau wissen, was Intelligenz denn nun ist; Lem hat da seine Zweifel, »weil wir zum Beispiel wissen, was Quantenmechanik ist, sie aber nicht verstehen« (S. 252). Lem kehrt nicht zufällig in der zweiten Hälfte der Essaysammlung zum Thema der künstlichen Intelligenz zurück, als ob er selbst unzufrieden gewesen wäre mit den repetierten Altideen. Dies sind die Momente des Buches, in denen die schrullige Genialität des alten Schalks wieder auftaucht, wegen der man beispielsweise die »Sterntagebücher« oder die Kyberiaden immer wieder lesen kann. Und dies sind auch die Momente in »Die Technologiefalle«, die ein wenig mit all dem selbstgefälligen Geschwätz über die »Summa« usw. versöhnen, zumal Lem sich hin und wieder zu kleinen philosophischen Flugversuchen aufschwingt, etwa bei seinen Überlegungen über den Zusammenhang zwischen menschlichem Denken und Sprache. Aber auch hierzu hat er in seiner Science Fiction eigentlich schon Hinreichendes gesagt, man erinnere sich nur an »Eden«, ganz zu schweigen von »Solaris«. Neues bringt er zum Thema Internet, das er als die vermutlich nächste kommende Technologiefalle identifiziert, vor allem wegen seiner Eigenschaft, nicht etwa die künstliche Intelligenz näher gebracht, sondern die Dummheit planetenumspannend verfügbar gemacht zu haben. Einmal noch sei hier Lem mit einem der Goldkörnchen dieses Buches zitiert: »Ich denke, dass im 21. Jahrhundert ... planetarische Maschinen auftauchen werden ..., doch wird man mit ihnen über kaum etwas Interessantes reden können. Mit vielen ganz authentischen Menschen kann man im Übrigen auch über nichts reden: Das sollte einen Skeptiker wie mich ein wenig freuen.« (S. 301) Für jemanden, der es aus welchen Gründen auch immer nicht geschafft hat, sich durch die gesamte »Summa technologiae« zu kämpfen (übrigens eine weniger schwierige Lektüre als »Die Technologiefalle«), mag diese Aufsatzsammlung Lems voller Ideen und überraschender Denkansätze sein, für gewohnheitsmäßige Lem-Leser macht das Buch den Eindruck eines über weite Strecken fragmentarischen, teils larmoyanten und leider nur selten in die lichten Höhen der Imagination durchstartenden Alterswerks.

Leo Lukas

»Wiener Blei«

PHOENIX-Buchreihe
Erkrath Fantasy Productions GmbH, 1998
ISBN 3-89064-555-0
Heyne SF (06/6141)
München: Wilhelm Heyne Verlag, 2001
DM 14,90
ISBN 3-453-18772-5

von Silke Rosenbüchler

Es ist nicht unbedingt notwendig, aus Wien – oder zumindest aus Österreich – zu kommen, um an diesem Buch eine diabolische Freude zu haben. Aber helfen tut's schon. Weil einem sonst etliche Schmähs* entgehen, die der Autor und Kabarettist Leo Lukas boshafter Weise in diesen echt – original – österreichischen Shadowrun-Roman eingebaut hat. Das ganze Abenteuer beginnt damit, dass der Superfritz den Alten Donner in die Donau schmeißt. Was ihm sehr leicht fällt, immerhin macht der Superfritz auf Cyber-Macho mit allerlei in seinem Körper eingebauten Extras, ein richtig böser Terminator. Der alte Donner hingegen ist ein abgetakelter Zauberer, der einmal eine »ganz große Nummer« war, ehe er seine Magie im Alkohol zu ertränken versuchte. Er lebt mit dem Pepi, einem relativ kleinen Ork, in einem Antiquariat in Wien. Der Pepi ist es dann auch, der den halb ersoffenen Alten Donner aus der Donau fischt, worauf der zu tiefst beleidigte Magier dem Superfritz grausame Rache schwört. Wo doch ganz Wien weiß, dass er nicht schwimmen kann! Weil sein neuer Erzfeind demnächst auf dem Hochschwab zu tun haben soll, rüstet der alte Donner in Windeseile eine kleine Expedition aus, der neben ihm und dem Pepi auch noch Escher angehört. Escher ist eine physische Adeptin (sowas wie eine magieverstärkte Supernahkämpferin) und außerdem die ausgesprochen interessant täto-

* Witze

wierte Exfreundin des alten Magiers, und nur sie und Leo Lukas wissen, warum sie sich sofort und ohne Umstände bereit erklärt, während der gefahrvollen Reise auf unsere beiden Helden aufzupassen.

Zur selben Zeit versucht sich Zizibee, eine ehrgeizige, aufstrebende Shadowrunnerin, an dem Run ihres jungen Lebens. Unterstützt von dem nicht gerade billigen Orson aus Wels* und dem taubstummen Zauberer Oropax versucht sie, hinter die Machenschaften einer gewissen Raya Hanabi, genannt »der Kugelblitz«, zu kommen. Dafür legt sie sich sogar unter das Messer eines ausgesprochen zweifelhaften Chirurgen, Daktari genannt, um sich das Gesicht zurechtschnippseln zu lassen und fremde Brüste anzueignen. Es ist leicht, viel zu leicht, in die Rolle eines der Mädchen aus der »Eden Bar« zu schlüpfen, wo Raya dem Club 65 ihren boshaften Plan darlegt: Mithilfe eines magischen Mittels, dem »Wiener Blei«, soll dem Wasser der zweiten Wiener Hochquellwasserleitung** die Kraft entzogen werden, um den Unternehmungsgeist und die Lebenserwartung der Wienerinnen und Wiener um ein beträchtliches zu senken. Dieses Mittel aber müsse in einer der Hauptquellen auf dem Hochschwab dem Wiener Trinkwasser zugesetzt werden, damit es auf seiner zweitägigen Reise seine volle Wirkung entfalten könne.

Während Raya die einflussreichsten Männer und Frauen Österreichs für ihr Projekt zu gewinnen sucht, ist ein weiteres Team von Shadowrunnern, die »Schattentänzer«, unterwegs, um sich eine Probe des Wiener Bleis unter den Nagel zu reißen. Sie arbeiten im Auftrag eines gewissen Brackhaus, der über enormen Einfluss und Durchsetzungskraft verfügt und dessen Ziel es ist, den Anschlag auf das Wiener Trinkwasser zu vereiteln. Sicherheitshalber setzt der geheimnisvolle Drahtzieher auch gleich Pepi und seine Freunde im »Gelobten Land« fest, weil er sie im Verdacht hat, das »Wie-

* Wels ist übrigens eine recht hübsche Stadt in Oberösterreich

** Muss ich erwähnen, dass in Wien einige alte Wasserrohre immer noch aus Blei sind? Übrigens: die zweite (und auch die erste) Wiener Hochquellwasserleitung gibt es tatsächlich, Leo Lukas hat über deren Eigenheiten genauestens recherchiert.

ner Blei« mit zu schleppen. Das »Gelobte Land« ist der berühmte Wallfahrtsort Mariazell, wohin sich fast die gesamte Geistlichkeit Österreichs zurückgezogen hat, um dort einen autarken Kirchenstaat zu gründen – mit ausgesprochen mittelalterlichen Ansichten übrigens. Unseren Helden gelingt bald die Flucht, was andernorts eine gewisse Zizibee jedoch nicht von sich behaupten kann. Bei einer routinemäßigen Gehirnwäsche (»... ich nehme dir nur die Erinnerung an ein paar ohnehin recht langweilige Stunden ...«) wurde ihre wahre Identität aufgedeckt ...

Der Superfritz wird derweil sehr zu seinem Leidwesen in die hohe Kunst des Bergsteigens eingeführt. Er und seine »Schweizer Garde« sollen offiziell ein paar steirische Rebellen dabei unterstützen, die Hochquellwasserleitung im Handstreich zu nehmen. Inoffiziell hat Raya, die hinter diesem Auftrag steckt, ganz andere Pläne oben auf dem Hochschwab.

Bevor es jedoch zum Showdown kommt, wird der Alte Donner von einem mächtigen Wassermann in das Innere der Berge gelockt. Escher klärt inzwischen den Pepi über seine ungewöhnliche Begabung auf: der langsam, dafür aber umso gründlicher nachdenkende Ork ist im höchsten Grade magieresistent. In seiner Nähe gerät der beste Bühnenzauberer in ärgste Bedrängnis, weil nicht einmal mehr der klitzekleinste Trick gelingen will. Das erklärt nun auch endlich eine Reihe von seltsamen Begebenheiten, die dem jungen Burschen bis jetzt untergekommen sind. Pepi erfährt aber auch von der seltsamen Begabung seines Magierfreundes: der Alte Donner ist nämlich mit der Fähigkeit geschlagen, in seinen Träumen die Zukunft vorher zu sehen. Und das auch noch in verschlüsselter Traumsymbolik. Aber zurück zum Aquarius, der einmal zu oft »Hair« gesehen hat und seine Magie in erster Linie mithilfe einer E-Gitarre bewirkt (zu viel Bannsängerzyklus gelesen, Leo?!). In seiner Obhut befindet sich – mehr tot als lebendig – die seelisch wie körperlich arg geschundene Zizibee, deren im Fieber gesprochenen Andeutungen über eine Gefahr für das Wasser den Elementargeist aufs höchste beunruhigen. Aus ihren wirren Erinnerungsfetzen rekonstruiert der Alte Donner ihre bisherigen Erlebnisse, die ihm helfen, einen seiner sonderbaren Wahrträume zu deuten und er erfährt nun endlich auch, was wir alle eh schon längst wissen, nämlich dass ein Anschlag auf die Hochschwabquellen geplant ist. Worauf der Magier sich mit Gefährtin und Gefährten grimmig auf den Weg macht, wenn auch zunächst einmal in die falsche Richtung.

Jaaa, und da sind wir auch schon alle miteinander bei der Kläfferbrünne versammelt zum großen Finale: der Pepi, der Alte Donner, die Escher, die Raya, und natürlich der Superfritz, den fertig zu machen der Alte Donner die ganzen Anstrengungen erst unternommen hat. Natürlich gibt es ein paar Überraschungen zum Schluss, die ich aber nicht verraten werde, auch nicht, wie der Pepi rettet, was zu retten bleibt. Weil *ganz* so gut geht die Sache nicht aus. Aber das ist wahrscheinlich Ansichtssache ...

Alles in allem kann ich nach der Lektüre dieses ersten richtig österreichischen* SF (O. K., *Shadowrun* ...) Romanes allen angehenden Schreiberlingen nur den Rat geben, sich zwecks Weiterbildung einige Jahre auf diversen Kabarettbühnen herumzutreiben. Vermutlich überleben dort nur diejenigen, die es verstehen, ihr Publikum mit Wortwitz und einer spannenden Geschichte bei der Stange zu halten – ein gnadenloses, aber überaus wirksames Training.

Die Handlung ist nicht nur flott und witzig erzählt, sie wirkt auch trotz des magischen Settings erstaunlich realistisch. Wer sich allerdings davor fürchtet, beim Lesen ein wenig Bildung mitzubekommen, sollte besser seine Pfoten von diesem Kunstwerk lassen: die Hintergrundinformationen sind ausgesprochen genau recherchiert. Einzig der enorme Rachedurst des Alten Donner will mir nicht und nicht zu seinem sonst eher gemütlichen Charakter passen. Aber vielleicht gibt es ja demnächst einen weiteren Band, der uns vom Jungen Donner und seinen Abenteuern erzählt? Schreib, Leo, schreib!

* Wer nicht gut Österreichisch versteht, sollte sich lieber den Duden Deutsch/Österreichisch bereitlegen sowie Wehles's Sprachführer »Sprechen Sie Wienerisch?«

Brian Lumley

Necroscope

Teil 1: Das Erwachen
(Necroscope 1)
Aus dem Englischen von Andreas Diesel
Blitz Verlag, Windeck 1999
173 Seiten, DM 19,80

von Jacek Rzeszotnik

Brian Lumley ist in Deutschland zwar kein völlig unbeschriebenes Blatt, denn er hat seine Erzählungen bereits in den 70er Jahren etwa bei Heyne* veröffentlicht und einigen älteren Phantastik-Liebhabern dürfte sein Name als eines der Lovecraft-Epigonen, die mehr oder weniger gelungen den Cthulhu-Mythos ausgebeutet haben, auch geläufig sein (etwa die Romane *Die Herrschaft der Monster* 1975, und *Der Herrscher in der Tiefe* 1979), doch er gehört sicherlich nicht zu den Schriftstellern, deren Werken das deutsche Lesepublikum ungeduldig entgegenfiebert und sich nach ihnen die Augen wund schaut. Dabei wird er im angloamerikanischen Raum den bekanntesten und angesehensten Autoren der phantastischen Literatur zugerechnet, die Prestige-Preise verliehen bekommen: Seit der »1998 World Horror Convention« in Phoenix, Arizona, darf er sich beispielsweise des Grand Master-Titels erfreuen, der seine Verdienste für die Popularisierung der unheimlichen Literatur honoriert. Und es ist paradoxerweise gerade Deutschland, dem er die Tatsache verdankt, dass er heute als Erzähler von Horrorgeschichten Triumphe feiert.

Lumley, am 2. Dezember 1937 in der Bergmannssiedlung Horden, Grafschaft Durham, England, geboren, träumte von

* »Wegweiser ins Nirgendwo« (No Way Home), in: Manfred Kluge (Hrsg.), *The Magazine of Fantasy and Science Fiction,* Folge 44 (1976) und »Der Windgott« (Born of the Winds), in: Manfred Kluge (Hrsg.), *The Magazine of Fantasy and Science Fiction,* Folge 45 (1976).

Kind auf von der Schriftstellerei, wiewohl er zunächst kaum Voraussetzungen dafür mitbrachte: 1946 erhielt er die niedrigsten Noten in Englisch und als er auf die Frage seines Lehrers, welchen Beruf er denn in Zukunft auszuüben gedenke, »Schriftsteller« antwortete, musste er sich dessen Ratschlag gefallen lassen, er sollte lieber in die Fußstapfen seines Vaters treten und ebenfalls Bergmann werden. Im Alter von 21 Jahren wurde er einberufen und als Mitglied der Royal Military Police nach Berlin versetzt. In der Zeit des Kalten Krieges patrouillierte er die Befestigungen der Berliner Mauer entlang und war Zeuge von verzweifelten Fluchtversuchen aus der DDR. Nicht allen »Republikflüchtigen« konnte jedoch geholfen werden, nicht alle von ihnen konnten vor dem tödlichen Zugriff der ostdeutschen Grenzer in Sicherheit gebracht werden. Diese deprimierende Situation blieb nicht ohne Einfluss auf seine Psyche: Die langen Nachtdienststunden füllte er mit der Lektüre von Horrorgeschichten, deren düsterer Grundtenor und finstere Atmosphäre der bedrückenden Realität adäquat schienen. Sie boten ihm Ablenkungsmöglichkeiten und zugleich erschlossen sie ihm gruselige Fluchtlandschaften, die er gern erkundete. Besonders angetan hatten es ihm die von August Derleth in dessen Arkham House herausgegebenen Lovecraft-Collections, die ihn in die unheimliche Cthulhu-Welt entführten. Im Verlauf der Zeit befriedigte das Lesen allein seine Bedürfnisse nicht mehr, er suchte nach einem neuen Reiz, den er schließlich im Schreiben entdeckte. 1967, im Alter von fast 30 Jahren, brachte er an seinem Dienstschreibtisch im Berliner Olympiastadion seine ersten eigenen Arbeiten auf dem Gebiet des Horrors zu Papier und schickte sie Derleth zu, der drei von ihnen kaufte und im Druck erscheinen ließ. Noch heute kommt Lumley nicht aus dem Staunen heraus, als er sich an die damalige Zeit zurückerinnert: »So these stories of mine were single-spaced things on oddly-sized sheets, unnumbered pages, stapled in one corner, rolled up and stuffed into cardboard tubes, and posted surface mail to Wisconsin ... from Berlin! It's just amazing that they ever got there – let alone that he read them! Can't you just see him trying to unroll them, and having to nail them to his desktop in order to read them?«* Lumleys Cthulhu-Geschichten, die an das Niveau der Arbeiten anderer Lovecraft-Nachahmer wie etwa (John) Ramsey Campbell oder Colin Wilson bei weitem nicht heranreichten, fielen durch einen recht unbekümmerten, freien Umgang mit dem Cthulhu-Mythos auf. Die Abenteuer des okkulten Detektivs Titus Crow in sechs Bänden (oder die vierbändige »Dreamscape«-Reihe) sind ein gutes Beispiel für einen solchen von Lumley zubereiteten Mix aus Lovecraft'schen Ideen und fantasyhaften Einflüssen, was um so weniger verwundert, als er in die Gruppe seiner Vorbilder u.a. Abraham Merritt, Clark Ashton Smith und Robert E. Howard einreiht. Die Titus Crow-Geschichten entstanden, als Lumley den Posten des Royal Military Police Quartermaster im Edinburgher Schloss innehatte. Nach Ausmusterung arbeitete er eine Zeit lang als Ladendetektiv in der Oxford Street und in seiner Freizeit tippte er ununterbrochen neue Texte in die Schreibmaschine – in der Hoffnung, eines Tages davon leben zu können. Den Durchbruch schaffte er schließlich 1984/1985 mit der »Psychomech«-Trilogie, deren mit PSI-Kräften ausgestatteter Protagonist gegen ähnlich begabte Widersacher zu Felde zieht. Ein interessanter Einfall lag dem 1987 auf den Markt gekommenen Roman *Demogorgon* zu Grunde, in dem Satans Sohn seine übernatürlichen Kräfte dazu nutzt, seine dunkle Seite und seinen unheiligen Vater zu bekämpfen. Doch der wahre Erfolg hatte sich bereits ein Jahr früher, 1986, mit der Veröffentlichung des ersten Bandes des Necroscope-Zyklus eingestellt, der prompt den Bestsellerstatus erlangte und Lumley in die erste Reihe der englischen Horrorautoren katapultierte. Der Zuspruch der Leser war so groß, dass Lumley dem ersten Teil in den Folgejahren eine Reihe von Fortsetzungen hinterherschickte, deren Zahl inzwischen auf insgesamt dreizehn angewachsen und der Zyklus in vier Teile »Necroscope«, »Vampire World«, »The Lost Years« und »E-Branch« gegliedert ist.

---

* Horror online.com Interview: *His Vampires Do a Lot More Than Just Suck* by Paula Guran.

Dank der verlegerischen Initiative des Blitz-Verlags kann nun auch der deutsche Horrorfan mit dem Totenhorcher Harry Keogh Bekanntschaft schließen und ihn auf seinem Weg durch die Reiche der Lebenden, Toten und Untoten begleiteten.

Der erste Necroscope-Band – auf Deutsch liegt dessen Teil 1 unter dem Titel »Das Erwachen« vor – führt die Gestalt des Totenhorchers Harry Keogh ein, den der Leser als Schüler der Realschule in der Bergmannssiedlung Harden (autobiographischer Zug) und einen introvertierten Jungen kennen lernt, der als Vollwaise von seinem Onkel und seiner Tante großgezogen wird. Die Gestalt von Harry Keogh, der mit den Toten (und Untoten) kommunizieren kann, ist von Lumley auffallend liebevoll gezeichnet und als Identifikationsangebot für die Lesenden zu verstehen (»... the Necroscope himself, Harry Keogh, could BE anyone; I mean anyone of us«), zumal der Autor selbst keinen Hehl aus der Tatsache macht, dass die Figur des Necroscope so angelegt ist, um mit ihrer ungewöhnlichen Gabe nicht abschreckend zu wirken, sondern gar Mitleid zu erregen (»This fellow has really awesome – heck, terrifying! – powers, yet the only time you realize that is when he's using them«). Die Fähigkeit, mit den Gestorbenen in Kontakt zu treten und ihnen zuzuhören, empfindet man zunächst eher wie eine Bürde, die der Junge zu tragen hat. Erst nach und nach, als Harry von seinem außergewöhnlichen Talent immer häufiger Gebrauch macht, gewöhnt man sich an den Umstand, dass das Totenhorchen für ihn Normalität ist. Der identifikatorischen Ausstrahlung seiner wichtigsten literarischen Schöpfung auf die Fangemeinde ist sich Lumley sicher: »The rest of the time he is just like you or me, a very human person with human frailties. And because we can't help recognizing ourselves in him, we just have to love him. (In fact, Harry is loved by both the living und the dead alike.) I haven't met a male reader yet who doesn't want to be Harry Keogh, or a female reader who doesn't want to go to bed with him.«* Die liebenswürdige Darstellung des Jungen dürfte nicht zu-

* Vgl. Anm. auf der vorhergehenden Seite

letzt darauf zurückzuführen sein, dass er einen Traum von Lumley selbst Wirklichkeit werden lässt – der Tod seines Vaters hatte den Schriftsteller mit der Sehnsucht erfüllt, mit ihm Verbindung im Jenseits aufzunehmen. Dieser Wunsch ließ ihn lange nicht in Ruhe und reifte schließlich zur Idee eines Totenhorchers.

Keoghs Gegenspieler ist der Nekromant Boris Dragosani, ein ehemaliges walachisches Findelkind mit vampirischem Erbe. In die Dienste des sowjetischen PSI-Dezernats (»geheime Dienststelle für die Entwicklung paranormaler Spionage«) getreten, ist er ebenfalls im Stande, sich das Wissen der Toten anzueignen, doch es geschieht auf eine grundsätzlich andere Art und Weise als bei Harry Keogh. Er spricht mit den Gestorbenen nicht, sondern entreißt ihnen ihre Geheimnisse mit Gewalt, indem er die Ausdünstungen ihrer toten Körper einatmet, ihre Leichname regelrecht tranchiert und ihre Gehirne durch ein dünnes Stahlrohr heraussaugt. Die Zusammenarbeit mit dem sowjetischen Geheimdienst bietet sich ihm aber in Wirklichkeit nur als willkommener Deckmantel an, unter dessen Schutz er seine eigenen Pläne schmiedet und seine eigenen Ziele verfolgt. Ihm schwebt vor, mithilfe vampirischer Superkräfte die Weltherrschaft an sich zu reißen.

Das Kontrahentenpaar dürfte also kaum unterschiedlicher ausfallen: Einerseits der stille, in sich gekehrte Horcher Harry Keogh, dem die Toten ihre Geheimnisse gern anvertrauen, und andererseits der dynamische, aggressive Boris Dragosani, der die Geheimnisse aus den Toten schnüffelt, sie driften unweigerlich aufeinander zu. Zwar kommt es in »Das Erwachen« noch nicht zur unmittelbaren Konfrontation zwischen ihnen, doch sie bahnt sich unabwendbar an. Harry Keogh muss aber vorher noch eine schmerzhafte Privatangelegenheit aus der Vergangenheit in Ordnung bringen und das Dunkel, in das der seltsame Tod seiner ebenfalls paranormal begabten Mutter beim Schlittschuhfahren gehüllt bleibt, erhellen.

»Necroscope« ist genuines Produkt der Epoche des Kalten Krieges und weist die Schwächen auf, mit denen die Politik die Literatur infiziert hat: So ist das agierende Romanfigurenensemble natürlich schwarzweiß gemalt und stark schablonisiert dargestellt (weswegen ihm vom heutigen Standpunkt aus gesehen gewisse Künstlichkeit anhaftet). Die Guten sind ausschließlich Westeuropäer und die Quellen des Bösen sprudeln im Osteuropa: das (ur)alte Böse lauert auf dem Balkan und das neue Böse residiert in der UdSSR (Harry Keoghs Vorfahren mütterlicherseits waren 1920 vor der Revolution nach Schottland geflohen). Glücklicherweise fokussiert Lumley seinen Blick hauptsächlich auf die Schicksale seiner beiden Hauptantagonisten, wodurch der politische Aspekt des Romans etwas in den Hintergrund gedrängt wird und die klischeehafte Weltauffassung des Autors nicht so aufdringlich wirkt, dass sie dem Roman als einer Horrorgeschichte Abbruch tun würde. Die nachfolgenden Bände des Totenhorcher-Zyklus halten mit den politischen Entwicklungen Schritt, spiegeln die Veränderungen in unserer Welt wider und rücken zunehmend die Zukunft in den Blickwinkel, wodurch das spekulative Moment an Bedeutung gewinnt: »The Necroscope books were guided by what was going on in the world while they were being written. The new trilogy (»E-Branch« – J.Rz.) is set in the future a couple of years, so it's pretty much guess-work.«*

»Das Erwachen« wartet mit einer durchaus genießbaren Mischung aus Horror, Krimi und Politthriller auf.** Die Zersplitterung des Necroscope-Bandes hat jedoch zur Folge, dass dessen erster Teil »Das Erwachen« handlungsmäßig etwas aus dem Gleichgewicht geraten ist: Nach dem (vielleicht etwas zu) starken splattrigen Auftakt, der die nekromantischen Praktiken

* Vgl. Anm. auf Seite 795.

** Wie genießbar diese Mischung ist, zeugen die Zahnräder des Merchandisings, die im Falle von »Necroscope« komplex ineinander greifen: Einerseits kann man sich als Fan an dem von Ed Bolme entwickelten und von den inzwischen Bankrott gegangenen West End Games in die Läden gebrachten RPG-System »The World of Necroscope« (1995) erfreuen, dem Supplemente »Deadspeak Dossier«, »Enter the Shadow World«, »The E-Branch Guide to Psionics«, »Wamphyri« und »Operation: Nightside« beiliegen, andererseits bieten die indessen vergriffenen Comics und »graphic novels« über die Necroscope-Welt (verlegt von »Malibu« und »Caliber«) einen visuellen Einstieg in die dunklen Labyrinthe von Lumleys Imagination.

von Boris Dragosani in aller Deutlichkeit dargestellt, greift Lumley zu Pastellfarben und beruhigt den Erzählgang, der bis Ende kaum wieder in Schwung gebracht wird, sondern mit einigen wenigen dynamischen Szenen geschmückt gemächlich dahinschreitet und auf den im Teil 2 zu erwartenden Showdown vorbereitet: »To protect Harry, the dead will do anything – even rise from their graves!«

Walter M. Miller jr.

Lobgesang auf Leibowitz

(A Canticle for Leibowitz)
Deutsche Übersetzung von Jürgen Saupe und Walter Erev
Mit einem Vorwort von Carl Amery
Bearbeitete Neuausgabe in der Jubiläums-Edition
40 Jahre Heyne Science Fiction
München: Heyne 2000 (Heyne SF 06/8211)
432 Seiten, DM 16,–

Walter M. Miller jr.

Ein Hohelied für Leibowitz

(Saint Leibowitz and the Wild Horse Woman)
Deutsche Übersetzung von Isabella Bruckmaier
Mit einem Vorwort von Carl Amery
und einem Nachwort von Terry Bisson
München: Heyne 2000 (Heyne SF 06/6343)
672 Seiten, DM 24,90

von Gundula Sell

1959 erschien in den USA das Buch »Lobgesang auf Leibowitz« mit einem Thema, das die Menschen damals sehr bewegte. Der Weltuntergang durch Atomkrieg schien in jenen Jahren nicht unwahrscheinlich oder, je nach Standpunkt, nur eine Frage der Zeit zu sein. Viele Romane handelten davon. Millers Buch setzte 600 Jahre später ein und umging damit die kräftigen Armageddon-Effekte. In drei Episoden beschreibt er, wie ein nordamerikanischer katholischer Mönchsorden in der Nachfolge seines legendären Gründers Isaac Leibowitz die nach dem Weltbrand und der nachfolgenden Raserei gegen jeden Rationalismus übrig gebliebenen Reste menschlichen Wissens bewahrt – bis, wieder Jahrhunderte später, der Kreis sich schließt und die erneut entwickelte Wissenschaft einen neuen Atomkrieg heraufbeschwört.

Millers tiefer Pessimismus ist von einem ernsthaften, aber doch mit Ironie durchsetzten Katholizismus geprägt. Der Glaube, die religiöse Auseinandersetzung des Einzelnen ist sein Thema und das Einzige, das er und seine Helden in drei um Jahrhunderte voneinander entfernten Episoden der immer wieder heranwuchernden Barbarei entgegen setzen können. Das schildert er auf beeindruckende, sehr genaue Weise. Er schafft eine eigene Welt, ohne weltliche Hoffnung zwar, aber mit Widersprüchen, Farbe und sinnlicher Kraft.

Mit seinem detailreichen Humor lässt er einen Novizen den Zugang zu Leibowitz' Hinterlassenschaften finden, in einem Atombunker. Der Tod fast aller durch die Bombe und das Banale der aufgefundenen Einkaufszettel mischen sich. Nebenbei erfährt man, dass Leibowitz eigentlich ein jüdischer Elektriker war. Aber das stört nun nicht mehr, angesichts seiner Vorbildhaftigkeit als Wissensbewahrer und Märtyrer (hm, schwacher Trost). Später, als der Novize Mönch ist, gestaltet er aus einem Schaltplan von Leibowitz ein illuminiertes Pergament. Keiner weiß, was dargestellt ist, auch nur, was Elektrizität ist, aber aufbewahrt muss es werden.

Dass im dritten Teil viele hundert Jahre später die Menschheit sich wieder zu zivilisatorischen Höhen wie im 20. Jahrhundert aufgeschwungen hat, ist keine Erleichterung. Millers verzweifelte Ironie lässt wiederum die Welt in einem Atomkrieg untergehen, wobei vielleicht wieder etwas gerettet wird, aber wofür schon?

Die Einzelheiten sind es, die den Leser vor der Verzweiflung retten. Die Beobachtung, dass der weiße Mantel des Papstes

Mottenlöcher hat, was der Hochachtung für den Pontifex keinen Abbruch tut. Oder eine geschnitzte Statue des Heiligen, die ironisch lächelt, was verhindert, dass sie in der Kirche aufgestellt wird. Oder eine nicht funktionierende Maschine, die gesprochene Texte aufschreiben und übersetzen soll. Am Ende bleibt nur die Unerbittlichkeit des Glaubens, zu der aber der Autor das Zutrauen auch verloren hat. Aber was heißt »am Ende«, wenn das einzig Beständige das Sich-Drehen der Zeiten ist? Irrational gegen all dem klaren, festen Denkgebäude der Kirche bleibt möglicherweise dem Leser doch eine seltsame, mutierte Hoffnung.

Seit seinem ersten Buch, das in und sogar außerhalb von Science Fiction-Kreisen als Kultbuch gilt, gab es von Miller nur noch einige Erzählungen. Das Fragment seines zweiten Romans in der gleichen Welt übergab Millers Agent dem Autor Terry Bisson, weil Miller, unter Depressionen leidend, es nicht zu Ende schreiben konnte. Der allmählich wie ein Einsiedler lebende Miller nahm sich das Leben, bevor das Buch fertig war und 1997 in den USA erschien. Doch was er da mit Bissons Hilfe hinterlassen hatte, ist eine großartige Sache. Der Roman »Ein Hohelied für Leibowitz« spielt in derselben Welt wie der erste, ist auch ähnlich illusionslos, aber ganz anders gemacht.

Miller schafft ein großes Panorama jener Welt, in dem alle Völker zu handeln haben und, natürlich, in einen gewaltigen Krieg verwickelt werden, der nur deshalb kein Weltkrieg wird, weil man gerade erst wieder halbwegs brauchbare Feuerwaffen erfunden hat. Der Held, nein, dazu reicht es nicht, also: die Hauptfigur ist der Mönch Schwarzzahn, der von Nomaden abstammt und im Kloster heilige Schriften in deren Sprache übersetzen soll. An dieser Aufgabe verzweifelt er. Zu Recht, wie sich später herausstellt, denn Verständigung ist höchstens eine Ausnahme, und alle, Gruppen oder Einzelne, folgen letztlich nur ihren eigenen Interessen.

In die Welt zurück gerät Schwarzzahn im Gefolge eines sehr weltlichen Kardinals, der später Papst wird, eher eine Karikatur auf einen Papst. Dieser, Braunpony, hat ebenso viel Glauben wie Verzweiflung in sich, und aus Wut über die Barbarei stiftet er zu einem Kreuzzug gegen das mächtiger werdende Reich Texarkana an, um New Rome, den Papstsitz seit Zerstörung Europas, für sich zurückzuerobern. Mit ihm ziehen Krieger verschiedener Nomadenstämme, die in sich auflösenden matriarchalischen Verhältnissen leben, etwas zwischen Indianern und der Goldenen Horde. Bei ihnen verlieren die Weejus-Frauen, eine Art religiöser Rat der alten Frauen, an Einfluss mit dem Vordringen von »Zivilisation«. Mit dem Papst Braunpony ziehen auch die kampffähigen der Nachfahren von nach dem Atomkrieg aufgekommenen Mutanten, die eigentlich von den Übrigen streng getrennt zu leben haben. Aus Selbsterhaltung meiden alle Gemeinwesen die Vermischung mit ihnen, doch unter ihnen gibt es »Normalos«, die äußerlich nicht als Mutanten zu erkennen sind und wiederum in einer eigenen, streng regulierten Gemeinschaft leben.

Natürlich geht es all denen nicht um den Papst, sondern um Krieg gegen Texarkana, das einen verhängnisvollen Fortschritt darstellt. Der katholische Klerus, ein disparater Haufen von Kardinälen, darunter eine Frau, ist ziemlich handlungsunfähig und zerfranst auf dem Kriegszug völlig, soweit er nicht gleich auf der Seite von Texarkanas Herrscher Hannegan bleibt. Dessen mühsam zusammengehaltenes Reich scheut sich nicht, gesetzlose Banden einzusetzen. Wie übrigens die Gegenseite auch nicht. Die Bauern sind, wie immer, nur Menschenmaterial und Opfer, wenn sie nicht selbst zur Gewalt greifen.

Ja, es gibt Liebe und Freundschaft, es gibt die unspektakuläre Arbeit der Mönche vom Orden des St. Leibowitz, Wissen zu bewahren, gleichgültig, ob man es versteht. Aber vor allem gibt es Grausamkeiten – im Kampf ums nackte Überleben und auch um ihrer selbst willen. Die Atmosphäre des Buches ist keine von kriegerischer Action. Es ist eine Düsternis, die kaum auszuhalten wäre, wenn das Buch nicht von wunderbar reichen und widersprüchlichen Einfällen wimmelte, von großartig erzählten Szenen, wie denen einer Papstwahl, bei der das Volk der Ersatz-Papststadt Valana die Kardinäle in ihrer Klausur wirklich einsperrt, um seinen Wunschkandidaten durchzubringen. Der wird gewählt, aber warum eigentlich?

Immer wieder mischt sich Mystisches in das Reale, Wunder und Visionen krachen auf fieseste Realpolitik. Kraftvolle Figuren und Konstellationen werden erfunden, Orte werden geschildert, philosophisch-religiöse und zugleich ganz praktische Dialoge geführt, die einen lange nicht loslassen. In zahllosen Einzelheiten entwickelt Miller einen verblüffenden, klugen, rabenschwarzen Humor. Manchmal allerdings wird mir über lange Strecken zu viel theoretisch erklärt. Manches kann man auch nur mit guten Lateinkenntnissen richtig würdigen. Aber vielleicht soll das an die Chroniken in der Klosterbibliothek erinnern?

Bei Millers Haltung heißt es nicht, etwas vorwegzunehmen, wenn ich zitiere, wie es ausgeht, als der Heerzug, geschwächt durch eine vom Feind bewusst hervorgerufene Krankheit, New Rome erreicht: »Die Heilige Stadt mit ihren Straßengevierten zwischen den verrußten Trümmern war wie ein Palimpsest aus Zivilisation und Elend, ein Gemisch und Gemenge verschiedenster Zeitalter, die wie Blätter aufeinander gefallen waren, sich wie Holzabfälle aufeinander getürmt hatten, die Überreste von Jahrhunderten, die nur für ein zwanzig Minuten oder zwanzig Stunden währendes Feuer taugten.«

Ein etwas versöhnlicherer Schluss (vielleicht von Bisson) nach dem großen Brand, der alle Hoffnungen und Verzweiflungen zerstört hatte, lichtet die Düsternis nicht mehr. Dem Leser bleibt nur übrig, wie der ehemalige Mönch Schwarzzahn zu beten: »Heiliger Leibowitz, bete für uns.«

In seinem Vorwort zu »Lobgesang auf Leibowitz« stellt Carl Amery den Roman in die politische Situation seiner Zeit (die an Gültigkeit kaum abgenommen hat). Carl Amery hat auch ein Vorwort für das »Hohelied« geschrieben, in dem er deutlich macht, dass ihn nicht nur der Katholizismus als Thema, sondern auch der bittere Humor – vielleicht hängt beides zusammen? – mit Miller verbindet. Terry Bisson erzählt in seinem Nachwort, wie er, voller Hochachtung und Begeisterung für den vorhandenen Löwenanteil, das Manuskript zu Ende gebracht hat.

Leider tut Isabella Bruckmaiers huschelige, ab und zu sogar den Sinn verunklärende Übersetzung von »Ein Hohelied für Leibowitz« der atmosphärischen Dichte manchmal Abbruch.

Hans Moravec

Computer übernehmen die Macht

(Untertitel: Vom Siegeszug der Künstlichen Intelligenz)
(Originaltitel: Robot. Mere Machine to Transcendent Mind)
Aus dem Amerikanischen von Hainer Kober
Verlag Hoffmann und Campe, Hamburg, 1999
352 Seiten; DM 49,90

von Robert Hector

Der Robotwissenschaftler Hans Moravec wurde durch sein Buch »Mind Children. Der Wettlauf zwischen menschlicher und künstlicher Intelligenz« (1988) bekannt. Seine Kernthese: »In der postbiologischen Welt wird die Menschheit von einer Flutwelle kultureller Veränderungen fortgerissen und von ihrer eigenen künstlichen Nachkommenschaft verdrängt werden ... Wenn dieser Fall eintritt, hat unsere DNA das evolutionäre Wettrennen gegen eine ganz neue Art von Konkurrenz verloren und wird fortan ohne Aufgabe sein.«

In dem nun vorliegenden Buch vertieft und erweitert Moravec dieses Zukunftsszenario. Wenn die exponentielle Beschleunigung der Rechnerleistung voranschreitet, so sein Credo, wird es in der nächsten Menschen-Generation Roboter geben, die ihre Umgebung wahrnehmen, Gefühle entwickeln und sogar denken können – und zwar viel präziser und schneller als Menschen.

In den ersten Kapiteln des Buches gibt Moravec interessante Einblicke in die Geschichte der Roboter- und Computerforschung. In Kapitel 4 prognostiziert er für die nächsten vierzig Jahre vier Generationen von »Universalrobotern«. Die erste verfügt über einen eidechsenartigen Raumsinn, die zweite gewinnt mäuseartige Anpassungsfähigkeit hinzu, die dritte das Vorstellungsvermögen von Affen, die vierte die Denkfähigkeit von Menschen. Bei der vierten Generation handelt es sich um »Mind Children«, geistige Kinder der Menschen, die im Zuge der KI-Forschung zu perfekten Robotern und Computern gezüchtet wurden, die dann aber die Herrschaft über die Menschen erlangten.

Kapitel 5 (»Das Zeitalter der Roboter«) zeigt uns, wie die Gesellschaft jener zukünftigen Epoche aussehen wird. Das Ende der Arbeit, Menschen, die sich von Robotern bedienen lassen und dem Müßiggang frönen, unvorstellbarer Wohlstand, Kolonien im Weltraum – der Leser fühlt sich unweigerlich an Science Fiction-Szenarien der 60er Jahre erinnert. Einige Menschen werden sich ihrer biologischen Fesseln entledigen, sich technisch zu superintelligenten Robotern aufrüsten und als »Exes« (Ex-Menschen) das Universum erobern. Der *Homo superior* lässt grüßen.

Kapitel 6 (»Das Zeitalter des Geistes«) schildert die weitere Evolution der Exes: sie werden die reale Welt völlig verlassen. »Die alten Körper individueller Exes, umgestaltet zu Matrizen im Cyberspace, werden sich zusammenschließen, und der Geist der Exes wird als reine Software in ihnen umherschweifen ... Die Wellenfront der Exes mit ihren groben physischen Verwandlungsprozessen wird von einer rascheren Welle unmerklicher Cyberspace-Transformationen verdrängt, bis schließlich das Ganze zu einer Geistblase wird, die fast mit Lichtgeschwindigkeit expandiert.« (S. 257).

In Kapitel 7 (»Geistfeuer«) führt uns Moravec vollends in virtuelle Welten. Bewusstsein, Existenz, andere Universen, Simulationskosmen – mit geradezu religiösem Eifer will er uns weismachen, in welch provinziellem Welt-Gefängnis unser organisch gebundener Geist steckt. Vollmundig geht er auf das Ziel der Schöpfung ein: »Tipler und Barrow sagen vorher, dass das Universum geschlossen ist, das heißt, so viel Masse besitzt, dass sich seine gegenwärtige Expansion in eine Kontraktion verwandelt und in einem großen Endkollaps endet ... In dieser Kontraktion wird der Geist des Universums sich erst richtig entfalten ... Wahrhaftig existieren wir nur, weil unsere Handlungen letztlich zu diesem Punkt Omega führen.« (S. 312/13). Sogar der Tod wäre somit keine letzte Grenze. Nur schade, dass das Universum nach neueren astrophysikalischen Erkenntnissen sich für immer ausdehnen wird.

Das Buch ist eher eine Ansammlung von Science Fiction-

Ideen als ein seriöses Sachbuch. Die Grenzen zwischen Wissenschaft und Fiktion verschwimmen, der Leser staunt nur noch ehrfürchtig über die grandiosen Visionen. Allerdings entpuppen sich die hemmungslosen Spekulationen als Kaffeesatzleserei, über die sich beim gegenwärtigen Stand der Forschung trotz irgendwann möglicher Bio-, Quanten- oder optischer Computer noch keine Aussage machen lässt.

Der Unterschied zwischen Simulation und Wirklichkeit scheint sich zuweilen auch bei Moravec selbst zu verwischen. So schreibt er auf Seite 325: »Künstliche Intelligenzprogramme, die den psychischen Zustand von Nervensystemen herstellen, ohne das physische Substrat in allen Einzelheiten zu rekonstruieren, und virtuelle Realitäten, in denen so unphysikalische, magische Effekte wie die Teleportation möglich sind, lassen darauf schließen, dass unser eigenes Bewusstsein in vielen möglichen Welten existieren kann, die nicht an unsere physikalischen Gesetze gebunden sind.«

Moravec verwechselt hier die Simulation von Bewusstsein mit dem Bewusstsein selbst, und er schließt aus der Existenz virtueller Welten, in denen Teleportation realisierbar ist, auf die Möglichkeit extra-physikalischer Realitäten. Nun ist aber der Cyberspace ganz und gar in der physikalischen Realität eingebettet.

Immerhin: die Entstehung des autonomen Roboters hat bereits begonnen. Kürzlich berichtete die Fachzeitschrift »Nature« (406, 2000, 974), dass die US-Wissenschaftler Hod Lipson und Jordan Pollack ein Computerprogramm entwickelt haben, welches selbständig Hunderte von Roboter-Entwürfen erarbeitet, sie testet und die besten Modelle ohne menschlichen Eingriff herstellt – der lang erwartete erste Schritt zum Traum der sich selbst entwickelnden Maschine.

Dennoch: Bei so viel überbordender Phantasie des Herrn Moravec bleibt mir am Schluss nur übrig, Nietzsche seinen Zarathustra sprechen zu lassen: »Der Übermensch ist der Sinn der Erde. Euer Wille sage: der Übermensch sei der Sinn der Erde. Ich beschwöre euch, meine Brüder, bleibt der Erde treu und glaubt denen nicht, welche euch von überirdischen Hoffnungen reden! Giftmischer sind es, ob sie es wissen oder nicht. Verächter des Lebens sind es, Absterbende und selber Vergiftete, deren die Erde müde ist: so mögen sie dahinfahren ...«

Terry Pratchett, Ian Stewart, Jack Cohen

Die Gelehrten der Scheibenwelt

Aus dem Englischen von Andreas Brandhorst
und Erik Simon
Heyne Verlag München 2000
477 S., DM 19,90

von Karsten Kruschel

Die Lizenz zum Gelddrucken ist ganz einfach zu erlangen. Man nehme ein quietschbuntes Josh-Kirby-Bild mit lauter merkwürdigen knubbligen Typen, setze es zusammen mit dem in großen Lettern gedruckten Namen »Terry Pratchett« auf den Umschlag eines Buches und liefere es aus. Wie durch ein Wunder kaufen tausende von Leuten unweigerlich dieses Buch, selbst wenn es nichts bis gar nichts mit der berühmten Scheibenwelt zu tun hat. Das Entlarvende an dieser Tatsache ist folgendes: Die vielen Leute haben ihr Geld immer noch viele Male besser angelegt, als hätten sie im Fantasy-Regal zu etwas anderem gegriffen. Sagt das etwas über Pratchett aus oder über den Zustand der Literatur dieses Genres?

Das vorliegende Buch mit dem unverfänglichen Titel »Die Gelehrten der Scheibenwelt« wiederum vermag darüber hinaus segensreich zu wirken, handelt es sich doch dabei um ein Sachbuch, das dem Leser auf unterhaltsame Art und Weise allerlei über den derzeitigen Stand der exakten Wissenschaften beizubringen sucht. Der Kunstgriff ist naheliegend: Die Zauberer der Unsichtbaren Universität in Ankh-Morpork haben mehr oder weniger aus Versehen eine Rundwelt erschaffen, auf der Magie keine Rolle spielt. Das ist natürlich unsere Welt, betrachtet durch die nicht sonderlich klaren Augen von Rincewind, Ponder Stibbons und ähnlichen Knallchargen (ausdrücklich ausgenommen sei hier der Bibliothekar! - Ugh.)

Die Handlung auf der Scheibenwelt ist reichlich dünn und dient nur als Kitt zwischen den Darlegungen zu den Themen Quantenphysik, Evolutionstheorie, Philosophie und so weiter, die sich mehr oder weniger vom Urknall bis zum heutigen Homo ziehen, der sich selbst für sapiens hält.

Pratchett und seine Ko-Autoren verstehen es immer wieder auf verblüffende Weise, komplizierte Sachverhalte so einzudampfen, dass sie verständlich werden. Sie versäumen nicht, im Falle grober Vereinfachungen - also immer wieder - darauf hinzuweisen, dass moderne Wissenschaft im Bewusstsein der Öffentlichkeit nur als Lüge existiert: »Lügen-für-Kinder« wird es hier genannt, kein Problem, solange man sich darüber im Klaren ist, dass man nur als Zaungast anwesend ist und nicht mal über die Wahrheit stolpern würde, wenn sie einem gegen die Schienbeine geschlagen würde.

Natürlich will und kann das Buch keines der angesprochenen Themen umfassend behandeln, aber es liefert gute Zusammenfassungen, etwa beim Thema Evolution, nicht ohne im Streit der Lehren Position zu beziehen (allein bei der Darlegung des Konflikts zwischen Evolutionisten und Katastrophenanhängern erspart der Band dem Leser das Studium mehrerer schwer verständlicher Fachbücher, nicht ohne den augenzwinkernden Hinweis, dass es sich selbstverständlich um Lügen-für-Kinder handele).

Was den Band lesenswert macht, ist die Tatsache, dass der mehrwinklige Pratchettsche Humor den gesamten Text durchzieht. Scheibenwelt-Kapitel voller Zauberer und denkwürdiger Sätze (»Das Licht gibt sich alle Mühe«) wechseln sich ab mit Darlegungen, die das erklären, was die Zauberer partout nicht begreifen, weil sie auf der Scheibenwelt leben und nicht auf unserer Rundwelt, die sie staunend betrachten. Erstere hat Andreas Brandhorst übersetzt, der ja Terry Pratchetts deutscher Statthalter in Sachen Scheibenwelt ist; zweitere übertrug Erik Simon ins Deutsche. Der wissenschaftslastige und oft hochinteressante Teil war vermutlich der Schwierigere - nicht so sehr, weil viele seltene Wörter vorkommen, sondern weil sogar (und vor allem) diese Teile des Buches englischen Humor in erheblichem, wenn auch nicht sogleich offensichtlichem Ausmaß aufweisen.

Eingefleischten SF-Lesern sei der Band wärmstens empfohlen, obwohl seinen Buchrücken markttechnisch bedingt das Fantasy-Zeichen ziert, bewegt sich doch das Niveau der Science in der Science Fiction allzu oft auf einem soliden Vorkriegsniveau (und es ist ziemlich egal, welchen Krieg man dabei meint). So ganz nebenbei erhellt sich dabei, dass Literatur nichts damit zu tun haben kann, solche Gedankengebäude zu transportieren. »Die Gelehrten der Scheibenwelt« ist kein Beispiel für Literatur. Das Buch schüttelt nur das Weltbild auf angenehme und höchst vergnügliche Weise durch, entstaubt das Hirn und erweitert den Horizont. Der beste Satz, um dieses Buch zu beschreiben, steht im Vorwort und lautet: Manchmal besteht die beste Antwort aus einer noch interessanteren Frage.

Quarber Merkur

Franz Rottensteiners unillustrierte Literaturzeitschrift

Ausgaben 1–10 (1963–1966) auf CD-ROM
Erster Deutscher Fantasy Club e.V., Passau 1999
CD-ROM, DM 39,80

von Jacek Rzeszotnik

Man kann es kaum glauben: Es ist schon fast 40 Jahre her, als der 21-jährige österreichische Fan der phantastischen Literatur Franz Rottensteiner in dem inzwischen nahezu mythisch gewordenen Quarb seine unillustrierte Literaturzeitschrift mit dem schlichten Titel »Quarber Merkur« als Waffe im Kampf gegen die »verderbliche Schundliteratur« ins Leben rief. Wer hätte damals auch nur im Entferntesten zu hoffen gewagt, dass sie nach so vielen Jahrzehnten nicht nur weiterbestehen, sondern gar in neuer, viel professioneller wirkender graphischer Aufmachung ihre zweite Jugend erleben würde? Zumal die Sterblichkeitsrate im Fanzine-Bereich schon immer sehr hoch war und nach wie vor ist und die Zahl der Titel von jeher stark fluktuiert. Glücklicherweise war dem QM in all den vergangenen Jahren ein solches Schicksal erspart geblieben, was er und dessen Leser hauptsächlich der bewundernswerten eisernen Konsequenz und der durchaus berechtigten Überzeugung des Herausgebers, eine derartige Zeitschrift mit inhaltlich hochwertigen Beiträgen zur SF sei notwendig, verdanken. Ab Nr. 85 erscheint der QM im Ersten Deutschen Fantasy Club, Passau, was ihn institutionell besser verankert und noch eine lange Existenz auf dem Markt verspricht, worüber man sich nur freuen kann.

Es ist auch der besagte EDFC, der sich zur Aufgabe gemacht hat, die alten QM-Ausgaben wieder zugänglich zu machen. Ein überaus lobenswertes Vorhaben, da die Chancen, sie jetzt in die Hände zu bekommen, praktisch gleich null sind. Ganz im Sinne des digitalen Zeitalters hat man die zehn ersten Hefte aus den Jahren 1963–1966 aber nicht mehr einfach in ihrer ursprünglichen papierenen Form wiederaufgelegt (was heutzutage nur wenig Sinn hätte), sondern sie in den Bits & Bytes-Bereich migrieren lassen. Wer jedoch glaubt, es wäre im Endergebnis ein multimediales Werk mit eingebauten Hyperlinks, Internetzugriffsmöglichkeiten und anderen Errungenschaften der IT-Revolution entstanden, irrt. Die Herausgeber haben sich nämlich etwas Anderes einfallen lassen: Die CD-ROM bietet eingescannte Originalausgaben der Zeitschrift in zwei Formaten an: als Word-97-Dateien zum Betrachten und als Postscript-Dateien zum Ausdrucken. Dies hat zur Folge, dass man sich vor dem Bildschirm (oder mit dem Ausdruck in der Hand) in die Vergangenheit zurückversetzt fühlt: Vor den Augen des Lesers nehmen die alten hektographierten QM-Seiten mit all den vertippten, mit Nagellack korrigierten und nochmals übertippten Stellen, dem Flattersatz und dem bestenfalls nur als rudimentär zu bezeichnenden Seitenlayout wieder ihre vertraute Gestalt an. Jedenfalls für die etwas älteren SF-Fans, die damit aufgewachsen sind. Für die jüngeren Liebhaber der phantastischen Literatur, deren Vorstellungsvermögen vom Gedanken, man könnte auch ohne Computer auskommen, bei weitem überstiegen wird, dürfte die schlichte Textgestaltung der maschinengeschriebenen Beiträge nur bedingt Strahlkraft besitzen. Man will jedoch die Hoffnung nicht aufgeben, dass sie sich von den unbedeutenden Äußerlichkeiten nicht so schnell abschrecken lassen und ihre Aufmerksamkeit dem Wichtigen, also den Aufsätzen und Rezensionen, ihren inhaltlichen Qualitäten zuwenden und vom Umgang mit einem Fanzine, das die Entwicklung der SF-Literaturkritik im deutschsprachigen Raum in den letzten Dezennien im Wesentlichen mitgeprägt hat, profitieren werden.

Was mag der Anstoß für die Gründung des QM gewesen sein? Licht in diese Frage bringt das Geleitwort aus der Feder des Herausgebers im ersten Heft (Winter 1963): »Der ›Quarber Merkur‹ erscheint ganz einfach deshalb, weil der Herausgeber es so wollte.« Nach dieser entwaffnenden Eröffnung formuliert Rottensteiner doch noch den programmatischen Ansatz der Zeitschrift, die gegen Schundpublikationen verschiedenster Art (»Leihbücher, Groschenhefte, SF-Filme und andere Erscheinungsformen des Schundes«) zu Felde zu ziehen vorhabe, indem sie sie entweder mit Nichtbeachtung oder (falls nötig) mit »genereller und prinzipieller« Verurteilung strafen wolle. Das Geleitwort steckt auch gleich den Rahmen für die künftige Zusammenarbeit mit anderen Autoren ab: Der QM sei zwar ein Ein-Mann-Journal, aber auch eingesandte Beiträge würden »veröffentlicht werden – oder auch nicht – wie es eben dem Herausgeber gefällt«. Und damit von Anfang an keine Missverständnisse aufkommen: »In erster Linie wird sich dieses Journal damit befassen, Artikel aus der Feder des Herausgebers und Nachdrucke aus amerikanischen Zeitschriften zu bringen.« (Interessanterweise bildet aber gerade die russische SF den inhaltlichen Schwerpunkt der ersten Nummer.) Als Zielbereiche visiere der QM »SF, Fantasy, Horror, Weird und Supernatural« an und beabsichtige deren »Geschichte, Thematik und literarische[...] Qualität« ins Blickfeld zu rücken. Einzelne Themen, Schriftsteller, Epochen und Magazine sollten auch nicht aus den Augen gelassen werden. Ein Blick auf die Inhaltsverzeichnisse der ersten zehn Bände gibt Aufschluss darüber, dass dies keine leeren Versprechen waren, sondern ein ernst gemeintes Programm, das dann in der Tat konsequent verwirklicht wurde und das Fanzine dank der Qualität der darin veröffentlichten Beiträge prompt in die erste Reihe der wichtigsten (unregelmäßig erscheinenden) deutschsprachigen Zeitschriften katapultierte. Noch schwerer wiegt die Tatsache, dass es diesen hohen Stellenwert innerhalb der SF-Kritik in den Folgejahren nicht nur nicht eingebüßt, sondern immerfort ausgebaut hat und heute (zu Recht) den Ruf eines der angesehensten SF-kritischen Periodika genießt. (Wer sich davon überzeugen will, der möge das Verzeichnis der »in deutschen Büchern nachgedruckten QM-Beiträge« aufschlagen, das in dem *Quarber Merkur-Index,* Aktionskreis Fantastik, Duisburg 1998 S. 66-67, zu finden ist.)

Die Quarber Merkur-CD-ROM ist das dafür verlangte Geld ohne Zweifel wert (zumal sich die Mitglieder des Ersten Deutschen Fantasy Clubs über eine ihnen zustehende Ermäßigung freuen können und nur die Hälfte des Preises zahlen müssen). Der einzige Wermutstropfen ist die Tatsache, dass die CD-ROM nur zur Hälfte (346 MB) mit Material gefüllt ist. Man hätte vielleicht noch fünf weitere QM-Ausgaben auf die Disk mit einbrennen können – selbst auf die Gefahr hin, dass infolgedessen der Preis leicht erhoben werden müsste.

Joanne K. Rowling

Harry Potter und der Feuerkelch.

(Harry Potter and the Goblet of Fire)
Aus dem Englischen von Klaus Fritz
Hamburg: Carlsen 2000
768 Seiten, DM 44,–

von Gundula Sell

Zur Abschreckung könnte man sagen, dass es sich unter anderem um einen Roman über die politische Geschichte des

20. Jahrhunderts handelt. Aber da sich sowieso keiner vergraulen lässt, sage ich lieber gleich, dass es sich um das spannendste Buch handelt, dass mir seit längerem begegnet ist. Ein Gedankensieb kommt darin vor: Wenn man mit der Nase dem darin wirbelnden Nebel zu nahe kommt, rutscht man hindurch und mitten hinein in jemandes Erinnerung oder Gedanken. So, magisch angesaugt, schmökern junge und alte Leser Nächte hindurch auch den vierten Band der Schul-Erlebnisse des britischen Zauberlehrlings Harry Potter.

Man braucht sich dafür keineswegs zu schämen: Dieser auf sieben Bände geplante Bildungsroman, der immer noch von Buch zu Buch besser wird, ist auf seine Art große Literatur. Trotz der Strenge des Handlungsrahmens sprüht auch der vierte Band vor Phantasie und will einem in seiner Fülle realer scheinen als die Wirklichkeit.

Natürlich werden vertraute Motive aufgegriffen, und es gibt auch diesmal spannende Schilderungen von immer neuen Wundern und Verwandlungen rund um das Zauber-Schulinternat Hogwarts und seine Bewohner. Herrliche Dialoge bis zu den letzten Nebenpersonen, reizende Einfälle – einer hat sich beim Verwandeln eines Igels in ein Nadelkissen so dämlich angestellt, dass das Kissen immer wegrennt, wenn man ihm mit einer Nadel nahe kommt – und Parodien auf unsere unmagische Welt – eine »Hauselfen-Befreiungsfront«, die in ihrer durchschlagenden Wirkungslosigkeit mancher alternativgutgemeinten Bürgerinitiative gleicht, soll die Unterdrückung dieser dienstbaren Geister beenden helfen; ganz zu schweigen von Hohn und Spott auf die britische (besonders grässliche) Boulevardpresse. Keine einfache Sache für den Übersetzer Klaus Fritz, alle Wortspiele und Redeweisen nachzubauen. So weit vom Alltag entfernt einem das auch erst vorkommt, so nahe rücken einem die Einzelheiten, wenn man versucht, sie mit Abstand zu betrachten. Wie die schottische Autorin das hinkriegt, ist höhere Magie.

Dass gleich zu Beginn ein Fiesling ein verbotenes Totenkopf-Zeichen an den Himmel projiziert, dass eine Gruppe Vermummter, Ungreifbarer an Muggeln (Nichtzauberern) ihr Mütchen kühlt, um der Aggression, der Bosheit und zerstörerischer Machtgier willen – das mag den täglichen Schlagzeilen fast zu ähnlich erscheinen. Aber auch das ist organisch und mit großer erzählerischer Kraft aus der Logik der Zaubererwelt heraus geschaffen. Es begründet eine neue, tiefergehende Runde des Kampfes von Harry und seinen Freunden gegen das Böse, das immer mächtiger zurückkommt. Unnütz wäre nun das Vokabular der politischen Korrektheit. Ungeheures geschieht, dem gegenüber jeder sich entscheiden muss.

Und noch mehr als in den bisherigen Bänden kommt es darauf an, wie sich Gut und Böse mischen. Nicht mehr nur Schein und Sein der Personen überlagern einander, sondern inmitten einzelner Menschen klirren die Widersprüche aufeinander: Zwei erbitterte Feinde merken entsetzt, dass sie auf der gleichen Seite stehen. Jemand springt ein einziges Mal über den Schatten seiner maßlosen Korrektheit und richtet so mit Menschlichkeit mehr Schaden an als vorstellbar. Während man lange Zeit denkt, der zu nichts als Sonntagsreden fähige Magie-Minister Fudge sei angesichts der Alternativen ein Segen für die Zaubererschaft, merkt man schließlich, was für ein schädlicher Stümper er ist (der etwas direkte Wildhüter Hagrid hatte es ja gleich gesagt).

Am Ende steht ganz zu Recht ein Anfang ... und nun müssen wir wieder fast ein Jahr in banger Erwartung an den Nägeln kauen und uns fragen, was bis zum Erscheinen des fünften Bandes in der Zauberer-, nein in unserer Welt Verheerendes vor sich gehen wird.

Eine Kritik sei nicht verschwiegen: Genau so wenig wie in der britischen und amerikanischen Ausgabe ist es in der deutschen gelungen, einen kongenialen Illustrator zu finden. Aber die Bücher sind stark genug, trotzdem voller Bilder zu stecken.

Roman Sander (Hrsg.)

Kontakte

UFOs über Deutschland
Science Fiction-Anthologie
Blitz-Verlag, Windeck 1999
171 Seiten, DM 19,80

von Jacek Rzeszotnik

Der vorliegende Band versucht erklärtermaßen gegen den Strom zu schwimmen: In einer Zeit, in der die Romanform den Science Fiction- und Fantasy-Buchmarkt absolut beherrscht und kürzere Texte, in den Hintergrund gedrängt, nur ein Schattendasein fristen, äußert der Herausgeber in der Einleitung sein Unverständnis für diesen Sachverhalt und bekundet seine mangelnde Bereitschaft, ihn zu akzeptieren. *Kontakte* möchten also in dieser Hinsicht für Abhilfe sorgen und sich zugleich als eine Brücke verstanden wissen, die zu einem Kurzgeschichten-Magazin hinführen will, das als Forum für die heute benachteiligten Kurzprosaformen konzipiert wäre und der weitverbreiteten (falschen) Überzeugung, die Kurzgeschichten ließen sich nicht verkaufen, mit einem Gegenbeweis den Boden entziehen würde. Mit diesem SF-literarischen »Omnibus« sei auch der erste Schritt in die wünschenswerte Richtung getan und es läge nun an dem »geneigten Leser«, diesen Versuch zu unterstützen und an der Veränderung der ungünstigen Situation mitzuwirken.

Der Band setzt sich aus fünf Erzählungen/Kurzgeschichten und einem Artikel zusammen. Der thematische Rahmen scheint »UFOs über Deutschland« zu sein, doch nicht alle literarischen Beiträge, die darin enthalten sind, passen in ihn, was zwar zur Folge hat, dass dank der Abwechslung während der Lektüre keine Langeweile aufkommt, aber gleichzeitig der sujetmäßigen Homogenität des Bandes Abbruch getan wird. Und es sind gerade die ersten zwei Erzählungen, die mehr als die Hälfte des Umfangs der Anthologie für sich beanspruchen, die sich anderen Stoffen zuwenden und die Kontakte der Dritten Art mit fremden Spezies ignorieren. Beide sind aus bekannten Federn geflossen: Michael Iwoleit und Horst Pukallus.

Michael Iwoleits finstere Jägergeschichte »Nimrod« liefert den Nachweis dafür, dass auch deutsche Autoren in der Lage sind, interessante Cyberpunk-Geschichten zu erfinden. »Nimrod« dürfte in den Leserkreisen, denen »Blade Runner« gefallen hat, Zuspruch finden, zumal der Cyberpunk nach einer ein paar Jahre lang dauernden Durststrecke durch den Erfolg des Kinofilms »Matrix« teilweise Wiederbelebung erfahren zu haben scheint.

Ein durch und durch aktuelles Problem im Kontext der Aufhebung des Stromerzeugungs- und -lieferungsmonopols sowie der Diskussion über den Atomausstieg in Deutschland behandelt wiederum die Humoreske »Der Lockentenschnitzer von Beteigeuze IV« von Horst Pukallus. Nur dass die Entwicklung in dieser Geschichte in die entgegengesetzte Richtung geht: Alle Fäden der galaktischen Energieversorgung laufen in den Händen der so genannten Energie-Lords zusammen, die in »Wattikan«, der Schaltzentrale ihrer Macht, residieren und von wo aus sie ihre »Neo-Energeia-Politik« betreiben. Dabei räumen sie alle Hindernisse, die ihre Pläne, die ganze Galaxis von sich abhängig zu machen, gefährden oder auch nur ihre Profiterwartungen sich nicht erfüllen lassen, unbarmherzig aus dem Weg. So wollen sie etwa eines gewissen Dr. Malente Maguna unbedingt habhaft werden, dessen Erfindung – der Feldenergie-Konverter – ihr Energie-Monopol brechen und ihren Bankrott bedeuten würde. Eine galaxisweite Fahndung läuft also auf Hochtouren. Der erste spektakuläre Schlag gegen die »energetische Hegemonie« der Energie-Lords gelingt Dr. Malente Maguna auf dem Planeten Beteigeuze IV. Pukallus verleiht diesem Sieg ein wirklich »monty-pythoneskes« Gepräge: Eine gigantische, aus einer besonderen anaeroben und bei der Berührung mit dem Sauerstoff explosiv wachsenden Pilzart geschnitzte Ente rammt den zur Kühlung des Plasmadynamik-Mailers erbauten Staudamm und beschädigt ihn so stark, dass es zum Ausfall des Kühlsystems kommt und das Kraftwerk abgeschaltet werden muss, was wiederum die Sprengladung der gesellschaftlichen Unzufriedenheit und der Wut gegen das überhebliche und herrische Auftreten der planetarischen Statthalter der Energie-Lords zündet.

Mit Martin Beraneks »Begegnung in der Nacht« betritt man schließlich den Teil des Bandes, in dem die stattgefundenen und die fast stattgefundenen Kontakte zwischen den Erdbewohnern und den Gästen aus dem Weltraum literarisiert werden. Das Verhalten von Manni, der jugendlichen Hauptfigur der im Jugendlichenjargon verfassten humorvollen *first contact*-Geschichte von Beranek, wirft ein schlechtes Licht auf unsere Bereitschaft, vor die vernunftbegabten Brüder im All hinzutreten und sie auf der Erde willkommen zu heißen. Es drängt sich ja gar die Frage auf, ob die Menschheit in Wirklichkeit nicht allzu sehr mit sich selbst beschäftigt ist, als dass sie im Stande wäre, die Gegenwart der Außerirdischen wahrzunehmen? Bei Manni sind das die geilen Rundungen der scharfen Inge, die ihn blind für die epochale Möglichkeit machen, mit einer fremden sternfahrenden Spezies erstmals zu kommunizieren. Doch wer glaubt, Manni wäre ein Holzkopf ohne Urteilsvermögen, irrt gewaltig: Ein Blick auf den kleinwüchsigen Alien in seiner Montur reicht ihm aus, um eine »scharfsinnige«, generalisierende Analyse des sozialen Verhaltens der Kinder in der Wohlstandsgesellschaft zu formulieren, mit denen er den kleingewachsenen Außerirdischen verwechselt: »Wie die schon rumliefen! Alle hatten die gleiche Mütze auf, alle hatten den Schirm nach hinten gedreht. Alle hatten Schlabberhosen an, die zehn Zentimeter weit übers Knie reichten. Alle schleiften 'n Gettoblaster mit sich um. Alle hießen Kevin und alle hörten 'ne Musik, bei der normalen Menschen die Plomben aus dem Gebiss flogen. Außerdem hingen alle ständig vor diesen doofen Kompjutern und kuckten sich in der Glotze den gleichen Scheiß an. Alle wollten Käpt'n Kork und Mr. Spuck sehen. Alle standen auf Dinosaurier. Es war zum Mäusemelken!« (S. 108). Die vertane Chance eines interstellaren Kontakts wird endgültig dadurch besiegelt, dass Manni dem kleinen Alien über den Fuß fährt, als er mit seinem Wagen wieder auf die Fahrbahn rollt. Die geilen Rundungen der scharfen Inge besitzen für ihn eine unüberwindliche Strahlkraft: Das Ewig-Weibliche zieht ihn halt hinan.

Ein grundsätzlich anderer Ton liegt der besten Erzählung des Bandes zu Grunde: »Endstation Schnellstraße« von Hans Dieter Römer. Sie berichtet von einem Kontakt, der hätte stattfinden können, aber wegen einer Flugzeugkatastrophe nicht stattgefunden hat. Der Leser begleitet einen Stuttgarter Streifenpolizisten auf seiner Rettungsaktion im Flammeninferno. Hinter dem brennenden Hotel in der Nähe des Flughafens stößt er auf der Suche nach Überlebenden auf die Leiche eines humanoiden Wesens, das ebenfalls in der Katastrophe umgekommen sein muss. Beim Anblick des Fremden begreift er die Zusammenhänge, die zum Desaster geführt haben: Sein Raumschiff und das Flugzeug müssen in der Luft miteinander kollidiert sein. Doch es war paradoxerweise die irdische Maschine, die, vom Kurs abgekommen, sich in der falschen Anflugschneise befand und das fremde Luftschiff rammte. Es war zudem eine ungewöhnlich böse Ironie des Schicksals, dass dies für die irdische Maschine ein Übungsflug war und an Bord ausschließlich Mitglieder der Flugsicherheitsbehörde mitflogen. Die Erzählung von Römer bietet zwei unverkennbare Stärken, die eine interessante Lektüre versprechen: Einerseits sorgt die Beherrschung des schriftstellerischen Handwerks durch Römer für genügend Spannung (vgl. hierzu etwa die Schilderungen der in ein Flammenmeer verwandelten Absturzstelle), andererseits ist das der Gedanke an die unbegreifliche Absurdität des tragischen Vorfalls, an die absolute Sinnlosigkeit des Unglücks, die den Protagonisten an der Existenz eines Planes Gottes zweifeln und das Leben als ein zielloses Dahintreiben auf den Wellen des unerwartet zuschlagenden Zufalls zu begreifen beginnen lässt. Doch einem solchen Leben können kaum Freude und Bedeutung abgewonnen werden. Der pessimistische Tonfall der Geschichte vermag auf die Stimmung des das Gelesene emotional nachvollziehenden Lesers effizient einzuwirken, sodass man bedrückt die letzte Seite des Textes umblättert, dessen Echo noch eine Zeit lang im Kopf nachhallt. Dass literarische Katastrophenvisionen gelegentlich makaber reale Dimensionen annehmen, konnten sich die Leser von Römers Erzählung am 25. Juli 2000 überzeugen, als die abstürzende Concorde der

Air France das Hotelissimo de Gonese buchstäblich vom Boden verschwinden ließ. Zwar kam es damals zu keinem Zusammenstoß mit einem UFO, sondern zum Versagen der Triebwerke, doch die im Fernsehen gezeigte Feuerhölle auf dem Boden rückte die Bilder aus Römers Text unvermeidlich wieder ins Bewusstsein.

In eine Alternativwelt entführt den Lesenden die Erzählung »Notstand« von Andreas Decker und Ronald M. Hahn. Die Handlung spielt im wilhelminischen Deutschland, das dank einer zufälligen Begegnung mit den Außerirdischen in den Besitz hochentwickelter Technik gekommen ist und im Ersten Weltkrieg den Sieg errungen hat. Nach dem Krieg erlebt das Deutsche Kaiserreich einen rasanten technologischen Aufschwung, der es zum modernsten und stärksten Land der Welt aufsteigen lässt. Doch auch die Mächtigsten haben ihre Probleme: Die gefangenen Außerirdischen sind aus dem Gewahrsam entflohen und stellen nun eine ernsthafte Gefahr für das Reich dar, weswegen eine groß angelegte *seek and destroy*-Aktion angeblasen wird. Die Atmosphäre der allgemeinen Bedrohung macht sich breit und setzt sich in den Köpfen der Wissenden fest. Zwar arbeiten die kaiserlichen Agenten höchst professionell, doch sie sind sich dessen bewusst, dass ihnen die Zeit davonläuft und die Existenz des Reiches auf dem Spiel steht. Etwas befremdend wirkt hingegen die Einführung des Kaiserlichen Polizeiwachtmeisters Adolf Hitler in die Handlung. Zumal er sich als eine sensible Person erweist, die die effektiven, aber brutalen Methoden des kaiserlichen Geheimdienstes mit Entsetzen registriert und gar eine Exekution verhindern will (S. 164–166). Man könnte meinen, hier hätten sich die Autoren einen besonderen Gag einfallen lassen, der ihrer Alternativweltgeschichte etwas mehr Pep geben sollte. Schließlich bauten ja viele Alternativwelterzählungen gerade auf der charakterologischen Umkehrung bekannter Persönlichkeiten aus der Geschichte auf. Doch hier trottet Hitler völlig unmotiviert durch eine Geschichte, deren Träger er keinesfalls ist. Er soll für einen Überraschungseffekt sorgen, und es gelingt ihm tatsächlich, nur dass diese Überraschung in Verblüffung übergeht und den Genuss des ansonsten interessanten Textes im Wesentlichen mindert. Die Autoren hätten sich eine witzigere und in den Text besser integrierte Idee einfallen lassen sollen.

Der einzige nichtbelletristische Beitrag für *Kontakte* stammt vom SF-Kenner und Sachbuchautor Albrecht M. Fritzsche (auf dem Umschlag fehlerhaft »Fritsche«) und widmet sich den »seltsamen Zusammenhängen zwischen UFOs und Science Fiction«. Fritzsche facettiert das Problem UFO als Wahrnehmungsproblem, als wissenschaftliches Problem, als religiöses Problem, als kulturgeschichtliches Problem und als SF-Problem in Literatur und Kino. Darüber hinaus kommt er auf die guten und bösen UFO-Aliens zu sprechen und nennt einschlägige Beispiele (hauptsächlich aus dem filmischen Bereich, wobei einige von ihnen auf literarischen Vorlagen basieren).

Wie ist nun der Band *Kontakte* zu beurteilen? Löst er das Versprechen des Herausgebers ein, Brückenfunktion übernehmen und der wichtigsten Form der SF-Literatur – der Kurzgeschichte – zum Durchbruch verhelfen zu wollen? Kann diesem Unternehmen Erfolg beschieden sein? Wohl kaum. Und es liegt nicht so sehr an dem Inhalt der Sammlung, als vielmehr an der allgemeinen Marktsituation, die solche lobenswerten Versuche (jedenfalls bis auf weiteres) zum Fehlschlag verdammt. Der Vorstoß der *Kontakte* in den Herrschaftsbereich des Romans, um ihm ein Stück der Lesergunst abzureißen, verdient Beifall, generiert aber zugleich die eher wenig erfreuliche Reflexion, dass sich die Kurzgeschichte auf einen langen und zermürbenden Partisanenkrieg einstellen muss. Der Roman wird sich nicht so bereitwillig aus den inzwischen eroberten Positionen zurückziehen wollen.

Inhaltlich weist der Band *Kontakte* begreiflicherweise Höhen wie Tiefen auf, doch die Unterschiede zwischen den besten und den schwächsten Texten fallen glücklicherweise nicht so krass aus. Die Siegespalme gehört eindeutig der »Endstation Schnellstraße« von H.D. Römer, gefolgt von Horst Pukallus' »Lockentenschnitzer von Beteigeuze IV« und Martin Beraneks »Begegnung in der Nacht«.

Formal dürfte sich diese Paperback-Form, die weder ein Magazin noch eine Anthologie (trotz des Untertitels) ist, auf dem

Markt - leider - ziemlich schwer tun. Vielleicht wäre es von Vorteil, das Konzept noch einmal zu überlegen?

(Es wäre auch nicht fehl am Platz, die Orthografie zu vereinheitlichen, da sie in *Kontakten* einen hoffnungslosen Tanz zwischen den alten und den neuen Rechtschreibregeln vollführt.)

BIBLIOGRAFIE

Phantastische Literatur im Heyne-Taschenbuch 2000

von Werner Bauer

ABKÜRZUNGSVERZEICHNIS

A	Anthologie (Sammlung von Erzählungen verschiedener Autoren)
ANTH	Heyne Anthologie
AR	Heyne Allgemeine Reihe
Ausw.	Auswahl
Bd.	Band
C	Collection (Sammlung von Erzählungen eines Autors)
C/OA	Collection/deutsche Originalausgabe, die in dieser Zusammenstellung in der Sprache des Verfassers nicht erschienen ist
DIA	Diana Taschenbücher
F.	Folge
FB	Heyne Filmbibliothek
HAF	Haffmans Kriminalromane (HaffmansTaschenBuch bei Heyne)
HC	Heyne Hardcover (Belletristik)
HC/S	Heyne Hardcover/Sachbuchprogramm
Hrsg.	Herausgeber
HSB	Heyne Sachbuch
in Vorb.	in Vorbereitung
JB	Heyne Jubiläumsbände
JUM	Heyne Jumbobände
MINI	Heyne MINI
NA	Neuauflage
NN	Nomen Nescio (Name nicht bekannt)
o. J.	ohne Angabe des Publikationsjahres
PAV	Pavillon
PRh	Perry Rhodan
SP	Heyne Sonderproduktion
TdM	Tip des Monats
UB	Die Unheimlichen Bücher
Ü	Übersetzer
I	Erster Teil
II	Zweiter Teil
:	entspricht
↗	ist enthalten in (Teil Eins) bzw. siehe

Teil Eins

Numerisches bibliographisches Verzeichnis der Neuerscheinungen der Reihe »Heyne Science Fiction & Fantasy« und aller SF-, Fantasy- und Horror-Publikationen sowie themenbezogener Sachbuchbeiträge in anderen Reihen im Jahr 2000

Frei (bzw. freigeworden bzw. freigehalten für einen ggf. weiteren Ausbau von Zyklen) sind folgende Einzelnummern:

4381	5267	5367	5914
4716	5268	5368	5915
4782	5269	5369	6300
5161	5277	5488	
5235	5280	5506	
5236	5309	5654	

Echte ›Tote Briefkästen‹, d. h. Nummern, unter denen kein Titel erscheinen kann, weil sie bereits für Projekte vergeben wurden, die nicht realisiert werden konnten, oder Nummern, die vom Vertrieb anderweitig verwendet wurden, sind:

2000 Ralph Sander (Hrsg.)
STAR TREK Timer 2000
4150 Frank Herbert
DER WÜSTENPLANET
(Kassette mit 5 Bänden)
5555 CONAN-PLAKAT
5650 Torsten Dewi
DAS BABYLON 5-UNIVERSUM
6453 STAR TREK – BLACK
EDITION (Kassette UHURA)
6454 STAR TREK – BLACK
EDITION (Kassette McCOY)

2100 Wolfgang Jeschke (Hrsg.)
Fernes Licht – Die besten Erzählungen aus vierzig Jahren Heyne Science Fiction (A) (2000)

Wolfgang Jeschke
Vorbemerkung des Herausgebers

Nelson Bond
Der Sokrates vom Rübenfeld (1983)
Socrates of the South Forty (1949)
Ü: Thomas Schlück

Ray Bradbury
Ylla (1974) (1994)
February 1999: Ylla (1950)
Ü: Thomas Schlück und Wolfgang Jeschke

Donald A. Wollheim
Das Ding (1972) (1985)
The Rag Thing (1951/1969)
Ü: Tony Westermayr

Philip José Farmer
Weitersegeln! Weitersegeln! (1985) (1987) (1989)
Sail On! Sail On! (1952)
Ü: Ronald M. Hahn

Alfred Bester
Geliebtes Fahrenheit (1963) (1981) (1990)
Fondly Fahrenheit (1954)
Ü: Charlotte Winheller

Arthur C. Clarke
Die nächsten Mieter (1984)
The Next Tenants (1957)
Ü: Hilde Linnert

Poul Anderson
Nenn mich Joe (1978)
Call Me Joe (1957/1975)
Ü: Uwe Anton

J. G. Ballard
Die tausend Träume von Stellavista (1972)
The Thousand Dreams of Stellavista (1962)
Ü: Alfred Scholz

Gordon R. Dickson
Computer streiten nicht (1970)
Computers Don't Argue (1965)
Ü: Hans Maeter

Stephen Goldin
Träum süß, Melissa (1975)
Sweet Dreams, Melissa (1968)
Ü: Walter Brumm

Larry Niven
Wechselhafter Mond (1982)
Inconstant Moon (1971)
Ü: Peter Pape

Piers Anthony
Im Stall (1975)
In the Barn (1972)
Ü: Walter Brumm

Ursula K. Le Guin
Neun Leben (1982)
Nine Lives (1975)
Ü: Gisela Stege

James Tiptree jr.
Der Psychologe, der keine Ratten quälen wollte (1981) (1987)
The Psychologist Who Wouldn't Do Awful Things to Rats (1976)
Ü: Walter Brumm

François Camoin
Manche meiner Freunde sind Amerikaner (1982) (1983)
Some of My Friends Are Americans (1980)
Ü: Rosemarie Jeschke

William Gibson
Das Gernsback-Universum oder: der amerikanische Traum (1988) (1988) (1990) (1994)
The Gernsback Continuum (1981)
Ü: Reinhard Heinz

Bruce Sterling
Spider Rose (1990)
Spider Rose (1982)
Ü: Jürgen Langowski

Kim Stanley Robinson
Lucky Strike (1990)
The Lucky Strike (1984)
Ü: Michael Windgassen

John Varley
Drücke Enter (1985)
Press Enter (1984)
Ü: Inge Holm

Michael F. Flynn
Eifelheim (1990)
Eifelheim (1986)
Ü: Walter Brumm

Connie Willis
Schwarzschild-Radius (1989)
Schwarzschild Radius (1987)
Ü: Susanne Tschirner

Pat Murphy
Rachel ist verliebt (1988)
Rachel in Love (1987)
Ü: Andreas Brandhorst

Marc Laidlaw
Brunos Schatten (1990)
Bruno's Shadow (1988)
Ü: Barbara Heidkamp

Robert Silverberg
Erster Auftrtt: Soldat. Darauf: Ein anderer (1991)
Enter a Soldier. Later: Enter Another (1989)
Ü: Ingrid O. Fischer

David Brin
Dr. Paks Vorschule (1989)
Dr. Pak's Preschool (1989)
Ü: Michael Kubiak

Judith Moffet
Tiny Tango (1992)
Tiny Tango (1989)
Ü: Jürgen Langowski

Greg Egan
Liebkosung (1996)
The Caress (1990)
Ü: Yoma Cap

Joe Haldeman
Passagen (1993)
Passages (1990)
Ü: Winfried Petri

Ian McDonald
Zum Kilimandscharo (1993)
Toward Kilimanjaro (1990)
Ü: Michael Morgental

Maureen McHugh
Schutzhaft (1996)
Protection (1992)
Ü: Jakob Leutner

5261 David Wingrove
Das Lied der Bronzestatue (2000)
White Moon, Red Dragon: Chung Kuo – Book Six (1994)
Erster Teil
Ü: Michael K. Iwoleit

5262–5269 David Wingrove
Chung Kuo-Zyklus
(in Vorb.)

5441 STAR TREK
(in Vorb.)

5475 Margaret Wander Bonanno
Die Sonde (2000)
Probe (1992)
Ü: Harald Pusch

5518 John Peel
Der Schwarm (2000)
Objective: Bajor (1996)
Ü: Bernhard Kempen

5520 (noch nicht erschienen)

5531 Robert Jordan
Kriegswirren (2000)
The Path of Daggers # 3 (1998)
Ü: Karin König

5532 Robert Jordan
Das Rad der Zeit # 24
(in Vorb.)

5533 John Norman
Die Tänzer von Gor
(in Vorb.)

5557–5570
Warhammer 40. 000
(geplant)

5579 Brian Craig
Seuchendämon (1999)
Plague Daemon (1990)
Ü: Walter Brumm

5580 Brian Craig
Sturmkrieger (2000)
Storm Warriors (1991)
Ü: Walter Brumm

5581–5600 (in Vorb. bzw. geplant)

5611–5621 Wild Cards
11–# 21
(in Vorb. bzw. geplant)

5684 (noch nicht erschienen)

5688 William Shatner/mit
Judith & Garfield Reeves-Stevens
Die Asche von Eden (1999)
The Ashes of Eden (1995)
Ü: Uwe Anton

5689 William Shatner/mit
Judith & Garfield Reeves-Stevens
Die Rückkehr (2000)
The Return (1996)
Ü: Ronald M. Hahn

5690 William Shatner/mit
Judith & Garfield Reeves-Stevens
Der Rächer (2000)
Avenger (1997)
Ü: Ronald M. Hahn

5692 (noch nicht erschienen)

5695–5701 STAR TREK
(in Vorb. bzw. geplant)

5702 (bereits erschienen)

5703 William Shatner/mit
Judith & Garfield Reeves-Stevens
Das Gespenst (2000)
Spectre (1998)
Ü: Andreas Brandhorst

5704–5720 STAR TREK
(in Vorb. bzw. geplant)

5721 Michael Jan Friedman
Saratoga (2000)
Saratoga (1996)
Ü: Bernhard Kempen

5722 STAR TREK
(in Vorb.)

5723 (bereits erschienen)

5724 STAR TREK
(in Vorb.)

5725 (bereits erschienen)

5726 STAR TREK
(in Vorb.)

5727 Diane Carey
Der Dominion-Krieg 2 –
Verlorener Friede (2000)
The Dominion War 2:
Call to Arms ... (1998)
Ü: Andreas Brandhorst

5728 Diane Carey
Der Dominion-Krieg 4 –
Beendet den Krieg! (2000)
The Dominion War 4:
... *Sacrifice of Angels*(1998)
Ü: Andreas Brandhorst

5729–5740 STAR TREK
(in Vorb. bzw. geplant)

5741–5749 (Nummern noch nicht vergeben)

5750 STAR TREK
(in Vorb.)

5751 (bereits erschienen)

5752 STAR TREK
(in Vorb.)

5753–5754 (bereits erschienen)

5755 STAR TREK
(in Vorb.)

5756 Pamela Sargent &
George Zebrowski
Verhöhnter Zorn (2000)
A Fury Scorned (1996)
Ü: Uwe Anton

5757 (bereits erschienen)

5758–5762 STAR TREK
(in Vorb. bzw. geplant)

5763 (bereits erschienen)

5764 STAR TREK
(in Vorb.)

5765 John Vornholt
Der Dominion-Krieg 1 – Hinter feindlichen Linien (2000)
The Dominion War: Behind Enemy Lines (1998)
Ü: Andreas Brandhorst

5766 John Vornholt
Der Dominion-Krieg 3 – Sternentunnel (2000)
The Dominion War: Tunnel through the Stars (1998)
Ü: Andreas Brandhorst

5767 Peter David
Imzadi II (2000)
Triangle: Imzadi II (1998)
Ü: Bernhard Kempen

5768 John De Lancie &
Peter David
Ich, Q (2000)
I, Q (1999)
Ü: Andreas Brandhorst

5769 STAR TREK
(in Vorb.)

5770 (bereits erschienen)

5771–5810 STAR TREK
(in Vorb. bzw. geplant)

5811–5815
(bereits erschienen)

5816 Christie Golden
Gestrandet (2000)
Marooned (1997)
Ü: Andreas Brandhorst

5817 Dean Wesley Smith,
Kristine Kathryn Rusch &
Nina Kiriki Hoffman
Echos (2000)
Echoes (1998)
Ü: Andreas Brandhorst

5818–5875 STAR TREK
(in Vorb. bzw. geplant)

5876–5883
(bereits erschienen)

5884 (Nummer noch nicht vergeben)

5885–5895
(bereits erschienen)

5896 Tom Holt
Flaschengeister
(in Vorb.)

5897–5913 (bereits erschienen)

5914–5915 (Nummern noch nicht vergeben)

5916–5944 (bereits erschienen)

5945 (noch nicht erschienen)

5946–5948 (bereits erschienen)

5949 (noch nicht erschienen)

5950–5963 (bereits erschienen)

5964 (noch nicht erschienen)

5965 (bereits erschienen)

5966 (noch nicht erschienen)

5967–5989 (bereits erschienen)

5990 Gregory Benford
Im Herzen der Galaxis (2000)
Furious Gulf (1994)
Ü: Martin Gilbert

5991 Gregory Benford
In leuchtender Unendlichkeit (2000)
Sailing Bright Eternity (1995)
Ü: Martin Gilbert

5992–5995 (bereits erschienen)

5996 (noch nicht erschienen)

5997–5999 (bereits erschienen)

6000–6099
Das schwarze Auge
s. *eigene Rubrik*

6100–6126 Shadowrun-Zyklus (geplant)

6127–6132 (bereits erschienen)

6133 (noch nicht erschienen)

6134–6135 (bereits erschienen)

6136 Stephen Kenson
Am Kreuzweg (2000)
Crossroads (1999)
Ü: Christian Jentzsch

6137 (noch nicht erschienen)

6138 Jonathan Bond & Jak Koke
Das Terminus-Experiment (2000)
The Terminus Experiment (1999)
Ü: Christian Jentzsch

6139 Lisa Smedman
Das neunte Leben (2000)
The Forever Drug (1999)
Ü: Christian Jentzsch

[...]

6238–6242 (bereits erschienen)

6243 Michael Stackpole
Der Kriegerprinz (2000)
Prince of Havoc (1998)
Ü: Reinhold H. Mai

6244 Robert Thurston
Falke im Aufwind (2000)
Falcoon Rising (1999)
Ü: Reinhold H. Mai

6245 Loren Coleman
Gefährlicher Ehrgeiz (2000)
Threads of Ambition (1999)
Ü: Reinhold H. Mai

6246 Loren Coleman
Die Natur des Kriegers (2000)
The Killing Fields (1999)
Ü: Reinhold H. Mai

6247–6298 (noch nicht erschienen)

6299 Thomas Gressman
Schatten der Vernichtung (2000)
Shadows of War (1998)
Ü: Reinhold H. Mai

6300 (noch nicht erschienen)

6301 (bereits erschienen)

6302 Phillip Mann
Ein Land für Helden: Flucht in die Wälder (2000)
A Land Fit for Heroes, Vol. 1: Escape to the Wild Wood (1993)
Ü: Usch Kiausch

6303 Phillip Mann
Ein Land für Helden:
Der Monolith (2000)
A Land Fit for Heroes, Vol. 2: Stand Alone Stan (1994)
Ü: Usch Kiausch

6304 Phillip Mann
Ein Land für Helden:
Der Drache erwacht (2000)
A Land Fit for Heroes, Vol. 3: The Dragon Wakes (1995)
Ü: Usch Kiausch

6305 Phillip Mann
Ein Land für Helden:
Der brennende Wald (2000)
A Land Fit for Heroes, Vol. 4: The Burning Forest (1996)
Ü: Usch Kiausch

6306–6312 (bereits erschienen)

6313 (noch nicht erschienen)

6314–6319 (bereits erschienen)

6320 Wolfgang Jeschke (Hrsg.)
Das Jahr der Maus (A) (2000)

David Garnett
Lesen Sie weiter
Now Read On (1999)
Ü: Thomas Haufschild

Dirk Strasser
Der Doppelgänger-Effekt
The Doppelgänger Effect (2000)
Ü: Franz Rottensteiner

Marcus Hammerschmitt
Die Helfer

Françoise Bassand
Glimmer

Michael K. Iwoleit
Globaler Infekt

Robert Silverberg
Heiße Zeiten in Magma City
Hot Times in Magma City (1997)
Ü: Peter Robert

Stephen Baxter
George und der Komet
George and the Comet (1990/1991)
Ü: Ingrid Herrmann-Nytko

Greg Egan
Der Planck-Sprung
The Planck Dive
(1998)
Ü: Isabella Bruckmaier

Ivana Holzbachová
Ein unerwartetes
Andenken
Nečekaná památka
(2000)
Ü: Karl v. Wetzky

Rainer Erler
Ein Plädoyer

Geoff Ryman
Der Fan
Fan (1994)
Ü: Ingrid Herrmann-Nytko

Norman Spinrad
Das Jahr der Maus
The Year of the Mouse
(1998)
Ü: Peter Robert

6321–6324 (noch nicht erschienen)

6325 Iain Banks
Förchtbar Maschien (2000)
Feersum Endjinn (1994)
Ü: Horst Pukallus und Michael K. Iwoleit

6326 (noch nicht erschienen)

6327–6328 (bereits erschienen)

6329 C. J. Cherryh
Pells Ruf (2000)
Finity's End (1997)
Ü: Christine Strüh

6330–6334 (bereits erschienen)

6335 Wolfgang Jeschke (Hrsg.)
Das Wägen von Luft (A) (2000)

M. Shayne Bell
Die Dunkelheit zwischen den Sternen
Dark between the Stars
(1984)
Ü: Isabella Bruckmaier

Stephen Baxter
Kriegsvögel
War Birds (1997)
Ü: Martin Gilbert

Alastair Reynolds
B L 6
Bird Land Six
(1994/95)
Ü: Ingrid Herrmann-Nytko

David Hutchinson
Der Trauma-Jockey
The Trauma-Jockey
(1996/97)
Ü: Thomas Haufschild

Rainer Erler
Das Gelübde

Holger Eckhardt
Über allen Gipfeln
ist Ruh

Vít Haškovec
Das unwiderrufliche Ende der Kindheit
Navždy konec dětství
(2000)
Ü: Karl von Wetzky

Octavia E. Butler
Der Abend , der Morgen und die Nacht
The Evening and the Morning and the Night
(1987)
Ü: Franz Rottensteiner

Robert Chariot
Ahasvers Alltag/
Sterngucker/
Ausflüge/
Hotel hinter dem Mond

David Garnett
Stilleben
Still Life (1986)
Ü: Isabella Bruckmaier

Gregory Feeley
Das Wägen von Luft
The Weighing of Ayre (1996)
Ü: Ingrid Herrmann-Nytko

Marcus Hammerschmitt
Troubadoure

Ian R. MacLeod
Die Sommerinseln
The Summer Isles (1998)
Ü: Siglinde Müller und Sascha Mamczak

6336 Mary Doria Russell
Sperling (2000)
The Sparrow (1996)
Ü: Gisela Stege

6337 Mary Doria Russell
Gottes Kinder (2000)
Children of God (1998)
Ü: Gisela Stege

6338 Greg Egan
Diaspora (2000)
Diaspora (1997)
Ü: Bernhard Kempen

6339 Wolfgang Jeschke (Hrsg.)
Das Science Fiction Jahr # 15
Ausgabe 2000
(A) (2000)

Wolfgang Jeschke
Editorial

Hermann Urbanek
Die deutsche SF-Szene 1998/99
Die amerikanische SF-Szene 1998/99
Die britische SF-Szene 1998/99

Preise – Preise – Preise 1998/99

Gerd Frey
Science Fiction Interactive: Computerspiele-Neuheiten 1998/99

Horst G. Tröster
Science Fiction-Hörspiele 1998/99
mit Beiträgen von Ute Perchtold, Christiane Timper, Ulrich Bettermann, Sascha Mamczak und Günther Wessely

Wolfgang Neuhaus
Simulation mit System. Die Allegorie der Macht in »The Matrix«

Thomas Thiemeyer
Von der Darstellung des Unwirklichen

Peter M. Gaschler
Kunst & Cash.
Die Filmszene 1998/99

Lutz Gräfe und Jürgen Wimmer
(Un)lösbare Geheimnisse und simulierte Welten.
Die wichtigsten SF-Filme der Saison 1998/99

Jacek Rzeszotnik
Ein genialer Perfektionist mit eiskaltem Herzen: Stanley Kubrick (1928–1999) in memoriam

Alexander Seibold
Raumschiff Enterprise – im Auftrag des Herrn unterwegs?

Thomas J. Morrissey
Ob Sie wollen oder nicht, bei Marsreisen ist es Ihr Handgepäck: Metaphern des marsianischen Megatextes von Wells bis Robinson

Erik Simon
Die Science-fiction der DDR von 1991 bis 1998 (und davor)

Widmar Puhl
Atombaukasten und Molekülfabriken. Eine Recherche über Facts & Fiction in der Nanotechnik

Wolfgang Neuhaus
Menschen, Medien, Mutationen. Die Ars Electronica feiert ihr zwanzigjähriges Bestehen

Hartmut Kasper
Übersinnliches und Unterirdisches. Anmerkungen zur Hohlwelttheorie und ihrer Entwicklung zum SF-Motiv

Hartmut Kasper
Menschenknochen und ein Damenschuh – Rhodan muß in der Nähe sein

Harald Leinweber
Ein Gespräch mit Klaus N. Frick

Usch Kiausch und Sascha Mamczak
›Also gibt es Hoffnung‹ – Ein Gespräch mit David G. Hartwell

Usch Kiausch und Sascha Mamczak
›Szenarien der Zukunft sind wie Gedankenexperimente in der Physik‹
Ein Gespräch mit Kim Stanley Robinson

Marcel Feige
›Der Abräumer‹ – Ein Gespräch mit Andreas Eschbach

Usch Kiausch
›Die Geschichte selbst wird immer mehr zu einer Reihe von Optionen‹ – Ein Gespräch mit John Clute

Buchrezensionen

Werner Bauer
Phantastische Literatur im Heyne-Taschenbuch 1999

6340 Joe Haldeman
Der ewige Friede (2000)
Forever Peace (1997)
Ü: Birgit Reß-Bohusch

6341 Nancy Kress
In grellem Licht (2000)
Maximum Light (1998)
Ü: Biggy Winter

6342 Wolfgang Jeschke (Hrsg.)
Heyne Science Fiction
Jahresband
2000 (A) (2000)

Walter M. Miller jr.
Bedingt menschlich
(1986/1986)
Conditionally Human
(1952)
Ü: Ingrid Herrmann

Robert Silverberg
Thomas der Verkünder
(1979)
Thomas the Proclaimer
(1972)
Ü: Walter Brumm

Michael Bishop
Tod und Bestimmung
unter den Asadi (1979)
Death and Designation
among the Asadi (1973)
Ü: Horst Pukallus

Ursula K. Le Guin
Unermeßlich wie ein
Weltreich – langsamer
gewachsen (1983)
Vaster than Empires and
More Slow (1971)
Ü: Gisela Stege

George R. R. Martin
Sandkönige (1982)
Sandkings (1980)
Ü: Hannelore Hoffmann

Connie Willis
Brandwache
(1983/1985/1986)
Fire Watch (1982)
Ü: Ingrid Herrmann

Bruce Sterling
Zikadenkönigin
(1990)
Cicada Queen
(1983)
Ü: Jürgen Langowski

Kim Stanley Robinson
Flucht aus Katmandu
(1987)
Escape from Kathmandu
(1986)
Ü: Edda Petri

Ian McDonald
Van Goghs unvollendetes
Porträt des Königs
der Schmerzen
(1988)
Unfinished Portrait of the
King of Pain by Van Gogh
(1988)
Ü: Ronald M. Hahn

Lucius Shepard
Der Pfad des Jaguars
(1987)
The Jaguar Hunter
(1985)
Ü: Birgit Reß-Bohusch

6343 Walter M. Miller jr.
Ein Hohelied für Leibowitz
(2000)
Saint Leibowitz and the Wild
Horse Woman (1997)
Ü: Isabella Bruckmaier

6344 Jack Vance
Nachtlicht (2000)
Night Lamp (1996)
Ü: Andreas Irle und
Rainer Michael Rahn

6345 Friedel Wahren (Hrsg.)
Asimov's Science Fiction,
54. Folge (A) (2000)

Nancy Kress
Ein Dampfschiffsoldat an der Informationsfront
Steamship Soldier on the Information Front (1998)
Ü: Michael Siefener

Connie Willis
Die Seele wählt ihre Gesellschaft selbst: Inversion und Aversion
The Soul Selects Her Own Society: Invasion and Repulsion – a Chronological Interpretation of Two of Emily Dickinson's Poems: a Wellsian Perspective (1996)
Ü: Michael Koseler

Bruce Sterling
Taklamakan
Taklamakan (1998)
Ü: Karl Bruckmaier

David Marusek
Yurek Rutz, Yurek Rutz, Yurek Rutz
Yurek Rutz, Yurek Rutz, Yurek Rutz (1999)
Ü: Siglinde Müller

Terry Bisson
Der Hochzeitstermin
Get Me on the Church in Time (1998)
Ü: Siglinde Müller

Greg Egan
Ozeanisch
Oceanic (1998)
Ü: Michael Siefener

Monika Angerhuber
Mottenflügel – ein japanisches Gespenstermärchen

6346 Iain Banks
Inversionen (2000)
Inversions (1998)
Ü: Irene Bonhorst

6347 Ronald M. Hahn (Hrsg.)
The Magazine of Fantasy and Science Fiction, 101. Folge
Die Roosevelt-Depeschen
(A) (2000)

Dale Bailey
Moment der Stille
Interval of Stillness (1996)
Ü: Michael K. Iwoleit

Mike Resnick
Die Roosevelt-Depeschen
The Roosevelt Dispatches (1996)
Ü: Michael K. Iwoleit

Robin Aurelian
Gummiknochen
Jelly Bones (1997)
Ü: Manfred Weinland

Ian R. MacLeod
Tirkiluk
Tirkiluk (1995)
Ü: Michael K. Iwoleit

Ron Goulart
Warum ich nie fest mit Heather Moon ging
Why I Never Went Steady with Heather Moon (1997)
Ü: Manfred Weinland

Pat MacEwen
Die Gabe der Macklins
The Macklin Gift (1997)
Ü: Manfred Weinland

Jerry Oltion & Kristine Kathryn Rusch
Deus X
Deus X (1997)
Ü: Horst Pukallus

6348 Ian McDonald
Kirinja (2000)
Kirinya (1998)
Ü: Irene Bonhorst

6349 H. D. Klein
Googol (2000)

6350 (bereits erschienen)

6351 Stephen Baxter
Titan (2000)
Titan (1997)
Ü: Martin Gilbert

6352 Lois McMaster Bujold
Viren des Vergessens (2000)
Memory (1996)
Ü: Michael Morgental

6353 Anne McCaffrey
Die Chroniken von Pern: Ankunft (2000)
The Chronicles of Pern: First Fall (1993)
Ü: Ingrid Herrmann-Nytko

6354 (noch nicht erschienen)

6355 Friedel Wahren (Hrsg.)
Asimov's Science Fiction, 55. Folge (A) (2000)

Mary Rosenblum
Gestern
Yesterdays (1999)
Ü: Barbara Stege

Tom Purdom
Sipahi
Sepoy (1992)
Ü: Michael Windgassen

Robert Reed
Der Retter
Savior (1998)
Ü: Siglinde Müller

Kage Baker
Der kluge Alec
Smart Alec (1999)
Ü: Michael Peinkofer

Connie Willis
Der Wind von Marble Arch
The Winds of Marble Arch (1999)
Ü: Ursula Pesch

S. N. Dyer
Erbsünde
Original Sin (1999)
Ü: Yoma Cap

James Sarafin
Flußabwärts
Downriver (2000)
Ü: Christian Lautenschlag

Ronald M. Hahn
Anschlag auf die Götter

Holger Becker
Wurmlach

6356 Gregory Benford
Cosm (2000)
Cosm (1998)
Ü: Irene Holicki

6357 (noch nicht erschienen)

6358 Robert Silverberg
Die Jahre der Aliens (2000)
The Alien Years (1998)
Ü: Walter Brumm

6359 Ian Watson
Quantennetze (2000)
Hard Questions (1996)
Ü: Bernhard Kempen

6360–6372 (noch nicht erschienen)

6373 Paul J. McAuley
Feenland (2000)
Fairyland (1995)
Ü: Birgit Reß-Bohusch

[...]

6451–6452 (bereits erschienen)

6453–6456 (noch nicht erschienen)

6457 (bereits erschienen)

6458 Phil Farrand
Cap'n Beckmessers Führer durch STAR TREK – Deep Space Nine (2000)
The Nitpicker's Guide for Deep Space Nine Trekkers (1996)
Ü: Andreas Brandhorst

6459–6469 (noch nicht erschienen)

6470 (bereits erschienen)

6471–6498 (noch nicht erschienen)

6499–6500 (bereits erschienen)

6501 ff. STAR FLEET-Kadetten
s. *eigene Rubrik*

6601 ff. MAGIC
s. *eigene Rubrik*

6701 ff. CRIMSON SKIES
s. *eigene Rubrik*

7001 ff. WARP 7
s. *eigene Rubrik*

8001 ff. HIGH 8000
s. *eigene Rubrik*

9000 ff. Heyne Fantasy
s. *eigene Rubrik*

Das Schwarze Auge

6000-6044 (bereits erschienen)

6045 Bernhard Hennen
Die Nacht der Schlange – ein aventurischer Kriminalroman (2000)

6046 Barbara Büchner
Das Wirtshaus »Zum lachenden Henker« (2000)

6047 Karl-Heinz Witzko
Die Königslarve (2000)

6048 Tobias Frischhut
Geteiltes Herz (2000)

6049 Hadmar von Wieser
Erde und Eis
Elementare Gewalten, 2. Teil (2000)

6050 Britta Herz (Hrsg.)
Gassengeschichten (A) (2000)
Oliver Baeck
Der Augenblick der Rache

Michael Rosploch
Wissen ist Macht

Karl-Heinz Witzko
Seelenfrieden

André Fomferek
Alrik

Gun-Britt Tödter
Nacht und Nebel

Markus Hattenkofer
Die Briefe des Novarizio Furbone ya Tramontá

Christel Scheja
Die unvollkommene Tänzerin

Christoph Daether
Phexenkinder

Sven Hammerström
Erkenntnisse

Thomas Finn
Greifax' Vermächtnis

Andrea Perkuhn
Mondsteine

Stefan Küppers
Leichte Seelen

Heike Kammaris und Jörg Raddatz
Zauberhafte Schönheit

Götz T. Heinrich
Heldentum

Anton Weste
Garadan

Anhang
Erklärung aventurischer Begriffe

6051 Heike Kammaris & Jörg Raddatz
Sphärenschlüssel (2000)

6052 Alexander Huiskes
Die Hand der Finsternis (2000)

6053 Martina Nöth
Zwergenmaske (2000)

(weitere Bände in Vorb.)

STAR FLEET Kadetten

6501–6518 (bereits erschienen)

6519–6529 (in Vorb. bzw. geplant)

6530 (bereits erschienen)

6531–6550 (in Vorb. bzw. geplant)

6551 Peter David
Captain Calhoun (C) (2000)
Ü: Bernhard Kempen

Kartenhaus
STAR TREK – NEW FRONTIER 1: House of Cards (1997)

Ins Leere
STAR TREK – NEW FRONTIER 2: Into the Void (1997)

6552 Peter David
U. S. S. Excalibur (C) (2000)
Ü: Bernhard Kempen

Der Zweifronten-Krieg
STAR TREK –
NEW FRONTIER 3:
The Two-Front War
(1997)

Endspiel
STAR TREK –
NEW FRONTIER 4:
End Game (1997)

(weitere Bände in Vorb. bzw. geplant)

MAGIC

6601–6613 (bereits erschienen)

6614 Lynn Abbey
Weltenwanderer (2000)
Magic – the Gathering:
Planeswalker (1998)
Ü: Birgit Oberg

(weitere Bände in Vorb. bzw. geplant)

CRIMSON SKIES

6701 Loren Coleman
Himmelsstürmer (2000)
Rogue Flyer (2000)
Ü: Reinhold H. Mai

(weitere Bände in Vorb. bzw. geplant)

WARP 7

7001–7027
(bereits erschienen)

7028 Gregory Benford
Durchs Meer der Sonnen (1985) (2000)
Across the Sea of Suns (1984)
Ü: Gottfried Feidel
(↗ 4237/überarb. NA unter neuer Nummer)

HIGH 8000

8001–8007 (bereits erschienen)

8008 (noch nicht erschienen)

8009 C. S. Lewis
Der schweigende Stern – Die Perelandra-Trilogie
(C) (1976/1976/1976) (2000)
Ü: Walter Brumm

Jenseits des
schweigenden Sterns
Out of the Silent Planet
(1938)
(↗3499)

Perelandra
Perelandra (1943)
(↗ 3511)

Die böse Macht
That Hideous Strength
(1945)
(↗ 3524)

Brian Murphy
C. S. Lewis: ein
biographischer Essay
C. S. Lewis (1983)
Ü: Franz Rottensteiner
(überarb. NA unter neuer
Nummer)

8010 (bereits erschienen)

(weitere Bände in Vorb. bzw.
geplant)

Sonderbände, Jubiläums-Ausgaben u. ä. m.

8001–8115 (bereits erschienen)

8116 (in Vorb.)

8117 Hans Dominik
Kautschuk (1930) (1975)
(2000)
(↗ 3429/erw. NA unter neuer
Nummer)

(weitere Bände in Vorb. bzw.
geplant)

[...]

8301 Gregory Benford
Der Aufstieg der Foundation
(2000)
Foundation's Fear (1997)
Ü: Irene Holicki

8302 Greg Bear
Foundation und Chaos (2000)
Foundation and Chaos (1998)
Ü: Irene Holicki

8303 David Brin
Der Sieg der Foundation
(erscheint 2001)

[...]

Heyne Fantasy

9000-9024 (bereits erschienen)

9025 Tom Holt
Mein Held (2000)
My Hero (1996)
Ü: Michael Koseler

9026–9030 (bereits erschienen)

9031 Ulrich Drees
Demonworld: Die Mission der
Ordensritter (2000)

9032 Ulrich Drees
Demonworld: Die Eishexen von
Harrané (2000)

9033 Ulrich Drees
Demonworld: Das Geheimnis von Soron (2000)

9034–9035 (noch nicht erschienen)

9036–9041 (bereits erschienen)

9042 (noch nicht erschienen)

9043–9045 (bereits erschienen)

9046–9047 (noch nicht erschienen)

9048 (bereits erschienen)

9049 Gordon R. Dickson
Der Drache und der Wurzelkönig (2000)
The Dragon and the Gnarly King (1997)
Ü: Silvia Jettkant

9050-9051 (bereits erschienen)

9052 L. E. Modesitt jr.
Magische Maschinen (2000)
The Magic Engineer (1994)
Ü: Jürgen Langowski

9053 L. E. Modesitt jr.
Krieg der Ordnung (2000)
The Order War (1995)
Ü: Jürgen Langowski

9054 L. E. Modesitt jr.
Kampf dem Chaos (2000)
The Death of Chaos (1995)
Ü: Siglinde Müller

9055 L. E. Modesitt jr.
Sturz der Engel (2000)
Fall of Angels (1996)
Ü: Jürgen Langowski

9056 (noch nicht erschienen)

9057 (bereits erschienen)

9058 Stephen Donaldson
Der Spiegel ihrer Träume (1988/2000)
The Mirror of Her Dreams (1986)
Ü: Horst Pukallus
(↗ 4530/NA unter Neuer Nummer)

9059 Stephen Donaldson
Der Magier von Mordant (1989/2000)
A Man Rides Through (1987)
Ü: Horst Pukallus
(↗ 4531/NA unter neuer Nummer und neuem Titel)

9060 Glenda Noramly
Die Fährte des Blinden (2000)
Havenstar (1999)
Ü: Michael Siefener

9061 (noch nicht erschienen)

9062–9063 (bereits erschienen)

9064 Jo Clayton
Feuer am Himmel (2000)
Fire in the Sky – Shadowsong # 1 (1995)
Ü: Walter Brumm

9065 Jo Clayton
Brennende Erde (2000)
The Burning Ground – Shadowsong # 2 (1995)
Ü: Walter Brumm

9066 Jo Clayton
Hüterin der Kristalle (2000)
Crystal Heat – Shadowsong # 3 (1996)
Ü: Walter Brumm

9067 (bereits erschienen)

9068 James P. Blaylock
Hokusais Gral (2000)
The Paper Grail (1991)
Ü: Norbert Stöbe

9069 Poul Anderson
Krieg der Götter (2000)
War of the Gods (1997)
Ü: Ingrid Herrmann-Nytko

9070 John Maddox Roberts
Der Insulaner (2000)
The Islander – Book One of Stormlands (1990)
Ü: Birgit Oberg

9071 John Maddox Roberts
Schwarze Schilde (2000)
The Black Shields – Book Two of Stormlands (1991)
Ü: Birgit Oberg

9072 John Maddox Roberts
Brüder des Zorns (2000)
The Poisened Land – Book Three of Stormlands (1992)
Ü: Birgit Oberg

9073 John Maddox Roberts
Die Stahlkönige (2000)
The Steel Kings – Book Four of Stormlands (1993)
Ü: Birgit Oberg

9074 John Maddox Roberts
Fremde Schiffe (2000)
Queens of Land and Sea – Book Five of Stormlands (1994)
Ü: Birgit Oberg

9075 Sean Russell
Der Erleuchtete (2000)
The Initiate Brother (1991)
Ü: Norbert Stöbe

9076 Katherine Kurtz
Das Martyrium von Gwynedd (2000)
The Heirs of Saint Camber, Vol. 1: The Harrowing of Gwynedd (1989)
Ü: Horst Pukallus

9077 Katherine Kurtz
König Javans Jahr (2000)
The Heirs of Saint Camber, Vol 2: King Javan's Year (1992)
Ü: Horst Pukallus

9078 Katherine Kurtz
Der falsche Prinz
(erscheint 2001)

9079 Michael Siefener
Nonnen
(C) (2000)

Nonnen

Die Farben der Nacht

9080 Sarah Ash
Die Klangweberin (2000)
Songspinners (1996)
Ü: Birgit Reß-Bohusch

9081 Terry Pratchett, Ian Stewart & Jack Cohen
Die Gelehrten der Scheibenwelt (2000)
The Science of Discworld (1999)
Ü: Andreas Brandhorst und Erik Simon

9082 Anne Kelleher Bush
Tochter der Weissagung (2000)
Daughter of Prophecy (1995)
Ü: Norbert Stöbe

9083 Anne Kelleher Bush
Des Prinzen Heilerin (2000)
Children of Enchantment (1996)
Ü: Norbert Stöbe

9084 Anne Kelleher Bush
Der falsche König (2000)
The Misbegotten King (1997)
Ü: Norbert Stöbe

9085 John Barnes
Der Wein der Götter (2000)
One for the Morning Glory (1996)
Ü: Andreas Decker

9086 Philip José Farmer
Das dunkle Herz der Zeit (2000)
The Dark Heart of Time (1999)
Ü: Michael Koseler

9087–9088 (noch nicht erschienen)

9089 Christopher Evans
Schimären (2000)
Chimeras (1992)
Ü: Christine Strüh

9090 Robert N. Charrette
Prinz des Dunkels (2000)
A Prince among Men (1994)
Ü: Christian Jentzsch

9091 Robert N. Charrette
König des Unheils (2000)
A King beneath the Mountain (1995)
Ü: Christian Jentzsch

9092 Robert N. Charrette
Ritter des Zwielichts (2000)
A Knight among Knaves (1995)
Ü: Christian Jentzsch

9093 R. A. Salvatore
Echo der vierten Magie (2000)
Echoes of the Fourth Magic (1990/1998)
Ü: Michael Morgental

9094 R. A. Salvatore
Im Wald von Avalon (2000)
The Witch's Daughter (1991)
Ü: Michael Morgental

9095–9110 (noch nicht erschienen)

9111 Micha Pansi
Das Buch der Schlüssel (1997) (2000)

9112 (noch nicht erschienen)

9113 Robert N. Charrette
Der Turm der Zeit (2000)
Time Spell/First Chronicle of Aelwyn (1996)
Ü: Christian Jentzsch

9114–9129 (noch nicht erschienen)

9130 Garth Nix
Das siebte Tor (2000)
Sabriel (1995)
Ü: Joachim Pente

(weitere Bände in Vorb. bzw. geplant)

Bibliothek der Science Fiction-Literatur

1–99 (bereits erschienen)

100 James Gunn
(Hrsg.)
Wege zur Science Fiction,
Elfter Band (A) (2000)
The Road to Science Fiction 5:
The British Way (1998),
Erster Teil
Ü: Karl Veit

Vorwort
Ü: Werner Bauer

Einführung
Ü: Werner Bauer

Sir George Tomkyns
Chesney
Die Schlacht von
Dorking (Auszug)
The Battle of Dorking
(1871)

Edwin A. Abbott
Flatland (Auszug)
Flatland (1884)

Richard Jefferies
London – danach
(Auszug)
After London, or:
Wild England
(1885)

Robert Barr
Der Untergang
Londons
The Doom of London
(1892)

George Griffith
Im Auge des Sturmes
A Corner in Lightning
(1898)

Herbert George Wells
Das Land der Blinden
(1979)
The Country of the Blind
(1904)
Ü: Lena Neumann

Rudyard Kipling
Einfach wie das
A. B. C. (1990)
As Easy as ABC (1912)
Ü: Gisbert Haefs

John D. Beresford
Ein unbedeutendes
Experiment
A Negligible Experiment
(1921)

Arthur Conan Doyle
Die Dschungel
des Himmels
(1969)
The Horror of the Heights
(1913)
Ü. Rudolf Rocholl

S. Fowler Wright
Die Ratte
The Rat (1929)

Olaf Stapledon
Der Sternenschöpfer
(1969) (1982)
(Kapitel 13, Auszug)
Star Maker
(1937)
Ü: Thomas Schlück

Gerald Heard
Der große Nebel
The Great Fog (1944)

Frank Eric Russell
Der Liebhaber
Hobbyist (1947)

Peter Philipps
Träume sind heilig
Dreams Are Sacred
(1948)

J. T. McIntosh
Made in USA
Made in U. S. A.
(1953)

Arthur C. Clarke
Der Stern (1982)
The Star (1955)
Ü: Irene Holicki

John Wyndham
Leerer Weltraum (1982)
The Emptiness of Space
(1960)
Ü: Ulrich Kiesow

101–103 James Gunn (Hrsg.)
Wege zur Science Fiction
(in Vorb.)

104–105 (bereits erschienen)

(Reihe wird nicht fortgesetzt)

Heyne Allgemeine Reihe

10191 James Mallory
Merlin – Der alte Glaube (1998)
Merlin: The Old Magic (1998)
Ü: Marion Koppelmann

10192 James Mallory
Merlin – Der Zauberer des Königs (1999)
Merlin: The King's Wizard (1999)
Ü: Marion Koppelmann

10193 James Mallory
Merlin – Der Fluch von Camelot (2000)
Merlin: The End of Magic (1999)
Ü: Marion Koppelmann

10214 A. C. Crispin
STAR WARS: Han Solo – Der Pilot (1999)
Star Wars: The Paradise Snare (1997)
Ü: Ralf Schmitz

10215 A. C. Crispin
STAR WARS: Han Solo – Der Gejagte (1999)
Star Wars: Rebel Dawn (1998)
Ü: Ralf Schmitz

10216 A. C. Crispin
STAR WARS: Han Solo – Der König der Schmuggler (2000)
Star Wars: Rebel Dawn (1998)
Ü: Ralf Schmitz

10217–10218 STAR WARS
(erscheinen 2001)

10219 Timothy Zahn
STAR WARS – Schatten der Vergangenheit (2000)
Star Wars: Specter of the Past (1997)
Ü: Ralf Schmitz

10220 Timothy Zahn
STAR WARS – Blick in die Zukunft (2000)
Star Wars: Vision of the Future (1998), Teil 1
Ü: Ralf Schmitz

10221 Timothy Zahn
STAR WARS – Der Zorn des Admirals (2000)
STAR WARS: Vision of the Future (1998), Teil 2
Ü: Ralf Schmitz

10395 Marion Zimmer Bradley
Dämonenlicht (1999) (2000)
Gravelight (1997)
Ü: Andreas Nohl
(↗ 104 HC/NA unter neuer Nummer)

10525 William Horwood
Die Reise ins Herzland
(1996) (1998)
The Wolves of Time. Journey to the Heartland (1995)
Ü: Michael Morgental

10711 Wolfgang Hohlbein &
Heike Hohlbein
Märchenmonds Kinder
(1990) (2000)

10712 Wolfgang Hohlbein &
Heike Hohlbein
Midgard
(1987) (1998)

10713 Wolfgang Hohlbein &
Heike Hohlbein
Elfentanz (1987) (1998)

10720 Wolfgang Hohlbein
Das Netz (1996/1998)

10863 George Lucas &
Chris Claremont
Schattensonne (2000)
Shadow Star (1999)
Ü: Michael Morgental

10961 Debbie Notkin &
Roger Stewart (Hrsg.)
The Outer Limits ①
Die Unbekannte Dimension
(A) (1997) (2000)
The Outer Limits, Vol. One (1996)
Ü: Günther W. Kienitz

Einleitung

Harlan Ellison
Der Soldat
Soldier (1957/1985)

Diane Duane
Es kam aus dem Nichts
Originaltitel: N. N.

Howard V. Hendrix
Wenn diese Wände reden könnten
Originaltitel: N. N.

John M. Ford
Der sechste Finger
Originaltitel: N. N.

10973 Christopher Zimmer
Die Steine der Wandlung (1996)
(2000)

13005 Wolfgang Hohlbein
Die Nacht des Drachen (2000)

13031 Poppy Z. Brite
The Crow: Das Herz des Lazarus
(2000)
The Crow – The Lazarus Heart (1998)
Ü: H. Roberts

13044 Arthur C. Clarke &
Mike McQuay
Der Hammer Gottes (2000)
The Hammer of God (1993)
Ü: Marion Koppelmann

13052 Wolfgang Hohlbein
Wyrm (1997) (2000)

13066 Carol Thurston
Eine Liebe für die Ewigkeit
(1998) (2000)
The Eye of Horus (1997)
Ü: Rainer Schmidt

13067 Kim Wilkins
Das magische Buch (2000)
Grimoire (1999)
Ü: Thomas Hag

13069 Christopher Zimmer
Wanderer zwischen den Zeiten
(1997) (2000)

13070 Marion Zimmer Bradley
Die Engel der Dämmerung
(1998) (2000)
Witchlight (1996)
Ü: Marion Balkenhol

13096 John Saul
Kind der Hölle (2000)
The Right Hand of Evil (1999)
Ü: Alexandra v. Reinhardt

13105 Dean Koontz
Zwei spannende Psychothriller
(C) (1990, 1992, 1996/1995,
1998) (2000)

Die Tür ins Dunkel
The Door to December
(1985)
Ü: Alexandra v. Reinhardt
(↗ 7992 AR, ↗ 9819 AR,
↗ 85 TdM)

Die Spuren
Shattered (1973)
Ü: Heinz Zwack
(↗ 9353 AR, ↗ 136 JB)

13114 Stephan Grundy &
Melodi Grundy
Adler und Falke (2000)
Falcon Dreams (1999)
Ü: Friedrich Mader

13121 Wolfgang Hohlbein &
Heike Hohlbein
Der Greif (1998) (2000)

13131 Arthur C. Clarke &
Michael P. Kube-McDowell
Waffenruhe (2000)
The Trigger (1999)
Ü: Bea Reiter

13135 David Bischoff
The Crow: Der Unsterbliche
(2000)
The Crow – Quoth the Crow
(1998)
Ü: H. Roberts

13137 Martin Hocke
Zeit der Eulen
(2000)

13138 Wolfgang Hohlbein
Majestic – Die Saat des Todes
(1999) (2000)

13150 Stephen King
Der Sturm des Jahrhunderts
(1999) (2000)
The Storm of the Century
(1999)
Ü: Peter Robert
(↗ 130 HC/NA unter neuer
Nummer)

13162 Christopher Zimmer
Die Augen der Maru (1998)
(2000)

13166 Robert Silverberg (Hrsg.)
Der siebte Schrein (A) (1999)
(2000)
Legends. New Short Novels
(1998), Band 1
Ü: Joachim Körber
(↗ 124 HC/NA unter neuer
Nummer und neuem Titel

Robert Silverberg
Vorwort

Stephen King
Die kleinen Schwestern von Eluria
The Little Sisters of Eluria

Orson Scott Card
Der grinsende Mann
Grinning Man

Robert Silverberg
Der siebte Schrein
The Seventh Shrine

Tad Williams
Der brennende Mann
The Burning Man

George R. R. Martin
Der Heckenritter
The Hedge Knight

Raymond E. Feist
Der Holzjunge
The Wood Boy

13169 Dean Koontz
Geschöpfe der Nacht (1999) (2000)
Fear Nothing (1998)
Ü: Uwe Anton
(↗ 126 HC/NA unter neuer Nummer)

13171 Barbara Büchner
Herz im Stein (2000)

13175 Robert Silverberg (Hrsg.)
Das Meer und kleine Fische (A) (1999) (2000)
Legends. New Short Novels (1998), Band 2
Ü: Joachim Körber
(↗ 124 HC/NA unter neuer Nummer und neuem Titel)

Terry Pratchett
Das Meer und kleine Fische
The Sea and Little Fishes

Terry Goodkind
Knochenschuld
Debt of Bones

Ursula K. Le Guin
Drachenkind
Dragonfly

Anne McCaffrey
Die Läuferin von Pern
Runner of Pern

Robert Jordan
Der neue Frühling
New Spring

13178 William Horwood
Die Wölfe der Zeit – Kampf ums Herzland (1999) (2000)
The Wolves of Time. Seekers at the Wulfrock (1997)
Ü: Gabriele Burkhardt

13179 William Gibson
Idoru (1997/1999) (2000)
Idoru (1996)
Ü: Peter Robert

13186 Peter Straub
Magic Terror (C) (2000)
Magic Terror(2000)
Ü: Thomas Hag

Zena
Ashputtle (1994)

Isn't It Romantic?
Isn't It Romantic? (1998)

Das Dorf der Geister
The Ghost Village (1993)

Im Schatten der blauen Rose
Bunny Is Good Bread (1994)

Pork Pie Hat
Pork Pie Hat (1994)

Hunger. Eine Einführung
Hunger, an Introduction
(1995)

Knüppel aus dem Sack
Mr. Clubb and Mr. Cuff

13196 Wolfgang Hohlbein
Die Templerin (1999) (2000)

13232 Chet Williamson
The Crow: Im Sturm der Nacht (2000)
The Crow – Clash by Night (1998)
Ü: H. Roberts

13256 Andrzej Sapkowski
Der letzte Wunsch/Das Schwert der Vorsehung (C)
(1998/1998) (2000)
Ü: Erik Simon

Der letzte Wunsch
Ostatnie zyczenie
(1993)

Das Schwert der Vorsehung
Miecz przeznaczenia
(1992)

13271 Christian Lukas & Sascha Westphal
Die *Scream*-Trilogie (2000)

13284 Erik Simon & Friedel Wahren (Hrsg.)
Schöne Bescherungen (A) (2000)
Ü: Erik Simon

Terry Pratchett
Die Weihnachtsfestplatte
The Megabyte Drive to Believe in Santa Claus
(1996)
Ü: Andreas Brandhorst

Gardner Dozois, Jack Dann & Michael Swanwick
Goldene Äpfel der Sonne
Golden Apples of the Sun
(1985)

Nelson Bond
Der Buchladen (1983)
The Bookshop (1946)
Ü: Thomas Schlück

Lord Dunsany
Glaubhaft berichtetes Abenteuer dreier Liebhaber der schönen Literatur
Probable Adventure of Three Literary Men
(1912)
Ü: Friedrich Polakovics

G. K. Chesterton
Der Fluch des Buches
The Blast of the Book
(1929)
Ü: Hanswilhelm Haefs

Terry Bisson
Drück auf Ann (1998)
Press Ann (1993)
Ü: Michael Koseler

Alan Dean Foster
Weihnachten auf dem Sumpfplaneten (1997)
Swamp Planet Christmas
(1984)
Ü: Susanne Walter

Robert Sheckley
Fütterungszeit
Feeding Time (1960)
Ü: Michael Görden

James Gunn
Der Frauenhasser
The Misogynist (1964)
Ü: Tony Westermayr

Ljubow Lukina &
Jewgeni Lukin
Actio = (1994)
СИЛА ДЕЙСТВИЯ
РАВНА ... (1990)

Fredric Brown
Abscheulich
Abominable (1960)

Carol Emshwiller
Abscheulich (1993)
Abominable (1980)

Joanna Russ
Wenn einer eine
Reise tut
*Useful Phrases for the
Tourist* (1972)
Ü: Tony Westermayr

Philip K. Dick
Ach, als Blobbel hat
man's schwer
Oh, to Be a Blobel!
(1964)
Ü: Thomas Mohr

Umberto Eco
Sterne und Sternchen
Stelle e stellette
(1992)
Ü: Günter Memmert

Cordwainer Smith
Westliche Wissenschaft
ist so wundervoll
*Western Science Is So
Wonderful*
(1958/1979)
Ü: Thomas Ziegler

H. L. Gold
Der Ärger mit dem
Wasser
Trouble with Water
(1948/1980)
Ü: Klaus Mahn

Tais Teng
Wer zur finstersten
Stunde an Mantils
Nachtschild kratzte
*Wie op de duisterste
uur tegen Mantils
nachtschild
kraste* (1981)

Esther Friesner
Blunderbore
Blunderbore (1990)

Margaret St. Clair
Der Mann, der den
Gnolen-Strick verkaufte
*The Man Who Sold
Rope to the Gnoles*
(1951)

John Wyndham
Ein langer Löffel
A Long Spoon
(1956/1961)

Arthur Porges
Der Teufel und
Simon Flagg
*The Devil and
Simon Flagg*
(1954)

Jon Bing
Über Drachen
Om drager (1967)
Ü: Nanette Allers und
Stephan Michael
Schröder

Stanislaw Lem
Von den Drachen der
Wahrscheinlichkeit
*Wyprawa trzecia
czyli smoki
prawdopodobieństwa*
(1965)
Ü: Caesar Rymarowicz

20049 Isaac Asimov & Robert Silverberg
Der 200-Jahre-Mann
(1998) (2000)
The Positronic Man (1992)
Ü: Walter Brumm
(↗ 10624 AR/NA unter neuer Nummer und neuem Titel; ↗ 3621 u. a. /erw. NA unter neuer Nummer und neuem Titel, Romanfassung der Novelle »Der Zweihundertjährige«/ »The Bicentennial Man«)

20052 Richard Matheson
Echoes – Stimmen aus der Zwischenwelt
(2000)
Stir of Echoes
(1958/1986)
Ü: Bettina Zeller

Pavillon

50 Dean Koontz
Der Maya-Fries (1977/1995) (2000)
The Wall of Masks (1975)
Ü: Edda Janus
(↗ 119 TdM/NA unter neuer Nummer)

54 Marion Zimmer Bradley
2 Romane in einem Band (C)
(1988/1989) (2000)

Die geheimnisvollen Frauen
Bluebeard's Daughter
(1968)
Ü: *N. N.*
(↗ 7870 AR/NA unter neuer Nummer)

Schloß des Schreckens
Castle Terror (1965)
Ü: Sepp Leeb
(↗ 7712 AR/NA unter neuer Nummer)

77 Richard Bachman
Amok (1988/1993/1995) (2000)
Rage (1977)
Ü: Joachim Honnef
(↗ 7695 AR, ↗ 8933 AR, ↗ 9468 AR/ NA unter neuer Nummer)

113 John Saul
Teuflische Schwester
(1991/2000)
Second Child (1990)
Ü: Peter Pfaffinger
(↗ 8203 AR/NA unter neuer Nummer)

119 Dean Koontz
Auf Tauchstation (1977/1995) (2000)
Surrounded (1974))
Ü: Edda Janus
(↗ 119 TdM/NA unter neuer Nummer)

Heyne MINI

1481 Ralph Sander
STAR TREK Quiz-Buch
(2000)

Tip des Monats

165 Terry Pratchett
Zwei Romane von der bizarren Scheibenwelt (C)
(1990, 1995/1991, 1999)
(2000)
Ü: Andreas Brandhorst

Gevatter Tod
Mort (1987)
(↗ 4706, ↗ 9543 AR)

Wachen! Wachen!
Guards! Guards!
(1989)
(↗ 4805, ↗ 10956 AR)

167 Dean Koontz
Zwei spannende Psychothriller (C) (1987, 1992, 1996/1989, 1992) (2000)

Das Haus der Angst
The House of Thunder
(1982)
Ü: Edgar Müller-Frantz
(↗ 6913 AR, ↗ 8519 AR, (9824 AR)

Schattenfeuer
Shadowfires (1987)
Ü: Andreas Brandhorst
(↗ 7810 AR, ↗ 85 TdM)

Heyne Hardcover

142 Peter Straub
Mister X (2000)
Mr. X (1999)
Ü: Bernhard Kleinschmidt

153 Dean Koontz
Im Bann der Dunkelheit (2000)
Seize the Night (1999)
Ü: Uwe Anton

157 Marion Zimmer Bradley
Magier der Nacht (2000)
Heartlight (1998)
Ü: Andreas Nohl

Diana Taschenbücher

80 Kirsten Bakis
Das Leben der Monsterhunde
(1998) (2000)
Lives of the Monster Dogs (1997)
Ü: Sabine Schulte

112 Andrew Klavan
Augen der Angst (1999) (2000)
The Uncanny (1998)
Ü: Sepp Leeb

Teil Zwei

Alphabetisches Verzeichnis sämtlicher Autoren und ihrer im Wilhelm Heyne Verlag im Jahr 2000 publizierten Werke

ABBEY, Lynn
Weltenwanderer : 6614
Magic – the Gathering: Planeswalker

ABBOTT, Edwin A.
Flatland (Auszug) ↗ 100
Flatland

AMERY, Carl
Comeback nach vierzig Jahren: Walter M. Millers zweiter Roman – Vorwort ↗ 6343

ANDERSON, Poul (William)
Krieg der Götter : 9069
War of the Gods

Nenn mich Joe ↗ 2100, auch ↗ 3597
Call Me Joe

ANGERHUBER, Monika
Mottenflügel – ein japanisches Gespenstermärchen ↗ 6345

ANTHONY, Piers
Im Stall ↗ 2100, auch ↗ 3421
In the Barn

ASH, Sarah
Die Klangweberin : 9080
Songspinners

ASIMOV, Isaac/
SILVERBERG, Robert
Der 200-Jahre-Mann : 10624 AR, auch : 20049 AR
The Positronic Man
(auch als »Der positronische Mann« und als »Der Zweihundertjährige«)

AURELIAN, Robin
Gummiknochen ↗ 6347
Jelly Bones

BACHMAN, Richard
(Stephen King)
Amok : 7695 AR, auch : 8933 AR, auch ↗ 9468 AR, auch ↗ 77 PAV
Rage

BAECK, Oliver
Der Augenblick der Rache ↗ 6050

BAILEY, Dale
Moment der Stille ↗ 6347
Interval of Stillness

BAKER, Kage
Der kluge Alec ↗ 6355
Smart Alec

BAKIS, Kirsten
Das Leben der Monsterhunde : 80 DIA
Lives of the Monster Dogs

BALLARD; J(ames) G(raham)
Die tausend Träume von Stellavista ↗ 2100, auch ↗ 3394
The Thousand Dreams of Stellavista

BANKS, Iain
Förchtbar Maschien : 6325
Feersum Endjinn

Inversionen : 6346
Inversions

BARNES, John
Der Wein der Götter : 9085
One for the Morning Glory

BARR, Robert
Der Untergang Londons
↗ 100
The Doom of London

BASSAND, Françoise
Glimmer ↗ 6320

BAUER, Werner
Phantastische Literatur im Heyne-Taschenbuch 1999. Eine Bibliografie
↗ 6339

BAXTER, Stephen
George und der Komet ↗ 6320
George and the Comet

Kriegsvögel ↗ 6335
War Birds

Titan : 6351
Titan

BEAR, Greg
Foundation und Chaos : 8302
Foundation and Chaos

BECKER, Holger
Wurmlach ↗ 6355

BELL, Michael Shayne
Die Dunkelheit zwischen den Sternen ↗ 6335
Dark between the Stars

BENFORD, Gregory (Albert)
Der Aufstieg der Foundation
: 8301
Foundation's Fear

Cosm : 6356
Cosm

Durchs Meer der Sonnen
: 4237, auch : 7028
Across the Sea of Suns

Im Herzen der Galaxis
: 5990
Furious Gulf

In leuchtender Unendlichkeit
: 5991
Sailing Bright Eternity

BERESFORD, John D.
Ein unbedeutendes Experiment
↗ 100
A Negligible Experiment

BESTER, Alfred
Geliebtes Fahrenheit ↗ 95, auch ↗ 2100, auch ↗ 3763, auch ↗ ANTH 2
Fondly Fahrenheit

BING, Jon
Über Drachen
↗ 13284 AR
Om drager

BISCHOFF, David
The Crow: Der Unsterbliche
: 13135 AR
The Crow – Quoth the Crow

BISHOP, Michael
Tod und Bestimmung unter den Asadi ↗ 3627, auch ↗ 6342
Death and Designation among the Asadi

BISSON, Terry
Drück auf Ann ↗ 5994, auch
↗ 13284 AR
Press Ann

Der Hochzeitstermin ↗ 6345
Get Me on the Church in Time

Lobgesang auf Miller – oder wie ich den heiligen Leibowitz und die ›Herrin der wilden Pferde‹ traf, aber nicht Walter M. Miller jr. : Nachwort ↗ 6343

BLAYLOCK, James P.
Hokusais Gral : 9068
The Paper Grail

BOND, Jonathan/KOKE, Jak
Das Terminus-Experiment : 6138
The Terminus Experiment

BOND, Nelson
Der Buchladen ↗ 3960, auch ↗ 13284 AR
The Bookshop

Der Sokrates vom Rübenfeld ↗ 2100, auch ↗ 3960
Socrates of the South Forty

BOVA, Ben(jamin William)
Mars : 6332
Mars

BRADBURY, Ray(mond Douglas)
Ylla ↗ 2100, auch ↗ 3410, auch ↗ 5201
February 1999: Ylla

BRIN, David
Dr. Paks Vorschule ↗ 2100, auch ↗ 4610
Dr. Pak's Preschool

BRITE, Poppy Z.
The Crow: Das Herz des Lazarus : 13031 AR
The Crow – The Lazarus Heart

BROWN, Fredric
Abscheulich ↗ 13284 AR
Abominable
(auch als »Der Yeti«)

BÜCHNER, Barbara
Herz im Stein : 13171 AR

Das Wirtshaus »Zum lachenden Henker« : 6046

BUJOLD, Lois McMaster
Viren des Vergessens : 6352
Memory

BUSH, Anne Kelleher
Des Prinzen Heilerin : 9083
Children of Enchantment

Der falsche König : 9084
The Misbegotten King

Tochter der Weissagung : 9082
Daughter of Prophecy

BUTLER, Octavia E(stelle)
Der Abend, der Morgen und die Nacht ↗ 6335
The Evening and the Morning and the Night

CAMOIN, François
Manche meiner Freunde sind Amerikaner ↗ 2100, auch ↗ 3780, auch ↗ 4000
Some of My Friends Are Americans

CARD, Orson Scott
Der grinsende Mann ↗ 13166 AR, auch ↗ 124 HC
Grinning Man

CAREY, Diane
Der Dominion-Krieg 4 – Beendet den Krieg! : 5728
The Dominion War 4: ... Sacrifice of Angels

Der Dominion-Krieg 2 –
Verlorener Friede
: 5727
The Dominion War 2:
Call to Arms . . .

CHARIOT, Robert
Ahasvers Alltag/Sterngucker/
Ausflüge/Hotel hinter
dem Mond

CHARRETTE, Robert N.
König des Unheils : 9091
A King beneath the Mountain

Prinz des Dunkels : 9090
A Prince among Men

Ritter des Zwielichts
: 9092
A Knight among Knaves

Der Turm der Zeit : 9113
Time Spell/First Chronicle
of Aelwyn

CHERRYH, C(aroline) J(anice)
Pells Ruf : 6329
Finity's End

CHESNEY, Sir George Tomkyns
Die Schlacht von Dorking
(Auszug) ↗ 100
The Battle of Dorking

CHESTERTON, G(ilbert) K(eith)
Der Fluch des Buches
↗ 13284 AR
The Blast of the Book

CLARKE, Arthur C(harles)
Die nächsten Mieter ↗ 2100,
auch 4055
The Next Tenants

Der Stern ↗ 13, auch ↗ 100
The Star

CLARKE, Arthur C(harles)/
KUBE-McDOWELL, Michael P.
Waffenruhe : 13131 AR
The Trigger

CLARKE, Arthur
C(harles)/McQUAY, Mike
Der Hammer Gottes
: 13044 AR
The Hammer of God

CLAREMONT, Chris
s. LUCAS, George/
CLAREMONT, Chris

CLAYTON, (Patricia) Jo
Brennende Erde : 9065
The Burning Ground –
Shadowsong # 2

Feuer am Himmel : 9064
Fire in the Sky – Shadowsong # 1

Hüterin der Kristalle : 9066
Crystal Heat – Shadowsong # 3

COHEN, Jack
s. PRATCHETT, Terry/
STEWART, Ian/
COHEN, Jack

COLEMAN, Loren
Gefährlicher Ehrgeiz : 6245
Threads of Ambition

Himmelsstürmer : 6701
Rogue Flyer

Die Natur des Kriegers : 6246
The Killing Fields

CRAIG, Brian
Seuchendämon : 5579
Plague Daemon

Sturmkrieger : 5580
Storm Warriors

CRISPIN, A. C.
STAR WARS: Han Solo – Der Gejagte : 10215 AR
Star Wars: Rebel Dawn, Teil 1

STAR WARS: Han Solo – Der König der Schmuggler : 10216 AR
Star Wars: Rebel Dawn, Teil 2

STAR WARS: Han Solo – Der Pilot : 10214 AR
Star Wars: The Paradise Snare

DAETHER, Christoph
Phexenkinder ↗ 6050

DANN, Jack
s. DOZOIS, Gardner/ DANN, Jack/ SWANWICK, Michael

DAVID, Peter
Captain Calhoun : 6551

Endspiel ↗ 6552
STAR TREK – NEW FRONTIER 4: End Game

Imzadi II : 5767
Triangle: Imzadi II

Ins Leere ↗ 6551
STAR TREK – NEW FRONTIER 2: Into the Void

Kartenhaus ↗ 6551
STAR TREK – NEW FRONTIER 1: House of Cards

U. S. S. Excalibur : 6552

Der Zweifronten-Krieg ↗ 6552
STAR TREK – NEW FRONTIER 4: The Two-Front War

s. DE LANCIE, John/DAVID, Peter

DE LANCIE, John/DAVID, Peter
Ich, Q : 5768
I, Q

DICK, Philip K(indred)
Ach, als Blobbel hat man's schwer ↗ 13284 AR
Oh, to Be a Blobel!
(auch als »Wenn man ein Blobel ist ...«)

DICKSON, Gordon R(upert)
Computer streiten nicht ↗ 2100, auch ↗ 3360
Computers Don't Argue

Der Drache und der Wurzelkönig : 9049
The Dragon and the Gnarly King

DOMINIK, Hans (Joachim)
Kautschuk : 3429, auch : 8117

DONALDSON, Stephen R.
Die Magier von Mordant : 4531, auch : 9059
A Man Rides Through

Der Spiegel ihrer Träume : 4530, auch : 9058
The Mirror of Her Dreams

DOYLE, Arthur Conan
Die Dschungel des Himmels ↗ 100, auch ↗ 1362 AR
The Horror of the Heights

DOZOIS, Gardner/ DANN, Jack/ SWANWICK, Michael
Goldene Äpfel der Sonne ↗ 13284 AR
Golden Apples of the Sun

DREES, Ulrich
Demonworld – Die Eishexen von Harrané : 9032

Demonworld – Das Geheimnis von Soron : 9033

Demonworld – Die Mission der Ordensritter : 9031

DUANE, Diane
Er kam aus dem Nichts ↗ 10961 AR
Originaltitel: N. N.

DUNSANY, Lord Edward
Glaubhaft berichtetes Abenteuer dreier Liebhaber der schönen Literatur ↗ 13284 AR
Probable Adventure of Three Literary Men

DYER, S. N.
Erbsünde ↗ 6355
Original Sin

ECKHARDT, Holger
Über allen Wipfeln ist Ruh ↗ 6335

ECO, Umberto
Sterne und Sternchen ↗ 13284 AR
Stelle e stellette

EGAN, Greg
Diaspora : 6338
Diaspora

Liebkosung ↗ 2100, auch ↗ 5085
The Caress

Ozeanisch ↗ 6345
Oceanic

Der Planck-Sprung ↗ 6320
The Planck Dive

ELLISON, Harlan (Jay)
Der Soldat ↗ 10961 AR
Soldier

EMSHWILLER, Carol
Abscheulich ↗ 99, auch ↗ 13284 AR
Abominable

ERLER, Rainer
Ein Plädoyer ↗ 6320

Das Gelübde ↗ 6335

EVANS, Christopher
Schimären : 9089
Chimeras

FARMER, Philip José
Das dunkle Herz der Zeit : 9086
The Dark Heart of Time

Weitersegeln! Weitersegeln! ↗ 94, auch ↗ 2100, auch ↗ 4254, auch ↗ 4387
Sail On! Sail On!

FARRAND, Phil
Cap'n Beckmessers Führer durch STAR TREK – Deep Space Nine : 6458
The Nitpicker's Guide for Deep Space Nine Trekkers

FEELEY, Gregory
Das Wägen von Luft ↗ 6335
The Weighing of Ayre

FEIGE, Marcel
›Der Abräumer‹ – Ein Gespräch mit Andreas Eschbach ↗ 6339

FEIST, Raymond E.
Der Holzjunge ↗ 13166 AR,
auch ↗ 124 HC
The Wood Boy

FINN, Thomas
Greifax' Vermächtnis ↗ 6050

FLYNN, Michael F.
Eifelheim ↗ 2100, auch ↗ 4650
Eifelheim

FOMFEREK, André
Alrik ↗ 6050

FORD, John M.
Der sechste Finger ↗ 10961 AR
Originaltitel: N. N.

FOSTER, Alan Dean
Weihnachten auf dem
Sumpfplaneten
↗ 5670, auch ↗ 13284 AR
Swamp Planet Christmas

FREY, Gerd
Science Fiction Interactive:
Computerspiel-Neuheiten
↗ 6339

FRIEDMAN, Michael Jan
Saratoga : 5721
Saratoga

FRIESNER, Esther M.
Blunderbore ↗ 13284 AR
Blunderbore

FRISCHHUT, Tobias
Geteiltes Herz : 6048

GARNETT, David
Lesen Sie weiter ↗ 6320
Now Read On

Stilleben ↗ 6335
Still Life

GASCHLER, Peter M.
Kunst & Cash. Die Kunstszene
1998/99 ↗ 6339

GIBSON, William
Das Gernsback-Universum oder:
Der amerikanische Traum
↗ 2100, auch ↗ 4468,
auch ↗ 4544, auch ↗ 4740,
auch ↗ 5209
The Gernsback Continuum

Idoru : 6315, auch
: 13179 AR
Idoru

GOLD, H(orace) L.
Der Ärger mit dem Wasser
↗ 13284 AR
Trouble with Water

GOLDEN, Christie
Gestrandet : 5816
Marooned

GOLDIN, Stephen
Träum süß, Melissa ↗ 2100,
auch ↗ 3473
Sweet Dreams, Melissa

GOODKIND, Terry
Knochenschuld
↗ 13175 AR, auch
↗ 124 HC
Debt of Bones

GOULART, Ron(ald Joseph)
Warum ich nie fest
mit Heather Moon ging
↗ 6347
*Why I Never Went Steady
with Heather Moon*

GRÄFE, Lutz/WIMMER, Jürgen
(Un)lösbare Geheimnisse und simulierte Welten. Die wichtigsten SF-Filme der Saison 1998/99 ↗ 6339

GRESSMAN, Thomas
Schatten der Vernichtung : 6299
Shadows of War

GRIFFITH, George
Im Auge des Sturmes ↗ 100
A Corner in Lightning

GRUNDY, Melodi
s. GRUNDY, Stephan/ GRUNDY, Melodi

GRUNDY, Stephan/ GRUNDY, Melodi
Adler und Falke : 13114 AR
Falcon Dreams

GUNN, James
Der Frauenhasser ↗ 13284 AR
The Misogynist

Vorwort/Einführung ↗ 100
Introduction

Wege zur Science Fiction, Elfter Band : 100
The Road to Science Fiction 5: The British Way, Erster Teil

HAHN, Ronald M.
Anschlag auf die Götter ↗ 6355

The Magazine of Fantasy and Science Fiction, 101. Folge: Die Roosevelt-Depeschen : 6347

HALDEMAN, Joe (William)
Der ewige Friede : 6340
Forever Peace

Passagen ↗ 2100, auch ↗ 4990
Passages

HAMMERSCHMITT, Marcus
Die Helfer ↗ 6320

Troubadoure ↗ 6335

HAMMERSTRÖM, Sven
Erkenntnisse ↗ 6050

HASKOVEC, Vít
Das unwiderrufliche Ende der Kindheit ↗ 6335
Navždy konec dětství

HATTENKOFER, Markus
Die Briefe des Novarizio Furbone ya Tramontá ↗ 6050

HAUSER, Linus
Nachwort: Die Erfahrung der radikalen Ehrlichkeit des Menschen angesichts eines selbstgeschaffenen Universums ↗ 6356

HEARD, Gerald
Der große Nebel ↗ 100
The Great Fog

HEINRICH, Götz T.
Heldentum ↗ 6050

HENDRIX, Howard V.
Wenn diese Wände reden könnten ↗ 10961 AR
Originaltitel: N. N.

HENNEN, Bernhard
Die Nacht der Schlange – ein aventurischer Kriminalroman : 6045

HERZ, Britta
Gassengeschichten : 6050

HOCKE, Martin
Zeit der Eulen : 13137 AR

HOFFMAN, Nina Kiriki
s. SMITH, Dean Wesley/ RUSCH, Kristine Kathryn/ HOFFMAN, Nina Kiriki

HOHLBEIN, Heike
s. HOHLBEIN, Wolfgang/ HOHLBEIN, Heike

HOHLBEIN, Wolfgang
Majestic – Die Saat des Todes : 13138 AR

Die Nacht des Drachen : 13005 AR

Das Netz : 10720 AR

Die Templerin : 13199 AR

Wyrm : 13052 AR

HOHLBEIN, Wolfgang/ HOHLBEIN, Heike
Elfentanz : 10713 AR

Der Greif : 13121 AR

Märchenmonds Kinder : 10711 AR

Midgard : 10712 AR

HOLT, Tom
Mein Held : 9025
My Hero

HOLZBACHOVA, Ivana
Ein unerwartetes Andenken ↗ 6320
Nečekaná památka

HORWOOD, William
Die Reise ins Herzland : 10525 AR
The Wolves of Time. Journey to the Heartland

Die Wölfe der Zeit – Kampf ums Herzland : 13178 AR
The Wolves of Time. Seekers at the Wulfrock

HUISKES, Alexander
Die Hand der Finsternis : 6052

HUTCHINSON, David
Der Trauma-Jockey ↗ 6335
The Trauma Jockey

IWOLEIT, Michael K.
Globaler Infekt ↗ 6320

JEFFERIES, Richard
London – danach (Auszug) ↗ 100
After London, or: Wild England

JESCHKE, Wolfgang
Editorial ↗ 6339

Fernes Licht – Die besten Erzählungen aus vierzig Jahren : 2100

Heyne Science Fiction Jahresband 2000 : 6342

Das Jahr der Maus : 6320

Das Science Fiction Jahr # 15 – Ausgabe 2000 : 6339

Vorbemerkung des
Herausgebers ↗ 2100

Das Wägen von Luft
: 6335

JORDAN, Robert
Kriegswirren : 5531
The Path of Daggers # 3

Der neue Frühling
↗ 13175 AR, auch ↗ 124 HC
New Spring

KAMMARIS, Heike/
RADDATZ, Jörg
Zauberhafte Schönheit
↗ 6050

KASPER, Hartmut
Menschenknochen und ein
Damenschuh – Rhodan
muß in der Nähe sein
↗ 6339

Übersinnliches und
Unterirdisches.
Anmerkungen zur
Hohlwelttheorie
und ihrer Entwicklung
zum SF-Thema ↗ 6339

KENSON, Stephen
Am Kreuzweg : 6136
Crossroads

KIAUSCH, Usch
Ein Gespräch mit
Joe Haldeman
↗ 6340

›Die Geschichte selbst wird
immer mehr zu einer Reihe
von Optionen‹
Ein Gespräch mit John Clute
↗ 6339

KIAUSCH, Usch/
MAMCZAK, Sascha
›Also gibt es Hoffnung‹ –
Ein Gespräch mit
David G. Hartwell ↗ 6339

›Szenarien der Zukunft
sind wie Gedankenexperimente
in der Physik‹
Ein Gespräch mit Kim Stanley
Robinson ↗ 6339

KING, Stephen
Die kleinen Schwestern von
Eluria ↗ 13166 AR,
auch ↗ 124 HC
The Little Sisters of Eluria

Der Sturm des Jahrhunderts
: 13150 AR, auch : 130 HC
The Storm of the Century

KIPLING, Rudyard
Einfach wie das A. B. C.
↗ 100
As Easy as ABC

KLAVAN, Andrew
Augen der Angst : 112 DIA
The Uncanny

KLEIN, H. D.
Googol : 6349

KOKE, Jak
s. BOND, Jonathan/KOKE, Jak

KOONTZ, Dean R(ay)
Auf Tauchstation ↗ 119 TdM,
auch ↗ 119 PAV
Surrounded

Geschöpfe der Nacht
↗ 13169 AR,
auch ↗ 126 HC
Fear Nothing

Das Haus der Angst : 6913 AR,
auch ↗ 8519 AR,
auch : 9824 AR,
auch ↗ 167 TdM

Im Bann der Dunkelheit : 153 HC
Seize the Night

Der Maya-Fries ↗ 119 TdM,
auch ↗ 50 PAV
The Wall of Masks

Schattenfeuer : 7810 AR, auch
↗ 85 TdM, auch ↗ 167 TdM
Shadowfires

Spuren : 9353 AR, auch
↗ 13105 AR, auch ↗ 136 JB
Shattered

Die Tür ins Dunkel : 7992 AR,
auch : 9819 AR, auch ↗ 85 TdM
The Door to December

Zwei spannende Psychothriller
: 13105 AR

Zwei spannende Psychothriller
: 167 TdM

KRESS, Nancy
Ein Dampfschiffsoldat an der
Informationsfront ↗ 6345
Steamship Soldier on the
Information Front

In grellem Licht : 6341
Maximum Light

KUBE-McDOWELL, Michael P.
s. CLARKE, Arthur C(harles)/
KUBE-McDOWELL, Michael P.

KÜPPERS, Stefan
Leichte Seelen ↗ 6050

KURTZ, Katherine
König Javans Jahr : 9077
The Heirs of Saint Camber, Vol 2:
King Javan's Year

Das Martyrium von Gwynedd
: 9076
The Heirs of Saint Camber, Vol 1:
The Harrowing of Gwynedd

LAIDLAW, Marc
Brunos Schatten ↗ 2100,
auch ↗ 4660
Bruno's Shadow

LE GUIN, Ursula K(roeber)
Drachenkind ↗ 13175 AR,
auch ↗ 124 HC
Dragonfly

Neun Leben ↗ 25, auch ↗ 2100
Nine Lives

Unermeßlich wie ein Weltreich –
langsamer gewachsen ↗ 25,
auch ↗ 6342
Vaster than Empires and
More Slow

LEINWEBER, Harald
Ein Gespräch mit
Klaus N. Frick ↗ 6339

LEM, Stanislaw
Von den Drachen der
Wahrscheinlichkeit
↗ 13284 AR
Wyprawa trzecia czyli smoki
prawdopodobieństwa

LEWIS, C(live) S(taples)
Die böse Macht : 3524, auch
↗ 8009
That Hideous Strength

Jenseits des schweigenden
Sterns : 3499, auch ↗ 8009
Out of the Silent Planet

Perelandra : 3511, auch ↗ 8009
Perelandra

Der schweigende Stern –
Die *Perelandra*-Trilogie
: 8009

LUCAS, George/
CLAREMONT, Chris
Schattensonne : 10863 AR
Shadow Star

LUKAS, Christian/
WESTPHAL, Sascha
Die *Scream*-Trilogie
: 13271 AR

Der *Teen Horror*-Film
↗ 13271 AR

LUKIN, Jewgeni
s. LUKINA, Ljubow/
LUKIN, Jewgeni

LUKINA, Ljubow/
LUKIN, Jewgeni
Actio = ↗ 5090, auch
↗ 13284 AR
СИЛА ДЕЙСТВИЯ
РАВНА ...

McAULEY, Paul J.
Feenland : 6373
Fairyland

McCAFFREY, Anne (Inez)
Die Chroniken von Pern:
Ankunft : 6353
The Chronicles of Pern:
First Fall

Die Läuferin von Pern
↗ 13175 AR, auch ↗ 124 HC
Runner of Pern

McDONALD, Ian
Kirinja : 6348
Kirinya

Van Goghs unvollendetes Porträt
des Königs der Schmerzen
↗ 4513, auch ↗ 6342
Unfinished Portrait of the King
of Pain by Van Gogh

Zum Kilimandscharo ↗ 2100,
auch ↗ 4991
Toward Kilimanjaro

MacEWEN, Pat
Die Gabe der Macklins ↗ 6347
The Macklin Gift

McHUGH, Maureen
Schutzhaft ↗ 2100, auch
↗ 5085
Protection

McINTOSH, J. T.
Made in USA ↗ 100
Made in U. S. A.

MacLEOD, Ian R.
Die Sommerinseln ↗ 6335
The Summer Isles

Tirkiluk ↗ 6347
Tirkiluk

McQUAY, Mike
s. CLARKE, Arthur C(harles)/
McQUAY, Mike

MALLORY, James
Merlin – Der alte Glaube
: 10191 AR
Merlin: The Old Magic

Merlin – Der Fluch von Camelot
: 10193 AR
Merlin: The End of Magic

Merlin – Der Zauberer
des Königs
: 10192 AR
Merlin: The King's Wizard

MAMCZAK, Sascha
s. KIAUSCH, Usch/MAMCZAK, Sascha

MANN, Phillip
Ein Land für Helden: Der brennende Wald : 6305
A Land Fit for Heroes, Vol. 4: The Burning Forest

Ein Land für Helden: Der Drache erwacht : 6304
A Land Fit for Heroes, Vol. 3: The Dragon Wakes

Ein Land für Helden: Der Monolith : 6303
A Land Fit for Heroes, Vol. 2: Stand Alone Stan

Ein Land für Helden: Flucht in die Wälder : 6302
A Land Fit for Heroes, Vol. 1: Escape to the Wild Wood

MARTIN, George R(aymond) R(ichard)
Der Heckenritter ↗ 13166 AR, auch ↗ 124 HC
The Hedge Knight

Sandkönige ↗ 3897, auch ↗ 6342
Sandkings

MARUSEK, David
Yurek Rutz, Yurek Rutz, Yurek Rutz ↗ 6345
Yurek Rutz, Yurek Rutz, Yurek Rutz

MATHESON, Richard (Burton)
Echoes – Stimmen aus der Zwischenwelt : 20052 AR
Stir of Echoes

MIEHLKE, Holger
Anmerkungen ↗ 8117
Nachwort ↗ 8117
Vorwort ↗ 8117

MILLER jr. , Walter M(ichael)
Bedingt menschlich ↗ 4262, auch ↗ 4307, auch ↗ 6342
Conditionally Human

Ein Hohelied für Leibowitz : 6343
Saint Leibowitz and the Wild Horse Woman

MODESITT jr. , L. E.
Kampf dem Chaos : 9054
The Death of Chaos

Krieg der Ordnung : 9053
The Order War

Magische Maschinen : 9052
The Magic Engineer

Sturz der Engel : 9055
Fall of Angels

MOFFET, Judith
Tiny Tango ↗ 2100, auch ↗ 4920
Tiny Tango

MORRISSEY, Thomas J.
Ob Sie wollen oder nicht, bei Marsreisen ist es Ihr Handgepäck: Metaphern des marsianischen Mega-Textes von Wells bis Robinson ↗ 6339

MURPHY, Brian
C. S. Lewis: ein biographischer Essay ↗ 8009

MURPHY, Pat
Rachel ist verliebt ↗ 2100, auch ↗ 4495
Rachel in Love

NEUHAUS, Wolfgang
Menschen, Medien, Mutationen. Die Ars Electronica feiert ihr zwanzigjähriges Bestehen ↗ 6339

Simulation mit System. Die Allegorie der Macht in »The Matrix« ↗ 6339

NIVEN, Larry
Wechselhafter Mond ↗ 2100, auch ↗ 3870
Inconstant Moon

NÖTH, Martina
Zwergenmaske : 6053

NORAMLY, Glenda
Die Fährte des Blinden : 9060
Havenstar

NOTKIN, Debbie/
STEWART, Roger
Einleitung ↗ 10961 AR

The Outer Limits ① – Die Unbekannte Dimension : 10961 AR
The Outer Limits, Vol. One

OLTION, Jerry/RUSCH, Kristine Kathryn
Deus X ↗ 6347
Deus X

PANSI, Micha
Das Buch der Schlüssel : 9111

PEEL, John
Der Schwarm : 5518
Objective: Bajor

PERKUHN, Andrea
Mondsteine ↗ 6050

PHILIPPS, Peter
Träume sind heilig ↗ 100
Dreams Are Sacred

PORGES, Arthur
Der Teufel und Simon Flagg ↗ 13284 AR
The Devil and Simon Flagg

PRATCHETT, Terry
Gevatter Tod : 4706, auch : 9543 AR, auch ↗ 165 TdM
Mort

Das Meer und kleine Fische ↗ 13175 AR, auch ↗ 124 HC
The Sea and Little Fishes

Wachen! Wachen! : 4805, auch : 10956 AR, auch ↗ 165 TdM

Die Weihnachtsfestplatte ↗ 13284 AR
The Megabyte Drive to Believe in Santa Claus

Zwei Romane von der bizarren Scheibenwelt : 165 TdM

PRATCHETT, Terry/
STEWART, Ian/
COHEN, Jack
Die Gelehrten der Scheibenwelt : 9081
The Science of Discworld

PUHL, Widmar
Atombaukasten und Molekülfabriken. Eine Recherche über Facts & Fiction in der Nanotechnik ↗ 6339

PURDOM, Tom
Sipahi ↗ 6355
Sepoy

RADDATZ, Jörg
s. KAMMARIS, Heike/
RADDATZ, Jörg

REED, Robert
Der Retter ↗ 6355
Savior

REEVES-STEVENS, Garfield
s. SHATNER, William/
REEVES-STEVENS, Judith/
REEVES-STEVENS,
Garfield

REEVES-STEVENS, Judith
s. SHATNER, William/
REEVES-STEVENS, Judith/
REEVES-STEVENS,
Garfield

RESNICK, Mike
Die Roosevelt-Depeschen
↗ 6347
The Roosevelt Dispatches

REYNOLDS, Alastair
B L 6 ↗ 6335
Bird Land Six

ROBERTS, John Maddox
Brüder des Zorns
: 9072
The Poisened Land –
Book Three of Stormlands

Fremde Schiffe : 9074
Queens of Land and Sea –
Book Five of Stormlands

Schwarze Schilde : 9071
The Black Shields –
Book Two of Stormlands

Die Stahlkönige : 9073
The Steel Kings –
Book Four of Stormlands

Der Insulaner : 9070
The Islander –
Book One of Stormlands

ROBINSON, Kim Stanley
Flucht aus Katmandu ↗ 4380,
auch ↗ 6342
Escape from Kathmandu

Lucky Strike ↗ 2100,
auch ↗ 4740
The Lucky Strike

ROSENBLUM, Mary
Gestern ↗ 6355
Yesterdays

ROSPLOCH, Michael
Wissen ist Macht
↗ 6050

RUSCH, Kristine Kathryn
s. OLTION, Jerry/RUSCH,
Kristine Kathryn

s. SMITH, Dean Wesley/
RUSCH, Kristine
Kathryn/HOFFMAN, Nina
Kiriki

RUSS, Joanna
Wenn einer eine Reise tut
↗ 13284 AR
Useful Phrases for the Tourist

RUSSELL, Eric Frank
Der Liebhaber ↗ 100
Hobbyist

RUSSELL, Mary Doria
Gottes Kinder : 6337
Children of God

Sperling : 6336
The Sparrow

RUSSELL, Sean
Der Erleuchtete : 9075
The Initiate Brother

RYMAN, Geoff
Der Fan ↗ 6320
Fan

RZESZOTNIK, Jacek
Ein genialer Perfektionist
mit eiskaltem Herzen:
Stanley Kubrick (1928–1999)
in memoriam
: 6339

SALVATORE, R. A.
Echo der vierten Magie : 9093
Echoes of the Fourth Magic

Im Wald von Avalon : 9094
The Witch's Daughter

SANDER, Ralph
STAR TREK Quiz-Buch
: 1481 MINI

SAPKOWSKI, Andrzej
Der letzte Wunsch : 9006,
auch 13256 AR
Ostatnie zyczenie

Das Schwert der Vorsehung
: 9007, auch 13256 AR
Miecz przeznaczenia

Zwei Romane in einem Band
: 13256 AR

SARAFIN, James
Flußabwärts ↗ 6355
Downriver

SARGENT, Pamela/
ZEBROWSKI, George
Verhöhnter Zorn : 5756
A Fury Scorned

SAUL, John
Kind der Hölle : 13096 AR
The Right Hand of Evil

Teuflische Schwester : 8203 AR,
auch ↗ 113 PAV
Second Child

SCHEJA, Christel
Die unvollkommene Tänzerin
↗ 6050

SEIBOLD, Alexander
Raumschiff Enterprise – im
Auftrag des Herrn unterwegs?
↗ 6339

SHATNER, William/
REEVES-STEVENS, Judith/
REEVES-STEVENS, Garfield
Die Asche von Eden
: 5690
The Ashes of Eden

Das Gespenst : 5703
Spectre

Der Rächer : 5689
Avenger

Die Rückkehr : 5689
The Return

SHECKLEY, Robert
Fütterungszeit ↗ 13284 AR
Feeding Time

SHEPARD, Lucius
Der Pfad des Jaguars ↗ 4380,
auch ↗ 6342
The Jaguar Hunter

SIEFENER, Michael
Die Farben der Nacht ↗ 9079

Nonnen : 9079

Nonnen ↗ 9079

SILVERBERG, Robert
Erster Auftritt: Soldat
Darauf: Ein anderer
↗ 2100, auch ↗ 4770
Enter a Soldier. Later: Enter Another

Heiße Zeiten in Magma City
↗ 6320
Hot Times in Magma City

Die Jahre der Aliens
: 6358
The Alien Years

Das Meer und kleine Fische
: 13175 AR
Legends. New Short Novels,
Band 2

Der siebte Schrein : 13166 AR,
auch : 124 HC
Legends. New Short Novels,
Band 1

Der siebte Schrein
↗ 13166 AR,
auch ↗ 124 HC
The Seventh Shrine

Thomas der Verkünder
↗ 3644, auch ↗ 6342
Thomas the Proclaimer

Vorwort ↗ 13166 AR, auch
↗ 124 HC

s. ASIMOV, Isaac/
SILVERBERG, Robert

SIMON, Erik
Die Science-fiction der DDR
von 1991 bis 1998
(und davor) ↗ 6339

SIMON, Erik/WAHREN, Friedel
Schöne Bescherungen
: 13284 AR

SMEDMAN, Lisa
Das neunte Leben : 6139
The Forever Drug

SMITH, Cordwainer
Westliche Wissenschaft ist so
wundervoll ↗ 13284 AR
Western Science Is
So Wonderful

SMITH, Dean Wesley/
RUSCH, Kristine
Kathryn/HOFFMAN, Nina
Kiriki
Echos : 5817
Echoes

SPINRAD, Norman
Das Jahr der Maus
↗ 6320
The Year of the Mouse

STAPLEDON, (William) Olaf
Der Sternenschöpfer
: 5, auch ↗ 100, auch
: 3706
Star Maker

ST. CLAIR, Margaret
Der Mann, der den
Gnolenstrick verkaufte
↗ 13284 AR
The Man Who Sold Rope
to the Gnoles

STERLING, Bruce
Spider Rose ↗ 2100,
auch ↗ 4709
Spider Rose

Taklamakan ↗ 6345
Taklamakan

Zikadenkönigin ↗ 4709, auch
↗ 6342
Cicada Queen

STEWART, Ian
s. PRATCHETT, Terry/
STEWART, Ian
COHEN, Jack

STEWART, Roger
s. NOTKIN, Debbie/
STEWART, Roger

STRASSER, Dirk
Der Doppelgänger-Effekt ↗ 6320
The Doppelgänger Effect

STRAUB, Peter
Das Dorf der Geister
↗ 13186 AR
The Ghost Village

Hunger. Eine Einführung
↗ 13186 AR
Hunger, an Introduction

Im Schatten der blauen Rose
↗ 13186 AR
Bunny Is Good Bread

Isn't It Romantic?
↗ 13186 AR
Isn't It Romantic?

Knüppel aus dem Sack
↗ 13186 AR
Mr. Clubb and Mr. Cuff

Magic Terror : 13186 AR
Magic Terror

Mister X : 142 HC
Mr. X
Ü: Bernhard Kleinschmidt

Pork Pie Hat ↗ 13186 AR
Pork Pie Hat

Zena ↗ 13186 AR
Ashputtle

SWANWICK, Michael
s. DOZOIS, Gardner/DANN,
Jack/SWANWICK, Michael

TENG, Tais
Wer zur finstersten Stunde an
Mantils Nachtschild kratzte
↗ 13284 AR
Wie op de duisterste uur tegen
Mantils nachtschild kraste

THIEMEYER, Thomas
Von der Darstellung des
Unwirklichen ↗ 6339

THURSTON, Carol
Eine Liebe für die Ewigkeit
: 13066 AR
The Eye of Horus

THURSTON, Robert
Falke im Aufwind : 6244
Falcoon Rising

TIPTREE jr. , James
Der Psychologe, der keine
Ratten quälen wollte
↗ 2100, auch ↗ 3848,
auch ↗ 4459
The Psychologist Who
Wouldn't Do Awful Things
to Rats

TÖDTER, Gun-Britt
Nacht und Nebel
↗ 6050

TRÖSTER, Horst G. u. a.
Science Fiction-Hörspiele
1998/99 ↗ 6339

URBANEK, Hermann
Die amerikanische SF-Szene
1998/99 ↗ 6339
Die britische SF-Szene
1998/99 ↗ 6339
Die deutsche SF-Szene
1998/99 ↗ 6339

VANCE, Jack
Nachtlicht : 6344
Night Lamp

VARLEY, John (Herbert)
Drücke Enter ➚ 2100,
auch ➚ 4222
Press Enter

VORNHOLT, John
Der Dominion-Krieg 1 – Hinter feindlichen Linien : 5765
The Dominion War 1: Behind Enemy Lines

Der Dominion-Krieg 3 – Sternentunnel : 5766
The Dominion War 3: Tunnel through the Stars

WAHREN, Friedel
Asimov's Science Fiction, 54. Folge : 6345

Asimov's Science Fiction, 55. Folge : 6355

s. SIMON, Erik/WAHREN, Friedel

WANDER BONANNO, Margaret
Die Sonde : 5475
Probe

WATSON, Ian
Quantennetze : 6359
Hard Questions

WELLS, H(erbert) G(eorge)
Das Land der Blinden
➚ 100
The Country of the Blind

WESTE, Anton
Garadan ➚ 6050

WESTPHAL, Sascha
s. LUKAS, Christian/WESTPHAL, Sascha

WIESER, Hadmar von
Erde und Eis : 6049

WILKINS, Kim
Das magische Buch : 13067
Grimoire

WILLIAMS, Tad
Der brennende Mann
➚ 13166 AR,
auch ➚ 124 HC
The Burning Man

WILLIAMSON, Chet
The Crow: Im Sturm der Nacht : 13232 AR
The Crow – Clash by Night

WILLIS, Connie
Brandwache ➚ 3998,
auch ➚ 4165, auch ➚ 4332,
auch ➚ 6342
Fire Watch

Schwarzschild-Radius ➚ 2100,
auch ➚ 4560
Schwarzschild Radius

Die Seele wählt ihre Gesellschaft selbst: Inversion und Aversion
➚ 6345
The Soul Selects Her Own Society; Invasion and Repulsion – Chronological Interpretation of Two of Emily Dickinson's Poems: a Wellsian Perspective

Der Wind von Marble Arch
➚ 6355
The Winds of Marble Arch

WIMMER, Jürgen
s. GRÄFE, Lutz/WIMMER, Jürgen

WINGROVE, David
Das Lied der Bronzestatue
: 5261
White Moon, Red Dragon: Chung Kuo – Book Six
(Erster Teil)

WITZKO, Karl-Heinz
Die Königslarve
: 6047

Seelenfrieden ↗ 6050

WOLLHEIM, Donald A(llen)
Das Ding ↗ 2100,
auch ↗ 4254
The Rag Thing

WRIGHT, S(ydney) Fowler
Die Ratte ↗ 100
The Rat

WYNDHAM, John
Ein langer Löffel ↗ 13284 AR
A Long Spoon

Leerer Weltraum ↗ 100
The Emptiness of Space

ZAHN, Timothy
STAR WARS –
Blick in die Zukunft
: 10220 AR
Star Wars: Visions of the Future,
Teil 1

STAR WARS – Schatten der Vergangenheit : 10219 AR
Star Wars: Specter of the Past

STAR WARS – Der Zorn des Admirals
: 10221 AR
Star Wars: Visions of the Future,
Teil 2

ZEBROWSKI, George
s. SARGENT, Pamela/ZEBROWSKI, George

ZIMMER, Christopher
Die Augen der Maru
: 13162 AR

Die Steine der Wandlung
: 10973 AR

Wanderer zwischen den Zeiten
: 13069 AR

ZIMMER BRADLEY, Marion
Dämonenlicht : 10395 AR,
auch : 104 HC
Gravelight

Die Engel der Dämmerung
: 13070 AR
Witchlight:

Die geheimnisvollen Frauen,
7870 AR, auch ↗ 54 PAV
Bluebeard's Daughter

Magier der Nacht : 157 HC
Heartlight
Ü: Andreas Nohl

Schloß des Schreckens
: 7712 AR,
auch ↗ 54 PAV
Castle Terror

Zwei Romane in einem Band
: 54 PAV